omnibus

ED McBAIN

87e District

2

Soupe aux poulets
Pas d'avenir pour le futur
Rançon sur un thème mineur
La Main dans le sac
A la bonne heure
Mourir pour mourir
Le Dément à lunettes

Préface de Jacques Baudou

omnibus

ISBN : 2-258-05139-8 N° Editeur : 201
Dépôt légal : avril 1999

Sommaire

Sommaire

Ed McBain et le police procedural

par Jacques Baudou

« Ce vendredi 10 avril, la salle des inspecteurs affichait complet. Il y a des jours comme ça. Parfois, le type qui se trouve là s'ennuie tout seul comme un rat mort. Tous les copains sont dehors, très affairés à empêcher des crimes ou à toucher des pots-de-vin ou n'importe quoi. Mais en ce vendredi 10 avril, le vieux bureau ressemblait à un hall de gare aux heures de pointe. Des inspecteurs, des agents, le lieutenant, le capitaine, des porteurs de message, des citoyens qui portaient plainte ; la terre entière s'y était donné rendez-vous ce matin-là. Les téléphones sonnaient, les machines à écrire crépitaient et le poste de police avait l'air d'une entreprise en plein boom. »

A la bonne heure.

En 1955, l'éditeur Herb Alexander rencontre Evan Hunter, après avoir lu un de ses romans policiers signé Hunt Collins. Il lui confie qu'il cherche un successeur à Erle Stanley Gardner, auteur vedette de Pocket Books. Il est en quête d'une nouvelle série de romans policiers susceptible de prendre la succession des « Perry Mason ».

« J'avais écrit jusqu'alors des romans policiers de style très différents et notamment des histoires plus ou moins conventionnelles de détective privé. J'avais écrit aussi une poignée de nouvelles dont les héros étaient des policiers et que j'avais essayé d'inscrire dans la veine réaliste de la série télévisée “Dragnet”. Et de ces expériences, j'avais tiré la conclusion que le seul type de personnage susceptible d'enquêter valablement sur un meurtre était celui du policier. C'est pourquoi j'ai proposé à Herb de faire une série de “police procedurals” [1]. »

---

1. Extrait de l'article « Vespers » par Ed McBain, dans *Mystery scene* n° 24, janvier 1990.

Qu'est donc un « police procedural » ?

Pour Hillary Waugh [1], qui fut l'un de ses praticiens les plus éminents, le « police procedural » est la deuxième « révolution » qu'ait connue le roman policier depuis la naissance du roman d'énigme classique dans les années 20. La première étant l'émergence de la « hardboiled school » avec des auteurs comme Dashiell Hammett et Raymond Chandler dans les années 30.

Chacune de ces deux premières écoles du roman policier peut être symbolisée par un personnage emblématique. Dans le cas du roman d'énigme, il s'agit du détective amateur dont les exemples les plus remarquables sont l'aristocratique lord Peter Wimsey de Dorothy L. Sayers, et la Miss Marple d'Agatha Christie. (Mais l'on pourrait citer aussi le Nigel Strangeways de Nicholas Blake, le Roger Sheringham d'Anthony Berkeley, ou le Gervase Fen d'Edmund Crispin). Pour le détective amateur, la recherche des criminels est un hobby qu'il pratique plus ou moins en dilettante en faisant preuve de ses talents de déduction dans une partie qui se joue moins entre lui et l'assassin qu'entre le lecteur et l'auteur.

Dans le cas du roman noir, il s'agit du détective privé — Sam Spade ou Philip Marlowe — qui gagne sa vie en effectuant pour des clients des enquêtes qui les entraînent aux alentours d'affaires criminelles.

Dans les deux cas, la police ne joue qu'un rôle mineur, secondaire, quand elle ne sert pas de repoussoir (Holmes surclasse l'inspecteur Lestrade, comme Poirot l'inspecteur Japp), ou qu'elle n'est pas profondément corrompue (un leitmotiv du roman noir qui accorde au « private eye » le redoutable privilège d'incarner l'éthique et l'incorruptibilité). La police n'est pourtant pas totalement absente du roman d'énigme.

L'auteur irlandais Freeman Wills Crofts s'est rendu célèbre par une série de romans, débutée en 1925 avec *Inspector French's greatest case*, qui mettait en scène l'inspecteur de police Joseph French, policier méthodique et opiniâtre qui se révélait un formidable démolisseur d'alibis.

Quant à Henry Wade, il a eu pour personnage principal, dans un bon tiers de ses ouvrages, un autre policier : le chief inspector Poole.

---

1. « The american police procedural » par Hillary Waugh dans *Whodunit ? a guide to crime, suspense and crime fiction*, dirigé par H.R.F. Keating. Van Nostrand, Reinhold Company, 1982.

Michael Gilbert [1] considère que son roman *Lonely Magadalen* [2] (1940) — qui appartient justement à la série des Poole — est un livre qui préfigure le « police procedural » et il fait remarquer que l'auteur, exerçant la profession de juge de paix, avait une solide expérience de la chose policière et judiciaire : ceci explique indubitablement cela...

Avec ces auteurs, le roman policier se rapprochait de la réalité, de la vie : dans nos sociétés, ce sont les policiers qui recherchent et qui arrêtent les assassins. Et non pas les détectives amateurs ou les privés !

Si mettre en scène des policiers ne suffisait pas à fonder le « police procedural », cela permettait cependant de s'en approcher...

Pour Hillary Waugh, les « police procedurals » sont des « histoires dans lesquelles des policiers professionnels, utilisant les ressources et les méthodes de la police, résolvent des affaires criminelles ». Voilà une définition qui ressemble fort à l'œuf de Colomb. Encore fallait-il y penser, et l'histoire du roman policier est là pour nous prouver que cette formule magique n'a pas été mise en œuvre aussi rapidement qu'on aurait pu le penser...

Les essayistes américains attribuent la paternité du genre à Lawrence Treat avec son roman *V as in victim* (1945). Dans cet ouvrage, la découverte du coupable était l'œuvre de policiers professionnels, le détective Mitch Taylor et le technicien de laboratoire Jubb Freeman, et s'opérait par l'utilisation de méthodes d'investigation constituant la routine policière : interrogatoire des témoins et des suspects, épluchage des rapports de laboratoire de police ou de médecine légale, planques, filatures, consultations de fichiers, recours aux indics, etc. [3]

Lawrence Treat parsemait son intrigue d'une série de notations et de situations qui allaient devenir par la suite des éléments conventionnels du genre : émergence de la vie privée des héros et interaction avec leur vie professionnelle, incompréhension, voire hostilité du public, rivalités entre les différents corps de police... Il devait signer par la suite une dizaine de romans de procédure policière [4] dans lesquels on retrouvait les personnages de *V as in victim*, parfois

---

1. « The english police procedural » par Michael Gilbert, dans *Whodunit ?*, référence citée. Dans cet essai, Michael Gilbert avance que la préférence des auteurs du golden age pour les détectives amateurs venait sans doute du fait qu'ils étaient eux-mêmes, en matière de criminologie, des amateurs.

2. *La Femme solitaire*, collection Le Limier n° 3, Albin Michel, 1947.

3. *V comme victime*, collection L'empreinte police n° 5, édition de la maîtrise du livre, 1947.

4. Deux furent traduits en France dans la collection Détective club des éditions Ditis : *Impasse à la dame*, (*F as in flight*, 1948) et *Le Caïd* (*The Big Shot*, 1951).

accompagnés du commissaire de la brigade criminelle Bill Decker. Mais s'il fut indéniablement le grand précurseur américain, le développement du genre dans les années 50 doit sans doute plus à l'influence de la télévision et du cinéma qu'à ses œuvres littéraires.

George N. Dove, l'historien du genre, attribue plus volontiers l'éclosion de la « police procedural school » au succès remporté par la série « Dragnet », créée en 1949 à la radio, puis transposée à la télévision en 1951, qu'à l'influence de *V as in victim*.

« Dragnet » démarra sur la chaîne radio NBC le 7 juillet 1947 avec l'acteur Jack Webb dans le rôle de Joe Friday de la police de Los Angeles. John Dunning écrit dans son ouvrage de référence *Tune in yesterday : the ultimate encyclopedia of old-time radio* que "Dragnet" était une émission de théâtre policier radiophonique d'un réalisme sans précédent : « Alors que ses intrigues rendaient compte de la routine quotidienne du travail des policiers, et du long et ennuyeux processus qui conduisait à l'arrestation des coupables, "Dragnet" réussissait à rendre les enquêtes extrêmement vivantes et à gagner l'attention des auditeurs dès les cinq premières minutes de l'épisode. Les auditeurs étaient dans le noir complet ; ils n'en savaient pas plus que les policiers qui enquêtaient. Il y avait un crime. Les affaires étaient suivies étape par étape, indice après indice, les suspects identifiés après avoir été soigneusement interrogés et leurs déclarations soigneusement vérifiées... » « Dragnet » fut aussi le premier show radio à utiliser le jargon des flics américains de façon à faire plus réaliste encore, et les metteurs en ondes soignèrent particulièrement les effets sonores et les bruitages pour la même raison. La série radio eut un succès considérable et perdura jusqu'en 1956.

Comme beaucoup de succès radiophoniques de l'époque, elle ne tarda pas à donner naissance à une série télévisée, lancée le 16 décembre 1951 sur la chaîne NBC, avec dans les rôles du sergent Joe Friday et de son partenaire, Ben Romero, les deux acteurs qui les incarnaient déjà à la radio : Jack Webb et Barton Yarborough, remplacé rapidement, en raison de son décès, par Barney Phillips (sergent Ed Jacobs), puis par Ben Alexander (sergent Frank Smith). Jack Webb, qui dirigea lui-même la plupart des épisodes, accentua le côté réaliste de la série TV. « Jargon policier, travail de paperasserie et investigations tous azimuts étaient les caractéristiques de la série »[1], qui connut elle aussi un énorme succès, courut jusqu'en 1959, avant d'être relancée en 1967 pour trois saisons, de donner

1. *Total television* d'Alex McNeil, Penguin, 1991.

naissance à un film de cinéma homonyme en 1954 [1] et de connaître en 1990 un « revival » sous le titre *The New Dragnet*.

Le retentissement de cette série — l'une des premières séries-culte de la télévision américaine [2] — influença de nombreux auteurs policiers, et Ed McBain a reconnu avoir été parmi ceux-là.

Un autre facteur relevé par Jean-Jacques Schléret dans son article sur Lawrence Treat [3] doit être aussi signalé : « l'éclosion à Hollywood de films policiers semi-documentaires proches de la procédure policière » : *The House on 92nd Street*, d'Henry Hathaway (1945 — *La Maison de la 92e rue*), *Boomerang* d'Elia Kazan (1947), *T-Men* d'Anthony Mann (1947 — *La Brigade du suicide*), *Call Northside 777* d'Henry Hathaway (1948 — *Appelez Nord 777*), *He walked by night* d'Alfred Werkler (1948 — *Il marchait la nuit*), *The Naked City* de Jules Dassin (1948 — *La Cité sans voile*).

Dans un tel contexte — un romancier précurseur, une série radio et TV emportant l'adhésion d'un vaste public, un filon hollywoodien prospère — il n'est pas très étonnant que le « police procedural » littéraire ait pris son envol. Et il appartient à Hillary Waugh d'avoir démontré de façon exemplaire avec *Last seing wearing...* [4] paru en 1952 toutes les potentialités de cette approche nouvelle du roman policier.

Son roman commence le 3 mars 1950, avec la disparition d'une jeune lycéenne. Le commissaire Frank Ford et son adjoint l'inspecteur Cameron mettent la machine policière en branle : avis de recherche, interrogatoires des collégiens, lecture attentive du journal de la jeune fille... Les pistes suivies n'aboutissent pas. La découverte d'un cadavre, quinze jours plus tard, relance l'enquête... Suicide ? Accident ? Frank Ford démontre qu'il s'agit d'un meurtre et prend la piste de l'assassin.

Dans un article [5], Hillary Waugh raconte comment la lecture d'un « true crime » retraçant dix affaires criminelles authentiques le

1. *Dragnet*, 1954 : réalisation : Jack Webb, avec Jack Webb, Richard Boone, Ann Robinson. Diffusé en France sous le titre *La police est sur les dents*.

2. On lira avec intérêt le chapitre 4 du *Murder on the air* de Ric Meyers (Mysterious Press, 1989), « Enter the auteur », entièrement dédié à « Dragnet » et à ses avatars, y compris parodiques.

3. Dans *Les Métamorphoses de la Chouette* de Jacques Baudou et Jean-Jacques Schléret, Futuropolis, 1986.

4. Traduit dans la collection « Détective club » des éditions Ditis sous le titre *On recherche* en 1953.

5. « The police procedural », publié dans *The Mystery Story* de John Ball, et traduit en France dans *Hard boiled dicks* nº 6 sous le titre « Le roman de procédure policière ».

conduisit à modifier sa conception du récit policier : « Je me résolus donc à écrire un roman policier qui sonnerait vrai comme s'il était la relation d'un cas authentique. »

Dès ce premier ouvrage, Hillary Waugh donnait, comme l'a justement écrit Jean-Jacques Schléret, « ses lettres de noblesse au roman de procédure policière ». Et il confirmait aussitôt avec *A rag and a bone* (1954 — *Carcasse*, collection Détective club) la validité de cette approche presque « documentaire ». Il devait par la suite écrire de nombreux « police procedurals » de bonne qualité (*Dors, mon amour, dors*, *Cherchez l'homme*, *Demeure chaste et pure*, etc.), même s'il ne retrouva jamais la force, la puissance de ces deux premiers romans.

Hillary Waugh s'est efforcé dans plusieurs essais de définir du mieux possible le roman de procédure policière : « Le "police procedural" décrit le milieu de la police, qui est soumis à un ensemble de nombreuses lois et de réglementations. Ce ne sont pas des histoires qui mettent seulement en scène des policiers, mais qui décrivent aussi l'univers particulier de la police. » Hillary Waugh exclue ainsi l'inspecteur Maigret qui est « son propre maître ». Puis il pose la question qui vient immédiatement à l'esprit : « Le police procedural doit-il être la description fidèle de la manière dont un crime est résolu ? », et il répond aussitôt par la négative. La plupart des affaires criminelles sont très vite résolues ; l'assassin et son mobile, vite dévoilés. « Il n'y a pas de mystère, pas de suspense, et partant, pas d'histoire... »

Il faut donc choisir une intrigue criminelle qui sorte du banal, qui garde son mystère après les premières investigations et qui fournisse la matière d'un roman. La recherche du criminel doit être menée selon les règles, par une accumulation d'informations : celles rapportées des témoignages, des interrogatoires et de leur confrontation, celles fournies par les experts criminologues : médecins légistes, spécialistes des empreintes digitales ou de balistique, chercheurs des laboratoires de police, psychiatres, etc.

C'est là que se situe le véritable challenge que doit tenir tout auteur de « police procedural » : « Il doit rendre passionnante une procédure qui ne l'est guère. Il doit faire surgir le suspense de la routine. » [1]

L'exemple donné par Hillary Waugh fut suivi par de nombreux auteurs américains qui construisirent leur œuvre dans le champ du roman de procédure policière. On citera les plus importants : Eliza-

1. « The american police procedural » par Hillary Waugh dans *Whodunit ? a guide to crime, suspense and crime fiction*, dirigé par H.R.F. Keating. Van Nostrand, Reinhold Company, 1982.

beth Linington, alias Dell Shannon, qui a reçu le surnom de « reine du procedural », Dorothy Uhnak qui avait servi pendant quatorze ans dans la police de New York et apportait un nouveau regard, forte d'une expérience personnelle, de même que Joseph Wambaugh, qui fut le premier policier à écrire des « best-sellers », K. C. Constantine avec les enquêtes de Mario Balzic, et, bien sûr Ed McBain...

En Angleterre, Maurice Procter — qui était lui-même policier — créait en 1954 l'inspecteur chef Harry Martineau [1] dans *Hell is a city*, un personnage qui faisait la transition entre les policiers du roman d'énigme comme l'inspecteur Roderick Alleyn de Ngaio Marsh et le « police procedural ». L'inspecteur Martineau officiait dans une ville imaginaire du nord de l'Angleterre, Granchester, dotée d'un important département de police, et devait animer une longue série de romans.

L'année suivante, le prolifique John Creasey donnait avec *Gideon's way* [2], publié sous le pseudonyme de J. J. Marric, le premier volume d'une véritable saga policière animée par le commandant George Gideon de Scotland Yard.

De nombreux auteurs allaient suivre leur exemple et se faire une réputation dans le « police procedural à l'anglaise » qui se distinguait de l'américain par une atmosphère nettement plus feutrée, plus grise, plus quotidienne. Il convient de citer ici les noms de John Wainwright, Roger Busby avec la série des enquêtes de l'inspecteur Lerie, Jonathan Ross avec la série mettant en scène l'inspecteur puis superintendant George Rogers, Laurence Henderson, Jack Scott et son inspecteur Alf Rosher, Bill Knox qui a situé à Glasgow les enquêtes de son inspecteur chef Colin Thane, Michael Gilbert.

Le genre est très vivace aujourd'hui encore outre-Manche et on se contentera de signaler ici Colin Dexter et son inspecteur Morse ou W.J. Burley et son Charles Wycliffe, au prétexte qu'ils ont eu les honneurs de l'adaptation en séries télévisées...

C'est donc dans cet espace du roman policier que s'est glissé Evan Hunter pour fourbir sous le pseudonyme d'Ed McBain la chronique du 87e District. Mais s'il s'y est taillé la place que l'on sait, c'est parce qu'il adopta des points de vue neufs, des angles d'attaque originaux.

« J'ai proposé à Herb de faire une série de "police procedurals" dont le héros ne serait pas un seul inspecteur de police, mais une

---

1. Un seul roman de Maurice Procter a été traduit en France : *« Le Plombier de minuit »* (*The Midnight Plumber* — 1957) dans la collection Un mystère (no 449) des Presses de la Cité.

2. Publié, comme les suivants, dans la collection Un mystère des Presses de la Cité, sous le titre *24 heures de la vie d'un flic* (n° 271, 1956).

brigade entière d'inspecteurs qui tous ensemble formeraient ce que j'ai appelé "a conglomerate hero" (un héros collectif). Je lui ai dit que cette série serait aussi réaliste qu'il m'était possible de le faire, et qu'elle montrerait les flics non seulement dans l'exercice de leur métier, mais aussi dans leur vie privée, en mettant l'accent sur les interférences de celle-ci sur leur travail. »

La première grande trouvaille de McBain fut justement d'avoir choisi de faire de la brigade entière du 87e District le vrai héros de ses romans. « Je voulais essayer de décrire le travail quotidien des flics d'une grande cité, mais je voulais aussi le faire en prenant un groupe d'hommes avec des personnalités et des traits de caractère différents, qui, réunis, devaient former un seul et même héros : la brigade du 87e District. A ma connaissance, cela n'avait jamais été fait. Je pensais que ce concept me permettrait d'introduire de nouveaux personnages au sein de la brigade quand cela me serait nécessaire, ajoutant ainsi leurs qualités ou leurs défauts particuliers à l'ensemble préexistant.

La brigade était le héros, et aucun homme de la brigade n'était indispensable ou irremplaçable. Dans la vie réelle, un flic peut être tué ou blessé [1]. »

C'est pourquoi dans *Le Fourgue*, Ed McBain plaça sur la route de l'inspecteur Carella un dénommé Gonzo qui lui tira trois balles dans le corps, de même qu'il avait décrit dans *Le Sonneur*, la mort de trois flics : Mike Reardon, David Foster et Hank Bush.

Mais Herb Alexander, le directeur littéraire qui publiait la série, dit à McBain qu'il ne pouvait pas tuer Carella parce que celui-ci était le héros, la star du 87e (même s'il n'apparaissait dans *Le Sonneur* qu'au dernier chapitre, de retour de lune de miel). Ed McBain transforma le trépas en blessure et, prenant conscience de la position particulière de Carella au sein de ses premiers romans, trouva un équilibre entre le « conglomérat de protagonistes » qu'il voulait mettre en vedette, et un héros de nature plus traditionnelle, qui occupe dans la brigade du 87e une place prépondérante et privilégiée, en raison de sa personnalité et du fait qu'il est, selon l'aveu de l'auteur lui-même, son porte-parole, qu'il reflète ses manières de voir et ses opinions.

De tous les inspecteurs du 87e District, Steve Carella est sans conteste celui à propos duquel McBain a livré le plus d'informations de tout ordre et notamment biographiques. D'origine italienne, comme son géniteur, il est né à Isola, a fait la campagne d'Italie dans l'infanterie pendant la Deuxième Guerre mondiale et est entré dans la

1. *The 87th Precinct* par Ed McBain, dans *The Great Detectives*, édité par Otto Penzler, Penguin books.

police à 21 ans. Steve Carella est un policier intègre, doté d'un grand sens moral et d'une conception élevée du devoir. C'est un homme équilibré qui ne tolère pas les réflexions racistes, qui ne réussit pas à s'habituer au spectacle de la mort et qui est capable de compréhension et de compassion pour tous ceux que son métier l'amène à côtoyer. C'est aussi un homme qui s'interroge sur le monde dans lequel il vit et qui possède l'art de communiquer avec autrui : ce que montre d'ailleurs McBain de manière toute métaphorique en le flanquant d'une épouse sourde et muette, Teddy.

Autour de Carella, les hommes du 87e District qu'Ed McBain décrit comme une famille : le lieutenant Peter Byrnes, qui dirige la brigade, en est le père ; Meyer Meyer en est le frère aîné. Ce dernier, juif non pratiquant, mais qui se pose des questions sur la judaïté et la place des Juifs dans l'Amérique moderne (McBain dénonce l'antisémitisme dans *Le Dément à lunettes* et le fanatisme dans *J*), possède une vertu cardinale : la patience. Bert Kling, le plus jeune, est le frère cadet. Il occupe lui aussi une place un peu à part en raison des liens assez étroits d'amitié qu'il entretient avec Carella, mais aussi par la chronique de ses amours relativement tumultueuses. Il a fait, au fil des romans, un double et difficile apprentissage : celui du métier de flic et celui de son éducation sentimentale.

Et puis il y a les autres : Cotton Hawes, le fils rouquin d'un pasteur, affublé d'une foule de petites amies ; Arthur Brown, le seul flic noir du 87e, Hal Willis que sa petite taille n'handicape pas et qui est la vedette de *Poison*, Roger Havilland, le flic brutal et pourri que l'auteur avoue avoir tué avec délectation dans *Victime au choix*, avant de le réincarner sous les traits d'Andy Parker, le sadique « parce que s'il y a de bons flics, il y en a aussi de mauvais », Sam Grossman, le responsable du laboratoire. Selon les volumes de la saga, les uns et les autres occupent une place prééminente ou non, apparaissent sur le devant de la scène avec le projecteur de poursuite attaché à leurs pas, avant de regagner les coulisses du 87e et de laisser la vedette à d'autres...

La brigade n'a pas comme seul intérêt de constituer une sorte de panel d'humanité, de mélanger les races, les religions, les caractères. Elle permet à l'auteur de mener plusieurs actions, plusieurs enquêtes dans le même roman, en utilisant une technique narrative qu'il a créée et que les critiques anglo-saxons qualifient d'intrigue modulaire.

Cette forme du récit, que McBain a pratiquée de façon assez systématique, a connu à la télévision une singulière fortune dans deux séries du producteur Steven Bochco : « Hill street blues », une série policière à succès qui démarquait sans vergogne l'œuvre de McBain (le personnage central de la série s'appelait même Furillo. Furillo,

Carella, la ressemblance est frappante) et « La loi de Los Angeles » qui appliquait le principe à un cabinet d'avocats.

Mais le « héros collectif » n'est pas la seule trouvaille de McBain. Une autre, qui n'est pas moins intéressante, c'est d'avoir situé le déroulement de sa saga dans une ville imaginaire : Isola. Au début, McBain envisageait de choisir Manhattan, où il était né et qu'il connaissait bien, comme lieu de l'action, et voulait donner des règles de la procédure policière qui y étaient en vigueur une image aussi exacte que possible. Mais il s'aperçut que les réglementations changeaient trop souvent pour qu'il puisse se tenir sérieusement au courant de leur évolution. C'est pourquoi il imagina Isola, transposition de Manhattan, qui, outre les licences d'ordre administratif, lui accordait une plus grande liberté « géographique ». Isola est l'une des cinq grandes circonscriptions d'une mégapole qui ressemble étrangement à New York. Mais elle est en même temps un double synthétique de New York, car en son sein se juxtaposent des quartiers extrêmement différents : il y a des résidences de haut standing, les quartiers qui abritent la « middle class », les ghettos ethniques et des zones de taudis. Elle concentre l'éventail des classes sociales et accueille des populations de toutes les minorités ethniques. Mais Isola est beaucoup plus qu'un simple décor. Elle est l'un des personnages essentiels de la saga, un personnage à part entière de l'aveu même de l'auteur, qui la compare, à plusieurs reprises, à une femme. Une femme dont l'humeur influe sur le comportement de tous ceux qui l'habitent. Une femme qui sécrète le crime comme certains organismes les toxines...

Rien ne montre mieux l'intérêt porté par l'auteur à son décor que le long passage que vous trouverez ici dans la traduction intégrale du *Dément à lunettes* et dont voici les premières lignes :

« La ville est une entité un peu folle, composée d'éléments qui ne s'ajustent pas du tout. On pourrait croire que tous les morceaux doivent s'emboîter les uns dans les autres, comme les pièces d'un puzzle. Mais, on ne sait trop pourquoi, les fleuves et les torrents, les ponts et les tunnels séparent et relient des quartiers qui, par leur caractère et leur nature géographique, pourraient être des pays étrangers situés à des kilomètres de distance, non des éléments de la même métropole tentaculaire.

Isola était le noyau de la ville, bien sûr. Et le 87e District se trouvait juste au centre du noyau, comme une roue tournant à l'intérieur d'une roue plus grande. Isola était une île. Elle devait son nom à un explorateur italien sans imagination qui était tombé par hasard sur l'Amérique, bien après que son célèbre compatriote l'eut découverte et revendiquée au nom de la reine Isabelle. »

Vous verrez que la suite ne manque pas d'intérêt...

On a pu noter, dans les derniers romans de la saga, que la vision de la ville que donne maintenant Ed McBain est assez différente de celle de ses premiers romans. Sans doute parce que les villes américaines ont elles aussi bien changé, qu'elles sont devenues moins « féminines »...

Ed McBain a utilisé ses deux mêmes ingrédients — la brigade du 87e District et Isola — depuis plus de quarante ans et presque cinquante volumes sans donner jamais l'impression de se répéter, d'utiliser une formule toute faite. Comment s'y est-il pris ?

Souffrez que nous gardions la réponse pour la préface d'un prochain volume.

SOUPE AUX POULETS

Killer's Wedge
1959
Traduction de Louis Saurin
et Philippe Aronson

Pour Helen et Gene.

1

C'était un après-midi normal du début d'octobre.

Au-delà des fenêtres grillagées de la salle des inspecteurs du 87e District, Grover Park éclatait de couleurs. L'été indien précoce, paré comme une princesse, étalait ses ors et ses pourpres, ses rouges et ses oranges dans l'air doux de l'automne. Le soleil étincelait dans un ciel sans nuages et dardait ses rayons entre les barreaux, faisant danser une poussière d'or. Les bruits de la rue s'insinuaient par les fenêtres ouvertes et venaient se mêler au brouhaha du bureau pour former une symphonie familière et unique.

Il y avait d'abord le thème principal joué par le bureau, fait de sonneries de téléphones, de crépitements de machines à écrire et de jurons. Les variations s'inscrivaient sur ce thème, allant du choc sourd d'un poing de policier dans l'estomac d'un voyou, au hurlement féroce d'un inspecteur qui voulait savoir où diable était passé son stylo, au murmure persistant d'un interrogatoire serré, au chuchotement mielleux et assourdi d'une conversation téléphonique avec une jeune belle de Hall Avenue, au sifflement d'un agent apportant un message du Central, aux récriminations tonitruantes d'une femme qui portait plainte contre son mari qui la battait, au gargouillis du distributeur d'eau fraîche, au fou rire qui accueillait une histoire grivoise.

Accompagné des sons d'octobre qui émanaient de la rue, un rire sonore venait justement de ponctuer, en ce vendredi après-midi, la dernière de Meyer Meyer.

— Faut dire ce qui est, constata Bert Kling, il sait raconter une histoire. Ça, c'est une chose que je ne sais pas faire. Raconter une histoire.

— Il y a bien des choses que tu ne sais pas faire, lança Meyer, une lueur pétillante dans ses yeux bleus, mais passons. L'art de raconter une histoire, Bert, s'acquiert avec l'âge. Un petit morveux comme toi en est incapable. Il faut des années d'expérience.

— Va te faire foutre, vieux schnock !

— Tu vois, Cotton, il montre les crocs tout de suite ! C'est fou ce que son âge le rend susceptible.

Cotton Hawes goûta son café et sourit. C'était un homme de haute taille, un mètre quatre-vingt-cinq et quatre-vingt-quinze kilos, avec des yeux bleus et un menton carré à fossette. Ses cheveux étaient d'un roux étincelant, éclairés par une mèche d'un blanc pur, sur la tempe gauche. Cette curiosité résultait d'un ancien coup de couteau. On avait dû raser les cheveux pour soigner la blessure, et ils avaient repoussé blancs. A l'époque, Hawes avait remarqué :

— C'est une belle preuve de la trouille que j'ai eue !

Il répondit à Meyer en riant :

— La jeunesse est toujours susceptible, c'est bien connu.

— Tu t'y mets toi aussi ? demanda Kling. C'est un complot !

— Non, ce n'est pas un complot, rectifia Meyer. C'est une politique de haine spontanée. Le problème principal en ce bas monde, c'est ça. La haine. Au fait, connaissez-vous le slogan de la Semaine Contre la Haine ?

— Non, répondit Hawes, pince-sans-rire. C'est quoi, le slogan de la Semaine Contre la Haine ?

— Que tous les haineux aillent se faire foutre ! lança Meyer avec véhémence.

Puis le téléphone sonna. Hawes et Kling, d'abord perplexes, finirent par éclater de rire. Les faisant taire d'un geste, Meyer décrocha.

— 87e, inspecteur Meyer... Comment dites-vous, madame ? Oui, je suis inspecteur. Comment ? Non, je ne suis pas le chef de... Ma foi, madame, le lieutenant est assez occupé en ce moment. Si je puis vous aider ? Oui, madame, de quoi s'agit-il ?... Une chienne, dites-vous... Oui, madame. Je vois... Mais nous ne pouvons guère le retenir à la maison. Ce n'est pas précisément du ressort de la police. Oui, je comprends. La chienne... Oui, madame. Je regrette, mais nous n'avons pas d'homme disponible pour l'instant. Nous sommes assez pris, cet après-midi... Comment ?... Ah, je regrette que vous le preniez ainsi, madame. Mais vous comprenez...

Il se tut et regarda l'appareil.

— Elle a raccroché, constata-t-il en en faisant autant.

— Qu'est-ce qu'elle voulait ? demanda Kling.

— Elle a un danois qui court après la chienne cocker du voisin. Elle désire que nous retenions le danois à la maison ou que nous nous occupions de la chienne. Aaaaah ! soupira Meyer, l'amour, toujours l'amour ! (Il marqua un temps, puis demanda :) Vous savez ce que c'est, l'amour ?

— Non, fit Hawes, toujours pince-sans-rire. C'est quoi ?

— C'est pas de la blague ce coup-ci, c'est de la philosophie : L'amour, c'est de la haine ramollie.

— Quel cynisme ! dit Hawes.

— C'est pas du cynisme. C'est de la philosophie. Il ne faut pas croire un homme qui pense à voix haute. La seule façon de mettre à l'épreuve une idée brillante est de la dire.

Hawes se retourna brusquement.

La femme qui se tenait à la barrière de bois qui séparait la salle des inspecteurs du couloir était entrée si doucement que personne ne l'avait entendue. Elle venait de s'éclaircir la gorge, bruyamment, et c'était cette toux qui avait fait se retourner Hawes et sursauter Kling et Meyer.

Elle avait l'air de la mort en personne.

Ses cheveux noirs étaient tirés en chignon sur la nuque et ses grands yeux bruns étincelaient au milieu d'un masque blême, sans maquillage, aux lèvres pâles et aux joues livides. Elle portait un manteau noir et des chaussures noires sans bas. Ses jambes nues étaient aussi blanches que sa figure, des jambes maigres et frêles qui semblaient la supporter difficilement. Elle avait un cabas noir et ses doigts osseux se crispaient sur les poignées de cuir.

— Oui ? dit Hawes.

— L'inspecteur Carella est ici ? demanda la femme d'une voix sans timbre.

— Non, répondit Hawes. Je suis l'inspecteur Hawes. Si je puis...

— Quand reviendra-t-il ? coupa-t-elle.

— Je ne saurais dire. Il avait à s'occuper d'une affaire personnelle et, de là, il se rendait directement sur une enquête. L'un de nous pourrait peut-être...

— J'attendrai, dit la femme.

— Ce sera peut-être long.

— J'ai le temps. J'ai toute la vie pour attendre, répliqua-t-elle.

Hawes haussa les épaules.

— A votre aise. Il y a un banc dans le couloir. Si vous voulez...

— J'attendrai chez vous, déclara-t-elle.

Et avant que Hawes ait pu l'intercepter, elle avait poussé le portillon et se dirigeait vers un des bureaux inoccupés, au milieu de la pièce. Hawes s'approcha vivement.

— Je regrette, mademoiselle, dit-il, mais les visiteurs n'ont pas le droit...

— Madame, corrigea-t-elle. Mrs Frank Dodge.

Elle s'assit, plaça son lourd cabas sur le bureau et appuya ses deux mains dessus.

— Ecoutez, madame, nous ne permettons pas aux visiteurs d'entrer dans le bureau sans raison précise. Je suis certain que vous conviendrez...

— J'ai une raison précise.

Elle pinça ses lèvres exsangues.

— Eh bien ! dites-moi simplement...

— J'attends l'inspecteur Carella. L'inspecteur Steve Carella, répéta-t-elle avec une surprenante amertume.

— Si vous voulez l'attendre, reprit patiemment Hawes, il faudra l'attendre là-bas, sur le banc. Je regrette, mais c'est...

— J'attendrai ici, décréta-t-elle avec force. Et vous aussi.

Hawes regarda Meyer et Kling.

— Chère madame, commença Meyer, nous ne voulons pas être impolis mais...

— Ta gueule, dit la femme.

Elle parlait avec une étrange autorité. Les inspecteurs ouvrirent des yeux ronds.

Elle glissa sa main droite dans la poche de son manteau. Quand elle la ressortit, elle tenait un objet dur et froid.

— Ceci est un .38, annonça-t-elle.

2

La femme au revolver et au cabas était immobile sur sa chaise de bois. Le bruit de la rue semblait souligner le silence qui avait suivi sa déclaration. Les trois inspecteurs se regardèrent, puis leurs regards convergèrent sur la femme et le .38 qu'elle tenait d'une main ferme.

— Passez-moi vos revolvers, dit-elle.

Les policiers ne bronchèrent pas.

— Donnez-moi vos revolvers ou je tire.

— Ecoutez, madame, dit Meyer, braquez pas ce machin. Nous sommes tous des amis. Vous allez vous attirer des ennuis, c'est tout.

— Je m'en fiche. Mettez vos revolvers là devant moi, sur le bureau. N'essayez pas de les sortir de leurs étuis ou je tire. Cette arme est braquée sur le rouquin. Allez ! On se dépêche !

Les inspecteurs hésitaient encore.

— Vas-y, rouquin, fais ta prière, lança la femme.

Des trois hommes qui se trouvaient dans cette pièce il n'y en avait pas un qui ne comprît que, s'il remettait son arme, il serait à la merci de cette femme ; pas un qui ne se fût trouvé, à un moment ou un autre de sa carrière, en face du canon d'un revolver. Mais si les hommes qui se trouvaient là étaient des policiers, ils étaient aussi des hommes qui n'appréciaient pas particulièrement l'idée de mourir à la fleur de l'âge. Les hommes qui se trouvaient là étaient des êtres humains, mais ils étaient aussi des policiers qui connaissaient le pouvoir destructeur d'une balle de .38, et qui savaient qu'une femme est tout aussi capable de tirer qu'un homme. Ils comprenaient tous que cette créature pouvait très bien les abattre tous les trois d'une seule rafale. Et cependant, ils hésitaient.

— Merde ! cria-t-elle. Je ne plaisante pas !

Kling fut le premier à se décider, et seulement parce qu'il avait vu blanchir les phalanges des doigts de la femme, crispés sur la détente. Sans la quitter des yeux, il déboucla son ceinturon et son baudrier, fit glisser l'étui de son aisselle et laissa tomber étui et revolver sur le bureau. Meyer décrocha son étui de sa hanche et posa le tout à côté du revolver de Kling. Hawes portait son arme à la ceinture. Il imita ses collègues.

— Lequel de ces tiroirs ferme à clef ? demanda la femme.

— Celui du haut, dit Hawes.

— Où est la clef ?

— Dans le tiroir.

Elle ouvrit le tiroir, prit la clef et poussa les armes à l'intérieur. Puis elle ferma le tiroir, ôta la clef après l'avoir tournée et la mit dans la poche de son manteau. Elle ne s'était pas séparée de son cabas noir.

— Bon, ben, maintenant, vous avez nos revolvers, dit Meyer. Et après ? Qu'est-ce que ça signifie, hein ?

— Je vais tuer Steve Carella, annonça-t-elle.

— Pourquoi ?

— Vous occupez pas de ça. Qui est-ce qui est encore ici, à part vous ?

Meyer hésita. De là où elle était, la femme pouvait voir le bureau du lieutenant et le couloir...

— Répondez ! s'écria-t-elle.

— Rien que le lieutenant Byrnes, répondit Meyer.

Au secrétariat, juste en face de la barrière de bois, Miscolo travaillait à ses rapports. Ils réussiraient peut-être à distraire la femme, à la détourner du couloir et alors, si jamais Miscolo venait dans la salle des inspecteurs, comme il le faisait souvent, peut-être comprendrait-il la situation et...

— Allez chercher le lieutenant, ordonna la femme.

Meyer fit un pas.

— Mais faites attention ! Je vous ai à l'œil. Un seul geste, un mot, et je tire. Et je continue à tirer jusqu'à ce que vous soyez tous morts ! Maintenant, allez-y. Frappez chez le lieutenant et dites-lui de venir ici.

Meyer traversa le bureau silencieux. Le bureau du lieutenant était fermé. Il frappa sur le cadre de la vitre dépolie.

— Entrez ! cria Byrnes.

— Pete, c'est moi. Meyer.

— C'est pas fermé !

— Pete, vous feriez mieux de venir.

— La barbe, qu'est-ce que c'est ?

— Venez, Pete.

Il y eut un bruit de pas et puis la porte s'ouvrit. Le lieutenant Peter Byrnes, trapu et compact comme du ciment armé, passa son cou puissant et ses larges épaules dans l'embrasure.

— Qu'est-ce que c'est, Meyer ? J'ai du boulot.

— Il y a là une femme qui vous demande.

— Une femme ? Où...

Il fit des yeux le tour de la pièce et son regard eut un éclair en reconnaissant la femme.

— Salut, Virginia, dit-il.

Et puis il vit le revolver.

— Venez par ici, lieutenant, commanda Virginia Dodge.

Il fronça les sourcils. Leur masse broussailleuse s'abaissa sur ses yeux bleus pénétrants. Pesamment, comme un homme qui s'apprête à soulever un fardeau, il traversa la salle des inspecteurs et s'avança vers Virginia Dodge. Il avait l'air tout prêt à la ramasser et à la jeter à la volée dans le couloir.

— Qu'est-ce que ça signifie, Virginia ? demanda-t-il, comme un père irascible qui reproche à sa fille de quinze ans de rentrer tard.

— Qu'est-ce que vous croyez, lieutenant ?

— Je crois que vous avez complètement perdu la tête, voilà ce que je crois. Qu'est-ce que c'est que ce pétard ? Qu'est-ce que vous fichez ici avec...

— Je vais tuer Steve Carella, déclara Virginia.

— Oh, Seigneur ! s'écria Byrnes d'un ton exaspéré. Vous vous figurez que ça va avancer les affaires de votre mari ?

— Rien n'avancera jamais plus les affaires de Frank.

— Qu'est-ce que ça veut dire ?

— Frank est mort hier. A l'infirmerie de la prison de Castleview.

Byrnes se tut, et se plongea dans une longue méditation. Enfin il dit simplement :

— Vous ne pouvez pas en vouloir à Steve pour ça.

— Carella l'a arrêté.

— Votre mari était un criminel.

— Carella l'a arrêté.

— Il s'est contenté de l'arrêter. Vous ne...

— Il l'a aussi fait condamner, il a témoigné au procès et il a tout mis en œuvre pour expédier Frank en tôle !

— Virginia, voyons, il...

— Frank était malade ! Carella le savait ! Il le savait quand il l'a fait enfermer !

— Mais, Virginia, enfin, notre devoir est de...

— Carella l'a tué, aussi bien que s'il lui avait tiré dessus à bout portant. Et maintenant, je m'en vais tuer Carella. Dès qu'il mettra les pieds dans ce bureau, je le tuerai !

— Et puis après ? Comment espérez-vous vous en tirer, Virginia ? Vous n'avez aucune chance.

Virginia eut un faible sourire.

— Vous en faites pas, je m'en tirerai.

— Vraiment ? Si vous tirez un coup de feu ici, toute la police du quartier va rappliquer en moins de deux.

— Ce n'est pas ça qui me tracasse, lieutenant.

— Non ? Soyons raisonnables, Virginia. Vous voulez finir sur la chaise électrique ? C'est ça que vous voulez ?

— Je m'en fous. Je ne veux pas vivre sans Frank.

Byrnes réfléchit un moment puis il déclara :

— Je n'en crois pas un mot, Virginia.

— Qu'est-ce que vous ne croyez pas ? Que je vais tuer Carella ? Que je tuerai le premier qui cherchera à m'en empêcher ?

— Je ne crois pas que vous aurez la folie de vous servir de cette arme. Je sors d'ici, Virginia. Je retourne dans mon bureau...

— Oh, que non !

— Si. Je retourne dans mon bureau et je vais vous dire pourquoi. Il y a quatre hommes dans cette pièce, moi compris. Vous pouvez me tirer dessus, d'accord, et peut-être sur un autre, mais il vous faudrait être drôlement rapide pour nous tuer tous !

— Je vous aurai tous, lieutenant, affirma Virginia avec le même sourire pâle.

— Oui ? Eh bien, je veux bien parier le contraire. Sautez sur elle dès qu'elle commence à tirer, vous autres... (Il marqua un temps.) Je vais dans mon bureau, Virginia, et je compte y rester cinq minutes. Quand je ressortirai, vous feriez bien d'avoir disparu, et nous laisserons tomber cette histoire. Sinon, je vous gifle comme vous n'avez jamais été giflée, je vous arrache ce revolver et je vous fourre au bloc. C'est clair, Virginia ?

— On ne peut plus clair.

— Cinq minutes, répéta sèchement Byrnes en tournant les talons.

Avec une inaltérable confiance en elle, Virginia répondit doucement :

— Je n'ai pas besoin de vous tirer dessus, lieutenant.

Byrnes ne s'arrêta pas.

— Je n'ai besoin de tirer sur personne, reprit-elle.

Byrnes marchait toujours.

— J'ai un flacon de nitroglycérine dans mon sac.

Les paroles de Virginia firent l'effet d'une explosion. Byrnes stoppa net et se retourna lentement, en baissant les yeux sur le cabas noir qu'elle maintenait solidement. Elle avait tourné son arme et le canon était posé contre l'ouverture béante du sac.

— Je ne vous crois pas, Virginia, dit Byrnes en se retournant et en posant la main sur le bouton de sa porte.

— N'ouvrez pas cette porte, lieutenant ! hurla-t-elle. Je tire dans mon sac et nous crevons tous ensemble !

A l'instant où il allait tourner le bouton de porte, Byrnes songea : Elle ment. Elle n'a pas de soupe dans ce sac. Où s'en serait-elle procuré ?

Et puis il se rappela qu'entre autres talents son mari avait eu celui de faire sauter les coffres-forts.

Mais elle n'a pas de soupe, pensa-t-il. Bon Dieu, c'est de la folie furieuse. Et si elle en a ? Mais elle ne s'en servirait pas. Elle attend Carella. Elle ne...

Byrnes interrompit ses réflexions et pensa simplement : Meyer Meyer a une femme et trois enfants.

Lentement, sa main retomba. Il se tourna vers Virginia Dodge d'un air accablé.

— Voilà qui va mieux, dit-elle. Et maintenant, nous allons attendre Steve Carella.

Steve Carella était nerveux.

Assis à côté de Teddy, sa femme, il n'arrivait pas à maîtriser le tremblement de ses doigts. Glabre, ses pommettes saillantes et ses yeux légèrement bridés lui donnant un type oriental, il serrait ses lèvres minces. Le médecin lui sourit presque affectueusement.

— Eh bien, Mr Carella, votre femme va avoir un bébé.

La nervosité disparut comme par enchantement. Mais une terrible incertitude la remplaça. Steve espérait que ça ne se voyait pas. Il ne voulait pas que Teddy s'en aperçoive.

— Allons, Mr Carella, reprit le médecin, vous voilà en proie aux angoisses paternelles. Du calme. Il n'y a pas à s'inquiéter le moins du monde.

Carella inclina la tête, sans conviction. Il sentait la présence de Teddy à ses côtés, sa Teddy, sa Theodora, la fille qu'il aimait, la femme qu'il avait épousée. Il regarda ses cheveux couleur de nuit, sa bouche pulpeuse et muette, ses grands yeux bruns qui pour le moment étincelaient de fierté.

Il se dit qu'il ne fallait pas lui gâcher sa joie. Et cependant, il ne pouvait apaiser ses craintes.

— Me permettez-vous de vous rassurer sur différents points, Mr Carella ? demanda le Dr Randolph.

— Je, eh bien, je...

— Vous vous inquiétez peut-être pour le bébé. Votre femme étant sourde-muette de naissance, vous pensez peut-être que cela risque d'être héréditaire. C'est une crainte bien naturelle, Mr Carella.

— Je...

— Mais totalement dénuée de fondement. La médecine en est sans doute encore à ses premiers balbutiements, mais nous savons pertinemment que la surdité n'est pas héréditaire. Il arrive même que deux parents sourds et muets aient des enfants parfaitement normaux. Je crois que le plus célèbre de ces rejetons-là est Lon Chaney. La grossesse de votre femme sera parfaitement normale et elle donnera le jour à un bel enfant bien sain. Et, si vous me permettez, j'oserai ajouter : aussi beau que la mère.

Teddy Carella, qui lisait sur les lèvres du médecin, faillit rougir. Comme un horticulteur qui possède un jardin plein de roses extraordinaires finit par le trouver tout naturel, Teddy ne songeait jamais à sa beauté. Elle ne cessait de s'étonner de se sentir admirée sans réserve. Elle avait vécu toute sa vie avec ce visage et ce corps parfaits et se souciait peu de l'appréciation des inconnus. Elle ne cherchait à plaire qu'à un seul être au monde, son mari, Steve Carella. Et maintenant, à l'idée de cet enfant qui allait naître, sa joie était à son comble.

— Merci, docteur, murmura Steve.

— De rien. Et bonne chance à tous les deux. Vous reviendrez me voir dans quelques semaines, petite madame. Jusque-là, prenez bien soin d'elle.

— N'ayez crainte !

Ils quittèrent le cabinet du gynécologue et, dans le couloir, Teddy se jeta au cou de son mari.

— Hé là ! En voilà des façons pour une future mère ! s'écria Carella avec un sourire.

Teddy lui rendit son sourire et le tira vers l'ascenseur.

— Tu veux rentrer, hein ?

Elle fit oui de la tête.

— Et après ?

Le silence de Teddy Carella disait tout.

— Ça devra attendre, dit Carella en appuyant sur le bouton d'appel. Il y a un petit suicide qui réclame mon attention. Je me suis conduit comme un imbécile, hein ?

Teddy secoua vigoureusement la tête.

— Si. J'étais inquiet. Pour toi, pour le bébé... Mais pour te remercier d'être la femme la plus fabuleusement fertile et productive du monde, nous allons d'abord prendre un verre. Et puis j'irai m'occuper de mon suicide. Mais la journée ne se terminera pas comme ça, loin de là ! s'écria-t-il en l'embrassant sur le bout du nez. Voyons, je serai certainement de retour au bureau à sept heures au plus tard. Tu veux me retrouver là-bas ? Je ferai mon rapport en vitesse et puis nous irons dîner dans un endroit discret où je pourrai te serrer la main sous la table et t'embrasser devant tout le monde. D'accord ? A sept heures ?

Teddy inclina la tête avec ravissement.

— Et puis on rentrera. Dis-moi, tu crois que c'est convenable pour une femme enceinte de... ?

Teddy fit un signe affirmatif, indiquant même que la chose était non seulement convenable mais recommandée. Carella la serra contre lui et grommela :

— Je t'aime. Tu le sais ?

Elle le savait. Elle ne dit pas un mot. Même si elle avait pu parler, elle n'aurait rien dit. Mais elle le regarda, des larmes de bonheur perlant à ses longs cils noirs.

— Je t'aime plus que la vie, murmura Steve.

3

Il y avait quatre-vingt-dix mille habitants dans le 87e District.

Les rues du district suivaient une ligne nord-sud entre la Harb et Grover Park, qui était en face des bureaux du 87e. Le district contenait des rues comme l'élégante Silvermine Road, avec ses immeubles luxueux et leurs portiers galonnés, le Stem et son centre commercial bruyant, Ainsley Avenue et, encore plus au sud, Culver Avenue et ses taudis, ses églises désertes et ses bars bondés... Et puis Mason Avenue, la Via de Putas pour les Portoricains, la Rue des Putes pour les flics. Grover Avenue et le parc venaient ensuite. L'étendue nord-sud n'était pas très vaste. En fait, Grover Park était sous la double commande des 88e et 89e Districts — quoique le 87e leur donnât de temps en temps un coup de main. En revanche, l'étendue est-ouest était bien plus grande, avec ses trente-cinq rues bondées. Néanmoins, le district en sa totalité était de taille modeste. Et ça semblait encore plus petit lorsqu'on songeait à la multitude de gens qui y habitaient.

La population du 87e District était extrêmement mélangée. Il y avait des Portoricains et des Juifs, des Italiens et des Irlandais. Ce n'était pas les immigrés qui faisaient de ce quartier un taudis ; c'était le taudis, et son atmosphère d'acceptation, qui attirait les groupes d'immigrés. Contrairement aux idées reçues, les loyers n'étaient pas bas. Ils étaient aussi élevés que dans bien d'autres quartiers de la ville, et vus sous l'angle du rapport qualité-prix, les loyers étaient exorbitants. Mais on peut faire d'un taudis un chez-soi. Une fois installés, les habitants du 87e couvraient d'images le plâtre écaillé des murs, éparpillaient des petits tapis sur les parquets abîmés. Suivant les us et coutumes du taudis américain, ils tambourinaient sur les radiateurs pour en obtenir un peu de chaleur, écrasaient d'un coup de talon les cafards qui traversaient en tous sens le sol de la cuisine dès qu'on faisait de la lumière, tendaient des pièges aux rats et aux souris qui se baladaient en régiments à travers l'appartement comme la Wehrmacht en Pologne, et il leur arrivait de temps en temps de devoir casser un cadenas en acier fixé par la police pour interdire l'accès au logis.

Il incombait aux policiers du 87e District d'empêcher que les habitants ne s'adonnent à une autre forme d'activité très répandue dans les taudis : le crime.

Virginia Dodge voulut savoir combien d'hommes étaient occupés à ce sacerdoce. Byrnes le lui apprit :

— Nous avons seize inspecteurs.

— Et où sont-ils en ce moment ?

— Vous en avez trois ici.

— Et les autres ?

— Certains sont en congé, d'autres sur des enquêtes.

— Lesquels ?

— Vous ne voulez tout de même pas tous les détails de notre organisation, grands dieux !

— Si.

— Ecoutez, Virginia... (Le canon du revolver pénétra plus avant dans le sac et Byrnes soupira.) Très bien. Cotton, passe-moi la feuille de service.

Hawes regarda la femme.

— Je peux bouger ?

— Allez-y. N'ouvrez pas de tiroirs. Où est votre revolver, lieutenant ?

— Je n'en ai pas.

— Vous mentez. Où est-il ? Dans le bureau ?

Byrnes hésita et Virginia se mit à hurler :

— Nom de Dieu, fourrez-vous ça dans la tête une fois pour toutes ! Je ne suis pas là pour rigoler, et le premier qui s'avise de me mentir, ou qui ne m'obéit pas, je le...

— Bon, bon, ça va, ne vous énervez pas. Il est dans le tiroir de mon bureau, dit Byrnes en se retournant.

— Une seconde, s'écria Virginia. Nous irons tous ensemble !

Elle souleva son cabas avec précaution et braqua son arme sur les quatre hommes groupés.

— En avant, dit-elle. Suivez le lieutenant.

Comme un petit troupeau, les hommes suivirent Byrnes dans son bureau. Virginia les poussa un peu et entra à son tour. Byrnes ouvrit son tiroir.

— Sortez-le et posez-le sur le bureau, ordonna Virginia. Prenez-le par le canon. Si jamais votre doigt s'approche de la détente, la nitro...

— Oui, oui, ça va, coupa Byrnes avec irritation.

Il prit le revolver par le canon et le posa sur le bureau. Virginia s'en empara vivement et le glissa dans la poche gauche de son manteau.

— Et maintenant, dehors, dit-elle.

Le troupeau revint dans la salle des inspecteurs. Virginia se rassit au bureau qu'elle avait choisi comme poste de commandement, posa son cabas sur ses genoux et braqua son revolver sur le sac.

— Et maintenant, dit-elle, la feuille de service.

— Cotton, dit Byrnes.

Hawes alla chercher le tableau accroché au mur près d'une fenêtre, un simple rectangle de carton noir pourvu de fentes où l'on insérait des lettres de celluloïd blanc. Chaque inspecteur devait mettre son nom à la place du collègue qu'il venait relayer, dès qu'il prenait son service. En ce bel après-midi d'octobre, il y avait les noms de six inspecteurs au tableau de service. Trois d'entre eux — Hawes, Kling et Meyer — se trouvaient présents.

— Où sont les trois autres ? demanda Virginia.

— Carella a emmené sa femme chez le médecin, dit Byrnes.

Virginia fit une grimace et remarqua amèrement :

— C'est trop gentil.

— Ensuite, il doit poursuivre une enquête qu'il a commencée sur un suicide.

— Quand rentre-t-il ?

— Je ne sais pas.

— Vous devez en avoir une idée.

— Je n'en ai pas la moindre. Il rentrera quand il sera prêt à rentrer.

— Et les deux autres ?

— Brown est en planque. Derrière une boutique de tailleur.

— En quoi ?

— En planque. Une surveillance, appelez ça comme vous voudrez. Il reste là, à attendre qu'on vienne cambrioler la boutique.

— Allez, lieutenant, qu'est-ce que c'est que cette blague ?

— Mais enfin, ce n'est pas une blague ! Quatre tailleurs du quartier ont été victimes d'un hold-up en plein jour. Nous espérons que celui-ci est sur la liste des malfaiteurs. Brown attend le voleur.

— Quand rentrera-t-il ici ?

— A la tombée de la nuit, sans doute. A moins que le hold-up ait lieu. Quelle heure est-il ? Quatre heures trente-huit, annonça Byrnes après avoir levé les yeux vers la pendule. Il devrait rentrer vers six heures.

— Et le dernier, Willis ?

Byrnes haussa les épaules.

— Il était là il y a une demi-heure. Qui est au courant ?

— Moi, dit Meyer.

— Eh bien, où est Willis ?

— On a reçu une plainte. Coups de couteau sur Mason.

— Vous avez votre réponse, dit Byrnes à Virginia.

— Et lui, quand est-ce qu'il rentre ?

— Je n'en sais rien.

— Bientôt ?

— Sans doute.

— Qui y a-t-il encore dans l'immeuble ?

— Le sergent et le lieutenant de service. Vous les avez vus en bas.

— Et puis ?

— Le capitaine Frick, qui dirige le district.

— Et où est-il ?

— Son bureau est au rez-de-chaussée.

— Qui encore ?

— Nous avons cent quatre-vingt-six agents. Un tiers sont de service. Certains sont dans l'immeuble, les autres dans les rues.

— Ceux de l'immeuble, qu'est-ce qu'ils font ?

— Ils aident au secrétariat et au classement.

— A part les inspecteurs du tableau, il n'y en a pas qui peuvent monter ici ?

— Je ne sais pas. C'est possible.

— Nous ne devons pas être relayés avant huit heures du matin, Pete, dit Meyer.

— Mais Carella rentrera bien avant cette heure-là ? demanda Virginia.

— Probablement.

— Oui ou non ?

— Je ne peux pas vous le dire. Ecoutez, Virginia, je suis tout à fait franc avec vous. Carella peut tomber sur un indice qui l'entraînera au loin et l'empêchera de revenir ici. Je n'en sais absolument rien.

— Il téléphonera ?

— Peut-être.

— S'il appelle, dites-lui de revenir immédiatement. Compris ?

— Oui. J'ai compris.

Le téléphone sonna et coupa net la conversation. Et puis la sonnerie glapit de nouveau dans le silence total.

— Répondez, dit Virginia. Et pas de blagues.

Meyer décrocha.

— 87e. Inspecteur Meyer... Oui, Dave. Vas-y, j'écoute.

Soudain, Meyer s'aperçut que Virginia Dodge ne pouvait entendre qu'un côté de la conversation avec le sergent de service. Patiemment, tranquillement, il écouta.

— Meyer, on vient de recevoir un appel d'un type qui a entendu des cris et un coup de pétard dans l'appartement voisin du sien. Y a un moment, quoi. J'ai envoyé une voiture et les gars viennent de revenir. Une bonne femme a reçu une balle dans le bras et son copain prétend que c'est un accident, que le coup est parti tout seul pendant qu'il nettoyait son arme. Vous voulez envoyer quelqu'un ?

— Bien sûr. Quelle adresse ? dit Meyer sans cesser d'observer patiemment Virginia.

— 2379, Culver. A côté de l'*Easy Bar*. Tu connais ?

— Oui, je connais. Merci, Dave.

Meyer raccrocha et se tourna vers Byrnes.

— Il y a une femme qui nous a appelés. Dave pense qu'on devrait s'en occuper.

— Qui est Dave ? demanda Virginia.

— Murchison, le sergent de service, répondit le lieutenant. De quoi s'agit-il, Meyer ?

— Cette femme dit que quelqu'un essaye de forcer sa porte. Elle demande qu'on envoie un inspecteur tout de suite.

Byrnes et Meyer échangèrent un long regard plein de signification. Le sergent de service se serait occupé lui-même d'un tel appel et il n'aurait jamais dérangé le bureau des inspecteurs pour ça. Il aurait immédiatement expédié une voiture de patrouille.

— Ou alors, ajouta Meyer, il voudrait que vous préveniez le capitaine pour qu'il voie ce qu'il peut faire.

— Bien. C'est ce que je vais faire, approuva Byrnes. Vous permettez, Virginia ?

— Personne ne quitte cette pièce.

— Je sais. C'est bien pour cela que je repasse cet appel au capitaine Frick. Je peux ?

— Allez-y. Pas de blagues.

— L'adresse est 2379, Culver, dit Meyer.

— Merci, murmura Byrnes en formant un numéro à trois chiffres.

Le capitaine répondit à la seconde sonnerie.

— Ouais ?

— John ? Pete.

— Ah ! salut, Pete. Comment va ?

— Comme ça... John, j'ai un service à vous demander.

— Lequel ?

— Une femme de Culver Avenue, au 2379, se plaint qu'on essaye de forcer sa porte. Je n'ai pas un homme de libre en ce moment. Vous pouvez envoyer quelqu'un voir ?

— Quoi ? s'écria Frick.

— Je sais que ce n'est pas trop régulier. Nous nous occupons de ces trucs-là d'habitude, mais aujourd'hui nous sommes plutôt pris.

— Quoi ? répéta Frick.

— Vous pouvez vous en occuper, John ?

Le récepteur à l'oreille, Byrnes observait Virginia du coin de l'œil tout en songeant : John, réveille-toi, bon Dieu, réveille-toi !

— Vous vous en occupez d'habitude ? Ça alors, c'est un monde ! Il faut que je me tue à vous supplier à genoux pour que vous vous occupiez de crimes qui sont de votre ressort et maintenant, pour un machin... Mais pourquoi me casser les pieds avec cette histoire, Pete ? Pourquoi ne pas la donner au sergent de garde ?... Et d'abord, comment avez-vous appris ça ? Qui est en bas au bureau ?

— Alors vous vous en occupez, John ?

— Vous voulez rigoler, Pete ? Qu'est-ce que c'est que cette blague ? dit Frick en riant. Votre petite plaisanterie quotidienne ? Bon, j'ai marché, n'en parlons plus. Comment ça va, là-haut ?

— Pas brillant, répondit Byrnes en choisissant ses mots avec soin, sans quitter Virginia des yeux.

— Qu'est-ce que c'est ? Des migraines ?

— Plus qu'il n'en faut. Vous devriez y aller voir vous-même.

— Y aller ? Où ça ?

Dieu du ciel, songea Byrnes, réfléchis ! Pour une fois dans ta vie, réfléchis !

— Après tout, c'est votre boulot, répondit-il.

— Mon boulot ? Qu'est-ce qui est mon boulot ? Mais enfin, Pete, qu'est-ce que vous avez ? Vous avez bu, ou quoi ?

— De toute façon, je pense qu'il faut s'en assurer, dit Byrnes.

— S'assurer de *quoi* ? Pas de doute, il est fin saoul !

— Bon, alors c'est d'accord, vous y allez ? Et merci, dit Byrnes en voyant le visage de Virginia s'assombrir dangereusement.

— Où est-ce que je vais ?

— Et vous verrez bien de quoi il retourne. Merci encore, John.

— Je ne comprends pas un traître mot à ce...

Byrnes raccrocha.

— C'est arrangé ? demanda Virginia.

— Oui.

Elle considéra pensivement Byrnes et demanda :
— Ces appareils ont des postes annexes, n'est-ce pas ?
— Oui, reconnut Byrnes.
— Parfait. J'écouterai dorénavant tous les appels téléphoniques qui arrivent ici ou qui en partent.

4

Le drame, songea Byrnes, c'était qu'ils ne pouvaient pas communiquer entre eux. A vrai dire, c'était le drame de l'humanité depuis que le monde était monde, mais dans ce cas précis, cela tournait à la tragédie. Il était là, dans la salle des inspecteurs, avec trois de ses meilleurs policiers, et ils ne pouvaient pas échanger leurs idées et discuter des moyens de se débarrasser de cette folle, et de l'écarter de son revolver et de sa nitroglycérine, si nitro il y avait. Quatre hommes intelligents en face d'un problème comme on en fait peu, dans l'impossibilité de le résoudre ensemble. Pas tant qu'elle était là. Pas tant qu'elle se cramponnait à son .38.

Sans moyen de communiquer, Byrnes avait perdu le commandement. Virginia Dodge dirigeait à présent le 87e District. Et elle continuerait à le diriger jusqu'à ce que deux événements viennent éventuellement l'en empêcher :

a) Ils réussiraient à la désarmer ;

b) Steve Carella arriverait et elle le tuerait.

Il y avait naturellement une troisième éventualité. Elle pourrait perdre les pédales et tirer dans son sac sur son prétendu flacon de nitro, et faire sauter la baraque. Pas de « à suivre », inutile d'attendre le chapitre suivant. Tout se terminerait avec beaucoup d'éclat. L'explosion serait perçue jusqu'au fin fond du 87e District. Le Directeur de la police en tomberait du lit. En admettant que ce fichu cabas contenait bien un flacon de nitroglycérine. Malheureusement, ils ne pouvaient agir comme s'il n'y en avait pas. Il fallait se persuader que cet explosif était là, aussi réel et mortel que le .38 que Virginia Dodge tenait à la main. Mais où diable s'était-elle procuré un flacon de nitro ? Dans l'armoire à pharmacie de son défunt époux, expert perceur de coffres ? Mais la nitroglycérine est extrêmement dangereuse, susceptible d'exploser au moindre mot malsonnant. Même les perceurs de coffres les moins prudents renoncent à présent à s'en servir. Sauf peut-être dans des pays perdus. Byrnes avait connu des perceurs de coffres qui trimbalaient leur soupe dans une bouillotte en caoutchouc.

Et elle était là, bien tranquille, avec une bouteille de ce produit dans son cabas. Est-ce qu'elle s'était baladée avec ça dans le métro ? Byrnes eut un sourire amer.

Bien. La nitro est réelle. Il fallait agir comme si. D'ailleurs, il n'y avait pas d'autre façon d'agir. Cela signifiait qu'il fallait éviter tout mouvement brusque, toute tentative brutale pour s'emparer du cabas.

Alors, quoi ?

Attendre Carella ? Et à quelle heure reviendrait-il ? Quelle heure était-il ?

Byrnes leva les yeux vers la pendule. Cinq heures sept.

Il faisait encore grand jour. On devinait l'approche du crépuscule, mais le soleil brillait encore. Les passants pouvaient-ils se douter que trois inspecteurs et un lieutenant jouaient à cache-tampon avec un flacon de soupe ?

Non, bien sûr, se dit Byrnes. Même pas cet abruti de capitaine Frick.

Comment diable se tirer de ce pétrin ?

Je me demande si elle fume ? songea Byrnes.

Si elle fume... voyons, voyons voir. Du calme. Mettons qu'elle fume. Bon, d'accord. Jusque-là, ça va. Si on pouvait la pousser à mettre son cabas sur le bureau, à l'ôter de ses genoux. Ce ne devrait pas être bien difficile. La garce, elle le tient bien sur ses genoux, comme un foutu chat. Bon. Supposons qu'elle pose son cabas sur le bureau. Il pourrait lui offrir une cigarette et commencer à lui donner du feu.

Si l'allumette tombait sur ses genoux, elle bondirait. Machinalement. Byrnes pourrait en profiter pour la frapper.

Byrnes ne s'inquiétait pas du revolver. Enfin, si, personne n'aime recevoir une balle. Mais tant que la soupe n'est pas dans le coup... Surtout, pas de bagarre près de cet explosif. Byrnes avait déjà eu affaire à des armes à feu, mais jamais à de la nitroglycérine. Il n'avait pas du tout envie que l'on ramasse ses restes sur le mur à la raclette.

Je me demande si elle fume.

— A part ça, comment ça va, Virginia ? demanda Byrnes.

— Vous pouvez arrêter tout de suite, lieutenant.

— Arrêter quoi ?

— Le baratin. Je suis pas venue ici pour écouter vos salades. La dernière fois, ça m'a suffi.

— Il y a bien longtemps de ça, Virginia.

— Cinq ans, trois mois et dix-sept jours. Bien longtemps.

— Nous ne faisons pas les lois, Virginia, dit doucement Byrnes. Nous veillons à ce qu'on ne les transgresse pas. Et si quelqu'un...

— Pas de sermon. Mon mari est mort. Steve Carella l'a envoyé en taule. Ça me suffit.

— Steve l'a simplement arrêté. Un jury l'a condamné et un juge a prononcé la sentence.

— Mais Carella...

— Virginia, il me semble que vous oubliez quelque chose.

— Quoi donc ?

— Votre mari a aveuglé un homme.

— C'était un accident.

— Votre mari a tiré sur un homme au cours d'un hold-up et l'a privé de la vue. Et il n'a pas tiré accidentellement.

— Il a tiré parce que l'autre gueulait pour appeler un flic. Qu'est-ce que vous auriez fait à sa place ?

— Pour commencer, je n'aurais pas fait de hold-up contre une station-service.

— Non ? Saint Byrnes ! Pas d'histoire, lieutenant, je sais tout sur votre drogué de gamin. Un beau lieutenant de police et un camé de fils !

— Il y a bien longtemps de ça, Virginia. Mon fils va très bien, à présent. Il est guéri.

Byrnes ne pouvait jamais songer à cette époque de sa vie sans un frisson. La douleur s'était calmée, la douleur de s'apercevoir que son propre fils était complètement intoxiqué et peut-être même mêlé à un meurtre. Des jours noirs pour le lieutenant Byrnes. Il n'osait même plus se confier à ses propres hommes. Jusqu'au jour où il avait tout raconté à Steve Carella. Et Carella avait failli laisser sa peau dans cette enquête. Il avait été blessé et, pendant quelques jours, les médecins ne surent pas s'ils le sauveraient. Jamais un homme ne pria comme le lieutenant Byrnes à ce moment-là. Mais c'était fini. Il ne restait plus qu'un léger pincement au cœur, chaque fois qu'il y pensait. Et l'affection que Byrnes portait à l'inspecteur Carella. Et voilà que Steve Carella, l'homme qu'il considérait comme un second fils, avait rendez-vous avec la mort, sous l'aspect de cette femme en noir. Virginia lança d'un ton sarcastique :

— Je suis ravie de savoir que votre fils va bien. Il n'en est pas de même pour mon mari. Mon mari est mort. Et c'est Steve Carella qui l'a tué. Maintenant, fermez-la. Plus de baratin.

— Ça me fait du bien de bavarder un peu.

— Alors, causez tout seul. Ça ne m'intéresse pas.

Byrnes se pencha sur le coin du bureau. Virginia serra son cabas contre elle et sa main se crispa sur son revolver.

— N'approchez pas, lieutenant, je vous préviens !

— Quels sont vos projets au juste, Virginia ?

— Je vous l'ai dit. Quand Steve Carella arrivera, je le tuerai. Et puis je m'en irai. Si jamais on essaye de m'en empêcher, je lâche mon sac avec la nitro.

— Et si j'essaye de vous arracher cette arme, tout de suite ?

— A votre place, je ne le ferais pas.

— Mais si j'essayais quand même ?

— J'ai ma petite idée, lieutenant.

— Laquelle ?

— Aucun être n'est vraiment un héros. Quelle vie est plus importante pour vous ? La vôtre ? Ou celle de Carella ? Vous pouvez sauter sur mon revolver, mais mon flacon de nitro peut vous sauter au nez. A votre nez à vous, pas à celui de Carella. Bon, vous l'aurez sauvé. Mais vous serez mort.

— J'ai une profonde affection pour Carella, Virginia. Je suis capable de mourir pour le sauver.

— Ouais ? Et vos petits copains ? Ils veulent bien mourir pour le sauver, eux aussi ? Ou bien mourir pour leur salaire de misère ? Faites-les donc voter à main levée, lieutenant, et voyez ceux qui sont prêts à faire bon marché de leur peau ! Allez-y, qu'est-ce que vous attendez ?

Byrnes n'y tenait guère. L'héroïsme et le courage sont très relatifs. Il savait que chacun de ces hommes, à un moment ou un autre, avait fait preuve de courage et d'héroïsme. Mais la bravoure dans l'action est une tout autre chose. Est-ce que ces hommes consentiraient à risquer une mort certaine, de sang-froid ? Il n'en était pas sûr. Il avait même l'impression que s'il leur disait : « Votre vie ou celle de Carella ? », ils choisiraient de vivre. Des égoïstes ? Peut-être. Inhumains ? C'est possible. Lui-même, aimant Carella comme il l'aimait, il avait peur de se poser la question. Peur de sa réponse.

— Quel âge avez-vous, Virginia ?

— Qu'est-ce que ça peut vous foutre ?

— J'aimerais le savoir.

— Trente-deux ans. Je fais plus vieux, hein ?

— Un peu.

— Beaucoup. Ça aussi, c'est grâce à Carella. Vous connaissez la prison de Castleview, lieutenant ? Vous avez vu l'endroit où Carella a envoyé mon Frank ? C'est bon pour des animaux, pas pour des hommes. Et j'ai dû vivre seule, attendre, en songeant aux souffrances de Frank. Vous croyez que la jeunesse peut résister à ça ? Et la beauté ? Vous croyez qu'elle tient le coup, avec un chagrin qui la ronge, et l'inquiétude et le souci qui la minent, comme une bête dévorante ?

— Castleview n'est peut-être pas une prison modèle, mais...

— C'est une chambre de torture ! hurla Virginia. Sale, dégoûtante, étouffante, surpeuplée, répugnante ! Ça pue, lieutenant. On peut la sentir à deux kilomètres. Et ils entassent des êtres humains dans cette pestilence ! Mon Frank a fait des bêtises, d'accord. Mais Frank était un homme, pas une bête. Il a refusé d'être traité comme une bête et on l'a traité d'agitateur !

— Ma foi, on ne peut...

— Vous savez que les hommes n'ont pas le droit de parler pendant les heures de travail ? Vous savez qu'il y a encore des tinettes dans les cellules ? Des seaux ! Pas de cabinets ! Vous imaginez la puanteur ? Et mon Frank était malade ! Est-ce que Carella y a songé quand il a joué les héros pour l'arrêter ?

— Il ne jouait pas les héros. Il faisait son boulot. Vous ne comprenez pas ça, Virginia ? Carella est un policier. Il faisait son boulot !

— Et moi je fais le mien, déclara nettement Virginia.

— Comment ? Vous vous rendez compte de ce que vous trimbalez dans ce sacré cabas ? Vous ne savez donc pas ce que vous risquez vous-même, si vous tirez là-dessus ? La nitroglycérine, ce n'est pas du dentifrice !

— Je m'en fous !

— Trente-deux ans, et vous êtes prête à tuer un homme et à y laisser votre peau par-dessus le marché ?

— Je m'en fous.

— Réfléchissez, Virginia.

— C'est tout réfléchi. Et je n'ai pas à vous écouter.

Virginia fit un mouvement brusque et le cabas tressauta sur ses genoux. Byrnes le regarda d'un œil inquiet.

— Bon, bon, calmez-vous. Du calme, allons. Pourquoi ne posez-vous pas ce truc sur le bureau ?

— Pourquoi, hein ?

— Vous êtes là à vous trémousser. Si ça ne vous fait rien de sauter, moi je n'en ai pas envie.

Virginia sourit, souleva son cabas avec précaution et le posa doucement sur le bureau, mais le canon du revolver ne quitta pas l'ouverture. Byrnes poussa un soupir de soulagement.

— Voilà qui va mieux. Détendez-vous. Ne vous énervez pas. Cigarette ?

— Je n'en ai pas envie.

Byrnes prit un paquet de cigarettes dans sa poche. Il se tourna légèrement vers Virginia, sans quitter le sac des yeux. Il réfléchit au réflexe possible de Virginia. En voyant l'allumette enflammée lui tomber sur les genoux, est-ce qu'elle crisperait son doigt sur la détente ? Ou est-ce qu'elle reculerait ? Elle reculerait. Alors il la frapperait. Il secoua son paquet et en fit jaillir une cigarette.

— Tenez, dit-il. Prenez-en une.

— Non.

— Vous ne fumez pas ?

— Si. Mais je n'en ai pas envie.

— Allons. Rien de tel pour calmer les nerfs. Tenez.

Il lui tendit le paquet.

— Bon, si vous voulez.

Elle fit passer le revolver dans sa main gauche. Le canon de l'arme était à deux centimètres du sac. De la main droite, elle prit la cigarette offerte. Il se dressa à sa droite, calculant qu'il lui tendrait l'allumette de la main gauche, la laisserait tomber sur ses genoux et l'assommerait d'une bonne droite au menton quand elle sursauterait. Son cœur battait à se rompre.

Et si le coup partait quand elle sursauterait ?

Byrnes plongea la main dans sa poche pour prendre ses allumettes. Ses doigts tremblaient. La cigarette pendait aux lèvres de Virginia. Sa main gauche, crispée sur le revolver près du sac, restait ferme.

Byrnes craqua l'allumette.

A cet instant précis, le téléphone sonna.

5

Virginia arracha la cigarette de ses lèvres et la jeta dans un cendrier. Elle fit vivement passer le revolver dans sa main droite et se tourna vers Bert Kling qui s'apprêtait à répondre au téléphone.

— Doucement, petit. Une seconde. C'est sur quelle ligne ?

— Poste 31, dit Kling.

— Ecartez-vous, lieutenant, cria Virginia avec un geste du revolver.

Byrnes recula. De sa main libre, elle attira le téléphone à elle, l'examina un instant et appuya sur un des boutons à la base.

— Bon. Répondez, dit-elle à Kling, et elle décrocha au même instant que lui.

— 87e District, inspecteur Kling.

— Inspecteur Kling ? Ici, Marcie Snyder.

— Qui ça ?

— Marcie... Snyder. Marcie Snyder. Vous m'avez donc oubliée, inspecteur Kling, murmura une voix insinuante.

— Ah. Ah oui. Comment allez-vous, mademoiselle ?

— Très bien. Et comment va mon beau policier blond ?

— Je... euh... Je vais très bien, merci.

Bert glissa un coup d'œil vers Virginia Dodge. Elle pinçait les lèvres, dans un sourire sans joie. Elle paraissait asexuée, inhumaine, avec son gros revolver braqué sur son cabas noir. La vitalité chaude et tendre de la voix de Marcie Snyder contrastait étrangement avec cette femme glacée qui représentait la mort. La voix de Marcie ondulait comme des hanches, chuchotait, murmurait, et Kling imaginait la belle rousse appétissante mollement alanguie dans un fauteuil, en négligé transparent, son téléphone blanc à l'oreille.

— Ça me fait plaisir de vous entendre, souffla-t-elle. Vous étiez tellement pressé, la dernière fois qu'on s'est vus.

— J'avais rendez-vous avec ma fiancée, répliqua froidement Kling.

— Oui. Je sais. Vous me l'avez dit. Et répété... Vous me paraissiez nerveux. Qu'est-ce donc qui vous avait énervé, inspecteur Kling, mmmm ?

— Envoyez-la paître, chuchota Virginia Dodge.

— Comment ? dit Marcie.

— Je n'ai rien dit, répondit Kling.

— Il m'a bien semblé entendre...

— Non, je n'ai rien dit. Je... je suis assez occupé, mademoiselle. Que puis-je pour vous ?

Marcie Snyder éclata d'un rire que Bert Kling trouva effroyablement grivois. Il eut soudain l'impression d'avoir seize ans et d'entrer pour la première fois au bordel. Il faillit rougir.

— Allons, insista-t-il sèchement. De quoi s'agit-il ?

— De rien. Au fait, nous avons retrouvé les bijoux.

— Ah oui ? Où ça ?

— Finalement, ils n'avaient pas été volés. Ma sœur les avait emportés avec elle, quand elle est partie à Las Vegas.

— Vous retirez donc votre plainte, mademoiselle ?

— Bien sûr. S'il n'y a pas eu vol, je n'ai aucune raison de me plaindre, n'est-ce pas ?

— En effet. Je suis très heureux que vous ayez retrouvé ces bijoux. Si vous voulez bien nous l'annoncer par écrit, en expliquant que votre sœur...

— Vous ne pourriez pas passer prendre ma déclaration, inspecteur Kling ?

— Je le ferais avec plaisir, mais il y a tant de criminels dans notre bonne ville qu'on ne peut quasiment pas se passer de moi. Merci de votre coup de fil. N'oubliez pas de nous écrire, pour la forme.

Il raccrocha brusquement et se détourna. Virginia raccrocha à son tour.

— Un vrai tombeur, pas vrai ? ricana-t-elle.

— C'est ça, un vrai tombeur, grogna Kling.

A vrai dire, il était gêné que Virginia Dodge eût écouté l'invite lascive de Marcie Snyder. Bert Kling avait vingt-cinq ans et il n'était nettement pas entraîné au genre d'escrime pratiqué par Marcie Snyder. C'était un grand garçon blond aux larges épaules et aux hanches minces, et son visage reflétait la candeur et la sobriété. Il était beau mais paraissait l'ignorer totalement. Kling était fiancé à une jeune fille nommée Claire Townsend et toutes les Marcie Snyder de la terre, et leurs sœurs, ne l'intéressaient nullement. Si bien qu'il était affreusement gêné que Virginia Dodge pût penser qu'il avait attendu ou désiré ce coup de fil. Il ne voulait pas qu'elle eût une mauvaise opinion de lui. Ce qui, il le sentait, était parfaitement ridicule. Qu'est-ce que l'opinion d'une garce comme Virginia Dodge pouvait faire à l'inspecteur Kling ? Mais malgré tout, il ne voulait pas qu'elle pense qu'il flirtait au lieu de s'occuper d'une enquête sur un vol supposé.

Il s'approcha du bureau avec un coup d'œil inquiet vers le cabas. Et si quelqu'un le faisait tomber ? Doux Jésus ! Il fallait être folle à lier pour se balader avec un flacon de nitroglycérine !

— Au sujet de cette fille, dit-il.

— Oui ?

— Je ne voudrais pas que vous vous fassiez des idées.

— Par exemple ! Mais quelles idées ?

— Eh bien... C'est-à-dire... J'étais sur une enquête, c'est tout. Pour un vol.

— Et sur quoi d'autre pourriez-vous enquêter, mon joli ? susurra Virginia.

— Rien. Oh, zut ! Je ne sais pas pourquoi je me donne la peine de vous expliquer ça.

— Pourquoi pas ? Je suis trop bête ?

— Ma foi, on ne peut pas dire que vous soyez parfaitement équilibrée, sauf votre respect, Mrs Dodge. Quand on a toute sa raison, on ne se trimbale pas avec un revolver et un flacon de soupe, vous savez.

— Ah non ?

Virginia souriait, à présent, et s'amusait beaucoup.

— A mon avis, c'est un truc de dingue. Entre nous, hein ? Le revolver, bon, d'accord. Vous voulez descendre Steve, c'est votre affaire. Mais la nitro, vous ne trouvez pas que ça fait un peu cinéma ? Et comment avez-vous réussi à l'amener jusqu'ici sans faire sauter toute la ville ?

— Je me suis débrouillée. J'ai marché doucement. Je n'ai pas tortillé des fesses.

— Ouais, ça se fait pas, d'ailleurs. Et encore moins quand on a un puissant explosif dans son sac.

Kling eut un sourire désarmant. La pendule marquait cinq heures trente-trois. La nuit commençait à tomber et le ciel devenait d'un bleu profond derrière les arbres éclatants du parc. On entendait les cris des enfants shootant dans un ballon une dernière fois avant la nuit, et les appels de leurs mères. On entendait des hommes se saluer avant d'entrer dans les bars, s'en jeter un dernier avant de retourner chez eux. La vie bourdonnait au-dehors, derrière les barreaux des fenêtres, tandis qu'à l'intérieur le silence était presque palpable.

— J'aime bien le soir, dit Bert Kling.

— Oui ?

— Oui. Je l'ai toujours aimé. Même quand j'étais gosse. C'est doux. C'est calme... Dites, vous allez vraiment tuer Steve ?

— Oui, dit Virginia.

— Vous avez tort.

— Pourquoi ?

— Ben...

— Virginia, demanda Byrnes, est-ce qu'on peut allumer ?

— Oui. Allez-y.

— Cotton, allume donc le plafonnier. Est-ce que les inspecteurs peuvent se remettre au travail ?

— Quel genre de travail ? demanda Virginia.

— Répondre aux plaintes, taper des rapports, téléphoner à...

— Personne ne téléphone. Et personne ne touche à un appareil si je ne suis pas à l'écoute sur un autre.

— Bon. Mais ils peuvent taper ? Ça ne vous dérange pas ?

— Non. Qu'ils tapent. Chacun à son bureau.

— Alors allons-y, décréta Byrnes. Et obéissez à Virginia. Pas d'histoires et pas d'héroïsme inutile. Vous voyez, Virginia, je marche avec vous, parce que j'espère que vous reprendrez vos esprits avant qu'il soit trop tard.

— Vous fatiguez pas.

— Il a raison, vous savez, murmura Kling.

— Oui ?

— Diable, vous jouez un jeu stupide, Mrs Dodge.

— Ah oui ?

— Oui. Votre mari est mort. Ça ne lui servira à rien que vous tuiez un tas de gens innocents. Vous y compris, si la soupe explose.

— J'aimais mon mari, dit Virginia.

— Bien sûr. Enfin, j'espère. Mais à quoi ça sert ? Je veux dire, ce que vous faites ?

— Je me vengerai de l'homme qui l'a tué.

— Steve ? Allons, vous savez bien qu'il n'a pas tué votre mari.

— Pas d'accord.

— Passons. Mettons que ce soit vrai — vous savez comme moi que ce n'est pas vrai, mais pour vous faire plaisir, admettons le contraire. Qu'allez-vous gagner en vous vengeant ?

Kling haussa les épaules. Il poursuivit :

— Rien. Laissez-moi vous raconter une histoire, Mrs Dodge.

— Allez-y.

— J'ai une petite amie. Elle s'appelle Claire. Elle est magnifique. Nous allons bientôt nous marier. Vous savez, elle est pleine de vie. Mais avant, elle ne l'était pas. Quand je l'ai rencontrée, elle était morte, oui, on ne peut plus morte. Voulez-vous savoir pourquoi ?

— Pourquoi ?

— Je vais vous le dire. Son fiancé a été tué en Corée. En apprenant sa mort elle s'est laissée mourir. Elle s'était enfermée dans son désespoir comme dans une coquille, et refusait d'en sortir. Une toute jeune fille ! Dites, vous êtes à peine plus âgée qu'elle, et vous êtes complètement enfermée, emprisonnée en votre propre enfer. Elle avait tort, cette fille, Mrs Dodge. Voyez, elle n'arrivait pas à se mettre dans la tête le fait que son bonhomme était mort, mort à l'instant où la balle l'avait transpercé. Ce n'était plus le garçon qu'elle aimait, c'était un cadavre parmi tant d'autres. Mort ! Fini ! Hors circuit ! L'objet de son amour n'était qu'un tas de décombres grouillant d'asticots et aux chairs déchiquetées.

Kling marqua un temps et se frotta le menton. Il continua :

— Sans indiscrétion, je crois que vous êtes dans le même cas que cette fille.

— C'est pas vrai, dit Virginia.

— Mais si. Vous arrivez ici, et vous nous apportez la mort. Vous avez même l'air d'être la mort en personne, vous le savez ? Une jolie femme comme vous ! C'est idiot, Mrs Dodge. Si vous étiez maligne, vous rangeriez ce revolver et vous...

— J'en ai assez entendu.

— Vous croyez que ça ferait plaisir à Frank, ce que vous faites ?

— Oui. Frank voulait voir crever Steve Carella. Il me l'a dit. Il le haïssait.

— Et vous ? Vous haïssez Carella ? Vous ne le connaissez même pas !

— Je m'en fous. J'aimais mon mari. Ça me suffit.

— Mais votre mari était un criminel ! Il venait de tirer sur un type quand il a été arrêté ! Vous espériez que Steve allait le décorer ? Allons, Mrs Dodge, soyez raisonnable.

— J'aimais mon mari, répéta-t-elle.

— Voyons, vous êtes une femme amoureuse, vous n'êtes pas une folle sans cœur, qui fait sauter des baraques histoire de rigoler ! Alors, rangez donc votre pétard et tirez-vous avant d'avoir plus d'ennuis que vous n'en avez jamais eu !

— Non. Non.

— Allez, Mrs Dodge...

Virginia se raidit sur sa chaise.

— Ça va, petit. Tu peux la boucler !

— Que...

— Ça va, je te dis. La morale, ça ne prend pas.

— Mais je ne...

— Assez ! Bon Dieu, ça suffit.

— Je ne voulais...

— J'ai dit : assez !

Le silence tomba. La pendule égrenait les minutes et les laissait tomber sur le plancher, une à une comme les fantômes de policiers morts. Il faisait presque nuit, à présent. Les fenêtres entrouvertes pour laisser filtrer l'air doux de l'automne permettaient d'entendre aussi les bruits de la circulation de cette fin d'après-midi. Une machine à écrire se mit à crépiter. Kling se tourna vers un des bureaux près des fenêtres, où Meyer venait de glisser dans sa machine une feuille de rapport avec deux carbones et deux doubles. Le plafonnier faisait luire le crâne chauve de Meyer, penché sur sa machine. Cotton se dirigea vers un classeur et tira un des tiroirs. Le tiroir grinça. Hawes ouvrit un dossier et le feuilleta. Puis il alla s'asseoir près de l'autre fenêtre. Un borborygme échappa au distributeur d'eau fraîche.

— Désolé de vous avoir importunée, dit Kling à Virginia. J'aurais bien dû me douter qu'on ne peut pas discuter avec un cadavre.

Soudain, il y eut un charivari dans le corridor et Virginia se redressa. Kling, qui l'observait, craignit un instant qu'elle ne tirât machinalement.

— Ça va, on entre là-dedans ! cria une voix d'homme que Kling reconnut aussitôt.

Hal Willis apparut à la barrière de bois et poussa sa prisonnière devant lui. On eut brusquement l'impression qu'une aurore boréale venait s'épanouir dans la salle des inspecteurs. La prisonnière était une jeune Portoricaine aux cheveux blond platine. Elle portait un manteau violet ouvert sur une blouse paysanne rouge vif largement décolletée. Une jupe noire lui serrait les hanches et la taille. Elle était chaussée d'escarpins rouges à talons très hauts et à brides noires. Une dent en or étincelait dans son sourire d'un blanc éclatant. Et, ce qui étonnait le plus dans cet ensemble voyant, elle n'était pas maquillée. Deux immenses yeux bruns éclairaient un visage à l'ovale parfait, à la bouche sinueuse et au nez aristocratique. C'était certainement la prisonnière la plus ravissante, sinon la plus discrète, qui eût jamais passé le seuil de la salle des inspecteurs.

Elle le passait d'ailleurs avec la plus mauvaise grâce du monde et se débattait furieusement tandis que Willis la tirait par son poignet encerclé d'une menotte d'acier brillant, sans cesser de l'invectiver en espagnol.

— Allons, allons, *cara mía*, dit Willis. Viens donc, *tsotzkuluh*. On dirait que tu as peur de nous ! Viens vite, *liebchen*. Hé, Bert ! Tu parles d'un numéro ! Dites donc, Pete, qu'est-ce que vous dites de ma prisonnière ? Elle vient d'égorger un mec avec une lame de...

Willis se tut brusquement.

Le silence du bureau était étrange.

Il regarda d'abord le lieutenant, et puis Kling, et les deux bureaux du fond où Cotton Hawes et Meyer travaillaient en silence. Et puis il vit Virginia Dodge et le .38 braqué sur l'ouverture du cabas noir.

Son instinct le poussa d'abord à lâcher les menottes de la fille et à tirer son revolver. Cet instinct fut immédiatement calmé par la voix sèche de Virginia :

— Entrez ! Ne touchez pas à votre arme !

Willis et la fille pénétrèrent dans le bureau.

— *Bruta !* hurla la Portoricaine. *Pendega ! Hijo de la gran puta !*

— Ah, ta gueule ! ordonna Willis.

— *Pinga,* glapit-elle. Sale cochonnerie de sale cochon de flic !

— Ferme ça ! Boucle-la, supplia Willis.

La fille le dépassait d'une demi-tête. Elle était grande, mais Willis était sans doute le plus petit inspecteur de toutes les forces de police. Il avait tout juste la taille réglementaire. Mince, fluet, avec un bon regard de cocker, Hal Willis trompait son monde. Willis était aussi calé en judo qu'en matière de Code pénal et il était capable d'étendre un colosse plus vite que six hommes se servant de leurs poings. Et déjà, tout en considérant le revolver dans la main de Virginia Dodge, il cherchait comment il pourrait la désarmer.

— Qu'est-ce qui se passe ? demanda-t-il à la cantonade.

— La dame au revolver a un flacon de nitroglycérine dans son sac, annonça Byrnes. Et elle veut s'en servir.

— Eh bien ! siffla Willis. Jamais le temps de s'ennuyer, hein ? Hé, madame, je peux tomber la veste et retirer mon chapeau ?

— Posez d'abord votre revolver sur le bureau devant moi.

— Elle perd pas le nord. Ma bonne dame, vous me flanquez les foies. C'est vrai que vous trimbalez un flacon de soupe dans ce cabas ?

— C'est tout ce qu'il y a de vrai.

— Je ne demande qu'à voir, dit Willis en faisant un pas vers le bureau.

Kling crut que c'était la fin. Il vit Virginia Dodge plonger soudain la main dans son sac et il se prépara à l'explosion qui allait suivre. Mais elle se contenta d'en sortir un flacon plein d'un liquide incolore. Elle le posa doucement sur le bureau et se tourna vers Willis.

— Ça pourrait être de l'eau, ça, ma bonne dame.

— Vous voulez vous en assurer ?

— Moi ? Hé là, hé là, est-ce que j'ai l'air d'un héros ?

Il s'avança encore d'un pas. Virginia posa son sac par terre. Le flacon d'un demi-litre luisait doucement sous le plafonnier.

— Bon, reprit Willis. Faut d'abord mettre le pétard au vestiaire.

Il déboucla son ceinturon et posa l'arme dans son étui sur la table, sans jamais quitter la bouteille des yeux.

— On se croirait dans un western, remarqua-t-il. Dites-moi, chère madame, elle vous sert à quoi, la soupe ? Si j'avais su qu'on faisait la bombe, je me serais mis en smoking.

Il tenta de rire mais son rire s'éteignit quand il vit l'expression de Virginia.

— Je vous demande pardon. Je ne savais pas que les croque-morts tenaient un meeting. Qu'est-ce que je fais de ma prisonnière, Pete ?

— Demande à Virginia.

— Virginia, hein ? dit Willis en éclatant de rire. Ah, dites donc, on est gâtés aujourd'hui ! Vous savez comment la mienne s'appelle ? Angelica ! Virginia et Angelica ! La vierge et l'ange ! Ça vaut dix ! Alors, Virginia, qu'est-ce que je fais de mon ange ?

— Faites-la entrer. Qu'elle s'assoie.

— Viens donc, Angelica, sois pas timide. Prends une chaise. Un ange ! Tu parles d'un ange ! Elle vient d'égorger un type. Pose-toi là, mon ange. Cette bouteille sur la table est pleine de nitroglycérine.

— Qu'est-ce que c'est ? demanda Angelica.

— La bouteille, là. De la nitro.

— Nitro ? Comme bombe ?

— Tu l'as dit, poupée, répondit Willis.

— Une bombe ! s'écria Angelica. *Madre de los santos !*

— Tu l'as dit, répéta Willis.

Et cette fois il y avait de l'angoisse dans sa voix.

6

De son bureau où il tapait son rapport, Meyer vit Willis faire entrer la jeune Portoricaine et lui avancer une chaise. Il regarda Willis ouvrir les menottes et les passer à sa ceinture. Byrnes alla échanger quelques mots avec Willis et se tourna vers la fille, les poings sur les hanches. Virginia Dodge allait sans doute lui donner la permission d'interroger la prisonnière. Gentil de sa part.

Patiemment, Meyer Meyer se remit à taper son rapport.

Il était à peu près certain que Virginia Dodge ne viendrait pas regarder par-dessus son épaule s'il faisait des fautes d'orthographe. Il était également à peu près sûr qu'il pourrait faire ce qu'il avait à faire sans attirer l'attention, surtout après l'apparition de la bombe portoricaine. Virginia Dodge paraissait totalement absorbée par les mouvements de la fille et le flot d'épithètes colorées qui s'échappait de ses lèvres. Meyer était donc certain de mener à bien la première partie de son projet sans encombre.

La seule chose qui le tracassait, c'était la rédaction de ce projet.

Meyer n'avait jamais été bien fort en littérature et en grammaire. Même lors de ses études de droit, ses thèses n'avaient jamais brillé par le style. Il avait réussi tant bien que mal à décrocher son diplôme et sa licence et à s'inscrire au barreau, pour recevoir aussitôt les bons souvenirs de l'Oncle Sam et un ordre de rejoindre les rangs de l'Armée sans tarder. Après quatre années de promenades diverses, boueuses et inconfortables, il fut démobilisé avec les honneurs dus à son rang. A ce moment-là, il jugea qu'il serait bien long et bien ardu de passer dix ans de sa vie à se faire une clientèle. Il s'engagea donc dans la police et se maria avec la jeune fille qui l'attendait depuis les années de fac, Sarah Lipkin... (Il se souvenait encore de la chansonnette que chantaient certains garçons de la fac : « La bouche de Sarah, ah, la bouche de Sarah me met dans l'embarras. » Ça ne l'avait jamais gêné. Il écoutait patiemment, en souriant. Patiemment, il continua de sortir avec elle. En plus, c'était vrai : jamais il n'avait reçu de tels baisers. C'est peut-être pour cela qu'il l'épousa en sortant de l'Armée.)

Meyer avait été surpris par sa décision d'abandonner le droit. Il était surpris car il se savait patient, et savait également qu'il faudrait beaucoup de patience durant les dix années environ qu'il lui faudrait consacrer à se faire une clientèle. Et pourtant, mettant pour la première fois de sa vie la patience de côté, il abandonna le droit et se fit policier. Il considérait que les deux métiers étaient liés. En tant que flic, il s'occuperait tout de même de droit. Très patiemment, il gravit les échelons et, après plusieurs années, fut enfin nommé inspecteur de deuxième classe. Mais, de la patience, Meyer en avait à revendre.

Pour le moment, il l'exerçait sur son devoir de rédaction.

Sa patience n'était pas un don inné : il avait dû travailler longtemps, pendant bien des années, pour la perfectionner. Il n'était pas patient de nature, mais le destin avait fait en sorte que la patience soit absolument nécessaire à sa survie.

Voyez-vous, le père de Meyer avait le sens de l'humour. C'est-à-dire qu'il se considérait comme un homme spirituel. Il se trompait peut-être à moitié. Quoi qu'il en soit, c'était un tailleur qui aimait faire des farces à ses amis. Cela l'amusait prodigieusement, et ennuyait prodigieusement ses amis. Puis, un jour, sa femme, qu'il ne croyait plus en âge de faire un enfant, lui en fit un petit dernier. C'était la vie qui faisait une farce au père de Meyer.

Il n'apprécia pas. Il croyait révolue l'époque des nez qui coulent et des couches qu'il faut changer, et voilà qu'il fallait tout recommencer. Un autre bébé ! Il se résigna tant bien que mal, souffrit pendant la grossesse de sa femme et essaya de trouver une farce qui pourrait répondre aux avanies que lui faisaient subir les aléas de la nature et de la contraception.

Les Meyer étaient des Juifs orthodoxes. Pendant le *briss*, la cérémonie de circoncision, le père de Meyer annonça que le garçon s'appellerait Meyer Meyer. Le vieil homme trouvait cela très drôle. Le *moile*, celui qui maniait le couteau, n'y vit rien de drôle. D'ailleurs, sa main faillit glisser à l'annonce du vieux. A cet instant il faillit priver Meyer de bien plus qu'un nom normal.

Heureusement, Meyer sortit indemne de l'affaire.

Mais le fait d'être juif orthodoxe dans un quartier à grande majorité chrétienne est bien assez difficile quel que soit votre nom. La répétition du nom et du prénom offrit aux haineux un chant sur mesure : « Meyer Meyer, un Juif en enfer ! » Si les antisémites avaient besoin d'une provocation supplémentaire pour tabasser le premier Juif qui leur tombait sous la main, ce nom à double tranchant leur convenait à merveille. Il apprit à être patient. D'abord, avec ses ennemis ; ensuite, lorsqu'il eut compris l'innocence fondamentale de sa farce, patient avec son papa. Patient, bien plus tard, lorsqu'un diagnostic erroné avait certainement provoqué la mort prématurée de sa mère. Puis, patient avec le monde alentour.

La patience est peut-être une vertu.

La patience mène à la tolérance. Il est facile de s'entendre avec un homme patient.

Et maintenant, patiemment, frappant lentement les touches de sa machine, Meyer Meyer rédigeait son message.

— Votre nom ? demanda Byrnes à la fille.

— Quoi ?

— Votre nom ? *Cuál es su nombre ?*

— Angelica Gomez.

— Elle parle anglais, intervint Willis.

— Je parler pas anglais, dit la fille.

— Ne l'écoutez pas. Elle ne fait que jurer, en espagnol. Allons, Angelica, sois bonne fille, on sera pas vaches.

— Pas compris.

— Mince, qu'est-ce qu'on a fait au bon Dieu ! Ecoute, espèce de petite putain, ça va comme ça. On n'est pas clients. Nous savons que tu ne viens pas de débarquer. Pete, il y a plus d'un an qu'elle est ici. A faire le tapin, la plupart du temps.

— Je fais pas le tapin ! s'écria la fille.

— Ah, c'est vrai, pardon, faites excuse, j'oubliais. Mademoiselle travaille dans la confection, depuis un mois.

— Je suis couturière, oui, voilà. Pas autre chose.

— Bon, bon, couturière. Tu ne fais pas le tapin, d'accord. Tu ne t'allonges que pour du fric, c'est ça ? C'est pas pareil. Bon, dis-nous pourquoi tu as tranché la gorge du mec ?

— Quel mec vous parlez ?

— Il y en avait plusieurs ? demanda Byrnes.

— Je tranche la gorge de personne.

— Non ? Alors qui l'a fait ? Le Père Noël ? lança Willis. Qu'est-ce que tu as fait de cette lame de rasoir ? Pete, un agent les a séparés. Mais je dois dire qu'on n'a pas trouvé la lame. Elle a dû la jeter dans l'égout. C'est ça que t'en as fait ?

— J'ai pas de lame... J'égorge personne.

— Tu as encore les mains pleines de sang, salope ! Tu nous prends pour des cons ?

— C'est les menottes.

— Doux Jésus ! Ça, c'est le bouquet !

L'emmerdant, songeait Meyer, c'est que c'est pas commode de trouver les mots justes. Il faut pas que ce soit mélo. Les gens prendraient ça pour une blague. Il faut que ça ait l'air vrai, sincère, et désespéré en même temps. Si ça n'a pas l'air d'un message désespéré, personne n'y fera attention non plus. Pas commode !

Il regarda le coin de la pièce où Virginia Dodge surveillait l'interrogatoire de la fille.

Faut que je me grouille, aussi, songea Meyer. Elle peut tout d'un coup avoir envie de venir voir ce que je fais.

— Tu sais à qui tu as tranché la gorge ? demanda Willis.

— Je sais rien.

— Alors, je vais te confier un secret. T'as jamais entendu parler d'une bande de voyous qui se font appeler les Caïds des Mille et Une Nuits ?

— Non.

— C'est un des plus importants gangs du quartier. Des mômes, pour la plupart. Mais leur chef a vingt-cinq ans. Il est même marié, père de famille. Il a une petite fille. Il se fait appeler Kassim. T'as déjà entendu parler de Kassim ?

— Non.

— Dans la légende, c'est le frère d'Ali Baba. Dans la vie courante, c'est le chef de cette bande des Caïds. De son vrai nom, il s'appelle Jose Dorena. Ça ne te dit rien ?

— Non.

— Un vrai dur, ce Kassim. En réalité, c'est une lavette, mais dans la rue on le respecte. Et ses hommes l'ont mis sur un piédestal. Ils sont méchants, tu sais, ses hommes, et ils ne plaisantent pas.

— Qu'est-ce que ça me fait ?

— Beaucoup de choses. Ce gars que t'as égorgé, c'est Kassim. Jose Dorena.

Angelica cligna des paupières et Byrnes demanda :

— Officiel, Hal ?

— Tout ce qu'il y a de plus. Alors, tu vois, Angelica, si jamais Jose casse sa pipe, je ne donne pas cher de ta peau. Parce que ses petits copains ne seront pas contents du tout. Et même s'il ne meurt pas.

— Quoi ?

— Je veux dire que même si Jose s'en tire, tu es sur leur liste noire, poupée.

— Je sais pas qui c'était, murmura Angelica.

— Alors c'est bien toi qui as joué du rasoir ?

— *Sí.* Mais je savais pas qui c'était.

— Pourquoi l'as-tu frappé ?

— Il m'embêtait.

— Comment ?

— Il était à me peloter toujours.

— Oh, Seigneur ! gémit Willis.

— *Sí, sí !*

— Visez un peu la vierge, Pete ! s'écria Willis. Pourquoi l'as-tu attaqué, poupée ? Et pas de fioritures, ce coup-ci !

— Il pinçait mes seins, dit Angelica. Sur le perron. Là. Alors, j'ai frappé, coupé.

Willis soupira.

Virginia Dodge parut se lasser de cette inquisition. Nerveuse, agitée, elle était assise à son poste de commandement d'où elle pouvait surveiller tout le bureau et le corridor derrière la barrière de bois, le revolver au poing, le clair flacon de nitroglycérine devant elle.

Faut que je me dépêche, se dit Meyer. Tout noter et qu'on en finisse, et puis s'y mettre. Parce que si jamais il lui prend la fantaisie de venir regarder ce que je fais et qu'elle voit ça, elle est bien capable de me faire sauter le caisson aussi sec et Sarah restera *shivah* pendant une semaine. Ils viendront recouvrir toutes les glaces et retourner tous les tableaux contre le mur. Merde, ce serait trop moche ! Allons, je me grouille. Octobre, c'est pas un mois pour mourir.

— Il t'a pincé les roberts, hein ? dit Willis. Les deux à la fois ?

— Pas drôle, protesta Angelica. Les filles aiment pas un homme qui pelote devant tout le monde. Pas drôle.

— Alors tu l'as découpé gentiment ?

— *Sí.*

— Parce qu'il t'avait pincé les nichons ?

— *Sí.*

— Qu'est-ce que vous en pensez, Pete ?

— La dignité va se nicher dans n'importe quelle profession. Moi, j'ai tendance à la croire.

— Et moi je dis qu'elle ment comme un arracheur de dents, reprit Willis. On va enquêter. Si ça se trouve, elle couche avec le Kassim depuis un an. Elle l'a peut-être vu loucher sur une autre fille et elle lui a volé dans les plumes. C'est pas plutôt comme ça que ça s'est passé, poupée ?

— Non. Je connais pas ce Kassim. Il s'amène juste, comme ça, et il pelote et il rigole. Mon corps, c'est à moi. Et je le donner à qui ça me plaît. Et pas à des cochons aux pattes sales.

— Bravo ! s'écria Willis. On va t'ériger une statue dans le parc. Qu'est-ce qu'on fait, Pete ?

— Il est dans quel état, ce Kassim ?

— On l'a embarqué à l'hosto. Il saignait comme un porc. Mais vous savez ce qui m'a le plus frappé ? Un groupe de jeunes formait un cercle, et on pouvait voir qu'ils ne savaient pas s'ils devaient pleurer ou rire ou tout simplement hurler. Ils ne faisaient que sautiller, vous voyez ce que je veux dire ? Non mais, vous imaginez ce qu'ils vivent au quotidien ? Vous imaginez ?

— Garde le contact avec l'hôpital, Hal, conseilla Byrnes. Pour la petite, on verra plus tard. Nous ne pouvons pas faire grand-chose avec l'autre, là.

— Ouais. Bon, ben, touche du bois, poupée. Peut-être que Kassim s'en sortira. Il a peut-être la baraka.

— J'espère que le fumier pourrir dans sa tombe !

— Adorable créature, murmura Willis en lui tapotant l'épaule.

Meyer tira le rapport de sa machine et ôta les carbones. Puis il se relut soigneusement. D'abord parce qu'il était patient et aussi parce qu'il ne voulait pas rater son coup. Il n'aurait peut-être pas d'autre occasion. Il relut donc avec soin le texte tapé entre les lignes imprimées du formulaire de rapport :

RAPPORT DIVISION DES INSPECTEURS PDCN 360 REV.25M	BRIGADE	DISTRICT	N° DU RAPPORT District	N° DU RAPPORT Division des inspecteurs

NOM ET ADRESSE DU SUJET DU RAPPORT — DATE DU RAPPORT

LES INSPECTEURS DU 87ème DISTRICT SONT PRISONNIERS

Nom Prénom

D'UNE FEMME QUI A UN REVOLVER ET UNE BOUTEILLE DE

Adresse

NITROGLYCERINE. SI VOUS TROUVEZ CE PAPIER

ALERTEZ IMMEDIATEMENT LA POLICE !

DATE DU RAPPORT

TEL. CENTRAL 6-0800. VITE !

GRADE NOM PRÉNOM N° DE PLAQUE AFFECTATION

INSPECTEUR 2ème CLASSE MEYER

SIGNATURE

La fenêtre près du bureau était entrouverte. Vivement, sans quitter Virginia Dodge des yeux, Meyer roula la première feuille sur elle-même et glissa le cylindre par l'ouverture, entre les barreaux.

Virginia Dodge ne regardait pas de son côté.

Il roula la deuxième feuille et lui fit prendre le même chemin. Il glissait la troisième par l'ouverture quand il entendit Virginia Dodge hurler :

— Arrêtez ou je tire !

7

Meyer sursauta et fit volte-face.

Il s'attendait à un coup de feu. Il était sûr que dans une fraction de seconde, une balle aurait mis fin à son existence. Mais Virginia Dodge ne le regardait pas. Elle lui tournait même le dos. Courbée en avant, le revolver tendu à bout de bras, elle avait quitté son bureau et sa bouteille de nitroglycérine et s'avançait vers la barrière de bois.

De l'autre côté de la séparation, Meyer aperçut Alf Miscolo.

Ses cheveux noirs collés de sueur, les manches de sa chemise relevées sur ses bras musclés, ses bretelles bleues tendues sur son torse puissant, Miscolo ouvrait des yeux stupéfaits. Il était sorti du secrétariat, après avoir sué des heures sur des rapports, et avait crié :

— Hé, les gars, personne n'a envie de casser la croûte ?

Et puis cette femme avait bondi, revolver au poing. Il avait voulu faire demi-tour et courir, mais elle avait crié :

— Arrêtez ou je tire !

Il avait obéi, mais il se demandait à présent s'il avait bien fait. Miscolo n'était pas un lâche. Il regretta d'avoir laissé son revolver dans son bureau. Cette bonne femme avait tout de la cinglée. Il en avait déjà vu, avec ces yeux-là, et il se dit qu'au fond il avait bien fait de s'arrêter quand elle le lui avait commandé, mais ils étaient tout un tas de gars dans la salle des inspecteurs et, depuis le temps qu'elle était là, est-ce qu'elle allait faire du pétard et descendre tout le monde ou quoi ?

Il hésita encore un instant.

Miscolo avait une femme et un grand fils dans l'armée de l'Air. Il ne voulait pas faire de sa femme une veuve de flic et la condamner à faire le ménage des bureaux de la police et les lits des cellules de détention, mais cette garce avait bien l'air dingue et si elle se mettait à tuer tous les copains ?

Il tourna les talons et s'enfuit dans le couloir.

Virginia Dodge visa soigneusement et tira.

Elle ne tira qu'une seule balle.

La balle pénétra dans le dos de Miscolo, à deux doigts de la moelle épinière. Il pivota complètement sur lui-même et s'affala contre la porte des lavabos. Il s'y cramponna une seconde et puis s'affaissa lentement.

La nitroglycérine sur le bureau n'explosa pas.

Il est bien entendu que le mystère de la chambre close n'a jamais existé. Steve Carella le savait, comme tout bon lecteur de romans policiers et comme tout bon policier, simplement.

Et cependant, il cherchait à résoudre le problème d'un suicide qui s'était produit dans une chambre sans fenêtre et — pour tout compliquer — la victime paraissait s'être pendue après s'être enfermée à clef. Il avait fallu trois hommes forts pour briser la serrure et pénétrer dans la pièce. Du moins, c'était ce qu'on lui avait dit la veille, au début de l'enquête, et c'était ce qu'on lui répétait encore aujourd'hui.

Carella se dit qu'après tout c'était peut-être un suicide. Ça tournait à la manie, de toujours soupçonner le pire.

L'ennui, c'était que les fils de la victime avaient l'air d'être capables de faire un croc-en-jambe à une aveugle et de la découper en morceaux. Et le vieux papa leur laissait à tous les trois une belle fortune. Il était donc logique de supposer qu'un des trois — ou tous les trois ensemble — avait pu faire passer le goût du pain au vieux pour mettre plus vite la main sur le magot. D'après le notaire du vieux monsieur, la victime avait laissé sept cent cinquante mille dollars en argent liquide à diviser en parts égales et à distribuer à chacun « de ses trois fils bien-aimés au jour de sa mort ». Ça faisait pas mal de pépètes. Sans parler des usines Scott et de divers intérêts, actions et obligations. On avait commis des crimes pour moins que ça.

Seulement, cette fois, c'était un suicide.

Pourquoi ne classait-il pas l'affaire ? Il avait rendez-vous avec Teddy au bureau à sept heures — dire que je vais avoir un enfant ! — et s'il traînait encore longtemps dans cette vieille demeure lugubre à chercher à transformer un suicide en crime, il n'arriverait jamais à l'heure. Et ce soir, il avait bien l'intention de sortir Teddy, de l'emmener dans un grand restaurant, un cabaret, au spectacle, où elle voudrait ! Alors, qu'est-ce qu'il attendait pour en finir ? Il regarda sa montre. Cinq heures quarante-cinq. Bon, il avait encore un peu de temps à consacrer à son enquête. Autant faire les choses proprement.

L'immense hôtel particulier décrépit était une des anomalies du 87e District. Construit à la fin du siècle dernier, il s'élevait sur les bords de la Harb, tout droit sorti de l'imagination du père de *La Famille Addams*. C'était une grande bâtisse sombre, au toit en auvent, aux volets noirs, qui paraissait défier le temps. Sa haute grille de fer forgé rouillée la protégeait du monde extérieur. La résidence Scott. La veille, Carella avait reçu le coup de fil :

— Roger à l'appareil, monsieur, à la résidence Scott. Monsieur vient de se pendre.

Roger était donc le maître d'hôtel et on pouvait l'éliminer. Ce n'est jamais le maître d'hôtel. Et d'ailleurs, il était le seul à éprouver un chagrin sincère à la mort de son maître.

Le vieux n'était pas beau à voir. Il était obèse de son vivant, et les couleurs qu'avait peintes sur son visage la mort par strangulation n'avaient en rien amélioré son aspect.

On avait conduit Carella dans le grenier que le vieil homme avait transformé en bureau personnel, loin de son grand bureau du rez-de-chaussée. Les trois fils, Alan, Mark et David, s'étaient écartés de la porte à l'arrivée de Carella, comme si l'horreur qui les avait saisis dans cette pièce les effrayait encore. Le chambranle avait été déchiqueté. Le sol était encore jonché d'éclats de bois et un levier de cric gisait dans un coin.

La porte s'ouvrait à l'extérieur, sur le couloir. Carella la tira aisément, mais il s'aperçut immédiatement que le verrou intérieur, un simple verrou à glissière, pendait par une seule vis. Il avait été arraché quand les fils avaient enfoncé la porte.

Le vieillard était tassé au fond de la pièce, la corde au cou, bien que ses fils l'eussent coupée dès qu'ils étaient entrés.

— Nous avons été obligés de la couper pour entrer, expliqua Alan. Nous avons employé le levier pour briser le verrou, mais malgré cela nous avons eu du mal à entrer. Vous comprenez, père avait attaché une extrémité de la corde à la poignée de la porte avant... avant de se pendre. Et puis il a lancé la corde par-dessus cette poutre et... eh bien, la porte forcée, son poids la retenait toujours fermée. Il a fallu tirer de toutes nos forces et passer un bras pour couper la corde.

— Qui l'a coupée ?

— C'est moi, dit Alan.

— Comment saviez-vous qu'il y avait une corde ?

— Lorsqu'on a réussi à entrebâiller la porte, on a vu... le vieux qui pendait. J'ai passé mon bras, puis j'ai coupé la corde avec un couteau.

— Je vois, dit Carella.

Et maintenant, planté au milieu de ce grenier où le vieil homme était mort, Carella essayait de revoir la scène. Le cadavre avait été emporté, bien entendu, mais à part ça, rien n'avait été touché.

Le grenier n'avait pas de fenêtre.

Il n'y avait pas non plus de passage secret. Les murs et les cloisons étaient aussi solides que le Pont-Neuf, Carella s'en était déjà assuré. Donc, le seul moyen d'entrer et de sortir de cette pièce était la porte.

Et la porte avait été fermée au verrou. De l'intérieur. C'était donc bien un suicide.

Le vieillard avait bel et bien noué une extrémité de la corde au bouton de la porte, avait lancé l'autre bout par-dessus la poutre, était monté sur un tabouret, avait passé la corde à son cou et avait sauté. Sa nuque n'avait pas été brisée. Il était mort de strangulation, lentement.

Evidemment, son poids retenait la porte, mais elle n'aurait pas résisté aux efforts de trois hommes puissants. Carella s'en était également assuré. Au laboratoire de la police, Sam Grossman avait calculé le poids, la force de l'inertie, mathématiquement, et en avait conclu que si le verrou n'avait pas été tiré, les trois hommes auraient pu aisément ouvrir la porte.

Donc le verrou avait bien été tiré à l'intérieur.

D'autre part, le verrou lui-même confirmait cette théorie. S'il n'avait pas été tiré, il n'aurait pas été arraché quand les trois fils avaient fait pression sur le levier. Alan l'avait bien expliqué :

— Nous avons essayé de tirer, de toutes nos forces, sans résultat. Mark a enfin compris que le verrou était tiré et il est allé au garage chercher le levier du cric. On l'a coincé dans la porte et on a fait sauter le verrou.

— Et puis ?

— Et puis Mark a voulu tirer la porte, mais elle ne s'ouvrait toujours pas. Nous n'arrivions pas à comprendre pourquoi. On a repris le levier, on a fait pression et c'est là qu'on a vu... qu'on a vu père. Vous savez le reste.

Donc, la porte était fermée au verrou.

Donc, c'était un suicide.

A moins que...

Que faire ? Appel aux services de John Dickson Carr ?

Carella descendit l'escalier, avec lassitude, en repoussant du bout du pied le tas de copeaux et de morceaux de bois qui traînaient encore dans le passage.

Il trouva Christine Scott dans le petit salon qui donnait sur le fleuve. Carella se dit qu'ils avaient tous des noms pas possibles, des noms qui sortaient d'un vieux film anglais. Ce ne sont pas des gens en chair et en os, et le vieillard s'est bel et bien suicidé. Qu'est-ce que je fais là ?

— Bonjour, inspecteur, dit Christine.

Elle était affreusement pâle et sa figure blême contrastait avec les rouges et les ors des arbres plantés au bord de l'eau. Même ses cheveux étaient pâles, d'un blond cendré presque gris, et ses yeux bleu lavande paraissaient délavés. Elle n'avait pas de rouge aux lèvres et portait une robe blanche. Un simple collier de jade apportait une note de couleur froide.

— Mrs Scott, dit Carella. Comment vous sentez-vous ?

— Mieux, merci.

Elle regardait les arbres éclatants par la fenêtre.

— Cette pièce est ma préférée, poursuivit-elle. C'est ici que j'ai rencontré le vieux avec David la première fois.

Elle fixa Carella de son regard bleu lavande, et demanda :

— Inspecteur, pourquoi mon beau-père s'est-il tué ?

— Je ne sais pas, madame. Où est votre mari ?

— David est dans sa chambre. Il est effondré.

— Et ses frères ?

— Dans la maison, je ne sais pas. Elle est immense, vous savez ! Le vieux l'a fait construire pour sa femme. Ça lui a coûté soixante-quinze mille dollars, en 1896, à l'époque où l'argent avait bien plus de valeur qu'aujourd'hui. Avez-vous vu la chambre nuptiale là-haut ?

— Non.

— C'est magnifique. Tout est en marbre, en or et en chêne. Et des fenêtres merveilleuses, un balcon qui donne sur le fleuve. Il n'en reste plus guère, en ville, des maisons de cette époque.

— Non, sans doute, répondit Carella.

Christine Scott croisa les jambes. Carella pensa : Elle a de belles jambes. Ce que l'Amérique a de meilleur. Des jambes saines, avec des mollets rebondis, musclés, et des chevilles fines, et des chaussures qui ont dû lui coûter soixante dollars la paire. Je me demande si son mari a tué le vieux.

— Puis-je vous offrir quelque chose, inspecteur ?

— Ce n'est pas permis, répondit Steve en souriant.

— Mais toléré ?

— A l'occasion.

— Je vais sonner Roger.

— C'est inutile, Mrs Scott. J'ai quelques questions à vous poser.

— A moi ?

Elle semblait surprise. Elle haussa les sourcils, et Carella remarqua pour la première fois qu'ils étaient noirs ; il se demanda si le blond de ses cheveux était naturel ; il se dit que non, elle doit se les teindre, ce n'est pas possible, une blonde avec de tels sourcils. Du toc, cette Christine Scott, se dit-il, sortie tout droit d'un vieux film anglais.

— A quel sujet ? demanda-t-elle.

— Mais au sujet de ce qui s'est passé hier.

— Que voulez-vous savoir ?

— Où étiez-vous ?

— Je me promenais. J'adore marcher au bord de l'eau. Et il faisait si beau...

— Oui ? Et puis ?

— J'ai vu Mark sortir en courant de la maison et se précipiter au garage. J'ai tout de suite compris que quelque chose n'allait pas. J'ai couru au garage et j'ai vu Mark en ressortir avec le cric. Je lui ai demandé ce qu'il y avait.

— Qu'a-t-il répondu ?

— Que père s'était enfermé dans son grenier et qu'il ne répondait pas, et qu'ils allaient enfoncer la porte. C'est tout.

— Ensuite ?

— Ensuite, Mark s'est rué dans la maison et je l'ai suivi. David et Alan étaient en haut, devant la porte du grenier de père. Père passait ses journées là, bien qu'il eût une magnifique bibliothèque en bas. Il gardait au grenier ses livres préférés, ses disques.

— Est-ce qu'il avait l'habitude de s'y enfermer ?

— Oui.

— Il tirait toujours le verrou ?

— Autant que je sache, oui. Je sais que je suis souvent montée le chercher pour dîner, ou autre, et c'était toujours fermé au verrou.

— Que s'est-il passé quand vous êtes montée avec Mark ?

— Eh bien, Alan a dit qu'ils allaient forcer la porte.

— Est-ce qu'il paraissait inquiet ?

— Oui, naturellement. Ils avaient tambouriné à la porte, appelé, et n'avaient pas obtenu la moindre réponse. Vous n'auriez pas été inquiet à leur place ?

— Si, si. Bien sûr. Et ensuite ?

— Ils ont poussé le levier entre le battant et le chambranle, à hauteur du verrou, et ils ont pesé. Et puis Mark a voulu ouvrir, mais la porte ne cédait toujours pas. Enfin, après bien des efforts, ils ont réussi à la tirer et... et ils ont vu...

— Que le vieux monsieur s'était pendu.

— Oui, murmura Christine dans un souffle. Oui.

— Qui l'a vu le premier ?

— Moi. J'étais placée sur le côté et dès qu'ils ont entrouvert la porte, j'ai vu... Je... j'ai compris et... et j'ai crié.

— Après vous, qui l'a vu ?

— Alan. Et il a tiré un canif de sa poche et a tranché la corde, en tendant le bras par l'ouverture.

— Et la porte s'est ouverte aisément ?

— Oui.

— Ensuite ?

— Ils ont appelé Roger et lui ont demandé de téléphoner à la police.

— Personne n'a touché à quoi que ce soit ?

— Non. Même pas à père.

— Ils ne se sont pas approchés de lui ?

— Si, mais ils ne l'ont pas touché. On voyait tout de suite qu'il était mort. David a dit qu'il ne fallait pas le toucher.

— Pourquoi ?

— Eh bien, parce que... parce qu'il était mort. Il devait songer à la police, j'imagine.

— Mais il ne doutait pas que son père s'était suicidé ?

— Non. Non, bien entendu.

— Alors pourquoi a-t-il conseillé que l'on ne touche pas au cadavre ?

— J'avoue que je l'ignore, dit sèchement Christine.

Carella s'éclaircit la gorge.

— Dites-moi, Mrs Scott, avez-vous une idée de la fortune de votre beau-père ?

— Aucune.

— Allons, vous devez bien vous être fait une opinion. Vous saviez qu'il était très riche.

— Oui, naturellement. Tout le monde le savait.

— Mais vous ne connaissez pas le chiffre exact. C'est bien ça ?

— Oui.

— Saviez-vous qu'il laissait une somme de sept cent cinquante mille dollars, à diviser entre ses trois fils ? Sans compter les usines Scott et tous les intérêts qu'il pouvait avoir dans d'autres industries. Vous le saviez ?

— Non, je... Qu'insinuez-vous, inspecteur ?

— Je n'insinue rien. Je constate un fait. L'héritage, c'est tout. Où voyez-vous une insinuation ?

— Je ne sais pas.

— Mais encore ?

— Et puis zut !... Oui, vous insinuez ! Vous laissez entendre qu'on a... que quelqu'un aurait... C'est bien ça ?

— Je n'ai rien dit de tel, Mrs Scott.

— Allez au diable, inspecteur !

Carella ne répondit pas et Christine reprit :

— Vous oubliez un petit détail.

— Ah oui ?

— Mon beau-père a été trouvé mort dans une pièce sans fenêtre, fermée au verrou de l'intérieur. Vous pourrez peut-être m'expliquer comment vous imaginez qu'un crime a pu...

— Je n'ai jamais parlé de crime, Mrs Scott. C'est vous.

— Qu'un crime a pu être commis dans ces circonstances. A moins que la police cherche automatiquement le côté sordide des choses ? Vous êtes là pour ça, inspecteur ? Pour remuer de la boue ?

— Lorsqu'il y en a, et lorsqu'un crime a été commis.

— Aucun crime n'a été commis ici.

— Le suicide en est un, déclara froidement Carella.

— Alors vous convenez vous-même qu'il s'agit d'un suicide ?

— Cela y ressemble, en effet. Mais bien des suicides qui paraissaient normaux se sont révélés après enquête être des crimes bien camouflés. Cela ne vous ennuie pas que je poursuive la mienne ?

— Rien ne m'ennuie, sinon votre discourtoisie. Et n'oubliez pas ce que je vous ai dit tout à l'heure.

— Quoi donc ?

— Qu'il a été découvert dans une pièce sans fenêtre, fermée au verrou. Ne l'oubliez pas, inspecteur Carella !

— Hélas, madame, je n'aurais garde !

8

Alf Miscolo gisait, roulé en boule, devant la porte des lavabos.

Trente secondes à peine s'étaient écoulées depuis que la balle avait pénétré dans son dos. Ceux de la salle des inspecteurs demeuraient pétrifiés, comme si la détonation les avait privés de sens, les avait rendus incapables de réagir. L'âcre senteur de la poudre flottait encore, avec le léger nuage de fumée bleue. Virginia Dodge, noire sur ce fond de fumée mouvante, devenait une menace effroyablement réelle. Elle pivota brusquement quand Cotton Hawes s'arracha à son bureau.

— Ne bougez pas ! cria-t-elle.

— Il y a un blessé, répliqua Hawes en avançant quand même.

— Reculez ou vous serez le prochain ! hurla Virginia.

— Merde, lança Hawes en courant vers Miscolo.

La balle avait percé le dos de Miscolo avec la précision d'une aiguille passant à travers un tissu et elle était ressortie sous la clavicule en forant un trou impressionnant. Le devant de la chemise du blessé était trempé de sang. Miscolo avait perdu connaissance et son souffle était rauque.

— Amenez-le ici, ordonna Virginia.

— On ne devrait pas le remuer, répondit Hawes. Bon Dieu, il...

— A votre aise. Allons-y pour la nitro, dit Virginia en revenant vers le bureau où se trouvait la bouteille de liquide transparent.

— Amène-le, Cotton, dit Byrnes.

— Si nous le bougeons, Pete, ça risque de...

— Nom de Dieu, c'est un ordre ! Fais ce qu'on te dit !

Hawes regarda Byrnes.

— Bien, chef, grinça-t-il.

Il se pencha sur la forme inerte. Miscolo était lourd. Cotton le souleva avec peine, en s'aidant du genou. Il sentait le sang chaud du blessé lui couler sur le bras. Chancelant sous son fardeau, il porta Miscolo dans le bureau.

— Mettez-le là, dit Virginia. Par terre. Que je ne le voie pas. Si quelqu'un monte, ajouta-t-elle en se tournant vers Byrnes, c'est un accident, compris ? Un coup de revolver est parti accidentellement. Personne n'est blessé.

— Il faut faire venir un médecin, dit Hawes.

— Personne ne va venir, décréta sèchement Virginia.

— Mais cet homme est...

— Pose-le là, rouquin ! Derrière les armoires. Et que ça saute !

Hawes porta Miscolo dans un coin, derrière les classeurs, invisible du couloir. Très doucement, il se baissa et posa le blessé par terre. Il se redressait quand il entendit des pas. Virginia se rassit vivement à son bureau, mit son sac dessus pour cacher la bouteille et posa sa main armée derrière son cabas. Elle chuchota :

— Attention, lieutenant.

Le sergent de permanence Dave Murchison apparut hors d'haleine à la barrière. Dave avait une cinquantaine d'années, n'aimait guère escalader des étages et ne montait chez les inspecteurs que lorsque c'était indispensable. Il souffla un peu avant de parler.

— Hé, lieutenant, qu'est-ce que c'est que ça ? On aurait dit un coup de feu.

— Oui, murmura Byrnes. Oui. Un coup de feu.

— Y a quelque chose qui ne...

— Ce n'est rien. Le coup est parti accidentellement. Tout va bien. Personne... personne n'a été blessé.

— Ben vrai, j'ai failli avaler mon dentier ! s'écria Murchison. Vous êtes sûr que tout va bien ?

— Oui. Oui, tout va très bien.

Murchison considéra curieusement son supérieur, et puis son regard fit le tour du bureau, s'arrêta un instant sur Virginia Dodge et s'attarda sur Angelica Gomez.

— Dites donc, on dirait que vous affichez complet, chef ?

— Oui. Oui, nous... nous avons pas mal de monde, Dave.

Murchison examinait toujours Byrnes avec attention.

— Bon, ben, tant que ça va... A plus tard, Pete.

Il haussa les épaules et se retournait quand Byrnes lui lança :

— Priorité.

— Hein ? fit Murchison.

Byrnes ne répéta pas le mot et se contenta de sourire légèrement.

— Bon, ben alors, à plus tard, marmonna Murchison en s'en allant, plongé dans une profonde perplexité.

Le bureau était silencieux. On entendit le pas lourd de Murchison décroître dans l'escalier.

— Nous avons des sulfamides ? demanda Hawes en se redressant.

— Dans le tiroir à fouillis, lui dit Willis. Il doit y en avoir. J'y vais.

Il se dirigea vers un bureau poussé dans un coin qui servait de vide-poches, de débarras et d'armoire à pharmacie, tira vivement un des tiroirs, en sortit une trousse et retourna vers Hawes, qui avait ouvert la chemise de Miscolo.

— Bon Dieu, s'écria Willis, il saigne comme un porc !

— La salope, siffla Hawes entre ses dents, en espérant que Virginia Dodge l'entendait.

Aussi doucement que possible, il essuya la plaie béante de Miscolo et y appliqua la compresse sulfamidée. Willis ôta sa veste et la roula en boule, puis il la plaça sous la tête du blessé. Byrnes s'approcha.

— Qu'est-ce que vous en pensez ?

— C'est pas brillant, dit Hawes. Faudrait un médecin.

— Et comment est-ce que je fais pour trouver un médecin ?

— Faut en parler avec Virginia.

— A quoi bon ?

— Mais bon sang, c'est vous qui commandez ici !

— Ah bon ? Il semblerait que tant que Virginia Dodge est parmi nous avec sa bouteille de soupe, c'est elle qui commande. Je n'y peux rien. Tu ne veux tout de même pas que je fasse mourir tout le monde dans ce bureau, hein ? C'est pas ça que tu veux ?

— Je veux que vous fassiez venir un médecin pour cet homme qui vient de se prendre une balle.

— Pas de médecin, cria Virginia, de l'autre bout de la pièce. Vous entendez ? Pas de médecin !

— Est-ce que ça répond à ta question ? demanda Byrnes.

— C'est une réponse.

— Cotton, poursuivit Byrnes, ne joue pas les héros. Tu n'es pas le seul concerné.

— Ça va, Pete, j'ai compris. Mais comment savons-nous qu'elle ne balancera pas le flacon dès que Steve arrive ? Et même, en admettant qu'elle ne le fasse pas, est-ce qu'on est prêts à sacrifier Steve pour sauver nos petites vies mesquines ?

— Penses-tu qu'il vaille mieux nous sacrifier tous pour Steve ?

Virginia Dodge intervint :

— Et ça suffit, ces parlotes ! Lieutenant, revenez par ici. Vous, la demi-portion, par ici aussi. Et le rouquin, là-bas dans le coin !

Les trois hommes se séparèrent. Angelica Gomez les observait d'un air amusé. Soudain, elle se leva en ondulant des hanches, tira sur sa jupe et s'approcha de Virginia Dodge, qui était assise chastement avec son pistolet et sa bouteille de nitro. Hawes les contempla. Dans son regard il y avait la volonté farouche de trouver un moyen de désarmer Virginia. Il y avait aussi de la concupiscence : cela faisait des lustres qu'il n'avait vu une fille aussi appétissante quc la jeune Portoricaine.

Il nc savait pas si le derrière d'Angelica l'intéressait plus, ou moins, que la bouteille de nitro. Tandis qu'il s'occupait en pensée de la bouteille de nitro, il imaginait aussi l'explosion de plaisir que pourrait lui procurer la blonde jeune femme, et il s'aperçut qu'Angelica Gomez devenait de plus en plus agréable à contempler. Elle se mouvait avec un mélange d'économie et de fluidité, le mouvement de sa fine cheville s'harmonisait avec les mollets sculptés, l'ondulation des hanches, le ventre plat, les seins fiers, la courbe de sa mâchoire et de sa gorge, le nez quasi aristocratique. Elle semblait être parfaitement à l'aise avec son corps. C'était un vrai plaisir de la regarder. Elle était certainement la femme la plus naturelle qu'il avait jamais vue. En même temps, il se rappela qu'elle venait de trancher la gorge d'un homme. Une chic fille.

— Hé, dit-elle, c'est vrai que c'être une bombe, ce truc ?

— Asseyez-vous et fichez-moi la paix, rétorqua Virginia.

— Vous pas vous fâcher. J'ai juste dit une question.

— Oui. C'est une bouteille de nitroglycérine.

— Vous la faire sauter ?

— Si ça tourne mal, oui.

— Pourquoi ?

— Ah, fermez-la ! Foutez-moi la paix avec vos questions idiotes.

— Et vous avez un revolver aussi, hein ?

— J'en ai deux. Un dans la main, un dans la poche. Et un plein tiroir de revolvers.

— Vous pas rigoler, hein ?

— Non. Je ne rigole pas.

— Hé, dites. Pourquoi vous pas me laisser partir, hein ?

— Quoi ?

— Pourquoi vous pas me laisser partir ? Vous êtes patronne maintenant, hein ? Alors ? Je peux pas filer ?

— Tu ne bouges pas d'ici, ma cocotte.

— *Por qué ?*

— Parce que si tu sors d'ici, tu causeras. Et si tu causes un peu trop, tous mes beaux projets sont à l'eau.

— A qui je cause ? Je cause personne, moi. Je me tire en vitesse, oui. Peut-être à Porto Rico. Je prends l'avion. Vous avez pas entendu ?

Je trancher la gorge d'un type, là. Et tous les voyous, ils vont me courir. Un jour, je me réveille au cimetière. Alors, allez, hein ? Je m'en aller ?

— Tu bouges pas.

— Allons, soyez pas...

— Tu bouges pas.

— Et si je partir aussi sec, hein ? Si je m'en aller quand même ?

— T'as vu le flic tout à l'heure ?

— Ah merde ! Vous êtes sale vache.

Angelica soupira, retourna à sa chaise, s'assit et croisa les jambes. Elle sentit le regard de Hawes posé sur elle, lui sourit et tira sur sa jupe.

Mais Hawes ne regardait pas ses jambes. Hawes venait d'avoir une idée. Cette idée se divisait en deux parties et la première partie devait être menée à bien dans le coin où la petite Portoricaine était assise. Cette idée était tributaire de deux appareils, le premier à sa portée, le second soumis à la chance et au hasard. La deuxième partie du plan se ferait peut-être attendre, mais l'idée était tentante, fascinante même, et en y songeant, Hawes regardait les jambes d'Angelica d'un air rêveur.

Aussi, en se disant qu'il fallait distraire l'attention de Virginia pour parvenir à exécuter la première partie du plan, il profita de la présence de la fille dans son coin stratégique et s'approcha d'elle en tirant un paquet de cigarettes de sa poche.

— Vous fumez ? lui dit-il.

Angelica accepta la cigarette.

— *Muchas gracias*. Vous aimez mes jambes, hein ? dit-elle en levant les yeux par-dessus l'allumette tendue.

— Je dois dire que ce sont de jolies jambes.

— Je vous crois. On voit pas souvent des comme ça. Et le reste ? Ça vous dirait pas, non ?

Si le téléphone sonne, songeait Hawes, Virginia décrochera. Elle tient à écouter toutes les conversations et elle n'en laissera pas passer une, surtout si elle espère un coup de fil de Steve. Et si son attention est distraite, j'aurai tout le temps de faire ce que je veux et de mettre mon projet en chantier, de me préparer pour la grande occasion. En admettant qu'elle agisse machinalement comme les gens qui... Enfin, je fais bien des suppositions. Mais c'est une petite chance. Allons, téléphone, sonne ! Sonne donc !

— J'ai dit une question, insista Angelica.

— Laquelle ?

— Vous voulez pas voir aussi tout le reste, hein ?

— Je ne dirais pas non.

Les yeux de Hawes ne quittaient plus le téléphone. Il se dit qu'en temps ordinaire, ce foutu appareil n'arrêtait pas de sonner. Il y avait toujours un rapport, une plainte, un appel au sujet d'un viol, d'un vol, d'un hold-up, de voies de faits variées et de délits divers qui étaient le pain quotidien du 87ᵉ. Alors, qu'est-ce qu'il attendait pour sonner ? Est-ce que le crime prenait des vacances ? C'était bien le moment ! Avec Steve tout prêt à sauter sur une mine, Miscolo en train de saigner à mort, et cette garce-là, avec sa nitro et son pétard !

— Ça me faire plaisir, murmura Angelica, et ce serait à l'œil.

— Ah, dit Cotton en suppliant mentalement la terre entière de téléphoner au 87ᵉ.

— Et je pas avoir des fausses doudounes, vous savez.

— Je n'en doute pas, dit Cotton en appelant mentalement au secours tous les illuminés qui avaient l'habitude de déranger les inspecteurs du 87ᵉ en plein travail.

— Vous voulez voir ?

— Je vous crois sur parole.

— Alors, hein ?

— Alors, quoi ?

— Vous parlez avec les autres. Vous me laisse filer. Et puis vous viendre voir plus tard, hein ?

Hawes secoua la tête.

— Hélas !

— Pourquoi ? Angelica, c'est un beau morceau.

— C'est un beau morceau, d'accord.

— Alors ?

— Alors, vous voyez cette dame en noir ?

— *Sí.*

— Elle ne laisse sortir personne, même pas les beaux morceaux. Compris ?

— *Sí*. Je veux dire, quand elle est partie.

— Si jamais elle s'en va, soupira Hawes. Et puis même, je ne pourrais pas vous laisser partir parce que le monsieur là-bas, près du tableau de service, est le lieutenant. Si je vous laisse filer, il me renverra, ou il me mettra en prison, ou même il me tuera.

— Ça vaut la peine. Angelica vaut la peine.

— Je n'en doute pas.

Cotton ne voulait pas quitter la fille parce qu'il fallait qu'il soit là, dans ce coin, quand le téléphone sonnerait, s'il sonnait, si jamais ce satané appareil se décidait à sonner. Mais la conversation languissait. Il décida de renvoyer la balle avec une question éternelle :

— Comment êtes-vous venue à la prostitution, Angelica ?

— Je suis pas prostituée. C'est vrai.

— Allons, Angelica !

— Enfin, des fois, comme ça. Pour acheter quelque chose de joli. Ma robe est jolie, non ?

— Oui, très.

— Ecoutez, vous viendre me voir, hein ? D'accord ?

— Ma jolie, là où vous allez atterrir, on ne reçoit pas la clientèle masculine.

— Mais...

Et le téléphone sonna.

Le bruit fit sursauter Hawes. Il faillit se tourner instantanément vers le mur et puis il se souvint à temps qu'il fallait d'abord que Virginia décroche. Il vit Byrnes s'approcher de l'appareil le plus proche de lui. Le lieutenant attendit l'assentiment de Virginia. La sonnerie vrillait les tympans.

Virginia fit passer le revolver dans sa main gauche, décrocha et fit un signe de tête à Byrnes. Il décrocha à son tour.

— 87e District, lieutenant Byrnes.

— Eh bien, eh bien, comment se fait-il que les gros pontes répondent eux-mêmes, à présent ? fit une voix.

Hawes recula vers le mur. Virginia Dodge était encore à demi tournée vers lui et il ne pouvait pas lever la main. Et puis, lentement, elle pivota sur sa chaise et lui présenta son dos. D'un geste vif, Hawes leva la main.

— Qui est à l'appareil ? demanda Byrnes au téléphone.

— Sam Grossman, du labo. Pour qui me preniez-vous ?

Le thermostat était solidement fixé au mur. Hawes le saisit et, d'un brusque tour de poignet, amena l'aiguille à la température maximum.

Par une des journées les plus douces du mois d'octobre, le thermostat était à présent fixé sur trente-sept degrés centigrades.

9

Sam Grossman était un policier, et un lieutenant, et un homme méticuleux et précis. Un autre que le directeur des laboratoires de la police aurait attendu le lendemain pour faire son rapport. Il était déjà six heures moins trois et la famille de Grossman l'attendait à la maison pour dîner. Mais Sam Grossman était passionné par son travail de laboratoire, par son travail de policier, et ne laissait jamais passer une occasion de montrer aux inspecteurs qu'ils ne pouvaient se passer de ses services.

— Le médecin légiste a jeté un coup d'œil au cadavre, Pete, dit-il.

— Quel cadavre ?

— Celui du vieux. Jefferson Scott.

— Ah, oui.
— Carella s'en occupe ?
— Oui.

Byrnes regarda Virginia du coin de l'œil.

Elle s'était redressée sur sa chaise au nom de Carella et elle écoutait plus attentivement que jamais.

— Il connaît son boulot. Il est là-bas, chez Scott, en ce moment ?

— Je n'en sais rien du tout. Pourquoi ?

— Parce que s'il y est, faudrait peut-être prendre contact avec lui.

— Pourquoi, Sam ?

— Le toubib affirme que la mort est due à la strangulation. Vous êtes au courant de l'affaire, Pete ?

— J'ai lu le rapport de Carella.

— Oui, ben, le vieux a été trouvé pendu. Mais pas de nuque brisée ni rien. Strangulation. Bon, on dirait un suicide. Vous vous souvenez de l'affaire Hernandez — le gosse qui s'était apparemment pendu mais qui était mort d'overdose ? Vous vous souvenez ?

— Oui.

— Eh bien, le cas présent n'est pas tout à fait pareil. Le type est bien mort étranglé...

— Oui ?

— Mais, ce gars-là n'a pas été étranglé par la corde. Il ne s'est pas pendu.

— Que s'est-il passé ?

— On en a discuté avec le toubib, Pete, et je suis à peu près sûr qu'il a raison. Les ecchymoses sur le cou du vieux indiquent qu'il a été étranglé à la main, avant que cette corde soit passée à son cou. Il y a aussi des traces de corde, des éraflures cutanées, mais la plupart des traces sont celles de deux mains puissantes. Nous avons essayé de relever des empreintes sur la peau, mais ça n'a rien donné. Ce n'est pas toujours commode et...

— Alors Scott aurait été assassiné ?

— Pas de doute, déclara nettement Grossman. On a fait des tests sur la corde aussi et d'après les fibres brisées et la torsion, il n'a pas sauté à bas de ce tabouret. Il a été hissé. C'est un crime, Pete, pas de doute.

— Mmmmm. Bon, eh bien merci, Sam.

— A mon avis, poursuivit Sam, si vous pensez que Carella est là-bas chez Scott, je devrais le prévenir tout de suite.

— Je ne sais pas s'il y est.

— J'ai dit *si*. Parce que s'il y est, un des habitants de cette maison est un assassin doté d'une poigne assez formidable. Et moi j'aime bien Steve.

David Scott était assis, ses grandes mains croisées et crispées sur ses genoux, des mains carrées, puissantes, couvertes d'un léger duvet couleur de bronze. Des cheveux ras, du même ton de bronze clair, garnissaient son crâne rond.

Il était six heures dix. Sur le fleuve, derrière les grandes baies, des remorqueurs poussaient de longues plaintes lugubres. L'inspecteur Carella était assis en face de David Scott.

— Vous vous êtes déjà disputé avec votre père ? demanda-t-il.

— Pourquoi ?

— J'aimerais le savoir.

— Christine m'a déjà parlé de vous et de vos idées, inspecteur.

— Vraiment ?

— Oui, ma femme et moi n'avons pas de secret l'un pour l'autre. Elle m'a raconté que vous vous faites des idées que je trouve assez révoltantes.

— Je suis navré qu'elles vous révoltent, Mr Scott. Est-ce que le meurtre vous révolte aussi ?

— Voilà bien ce que je voulais dire ! Eh bien ! laissez-moi vous apprendre une bonne chose. Nous sommes les Scott. Nous ne sommes pas de fichus étrangers miséreux d'un taudis de Culver Avenue. Nous sommes les Scott. Et je n'ai pas à vous écouter débiter vos âneries. Parce que les Scott ont des avocats capables de river leur clou à des policiers de bas étage. Alors, si ça ne vous fait rien, je vais immédiatement appeler un de ces avocats et...

— Asseyez-vous, Mr Scott ! rugit Carella.

— Qu...

— Asseyez-vous, j'ai dit, et quittez vos grands airs ! Et si l'envie vous démange d'appeler un de ces avocats de génie, vous pourrez le faire du poste du 87e District où je vous emmènerai, vous, votre femme et vos frères et tous ceux qui se trouvaient dans cette maison au moment où votre père s'est censément pendu !

— Vous ne pouvez...

— Je peux, et je le ferai. Maintenant, asseyez-vous.

— Je...

— Asseyez-vous !

David Scott s'assit.

— Bien. Je ne dis pas que votre père ne s'est pas pendu. C'est possible. Les gens qui se suicident ne laissent pas toujours de lettres d'explication, mais d'après ce que Roger m'a dit...

— Roger est un domestique qui...

— Roger m'a dit que votre père était un vieillard très gai qui aimait la vie. Il n'était pas le moins du monde déprimé, et ne l'avait jamais été. Votre père avait une grande fortune et de nombreuses affaires qui marchaient toutes admirablement. Il était veuf depuis douze ans, aussi nous ne pouvons pas supposer que c'est le chagrin qui l'a poussé à se tuer. Alors, expliquez-moi pourquoi un homme heureux et bien portant voudrait en finir avec l'existence ?

— Je n'en sais fichtre rien. Père ne se confiait guère à moi.

— Non ? Vous bavardiez avec lui ?

— Naturellement. Mais jamais de façon intime, père était un homme froid. Très difficile à connaître.

— Vous l'aimiez ?

— Bien sûr ! C'était mon père, que diable !

— Ce qui, d'après les psychanalystes, est souvent une raison de haine.

— Mr Carella, il se trouve que j'ai des relations suivies avec un psychanalyste, depuis trois ans, et que je connais bien la psychologie. Je ne haïssais pas mon père. Et je vous jure que je ne suis en rien responsable de sa mort.

— Pour en revenir à ma première question, vous êtes-vous jamais disputé avec lui ?

— Oui. Naturellement. Il y a toujours des dissentiments entre père et fils, non ?

— Vous êtes déjà monté dans son grenier ?

— Oui.

— Hier après-midi ?

— Non.

— Pas du tout ?

— Non. Pas avant de découvrir que la porte était fermée et qu'il ne répondait pas.

— Qui l'a découvert ?

— Alan. Il est monté chercher père et n'a obtenu aucune réponse. Il a essayé d'ouvrir la porte qui était fermée au verrou. Alors il nous a appelés. Nous avons tous tiré sur la porte, mais elle ne bougeait pas d'un pouce. Nous nous y sommes tous mis, tous ensemble. La porte était bel et bien fermée au verrou. Et si vous cherchez à insinuer — avec la subtilité d'une locomotive — qu'il y a eu crime, je vous prie de songer à ce verrou intérieur. Il était impossible à quiconque aurait tué père de sortir de la pièce et de refermer le verrou de l'extérieur. Totalement impossible.

— Comment le savez-vous ?

— La porte colle complètement au chambranle. On n'y passerait pas une feuille de papier.

— Vous avez l'air d'avoir étudié la question.

— Seulement après que nous avons découvert père. J'avoue que l'idée m'est venue qu'il avait pu être assassiné. Pas par quelqu'un de la famille, mais enfin par quelqu'un. Et puis je me suis rendu compte que c'était impossible.

— Mr Scott, est-ce qu'un fil de coton solide n'aurait pas pu être glissé entre la porte et le chambranle ?

— Où voulez-vous en venir ?

— Un fil qui aurait entouré la targette du verrou à glissière, qui aurait été glissé entre la porte et le chambranle, aurait pu être tiré du dehors, manœuvrer le verrou et...

— Impossible avec cette porte-là.

— Pourquoi ?

— Il y a un courant d'air terrible dans le couloir du grenier. Au début, la pièce de père était inconfortable. Alors il a fait mettre des lames à la porte, un peu comme on fait aux fenêtres. Il y a une lame de métal tout autour de la porte qui s'emboîte étroitement dans une seconde lame concave fixée au chambranle et au sol.

— Pas si étroitement qu'un fil ne puisse passer.

— Peut-être, mais il y a autre chose. Le bois de la porte a joué, et avec ces lames métalliques en plus, elle est très difficile à fermer. Et pour pousser le verrou, on était obligé de tirer la porte de toutes ses forces, de la soulever légèrement et de faire glisser la targette. Vous voyez où je veux en venir ?

— Oui, évidemment. Si le verrou était si difficile à pousser de l'intérieur, il n'aurait jamais obéi à la traction d'un fil manœuvré de l'extérieur. Je vois.

— Alors admettons un instant que je haïsse mon père au point de le tuer — ce qui n'est pas le cas. Ou que j'aie eu hâte de toucher ma part d'héritage — ce qui n'est pas non plus le cas. Admettons que nous voulions tous qu'il meure. Ce qui, encore une fois, n'était pas le cas. Il reste toujours ce problème de la porte fermée de l'intérieur. Et vous devez bien vous rendre à l'évidence. Mon père s'est bien suicidé.

Carella poussa un profond soupir.

Les boutiques avaient fermé leurs portes à six heures et Teddy Carella marchait en se demandant si elle s'arrêterait quelque part pour prendre un café. Elle craignait que cela lui coupe l'appétit. Steve avait évoqué un festin somptueux, elle avait rendez-vous avec lui à sept heures, et elle ne voulait pas gâcher son plaisir.

D'ailleurs, il faisait si beau qu'elle était contente de marcher un peu. Elle se demanda quelle allure elle aurait en robe de grossesse. Quelle horreur. Enfin... Mais comment Steve la trouverait-il ?

Horrible ? Abominable ?... Non. Steve l'aimait. Et puis elle surveillait sa ligne, elle suivrait un régime, elle ferait de la gymnastique.

Il ne fallait tout de même pas se fatiguer. Si elle marchait pendant une heure, elle aurait sommeil et gâcherait la soirée de Steve. Et elle aurait mauvaise mine.

Peut-être ferait-elle mieux d'aller l'attendre à son bureau. Il pouvait arriver en avance. Et ce serait une surprise pour lui, de la voir là.

L'homme marchait tête basse.

Il n'y avait pas de vent, il ne faisait pas froid, mais l'homme penchait la tête parce qu'il ne se sentait pas à l'aise dans cette ville. Alors il rentrait un peu dans sa coquille, comme une tortue, pour se défendre.

L'homme était élégamment habillé d'un costume de tweed, avec une discrète cravate bleue et une chemise blanche. Il savait qu'il ressemblait à tous les hommes de la ville, à tout le monde, et que personne ne se retournait sur son passage. Mais il se sentait étranger quand même. C'est pourquoi il marchait tête baissée, les mains dans les poches.

Et parce qu'il avait la tête baissée, il vit la feuille de papier bleu sur le trottoir. Et, comme il n'était pressé d'aller nulle part dans cette ville étrange et un peu hostile qui l'effrayait, il ramassa le papier et l'examina attentivement.

La feuille bleue était l'original des trois exemplaires que l'inspecteur Meyer Meyer avait tapés sur un formulaire de rapport du bureau des inspecteurs du 87e District et qu'il avait glissée par la fenêtre. Les deux doubles ne l'accompagnaient pas. Il n'y avait que cette unique feuille. L'homme la ramassa, l'examina et puis il s'approcha d'une des corbeilles de fer fixées aux lampadaires, à chaque coin de rue. L'homme fit une boulette du message de Meyer Meyer et le jeta dans la corbeille. On lui avait appris à respecter la propreté d'un trottoir, même dans une ville hostile. Et puis il enfouit ses mains dans ses poches et reprit son chemin tête baissée.

L'homme s'appelait Juan Alverra et il était arrivé trois mois plus tôt de Porto Rico. Personne n'avait jamais appris à Juan Alverra autre chose que l'espagnol. Il ne parlait, n'écrivait et ne lisait pas d'autre langue.

10

Sans se faire remarquer, Cotton Hawes ferma d'abord une fenêtre et puis l'autre. Au-dehors, la nuit tiède se pressait contre les carreaux, filtrée par les barreaux. Dans la pièce, les six globes lumineux du plafond, commandés par un unique interrupteur, luttaient contre l'obscurité. Un silence tendu pesait sur le bureau, le silence de l'attente.

Les jambes croisées, Angelica Gomez agitait impatiemment un pied finement chaussé. Elle avait ôté son manteau et son corsage décolleté moulait ses charmes authentiques. Elle songeait peut-être à l'homme qu'elle avait à moitié égorgé, à la vengeance des amis de cet homme, ou à une île chaude des Antilles, où le soleil brillait toujours sur les plantations de sucre où elle avait travaillé en saison, où la nuit elle avait bu du rhum au son des guitares parmi les collines noires comme du velours.

A côté d'elle, Virginia Dodge ne bougeait pas. Seuls ses doigts nerveux tambourinaient sur le bureau. Devant elle, la bouteille de liquide incolore luisait doucement. Ses yeux sombres scrutaient la pièce et le corridor, son regard se posait ici et là comme un oiseau qui cherche la branche adéquate. Mais surtout elle regardait le corridor, attendant l'arrivée de l'inspecteur qui avait envoyé son homme en prison.

Derrière elle, allongé contre l'énorme armoire métallique verte, Alf Miscolo gisait, inconscient. La tête et la poitrine en feu, le souffle court, Miscolo ne savait pas qu'il était peut-être en train de mourir. Miscolo ne savait rien. Il rêvait, dans le néant où il se trouvait, de son enfance. Il rêvait d'Halloween, il portait des piles de papier pour alimenter l'énorme feu de joie qui se consumait au milieu de sa rue. Il rêvait qu'il était heureux.

Cotton Hawes se demanda si la température de la pièce montait réellement.

C'était difficile à savoir. Il transpirait abondamment, mais son fort gabarit le faisait passablement suer quand la tension montait. A l'époque où il était attaché au 30e District, un quartier cossu, il n'avait pas eu lieu de transpirer beaucoup. A vrai dire, son transfert au 87e ne l'avait pas mis en joie ; cela faisait seulement quatre mois qu'il avait été transféré, et à présent il connaissait bien les hommes avec qui il travaillait — et il se faisait beaucoup de souci pour un homme nommé Steve Carella.

Le lieutenant avait peut-être raison, somme toute. Il avait mal compris la pensée de Byrnes : Hawes soupçonnait qu'il laisserait mourir Carella pour garder sauve la vie des autres. Byrnes avait peut-être raison. C'était peut-être d'une logique et d'une morale implacables de laisser Steve se retrouver nez à nez avec un revolver. Cependant, Hawes n'était pas d'accord avec ce raisonnement.

Il avait fini par comprendre quc le 87e District et les hommes qui y travaillaient étaient étranges. Son transfert l'avait hérissé : avant même d'y avoir mis les pieds Hawes s'était fait une opinion négative du quartier et de ses taudis ; il imaginait des officiers désillusionnés, cyniques. Il fut rapidement détrompé.

Les gens du taudis étaient simplement des gens. Ils jouissaient de la vie comme lui, tout en subissant une multitude de malheurs qui lui étaient épargnés. Ils recherchaient l'amour et le respect, et les hommes du 87e District lui avaient appris que si infortunés que fussent les habitants du 87e, ce n'étaient pas des animaux en cages. Ayant vu ses collègues sur le terrain, Hawes savait qu'ils ne se berçaient pas d'illusions sur la criminalité du district. Il les savait capables d'étendre un truand sans sourciller et surtout sans état d'âme ; pas besoin de théoriser : les choses étaient comme elles étaient.

Et pourtant, Hawes fut surpris d'apprendre que les hommes du 87e District possédaient une éthique, une éthique qui ne compromettait absolument pas l'efficacité de leurs interventions sur le terrain, mais qui n'en était pas moins une éthique. Il s'agissait de l'idée de ce qui était juste. S'ils savaient se montrer durs, ils savaient également être compréhensifs. Ils n'assimilaient pas les habitants du taudis à des criminels. Un truand était un truand, mais un être humain n'en demeurait pas moins un être humain. Ce qui était juste. Hawes trouvait contradictoires l'existence de cette éthique et le fait que les hommes du 87e étaient quotidiennement confrontés à la violence et à la possibilité d'une mort subite.

Maintenant, dans le bureau, les hommes se trouvaient face à une situation totalement injuste, illogique. La situation était bien réelle, était bien là, implacable.

Virginia faisait peut-être montre d'une compréhension — primitive — de la justice. Comme dans la Bible, œil pour œil, dent pour dent. Le père de Hawes, un homme très croyant, avait toujours admiré Cotton Mather plus que tous les prêtres de l'époque puritaine. Il avait donné le prénom Cotton à son fils en l'honneur du fanatique religieux qui avait fait de la chasse aux sorcières la clef de voûte de sa vie.

Jeremiah Hawes, qui pensait que le procès des sorcières de Salem n'était que le reflet des rancœurs mesquines d'une petite ville recroquevillée sur elle-même, avait totalement justifié Cotton Mather dans le rôle qu'il avait joué pour porter l'hystérie à son paroxysme.

Virginia Dodge menait à présent sa propre chasse aux sorcières. La vengeance. Steve Carella avait commis l'irréparable en envoyant son mari en prison, d'autant plus qu'il y était mort. Le pasteur de Salem, le révérend Parris, celui qui, en 1692, avait mis le feu aux poudres, avait peut-être éprouvé la même chose. Peut-être avait-il été mortellement offensé quand les habitants de Salem avaient chicané sur la quantité de bois qu'il lui faudrait pour l'hiver et avait-il inconsciemment alimenté le brasier pour punir la mesquinerie des villageois. Quant à Virginia Dodge, ses actes n'avaient rien d'inconscient. Elle était venue pour tuer, pour se venger tout court.

Il existait, en 1692, des gens raisonnables. Il en existait à présent dans ce bureau. Pourtant, des gens raisonnables avaient permis la pendaison des « sorcières ». La question que Hawes se posait était la suivante. Face au jugement fanatique de Virginia Dodge, est-ce que des gens raisonnables allaient permettre la mise à mort de Steve Carella ?

Cotton Hawes se demandait si la température de la pièce montait réellement. Il regarda autour de lui et vit que Willis avait desserré son nœud de cravate. Il priait le ciel qu'aucun de ces hommes — si vraiment il faisait plus chaud — ne parlerait de la chaleur, qu'aucun d'entre eux n'irait régler le thermostat.

Adossé au tableau de service, le lieutenant Byrnes observait Cotton Hawes.

De tous ceux qui étaient présents dans le bureau, Byrnes était le seul à avoir remarqué Cotton, quand il avait tourné le bouton du thermostat. Tout en répondant à Grossman, au téléphone, il avait surpris le geste furtif de Cotton. Un peu plus tard, il l'avait vu fermer les deux fenêtres et il savait que Hawes avait un plan, qu'il mijotait quelque chose, et que ses gestes n'étaient pas innocents.

Il se demanda quel était son plan.

Il se demanda aussi ce qui pourrait bien le faire échouer.

Il l'avait vu faire mais il était à peu près sûr que personne d'autre ne l'avait remarqué. Et si Hawes comptait sur un excès de chaleur, qui est-ce qui ferait la première réflexion ? Bert Kling avait déjà ôté sa veste et s'épongeait le front. Willis avait retiré sa cravate. Angelica Gomez avait relevé sa jupe sur ses cuisses, comme pour prendre un bain de soleil. Qui serait le premier à s'écrier : « Bon sang, on étouffe ici ! » ?

Pourquoi Cotton avait-il besoin de chaleur ?

Il savait que Hawes l'avait mal compris. Il se sentait comme quelqu'un accusé à tort de racisme à cause d'une remarque mal interprétée. Hawes, qui n'était pas au 87e District à l'époque, ne savait pas que Carella avait mis sa vie en danger pour sauver le fils de Byrnes, avait manqué mourir pour le fils de Byrnes. Hawes ignorait la puissance du lien qui unissait Byrnes et Carella, ne pouvait savoir que Byrnes se ferait une joie de faire front à un pistolet braqué sur lui si cela pouvait aider Steve.

Mais Byrnes se trouvait confronté au dilemme du commandement. Et suivant la logique des généraux sur le champ de bataille, il savait qu'il était préferable de sacrifier la vie d'un homme quand celles de tout un régiment étaient en danger. Si Virginia Dodge n'avait eu que son revolver, il se serait sacrifié avec joie. Mais elle avait aussi le flacon de nitro.

Et si elle tirait sur le flacon, le bureau sauterait, ainsi que tous ceux qui s'y trouvaient. Il devait beaucoup à Carella, mais il ne pouvait pas — en temps que lieutenant — mettre toutes ces vies en danger pour le sauver.

Il espérait que le plan de Hawes n'était pas trop téméraire. Et puis il regarda la bouteille et se dit que n'importe quel plan serait d'une folle témérité.

Bert Kling commençait à transpirer. Il faillit aller ouvrir une fenêtre. Mais il se rappela quelque chose.

Cotton ne venait-il pas justement de les fermer toutes les deux ? Il avait bien vu Cotton...

La température de la pièce n'était-elle pas réglée par un thermostat ? Est-ce qu'on avait tripatouillé le thermostat ? Qui ? Cotton ?

Cotton aurait-il un plan ?

Peut-être. Peut-être pas. En tout cas, Bert Kling préférait mijoter dans son jus et s'effondrer, plutôt que d'aller ouvrir une fenêtre. Sa curiosité éveillée, il attendait. Et il transpirait.

Hal Willis était sur le point de remarquer qu'on crevait dans cette boîte quand il vit que la chemise de Kling était trempée de sueur. Leurs yeux se rencontrèrent. Dans un geste éloquent, Kling passa sa main sur son front et fit mine de s'égoutter les doigts.

Dans un éclair de muette compréhension, Willis se dit qu'il fallait qu'il fasse trop chaud dans la pièce.

Il chercha de nouveau le regard de Kling, mais il n'y trouva rien.

Patiemment, mal à l'aise dans son caleçon qui lui collait aux fesses, il s'agita un peu sur sa chaise et ne dit rien.

Meyer Meyer essuya sa lèvre supérieure où perlait la sueur.

Qu'est-ce qu'il peut faire chaud, songea-t-il. Je me demande si on a trouvé mes messages.

Il se demanda pourquoi quelqu'un ne baissait pas le thermostat. Cotton était là, contre le mur, à côté du thermostat, les yeux fixés sur Virginia Dodge. On aurait dit une sentinelle. Qu'est-ce qu'il pouvait bien garder ?

Hé, Cotton, pensa-t-il, baisse un peu ce foutu thermostat.

Les paroles faillirent monter à ses lèvres.

Et puis il songea de nouveau à ses messages et se demanda si quelqu'un les avait trouvés.

Il en oublia la chaleur et, assez curieusement pour un homme qui n'avait pas mis les pieds dans une synagogue depuis vingt ans, il se mit à prier en hébreu.

Angelica Gomez étendit les jambes et ferma les yeux.

Il faisait merveilleusement chaud dans la pièce, et elle s'imaginait étendue sur un rocher dans les montagnes, son corps nu offert au soleil. A Porto Rico, elle grimpait par des sentiers de chèvres, elle cherchait un coin isolé, caché dans les fougères géantes, et elle se déshabillait.

Elle se demanda vaguement pourquoi le soleil ne venait pas baigner les rues de la ville.

Les paupières closes, elle se laissait envahir par la chaleur, rêvait à la mer des Caraïbes et espérait que personne ne vienne ouvrir une fenêtre.

Le téléphone sonna.

A son poste de commandement, le visage luisant de sueur, Virginia Dodge fit signe à Kling qui décrocha et attendit qu'elle l'eût imité.

— 87e District, inspecteur Kling.

— Salut. Carella est là ?

— De la part de qui ?

— Atchison, du labo. Où est Carella ?

— A l'extérieur. Je peux prendre la commission ?

— Ouais, probable. Comment c'est, votre nom, déjà ?

— Bert Kling.

— Je vous connais pas.

— Qu'est-ce que ça peut fiche ?

— J'aime bien connaître les gens à qui je cause. Enfin bref, c'est au sujet de cette affaire Scott. Sam Grossman m'a donné des photos à examiner. Du chambranle.

— Oui ?

— Vous êtes au courant pour le chambranle ?

— Carella m'en a parlé. Donnez-moi le renseignement et je le lui passerai.

— Vous êtes bien pressé. Vous aimez pas faire la causette cinq minutes ?

— J'adore ça. Mais on a pas mal de boulot pour le moment.

— Moi, j'aime bien discuter le bout de gras. Ça change un peu. Si vous étiez comme moi, toute la journée entre des éprouvettes et des clichés et des frusques pleines de sang, de pus ou de pisse, vous me comprendriez.

— Vous me fendez le cœur. Alors, qu'est-ce qu'il a, ce chambranle ?

— A l'heure qu'il est, je devrais être rentré à la maison. Qu'est-ce que vous croyez ? Je me tape les agrandissements pour vous aider, bande d'andouilles ! Et voilà comment on me remercie.

— Je vous enverrai mon linge sale pour que vous puissiez l'examiner un dimanche. Ça vous irait ?

— Très drôle. Comment c'est, votre nom, déjà ?

— Bert Kling.

— Le comique de la troupe, hein ?

— Kling et Cohen, vous avez jamais entendu parler de nous ? Imitations en tout genre, monologues comiques, cris d'oiseaux. Nous faisons les *bar mitzva* et les mariages irlandais. Pour rire et faire rire en société. Jamais entendu parler de Kling et Cohen ?

— Qu'est-ce que c'est ? Encore une blague ?

— Je fais la causette. C'est ce que vous vouliez, non ?

— Faut pas vous forcer, surtout. Le jour où vous viendrez ici nous demander une faveur, je vous balance un sac de linge à la figure.

— Et ce chambranle ?

— Après tout, je devrais rien vous dire. Vous laisser vous démerder tout seuls.

— A votre aise.

— Ouais, et Sam aura une attaque. Enfin, vous prenez note ?

— Je vous écoute depuis une heure.

— Voilà. J'agrandis donc les photos et je les étudie. Il y a des traces à l'intérieur de la porte, là où le verrou a sauté. Il pend par une seule vis, censément que les gars l'ont arraché en forçant la porte. Vous me suivez ?

— Pas à pas.

— Alors, on dirait qu'on a employé un ciseau à froid ou un tournevis pour arracher le verrou de la porte, de l'intérieur.

— Qu'est-ce que vous racontez ?

— Je dis que le levier qui a forcé la porte, de l'extérieur, n'a pas fait tomber ce loquet. Les traces prouvent bien qu'il a été arraché avant, de l'intérieur. La porte est toute tailladée. Le type qui a fait ça devait être bougrement pressé.

— Vous me dites que la porte n'était pas fermée au verrou ? C'est ça ?

— Tout juste.

— Alors pourquoi n'ont-ils pas pu l'ouvrir ?

— C'est précisément ça, la question, Mr Kling. Pourquoi trois hommes costauds n'ont-ils pas pu ouvrir une porte qui n'était pas fermée ? Nous avons pensé que le poids de l'homme pendu retenait la porte. Mais ça ne tient pas. Trois hommes l'auraient hissé, ou bien la corde aurait cassé. Alors, c'est autre chose.

— Quoi, par exemple ?

— J'ai mon idée.

— Allez-y.

— Demandez donc à votre partenaire Cohen, tiens, suggéra Atchison en raccrochant.

Kling replaça l'écouteur sur ses broches. Virginia Dodge raccrocha à son tour.

— Y a-t-il un moyen de joindre Carella ? demanda-t-elle.

— Non, mentit Byrnes. Je ne sais pas du tout où il est.

— Est-ce qu'il ne devrait pas être tenu au courant de tous les renseignements qui vous arrivent ?

— Si.

— Alors pourquoi ne les lui repassez-vous pas ?

— Parce que je ne sais pas où il est.

— Il ne serait pas chez les Scott ? C'est là que le crime a été commis, n'est-ce pas ?

— Oui. Mais s'il est en train d'interroger des suspects, il peut être n'importe où.

— Vous pourriez toujours essayer de l'appeler chez les Scott.

— Pour quoi faire ?

— Parce que s'il y est, je veux que vous lui disiez de revenir ici immédiatement. On étouffe dans votre foutu bureau et j'en ai ma claque d'attendre.

— Je ne pense pas qu'il y soit, répondit vivement Byrnes, et d'ailleurs, si je lui disais de revenir tout de suite, il comprendrait immédiatement qu'il y a du vilain.

— Pourquoi ça ?

— Même vous, vous devez bien comprendre qu'une enquête criminelle passe avant tout.

Virginia Dodge réfléchit un instant et murmura :

— J'aimerais bien savoir si vous me dites la vérité.

Mais elle n'insista pas.

Assis à son bureau du rez-de-chaussée, un bureau qui ressemblait presque à un tribunal, placé qu'il était sur une estrade dans le hall, sous une pancarte conviant tous les visiteurs à passer par l'accueil, Dave Murchison regardait la rue par la porte ouverte.

Il faisait une soirée merveilleuse. Dave Murchison, le sergent de garde, se demanda vaguement ce que faisaient tous ces passants. Ils se promenaient peut-être dans le parc avec leur petite amie ? Ou ils faisaient l'amour les fenêtres ouvertes, ou ils jouaient au billard, aux cartes ou à la main chaude ?

En tout cas, ils ne moisissaient pas derrière un bureau à répondre au téléphone et se poser des questions.

D'abord, qu'est-ce que le lieutenant avait bien pu vouloir dire ?

Murchison essaya de se remémorer le dialogue. Il était monté voir ce que signifiait ce coup de pétard et le lieutenant avait dit que tout allait bien, que c'était un accident. Lui, il avait répondu bon, du moment que ça va, et le lieutenant avait dit oui, ça va ou quelque chose comme ça et puis... attends voir, c'est là que ça se corse.

Voilà. Il avait dit au lieutenant : A plus tard, Pete.

Et Byrnes avait répondu : Priorité.

Ben, c'était une drôle de chose à dire, parce que, en jargon policier, priorité voulait dire : faites immédiatement un rapport à votre supérieur.

Comment pouvait-il lui faire un rapport immédiat vu qu'il était déjà devant son supérieur ?

Alors, bien sûr, il avait dit : Hein ?

Et le lieutenant n'avait plus rien dit. Il était resté là, avec un pauvre sourire tout pâle.

Priorité.

Rapport immédiat.

C'était une blague, ou quoi ?

Et si c'était pas une blague, à qui fallait-il faire un rapport ? Et à quel sujet ?

Pour le coup de pétard ?

Mais le lieutenant avait dit que c'était un accident, et que tout allait bien. Il voulait que Murchison fasse un rapport sur l'accident ? Non, c'était idiot. Un coup qui part tout seul, ça fait mauvais effet, et le lieutenant ne voudrait certainement pas que ça se sache.

Et puis merde, se dit Murchison. Le lieutenant le mettait en boîte, c'était tout. Et moi je suis là à me creuser la tête pour essayer de comprendre le sens de sa blague. J'aurais dû être là-haut avec les inspecteurs... ça doit être l'été indien. Je devrais être en Irlande en train d'embrasser une donzelle.

Priorité. Elle était bien bonne.

Une ampoule verte s'alluma au standard. Murchison planta une fiche et répondit :

— 87ᵉ District, sergent Murchison. Ah, salut, Baldy. Ça va ? Moi, ça va. Salut.

A l'ouest rien de nouveau, pensa Murchison en arrachant sa fiche.

Priorité.

Virginia Dodge se leva brusquement.

— Ecartez-vous tous. Tout le monde par là. Vite. Lieutenant, éloignez-vous du portemanteau.

Angelica s'agita, se leva et lissa sa jupe sur ses hanches. Hawes abandonna son poste près du thermostat et alla rejoindre les collègues à l'autre bout de la pièce. Byrnes s'écarta du portemanteau.

— Ce revolver est toujours braqué sur la nitro, dit Virginia. Alors pas de fantaisies.

Bon, se dit Hawes. Elle ne pense pas seulement à la chaleur. Elle n'oublie pas la nitro. Ça va marcher ! Oh ! mon Dieu, ça va marcher.

J'espère.

Virginia recula jusqu'au portemanteau. D'un geste vif, elle fit glisser le manteau sur son épaule gauche, puis elle passa son revolver dans sa main gauche et ôta la manche droite. Sans se retourner, elle accrocha son manteau à l'une des patères.

— Il fait une chaleur abominable. Vous ne pouvez pas baisser le thermostat ?

— Je m'en charge, dit Hawes.

Il souriait et regardait le manteau noir informe accroché au portemanteau à côté de la veste et du chapeau de Willis.

Dans la poche gauche du vêtement de Virginia, il y avait le revolver qu'elle avait pris dans le bureau du lieutenant Byrnes.

11

Hawes se dit que son plan s'était déroulé avec une simplicité remarquable, jusque-là. Trop. Dans la vie, les choses ne se passaient pas comme ça. C'était trop facile, la manière dont Virginia s'était débarrassée de son manteau et par la même occasion séparée du revolver. A présent, il doutait. Sans être particulièrement superstitieux, il trouvait suspecte cette facilité, et se demandait si le succès de la première partie de son plan n'était pas un mauvais présage pour le déroulement de la seconde.

Inquiet, Hawes pensa à son plan. Le revolver était maintenant là où il voulait qu'il soit, dans la poche d'un manteau pendu près du tableau de service. Entre les patères et le tableau, sur le mur, il y avait l'interrupteur qui commandait les six plafonniers. L'intention de Hawes était de s'approcher négligemment du tableau, de feindre de prendre quelques notes et — dès que l'occasion se présenterait — d'éteindre tout et de plonger la main dans la poche du manteau pour s'emparer du revolver de Byrnes. Il ne s'en servirait pas tout de suite, à cause de cette sacrée bouteille de nitroglycérine, mais il serait armé et il attendrait son heure.

Il ne voyait pas comment son plan pouvait rater. L'interrupteur commandait toutes les lumières de la pièce. Un seul geste, et ils seraient plongés dans l'obscurité. Il ne lui faudrait guère que trois secondes pour s'emparer de l'arme, la dissimuler et rallumer.

Est-ce que Virginia Dodge tirerait sur sa bouteille d'explosif pendant ces trois secondes ?

Il ne le pensait pas.

D'abord, même si elle tirait, comme il ferait noir, elle ne toucherait sans doute pas le flacon.

Evidemment, le risque était monumental. Parce qu'elle n'avait même pas besoin de tirer. Un geste du bras, le flacon tomberait par terre et tout le monde se retrouverait en train de jouer de la harpe.

Mais il comptait sur autre chose. La réaction machinale d'une personne qui se trouve subitement plongée dans l'obscurité. Est-ce que Virginia ne penserait pas tout d'abord instinctivement à une panne de secteur ? Est-ce qu'elle ne retiendrait pas son geste un moment, au moins le temps d'être certaine de ce qui se passait ? Et puis Hawes aurait déjà rallumé et pourrait inventer une excuse, dire qu'il s'était appuyé par mégarde contre l'interrupteur.

Et d'ailleurs, aurait-il besoin d'une excuse ? Elle ne se rappelait peut-être pas le revolver dans sa poche ? Enfin, de toute façon, le vin serait tiré. Ils sauteraient peut-être, elle tirerait sur lui, mais au moins ils seraient à égalité. Revolver contre revolver.

Soigneusement, Hawes récapitula les gestes qu'il devrait accomplir. Le tableau de service, m'occuper dans ce coin-là, éteindre, bondir sur...

Une seconde.

Il y avait un va-et-vient au bout du corridor, en haut de l'escalier. Ce bouton, lui aussi, commandait toutes les lumières du bureau des inspecteurs, afin de ne pas être obligé de longer le couloir dans le noir avant d'allumer dans la grande pièce. Hawes réfléchit un instant et se dit qu'ils devaient être indépendants. De toute façon, il n'y pouvait rien. Pas question d'aller dans le couloir. Virginia Dodge avait déjà tiré une fois et n'hésiterait pas à faire feu une seconde fois.

Allons, se dit-il, allons-y et qu'on en finisse.

Il se dirigea vers l'autre côté de la pièce.

Il sentit une main se poser sur son bras. Angelica Gomez demanda :

— Vous avez un *cigarillo* ?

— Bien sûr, répondit Hawes.

Il sortit son paquet de cigarettes et la jeune femme en prit une. Elle la plaça entre ses lèvres charnues, et attendit que Hawes présente une allumette.

— *Muchas gracias*, dit-elle. Vous être bien élevé. C'est important.

— Ouais, répondit Hawes.

Il allait s'éloigner, quand elle posa à nouveau la main sur son bras.

— Vous savoir quoi ?

— Quoi ?

— Je déteste cette ville. Vous vouloir savoir pourquoi ?

— Allez-y.

— Les gens ont pas éducation. C'est la vérité.

— Ben, vous savez, c'est difficile partout, répondit Hawes avec impatience.

Il reprit sa marche, et cette fois, Angelica lui demanda :

— Pourquoi vous pressé ?

Virginia Dodge se détourna du bureau et regarda Hawes d'un air méfiant.

— Je ne suis pas pressé, dit-il à Angelica.

Il sentait le regard de Virginia dans son dos comme une perceuse placée sur la moelle épinière.

— Ben alors, assis-toi, rétorqua Angelica. On peut causer. Tout le monde toujours trop pressé pour causer. Au pays, pas pareil. Au pays, on a toujours son temps.

Hawes hésita. Virginia Dodge l'observait toujours. Avec un mouvement qui se voulait paresseux, il prit une chaise, s'assit, alluma une cigarette. Il remarqua que sa main tremblait. Il essaya d'ignorer la présence de Virginia, et sembla ne s'intéresser qu'à la jeune fille qui lui parlait. Mais tout en fumant il pensait : Combien de temps avant qu'elle ne se souvienne du pistolet dans la poche du manteau ?

— Pourquoi vous avez les cheveux blancs, là ? demanda Angelica.

La main de Hawes se porta inconsciemment à la mèche blanche au-dessus de sa tempe gauche.

— J'ai pris un coup de couteau, expliqua-t-il. Ils ont repoussé comme ça.

— Comment s'est passé ?

— C'est une longue histoire.

— J'ai mon temps.

Moi non, pensa-t-il, puis soudain Hawes se demanda si Virginia, qui l'observait toujours, se doutait de quelque chose. Il avait la trouille, l'estomac noué ; il avait envie de hurler, donner des coups de poing contre le mur. Mais il se maîtrisa, et continua sa discussion d'une voix apparemment normale, tout en pensant au revolver. Il s'imaginait en train de s'en emparer, imaginait le poids du flingue dans sa main. Il dit :

— J'étais sur une enquête, un cambriolage. La femme était hystérique, très choquée. Elle était terrifiée à l'idée que je reparte. Je descendais les escaliers et j'entendais derrière moi les cris de cette femme. Je me suis dit que j'allais lui envoyer un agent dès que possible et à cet instant un gars m'a foncé dessus avec un couteau.

— Le cambrioleur ?

— Non, c'est ça l'amusant de l'histoire. C'était le gardien de l'immeuble. Il avait entendu les cris, et s'était précipité dans la cage d'escalier, croyant que le cambrioleur était revenu. Il faisait sombre, il m'a attaqué. Et moi je ne savais pas que c'était le gardien de l'immeuble. Je l'ai frappé, frappé, jusqu'à ce qu'il perde connaissance. Mais il m'avait déjà tailladé la tête.

— Et après ?

— Après, ils ont dû me raser la tête pour soigner la plaie. Et quand mes cheveux ont repoussé, ils étaient tout blancs. Voilà.

— Et alors, le gardien, aller en taule ?

— Non. Il croyait honnêtement que j'étais le cambrioleur.

Silence. Puis Angelica demanda :

— Et moi, je vais en taule ?

— Probablement.

Silence. Il se demanda s'il devait poursuivre sa marche, mais Virginia l'avait toujours à l'œil. Angelica Gomez était immobile, ses mains sur ses genoux, avec un air triste qui, mélangé à une certaine dureté, la vieillissait. Hawes demanda :

— Comment êtes-vous arrivée aux Etats-Unis ?

— Avec l'avion, répondit-elle sans hésiter.

— Non, je voulais dire...

— Ah, je comprends...

Elle éclata de rire et toute dureté disparut. Sa tête penchée en arrière, elle semblait libre et spontanée, loin de tout danger ; son visage s'était détendu, laissant paraître cette beauté naturelle qu'aucune ville ne pourrait jamais lui enlever. Puis son rire s'estompa et la dureté réapparut, commme un masque de fer. Elle dit :

— Je viens ici parce que j'ai faim. Je suis très pauvre à Porto Rico.

La manière dont elle prononça ce mot, en roulant les « r » sembla à Hawes pleine de grandeur, et il imagina que cette île où il n'avait jamais mis les pieds était un endroit d'une beauté rare et enchanteresse.

— Je reçois quand je suis là-bas des lettres de mes cousins. (Elle haussa les épaules.) Viens aux States, viens. Très facile. L'argent pour l'avion est un prêt. Des gens te prêtent *dinero*, tu les rembourses plus tard. Avec intérêt. Donc je viens. J'arrive en janvier. Il faisait très froid ici, je m'y attendais pas, à tant de froid. Je savais que c'était l'hiver. Mais froid comme ça je croyais pas.

— Alors, vous êtes allée où ?

— D'abord dans un endroit où ils louent des lits à la journée. Les chambres sont à plusieurs personnes à la fois. Tu arrives, tu dors, tu repars. Le prochain arrive, il dort, il repart. Un appartement, trois loyers. Pas bête, beaucoup de *dinero* là-dedans. Pas pour celui qui dort, pour celui qui loue.

Angelica sourit gravement.

— Donc je reste là un moment, jusqu'à ce que j'ai plus d'argent. Après j'étais chez mes cousins ; puis je deviens un fard... Fard... comment on dit, quand quelque chose lourd ?

— Un fardeau.

— *Sí*, c'est ça. Fardeau. Alors je trouve un homme, je vais habiter avec lui.

— Qui ça ?

— Un homme, quoi. Un gars bien, pas de problème avec la police. Mais je suis partie parce qu'il a frappé moi une fois. J'aime pas qu'on frappe. Je pars. Donc je couche un peu, par-ci par-là, quand j'ai besoin d'argent. (Elle marqua une pause, puis ajouta :) Vous voulez savoir une chose ?

— Quoi ?

— A Porto Rico je suis jolie fille. Ici aussi, jolie fille — mais facile. Vous voyez ? On me regarde, et les hommes se disent, je couche avec elle. A Porto Rico, c'est différent. Y a le respect.

— Comment ça ?

— A Porto Rico, une fille marche dans la rue, les hommes regardent, elle est jolie à voir. Ça fait plaisir, tu tortilles un peu, on apprécie. C'est drôle, je veux dire... naturel. Ici, non. Ici y a toujours la pensée — facile. Salope. *Puta*. Je déteste cette ville.

— Eh bien... commença Hawes, mais Angelica continua :

— C'est pas ma faute je parle pas bien l'anglais. J'apprends l'espagnol à l'école, très bien. Espagnol littéraire. Mais l'espagnol ici ça vaut rien. Tu parles espagnol, tu es étranger. Mais c'est ici chez moi aussi, non ? Porto Rico c'est l'Amérique, *no es verdad* ? Mais non, espagnol c'est pas bien. Espagnol veut dire *puta*. Je déteste cette ville.

— Angelica...

— Je veux retourner dans mon île. Je veux retourner et jamais revenir. Je vous dis pourquoi. Je suis pauvre là-bas, mais je suis moi-même. Angelica Gomez. *Moi*. Unique au monde. Ici, je suis qu'une sale Portoricaine.

— Pour certains seulement, dit Hawes.

Angelica hocha la tête :

— Je suis en difficulté maintenant, non ?

— Si. En grande difficulté.

— *Sí*. Alors, qu'est-ce qui arrive à moi, hein ? Je vais en prison ? Peut-être pire encore si Kassim il meurt, hein ? Et vous savez pourquoi je l'ai attaqué ? Parce qu'il oublie une chose : il oublie comme oublie cette ville, que je suis moi, Angelica Gomez, et mon corps c'est privé — personne n'a le droit de toucher sauf si je dis touche. Moi. Privé. Pourquoi ils te laissent pas tranquille, hein ? Merde.

Elle semblait à deux doigts de la crise de nerfs. Il tendit le bras, voulut lui toucher la main, mais elle secoua la tête violemment. Il retira sa main.

— Désolée, dit-elle. Je vais pas pleurer. On apprendre vite dans cette ville à pas pleurer. C'est pas bien pleurer, pas bien du tout. Désolée... Laissez-moi. *Por favor*. Laissez-moi.

Hawes se redressa.

Immobile, Virginia Dodge regardait fixement la bouteille devant elle. Hawes se dirigea d'un air détaché vers le tableau de service. Négligemment, il tira quelques feuilles de sa poche et se mit à prendre des notes.

Les garçons s'y étaient mis de bonne heure.

Il n'était que six heures vingt-cinq, mais ils avaient commencé à trois heures et demie, dès que le dernier cours — un cours assommant sur l'anthropologie — avait été terminé. C'était vendredi et ils estimaient qu'ils avaient bien mérité une beuverie entre copains, après une semaine harassante à écouter des profs croulants débiter des conneries.

Ils avaient commencé à la bière, et puis, le stock épuisé, ils avaient quitté leurs quartiers pour aller étancher leur soif ailleurs.

Les garçons portaient tous l'uniforme de l'étudiant pur jus soucieux de la mode et du bon ton, c'est-à-dire un pantalon de flanelle étroit, sans revers ni pinces, une chemise blanche à col boutonné, une cravate de tricot rouge, une veste de tweed lâche légèrement trop grande, des cheveux en brosse et, bien entendu, pas de chapeau ni de pardessus.

Le troisième bar dûment visité, ils étaient complètement ronds.

— Un de ces jours, ânonna Sammy Horn, je m'en vais entrer à ce foutu cours d'anthropologie et arracher le chemisier de Miss Amaglio. Et puis je ferai une conférence sur la copulation chez l'*Homo sapiens.*

— Qui diable, s'écria Bucky Reynolds, peut avoir envie d'arracher le chemisier de Miss Amaglio ?

— Moi, tiens, rétorqua Sammy. Et je ferai une conférence sur la copu...

— Il pense qu'à ça, intervint Jim McQuade. Zon, zon, zon, zob, zob, zob...

— Tu l'as dit, lança Sammy. Tout juste !

— Miss Amaglio, dit Bucky en faisant de louables efforts pour prononcer son nom sans trop de succès, me fait l'effet d'une fosse septique désaffectée et je suis étonné — et même surpris, en un mot profondément ébahi — que tu puisses former le noir projet de la sauter. Je suis profondément étonné, et même surpris, de tes pensées salaces. Oui.

— Va te faire foutre, déclara Sammy.

— Je te le dis, reprit Jim, il ne pense qu'à ça.

— Je vais vous dire une bonne chose, bredouilla Sammy, méfiez-vous des eaux dormantes. Elles sont perfides. C'est la vérité vraie.

— Miss Amaglio, reprit Bucky en trébuchant encore sur le nom, n'est pas une eau dormante, c'est une eau stagnante. Et je suis profondément ébahi — je dirais même étonné — d'apprendre que toi, Samuel Horn, puisses même une seconde songer à...

— J'y songe, affirma Sammy.

— C'est indécent, soupira Bucky en secouant la tête. Obscène. Mais à dire vrai, ma foi, hé hé.

— Elle est italienne, murmura rêveusement Jim.

— Italienne, elle l'est bougrement, dit Bucky. Même qu'elle s'appelle Serafina.

— Comment tu le sais ?

— C'est marqué sur ma feuille de cours. Serafina Amaglio. Que c'est beau !

— Mais qu'est-ce qu'elle est ennuyeuse, dit Jim.

— Faut dire qu'elle a une poitrine saine, observa Sammy.

— Très, convint Bucky.

— Les Espagnoles aussi ont des poitrines saines. Des seins sains, tiens, murmura Jim d'une voix lointaine.

— A la santé de Serafina Amaglio, s'écria Bucky en levant son verre.

— Et à la santé des Espagnoles et des seins sains, approuva Jim.

— Aux jambes musclées !

— Aux dents blanches !

— Aux haleines fraîches !

— Au dentifrice phosphaté !

Ils burent.

— Moi, déclara Sammy Horn, je sais où y a des Espagnoles.

— Où ça ?

— En ville.

— Où ça, en ville ?

— Dans une rue qui s'appelle Mason Avenue. Tu connais ?

— Non.

— C'est en ville. C'est plein d'Espagnoles aux seins sains, aux jambes musclées et à l'haleine phosphatée. Messieurs, il est temps que nous prenions une décision. Quelle heure est-il, Bucky ?

— Six heures vingt-cinq. Au quatrième top il sera exactement six heures vingt-six minutes. Top !

— Il est plus tard qu'on ne le pense, messieurs. Songez à l'heure du service militaire, songez aux terres étrangères où nous verserons notre sang pour la patrie, songez aux filles étrangères de Mason Avenue qui n'attendent que nous. Alors, quoi, qu'est-ce qu'on branle ?

— On y va, dit Bucky.

Debout devant le tableau de service, à côté de l'interrupteur, Hawes griffonnait des notes illisibles et attendait son heure. Le moment idéal serait quand Virginia Dodge se trouverait à l'autre bout de la pièce. Malheureusement, elle n'avait pas l'air de vouloir bouger de son poste de commandement, devant la bouteille de liquide incolore.

Tant pis pour le moment idéal, se dit Hawes. Espérons simplement qu'elle tournera le dos un instant, le temps que j'éteigne. Un instant seulement.

Poche gauche du manteau. Pourvu que je ne plonge pas par mégarde dans la poche droite. Pourvu qu'un des copains ne s'imagine pas qu'il y a une panne et n'allume pas une allumette ou une torche électrique. Où sont-elles, les torches ? Dans le bureau dépotoir. Doux Jésus, pourvu que personne ne joue au petit soldat, pourvu que personne n'accouche d'une idée brillante, sans calembour, pourvu que personne n'ait d'idées lumineuses, avec calembour, pourvu...

Trois secondes. Il me faut trois secondes. La main dans la poche, les doigts sur la crosse, je tire, je fourre le revolver dans ma poche de pantalon. Trois secondes. Allez, Virginia chérie, retourne-toi !

Virginia chérie ne bougeait pas. Elle semblait hypnotisée par le flacon transparent.

Et si elle balance la bouteille d'un geste ?

Non, elle ne le fera pas.

Et si elle le fait ?

Si elle le fait, je perdrai mon grade et je n'aurai pas d'augmentation.

Allez, salope, garce, tourne la tête !

Il y a un bon Dieu, songea Hawes en contemplant avec fascination Virginia Dodge qui tournait lentement la tête vers la fenêtre à barreaux.

Hawes bondit. Sa main jaillit et frappa le bouton de l'interrupteur.

L'obscurité fut totale et immédiate.

— Qu'est-ce que... commença Virginia.

Et puis elle se tut et il n'y eut plus qu'un grand silence.

Le manteau, songea Hawes. Vite !

Il sentit le tissu rugueux sous ses doigts, glissa sa main le long du vêtement, sentit le poids du revolver et trouva la fente de la poche. Le bout de ses doigts atteignit la crosse.

Et puis brusquement, aveuglément, incompréhensiblement, tous les plafonniers se rallumèrent...

12

Il avait l'impression d'être un petit garçon surpris par sa maman la main dans le sucrier.

Pendant une fraction de seconde, il ne put imaginer ce qui avait provoqué cette subite illumination. Et puis il s'aperçut que l'électricité était revenue, à l'instant même où ses doigts rencontraient le revolver. Bizarrement, au moment où le temps prenait une importance vitale, où le moindre geste qu'il allait faire, au cours de ces deux ou trois secondes, pouvait signifier la vie ou la mort de tous ceux qui étaient là dans cette pièce, curieusement, le temps lui parut s'arrêter.

Il lui sembla qu'il mettait trois ans à se décider à s'emparer quand même de l'arme et à la braquer sur Virginia.

Il serra les doigts autour de la crosse, et cela dura bien douze ans. Il était tout prêt à retirer sa main armée, quand il aperçut Arthur Brown, qui arrivait à grands pas dans le corridor, le visage perplexe, et il décida de lui crier : « Arthur, fous le camp ! » mais déjà le temps de crier était passé. Arthur poussait le portillon de bois et pénétrait dans la salle des inspecteurs. Brusquement, le temps retrouva ses dimensions, toutes ces années interminables diminuèrent et se rétrécirent et devinrent les vingt secondes qu'elles n'avaient jamais cessé d'être. Le temps était mort, et Virginia Dodge le regardait froidement et lançait d'un ton sifflant :

— Pas touche, rouquin ! J'ai la nitro !

Hawes hésita. Une idée jaillit soudain dans sa tête : y avait-il vraiment de la nitroglycérine dans ce flacon ?

Mais l'idée disparut aussi vite qu'elle était venue. Il ne pouvait prendre ce risque. Il relâcha l'étreinte de ses doigts, retira sa main vide et regarda Virginia.

Pétrifié, Arthur Brown était planté devant la barrière.

— Qu'... commença-t-il.

— Ta gueule, cria Virginia. Ici !

— Mais que... répéta Brown, complètement abasourdi.

Il ne comprenait rien. Tout ce qu'il savait, c'était qu'il revenait au bureau après avoir passé la journée dans l'arrière-boutique d'un tailleur. Il avait gravi l'escalier de fer du poste, pour la dix millième fois peut-être depuis qu'il appartenait au 87ᵉ. Trouvant le couloir plongé dans l'obscurité, il avait machinalement abaissé l'interrupteur en haut des marches, pour allumer. La première personne qu'il avait vue, c'était Cotton Hawes, la main plongée dans la poche d'un manteau accroché au portemanteau et maintenant cette bonne femme, revolver au poing !

— Par ici, rouquin, ordonna Virginia.

En silence, Hawes s'approcha.

— Tu te crois malin, ordure ?

— Je...

Elle leva la main. Hawes aperçut un éclair bleuté et le poignet de la femme s'abattit violemment. Le viseur du revolver déchira la joue de Cotton. Il se protégea la figure de ses mains, parce qu'il s'attendait à pire. Mais elle ne recommença pas. Il regarda ses mains ; elles étaient pleines de sang.

— Plus de fantaisies, rouquin. C'est compris ?

— C'est compris.

— Et maintenant, de l'air. Allez là-bas dans le coin. Et plus vite que ça ! Vous, là, ajouta-t-elle à l'adresse de Brown. Entrez. Allez, vite !

Brown s'avança. Lentement, sa perplexité faisait place à la circonspection, puis à la réflexion prudente.

Virginia prit la bouteille de nitroglycérine et marcha vers le portemanteau, le flacon dans une main, le revolver dans l'autre. Elle avançait d'un pas saccadé, avec un tic des épaules et des hanches inélégant et peu féminin. Et, en observant cette démarche incertaine et brusque, Hawes fut certain que sa bouteille ne pouvait contenir de la nitroglycérine. Malgré tout... La nitro, c'est bizarre. Quelquefois, ça explose si on souffle dessus. D'autres fois...

Voyons, voyons, songea-t-il. De la nitro ? Ou de l'eau pure ?

D'un geste vif, Virginia glissa son revolver sous son aisselle gauche, plongea sa main droite dans la poche de son manteau et récupéra le pistolet de Byrnes. Puis elle revint vers le bureau du centre, posa la bouteille dessus, ouvrit le tiroir et jeta le revolver du lieutenant parmi ses autres trophées.

— A vous, à présent, dit-elle à Brown. Votre revolver.

Brown hésitait.

— Cette bouteille, c'est de la nitroglycérine, lui dit calmement Virginia. Passez-moi votre revolver.

Brown regarda Byrnes.

— Donne-le-lui, Artie. C'est elle qui commande.

— Qu'est-ce qu'elle cherche ?

— Peu importe ce que je cherche, cria Virginia. Fermez-la et apportez-moi votre arme.

— Si vous me prenez par la douceur, dit Brown en obéissant.

Il s'approcha du bureau, sans la quitter des yeux tandis qu'il débouclait son ceinturon et posait l'étui et l'arme sur le bois brun. Il cherchait surtout à déterminer si Virginia Dodge était ou non raciste. En général, il reniflait la haine raciale à cent pas, il devinait toujours si un interlocuteur permettrait à la couleur de la peau de Brown d'influer sur ses actes et ses sentiments. Arthur Brown était un Noir. Et c'était aussi un homme impulsif. Impatiemment donc, il considérait Virginia, pour percer ses sentiments. Mais Virginia demeurait impénétrable. Elle fit glisser l'arme de Brown dans le tiroir avec les autres.

— Et maintenant, allez vous mettre là-bas, au fond.

— J'ai le droit de faire mon rapport au lieutenant d'abord ?

— Lieutenant, cria-t-elle, amenez-vous.

Byrnes s'approcha.

— Il y a un rapport à vous faire. Allez-y, et que ça ne prenne pas deux heures, et pas de messes basses.

— Comment ça a marché ? demanda Byrnes.

— Zéro. Et ça ne marchera jamais, Pete.

— Pourquoi ?

— Je me suis arrêté pour acheter des cigarettes, en quittant le tailleur, et j'ai discuté le coup avec le buraliste. Il m'a dit qu'il y avait eu pas mal de hold-up dans le coin, des tailleurs, surtout, mais que bientôt ce serait fini. Vous savez pourquoi ?

— Non.

— Parce que — je le cite — y a un flic qu'est planqué chez le tailleur d'en face, à attendre le mec. Voilà ce que m'a dit le buraliste.

— Hmm. Je vois.

— Alors si celui-là est au courant, tout le monde le sait, et notre client aussi. Alors ça ne marchera pas, Pete. Faut trouver autre chose.

— Hmm...

— Vous avez terminé ? voulut savoir Virginia.

— J'ai terminé.

— Bon, alors filez dans le fond.

Byrnes s'éloigna, mais Brown hésitait.

— Alors quoi ? Vous êtes sourd ?

— Non.

— Alors qu'est-ce que vous attendez ?

— Pourquoi le pétard et la nitro, madame ? Je veux dire, qu'est-ce que vous venez faire ici ?

— Je suis ici pour tuer Steve Carella.

— Avec une bouteille de soupe ?

— Avec un revolver. La nitro, c'est mon assurance.

— C'en est vraiment ?

— Oui.

— Comment puis-je le savoir ?

— Vous pouvez l'essayer si vous voulez.

— Non, merci. Simple question. Vous venez comme ça pour tuer Steve, hein ? Pourquoi ? Qu'est-ce qu'il vous a fait ? Il vous a flanqué une contravention ?

— Ce n'est pas drôle.

— Vous avez raison. Et qui est la fille ? Votre associée ?

— Je n'ai pas d'associée. Elle est ma prisonnière.

— On est tous dans le même bain, alors, dit Brown en souriant.

Mais Virginia ne lui rendit pas son sourire.

Hal Willis s'approcha du bureau.

— Ecoutez, Miscolo ne va pas du tout. Vous ne voulez pas qu'on fasse venir un médecin ?

— Non.

— Mais, bon Dieu, il est peut-être en train de mourir ! Ecoutez, c'est Carella que vous voulez, hein ? A quoi ça sert de laisser un innocent...

— Pas de médecin.

— Mais pourquoi ? demanda Byrnes en s'approchant à son tour. Vous pourrez le garder ici aussi, quand il aura soigné Miscolo. Comme nous tous. Qu'est-ce que ça peut bien vous faire ?

— Pas de médecin, répéta-t-elle.

Hawes s'avança lentement. Machinalement, les quatre hommes retrouvaient la formation des inspecteurs qui interrogent un suspect. Hawes, Byrnes et Brown étaient plantés devant le bureau, Willis sur la droite. Virginia était assise, la bouteille à portée de main gauche, le revolver dans la main droite.

— Et si je décrochais ce téléphone pour appeler un médecin ? demanda Hawes.

— Je vous tue.

— Une seconde explosion ne vous fait pas peur ?

— Non.

— Vous avez un peu perdu le nord quand Murchison est monté tout à l'heure, non ?

— Ça suffit, rouquin. J'en ai assez de vous.

— Assez pour me tuer ?

— Oui.

— Et risquer l'explosion ? intervint Brown.

— Ou une autre visite d'en bas ?

— C'est trop dangereux, Virginia.

— Non ! Parce que si quelqu'un monte, cette fois, on saute tous !

— Mais Carella ? Il s'en tirera sans mal. C'est Carella que vous visez, non ?

— Oui, mais...

— Alors comment pouvez-vous faire exploser la nitro ?

— Comment pouvez-vous risquer un autre coup de feu ?

— Vous ne pouvez pas nous tirer dessus, hein ? C'est trop dangereux.

— Reculez ! Tous tant que vous êtes !

— De quoi avez-vous peur, Virginia ?

— Vous êtes armée, pas nous.

— Vous ne pouvez pas tirer, c'est ça ?

— Vous avez peur de tirer ?

Hawes fit le tour du bureau et se plaça sur la gauche, tout près d'elle.

— Reculez ! cria Virginia.

Willis s'approcha de l'autre côté et Virginia pivota brusquement, en lui braquant son revolver sur la poitrine. Hawes se glissa entre elle et la bouteille de nitroglycérine. Au même instant, Willis — qui voyait qu'elle était trop loin de la bouteille et qu'elle était aussi en porte à faux — rua du pied gauche en plein sur les chevilles nues. Simultanément, Hawes poussa Virginia et l'expédia au plancher. Elle tomba violemment à la renverse et sa main droite s'ouvrit comme Hawes contournait le bureau.

Le revolver lui échappa, glissa sur le plancher, tourbillonna un instant et stoppa brusquement.

Willis plongea.

Il tendit le bras et Hawes retint sa respiration parce qu'enfin ils allaient se débarrasser de cette folle dangereuse.

Et puis Willis poussa un hurlement de douleur en sentant six centimètres de cuir et d'acier lui clouer la main au plancher.

13

La jupe noire était tendue à craquer sur la cuisse d'Angelica Gomez, relevée sur le genou, et s'arrêtait net pour faire place à un mollet rond, une cheville fine cerclée d'une bride de cuir verni et terminée par un pied menu chaussé d'un soulier rouge à talon aiguille. Cette aiguille-là clouait la main de Willis au plancher.

Angelica souleva son pied et se baissa vivement pour ramasser le revolver. Elle se releva prestement dans un éclair de jambes gainées de nylon, pivota sur elle-même et braqua son arme sur le lieutenant Byrnes qui tendait déjà la main vers la bouteille de nitro.

— Pas touche ! cria-t-elle.

Byrnes s'immobilisa.

— Recule ! Tout le monde ! Recule !

Les hommes s'écartèrent du bureau, en éventail, devant cette nouvelle menace qui pouvait être encore pire que la première. Angelica Gomez avait égorgé un homme qui pouvait être mort à l'heure qu'il était. Elle était en butte aux forces de la loi et à la vengeance d'un gang sans merci. Elle n'avait rien à perdre. Angelica Gomez se lançait dans la bagarre pour le meilleur et pour le pire, et que Dieu vienne en aide à ceux qui lui barreraient la route. Sa main crispée sur le pistolet ne tremblait pas.

— Je pars, dit-elle. Personne esssaye de m'arrêter.

Virginia Dodge s'était relevée. Elle se tourna vers Angelica avec un sourire.

— Brave gosse, dit-elle. Passe-moi le revolver.

Angelica ne comprit pas tout de suite. Elle regarda Virginia et s'écria :

— Vous être pas bien ? Je fous le camp ! Tout de suite !

— Je sais. Donne-moi le revolver. Je les empêcherai de te suivre.

— Pourquoi je vous donne le revolver ?

— Bon Dieu, tu ne marches pas avec eux ? Ils veulent te foutre en taule ! Donne-moi le revolver !

— Je dois rien à vous. Je vous demande de me laisser filer et vous non. Maintenant vous voulez le revolver. Vous êtes folle. *Loca.*

— Bon, je vais te faire un dessin. Si tu emportes ce revolver, ils vont me sauter dessus et sur le téléphone. Tu n'auras pas fait trois pas que toute la police sera à tes trousses. Alors que si tu me donnes le revolver, je les tiendrai en respect. Pas de coups de téléphone. Pas de voitures de patrouille pour te chercher. Tu seras libre.

Angelica réfléchit un instant.

— Allons, insista Virginia en faisant un pas en avant. Donne-le-moi.

— Vous les retenez ? Vous les gardez ici ?

— Mais oui.

— Venez, alors. Tout près.

Virginia s'approcha.

— Votre main, dit Angelica.

Virginia tendit la main et Angelica y déposa le revolver.

— Je pars maintenant. Vous les gardez ici. Je pars. Je suis libre. Libre !

Elle tourna les talons, fit un pas. D'un geste rapide, Virginia leva le bras. Brutalement, l'arme s'abattit sur le crâne d'Angelica Gomez. La fille s'écroula. Virginia l'enjamba et retourna vivement vers le bureau.

— Alors, vous croyez toujours que je plaisante ? dit-elle.

Roger, le domestique qui servait Jefferson Scott depuis plus de vingt ans, était en train de balayer les débris dans le couloir du grenier. Grand, mince et voûté, avec une calvitie couronnée de cheveux blancs, penché sur son balai, il balayait des copeaux, des échardes, des éclats de bois, avec méthode.

— Alors ? dit aimablement Carella, on déblaie ?

— Oui. Oui, monsieur. Mr Scott aimait l'ordre.

— Vous le connaissiez bien, Roger ?

— J'ai longtemps travaillé pour lui, monsieur. Bien longtemps.

— Vous l'aimiez ?

— C'était un monsieur très bien. Je l'aimais beaucoup.

— Il n'a jamais eu d'ennuis avec ses fils ?
— D'ennuis, monsieur ?
— Vous savez, pas de disputes ? Des dissentiments ? Ils ne l'ont jamais menacé ?
— Ils se disputaient quelquefois, monsieur, mais jamais méchamment. Et il n'y a jamais eu de menaces, non, monsieur.
— Hmm. Et la belle-fille ? Il n'y a pas eu d'histoires quand David l'a amenée à la maison ?
— Oh non ! monsieur. Mr Scott aimait beaucoup sa belle-fille. Il disait toujours qu'il espérait que ses autres fils trouveraient une femme aussi bien qu'elle.
— Oui, murmura Carella. Merci...
Le vieux domestique paraissait hésiter. Carella attendit.
— Monsieur, dit-il enfin, on dîne en général à sept heures. Comme il est plus de six heures et demie, je me demandais si monsieur comptait rester dîner ?
Carella consulta sa montre. Il était six heures trente-sept.
— Non, répondit-il. Il faut que je sois au bureau à sept heures, j'ai rendez-vous avec ma femme. Je vous remercie. Je ne dînerai pas.
Il s'arrêta un instant, et sans savoir pourquoi, il ajouta :
— Nous venons d'apprendre que nous allons avoir un enfant. Enfin, ma femme.
— Oui, monsieur, dit Roger, et il sourit.
Carella sourit aussi.
— Oui... Enfin. Au boulot.
Les deux hommes se sourirent encore dans la pénombre du couloir et Carella pénétra dans le grenier. Au-dehors il entendit les pas de Roger s'éloigner.
Donc, nous voici à nouveau, messieurs-dames. Nous sommes en direct de la Tanière, où nous pouvons entendre le Trio Scott Suicide. Ah, comment s'appelle cette chanson ? La Danse du Macchabée. Bon, on se calme. On finit le boulot, et on se tire, d'accord ?
D'accord.
La chambre.
Pas de fenêtres.
Pas de trappes, pas de passages secrets.
Jefferson Scott avait été trouvé pendu, un tabouret renversé à ses pieds. La corde passée autour de la poutre, fixée à la poignée de la porte.
La porte s'ouvrait à l'extérieur, dans le couloir.
Le poids de Scott n'aurait pas suffi à retenir la porte. Donc elle avait été fermée à clef, au verrou.
Le cric avait fait sauter ledit verrou maudit, de l'extérieur. Bon.

Voyons voir, voyons voir...

Carella examina attentivement la porte et le verrou démantibulé qui pendait par une seule vis. Il essaya la porte, la secoua, la poussa, passa ses doigts sur les marques laissées par le levier. Roger avait balayé assez de bois pour alimenter une fabrique de cure-dents pendant huit jours. Puis il se baissa et glissa ses mains sur le seuil. Il sentait la lame de métal. Le bas du panneau collait au sol. Mais il lui sembla qu'à un certain endroit le métal était légèrement entamé. Il se baissa de nouveau, passa le bout de son doigt sur la lame et crut sentir un léger creux, à peine décelable.

— Vous avez perdu quelque chose ? fit une voix derrière lui.

Carella se retourna. Mark Scott était très grand même lorsqu'on était debout à côté de lui. Vu d'en bas, il paraissait immense, une montagne d'os et de muscles. Il était blond comme son frère David, mais plus large d'épaules. Il avait des pommettes saillantes qui donnaient du relief à un visage aux traits réguliers, une grande bouche lippue, et des yeux gris qui semblaient opaques dans la demi-pénombre du corridor.

Carella se releva lentement et s'épousseta les genoux.

— Non, je n'ai rien perdu, répondit-il aimablement. Mais je cherche quelque chose tout de même.

— Quoi donc ? dit Mark avec un sourire.

— Je ne sais pas trop. Un moyen de sortir de cette pièce, je crois.

— Sous la porte ? s'étonna Mark sans cesser de sourire. Vous ne pensez pas qu'il faudrait être bien mince ?

— Sans doute, sans doute, murmura Carella en rentrant dans le grenier.

Mark le suivit. Carella examina pensivement le loquet démantibulé et le fit balancer d'un doigt.

— On me dit que ce verrou était très dur. C'est vrai ?

— Oui. Il fallait tirer de toutes ses forces sur la porte et la soulever un peu. Je répétais souvent à père de le changer, mais il aimait bien son verrou. Il prétendait que c'était la seule occasion pour lui de faire un peu d'efforts physiques.

Il sourit plus largement.

— Il fallait tirer très fort sur la porte ? demanda Carella.

— Pardon ?

— Pour fermer le verrou.

— Ah. Oui, très fort.

— Pensez-vous que le poids de votre père appuyé contre la porte ait été suffisant pour faire glisser le verrou ?

— Pour maintenir la porte fermée, à la rigueur. Mais il a fallu une pression considérable pour faire bouger le verrou. Je suppose que vous pensez à la possibilité que quelqu'un ait pu le faire de l'extérieur ? Avec une ficelle peut-être ?

— Ouais, répondit Carella en soupirant. Je pensais à un truc comme ça, ouais.

— C'est impossible, rétorqua Mark. Demandez à mes frères. Demandez à Christine. Demandez à Roger. Ce verrou était impossible, père aurait dû le changer, vraiment. On en a parlé à maintes reprises.

— Vous ne vous êtes pas disputés à ce sujet ?

— Disputés ? Non ! Jamais de la vie ! Je n'ai jamais même discuté avec père, depuis l'âge de quatorze ans. C'est à cette époque que j'ai pris ma décision de ne jamais entrer en conflit avec mon père. Je savais que je partirais perdant. Et depuis, nous nous sommes toujours très bien entendus.

— Jusqu'à maintenant ?

— Oui.

— Qui a découvert que la porte était fermée au verrou, Mr Scott ?

— Mon frère Alan.

— Et qui est allé chercher le levier de cric ?

— C'est moi.

— Pourquoi ?

— Pour forcer la porte. Nous avions appelé père et n'avions obtenu aucune réponse.

— Et le levier a été efficace ?

— Oui, naturellement.

— Qui a ouvert la porte, après que vous avez fait sauter le verrou ?

— C'est moi. Mais le poids de père la retenait encore. A l'aide du levier, nous l'avons maintenue légèrement entrouverte, et puis Alan a passé le bras et coupé la corde.

— Est-ce que l'un de vous a utilisé le levier pour soulever la porte, par en dessous ?

— Non, bien sûr ! Pour quoi faire ?

— Je me le demande. Vous avez un emploi rémunérateur, Mr Scott ?

— Pardon ?

— Vous travaillez ?

— Eh bien, c'est-à-dire, je...

— Oui ou non ?

— J'ai fait un stage dans une des usines. Un stage d'études. Père disait toujours que pour commander il faut savoir obéir.

— Et vous étiez d'accord ?

— Oui. Naturellement.

— Et où faisiez-vous ces... ces études ?

— Dans notre usine du New Jersey.
— Ça a duré combien de temps ?
— Six mois.
— Quel âge avez-vous, Mr Scott ?
— Vingt-sept ans.
— Et que faisiez-vous avant d'entrer dans l'usine du New Jersey ?
— J'ai passé quelques années en Italie.
— A faire quoi ?
— A m'amuser. J'avais hérité un peu d'argent de ma mère. Dès que j'ai eu quitté l'université, je suis parti avec cet héritage.
— Vous aviez quel âge ?
— Vingt-deux ans.
— Et vous avez passé tout ce temps en Italie ?
— Non. Le gouvernement a eu son mot à dire. J'ai passé deux ans au service militaire.
— Puis vous êtes parti pour l'Italie ?
— Oui.
— Vous aviez donc vingt-quatre ans ?
— Oui.
— Et de quelle fortune disposiez-vous ?
— Ma mère m'a laissé trente mille dollars.
— Pourquoi avez-vous quitté l'Italie ?
— Parce que je n'avais plus le sou.
— Vous avez dépensé trente mille dollars en trois ans ? *En Italie ?*
— Eh oui.
— Vous devez avoir mené la grande vie, il me semble.
— J'ai toujours mené la grande vie, inspecteur, dit Mark Scott en souriant.
— Mmmm, je vois. Et dites-moi, ce stage d'études, il consistait en quoi ?
— Techniques de vente.
— Directeur ?
— Non, simple cadre.
— A quel salaire ?
— Père était contre tout favoritisme en ce qui concernait ses enfants. Il savait fort bien que la société s'effondrerait s'il embauchait ses fils à des salaires faramineux. Surtout quand ils n'ont aucune expérience du monde des affaires.
— Alors c'était quoi, le salaire ?
— Pour ce poste ? Quinze mille dollars.
— Je vois. Et vous menez la grande vie. Vous avez dépensé dix mille dollars par an en Italie. Je vois.

— C'était quinze mille pour commencer, voyez-vous ? Père avait l'intention de laisser les Industries Scott à ses fils, éventuellement.

— Dites-moi, Mr Scott, vous connaissiez les dispositions testamentaires de votre père ?

— Nous les connaissions tous. Père en parlait très librement.

— Je vois.

— Mr Carella, est-ce que vous vous imaginez que j'aurais pu tuer mon propre père ?

— Vous l'avez tué, Mr Scott ?

— Non.

— Il s'est suicidé, n'est-ce pas, Mr Scott ?

— Oui. C'est ça. A moins que vous ne pensiez que j'ai pu me faufiler sous la porte !

14

La ville s'exhibait, dans l'attente de plaisirs nocturnes. Elle portait une robe de satin noir et soyeux, et une écharpe rouge. Ses cheveux étaient parsemés de bijoux ; les lueurs rectangulaires des bureaux ouverts la nuit faisaient concurrence aux étoiles, et une brume étincelante enveloppait l'incroyable silhouette de la ville. Autour de son cou, la ville portait un collier de lumière éblouissante, les rouges et les verts de la circulation, l'ambre des réverbères, puis l'éclairage phosphorescent de Detavoner Avenue. Ses épaules rondes et bien en chair ondulaient au son de la musique nocturne, la musique douloureuse qui sourdait des clubs de jazz d'Isola, une musique tambourinante, d'une précision mathématique, qui émanait d'un peu partout.

Les autoroutes, nappées de la lueur du fleuve, moulaient sa taille, passaient du nord au sud autour de ses hanches larges, pour caresser ses jolies jambes, puis emprisonner ses chevilles dans des étreintes de néon, avant de terminer par des pointes de lumière dessinées par des talons hauts sur l'asphalte glissant.

La ville s'exhibait.

La nuit, le son de la nuit, une respiration haletante. Les yeux de la ville brillaient, fébriles, fiévreux. Vendredi soir, la ville serrait le week-end contre sa poitrine, enlaçait le week-end dans une étreinte désespérée. La ville, c'était une femme, une belle femme la vie dans ses reins et la trahison au cœur, une femme excitante qui cachait un couteau derrière son dos, entre ses longs doigts blancs, une femme douce qui chantait des mélodies oubliées depuis longtemps dans les canyons de béton balayés par le vent, une femme d'amour et une femme de haine, une femme tripotée par huit millions de citoyens qui avaient souvent goûté les douceurs de son corps, des citoyens qui la connaissaient bien, et qui l'exécraient d'un amour profond et durable.

Huit millions d'habitants.

Geoffrey Tamblin était éditeur.

Il publiait des livres de classe. Il en publiait depuis trente-deux ans et aujourd'hui, à l'âge de cinquante-sept ans, il se considérait comme un homme qui connaît bien son métier.

Geoffrey Tamblin haïssait profondément ce métier. Plus que tout, il rageait d'avoir à publier des livres de mathématiques. Cette haine remontait à ses propres années de classe et à un professeur nommé Fanensel qui enseignait la géométrie. Il ne sut jamais si sa haine des mathématiques l'avait conduit à détester le professeur Fanensel, ou si c'était le contraire. Toujours est-il que quarante ans plus tard, la haine demeurait solidement ancrée en lui, et s'était amplifiée au point d'englober non seulement la géométrie mais toutes les formes de mathématiques, tous les professeurs et tous les élèves.

Le pire, c'était que la maison d'édition de Geoffrey Tamblin tirait le plus clair de ses ressources de la publication de livres de maths, depuis la géométrie plane jusqu'au calcul différentiel, en passant par l'algèbre. C'était pourquoi Geoffrey Tamblin souffrait de trois ulcères.

Son rêve aurait été de publier de beaux volumes de vers. La poésie, il n'y avait que ça de vrai. Un jour, se disait-il, les Editions Tamblin deviendraient synonymes de livres d'art. Et il n'aurait plus d'ulcères. Il déménagerait, irait vivre à la campagne et dirigerait sa collection de poésie de sa belle demeure champêtre. Il n'aurait plus à se hâter, plus à recevoir de vieux professeurs malodorants, plus à corriger d'austères épreuves, plus à se soucier de courbes ni de droites, ni de grand A ni de petit b. Rien que de beaux poèmes écrits par des jeunes filles rêveuses aux cheveux d'or. Aaaaaah !

Geoffrey Tamblin habitait Silvermine Road, aux confins du 87ᵉ District. Tous les soirs, il quittait son bureau de Hall Avenue, prenait le métro jusqu'à la 16ᵉ Rue, et regagnait son appartement, dans un quartier qui avait connu son heure d'élégance et de bon ton, mais qui se détériorait lentement. Tout cela, par la faute des mathématiques. Le monde se réduisait peu à peu à une simple formule et il n'y avait plus de réalité que dans les mathématiques. L'éternité multipliée par X égale une explosion de bombe H. Le monde ne serait jamais réduit en cendres, il serait réduit à une formule mathématique.

Le quartier sentait mauvais. Des détritus souillaient les trottoirs, on jetait les ordures par les fenêtres, des bandes de gangsters en costumes de soie traînaient dans les rues et se livraient à mille méfaits pendant que la police dormait sur ses deux oreilles. Geoffrey Tamblin se demanda où s'était réfugiée la poésie du monde.

Il décida de passer par le parc. Il y avait longtemps qu'il n'avait longé les grands arbres de Grover Avenue. Bien entendu, avec tous ces vauriens qui erraient à présent dans le quartier, il ne pouvait être question pour lui de traverser le parc. Mais il pouvait le longer et respirer un peu l'odeur de terre et de verdure.

D'un pas vif, la tête pleine de poésie, il passa devant l'immeuble aux fenêtres illuminées et remarqua machinalement les deux globes verts de l'entrée. 87. Encore des chiffres. Les chiffres le poursuivaient.

Trois garçons marchaient devant lui. Des délinquants juvéniles, sans doute. Encore que ceux-ci ressemblaient plutôt à des étudiants de bonne famille. De futurs savants du nucléaire, de futurs ingénieurs, de futurs mathématiciens. Que pouvaient-ils bien faire dans ce quartier malfamé ? Qu'est-ce qu'ils ont à chanter ? pensa Tamblin. Est-ce qu'il m'est déjà arrivé de chanter dans la rue ? On verra bien s'ils continuent de chanter le jour où ils se retrouveront face à la tyrannie du plus et du moins, des chiffres...

Geoffrey Tamblin s'arrêta brusquement. La semelle de son soulier collait au trottoir. Il souleva le pied et examina sa chaussure avec dégoût. Du chewing-gum ! Les gens n'apprendraient donc jamais à être propres ? Du chewing-gum dans les rues !

Tout en jurant à mi-voix, il chercha des yeux un bout de papier en regrettant de ne pas avoir un des textes du professeur Fanensel sous la main.

Il aperçut le rectangle de papier bleu au bord du trottoir, s'en approcha à cloche-pied et le ramassa. Il n'y jeta même pas un coup d'œil. Sans doute une feuille échappée à la poubelle de l'épicier, couverte de notes, de chiffres et d'additions, et de prix, de prix et de poids. Pas de poésie là-dedans !

Il roula le papier en boule et frotta rageusement la semelle de son soulier. Puis il rejeta loin de lui la feuille mathématique.

Il faut avouer que, eût-il été publié, le message de Meyer Meyer n'aurait pas obtenu le prix de poésie.

— Hello, le soleil brille, brille, brille, chanta Sammy.
— Hello, le soleil brille, brille, brille, répéta Bucky.
— Comment c'est la suite ? demanda Sammy.
— Le soleil brille, brille, brille, répondit Bucky.
— Chantons une chanson d'étudiants, dit Jim.

— Merde pour les chansons d'étudiants, dit Sammy. Chantons *Les Gars de la Marine.*

— Je sais pas les paroles.

— Qu'est-ce que ça peut foutre ? C'est l'air qui compte.

— Bravo !

— Les mots ne sont que des mots, poursuivit Sammy avec philosophie, à moins de venir du cœur.

— Où est Mason Avenue ? voulut savoir Jim. Où sont les pépées ? Où sont les pépées ?

— Par là. On arrive. Et faites pas tant de pétard. Ça, c'est le poste de police.

— Mort aux vaches, déclara Jim.

— Bravo, répéta Bucky.

— J'aime pas les flics, dit Jim.

— Moi non plus, dit Bucky.

— Moi, s'écria Sammy, j'aime pas les aviateurs !

— Moi non plus, dit Bucky, mais j'aime pas les flics. Non plus.

— J'aime pas, surtout, les aviateurs à réaction, dit Sammy.

— Oh, surtout, surtout, dit Bucky. Mais j'aime pas les flics. Non plus.

— Vous êtes toujours saouls ? demanda Jim. Moi, je suis saoul et c'est formidable. Où sont les pépées ?

— Dans la rue, dans la rue, attends un peu, tu verras.

— Qu'est-ce que c'est que ça ? demanda Bucky.

— Quoi, ça ?

— Ce papier bleu. Là.

— Quoi ? dit Sammy en regardant. C'est un papier bleu. Qu'est-ce que tu croyais que c'était ?

— Sais pas. Qu'est-ce que t'en penses ?

Ils continuaient leur chemin, laissant derrière eux la troisième copie du message de Meyer Meyer.

— Je pense que c'est une lettre d'amour d'une vieille. Elle écrit toujours sur du papier bleu à son amant imaginaire.

— Très bien, dit Bucky.

— Qu'est-ce que tu crois que c'est, toi ?

— C'est le faire-part de naissance d'un gars qui avait toujours voulu un garçon. Il a eu une fille, mais les faire-part bleus étaient déjà imprimés.

— Pas mal non plus. Et toi, Jim ? Qu'est-ce que tu crois ?

— Moi, chuis saoul.

— Oui, mais qu'est-ce que tu crois que c'est ?

Ils marchaient toujours, s'éloignant du message.

— Je crois que c'est du papier chiotte bleu, dit Jim.

Bucky s'arrêta net.

— Allons voir.

— Hein ?

— Allons-y voir.

— Allez, allez, on perd du temps. Les *tamales* et les pépées sont par là.

— Y en a pour une minute, dit Bucky en faisant demi-tour.

Jim lui prit le bras.

— Viens donc, qu'est-ce que ça peut foutre ?

— Il a raison, dit Sammy. Qu'est-ce que ça peut foutre ?

— J'ai envie de savoir, dit Bucky en se dégageant pour remonter la rue en courant.

Les deux autres le regardèrent ramasser la feuille de papier.

— Il est dingue, remarqua Jim. On perd son temps.

— Voui, approuva Sammy.

Au bout de la rue, Bucky lisait le message. Soudain, il se retourna et revint au pas de course.

— Hé, dites ! s'écria-t-il. Hé !

Teddy Carella regarda sa montre.

Il était sept heures moins le quart.

Elle s'avança au bord du trottoir, fit signe à un taxi et y monta.

— Où est-ce qu'on va, ma petite dame ? demanda le chauffeur.

Teddy prit une feuille de papier et un crayon dans son sac.

Elle écrivit rapidement *Poste du 87e District, Grover Avenue*, et tendit le papier au chauffeur.

— Bien, m'dame, on y va, dit-il en passant sa vitesse.

15

Alf Miscolo, dans son délire, appela soudain :

— Mary ! Mary !

Sa femme s'appelait Katherine.

Il n'était pas beau, Miscolo. A présent, il était étendu sur le sol, la tête appuyée contre la veste de Willis. Son front était perlé de sueur, des gouttes glissaient le long de son visage asymétrique. Il avait le nez massif, les sourcils broussailleux, et son cou était tellement épais qu'on aurait dit que sa tête avait été posée directement sur ses épaules. Il n'était pas beau, Miscolo, et son délire et sa douleur actuels le rendaient encore moins beau que d'habitude. Le sang filtrait au travers des compresses sulfamidées, la vie abandonnait son corps petit à petit, et il renouvela son appel :

— Mary ! Mary !

Car il avait été amoureux.

Il y avait bien des années, Alf Miscolo avait été amoureux, pour quelques courtes semaines, une fois que son navire faisait escale à Boston. Il n'était jamais plus retourné dans cette ville, il n'avait plus jamais cherché à revoir cette fille qui lui avait laissé un souvenir qui devait durer toute sa vie. A l'époque, Miscolo était quartier-maître sur un destroyer, ancré aux docks de Charleston. Et il n'avait que trois choses en tête. Devenir le meilleur quartier-maître de la sacrée Marine des U.S.A., profiter de ses bordées et chercher à faire un vrai bon repas italien chaque fois qu'il foulait le plancher des vaches. La Seconde Guerre mondiale était encore loin.

Il avait essayé presque tous les restaurants italiens de Boston avant de pénétrer dans le petit bistrot de Scollay Square où Mary était serveuse. Alf Miscolo avait alors vingt et un ans et, à ses yeux, Mary était la plus jolie créature de la terre. Il sortit avec elle, d'abord, et puis ils vécurent quinze jours ensemble. Et au bout de deux semaines, le navire de Miscolo leva l'ancre. Miscolo nagea dans les eaux de Waikiki et dansa avec les belles Hawaïennes. Plus tard, il but du saké avec une fille aux yeux bridés nommée Misa-san, dans un village appelé Fukuoko — les Japonais n'étaient pas encore des ennemis et Pearl Harbor demeurait un avenir sombre et lointain —, et elle lui apprit que les Japonaises sont expertes aux jeux de l'amour mais qu'elles ne savent pas embrasser. Et puis enfin, le bateau vint mouiller dans la baie de San Francisco et Miscolo tira une bordée mémorable.

Jamais il ne retourna à Boston. Il fit la connaissance de Katherine, quand il quitta la Marine, et finit par l'épouser. Jamais il n'eut l'idée de retourner voir la jeune fille qui s'appelait Mary, dans le petit bistrot italien de Scollay Square, à Boston.

Et maintenant, à présent que sa vie s'écoulait avec son sang rouge sur les compresses sulfamidées, alors que son corps était en feu et sa tête un abîme de ténèbres, il se redressa un instant et hurla :

— Mary !

Bert Kling posa une compresse d'eau fraîche sur le front de Miscolo. Il était encore bien jeune, mais il avait déjà l'habitude de la mort et des mourants. Il avait fait la guerre de Corée, où la mort était chose courante et banale. Et il avait tenu dans ses mains la tête de bons camarades, d'hommes qu'il connaissait bien mieux que Miscolo. Et cependant, en entendant ce nom de Mary arraché aux lèvres du blessé, un frisson le parcourut, et une rage froide le prit. A cet instant, Bert Kling eut envie de sauter sur Virginia Dodge et de l'étrangler de ses mains.

A cet instant aussi, il se demanda si le liquide contenu dans la bouteille était vraiment de la nitroglycérine.

Angelica Gomez se redressa et secoua la tête.

Sa jupe était relevée sur ses cuisses. Elle posa ses coudes sur ses genoux, se prit la tête à deux mains et puis elle regarda autour d'elle d'un air effaré comme une personne qui se réveille dans une chambre d'hôtel et ne la reconnaît pas tout de suite.

Le souvenir lui revint vite, naturellement.

Elle se tâta la nuque prudemment. Il y avait une bosse énorme, là où Virginia Dodge avait abattu la crosse de son revolver. Ses doigts éveillèrent des ondes douloureuses et aussi une colère sourde et violente. Elle se releva, épousseta sa jupe noire, et le regard qu'elle jeta à Virginia aurait foudroyé toute l'armée russe.

Et à cet instant, Angelica Gomez se demanda si le liquide contenu dans la bouteille était vraiment de la nitroglycérine.

Cotton Hawes passa sa main sur sa joue, là où le viseur du revolver avait écorché les chairs. La joue était rugueuse au toucher. Il la tamponna avec son mouchoir trempé d'eau froide, mais moins froide que la rage qui le rongeait.

Et, pour la dixième fois, il se demanda si le liquide contenu dans la bouteille était vraiment de la nitroglycérine.

Steve Carella.

Je vais tuer Steve Carella. Je vais tirer sur le fumier et le regarder crever, et personne ne me touchera, parce qu'ils ont tous peur de ce que j'ai dans ma bouteille. Ce que je fais est bien. C'est la seule chose à faire.

Vie pour vie. La vie de Steve Carella pour celle de mon Frank. Et justice sera faite.

A vrai dire, l'idée de justice n'avait jamais beaucoup tracassé Virginia Dodge. Elle était née Virginia MacCauley, d'une mère irlandaise et d'un père écossais, à Calm's Point, au pied de l'immense et célèbre pont qui joignait ce quartier de la ville à Isola. Lorsqu'elle était petite, ce pont était la merveille des merveilles, le chemin des épices, la route des Indes, de l'or et de la fortune. Elle se disait qu'un jour elle passerait ce pont et arriverait dans une contrée pavée d'or et de rubis. Les hommes porteraient des turbans de lamé et chevaucheraient des chamelles blanches.

Elle avait passé le pont pour tomber dans les bras de Frank Dodge.

Pour la police, Frank Dodge était un pâle voyou. Il avait été arrêté à quatorze ans pour avoir assommé un vieillard dans Grover Park. Il s'en était tiré avec une semonce du juge du tribunal des mineurs. Entre quatorze et dix-sept ans, il avait été appréhendé pour divers menus délits, mais à chaque fois son âge tendre, son avocat et son regard bleu candide lui avaient évité la maison de correction. A dix-neuf ans, il avait perpétré son premier hold-up.

Cette fois, il avait passé le stade du tribunal pour enfants. Cette fois, le regard bleu candide s'était durci. Cette fois, on le fourra en prison à Bailey's Island. Virginia fit sa connaissance peu après sa sortie de prison.

Pour Virginia, Frank Dodge n'était pas un voyou.

Il était l'homme au turban lamé d'or qui chevauchait une chamelle blanche, il était la porte des Isles Enchantées, le dispensateur des rubis et des perles, il était son homme.

Frank Dodge avait un casier judiciaire chargé comme un pétrolier retour du Moyen-Orient, mais pour Virginia, il était son homme et on ne discute pas avec l'amour.

Au mois de septembre de 1955, Frank Dodge avait organisé un hold-up contre une station-service. Le pompiste avait appelé au secours et, tout à fait par hasard, un inspecteur nommé Steve Carella passait par là, au volant de sa voiture. Il entendit les cris et se précipita, mais trop tard pour empêcher le pompiste d'être grièvement blessé par Dodge. Il en était resté aveugle. Carella avait effectué l'arrestation. Frank Dodge avait été envoyé à Castleview, cette fois, où l'on ne plaisantait pas avec les voyous et les voleurs. Dès la première semaine d'incarcération, on s'aperçut que Frank Dodge était loin d'être un prisonnier modèle. Il eut des ennuis aussi bien avec les gardiens qu'avec ses codétenus. Ses lettres à sa femme, dûment lues par la censure, devenaient de plus en plus amères.

Dans la deuxième année de son séjour, on découvrit que Frank Dodge était tuberculeux et on le transféra à l'infirmerie. C'était là qu'il venait de mourir.

Et aujourd'hui, Virginia Dodge, armée d'un pistolet et d'une bouteille, attendait l'homme qui était responsable de cette mort. A ses yeux, Steve Carella avait tué son mari. Elle en était intimement persuadée. Sans quoi, elle n'aurait jamais eu le courage de venir là, et de mettre à exécution un plan aussi follement audacieux.

Mais le plus étrange, c'était que, jusqu'à présent, le plan marchait comme sur des roulettes. Ils avaient peur, ils étaient terrorisés.

Leur peur lui procurait beaucoup de plaisir. Elle n'aurait pas pu, même en essayant, expliquer ce plaisir, expliquer qu'en s'attaquant à Steve Carella elle s'attaquait, de façon flamboyante, à la société elle-même. Mais n'aurait-elle pas pu tout simplement attendre Carella au rez-de-chaussée, lui mettre une balle dans le dos dès son retour ?

Si.

Elle aurait pu faire ça, tout simplement. Il n'était pas nécessaire de présider sur la vie de ces officiers, comme ces officiers avaient présidé sur la vie de son mari ; il n'était pas nécessaire de jouer à Dieu avec la vie et la mort de ces hommes qui avaient privé Virginia Dodge de tout ce qui comptait dans sa vie.

C'était peut-être, au contraire, tout à fait nécessaire.

Elle demeurait assise, seule avec ses pensées. La main qui tenait le revolver ne tremblait pas. La bouteille posée en face d'elle sur la table reflétait la lumière du plafonnier.

Elle eut un sourire sinistre.

Ils se demandent, songea-t-elle, si le liquide contenu dans ma bouteille est vraiment de la nitroglycérine.

— Qu'est-ce que vous en pensez ? demanda Bucky.

— Je dis que c'est une connerie, dit Jim. Allons voir les pépées.

— Hé là, hé là, attendez voir ! Attends ! Faut pas dire ça ! Attends un peu !

— Ecoute, dit Jim, tu veux jouer aux gendarmes et aux voleurs, d'accord, vas-y. Mais moi, je joue pas. Je veux trouver les pépées espagnoles. Je veux aller à Mason Avenue. Bon sang, je veux m'envoyer en l'air.

— Bon, bon, on ira. Mais une supposition que ce truc-là, c'est pas du bidon ?

— C'en est, déclara nettement Sammy.

— Tu l'as dit, approuva Jim.

— Comment le savez-vous ? demanda Bucky.

— Mais enfin, ça se voit bien, bon Dieu ! Une bonne femme avec une bouteille de nitroglycérine ! Pourquoi pas un martien avec le rayon Z ? C'est des trucs de môme !

— Qu'est-ce que t'en sais ?

— C'est invraisemblable, renchérit Sammy. Et puis même. Imagine que cette pauvre dingue soit assise là avec son pétard et sa bombe, comment veux-tu que ton inspecteur Machin se soit débrouillé pour taper son foutu message et le jeter à la rue, hein ? Veux-tu me le dire, hein ? Non, c'est pas possible, Bucky. Invraisemblable.

— Ben, moi, ça me paraît régulier.

— Ecoute... commença Jim.

Sammy l'interrompit :

— T'occupe pas de ça, Jimbo.

— Ben moi, insista obstinément Bucky, ça me paraît régulier à moi.

— C'est signé ? Dis, c'est signé, ton truc ?

— Oui. Tu vois, inspecteur Meyer.

— C'est tapé à la machine. C'est pas signé.

— Ben, non. Et après ?

— Comment, et après ? Et d'abord quoi ? Tu veux passer la nuit ici à te casser la tête sur ce truc ?

— Où sont les pépées ? dit Jim.

— Tu veux perdre ton temps avec un message à la con tapé par un môme sur la machine de son frangin ?

— Non, mais...

— Tu veux jouer les Sherlock Holmes ?

— Non, mais...

— On est venus ici pour quoi faire, veux-tu me le dire ?

— Pour chercher les pépées, dit Jim.

— Oui, mais si c'était pas bidon, reprit Bucky.

— Allez, allez, viens, laisse tomber. Alors, hein ? dis ? Tu viens, hein ? Allez, hein ? D'accord ? Hein ? On y va, hein ?

Bucky réfléchit un moment.

— Filez devant, dit-il enfin, je vous rejoindrai. J'ai quand même envie d'appeler ce numéro.

— Ah, pour l'amour de la grande pute ! gémit Sammy.

Le téléphone sonna dans le bureau des inspecteurs à sept heures moins cinq.

Hal Willis attendit le signal de Virginia et décrocha.

— 87ᵉ, inspecteur Willis.

— Quittez pas, fit une voix à l'autre bout du fil.

Willis entendit un murmure et une discussion se terminant par : « Et puis m'emmerde pas, tu vois pas que je téléphone ? »

— Allô, oui, allô, vous êtes là ?

— Oui, allô ? dit Willis en regardant Virginia Dodge qui écoutait sur un autre appareil.

— Qui êtes-vous, vous dites ? demanda la voix.

— Inspecteur Willis.

— C'est bien le 87e ?
— Oui.
— Oui. Bon, ben, ça doit être un dingue.
— Hein ?
— Ici, Mike Sullivan, du Central. On vient de recevoir un coup de fil, y a trois minutes... oui, tout juste... A six heures quarante-neuf. Ça fait cinq minutes, quoi.
— Oui ? A quel sujet ?
— C'est un étudiant, ou un gosse. Il prétend avoir ramassé un rapport, un formulaire de rapport avec un message tapé à la machine. Paraît qu'il y aurait une poule avec une bouteille de nitro chez vous. C'est vrai, ça ?

A son bureau, Virginia Dodge se redressa et avança le canon du revolver vers la bouteille. De là où il était, Willis voyait trembler sa main. Il se disait que, d'un instant à l'autre, le bout du canon allait renverser la bouteille.

— De nitro ? murmura-t-il au téléphone.
— Ouais. De nitroglycérine. C'est vrai ou quoi ?
— Non, dit Willis. Il n'y a... Nous n'avons pas ça chez nous.
— C'est bien ce que je pensais. Mais le môme nous a donné son nom et tout, alors on s'est dit qu'on pouvait toujours vérifier. Ça ne fait jamais de mal de vérifier, pas vrai ?
— Non, en effet, répondit Willis en cherchant désespérément une façon de faire comprendre à Sullivan que ce message était vrai, que quel que soit celui qui l'avait envoyé, cette foutue histoire était vraie.

Il regarda Virginia, le revolver qui tremblait dans sa main, et répéta après Sullivan :

— Non, ça ne fait pas de mal de vérifier.

Sullivan riait.

— On ne sait jamais, peut toujours y avoir un branque avec une bombe, hein, Willis ?
— Non... On ne sait jamais.

Le rire sonore de Sullivan se calma un peu.

— Au fait, y a un gars chez vous, un inspecteur, qui s'appelle Meyer ?

Willis hésita. Meyer avait-il envoyé le message ? L'avait-il signé ? S'il répondait oui, est-ce que Sullivan laisserait tomber, ou bien au contraire penserait-il que cela pouvait être vrai ? Et s'il répondait non, est-ce que Sullivan insisterait et vérifierait les noms des inspecteurs du 87e ? Et est-ce que Meyer...

— Allô ? fit Sullivan. Vous êtes là ?
— Quoi ? Ah... ah oui.
— Répondez-lui, siffla Virginia.

— Je croyais qu'on avait été coupés, dit Sullivan.

— Non, non. Je suis là.

— Oui, bon, alors ? Vous avez un Meyer chez vous ?

— Oui. Nous avons un Meyer.

— Inspecteur deuxième classe ?

— Oui.

— C'est marrant, alors. Parce que le message était signé inspecteur deuxième classe Meyer, d'après le môme. C'est marrant, hein ? Enfin, puisque y a pas de pet... Mais c'est quand même marrant. Vous trouvez pas ?... Oui, alors à un de ces jours. Mais c'est marrant, cette histoire, non ?

— Très, dit Willis.

— Bon, allez, adieu, j'ai du boulot, dit Sullivan, et il raccrocha.

Willis replaça le combiné sur ses broches.

Virginia Dodge raccrocha, ramassa son flacon et s'avança lentement vers le bureau de Meyer Meyer près de la fenêtre.

Elle ne prononça pas une parole.

Elle posa la bouteille devant lui sur le bureau, leva le bras droit et le croisa sur sa maigre poitrine. Puis, d'un revers de main violent, elle abattit son arme sur la bouche de Meyer. Il leva les deux mains pour se protéger et le revolver s'abattit encore une fois, sur ses poignets, sur ses yeux, sur son crâne chauve, son nez, et encore sa bouche.

Le regard dur, les yeux étincelants, Virginia Dodge administra sa correction, sans répit ni relâche, jusqu'à ce que, sanglant et prostré, Meyer Meyer s'écroulât sur la table où il faillit renverser le flacon de nitroglycérine.

Virginia reprit sa bouteille, regarda froidement Meyer et regagna son bureau.

16

— Je détestais ce vieux salaud, et je suis heureux qu'il soit mort, déclara Alan Scott.

Il paraissait avoir surmonté la timidité ahurie avec laquelle il avait accueilli Steve Carella la veille. Ils se tenaient dans une grande pièce du rez-de-chaussée de la résidence Scott, aux murs couverts de trophées et d'armes de chasse. Derrière Alan, un tigre empaillé grimaçait méchamment et l'expression du fils Scott était aussi sauvage que celle du fauve.

— Vous ne mâchez pas vos mots, Mr Scott, observa Carella.

— Non. C'était un homme dur et mauvais. Les Industries Scott ont ruiné plus de gens qu'on n'en peut compter sur les doigts des deux mains. Pourquoi l'aurais-je aimé ? Vous n'avez jamais vécu avec un magnat de l'industrie ?

— Non, dit Steve. J'ai grandi avec un immigré italien qui était boulanger.

— Croyez-moi, vous n'avez rien perdu. La puissance du vieux salaud était absolue, ou presque. C'était un être corrompu, égoïste, abominable. Mon père. Mon papa. Un salaud meurtrier.

— Vous aviez cependant l'air profondément bouleversé par sa mort, hier.

— La mort est toujours bouleversante. Mais je vous assure que je n'avais pas de chagrin.

— Le haïssiez-vous assez pour le tuer, Mr Scott ?

— Oui. Je l'aurais tué volontiers. Et je ne dis pas qu'un jour ou l'autre je n'en serais pas venu là. Mais je ne l'ai pas fait. C'est pourquoi je vous parle aussi franchement. Du diable si je consens à être accusé d'un crime que je n'ai pas commis. Parce que vous soupçonnez un crime, n'est-ce pas ? C'est pour ça que vous êtes encore là ?

— Eh bien...

— Allons, inspecteur, jouons cartes sur table. Vous êtes persuadé que le vieux salaud a été assassiné.

— Je ne suis sûr de rien. Il a été découvert dans une pièce fermée à clef. De toute évidence, c'est un suicide.

— Oui. De toute évidence. Mais ça ne veut rien dire. Nous savons bien que l'évidence peut mentir. Dans cette famille, nous ne manquons pas de gens habiles qui feraient pâlir Houdini. Ne vous laissez pas impressionner par cette chambre close. Si quelqu'un voulait sa mort, ce quelqu'un est bien capable d'avoir trouvé le moyen de faire croire au suicide.

— Qui ?

— Moi, par exemple. Si jamais je m'étais décidé à faire le coup, je vous garantis que j'aurais trouvé un moyen. Quelqu'un m'a devancé, c'est tout.

— Qui ?

— Vous voulez des suspects ? Nous en avons toute une famille.

— Mark ?

— Mark, pourquoi pas ? Le vieux lui en a fait voir de toutes les couleurs. Mais depuis qu'il a quatorze ans, il n'a jamais pipé. Il souriait bien gentiment. Mais la haine devait bien grandir et bouillonner dans son cœur. Vous croyez que Mark était content de bosser comme un mercenaire à l'usine ? Un stage ! Tu parles ! Et David avait aussi de bonnes raisons pour ne pas porter le cher papa dans son cœur.

— Quelles raisons ?

— Des raisons comme la belle Christine, par exemple.

— Qu'insinuez-vous, Mr Scott ?

— Qu'est-ce que vous croyez ?

— Vous voulez dire...

— Bien sûr. Ecoutez, je suis franc avec vous, Carella. Mon père était un vieux vicieux qui gardait Christine dans cette maison, en menaçant David de lui couper les vivres s'ils partaient. Un point, c'est tout. Ce n'est pas joli-joli.

— Non. Et Christine ?

— Essayez un peu de lui parler. Un glaçon. Elle aimait peut-être ça, allez savoir. De toute façon, elle savait d'où venait le fric et elle n'avait pas l'intention de crever de faim.

— Vous vous êtes peut-être tous entendus pour faire le coup, Mr Scott ? C'est une hypothèse, non ?

— Cette famille ne s'entendrait pas pour entamer une partie de bridge. C'est miracle que nous ayons pu unir nos forces pour ouvrir cette porte. Vous avez entendu parler des Atrides ?

— Alors vous pensez qu'un de vos frères, ou votre belle-sœur, a tué votre père ?

— Oui. C'est ce que je pense.

— A travers une porte verrouillée ?

— Quand on veut on peut. Et laissez-moi vous dire une bonne chose, inspecteur. Si vous cherchez des mobiles, vous allez en avoir à la pelle. Ne commencez pas votre enquête par les mobiles.

— Comment me conseillez-vous de la commencer, Mr Scott ?

— A votre place, je chercherais comment on a pu se débrouiller pour pendre le sagouin à travers la porte verrouillée. Chercher le comment, et vous trouverez le pourquoi, et l'assassin par la même occasion.

— Excellent conseil. Et facile à suivre, Mr Scott.

Alan Scott ne daigna pas sourire.

— Je m'en vais, dit Carella. Je ne vois pas ce que je pourrais encore découvrir ici, ce soir.

— Vous reviendrez demain ?

— Peut-être. Si j'ai une idée.

— Et sans ça ?

— Sans ça, ce sera un suicide. Comme vous le dites justement, nous avons des mobiles à la pelle. Mais le procédé nous échappe. Je ne suis pas un génie, Mr Scott. Je ne suis qu'un simple policier. Si nous soupçonnons un homicide, nous refilerons le bébé aux affaires non élucidées

— Je n'aurais pas cru ça de vous, inspecteur Carella.

— Qu'est-ce que vous n'auriez pas cru ?

— Que vous renonceriez si facilement.

Carella l'examina longuement.

— Ne confondez pas les affaires non élucidées avec les affaires classées, Mr Scott, dit-il enfin. Bonsoir.

Lorsque Teddy Carella arriva au bureau des inspecteurs, Peter Byrnes crut qu'il allait avoir une attaque. Il la vit s'avancer dans le corridor et tout d'abord n'en crut pas ses yeux. Et puis il reconnut la silhouette gracieuse et la démarche altière de la femme de Steve et il s'approcha vivement de la barrière de bois.

— Qu'est-ce que vous faites ? cria Virginia.

— Voilà quelqu'un, répondit Byrnes, et il attendit.

Il ne voulait à aucun prix que Virginia apprenne qu'il s'agissait de la femme de Steve Carella. Il avait vu les nerfs de Virginia céder quand elle avait frappé Meyer, il comprenait que sa nervosité augmentait d'instant en instant, et il ignorait à quelles extrémités elle pourrait se livrer si elle apprenait que Teddy était la femme de Steve. Dans un coin de la pièce, il voyait Hawes qui soignait Meyer. Il avait la lèvre fendue et les deux yeux pochés, gonflés et noirs. Hawes appliquait de la teinture d'iode en murmurant :

— Là, doucement, t'en fais pas, doucement, là.

Sa voix sifflante, trop calme, trahissait une fureur contenue aussi dangereuse que l'explosif du flacon.

— Vous désirez, mademoiselle ? demanda Byrnes à Teddy.

Elle s'arrêta devant la barrière, un peu étonnée. Voyons, si elle avait bien lu sur les lèvres du lieutenant...

— Je peux vous aider, mademoiselle ? reprit-il.

Teddy cligna des yeux.

— Entrez par ici, vous là-bas, cria Virginia de son bureau.

De là où elle se tenait, Teddy ne pouvait voir Virginia Dodge, donc elle ne pouvait l'entendre. Elle attendait que Byrnes achève la plaisanterie qu'il lui faisait, certainement, mais il demeurait grave. Il s'écarta enfin légèrement et lui dit :

— Voulez-vous passer par ici, mademoiselle ?

Tout à fait stupéfaite, Teddy entra dans le bureau.

Elle vit immédiatement Virginia Dodge et son revolver et comprit que Byrnes cherchait à la protéger.

— Asseyez-vous, lui dit Virginia. Faites ce qu'on vous dit et il ne vous arrivera rien. Qu'est-ce que vous vouliez ?

Teddy ne répondit pas. Elle ne le pouvait pas.

— Vous entendez ? Qu'est-ce que vous veniez faire ici ?

Teddy secoua la tête tristement.

— Qu'est-ce qu'elle a ? s'impatienta Virginia. Bon Dieu, répondez-moi !

— N'ayez pas peur, mademoiselle, dit Byrnes. Il ne vous arrivera rien si...

Il se tut brusquement, fronça les sourcils et, comme s'il comprenait tout à coup, il se tourna vers Virginia :

— Je crois... J'ai l'impression que c'est une sourde-muette !

— Venez par ici, dit Virginia, et Teddy obéit. Vous m'entendez ?

Teddy toucha ses lèvres.

— Vous pouvez lire sur mes lèvres ?

Teddy inclina la tête affirmativement.

— Mais vous ne pouvez pas parler ?

Teddy fit signe que non.

Virginia poussa une feuille de papier sur le bureau et jeta un crayon à Teddy.

— Voilà de quoi écrire. Mettez ce que vous veniez faire ici.

Rapidement, Teddy écrivit : *Cambriolage*, et tendit la feuille à Virginia.

— Hmm, fit celle-ci. Ma foi, ma jolie, vous en aurez pour votre argent. Asseyez-vous.

Virginia examina Teddy, se tourna vers Byrnes et prononça ses premières paroles aimables de la journée :

— Un joli brin de fille, non ?

Teddy s'assit et Virginia lui demanda :

— Comment vous appelez-vous ? Venez m'écrire votre nom, là.

Byrnes faillit bondir pour l'en empêcher. Teddy prit le crayon et inscrivit *Marcia*, puis elle hésita, cherchant désespérément un nom de famille, et finit par écrire celui de ses parents, *Franklin.*

— Marcia Franklin. Joli nom, pour une jolie fille. Savez-vous que vous êtes très jolie, Marcia ? Vous pouvez lire sur mes lèvres ce que je dis ?

Teddy inclina la tête.

— Oui, vous êtes bien jolie. Je ne veux pas vous faire de mal, n'ayez pas peur. Je n'en veux qu'à un type, et je ne ferai de mal à personne, à moins qu'on veuille m'arrêter. Vous avez déjà aimé quelqu'un, Marcia ?

Oui, fit Teddy de la tête.

— Alors vous me comprendrez. Quelqu'un a tué l'homme que j'aimais, Marcia. Et je vais me venger, et le tuer lui aussi. Vous n'en feriez pas autant ?

Teddy ne broncha pas.

— Si. Si, j'en suis sûre. Vous êtes bien jolie, Marcia. Moi aussi, je l'ai été. Jusqu'à ce qu'on me prenne mon homme. Une femme a besoin d'un homme. La vie ne vaut pas d'être vécue, sans un homme. Et le mien est mort. Et je vais tuer celui qui l'a envoyé à la mort. Je m'en vais crever ce nom de Dieu de fumier de salaud qui s'appelle Steve Carella !

Les mots frappèrent Teddy en plein front, comme une balle de base-ball. Elle frémit visiblement et se mordit la lèvre. Virginia s'étonna de sa réaction, puis elle reprit :

— Pardon, ma jolie, je voulais pas jurer comme ça. Mais je... C'est tellement...

Elle secoua la tête et se tut. Teddy avait pâli. La lèvre entre les dents, elle regardait le revolver dans la main de cette femme et son premier mouvement fut de se jeter sur l'arme. Elle leva les yeux vers la pendule. Il était sept heures huit. Elle se tourna vers Virginia et fit un pas en avant.

— Mademoiselle, dit Byrnes en se plaçant bien devant elle, il y a un flacon de nitroglycérine là, sur ce bureau... Je veux dire... Un mouvement un peu brusque peut la faire exploser, et blesser beaucoup de monde. Nous tuer tous, peut-être.

Leurs regards se rencontrèrent. Teddy inclina la tête.

Elle tourna le dos à Byrnes et à Virginia et alla s'asseoir près de la barrière, en espérant que le lieutenant n'avait pas vu les larmes perler à ses yeux.

17

La pendule marquait sept heures dix.

Une seule phrase se répétait dans l'esprit de Teddy : Il faut que je le prévienne.

Avec méthode, régulièrement, la pendule mâchonnait le temps, avalait le temps et crachait les secondes comme des pépins. C'était une vieille pendule et son tic-tac emplissait la pièce. Il n'y avait que Teddy qui ne l'entendait pas. Les secondes s'amassaient, s'amassaient, formaient une minute, et la grande aiguille sursautait avec un bruit sec qui résonnait dans le silence du bureau.

Sept heures onze...

Sept heures douze...

Il faut que je le prévienne. Teddy avait renoncé à bondir sur Virginia et ne songeait plus qu'à sauver Steve. De là où elle était, elle pouvait voir tout le corridor et le haut de l'escalier métallique.

Si je pouvais entendre, je reconnaîtrais son pas, avant de le voir. Il doit avoir un pas à la fois léger et bien masculin. Il se déplace avec une grâce féline. J'ai si souvent imaginé le bruit de ses pas, que je le reconnaîtrais tout de suite — si seulement j'entendais.

Mais je n'entends pas, et je ne parle pas. Je ne pourrai pas lui crier un avertissement en le voyant. Je ne puis que courir vers lui. Elle ne se servira pas de la nitroglycérine, pas si elle sait que Steve est là, à sa portée. Et puis elle en a besoin pour assurer sa fuite. Alors, je courrai vers lui et je serai son bouclier. Voilà.

Et le bébé ?

A peine un bébé, à peine un souffle de vie. Steve ne doit pas mourir. Moi oui. Le bébé, tant pis. Mais pas Steve. Je courrai vers lui dès que je le verrai. Elle tirera sur moi. Mais pas sur Steve.

Elle avait failli le perdre une fois. Elle se rappelait cet abominable Noël comme si c'était hier. Steve haletant. Steve blessé, la chambre d'hôpital, et la haine de ce métier dangereux, qui permettait à un sale petit trafiquant de drogue de tuer un homme comme Steve. Et puis elle avait fait taire toute haine, et elle avait prié, simplement, sincèrement, que Steve ne meure pas, et qu'elle ne retombe pas dans son silence atroce. Car avec Steve, il n'y avait pas de monde du silence. Avec Steve, la vie était bruyante et vraiment vivante.

Mais elle n'avait plus le temps de prier.

Toutes les prières du monde ne pourraient sauver Steve, à présent.

Quand il arrivera, se dit-elle, je courrai vers lui et je lui ferai un bouclier de mon corps.

Quand il arrivera...

Sept heures treize...

Ce n'est pas de la nitroglycérine, songea Hawes.

Peut-être que si, tout de même.

Ce n'est pas de la nitroglycérine.

Ce n'est pas possible. Elle trimbale ça comme de l'eau, elle secoue cette bouteille comme si c'était de l'eau du robinet. Elle ferait un peu plus gaffe, si ça pouvait lui sauter au nez !

Ce n'est pas de la nitroglycérine.

Minute, minute, du calme. C'est pas le moment de prendre ses désirs pour des réalités.

Mais je veux le croire. Je veux le croire parce que j'ai envie, pour la première fois de ma vie, de mettre une raclée à une femme. Je suis prêt à traverser cette pièce, et malgré son revolver, la foutre par terre et la frapper jusqu'à ce qu'elle perde connaissance. C'est mon état d'esprit à cet instant. Je sais que cela va contre les principes de galanterie qu'on m'a appris, mais c'est comme ça. On ne doit pas frapper les femmes, mais Virginia Dodge n'est plus une femme pour moi, elle est devenue aussi inhumaine que n'importe quel objet, une paire de chaussures ou un téléphone.

Virginia Dodge.

Je la hais.

Et j'ai honte de la haïr aussi profondément. Je me croyais incapable de tant de haine, mais c'est fait, elle l'a fait naître en moi, elle m'a appris la haine profonde et viscérale. Je la hais, et je me hais d'autant haïr, et cela ne fait qu'accentuer cette haine. J'en suis réduit, par la faute de Virginia Dodge, à l'état d'un animal qui réagit aveuglément à la douleur. Et, chose curieuse, cette douleur est une douleur qu'elle inflige aux autres, pas à moi. Si, elle m'a frappé, mais ce n'est rien. J'ai déjà reçu des coups beaucoup plus méchants. Mais ce qu'elle a fait à Miscolo, et à la Portoricaine, à Meyer, ce sont des choses que je n'arrive pas à pardonner, comprendre, accepter. Elle a infligé de la douleur à des gens qui n'ont jamais fait quoi que ce soit à cette chose inhumaine nommée Virginia Dodge. Ils ont simplement eu le tort de se trouver sur son chemin. Et elle les a transformés en animaux.

Ce qui explique ma haine.

Je hais parce que en nous reléguant tous au rang d'animaux, elle nous a enlevé notre humanité, nous ne sommes plus qu'un tas d'ordures.

Virginia Dodge, attention, car me voici.

Je m'appelle Cotton Hawes, et je suis américain et chrétien et blanc à cent pour cent, j'ai été élevé dans la crainte de Dieu, dans le respect de ce qui est juste, et dans le respect de la femme — et voilà que vous m'avez transformé en un fauve prêt à vous tuer.

Le liquide dans la bouteille n'est pas de la nitroglycérine.

J'en suis sûr, Virginia Dodge.

Ou plutôt, j'en suis presque sûr. Pas sûr à cent pour cent, mais pas loin. Pas loin du tout, Virginia Dodge.

Mais je suis sûr de ma haine, Virginia, et elle augmente, elle croît d'instant en instant. Et quand je serai sûr que la bouteille ne contient pas de nitro, prenez garde, Virginia.

Prenez garde, car je vous tuerai.

La réponse lui vint brusquement.

C'est souvent comme ça.

Il avait laissé Alan Scott dans l'antique demeure, avait traversé une vaste maison où pesait le silence de la mort, et passé sous le lustre de cristal du hall, devant les miroirs piqués. Il avait pris son chapeau, l'avait posé sur sa tête et avait tiré à lui le grand vantail de chêne. Les ténèbres couvraient le petit parc. Il y avait juste une ampoule solitaire au bout de l'allée. Steve renifla une âcre fumée de feuilles et de bois brûlé.

Il avait suivi l'allée, en songeant à l'automne et aux feux de brindilles, aux feuilles mortes et à la campagne. Machinalement, il se retourna vers la maison. Il vit le garage, et là-bas, silhouetté contre le ciel étoilé, un homme puissant, un véritable géant, certainement un des frères Scott, qui brûlait un tas de feuilles mortes. Le colosse était tout environné de fumée. Steve songea que c'était un peu bizarre. Il aurait plutôt pensé qu'un jardinier, ou Roger, s'occuperait de...

Et l'idée le frappa.

Un feu de bois.

Du bois.

Et un des frères qui attisait lui-même son feu.

Du bois ! Mais naturellement !

Il pivota et remonta en courant vers le garage.

Comment fermer une porte au verrou, de l'extérieur ? Facile ! Les idées se précipitaient dans la tête de Steve, s'accumulaient, s'empilaient à toute vitesse, les unes sur les autres, tandis qu'il souriait comme un imbécile.

Facile ! On arrache d'abord le verrou de la porte, en prenant soin de le laisser fixé par une vis, afin qu'une fois la porte forcée, le verrou ait l'air d'avoir sauté dans l'affaire. Premier point, et bon Dieu, ça expliquerait toutes les éraflures et les marques à l'intérieur du battant ! Comment diable n'y avait-il pas pensé ? Enfin, Carella, bougre d'âne ! Où avais-tu la tête ?

Donc, on fait d'abord sauter le verrou.

On a déjà étranglé le vieux, et il attend tranquillement la suite des événements. On lui passe donc la corde au cou, on lance l'extrémité de la corde par-dessus la poutre et on le hisse. Il est lourd, mais on est costaud. On recule ensuite jusqu'à la porte et on noue solidement la corde à la poignée. Le vieux est pendu.

On pousse la porte. Ce n'est pas trop dur. Une fois qu'on s'est glissé par l'ouverture, le poids du vieux referme la porte. De l'autre côté, à l'intérieur de la pièce, le verrou se balance à sa vis.

Il s'agit à présent de faire croire à tout le monde, et aux frères, que le verrou est bien tiré à l'intérieur.

Et c'est bien facile, grâce à un système qui est un des plus vieux procédés du monde.

Et le coupable était celui qui avait essayé la porte le premier, après avoir utilisé le levier.

— Qui est là ? cria une voix.

— Mark Scott ? répondit Steve.

— Oui. Qui êtes-vous ?

— Carella.

Mark enjamba le petit feu. Les flammes déclinantes illuminèrent un instant ses traits durs.

— Je vous croyais parti depuis longtemps, dit-il.

Il tenait un grand râteau à la main et tisonnait les braises de temps en temps, faisant voler des gerbes d'étincelles et des panaches de fumée.

— Non, vous voyez, je suis encore là.

— Qu'est-ce que vous voulez ?

— Vous, dit simplement Carella.

— Je ne comprends pas.

— Je vous embarque, Mark.

— Pourquoi ?

— Pour le meurtre de votre père.

— Grotesque !

— Pas du tout. Vous l'avez brûlé ?

— Quoi ? Qu'est-ce que vous racontez ? Qu'est-ce que j'ai brûlé ?

— Ce qui fermait la porte au verrou de l'extérieur.

— Vous êtes fou. Il n'y a pas de verrou extérieur.

— Vous vous êtes servi d'un procédé aussi efficace. Et plus on tirait, plus la porte tenait bon. Très efficace.

— Qu'est-ce que c'est que cette histoire ?

— Une histoire de cale, déclara Carella. Un simple triangle de bois. Une cale. Un coin de bois.

— Je ne sais pas ce que vous voulez dire.

— Vous le savez parfaitement, bon Dieu ! Une petite cale de bois que vous avez glissée sous la porte, et qui la retenait aussi bien qu'un verrou !

— Vous êtes fou ! Il nous a fallu un levier pour forcer cette porte. Le verrou...

— Le verrou était déjà arraché et la porte était retenue par une cale qui, entre parenthèses, a laissé une empreinte sous la porte, sur les lames métalliques. Le levier n'a servi qu'à faire jaillir des éclats de bois. Un bon camouflage, incidemment, dont vous aviez besoin. Le moment venu, vous vous êtes avancé, vous avez fait sauter la cale du bout du pied et la porte s'est ouverte.

— Grotesque, répéta Mark. Où avez-vous...

— J'ai vu Roger balayer les débris. Beaucoup de petit bois. Et la cale. Et c'est ça que vous brûlez en ce moment, hein ?

Mark Scott ne répondit pas. Il se rua en avant, le râteau levé, et l'abattit comme une faux, prenant Carella complètement par surprise. Les dents du râteau lui écorchèrent le cou. Mark balança de nouveau son bras. Steve oscillait, les mains tendues, et l'arme improvisée s'abattit une seconde fois avant qu'il eût complètement retrouvé ses esprits, mais sur ses bras tendus.

Steve voulut secouer son bras pour rétablir la circulation, mais sa main pesante ne lui obéissait pas. Il maudit le sort qui l'empêchait de saisir son revolver et vit que le râteau amorçait encore un arc de cercle. Cette fois, ce serait la bonne. En pleine tête.

Il se jeta en avant, se rua sur Mark, l'empoigna et réussit à le faire chanceler. Mark lâcha son râteau.

Les deux hommes roulèrent sur le sol, tout près du feu, Mark cherchant la gorge de l'inspecteur, Steve cramponné à la cravate de l'autre comme un bourreau à la corde d'un condamné. Ils roulèrent sur le feu, éparpillant des étincelles sur la pelouse. Enfin, Carella se dégagea brusquement, voulut prendre son revolver, mais sa main droite était toujours engourdie et il se précipita de toutes ses forces dans l'épaule de Mark qui se redressait déjà et l'expédia au sol.

Carella rua encore, se servant de ses deux pieds, alternativement, avec la précision d'un boxeur de savate. Enfin, il recula et, d'un geste maladroit et bizarre de sa main gauche, dégaina son .38 et le braqua sur Mark Scott.

— Allons, debout, dit-il.

— Je le haïssais, glapit Mark. Je l'ai toujours haï ! Depuis que je sais parler et marcher ! Depuis que j'ai quatorze ans, j'ai envie de le tuer !

— Vous avez eu ce que vous vouliez. Debout.

Mark se leva.

— Où allons-nous ?

— Au poste. On sera un peu plus tranquilles, là-bas.

18

— Mais où est-il ? demanda aigrement Virginia Dodge. Il est bientôt sept heures et demie. Il est pas censé se pointer ici ? Faire son rapport ?

— Si, dit Byrnes.

— Alors où est-il ? Hein ?

Elle abattit son poing sur le bureau. Le flacon de liquide incolore tressauta, mais la nitroglycérine n'explosa pas.

C'est de l'eau, songea Hawes. Bon Dieu de bon sang, c'est de l'eau !

— Vous avez jamais attendu quelque chose, Marcia ? dit Virginia en se tournant vers Teddy. Il me semble que j'ai passé ma vie dans ce sale bureau.

Teddy, impassible, observait la femme.

— Espèce de salope ! s'écria Angelica Gomez. En enfer, que tu devrais attendre ! Sale pute de merde !

— Elle est fâchée, dit Virginia en souriant. L'Espagnole n'est pas contente. T'en fais pas, *chiquita*. Pense un peu que demain, t'auras ton nom dans le journal.

— Toi aussi, toi aussi, glapit la fille, et dans la colonne des morts, oui !

— J'en doute, rétorqua Virginia, sans plus sourire. Les journaux diront... Les journaux !

Elle se tut soudain et Hawes l'observa. Il comprit qu'elle venait de faire une découverte et cherchait à préciser un souvenir. Il la vit froncer les sourcils.

— Je me souviens d'un article sur Carella, murmura-t-elle enfin. Oui, oui, oui. Quand il a failli crever. On parlait de sa femme et on disait... on disait que sa femme était sourde-muette ! Alors, Marcia Franklin ! Hein ? Qu'est-ce que vous en dites ?

Teddy ne broncha pas.

— Qu'est-ce que vous êtes venue faire ici ? demanda Virginia en se levant à demi.

Teddy secoua la tête.

— Marcia Franklin, venue se plaindre d'un cambriolage. Ou la femme de Steve Carella ? Hein ? Alors ? J'attends !

De nouveau, Teddy secoua la tête.

Virginia était debout, à présent, toute son attention braquée sur Teddy. Lentement, elle fit le tour du bureau, glissant le long d'un côté, oubliant complètement le flacon transparent. On aurait dit que, en découvrant la présence de quelqu'un qui touchait de près à Carella, son attente avait pris fin. Hawes la regardait faire, et se disait qu'elle allait se venger sur Teddy de son attente, et lui infliger le même traitement qu'à Meyer.

— Répondez-moi ! hurla Virginia.

Elle tournait le dos au bureau, tournait le dos à la nitroglycérine, avançait vers Teddy et se plantait devant elle, comme un juge des enfers.

Elle lui arracha son sac, l'ouvrit et fouilla dedans. Byrnes et Willis se tenaient à la droite de Teddy, près du portemanteau, avec Kling et Brown. Miscolo était sans connaissance sur le sol, derrière Virginia, à côté des armoires métalliques. Seuls Meyer et Hawes étaient à sa droite et légèrement en retrait — et Meyer demeurait inerte, la tête sur les bras croisés sur le bureau.

Vivement, à petits gestes d'oiseau rapace, Virginia fouillait dans le sac. Elle y trouva ce qu'elle cherchait, et lut à haute voix :

— Mrs Stephen Carella, 837, Dartmouth Road, Riverhead. En cas d'accident, prévenir... Mrs Stephen Carella ! Eh bien, eh bien, eh bien, Mrs Carella, enchantée !

Elle s'avança encore vers Teddy et Hawes, qui l'observait, ne cessait de se répéter : Ce n'est pas de la nitro, ce n'est pas de la nitro, ce n'est pas de la nitro.

— Alors, on est jolie fille, hein ? On a le sourire ? Pardi, tiens ! On a son homme, hein, garce ! Tu l'as, ton homme, et ta beauté, hein ? Salope, regarde-moi ! Et moi ? Et moi ? Qu'est-ce qui me reste, à moi ?

Je vais lui sauter dessus, se dit Teddy. Maintenant. Maintenant qu'elle est loin de sa bouteille. Je vais bondir, elle tirera et ce sera fini. Tout de suite.

Mais elle ne bougea pas. Hypnotisée comme un lapin par un serpent, elle contemplait la haine qui défigurait le visage de Virginia.

— Moi aussi, j'étais jolie, avant qu'ils m'enlèvent Frank ! Tu sais quel âge j'ai ? Trente-deux ans. C'est jeune, ça. C'est jeune, et j'ai l'air d'une vieille, hein ? Je ressemble à la mort. Ils me l'ont dit. C'est ton mari qui m'a volé ma jeunesse, qui m'a pris la vie ! Salope ! Je ne sais pas ce que je te ferais ! Garce ! Salope ! Je devrais t'écorcher vive ! Tu entends ? Hein ? Mais attends un peu !

Elle fit encore un pas et Hawes comprit que le revolver allait s'abattre.

Il se répéta qu'il n'y avait que de l'eau dans le flacon et il hurla :

— Une seconde !

Virginia Dodge pivota et le regarda.

— Ecartez-vous ! Laissez-la tranquille, commanda Hawes.

— Quoi ? s'écria Virginia, stupéfaite.

— Vous avez entendu. Laissez-la tranquille. Ne la touchez pas !

— Vous me donnez des ordres ?

— Oui ! rugit Cotton Hawes. Oui, je vous donne des ordres ! Qu'est-ce que vous en dites, Mrs Dodge ? C'est moi qui vous donne des ordres ! Qui ose vous commander de ne pas la toucher ! Sinon...

— Sinon quoi ? ricana Virginia avec un ton de confiance suprême.

Mais le revolver tremblait dans sa main.

— Sinon, je vous tuerai. Voilà. Je vous tuerai.

Il fit un pas vers elle.

— Ne bougez pas, hurla Virginia.

— Non, Mrs Dodge. C'est fini. Je n'ai pas peur de vous. Je n'ai plus peur. Vous savez pourquoi ? Parce que je sais qu'il n'y a que de l'eau dans votre bouteille, et que l'eau ne me fait pas peur.

— Cotton, s'écria Byrnes, ne fais pas...

— Ne bougez pas ! répéta Virginia, affolée.

— Pourquoi ? Vous tirerez ? Je vous conseille de viser juste et de tirer longtemps. Allez-y, je vous attends. Tirez. Mais j'avance et je vous arracherai cette arme des mains avec les dernières forces qui me resteront, et je vous la ferai avaler ! J'arrive, vous entendez ?

— Arrêtez ! N'avancez pas ! La nitro...

— Il n'y a pas de nitro ! glapit Hawes.

Virginia tira.

Hawes s'arrêta, mais un instant seulement, comme n'importe quel homme en entendant une détonation. Mais la balle était passée au large et il poursuivit son avance à travers la pièce. Il vit Byrnes prendre Teddy par le bras et la catapulter littéralement dans le corridor, de l'autre côté de la barrière. Les autres ne bougeaient pas.

— Alors ? On ne sait plus viser ? ricana Hawes. Vous avez peur ? Vous tremblez ?

Virginia recula vers le bureau. Cette fois, il savait qu'elle tirerait. Il fit un petit saut de côté au moment où elle appuyait sur la détente et quand la balle l'eut encore manqué, il éclata de rire.

— C'est gagné ! Toute la police va se ramener en vitesse !

— La nitro... murmura-t-elle en reculant encore.

— Quelle nitro ? C'est de l'eau !

— Je vais faire sauter la...

Hawes bondit.

Le coup partit au même instant et cette fois il entendit la balle siffler à son oreille. Il empoigna la main droite de Virginia au moment où elle allait faucher la bouteille. Il se cramponna à elle avec une force décuplée par la rage, tandis qu'elle se débattait comme une furie, cherchant à atteindre le flacon.

Il lui écrasa la main sur le bureau, pour lui faire lâcher son arme, et la bouteille glissa sur la surface cirée. Hawes recommença et le flacon fit encore un petit tour de danse, plus près du bord.

Et puis Virginia se tordit dans ses bras, se jeta sur le bureau, en travers, de tout son long, pour pousser la bouteille qui n'était plus qu'à quelques centimètres du bord. Elle glissa dans les bras de Hawes, mais il la saisit à la taille et la ramena brutalement en arrière, empoigna le devant de son chemisier de la main gauche et s'apprêta à la gifler à toute volée de la main droite.

A mi-chemin, sa main hésita. Et puis la main retomba.

Cotton Hawes était incapable de gifler une femme. Il jeta Virginia à travers la pièce et se contenta de grommeler :

— Espèce de salope !

Puis il se baissa pour ramasser le revolver.

Meyer leva sa tête tuméfiée et marmonna :

— Que... Qu'est-ce qui se passe ?

— C'est fini, lui répondit Hawes.

Byrnes s'approchait d'un téléphone.

— Dave, cria-t-il dès qu'il eut décroché, passez-moi le Déminage, en vitesse !

— Le Démi...

— Oui, oui, vous avez entendu !

— Bien, chef !

L'appel de l'hôpital arriva à sept heures cinquante-trois, juste après que les hommes de la Brigade du Déminage eurent emporté, avec mille précautions, la bouteille pleine de liquide incolore. Ce fut Byrnes qui répondit.

— 87e, lieutenant Byrnes.

— Dr Nelson, du General. On m'a dit de vous donner les renseignements au sujet de la victime égorgée. Jose Dorena, c'est ça ?

— Oui.

— Il s'en tirera. La lame a manqué la carotide de trois centimètres. Il va passer quelque temps chez nous, mais il sortira sur ses pieds. C'est tout ce que vous vouliez savoir ?

— Oui, merci.

— De rien.

Byrnes raccrocha et se tourna vers Angelica :

— Vous avez de la veine. Kassim ne mourra pas. Vous avez une sacrée veine !

— Vous croyez ? murmura Angelica avec un regard qui en disait long.

Murchison s'approcha d'elle.

— Allez, ma cocotte, y a de la place en bas au bloc.

Il la fit lever et s'approcha de Virginia Dodge, enchaînée par ses menottes au radiateur.

— Alors, comme ça, c'est vous qui faites tout ce ramdam ?

— Tu peux crever, lui cracha Virginia.

— Pete, vous avez la clef de ces menottes ? Merci. Mais enfin, c'est tout de même quelque chose, vous savez, non ? De penser que j'étais là, bien tranquille ! Vous auriez pas pu me prévenir, ou je ne sais pas, moi... Je veux dire... Hé... Hé dites ! Mince, c'est ça que vous vouliez me dire quand vous avez dit comme ça « Priorité » ?

Byrnes hocha la tête d'un air las.

— C'était ça que je voulais dire.

— Oui... Ben mince, alors. Ça ! murmura Murchison en faisant brutalement lever Virginia. Allons, pin-up, on y va !

Il poussa les deux femmes devant lui dans le couloir, et croisa Kling, qui lui dit :

— Enfin, Miscolo est parti sans encombre en ambulance. Le reste, c'est dans la main des dieux. On a expédié Meyer en même temps. Il profite de la voiture. L'infirmier avait l'air de penser qu'il aurait besoin de soins. Alors, Pete, c'est bien fini, hein ?

— C'est fini.

Il y eut du bruit dans le corridor et Steve Carella catapulta Mark Scott dans le bureau des inspecteurs.

— Asseyez-vous, Scott. Là. Salut, Pete, Cotton. Voilà notre oiseau. Il a étranglé son propre... Teddy ! Ma chérie, je t'avais complètement oubliée ! Il y a longtemps que tu attends ?...

Teddy se jeta dans ses bras avec une violence inaccoutumée et lui ferma la bouche d'un baiser. Byrnes remarqua :

— Nous t'attendions tous plus ou moins, Steve.

— Oui ? C'est gentil, ça. Loin des yeux, près du cœur. Chérie, je suis désolé d'être en retard. Mais tout à coup, cette histoire a commencé à s'éclaircir et...

Elle lui passa la main sur la joue, et sur le cou où les dents du râteau avaient laissé des traînées de sang coagulé.

— Ça, c'est rien, murmura-t-il. Un coup de râteau. Ce n'est pas grave. Ecoute, je tape mon rapport et on file. Pete, j'emmène ma femme dîner en ville et je vous défends bien de dire non. Nous allons avoir un bébé !

— Félicitations, soupira Byrnes.

— Ah ben, dites donc, quel enthousiasme ! Chérie, laisse-moi terminer ce rapport et nous partirons. J'ai une faim de loup. Pete, on boucle ce mec-là pour assassinat prémédité et tout le bazar. Où y a-t-il une machine ? Il ne s'est rien passé pendant que... ?

Le téléphone sonna et Carella tendit la main.

— Bougez pas, je le prends. Allô ? 87e, inspecteur Carella.

— Steve ? Ici Levy, du Déminage.

— Ah, tiens ? Salut, Levy. Ça va ?

— Au poil, et toi ?

— Parfait. Quoi de neuf ?

— J'ai le rapport au sujet de cette bouteille.

— Quelle bouteille ?

— Une bouteille que tes collègues nous ont confiée.

— Ah, bon. Oui, et alors ?

Carella écouta, ponctua le rapport de Levy de quelques Oh ! et Ah ? et Oui. Puis il dit :

— D'accord, Levy. Merci des renseignements.

Il raccrocha, avança une chaise, prit trois feuilles de rapport dans le tiroir du bureau, y intercala des carbones et glissa le tout dans le chariot de sa machine.

— C'était Levy, du Déminage, dit-il en commençant à taper la date. Vous lui avez refilé une bouteille ?

— Oui, murmura Hawes.

— Ben, il téléphonait le résultat d'analyse.

Hawes se leva et s'approcha de Carella.

— Qu'est-ce qu'il a dit ?

— Il a dit c'en était.

— C'en était ?

— C'est ce qu'il a dit. Ils l'ont fait sauter au labo. Paraît qu'il y avait de quoi pulvériser l'hôtel de ville, là-dedans.

— C'en était, murmura Hawes d'une voix sans timbre.

— Oui, grogna Carella en picorant les lettres de son nom sur les touches ; puis il ajouta distraitement : Qu'est-ce que c'était ?

— De la nitro, dit Hawes en se laissant tomber sur une chaise, pétrifié.

Carella se mit à taper de tout son cœur sur sa machine.

— Ah ! dis donc, quelle journée !

PAS D'AVENIR POUR LE FUTUR

'Til Death
1959
Traduction de Louis Saurin
et Jean-François Merle

Pour Margie et Fred.

1

L'inspecteur Steve Carella cligna des yeux au soleil de ce dimanche matin et se maudit d'avoir oublié de fermer les volets la veille. Grommelant, il se retourna dans son lit, mais la luminosité le poursuivit. Filtrant entre les lattes du store vénitien, le soleil dessinait des barres d'or et d'ombre sur les draps, comme les barreaux d'une prison. Il se crut soudain enfermé dans une cellule du 87e District et soupira. Dieu du ciel, mon lit s'est transformé en prison.

Non, ce n'est pas honnête, pensa-t-il. De plus, tout sera terminé bientôt. Teddy, j'espère du fond du cœur que ce sera rapide.

Puis il se redressa sur un coude et se tourna vers sa femme endormie. Teddy. Theodora. Ma menue Teddy. Comme tu as changé, mon amour. Il la dévisagea, ses cheveux noirs et courts négligemment disposés sur l'oreiller, ses longs cils sur ses yeux clos, un léger sourire sur ses lèvres pleines, l'arc d'albâtre de son cou glissant avec grâce vers sa poitrine recouverte par le drap. Et là commençait la montagne.

Vraiment, mon amour, tu ressembles à une montagne, pensa-t-il. Etonnamment. Une jolie montagne, d'accord, mais une montagne tout de même. Et j'aimerais être alpiniste. Oh, comme j'aimerais pouvoir être près de toi ! C'était quand, la dernière fois ? N'y pense pas, Steve, mon ami, se dit-il. Ces ruminations érotiques n'ont jamais fait de bien à personne. Steve Carella, célibataire endurci.

Bien. Le bébé est pour la fin du mois. Dieu du ciel, c'est la semaine prochaine ! On est déjà fin juin ? Comme le temps passe quand on n'a rien d'autre à faire au lit que dormir. Je me demande si ce sera un garçon. Une fille, ce serait bien aussi, mais papa piquerait sa crise, pour lui ce serait un affront à l'honneur de l'Italie si le premier-né de son fils unique était une fille.

Et les noms : Mark ou April, et papa va encore piquer sa crise, parce qu'il a en tête quelque chose comme Rudolpho ou Serafina. Stefano Luigi Carella, c'est moi, merci beaucoup, papa.

C'est le mariage, aujourd'hui, pensa-t-il tout à coup, je fais le plus mauvais grand frère du monde à songer à ma libido quand ma petite sœur s'apprête à faire le grand saut. Bon, telle que je connais Angela, ce qui la préoccupe aujourd'hui est sans doute sa propre libido, ça fait donc match nul.

Le téléphone sonna.

Steve sursauta et regarda machinalement sa femme pour s'assurer que la sonnerie ne l'avait pas éveillée, oubliant un instant que Teddy était sourde et muette. Elle ne pouvait souffrir de ces petits inconvénients de la civilisation.

— Je viens, grogna-t-il à l'adresse de la sonnerie persistante.

Il glissa ses longues jambes hors du lit. Il était grand et large d'épaules, mince et musclé. Torse et pieds nus, il se dirigea vers le téléphone d'une démarche nonchalante et athlétique et saisit le combiné. Pourvu que ce ne soit pas le commissariat, songea-t-il. Sa sœur Angela se mariait et sa mère serait furieuse qu'on l'empêche d'assister à la cérémonie.

— Oui ? Allô ?

— Steve ?

— Oui. Qui est à l'appareil ?

— Tommy. Je te réveille ?

— Non, non, pas du tout. Comment se sent le futur marié, ce matin ? Nerveux ?

— Je... Steve, il y a quelque chose qui m'inquiète.

— Hé là ! Tu n'as pas l'intention d'abandonner ma sœur devant l'autel, hein ?

— Non, il ne s'agit pas de ça, Steve. Mais dis-moi, est-ce que tu ne pourrais pas venir tout de suite ?

— Tout de suite ?

Carella fronça le sourcil. Depuis qu'il était entré dans la police, il avait entendu bien des voix anxieuses au téléphone. Il avait d'abord attribué la nervosité de Tommy à l'angoisse bien compréhensible du jeune homme sur le point de s'engager pour la vie, mais il comprit vite qu'il y avait autre chose.

— Qu'est-ce que c'est ? demanda-t-il. Que se passe-t-il ?

— Je... Ça m'ennuie d'en parler au téléphone. Tu ne peux pas venir ?

— J'arrive. Le temps de m'habiller.

— Merci, Steve, dit Tommy, et il raccrocha.

Carella resta un instant songeur, puis il alla prendre une douche. Sa toilette finie, il revint dans la chambre et ferma les volets sans bruit. Puis il s'habilla en silence. Avant de partir, il griffonna un mot pour Teddy et le posa sur l'oreiller à côté d'elle. Elle ne se réveilla pas.

Tommy Giordano vivait seul dans une villa de la banlieue de Riverhead, à moins de cinq kilomètres de chez Carella. Tommy était un ancien combattant de Corée qui avait été victime d'une farce macabre du destin, pendant qu'il était en Orient. A l'époque où la majorité des pères et des mères de familles américaines s'inquiétaient pour leurs fils soldats, à l'époque où les soldats n'imaginaient pas mourir ailleurs qu'au champ d'honneur, personne ne songeait plus aux dangers de la vie quotidienne. Et puis, un jour, le capitaine avait fait appeler Tommy. Sous sa tente battue par le vent et la pluie, les pieds dans la boue, il lui avait appris, avec toute la douceur dont il était capable, que son père et sa mère avaient été tués la veille dans un accident de voiture. Tommy obtint une permission et prit l'avion pour assister à l'enterrement. Il était fils unique. Et quand la tombe se fut refermée sur les deux êtres chers, il reprit l'avion pour la Corée. Il y resta jusqu'à la fin, triste et silencieux. Puis il regagna la maison de ses parents. Son seul ami était un copain d'enfance — jusqu'au jour où il fit la connaissance d'Angela. Il craqua un beau soir dans ses bras, et pleura toutes les larmes qui n'avaient pas voulu couler quand il portait l'uniforme. Il en fut totalement soulagé. A présent, à vingt-sept ans, Tommy était un grand garçon souriant, au caractère facile.

Il ouvrit au premier coup de sonnette de Steve, comme s'il attendait derrière la porte.

— Ah, Steve, content que tu sois venu. Entre. Tu veux boire quelque chose ?

— A neuf heures du matin ?

— Il est si tôt que ça ? Bon Dieu, j'ai dû te tirer du lit. Je suis navré, Steve. Je ne voulais pas t'embêter. Comme beau-frère, il me semble que je commence mal.

— Pourquoi m'as-tu appelé, Tommy ?

— Assieds-toi. Tu veux du café ? Tu as déjeuné ?

— Un café ne me ferait pas de mal.

— Bon. Je vais faire des toasts, aussi. Ecoute, je m'en veux de t'avoir réveillé. Mais je n'ai pas fermé l'œil de la nuit et je ne me rendais pas compte de l'heure. C'est terrible, de se marier. Je te jure, je crois que j'avais moins le trac avant une patrouille.

— Mais ce n'est pas pour ça que tu m'as fait venir.

— Non. Non, il y a autre chose. Pour tout te dire, je suis un peu inquiet, Steve. Pas pour moi, mais pour Angela. Je veux dire, je n'y comprends rien.

— Tu ne comprends rien à quoi ?

— Eh bien, ma foi... Tu ne veux pas venir à la cuisine ? Je pourrai faire le café et les toasts. D'accord ?

— Bien sûr.

Carella s'assit à la table de la cuisine et alluma une cigarette tandis que Tommy préparait la cafetière.

— Je n'ai pas dormi de la nuit, murmura-t-il enfin. Je ne fais que penser à notre voyage de noces. Quand nous serons seuls. Steve, qu'est-ce que je dois faire ? J'adore Angela. Je ne voudrais pas... je ne sais pas... la blesser.

— Pas de danger. Détends-toi, Tommy. Ne te tracasse pas. Dis-toi simplement que tu l'aimes, que tu vas l'épouser et que vous allez vivre ensemble toute votre vie.

— A vrai dire, Steve, même ça me fait peur.

— Il ne faut pas. Adam et Eve n'avaient pas de mode d'emploi, Tommy, et ils s'en sont bien sortis.

— Enfin j'espère. Bon sang, j'aimerais savoir quoi lui dire.

La souffrance voila ses traits, et Carella sourit intérieurement.

— Peut-être qu'il n'y a rien à lui dire. Peut-être qu'elle sait déjà.

— J'espère... J'espère. Mais ce n'est pas pour te demander ce genre de conseils que je t'ai fait venir. Il y a autre chose.

— Quoi donc ?

— Voilà. Comme je te l'ai dit, je n'ai pas fermé l'œil de la nuit. Alors, ce matin, je suis allé prendre le lait devant la porte, de très bonne heure. On me le livre, tu sais, c'est bien commode et...

— Abrège.

— Oui. Bref, il y avait une petite boîte à côté de la bouteille, par terre.

— Une boîte comment ?

— Petite. Un peu comme les petites boîtes de bijoutiers, tu vois ? Il y avait un petit mot, glissé sous le ruban. La boîte était bien enveloppée, dans du papier fantaisie, avec un nœud de ruban. Je ne savais pas du tout ce que ça pouvait être. J'ai cru que des copains me faisaient une blague. Tu sais...

— Tu l'as ouverte ? La boîte ?

— Oui.

— Qu'est-ce qu'il y avait dedans ?

— Tu vas voir.

Tommy quitta la cuisine. Carella l'entendit ouvrir un tiroir dans sa chambre et revenir, en fermant la porte.

— Tiens, voilà le petit mot.

Carella prit le bristol.

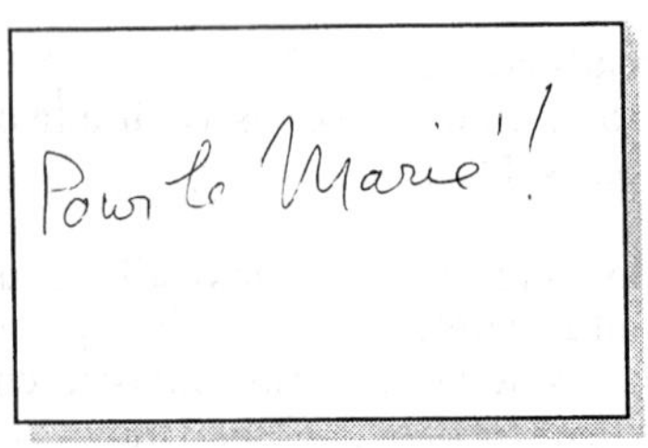
Pour la Mariée !

— Et la boîte ?

— La voilà.

Carella posa la petite boîte sur la table et souleva le couvercle. Puis il le referma vivement.

Une grosse araignée, une veuve noire, était tapie dans un coin.

2

Carella repoussa la boîte avec horreur, stupéfait et muet de dégoût.

— Oui, dit Tommy en voyant sa grimace. C'est l'effet que ça m'a fait.

— Tu aurais pu me prévenir ! s'écria Carella en se disant que son futur beau-frère avait tout du sadique (Steve avait toujours eu une sainte terreur des araignées. Pendant la guerre du Pacifique, il s'était autant bagarré contre les araignées de la jungle des îles que contre les Japonais). Mais tu crois que c'est une sale blague qu'on t'a faite ?

— Au début, avant d'ouvrir la boîte, j'ai cru que c'était une farce. Maintenant... Il me semble qu'il faut avoir le sens de l'humour drôlement perverti pour envoyer une veuve noire à quelqu'un. Ou même n'importe quelle araignée.

— Il est prêt, ton café ?

— Presque.

— Je vais en avoir besoin. La vue d'une araignée produit chez moi deux effets. Ma gorge se dessèche et j'ai des démangeaisons partout.

— C'est comme moi. Quand j'étais au camp d'entraînement, au Texas, on était obligé de secouer ses godasses avant de les mettre. Parce que les tarentules...

— Assez !

— Oui, hein ? Ça donne le frisson.

— Est-ce que certains de tes copains ont ce genre d'humour noir ?

— Ma foi, je connais quelques dingues. Mais ce truc-là, ça va un peu loin, tu ne crois pas ? Enfin, c'est pas courant.

— C'est le moins qu'on puisse dire. Et ce café ?

— Tout de suite.

— Evidemment, c'est peut-être une farce de mauvais goût, une sorte de cadeau de mariage. Après tout, l'araignée est un symbole classique.

— De quoi ?

— Du vagin.

Tommy rougit. La tache cramoisie prit naissance au col et envahit progressivement son visage. Carella n'en croyait pas ses yeux, et il changea immédiatement de sujet.

— Ou bien il s'agit d'une allégorie douteuse sur le mariage. On prétend que la veuve noire dévore son mâle.

Tommy rougit de plus belle et Carella se dit que tous les terrains étaient minés avec un futur marié. Et sa gorge était sèche. Et aucun beau-frère en puissance n'avait le droit d'exhiber une araignée si tôt le matin — spécialement un dimanche.

— Et bien sûr, continua Carella, il y a bien d'autres sous-entendus possibles, si on cherche bien.

— Ouais. Le café est prêt.

Tommy versa le café dans les tasses avant d'ajouter :

— Une plaisanterie, tu parles ! Et si elle m'avait piqué ? C'est venimeux, une veuve noire.

— Et si elle m'avait piqué, moi ? rétorqua Carella.

— Je te surveillais, je ne t'aurais pas laissé avancer la main. Mais moi, tout à l'heure, j'étais seul. Si je m'étais fait piquer ?

— Je ne crois pas que son venin soit mortel.

— Non, mais ça m'aurait peut-être rendu malade.

— C'est peut-être quelqu'un qui veut que tu manques ton mariage ?

— J'y ai pensé. Et j'ai pensé à autre chose.

— Oui ?

— Pourquoi envoyer justement une veuve noire ? Une *veuve,* hein ? C'est comme... On dirait un avertissement, comme pour dire qu'Angela sera mariée et veuve le même jour.

— Tu parles comme un garçon qui serait entouré d'ennemis, Tommy.

— Non. Mais ça m'a paru un avertissement.

— Une menace, plutôt.

— Oui. Et depuis que j'ai ouvert cette sacrée boîte, je me casse la tête pour essayer de chercher qui... qui voudrait me voir mort.

— Et tu as trouvé quelqu'un ?

— Un type. Un seul. Et il est à cinq mille kilomètres d'ici.

— Qui est-ce ?

— Un type que j'ai connu à la guerre. Il disait que c'était ma faute si son copain s'était fait tuer. Ce n'est pas vrai, Steve. Nous étions en patrouille, tous les deux, quand on nous a tiré dessus. Je me suis jeté à plat ventre, mais le copain n'a pas eu de chance. Alors l'autre, son meilleur ami, a prétendu que c'était ma faute. Que j'aurais dû crier, faire quelque chose. Mais comment j'aurais pu ? J'avais rien vu, rien entendu. Au premier coup de feu, je me suis jeté à terre, mais l'autre était déjà mort. Sur le coup.

— Et tu dis que son copain t'a menacé ?

— Il a juré qu'un jour, il aurait ma peau.

— Oui, et alors ?

— Eh bien, il a été renvoyé dans ses foyers, presque tout de suite après. Les pieds gelés, je crois, ou quelque chose comme ça. Je ne sais pas. Maintenant, il habite la Californie.

— Tu as de ses nouvelles depuis la Corée ?

— Non.

— Est-ce que c'était le genre de gars à faire une chose pareille ? A envoyer des araignées, je veux dire ?

— Je ne le connaissais pas très bien. Mais pour ce que j'en sais, c'était le genre de type capable de les avaler toutes crues pour son petit déjeuner.

Carella s'étrangla avec son café. Il reposa sa tasse avec précaution et déclara :

— Tommy, je vais te donner un conseil. Angela est une fille très sensible. C'est de famille. Et si tu ne veux pas te retrouver bientôt avec un divorce sur les bras, je te préviens, ne parle pas de choses velues, visqueuses ou...

— Excuse-moi, Steve.

— Bon. Comment s'appelle ton gars ? Celui qui t'a menacé ?

— Sokolin. Marty Sokolin.

— Tu as des photos de lui ?

— Non. Qu'est-ce que je foutrais avec sa photo ?

— Vous étiez dans la même compagnie ?

— Oui.

— On ne vous a jamais fait de photos de groupe, avec le capitaine et les sous-offs qui plastronnent et les pauvres types derrière qui ne savent pas quoi faire de leurs mains ?

— Non.

— Tu peux me le décrire ?

— C'était un grand gars, très costaud, rougeaud, avec le nez cassé. On aurait dit un lutteur. Des cheveux noirs, des yeux très sombres. Une petite cicatrice près de l'œil droit. Il fumait tout le temps des cigares.

— Tu crois qu'il avait un casier ?

— Je n'en sais rien.

— Nous verrons ça... Mais tout de même, ça ne me paraît guère possible que ce soit lui. Enfin, comment aurait-il pu savoir que tu te mariais aujourd'hui ? Au fond, c'est peut-être bien une blague, finalement. Une sale blague.

— Peut-être, murmura Tommy sans la moindre conviction.

— Où est ton téléphone ? demanda soudain Steve.

— Dans la chambre.

Carella se leva et alla ouvrir la porte. Puis il se retourna.

— Tommy, ça t'ennuierait d'avoir quelques invités supplémentaires à ton mariage ?

— Non. Pourquoi ?

— Eh bien, si ce n'est pas une blague — mais c'en est une, je n'en doute pas —, si ce n'est pas une blague, donc, autant prendre des précautions, pas vrai ? Ce serait dommage qu'il arrive malheur au marié. Et tu vois comme c'est commode d'avoir un beau-frère flic ! On a des gardes du corps, au doigt et à l'œil, même le dimanche.

Pour la police, le dimanche n'existe pas. C'est un jour comme les autres. Rien ne le différencie du lundi ou du jeudi. Si l'on est de service le dimanche, eh bien, tant pis. On ne va pas voir le procureur, l'aumônier ou le maire. On va au commissariat. Si Noël tombe un jour où l'on est de service, ça ne change rien, à moins que l'on puisse changer de jour avec un collègue qui ne fête pas Noël. C'est bien dommage, mais c'est comme ça. On rigole tous les jours, dans la police.

Ce dimanche 22 juin, donc, l'inspecteur Meyer Meyer était de service dans les locaux du 87e District. Il ne se plaignait pas. Le ciel était bleu, le soleil inondait le bureau, mais pas trop. La salle des inspecteurs, meurtrie par le temps et l'usure, était assez confortable un jour comme celui-ci. Parfois, la température en ville dépassait les trente-cinq degrés, et, ces jours-là, la salle ressemblait à une cocotte-minute. Ce n'était pas le cas maintenant. On pouvait s'asseoir sans que le pantalon bouchonne, on pouvait taper un rapport, répondre au téléphone ou chercher dans les dossiers sans risquer de se transformer en une flaque anonyme sur le parquet.

Meyer était content. La pipe à la bouche, il parcourait les avis de recherche et songeait au bonheur d'être vivant.

Bob O'Brien, un mètre quatre-vingt-trois en chaussettes, quatre-vingt-seize kilos de muscles, traversa le bureau d'un pas pesant et vint s'effondrer dans un fauteuil à côté de Meyer. Et Meyer sentit son cœur se serrer, car si jamais il y avait eu chez eux un type marqué par la poisse, c'était bien O'Brien. Depuis le jour où il s'était vu obligé d'abattre un de ses voisins, boucher de son état, qu'il connaissait depuis qu'il était enfant, O'Brien se trouvait toujours mêlé à des affaires où les coups de feu s'imposaient. Il ne voulait pas tuer Eddie le boucher. Mais Eddie avait été pris d'une crise de folie et s'était précipité hors de sa boutique en brandissant un hachoir avec lequel il menaçait une malheureuse cliente. O'Brien avait voulu s'interposer, le raisonner, mais il n'y avait rien à faire. Eddie avait jeté O'Brien à terre et brandi son hachoir. D'un geste machinal, par simple réflexe défensif, O'Brien avait sorti son revolver et tiré au jugé. Une seule balle avait suffi pour tuer Eddie. Ce soir-là, O'Brien était rentré chez lui et avait pleuré comme un enfant. Il avait encore tué six hommes depuis. Et, chaque fois, à son corps défendant. Des concours de circonstances déplorables le mettaient dans l'obligation de se servir de son arme. Chaque fois aussi, il pleurait, mais jamais plus ouvertement. Il pleurait en dedans, là où ça faisait le plus mal.

Les policiers du 87e District n'étaient pas particulièrement superstitieux, dans l'ensemble, mais malgré tout, ils n'aimaient guère aller enquêter en compagnie d'O'Brien. Ce n'était pourtant pas sa faute. En cas de fusillade, il était toujours le dernier à tirer son revolver, et seulement s'il y avait nécessité absolue. Mais le destin voulait qu'il y eût presque immanquablement une fusillade chaque fois qu'O'Brien était présent et pourtant les policiers du 87e appartenaient à une catégorie saine et normale de l'espèce humaine qui ne cherche pas la bagarre et qui ne goûte guère les coups de feu. Ils étaient tous persuadés que si O'Brien allait mettre un terme à une dispute entre deux gosses de six ans qui jouaient aux billes, un des mômes sortirait miraculeusement une mitraillette et tirerait sur les passants. Voilà ce qu'était O'Brien : un flic poissard.

Bien entendu, les policiers du 87e exagéraient. Parce qu'O'Brien était dans la police depuis dix ans et n'avait jamais tué que sept hommes. Mais tout de même, cela fait une jolie moyenne.

— Comment ça va, Meyer ? demanda-t-il.

— Très bien. Ça va tout à fait bien, merci.

— Tu sais... Ah, je ne sais pas. Je me demande.

— Qu'est-ce que tu te demandes ?

— Miscolo.

Miscolo était l'agent chargé du secrétariat, au bout du couloir. Meyer ne se demandait jamais rien sur le compte de Miscolo. De fait, il pensait rarement à lui.

— Qu'est-ce qu'il a fait, Miscolo ? demanda-t-il.

— C'est son café.

— Son café ?

— Oui. Tu sais, il faisait du bon café, dans le temps, soupira O'Brien avec nostalgie. Je me souviens, tiens, l'hiver, quand je revenais d'une planque ou d'un coup, et que Miscolo me faisait un bon café. Je te jure, ça vous ravigotait un homme. C'est quelque chose, un bon café. Un café chaud, fort, parfumé...

— Tu sais, mon vieux, tu perds ton temps dans la police. Pense au fric que tu pourrais gagner en faisant des annonces publicitaires à la T.V. Non, à t'entendre tu pourrais...

— Allez, je ne blague pas.

— Oh pardon, faites excuse. Qu'est-ce qu'il a le café de Miscolo, à présent, alors ?

— J'en sais rien. Il n'est plus pareil. Tu sais quand il a commencé à changer ? Ben, je vais te le dire. C'est quand Miscolo a été blessé. Tu te souviens, la fois où la cinglée est venue ici avec une bouteille de nitro et qu'elle a tiré sur Miscolo ? Hein ? Tu te rappelles ?

— Je me rappelle, dit simplement Meyer Meyer.

Il se rappelait même très bien. Il portait encore les cicatrices des coups de crosse de revolver que Virginia Dodge lui avait assenés, en ce triste jour d'octobre.

— Oui, eh bien, quand Miscolo est sorti de l'hosto, le jour de son retour, son café a commencé à être de la lavasse. A quoi ça tient, à ton avis ?

— Ma foi...

— Pour moi, c'est un phénomène, y a pas. Enfin quoi, un type reçoit une balle et, du jour au lendemain, il n'est plus foutu de faire du bon café. C'est un mystère.

— Tu devrais lui demander.

— T'es pas malade ? Il est fier de son café, Miscolo. Je ne peux pas aller lui dire comme ça que son café n'est pas bon. Comment veux-tu ?

— En effet.

— Et je ne peux pas aller boire du café dehors, ça le vexerait. Alors qu'est-ce qu'il faut que je fasse, Meyer ? Voir Murchison, à l'accueil, et lui demander de nous faire monter du café de l'extérieur ?

— J'en sais rien, mon vieux. Bois de l'eau.

— A neuf heures et demie du matin ? De quoi se rendre malade, oui.

La sonnerie du téléphone évita à Meyer la peine de répondre. Il décrocha et annonça :

— 87e District, inspecteur Meyer.

— Meyer, c'est Steve.

— Salut, mon vieux. Tu ne peux pas te passer de la boîte, alors ?

— C'est le scintillement de tes yeux bleus qui me manque.

— Ouais, tout le monde me dit ça. Je croyais que ta sœur se mariait aujourd'hui ?

— C'est exact.

— Alors, qu'est-ce que je peux faire pour toi ? T'avancer deux thunes pour le cadeau de mariage ?

— Non. Tu serais gentil de jeter un coup d'œil sur le tableau de service et de me dire qui n'est pas de service aujourd'hui parmi les gars de mon équipe.

— T'as besoin d'un quatrième pour le bridge ? Quitte pas, je vais te dire ça.

Meyer ouvrit le tiroir supérieur de son bureau et en sortit un clipboard sur lequel était accroché un double du tableau de service. Il étudia la grille, son index courant sur la page.

	Dimanche 21 juin	Lundi 22 juin	Mardi 23 juin	Mercredi 24 juin	Jeudi 25 juin
8 h/16 h	Meyer* O'Brien Willis	Fields* Di Maeo Levine	Carella* Hawes Kling	Brown Meredith* Kapek	Meyer O'Brien* Willis
16 h/8 h	Brown* Meredith Kapek	Meyer* O'Brien Willis	Fields* Di Maeo Levine	Carella* Hawes Kling	Brown Meredith* Kapek
CONGÉ	Carella Hawes Kling	Brown Meredith Kapek	Meyer O'Brien Willis	Fields Di Maeo Levine	Carella Hawes Kling
PATROUILLE	Fields Di Maeo Levine	Carella Hawes Kling	Brown Meredith Kapek	Meyer O'Brien Willis	Fields Di Maeo Levine

AFFECTATION SUPPL.: Alexander, Parker, Kasoukian, Masterson

* RESPONSABLE D'ÉQUIPE

— Ah, les pauvres petits. Je les plains, tiens, les malheureux.
— Abrège. Les noms ?
— Kling et Hawes.
— Tu as leur numéro personnel sous la main ?
— Et avec ça, faut-il vous l'envelopper ? Ce sera tout ? Repassage ? Cirage ? Tu veux pas que je te prête ma femme pour le week-end ?
— Ce ne serait pas une mauvaise idée, répliqua Steve en riant.
— Bouge pas. T'as un crayon ? Tu notes ?
— Le numéro de Sarah ?
— Fous la paix à Sarah.
— C'est toi qui m'en as parlé.

— Tu les veux, ces numéros, oui ou merde ? Parce qu'on a du boulot, si ce mot signifie quelque chose pour toi.

— Je t'écoute... Bon, merci. Maintenant, j'ai encore deux, trois trucs à te demander. Premièrement, veux-tu voir si nous avons quelque chose sur un dénommé Marty Sokolin ? Tu feras peut-être chou blanc parce qu'il habite la Californie et nous n'avons pas le temps de nous renseigner auprès du F.B.I. Mais vois à l'Identité judiciaire. Et surtout, tâche de savoir s'il ne serait pas ici en ce moment.

— Je croyais que t'étais pas de service, grommela Meyer.

— Un policier consciencieux est toujours de service, dit sérieusement Carella. Ensuite, j'aimerais que tu m'envoies un homme chez moi, pour chercher un mot. Une carte manuscrite. Je voudrais que le labo s'y mette et me fasse un rapport au plus tôt. J'aimerais aussi que tu me rappelles avant midi, au sujet de Sokolin. Vu ?

— Vu. Et qu'est-ce que tu vas faire maintenant, pour ton jour de sortie ? Potasser le manuel ? Des exercices de tir ?

— Ecrase, Meyer. Faut que j'appelle Bert et Cotton.

Cotton Hawes dormait profondément quand le téléphone sonna dans son petit appartement de célibataire. Il perçut vaguement un tintement métallique dans le lointain. Pendant la guerre, il avait eu l'honneur douteux d'être le seul à rester endormi pendant une alerte générale, malgré le hurlement des sirènes. Par la même occasion, il perdit l'estime du chef torpilleur. Mais le capitaine du navire était un aspirant qui avait été formé comme technicien radar pour les transmissions de la Marine et qui n'aurait pas fait la différence entre une torpille et un ongle de doigt de pied. Ainsi, il devait bien reconnaître, en ravalant son orgueil, que l'homme qui commandait le bateau, qui établissait les relations avec la troupe, qui dirigeait les manœuvres et la balistique, c'était Cotton Hawes, et non lui-même. Cet aspirant (dont le surnom anachronique était « le vieux », même s'il n'avait que vingt-cinq ans) avait été disc-jockey dans sa ville, Schenectady, Etat de New York. Il n'aspirait qu'à retourner sain et sauf vers, par ordre d'importance, ses disques préférés, sa MG décapotable préférée, et sa fiancée préférée, Annabelle Tyler, qu'il fréquentait depuis le lycée. Il appréciait peu le commandement dans la Marine, les réprimandes de la Marine et les opérations dans la Marine. Mais il savait qu'il avait un boulot à accomplir et qu'il n'y arriverait pas sans la complète coopération de Cotton Hawes. Peut-être l'amiral aurait-il été enchanté de savoir que Hawes avait été rétrogradé torpilleur de première classe. Mais l'aspirant se souciait peu de l'amiral.

— Vous devez vous occuper de tout le bordel, dit-il à Hawes. Je ne peux pas risquer que vous dormiez pendant une autre attaque kamikaze.

— Non, mon lieutenant. Désolé, mon lieutenant, j'ai le sommeil profond.

— Je vais désigner un homme chargé de vous réveiller en cas d'alerte générale.

— Oui, mon lieutenant, merci.

— Comment vous êtes-vous démerdé pour ronfler au milieu d'un raffut pareil, Cotton ? D'autant qu'on a été frappés deux fois à l'avant !

— Je n'y peux rien, Mike. J'ai le sommeil profond.

— Eh bien maintenant on vous réveillera. Essayons de rester en vie tant que ce merdier durera, hein, Cotton ?

Ils restèrent en vie tant que ce merdier dura. Cotton Hawes n'entendit plus parler de l'aspirant une fois qu'ils se séparèrent à Lido Beach. Il supposa qu'il était retourné à sa musique dans l'Etat de New York, à Schenectady. Et bien qu'ils aient réussi à éviter les tentatives japonaises de couler le bateau, la victoire sur Morphée fut moins éclatante. Cotton Hawes avait toujours le sommeil profond. Il attribuait cela à sa corpulence. Ceux qui sont grands et costauds ont besoin de beaucoup dormir, se plaisait-il à croire.

Le téléphone sonnait toujours dans le lointain. Il y eut un mouvement dans le lit, un craquement du sommier, un froissement de draps. Hawes bougea légèrement. La sonnerie devint plus présente et il y eut une voix ensommeillée.

— Allô ? Qui ça ? Je suis désolée, Mr Carella, il dort. Vous ne pouvez pas rappeler ?... Moi ? Je suis Christine Maxwell... Non, je ne veux pas le réveiller. Est-ce que vous ne...

Christine se tut et Cotton se redressa, enfin éveillé. Il la contempla avec ravissement, complètement nue près de la petite table du téléphone, l'appareil noir contrastant avec la blondeur de ses cheveux, le corps souple, l'œil bleu et pétillant, le sourcil froncé.

— Ah bon, reprit-elle. Fallait le dire tout de suite. Attendez, je...

— Je suis réveillé, dit Hawes.

— Une seconde, dit Christine au téléphone. Le voilà.

Elle appliqua sa main sur l'appareil et chuchota :

— C'est un nommé Steve Carella. Il dit qu'il est du 87e District.

— Il ne ment pas.

— Ça veut dire qu'il faudra que tu y ailles aujourd'hui ?

— Je ne sais pas.

— Tu m'avais promis qu'on passerait la journée...

— Ecoute, chérie, je ne sais pas encore ce qu'il me veut ! Allô ? Steve ?

— Je te tire du lit ?

— Oui.

— Tu as des choses à faire aujourd'hui ?

— Oui.

— Tu n'as pas envie de me rendre visite ?

— Non.

— Merci mille fois.

— Je suis navré, Steve. J'ai prévu une balade en bateau sur la Harb.

— Tu ne peux pas t'arranger ? J'ai besoin de ton aide.

— Si je m'arrange, la dame m'arrange.

Christine, qui écoutait de toutes ses oreilles, approuva de la tête avec véhémence.

— Allons, reprit Steve. Un grand garçon comme toi ! Et puis tu peux l'amener.

— Où ça ?

— Au mariage de ma sœur.

— J'ai horreur des mariages. Ça m'énerve.

— Quelqu'un a menacé mon futur beau-frère. Enfin, ça y ressemble. J'aimerais avoir des hommes de confiance dans la foule. On ne sait jamais. Qu'est-ce que tu en dis ?

— Ma foi... commença Cotton, puis il vit Christine secouer la tête. Non, Steve. Je suis désolé.

— Ecoute, Cotton, veux-tu me dire quand je t'ai demandé un service ?

— Ma foi... je ne peux pas, Steve.

— Il y aura de quoi boire à gogo.

— Non.

— Amène la petite.

— Non.

— Cotton, je t'en prie...

— Une seconde.

Hawes baissa l'écouteur et se tourna vers Christine.

— Non, dit-elle immédiatement.

— Tu es invitée. A un mariage. Qu'est-ce que tu en dis ?

— Je veux aller faire une promenade en bateau. Je n'en ai pas fait depuis que j'avais dix-huit ans.

— Nous irons dimanche prochain, promis.

— Tu n'es pas de service dimanche ?

— Enfin, mon premier dimanche libre, quoi.

— Non.

— Christine...
— Non.
— Chérie ?
— Ah zut !
— Steve ? dit Hawes en reprenant l'appareil. D'accord, nous venons.
— Zut ! dit Christine.
— Où est-ce qu'on te retrouve ?
— Vous pouvez venir chez moi vers midi ?
— Facile. Quelle adresse ?
— 837, Dartmouth Street. A Riverhead.
— Nous y serons.
— Merci mille fois, Cotton.
— Apporte une couronne à mon enterrement, lança Hawes avant de raccrocher.

Debout devant la cheminée, les bras croisés sur ses seins nus, Christine rageait. Hawes s'avança pour la prendre dans ses bras.

— Ne me touchez pas, Mr Hawes !
— Chérie...
— Il n'y a pas de chérie !
— Ecoute, Christine...
— Tu m'avais promis de m'emmener faire un tour en bateau. Drôle de bateau, oui ! Dire que ça fait trois semaines que j'attends ce...
— Mais je ne pouvais pas refuser ! Carella est un ami. Et il a besoin de mon aide.
— Et moi ? Qu'est-ce que je suis ?
— La femme que j'aime.
— Tu parles, tiens !
— Ne sois pas fâchée. Tu sais que je t'aime ?
— Mais oui, mais oui, on dit ça... Tu sais, ce ne sont pas les garçons qui manquent. J'en connais quelques-uns qui seraient trop contents de prendre ta place !
— Je sais, murmura Hawes en l'embrassant dans le cou.
— Grande brute. Je suis une idiote de t'aimer.
— C'est certain.
— Arrête !
— Pourquoi ?
— Parce que... Mais... Oh, Cotton, il faut que nous soyons chez ton ami à midi.
— Nous avons tout le temps... Viens.
— Non.
— Nous avons le temps.

— Mais il faut...
— Chut... Viens... Nous avons tout le temps.

Bert Kling lisait les bandes dessinées du journal du dimanche quand le téléphone sonna. Il jeta un dernier regard navré à Superman et alla répondre.

— Bert ? C'est Steve.
— Oh, oh, dit Bert immédiatement.
— Tu es occupé ?
— Je ne répondrai qu'en présence de mon avocat. Qu'est-ce qui se passe ? Qu'est-ce que tu veux ?
— Ne sois pas si sec. Ça ne te va pas.
— Il faut que j'aille à la boîte ?
— Non.
— Quoi alors ?
— Ma sœur se marie aujourd'hui. Le futur a reçu ce qu'il est permis de considérer comme une menace.
— Ah oui ? Pourquoi qu'il appelle pas la police ?
— C'est ce qu'il a fait. Et la police, en ma personne, t'appelle. Tu n'as pas envie d'aller à un mariage ?
— Quand ? A quelle heure ?
— Tu peux être ici à midi ?
— J'ai rendez-vous avec Claire ce soir à neuf heures. Il y a un film qu'elle a envie de voir.
— Ça ira.
— Où es-tu en ce moment ?
— Chez moi. 837, Dartmouth Street, à Riverhead. Tu seras là à midi ?
— Entendu. A tout à l'heure.
— Bert ?
— Quoi ?
— N'oublie pas ton revolver.
— Ah ? Bon.

Bert Kling raccrocha et retourna s'allonger à moitié dans son fauteuil. C'était un grand garçon blond, au visage poupin, que son caleçon court faisait paraître plus jeune encore. Il se replongea dans les délices des aventures de Superman. Puis il se dit qu'il ferait bien de téléphoner à Claire.

— Claire ? C'est Bert. Dis donc, je vais à un mariage aujourd'hui.
— J'espère que ce n'est pas le tien.
— Non. La sœur de Steve. Tu veux venir ?
— Mais non. Tu sais bien que je dois conduire papa au cimetière.

— Ah, c'est vrai. A ce soir, alors ? Neuf heures ?
— Neuf heures. Le film passe au cinéma en plein air. Ça te va ?
— Tout me va. Qu'est-ce que c'est comme film ?
— Un vieux truc, mais ça te plaira.
— Qu'est-ce que c'est ?
— Un policier !

L'enveloppe arriva de l'Identité judiciaire à dix heures trente-sept au 87ᵉ District.

A vrai dire, Meyer Meyer fut un peu étonné. Il y avait déjà peu de chances que ce Marty Machin-Chose eût une fiche. Moins encore qu'il en eût une dans cette ville puisqu'il habitait à l'autre bout du continent. Mais il en possédait bel et bien et la copie de ladite fiche s'étalait à présent sur le bureau de Meyer.

Marty Sokolin n'était pas un grand caïd. Il n'était même pas à proprement parler un malfaiteur. C'était simplement un type qui avait eu un ennui. Sa fiche était établie là parce qu'il avait eu cet ennui dans cette ville alors qu'il était de passage.

Marty Sokolin n'avait pas été réformé pour pieds gelés, comme le supposait Tommy Giordano. Après le conseil de réforme, on avait dû le placer dans un asile psychiatrique de Pasadena, en Californie, pour neurasthénie aiguë.

Meyer Meyer n'ignorait pas que ce que l'on appelait dans l'Armée « neurasthénie aiguë » n'était pas autre chose que la version moderne du « choc du combattant » de la bonne vieille Grande Guerre. On pouvait également étiqueter ça dépression nerveuse, épuisement moral ou surmenage. Meyer ne s'y attarda pas et nota simplement que Sokolin avait quitté l'asile au cours de l'été de 1956, en principe sain de corps et d'esprit.

Son petit différend avec les forces de l'ordre avait eu lieu deux ans plus tard, en mars 1958. Il travaillait à l'époque comme représentant pour une fabrique de peintures et vernis, à San Francisco. Il était venu dans l'Est pour un congrès et s'était mis un soir à boire dans un bar, en compagnie d'un inconnu. A un moment donné, la conversation avait roulé sur la guerre de Corée. L'inconnu avait avoué, avec quelque satisfaction, qu'il avait été réformé à la suite d'un vague souffle au cœur et qu'il avait pu gravir les échelons dans son entreprise pendant que des garçons de son âge se battaient.

Sokolin avait commencé par accueillir ces révélations avec des lamentations de doux ivrogne. Il raconta à l'inconnu que son meilleur copain avait été tué en Corée à cause d'un autre soldat qui n'avait pas fait son devoir. L'inconnu se montra compatissant, mais cette compassion ne dut pas paraître bien sincère à Sokolin. Avant que son interlocuteur eût compris ce qui lui arrivait, Sokolin l'abreuvait d'injures, l'accusait d'être un déserteur et un embusqué, encore un de ces fumiers qui ne font pas leur devoir. L'inconnu voulut partir, mais Sokolin, pris d'une rage folle, s'empara d'une lourde chope, la brisa sur le rebord du comptoir et se jeta sur l'homme, le poignard improvisé au poing.

Il ne tua pas le malheureux embusqué, mais il lui fit passer un mauvais quart d'heure et le blessa gravement. L'attaque serait sans doute passée inaperçue et aurait été cataloguée « rixe dans un bar », si Sokolin n'avait cru bon de glapir à haute et intelligible voix, en présence d'une demi-douzaine de témoins, quelques mots maladroits, à savoir : « Je te tuerai, enfant de salaud. »

Le constat porta donc « attaque avec l'intention de donner la mort », ce qui changeait toute l'issue du procès. Sokolin était à présent passible de dix ans de détention.

Sokolin ne s'en tira pas trop mal. C'était un ancien combattant. Il n'avait jamais été condamné. Mais le juge ne pouvait tout de même pas le féliciter. Sokolin fut reconnu coupable et condamné à deux ans de détention à Castleview, aux frais de l'Etat. Là, il avait été un prisonnier modèle. Au bout d'un an de prison, il avait demandé sa mise en liberté sur parole, et on la lui avait accordée dès qu'on avait pu lui trouver un emploi fixe. Sokolin avait quitté Castleview deux mois plus tôt — le 3 avril.

Meyer Meyer décrocha le téléphone et forma le numéro du domicile de Carella. Steve répondit à la troisième sonnerie.

— J'ai eu ce que tu me demandais sur Sokolin, lui dit Meyer. L'agent est venu chercher ton bristol ?

— Il y a une demi-heure.

— Il n'est pas encore de retour. Tu dois partir à midi, hein ?

— Vers une heure, plutôt.

— Où est-ce que je peux te joindre si le labo m'apporte quelque chose ?

— Le mariage a lieu à trois heures à l'église du Sacré-Cœur, au coin de Gage Street et Ash Avenue, à Riverhead. La réception chez mes parents commence à cinq heures. C'est une garden-party.

— Quelle adresse ?

— 831, Charles Avenue.

— Vu. Tu veux le topo sur Sokolin ?

— Vas-y, je t'écoute.

Meyer y alla. Lorsqu'il eut terminé, Carella lui demanda :

— Il a été libéré sur parole, hein ? Et il est retourné travailler en Californie ?

— Non, Steve, je n'ai pas dit ça.
— Où est-il, alors ?
— Ici, tout simplement. L'offre d'emploi venait de cette ville.

3

En ce beau dimanche, quand arriva une heure et demie de l'après-midi, Antonio Carella était tout prêt à assassiner sa femme, étrangler son fils, déshériter sa fille et envoyer au diable tout le sacré foutu mariage.

Pour commencer, Tonio faisait les frais de la noce. C'était la première fois — et la dernière, Dieu merci — qu'il mariait sa fille. Quand Steve avait épousé Teddy, les parents de la mariée avaient payé les agapes. Mais cette fois, Tonio devait les allonger et il découvrait que ce mariage lui reviendrait à peu de chose près à ce que lui rapportait sa boulangerie en une année.

Les principaux voleurs — et Tonio avait presque envie de les faire arrêter par Steve — étaient les hommes qui s'intitulaient Noces et Banquets Associés.

Tonio était resté debout toute la nuit pour préparer sa fournée du dimanche, et qui plus est, dès neuf heures, Noces et Banquets Associés avaient envahi la maison de Charles Avenue et entrepris de semer la pagaille dans le jardin. La demeure des Carella à Riverhead était petite, mais elle était bâtie sur la plus grande parcelle de la rue et un long rectangle de terrain partait de derrière la maison. Tonio en était très fier. Sa vigne pouvait rivaliser avec celles de Marsala, sa ville natale. Il avait planté des figuiers qu'il entretenait avec une attention amoureuse. Et voilà que ces bandits, ces *brigandi,* piétinaient allègrement sa pelouse et traînaient des tables, des drapeaux ridicules, des auvents fleuris, des...

— Louisa ! hurla-t-il à l'attention de sa femme. Pourquoi diable n'avons-nous pas loué une salle ? Pourquoi diable il est en plein air, ce mariage ? Ça m'a bien suffi une salle, à toi aussi, à notre fils aussi, mais pas pour Angela ? Alors ces escrocs labourent ma pelouse et ils abîment ma vigne et mes figuiers ! *Pazzo ! E proprio pazzo !*

— Tais-toi, répliqua calmement Louisa. Tu vas réveiller toute la maison.

— Mais elle est déjà réveillée, la maison ! Il n'y a que toi, moi et Angela dans la maison, et elle se marie aujourd'hui !

— Les gens du traiteur vont entendre.

— Vu ce que je les paye, ils peuvent entendre !

En grommelant, il sortit dans le jardin pour surveiller les opérations, l'installation des tables, des décorations, de la piste de danse. Il découvrit que les traiteurs étaient des gens pleins d'imagination. Non seulement ils entendaient transformer le jardin en décor de cinéma pour *Le Père de la mariée* (avec moi dans le rôle-titre, songeait amèrement Antonio Carella), mais encore ils y plantaient une sirène gigantesque, sculptée dans la glace, trônant au-dessus d'un bassin également en glace à rafraîchir, destiné à contenir tout un stock de bouteilles de champagne. Tonio imaginait le soleil frappant implacablement ce monument, la sirène fondant et les bouteilles partant gaiement à la dérive.

A une heure, son fils et sa bru étaient arrivés. En général, Tonio pouvait compter sur Steve. Il avait servi dans l'Armée, il l'avait aidé la nuit à la boulangerie tout en poursuivant ses études, le genre de fils digne de confiance pour un père. Et voilà que Steve lui-même lui jouait des tours ! *San Giacinto di California !* Comme si Tonio n'avait pas assez de soucis avec les Noces et Banquets Associés qui mettaient à mal sa pelouse, et Angela qui s'agitait comme un poulet *senza testa,* Steve lui amenait trois invités non prévus ! Ce n'est pas tant la dépense supplémentaire qui le préoccupait, non, il travaillerait quatre mois de plus, voilà tout, mais il devait expliquer à Noces et Banquets Associés qu'il y aurait trois personnes de plus et qu'il faudrait modifier le plan de table. Car il avait des exigences, Steve, il avait beaucoup insisté. Il ne voulait pas s'asseoir à table avec ses amis, non. Steve tenait à ce que l'on en plaçât un ici, l'autre là. *Pazzo !* Son fils avait perdu l'esprit ! Et puis d'abord, qu'est-ce que c'était que ces amis ? L'un d'eux, le grand rouquin à la mèche blanche, était armé, Tonio l'avait bien vu quand il s'était baissé pour nouer son lacet. Il avait un gros revolver noir dans un étui sous l'aisselle. Que Steve invite ses collègues, passe encore. Mais qu'ils arrivent armés jusqu'aux dents pour assister à un paisible mariage chrétien, non.

Et puis Angela avait commencé. A une heure et quart très exactement. Elle s'était mise à sangloter comme si on la livrait aux bêtes féroces et aux satyres du monde entier. Louisa était arrivée en courant dans le jardin, tout échevelée.

— Steve, va lui parler. Dis-lui qu'elle ne doit pas avoir peur. Tu veux ? Va, va voir ta sœur.

Steve était monté. On entendait encore les pleurs d'Angela. Et Tonio resta dans le jardin avec sa belle-fille Teddy et les trois inconnus, Mr Hawes, Mr Kling et Miss Maxwell, buvant du vin doux et tout prêt à assassiner sa femme, étrangler son fils, déshériter sa fille et envoyer au diable tout le sacré foutu mariage.

Il resta tourmenté et irrité jusqu'à ce que Teddy lui prenne la main.

Alors il lui sourit, hocha la tête, pressa les mains sur son ventre et se mit à espérer — s'il vous plaît, mon Dieu — que tout se passerait bien et que lui, Antonio Carella, survivrait à cette journée.

Dans le couloir qui menait à sa chambre, Carella pouvait entendre sa sœur sangloter. Il frappa doucement et attendit.

— Qui est là ? demanda Angela d'une voix brisée.

— C'est moi, Steve.

— Qu'est-ce que tu veux ?

— Allez, Slip, ouvre-moi.

— Va-t'en, Steve.

— Tu ne peux pas me chasser. Je suis un officier de police chargé de rétablir l'ordre et la paix.

Il n'en était pas certain, mais il crut entendre un rire étouffé.

— Slip ?

— Quoi ?

— Je dois la forcer, cette porte ?

— Oh, attends une seconde.

Il entendit des pas, le bruit du verrou, mais Angela ne lui ouvrit pas la porte et les ressorts du sommier craquèrent quand elle retourna sur son lit. Il entra. Elle était allongée, la figure dans l'oreiller. Elle était en combinaison et ses cheveux tombaient en désordre sur ses épaules. Sa combinaison était relevée, si bien que l'on voyait une jarretelle bleue.

— Ta robe, dit Carella. On voit ton derrière.

— Ce n'est pas ma robe, c'est une combinaison. Et tu n'es pas obligé de regarder, dit-elle, mais elle tira sur le bas de sa combinaison.

Carella s'assit sur le rebord du lit.

— Qu'est-ce qui ne va pas ?

— Tout va très bien. Parfaitement bien.

Elle s'assit tout à coup et tourna vers son frère son regard marron, des yeux de type oriental dans un visage aux pommettes hautes, ce charme qui était la marque de fabrique des Carella, une nuance exotique qui disait les incursions arabes en Sicile dans le passé.

— Je ne veux pas me marier avec lui. Voilà le problème.

— Pourquoi donc ?

— Je ne l'aime pas.

— Oh merde, dit Carella.

— Je n'aime pas les jurons, Steve. Tu le sais. Je n'ai jamais supporté les jurons, même quand nous étions enfants. Tu as fait exprès de jurer. Pour m'embêter. Ça, et m'appeler Slip.

— C'est toi qui avais commencé.

— C'est faux. C'est toi. Parce que tu es méprisable et mauvais.

— Je te l'ai dit parce que c'était la vérité.

— Ce n'est pas bien de dire à une jeune fille de treize ans qu'elle n'est pas vraiment une fille parce qu'elle porte encore des slips en coton.

— Je t'aidais dans ton chemin vers la maturité. Tu as demandé à maman de t'acheter des culottes en nylon après ça, non ?

— Oui, et elle a refusé.

— C'était la bonne démarche.

— Tu m'as filé un complexe d'infériorité.

— Je t'ai donné un aperçu des chemins mystérieux de la condition de femme.

— Oh, merde, dit Angela, et Carella éclata de rire. Ce n'est pas drôle. Je ne veux pas me marier. Il n'y a rien que j'aime en lui. Il est encore plus ennuyeux que toi. Et il jure encore pire. Et en plus...

Elle s'arrêta.

— Stevie, j'ai peur. Stevie, je ne sais pas quoi faire. Je suis terrifiée.

— Allons, allons, il n'y a pas de quoi, tu sais, dit-il en serrant sa sœur dans ses bras et en lui caressant les cheveux.

— Mais, Steve, il a tué des gens, tu sais...

— Moi aussi.

— Je sais, mais... nous allons nous retrouver seuls cette nuit... dans un des plus grands hôtels du monde... ici, dans cette ville... et je ne connais même pas l'homme que je vais épouser. Comment puis-je lui permettre de... de...

— Tu as parlé avec maman, Slip ?

— Oui, j'ai parlé avec maman.

— Et qu'est-ce qu'elle a dit ?

— Elle a dit : « L'amour est plus fort que la peur. »

— Elle a raison.

— Je sais, mais... je ne suis pas certaine de l'aimer.

— J'ai ressenti la même chose quand je me suis marié.

— Toi, tu n'as pas eu tout le cirque de l'église.

— D'accord. Mais il y a eu une réception. Aussi éprouvant pour les nerfs.

— Steve, tu te souviens d'une nuit... j'avais seize ans, je crois. Tu étais depuis peu dans la police. Tu te souviens ? Je venais de rentrer d'un rendez-vous, et j'étais dans cette chambre avec un verre de lait avant de me coucher. Tu rentrais de ton service, tu es venu ici prendre un verre de lait avec moi. Tu te souviens ?

— Oui, je me souviens.

— Il y avait de la lumière chez le vieux Birnbaum. On la voyait par la fenêtre.

La maison de Joseph Birnbaum, voisin et ami de quarante ans, était juste derrière le jardin des Carella. Il se souvenait très clairement de cette nuit de printemps, du bourdonnement des insectes, de la lumière à l'étage chez Birnbaum, le croissant de lune qui se montrait par-dessus le toit de sa maison.

— Je t'ai raconté ce qui m'était arrivé ce soir-là. A propos... à propos du garçon avec qui j'étais sortie et... et ce qu'il avait essayé de me faire.

— Je me souviens, oui.

— Je n'en ai jamais parlé à maman. Tu es le seul. Et je t'ai demandé si... si tous les garçons avec lesquels je sortirais agiraient ainsi. Je voulais savoir ce qu'il fallait faire, comment je devais me comporter. Tu te souviens de ce que tu m'as répondu ?

— Oui.

— Tu m'as répondu d'agir selon mes sentiments. Tu as dit que je saurais ce qui est bien. Steve... je n'ai jamais...

— Tu veux que j'aille chercher maman, mon chou ?

— Non, c'est à toi que je veux parler. Je ne sais pas comment faire pour cette nuit. Je sais que c'est complètement idiot, j'ai vingt-trois ans, je devrais, mais non, et je suis terrifiée à l'idée de perdre son amour, qu'il puisse être déçu, que...

— Chut, chut. Allons. Qu'est-ce que tu veux ?

— Je veux que tu me dises.

Il la regarda dans les yeux et prit ses mains dans les siennes.

— Je ne peux pas, Slip.

— Pourquoi ?

— Parce que tu n'es plus un bébé en culotte de coton, tu n'es plus une petite fille troublée par son premier baiser. Tu es une femme, Angela. Et il n'y a pas un homme sur terre qui puisse donner des instructions sur l'amour à une femme. Je ne crois pas que tu en aies besoin, mon chou. Je ne crois vraiment pas.

— Tu crois que... ça va bien se passer ?

— Je crois que ce sera formidable. Mais je crois aussi que tu ferais mieux de t'habiller, sous peine de rater ton propre mariage.

Elle acquiesça avec humeur.

— Allons, dit-il, et on n'aura jamais vu plus jolie jeune mariée dans le quartier.

Il la prit dans ses bras, puis il se leva et se dirigea vers la porte.

— Est-ce que... est-ce que Teddy avait peur ? demanda Angela.

— Laisse-moi te donner un conseil de grand frère. Je ne te dirai pas si Teddy avait peur, si elle était troublée, si elle était vierge, ou quoi que ce soit. Je ne te le dirai pas parce que le mariage est une affaire privée, Angela, que l'on construit sur la confiance plus que sur toute autre chose. Et quoi qu'il puisse arriver entre Tommy et toi

— cette nuit ou plus tard — lui et toi serez les seuls à le savoir. C'est une des choses qui peuvent faire peur, dans le mariage, mais c'est aussi une des plus rassurantes.

Il revint sur ses pas et lui prit à nouveau les mains.

— Ne t'inquiète pas, Angela. Il t'aime tant qu'il en frissonne. Il t'aime vraiment, mon chou. C'est quelqu'un de bien. Tu as fait le bon choix.

— Je l'aime aussi, Steve, mais...

— Il n'y a pas de mais. Qu'est-ce que tu veux, bon sang ? La garantie écrite que la vie n'est qu'une partie de plaisir ? Eh bien, ce n'est pas le cas. Mais tu es bien partie. Tu vas voir, tout ira bien.

— D'accord, dit-elle en hochant vigoureusement la tête.

— Maintenant tu t'habilles ?

— Oui.

— Bien.

— D'accord, reprit-elle avec emphase. Mais je pense que tu es un salaud de ne pas m'avoir donné un seul conseil.

— Je ne suis pas un salaud. Je suis un frère aimant.

— Je me sens mieux, Steve. Merci.

— De quoi ? Habille-toi. Ta jarretelle bleue est très jolie.

— Va au diable !

Elle ferma la porte en gloussant.

Le jeune homme s'appelait Ben Darcy.

Il avait vingt-six ans, des yeux bleus et un sourire charmeur. Vêtu d'un costume bleu, il traversa la pelouse à grandes enjambées et s'approcha de la véranda où Tonio Carella était assis avec ses invités.

— Bonjour, Mr Carella, dit-il aimablement. Que d'allées et venues dans le jardin ! Comment vous sentez-vous ?

— Hon-hon, grogna Tonio. Vous êtes en avance, Ben. La réception est à cinq heures.

— Mais la cérémonie a lieu à trois heures. Vous ne pensiez pas que j'allais manquer le mariage d'Angela ?

— J'ai comme une idée qu'elle va le manquer elle-même... Vous connaissez ma belle-fille, Teddy ? Teddy, voici Ben Darcy.

— Je crois que nous nous connaissons, madame, dit Ben.

Teddy lui tendit la main. Son dos la faisait atrocement souffrir. Elle aurait aimé demander une chaise plus haute mais elle savait que Tonio lui avait donné le meilleur fauteuil et elle craignait de le désobliger.

— Et voici des amis de mon fils, poursuivit Tonio. Miss Maxwell, Mr Kling et Mr Hawes. Ben Darcy.

— Appelez-moi Ben, dit le garçon en serrant les mains tendues. Il y a si longtemps que je connais les Carella que je fais presque partie de la famille. Mr Carella, il n'y a rien que je puisse faire, pour aider ?

— Rien. Vous écarter du chemin de ces vandales qui me ruinent.

— Ne l'écoutez pas, il est riche comme Crésus, dit Ben en riant.

— C'est ça, c'est ça.

— Quand nous étions petits, il nous donnait des petits pains, derrière la boulangerie. Et puis il est devenu près de ses sous. Plus de petits pains.

— C'était devenu une antenne de l'Armée du Salut, ici, dit Antonio. Un jour, j'ai fait le compte : je donnais cinq cents petits pains par semaine à ces garnements ! Je me suis dit que c'était leurs parents qui les envoyaient sucer le sang d'Antonio Carella. Terminé, les petits pains ! Fini ! On paye ! On ne fait pas crédit !

— Il continuait quand même, ajouta Ben avec chaleur. Il suffisait de lui raconter une histoire triste, et Tonio Carella se mettait à chialer. Si l'histoire était vraiment bonne, il vous donnait toute la boulangerie.

— C'est ça, c'est ça. La fondation Rockefeller, c'est moi. Si je travaille, c'est uniquement par hygiène.

Ben acquiesça, le sourire aux lèvres.

— Et ces messieurs, ils sont dans la boulangerie aussi ?

Kling hésita et regarda Hawes. Avec sa chevelure flamboyante et sa mèche blanche, Cotton ne ressemblait guère à un boulanger. Il comprit l'hésitation de Bert et répondit simplement :

— Non, nous ne sommes pas boulangers.

— C'est vrai, vous êtes des amis de Steve. Vous êtes peut-être de la police ?

— Nous ? répondit Hawes en riant. Grands dieux non !

Christine et Teddy l'observèrent avec curiosité, mais sans trahir leur étonnement. Sans se troubler, Hawes poursuivit :

— Nous sommes des imprésarios. Hawes et Kling. Vous n'avez pas entendu parler de nous ?

— Non, je vous l'avoue.

— Miss Maxwell est une de nos clientes. Nous allons faire une grande vedette de cette jeune fille, oui, monsieur.

— Ah, vraiment ? Et que faites-vous, Miss Maxwell ?

— Je... commença Christine.

— Elle est danseuse exotique, déclara Hawes, et Christine lui jeta un regard courroucé. Elle fait du strip-tease, poursuivit-il imperturbablement. Nous aurions aimé qu'elle nous fasse son numéro cet après-midi et qu'elle jaillisse du gâteau, mais Mr Carella estime que ce ne serait pas une bonne idée.

Tonio Carella éclata de rire. Ben Darcy ne parut pas très convaincu.

— Hawes et Kling, répéta Cotton. Si jamais vous voulez monter sur les planches, faites-nous signe.

— Merci, mais je ne crois pas que l'occasion se présente. Je fais mes études de dentiste.

— C'est une noble profession, dit Hawes, mais elle n'a pas le prestige du monde du spectacle.

— Oh, les dents, ça peut être passionnant.

— J'en suis sûr, répondit Hawes, mais rien n'est comparable à la fièvre d'un soir de première ! Ah, le show-business...

— Peut-être avez-vous raison, mais je suis content d'étudier la médecine dentaire. C'est Angela qui m'a encouragé la première dans cette voie, vous savez.

— Vraiment ? dit Hawes.

— Oui. Je sortais beaucoup avec Angela. C'est rien de le dire. Elle devait avoir dix-sept ans lors de notre premier rendez-vous et j'ai campé sur le pas de la porte les cinq années suivantes. Pas vrai, Mr Carella ?

— Oui, une sangsue.

— Une fille merveilleuse. Ah, Tommy a bien de la chance ! Il n'y a pas beaucoup de filles comme Angela, ça non.

La porte de la cuisine claqua et Steve parut sur le perron. Son père se tourna vers lui.

— C'est passé ? Comment elle va ?

— Bien.

— Ah là là, les femmes ! soupira Tonio.

— Tiens, Ben, comment allez-vous ?

— Bien, merci, et vous ?

— Comme ci, comme ça. Vous êtes en avance, on dirait.

— J'étais sorti faire un tour, et je me suis dit que je pourrais peut-être donner un coup de main. Angela va bien ?

— Très bien.

— Tout a l'air d'aller du côté de chez Tommy, dit Ben. La limousine est déjà devant chez lui, je l'ai vue en passant.

— Diable, il faudrait que je me mette en route. Teddy chérie, Bert et moi monterons dans la voiture avec Tommy. Ça ne te fait rien ?

Teddy le regarda attentivement. Privée de l'ouïe et de la parole, elle se servait de son visage comme moyen d'expression. Steve s'était attendu à lire de la déception dans son regard mais il n'y vit que de la perplexité. Il comprit qu'elle ne l'avait pas « entendu ». En effet, il se tenait derrière elle, et elle n'avait pu lire ses paroles sur ses lèvres. Il s'accroupit à côté de son fauteuil.

— Bert et moi irons à l'église dans la voiture de Tommy. Ça ne te fait rien ?

Elle ne parut ni déçue ni fâchée. La perplexité demeura dans ses yeux, mais il s'y ajouta une expression soupçonneuse. Steve comprit qu'il n'avait pu duper sa femme. Il ne lui avait rien dit de l'incident de l'araignée, mais Teddy Carella, enfermée dans son univers de silence, avait des antennes. La présence de Kling et de Hawes dépassait le cadre des mondanités. Ils étaient là en tant que policiers, non comme invités.

— Je te retrouverai à l'église, reprit Steve. Tu vas bien ?

Teddy inclina la tête. Elle avait toujours mal aux reins, mais elle sentait que son mari avait bien autre chose en tête que les malaises d'une femme enceinte. Elle lui dédia son plus beau sourire, un sourire radieux. Carella lui prit la main et la baisa.

— Allez, Bert, dit-il en se relevant. On y va.

4

Une grande Cadillac noire stationnait dans l'allée, devant la maison de Giordano, près du garage, quand Carella et Kling arrivèrent. Le chauffeur n'était nulle part en vue.

Tout en remontant l'allée, Kling dit à Steve :

— Moi, je pense que c'est une blague. Je crois que nous nous faisons bien du souci pour rien.

— Peut-être... Mais les précautions n'ont jamais fait de mal à personne.

— Sans doute. Malgré tout, j'ai l'impression que Cotton préférerait être seul avec sa blonde. Mais quand on est dans le théâtre...

— Hein ? dit Steve.

A ce moment, Tommy leur ouvrit.

— Ah, Steve, tu arrives à point. Tu sais faire un nœud de cravate ? Il y a une demi-heure que je me bats avec ce satané machin. Entre donc.

Il jeta un regard curieux à Kling.

— Bert Kling, dit Carella. Tommy Giordano, mon futur beau-frère. Bert est un de nos hommes, Tommy.

— Ah ! Ah bon. Entrez tous les deux. Tu sais, Steve, je commence à me sentir idiot. C'est sûrement une blague.

— Blague ou pas, Bert et un autre de mes copains assisteront au mariage et à la réception.

— Tu es gentil, Steve. Mais je t'assure, j'ai réfléchi et je suis persuadé que c'est une farce de mauvais goût. Enfin, venez dans la chambre.

Ils suivirent Tommy dans la maison. Une fois dans sa chambre, Tommy tendit une cravate à Steve.

— Tiens, vois un peu si tu sais te débrouiller avec ça.

Il se planta devant Carella et leva le menton. Tout en nouant la cravate, Steve lui dit :

— J'ai eu des renseignements sur Sokolin.

— Ah oui ?

— Je ne veux pas que tu t'inquiètes, mais il est en ville. Il est sorti de prison en avril.

— Ah !

— Tu crois toujours que c'est une blague ?

— Ma foi, j'en sais rien. Tu penses qu'un type ruminerait une vengeance qui remonte à la Corée ? Une vengeance qui n'a même pas de...

— Vous étiez en Corée ? dit Kling.

— Oui, et vous ?

— Oui.

— Et maintenant vous êtes dans la police ?

— Oui, et vous ?

— Je travaille dans une banque. J'apprends à être cadre. Ce n'est pas vraiment ce que j'aimerais faire.

— Et que voulez-vous faire ?

— Commentateur de base-ball. J'étais plutôt bon joueur. Je connais bien le jeu.

Il se tourna vers Carella.

— Tu n'as pas vu Jonesy en bas ?

— Qui ça ? Là, ça y est.

— Jonesy. Mon garçon d'honneur, mon témoin, quoi. Mon meilleur copain, aussi. Il est descendu prendre l'air, il y a une demi-heure.

— Il était en queue-de-pie ?

— Oui.

— Tu n'as vu personne en habit, Bert ?

— Non.

— Il reviendra bien, dit Tommy. Bon Dieu, j'espère qu'il n'a pas oublié l'alliance. Quelle heure est-il, Steve ?

— Deux heures. Nous avons encore une heure. Ne t'énerve pas comme ça.

— Tu sais, faut que j'arrive un peu en avance. Je dois attendre à la sacristie. Paraît que je ne dois pas voir la fiancée avant qu'elle arrive à l'autel au bras de son père. Dis donc, Steve, ta mère, c'est un cas.

— Qu'est-ce qu'elle a fait ?

— Note que je ne me plains pas. Mais je suis passé chez toi tout à l'heure et elle n'a même pas voulu que je parle à Angela. Elle exagère !

— Angela était en train de s'habiller.

— Oui ? s'écria Tommy, soudain illuminé. Comment est-elle ? Elle est belle, hein ?

— Merveilleuse.

— Bien sûr. Elle a le trac ?

— Oui.

— Moi aussi. Vous voulez du café ?

— Non.

— Un petit verre ?

— Non. Tu ne veux rien savoir sur Sokolin ?

— Sokolin ? Qui... Ah, oui. Oui, naturellement. Bien sûr, dit Tommy en tirant sur les revers de son habit. Dis donc, comment tu me trouves ? Y a rien qui cloche ? Je suis bien rasé ? Ma cravate est droite ?

— Parfaite.

— Bon, eh bien, je suis prêt. Il me semble qu'on pourrait y aller. Il est plus de deux heures, non ? On y va ?

— Il me semble que tu oublies quelque chose, Tommy, dit Steve.

— Ah oui ? Quoi donc ?

— Ton pantalon.

Tommy baissa les yeux sur ses jambes velues.

— Oh, Dieu du ciel ! Doux Jésus ! Bon sang de bois. Ah, ce que je suis content que tu sois là. C'est pas croyable !

Il ôta son habit et alla prendre son pantalon dans la penderie.

— Qu'est-ce que tu me disais ? Ah, Sokolin. Je t'écoute.

— Il a fait un an de prison parce qu'il s'est bagarré dans un bar au sujet de son copain mort en Corée.

— Ça sent mauvais.

— Ça empeste. Je suppose qu'il ne te porte pas dans son cœur.

La sonnette de l'entrée retentit. Tommy, tout en ajustant ses bretelles, demanda à Steve :

— Tu veux aller ouvrir ? Ça doit être Jonesy.

Carella descendit et se trouva en présence d'un garçon de l'âge de Tommy, grand, large d'épaules et long de jambes. Il avait des cheveux châtains coupés ras et des yeux gris pétillants d'excitation. En voyant Carella en smoking, comme lui, il sourit :

— Ah, garçon d'honneur aussi ?

— Non, Steve Carella. Le frère de la mariée.

— Sam Jones. Témoin du marié. Appelez-moi Jonesy. Où est le héros du jour ?

— Il s'habille. Avec nervosité.

— Y a de quoi. Moi, j'ai dû aller faire un tour. Il me rendait dingue.

Ils montèrent tous deux dans la chambre où Tommy achevait de s'habiller.

— Dis donc, figure-toi que j'allais sortir sans mon pantalon ! s'écria Tommy.

— M'étonne pas de toi.

— Tiens, tu as de la terre sur le tien. Aux genoux.

— Quoi ? Ah, merde, c'est vrai. J'ai buté sur les marches tout à l'heure et je me suis étalé. T'as pas une brosse ?

— Sur la commode. Tu as l'alliance ?

— Oui.

— Fais voir ?

— Je te dis que je l'ai.

— Fais voir quand même.

Jonesy arrêta son brossage et glissa deux doigts dans la poche de son gilet.

— Tiens, la voilà.

— Bon. Alors, nous sommes prêts. J'ai mes souliers ? Oui.

— Calme-toi un peu ! Il était comme ça quand on jouait au baseball. On ne fait pas plus nerveux. Je connais cet oiseau-là depuis l'âge de trois ans, vous vous rendez compte ?

— Et on ne s'est jamais quittés, reprit Tommy. Sauf pendant le coup de la Corée. Jonesy l'a raté à cause d'un mauvais genou. Une feinte, bien sûr.

— Non, mais, écoutez-le ! Je me demande pourquoi je l'aime bien, ce salaud-là, s'écria Jones en riant.

— Cause toujours. Tu ne sais pas, Steve, Jonesy et moi nous avons des testaments mutuels.

— Des testaments mutuels, qu'est-ce que tu entends par là ?

— On les a fait établir dès que j'ai été démobilisé. C'est le fils de Birnbaum qui les a faits. Birnbaum et sa femme étaient témoins. Tu te souviens, Jonesy ?

— Diable. Mais tu ferais bien de changer le tien, à présent. Dans quelques heures, tu seras marié.

— C'est juste.

— Qu'entendez-vous par testaments mutuels ? répéta Carella.

— Ben, mutuels, quoi. Si je meurs, tout ce que j'ai va à Jonesy et si Jonesy meurt le premier, c'est moi qui hérite.

— Oui, mais il va falloir en changer, répéta Jones.

— Bien sûr. Dès que nous serons revenus du voyage de noces. Forcément. Tu te souviens, Birnbaum disait que nous étions cinglés de faire des testaments, à nos âges. Sa femme — que Dieu ait son âme — hochait la tête. Elle n'y comprenait rien. Au fait, qu'est-ce qu'il est devenu, son avocat de fils ?

— Il est dans l'Ouest. A Denver ou je ne sais où. Paraît qu'il a réussi.

— Pauvre Birnbaum. Il est bien seul, à présent...

Tommy se mit au garde-à-vous devant Steve.

— Pantalon, cravate, souliers, toul y est. Je peux y aller ?

— Tu cs beau comme un astre, dit Jonesy.

— Alors, on y va. Oups, j'oubliais mes cigarettes. Tu as l'alliance ?

— Je l'ai.

— Regarde voir.

Jonesy vérifia.

— Elle n'a pas bougé.

— Allons. Quelle heure est-il ?

— Deux heures vingt, dit Carella.

— Bon. Nous serons un peu en avance, mais ça ne fait rien. Allez, filons.

Ils sortirent de la maison et Tommy referma la porte à double tour. Ils se dirigèrent vers la voiture, solennellement, comme s'ils suivaient un enterrement.

— Où est le chauffeur ? demanda Tommy.

— Je lui ai dit qu'il avait le temps d'aller boire un café, répondit Jonesy. Il ne devrait pas tarder.

— Le voilà, dit Kling.

En effet, le chauffeur arrivait, un petit homme grassouillet, boudiné dans l'uniforme noir de l'entreprise de location de voitures de cérémonie.

— Vous êtes prêts ? demanda-t-il.

— Prêts, répondit Tommy. Ne perdons pas de temps.

Ils montèrent tous dans la limousine et le chauffeur commença sa marche arrière.

— Une seconde ! s'écria Tommy. Qu'est-ce que c'est que ça, qui brille ? Là, dans l'allée.

— Je ne vois rien.

— Tu as l'alliance, Jonesy ?

Jonesy tâta sa poche de gilet.

— Oui, elle est là.

— Il m'avait semblé voir briller quelque chose. Bon, filons. Filons vite.

Le chauffeur termina sa marche arrière et braqua prudemment dans les rues ombragées. Le soleil brillait dans un ciel sans nuage. C'était vraiment une journée magnifique.

— Vous ne pouvez pas aller plus vite ? dit Tommy.

— Calme-toi, conseilla Jonesy.

— Nous avons bien le temps, ajouta le chauffeur.

En haut de la côte, il dut s'arrêter pour un feu rouge. Tommy trépignait d'impatience.

— Vous tournerez à gauche en bas de la côte. L'église est sur la gauche, dit Tommy.

— Je sais.

— Ah, zut ! s'exclama soudain Jonesy.

— Qu'est-ce qu'il y a ?

— Les cigarettes. J'ai oublié d'en prendre.

— Mais j'en ai, dit Tommy.

— J'aime mieux les miennes. Bougez pas, il y a un tabac, j'y vais. Filez, je vous rejoindrai à pied. Ce n'est pas loin.

Jonesy sauta à terre et claqua la portière.

— Ne te perds pas, lui cria Tommy.

— T'en fais donc pas.

Jonesy disparut dans la boutique et Tommy se pencha vers le chauffeur.

— Le feu est vert. Qu'est-ce qu'on attend ?

Le chauffeur accéléra légèrement et se mit à dévaler la pente abrupte. La descente était longue et se terminait à angle droit, après un croisement. Un mur de pierre bouchait la rue, et dissimulait un véritable précipice. Le mur était peint de bandes alternées jaunes et noires et, précaution supplémentaire, un énorme clignotant placé au milieu du mur illuminait une pancarte où l'on pouvait lire en lettres immenses : DANGER. Depuis que la rue existait, un seul automobiliste avait traversé le mur et s'était écrasé en bas du précipice. On avait appris à l'autopsie qu'il était ivre. Mais cet accident avait suffi pour motiver le clignotant, la pancarte et les bandes menaçantes.

La limousine prenait de la vitesse. Tommy conseilla au chauffeur :

— Doucement. Il y a un sale tournant au bas de la côte.

— Mon petit monsieur, répondit le chauffeur, ça fait vingt ans que je conduis. Je n'ai jamais raté un mariage et je n'ai jamais eu d'accident.

— Oui, mais il y a un sacré précipice derrière ce mur. Un gars s'y est tué.

— Je sais. Vous en faites pas. Je ne vais pas vous tuer. Et d'ailleurs, quand vous aurez comme moi quinze ans de mariage derrière vous, vous regretterez peut-être de ne pas avoir eu d'accident le jour de vos noces.

La voiture se ruait vers le bas de la côte et le virage. Le clignotant clignotait. Ses deux mains puissantes crispées sur le volant, le chauffeur donna un coup de volant à gauche.

Il y eut un craquement sinistre et la voiture frémit. Mais elle ne tourna pas.

D'une voix sourde, nouée par l'angoisse, le chauffeur murmura :

— Nom de Dieu, elle braque pas !

5

Les passants virent filer en trombe un véhicule aux roues curieusement divergentes, qui fonçait vers le bas de la côte, vers le trottoir, vers le précipice et le mur.

Dans la voiture, les trois passagers comprirent simplement que, pour une raison inconnue, le chauffeur ne pouvait pas braquer. Ils le voyaient tourner son volant à droite et à gauche, sans résultat. Son pied s'abattit sur la pédale du frein. Dans un crissement strident, la voiture fit un tête-à-queue et ses roues arrière franchirent brutalement la bordure du trottoir, entraînant le véhicule vers le mur.

— Cramponnez-vous ! cria Steve Carella.

Le choc fut moins violent qu'ils ne l'auraient cru. Ils comprirent qu'un obstacle les avait empêchés de s'écraser contre le mur et furent stupéfaits de voir que cet obstacle n'était autre qu'un réverbère.

La voiture buta contre le massif lampadaire de fer, décrivit encore un arc de cercle, rebondit contre le bord du trottoir et finit par s'immobiliser dans un grincement de freins assourdissant.

Tous les passagers se taisaient. Le chauffeur fut le premier à retrouver sa voix.

— Mince, dit-il.

Un par un, ils descendirent de l'auto. Kling s'était cogné la tête mais, à part ça, ils étaient tous indemnes. La voiture, en revanche, faisait peine à voir. Tout le côté droit, qui s'était écrasé contre le réverbère, était défoncé. Déjà, une petite foule s'assemblait. Un agent arriva, en jouant des coudes. Le chauffeur de la Cadillac essaya de lui expliquer ce qui s'était passé.

Carella, lui, alla caresser le réverbère.

— Nous pouvons nous mettre à genoux pour embrasser ce beau bébé, dit-il, sans lui...

Il alla se pencher par-dessus le mur de pierre et s'épongea le front.

— Qu'est-ce qui a bien pu se passer, bon Dieu ? demanda Kling.

— Je ne sais pas. Viens.

Ils s'approchèrent de l'agent et du chauffeur, accroupis devant le capot, et ils attendirent.

— Pas de doute, dit le chauffeur. C'est ça.

— Ouais, répondit l'agent. On peut dire que vous avez eu de la chance de rencontrer le réverbère. Y a un type qui s'est tué, là, un jour. Vous le saviez ?

— Qu'est-ce que c'est ? demanda Carella.

— La barre de direction, répondit le chauffeur. Elle a pété.

— C'est plus grave que ça, à mon avis, intervint l'agent.

— Comment ça ?

— On dirait que quelqu'un s'est attaqué à la barre avec une scie à métaux.

A trois heures pile, Tommy Giordano et son garçon d'honneur sortirent de la sacristie du Sacré-Cœur et marchèrent vers l'autel. Tommy chuchota une dernière fois :

— Tu as l'alliance ?

— Je l'ai.

Angela, resplendissante dans sa robe blanche, pénétra dans l'église au bras de son père. Elle était blême sous son voile.

Steve et Teddy Carella, avec Bert Kling, étaient assis du côté de la famille de la mariée. De l'autre côté, avec les amis du marié, il y avait Hawes et Christine Maxwell. L'orgue résonna sous les voûtes de pierre de l'église. Un photographe, qui avait déjà pris un cliché d'Angela descendant de voiture, la saisit quand elle gravit les marches de l'église, puis quand elle commença à remonter l'allée centrale, et, avec l'agilité d'un singe, il se faufila vers l'autel.

Louisa Carella se mit à pleurer. Teddy prit la main de sa belle-mère, puis elle la lâcha pour sécher ses propres larmes.

— Comme elle est belle, murmura Louisa.

L'orgue éclata et couvrit la joyeuse rumeur, les « Ooh » et les « Aah » qui accompagnaient la progression royale de la mariée dans l'allée centrale. Le flash du photographe crépitait. Sa fille à son bras, Tonio Carella, tête haute, avançait avec toute la dignité d'un monarque à son couronnement, certain que le clignement nerveux de son œil gauche échapperait à l'attention de chacun. Et, assis à côté de sa femme, Steve Carella se mordait la lèvre, fronçait le sourcil et réfléchissait.

Quelqu'un a scié la barre de direction. Il ne s'agit plus d'une plaisanterie de mauvais goût. Ça devient sérieux.

Angela gravit les marches de l'autel. Tommy lui sourit et elle lui rendit son sourire, en baissant les yeux sous son voile.

Et celui qui a fait ça n'ignorait pas la descente abrupte et le virage à angle droit. Celui qui a scié la barre de direction l'a fait de façon qu'elle craque précisément au virage.

Tonio Carella alla s'asseoir dans le chœur à côté de sa femme et les jeunes fiancés se tournèrent vers le prêtre. L'orgue se tut brusquement.

Tommy a vu briller quelque chose dans son allée. De menus copeaux métalliques, sans doute. La barre de direction n'est pas tellement grosse. Une scie à métaux aurait eu vite fait de l'entamer. Et Sam Jones a fait une promenade d'une demi-heure. Et Sam Jones avait de la terre sur son pantalon. Et c'est Sam Jones qui a permis au chauffeur d'aller prendre un café.

Le prêtre récita une oraison, puis il bénit les fiancés. Tommy transpirait. Sous le tulle, les lèvres d'Angela tremblaient. La cérémonie se déroulait dans le silence. Steve Carella entendait à peine les demandes et les réponses.

— ... pour le meilleur et pour le pire, jusqu'à ce que la mort vous sépare ?

— Oui, souffla Angela.

Et c'est Sam Jones qui a pris soin de quitter la voiture pour aller acheter des cigarettes. Juste avant l'accident. Sam Jones, encore, le meilleur ami de Tommy, qui doit hériter toute la fortune de Tommy. Sam Jones.

— Je vous déclare unis par les liens du mariage.

Le prêtre bénissait à présent le jeune couple. Louisa Carella sanglota de plus belle, déclara « maintenant, j'ai deux filles mariées » en saisissant les mains de Teddy et en les embrassant avec ferveur. Tommy souleva le voile de son épouse et posa un baiser timide sur ses lèvres. L'orgue reprit. Angela prit le bras de son mari et ils repassèrent lentement entre les deux rangées d'invités, tandis que le photographe immortalisait cet instant décisif.

Dans la sacristie, le téléphone sonna.

La chaisière fit entrer Steve dans la petite pièce. Le prêtre, toujours en habits sacerdotaux, sourit en le voyant.

— Il fallait un mariage pour vous amener à l'église, Steve. Mais je n'aurais jamais pensé qu'un coup de téléphone vous ferait pénétrer dans la sacristie.

— Je ne discute jamais de politique ni de religion, répondit Steve en riant. C'est la boîte qui me demande, mon père ?

— Un certain Meyer Meyer.

— Merci. Allô, Meyer ?

— Salut, mon vieux. Ça va, le mariage ?

— Pas encore question de divorce.

— J'ai poursuivi mon enquête sur le dénommé Sokolin, Steve. Ça t'intéresse toujours ?

— Et comment !

— Bon. Je me suis entretenu avec les autorités de la prison, qui le surveillent. Rien à dire. Il a mené une vie exemplaire, comme vendeur dans un grand magasin. Mais il a déménagé, il y a quinze jours. Il a quitté Isola pour Riverhead. J'ai son adresse, Steve. D'après le plan, il me semble qu'il habite maintenant à quinze cents mètres à peine de chez ton père.

Carella réfléchit un instant avant de répondre.

— Meyer, tu veux me rendre un service ? Nous avons eu en venant un accident qui me paraît tout ce qu'il y a de foireux. Veux-tu tâcher de me faire ramasser ce foutu Sokolin ? Je me sentirais bien plus tranquille, nom de Dieu.

Carella se rappela soudain qu'il était dans une église et il jeta un regard gêné au prêtre.

— D'accord, dit Meyer. C'est un peu calme, par ici. Je vais y aller moi-même.

— Tu me préviendras quand tu lui auras mis la main dessus. Maintenant, nous allons tous chez le photographe, mais dans une heure, je serai chez mon père. Tu pourras me joindre là-bas.

— D'accord. Embrasse la mariée pour moi.

— Je n'y manquerai pas. Merci, Meyer.

Steve raccrocha. Le vieux curé le regarda.

— Des ennuis, Steve ?

— Rien de grave.

— Non ? Malgré un accident qui, pour vous citer, était tout ce qu'il y a de foireux ?

Steve Carella se mit à rire.

— Monsieur le curé, ce n'est pas parce que je suis dans votre église que vous allez réussir à me confesser. C'était une bien belle cérémonie. Je vous remercie, mon père.

Les deux hommes se serrèrent la main et Steve rejoignit le reste de la noce qui attendait sur le parvis. Il s'approcha de Kling qui tenait compagnie à Teddy.

— C'était Meyer. Je lui ai dit de faire ramasser Sokolin. Je crois que c'est prudent, non ?

— Peut-être.

Carella regarda autour de lui.

— Où est notre ami Jonesy ?

— Il est déjà parti.

— Ah !

— Si tu penses ce que je pense, ne t'en fais pas. Cotton est parti sur ses talons.

— Parfait, dit Carella en prenant le bras de sa femme. Chérie, tu as une mine épouvantable. Viens, tu vas monter dans cette somptueuse Cadillac climatisée. Quand je serai directeur de la police, je t'en payerai une toute pareille.

Ben Darcy et Sam Jones bavardaient avec les organisateurs de Noces et Banquets quand Hawes et Christine descendirent d'un taxi devant la maison. Ils se hâtèrent vers le jardin. A l'extrémité de la pelouse, devant la haie qui séparait la propriété des Carella de celle de Birnbaum, on achevait d'édifier un grand échafaudage.

Jonesy se tut en voyant arriver Christine Maxwell. Dans une robe de mousseline de soie bleu glacier, elle s'avançait, toute froufroutante, au bras de Cotton Hawes. Jonesy ne put dissimuler son admiration. Sans quitter Christine des yeux, il s'approcha.

— Je ne crois pas que nous ayons été présentés. Je m'appelle Sam Jones, mais tout le monde m'appelle Jonesy.

— Cotton Hawes, dit Hawes. Je vous présente Miss Maxwell.

— Enchanté, dit Jonesy, et il ajouta avec un peu de retard : Enchanté de vous connaître tous les deux.

— Qu'est-ce que c'est que cette horreur ? demanda Hawes en levant les yeux vers l'échafaudage.

— C'est pour le feu d'artifice, expliqua un des charpentiers.

— On dirait une rampe de lancement pour aller sur la Lune. Vous allez lancer des fusées ou des missiles ?

— De simples fusées, répondit l'ouvrier sans rire.

— Quand ça ?

— A la nuit tombée. Ça va être un beau mariage, y a pas.

— Angela le mérite bien, observa Darcy.

— Et Tommy aussi, ajouta Jonesy en souriant à Christine. Vous avez vu la sirène, Miss Maxwell ? Venez donc, je vais vous la montrer. Ils ont déjà rempli le bassin de bouteilles de champagne. C'est fantastique.

Christine hésita et regarda Hawes.

— Je suis sûr que Mr Hawes le permet, dit Jonesy. Venez donc.

Il entraîna Christine, sous l'œil courroucé de Cotton Hawes. C'était très joli de venir dépanner un copain en jouant les gardes du corps, mais du diable s'il allait permettre qu'on lui enlève Christine sous son nez. Il allait la suivre quand une voix s'éleva à ses côtés.

— Bon sang, qu'est-ce que c'est que ça ?

Hawes se retourna. Il vit un petit bonhomme fluet, au crâne dégarni frangé de cheveux blancs, aux yeux bleus rieurs, qui contemplait l'échafaudage avec stupéfaction.

— Je suis Birnbaum, dit-il. Le voisin. Et vous, qui êtes-vous ?

— Cotton Hawes.

Ils se serrèrent la main.

— Cotton. Un prénom inhabituel. On vous a prénommé ainsi pour Cotton Mather, le pasteur puritain ?

— Oui.

— Je vous avoue que je n'ai pas beaucoup de religion.

— Moi non plus.

— Vous assistiez à la cérémonie ?

— Oui.

— Moi aussi. C'était la première fois de ma vie que j'entrais dans une église catholique. Entre nous, c'est de la blague.

— Quoi donc ?

— *Bubemeiseh.* Ce qu'on raconte. Que les murs s'écroulent si un Juif entre dans une église. J'y suis entré et rien ne s'est passé. Dieu merci. Elle était belle, hein ?

— Angela ?

— Oui. Quelle belle jeune fille ! Je n'ai jamais eu de fille. J'ai un garçon, qui est avocat à Denver. Ma femme, la pauvre âme, est morte il y a trois ans. Je suis seul au monde. Birnbaum. Le voisin. Enfin, je suis un voisin.

— Un bon voisin est une bénédiction du ciel, dit Hawes qui se sentait irrésistiblement attiré vers ce petit vieux sympathique.

— Eh oui. A part être voisin, je suis épicier. Là, dans la rue. L'épicerie Birnbaum. Et j'habite cette maison, que vous voyez derrière les arbres. Ça fait quarante ans que j'y suis et quand j'ai emménagé, c'est tout juste si les gens du quartier ne croyaient pas que les Juifs mangeaient les petits enfants. Dieu merci, les temps ont changé... Je les ai connus tout gosses, Tommy et Angela. Deux bons petits. Angela, je l'aime comme ma fille. Je n'ai pas eu de fille, vous savez. Ainsi, Tonio fait tirer un feu d'artifice. Eh bien ! Enfin, j'espère que je vivrai jusqu'au bout. Quelle noce ! Mon smoking me va bien ?

— Très bien.

— Je ne pouvais pas faire moins que de louer un smoking pour le mariage de la fille de Tonio. Il est un peu serré aux entournures, non ?

— Pas du tout. Il vous va très bien.

— Que voulez-vous, pas assez d'exercice. Je me laisse vivre. J'ai deux employés dans ma boutique, maintenant. On a un peu de mal, à cause du supermarché, mais on se débrouille, regardez comme je deviens gras. Et vous, qu'est-ce que vous faites dans la vie ?

Hawes s'en tint à son mensonge. Si quelqu'un cherchait à abattre Tommy Giordano, mieux valait taire son métier de policier.

— Je suis imprésario.

— C'est un bon métier. Et Miss Maxwell ? Elle fait du théâtre ?

— Oui. Elle danse.

— Je m'en serais douté. Superbe fille. Mais il faut dire que j'ai un faible pour les blondes. Tiens, ce n'est pas le cas de Jonesy, il l'a laissée tomber.

Hawes se retourna. Christine revenait vers eux. Seule. Jonesy avait disparu. Et Cotton s'aperçut soudain que Darcy n'était plus là non plus.

Je peux être fier de moi, se dit-il, je discute le bout de gras avec un épicier pendant que les types que je suis censé surveiller se déguisent en courants d'air.

— Tu devrais aller voir la sirène, lui dit Christine. C'est ravissant.

— Où est passé ton chevalier servant ?

— Je ne sais pas. Il a dit qu'il avait quelque chose à faire. Je ne lui ai pas posé de questions. Un peu indiscret, à mon avis... Il n'est pas mal, ce garçon, ajouta-t-elle.

— Adorable, grogna Hawes en se demandant où Darcy et Jonesy étaient passés.

Il espéra qu'ils n'étaient pas allés trop loin.

6

Le studio du photographe n'était pas loin de chez les Carella, à Riverhead. De fait, le conducteur le plus prudent n'aurait pas mis plus de cinq minutes pour s'y rendre, même en tombant sur tous les feux rouges.

Le photographe s'appelait Jody Lewis et avait baptisé sa boutique JODY'S, parce que, s'il avait mis simplement LEWIS, il n'aurait jamais su où poser son apostrophe. Et il tenait à l'apostrophe. La boutique et le studio occupaient une petite bâtisse de brique d'un étage, avec une vitrine pleine de portraits soigneusement retouchés. Une maison de bois de deux étages s'élevait juste en face, un peu en retrait du trottoir. D'une fenêtre du premier, on avait une vue parfaite de la boutique du photographe.

L'homme se tenait à la fenêtre, et ne quittait pas des yeux la maison d'en face. Les voitures n'étaient pas encore arrivées. Il avait tout le temps de se préparer. Il alluma un cigare et alla prendre un fusil de chasse posé contre le mur.

C'était une Winchester modèle 70, pour le tir à longue portée et la chasse au gros gibier. Un viseur télescopique était monté sur le canon. L'homme examina l'arme et caressa la crosse polie.

Puis il plaça le canon du fusil sur l'appui de la fenêtre. Il se pencha, ajusta le viseur et braqua l'arme sur la porte de la boutique. Enfin il s'assit et attendit.

Moins de cinq minutes plus tard, les deux limousines s'arrêtèrent devant la porte.

L'homme vérifia la position du canon puis il leva la tête pour voir ceux qui descendaient de voiture, cherchant Tommy Giordano.

Tommy s'encadra dans le viseur.

Le doigt de l'homme se crispa sur la détente. Mais au même instant, Tommy attira la jeune mariée contre lui et l'embrassa. L'homme hésita une fraction de seconde. Tommy disparut dans la boutique avec sa femme. L'occasion était passée.

L'homme jura, écrasa son cigare par terre et se prépara à attendre la sortie de la noce.

Jody Lewis avait tout l'air du petit oiseau que l'on promet aux enfants, chez tous les photographes du monde. Il frétillait et se démenait dans sa boutique, sans cesser de jacasser.

— Nous allons prendre des photos posées. Rien que les mariés. Nous n'avons pas besoin des invités ni de la famille. Rien que les mariés. Voilà. Ce sera un souvenir de votre mariage, à vous. Personne d'autre. Pour quoi faire ? Ce n'est pas le mariage des témoins, c'est le vôtre. Ici, je veux prendre un beau cliché de la ravissante mariée, bien soigné. Et une photo du marié, et puis une de vous deux. Et ce sera tout. Tout ? Jamais de la vie ! En route pour la réception ! Et Jody Lewis sera là. Il ne manquera rien. Toute la journée. Il prendra cliché sur cliché, au moment où vous vous y attendez le moins. Un vrai reportage. Votre mariage. Un beau souvenir. A la porte de l'hôtel, ce soir, Jody Lewis sera toujours là. Il prendra le marié en train de porter sa jeune épouse sur le seuil, et vous, madame, en train de mettre les chaussures à la porte, dans le couloir. Et vite il reviendra développer tous ces magnifiques clichés. En revenant de ce magnifique voyage de noces, vous trouverez un somptueux album relié, intitulé « Le Jour de Notre Mariage ». Un souvenir éternel. Bon. Mettez-vous là. Les deux ensemble, pour commencer. C'est ça. Vous vous regardez, vous vous adorez, vous souriez, vous êtes heureux. C'est merveilleux. Allons, Tommy, un sourire. Là. Prenez sa main, Angela. La tête un peu tournée, non, pas tant que ça, regardez ma main. Hop, et voilà. Ah, que ce sera beau ! Encore une. Tommy, vous la prenez par la taille. Vous avez le droit, vous êtes mariés. Pas si sérieux...

Carella se pencha vers Teddy.

— Pas trop fatiguée ?

Teddy posa une main sur son ventre énorme, leva les yeux au ciel et fit une grimace comique. Carella lui prit la main.

— Ce ne sera plus bien long. Tu n'as besoin de rien ? Un verre d'eau ? Tu veux que je te masse le dos ?

Teddy secoua la tête.

— Tu sais que je t'aime ?

La figure de Teddy s'illumina.

La femme qui ouvrit la porte de la maison de Riverhead avait dépassé la cinquantaine et s'y était résignée. Elle portait une robe d'intérieur fripée et des savates. Ses cheveux pendaient sans ordre sur ses épaules, comme si eux aussi avaient renoncé à tout.

— Qu'est-ce que vous voulez ? lança-t-elle à Meyer et O'Brien.

— Nous cherchons un dénommé Marty Sokolin, répondit Meyer. Il habite ici ?

— Oui. Vous, qui vous êtes ?

Patiemment, Meyer sortit son portefeuille et mit son insigne et sa carte sous le nez de la logeuse.

— Police, dit-il.

— Ah ! Qu'est-ce qu'il a fait, Sokolin ?

— Rien. Nous avons quelques questions à lui poser.

— A quel sujet ?

— Au sujet de ce qu'il a peut-être l'intention de faire.

— Il n'est pas là.

— Voulez-vous me donner votre nom ? demanda patiemment Meyer.

La patience de Meyer Meyer était proverbiale. Il avait bien fallu qu'il la cultive, sa patience, car Max Meyer avait jugé très drôle d'affubler son fils du prénom de Meyer. Meyer Meyer. Ce nom doublement juif avait rendu l'enfance du petit garçon misérable, car la famille vivait dans un quartier non juif, à une époque où les querelles religieuses allaient bon train. Il traîna son nom comme un boulet. Dire que l'enfance de Meyer Meyer avait été une bagarre perpétuelle causée par son nom ou sa religion aurait été un euphémisme. En même temps qu'il apprenait à se battre, se développa progressivement en lui le sens de la diplomatie. Il observa que quelques batailles seulement peuvent se gagner avec les poings. Il avait gagné les autres avec sa langue. Il avait donc appris, à ses dépens, la patience. Il avait même fini par pardonner à son père sa plaisanterie déplorable. Mais, comme tout se paye dans la vie, à l'âge de trente-sept ans, Meyer était parfaitement chauve. Avec une patience infinie, donc, il répéta :

— Pourrais-je connaître votre nom ?

— Mary Murdoch. Qu'est-ce que ça peut vous faire ?

— Rien.

Il jeta un coup d'œil à O'Brien qui se tenait un pas derrière lui.

— Vous dites que Mr Sokolin est absent. Pourriez-vous me dire quand il est parti ?

— Ce matin de bonne heure. Et il a emporté sa foutue trompette. Dieu merci.

— Sa trompette ?

— Sa trompette, son trombone, son saxophone, ce que vous voudrez. Tout ce que je sais, c'est qu'il souffle dans son instrument à faire trembler les murs. Des bruits, que vous n'en avez pas idée. Si j'avais su qu'il jouait de la trompette, jamais je ne lui aurais loué l'appartement. J'ai bien envie de le flanquer à la porte, d'ailleurs.

— Vous n'aimez pas les joueurs de trompette ?

— Vous voulez que je vous dise ? Ils me font mal au cœur.

— Hmm... Je vois. Comment savez-vous que Sokolin a emporté son instrument ?

— Je l'ai vu partir avec son gros étui. Tout noir. Une grande boîte noire.

— Un étui à trompette ?

— Ou à trombone, ou à saxophone, un truc, quoi. Un sacré truc qui fait un sacré pétard, moi, je vous le dis.

— Depuis combien de temps habite-t-il ici, mademoiselle ?

— Madame, s'il vous plaît. Depuis quinze jours. Et s'il continue à faire ce sacré pétard, il n'y restera pas longtemps, moi, je vous le dis. Dites, il a des ennuis ?

— Non. Pas à proprement parler. Vous ne savez pas où il est allé, ce matin ?

— Non. Il n'a rien dit. Je l'ai vu partir, comme ça, par hasard, c'est tout. Mais il fréquente un bistrot de l'Avenue.

— Quelle avenue, s'il vous plaît, madem... madame ?

— Dover Plains Avenue, bien sûr. Tout le monde connaît l'Avenue. Vous ne connaissez pas ?

— Nous ne sommes pas du...

— Vous prenez par là et c'est après le métro aérien. Dover Plains. Tout le monde connaît. Il fréquente un petit bar, par là, qui s'appelle *Le Barbare*. Un drôle de nom, pas vrai ? On croirait plutôt un restaurant africain.

— Et vous êtes sûre qu'il y va souvent ?

— Bien sûr, que je suis sûre.

— Comment le savez-vous ?

— Eh bien, mettons que je ne suis pas contre un petit verre de temps en temps, de mon côté.

— Je vois.
— Faudrait pas me prendre pour une ivrogne, quand même.
— Loin de moi cette pensée.
— Bon. Alors, c'est tout ?
— Pour le moment. Nous reviendrons peut-être.
— Pour quoi faire ?
— Votre conversation est tellement agréable, dit Meyer, et Mrs Murdoch lui claqua la porte au nez.
— Eh bien ! s'écria O'Brien.
— Encore une veine qu'elle nous ait pas tiré dessus. Avec toi, je m'attends toujours à des coups de feu.
— Elle se réserve peut-être pour notre retour. Si nous revenons.
— Peut-être.
— Où allons-nous, à présent ?
— Au *Barbare,* tiens.

La façade du *Barbare* n'évoquait ni peuple guerrier ni rien du tout. C'était un bar de banlieue tout à fait ordinaire, avec sa population ordinaire de buveurs du dimanche. Meyer et O'Brien y entrèrent, attendirent un instant que leur vue s'adapte à la pénombre intérieure, après le miroitement ensoleillé de la rue, et montrèrent leurs insignes au barman. Il les regarda avec une profonde indifférence.
— Et alors ? dit-il.
— Nous cherchons un nommé Marty Sokolin. Vous le connaissez ?
— Et alors ?
— Oui ou non ?
— Oui. Et alors ?
— Il est là, en ce moment ?
— Vous ne le connaissez donc pas ?
— Non. Il est là ?
— Non. Qu'est-ce qu'il a fait ?
— Rien. Vous l'attendez aujourd'hui ?
— Qui peut savoir ? Il va, il vient. Il n'a pas d'heures. Y a pas longtemps qu'il habite le quartier. Qu'est-ce qu'il a fait ?
— Je vous dis, rien.
— Il serait pas un peu dingue ?
— Dingue ? Pourquoi ?
— Ben, dingue, quoi, enfin vous voyez. Barjot.
— Qu'est-ce qui vous fait dire ça ?
— Il a un drôle de regard. Surtout quand il a bu. Et puis c'est un balèze. J'aimerais pas lui marcher sur les pieds. C'est un type à bouffer de l'acier et à recracher des clous, si vous me passez l'expression.

— On vous la passe. Vous ne savez pas où il pourrait être ?

— Vous avez essayé chez lui ?

— Oui.

— Il y est pas, hein ?

— Non.

— Qu'est-ce qu'il a fait ?

— Rien. Mais si vous le savez, j'aimerais que vous nous disiez où nous pourrions le trouver.

— Sais pas trop. Vous avez essayé chez sa copine ?

— Non. Qui est-ce ?

— Une fille qui s'appelle Oona. Oona je sais pas comment. Parlez d'un nom ! Vous devriez la voir, aussi. Une vraie bombe ! Tout ce qu'il faut pour un tordu comme Sokolin.

— Oona, hein ? Et vous ne connaissez pas son nom.

— Non. Mais si vous la voyez, vous ne pourrez pas vous tromper. Une blonde avec des lolos comme des ananas, si vous me passez l'expression.

— On vous la passe. Et vous ne savez pas où elle habite ?

— Si, je le sais.

— Où ?

— Dans la rue, là-bas au coin. Il y a une maison meublée. Elle aussi, elle est nouvelle dans le quartier. Je sais où elle habite parce qu'elle m'a dit qu'elle habitait une pension où on servait les repas. Et celle du coin, c'est la seule maison meublée qui fasse à manger.

— Vous ne pourriez pas nous donner son signalement ?

— Ben, d'abord, comme je vous dis, elle a des lolos un peu là. Et puis une bouche comme un four, des yeux bleus et des cheveux comme un champ de blé...

Le barman réfléchit un instant pour savoir s'il n'y avait pas lieu de se faire passer une expression, se jugea innocent de toute incongruité et conclut :

— Quand vous la verrez, vous ne pourrez pas vous tromper.

— C'est rassurant, dit Meyer. Vous l'avez vue aujourd'hui ?

— Non.

— Est-ce que Sokolin a jamais joué de la trompette ici ?

— Quoi ?

— De la trompette.

— Non. Parce qu'il joue de la trompette, en plus ? Mince, ce qu'il faut pas voir !

— Comment s'appelle cette maison meublée où on fait à manger ?

— *Le Bon Coin Vert.* La maison est peinte en vert et c'est au coin. Allez savoir pourquoi les gens donnent des noms pareils ?

— Vous êtes le propriétaire du bar ?

— Ouais.

— Alors pourquoi l'avez-vous appelé *Le Barbare* ?

— Ah, ça ? C'est une erreur du peintre. Il n'a pas bien compris. Je voulais l'appeler *Le Bar Bara.* Parce que j'avais une petite amie qui s'appelait Barbara, à l'époque. *Le Bar Bara,* vous saisissez ? Bref, le peintre s'est gouré. Ça arrive à tout le monde, même à vous, si vous me passez...

— Bien, merci. Excusez-nous pour le dérangement. Viens, Bob.

— De rien, dit le barman. Vous pensez la retrouver ?

— C'est lui que nous voulons.

C'est lui que je veux, pensait l'homme au fusil de chasse. Je l'aurai, je l'aurai.

Il commençait à trouver le temps long. Il y avait bien trois quarts d'heure qu'ils étaient tous chez le photographe. Qu'est-ce qu'ils foutaient donc ? La réception allait commencer. Mais, bon Dieu, qu'est-ce qu'ils foutaient ?

La porte de la boutique s'ouvrit.

L'homme colla son œil au viseur télescopique et repéra le centre de la porte. Il attendit.

Un par un, les membres de la noce sortirent sur le trottoir.

Et Tommy Giordano ? Bon Dieu, où diable...

Ah... Non, ce n'était pas lui.

Là. Voilà la mariée, voilà...

Tommy Giordano apparut sur le seuil. L'homme retint son souffle.

Une, deux... Là !

Son doigt se crispa et le coup partit, immédiatement suivi d'un deuxième.

De la rue, les détonations retentirent comme le bruit d'un pot d'échappement. Carella, déjà monté dans une des limousines, n'entendit rien. Les deux balles frappèrent le mur de brique, sur la gauche du chambranle, et ricochèrent au sol. Sans avoir rien remarqué, Tommy courut à la première voiture et s'y engouffra.

L'homme jura entre ses dents et regarda démarrer les deux limousines.

Puis il rangea soigneusement son arme dans son étui.

7

Dans un coin du jardin des Carella, à gauche de l'échafaudage du feu d'artifice, Noces et Banquets Associés avaient dressé une estrade, tout enguirlandée de feuillages et de calicots, pour un groupe local que Tonio avait engagé. La formation Sal Martino. « L'orchestre », comme aimait à dire Sal Martino lui-même, comprenait un piano, une batterie, quatre saxos (deux ténors et deux altos), deux trompettes et un trombone. En réalité, la formation aurait été complète (d'accord, il aurait pu y avoir une basse, mais n'ergotons pas) même sans le trombone. Deux trompettes, dans une formation (un orchestre) de cuivres, sont bien suffisantes : la première trompette pour mener le morceau, la seconde pour accompagner les solos et pour relancer. Et puisque la formation (l'orchestre, bien sûr) comprenait deux saxophones qui pouvaient se doubler en clarinettes, les deux trompettes auraient été mieux épaulées par une basse. Le trombone était donc superflu. Mais le trombone était tenu par Sal Martino.

Il jouait aussi du cornet, mais jamais sur scène ; il réservait le cornet à l'intimité de sa chambre à coucher. Il en jouait plutôt bien, d'ailleurs, comme il jouait plutôt bien du trombone. Mais le groupe avait autant besoin de lui que d'une quinte diminuée. Ou d'une septième majeure. Les accords simples et en mode majeur avaient d'ailleurs sa préférence. Une octave diminuée pouvait en effet plonger les répétitions dans le chaos pendant une bonne semaine. La simplicité était la clé de voûte de l'orchestre Sal Martino. Et la simplicité n'avait que faire d'un trombone parmi les cuivres. Tels sont les aléas du commandement.

Quand il était sur l'estrade, face à ses musiciens, Sal Martino avait vraiment tout du professionnel. C'était un grand garçon dégingandé proche de la trentaine, brun et moustachu, avec des yeux bleus pleins de charme et de sentiment, de larges épaules et des hanches minces aussi ondulantes que celles d'Elvis Presley. Il dirigeait parfois ses musiciens de la main droite, parfois du trombone, parfois pas du tout. De quelque façon qu'il s'y prît, la musique était la même. Effroyable. Enfin... Pas effroyable, mais pas fameuse non plus.

A cinq heures moins le quart, les musiciens accordaient leurs instruments et la cacophonie n'était pas tenable. Debout au pied de l'estrade, Cotton Hawes, qui aimait la musique, avait du mal à rester calme. Sans compter que Sam Jones et Ben Darcy demeuraient introuvables. De fait, il devenait difficile de repérer qui que ce soit. La maison et le jardin des Carella avaient été envahis peu après la bénédiction nuptiale par une cohue sans nom qui se récriait, s'embrassait, se cherchait, se félicitait et courait dans tous les sens. Les Carella avaient réservé la chambre et la salle de bains du rez-de-chaussée pour les dames. Un aménagement semblable, au premier, servait aux messieurs. Dès que les premières effusions furent passées, les dames se précipitèrent à la queue leu leu pour se refaire une beauté, si bien que le va-et-vient incessant avait de quoi donner le tournis. Hawes finissait par ne plus reconnaître personne. Parmi tous ces visages inconnus, il aurait donné cher pour apercevoir les figures vaguement familières de Darcy et Jones. Mais ces deux-là semblaient bien perdus.

— Qu'est-ce que tu as ? lui demanda Christine.

— Je me demande où sont passés Darcy et Jones.

— Ils doivent bien être par là.

— Oui, mais où ?

— Tu as essayé la salle de bains des messieurs ?

— Non.

— Eh bien, vas-y.

— Bon. C'est une idée. Mais ne ramasse pas de godelureaux pendant que je ne suis pas là.

— Oh, tu m'en crois capable ?

— Oui.

Cotton se dirigea vers la maison et croisa deux femmes qui en sortaient.

— Elle est *encore* enceinte ! disait la première. C'est inouï. Je n'ai pas pu aller à un mariage depuis cinq ans sans la voir enceinte.

— Que veux-tu, répondit la seconde, elle aime les enfants.

— Si tu veux mon avis, ce qu'elle aime, c'est pas tant les enfants...

Elles éclatèrent d'un rire hystérique et manquèrent de bousculer Hawes qui se dirigeait vers l'escalier. Il se hâta de monter au premier. La chambre réservée aux messieurs était pleine de parents plus ou moins éloignés des Giordano et des Carella. Un grand garçon blond aux yeux bleus était adossé à la porte de la salle de bains.

— C'est complet, papa, dit-il à Hawes.

— Bon. J'attendrai.

— Est-ce qu'on a le choix ?

— La Thunderbird n'est pas une voiture de sport, dit un type près d'eux à son ami. Ni la Corvette. Et tu veux savoir, Charlie, les sportives américaines sont des veaux.

— Sans blague ? Alors pourquoi on la qualifie de voiture de sport ?

— Tu voudrais peut-être qu'on parle de tank ? Tu veux savoir un truc ?

— Quoi ?

— Quand une véritable voiture de sport croise une américaine, elle ne lui fait même pas signe.

— Et alors ?

— C'est une marque de reconnaissance, comme quand tu mets la main à ton chapeau. Parce que les américaines ne sont pas des sportives. Ce sont les cafards de la route. C'est comme ça.

— Qu'est-ce que c'est, alors, une voiture de sport ?

— Une Jaguar, une Talbot, une Alfa Romeo, une Ferrari, une Ghia...

— Ça va, ça va, dit Charlie.

— ... une Mercedes, une...

— Ça va, ça va. Je suis monté faire pipi et pas entendre une conférence sur les bagnoles étrangères.

A ce moment, la porte de la salle de bains s'ouvrit et un petit binoclard apparut en remontant sa braguette.

— Il n'y a personne d'autre là-dedans ? lui demanda Hawes.

— Quoi ?

— Dans la salle de bains. Il n'y a personne d'autre ?

— Non, évidemment, s'exclama le petit homme d'un ton indigné. Qu'allez-vous imaginer ? Et d'abord, qui êtes-vous ?

— Inspecteur des Eaux. Je vérifie, répondit imperturbablement Hawes.

— Ah, bon. Et tout va bien ?

— Très bien, je vous remercie.

Hawes jeta un coup d'œil à la salle de bains par acquit de conscience et fit le tour de la chambre. Rien. Pas de trace de Darcy ni de Jones. Hawes allait descendre quand il entendit une clameur assourdissante dans le jardin. Il crut un instant que les charpentiers de Noces et Banquets avaient trouvé une nappe de pétrole. « Ils arrivent ! Ils arrivent ! », dit quelqu'un. Et puis il comprit quand l'orchestre de Sal Martino attaqua vaillamment la marche nuptiale. Au rez-de-chaussée, il faillit être emporté par le flot des femmes qui se ruaient hors du vestiaire des dames. Des enfants se glissaient entre les jambes des grandes personnes. Chacun se bousculait pour voir la mariée. Hawes jura de ne jamais se marier.

Lorsqu'il atteignit enfin la véranda, il y trouva Christine en grande conversation avec Sam Jones.

— Eh bien, en voilà une surprise ! Où étiez-vous passé, Jonesy ?

— Pourquoi ? On m'a cherché ?

— Non, simple curiosité.

— Oh, j'étais par là, répondit vaguement Jones.

Hawes lui jeta un regard sceptique. La marche nuptiale se terminait assez lamentablement, le pianiste se perdant dans une variation sur une autre tonalité. Dépassé, il implora du regard Martino qui reprit le contrôle et embraya sur un morceau dansant. Le maître de cérémonie, fourni par Noces et Banquets Associés, en profita pour crier :

— La mariée ouvre le bal !

Sans se faire prier, Tommy enlaça sa femme.

— Premier garçon d'honneur ! Première demoiselle d'honneur ! glapissait le maître de cérémonie.

— Excusez-moi, se hâta de dire Jonesy en se précipitant vers le plancher de bois posé au milieu de la pelouse.

Il prit la demoiselle d'honneur dans ses bras sous l'œil satisfait du maître de cérémonie. L'orchestre avait attaqué une valse lente. La piste fut vite encombrée de couples qui ne tardèrent pas à se disloquer et à changer de partenaire, sous l'impulsion beuglante du directeur des menus plaisirs. Angela se trouva dans les bras de Jonesy, Tonio Carella avec sa belle-fille et Louisa Carella se mit à tourner dans les bras de son fils.

— Alors ? Tu es heureuse, maman ?

— Oui, c'est un beau mariage, Steve. Tu aurais dû te marier à l'église.

— Arrête avec ça.

— Très bien, espèce d'athée.

— Je ne le suis pas.

— Tu ne vas pas à l'église.

— Je travaille le dimanche.

— Pas tous les dimanches.

L'orchestre avait réussi tant bien que mal à enchaîner sur une autre valse. Le maître de cérémonie exhorta du geste tous ceux qui bordaient la piste, et les couples de danseurs commencèrent à se former. Tommy, poliment mais fermement, confia la demoiselle d'honneur à Jonesy et attira à lui son épouse. Soudain, une grande fille rousse, moulée dans une robe verte qu'on aurait dit appliquée au pistolet, lâcha son partenaire et glapit :

— Steve ! Steve Carella !

Carella se retourna. La voix de la rouquine n'était pas précisément discrète. Elle éclatait sur la piste comme une explosion nucléaire. Teddy Carella, au hasard d'un tour de valse, vit la jeune personne se jeter au cou de Steve et lui planter un baiser sur les lèvres. Carella cligna des yeux.

— Steve ! Tu ne me reconnais pas ? Tu as oublié Faye ?

Le malheureux Steve semblait éprouver des difficultés. Sa mémoire lui faisait défaut d'une part, et d'autre part, la belle rousse l'enlaçait comme une pieuvre. La robe verte ne se contentait pas d'être exagérément moulante. Elle était aussi généreusement décolletée. Carella aperçut soudain sa femme qui dansait avec son père et vit passer une ombre sur son visage.

— Je... je... bredouilla-t-il. Il ne semble pas...

— New Jersey ? insista la fille. Flemington ? Le mariage ? Tu ne te souviens pas ? Ah, comme nous avions dansé !

Carella se rappelait très vaguement un mariage, en effet, auquel il avait assisté il y avait des années. Mon Dieu ! Il devait avoir dix-huit ans. Oui, il se souvenait d'une jeune fille rousse, svelte, longue, dix-sept ans et une gorge provocante. Et ils avaient bel et bien dansé toute la nuit ensemble. Oui, elle s'appelait Faye. Dieu du ciel !

— Bonjour, Faye, murmura-t-il faiblement.

— Viens ! Danse avec moi. Vous permettez, Mrs Carella ?

— Oui, dit Louisa, mais...

Elle jeta un regard inquiet à sa belle-fille qui se tordait le cou pour observer la scène.

Faye se colla contre Carella. Elle lui jeta son bras gauche autour du cou. Carella faillit être asphyxié par son parfum entêtant. Faye posa sa joue contre la sienne.

— Qu'est-ce que tu deviens, Steve ?

— Je me suis marié, dit-il.

De l'autre côté de la piste, Ben Darcy alla frapper sur l'épaule de Tommy Giordano. Surpris et mécontent, Tommy ne lâcha pas sa femme.

— Allons, dit Ben en souriant, il faut partager ses richesses.

Tommy céda d'assez bonne grâce et Ben entraîna Angela.

— Heureuse ? dit-il.

— Oui.

— Tu l'aimes ?

— Oui, oui ! oui, oui !

— J'avais espéré... enfin, tu sais.

— Quoi donc, Ben ?

— On se voyait beaucoup, tous les deux, Angela. Quand on était gosses.

— Je sais.

— Tu me disais que tu m'aimais.

— Je sais bien. Nous étions des enfants.

— Moi, je t'aimais, Angela.

— Ecoute...

— Je n'ai jamais rencontré de fille comme toi, tu sais.

— Je crois qu'on va bientôt servir. Peut-être que je...

— Jamais d'aussi jolie, ni d'aussi intelligente. Je n'en ai jamais vu d'aussi excitante...

— Je t'en prie !

— Excuse-moi, Angela. Mais, tu comprends, j'espérais... J'ai toujours cru que ce serait nous deux. Toujours.

— On ne peut pas rester gosses, Ben.

— Angela, une fois tu m'as dit... Tu te souviens ? Quand tu as fait la connaissance de Tommy ? Tu m'as dit que tout était fini entre nous. Tu te rappelles ?

— Oui, Ben, bien sûr.

— Tu n'aurais pas dû rompre comme ça, par téléphone. Pas après... Quand je pense à tout ce que nous étions l'un pour l'autre.

— Je le regrette. Je crois... Je voulais faire place nette. Proprement, Ben. Je ne voulais pas que ça traîne et...

— Je sais, je comprends. Dans le fond, ça m'est égal. Mais ce jour-là, au téléphone, je t'ai dit que si... si jamais ça n'allait pas, toi et Tommy, je t'attendrais. Tu te souviens ?

— Oui.

— Tu m'as dit que tu ne l'oublierais pas. Tu te rappelles avoir dit ça ?

— Il y a si longtemps, Ben. Je ne...

— J'attends toujours, Angela.

— Comment ça ?

— Si ça tourne mal, si tu as des ennuis, si tu as besoin de quelqu'un, je serai là. Je t'attendrai, Angela. Tu pourras toujours compter sur moi. Je t'aimais, Angela. Et je...

— Tais-toi, Ben, je t'en supplie.

— Je veux que tu le saches. Je t'attendrai. Toute la vie s'il le faut.

Le Bon Coin Vert était une maison ombragée de grands arbres, au milieu d'un jardin fleuri d'azalées. Meyer et O'Brien remontèrent la courte allée sablée et sonnèrent.

— Je viens ! cria une voix.

Ils entendirent un bruit de pas et puis la porte leur fut ouverte par une petite femme toute menue, souriante, en robe bleu marine. Au fond de la maison, un chien aboyait.

— Bonjour, dit-elle.

— Bonjour, madame, dit aimablement Meyer. Vous êtes la patronne ?

— Mon Dieu, les représentants passent même le dimanche ?

— Non, madame. Nous sommes de la police, dit Meyer, puis il ajouta vivement en voyant l'expression de la petite femme : N'ayez pas peur, madame. Nous voulions simplement...

— Je suis seulement là pour garder le chien. Je n'habite même pas ici. Je ne sais rien, je ne suis au courant de rien, d'aucune infraction. Je viens tenir compagnie au chien, c'est tout.

— Il n'y a pas eu d'infraction, madame, intervint O'Brien avec son sourire le plus engageant. Nous désirons seulement poser quelques questions.

— Mais je ne connais personne. Aucun des locataires. Je viens garder le chien. Il s'appelle Butch, et si on le laisse tout seul, il s'ennuie tellement qu'il fait des bêtises, il hurle et il déchire les tapis et les fauteuils. Alors je lui tiens compagnie. Butch est le seul être que je connaisse dans la maison.

— Vous ne connaissez pas les propriétaires ?

— Mr et Mrs Travers, bien sûr, mais pas si bien que Butch. C'est un setter irlandais, mais il déchire les tapis... C'est pour ça que...

— Et les locataires ?

— Eh bien, il y a le vieux Mr Van Ness, tout en haut, mais il est sorti. Et puis il y a Mrs Wittley, mais elle n'est pas là non plus. Et la nouvelle, Oona Blake, mais elle aussi, elle est sortie. Et je ne les connais pas à proprement parler. Rien que Butch. C'est pour lui que je suis là. Je suis la meilleure gardienne de chiens du quartier.

— Cette Oona Blake, dit O'Brien. C'est une dame ou une demoiselle ?

— Une demoiselle, voyons. Elle est toute jeune.

— Quel âge ?

— Oh, elle n'a pas trente ans.

— Vous dites qu'elle est sortie. Vous ne savez pas à quelle heure ?

— Si. Ce matin, de bonne heure. Je le sais parce que les Travers sont partis en week-end et qu'ils n'ont pas pu emmener le chien. C'est pour ça que je suis venue tenir compagnie à Butch. Je suis arrivée hier. J'étais là ce matin quand Miss Blake est sortie.

— Vous ne pourriez pas nous dire l'heure exacte ?

— C'était tout de suite après le petit déjeuner. Je prépare aussi à manger quand les Travers sont absents.

— On est venu la chercher ?

— Qui ? Mme Travers ?

— Non. Miss Blake.

— Ah, oui. En fait quelqu'un est venu.

— Qui ça ?

— Je ne le connais pas. Comme je vous le disais, je ne suis au courant de rien de ce qui se passe ici. Si vous voulez mon avis, les Travers ferment trop les yeux.

— Est-ce que cet homme portait quelque chose ?

— Quel homme ?

— Celui qui est venu chercher Miss Blake.

— Ah ! Lui. Oui, en effet. Un étui à trombone.

— Un étui à trombone ? Pas à trompette ? Ou à saxophone ?

— Non. A trombone. Vous croyez que je ne sais pas reconnaître un trombone ? Un grand étui noir. Oh, il n'y a pas de doute. C'était un trombone.

— Vous pouvez nous le décrire ?

— L'homme ? Je ne l'ai pas bien vu. Il l'a attendue dans le salon, mais les stores étaient baissés. J'ai surtout vu l'étui à trombone, debout contre un fauteuil. Mais celle-là, cette Oona Blake, je ne crois pas qu'elle restera longtemps ici.

— Qu'est-ce qui vous fait dire ça ?

— J'ai gardé le chien la semaine dernière. Elle a reçu trois coups de téléphone, le même jour, tous du même endroit. Un agent immobilier. Elle ne tardera pas à déménager, celle-là.

— Quel agent immobilier ? Vous avez entendu son nom ?

— Certainement. Trois coups de téléphone dans la même journée. Et c'est tout près d'ici. Agence Pullen. C'est un peu plus haut, à un coin de rue, devant la station de métro.

— Pouvez-vous nous décrire Miss Blake, madame ?

— Oui, naturellement, mais je ne la connais guère. Par quoi voulez-vous que je commence ?

— Comment était-elle habillée en partant, ce matin ?

— Elle avait une robe de soie rouge, assez décolletée. Des escarpins rouges à talons hauts. Et puis une espèce de plume rouge dans les cheveux, avec un clip en strass.

— Pas de sac ?

— Une de ces petites pochettes plates, dans lesquelles on peut à peine ranger son rouge à lèvres, son poudrier et des petits trucs comme ça.

— Rouge, aussi ?

— Non, bleu foncé. A paillettes, je crois.

— Et Oona Blake elle-même ? Comment est-elle ?

— Blonde. Je crois que c'est naturel. Elle est grande et elle a... comment dirais-je... des appas. Bruyante. Enfin, elle parle fort. Elle est très jolie. Des yeux bleus. Elle donne... comment dirais-je, une impression de force et de santé. Elle a un gentil sourire et un joli nez. Voilà, ça vous va ?

— Oui. Merci infiniment, madame.

— Vous allez chez l'agent immobilier, à présent ?

— Oui.

— Vous perdez votre temps. C'est fermé le dimanche.

La fille qui dansait avec Bert Kling portait une robe de soie rouge et des escarpins rouges. La plume rouge qui lui servait de coiffure chatouillait le nez de Kling. La piste commençait à se vider. Les couples s'installaient aux longues tables où l'on servait déjà des cocktails. Kling commençait à avoir faim. Sa partenaire le fatiguait un peu. Elle lui avait paru très féminine, quand il l'avait invitée, mais elle avait une façon de danser un peu forcenée, brutale, si bien que Bert avait l'impression d'être conduit. Cette attitude était en parfaite contradiction avec les yeux bleus et le sourire délicieux qui l'avaient séduit. Ces yeux et ce sourire-là étaient d'une féminité extrême, sa façon de danser était celle d'un général en chef qui a quelque chose à accomplir et est pressé d'en finir. L'orchestre, une fois qu'on y était habitué, n'était pas si mauvais que ça et alignait des fox-trot qui se laissaient danser. Sal Martino avait abandonné son trombone et dirigeait d'une main, la tête tournée vers les danseurs. Kling aperçut Darcy, qui dansait encore avec Angela. Ils avaient l'air de se disputer. Steve Carella tourbillonnait avec une rouquine tout ce qu'il y a de pin-up. Teddy Carella les regardait d'un œil plutôt inquiet. Cotton Hawes n'avait pas l'air heureux non plus. Debout au bord de la piste, il suivait tristement les évolutions de Christine Maxwell avec Sam Jones.

En voilà un mariage, se dit Kling. Ils ont tous des têtes d'enterrement. Même Steve. Pourtant, il est gâté avec sa rouquine, mince alors !

— Je ne crois pas que nous ayons été présentés, dit Kling à sa danseuse en rouge.

— Non, répondit-elle d'une voix rauque et profonde.

— Je m'appelle Bert.

— Ravie de vous connaître.

Il attendit qu'elle lui dise son nom. Mais elle se taisait, et il n'insista pas. Après tout, si elle tenait à l'incognito, elle était bien libre. Bert se souvint qu'il était fiancé et qu'il ne dansait que pour ne pas se faire remarquer.

— Vous êtes de la famille ? demanda-t-il.

— Non... et vous ?

— Non... Une amie de la mariée, peut-être ?

La blonde hésita imperceptiblement.

— Oui.

— C'est un beau mariage, dit Kling.

— Parfait, répondit la fille en continuant de pousser le pauvre Kling tout autour de la piste comme si elle était furieusement pressée d'aller nulle part.

Sur l'estrade, Sal Martino se baissa pour ramasser son trombone.

Kling l'aperçut du coin de l'œil. Il pivota pour mieux voir. La veste de Sal Martino s'entrouvrit. Le bras de Kling serra involontairement la taille de sa partenaire.

— Hé là, doucement, dit-elle.

— Excusez-moi, mademoiselle, dit Kling, et il l'abandonna au beau milieu de la piste.

Assise à la table des Carella, Teddy sirotait tristement son cocktail tout en regardant Steve gambader allègrement entre les bras d'une rousse incendiaire de Flemington, New Jersey.

Ce n'est pas juste, songeait-elle. Je ne peux pas me défendre. Je ne sais pas qui est cette nana, ni ce qu'elle veut — encore que ce soit assez évident — mais elle est mince et svelte, la garce. Elle a la taille fine, tandis que j'ai l'air d'une montagne. Quand est-ce qu'il va se décider, le bébé ? La semaine prochaine, c'est ce qu'il a dit, le docteur ? Oui, la semaine prochaine. Et après ? Je resterai grosse ! J'espère que ce sera un garçon. Mark. Mark Carella, ça sonne bien. Steve, tu n'es pas obligé de la serrer comme ça. Et April, si c'est une fille. Et si je m'évanouissais ? Il serait obligé de rappliquer vite fait. A vrai dire, c'est plutôt elle qui se colle contre lui. Mais il pourrait la repousser. Si ça continue, je leur jette mon verre à la tête !

Teddy vit Kling se frayer un passage entre les danseurs et s'approcher de Steve. Il allait peut-être lui enlever la rouquine...

La main de Kling s'abattit sur l'épaule de Carella. Il se pencha à son oreille. Carella cligna des yeux.

— Qu'est-ce que tu dis ?

A mi-voix, Kling répéta :

— Le chef d'orchestre. Il porte un revolver sous sa veste.

8

Sal Martino n'avait pas l'air content du tout.

Les policiers avaient attendu la fin de la danse et puis, au moment où les extras servaient les hors-d'œuvre, ils s'étaient approchés de l'estrade, avaient demandé à Martino de les accompagner et l'avaient fait monter dans une des chambres. Ils se tenaient à présent devant lui tous les trois, Carella, Kling et Hawes, en arc de cercle, sans sourire.

— Pourquoi êtes-vous armé ? demanda Carella.

— Ça vous regarde ?

— Oui. Je suis inspecteur de police. Vous voulez voir mon insigne ?

— Parfaitement. De quoi s'agit-il, enfin ?

Carella mit son insigne sous le nez de Martino et répondit :

— De quelques questions, Sal. Nous voulons tout savoir de ce revolver que vous portez. Qu'est-ce que vous fichez avec cet outil-là ?

— Ça me regarde, rétorqua Sal en examinant l'insigne de près. Vous n'avez pas le droit de me le demander. Enfin, quoi, bon Dieu, nous sommes en dictature ?

— Donnez-moi ce revolver.

— Pour quoi faire ?

— Donnez, répéta sèchement Carella.

Sal enfouit sa main sous sa veste et tira le revolver de son étui. Carella l'examina et le tendit à Hawes.

— Un Iver Johnson .22.

Hawes renifla le canon.

— Qu'est-ce que vous cherchez à sentir ? demanda Sal. Ça fait des années qu'il n'a pas servi.

— Pourquoi le trimbalez-vous ?

— Ça me regarde.

— Ça nous regarde aussi, riposta Carella. Pas d'histoires, Martino. Répondez.

— Je vous répète que ça me regarde. Allez vous faire foutre !

— Vous avez déjà essayé de jouer du trombone avec un bras cassé ? demanda doucement Hawes.

— Quoi ?

— Pourquoi trimbalez-vous un revolver ? hurla Hawes.

— J'ai un permis.

— Voyons ça.

— Je n'ai pas à vous le montrer.

— Si vous avez un permis de port d'arme, montrez-le, dit Kling. Sinon, je vais de ce pas téléphoner au poste et vous pourrez vous expliquer en cellule. Alors, hein ?

— Je vous dis que j'ai un permis.

— Alors, montrez-le. C'est la loi.

— Bon, bon, ça va, vous énervez pas. Vous inventez les lois qui vous arrangent.

— Port ou possession ?

— Port. Si vous croyez que je vais me balader avec un simple permis de possession d'arme...

— Alors, ça vient ?

— Une seconde, quoi, laissez-moi chercher.

Martino sortit son portefeuille, fouilla un instant parmi les papiers et tira un document qu'il déplia et tendit à Carella.

— Là, vous êtes content ?

BUREAU DES PERMIS DE DÉTENTION D'ARMES

23784

DATE 9 Juin 1958 UN PERMIS DE Port D'ARMES EST ACCORDÉ

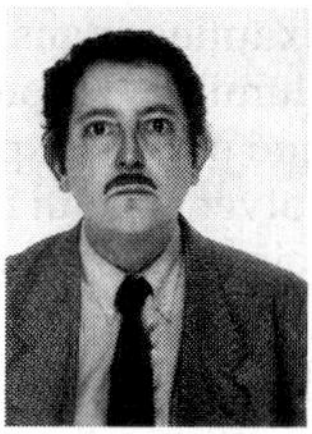

À Salvatore Albert Martino
ADRESSE 583 Avalon Avenue
VILLE Riverhead
PROFESSION Musicien
EMPLOYEUR Indépendant
NATIONALITÉ U.S.A.
ÂGE 28 TAILLE 1,73 POIDS 78

Arthur K. Weidman

Signature du magistrat (Riverhead)

Le document, divisé en trois parties distinctes, avec des perforations de classeur, était imprimé sur du papier rose foncé. Carella saisit le petit document officiel et observa attentivement le recto. Puis il le retourna pour lire le verso :

Ce permis est délivré aux conditions suivantes :
1. Sa validité est permanente.
2. Il peut être annulé à tout moment (sans notification préalable).
3. Toute modification ou rature sur ce document entraîne de fait son annulation.
Le porteur d'un permis annulé peut être l'objet de poursuites (Code pénal, § 1897).
4. Ce permis n'est valable que dans le cadre de l'entraînement, de l'activité principale, ou ______________
5. Ce permis n'est valable que pour l'arme citée en référence.

Salvatore A. Martino

SIGNATURE DU TITULAIRE DU PERMIS

Marque	Calibre	Numéro
Iver Johnson	.22	326912

Empreinte de pouce

— Je n'ai pas à vous le montrer, je vous fais une faveur.

— C'est à vous-même que vous faites une faveur, Martino.

La troisième partie du document autorisait Martino à transporter une arme et était signée par le même magistrat de Riverhead, Arthur K. Weidman.

Au premier coup d'œil, Carella vit que le permis était tout à fait régulier. Mais il prit néanmoins son temps pour l'examiner dans tous les sens. Il le retourna entre ses doigts, l'éleva à la lumière, le renifla, comme s'il s'agissait d'un plan douteux communiqué par des espions russes. Il compara ostensiblement le numéro du revolver et celui porté sur le papier. Puis il finit par rendre au musicien le permis et le revolver.

— Bon. Et maintenant, si vous nous disiez un peu pourquoi vous êtes armé, Sal ?

— J'ai pas à vous répondre. Je suis en règle. Vous êtes satisfaits ? A présent, il faut que j'aille jouer de la musique douce pendant le dîner.

— La musique douce attendra. Répondez à la question, Sal, conseilla Kling.

— J'ai rien à dire.

— Embarquons-le, grogna Hawes.

— M'embarquer ? Pourquoi ? cria Martino.

— Pour refus d'obtempérer à un officier de police ! hurla Hawes.

— D'accord, d'accord, d'accord ! dit Martino en un crescendo. D'accord !

— Alors ?

— Eh bien voilà. J'ai la frousse.

— Quoi ?

— Ben oui. J'ai la frousse, la trouille, quoi. Des fois, je ne rentre pas avant des deux ou trois heures du matin, quand je joue. J'ai peur. Je n'aime pas me balader tout seul en pleine nuit, avec de l'argent sur moi et mon trombone. J'ai peur, c'est défendu ? Alors j'ai demandé un permis et on me l'a accordé. Parce que j'ai la trouille ! Vous avez compris ? J'y ai répondu, à votre foutue question ?

— Oui, murmura Carella, un peu gêné. Allons, vous pouvez retourner auprès de vos musiciens.

Martino replia son permis, rangea son portefeuille dans sa poche d'un geste rageur et remit le revolver dans son étui sous l'aisselle.

— Y a pas de loi qui interdise d'avoir peur, dit-il.

— S'il y en avait une, nous serions tous en prison, répondit Carella.

Pullen Alec, droguiste, 18 N 117	TYler	8-9670
Pullen Charles, 3312 LaFontaine	ADdison	2-1074
Pullen Donald,		
ag. imm., 131 Pondigo....................	MAynard	4-6700
dom., 4251 Archer........................	MAynard	4-3812

— J'ai trouvé, dit Meyer Meyer. Donald Pullen, 131, Pondigo Street. Non, attends, ça, c'est son bureau. Il habite Archer, au 4251. C'est par ici, hein ?

— J'en sais foutre rien, dit O'Brien. On ferait bien de se renseigner. T'as trouvé trop vite, Meyer. J'ai pas fini mon café.

— Grouille un peu.

Meyer attendit patiemment qu'O'Brien eût avalé son café.

— Toute la journée, j'ai eu envie de café. Faut que je m'attaque sérieusement au problème Miscolo. Tu ne crois pas que je pourrais lui suggérer doucement de changer de marque ?

— Je ne pense pas que ça marcherait.

— Non. Moi non plus.

— Pourquoi n'achètes-tu pas une cafetière et un réchaud électrique ? Tu le ferais toi-même.

— Dis donc, c'est une idée ! Seulement, je ne peux pas.

— Pourquoi ?

— J'ai jamais été fichu de faire du café potable.

— Mon vieux, tu ne t'en sortiras jamais.

O'Brien acheva son café et ils regagnèrent tous deux la voiture de police banalisée rangée devant le drugstore.

— 4251, Archer, dit Meyer. On va demander au premier agent venu.

Le premier agent ne se présenta que cinq minutes plus tard, après qu'ils eurent roulé pendant près d'un kilomètre en guettant les noms des rues à droite et à gauche. Dès qu'ils virent l'agent, ils s'arrêtèrent à sa hauteur et lui demandèrent où était Archer Street.

— Vous voulez dire Archer Avenue ?

— Oui, peut-être.

— Alors soyez précis. Et garez-vous le long du trottoir. Vous gênez la circulation.

— Nous voulons simplement savoir...

— Je sais ce que vous voulez savoir. Refus d'obtempérer ?

— Non, monsieur l'agent, dit Meyer en rangeant pourtant la voiture le long du trottoir.

L'agent régla la circulation avant de s'approcher.

— Alors, vous ne savez pas qu'on ne s'arrête pas en plein milieu d'un croisement ?

— Excusez-moi, monsieur l'agent, je n'ai pas fait attention.

— Faut faire attention. Alors, qu'est-ce que vous vouliez savoir ?

— Archer Avenue, c'est par ici ?

— Prenez à droite au deuxième carrefour. Vous allez à quel numéro ?

— Au 4251.

— Ce sera après le troisième croisement après le carrefour. Et tâchez de trouver moyen de ne pas vous arrêter en plein milieu de la rue, vous entendez ?

Ils démarrèrent et Meyer observa :

— Charmant garçon.

— C'est des flics comme ça qui nous font du tort.

— Pourquoi ? Il nous a renseignés, non ?

— Sale caractère, grommela O'Brien pendant que Meyer tournait à droite.

Ils ralentirent après le troisième croisement et commencèrent à regarder les numéros des maisons.

— Voilà, dit Meyer. 4251. Espérons qu'il sera chez lui.

Le 4251 d'Archer Avenue était une assez jolie maison entourée d'un jardin. Meyer et O'Brien poussèrent le portillon de bois peint et allèrent sonner. Un homme en chemise blanche et gilet rouge leur ouvrit.

— Messieurs ?

— Mr Pullen ?

— Oui ? C'est pour des assurances ?

— Nous aurions quelques questions à vous poser, monsieur. Nous appartenons à la police.

— La police ? s'écria Pullen, et il blêmit. Que... Qu'est-ce que...

— Vous permettez, Mr Pullen ? dit Meyer en avançant d'un pas.

— Je vous en prie. Entrez. Entrez donc.

Pullen s'effaça et, avant de refermer la porte, il jeta un regard inquiet dans la rue pour s'assurer que les voisins n'avaient rien remarqué.

Il fit entrer les inspecteurs dans un living-room encombré d'un mobilier sombre et lourd aux sièges recouverts d'un tissu de mohair marron qui donnait chaud rien qu'à le regarder.

— Asseyez-vous, messieurs. De quoi s'agit-il ?

— Vous avez été en rapport, dernièrement, avec une Miss Oona Blake, je crois ?

— Mais oui ! s'écria Pullen, visiblement soulagé. C'est à son sujet que vous venez ? Pour elle, pas pour moi ?

— Oui, à son sujet.

— Je savais que c'était une drôle de fille. Voyante. Une personne qui a bien mauvais genre. Qu'est-ce qu'elle a fait ? C'est une prostituée ?

— Non, nous ne savons pas ce qu'elle a fait. Nous désirerions simplement connaître la nature de vos rapports avec elle.

— Mais, je suis agent immobilier. Qu'aviez-vous pensé ? Elle cherchait un appartement à louer.

— Où cela ?

— Eh bien, elle désirait quelque chose de très précis. Un appartement situé soit en face du 831, Charles Avenue, soit immédiatement derrière le 831. Ce n'est pas très loin d'ici, Charles Avenue.

— Cette adresse me dit quelque chose, murmura Meyer. Ah, j'y suis ! C'est celle des parents de Steve. Miss Blake ne vous a pas dit pour quelle raison elle tenait à cette adresse ?

— Elle m'a dit qu'elle avait des amis qui habitaient là.

— Je vois. Et vous le lui avez trouvé ?

— Non. Pas celui-là. Mais j'ai eu la chance de pouvoir lui trouver l'autre. Oui, là, elle a été satisfaite.

— L'autre ? demanda O'Brien.

— Oui, une chambre en face de la boutique d'un photographe.

— Quel repas ! soupira Birnbaum. Tonio, on peut dire que tu as mis les petits plats dans les grands. Quelle noce !

— Bois du champagne, Birnbaum. Régale-toi. Nous avons assez de champagne pour inonder la France. Bois du champagne, mon ami.

Les bouchons de champagne sautaient un peu partout et chaque petite explosion réjouissait le cœur de Tonio Carella. Pour une belle noce, c'était une belle noce. Les Noces et Banquets Associés n'étaient pas si voleurs que ça, après tout. Tonio entraîna son ami Birnbaum vers la sirène trônant au-dessus de son bassin de glace et prit une bouteille. Il défit le fil de fer et entreprit de faire sauter le bouchon. Birnbaum mit les doigts dans ses oreilles.

— Pan ! cria Tonio.

Le bouchon sauta et la mousse inonda les gros doigts de Tonio. Birnbaum lui donna de grandes claques dans le dos et ils éclatèrent d'un rire sonore. L'orchestre jouait à tue-tête. Jody Lewis sautillait à droite et à gauche avec son appareil et les petites détonations de ses flashs faisaient concurrence aux bouchons de champagne.

Debout à côté de Tommy, devant une longue table, Angela recevait les cadeaux de mariage. Les parents et les amis se pressaient et se bousculaient pour l'embrasser et lui offrir leurs présents, leurs félicitations, leurs vœux de bonheur et parfois une enveloppe contenant des billets de banque.

« Félicitations », disaient les invités, un peu gênés de tendre de l'argent, un geste civilisé hérité de la barbarie d'antan, des présents offerts aux monarques nouvellement couronnés. Et Tommy était gêné lui aussi en recevant les offrandes, parce qu'il n'y a rien de plus difficile à faire que d'accepter des cadeaux avec noblesse, et Tommy était trop jeune pour avoir acquis de la noblesse. « Merci, bredouillait-il, merci, merci. »

Les bouchons de champagne continuaient de sauter.

— L'ennui, c'est que ça fait pisser, ce truc-là, dit Birnbaum.

— Vas-y, c'est là-haut. La chambre à...

— Non, il y a trop de monde. Je préfère aller chez moi, c'est plus près.

— Dépêche-toi, alors.

— Je cours. T'en fais pas, Tonio. Je reviens tout de suite.

A l'extrémité de la longue table aux cadeaux, hors de vue de Tommy et Angela, deux mains déposèrent une paire de petits flacons pleins de vin rouge. Les goulots étaient ornés de nœuds, l'un rose, l'autre bleu, et portaient chacun un petit carton.

Sur le premier, qui portait un ruban rose, on lisait :

L'autre, qui portait un ruban bleu, ressemblait étrangement à celui qui accompagnait l'araignée du matin et si Tommy l'avait vu cela lui aurait peut-être rappelé quelque chose :

— Venez avec moi, dit Jonesy à Christine.

— Je ne suis pas seule, vous savez, répondit Christine en baissant les yeux.

Elle s'amusait beaucoup et ne regrettait plus d'être venue. Elle s'amusait surtout de la tête que faisait Cotton quand il la voyait danser avec Sam Jones. Cette figure-là valait tout le champagne du monde. Il était trop drôle !

— Je le sais bien que vous n'êtes pas venue seule, dit Jonesy. Même qu'il est deux fois grand comme moi, mais il ne me fait pas peur. Allez, venez.

— Où m'emmenez-vous ? Jonesy ! Lâchez-moi !

Christine se défendait mollement, en riant, tandis que Jonesy l'entraînait dans les buissons.

— Allez, venez, répéta-t-il. Je veux vous montrer quelque chose.

Il la faisait courir à présent sur un petit sentier dont l'herbe rase trahissait des passages fréquents.

— Qu'est-ce que c'est ?

— Plus loin, vous verrez.

Christine n'avait pas peur. Elle se sentait au contraire étrangement exaltée. Elle savait ce qui allait venir et pensait déjà qu'elle ne résisterait guère. Ce serait bien fait pour Cotton, si un jeune inconnu charmant l'embrassait dans les bois. Non, elle ne résisterait pas.

L'assiduité de Jonesy lui avait rappelé sa jeunesse, les pique-niques d'autrefois, les bals de ses dix-huit ans, les étés joyeux. Courant avec lui sur l'herbe du sentier, elle attendait ce baiser avec impatience. Jonesy s'arrêta brusquement.

— Là. Nous sommes assez loin, vous ne croyez pas ?

— Loin ? Pour quoi faire ? demanda Christine, le cœur battant.

— Vous ne devinez pas ? murmura Jonesy.

Il l'attira contre lui. Christine, le souffle court, leva la tête, tendit les lèvres. Et puis soudain, elle entendit un cri perçant qui lui donna la chair de poule. Elle s'aperçut que c'était Jonesy qui hurlait, qui criait comme un fou. Elle s'écarta, le regarda et suivit la direction de son regard.

A deux mètres d'eux, un homme était allongé dans le sentier, face contre terre. Son dos était couvert de sang. L'homme ne respirait plus.

— Mon Dieu ! s'écria Jonesy. Mon Dieu, c'est Birnbaum !

9

Dans le bureau des inspecteurs, le téléphone sonnait avec insistance. Hal Willis l'entendit des toilettes.

— On y va, on y va ! cria-t-il, à personne puisqu'il était seul. Ça ne rate jamais ! Plus moyen de pisser en paix. Allô ! rugit-il dans l'appareil. 87e District, inspecteur Willis.

— Je ne suis pas sourd, je pourrais même t'entendre sans le téléphone. Tu me le refais *pizzicato* ?

— *Diminuendo,* tu veux dire ?

— Tu vois ce que je veux dire. Ici Avery Atkins, du labo. Quelqu'un de chez vous nous a fait porter un billet doux. On a travaillé dessus.

— Quel billet doux ?

— Y a marqué POUR LE MARIÉ ! Ça ne te dit rien ?

— Vaguement. Et alors ?

— Tu me rappelles ton nom, l'ami ?

— Willis. Hal Willis. Inspecteur troisième classe, sexe mâle, Blanc, Américain.

— Et plutôt mauvais caractère, ajouta Atkins.

— Ecoute, tu as des renseignements pour moi, ou quoi ? Je suis tout seul à la boîte et j'ai des millions de choses à faire. Alors ? J'écoute.

— Voilà, note, beauté. Petite carte-lettre ordinaire vendue dans tous les drugstores par paquets de dix avec dix enveloppes, marque Skyline. Va savoir d'où ça vient. Encre utilisée, Sheaffer numéro 32, noir fixe. Même chose pour l'encre, vendue partout dans notre beau pays. Les empreintes : la première série appartient à un nommé Tommy Giordano. Pas de casier. Empreintes enregistrées à l'Armée. La deuxième série appartient à un type nommé Stephen Louis Carella qui, si j'ai bien compris, est inspecteur de police de son état et travaille au célèbre 87e. Il devrait faire attention de ne pas fourrer ses gros doigts partout. T'en as assez, beauté ?

— C'est tout ?

— Côté écriture, rien à signaler si on n'a pas d'autre échantillon pour faire des comparaisons. Mais il y a encore un truc.

— Lequel ?

— On nous a demandé de comparer le billet avec la signature d'un certain Marty Sokolin qui est fiché à l'Identité judiciaire. Ce que nous fîmes, braves gens que nous sommes. Et nous sommes certains d'une chose.

— Oui ?

— Marty Sokolin n'a pas écrit ce billet doux.

Les trois inspecteurs étaient penchés sur le cadavre de Joseph Birnbaum. Leurs visages n'exprimaient ni la douleur, ni la surprise, ni la peine. Impassibles, ils contemplaient la mort et leurs sentiments demeuraient résolument tapis derrière les masques qu'ils portaient en public.

Carella fut le premier à mettre un genou à terre.

— Une balle dans le dos. Elle a traversé le corps et pénétré dans le cœur. La mort a dû être instantanée.

— C'est ce que je pensais, dit Hawes.

— Comment se fait-il que nous n'ayons rien entendu ? demanda Kling.

— Avec tous ces bouchons de champagne qui sautaient... Et puis nous sommes assez loin de la maison, ici. Jette un œil, Bert, tu veux ? Il y a peut-être une douille.

Kling se mit à fouiller les buissons. Carella se tourna vers Jonesy et Christine. Sam Jones était livide. Il ne parvenait pas à maîtriser ses tremblements.

— Remettez-vous, lui dit sèchement Carella. Vous pouvez nous aider, mais pas si vous êtes dans cet état.

— Je... je... je ne peux pas. Je... Il me semble que je vais tourner de l'œil. C'est pour ça que j'ai envoyé Christine vous chercher.

— Pour ça quoi ? demanda Hawes.

— Je... je savais que je n'aurais pas pu.

— Ça vaut peut-être mieux. Si vous étiez arrivé avec cette tête-là dans le jardin, la noce aurait été bien fichue.

— Et d'abord, rugit Hawes, qu'est-ce que vous foutiez là, tous les deux ?

— On se promenait, dit Jonesy.

— Pourquoi justement ici ?

— Pourquoi pas ?

— Répondez, nom de Dieu ! cria Hawes. Cet homme a été assassiné et c'est vous qui l'avez découvert. J'aimerais savoir ce que vous êtes venu faire ici. C'est une coïncidence, peut-être ?

— Oui.

— Qu'est-ce que vous faisiez dans ce bois ?

— Je me promenais avec Christine.

— Cotton, nous...

— Christine, tu ne perds rien pour attendre. Pourquoi avez-vous choisi ce sentier, Jones ? Pour avoir un témoin quand vous découvririez le cadavre ?

— Quoi ?

— Vous avez très bien entendu.

— C'est... scan... scandaleux !

— Vraiment ? Alors dites-moi ce que vous êtes venu faire par ici.

— Je suis venu pour embrasser Christine, avoua Jonesy.

— Et vous l'avez fait ?

— Cotton...

— Tais-toi, Christine. Vous l'avez embrassée ?

— Mais quel rapport avec Birnbaum ? Est-ce que ça vous regarde si j'ai...

— Quand avez-vous aperçu le corps ? intervint Carella, mécontent de voir Hawes faire dévier l'interrogatoire.

— Nous étions là, debout, répondit Jones. Et je l'ai vu, comme ça.

— Vous étiez simplement debout, sans rien faire ?

— Je... J'allais embrasser Christine.

— Oui ? Mais encore, dit Carella en surveillant du coin de l'œil Hawes qui serrait les poings.

— J'ai vu le cadavre, reprit Jonesy. Et je... J'ai crié. Et puis j'ai reconnu Birnbaum.

— Où mène ce sentier ? coupa sèchement Hawes.

— Chez Birnbaum. Sa maison est là, derrière les arbres.

Kling surgit d'un buisson et cria :

— Je l'ai, Steve. J'ai la douille.

Carella la lui prit des mains et l'examina. A la base, le cercle de cuivre portait l'inscription .357 MAGNUM PETERS. La balle provenait soit d'un Colt soit d'un revolver Magnum Smith & Wesson.

— Un Magnum, murmura Carella. Un gros calibre. Voilà qui met hors de cause notre ami Martino et son petit Iver Johnson .22.

— Oui. Qu'est-ce qu'on va faire, Steve ?

— Faut prévenir la Criminelle, je suppose. Bon sang, ça m'embête bougrement de ficher en l'air tout le mariage... Et je ne crois pas que Birnbaum aurait aimé ça, lui non plus.

— On peut peut-être s'arranger.

— Comment ?

— Ce coin est assez à l'écart. Nous pourrons peut-être faire passer le médecin légiste et les photographes par l'autre côté, par le jardin de Birnbaum et à travers le petit bois. Qu'est-ce que tu en penses ?

— Sais pas trop. Et puis il y a les collègues du quartier. On ne peut pas les ignorer.

— C'est quel district, ici ?

— Le 112ᵉ, je crois.

— Tu connais quelqu'un ?

— Non, et toi ?

— Non.

— Tu crois qu'ils consentiraient à faire les choses discrètement ?

— On peut toujours leur demander. Après tout, on ne se marie qu'une fois.

Carella hocha la tête et contempla le corps sans vie de Joseph Birnbaum, le voisin. Le bon voisin.

— Et on ne meurt qu'une fois, soupira-t-il. Allons, Jonesy, en route. A la maison. Vous aussi, Miss Maxwell. J'ai quelques questions à vous poser. Bert, va téléphoner au 112ᵉ. Cotton, tu restes près du corps.

Carella pensait que Hawes aurait fait preuve de plus de diplomatie que Kling auprès des collègues du 112ᵉ, mais il ne tenait pas à se retrouver avec une scène de jalousie sur les bras pendant son interrogatoire.

Hawes ne broncha pas. Les autres s'en allèrent et il demeura seul dans le petit bois, avec le cadavre. Il entendait au loin la musique et les rires, et les détonations des bouchons de champagne, assourdies et presque couvertes par le chant des oiseaux. Hawes chassa une mouche de son nez et alluma une cigarette. Il fit quelques pas dans le sentier. Un peu plus loin, le chemin tournait à gauche. Hawes le suivit machinalement. Il sortit du couvert des arbres et la pelouse du jardin de Birnbaum s'étendit devant lui. Il leva les yeux et regarda la maison.

Quelque chose scintilla à une fenêtre du grenier.

Hawes regarda à nouveau.

Il aperçut comme un vague mouvement et puis la fenêtre ne fut plus qu'un rectangle obscur et vide.

Mais Hawes était certain d'avoir entrevu un homme armé d'un fusil, à cette fenêtre-là, quelques secondes plus tôt.

Une blonde en robe de soie rouge était assise à la coiffeuse de la chambre d'en bas quand Christine Maxwell entra. Carella lui avait dit qu'il préférait questionner Jonesy seul et qu'il viendrait la chercher. Elle s'était immédiatement mise en quête de la salle de bains. Après cette émotion, elle éprouvait le besoin de se passer un peu d'eau sur la figure et de refaire son maquillage. Elle ne se sentait pas bien du tout.

Et en voyant la blonde en rouge, elle se sentit tout à fait mal.

Comme Christine posait son petit sac bleu sur la coiffeuse, la blonde se leva et rajusta son bas. La robe rouge relevée découvrait une jambe sculpturale, parfaite, longue et lisse, digne d'Hollywood. A côté de cette créature opulente, à la gorge généreuse, Christine se sentit maigrichonne et gauche. Elle savait que c'était ridicule. Christine avait toujours récolté sa part de sifflements admiratifs. Mais cette blonde qui lissait le nylon sur sa jambe était si sculpturale que Christine eut tout à coup l'impression de s'être méprise sur sa propre beauté. Tandis que la blonde rattachait son bas, Christine contemplait avec fascination la poitrine et les épaules en mouvement.

— Vous avez l'air bien pâle, mon chou, dit la blonde.

— Comment ? Ah... Oui, peut-être.

— Vous devriez aller boire un bon whisky. Ça vous redonnerait des couleurs.

Elle rabaissa brusquement sa robe, se regarda dans la glace, lissa la soie de sa jupe collante et disparut dans la salle de bains.

Christine s'assit à la coiffeuse, prit son peigne dans sa pochette et se coiffa. Elle était bien pâle, en effet. Mais quand elle pensait à cet homme, allongé dans le sentier...

La porte de la salle de bains s'ouvrit.

— La place est libre. Au revoir, mon chou.

La blonde s'avança vers la coiffeuse, saisit un sac et sortit vivement de la chambre.

Elle ne vit pas qu'elle s'était trompée de sac. Christine, dans son énervement, ne remarqua rien non plus.

Accroupi devant la fenêtre, les yeux au niveau du rebord, l'homme qui se trouvait dans la chambre du grenier de Birnbaum vit Hawes lever la tête, avancer d'un pas et regarder de nouveau la fenêtre. Il se baissa vivement.

Il m'a vu, se dit-il.

Il a vu le fusil.

Et maintenant, alors ? Bon Dieu, elle sait bien qu'elle doit empêcher les gens de s'approcher de la maison. Alors ? Qu'est-ce qu'elle fout ? Pourquoi elle fait pas son boulot ?

Il attendit, l'oreille aux aguets.

Il entendait un pas pesant, dans le jardin. Prudemment, à quatre pattes, l'homme s'écarta de la fenêtre. Caché par le mur, il se redressa, puis il gagna le milieu de la pièce. De là, il ne pouvait être vu, mais il voyait la pelouse et... oui, le type marchait vers la maison.

Qu'est-ce que je dois faire ?

Il ne voyait plus rien mais il entendait l'autre faire le tour de la maison, puis il y eut un bruit de pas sur les marches, sur le perron... L'homme n'entendit pas frapper à la porte, mais celle-ci s'ouvrit lentement, en grinçant.

Le silence.

Dans la chambre d'en haut, l'homme attendait. Les pas avaient repris, des pas prudents, hésitants, dans le corridor, dans l'escalier, qui faisaient craquer les marches une à une. L'homme bondit sans bruit jusqu'à la porte. L'oreille collée au battant, il entendit les pas qui s'approchaient. Il saisit son fusil par le canon.

Les pas s'arrêtèrent devant la porte.

L'homme retenait sa respiration. La poignée tourna imperceptiblement.

L'homme balança son fusil à la façon d'un club de golf.

Revolver au poing, Cotton Hawes ouvrit la porte du grenier d'une ruade. Le fusil décrivit un arc de cercle et la crosse vint s'abattre sur sa mâchoire. Cotton Hawes tomba comme une masse, sans connaissance.

10

La petite chambre située en face de la boutique de photographe de Jody Lewis sentait encore la poudre. Donald Pullen ouvrit la porte avec sa clef et s'écria :

— Fffou ! Qu'est-ce que ça pue ici ?

— La cordite, dit immédiatement Meyer. (Cette odeur lui était aussi familière que le parfum de sa femme, sinon aussi plaisante.) Quelqu'un a tiré un coup de fusil ici, Bob.

— Ouais, grogna O'Brien en cherchant tout de suite une douille.

Meyer se pencha à la fenêtre.

— Belle vue sur l'atelier du photographe. Tiens, ajouta-t-il en se baissant subitement, la voilà, Bob.

— J'en ai trouvé une autre, regarde.

Les deux douilles étaient identiques.

— Même arme, fusil de chasse, jugea Meyer.

— Vous voulez dire qu'on a tiré des coups de fusil de chasse dans cette chambre ? s'étonna Pullen.

— Ça m'en a tout l'air.

— Mais pourquoi ? Quelle idée de tirer des coups de feu dans une aussi petite pièce !

— Ce serait peut-être des fois pour tirer sur quelqu'un qui entrerait ou sortirait de la boutique du photographe d'en face. Vous dites que Miss Blake a bien spécifié qu'elle avait besoin d'un logement en face du photographe, n'est-ce pas ?

— Mais oui ! C'est stupéfiant ! Quelle puissance de déduction ! Stupéfiant !

— Elémentaire, mon cher, dit modestement Meyer, et Bob O'Brien étouffa un rire. On fait le tour du propriétaire, Bob. Un fusil de chasse ne me paraît pas l'arme idéale pour une femme. Qu'est-ce que t'en penses ?

— Je ne pense jamais le dimanche, dit O'Brien.

Mais il commença activement sa fouille.

Le petit logement avait un air parfaitement anonyme, et même inoccupé. Il y avait un lit de cuivre contre un mur, flanqué de sa table de nuit, une cuvette et un pot à eau sur une table, un lampadaire derrière un vieux fauteuil dans un coin. O'Brien poussa la porte de la minuscule salle de bains et alla ouvrir l'armoire à pharmacie. Elle était vide. Il tira le rideau de la penderie et vit quelques cintres de fer tordus.

— Le ou la locataire n'aimait pas s'encombrer de bagages.

— Un signe de présence féminine ? demanda Meyer. Pas d'épingles à cheveux ? de coton taché de rouge à lèvres ? de cheveux longs ?

— Pas trace de quoi que ce soit d'humain, répondit O'Brien. Attends voir. Voilà quelque chose, dit-il en prenant un cendrier sur la table de nuit. Un mégot de cigare. T'en connais, des bonnes femmes qui fument le cigare, toi ?

— Anne Baxter et Hermione Gingold, répliqua Meyer. Tu crois qu'elles tirent aussi au fusil de chasse ?

— On ne sait jamais. Mais avec ma poisse, je ne tomberai jamais sur une affaire pleine de célébrités.

— Moi, j'en ai eu une, une fois, dit Meyer. Une chanteuse. Malheureusement, j'étais déjà marié à l'époque.

— Pourquoi malheureusement ?

— Ma foi... répondit Meyer avec un haussement d'épaules éloquent.

— C'est quelque chose de fascinant de vous voir travailler, vous savez, dit Pullen.

— Faut dire que ça bat drôlement la télévision, lui dit O'Brien. La plupart des gens se figurent que le travail d'un policier, c'est des enquêtes interminables, des indices manqués, des tuyaux crevés, des témoins qu'il faut interroger pendant des heures sans rien en tirer, de la paperasserie, de la documentation, des planques sous la pluie ou le soleil. Les gens croient que les inspecteurs sont des types tout simples, mariés et pères de famille comme vous et moi, Mr Pullen.

— Oui ? dit Pullen.

— Mais c'est pas ça du tout. Faut pas croire la télévision. Un inspecteur est un type fascinant. Pas vrai, Meyer ?

— Absolument, répondit Meyer en reniflant le mégot.

— Dans la police, on rigole. On est tout le temps en train de fréquenter des blondes en déshabillés transparents, de vivre des aventures prodigieuses. C'est pas vrai, Meyer ?

— Absolument, enchaîna Meyer tout en notant mentalement que le cigare était un White Owl.

— On siffle des whiskies dans des bars chics, reprit O'Brien, on se promène en Cadillac décapotable avec une belle fille. Ah, oui, on peut dire qu'on a la bonne vie, Mr Pullen. La bonne vie.

— Cela me paraît en tout cas beaucoup plus intéressant que l'immobilier.

— Oh ça, vous pouvez le dire. Et les salaires ! Fantastiques. Sans parler des pots-de-vin. On se fait sa pelote, dans la police. Non, Mr Pullen, faut pas croire la télévision. Les policiers ne sont pas des pères tranquilles.

— Je ne l'ai jamais pensé. C'est réellement fascinant de vous voir à l'œuvre.

— Dis donc, Bob, tu ne crois pas que quelqu'un aurait dû entendre ces deux coups de fusil, ici dans l'immeuble ?

— Il me semble. A moins que ce ne soit la maison de retraite des malentendants.

— Il y a d'autres logements à l'étage, Mr Pullen ?

— Il y en a un. Sur le même palier. Je l'ai loué moi-même.

— On y va, Bob.

Ils traversèrent le palier et frappèrent. Un jeune homme barbu en peignoir de bain leur ouvrit.

— Vouais ?

— Police, dit tout de suite Meyer en montrant son insigne.

— Mince, c'est l'ambiance, dit simplement le barbu.

— Comment vous appelez-vous ? lui demanda Meyer.

— Régul ou pro ?

— Pardon ?

— Le vrai ou le pseudo ?

— Les deux.

— Sid Lefkowitz, c'est le blaze natal. Quand je suis sur les planches, c'est Sid Leff. Court, net, du rythme et de l'ambiance.

— Quelles planches ?

— Celles de l'estrade, mon pote. Pour la formation.

— Vous voulez dire un orchestre ? Vous êtes musicien ?

— Je gratte la guitare.

— Mr Leff, vous n'auriez pas entendu deux coups de feu, dans la chambre d'en face, aujourd'hui ?

— Des coups de feu ? Mince, c'était ça ?

— Vous les avez donc entendus ?

— J'ai entendu quelque chose. Mais, moi, vous savez, hein ? je travaillais aux *Cordes.*

— Aux cordes ?

— *Symphonie pour Douze Cordes.* Dites, vous faites pas d'idées ! C'est seulement une symphonie de jazz que j'écris pour trois guitares, six violons, deux basses et un piano. Licence poétique pour le piano, nature. Sans cordes, d'ailleurs, il y aurait pas de piano, hein ?

— Vous n'avez pas cherché à savoir d'où provenaient les détonations ?

— Non. J'ai pris ça pour un pot d'échappement. C'est toujours plein de camions, cette rue. Bruyante, cette piaule, vous pouvez pas savoir. C'est commode, je vous jure, pour écrire des symphonies !

— Vous n'avez pas vu la personne qui occupait l'appartement en face du vôtre, par hasard ?

— Vous voulez dire le gars au trombone ? J'ai vu un type sortir avec un étui à trombone.

— Pas autre chose ?

— Non. Rien que le trombone.

— Vous avez vu l'instrument ?

— Rien que l'étui. Un type va pas se balader avec un étui vide, non ? Autant traîner une guitare sans cordes. Faut pas exagérer, mon pote.

— Vous lui avez parlé ?

— Le bout de gras. La porte était ouverte quand il est passé, j'ai vu sa valoche et on a discuté, comme ça. Il m'a dit qu'il faisait une noce.

— Une quoi ?

— Ben oui, il devait jouer pour un mariage. Un trombone.

— Comment était-il ?

— Un grand malabar avec le nez cassé. Des cheveux noirs, les yeux aussi. Il fumait un cigare.

— Ça te dit quelque chose, Meyer ?

— D'après le signalement de la fiche, on dirait notre bonhomme. Dites-moi, Leff, il vous a dit nettement qu'il allait jouer du trombone à un mariage ?

— Non. Il m'a dit qu'il allait à une noce. Mais si c'était pas pour jouer, pourquoi trimbaler le trombone ?

— Quelle heure était-il ?

— Sais pas. Dans les cinq heures, par là.

— Je vous remercie, Mr Lefkowitz.

— Pas de quoi.

Le barbu referma sa porte et O'Brien demanda :

— Qu'est-ce que tu penses de ça ?

— Tu as vu un fusil dans la chambre ?

— Non.

— Et Lefkowitz nous dit que notre bonhomme ne portait rien qu'un étui à trombone, rien d'autre. Tu veux parier ?

— Parier quoi ? Qu'il y a un fusil dans l'étui ? On a gagné tous les deux, allez.

— Ouais. Et comme il n'y a pas de trombone dans son étui, probable qu'il va pas en jouer à un mariage.

— Juste.

— Mais s'il emmène un fusil de chasse à la noce, il y a des chances pour qu'il joue de cet instrument-là, vu qu'il a déjà lancé deux notes ici.

— Juste.

— Alors on y va en vitesse. Seulement à mon avis, il ne sera pas parmi les invités. Un type ne peut pas sortir son fusil de chasse comme ça, en pleine réception. Il est donc allé dans un endroit *près* du mariage. Tout comme il s'est trouvé *près* du photographe.

— Où, alors, à ton avis ?

— Tu m'en demandes trop. Mais combien peut-il y avoir de types qui se baladent avec un étui à trombone aujourd'hui, d'après toi ?

— C'est vraiment quelque chose de fascinant de vous voir travailler, dit Pullen.

Christine Maxwell était assise sur la véranda des Carella, croisant et décroisant nerveusement les mains sur ses genoux. A côté d'elle, Teddy Carella regardait les danseurs sur la piste improvisée. Le repas terminé, les invités s'étaient mis à boire et l'ambiance était nettement à la joie. Les maris s'en donnaient à cœur joie et les épouses fronçaient le sourcil, mais ce mécontentement était tempéré par le fait que c'était une journée unique et qu'un baiser volé à une cousine lointaine ne laisserait aucune trace le lendemain. Ce qui ne se laisserait pas aussi facilement oublier le lendemain, sous forme de coups de marteau dans le crâne, serait la certitude d'avoir abusé des boissons fortes.

Les enfants n'avaient pas ces problèmes, à moins que l'abus des sodas soit considéré comme un problème. C'était mieux qu'une promenade au square ! Mieux que le cirque ! Mieux que d'obtenir un autographe d'une célébrité ! Ici, on pouvait courir dans tous les sens sur la piste de danse, laquelle, bien cirée, était conçue pour les glissades et les chutes. Il y avait des tas de jambes d'adultes entre lesquelles on pouvait se faufiler, si l'on était précoce des derrières à pincer, et une magnifique pelouse à dévaler. Oui, c'était vraiment le paradis.

Christine Maxwell ne participait pas à l'allégresse générale. Assise à côté de Teddy, elle redoutait l'instant où Steve Carella la ferait appeler. Il ne pouvait tout de même pas croire qu'elle était mêlée à la mort de ce vieux monsieur ! Alors, pourquoi tenait-il à l'interroger ? Cette idée la terrifiait.

Mais elle avait encore plus peur de la jalousie inattendue de Cotton Hawes. Oui, elle avait flirté délibérément avec Jonesy afin d'amener Hawes à prendre conscience de la réalité de son charme. Mais ce petit jeu était allé trop loin. Hawes n'était pas seulement contrarié, il était furieux.

— Oh, Teddy, que dois-je faire ?

Le visage de Teddy fut immédiatement sur le qui-vive. On pouvait mésestimer l'impression de concentration qu'elle donnait quand on lui parlait. Après tout, elle était obligée de fixer les lèvres de quiconque lui adressait la parole pour « entendre » quelque chose. Mais cette contrainte technique n'expliquait pas entièrement la totale sympathie de son écoute. Teddy était l'auditoire idéal. Ses yeux, sa bouche, son visage tout entier exprimait la plus parfaite compréhension. Elle inclina doucement la tête, ses sourcils se levèrent un peu, ses yeux marron fixés sur les lèvres de Christine.

— J'ai tout gâché, dit-elle, et Teddy se pencha un peu plus près, en hochant la tête pour encourager Christine à parler.

— Je ne le connais pas depuis très longtemps, un an peut-être, on ne peut pas dire que ce soit ancien. Il est entré un jour dans ma librairie, il cherchait une marque de papier utilisée dans une affaire qu'il suivait. J'avais une librairie à Isola. Il m'a demandé si je voulais sortir avec lui, j'ai accepté. Nous nous sommes vus. Je suis veuve, vous savez. Mais pas veuve professionnelle, comme il existe aussi des vierges professionnelles et des mères professionnelles. Mon mari était pilote pendant la guerre. Il a été abattu près d'Okinawa. J'ai mis du temps à m'en remettre, mais les morts sont morts, la vie continue. Je ne suis pas veuve professionnelle, Teddy. Je n'ai pas porté le deuil, je ne me suis pas couvert la tête de cendres. Mais... ça n'a pas été facile de tomber à nouveau amoureuse. Ça n'a pas été facile de trouver l'homme qui supplanterait le souvenir de Greg. Et Cotton est arrivé...

Teddy hocha la tête.

— Et je suis tombée amoureuse à nouveau. Je ne crois pas que lui m'aime. En réalité, je suis presque certaine que non. Je ne pense pas que Cotton soit encore prêt à véritablement s'impliquer avec une femme. Mais je l'aime. Etre à ses côtés, être désirée par lui me suffit. Aujourd'hui, j'ai fait une bêtise, et je l'ai peut-être perdu. Cotton n'est pas homme à se laisser provoquer. Teddy, Teddy, que dois-je faire ?

Les larmes lui montèrent aux yeux. Elle fouilla dans son sac et chercha son mouchoir. Mais au lieu du poudrier et des objets familiers, ses doigts se heurtèrent à un obstacle incongru. Elle baissa la tête et regarda dans son sac.

Un Smith & Wesson, .357 Magnum, s'offrit à sa vue.

Kling raccrocha le téléphone et annonça :

— Ils arrivent. Je leur ai expliqué la situation. Ils vont passer par-derrière.

— Parfait, répondit Carella avant de se tourner vers Jonesy. Allons-y, Jonesy. Parlons un peu sérieusement.

Jonesy inclina la tête. Il était toujours aussi blême et ses mains n'avaient pas cessé de trembler.

— Pour commencer, voudriez-vous me dire où vous êtes allé ce matin, quand vous avez quitté Tommy sous prétexte de prendre l'air ?

— Sous prétexte ?

— Oui. Sous prétexte. J'ai bien dit sous prétexte. Où êtes-vous allé ?

— Pourquoi ?

— Parce que quelqu'un a scié la barre de direction de la Cadillac et que nous avons eu un accident où nous avons bien failli tous laisser notre peau. Voilà pourquoi, Jonesy.

— Je croyais que l'accident...

— Qu'est-ce que vous croyiez ?

— Ben... que c'était un accident, quoi.

— Ce n'en était pas un. Et vous vous êtes trouvé très commodément hors de la voiture à ce moment-là. Vous aviez besoin de cigarettes, vous vous souvenez ? Bien que Tommy vous ait offert les siennes.

— Vous n'allez pas penser...

— Tout ce que je veux savoir, c'est où vous êtes allé vous promener.

— Je ne me rappelle pas. J'étais très nerveux. J'ai marché au hasard.

— Où êtes-vous allé ?

— Je suis sorti de la maison et j'ai fait un tour. Je n'ai pas fait attention. Et puis je suis revenu.

— Vous n'avez rencontré personne ?

— Non.

— Vous vous êtes arrêté en chemin ?

— Non.

— Alors nous n'avons que votre parole pour vous situer au moment où un individu s'attaquait à cette barre de direction ?

— Je... Si vous voulez.

— Si je veux ? Et vous, qu'est-ce que vous voulez ?

— Enfin, écoutez, pourquoi est-ce que j'irais faire un truc comme ça ?

Carella regarda Jonesy et répondit d'une voix sèche :

— Tommy avait fait un testament par lequel il vous laissait toute sa fortune.

— Ça ? Bon Dieu, quelle fortune a-t-il ?

— Je vous le demande, Jonesy.

— Comment voulez-vous que je le sache ? Il n'est pas riche, ça, c'est sûr. S'il meurt, il y aurait peut-être l'assurance des anciens combattants, et puis il a une Buick de 1958 et probablement des petites économies, je suppose. Pas grand-chose, à mon avis, je ne vois rien d'autre.

— Il me semble que vous en savez très long sur lui.

— Ben quoi, je suis son meilleur ami. C'est naturel. Il n'avait rien à me cacher. Bon Dieu, vous ne supposez tout de même pas que j'irais tuer Tommy — *Tommy !* —, mon meilleur copain, pour quelques milliers de dollars !

— On l'a fait pour moins que ça. Des amis intimes. Des époux. Des parents et des enfants. Il y a des gens que l'argent attire, Jonesy.

— Bien sûr, mais... Non, vous n'y êtes pas. Je n'aurais jamais fait une chose pareille.

— Il y a le testament de Tommy.

— Il est marié, à présent. Il va changer tout ça.

— Bonne raison pour le supprimer avant qu'il le change, observa Kling.

— Vous êtes complètement cinglés ! Non. J'en suis incapable. Et Birnbaum ? Vous pensez que j'irais tuer Birnbaum, un sympathique petit vieux que je connais depuis toujours ? Hein ?

— Quelqu'un l'a assassiné, Jonesy.

— Ce n'est pas moi, reprit Jonesy. Je n'ai rien à voir avec le meurtre de Birnbaum...

On frappa doucement et la porte s'ouvrit toute grande. Christine Maxwell se rua dans la pièce en agitant le Magnum.

— J'ai trouvé ça dans mon sac, cria-t-elle. Non, pas mon sac. Une fille s'est trompée et a pris le mien. Dans la chambre, le vestiaire des dames. Elle a laissé celui-là. J'ai cru que c'était...

— Du calme. Doucement, dit Carella.

— ... que c'était le mien et je l'ai ouvert pour chercher mon mouchoir, et j'ai trouvé ça !

Christine brandissait le revolver sous le nez de Carella.

— Attention ! Il est peut-être chargé ! Allons, donnez-moi ça, s'écria Carella.

Il examina l'arme et la tendit à Bert, après l'avoir reniflée.

— Nous y voilà, dit-il. Pas la peine de chercher plus loin. C'est avec ça qu'on a tué Birnbaum. Vous dites que vous l'avez trouvée dans votre sac, Christine ?

— Non. Je croyais que j'avais mon sac. Je n'ai pas fait attention. Une grande fille blonde était avec moi dans la chambre. Elle a dû se tromper de sac. Elle a laissé celui-là.

— Une blonde ? demanda Kling.

— Oui.

— Comment était-elle ?

— Grande et forte. En robe de soie rouge.

— Aïe ! Bon Dieu ! J'ai dansé avec elle tout à l'heure.

— Cherchons-la, s'écria Carella.

— Elle doit être à un million de... commença Kling.

Il fut interrompu par l'irruption de Tommy Giordano, haletant.

— Steve ! Steve, je... je suis fou d'inquiétude !

— Qu'est-ce qu'il y a encore ?

— Angela ! Je ne la vois nulle part ! Elle a disparu !

11

Une forte odeur de cigare flottait. Un rayon de soleil perçait des ténèbres mouvantes. Une silhouette se dessinait vaguement. La douleur était intolérable. Et il y avait une sorte de chaleur qui coulait, coulait lentement.

Cotton Hawes luttait contre l'inconscience.

Des ondes douloureuses parcouraient son corps. Il avait la nausée et se débattait dans une obscurité totale. Un sixième sens lui disait qu'il était allongé sur le dos, mais il avait l'impression de remuer, de s'accrocher à quelque chose. Ce fut finalement la douleur qui eut raison du vertige, qui le poussa à reprendre ses esprits, qui aiguillonna ses sens, sa pensée et enfin son corps. Il cligna des paupières.

L'odeur de cigare était omniprésente et le prit à la gorge. Le soleil le frappait impitoyablement. Hawes essaya de se redresser mais le vertige le reprit. Il retomba, immobile, n'osant pas faire le moindre mouvement, conscient maintenant du sang sur son visage, et le coup qui l'avait assommé revint à sa mémoire. Le malaise s'atténua. Il sentait le sang, presque goutte par goutte, qui coulait en rigole le long de sa pommette jusque dans le cou et imbibait le col de sa chemise. Il avait l'impression d'être comme un nouveau-né, hypersensible à chaque nuance d'odeur, de couleur, de toucher. Et comme un nouveau-né, il était faible. Oui. Il se rappelait l'escalier, la chambre du grenier, et le coup. Il savait qu'il ne pourrait se mettre debout sans retomber à plat ventre.

Hawes tourna légèrement la tête de côté. Devant la fenêtre, un homme lui tournait le dos et regardait dehors. Il voyait nettement chaque détail un par un, lesquels, une fois assemblés, formaient un corps accroupi, la silhouette parfaitement visible dans la lumière de l'après-midi finissant. L'homme avait les cheveux noirs coupés court, et très frisés. L'homme changea de position et Cotton vit un nez busqué, une minuscule cicatrice près de l'œil droit, des lèvres minces, un menton fendu d'une profonde fossette. Il avait une nuque de taureau, des épaules larges et des bras puissants et velus. Sa main énorme était crispée sur le canon d'un fusil de chasse. Hawes remarqua le viseur télescopique. Par terre, aux pieds de l'homme, il y avait une boîte de cartouches.

Hawes se dit qu'il n'était pas de taille à se mesurer avec un colosse pareil. Ni maintenant, ni jamais. Cet homme paraissait capable de déchirer un annuaire de téléphone entre ses deux mains. De plus, il avait l'air particulièrement méchant, ce fils de pute, pensa-t-il, et je ne suis pas pressé de lui rentrer dedans. Ni maintenant, ni jamais.

Mais il avait un fusil de chasse, muni d'un viseur télescopique. Ce n'était sûrement pas pour se curer les dents.

Hawes se demanda s'il avait encore son revolver. L'autre l'avait-il désarmé ? Il baissa les yeux, vit sa chemise souillée de sang, le revers de sa veste et l'étui de cuir fixé sous son aisselle.

L'étui était vide.

Il n'y avait rien à faire, qu'attendre que les forces lui reviennent. En priant Dieu que l'autre n'en profite pas pour faire un carton sur les invités de la noce.

Les parents de Ben Darcy lui avaient fait cadeau de la petite MG noire décapotable, pour l'inciter à entrer à l'école dentaire. Ils ignoraient que c'était justement son intention. Ben avait accepté la voiture, avait commencé ses études de dentiste, et tout le monde était content.

La voiture était capable d'atteindre de grandes vitesses et, en ce moment même, Ben semblait bien décidé à vérifier ses capacités. Capote baissée, le pied collé à l'accélérateur, il filait à tombeau ouvert sur la grand-route de Semplar à la vitesse de croisière de cent quarante à l'heure.

A ses côtés, ses longs cheveux châtains volant au vent de la course, Angela Giordano née Carella écarquillait des yeux terrifiés en se disant qu'elle était destinée à mourir le jour de ses noces.

— Ben, ralentis, tu veux ? supplia-t-elle.

— J'aime la vitesse. Angela, il faut que tu m'écoutes.

— Je t'écoute, Ben, mais j'ai peur. Si une voiture...

— T'en fais donc pas. Je suis le meilleur conducteur de Riverhead. Tu ne peux pas être en de meilleures mains.

Angela soupira, serra les dents et regarda la route.

— Alors, tu as fini par l'épouser, dit Ben.

— Oui.

— Pourquoi ?

— Ben, je t'en prie. Nous avons parlé de tout ça tout à l'heure. Si j'avais su, je ne serais jamais venue avec toi !

— Alors pourquoi es-tu venue ?

— Parce que tu m'as dit que tu voulais simplement me faire faire un tour dans ta voiture une dernière fois. Je t'ai cru. Tu m'as dit qu'on ferait le tour du pâté de maisons. Et pas du tout, nous voilà en pleine campagne à je ne sais combien à l'heure... Ben ! Ralentis, je t'en prie !

— Non. Pourquoi l'as-tu épousé ?

— Parce que je l'aime, ça te va comme réponse ?

— Je ne te crois pas.

— C'est la vérité ! Il faut me croire !

— Je ne peux pas. Comment peux-tu l'aimer ? Un employé de banque ! Un employé, Angela !

— Je l'aime.

— Qu'est-ce qu'il peut te donner, hein ?

— Je ne lui demande rien. Je l'aime.

— Je suis mieux que lui.

— C'est possible.

— Pourquoi l'as-tu épousé ?

— Ben ! Ben, je t'en supplie, ne va pas si vite. Je... *Ben ! Attention !*

Une Buick en train de doubler avait surgi devant eux, à la manière d'une locomotive, dans l'impossibilité de se rabattre sans un dernier coup d'accélérateur pour finir de dépasser l'autre véhicule. Le choc paraissait inévitable. Ben donna un coup de volant à droite et la Buick le frôla dans un rugissement. La MG escalada le talus, dérapa un instant sur l'herbe, bondit sur une ornière et retomba sur l'asphalte. Angela ferma les yeux, certaine qu'ils allaient capoter. Mais la petite voiture se redressa miraculeusement et Ben colla l'accélérateur au plancher. Le compteur de vitesse marquait cent cinquante.

Angela restait sans voix, cherchant à reprendre sa respiration. Elle ferma les yeux. Elle ne voulait pas voir ça. Elle ne pouvait pas.

Elle entendit la voix de Ben qui couvrait le bruit de l'air ronflant dans l'habitacle de la décapotable. Parce qu'elle avait fermé les yeux, la voix lui semblait étrange, basse et menaçante, un bourdonnement monotone.

— Il n'est pas trop tard. Tu peux encore dire non, Angela. Tu peux demander une annulation. Débarrasse-toi de lui, Angela. Je t'aime. Tu peux encore t'en tirer. Je t'aime, Angela.

Muette de terreur, la gorge nouée, Angela secoua la tête.

— Ne pars pas en voyage de noces, Angela. Ne va pas avec lui. Dis-lui que tu t'es trompée. Il n'est pas trop tard. Je t'assure. Sinon...

Les yeux fermés, Angela secoua encore la tête et murmura :

— Ramène-moi, Ben, je t'en supplie.

— Ce n'est pas un mari pour toi. Dis-lui que tu ne le suivras pas. Dis-lui toi-même. Dis-lui...

— Ben, je t'en supplie.

— Tu lui diras, Angela ? Hein ? Tu vas lui expliquer que tu t'es trompée ?

— Ben...

— Tu vas le faire ?

— Oui. Oui, je vais le lui dire.

A bout de forces, Angela était prête à tout, à mentir, à promettre tout ce que Ben lui demanderait. Elle ne pensait qu'à faire cesser ce cauchemar, à rentrer, à échapper à ce garçon qu'elle ne reconnaissait plus.

— Oui, reprit-elle d'une voix plus forte. Ramène-moi et je le lui dirai. Ramène-moi, Ben. Tu verras.

— Tu dis ça, mais tu ne le feras pas.

— Mais si !

— Tu m'aimes ?

Angela ne put répondre. Elle éclata en sanglots. Enfin, elle hoqueta :

— Non. J'aime Tommy, rien que Tommy. Pourquoi me tortures-tu ainsi, Ben ? Si tu as la moindre affection pour moi, ramène-moi à la maison ! Je t'en supplie !

— Très bien, dit-il soudain.

Il ralentit, fit demi-tour sur la grand-route déserte et accéléra de nouveau. Angela ne voulut pas regarder le compteur.

Tommy attendait au bord du trottoir quand la MG s'arrêta devant la maison des Carella. Angela bondit et se jeta dans ses bras. Furieux, Tommy se tourna vers Ben :

— Qu'est-ce que ça signifie, Ben ?

— C'était une blague, quoi ! Histoire de rigoler. Tu sais, l'enlèvement de la mariée. Un gag.

— Oui, eh bien je ne trouve pas ça drôle. J'ai bien envie de te flanquer mon poing dans la gueule. On a failli devenir fous, ici, avant de s'apercevoir que ta bagnole avait disparu. Nom d'un chien, Ben, tu en as de bonnes, je te jure. Tu mériterais que je te botte le cul.

— Tu ne comprends pas la plaisanterie, mon vieux, je voulais simplement rigoler.

— Ah, tu me fais mal, tiens. Viens, Angela. Viens, chérie. Rentrons.

— Tu veux que je m'en aille ? demanda Ben, un peu déconfit.

— Va-t'en, reste, je m'en fous. Mais laisse Angela tranquille.

— C'était juste une blague, quoi, dit Ben. Je rigolais.

Les hommes qui faisaient cercle autour du cadavre de Birnbaum, le bon voisin, ne rigolaient pas du tout. Un crime n'est jamais drôle. Il y en a qui prétendent que certains meurtres sont pires que d'autres, par exemple ceux qui vous tirent du lit aux petites heures d'une aube glacée. D'autres détestent les assassinats de la soirée. Mais tous sont d'accord pour trouver que le crime dont il leur faut s'occuper est bien le pire de tous. Et ce jour-là, ceux qui se penchaient sur le corps du malheureux Birnbaum se disaient tous qu'il n'y a pires crimes que ceux que l'on commet à la fin d'un bel après-midi de dimanche.

Le 112e District avait envoyé un inspecteur parce que le crime avait été commis dans sa circonscription. La Brigade Criminelle, en apprenant que quatre inspecteurs se trouvaient déjà sur les lieux, n'avait envoyé personne. Un photographe de la police prenait des clichés, sans l'enthousiasme débordant de Jody Lewis, il faut bien le dire. Le médecin légiste avait officiellement constaté le décès de Birnbaum et faisait maintenant porter son cadavre sur une civière jusqu'au fourgon. Des techniciens du laboratoire cherchaient des empreintes de pas. Tout le monde s'affairait, mais hélas, personne n'éprouva le besoin de donner un coup de téléphone. Ce besoin se fût-il fait sentir, l'un ou l'autre des policiers se serait peut-être rendu à la maison de Birnbaum dont on apercevait vaguement le toit au-dessus des arbres.

Dans le grenier de la maison de Birnbaum, Cotton Hawes sentait ses forces lui revenir. Depuis dix minutes, il restait immobile et silencieux, les yeux mi-clos, tournant son regard de-ci de-là, sans bouger la tête. Devant la fenêtre, l'homme ne bronchait pas et regardait toujours dehors. Le grenier était plein du bric-à-brac commun à tous les greniers, des piles de vieux magazines, une petite malle verte, un mannequin de couturière, une tondeuse à gazon hors d'usage, un marteau, une vieille musette de soldat, un poste de radio au cadran brisé, trois albums de photographies...

Dans tout cela, un seul objet intéressait Hawes. Le marteau. Il était posé sur la malle, à plus d'un mètre de lui.

S'il pouvait s'emparer du marteau sans être vu ni entendu, il s'en servirait promptement pour défoncer le crâne du colosse. A condition que l'homme ne se retourne pas brusquement et ne tire pas le premier.

Alors, qu'est-ce que tu attends ? demanda Hawes à Hawes.

Je ne suis pas encore assez costaud.

Tu ne le seras jamais davantage. Ne me dis pas que tu as peur de ce gros plein de soupe devant la fenêtre ?

Si.

Quoi ?

Ben oui, j'ai peur de lui. Il peut me casser en deux sans avoir besoin de son fusil. Oui, il me flanque la trouille et fous-moi la paix.

Tu n'as pas honte ? Allons, tâche de prendre ce marteau.

Facile à dire.

Ecoute, est-ce que...

Bon, bon, j'y vais.

Sans bruit, Hawes roula sur le côté. L'homme ne se retourna pas. Cotton roula encore et s'arrêta à trente centimètres de la malle. Il respira un bon coup et tendit la main vers le marteau. Silencieusement, il le fit glisser vers lui et réussit à le prendre bien en main.

Il soupira et se mit à genoux.

Bon. Nous y sommes, se dit-il. Je fonce, je bondis et je lui fends le crâne.

Prêt ?

Il se dressa, le bras levé.

On y va !

Il fit un pas en avant.

Derrière lui, la porte s'ouvrit subitement.

— Doucement, mon vieux ! dit une voix.

Hawes pivota et se trouva face à une blonde en robe de soie rouge qui fouillait dans son sac. Il bondit.

12

On ne peut pas dire que Cotton Hawes n'appréciait pas les blondes. Surtout quand elles possédaient les formes de celle-ci. Car elle avait vraiment de quoi faire tourner les têtes les plus solides, de quoi damner un saint, de quoi réveiller un mort. Placée au milieu de Park Avenue, elle aurait créé d'inextricables embouteillages. Sur une scène de Broadway, elle aurait causé une émeute dans la salle, des crises d'apoplexie et du délire chez les critiques. Dans une chambre à coucher... Cotton Hawes préféra ne pas y penser.

Hélas, cette créature de rêve ne se trouvait ni à Park Avenue, ni sur une scène de Broadway, encore moins dans un lit. Elle faisait irruption dans un grenier exigu et ne cherchait à faire tourner aucune tête. Aussi fébrilement qu'un chercheur d'or piochant un riche filon, elle farfouillait dans son petit sac à main. Soudain, sa main s'immobilisa et une expression de stupeur apparut dans son clair regard.

D'une voix pure, féminine en diable, elle s'écria :

— Nom de Dieu, où est passé ce foutu revolver ?

Hawes lui sauta dessus.

Au même instant, l'homme de la fenêtre se retourna.

La fille était solide. Elle était aussi généreusement pourvue de griffes acérées et de dents pointues. Elle mordit sauvagement la main de Hawes et lui griffa sa joue intacte. L'homme s'approcha et se mit à tourner autour des lutteurs.

— Ecarte-toi, Oona ! Je ne peux pas tirer si tu...

Hawes ne voulait pas frapper la femme. Surtout pas avec un marteau. Mais il n'avait pas d'autre arme à sa disposition et il se dit avec raison que s'il lâchait la blonde, l'homme de Neandertal en profiterait lâchement pour l'assommer ou même, en mettant les choses au pire, pour l'assaisonner d'une volée de plombs. Aucune de ces éventualités ne lui souriait. La blonde non plus ne lui souriait pas. Elle gigotait comme une possédée et le gratifia d'un coup de poing qui faillit lui faire perdre un œil. Hawes étouffa un cri de douleur et joua du marteau, mais la fille l'évita et, avec une habileté experte, due sans doute à un long entraînement, lui décocha un coup de genou dans le bas-ventre. Hawes avait déjà reçu des coups semblables. Il découvrit que sa réaction était toujours la même. La douleur le plia en deux. Mais cette fois, il prit soin de ne pas lâcher la blonde, qui lui servait d'assurance sur la vie. Tant que son corps sculptural resterait dans ses bras, l'homme au fusil était réduit à l'impuissance s'il ne tenait pas à la tuer. Hawes tint bon et la robe de soie rouge se déchira du haut en bas, révélant un soutien-gorge blanc pigeonnant et les trois quarts de son sein gauche.

Hawes frappa du marteau et atteignit la fille à l'épaule. Il réussit à l'enlacer mais elle tourbillonna, et lui présenta son arrière-train. Hawes ne s'intéressait pas du tout à cette partie de son anatomie. Il lui passa un bras autour du cou, lui coinçant le menton, leva son bras droit et s'apprêta à lui assener un coup de marteau sur la tête. La blonde lui présenta un autre échantillon de ses talents.

Elle se courba en deux et se redressa brusquement. Sa tête vint heurter le menton de Hawes avec une violence peu commune. Il lâcha prise. La fille pivota et se rua sur lui, demi-nue, comme une furie, les ongles en avant. Hawes frappa et l'atteignit au bras.

— Salaud ! grinça-t-elle, le visage tordu de douleur.

Elle se pencha et ôta vivement un de ses escarpins à hauts talons.

— Ecarte-toi ! criait l'homme.

Mais la fille n'écoutait pas. Prenant son soulier à pleine main, le talon aiguille en avant, elle tournait autour de Hawes, cherchant une ouverture. Ils tournèrent ainsi un moment, comme deux coqs de combat, haletants, l'un avec son marteau, l'autre avec sa chaussure.

Soudain, elle feinta du droit et Hawes leva machinalement le bras gauche pour se protéger. La fille fit un bond de côté. Hawes ne vit qu'un éclair rouge et le talon pointu le frappa à la tempe. Il sentit le marteau lui échapper des mains. Ses genoux se dérobèrent. Il s'affala dans les bras de la blonde. Sa tête glissa sur les seins dénudés, avant qu'elle le repousse brutalement.

Il s'effondra de tout son long et sa dernière pensée, avant de sombrer dans l'inconscience, fut : Une fille, bon Dieu, une fille...

Garçon ou fille, le bébé se démenait. Assise à côté de son beau-père qui commençait à ressentir les effets du champagne, Teddy trouvait difficile d'apprécier le coucher du soleil avec le futur enfant qui faisait sa gymnastique vespérale. Elle sursautait à chaque coup de pied et elle avait l'impression que tout le monde remarquait son agitation. Il lui semblait que le bébé avait cent pieds, Dieu du ciel, il la frappa sur le haut de l'estomac, tout près de la poitrine, il la frappa à nouveau, cette fois-ci à l'aine, et elle fut certaine qu'il exécutait des sauts périlleux tant les coups étaient éloignés les uns des autres.

Il sera là la semaine prochaine, pensa-t-elle, et elle soupira. Fini, le mal de dos. Fini, les gamins qui la montraient du doigt : « Hé, madame, quand est-ce qu'il s'envole, le ballon ? » Ha ha, très drôle.

Elle se tourna vers la piste de danse. La rouquine de province avait l'air d'avoir trouvé une autre proie, mais cela ne consolait guère Teddy, car Steve avait disparu. Elle n'imaginait pas ce qui pouvait le retenir si longtemps loin d'elle. Evidemment, c'était le mariage de sa sœur et il devait probablement s'occuper des invités. Mais il y avait aussi eu ce coup de téléphone matinal de Tommy. Et que faisaient là Bert et Cotton ? Son instinct d'épouse de policier lui disait qu'il se passait quelque chose. Elle se demandait bien quoi.

Le bébé lui donna un coup de pied. Bon sang, j'aimerais bien que tu arrêtes.

Tonio Carella ne s'était pas contenté de boire du champagne. Il avait ingurgité tout autant de vins divers et de whisky. La dernière fois qu'il avait bu autant, c'était au mariage de Steve, il y avait de cela des années. La tête dodelinante, il souriait aux anges et commençait à éprouver beaucoup d'affection pour Noces et Banquets Associés. C'étaient des gens très sympathiques. Ça valait la dépense. *Madonna,* qu'est-ce qu'ils avaient pu lui coûter ! Mais ça le valait. Chaque cent. Ils étaient sympathiques. Regardez un peu cette belle piste de danse qu'ils avaient faite de cette plate-forme posée en plein centre de la pelouse, *Santa Maria,* ma pelouse ! Mais ils étaient sympathiques. Toutes ces choses magnifiques organisées par eux, le feu d'artifice au fond du jardin. Ils étaient beaux, les feux d'artifice. Il aimait les gens de Noces et Banquets. Il aimait sa femme. Il aimait son fils et sa belle-fille, sa fille et son gendre. Il aimait tout le monde. Il aimait Birnbaum.

Ce cher Birnbaum ! Mais où était-il passé ?

Ce brave vieux Birnbaum. Si ça se trouve, se dit Tonio au bord des larmes, il est en train de pleurer dans un coin. Tout seul.

Tonio se leva pour aller à sa recherche dans l'idée de lui offrir un cigare. Ce fut à ce moment qu'il entendit le cri, à l'extrémité de la propriété.

Carella avait renvoyé les agents du 112e, le photographe, le médecin légiste et les techniciens, et ne cessait de se demander où était passé Cotton Hawes. Il lui avait demandé de rester près du corps. Bon, le corps était parti à présent, et tous ceux qui s'en étaient occupés. Et Cotton avait disparu.

Carella ne connaissait pas Hawes depuis bien longtemps, mais il était certain qu'il n'aurait pas eu la stupidité de partir dans une crise d'amour-propre blessé. Il avait cependant bien donné libre cours à sa jalousie et à sa rage, tout à l'heure. Christine, toute charmante qu'elle fût, s'était conduite comme une petite sotte. Elle avait voulu faire enrager Cotton, et elle n'avait que trop bien réussi. Mais est-ce que Cotton l'aurait plantée là ?

C'était possible. Tout est possible. Il est bien difficile de connaître les hommes, surtout quand il y a une femme à la clef. Carella avait vu trop de cas de suicides où de jeunes hommes pondérés s'étaient jetés du dixième étage parce qu'une jolie fille leur avait posé un lapin. La jalousie fait faire bien des bêtises. Il n'y avait qu'à voir la figure de Teddy quand cette minette de Flemington s'était jetée à son cou. C'était il y a longtemps, mon Dieu, mais il se souvenait de chaque instant de cette soirée-là comme si c'était aujourd'hui. Faye, grrr, elle avait un merveilleux... Stop. Reste calme, mon gars.

Il aperçut Teddy, assise près de son père, et il lui sourit.

Il hâtait le pas pour la rejoindre quand il entendit un hurlement.

— Au secours !

Pivotant sur les talons, il fonça au galop. Son revolver était dans sa main avant qu'il eût couvert deux mètres.

La bande de garçons était réunie au coin de la rue et regardait passer les filles. Ils disaient qu'ils étaient là depuis le début de l'après-midi. Sous le même réverbère, oui. Au coin du métro. Ils regardaient passer les filles.

— Avez-vous remarqué les gens qui sortaient du métro ? leur demanda Meyer.

— Oui, on a remarqué les filles.

— Personne d'autre ?

— Si, bien sûr, mais surtout les filles.

— Vous n'auriez pas vu passer un homme portant un étui à trombone ?

— C'est fait comment, un étui à trombone ?

— Comme un étui à trombone, dit O'Brien. C'est long, en cuir noir, renflé à un bout.

— Mince. Faudrait demander à Charlie, dit un des gamins.

— Et où est-il, Charlie ?

— Là, chez le marchand de journaux. Hé, Charlie ! Viens voir un peu ! Ramène-toi !

— Charlie est musicien ? demanda Meyer.

— Non, mais sa sœur prend des leçons de piano. Elle a huit ans.

— Et Charlie, quel âge a-t-il ?

— Oh, lui c'est un grand. Il a seize ans.

Charlie apparut sur le seuil de la boutique. C'était un grand garçon dégingandé, en pantalon kaki et maillot de corps. Il s'approcha, les mains dans les poches.

— Oui ? Qu'est-ce qu'il y a ?

— Ces types-là veulent te poser des questions.

— Ouais ?

— Vous savez ce que c'est qu'un étui à trombone, Charlie ?

— Ouais !

— Avez-vous vu quelqu'un avec un étui à trombone passer par ici ?

— Un étui à trombone ?

— Oui, dit Meyer.

— Aujourd'hui ?

— Oui.

— Par ici ?

— Oui.

— Ouais ! dit le garçon avec un étonnement sans bornes.

— Par où est-il passé ?

— J'en sais rien.

— Vous l'avez bien vu ?

— Ouais ! Pourquoi ? Vous avez besoin d'un joueur de trombone ? Ma petite sœur joue du piano.

— Réfléchissez, Charlie. De quel côté est-il parti ?

— Ma foi... Vous pensez que je l'ai suivi ?

— Il est allé par là ? Par là-bas ? Allons, Charlie !

Charlie réfléchit un moment.

— Ouais. Il a filé tout droit dans l'avenue.

— Il n'a tourné nulle part ?

— J'en sais rien.

— Il n'a pas pris une rue transversale ?

— J'en sais rien, je vous dis ! Pourquoi vous demandez pas à l'épicier du coin ? Il l'a peut-être vu passer.

— Merci, fiston, dit Meyer. Nous y allons.

— Je regrette. C'est un trombone qu'il vous faut ?

— Oui.

— Parce que ma petite sœur est drôlement fortiche au piano.

Meyer jeta un regard désolé à Charlie qui haussa les épaules.

— Si vous y tenez, à votre trombone...

Meyer et O'Brien s'engagèrent dans l'avenue.

— Qu'est-ce que tu penses, toi ? demanda O'Brien.

— C'est peut-être lui, qui sait ? On aura peut-être plus de chance avec l'épicier.

Ils n'eurent aucune chance avec l'épicier.

Le brave commerçant portait des lunettes à double foyer, avait travaillé dur toute la journée et ne saurait pas faire la différence entre un étui à trombone et une bourriche d'huîtres, au revoir, messieurs.

Meyer et O'Brien se retrouvèrent sur le trottoir.

— Et maintenant ? demanda O'Brien.

Meyer secoua tristement la tête.

— Mon vieux, je trouve ce quartier bien grand, tout à coup.

13

Ben Darcy gisait sur le dos dans les buissons.

Le soir tombait et le ciel se teintait de mauve. Dans les bois, les insectes entamaient leur sérénade nocturne. La ville regardait vers le ciel, et accueillait la nuit avec un soupir ; c'était dimanche et le lendemain serait un nouveau jour de travail. Et dans la ville, dans les immenses structures métalliques d'Isola, dans les rues populeuses de Calm's Point, dans la banlieue de Riverhead, le début de la nuit semblait apporter avec lui un soupçon de paix, un calme teinté d'une lassitude résignée. Un autre jour rejoignait les ténèbres du passé. La lune montait, les étoiles faisaient pétiller le ciel, la ville s'embrasait.

Ben Darcy semblait faire partie de cette paix crépusculaire. Allongé sur le dos, sous un grand érable, il avait plutôt l'air d'un dormeur, d'un rêveur, d'un mâchonneur de brin d'herbe.

Le haut de son crâne saignait.

Carella se baissa vivement et ses doigts explorèrent la blessure avec délicatesse. Elle n'était pas profonde et n'avait pas beaucoup saigné. C'était une simple déchirure du cuir chevelu, en plein milieu du crâne, avec une bosse grosse comme une belle noix. Carella poussa un profond soupir. Il était affreusement las. Cette chasse aux fantômes le fatiguait. Il regretta de ne pas s'être fait boxeur. Au moins là, on se bat devant tout le monde, selon des règles bien établies, dans une enceinte illuminée, contre un adversaire bien visible, qui joue son rôle d'adversaire sans se dérober.

Il fallait être fou pour choisir le métier de policier. Nous nous occupons de la destruction, pensait-il, et la destruction est toujours enfouie, et notre travail n'est pas tant de la prévenir que de la découvrir après qu'elle est apparue. Nous courons après les destructeurs, et cela ne fait pas de nous des créateurs parce que nous sommes impliqués dans une tâche négative, ce que n'est jamais la création.

Teddy, assise près d'ici, en portant un bébé, fait acte de création sans effort, naturellement, et elle accomplit plus que ce que je pourrais accomplir en cinquante années de travail dans la police. Qui désirerait frayer avec l'enfant de salaud qui a scié la barre de direction d'une voiture, qui a descendu le voisin, Birnbaum, ou qui a défoncé le crâne de Darcy ? Pourquoi choisir ce métier, une profession qui exigeait plus que les heures de veille, une tâche qui amenait nécessairement à entrer en contact avec ceux qui détruisent ?

Qui voudrait délibérément fouiller l'esprit du criminel, le circuit de ses motivations profondes, salir ses mains avec le rebut de l'humanité qui défile au commissariat tous les jours que Dieu fait ?

Pourquoi voudrait-on se transformer en camion-poubelle ?

Je vais te dire quelques trucs, Steve, pensa-t-il.

D'abord que la philosophie ne sied pas à un flic qui avait du mal en dissertation au lycée. Ensuite que le libre arbitre est rarement offert à l'être humain. On devient flic parce qu'on devient flic, et à moins de passer des heures sur le divan d'un psy, et encore, on ne saura pas pourquoi. Et on reste un flic. Pourquoi donc ?

Parce que — outre le fait qu'un homme doit nourrir les siens et sans parler de l'obligation de dégoter un boulot ou de l'insécurité qui règne une fois hors du commissariat — je veux être un flic. Non pas parce que quelqu'un doit nettoyer les rues. Peut-être que les rues n'ont pas besoin d'être nettoyées et que la civilisation progresserait allègrement dans la crasse.

Mais les destructeurs me mettent en colère. Quand on enlève la vie à un homme comme Birnbaum, ça me rend fou. Et tant que la destruction me met en colère, je demeurerai flic, je continuerai à me rendre à ce commissariat pourri pour frayer avec le pire voisinage, écouter les mauvaises plaisanteries des autres flics, supporter leur humour pitoyable, avec la sonnerie du téléphone et la litanie des plaintes des honnêtes gens qui, même si ce ne sont pas des créateurs, ne sont pas des destructeurs.

Dans la pénombre grandissante, il sourit amèrement.

Vous ne vous en êtes sans doute pas rendu compte, père Paul, pensa-t-il, mais vous aviez un saint dans votre lycée.

Il se secoua et, laissant Ben Darcy dans l'herbe, il alla à la maison chercher de l'eau et des serviettes.

Etait arrivé le moment des histoires salées. Debout devant la grande table surchargée de plateaux de *dolci* et parée de l'énorme gâteau de mariage, et là-bas — au bout — les deux petits flacons de vin étiquetés pour le marié et pour la mariée, Tommy écoutait les plaisanteries avec des sentiments divers. Elles l'embarrassaient tout en le réjouissant secrètement. Il était censé être embarrassé, il le savait, et si chaque nouvelle histoire le faisait rougir, il avait l'impression de terminer enfin son éducation et d'être admis dans le monde universel des adultes. Quelques années encore, et peut-être raconterait-il les mêmes histoires à un mariage. Cet apprentissage le ravissait, même s'il connaissait déjà la plupart d'entre elles. Ça avait débuté par celle du type qui avait oublié son parapluie dans une chambre d'hôtel dont les occupants suivants sont un couple pendant sa lune de miel. Il est sur le point de mettre la main sur son parapluie quand entre le jeune couple, il se cache dans un placard, et il est aux premières loges lorsque débutent les préliminaires. « C'est à qui ces yeux ? — Ce sont les tiens, mon amour. — C'est à qui, ces lèvres ? — Ce sont les tiennes, mon amour » et ainsi de suite, toute l'anatomie y passe, et le type dans le placard, qui n'en peut plus, finit par crier : « Quand vous en serez au parapluie, il est à moi ! »

Tommy éclata de rire. La blague était éculée, mais il rit tout de même en rougissant légèrement. Il regarda son beau-frère qui sortait des buissons longeant le jardin et qui se hâtait vers la maison. Une autre plaisanterie fusait, celle du nain qui épousait une obèse de cirque, suivie par d'autres, de plus en plus farfelues ou débridées, telle celle du cheval blanc qui, ayant épousé un zèbre, passa toute sa nuit de noces à essayer de lui enlever son pyjama à rayures. Quelqu'un conseilla à Tommy d'emporter des journaux, car Angela passerait probablement trois heures à se pomponner dans la salle de bains pour être prête pour le grand moment, et quand quelqu'un rajouta « tu préférerais sans doute *le plus gros* moment », Tommy n'apprécia pas, mais il rit tout de même.

— A quel hôtel vous descendez ? demanda un des plaisantins.

— Oh non, répondit Tommy en secouant la tête.

— Allez ! Tu as peur qu'on vienne te faire le charivari ?

— Oui.

— Des vieux copains comme nous ? Tu ne veux pas qu'on vienne te rendre visite ?

— Ah non !

— Pourquoi ? Tu as quelque chose à faire ce soir ?

Et ainsi de suite. Jody Lewis ne cessait de tourner autour des invités, cherchant à fixer pour la postérité les expressions gênées de Tommy et les rires de ses amis.

— N'oublie pas ce vin en partant ! cria quelqu'un.

— Quel vin ? demanda Tommy.

— On t'a apporté du vin. Là, au bout de la table. Un flacon pour le marié, un pour la mariée.

— Mais ne bois pas trop, Tommy, sinon Angela risque d'être déçue, la pauvre !

La foule éclata de rire. Jody Lewis prenait cliché sur cliché. La nuit tomba brusquement.

Oona Blake était agenouillée à côté de Cotton Hawes, sa jupe relevée sur les genoux, la robe déchirée jusqu'à la taille. Les ténèbres envahissaient le grenier. Les dernières lueurs du crépuscule jouaient sur ses cheveux blonds, tandis qu'elle serrait les nœuds des cordes qui ligotaient Hawes. Puis elle fouilla ses poches.

Marty Sokolin, mâchonnant un cigare, la regardait faire. Il n'avait pas lâché son fusil. Cette fille lui faisait un peu peur. Il n'en avait jamais vu de plus belle mais il émanait d'elle une sorte de puissance terrifiante. Excitante, aussi. Elle avait ouvert le portefeuille de Hawes et en sortait les papiers.

— Un flic, dit-elle.

— Comment le sais-tu ?

— Il y a sa carte et son insigne. Pourquoi ne l'as-tu pas fouillé ?

— J'avais pas le temps. Qu'est-ce qu'un flic vient foutre ici ? Comment un flic...

— Il y en a partout.

— Pourquoi ?

Inquiet, Sokolin serra les dents sur son cigare.

— J'ai tué un type, dit-elle, et il sentit son cœur se serrer.

— Tu as...

— Ben oui, un vieux qui avait l'air de venir ici. Tu m'as bien dit d'empêcher les gens de venir ici, non ?

— Oui, mais de là à tuer un type ! Oona, pourquoi...

— Tu n'es pas là pour ça, toi ?

— Si, mais...

— Tu voulais qu'on te trouve ici ?

— Non, Oona, mais ça nous a amené les flics. J'ai un casier, bon Dieu. Je ne peux pas...

— Moi aussi, coupa-t-elle sèchement.

Il eut de nouveau peur. Sa main se crispa sur le fusil. Elle était moite.

— Veux-tu abattre Giordano ?

— Je... Ben oui. Oui.

— Oui ou non ?

— Ah, j'en sais rien ! Bon Dieu, Oona, j'en sais plus rien ! Je ne veux pas voir de flics. Je ne veux pas retourner en prison !

— Ce n'est pas ce que tu m'avais dit.

— Je sais, je sais.

— Tu avais dit que tu voulais le tuer.

— Oui.

— Que tu ne dormirais pas tranquille tant qu'il ne serait pas mort.

— Oui.

— Tu m'as demandé de t'aider. J'ai accepté. Sans moi, tu ne serais pas fichu de te moucher tout seul. Qui est-ce qui a dégoté l'appartement en face du photographe ? Moi. Qui est-ce qui a trouvé cette maison ? Moi. Sans moi, tu aurais traîné ta foutue vengeance jusqu'à la tombe. C'est ça ce que tu veux ? Hein ?

— Non, Oona, mais...

— Tu as peur ? Hein ? C'est ça ?

— Non.

— J'ai tué un homme pour toi. Pour te protéger. J'ai tué un homme. Et maintenant, tu te dégonfles ? Tu es un homme ou quoi ?

— Bien sûr que je suis un homme !

— Tu n'es qu'un moins que rien. Je ne sais pas ce que je fous avec toi. Des hommes, des vrais, je peux en avoir tant que je veux. T'es pas un homme.

— Si, je suis un homme !

— Alors tue-le !

— Oona ! Mais tous ces flics ! Il y en a un ici, avec nous !

— Il y aura un feu d'artifice à huit heures...

— Oona, si je le tue, ça m'avance à quoi ? Je sais que j'ai dit...

— ... du bruit, des explosions, des pétards. Si tu tires à ce moment-là, on n'entendra rien.

— ... que je voulais le tuer, mais je ne sais plus. Après tout, ce n'est peut-être pas à cause de lui qu'Artie est mort. Je ne sais plus...

— Tu vas à la fenêtre. Tu vises. Tu tires.

— C'était peut-être pas sa faute. Je suis tranquille, moi. Je suis sorti de prison. Pourquoi est-ce que j'irais me fourrer dans un pétrin pareil ?

— Tu attends le feu d'artifice. Tu tires. Il est mort. Et nous filons.

— Et ce flic, là ? Il nous a vus tous les deux, protesta Sokolin.

— Je m'occuperai de lui, déclara Oona Blake en riant. Ce sera un plaisir. Un vrai plaisir !... Va à la fenêtre, Marty, ajouta-t-elle à voix basse.

— Oona...

— Finissons-en. Dès que le feu d'artifice commencera. Après, tu n'y penseras plus. Nous serons ensemble. Ce sera fini, tu l'auras enlevé de ton esprit. Je serai à toi, mon gros bébé, à toi tout entière.

— Oui, murmura-t-il. Oui, Oona.

Antonio Carella avait peut-être bu trop de vin, ou alors il avait dansé avec trop d'énergie, mais il avait du mal à rester debout. Il avait traîné une chaise au milieu de la piste et tentait d'y grimper. Il finit par s'y hisser péniblement et se redressa, un peu vacillant, les bras écartés à la fois pour maintenir son équilibre chancelant et pour réclamer le silence. Les invités avaient eux aussi un peu trop bu, ou bien dansé avec trop d'énergie, et il eut bien du mal à se faire entendre. Les invités se turent enfin, de peur sans doute qu'il ne tombe avant d'avoir prononcé son discours.

— Je suis un homme heureux, s'écria-t-il enfin. Ma fille Angela a épousé un garçon épatant. Tommy ! Tommy ? Où est-il, ce garçon ?

Il descendit lourdement de sa chaise et partit à la recherche de Tommy, puis il le ramena en le tenant par la main.

— Mon gendre ! hurla-t-il fièrement, et tous les invités applaudirent. Un garçon épatant ! Une belle journée, une belle nuit ! Et maintenant, on va tirer le feu d'artifice ! A la gloire de mes deux enfants ! Tout le monde est prêt ?

Une ovation s'éleva de la foule des invités, tandis que Marty Sokolin abaissait lentement le canon de son fusil et braquait son viseur télescopique sur la tête de Tommy Giordano.

14

Si le boulot de policier est moitié observation et moitié patience, c'est aussi moitié chance et moitié foi aveugle. Quatre moitiés, ça fait deux entiers, de toute évidence. Deux entiers que Meyer Meyer et O'Brien devaient garder à l'esprit dans leur inlassable recherche de Marty Sokolin.

Meyer Meyer aurait été très heureux s'il avait pu s'attarder à renifler les odeurs de la pâtisserie plutôt que courir après un suspect. Les odeurs de pâtisserie, surtout cachère, avaient toujours quelque chose de mystérieux et d'envoûtant. Quand il était enfant, il ne pouvait imaginer que les gens entraient chez le pâtissier pour faire des achats. Quand sa mère l'emmenait en promenade hors du quartier goy, elle trouvait un traiteur et elle l'autorisait à rester dans la boutique pour en savourer le parfum. Jusqu'à ce qu'il ait une quinzaine d'années et qu'il achète un gâteau avec son premier argent de poche, Meyer était persuadé que ces échoppes n'étaient que des lieux où l'on humait. Il avait d'ailleurs encore du mal à y acheter quelque chose, comme s'il profanait un lieu sacré.

Il n'acheta rien dans la pâtisserie de Dover Plains Avenue. Il enquêtait sur l'homme à l'étui à trombone, échoua rapidement et continua dans la rue à chercher l'aiguille dans la botte de foin. La technique d'enquête était très scientifique. Elle consistait à arrêter tous les passants et à leur demander :

— Avez-vous vu passer par ici un homme portant un étui à trombone ?

Cette question, posée par un simple amateur, peut donner lieu à des réponses diverses, embarrassées et confuses. Posée par un bon policier avec le ton qu'il faut et l'autorité requise, elle réclame une réponse sans ambiguïté. Un « oui » ou un « non ». Meyer Meyer et Bob O'Brien récoltèrent une douzaine de « non » avant d'obtenir un « oui » formel.

Ce « oui » les conduisit à une rue parallèle à Charles Avenue. Sur le perron d'une maison de bois, ils reçurent leur second « oui » et décidèrent que la chance avait tourné. Ce deuxième « oui » leur fut donné par un vieux monsieur muni d'un cornet acoustique.

— Avez-vous vu passer par ici un homme portant un étui à trombone ? demanda diplomatiquement Meyer.

— Quoi ? hurla le vieillard. Je suis un peu dur d'oreille.

— Un homme avec un étui à trombone.

— Entrez donc, si vous en avez besoin. Nous l'avons.

— L'homme au trombone ?

— Oui, là, sur la table de l'entrée. Formez votre numéro. Ce n'est pas l'inter que vous voulez ?

— Non, non. Un trombone, corrigea patiemment Meyer. Un instrument de musique.

— Ah ! Un trombone. Oui, oui. Et alors ?

— Vous n'auriez pas vu passer un type avec un trombone, un étui à trombone ?

— Vous voulez dire le type qu'est passé tout à l'heure ?

— Vous l'avez donc vu ?

— Pardi. Il est passé là, dans la rue.

— Merci, soupira Meyer avec reconnaissance. C'est parfait. Bien aimable.

— Allez au diable vous-même, jeune homme. Et soyez poli !

La nuit tombait. Le ciel se colorait de mauve et de rose et les premières étoiles scintillaient comme des diamants.

— Nous ne sommes pas très loin de chez les Carella, hein ? dit O'Brien.

— A côté.

— Tu crois qu'on brûle ?

— Peut-être. En tout cas, je commence à en avoir ma claque, moi.

— Tiens, voilà un autre client, dit O'Brien. On lui demande ?

— On a demandé à tout le monde. Pas de favoritisme.

Le nouveau client était un gamin de huit ans. Assis au bord du trottoir, il lançait un canif ouvert et chaque fois le manche allait se ficher dans le sable devant lui pour retomber aussitôt. Il ne paraissait pas comprendre qu'un léger mouvement du poignet aurait permis à la lame de se planter en terre. Mais il avait l'air tout à fait satisfait de son jeu. Meyer Meyer et O'Brien le regardèrent pendant quelques minutes. Cela ne manquait jamais. Le manche retombait toujours avec le même bruit mat.

— Salut, bonhomme, dit enfin Meyer.

Le gosse leva la tête. Une petite frimousse éveillée, très sale.

— Crève, dit-il simplement.

Meyer se mit à rire.

— Allons, allons, bonhomme. Nous voulons simplement te poser une question.

— Ouais ?

— Tu n'as pas vu passer un homme avec un étui à trombone ?

Le gamin haussa les épaules.

— Crève. Vous voyez pas que je suis occupé ?

— Tu cherches à planter ta lame dans la terre ? dit aimablement Meyer.

— C'te connerie. N'importe qui pourrait le faire. J'ai une chenille dans ce trou.

— Une chenille ?

— Bien sûr. Je cherche à savoir combien de fois je peux l'assommer avant qu'elle crève. Ça fait trente-quatre coups et elle gigote encore.

— Tu ne veux pas l'écraser avec le pied ?

— Ce serait pas drôle.

— Pour le type au trombone, tu l'as vu ?

— Sûr, dit le gosse, en reprenant son couteau pour le relancer. Trente-cinq.

— Où est-il allé ?

— Probable qu'il allait au mariage, là-bas à côté.

— Qu'est-ce qui te fait dire ça ?

— Trente-six. Je crois qu'elle s'affaiblit.

— Pourquoi penses-tu que l'homme est allé au mariage ?

— Il a dû passer par-derrière. Ou alors il allait à la maison d'en face.

— Quelle maison ?

— Il en avait l'air, en tout cas. Il s'est arrêté au bord du trottoir et il est entré dans le jardin. Trente-sept. Alors, ou bien il a traversé le jardin pour aller au mariage, ou bien il est entré dans la maison. Trente-huit. Je sais compter jusqu'à cent.

— Quelle maison ?

— Chez Birnbaum. La troisième maison à droite. Je crois que je l'ai eue. Hé, venez voir ! Je l'ai eue ! Mince, quelle saloperie !

Meyer et O'Brien ne s'attardèrent pas pour contempler la saloperie. Ils se dirigèrent d'un pas pressé vers la maison de Birnbaum. On entendait dans le lointain comme des roulements de tonnerre.

— Tu le vois ?

Voir. Voir. Voir... Ne le rate pas, cette fois, vise bien. Vas-y. Non. Il est là. Le feu d'artifice. Ça commence. Les premiers pétards. On dirait une attaque. Marty, ne pense pas à la guerre. Fais attention à ce que tu fais. Oui, pas de danger. Les chandelles romaines. Le soleil. Ça y est. Ne regarde pas les fusées. Oh, la belle bleue. Fais gaffe. Attends, attends, Marty. J'attends...

Des mots, du bruit, des explosions, le feu, la guerre...

Cotton Hawes émergeait douloureusement de son inconscience. Les sons se mêlaient dans sa tête, des paroles confuses, du tumulte, des rires, des ténèbres qui se dissolvaient, des éclats de lumière, un véritable feu d'artifice... Feu d'artifice !

Il cligna des yeux.

Il essaya de bouger.

Il était ficelé comme les rôtis de tante Sadie. Troussé comme un poulet, les mains liées derrière le dos, rattachées aux chevilles. Il tourna la tête et vit la fenêtre. Les fusées multicolores éclataient dans le ciel de la nuit d'été. La silhouette du colosse se détachait en noir sur un fond mouvant et lumineux. Il était accroupi, penché sur son fusil, et la fille victorieuse, les lambeaux de sa robe rouge collant à son corps splendide, le retenait par l'épaule.

— Vise juste, Marty, disait-elle.

— Oui, oui. Je l'ai. T'en fais pas.

— Attends les grosses pièces. Celles qui font du bruit.

— Oui, oui.

— N'aie pas peur, Marty.

— Non.

— Tu es un homme. Mon homme.

— Je sais. Tais-toi. Ne m'énerve pas. Chut.

— Quand ce sera fait, Marty. Toi et moi. Vise juste.

— Oui. Oui.

Impuissant, Hawes se disait : Il va tuer Tommy. Dieu du ciel, il va le tuer, il va lui tirer dessus et je ne peux rien faire pour l'en empêcher...

— Que... que s'est-il passé ? soupira Ben Darcy.

Il écarta le linge humide que Carella lui posait sur le front et se redressa en clignant des paupières. Puis il se prit la tête à deux mains.

— Aïe, ma tête ! Bon Dieu, que j'ai mal ! Qu'est-ce qui m'est arrivé ?

— Si vous me le disiez ? répondit Carella. Bougez pas, gardez cette compresse.

— Merci. Mais... Qu'est-ce que c'est que ce bruit ?

— Le feu d'artifice.

— Ah... Est-ce que... Tommy et Angela sont partis ?

— Je ne crois pas.

— Ah.

— Que s'est-il passé ?

— Je ne sais pas trop. Je me promenais par ici, quand...

— Pourquoi ?

— Quoi, pourquoi ?

— Pourquoi vous promeniez-vous par ici ?

— Je ne me sentais pas trop bien. L'engueulade avec Tommy et tout. J'avais besoin de prendre l'air. D'être tranquille.

— Oui ?

— Quelqu'un m'a frappé.

— Qui ?

— Je ne sais pas.

— Vous avez crié. Vous avez appelé au secours. Pourquoi ?

— Parce qu'on m'avait pris par le cou. Par-derrière. J'ai crié. Bon Dieu, avec quoi m'a-t-on frappé ? J'ai l'impression qu'on m'a fendu le crâne.

— C'était un homme, Ben ?

— Oui. Enfin, j'en ai eu l'impression.

— Cet homme n'a rien dit ?

— Si.

— Qu'est-ce qu'il a dit ?

— Il a dit : Enfants de salaud, je vous aurai tous.

— Comment était sa voix ?

— Rauque. Grave. Une voix d'homme costaud.

— Grand ?

— Grand et fort. Son bras me serrait drôlement.

— Combien mesurez-vous, Ben ?

— Un mètre quatre-vingt-trois, tout juste.

— Et cet homme était plus grand que vous, à votre idée ?
— Un peu. Oui.
— Et il a dit : Enfants de salaud, je vous aurai tous ? C'est bien ça ?
— C'est ça.
— Et puis il vous a frappé ?
— Oui.
— Sur la tête ?
— Oui.
— Pas autre part ?
— Non.
— Il ne vous a pas assommé, jeté à terre, bourré de coups de pied ?
— Non.
— Il s'est contenté de vous prendre par le cou, de vous tirer en arrière et de vous frapper ?
— Oui.
— Comment était-il habillé ?
— En smoking. Je crois. Je n'ai vu que son bras, mais il m'a semblé que c'était une manche de smoking.
— Il ne faisait pas trop sombre ?
— Non.
— Un smoking noir ?
— Oui.
— Pas bleu marine ?
— Non. Noir.
— Vous avez pu voir ça dans l'obscurité ? Ici sous les arbres ? Vous en êtes sûr ?
— Oui. Noir. Je crois bien que c'était noir.
— Donc l'homme vous a parlé et puis il a frappé ? Vous avez crié tout de suite ? Avant le coup ? Avant ou après qu'il parle ?
— Il a parlé et puis... Non, attendez... Non. J'ai crié d'abord, et puis il a parlé et m'a frappé.
— Un seul coup ?
— Oui. Sur la tête. Et je ne me souviens de rien d'autre.
— Vous avez perdu connaissance sous la violence du choc ? Immédiatement ?
— Oui.
— Une dernière question, Ben.
— Oui ?
— Pourquoi tous ces mensonges ?

Après les pétards, les chandelles romaines avaient incendié la nuit. Les soleils venaient de s'éteindre. Maintenant, près de l'échafaudage, les artificiers improvisés de Noces et Banquets Associés s'apprêtaient à envoyer le bouquet. A côté de son beau-père, un bras passé autour de la taille de sa femme, Tommy Giordano, tout illuminé par les quinquets de l'estrade des musiciens, attendait le fracas et les étincelles des dernières fusées. Il ne savait pas qu'un viseur télescopique était braqué sur lui. Souriant, il enlaçait Angela et guettait le début du bouquet.

Une gerbe bleu et vert éclata dans la nuit, immédiatement suivie d'une cascade d'argent scintillante. Les explosions déchirèrent la paix de la banlieue de Riverhead.

Dans la chambre du grenier, Oona Blake crispa ses doigts sur l'épaule de Sokolin.

— Vas-y, Marty, cria-t-elle. Maintenant, tire !

15

Les deux hommes travaillaient en équipe et tout se serait sans doute bien passé, sans effusion de sang, si Bob O'Brien n'avait justement fait partie de l'équipe. Nul doute qu'au commissariat, la légende et la superstition feraient d'O'Brien le bouc émissaire idéal.

En arrivant devant la maison de Birnbaum, ils avaient tiré leurs revolvers. O'Brien se colla contre le mur tandis que Meyer tournait doucement la poignée de la porte. Le rez-de-chaussée était obscur et silencieux. Les deux hommes pénétrèrent prudemment dans le hall.

— S'il est là et qu'il a l'intention de se servir de son fusil, chuchota Meyer, il doit être en haut.

Ils attendirent que leurs yeux se fussent accoutumés aux ténèbres. Puis ils découvrirent l'escalier et se mirent à le gravir, hésitant à chaque marche. Au premier, ils poussèrent les portes des deux chambres. Elles étaient vides.

— Un grenier ? murmura O'Brien.

Ils reprirent leur ascension. Ils se trouvaient sur le palier du grenier quand le feu d'artifice commença chez les Carella. Ils crurent tout d'abord qu'il s'agissait d'une fusillade, mais comprirent vite ce que c'était et en conclurent que le tireur devait justement attendre cela pour couvrir ses coups de feu. Ils n'échangèrent pas une parole. C'était inutile. Le feu d'artifice signifiait qu'il y avait urgence. Meyer s'aplatit contre la paroi, à côté de la porte du grenier, pendant que O'Brien, prenant appui sur le mur opposé, s'apprêtait à l'enfoncer. Ils se regardèrent et Meyer inclina la tête.

Dans la pièce, une voix de femme s'éleva :

— Vas-y, Marty. Maintenant, tire !

O'Brien se rua, la jambe gauche levée, et la porte vola en éclats. O'Brien, emporté par son élan, la suivit et Meyer se précipita tête baissée.

O'Brien, revolver au poing, n'avait pas du tout envie de tirer. Son regard embrassa la petite pièce, alla de l'homme accroupi devant la fenêtre à Cotton Hawes saucissonné par terre, et de nouveau à la fenêtre où la grande fille blonde se retournait brusquement.

— Lâchez ça ! ordonna O'Brien.

Il regarda l'homme dans les yeux, étudia ce regard pendant quelques secondes qui lui parurent interminables, y lut de la terreur, de la détresse, de la folie. Il vit soudain les paupières se rétrécir. O'Brien avait déjà vu cette expression chez des hommes armés, prêts à vendre chèrement leur peau, et il comprit que, s'il ne tirait pas le premier, il serait abattu dans la seconde.

Meyer Meyer avait aussi remarqué le regard de l'homme.

— Attention, Bob ! cria-t-il.

Et Bob tira.

Il tira une fois, sans viser, de la hanche, avec un calme apparent que démentaient le tremblement de ses genoux et les battements sauvages de son cœur. La balle frappa Sokolin à l'épaule et le fit tournoyer, le rejetant contre le mur. Le fusil lui échappa et il s'écroula lentement. O'Brien ne pensait qu'une chose : Seigneur, faites qu'il ne meure pas ! Ne le laissez pas mourir, mon Dieu !

La blonde hésita à peine. Tandis que Sokolin s'affaissait et que Meyer se ruait dans la pièce, tandis que le monde extérieur explosait dans un déluge de lumières et de bruit, elle prit une décision et s'y conforma sans attendre. Tombant à genoux en relevant sa jupe d'un geste féminin caractéristique, elle allongea le bras vers le fusil.

Meyer lui décocha deux coups de pied. Le premier pour écarter l'arme, le second dans les jambes, pour la faire tomber. Elle s'étala dans un éblouissement de jambes parfaites et de dessous de nylon. Mais elle se releva comme mue par un ressort, les lèvres retroussées, les ongles en avant. Meyer rejeta toute courtoisie et fit glisser son revolver dans sa main pour le saisir par le canon. Puis il leva le bras et l'arme s'abattit sur la mâchoire de la fille. Elle poussa un petit cri étouffé et se replia sur elle-même, très lentement, comme un grand navire qui sombre, avec beaucoup de grâce.

O'Brien se penchait déjà sur Sokolin.

— Il est blessé, dit-il. Mais il n'est pas mort.

Meyer s'épongea le front.

— Je le savais qu'il y aurait des coups de feu.

Puis il se tourna vers Cotton Hawes qui se débattait faiblement.

— Eh bien, eh bien, viens voir un peu, Bob ? Qu'est-ce que c'est que ça ?

— Dégagez-moi, bande de crétins, grogna Hawes.

— Et ça parle ! C'est prodigieux, dit Meyer. Un chien qui parle ! Ça, c'est unc curiosité !

— Allez, Meyer, supplia Hawes.

Meyer remarqua enfin son visage tuméfié et cessa de plaisanter. Il se hâta de défaire les cordes et Hawes se releva péniblement, en massant ses poignets endoloris.

— Vous êtes arrivés à temps, je crois, dit-il simplement.

— Les carabiniers ont toujours été calomniés, dit Meyer.

O'Brien regardait la blonde.

— Pareil pour la cavalerie. T'as vu ces jambes ? dit-il.

Les deux autres admirèrent consciencieusement le tableau. Enfin, Meyer soupira :

— Faudrait appeler une ambulance pour notre ami.

— Oui, murmura O'Brien sans enthousiasme.

— Tu veux aller les prévenir ?

— Oui. J'y vais.

Il quitta la pièce et Meyer alla mettre les menottes à la blonde. Il admira encore une fois ses jambes et tira pudiquement sa jupe.

— Là. La moralité est sauve. Mais elle n'avait pas l'air commode, la frangine. Je n'aurais pas voulu me bagarrer avec elle.

— Moi, je l'ai fait, dit Hawes.

— Hmm. Ma foi, il me semble que l'ambulance aura un passager de plus. Tu as tout de la clientèle d'hôpital, mon garçon. T'es pas beau à voir.

— Je ne me sens pas très beau, en effet.

Meyer rengaina son revolver.

— Rien de tel qu'un peu de rigolade le dimanche, hein ?

— Tu peux te plaindre, toi ! Moi, c'était mon jour de sortie.

— Des mensonges ? dit Ben Darcy. Que voulez-vous dire ? Pourquoi voulez-vous ?...

— Allons, Ben. Venez. A la maison, ordonna Carella.

— Pour quoi faire ? Qu'est-ce que ?...

Un revolver apparut au poing de Carella, comme par magie. Darcy le regarda.

— Bon Dieu, vous parlez sérieusement, on dirait !

— Et vous ?

Darcy haussa les épaules et précéda Carella entre les arbres. Les fusées montaient toujours et la foule poussait des cris et des soupirs à chaque nouvelle merveille pyrotechnique. Devant la maison, Kling les attendait.

— Je te cherchais, Steve. Il est plus de huit heures et je dois aller prendre Claire à neuf heures. Je ferais bien de partir.

— Attends encore quelques minutes, tu veux ?

— Pourquoi ?

— Je te demande d'attendre, c'est tout.

— Bon, je veux bien, mais tu ne connais pas Claire.

— Entrez, dit Carella à Darcy. Au premier.

Ils montèrent dans la chambre qui avait été celle de Carella, autrefois. Des fanions d'école décoraient toujours le mur, des maquettes d'avions pendaient du plafond, un sabre de samouraï qu'il avait envoyé pendant la guerre du Pacifique était accroché près de la fenêtre, près du bureau. Dans cette chambre où il avait grandi, Carella ne s'abandonna pas à la nostalgie. Il avait introduit Darcy dans l'intimité de la maison parce qu'il allait mener un interrogatoire policier et qu'il recherchait l'avantage psychologique du silence monacal, quatre murs, l'apparence d'une cellule. Au 87e, il aurait utilisé la petite salle d'interrogatoire pour les mêmes raisons. Certains flics utilisaient la salle d'interrogatoire comme un ring de boxe, mais Carella n'avait jamais levé la main sur un prisonnier depuis qu'il était dans la police, et il n'avait pas l'intention de commencer maintenant. Le laisser croire pouvait cependant être une arme efficace. Il savait que Darcy lui avait menti et il voulait savoir pourquoi. Il brandissait son revolver avec la même intention d'intimidation. Pour la même raison, il avait fait monter Kling. Devant deux hommes massifs, deux policiers froids et résolus, le mensonge de Darcy ne tiendrait pas longtemps.

— Asseyez-vous, dit-il à Ben Darcy.

Darcy obéit.

— Pourquoi voulez-vous voir Tommy mort ? demanda brusquement Carella.

— Quoi ?

— Vous m'avez bien entendu.

Carella s'était planté en face de Darcy, un peu à droite. Kling, qui avait tout de suite compris sa manœuvre, se posta sur la gauche, face au suspect.

— Tommy mort ? s'écria Darcy. Vous rigolez ? Pourquoi voulez-vous que... ?

— Je vous le demande.

— Mais je...

— Vous dites qu'un homme légèrement plus grand que vous vous a sauté dessus par-derrière et vous a passé un bras autour du cou. C'est bien ça ?

— Oui. Oui, c'est la vérité.

— Ensuite, il vous a frappé sur le crâne. Une fois. Juste ?

— Oui. C'est ce qui s'est passé. Comment...

— Je suis aussi grand que vous, à un ou deux centimètres près, interrompit Carella. Kling que voici est un peu plus grand. Cela doit faire à peu près la même différence de taille qu'il y avait entre vous et votre agresseur, n'est-ce pas ?

— Ma foi, oui, sans doute, mais...

— Bert, tu veux m'attraper par-derrière ? Tends bien ton bras que je puisse voir la manche de ta veste. Vous nous avez bien dit que votre agresseur était en smoking ?

— Eh bien, c'est-à-dire...

— Oui ou non ?

— Oui.

— Vas-y, Bert.

Bert entoura de son bras le cou de Carella. Steve se tenait face à Darcy, revolver au poing.

— Vous voyez, Darcy, nous sommes pratiquement collés l'un à l'autre. De fait, Bert ne pourrait absolument pas me frapper sans me repousser un peu loin de lui. Il lui est impossible de me donner un coup dur sur le sommet du crâne dans cette position. Vous êtes d'accord ?

— Oui ! s'écria vivement Darcy. Je me souviens, maintenant. Le type m'a poussé. J'ai crié et puis, avant de me frapper, le gars m'a poussé en avant, pour mieux envoyer son coup, sans doute. C'est juste. C'est comme ça que ça s'est passé.

— Dans ce cas, tout change, dit Carella en souriant. Fallait le dire ! Ainsi, il vous a poussé loin de lui d'abord ? Hein, c'est ça ?

— Oui.

— Tu veux nous faire une démonstration, Bert ?

Kling poussa Carella qui fit deux pas en avant.

— Comme ça, Darcy ?

— Oui. Mais bien plus fort. J'ai failli trébucher. Mais dans l'ensemble, c'est ça.

— Vous auriez dû nous dire ça tout de suite, dit Carella toujours souriant. Il vous a donc frappé alors qu'il se trouvait à environ un mètre de vous ?

— Oui.

— Ce n'est plus du tout la même chose ! Et vous dites qu'il ne vous a pas fait tomber, ni donné de coup de pied dans les jambes ? Vous étiez debout ?

— Oui, oui, j'étais debout.

Le sourire de Carella s'effaça soudain.

— Alors, voudriez-vous avoir l'obligeance de me dire, Ben, comment il se fait que votre foutue blessure se trouve au sommet de votre sacré crâne, hein ? Si vous nous expliquiez ça, Ben ?

— Quoi ? Mais je...

— Si vous aviez été frappé par-derrière, vous auriez reçu le coup à la base du crâne, ou sur le côté. A moins que votre agresseur n'ait été un véritable géant, il n'aurait jamais pu atteindre le sommet de votre crâne, bien au milieu. L'homme tel que vous nous le décrivez, un homme de cette taille, ne pourrait causer une telle blessure qu'en vous assenant un coup de bâton ou de marteau !

— Je... Il devait être plus grand que je ne croyais.

— Grand comment ?

— Je ne sais pas, un mètre quatre-vingt-dix, peut-être, quatre-vingt-quinze, même.

— Ce n'est pas assez grand ! Vous auriez été frappé vraisemblablement de biais ou derrière l'oreille. Alors, Darcy ? Racontez. Vous vous êtes infligé cette blessure vous-même, hein ? En vous jetant tête baissée contre un arbre ? Contre le gros érable, peut-être ?

— Non ! Non, pourquoi diable aurais-je... ?

— Pour écarter les soupçons de votre précieuse personne, voilà pourquoi ! Parce que c'est vous qui avez scié la barre de direction de la Cadillac, rugit Kling.

— Vous êtes allé faire un tour, ce matin, n'est-ce pas ? dit Carella. C'est ce que vous nous avez dit.

— Oui, mais...

La voix de Carella s'enfla soudain, menaçante.

— Vous vous êtes jeté contre un arbre ? Vous avez été scier la barre de direction en profitant de votre petite promenade ?

— Non ! Non, je...

— Vous avez envoyé cette veuve noire à Tommy ?

— Non, je vous jure que...

— Il y avait un petit mot avec l'araignée, glapit Carella. Nous pouvons facilement vérifier l'écriture. La comparer avec la vôtre.

— La mienne ? Mais je ne...

— La blonde est dans le coup avec vous ? rugit Kling.

— Quelle blonde ?

— Celle dont le revolver a tué Birnbaum !

— Birnbaum ?

— A moins que *vous* n'ayez tué Birnbaum ?

— Je n'ai tué personne ! Je voulais seulement...

— Vous vouliez quoi ?

— Je voulais...
— Quoi ?
— Je... je...
— Embarque-le, Bert, coupa sèchement Carella. Fais-le écrouer pour le meurtre du vieux voisin. Meurtre avec préméditation. C'est dans la poche. La mort ou perpète s'il a de la chance.
— Meurtre ! chevrota Darcy. Mais je n'ai pas touché au vieux ! Je voulais simplement...
— Bon Dieu ! qu'est-ce que vous vouliez simplement ? Hein ? Vous allez cracher le morceau, oui ou non ?
— Je... je voulais lui faire peur. A Tommy. Avec l'araignée. Je me disais que peut-être si... s'il avait peur, il raterait le mariage... Il n'irait pas jusqu'au bout. Mais... mais il n'a pas eu peur.
— Alors vous avez bousillé la bagnole, hein ?
— Oui, mais pas pour le tuer ! Je ne voulais pas le *tuer* !
— Dans votre idée, qu'est-ce qui devait se passer quand la direction craquerait ?
— Ben, je ne sais pas, un accident, pour que le mariage n'ait pas lieu. Mais ça... ça n'a pas marché non plus. Alors, j'ai...
— Et la blonde, qu'est-ce qu'elle vient faire là-dedans ?
— Je ne connais pas de blonde. Je ne sais pas de qui vous parlez.
— La blonde qui a tué Birnbaum ! Accouchez, Darcy !
— Je vous jure, je vous ai tout dit. Je voulais simplement effrayer Tommy. Le vin, c'était pour le rendre malade, aussi, mais ensuite j'ai emmené Angela dans ma voiture et j'ai essayé de la raisonner. Si elle...
— Quel vin ? Qu'est-ce que c'est encore que cette histoire ?
— Le vin. Pour lui et pour elle. Et si Angela avait bien voulu me revenir, j'aurais repris les bouteilles. Mais de toute façon, c'était juste pour le rendre malade, pour... pour le rendre ridicule pendant sa nuit de noces. Pour qu'elle... qu'elle soit dégoûtée de lui. Et qu'elle me revienne. Je l'aime, Steve ! J'aime Angela.
— Vous leur avez donné du vin ?
— Deux flacons. Un pour lui, un pour elle. Pour emporter en voyage. Deux petits flacons. Je les ai posés sur la table, avec les cadeaux. Avec des cartes.
— Où vous êtes-vous procuré le vin ?
— Mon père le fabrique. Il en fait une barrique toutes les années.
— Et il le met en bouteilles ?
— Oui.
— Vous avez mêlé quelque chose au vin ? Pour les rendre malades ?
— Seulement dans la bouteille de Tommy. Dans celle marquée

POUR LE MARIÉ ! Je ne voulais pas faire de mal à Angela. C'est pour ça que j'ai mis deux petits flacons sur la table. Un pour elle, un pour lui. C'est seulement dans celui de Tommy que j'ai mis du truc.

— Quel truc ?

— Ne vous en faites pas. Ça le rendra malade, c'est tout. Et je n'en ai pas mis beaucoup.

— Beaucoup de quoi, nom de Dieu ?

— Du truc qu'on emploie dans le jardin. Contre les mauvaises herbes. Mais j'en ai seulement mis dans la bouteille de Tommy. Je ne veux pas qu'Angela...

— De l'insecticide ? Un produit contre les mauvaises herbes ou quoi ? hurla Carella. A base d'arsenic ?

— J'en sais rien. J'en ai mis un tout petit peu. Pour le rendre malade, quoi.

— Il y a une étiquette rouge, marquée POISON, sur le bidon ?

— Bien sûr, mais je n'en ai pas mis beaucoup. Rien que...

— Combien en avez-vous mis ?

— Ce sont de petites bouteilles. Une demi-tasse à thé, c'est tout.

— Une demi... Et vous ne savez pas qu'on mélange ce produit à vingt fois son volume d'eau pour désherber tout un jardin ? Une demi-tasse dans un petit flacon ! Il y a de quoi tuer une armée !

— Tuer une... Mais... mais je voulais simplement lui donner un peu mal au cœur. Et seulement lui. Pas Angela. Seulement lui.

— Ils sont mariés, imbécile heureux ! Ils boiront tous deux de la même bouteille, de l'une d'abord et... Bon Dieu de bon Dieu, ce n'est pas possible d'être con à ce point ! Vous vous figurez qu'ils vont suivre votre petit mode d'emploi, chacun son flacon ! Quel con, non mais quel con ! Bert, mets-lui les menottes et attache-le au radiateur. Il faut leur courir après !

16

On avait recommencé à danser sous le ciel étoilé, après le feu d'artifice. L'orchestre de Sal Martino, après de copieuses libations, jouait avec un abandon total. Les cousins et les cousines s'embrassaient dans les coins avec une ferveur accrue à mesure que les heures s'écoulaient. Le temps passerait avant le prochain mariage.

Steve Carella surgit en trombe de la maison et s'élança sur la piste, cherchant sa sœur et son beau-frère. Il vit sa mère gambader en mesure avec l'oncle Garibaldi de Scranton et se rua vers elle en bousculant les danseurs.

— Où sont-ils, maman ?

— Quoi ?

— Tommy et Angela. Où sont-ils ?

Louisa Carella cligna des yeux.

— Maman ! Ils ne sont pas partis, dis ? Pas encore ?

Louisa Carella, la tête tournée par la valse et le champagne, ne répondait pas.

— Maman, réponds-moi ! Ils sont partis ?

— Oui. Oui. En voyage de noces. C'est leur mariage. Tu pensais qu'ils allaient rester jusqu'au bout ici ?

— Mon Dieu, soupira Steve. Tu les as vus partir ?

— Bien sûr. J'ai embrassé Angela.

— Ils ont emporté leurs bagages ?

— Bien sûr. Voyons ! Des valises.

— *Che succede ?* demanda l'oncle Garibaldi. *Luisa, che cosa c'è ?*

— *Niente, Garibaldi. Non c'è niente.* Qu'est-ce qu'il y a, Steve ?

— On a mis deux petites bouteilles de vin parmi les cadeaux. Tu ne les aurais pas vues ?

— Si, bien sûr. Pour elle et pour lui. Très mignon.

— Ils les ont emportées ?

— Oui. Je crois. Oui, j'en suis sûre, j'ai vu Tommy les mettre dans sa valise.

— Doux Jésus ! Nom de Dieu !

— Steve ! Ne jure pas !

— Où sont-ils allés, maman ?

— Comment veux-tu que je le sache ? C'est leur voyage de noces. Quand tu es parti après ton mariage, tu m'as dit où tu allais ?

— Seigneur ! Angela t'a bien dit quelque chose, non ? Elle n'a pas parlé de l'hôtel ? Elle n'a pas dit le nom de l'hôtel ?

— Mais enfin, qu'est-ce que tu as, fils ? *Sei pazzo ?* Tu es fou ?

— Bert ! hurla Carella. Bert, tu n'as pas entendu prononcer le nom de l'hôtel où ils doivent passer la nuit ?

— Non. Pourquoi ? Ils sont partis ? En emportant le vin ?

— Oui.

— Doux Jésus !

— Qu'est-ce qu'on fait ?

— Je ne sais pas.

— Un grand hôtel... Il me semble qu'Angela a parlé du plus grand hôtel du monde. Bert, Bert, réfléchis ! De quel hôtel peut-il s'agir ?

Carella se cramponnait désespérément à l'épaule de Kling, qui ne pouvait que secouer la tête d'un air navré.

— Je n'en sais rien.

— Tu ne crois pas que... Maman, ils sont partis en voiture ou en taxi ?

— En taxi. Mais qu'est-ce qu'il y a ? Tu...

— *Che succede ?* répéta l'oncle Garibaldi.

— *Ma niente !*

— Tu n'as pas entendu Tommy donner l'adresse au chauffeur ?

— Non. Mon Dieu, ils sont partis il y a quelques minutes à peine. Si j'avais su, je leur aurais...

Mais Carella avait déjà quitté sa mère. Il courut jusqu'à la rue et regarda à droite et à gauche. Kling le suivit.

— Tu ne vois rien ?

— Non.

— Il y a quelqu'un, là.

Carella se retourna. Jody Lewis, le petit photographe, rangeait son matériel dans la malle arrière de sa voiture.

— Lewis ! Il les a peut-être vus. Viens.

Lewis leva le nez et claqua le coffre.

— Un beau mariage, dit-il.

— Une seconde. Attendez. Vous n'avez pas vu partir ma sœur et son mari ?

— L'heureux couple ? Bien sûr. Mais excusez-moi, je suis pressé.

Il s'engouffra dans sa voiture et mit le contact.

— Vous n'avez pas entendu l'adresse qu'ils ont donnée au chauffeur ?

— Non. Je ne suis pas indiscret. Excusez-moi, je suis pressé, répéta-t-il. Ma journée n'est pas finie. Bonsoir.

— Votre...

Carella regarda Kling et leurs visages s'illuminèrent en même temps.

— Vous allez encore les photographier ?

— Oui, et...

— A l'hôtel ? En train de mettre les souliers à la porte de la chambre ?

— Oui. Alors, vous comprenez que...

— Vous aurez de la compagnie, mon vieux. En voiture !

Carella ouvrit la portière et Kling se précipita sur le siège. Steve allait le suivre quand il entendit sa mère qui arrivait en courant et en l'appelant. Il hésita, un pied dans la voiture, l'autre sur le trottoir, et se retourna :

— Oui ? Qu'est-ce qu'il y a, maman ?

— Teddy ! C'est Teddy ! Le moment est venu !

— Quoi !

— Le bébé ! C'est le moment, Steve !

— Mais le docteur avait dit...

— Le docteur ! s'écria Louisa Carella d'un ton méprisant. Le bébé arrive. Dépêche-toi de la conduire à la clinique !

Carella claqua la portière et cria à Kling :

— Je te les confie, Bert ! Ma femme va accoucher !

Il suivit sa mère en courant et se rua dans la maison.

— C'est à quel hôtel ? demanda Kling.

— Au *Neptune.*

— Vous ne pouvez pas aller plus vite ?

— Je n'ai pas envie de récolter une contredanse pour excès de vitesse, moi !

— Je suis inspecteur de police. Allez aussi vite que vous pouvez et ne vous occupez pas du reste !

— A vos ordres ! dit Lewis en écrasant l'accélérateur.

— Vous ne pouvez pas aller plus vite ? demanda Carella au chauffeur de taxi.

— Je fais le maximum.

— Bon Dieu ! Ma femme est sur le point d'accoucher !

— Ma foi, monsieur, je...

— Je suis inspecteur de police ! Plus vite, je vous dis !

— Ben, dans ce cas, pourquoi se faire du souci ? répondit le chauffeur. Entre un flic et un chauffeur de taxi, ce serait bien le diable si on n'arrivait pas à accoucher la petite dame !

Et il accéléra.

17

Un banquet avait eu lieu au *Neptune* et une foule d'hommes hilares encombrait le hall du palace quand Kling arriva avec Jody Lewis. Un des participants toucha Kling avec une canne qui lui envoya une décharge électrique. Il fit un saut de cinquante centimètres et se rua vers le bureau de la réception en prenant note d'arrêter ce danger public une fois l'affaire du vin liquidée. Bon Dieu, il était plus de huit heures et demie ! Claire serait furieuse ! Si encore les gosses n'avaient pas goûté le vin... Mais pourquoi les appelait-il les gosses ? Tommy avait à peu près son âge. S'ils n'avaient pas encore bu de vin, et s'il ne fallait pas les embarquer à l'hôpital et leur faire un lavage d'estomac... Quel dimanche ! Mais quel dimanche !

— Mr et Mrs Giordano ? dit-il à l'employé de la réception.

— Oui, monsieur. Ils viennent d'arriver.

— Quelle chambre ?

— Désolé, monsieur, ils ont spécifié qu'ils ne voulaient être dérangés à aucun prix. J'ai cru comprendre qu'ils sont en voyage de noces, n'est-ce pas...

— Police ! Quelle chambre ? Vite ! répliqua Kling en ouvrant son porte-cartes sous le nez de l'employé médusé.

— Est-ce que...

— La chambre, nom de Dieu !

— 428. Est-ce que...

Kling bondit vers l'ascenseur. Derrière lui, Jody Lewis galopait, traînant son matériel.

— Quatrième, cria Kling au petit liftier. Et vite !

— Vous êtes pressé ? ricana le gamin d'un air méprisant, sans bouger.

Kling n'était pas d'humeur à discuter. Pas plus qu'il n'aimait être snobé par des petits garçons d'ascenseur. Sans un mot, il empoigna le gamin par le devant de sa tunique, le souleva et le jeta au fond de la cabine. Jody Lewis n'eut que le temps de sauter dans l'ascenseur. Kling fit claquer les portes et appuya sur le bouton du quatrième.

— Dites donc ! protesta le liftier. Vous n'avez pas le droit de...

— Ta gueule ou je te balance dans la cage de l'ascenseur, lança Kling.

Le garçon se le tint pour dit et se cantonna dans un silence vexé mais prudent. Au quatrième, les grilles s'ouvrirent d'elles-mêmes. Kling se précipita, Lewis sur les talons. Derrière eux, le jeune liftier lança : « Salaud ! » Puis il se hâta de refermer les grilles.

— Quelle chambre ? haleta Lewis.

— 428.

— Par là.

— Non, par ici.

— C'est marqué 420 à 428, là.

— Mais la flèche indique cette direction.

Ils foncèrent dans le couloir.

— La voilà ! cria Lewis en s'arrêtant net.

Kling tambourina à la porte.

— Qu'est-ce que c'est ? lança la voix de Tommy.

— Police ! Bert Kling ! Ouvrez ! Vite !

— Quoi ? Qu'est-ce que...

Un verrou claqua. Une clef tourna dans la serrure. La porte s'ouvrit et Tommy apparut en robe de chambre de tweed bleu, un verre à la main, rougissant et tout à fait gêné. Derrière lui, Kling aperçut

Angela, assise sur un petit canapé, qui portait un verre à ses lèvres et les regardait d'un air inquiet et perplexe.

Kling ouvrit des yeux ronds et rugit d'une voix étranglée :

— Arrêtez !

— Que...

— *Ne buvez pas ce vin !*

Kling, d'un seul bond, se jeta sur Angela et fit sauter le verre de sa main. Tommy sursauta, furieux.

— Quoi ! Qu'est-ce qui vous...

— Vous en avez bu ? coupa Kling.

— Bu ? Du vin ?

— Oui, oui, du vin ? Vous en avez bu ?

— Non. On vient juste d'ouvrir une des bouteilles. Mais...

— Laquelle ?

— J'en sais rien. Elles sont sur la table toutes les deux. Qu'est-ce que ça signifie ? C'est encore une sale blague ?

Kling courut à la table et prit la bouteille débouchée. La carte pendait encore au ruban rose. POUR LA MARIÉE... Soudain, Kling se sentit parfaitement stupide. Il empocha discrètement le second flacon et se dirigea vers la porte, affreusement gêné.

— Excusez-moi. Navré d'être entré comme ça. Le vin n'était pas bon. Désolé. Excusez-moi.

Il sortait à reculons et se heurta à Jody Lewis qui s'avançait :

— Plus qu'une photo, s'il vous plaît. Vous ne voulez pas mettre les chaussures devant la porte pour moi ? La dernière !

— Allez vous faire foutre ! cria Tommy, et il claqua la porte au nez des intrus.

— Eh ben ! dit Lewis. Quel sale caractère ! Dites, c'est du vin que vous avez pris là ?

— Oui, murmura Kling, toujours aussi gêné.

— Si on en buvait un coup ? Je suis épuisé.

Steve Carella arpentait inlassablement la salle d'attente de la clinique. Meyer, Hawes et O'Brien, qui avaient accompagné l'ambulance et déposé Sokolin à l'hôpital après avoir confié Oona Blake au 112e District, le suivaient pas à pas.

— C'est bien long, grommela Carella. C'est toujours aussi long ?

— Calme-toi, dit Meyer. J'ai subi ça trois fois. Et à chaque fois, ça dure plus longtemps.

— Ça doit faire une heure qu'elle est là-haut, gémit Carella.

— T'en fais pas, tout se passera bien. Comment allez-vous l'appeler ?

— Mark si c'est un garçon, April si c'est une fille. Dis donc, Meyer, ça ne dure jamais si longtemps, si ?

— Calme-toi.

— Me calmer !... Je me demande si Kling est arrivé à temps.

— Du calme.

— Non, tu te rends compte ? Ça dépasse les bornes, une connerie pareille ! Une demi-tasse d'arsenic dans un petit flacon et cet imbécile s'imagine que Tommy aurait eu un peu mal au cœur ! Un élève de l'école dentaire ! Presque un futur médecin ! Mais qu'est-ce qu'on leur apprend, aux dentistes ? Ils ne font pas de chimie ?... Moi, j'appelle ça tentative de meurtre. On fait demander le maximum pour ce salaud.

— Du calme. On fera demander le maximum pour tous.

— Comment va Sokolin ?

— Il n'en mourra pas. T'as vu la tête de Cotton ?

— Paraît que c'est une jolie fille qui t'a arrangé comme ça, Cotton.

— Ouais, grogna honteusement Hawes.

— Voilà une infirmière, annonça O'Brien.

Carella pivota sur les talons. L'infirmière passait dans le couloir, silencieuse sur ses semelles de caoutchouc, raide comme son uniforme empesé. Carella se précipita.

— Comment va-t-elle ?

Les inspecteurs virent l'infirmière le prendre par le bras et lui murmurer quelque chose. Ils se massèrent sur le seuil. L'infirmière avait entraîné Steve et ils chuchotaient. Enfin, à haute voix, Carella demanda :

— Mais je peux la voir ?

— Oui. Le médecin est encore auprès d'elle. Tout va bien.

Carella s'éloigna, sans un regard pour ses collègues.

— Hé ! lui cria Meyer.

Carella se retourna.

— Qu'est-ce que c'est ? Mark ou April ?

Carella eut un sourire bizarre et, avant de s'élancer vers les ascenseurs, leur lança :

— Les deux !

RANÇON SUR UN THÈME MINEUR

King's Ransom
1959
Traduction de Louis Saurin
et Sylvie Fontaine

Pour Richard Charlton.

1

La grande baie donnait sur la Harb, où la lente procession des remorqueurs et des péniches fendait les eaux sombres qui séparaient les deux Etats. En cette fin d'après-midi d'un mois d'octobre glacé qui laissait déjà prévoir novembre, les arbres d'or et de pourpre se détachaient sur un ciel trop bleu, trop vif.

Un lourd nuage de fumée de cigares et de cigarettes planait dans la vaste pièce, au-dessus des hommes venus là pour discuter de leurs affaires, s'accrochait aux lambris comme une brume de cimetière, voilait les poutres du plafond, estompait les angles. L'immense salle donnait l'impression d'avoir hébergé une armée de soldats ivres en déroute. Cadavres de bouteilles, cendriers débordant de mégots, verres vides ou à moitié pleins, emballages froissés, tout laissait deviner que la séance durait depuis longtemps, tellement longtemps même que les participants semblaient sur le point de se consumer de fatigue.

Les deux hommes assis en face de Douglas King abattaient leurs arguments avec toute la précision d'acteurs de vaudeville lançant des répliques mordantes. King les écoutait sans mot dire.

— Nous ne vous demandons qu'une chose, Doug, dit George Benjamin, c'est de penser chiffres.

— Ce n'est pas grand-chose, ajouta Rudy Stone.

— Pensez chaussures, si vous voulez, reprit Benjamin. Mais seulement sous forme de chiffres.

— Les Chaussures Granger sont une affaire, Doug. Une affaire avant tout. Profits et pertes. Les chiffres.

— Et notre boulot consiste à augmenter les profits en limitant les pertes. D'accord ? Alors ne l'oubliez pas, pensez chiffres, et regardez un peu ces souliers !

Benjamin se leva. C'était un petit homme vif dont les grosses lunettes à monture d'écaille masquaient la figure étroite. Il se mouvait comme un oiseau de proie, rapidement, et parut presque glisser jusqu'à la table roulante en verre et en cuivre près du canapé. La table était couverte de chaussures de femme. Benjamin en prit une et revint vers King, avec cette grâce étrange qui donnait l'impression qu'il flottait légèrement au-dessus de l'épaisse moquette. Il tendit la chaussure à King et s'écria :

— Est-ce que la clientèle peut s'enthousiasmer pour ça ?

— N'allez pas vous méprendre, Doug, se hâta d'intervenir Stone. C'est un bon soulier, un soulier solide, mais nous pensons chiffres et bénéfices.

Stone, grand, blond, musclé, avait à quarante-cinq ans une sveltesse de jeune homme et l'allure d'un dieu scandinave. Il s'habillait jeune, affectionnait les chemises sport et les gilets écossais, mais cela lui allait.

— Profits et pertes, répéta Benjamin. C'est tout ce qui nous intéresse. Pas vrai, Frank ?

— Absolument, répondit Frank Blake en soufflant au plafond la fumée de son havane.

— Cette chaussure ne provoque pas l'enthousiasme, Doug, dit Stone en s'éloignant de la bibliothèque. Elle n'a aucun style.

— Des tripes, elle n'a pas de tripes, renchérit Benjamin. Le paradoxe étant que la femme au foyer américaine ne peut pas se l'offrir et que, même si elle en avait les moyens, elle ne le ferait pas. Mrs Amérique, voilà celle que nous visons : la ménagère qui transpire au-dessus de ses fourneaux et qui essuie le nez de ses gamins. C'est elle notre cliente, Mrs Amérique, la consommatrice la plus idiote au monde !

— A nous de l'exciter, Doug. C'est élémentaire.

— A nous de l'amener au paroxysme de l'excitation.

— Et qu'est-ce qui plaît aux femmes, Doug ?

— Vous êtes marié, alors, vous devez bien savoir ce qui plaît à Mrs King ?

Impassible, King observa Benjamin. Pete Cameron leva les yeux du verre qu'il était en train de se préparer et croisa son regard. Il lui sourit discrètement mais ne fut pas payé de retour.

— Les fringues, voilà ce qui les fait grimper aux rideaux ! lança Stone.

— Les robes, les chapeaux, les gants, les sacs et... les chaussures, enchaîna Benjamin avec conviction. Et les chaussures, c'est notre rayon, et ce rayon doit continuer à nous nourrir.

— Et le bénéfice dépend du degré d'enthousiasme que nous pouvons provoquer chez les femmes. Comment prétendre décemment exciter une femme avec de tels souliers ? Ils ne plairaient même pas à une jument en chaleur ! dit Stone.

Un silence de plomb s'ensuivit.

Puis Douglas King demanda :

— Nous vendons quoi, au juste ? Des chaussures ou des aphrodisiaques ?

Frank Blake se leva d'un bond. A cinquante-six ans, il ressemblait à un gâteau de gelée. Son accent mielleux du Sud semblait dégouliner de sa bouche lippue.

— Doug a toujours eu le sens de l'humour. Vous m'excuserez mais je n'ai pas fait tout ce trajet de l'Alabama pour écouter des plaisanteries. J'ai investi dans Granger et étant donné la façon dont cette entreprise est dirigée, je m'étonne que nous ne soyons pas déjà dans le rouge.

— Frank a raison, Doug, reprit Benjamin. Et franchement, je ne trouve pas ça drôle. Si nous ne réagissons pas rapidement, nous courons droit à la ruine.

— Que désirez-vous de moi ? demanda enfin Douglas King d'une voix douce.

— Enfin, nous y sommes ! s'écria Benjamin. Pete, servez-moi donc un verre, s'il vous plaît.

Pete Cameron s'activa immédiatement au petit bar. Tout en préparant les mixtures, avec une remarquable économie de gestes, ses yeux sombres ne cessaient de surveiller les quatre interlocuteurs. C'était un beau garçon de trente-cinq ans, bien charpenté, vêtu d'un discret costume de flanelle grise.

— Ce que nous désirons de vous, Doug ? reprit Benjamin. Nous allons vous le dire.

— Expliquez-lui tout, ajouta Stone.

— Je ressers quelqu'un ? proposa Cameron en levant son verre vers l'assemblée.

— J'arrête là, répondit Blake en couvrant le sien du plat de la main.

Stone tendit son verre presque vide.

— Je veux bien que vous rafraîchissiez celui-là, Pete.

— Bien. Allons-y, Doug, dit Benjamin. Nous voilà réunis, dans cette pièce, tous les cerveaux des Chaussures Granger, d'accord ? Je représente la vente, vous êtes la production et Rudy que voilà représente la création. Nous faisons tous partie du conseil d'administration et nous savons tous ce qui ne va pas dans la maison.

— Qu'est-ce qui ne va pas ? demanda King.

— Le Vieux.

— C'est lui qui décide du genre de souliers que nous fabriquons, dit Stone, et sa politique est en train de nous conduire à la ruine. Il n'y entend rien. Il ne connaît rien aux femmes, ni à la mode.

— Il a soixante-quatorze ans, bon Dieu, s'écria Benjamin.

— Mais il est président de Granger, et c'est lui qui fait la loi.

— Mais pourquoi est-il président, Doug ? Vous êtes-vous jamais posé la question ?

— Doug n'est pas un imbécile, George. Il sait très bien pourquoi le Vieux est président.

— Parce qu'il possède assez d'actions pour contrôler les votes, coupa Blake.

— Et bon an, mal an, il est président, approuva Stone.

— Et bon an, mal an, nous devons supporter qu'il fabrique ces... ces souliers de femmes enceintes ! lança Benjamin.

— Et nous devons assister, impuissants, à la dégringolade des ventes !

— Et à la baisse de mes actions, ajouta Blake. Ça ne me plaît guère, Doug.

Benjamin retourna vivement vers la table roulante. King n'avait pas dit un mot. Toujours silencieux, il regarda Benjamin prendre dans l'amas de chaussures un escarpin rouge.

— Maintenant, regardez-moi ce soulier ! Regardez ça ! De l'élégance ! Du style ! De la fantaisie !

— C'est moi qui ai veillé à sa conception, se vanta Stone.

— Nous l'avons fabriqué pendant que vous étiez en vacances, Doug.

— Je sais ce qui se passe dans l'usine pendant que je suis en vacances, George, répondit Doug calmement.

— Vraiment ?

— Vraiment.

— Donnez-lui le soulier, dit Stone. Qu'il le regarde de plus près.

Benjamin tendit l'escarpin à King, et jeta un coup d'œil à Blake qui fumait son cigare. King retourna la chaussure entre ses mains puissantes, l'examina attentivement et ne dit rien.

— Alors ? Qu'est-ce que vous en pensez ? insista Benjamin. Les femmes seront folles de cette chaussure-là. La solidité, les clientes s'en fichent. Ce qu'elles veulent, c'est un soulier qui flatte le pied.

— Moi, je sais ce qu'il en pense, dit Stone. Il pense que le Vieux n'accepterait jamais de vendre un soulier pareil.

— Ah ! mais le Vieux n'aura pas son mot à dire. C'est pour ça que nous sommes là aujourd'hui, Doug.

— Ah ! C'est pour ça ? murmura ironiquement King.

Mais le sarcasme ne fut compris de personne, sauf de Cameron qui sourit.

— Le Vieux contrôle la majorité des actions, dit Benjamin. Vingt-cinq pour cent.

— Je commençais à me demander quand nous en viendrions là, répondit King. Le Vieux possède vingt-cinq pour cent des actions et, à vous trois, vous en possédez vingt et un pour cent, vous, Rudy et Frank — ce qui ne suffit pas pour enlever la position de président. Alors ? Qu'est-ce que vous avez en tête ?

— La majorité, déclara Stone.

— La majorité, répéta Benjamin. Nous voulons vos actions. Nous voulons que vous mettiez vos actions dans la balance avec les nôtres.

— Ah oui ?

— Vous en possédez treize pour cent, Doug. Le reste est éparpillé entre les mains d'actionnaires qui se fichent éperdument des élections du conseil d'administration.

— Avec votre portefeuille, Doug, nous contrôlerions trente-quatre pour cent des actions. Plus qu'il n'en faut pour blackbouler le Vieux. Qu'est-ce que vous en dites ?

— Marchez avec nous, mon vieux, s'écria Benjamin d'un ton enthousiaste. Nous élirons un nouveau président. Nous lancerons sur le marché des chaussures comme celle que vous tenez là, pour sept dollars seulement. Nous pouvons assurer à Granger le monopole de la chaussure de luxe à bas prix. Au diable toutes ces histoires de qualité ! Ce sont les masses qui représentent la grosse galette. Envahissons le marché populaire avec des chaussures dont le nom a toujours été synonyme de qualité, et vous verrez le résultat ! Nous éliminerons la concurrence !

— Moi, je suis tout à fait d'accord avec George, intervint Blake. Sinon, je ne serais pas venu de si loin. J'ai tout intérêt à protéger mon investissement. Pour parler franchement, je me fiche pas mal des souliers que nous vendons, pourvu que ça rapporte.

— Blackbouler le Vieux, hein ? murmura King. Un autre président...

— Tout juste, Doug.

— Qui ?

— Hein ?

— Qui voyez-vous à la place du Vieux ?

Il y eut un instant de flottement. Les trois hommes se regardèrent.

— Il est évident, dit Stone, que vous détenez treize pour cent des actions. C'est considérable, considérable. Mais d'autre part, vous ne pouvez rien sans notre apport collectif, et...

— Inutile de tourner autour du pot, Rudy, intervint catégoriquement Blake. C'est George qui a eu cette idée, qui a pensé à se tourner vers la confection à bon marché et qui nous a réunis aujourd'hui. Je suis certain que Doug reconnaîtra la justesse de notre choix.

— Nous avons pensé, dit prudemment Stone, comme s'il s'attendait à une explosion, qu'il serait juste que George Benjamin soit notre président.

— Tiens, tiens, dit King. En voilà une surprise.

— Naturellement, vous seriez vice-président, se hâta d'ajouter Stone. Et vos appointements seraient considérablement augmentés.

Douglas King examina tour à tour les trois hommes en silence. Puis il se leva lentement. Affalé sur le canapé, il paraissait trapu, mais une fois debout cette impression disparaissait. Il mesurait bien un mètre quatre-vingt-cinq et ses larges épaules, ses hanches minces, lui donnaient l'allure d'un champion de natation. Ses tempes grisonnantes, qu'à quarante-deux ans on ne pouvait guère qualifier de précoces, ajoutaient une certaine dignité à ses traits marqués et tempéraient l'éclat dur de ses yeux bleus.

— Vous comptez sortir en masse des modèles comme celui-ci, George ? dit-il en brandissant l'escarpin rouge. C'est bien cela ? Vous vous servirez du nom de Granger pour une chaussure bon marché ?

— Oui, c'est cela.

— En supposant, bien sûr, que nous pourrions peut-être éliminer la moitié des étapes de la chaîne. (Il hésita pendant une fraction de seconde, le temps d'un rapide calcul.) On remplacerait les machines de découpe par celles des motifs et de la teinture. Et les machines du cinquième étage iraient...

— C'est une sacrée bonne idée, n'est-ce pas, Doug ? le coupa Benjamin, un trémolo d'espoir dans la voix.

— Pour ce résultat. Ce soulier.

— Le résultat serait un net accroissement des bénéfices, lança Blake.

— Que reprochez-vous à cette chaussure, Doug ? demanda Stone, un peu vexé.

— Le Vieux nous conduit peut-être à la ruine, dit posément King, mais au moins sa production a toujours été honnête. Vous, vous comptez fabriquer de la pacotille.

— Allons, Doug, une seconde, je vous...

— Non ! Laissez-moi parler ! Voilà vingt-six ans que je travaille pour les Chaussures Granger. J'ai commencé à seize ans comme manutentionnaire. A part les années que j'ai passées dans l'Armée, on peut dire que toute ma vie a été consacrée à l'usine. J'en connais tous les recoins, tous les ateliers, et je m'y connais en chaussures ! Je sais reconnaître la qualité. Et je ne supporterai pas que l'on accole le nom de Granger à des ordures !

— D'accord, d'accord, dit Stone d'un ton apaisant. Ceci n'est qu'un échantillon. Nous pouvons l'améliorer. Nous pouvons...

— Vous pouvez quoi ? Cette chaussure ne durerait pas un mois ! Qu'est-ce que c'est que cette semelle ? Où est le renfort ? Et les contreforts ? Vous appelez ça une doublure ?

D'un geste nerveux, King arracha la doublure et la bride. Puis il cassa net le talon effilé et jeta les débris sur la table roulante.

— C'est ça que vous voulez vendre ? A des femmes ?

Suffoqué par cette destruction, Stone s'écria :

— Ce modèle nous a coûté...

— Je sais très bien ce qu'il a coûté !

— On ne fait pas de bénéfices avec des sentiments d'un autre âge, lança rageusement Blake. Si nous ne pouvons gagner de l'argent avec de la qualité, il faut...

— Qui est-ce qui prétend qu'on ne peut pas gagner de l'argent avec de la qualité ? rétorqua King. Les maisons sérieuses seraient étonnées de vous entendre ! Vous ne savez peut-être pas...

— Doug, il s'agit d'affaires ! D'affaires !

— Je le sais bien, pardieu ! Les affaires, la chaussure, c'est mon métier. Un métier que j'aime. C'est toute ma vie. Et si je commençais à vendre et à fabriquer des ordures, ma vie en serait empuantie !

— Je ne puis continuer à garder des actions d'une société en perte de vitesse, annonça Blake. Ce n'est pas sain. Ce n'est pas...

— Eh bien ! vendez-les ! Je m'en contrefiche !

— A votre place, Doug, je mesurerais mes paroles, interrompit brusquement Benjamin. N'oubliez pas que nous contrôlons toujours vingt et un pour cent des actions et j'en ai connu de plus importants que vous qui ont été chassés de leurs postes !

— Très bien, allez-y, chassez-moi !

— Si vous vous retrouvez à la rue...

— Ne vous en faites pas pour moi, George. Je ne me retrouverai pas à la rue.

King tourna les talons et se dirigea vers le grand escalier.

— Doug ! Où allez-vous ?

— Je suis encore chez moi, George. J'en ai par-dessus la tête de votre réunion, et de vos propositions, et je vous ai assez vus. Je m'en vais. Pourquoi n'en faites-vous pas autant ?

Benjamin le suivit jusqu'à l'escalier, rouge de colère.

— Vous ne voulez pas que je devienne président de Granger, cria-t-il. C'est ça, n'est-ce pas ?

— Tout juste, répliqua King.

— A votre avis, qui est-ce qui devrait être président ?

— Qu'est-ce que vous en pensez ? lança King en grimpant les marches et en disparaissant sur le palier.

Un grand silence suivit son départ. Benjamin le suivit des yeux, de plus en plus congestionné. Blake écrasa rageusement son cigare dans un cendrier et alla prendre son pardessus dans le vestiaire du hall. Stone rangea les chaussures dans une valise d'échantillons, secoua la tête tristement en rassemblant d'un air navré les débris de l'escarpin rouge, tandis que Benjamin quittait enfin le bas de l'escalier et s'approchait de Pete Cameron qui n'avait pas bougé du bar.

— Qu'est-ce qu'il cache dans sa manche, Pete ?

— Son bras, j'imagine.

— Ce n'est pas le moment de plaisanter ! Vous êtes son adjoint. Si quelqu'un peut savoir ce qu'il mijote, c'est bien vous. Alors ! Je veux savoir ce qui se passe.

— Vous vous trompez de porte, répondit calmement Cameron. Je n'en ai pas la moindre idée.

— Alors, tâchez de vous renseigner.

— Je ne suis pas sûr de vous comprendre.

— Ne jouez pas les innocents, Pete ! Nous venons de faire une proposition honnête à Doug et il nous a ri au nez. Il nous a envoyés au bain. Or, on n'envoie pas au bain vingt et un pour cent d'actions solides si l'on ne se sent pas très fort. Je veux savoir d'où lui vient cette force.

— Pourquoi ne le lui demandez-vous pas ?

— Pas d'insolence, mon garçon, ça ne vous va pas. Qu'est-ce que vous gagnez, en ce moment ? Vingt, vingt-cinq mille dollars par an ? Vous pouvez gagner plus que ça, Pete.

— Vraiment ?

Stone alla décrocher son pardessus et revint, furieux, vers les deux hommes, l'index pointé vers l'escalier.

— Si ce minable croit qu'il va s'en tirer comme ça...

— J'aime pas qu'on me vire de chez quelqu'un, le coupa Blake. Oh non, j'apprécie pas ! C'est quand le prochain conseil d'administration, George ? Qu'on renvoie ce prétentieux de King à la manutention !

— Allons, Pete, qu'est-ce qu'il mijote ? Il complote avec le Vieux ?

Cameron haussa les épaules.

— Quoi qu'il en soit, je l'en empêcherai. Et celui qui m'aidera se retrouvera peut-être assis au bureau de Doug. Vous savez ce que vaut sa place, Pete ?

— Vaguement.

— Réfléchissez, Pete.

Stone apporta le pardessus et le chapeau de Benjamin. Tout en s'habillant, ce dernier dit encore à Cameron :

— Vous connaissez mon numéro de téléphone personnel ?

— Non.

— Westley Hills. Westley 4-7981. Vous vous rappellerez ?

— Il y a bien longtemps que je suis l'adjoint de Doug, répondit Cameron.

— Alors, il est temps de vous libérer. Passez-moi un coup de fil.

— Vous me tentez, murmura Cameron avec un sourire en coin. Heureusement, je suis honnête.

Les deux hommes se regardèrent fixement.

— Oui, heureusement, dit enfin Benjamin. Westley 4-7981.

Stone se baissa pour prendre la valise d'échantillons en grommelant :

— Si ce salaud de King se figure que...

Il se tut brusquement.

Diane King venait de descendre l'escalier sans bruit et regardait les quatre hommes, du haut de l'avant-dernière marche. Ils demeurèrent un instant pétrifiés. Stone fut le premier à se ressaisir. Soulevant poliment son chapeau, il murmura :

— Mrs King.

Puis, il ouvrit la porte d'entrée. Benjamin le suivit, en répétant :

— Mrs King.

Blake laissa tomber son chapeau, le ramassa et le plaça sur sa tête chauve. A son tour, il murmura d'un ton déférent :

— Mrs King.

Puis il quitta la pièce en hâte, claquant la porte derrière lui.

Diane demanda immédiatement à Cameron :

— Qu'est-ce qu'ils ont fait à Doug ?

2

La propriété des King — car c'en était une — faisait partie de la juridiction du poste de police du 87ᵉ District. Elle en constituait pour ainsi dire la borne car derrière elle coulait la Harb. La propriété s'étendait sur un terrain courant le long du fleuve jusqu'à la frontière arbitraire du pont Hamilton. Ce quartier abritait environ trois douzaines de domaines d'un autre siècle. Leur incongruité donnait un petit air de campagne à la ville par ailleurs très urbanisée.

Le quartier était surnommé « Le Club » par tout le monde sauf par la centaine de résidents qui, de leur côté, l'avaient baptisé Smoke Rise. Ils étaient parfaitement conscients de leurs privilèges ; Smoke Rise était une ville dans la ville. Sa situation géographique confirmait cette impression. Le quartier était en effet délimité au nord par la Harb et au sud par les rangées de peupliers bordant la River Highway retranchant ainsi les habitants de Smoke Rise du reste de la ville, de l'autre monde.

Plus au sud se trouvait un quartier encore relativement coquet, Silvermine Road, lointain cousin de Smoke Rise. Un peu plus au sud encore, le promeneur abordait une zone de commerces, de néons clignotants, de restaurants ouverts la nuit, de marchands de journaux et de tabac autour du Stem, la grande artère bordée de bars, de cinémas et de cabarets.

En poursuivant davantage au sud, notre promeneur aboutissait sur

Ainsley Avenue, passage subtil du monde des riches à celui des pauvres. En effet, les bâtiments essayaient de conserver une certaine dignité héritée des années fastes.

Toujours plus au sud, Culver Avenue. Ici, toute la pauvreté de la ville éclatait au grand jour : les immeubles décatis, les bars glauques appuyés à des églises presque en ruine et le vent glacial d'octobre balayant les rues désertes. Et encore plus au sud, Mason Avenue que les Portoricains appelaient dans leur langage imagé la Via de Putas, puis Grover Avenue, et enfin Grover Park, le terrain de chasse favori des blousons noirs, des agresseurs, des satyres et autres vauriens.

Le poste de police du 87e District était situé sur Grover Avenue, face au parc.

Dans la salle des inspecteurs, au premier étage, l'inspecteur de deuxième classe Meyer Meyer était assis à son bureau, un bloc-notes devant lui, un crayon à la main, le soleil d'octobre donnant sur son crâne chauve, et un interlocuteur nerveux en face de lui.

L'homme disait qu'il s'appelait David Peck et qu'il avait une petite boutique de radio, ou plutôt de pièces de radio.

— Vous vendez des pièces détachées ? demanda Meyer.

— Oui, mais pas aux fabricants. Je veux dire, quoi, on en vend surtout aux R.A., si vous voyez ce que je veux dire.

Peck se pinça le nez entre le pouce et l'index. Meyer pensa que l'homme avait peut-être besoin de se moucher, ou de se mettre un doigt dans le nez. Il se demanda s'il avait oublié son mouchoir et allait lui proposer un kleenex, mais se ravisa, de peur de le vexer.

— Aux R.A. ? demanda-t-il, perplexe.

— Oui, quoi, les R.A. On les appelle comme ça. Les radio-amateurs. Vous savez. Alors c'est à eux qu'on vend des pièces. Ils sont nombreux dans le quartier, les R.A., vous pouvez pas savoir. On ne le croirait pas, hein ?

— Non.

— Si, y en a plein. Nous faisons de bonnes affaires. Nous vendons aussi des postes, bien sûr, mais c'est surtout les pièces détachées.

— Je vois, Mr Peck, soupira Meyer en espérant que l'homme allait se moucher. Mais quelle est la nature de votre plainte ?

Mr Peck se pinça derechef le nez.

— Eh bien ! de la nature qu'il y a quelqu'un qui a fait effraction dans notre boutique.

— Quand cela ?

— La semaine dernière.

— Pourquoi avez-vous attendu si longtemps avant de nous le signaler ?

— Nous ne voulions rien signaler parce que celui qui est venu, le voleur, ben, il a pas volé grand-chose. Vous savez, les pièces, l'équipement, c'est lourd, en général, les postes et tout. Enfin, bref, il devait être seul, et il n'a pas emporté grand-chose, alors mon associé et moi, on s'est dit comme ça, après tout, tant pis.

— Et pourquoi venez-vous nous voir maintenant ?

— Parce qu'il est revenu. Le voleur, je veux dire. Il est revenu.

— Quand ça ?

— Hier soir.

— Et cette fois, il a presque tout emporté, c'est ça ?

— Non, non. Cette fois, il a volé encore moins que la première fois.

— Une seconde, Mr Peck, reprenons tout ça depuis le début. Euh, Mr Peck, vous voulez un kleenex ?

— Un kleenex ? s'étonna Peck, en se pinçant le nez. Non, pour quoi faire ?

Meyer soupira, patiemment.

De tous les inspecteurs du 87e District, Meyer Meyer était de loin le plus patient. Cette patience n'était pas innée. Les parents de Meyer n'étaient pas vraiment ce que l'on pourrait qualifier d'impulsifs, cependant la conception de Meyer Meyer fut l'un de leurs coups de tête. Alors que la venue d'un enfant suscite généralement l'euphorie chez les futurs parents, la venue de Meyer ne réveilla pas chez Max Meyer la fibre paternelle ; à vrai dire, la nouvelle ne fit que l'enfouir un peu plus profondément. Max rumina, bougonna, bouda et finalement décida de se venger du nouveau-né en le baptisant Meyer Meyer. La bonne blague ! Cela faillit tuer le pauvre enfant. En effet, la famille Meyer, juifs orthodoxes, vivait dans un quartier non juif et toutes les avanies que ce nom doublement juif pouvait attirer à un petit garçon, Meyer Meyer les avait subies. Patiemment et faisant preuve d'une rare intelligence, Meyer débrouilla ses problèmes sans l'aide d'un psychanalyste et finalement, ses gènes s'imprégnèrent de cette patience qu'il avait mis tant de temps à développer. Elle devint son mode de vie et Meyer Meyer finit par se dire que la bonne blague de papa Meyer n'était peut-être pas si méchante. On ne peut pas se défendre contre une douzaine de galapiats avec ses poings, quand on est seul. Mais comme tout se paie, la patience comme le reste, à trente-sept ans, Meyer Meyer était parfaitement chauve.

Patiemment, donc, il se cramponna à son crayon et reprit :

— Voyons, Mr Peck, la première fois que ce voleur a fait une incursion dans votre magasin, que vous a-t-il volé ?

— Un oscillateur.

Meyer en prit note sur son bloc.

— Combien vendez-vous un oscillateur ?

— Faut dire que celui-là était un six cents volts, numéro

2L-2314. Nous les vendons cinquante-deux dollars et trente-neuf cents, taxe comprise.

— Et la première fois, c'est tout ce qu'il a pris ?

— Oui. C'est tout. Nous avons une marge bénéficiaire de quarante pour cent sur cet article, ce qui fait que la perte n'était pas lourde. C'est pour ça qu'on ne s'est pas dérangés, vous voyez ?

— Je vois. Mais le voleur est revenu hier soir, si j'ai bien compris ?

— C'est ça, répondit Peck en se pinçant le nez.

— Et que vous a-t-il volé ?

— Des petits trucs. Des broutilles. Un relais de dix dollars et quelques, taxe comprise. Des piles. Un interrupteur. Des trucs comme ça. L'un dans l'autre, y en avait pas pour plus de vingt-cinq dollars en tout.

— Mais cette fois, vous venez nous le signaler ?

— Oui.

— Pourquoi ? Je veux dire, si la perte était encore plus minime que la première...

— Parce qu'on a peur qu'il revienne une troisième fois. Et s'il revenait avec un foutu fourgon et qu'il nous embarque tout le saint-frusquin, hein ? C'est possible, vous savez.

— Je sais. Et je vous remercie d'être venu nous signaler ces vols. Nous allons surveiller étroitement votre magasin. Quel est le nom de votre boutique ?

— Pecker[1] Parts.

L'étonnement se lut dans le regard de Meyer.

— Et où avez-vous été chercher ce nom ?

— Comme vous le savez, mon nom est Peck.

— Oui ?

— Et le prénom de mon associé est Erwin. Nous avons donc accolé les deux noms, ce qui a donné Pecker Parts.

— N'aurait-il pas été plus simple d'y accoler son nom de famille par exemple ?

— Son nom ? Je ne vois vraiment pas comment on aurait pu faire.

— Et quel est donc son nom ?

— Lipschitz[2].

— Je vois, capitula Meyer en soupirant. Voulez-vous me donner votre adresse ?

— 1827, Culver Avenue.

— Merci. Nous allons nous occuper de ça.

— C'est moi qui vous remercie.

1. *Pecker* : quéquette. *(N.d.T.)*
2. *Lip* : lèvre, *shit* : merde. *(N.d.T.)*

Mr Peck se pinça une dernière fois le nez et sortit du bureau.

Le vol d'un lot de pièces détachées diverses se montant à un total approximatif de soixante-quinze dollars n'était certes pas important en soi. Surtout dans un quartier comme le 87e District, où les vols de ce genre sont monnaie courante, si l'on ose s'exprimer ainsi, et si les policiers devaient s'astreindre à pourchasser les chapardeurs et les resquilleurs, ils n'auraient plus une seconde pour s'attaquer au crime proprement dit. Non, vraiment, la petite plainte de Mr Peck n'avait rien de passionnant — si ce n'est pour un inspecteur nommé Meyer Meyer qui se tenait au courant de tout ce qui se passait autour de lui dans la salle des inspecteurs et qui était doué d'une excellente mémoire.

Meyer considéra ses notes un moment, se leva et s'approcha d'un autre bureau, de l'autre côté de la pièce. Steve Carella y était installé et tapait énergiquement un rapport de deux index vengeurs.

— Steve, je viens d'avoir un gars qui...

— Chhhhhut, marmonna Carella en continuant de molester sa machine à écrire de toutes ses forces, jusqu'à la fin de son paragraphe.

— Tu y es ? demanda alors Meyer.

— Vas-y.

— Je viens de voir un gars qui...

— Assieds-toi donc. Tu veux du café ? Dis à Miscolo de nous en faire.

— Non, je ne veux pas de café, soupira patiemment Meyer.

— Ce n'est pas une visite de courtoisie ?

— Non. Je viens de voir un gars qui a une petite boutique de radio sur Culver Avenue.

— Oui ?

— Oui. On a pénétré deux fois de suite dans son magasin. La première fois, le voleur s'est emparé d'un oscillateur, Dieu sait ce que c'est, et la seconde fois d'un tas de petites pièces détachées sans importance. Or, il me semble me souvenir...

— Oui, oui, oui...

Carella se pencha et tira un des tiroirs du bas de son bureau. Il jeta une liasse de feuillets sur son buvard et se mit à les feuilleter vivement.

— Nous avons eu toute une série de vols d'équipement radio, non ?

— Oui, oui. Où diable est cette liste ? Regarde-moi ça ! C'est fou ce qu'on accumule. Ce type a été arrêté et il est à Castleview depuis longtemps. Qu'est-ce que sa fiche fait là ? Voyons... Voyons, voyons. Bijouteries... Vélos. Non... Ah ! voilà. C'est à ça que tu pensais ?

MATERIEL RADIO VOLE

DATE	MAGASIN ET ADRESSE	MATERIEL	NUMERO DE SERIE
11 juin	David Radio 312 N°10	Oscillateur 1600 volts Cadran Pile	216-81-R-17
22 juil.	R et L Parts 4511 Mason Avenue	Emetteur 35.66mg	TI 11-4812
5 août	Sparks, Inc 7614 Grover Avenue	Récepteur 43.66mg	RV 327-89L
8 sept.	OSIKRIAS ~~Osigias~~ Radio Parts Réparation et Service 14 ème Sud et Culver	quatre réemetteurs (un pouce sur trois) morceau de fil caoutchouté	

PETE = MÊME FAÇON DE FAIRE
VOUS VOYEZ UN LIEN ?
Steve

Meyer jeta un coup d'œil à la feuille dactylographiée.

— C'est ça. Bizarre, tu ne trouves pas ?

La liste en elle-même n'avait rien de bizarre. C'était simplement une énumération de quelques vols, quatre en tout, commis au cours des derniers mois au détriment de diverses maisons vendant des pièces détachées de radio. Les deux hommes se penchèrent avec ensemble pour l'étudier attentivement.

— Qu'est-ce que tu comptes faire ?

— J'en sais rien.

— Mais tu n'aurais pas pris la peine de gribouiller cette note au lieutenant si tu n'avais pas pensé qu'il y avait quelque chose de louche.

— Ouais, répondit Carella.

— Qu'est-ce que Pete en a dit ?

— Pas grand-chose. Selon lui, ce serait des gosses.

Enfin Meyer leva la tête.

— Quelle était la manière d'opérer, Steve ? Tu te le rappelles ?

— Toujours la même. Un vasistas ou une fenêtre fracturé. Et chaque fois, les vols étaient minimes.

— Pourquoi le voleur a-t-il agi ainsi, à ton avis ?

— Il s'est peut-être dit qu'un petit larcin ne serait pas remarqué.

Qu'on ne porterait pas plainte, en tout cas. En supposant qu'il ne s'agit que d'un seul et même voleur.

— Ça m'en a tout l'air.

— Ouais. En tout cas, ce n'est pas bien grave.

— Non, sans doute. Tiens, tu ferais bien d'ajouter ceux-là à ta liste. Dis donc, tu crois que c'est un espion russe, ou quoi ?

— Oui, ou un séparatiste irlandais.

— Blague à part, qui est-ce qui volerait ces pièces-là ?

— C'est peut-être un R.A. qui n'a pas les moyens de son passe-temps.

— Il n'a qu'à changer de passe-temps.

— Du jour où je suis passé inspecteur, il y a une chose qui a cessé de me tracasser, dit Carella. C'est la question du mobile. Si on essaye de chercher les mobiles d'un bandit, on devient dingue.

— Tu viens de détruire les illusions d'un petit garçon et sa foi dans les romans policiers. L'occasion, le mobile et les moyens. C'est l'A.B.C. de la littérature policière. Tout le monde sait ça.

— Sauf moi. Moi, je fais mon boulot, c'est tout.

— Ouais.

— De toute façon, tout finit par remonter à la surface. Un jour ou l'autre, les morceaux du puzzle se trouvent assemblés. Et ce n'est jamais comme on l'avait imaginé. Pour comprendre quelque chose aux mobiles, faudrait être psychanalyste.

— Quand même, insista Meyer, toutes ces pièces de radio. Et le voleur s'y prend à six fois, pour se les procurer. Il me semble qu'il court bien des risques, pour un simple passe-temps. Qu'est-ce que tu en penses, Steve ?

— Je n'y comprends rien, et je ne cherche pas à comprendre, répondit Carella en se remettant à sa machine.

3

Diane King n'était pas, à proprement parler, une jolie femme. Sa beauté provenait en grande partie de l'ossature de son visage sans oublier une poitrine digne d'un défilé sur Madison Avenue, à Hollywood. Sa beauté devait aussi beaucoup à : a) la myriade de crèmes et de cosmétiques en vente libre dans toutes les bonnes parfumeries, b) une vie de luxe, c) un accès rapide aux salons de coiffure et d) un goût sûr pour choisir des vêtements mettant en valeur sa surabondance mammaire.

Oui, décidément, Diane King était attirante. Diablement attirante.

Elle s'encadrait à présent sur le seuil du living-room de sa luxueuse demeure, ses longues jambes moulées dans un pantalon noir, un corsage blanc à manches longues découvrant sa gorge pleine. Ses cheveux étaient aussi noirs que le velours de son pantalon, éclairés par une mèche d'argent toute neuve, scintillante comme du mercure. Ses yeux verts se fixèrent sur Pete Cameron et elle répéta :

— Qu'est-ce qu'ils ont fait à Doug ?

— Rien. Mais vous, qu'est-ce que vous avez fait à vos cheveux ?

Diane leva une main distraite vers sa mèche blanche.

— Oh ! ça ? C'est une idée de Liz. Pourquoi criaient-ils tant, Pete ?

— Liz est encore là ?

— Oui. Mais pourquoi Doug est-il monté comme ça, comme une locomotive emballée ? Je déteste ces conférences. Il ne m'a même pas vue en passant, Pete !

— Moi, il m'a vue, lança une voix.

Liz Bellew descendit l'escalier et pénétra dans la grande salle. Tout ce qui manquait à Diane King en matière de beauté, Liz Bellew le possédait. Elle était venue au monde avec une chevelure blonde qui n'avait besoin d'aucun artifice, des yeux bleus frangés de longs cils foncés, un nez spirituel et une bouche charnue comme un beau fruit.

Le mot SEXE se lisait en lettres capitales clignotantes sur son visage. Les années n'avaient fait qu'accentuer cette impression tout en apportant à sa beauté la patine de l'émail. Ainsi vêtue d'un simple pull-over, d'une jupe assortie et de ballerines en daim — une tenue pourtant pour le moins banale —, tout son être inspirait le sexe. Elle portait un unique bijou, un diamant de la taille d'une tumeur maligne.

— Il n'est pas né celui qui passera devant Liz Bellew sans la voir et lui dire bonjour, ajouta-t-elle en faisant allusion à sa rencontre avec Douglas King.

— Dans ce cas, bonjour, répliqua Pete Cameron.

— Je n'en attendais pas moins de vous.

— Il paraît que vous jouez les esthéticiennes à vos moments perdus ?

— Les cheveux de Diane ? N'est-ce pas sensationnel ?

— Pour être franc, je n'aime pas, répondit Cameron. Elle est tout aussi jolie sans ce reflet...

— Sssh, quel monstre ! rétorqua Liz. Cette mèche lui donne du glamour. Elle l'émancipe.

Elle marqua une pause, essayant de minimiser la portée de la réflexion qui allait suivre.

— Et puis... au cas où, ça part au lavage.

— Avant tout, fit remarquer Diane, je me rangerai à l'avis de Doug.

— Ne jamais faire ça, ma chérie. N'est-ce pas, Pete ?

Cameron lui sourit.

— Absolument.

Diane jeta un regard inquiet vers l'escalier.

— Mais qu'est-ce qu'il fabrique là-haut ?

— Ton bien-aimé ? Il est allé téléphoner. Je l'ai intercepté au passage et il s'est excusé en me disant qu'il avait un coup de fil urgent à donner.

— Pete, vous êtes sûr qu'il n'a pas d'ennuis ? Cette figure qu'il avait...

— Comment, tu n'en as pas encore l'habitude ? Grands dieux, Harold fait tout le temps cette tête. Ça veut dire tout simplement qu'il s'apprête à assassiner quelqu'un.

— Assassiner ?

— Mais oui.

Diane se tourna brusquement vers Cameron.

— Pete, que se passe-t-il ?

Cameron haussa les épaules.

— Rien. Ils ont proposé un marché à Doug et il a craché dans leur œil collectif.

— Mon Harold les aurait foutus à la porte à grands coups de pied dans le cul, observa Liz.

— C'est exactement ce que Doug a fait.

— Alors tout va bien. Diane, prépare-toi à la bagarre.

— J'y suis toujours prête, murmura Diane d'une voix soucieuse. Mais il me semble qu'il y en a de plus en plus.

— Vous savez, Diane, les affaires sont les affaires, dit Cameron.

— Le crime peut être amusant, intervint Liz, mais « s'allonger et s'amuser », telle est ma devise.

Elle lança une œillade à Cameron qui lui renvoya son sourire.

Si Liz et Cameron donnaient cette impression qu'il existait peut-être quelque chose d'autre entre eux, au-delà des chichis mondains, c'est sans doute que l'un et l'autre avaient appris avec le temps à profiter de leur aventure extra-maritale avec discrétion. Liz Bellew se dévouait à son mari, Harold, et Pete Cameron, jeune loup aux dents longues, consacrait chaque moment éveillé de sa vie à son travail, ce qui ne les avait cependant pas empêchés de trouver le temps de se séduire et de se fixer des rendez-vous clandestins qui frisaient l'orgie.

Liz Bellew souffrait d'une maladie connue par la Faculté sous le nom de « démangeaisons ». Elle était ravie d'avoir épousé un magnat de l'industrie, de vivre à Smoke Rise avec domestiques et chauffeur, de ne savoir que choisir entre vison et hermine, mais un Pete Cameron vint à passer et la tentation fut trop forte de l'ajouter à ses autres possessions. Il faut aussi avouer que Liz n'était pas insensible à l'usure du quotidien. « S'allonger et s'amuser » était sa devise, devise qu'elle appliquait avec soin. Fort heureusement pour elle, Cameron la satisfaisait et lui épargnait l'horreur de devenir une dévergondée. Toujours est-il qu'en public, ils affichaient un masque poli et s'envoyaient des petites piques à caractère sexuel destinées à faire croire à leurs interlocuteurs que puisque la fumée était aussi épaisse, il ne pouvait y avoir de feu.

Diane alla se verser un whisky et se tourna vers Cameron.

— Est-ce que vraiment Doug se prépare à écraser encore quelqu'un ?

— Oui, je crois.

— J'aurais cru qu'après ce qu'il avait fait à Robinson, il avait pu...

— Robinson ? questionna Liz. Ah ! oui, ce vieil original, qui ne savait pas jouer au bridge. Doug a bien fait de s'en débarrasser.

— J'ai bien fait de me débarrasser de qui ? demanda King, du haut de l'escalier.

Puis il dévala les marches et s'approcha vivement de Diane.

— Tu as eu ta communication, magnat ? demanda Liz.

— C'était occupé.

King embrassa affectueusement sa femme, puis il sursauta et recula d'un pas.

— Hé, tu as de l'œuf dans les cheveux.

— Par moments, je me demande pourquoi on se donne tant de mal, soupira Liz.

— Tu n'aimes pas, Doug ? demanda Diane.

King pesa sa réponse avec circonspection.

— Plutôt pas mal.

— *Plutôt pas mal !* reprit Liz en le parodiant. La dernière fois que j'ai entendu ça, j'avais seize ans et je sortais avec un joueur de football, Leo Raskin. Tu t'en souviens, Diane ?

— Non. Je ne fréquentais pas beaucoup de joueurs de football.

— Je portais un corsage qui m'arrivait à... (Liz désigna son nombril.) Enfin, au moins là ! J'étais pratiquement nue, et j'ai vraiment eu de la chance de ne pas avoir été virée du lycée. J'ai demandé son avis à Leo et il m'a répondu : « Plutôt pas mal. »

— Et où est le problème ? demanda King.

— Plutôt pas mal ? Même un joueur de football devrait être capable d'apprécier les belles choses, non ?

Elle jeta un coup d'œil rapide à sa montre et fit mine de se lever.

— Je dois à tout prix rentrer, j'avais promis à mon magnat d'être là à quatre heures.

— Vous êtes déjà en retard, alors, fit remarquer Cameron. Un petit dernier pour la route ?

— Je ne devrais pas, minauda Liz.

— Deux rondelles de citron ?

— Quelle mémoire il a, ce garçon ! Il sait que je suis incapable de résister à ses cocktails.

Ses yeux se plantèrent dans ceux de Cameron et ni King ni Diane ne sentirent monter la fumée. Heureusement, le téléphone sonna et Diane décrocha.

— Allô ?

— Vous avez Boston, annonça la téléphoniste.

— Ah ! merci, une seconde.

Elle tendit l'appareil à son mari en demandant :

— Tu avais demandé Boston, chéri ?

— Oui.

Doug prit l'appareil et Cameron leva brusquement la tête du cocktail qu'il préparait.

— Boston ? murmura-t-il.

— Allô, oui ? dit King au téléphone.

— Allô ? Allô ? fit une voix.

— C'est vous, Hanley ? demanda King.

— Oui, Doug. Comment ça va ?

— Très bien. Et chez vous ?

— Comme nous nous y attendions.

— Oui, mais écoutez, il faut régler ça en vitesse. Aujourd'hui même.

— Pourquoi ? Quelque chose ne va pas ?

— Je viens de recevoir une délégation des croque-morts, et ces bougres-là sont assez pressés d'assister à la curée. Que fait notre bonhomme ?

— Il veut se cramponner à cinq pour cent du lot, Doug.

— Quoi ? Bon Dieu, pour quoi faire ?

— Eh bien, il pense...

— Je me fous de ce qu'il pense. Je tiens à ces cinq pour cent. C'est vital. Il me les faut. Alors, arrangez-vous, Hanley.

— Vous savez, Doug, je fais tout mon possible, mais...

— Il n'y a pas de mais. Je vous dis de vous arranger. Tenez-lui la main, pleurez sur son épaule, couchez avec lui, faites ce que vous voulez, mais obtenez-moi le tout.

— Il faudra du temps tout de...

— Combien de temps ? rugit King.

— Eh bien !... Je ne sais pas trop. J'imagine que je pourrais aller le voir tout de suite ?

— Allez-y. Et rappelez-moi dès que vous l'aurez vu. J'attends les nouvelles. Et dites-vous bien, Hanley, que j'agis d'ores et déjà comme si vous aviez réussi. Alors ne me faites pas défaut. Je compte sur vous.

— Je vais essayer.

— Il ne s'agit pas d'essayer mais de réussir, Hanley. J'attends votre coup de fil.

King raccrocha brutalement et se tourna vers Cameron.

— Pete, vous partez pour Boston.

— Moi ?

— Quelle chance vous avez ! s'écria Liz. J'adore Boston !

— Vous partez pour Boston avec un bon gros chèque, poursuivit King, que vous porterez à Hanley, et nous allons conclure le plus beau marché de ma carrière !

— Si votre avoué est dans le coup, ça doit être important, dit Cameron. De quoi s'agit-il, Doug ?

— Chut. Pas un mot. Je ne veux pas m'attirer la poisse en en parlant avant que ce ne soit fait. Je vous raconterai tout ça le moment venu, mais pas avant d'être sûr de mon fait. En attendant, renseignez-vous sur les horaires d'avion pour Boston. Utilisez le téléphone d'en haut, je veux garder cette ligne libre pour Hanley.

— D'accord, Doug. Je vous revois, Liz ?

— Mais voyons, bien sûr !

Cameron sourit et monta. King se frotta brièvement les mains et se mit à faire les cent pas.

— Ah ! que ces vautours vont être surpris ! Ils sont déjà en train de décrire des cercles au-dessus d'un cadavre. J'ai hâte de voir leurs bobines quand le cadavre va se relever et leur tomber dessus à bras raccourcis. Me demander à moi de faire bloc avec eux ! Tu imagines ça, Diane ?

— Que monsieur m'excuse, fit une petite voix humble.

L'homme qui se tenait sur le seuil du living-room ne devait pas avoir plus de trente-cinq ans, mais à première vue, on lui en aurait donné beaucoup plus. Son uniforme étriqué de chauffeur tombait mal sur ses épaules voûtées et toute son attitude trahissait la lassitude. Il s'appelait Charles Reynolds, mais il n'était que Reynolds pour la maison. Et peut-être un homme qui en est réduit à ne répondre qu'à son seul nom de famille a-t-il perdu la moitié de son être. Quoi qu'il en soit, cet homme était l'image même de la faiblesse, de l'humilité, de la défaite. Il faisait pitié, même si l'on ignorait qu'il avait perdu sa femme moins d'un an auparavant et qu'il devait élever tant bien que mal son petit garçon, dans la chambre qu'il occupait au-dessus du garage, avec toute la maladresse d'un veuf éploré. Il faisait pitié, parce qu'il appartenait à la race des vaincus.

— Qu'est-ce que c'est, Reynolds ? demanda King.

— Que monsieur m'excuse, je ne voulais pas déranger.

— Vous ne me dérangez pas.

King ne pouvait s'empêcher de répondre d'un ton bourru. Il aimait bien son chauffeur, mais ne pouvait supporter la faiblesse. Or, la faiblesse était la seule force de cet homme.

— Je voulais savoir, simplement... Est-ce que mon fils... est-ce que Jeff est là, monsieur ?

— Ça, c'est du domaine de madame.

— Il est là-haut avec Bobby, Reynolds, dit doucement Diane.

— J'espère qu'il ne dérange personne, madame. Mais j'ai pensé qu'il faisait frais, et qu'il aurait besoin de son manteau, s'il allait jouer dehors.

Diane examina le pardessus que tenait Reynolds d'un œil de mère avisée.

— Je crois qu'il aurait un peu chaud là-dedans, Reynolds. Je lui ai déjà donné un des chandails de Bobby.

Reynolds baissa les yeux sur le manteau comme s'il le voyait pour la première fois et sourit d'un air gêné.

— Ah !... Ah ! bon. Merci, madame. Je ne sais jamais si...

— Reynolds, intervint King. Il va falloir que vous conduisiez Mr Cameron à l'aéroport. Préparez-vous.

— Bien, monsieur. Pour quelle heure, monsieur ?

— Nous ne savons pas encore. Je vous sonnerai.

Un glapissement assourdissant retentit au premier, suivi d'une galopade effrénée. Bobby King, en chandail bleu ciel, ses cheveux blonds dans les yeux, dévala les marches, poursuivi par Jeff Reynolds. Les deux petits garçons de huit ans auraient pu passer pour frères. Ils étaient tous deux blonds, de la même taille, portaient tous deux des fusils de panoplie et hurlaient d'une même voix perçante. Sans faire la moindre attention aux grandes personnes, ils se ruèrent à travers le hall.

— Hé là ! cria King, et son fils fit mine de tirer sur les rênes d'un cheval imaginaire.

— Ho ! ho, tout beau ! Qu'est-ce qu'il y a, papa ?

— Où allez-vous comme ça ?

— On va jouer dehors.

— A quoi ?

— Aux Indiens, expliqua Jeff.

— C'est chacun notre tour d'être indien, déclara Bobby. On se cache dans les bois et la cavalerie doit débusquer les Peaux-Rouges. C'est moi, la cavalerie.

— Ne vous éloignez pas trop de la maison, dit Diane.

— Non, maman.

Jeff poussa un cri de guerre et Reynolds frémit.

— Ne fais pas tant de bruit. Et prends bien soin du chandail que madame t'a prêté.

— Bien sûr, papa.

— Allez, viens, cria Bobby, que je t'attrape un peu.

— Comment vas-tu t'y prendre, fiston ?

— Hein ?

— Tu as un plan ?

— Ben non. On se court après et on attrape l'ennemi, c'est tout.

— Ah ! mais non, conseilla King. Il ne faut jamais courir sus à l'ennemi. Tu grimpes dans un arbre et tu le guettes, compris ? chuchota-t-il. Comme ça tu peux le surveiller sans qu'il s'en doute. Et quand tu sais ce qu'il va faire, tu lui bondis dessus.

— Doug ! s'écria Diane.

— Mais c'est défendu de grimper aux arbres, objecta Bobby.

— Il faut faire ses propres lois. Tout est permis, du moment qu'on gagne.

— Doug, enfin, qu'est-ce que tu racontes ?

— Il lui apprend à vivre, je suppose, dit Liz.

— Ils ne demandent qu'à aller jouer dehors, tu sais. Allez vite, les enfants. Et jouez comme vous l'entendez. Amusez-vous bien.

— Pourquoi tu ne me donnes jamais de conseils, à moi ? demanda Jeff à son père. Tu me dis ce que je dois faire ?

Reynolds, pris par surprise, se sentait très embarrassé en présence de ses employeurs.

— Euh... eh bien... tu peux te cacher derrière un rocher et ne plus bouger, comme ça personne ne te trouvera.

— Mais si tu bouges, poursuivit King, c'est fini, petit.

— Si tu ne bouges pas, tu es sûr qu'il ne t'arrivera rien, fiston, renchérit Reynolds comme s'il suivait un raisonnement logique.

— Oui, mais si personne ne bouge, je ne vois pas l'intérêt du jeu, dit King.

— Le mieux serait peut-être de laisser les enfants jouer à leur manière, non ? coupa Diane un peu sèchement.

Les petits garçons poussèrent encore leur cri de guerre et se ruèrent vers la porte, chandail bleu et chandail rouge se fondant en un tourbillon violet, et la porte claqua à faire trembler les murs.

— Eh bien ! s'exclama Liz.

— Je vais sortir la voiture, dit Reynolds.

— Entendu, Reynolds.

Reynolds sortit de la pièce à reculons et disparut dans l'ombre du couloir de la cuisine. Diane attendit qu'il fût parti avant de se tourner vers son mari.

— Tu n'aurais pas dû lui parler ainsi, Doug.

— A qui ? Et comment ?

— A Bobby. Lui dire de... de bondir, de faire ses lois, que tous les coups sont permis ! Vraiment ! Qui élèves-tu ? Un tigre ?

— Un tigre, oui, comme sa tigresse de mère, répliqua King en riant.

— Doug, je ne plaisante pas. En voilà une façon de parler à un enfant ! Bondir... Vraiment !

— Eh oui, tiens. Tel père, tel fils.

— Je suis navrée que tu trouves cela drôle. En ce qui me concerne, je n'ai pas envie de rire.

Liz Bellew soupira, et dit à mi-voix :

— Il va y avoir de la bagarre...

— Ne fais pas l'idiote, tu me connais assez pour savoir si je suis en colère ou non, dit Diane. (Elle se tut un moment, puis elle explosa :) Bondir ! Bondir ! Tous les coups sont permis ! Gagner à tout prix ! Comme tu le fais avec cette histoire de Boston, comme avec le pauvre Robinson !

— Robinson ? Je l'ai mis à la porte. Je ne vois pas ce qu'il y a de mal à ça.

— Harold fait ça tous les jours, intervint Liz.

— Bien sûr, renchérit King. Chérie, quand tu es dans les affaires, tu ne peux pas te permettre de...

— Peut-être, mais pourquoi l'as-tu viré ? Et comment ? Les Robinson étaient des amis.

— Des amis ? Parce que nous avions fait quelques parties de bridge ensemble ?

— Quelques parties ? Ils étaient nos amis !

— D'accord, c'étaient nos amis. Plus maintenant. (King marqua une pause.) Il me rendait malade.

— Et c'est la raison pour laquelle...

— Ecoute. Je t'ai déjà expliqué qu'il imputait les voyages d'affaires sur le prix de revient des chaussures. Un imbécile était parti en Italie pour acheter de la soie et Robinson avait facturé le voyage dans la colonne des coûts. C'était un mauvais système et je lui ai souvent demandé de le changer. Il a refusé, tu connais la suite.

— Et tu l'as viré, sans lui offrir la moindre porte de sortie.

Liz Bellew, que ce genre de conversation ennuyait à mourir pour l'avoir entendue mille fois chez elle, s'étira sur le canapé et jeta un coup d'œil vers l'escalier.

— Une porte de sortie ? Au diable les portes de sortie ! Lorsque quelqu'un ne fait pas son boulot correctement...

— Et que s'est-il passé d'après toi lorsqu'il a cherché un autre boulot et quand il a dû expliquer à son éventuel futur employeur qu'il avait été viré ?

— Seul un imbécile avouerait qu'il a été viré. Si Robinson...

— Foutaises ! Tu sais très bien que n'importe qui appellerait Granger pour des références.

— Eh bien il n'avait qu'à y penser avant. Diane, bon sang, ce type ne faisait pas son travail !

— Tu n'avais pas besoin de te montrer si... si impitoyable !

— Impitoyable ? Moi ? Liz, ajouta King avec un gros rire, tu me trouves impitoyable ?

— Je te trouve adorable.

— Mais pourquoi impitoyable ? Parce que j'agis alors que d'autres se tournent les pouces et attendent que les cailles leur tombent toutes rôties dans le bec ? Que veux-tu, chérie, il y a ceux qui agissent et ceux qui attendent. Tu crois que tu jouirais de tout ce luxe si je n'avais pas agi ?

— Il a raison, tu sais, Diane.

— Mais bien sûr, que j'ai raison ! Tu vois, Liz est de mon avis.

— Absolument. J'ai toujours adoré l'action, dit-elle en se levant. Et maintenant, il faut absolument que je me sauve. Vous venez au club ce soir, vous deux ?

— Peut-être, grinça rageusement Diane.

— Hmm. Doug, tu sais, je crois savoir ce qu'il lui faut.

— Moi aussi.

— Je m'en doutais. Bon, cette fois, je m'en vais. Dites au revoir à Pete pour moi. Et amusez-vous bien. Non, ne me raccompagnez pas.

Après son départ, il y eut un long silence. Debout au milieu de la pièce, Diane ne bougeait pas. King l'examina un moment, puis il se mit à marcher lentement autour d'elle.

— Diane ? murmura-t-il doucement.

— Qu'y a-t-il ?

— Diane, je suis dans un arbre et je te préviens... que je vais... *bondir !*

Il la saisit brusquement aux épaules et la serra violemment contre lui, bouche contre bouche.

— Lâche-moi ! Si tu t'imagines que tu n'as qu'à...

King l'embrassa. Diane se débattit quelques instants, puis ses mouvements se calmèrent et elle se soumit à l'étreinte de son mari. Enfin, elle lui noua les bras autour du cou, dégagea sa bouche et murmura :

— Espèce de... grande brute.

— C'est ça.

— Oui. Tu devrais avoir honte.

— J'ai honte. Regarde, je rougis. Tu es belle. Tu es merveilleuse, cette mèche blanche est excitante en diable...

Il l'embrassa encore.

— Je suis bien trop bonne pour toi, gorille.

— Je sais, je sais. Ecoute, avant le dîner...

— Quoi donc ?

— Eh bien !... Nous pourrions peut-être...

— ... et je n'apprécie pas du tout que toi et Liz parliez de moi comme si j'étais du bétail.

— Mmmm, quelle belle pièce de bétail pourtant, répondit-il en lui mordillant le cou. Tu ne m'as pas répondu ?

— Quelle était la question ?

— Le dîner. Avant le dîner, murmura-t-il.

— Mais Pete se promène dans la maison.

— J'en fais mon affaire. Je le vire.

— Comment peux-tu... ?

— Je l'envoie à l'aéroport de bonne heure.

— Dans ce cas...

— Dans ce cas ?

— Euh...

— Mmmmm ?

— Ma foi...

Diane baissa les yeux et ne put s'empêcher de sourire.

— Bravo. Le temps de rappeler Hanley.

— Rappeler Hanley !

— Ecoute, je ne voudrais pas qu'il téléphone en plein milieu de...

— Je ferais peut-être bien de prendre rendez-vous avec toi par l'intermédiaire de ta secrétaire !

King éclata de rire et décrocha le téléphone.

— Je n'en ai que pour une minute. Je ne veux que...

Il s'interrompit brusquement en entendant la voix de Cameron sur la ligne qui disait :

— ... oui, George, c'est justement ce que je veux vous dire. J'ai pensé que vous seriez content de savoir...

King raccrocha vivement, appuya sur un bouton pour obtenir une autre ligne et grommela :

— Bizarre.

— Quoi donc ? demanda Diane.

— Pete est sur cette ligne, répondit King d'un air perplexe. J'aurais juré qu'il parlait à... Allô, oui, mademoiselle, pouvez-vous me demander Oscar Hanley à l'hôtel *Stanhope* à Boston ?...

Une violente offensive des Peaux-Rouges, ou plutôt d'un des Peaux-Rouges, couvrit sa voix.

— Maman ! glapit Bobby, où est ma hache de guerre ?

— Dans ton coffre, sans doute.

— Viens m'aider à la chercher. Je suis pressé, Jeff est là... Ah ! la voilà sur l'escalier. Je file ! Hé, papa, je vais me dégotter un arbre !

Bobby disparut dans un tourbillon de cris et de portes claquées et Diane jeta un regard plein de reproche à son mari :

— Bondir !

Dans les buissons, l'homme attendait de bondir.

Il mourait d'envie d'allumer une cigarette, mais il n'osait pas. De sa cachette, il voyait le mur aveugle de la demeure King, et l'entrée du garage. La longue Cadillac noire stationnait dans l'allée et un chauffeur la lustrait avec une peau de chamois. L'homme regarda le chauffeur un moment, puis il consulta sa montre. La nuit n'allait pas tarder à tomber. Parfait. Il avait besoin des ténèbres.

Il aurait donné cher pour une cigarette.

Il se demanda si Eddie était bien dans la voiture, si tout allait bien à la maison, si l'affaire marcherait, si... L'inquiétude le faisait transpirer et désirer plus que jamais cette cigarette.

Il entendit un bruit dans les branches, et un frisson lui parcourut l'échine.

Du calme, se dit-il. Du calme.

Il serra les poings pour arrêter leur tremblement, ferma les yeux et les rouvrit brusquement. Il aperçut une silhouette entre les branches et son cœur se mit à tambouriner follement. C'était le gosse.

L'homme se passa la langue sur les lèvres.

Quand il voulut parler, il n'émit qu'un son rauque. Il déglutit péniblement, et recommença :

— Alors, fiston ? On joue aux gendarmes et aux voleurs ?

L'obscurité commençait à envelopper la ville de son manteau humide.

En octobre, l'obscurité est différente, elle a la douceur d'un museau de chat et l'odeur de feu de bois qu'elle traîne dans son sillage pénètre le cœur de la ville, là où personne ne fait plus de feu depuis longtemps. Cette odeur est gravée dans la mémoire collective et elle apporte à octobre une sérénité irremplaçable, inégalée. Les réverbères s'allument avant que la nuit soit tombée et le soleil teint le ciel d'un ocre rougeoyant. Alors, la voûte nuageuse se referme lentement pour la nuit sur le paradis. Les ponts étendent sur la ville leur silhouette de câbles avec en toile de fond un coucher de soleil qui fait ressembler leurs lampadaires à autant d'émeraudes.

Le pas s'accélère, la démarche se fait plus légère. Le froid devient plus intense, il mord les joues, il heurte les dents et les devantures s'illuminent, accueillantes. Le calme règne sur la ville car l'automne est la saison de deuil de l'été que même la rudesse urbaine respecte. Les cols des manteaux remontent, on souffle dans ses mains, les chapeaux sont enfoncés sur les crânes et les passants se hâtent, pressés d'échapper au vent et de se réconforter à la chaleur de leur foyer, d'avaler un bon dîner et de se blottir dans les bras de l'être aimé.

L'obscurité est sur la ville.

Il fera bientôt nuit.

Il fera bon se retrouver chez soi avant qu'il ne fasse totalement noir.

4

Dans l'immense living-room des King, le téléphone sonna. Douglas King traversa la salle d'un pas vif, décrocha :

— Hanley ?

A l'autre bout du fil, une voix lui rétorqua :

— Qui ça ?

— Oh, excusez-moi, j'attendais une communication. Qui est à l'appareil, s'il vous plaît ?

— Ça va, Mac. Je vais être très bref et...

— Il n'y a personne du nom de Mac ici, répondit King. Vous avez fait un faux numéro.

Il raccrocha et se retourna. Cameron se tenait au bas des marches du grand escalier et l'observait.

— Ce n'était pas Hanley ? demanda-t-il.

— Non. Un faux numéro et à propos de faux numéro, Pete...

— Oui ?

— Ce n'est pas à George Benjamin que vous parliez tout à l'heure ?

— Au téléphone ?

— Oui. Au téléphone.

— Au fait, si, justement.

— Pourquoi l'avez-vous appelé ?

— Pour le prévenir que je serais, absent demain. Il tenait à discuter ce prix courant des Brocarts d'Extrême-Orient.

— Vous ne lui avez pas dit que vous alliez à Boston, n'est-ce pas ?

— Ma foi, non. J'aurais dû ?

— Grands dieux, non ! Mais que lui avez-vous dit ?

— Simplement que je ne pourrais être présent à la conférence parce que je devais m'absenter.

— Mais vous n'avez pas parlé de Boston ?

— Boston est donc si important ? intervint Diane. Est-ce que Benjamin risque de démolir ton plan s'il sait où tu traites ?

— J'en doute. Mais il vendrait son âme au diable pour savoir avec *qui* je traite — ou même simplement que je suis en train de traiter. Tu sais, une fois ce marché conclu, je serai en mesure de...

Le téléphone l'interrompit.

— C'est Hanley, s'écria King en se précipitant.

— Je ferais bien d'aller appeler Bobby, dit Diane. Il commence à faire nuit.

— Chérie, attends une minute, veux-tu ? Je ne veux pas entendre des cris de Sioux pendant cette conversation. Oui, allô ?

— Vous avez Boston, ne quittez pas.

— Allô ?

— Allô, Boston ? Parlez.

— Doug ?

— Comment ça a marché, Hanley ?

— Bien, soupira Hanley. J'ai obtenu vos cinq pour cent.

— Magnifique. Je vous expédie Pete immédiatement. Il prendra l'avion de neuf heures. Je ne sais pas à quelle heure il arrive à Boston. Renseignez-vous.

— D'accord.

— Et bravo, Hanley. Beau travail. Pete, ajouta King après avoir raccroché, appelez l'aéroport et retenez votre place immédiatement !

King fit claquer ses doigts, appuya sur un bouton de l'appareil téléphonique, décrocha et attendit un instant, puis :

— Reynolds ? Arrivez, voulez-vous ? Et au trot.

— Tout est en ordre, à présent ? demanda Cameron. Vous pouvez me mettre au courant ?

— Maintenant que l'affaire est dans le sac, je le dirais même à Benj... Non, non, il vaut mieux pas.

Il se mit à rire sous cape et s'avança vers le bar pour se servir un whisky.

— Je vais appeler Bobby, dit Diane. Il fait presque nuit.

— Attends un peu, Diane. Tu ne veux pas savoir ?

— Si, mais...

— Chérie, le gosse est dans notre parc ! Pour l'amour du ciel !

— Eh bien !... Bon. Mais je devrais...

— Vous avez entendu Benjamin tout à l'heure, hein, Pete ? Il disait que je détenais treize pour cent des actions, exact ?

— Exact.

— Faux !

King se tut un instant, théâtralement, avant de lâcher sa bombe :

— Depuis six ans, j'achète des actions en douce. Maintenant, à l'heure qu'il est, j'en détiens vingt-huit pour cent !

— Doug, c'est merveilleux ! s'écria Diane.

— Mais que vient faire Boston là-dedans ? voulut savoir Cameron.

— Hanley est là-bas depuis quinze jours, et travaille au corps un bonhomme qui possède un joli petit lot.

King alla ouvrir le tiroir d'un petit bureau et en sortit un carnet de chèques. Il s'assit au bureau et entreprit de libeller le chèque.

— Un lot de combien ? demanda Cameron.

— Dix-neuf pour cent.

— Quoi ?

— Faites l'addition. Dix-neuf et vingt-huit, ça fait quarante-sept. Avec ça, j'ai la majorité absolue. Je peux diriger l'élection à mon gré, même si ces imbéciles se mettent en cheville avec le Vieux pour m'abattre. Avec ça, je peux devenir président de Granger ! Je pourrai conduire l'affaire comme je l'entends et fabriquer les chaussures qui me plaisent ! Tenez, regardez ça !

Il détacha le chèque et le tendit triomphalement à Cameron.

Pete Cameron le prit, y jeta un coup d'œil et sifflota.

— Sept cent cinquante mille dollars ! souffla-t-il.

— Doug, où as-tu...

— J'ai vendu pratiquement tout ce que je possédais, Diane. J'ai tout converti en liquide. J'ai même hypothéqué cette maison.

— Hypo...

Diane ouvrit de grands yeux et s'assit brusquement, atterrée.

— Ça... ça fait un sacré paquet, Doug, observa Cameron.

— C'est tout ce que je possède ! Et j'ai besoin de tout. Jusqu'au dernier cent. Diane, cette affaire sera mon triomphe !

— Je... je l'espère, Doug.

— Ça ne peut pas rater, chérie. Personne ne peut plus m'arrêter, à présent.

— A qui achetez-vous ce lot, Doug ?

— A un type que j'ai contacté discrètement, et qui se fiche pas mal de qui sera nommé président de la société. Il est content de toucher de l'argent et...

— Mais qui, Doug ? qui ?

— Le plus beau, c'est qu'il a acheté ses actions par l'intermédiaire d'une demi-douzaine de prête-noms. A part nous, personne ne sait même qu'il en possède autant.

— Mais qui est-ce, Doug ? répéta Cameron.

Une toux discrète retentit dans le hall. King se retourna. Reynolds se tenait sur le seuil.

— Ah ! Reynolds, vous voilà. Je veux que vous conduisiez Mr Cameron à l'aéroport.

— Pourquoi tant de hâte, Doug ? Je n'ai même pas retenu ma place.

— Qu'est-ce que vous attendez, mon garçon ?

— Moi, je vais appeler Bobby, il est grand temps !

Diane ouvrit la porte d'entrée et cria :

— Bobby ! Bobby !

— Attendons que Mr Cameron ait retenu sa place, Reynolds. Il n'y en a pas pour longtemps.

— Bobby ! Bob-by !

Le téléphone sonna et King décrocha.

— Oui. Allô ?

— King ?

— Oui, c'est Mr King, répondit-il, puis il posa sa main sur le récepteur. Pete, il n'y a pas une minute à perdre.

En même temps, à l'autre bout du fil, la voix disait :

— Ne me raccrochez pas au nez cette fois, King. Nous ne plaisantons pas.

— Quoi ? Pardon, je n'ai pas entendu. Vous dites ?

— Nous avons votre môme, King.

— Mon fils ? Qu'est-ce que vous...

Il se retourna brusquement vers la porte d'où Diane appelait encore :

— Bobby ! Bobby, vas-tu me répondre à la fin ?

— Votre fils, votre môme, reprit la voix. Nous avons enlevé votre fils.

— Vous... vous avez mon fils ?

Diane fit volte-face, tout d'une pièce.

— Quoi ? Qu'est-ce que tu as dit ?

— Mon fils ? répéta King, ahuri.

— Pour la dernière fois, oui. Nous avons enlevé votre fils Bobby. C'est clair ?

— Mais... mais c'est impossible !

— Doug ! glapit Diane. Qu'est-ce que c'est ?

— Votre fils jouait dans le parc, pas vrai ?

— Oui, mais... Ce n'est pas une plaisanterie ? Si c'en est une...

— C'est pas de la rigolade, King.

— Doug, pour l'amour de Dieu, veux-tu me dire...

King la fit taire d'un geste, tandis que la voix poursuivait d'un ton monocorde :

— Maintenant, écoutez, et écoutez-moi bien parce que je ne vais pas répéter ça deux fois. Le gosse va bien. Il ira bien tant que vous ferez ce que je vous demande. Nous réclamons cinq cent mille dollars en petites...

— Une seconde, je veux prendre des notes, dit King en se penchant pour prendre un bloc et un crayon sur son bureau. Cinq cent mille...

— En petites coupures non marquées. Vous avez noté ?

— Oui. Oui, je... Vous ne lui avez pas fait de mal ?

— Non, il va bien. Pas de séries de numéros, pour les billets, King. Arrangez-vous pour avoir le fric demain matin, compris ? On vous retéléphonera pour vous donner nos instructions. Et ne prévenez pas la police, King.

— Non, non. Je ne le ferai pas.

— C'est bien compris ?

— Mais oui, nom de Dieu ! Je vous ai parfaitement compris !

Désespérément, la cervelle de King cherchait un moyen de piéger son interlocuteur. Lorsque l'idée lui vint, il la mit en pratique instantanément, comme s'il s'agissait d'une affaire longuement mûrie. Tandis que la voix reprenait ses explications, il appuya farouchement sur un des boutons, et coupa la communication, tout en criant à Pete :

— Pete, bondissez au téléphone de la cuisine et appelez d'abord la police. Dites-leur que Bobby a été enlevé et qu'on nous réclame une rançon de cinq cent mille dollars.

— Non ! hurla Diane. *Oh non !*

— Prévenez ensuite la Compagnie du téléphone. Dites-leur que j'ai raccroché au nez de ce salaud...

— Pourquoi as-tu fait ça ? Tu as raccroché au nez de celui qui a Bobby ? Tu as raccroché...

Incapable d'achever sa phrase, elle se jeta de nouveau vers l'entrée et glapit dans le crépuscule :

— Bobby ! Bobby ! Bobby !

— J'ai raccroché dans l'espoir qu'il rappellera, expliqua King. La Compagnie du Téléphone pourra peut-être situer l'appel et, en attendant, ça me donne le temps de réfléchir. Je peux... Reynolds, montez me chercher mon carnet d'adresses. Il y a un détective privé que nous avons employé une fois, quand Diane a perdu ses perles. Di Bari, quelque chose comme ça. Appelez-le tout de suite.

— Bien, monsieur, dit Reynolds en grimpant les marches quatre à quatre.

Diane claqua la porte d'entrée et revint en courant vers son mari.

— Cinq cent mille dollars, tu dis ? Très bien. Téléphone à la banque. Maintenant ! Préviens-les immédiatement, Doug. Il faut que nous ayons cet argent. Il faut qu'on nous rende Bobby !

— On nous le rendra. Je leur donnerai tout ce qu'ils me demanderont, un million s'il le faut. Je trouverai le million. Diane, ma chérie, ajouta-t-il en la serrant dans ses bras, ne t'inquiète pas. Je t'en supplie. Ne tremble pas comme ça. Diane... essaye de...

— Je... Ça va aller. C'est... c'est...

Cameron surgit en trombe de la cuisine.

— La police arrive, Doug. La Compagnie du Téléphone est à l'écoute. Ils disent de les prévenir sur une autre ligne dès que le type rappellera.

— Parfait. Restez dans la cuisine. Dès que cet appareil sonnera, prévenez immédiatement la standardiste.

— D'accord.

Cameron disparut et Reynolds descendit du premier, l'air ennuyé et vaincu.

— Je suis navré, monsieur, je ne trouve pas le carnet d'adresses. Je suis désolé. J'ai cherché dans l'annuaire, mais...

— J'y vais ! s'écria Diane.

Avec un effort visible, elle redressa la tête en s'écartant de Doug. Au moment où elle mettait le pied sur la première marche, la porte d'entrée s'ouvrit brusquement. Elle sursauta.

— Tu m'appelais, maman ? dit Bobby King.

Diane se retourna lentement, clignant des yeux, et souffla :

— Bobby ?

Puis les mots jaillirent, les syllabes se bousculèrent sur ses lèvres tandis qu'elle courait se jeter à genoux pour mieux enlacer son petit garçon :

— Bobby, Bobby, Bobby, Bobby...

— Hé là, qu'est-ce qui te prend ? lança Bobby.

King regarda son fils avec une expression ahurie, ouvrit la bouche, la referma, puis se tourna brusquement et montra le poing à l'appareil téléphonique en hurlant :

— Bon Dieu, cette espèce de sale menteur de...

— Je veux plus jouer avec Jeff, maman, grogna Bobby. J'ai grimpé à un arbre, comme papa m'a dit, mais ça n'a pas marché. Je l'ai vu nulle part.

— Qu'est-ce que tu veux dire ? s'écria King, une inquiétude nouvelle perçant dans sa voix. Comment ça, tu ne l'as vu nulle part ? Où est-il ?

— Je parie qu'il a quitté les bois. Je l'ai cherché partout, dans les buissons, derrière les rochers. Il y est pas. Je veux plus jouer avec lui. C'est pas du jeu. Je sais pas où il est. Il est pas là.

Il y eut un moment de silence atterré. Le nom était sur les lèvres de tous, la vérité dans tous les esprits, mais ce fut finalement le père de l'enfant qui prononça le mot, le simple mot, le nom qui résumait en quatre lettres ce qui venait de se passer dans les bois, le nom qui expliquait le coup de téléphone d'un inconnu.

— Jeff, murmura Reynolds dans un souffle.

Au loin, on entendait déjà une sirène de police qui allait crescendo et brisait le silence distingué et luxueux de Smoke Rise.

5

S'il y avait au monde deux choses qui donnaient le trac à Steve Carella, c'étaient bien les affaires impliquant des gens riches et celles impliquant des enfants. L'inspecteur n'était pas un produit des taudis, et on ne pouvait attribuer sa peur de la fortune à une jeunesse de privations. Son boulanger de père, Antonio, avait toujours bien gagné sa vie et Steve Carella n'avait jamais connu la morsure de la bise hivernale sur un fond de culotte élimé. Mais cependant, en présence du luxe, dans les salons pleins de bibelots de prix où l'entraînait parfois son travail, il se sentait mal à l'aise. Il se sentait pauvre. Assis dans un profond fauteuil, dans le vaste living-room de la demeure de Douglas King, devant l'homme qui avait les moyens de se payer tout cela, Steve Carella avait l'impression d'être sans le sou et cela l'intimidait.

Et pour couronner le tout, cette affaire avait tout l'air d'un enlèvement dans les règles. Même si l'inspecteur Carella n'avait pas été l'heureux papa de jumeaux que Teddy lui avait offerts l'été passé, il trouvait qu'un enlèvement est une chose diablement inquiétante et ne tenait pas à y être mêlé.

Malheureusement, il n'avait pas le choix.

Il était donc assis dans le living-room de Douglas King, gêné, troublé, intimidé, et posait ses questions tandis que Meyer Meyer, le dos tourné à la pièce, regardait par la grande baie vitrée la vue sur la Harb.

— Que je comprenne bien, Mr King, dit Steve. L'enfant qui a été enlevé n'est pas votre fils, c'est bien ça ?

— C'est ça.

— Mais c'est à vous qu'on a demandé la rançon, c'est ça ?

— Oui.

— Donc, quand le kidnappeur vous a fait cette requête, il pensait tenir votre fils ?

— On le dirait, oui.

— Il n'y a pas eu d'autres coups de fil ?

— Non.

— Il peut donc toujours s'imaginer qu'il détient votre petit garçon ?

— Je ne sais pas ce qu'il imagine, s'écria King en colère. Est-il vraiment nécessaire de me poser toutes ces questions ? Je ne suis pas le père de l'enfant, et je...

— Non, mais vous êtes celui qui a répondu au kidnappeur.

— C'est vrai.

— Et on vous a réclamé cinq cent mille dollars, c'est bien ça, Mr King ?

— Oui, oui, oui, Mr Caretta. C'est ça.

— Carella.

— Excusez-moi. Carella.

— C'était un homme ? Au téléphone ?

— C'était un homme, oui.

— Quand il vous a parlé, est-ce qu'il a dit *j'ai* votre fils, ou bien *nous avons* votre fils ? Vous pouvez vous en souvenir ?

— Non, je ne me souviens pas. Et je ne vois pas ce que ça peut faire. Quelqu'un a enlevé le fils de Reynolds, et les mots ne...

— Il s'agit bien de cela, Mr King. Quelqu'un a enlevé l'enfant, et nous devons découvrir ce quelqu'un. Il le faut, si nous voulons le sauver. Pour nous, c'est important. La sécurité du gamin, je veux dire. Je suis sûr qu'il en va de même pour vous.

— Naturellement, coupa sèchement King. Mais, bon Dieu, pourquoi n'appelez-vous pas le F.B.I. à la rescousse ? Vous n'êtes pas équipés pour des affaires de ce genre ! Un enfant est enlevé et...

— Nous devons attendre sept jours avant de pouvoir confier l'affaire au F.B.I. Il est entendu que nous les prévenons immédiatement, mais ils ne peuvent agir avant que sept jours se soient écoulés. En attendant, nous faisons tout notre possible pour...

— Pourquoi ne peuvent-ils s'en occuper plus tôt ? Je croyais que le kidnapping était un crime fédéral. Au lieu d'une bande de flics d'opérette, nous aurions...

— C'est un crime fédéral parce que au bout de sept jours il est permis de supposer logiquement qu'une frontière d'Etat a été passée. Jusque-là, l'affaire regarde la police de l'Etat dans lequel le crime a eu lieu. Qu'il s'agisse d'un enlèvement, d'une agression, d'un meurtre ou de n'importe quoi d'autre.

— Dois-je comprendre alors que vous allez traiter ce crime, un enlèvement qui met en danger la vie d'un enfant, de la même façon que... que le vol d'un paquet de chewing-gum dans un drugstore ?

— Pas précisément, Mr King. Nous avons déjà rappelé notre brigade. Le lieutenant Byrnes en personne va venir. Dès que nous en saurons un peu plus long sur...

— Excuse-moi, Steve, intervint Meyer. Si nous devons expédier un télétype, je ferais bien de demander le signalement du gosse à son père.

— Oui. Où est Mr Reynolds, Mr King ?

— Chez lui. Au-dessus du garage. Il est effondré.

— Tu veux que je m'en occupe, Meyer ?

— Non, non, ça ira, dit Meyer en jetant un regard significatif à King. Il me semble que tu as du pain sur la planche ici. Où est le garage, Mr King ?

— A côté de la maison, vous ne pouvez pas vous tromper.

— Si tu as besoin de moi, Steve, je serai là-bas.

— D'accord. Voyons, Mr King, avez-vous remarqué quelque chose de particulier, dans la voix de votre correspondant ? Un accent, un défaut de prononciation, quelque chose ?

— Je suis navré, Mr Caretta, répliqua King, mais je refuse de jouer à ce petit jeu. Je ne vois vraiment pas...

— Mon nom est Carella, et de quel petit jeu parlez-vous ?

— Ces ridicules histoires de gendarmes et de voleurs. Qu'est-ce que ça peut faire, je vous le demande, si le bandit zozotait ou s'exprimait avec l'accent d'Oxford ou dans un jargon innommable ? Comment est-ce qu'un détail de ce genre pourrait ramener Jeff Reynolds à son père ?

Carella ne leva pas les yeux de son carnet. Les yeux fixés sur la page de notes, il se répétait qu'il ne serait pas convenable qu'un officier de police se lève et expédie son poing dans le nez de Mr King. D'une voix douce et posée, il demanda :

— Quel est votre métier, Mr King ?

— Je dirige une fabrique de chaussures. Est-ce encore un échantillon de question pertinente ?

— Oui, monsieur. Parfaitement. Mr King, je n'entends rien à la fabrication des chaussures. Je sais simplement qu'il faut que j'en porte si je ne veux pas m'abîmer les pieds. Il ne me viendrait jamais à l'idée d'aller vous voir à votre usine et de dire à vos ouvriers comment ils doivent clouer, coller, ou coudre une semelle ou un talon.

— Message reçu.

— A moitié reçu, Mr King. Vous n'avez compris que la menace...

— La menace !

— ... la menace d'une action contre vous pour obstruction à une enquête policière. Voilà ce que vous avez compris, mais je vais vous expliquer le reste. J'espère que vous le comprendrez aussi bien... parce que, avec ou sans votre aide, j'ai un boulot à faire et je le ferai, coûte que coûte. Je suppose que vous savez comment diriger une fabrique de chaussures, sinon vous n'habiteriez pas une luxueuse demeure de Smoke Rise et vous n'auriez pas un chauffeur dont l'enfant peut être pris pour le vôtre. Nous sommes d'accord ? De votre côté, rien ne vous permet de penser que je suis un bon flic ou un mauvais flic, voire un flic quelconque. Mais surtout, rien ne vous permet de me prendre pour un imbécile.

— Je n'ai jamais...

— Pour dissiper les doutes que vous pourriez avoir, Mr King, je vous affirme, sans fausse modestie, que je connais admirablement mon métier et que je suis un très bon, un excellent policier. Je ne vous pose pas des questions imbéciles, et je ne fais pas de cinéma ni de télévision. Mes questions sont mûrement réfléchies, elles ont un but et des raisons valables, et vous me faciliteriez grandement les choses en y répondant simplement, sans me donner de conseils sur la manière dont l'enquête devrait être conduite. Maintenant, est-ce que nous nous comprenons, Mr King ?

— Je le crois. Oui, Mr Caretta.

— Je m'appelle Carella. Est-ce que votre correspondant avait un accent particulier ?

Assis sur le bord de son lit, Reynolds pleurait sans vergogne, en secouant désespérément la tête. Meyer le regardait, en se mordillant la lèvre. Il avait envie de consoler cet homme, de lui passer un bras autour des épaules, de lui dire que tout finirait par s'arranger, de lui promettre qu'il reverrait bientôt son petit garçon. Mais il ne pouvait rien promettre parce qu'il savait que dans une affaire d'enlèvement on ne sait jamais rien. L'enfant pouvait avoir été tué immédiatement. Et ce cas précis était aggravé par une erreur sur la personne. Comment ces salopards réagiraient-ils en apprenant qu'ils s'étaient trompés ? Comment Meyer pouvait-il rassurer Reynolds, autrement qu'en posant les questions routinières, indispensables, et en espérant qu'elles ne paraîtraient pas absurdes à un homme déchiré par l'angoisse ?

— Quel est le prénom du garçon, Mr Reynolds ?

— Jeffry. Jeffry.

— Vous écrivez ça *G, e, o, f,* ou bien avec un *J* ?

— Comment ? Oh ! oui. Avec un *J. J, e,* deux *f, y* : Jeffry.

— Pas d'autre prénom ?

— Non.

— Quel âge a-t-il ?

— Huit ans.

— Date de naissance ?

— Le 9 septembre.

— Donc il a tout juste huit ans.
— Oui. Juste huit ans.
— Quelle taille fait-il, Mr Reynolds ?
— Je... je ne sais pas. Je n'ai jamais... Non, je ne sais pas. Les enfants grandissent. On ne peut...
— Approximativement, Mr Reynolds. Un mètre ? Un mètre vingt ?
— Je ne peux pas vous dire. Je ne sais pas.
— Ma foi, la taille normale d'un enfant de huit ans serait d'un mètre vingt à un mètre trente. Il est dans la moyenne, quoi.
— Oui. Ou peut-être un peu plus grand. C'est un bel enfant. Grand pour son âge.
— Combien pèse-t-il ?
— Je ne sais pas.
Meyer soupira.
— Il est gros ? Fort ? Moyen ? Fluet ?
— Mince. Ni trop gros, ni maigre non plus. Bien bâti, solide, pour un enfant de son âge.
— Et son teint, Mr Reynolds ? Clair ? Mat ? Pâle ?
— Je ne sais pas.
— Bon... Il est brun ou blond ?
— Blond. Très blond. La peau claire.
— Bien. Nous disons donc blond. Et les yeux, Mr Reynolds ?
— Dites, vous allez le retrouver ? demanda brusquement Reynolds.
Meyer leva le nez de ses notes.
— Nous essayerons. Nous allons tout faire pour vous le retrouver, Mr Reynolds.

Le signalement du petit garçon fut remis aux hommes du 87e District et transmis au Commissariat central. Le télétype fut expédié à quatorze Etats.

VICTIME ENLÈVEMENT JEFFRY REYNOLDS HUIT ANS TAILLE APPROX UN MÈTRE TRENTE POIDS APPROX TRENTE KILOS XXXX CHEVEUX BLONDS YEUX BLEUS MARQUE NAISSANCE FESSE DROITE XXXX CICATRICE BRAS GAUCHE BLESSURE ANCIENNE XXXX PÈRE CHARLES REYNOLDS XXXX MÈRE DÉCÉDÉE XXXX RÉPOND NOM DE JEFF XXXX VÊTU CHANDAIL ROUGE VIF BLUE-JEAN BLEU MARINE SANDALES BLANCHES XXXX CHAPEAU NÉANT XXXX GANTS NÉANT XXXX BIJOUX NÉANT XXXX PORTE PEUT-ÊTRE FUSIL JOUET XXXX PEUT-ÊTRE ACCOMPAGNÉ D'UN HOMME XXXX VU POUR LA DERNIÈRE FOIS QUARTIER SMOKE RISE ISOLA DIX-SEPT HEURES TRENTE

XXXX TENEZ-VOUS À L'ÉCOUTE PLUS AMPLES RENSEIGNEMENTS ET BARRAGES ROUTIERS XXXX TRANSMETTEZ TOUS RENSEIGNEMENTS COMMISSARIAT CENTRAL POLICE ISOLA XXXX

Le message cliqueta sur tous les télétypes des postes de police de la ville, des baraquements de la police routière et de la gendarmerie, des garnisons éloignées, et la longue feuille blanche se déroula interminablement, se replia et joncha les planchers. A la suite, venait un autre message :

VOL SIGNALÉ XXXX CONDUITE INTÉRIEURE FORD 1949 XXXX HUIT CYL XXXX GRISE XXXX N° SÉRIE 598 L 02303 IMMATRICULÉE RN 6120 XXXX STATIONNÉE DEVANT SUPER-MARCHÉ COIN PETER SHWED ET LANSING HUIT HEURES CE MATIN XXXX PRÉVENIR DISTRICT CENT DEUX RIVERHEAD XXXX

La Ford grise s'engagea dans le chemin de terre et cahota le long de la petite route qui avait conduit autrefois à la ferme et aux champs de pomme de terre d'un cultivateur de Sand's Spit. Les terres, la route, la maison avaient été vendues depuis bien longtemps à un spéculateur qui avait espéré que cette région écartée deviendrait un lotissement prospère. Cependant, la grande banlieue ne s'était pas étendue de ce côté-là, et le spéculateur était mort sans avoir vu son rêve se réaliser. Les terres étaient redevenues broussailles stériles, et la ferme avait été confiée à une agence par la fille du hardi spéculateur, une ivrognesse de quarante-sept ans qui dilapidait ses revenus avec des matelots de tout âge. L'agent immobilier tenait pour miraculeux d'avoir pu louer la vieille propriété en plein milieu du mois d'octobre. En été, il réussissait parfois à attirer des clients en prétendant que la ferme n'était pas éloignée des plages, ce qui était faux, mais à l'approche de l'hiver les poires étaient rares. Il se frotta donc les mains sans chercher plus loin. D'ailleurs, ses locataires, un jeune ménage, paraissaient calmes et sérieux. Ils avaient payé d'avance, et c'était tout ce qui importait.

Les phares de la Ford trouèrent la nuit de la campagne, balayèrent les vieux bâtiments et s'éteignirent quand la voiture s'arrêta. La portière du côté du conducteur s'ouvrit et un jeune homme proche de la trentaine sauta à terre et courut à la porte de la maison. Il frappa doucement, trois fois, et attendit.

— Eddie ? demanda une voix féminine.

— C'est moi, Kathy. Ouvre.

La porte s'ouvrit toute grande et la lumière éclaboussa la terre gelée et durcie. Une fille apparut sur le seuil et scruta l'obscurité.

— Et Sy ? demanda-t-elle.

— Il est dans la voiture. Il va venir. Tu ne m'embrasses pas ?

— Oh ! Eddie ! Eddie ! s'écria-t-elle en se pendant à son cou.

Elle n'avait pas plus de vingt-quatre ans, mais les années n'avaient pas dû être tendres avec elle et sa beauté indéniable avait déjà quelque chose d'usé. Kathy Folsom n'avait jamais dû être jeune. Elle portait une jupe noire et un chandail bleu, aux manches relevées au-dessus des coudes. Ses cheveux décolorés étaient foncés aux racines, mais cela ne lui donnait pas l'air vulgaire. Simplement peu soigné. Elle se cramponnait à son mari comme si l'angoisse ne l'avait pas quittée, depuis qu'il était parti de la ferme, dans l'après-midi. Enfin, elle s'écarta et lui sourit avec une tendresse presque gênante.

— Eddie, Eddie, murmura-t-elle en lui caressant très doucement la joue. Tu vas bien ? Tout a bien marché ?

— Tout a très bien marché. Et ici ? Pas d'ennuis ?

— Non, aucun. Mais j'étais inquiète. Je ne cessais de me dire, mon Dieu, c'est le dernier coup, pourvu que tout aille bien !

— T'en fais pas. Tout a marché comme sur des roulettes. Tu as une cigarette ?

— Dans mon sac. Là, sur la chaise.

Il entra vivement et alla fouiller dans le sac. Elle le regarda allumer sa cigarette et ne put s'empêcher d'admirer ce grand garçon musclé, en tenue sport et chemise ouverte.

— J'ai écouté la radio, dit Kathy. Je pensais qu'on en parlerait. Tout de même, enfin, je veux dire, une banque et tout... Tout a bien marché, tu es sûr ? Il n'y a pas eu de pépins ?

— Mais non, je te dis... Seulement... Ecoute, Kathy, je dois te dire que nous n'avons pas...

Elle le fit taire d'un baiser.

— Tu es revenu. C'est tout ce qui importe.

— Par ici, petit, lança une voix brutale.

Un geste rude accompagna la dureté de la voix et Jeff Reynolds entra dans la pièce en trébuchant. Derrière lui, l'homme se mit à rire grassement et referma la porte, puis il s'écria :

— Ah ! c'est bon de se retrouver chez soi. Qu'est-ce que tu dis de la piaule, petit ? Un palace, hein ?

L'homme, élégamment vêtu mais mal rasé, avait la quarantaine et paraissait s'amuser comme un petit fou.

— Où est mon fusil ? demanda Jeff.

Kathy se retourna au son de cette voix et regarda l'enfant, médusée. Il ne semblait pas avoir peur. Il était visiblement étonné, un peu troublé par ce lieu inconnu, mais assez content. Sy sourit et dit :

— Le gosse veut son fusil. Où est celui que nous lui avons promis ?

Kathy ne quittait pas Jeff des yeux.

— Qui... que diable...

Le sourire de Sy s'élargit et se transforma en éclat de rire bruyant.

— Haaaa ! Regarde-la, Eddie ! Pour une surprise, hein ? Tu parles d'une plaisanterie !

— Laisse-moi faire, Sy, lui dit Eddie.

— Où est le fusil ? répéta Jeff. Allez, va falloir que je rentre. Dites, madame, où il est, ce fusil ?

— Que... quel fusil ? bégaya-t-elle, puis elle glapit : Qui est ce gosse ? Qu'est-ce...

— Qui ? En voilà une façon de traiter les invités, ma jolie.

— Eddie ! Qui...

Sy ploya la taille en une révérence.

— Fiston, j'ai l'honneur de te présenter Kathy Folsom, née Kathy Neal, fierté de tout le South Side. Elle est belle, hein, p'tit ? Kathy, voici le roi de l'Ouest sauvage.

Il éclata d'un rire exubérant.

— De quoi parle-t-il, Eddie ? D'où vient ce gamin ? Qu'est-ce qu'il fait ici ? Pourquoi... ?

— Hé, mon fusil, dites ! coupa Jeff. Je parie que vous n'en avez même pas, de fusil !

— Tu crois ça, hein ? répliqua Sy. Mon bonhomme, nous avons là assez d'artillerie pour recommencer la guerre de Sécession. Si le général Lee en avait eu autant, nous réclamerions à ton vieux de bons vieux billets confédérés, à l'heure qu'il est.

Il rit encore et lança à Kathy un regard plein de défi, comme s'il mettait en doute ses qualités de déduction. Mais l'allusion aux billets ne lui avait pas échappé. Elle comprit immédiatement et se tourna vers son mari, horrifiée.

— Eddie ! Vous n'avez pas...

— Allez, viens, petit, dit Sy. Allons chercher ce fusil.

Elle attendit qu'ils aient quitté la vaste cuisine-salle à manger de la ferme et que la porte d'une des chambres se soit refermée sur eux avant de s'adresser de nouveau à son mari :

— Maintenant, tu vas m'expliquer.

— Tu as bien compris, murmura-t-il, sans oser la regarder.

— Tu as perdu la tête ? Tu es complètement fou ?

— Calme-toi. N'en fais pas un plat, tu veux ?

Kathy fit un effort pour se maîtriser, marcha d'un pas raide jusqu'à la chaise où se trouvait son sac, et prit une cigarette qu'elle alluma d'une main tremblante.

— Bien. Je t'écoute.

— C'est un enlèvement, dit simplement Eddie.

— Pourquoi ?

— Comment ça, pourquoi ? Il y a cinq cent mille dollars à la clef !

— Tu m'avais dit...

— Ecoute, ça te suffit pas, comme raison ? Pour l'amour du ciel, c'est...

— Tu m'avais dit une banque. C'était déjà assez grave, mais au moins...

— Je t'ai menti. Il n'a jamais été question de banque. Je t'avais dit ça comme ça.

— Mais enfin, Eddie, tu ne te rends pas compte de ce que vous avez fait ? Un enlèvement est un crime fédéral ! C'est passible de mort ! Tu risques la chaise électrique !

— Seulement si le gosse n'a pas été rendu avant le procès.

— Tu en es déjà au tribunal alors que je n'ai jamais encore entendu parler de cette histoire ! Depuis quand projetez-vous ce joli coup ?

— Ça fait... ça fait six mois.

— Quoi !

— Ecoute, calme-toi un peu. Y a pas de quoi s'énerver.

— Qui est ce gosse ?

— Bobby King.

— Et qui est Bobby King ?

— Le fils du gros ponte des Chaussures Granger. Tu connais ça, chérie. Ils fabriquent les chaussures de luxe pour les femmes de rupins.

— Oui, je connais de nom.

Elle réfléchit un instant et demanda à mi-voix :

— Pourquoi ne m'as-tu jamais parlé de ce projet ?

— Ben, je pensais que ça ne te plairait pas. Je me disais...

— Et comment que ça ne me plaît pas ! cria Kathy. Tu vas me faire le plaisir d'emmener ce gosse immédiatement ! Tu vas le ramener où tu l'as pris !

— Comment veux-tu ? Allez, sois raisonnable, non ?

— Si tu ne le ramènes pas, c'est moi qui le raccompagnerai. Enfin ! Ses parents doivent être malades d'inquiétude ! Comment as-tu pu faire une chose...

— Ah ! ça va ! Ferme ça, tu veux ? Il va rester ici jusqu'à ce qu'on ait palpé le fric, un point c'est tout, alors ferme-la !

Kathy alla écraser sa cigarette dans un cendrier, d'un geste rageur, tourna le dos à son mari et regarda par la fenêtre en silence. Eddie la contempla un moment, puis il murmura :

— Kathy. Imagine un peu. Cinq cent mille dollars ! Tu ne voudrais pas que...

— Je n'en veux pas.

— La moitié pour nous, la moitié pour Sy.

— Je n'en veux pas ! Pas un cent !

— Ça nous permettrait d'aller au Mexique !

— Fiche-moi la paix avec ton Mexique !

— Je ne te comprends pas. Tu rêvais d'aller au Mexique !

— Et tu m'avais promis que ça serait la dernière fois ! hurla-t-elle. Le dernier coup. Tu me l'as dit. Une banque. Un simple hold-up ! Rien que...

— Eh bien ! s'écria triomphalement Eddie, ce sera le dernier coup ! Hein ? Qu'est-ce que tu en dis ? Cinq cent mille dollars ! Le train de luxe pour Acapulco !

— Avec un enlèvement. Il n'y a rien de plus ignoble, de plus abject, de plus...

— Un enlèvement, et puis après ? Est-ce qu'on lui a fait mal, au gosse ? Est-ce qu'on l'a touché ? Il va bien, non ?

Kathy se souvint que le garçonnet se trouvait dans la chambre avec Sy et son instinct lui dicta d'aller surveiller ce qui s'y passait. Eddie la rattrapa par le bras.

— Il va bien, tenta-t-il de la rassurer, Sy lui a promis un vrai fusil, c'est pour ça qu'ils sont allés dans la chambre. Ecoute, chérie, essaie juste de comprendre, tu veux bien ?

— Comprendre quoi ? Tu es complètement cinglé, ou quoi ? Comment une telle idée a-t-elle bien pu te traverser l'esprit... ?

— On a eu l'idée et on l'a mise à exécution, voilà. Point final.

— Qui l'a mise à exécution ? Toi ou Sy ?

— Tous les deux. (Il guettait la réaction de Kathy.) Ecoute, je vois pas l'intérêt de risquer nos peaux pour un hold-up. C'est plus sûr, tu trouves pas ? On emprunte un gamin et on le rend quand on a ramassé l'oseille. Vu sous cet angle, ça te semble pas plus sûr ?

— Emprunter ? Qui t'a mis cette idée dans la tête ? Sy ?

— Non, bon sang ! Je t'ai déjà dit qu'on avait eu l'idée tous les deux.

— Vraiment, Eddie ?

— Parfaitement.

— Tu mens. C'est Sy qui a eu l'idée, pas vrai ?

— Eh bien...

— Pas vrai ?

— Ouais, c'est vrai, admit-il, avant d'enchaîner : Mais c'est une bonne idée, Kathy, non ? C'est vraiment mon dernier coup, je te jure, chérie, après je me range définitivement. Ecoute, je peux... Je pourrais peut-être vraiment devenir quelqu'un au Mexique. Ce serait pas génial, hein ? Eddie Folsom ? Moi. Enfin, tu vois le topo ?

Kathy soupira.

— Eddie, Eddie... Tu n'as même pas conscience de ce que tu as fait !

— Ecoute, chérie, je te jure que ça va marcher. Je te promets, Kathy, tu verras. Ne me laisse pas tomber... Chérie ?... Kathy...

Elle ne répondit pas.

— Dis, Kathy ?

Elle se taisait toujours.

— Pan ! hurla Jeff en faisant irruption dans la salle, armé d'un fusil, suivi de Sy, hilare. Mince de fusil !

— Le gosse aime bien les fusils, dit Sy. Amuse-toi, petit. C'est un beau fusil.

— Sy ! s'écria Kathy. Il n'est pas chargé, n'est-ce pas ?

— Comme si j'allais donner un fusil chargé à un môme ! Enfin, voyons !

— Il est chargé, il est chargé ! glapit Jeff. Pan, t'es mort, v'lan, entre les deux yeux !

— Bon, bon, ça va, petit, mets une sourdine. Eddie, si tu mettais le monstre en marche ?

Eddie regarda Kathy en soupirant d'un air navré, comme pour la supplier de comprendre. Mais il vit à son expression qu'elle demeurait inflexible. Il soupira encore et alla au fond de la salle pour ôter la grande bâche qui recouvrait tout un matériel de radio sophistiqué.

— Regarde, petit, dit Sy à Jeff, c'est le Dr Frankenstein. Tu vas voir ce monstre !

A vrai dire, l'appareil n'avait rien de monstrueux. Mais il y avait du vrai dans l'expression de Sy, en ce sens qu'avec toutes ses manettes, ses cadrans et ses boutons, l'appareil n'aurait pas été déplacé dans un décor de film d'épouvante avec savant fou.

Eddie s'installa devant le tableau et abaissa une manette. Un hululement perçant, étrangement modulé, jaillit du haut-parleur.

— T'entends ça, petit ? Le monstre va parler.

— Ah, ben, dites donc, admira consciencieusement Jeff. Où vous l'avez eu ?

— Je l'ai construit, répondit Eddie.

— Sans blague ? Mince, ça doit pas être commode !

Eddie se trémoussa un peu, ravi et fier, et gêné de cette naïve admiration.

— Ma foi, couci-couça, pas trop.

— Rien n'est difficile pour le génie, lança ironiquement Sy. Pas vrai, Kathy ? Ton homme est un génie. Ce que c'est que de fréquenter assidûment les cours de la maison de correction. La meilleure école, pas vrai, Kathy ?

— Ça suffit.

— Qu'est-ce qu'il y a ? Je faisais des compliments à Eddie. Un de ces jours, petit, Eddie que voilà ira dans une véritable école et il apprendra tout sur la radio dans tous les coins. C'est pas vrai, Eddie ? Dis-le-lui.

Mal à l'aise, Eddie murmura :

— Si. C'est vrai.

— Le Dr Frankenstein soi-même. Tu voudrais savoir construire un appareil comme ça, petit, pour épater les copains ?

— Et comment, dites !

— Je vais te dire comment t'y prendre. Quand tu auras quinze ans, tu fais un hold-up.

— Sy, interrompit sèchement Kathy.

— Ben quoi ? Tu n'as même pas besoin d'un revolver, petit. Tu mets ta main dans ta poche, comme Eddie l'a fait... Quand tu te fais pincer, ils t'envoient au centre de détention pour mineurs, et devant le tribunal pour enfants. Après tu vas dans une maison de correction. N'est-ce pas, Eddie ?

De plus en plus embarrassé, Eddie fit mine de s'absorber dans la manipulation de l'appareil.

— Sûr, Sy, sûr...

— Là-bas, on t'apprend à fabriquer des postes de radio. Hein, Eddie ?

— Seulement à les réparer.

— Je vois pas ce qu'il y a de drôle à ça, Sy, dit Kathy.

— Qui a parlé d'être drôle ? Je fais l'éducation du gamin. Tu veux pas que je lui parle des autres trucs qu'on apprend en maison de correction, Eddie ? Tu sais...

— Dis-lui ce que tu veux, j'm'en fous.

— Hé, surveille ton langage devant le p'tit, dit Sy. (Il sourit et ébouriffa les cheveux de Jeff.) Moi, fiston, tout ce que j'ai appris en taule, c'était de bosser dans la toile de jute. Ça te fait éternuer, ça s'incruste dans tes poumons, ça se faufile même dans ta culotte.

Sy éclata de rire.

— Alors, docteur, ça vient ?

— Ça va venir, murmura Eddie en triturant des boutons.

Soudain, les borborygmes se turent et une voix se fit entendre :

— *... treize. Accident au coin de Morrison et de la 98e, voiture 303 signal treize. Accident au coin de Morrison et de la 98e. Voiture 303.*

— *Ici 303. Compris.*

— Un enlèvement sous leur nez, et ils s'occupent d'un accident de la circulation ! s'écria Sy.

— Dites, vous allez me ramener à la maison maintenant ?

— Tu vois pas que je suis occupé, fiston ?

Jeff se tourna vers Kathy.

— Et toi ?

L'enfant l'observa avec candeur pendant un moment et une fois son opinion faite, il demanda :

— Hé, t'es une fille. Ça fait quoi, les filles ?

Sy explosa de rire.

— Alors là, mon gars, tu serais surpris !

— *Voiture 207, voiture 207*, reprit la voix du dispatcher de la police. *Signal 13, allez rejoindre et aider la voiture 204 chez Douglas King, Smoke Rise, près de la voie sur berge, Smoke Rise Road. Signal 13, allez rejoindre et aider...*

— Hé, vous avez entendu, s'écria Jeff surexcité, il a dit Douglas King !

— *... près de la voie sur berge, Smoke Rise Road.*

— *Ici 207. Compris.*

— La police commence à jeter ses filets, dit sentencieusement Sy. Qu'est-ce que je t'avais dit ? Tu demandes à des corniauds de ne pas gueuler aux flics, et c'est la première chose qu'ils font. Je te le dis, on peut plus faire confiance à personne. Y a plus d'honnêteté.

— Tu crois vraiment que cette fois-ci tu vas t'en tirer, Sy ? demanda Kathy.

— Et pourquoi pas ? Grâce aux bonnes idées du Dr Frankenstein. Mon hobby à moi vaut que dalle, c'est le swing. Qu'est-ce qu'on peut faire avec le swing dans la vie ? Tandis que le hobby d'Eddie, ça c'est quelque chose. Les radios.

Il fit un geste d'appréciation en direction du système installé par Eddie.

— J'aime les radios et j'aime Eddie. Même toi, je t'aime Kathy. Explique-lui, Eddie.

— Je ne suis pas sûr qu'elle ait envie de comprendre, répliqua Eddie.

— Comment ça ? fit Sy d'un air surpris. C'est quoi ton problème, bébé, t'es insensible ou quoi ? On parlera de ce coup pendant des années et tout ça grâce aux radios d'Eddie ! Pour l'instant, on écoute les flics sur le monstre, mais après... Bon sang, quand je pense à ce plan, j'en ai la chair de poule.

— Sy, ça ne l'intéresse pas, dit Eddie.

— Tout ce que tu fais m'intéresse, expliqua Kathy.

— Tu vois que ça l'intéresse, ta petite femme. Bon, en venant ici on a appelé King et on lui a dit qu'on voulait cinq cent mille dollars, et d'être prêt à...

Jeff eut un mouvement de surprise.

— Vous avez appelé qui... ?

— La ferme, fiston. On lui a dit d'être prêt demain matin et que nous le contacterions pour lui indiquer où et comment larguer le pognon. Tu m'écoutes ?

— Je t'écoute.

— D'accord. Demain matin, on rappelle King et on lui dit...

— Vous parlez de... l'interrompit Jeff.

— Tu vas la fermer, maintenant, hurla Sy en lui jetant un regard mauvais.

Se piquant au jeu, Jeff se planta les mains sur ses hanches, redressa le menton et prit une voix qui se voulait mâle :

— Vous vous prenez pour qui, mec ?

— Tire-toi, fiston, avant que ça chauffe pour ton matricule.

— Vous voulez jouer les durs avec moi, monsieur ? répliqua Jeff, croyant toujours qu'il s'agissait d'un jeu.

— Je t'ai dit de te tirer !

Sy repoussa l'enfant avec brutalité. Jeff, surpris, le fixa, une lueur d'effroi dans le regard. Un silence de plomb s'abattit sur la pièce. Puis, la radio annonça :

— *Attention, attention, appel à toutes les voitures, attention, appel à toutes les voitures. Voici le récit de cet enlèvement de Smoke Rise.*

— Bougez pas, écoutez ça, dit Eddie.

— *Recherchez un petit garçon de huit ans, blond, vêtu d'un chandail rouge vif, blue-jean bleu marine, sandales blanches, pas de chapeau, pas de gants, porte peut-être un fusil jouet.*

— T'entends, petit ? dit Sy. Te voilà célèbre.

— *L'enfant s'appelle Jeffry Reynolds, répond au nom de Jeff...*

— Quoi ! s'écria Eddie.

— Le type a dit mon nom, s'étonna Jeff.

— Ta gueule, grogna Sy.

— *... il est le fils de Charles Reynolds, chauffeur de Douglas King. Là, les types ont dû se gourer, je ne sais pas, vous pouvez en déduire ce que vous voulez. Une rançon de cinq cent mille dollars a été réclamée, alors y a des chances que les kidnappeurs ne sachent pas encore à qui ils ont affaire. Je pige pas. Enfin, voilà le topo et c'est tout.*

Blanc de frayeur, Eddie pivota sur son siège et regarda Sy d'un air éberlué.

— Qu'est-ce qu'ils racontent ? Qu'est-ce que ça signifie, Sy ?

— Le type a dit mon nom, s'exclama Jeff, complètement ahuri.

— Ils mentent, coupa vivement Sy. Ils cherchent à nous mettre dedans.

— Sur leurs propres ondes, Sy ? Ils ne savent pas que nous sommes à l'écoute !

— Non, mais ils veulent nous avoir et ils nous font une entourloupe à la gomme. Et ne crois pas que King n'est pas dans le coup, ce salaud-là !

— Comment avons-nous pu nous tromper de gosse ? gémit Eddie.

— On ne s'est pas trompés !

— Mais supposez que vous vous soyez bel et bien trompés ? intervint posément Kathy. Cela veut dire que vous avez fait tout cela pour rien. Nous allons avoir des ennuis pour rien.

Eddie regarda sa femme, puis Sy.

— Tu... tu ne vas pas croire les flics, Kathy ? Tu ne peux pas les croire !

— Qui puis-je croire ? Sy ?

— Pourquoi pas ? dit Sy. Moi, j'affirme que ce gosse est Bobby King.

— Moi ? s'étonna Jeff. Je ne suis pas Bobby.

— Encore un mot, morveux, et...

— Laisse-le parler, dit Kathy. Comment t'appelles-tu, petit ?

— Jeff.

— Il ment ! glapit Sy.

— Pas vrai ! Je mens pas ! Pas vrai ! Et puis d'abord je vous aime pas ! Je rentre chez moi, voilà !

Jeff courut vers la porte mais Sy le saisit par le bras brutalement et le tira en arrière. Il secoua l'enfant, le regarda dans les yeux, toute ironie envolée, et lui demanda :

— C'est quoi ton nom ? Ton *vrai* nom ?

6

Deux énormes piliers de pierre flanquaient le portail de la propriété des King, surmontés tous deux d'une lanterne en verre et en fer forgé. Ces piliers étaient plantés un peu en retrait, à un mètre du bord de l'avenue privée, Smoke Rise Road, qui faisait le lien entre ce quartier exclusif et le reste du monde. L'avenue était bordée, de chaque côté, de gazon bien entretenu que l'automne jaunissait déjà.

La route était généralement déserte, et plus encore par les nuits comme celle-ci, où le mois d'octobre force son talent et joue les hivers rigoureux. Un vent glacé s'était levé, expédiant à l'abri tout le monde sauf les chiens enragés, les Anglais et les policiers. Mais si les chiens avaient l'excuse de leur rage et les Anglais une solide réputation de sang-froid et d'amateurs de courants d'air pour expliquer leur présence dehors, les policiers, eux, s'y trouvaient bien à leur corps défendant. Pas un qui n'eût préféré de beaucoup se trouver chez lui avec un bon livre, une bonne épouse ou un bon whisky. Il se serait même contenté d'un mauvais livre ou d'un mauvais whisky, et, en mettant les choses au pire, d'une mauvaise épouse.

Bonne ou mauvaise, il n'y avait pas de femme ce soir-là sur la route. Il n'y avait que des hommes, et il arrive que les hommes, quand ils sont absorbés par leur travail, soient de mauvaise compagnie, même quand le temps est doux.

— Je n'ai jamais vu de mois d'octobre aussi froid de ma vie, déclara l'inspecteur Andy Parker. J'ai vécu toute ma vie dans cette ville, et je n'ai jamais connu un froid pareil en cette saison. Il gèle à pierre fendre.

L'inspecteur Cotton Hawes approuva de la tête. Les doigts gourds crispés sur la torche électrique, il sentait venir l'onglée malgré ses gros gants fourrés, et dirigeait maladroitement le faisceau de lumière sur l'herbe, juste en face des deux piliers du grand portail. A ses pieds, le technicien du laboratoire, un nommé Peter Kronig, à quatre pattes sur la terre durcie par le gel, palpait le gazon.

Hawes savait que lors de leur première rencontre, il avait un peu poussé avec Kronig et il se sentait maintenant gêné d'être à côté de lui. A sa décharge, Hawes n'était pas au poste du 87e depuis longtemps lorsqu'il avait fait la connaissance de Kronig et comme tous les bleus, il avait voulu frimer. En présence de Steve Carella, qu'il tenait en haute estime, il avait commencé à asticoter Kronig au laboratoire de la police. Carella lui avait passé un savon tel que Hawes avait rapidement compris qu'il ne fallait jamais se faire d'ennemis des techniciens de laboratoire. Il avait bien appris sa leçon et il était en train de l'appliquer ce soir.

— Bougez un peu, marmotta Kronig. Eclairez par là, sur la gauche.

Hawes obéit.

— Il fait moins huit, reprit Parker. Vous vous rendez compte ? Moins huit. J'aurais dit moins trente, moi. Bon Dieu, qu'il fait froid ! T'as pas froid, Hawes ?

— Si.

— T'es pas du genre causant.

— Je cause, répondit Hawes.

Il n'avait pas particulièrement envie de se justifier auprès d'Andy Parker. Il ne le connaissait pas bien et c'était la première fois qu'ils se trouvaient ensemble sur une enquête. D'après les rumeurs du commissariat, Parker était le genre d'homme duquel il valait mieux rester éloigné. En même temps, Hawes ne voulait pas réitérer son erreur et rater l'occasion de se faire un ami plutôt qu'un ennemi de plus. Il crut donc bon d'ajouter :

— C'est juste que mes dents aussi sont gelées.

Parker hocha la tête. Il était grand, presque aussi grand que Hawes, qui mesurait un mètre quatre-vingt-cinq en chaussettes. Mais alors que Hawes avait le teint clair et des cheveux d'un roux éclatant (à part une mèche blanche sur la tempe gauche), Parker donnait une impression de ténèbres, avec sa peau mate, ses yeux bruns, ses cheveux noirs et son menton bleu. Les deux hommes étaient moralement aussi dissemblables que physiquement. Hawes était un policier qui avait encore beaucoup à apprendre tandis que Parker savait tout.

— Hé, Kronig, dit-il, qu'est-ce que tu cherches au juste ? Un trésor enfoui ? On n'a rien de mieux à faire que de jouer à quatre pattes dans l'herbe tendre ?

— La ferme, Parker, murmura tranquillement Kronig. C'est moi qui suis à quatre pattes. Toi, tu te contentes de te plaindre du temps qu'il fait.

— Ben quoi ? T'as pas froid ? T'as du sang d'esquimau ? Tu savais que les Esquimaux échangeaient leurs femmes ?

— Oui. Par ici, Hawes.

Les trois hommes avancèrent un peu sur la route, la torche électrique jouant sur les herbes et le gravier.

— C'est bel et bien vrai, que tu le saches ou non, reprit Parker. Quand un Esquimau rend visite à un autre Esquimau, il lui prête sa femme pour la nuit, pour lui tenir chaud. (Parker secoua la tête.) Et c'est nous les « civilisés ». Tu me prêterais ta femme pour la nuit, Kronig ?

— Je ne te dépannerais même pas d'un café, rétorqua l'intéressé. Par là, Hawes. On dirait bien qu'il y a quelque chose.

— Je ne t'ai pas parlé d'un café, je t'ai demandé ta femme, renchérit Parker en souriant dans l'obscurité. Tu devrais voir sa femme, Hawes. Une star de cinéma. Pas vrai, Kronig ?

Kronig se pencha soudain :

— Une seconde. On dirait quelque chose, là... Non, ce n'est rien. Continuons encore un peu.

— Qu'est-ce que vous cherchez exactement ? demanda Hawes.

— Ma foi, répondit Kronig en soufflant un petit nuage de vapeur, des traces de pas, de pneus, des allumettes, n'importe quoi, un indice quelconque.

— En tout cas, je ne parierais pas contre vous, reprit Hawes gentiment. Vous connaissez votre boulot.

— Ah oui ? (Kronig lui jeta un regard où pointait la suspicion.) Pourtant, la dernière fois qu'on s'est vus, il m'avait semblé que vous ne manquiez pas de suggestions, ni de réponses, d'ailleurs. Vous étiez un pro de la balistique, si je ne me trompe ? L'affaire Annie Boone ? C'est ça ?

— C'est ça.

— Et maintenant, vous êtes devenu timide ?

— Je n'ai pas envie de me disputer avec vous, je me suis conduit comme un imbécile la dernière fois.

— Vraiment ? dit Kronig, le regard toujours fixé sur Hawes. C'était quoi votre idée ? Je ne suis pas Dieu, vous savez.

— Moi non plus. Mais vous croyez que le ravisseur aurait garé sa voiture là, ou qu'il aurait attendu là, où on pouvait le voir ? Je veux dire, au beau milieu de la route ?

— Non, sans doute. Où pensez-vous qu'il aurait pu se garer ?

— Il y a un dégagement, un peu plus haut. A cinq cents mètres du portail. Un petit chemin de terre qui débouche là. C'est assez bien caché par des buissons. Ça vaudrait le coup d'y aller voir, non ?

— Essayons toujours, dit Kronig.

— Une vraie star de cinéma, reprit Parker. La femme de ce type a une de ces paires de nibards ! T'as jamais vu ça, sauf dans les films. Parole !

— La ferme, Parker, ordonna Kronig.

— Je te fais des compliments sur ta femme. C'est pas tout le monde qui a une femme avec une telle poitrine. Hé, mon pote, tu peux y enfouir le nez et la bouche. Toute la tête même, si ça te chante !

— La ferme, Parker. J'ai pas vraiment envie de commenter les attributs de ma femme avec toi, si ça ne te dérange pas.

— Ah, je vois, t'es du genre nerveux.

— C'est exactement ça.

— Et dire que c'est les Esquimaux les sauvages ! conclut Parker.

Les hommes remontèrent l'allée en silence, dans la nuit claire et glacée, précédés par leur haleine condensée.

— Là ? demanda Kronig.

— Oui. J'avais remarqué ce chemin en arrivant. Une voiture aurait pu attendre là, vous ne croyez pas ?

— En effet. Faites-moi un peu de lumière.

Hawes alluma sa torche et balaya le chemin et les buissons. Parker grogna d'un ton dégoûté :

— De la boue glacée et durcie. Comme en Italie pendant la guerre. Y a plus de quinze ans de ça, et je suis toujours plongé jusqu'au cul dans la boue glacée.

— Il y a des traces de pneus ? demanda Hawes.

— S'il y avait une chose que je détestais, reprit Parker, c'était me traîner dans la boue.

— T'aurais dû t'engager dans la Marine, riposta Kronig. Je crois que nous tenons le bon bout, Hawes.

— Qu'est-ce que c'est ?

— Une trace de dérapage. Quelqu'un a dû se tirer de là en vitesse.

Hawes s'accroupit à côté de Kronig.

— C'est logique. L'empreinte est nette ?

— Elle est recouverte d'une pellicule de glace, murmura Kronig, et il ajouta comme pour lui-même : Voyons ce que nous pourrons en tirer.

Il ouvrit une sacoche noire et Hawes l'éclaira.

— Laque, énuméra Kronig à mi-voix, vapo, talc, plâtre, de l'eau, bonnet de caoutchouc, cuillère, spatule et au boulot. Il n'y a qu'une chose qui me tracasse.

— Quoi donc ? demanda Hawes.

— Est-ce que je vaporise ma laque sur la glace, ou bien est-ce que je dois essayer de me débarrasser de la glace avant, au risque d'endommager mon empreinte ?

— Je vais te dire une bonne chose, conseilla Parker, c'est que tu ne peux pas attendre le dégel. L'hiver est là pour un moment.

— Andy Parker, l'optimiste de service, grommela Kronig. Pourquoi ne vas-tu pas faire un tour dans la nature ?

— C'est bien ce que je vais faire, mais pas dans la nature. Je m'en vais retourner à la bicoque et demander un bon café bien chaud à la cuisinière. Elle a des doudounes comme ça !

L'installateur de la Compagnie du Téléphone fit encore un trou dans la boiserie, tendit la chignole à Reynolds et souffla sur la sciure. Puis il s'accroupit et mit son œil au trou, comme un chat qui guette une souris.

— Bon, dit-il en se relevant. Voilà pour le fil.

Il traversa le living-room, passa devant Carella occupé à téléphoner, suivi de Reynolds.

— Vous n'avez pas d'inquiétude à avoir, mon vieux, dit-il. Réfléchissez. Quand ils s'apercevront qu'il y a maldonne, ils relâcheront votre gosse, ça fait pas un pli.

— Il me semble que nous devrions déjà avoir eu des nouvelles, murmura Reynolds.

— Ecoutez, papa, vous énervez pas. Si vous vous énervez, vous êtes cuit, ça fait pas un pli.

Au téléphone, Carella rugissait :

— Enfin, bon sang, qu'est-ce que vous fabriquez ? Vous me passez la Brigade des Voitures volées, oui ou non ?... Dans ce cas, voudriez-vous avoir l'extrême obligeance de vous magner le train ? Un gosse a été enlevé !

— Vous avez des enfants, Mr Cassidy ? demanda Reynolds à l'homme du téléphone.

— Quatre. Deux de chaque. Une belle famille, hein ?

— Très belle.

— Je me dis que j'en ferais bien un cinquième. Ça ferait un compte rond. Ma femme, elle dit que quatre aussi ça fait un compte rond.

Cassidy prit une bobine de fil de cuivre et se mit à la dérouler à travers le living-room.

— C'est ça le problème avec les femmes aujourd'hui. Vous voulez que je vous dise une chose ?

— Quoi ?

— En Chine, les femmes accouchent dans les rizières. Elles posent leur charrue et elles délivrent l'enfant toutes seules, elles se relèvent et reprennent leur boulot. Epatant, non ?

— Je ne sais pas trop, répondit Reynolds. Quel est le taux de mortalité ?

— Hé, qu'est-ce que je sais, moi, du taux de mortalité ? (Cassidy marqua une pause, pensif.) Mais je sais qu'il y en a très peu qui meurent. Epatant, non ?

— S'ils l'avaient relâché, dit Reynolds, est-ce qu'on ne l'aurait pas déjà vu quelque part ?

— Je vous dis de ne pas vous inquiéter, papa. Je vous le répète. Ce gosse se porte bien, il ne risque rien. Bon Dieu, c'est pas celui qu'ils voulaient ! Qu'est-ce que vous voulez qu'ils lui fassent ? Qu'ils le tuent ?

— Ah ? tout de même, c'est pas malheureux ! cria Carella au téléphone. Qu'est-ce que vous foutez ? Une partie de poker ?... Bon. Ici, Steve Carella, du 87e. Je suis à Smoke Rise sur cette affaire d'enlèvement. Nous avons pensé... Quoi ? Comment ça, quel enlèvement ? Vous êtes de la police ou de la voirie ? Toutes les radios l'ont annoncé !

— S'ils le relâchent et l'abandonnent dans la rue, dit Reynolds, il ne saura pas où aller. Ce n'est pas le genre d'enfant qui sait bien se débrouiller.

— Papa, n'importe quelle sorte de gosse sait se débrouiller, ça fait pas un pli.

— Bref, reprit Carella à l'appareil, nous avons pensé qu'il serait bon de vérifier les listes de voitures volées au cas où la voiture dont les ravisseurs se... Quoi ?... Ecoutez, mon vieux, comment vous appelez-vous ?... Eh bien ! inspecteur Planier, permettez-moi de vous dire que je connais toutes les plaisanteries sur les enlèvements et qu'en ce moment je ne les trouve pas drôles du tout. Qu'est-ce que vous faites à une veillée mortuaire ? Des plaisanteries sur les bières et les pompes funèbres ? Un enfant de huit ans a été enlevé, et nous voulons une liste des voitures volées, immédiatement... Comment ? Non, couvrant simplement la semaine ou les dix jours passés. Merci, inspecteur Planier... Vous dites ?... Dans le vôtre aussi ! Notez l'adresse. Douglas King, Smoke Rise Road. Au plaisir, inspecteur Planier.

Il raccrocha et se tourna vers Cassidy.

— Un petit plaisantin. J'ai interrompu une partie de poker.

— Vous avez des nouvelles, monsieur l'inspecteur ? demanda Reynolds.

— Je parlais seulement à la Brigade des Voitures volées.

— Ah !

— Il est très inquiet, expliqua Cassidy. Je lui répète qu'il n'y a pas de raison de s'en faire. C'est même du temps perdu d'installer ce poste supplémentaire. Le gosse sera de retour avant que vous puissiez vous retourner, ça fait pas un pli.

— Vous le croyez, vous ? demanda Reynolds à Carella.

— Eh bien...

La sonnerie de l'entrée retentit et Carella alla ouvrir. Parker entra, en se battant vigoureusement les flancs.

— Ouuuuuouh, là, là ! Le pôle Nord !

— Que fait Kronig ?

— Il essaye de prendre l'empreinte d'une marque de pneu. Après ça, il va sans doute chercher des empreintes digitales du haut en bas de cette foutue route. Ces types du labo me font mal aux seins. Faut se les farcir ! Le gosse est déjà mort, d'ailleurs, probable.

Carella lui donna un coup de coude dans les côtes et Parker lui dit :

— Ben quoi, qu'est-ce qu'il y a ?

Carella lui désigna de l'œil Reynolds qui n'avait sans doute rien entendu.

— Tu n'as pas vu le lieutenant ? demanda-t-il.

— Non. Probable qu'il est au chaud avec sa femme.

Parker regarda Cassidy qui traînait des fils de diverses couleurs sur le tapis et s'enquit :

— Qu'est-ce qu'il fabrique ?

— Il installe une ligne directe avec la Compagnie du Téléphone.

— Et ça ? Qu'est-ce que c'est ? demanda Parker en montrant du doigt un appareil compliqué sur la table du téléphone.

— Tu le sais très bien. C'est un magnétophone.

— Du bidon, tout ça, déclara Parker. Des magnétophones, des lignes directes, je vous demande un peu ! Je n'ai jamais vu tant d'embarras pour une affaire. Et pour quoi faire, hein ? Les types du labo sont à quatre pattes, le nez dans l'herbe, tous les agents sont en train de passer au peigne fin les hôtels, les pensions, les motels et tous les nids à rats de la ville et de la banlieue. On a mis les inspecteurs dans les aéroports, les gares, les terminus de cars, partout. Et pour quoi, je le demande ? Ces salauds de malheur n'ont qu'une alternative, moi, je te le dis.

— Ah oui ?

— Oui. Ou ils relâchent le môme tout de suite, ou bien ils le zigouillent dans un accès de rage.

— On devrait prendre tous les ravisseurs, les empaler et les brûler vifs, déclara Cassidy. Un type se saigne aux quatre veines pour élever son gosse, et hop ! un salaud vient le lui enlever. Ça devrait être interdit.

— Vous... vous ne pensez pas qu'ils... qu'ils peuvent faire du mal à Jeff, monsieur l'inspecteur ? demanda timidement Reynolds. Quand ils s'apercevront que ce n'est pas l'enfant qu'ils voulaient ?

— Plus personne n'est en sécurité, de nos jours, reprit Cassidy. Plus personne. Tout ça parce que les flics sont qu'une bande de...

Il s'aperçut soudain qu'il parlait à des inspecteurs de police et s'éclaircit la gorge d'un air détaché avant de murmurer :

— Bon, ben, je ferais bien de voir si mon truc marche... Allô ? appela-t-il en appuyant sur la fourche de son appareil. Allô ? Allô ?

— Je vais à la cuisine chercher une tasse de café, dit Parker. T'en veux, Stevie ?

— Non, merci.

— Ah, tu m'entends ? Ici Cassidy. Quoi ? Laisse tomber Hopalong, tu veux ? Je vérifie l'installation de Smoke Rise... Oui... Parfait. D'accord. Ben, j'ai fini, alors. T'as autre chose pour moi ? Bon, vu, ajouta-t-il en notant une adresse. J'y vais. A plus tard.

Il raccrocha avec une expression satisfaite.

— Et voilà.

— Vous avez terminé ?

— Vous n'avez qu'à décrocher et vous aurez notre poste principal. Vous allez essayer de voir d'où vient un appel, c'est ça, hein ?

— S'il y a un autre appel, oui.

— Je vais vous dire quelque chose, inspecteur. Mais ne le répétez pas. Si votre type se sert d'un appareil automatique, c'est absolument impossible de suivre la filière. Vous le saviez ?

— Je le savais.

— Ah ! vous le saviez. Ben alors, priez le bon Dieu qu'il se serve d'un vieil appareil manuel. Un appareil manuel, dites, on dirait une sale blague, hein ?

Cassidy se mit à rire tout seul, tira quelques feuillets de sa poche et consulta sa montre.

— Ils vont dîner toute la nuit, ces trois-là ? Faut que quelqu'un me signe ce papier, pour l'installation.

— Ils ne vont pas tarder, dit Carella.

— Ah ! là, là, cette boîte, soupira Cassidy. Toujours des papiers, des trucs à faire signer. On veut aller aux toilettes, faut se faire signer un papier, ça fait pas un pli. Je vous jure, un de ces jours, ils vont signer une déclaration de guerre !

— Avez-vous des nouvelles, inspecteur ? demanda King en apparaissant sur le seuil de la salle à manger, une tasse de café à la main, suivi de Diane et de Cameron.

— Pas encore, Mr King.

— Mr King, je me demande si vous voudriez bien... commença Cassidy.

— Eh bien ! que se passe-t-il ? s'écria King. Vous êtes certain que vos hommes font leur travail ? A-t-on diffusé le signalement de l'enfant ?

— Oui, monsieur, on a diffusé le signalement.

— Est-ce qu'ils savent que le petit peut errer dans les rues ? Est-ce que vous avez des hommes chez vous prêts à répondre au téléphone ? Il me semble qu'un passant, que quelqu'un pourrait...

— On s'occupe de tout, monsieur.

— Mr King, est-ce que vous voudriez bien me signer mon papier pour cette installation ?

King se retourna vers Cassidy comme s'il découvrait soudain un Martien dans son salon.

— Quoi ? Quelle installation ?

— La ligne directe, qui communique avec notre poste principal.

— Une ligne directe ? Qu'est-ce que c'est que ça ?

— Je vous en ai parlé avant de la faire installer, Mr King, dit Carella.

— Ah ! Ah ! oui. Ça !

— Il me faut d'abord quelques renseignements, Mr King, dit Cassidy.

— Oui. Quoi ?

— Cet appareil est le seul que vous ayez, je veux dire, vous n'aviez qu'un poste avant que j'installe ma ligne ?

— Non. Nous avons deux numéros. Celui-ci, et celui de l'appareil de ma chambre, un numéro privé.

— Vous voulez me donner les numéros, s'il vous plaît ?

— Smoke Rise 8-7214, et 8-7215.

— Et c'est tout ?

— J'ai aussi le téléphone dans ma voiture. Vous voulez ce numéro ?

— Non, rien que ceux de la maison. Les voitures, c'est autre chose. Nous avons seulement besoin des numéros de la maison pour ne pas qu'on s'embrouille... Enfin, bref, ça n'a pas d'importance. Si vous voulez bien signer là, s'il vous plaît ?

— Tout cela me semble bien inutile, dit King en signant. Une fois qu'ils auront relâché l'enfant...

— Nous devons prendre toutes les précautions possibles, Mr King, dit Carella.

— C'est pour cela que vous avez placé un agent devant la chambre de mon fils ?

— Oui. Nous ne pouvons prévoir ce que les ravisseurs vont faire maintenant.

— Il me semble qu'ils n'ont guère le choix, grommela King en rendant la feuille à Cassidy.

— Merci, dit celui-ci, et ne vous en faites pas, Mr Reynolds. Dans moins de deux heures, vous allez le voir rappliquer, ça fait pas un pli. Allez, au revoir tout le monde.

Cassidy ouvrit la porte et sortit dans la nuit glacée.

— Reynolds, dit King, vous feriez bien d'aller manger un morceau. Inge vous a préparé votre dîner à la cuisine.

— Je n'ai pas très faim, monsieur.

— Bon Dieu, il faut vous nourrir ! Allons, ne vous rongez pas les sangs, Jeffry sera bientôt là.

— Oui, monsieur. Merci, monsieur.

— Ah ! Mr Reynolds, voudriez-vous m'envoyer l'inspecteur Parker ? Il doit être à la cuisine.

— Bien, monsieur l'inspecteur.

Diane attendit le départ de Reynolds et demanda :

— Mr Carella, les ravisseurs sont au courant, maintenant, ne croyez-vous pas ?

— Ils devraient l'être, Mrs King. La radio et la télévision ont annoncé la nouvelle, et les journaux ont tiré une édition spéciale.

— Alors, tout cela n'est qu'une perte de temps, non ?

— Je n'aime pas préjuger les actions des ravisseurs, dit Carella. Pas plus que je ne puis deviner les intentions d'un assassin.

— Mais... Vous ne pensez tout de même pas qu'ils lui feraient du mal, n'est-ce pas ?

— Mais jamais de la vie, voyons ! intervint King. En ce qui les concerne, leur petite transaction leur a claqué entre les doigts, et c'est tout.

— Ils pourraient lui faire du mal, Mrs King, répondit tranquillement Carella. Tout comme un agresseur peut battre sauvagement sa victime quand il s'aperçoit qu'elle n'a pas d'argent dans son portefeuille.

— Mais ça n'aurait pas de sens ! s'écria King. Je suis certain qu'ils vont simplement le relâcher dès qu'ils apprendront qui il est.

— Oui, c'est possible, naturellement, dit prudemment Carella.

— Mais autre chose est possible aussi, n'est-ce pas ? demanda Diane King. Ils risquent de lui faire du mal avant de le relâcher ?

— C'est tout aussi possible.

— C'est grotesque ! Stupide. Et je ne crois pas que ces hommes soient stupides.

— Les kidnappeurs n'ont pas besoin d'être intelligents, Mr King. Sans scrupules, c'est tout.

— Nous n'avions pas songé à cela, Doug. Qu'ils risquaient de lui faire du mal avant de le relâcher, intervint Cameron. C'est tout ce qu'il y a de possible, vous savez.

— Oui, reprit Carella. Et il y a encore une troisième possibilité.

— Je m'appelle Jeffry Reynolds, dit l'enfant.

Sy empoigna le devant de son chandail et rugit :

— Tu mens !

— Je ne mens pas. Je m'appelle Jeff Reynolds. Hé, lâchez ce chandail ! Il est pas à moi. Je dois le...

— Tu n'es qu'une sale ordure de petit menteur ! s'écria Sy en envoyant valser l'enfant à travers la pièce, de toutes ses forces.

— Sy ! hurla Kathy.

Elle fit un pas vers le petit garçon mais Sy s'interposa :

— Bas les pattes !

— Je... je ne mens pas, gémit Jeff. Pourquoi est-ce que je mentirais ?

Il commençait à avoir peur, à comprendre qu'il ne s'agissait plus d'un jeu, et regardait Sy avec inquiétude sans trop savoir comment se défendre. La vérité ne lui avait pas réussi, mais Jeff ne savait pas quel mensonge cet homme attendait de lui.

— Comment s'appelle ton père ? demanda Sy.

— Charles.

— Et ta mère ?

— Ma maman est morte.

— Où habites-tu ?

— Chez Mr King.

— Ne l'appelle pas Mr King ! hurla Sy. Tu sais bien que c'est ton père !

— Mon père ? Mais non. C'est le père de Bobby.

Sy empoigna de nouveau le chandail.

— Espèce de petit enfant de salaud, ne fais pas le mariole avec moi !

— Mais je vous dis que...

— Ferme ça ! Je sais que tu es Bobby King et je n'ai pas besoin de... Qu'est-ce que c'est que ça ?

— Quoi ? bredouilla Jeff, complètement terrifié, à présent. Quoi ? Quoi donc ?

— Dans le chandail. Enlève-moi ça et que ça saute.

Il dépouilla brutalement Jeff de son pull-over et retourna le vêtement. Un sourire de triomphe apparut sur ses lèvres.

— Alors, comme ça, tu es Jeff Je-ne-sais-quoi, hein ?

— Ben oui.

— Mais oui. Et ton chandail est marqué Robert King ! Espèce de sale petit...

— C'est à Bobby ! glapit Jeff. C'est le chandail de Bobby. Mrs King me l'a prêté.

— La vérité !

— Mais je vous la dis, la vérité !

— Qu'est-ce qu'il fait, ton père ?

— Il est chauffeur.

— Qu'est-ce que tu fabriquais dans les bois ?

— Je jouais avec Bobby.

— Et tu t'appelles Jeff, hein ?

— Oui, oui.

— Pourquoi tu ne l'as pas dit plus tôt ? Comment ça se fait que tu as attendu l'appel de la police ?

— Je... je savais pas, moi. Vous m'avez dit que vous me donneriez un fusil.

Sy hocha la tête. Les mains sur les hanches, il examinait Jeff calmement, et sa tête branlait régulièrement. Soudain, méchamment, sa main jaillit et il gifla l'enfant à toute volée.

— Des conneries ! hurla-t-il.

— Eddie ! Empêche-le ! cria Kathy.

Sy s'avança vers l'enfant.

— C'est pas un petit morveux qui va m'en faire voir !

Jeff se jeta dans les bras de Kathy et il se mit enfin à sangloter, de peur, de détresse, en répétant :

— Je suis Jeff Reynolds, je suis Jeff...

— Ta gueule ! Encore un mot, et tu ne seras plus rien !

— Laisse tomber, Sy, conseilla Eddie. Le gosse a peur.

— Qu'est-ce que tu veux que ça me foute, qu'il ait peur ? Tu crois que je vais le laisser me faire passer pour un con...

— Je te dis de laisser tomber.

Sy le regarda fixement, mais ne bougea plus. Eddie tendit la main :

— Fais voir ce chandail, Sy.

Sy lui jeta le tricot et Eddie regarda la marque.

— Y a bien écrit Robert King, pas de doute, Kathy.

— Et le gosse dit qu'on le lui a prêté. Qu'est-ce que ça a d'extraordinaire ?

— Ouais, s'écria Sy. Ouais, avec cinq cent mille dollars à la clef, je trouve ça extraordinaire, moi !

— Il faut ramener ce gosse chez lui, murmura Kathy.

— Hé là, hé là ! une seconde ! Nous n'allons pas...

— Eddie, gémit Kathy, c'est pas le bon gosse. Pourquoi insister ? Qu'avons-nous à y gagner ?

— Ecoutez, lança Sy, nous sommes tous dans le coup, non ? Hein, Eddie ? Moitié-moitié. Bon. Alors, du calme. Nous ne pouvons pas relâcher ce môme... Ben quoi ! Il nous a vus, il nous connaît ! Bon Dieu, il peut nous mettre les flics sur le râble !

— Qui a dit qu'on le relâchait ? demanda Eddie.

— Personne. Personne, répliqua vivement Sy, mais faut même pas y penser. Nous avons réussi jusqu'ici, pas question de tout foutre en l'air parce que madame a les foies.

— Bon, bon, ce que j'en disais...

— Oui, mais réfléchis. Pour mener notre plan à bien, faut être deux.

— Je sais, je sais.

— Bien. Et nous avons cinq cent mille dollars à tirer de ce môme.

— Vous n'avez rien à tirer du tout. Et ses parents, vous croyez qu'ils en tirent quoi ? Qu'est-ce...

— Et le temps qu'on y a consacré, bébé ? T'en fais quoi ? Tu crois qu'on va renoncer avec tout le temps qu'on a passé à monter ce coup ?

— C'est vrai, Kathy, on doit garder le gosse, au moins jusqu'à...

— Bien sûr que non ! On pourrait le relâcher tout de suite !

— C'est ça, et s'acheter un billet aller pour la taule !

Sy se tourna vers Eddie et, d'un ton enjôleur, il dit :

— Ta part est de deux cent cinquante mille dollars. Tu sais ce que ça représente ?

— Personne n'en veut, hurla Kathy, nous n'en avons pas besoin !

— Ben voyons. Ecoute un peu milady Rockefeller ! Avec un chandail percé. Elle en a pas besoin ! Madame en veut pas !

— Non !

— Mais moi oui, murmura Eddie. C'est une fortune. Pourquoi est-ce que je la toucherais pas ? hein, je te le demande ? Moi, je le veux, ce fric !

— Alors laisse-moi faire, dit Sy.

— Ecoute, Kathy, est-ce que je suis né dans une propriété de Smoke Rise, comme ce môme ? Qu'est-ce que j'ai eu, moi ? Un taudis, des faubourgs sordides ! Des parents ivrognes !

— Tu ne peux tout de même pas en rendre ce gosse responsable.

— Je ne rends personne responsable. Je te dis simplement que j'ai jamais rien eu, et que c'est pas juste.

— Et tu crois que c'est juste de garder ce gosse ? Eddie, relâche-le, je t'en prie. Et puis nous...

— Et nous quoi ? Nous irons à Mexico ? Hein ? Avec quoi ? Des espérances et nos beaux yeux ? Nous vivrons d'amour et d'eau fraîche ? C'est ça que tu veux ?

— Un quart de million de dollars, Eddie, mon gars, renchérit Sy. Tu te rends compte ? Tu pourrais te payer une station de radio à toi tout seul !

— Non... mais une petite maison, sur une plage, et puis... et puis une petite boutique... tranquille, un bateau, murmura Eddie en regardant Kathy d'un air suppliant. Quelque chose qui serait à moi, vraiment à moi.

— Et une Cadillac, mon pote, des visons pour madame, un vison platine, hein, ça ne te dit rien ?

— Kathy, il faut marcher, il le faut !

— Un quart de million pour vous deux !

— Kathy !

— Mais... mais vous vous êtes trompés de garçon !

— Non. Non, dit Eddie d'un ton catégorique. Il... Nous ne nous sommes pas trompés.

— Eddie ! Tu le sais bien, voyons ! Pourquoi...

— Si l'on réfléchit bien, coupa doucement Sy, qu'est-ce que ça peut bien foutre ?

Soudain, un silence presque tangible s'apesantit sur la pièce. Eddie fut le premier à se ressaisir.

— Qu'est-ce que tu dis ? souffla-t-il.

— Je dis que ça n'a pas d'importance, qu'on se soit trompés de gosse.

— Je ne te suis pas.

— C'est bien simple. On avait visé le petit King, juste ? Bon. Bravo. On s'est gourés. Et après ? Qu'est-ce que ça fiche ? Nous voulons cinq cent mille dollars. Est-ce qu'un putain de chauffeur possède un fric pareil ?

— Non, bien sûr, et...

— Très bien. Qui a le fric ?

Sy attendit un instant, et regarda Kathy et Eddie avant de poursuivre :

— Qui a le fric ? King, parbleu. Bon. On va rappeler King. On lui dira qu'on s'en fout que ce soit le môme du chauffeur, du jardinier ou de la bonne ou le sien. On veut le fric, et c'est marre !

— On va réclamer la rançon à King ?

— A qui veux-tu la réclamer ? Au chauffeur ?

Eddie secoua la tête.

— Il ne marchera pas, Sy. Il ne paiera pas.

— Et comment, qu'il paiera !

— Non, répéta Eddie. Non. Il ne paiera pas. Kathy a peut-être raison. On devrait peut-être...

— Parce que s'il ne paie pas, insista Sy, ce petit garçon que voilà risque d'avoir de gros, gros ennuis.

Il se tut un instant et sourit à Jeff, en montrant les dents.

— Et je ne crois pas que Mr King serait content d'avoir du sang sur les mains, et sur la conscience.

7

Quand le lieutenant Peter Byrnes quitta son bureau du 87e District, les téléphones sonnaient à qui mieux mieux, comme si le poste était devenu le quartier général d'un bookmaker clandestin juste avant le derby du Kentucky. Il descendit l'escalier, salua en passant le sergent Dave Murchison derrière son bureau, et sortit dans la rue où l'attendaient une voiture de police et son chauffeur. Il faisait un froid de loup. Byrnes s'emmitoufla dans son cache-nez, tira son chapeau sur ses oreilles pour se protéger du vent glacial qui s'engouffrait dans Grover Park et qui fouettait les murs gris du poste de police.

L'agent chauffeur sortit de la voiture et courut ouvrir la portière à Byrnes. Ce dernier hocha la tête en signe de remerciement et se glissa dans la voiture, les mains enfoncées dans les poches de son pardessus. C'était un homme qui par vents et marées savait tenir le cap et s'ajuster à toutes les situations de crise.

L'agent se retourna sur son siège.

— Où allons-nous, lieutenant ?

— A Smoke Rise. L'enlèvement.

L'enlèvement. Le mot seul énervait Byrnes. Il avait un grand garçon et n'ignorait rien des soucis et des joies de la paternité. Il n'était pas d'accord avec la loi, qui permettait à un jury de recommander les circonstances atténuantes en faveur d'un ravisseur, ou qui stipulait que la peine de mort ne serait pas appliquée « ... si ladite personne enlevée a été relâchée saine et sauve avant le procès »...

Bon Dieu, un enlèvement était puni de peine de mort, oui ou non ? Un ravisseur, c'était ce qu'il y avait de plus ignoble, de plus bas dans l'échelle du crime — pire encore que les trafiquants de drogue. Et si quelque chose devait faire réfléchir un ravisseur, c'était bien la peine de mort. Un enlèvement est toujours, fatalement, longuement prémédité. Il inflige à des parents torturés une seconde torture, celle de l'incertitude, de l'angoisse, de l'attente. Byrnes aurait préféré voir acquitter tous les assassins qu'un seul ravisseur.

— Qu'est-ce que c'est que ça ? demanda soudain Byrnes.

— On dirait une lumière.

— Arrêtez-vous là.

— Bien, monsieur.

L'agent ralentit et s'arrêta sur le bord de la route. Byrnes descendit de voiture. Il s'approcha de l'endroit où Kronig et Hawes étaient accroupis dans l'herbe.

— Cotton, Kronig. Ça va ?

— Très bien, lieutenant.

— Je relève une empreinte, expliqua Kronig. Je crois qu'elle sera bonne.

— Parfait. Les salauds n'ont pas rappelé ?

— Pas que je sache, Pete, répondit Hawes. Mais ça fait un moment que je suis dehors.

— Où sont les autres ?

— Carella et Parker sont dans la maison. Je crois que Meyer est allé dîner.

— Bien. J'ai essayé d'appeler le chef des inspecteurs, mais il semble ne pas être là.

— Comment ? demanda Kronig, surpris.

— Il est plongé jusqu'au cou dans cette affaire d'escroquerie fiscale arrivée hier. Ça faisait longtemps qu'il essayait de mettre ce type sous les verrous.

— Enfin, tout de même, un kidnapping...

— Le problème avec les criminels, c'est qu'ils ne respectent pas leurs confrères. Pas de priorité, si le chef se montre, je serai...

Une silhouette confuse avançait sur la route. Dans l'obscurité, Byrnes ne voyait qu'une forme massive et noire se détachant sur le ciel plus clair. Sa main glissa machinalement sous un pan de son pardessus. Presque tous les inspecteurs du 87e — à l'exception des gauchers et des obstinés — portaient leur étui à revolver sur la gauche pendant les mois d'hiver. Cela leur évitait d'avoir à déboutonner leur veste ou leur pardessus, et il y a des moments dans la vie d'un policier où la seconde perdue à déboutonner un vêtement peut faire toute la différence entre un policier vivant et un héros mort victime du devoir. La silhouette s'approcha et les doigts de Byrnes se crispèrent sur la crosse de son .38.

— C'est vous, lieutenant ? cria une voix dans les ténèbres.

Byrnes reconnut la voix de Parker et se détendit.

— Oui. Qu'est-ce qui se passe ?

— Rien. Carella voulait savoir si vous étiez dans le coin. Comment ça va, à la baraque ? Je parie qu'ils sont sur les dents.

— Tu marques un point.

Byrnes se retourna vers Kronig, puis son regard fouilla la pénombre et se posa enfin sur deux gros rochers, tout près de l'embranchement. Il s'en approcha, se pencha et cria :

— Tu peux amener ta lumière une seconde, Cotton ?

— Qu'est-ce qu'il y a, lieutenant ?

— Ou je me trompe fort...

La torche électrique se braqua sur les pierres.

Dans le living-room, le téléphone sonna. King se leva d'un bond :

— J'y vais.

— Une seconde ! s'écria Carella en portant à ses oreilles les écouteurs du magnétophone ; puis il se tourna vers Cameron : Mr Cameron, prenez la ligne directe. Si c'est le ravisseur, dites-leur de se mettre au travail et de chercher d'où vient l'appel. Bon, Mr King, vous pouvez répondre.

King décrocha.

— Allô ?

— King ?

Carella fit un signe de tête à Cameron qui décrocha immédiatement le récepteur de la ligne directe.

— Oui, c'est Mr King.

Dans son appareil, Cameron murmurait :

— Allô ? Ça y est. Nous l'avons au bout du fil. Allez-y.

— Bien. Maintenant, écoutez bien, King. On s'en fiche du gosse qu'on a. Compris ? On a entendu la nouvelle à la radio, et on s'en fout que ce soit le môme du chauffeur. Tout ce qu'on veut, c'est le fric. Le môme est vivant et il va bien. Mais si vous n'avez pas le fric demain matin, il ne verra pas le coucher du soleil.

— Vous voulez... commença King, mais un déclic l'interrompit.

Carella arracha ses écouteurs.

— Laissez tomber, il a raccroché. Ah ! C'est bien ce que je craignais !

Il se leva et alla prendre l'appareil des mains de King, pour former un numéro. Cameron raccrocha de son côté et demanda :

— Qu'est-ce qui s'est passé ?

Perplexe, Diane se tourna vers son mari.

— Est-ce... est-ce que Jeff va bien ?

— Oui. Oui, il va bien, répondit King, d'un air effaré.

— Dave ? disait Carella au téléphone. Steve. Tu peux me passer le lieutenant ?

— Tu es sûr qu'il va bien ? insista Diane.

— Mais oui ! Puisque je te le dis !

— Je vais l'annoncer à Reynolds.

— Diane !

— Oui ?

— Ils... ils veulent que je paie la rançon. Ils savent qu'ils ont enlevé Jeff, mais ils veulent quand même que je paye... que ce soit moi qui...

— Nous ferons tout ce qu'ils voudront, coupa Diane. Dieu merci, Jeff va bien !

Elle partit en courant vers la cuisine et King la suivit des yeux, les sourcils froncés.

— Comment ? dit Carella, toujours au téléphone. Il y a combien de temps qu'il est parti ? Bon. Il ne devrait pas tarder, alors. Je vais voir s'il n'est pas dehors. Comment ça va, là-bas, Dave ? Un vrai bordel ? M'étonne pas. Salut, Dave, et merci.

Carella raccrocha et s'adressa à King.

— Je sors voir si je peux mettre la main sur le lieutenant. Si le téléphone sonne, ne répondez pas. L'inspecteur Meyer va bientôt revenir. Faites tout ce qu'il vous conseillera.

— Au sujet de cette nouvelle demande, dit King. Je crois...

— Il faut que je voie le lieutenant d'abord, lança Carella en enfilant son manteau avant de sortir en trombe.

— Ce type se doutait qu'on essayerait de tracer sa communication, jugea Cameron. C'est pour ça qu'il a raccroché si vite.

— Oui... Oui.

King ne fronçait plus les sourcils, mais son expression devenait de plus en plus abasourdie. Cameron reprit :

— Cela signifie que nous avons affaire à des professionnels. Mais pourquoi des gangsters chevronnés se lanceraient-ils dans une aventure pareille, en vous demandant, à vous, de payer ?

— Je... je ne sais pas.

— Bon Dieu, si vous payez... Doug, l'affaire de Boston sera dans le lac. Tout sera foutu !

— Oui. Oui, sans aucun doute.

On sonna à la porte, mais elle s'ouvrit avant que King l'ait atteinte.

— Mr King ! s'écria Meyer. Bon Dieu, il fait de plus en plus froid.

Il ôta son manteau et son chapeau et les rangea dans la penderie de l'entrée.

— L'inspecteur Carella vient de sortir chercher le lieutenant, dit King. Il a dit que...

— Je suis au courant. Nous nous sommes croisés. Pourquoi toute cette excitation ?

— Les ravisseurs viennent de rappeler.

— Quoi ?

— Ils réclament une rançon.

— Je ne comprends pas. Ils savent qu'ils n'ont pas le bon enfant ?

— Oui.

— Et ils veulent quand même...

— Oui.

— Ça alors ! fit Meyer. J'avais encore jamais vu ça ! Mince, ça alors, ça vaut dix ! Mais alors n'importe qui peut enlever n'importe quel môme et aller réclamer une rançon à n'importe quel milliardaire de son choix ? Je vous jure... Ils sont vraiment dingues. Mais faut dire que les ravisseurs ne sont tout de même pas des gens comme tout le monde... Quand même ! *Meshugah...* Y a pas. *Meshugah.*

— Quelles chances avons-nous de sauver l'enfant, inspecteur ?

— Difficile à dire, Mr King. Vous savez, nous n'avons pas des enlèvements tous les jours. Enfin, je veux dire, on n'a pas de statistiques. Je peux vous affirmer que toutes les forces de police sont sur cette affaire. Ceux de Sand's Spit et des Etats limitrophes travaillent sans désemparer.

— Et le F.B.I. ? demanda Cameron.

— Ils ne peuvent pas prendre l'affaire en charge avant sept jours écoulés. Je crois que l'inspecteur Carella vous l'a expliqué, Mr King.

— Oui.

— Mais ils sont déjà prévenus.

— A votre avis, l'enfant a une chance de s'en tirer ?

— Je ne sais pas. Je ne sais rien. Il est peut-être déjà mort, comment savoir ?

— Nous ne pouvons pas nous permettre de le supposer, lança vivement Cameron. Ce serait ridicule de payer la rançon si l'enfant était mort !

— Mr Cameron, ils l'ont peut-être tué cinq minutes après l'avoir enlevé, dit Meyer. Ça s'est déjà vu. Réfléchissez, mettez-vous à leur place. Pour eux, la victime la moins dangereuse, c'est une victime morte. Nous pouvons payer la rançon et découvrir le cadavre du gosse dans un fossé.

— Dites-moi, inspecteur, dit lentement King, est-ce que le fait de payer la rançon peut vraiment sauver l'enfant ?

— S'il est encore vivant, oui, sans aucun doute. S'il est mort, naturellement, rien ne peut le sauver. Mais les billets peuvent nous permettre d'arrêter le ravisseur.

— Je vois.

Diane revenait de la cuisine au moment où l'on sonnait à la porte.

— J'y vais.

D'un ton pressant, Cameron supplia King :

— Doug, le gosse est vivant ! Et votre argent peut lui sauver la vie, ne l'oubliez pas !

Diane referma la porte et revint au living-room, un papier à la main.

— Un télégramme, Doug. Adressé à nous deux.

— Donnez-le-moi, dit Meyer. Avant que quiconque mette ses pattes dessus.

Il saisit délicatement le morceau de papier à l'aide d'un mouchoir.

— Vous avez un coupe-papier, Mr King ?

— Oui, sur le bureau là-bas.

Meyer se dirigea vers le bureau. D'une main, il maintint la dépêche avec le mouchoir, et de l'autre, avec une dextérité de marionnettiste, il ouvrit l'enveloppe, et saisit, toujours en évitant de laisser la moindre empreinte, la dépêche. Il la lut avant de remettre le mouchoir dans sa poche et de la tendre à King.

— Pour vous, Mr King.

Diane se pencha pour la lire par-dessus son épaule.

VOUS PRIONS ACCEPTER SINCÈRES VŒUX ET CONDOLÉANCES DANS VOTRE MALHEUR STOP AJOUTONS MILLE DOLLARS ESPÈCES À RANÇON SI RAVISSEURS ACCEPTENT RENDRE ENFANT IMMÉDIATEMENT STOP PRÉVENEZ-NOUS 27-145 HALSEY AVENUE CALM'S POINT MR ET MRS THEODORE SCHAEFFER.

— Qu'est-ce que c'est, Doug ? demanda Cameron.

King lui remit la dépêche en murmurant :

— Theodore Schaeffer... Je ne connais pas ces gens-là. Non... Mais pourquoi nous envoyer ce message à nous ? Ce n'est pas notre fils qui a été enlevé.

— Une bonne moitié des gens doivent encore penser qu'il s'agit de Bobby, dit Cameron.

Il posa le télégramme sur un guéridon, mais Diane s'en empara vivement.

— Donnez... Je... je crois que Reynolds sera heureux de le lire. Il... il avait espéré que les ravisseurs relâcheraient Jeff tout de suite et maintenant, il... il est complètement effondré, anéanti. Je vais lui montrer ça. Ça va le remonter. C'est une offre merveilleuse, un geste si humain, si... J'y vais. Et je vais répondre à ces gens, les remercier, vraiment, c'est...

Elle s'éloigna d'un pas rapide, mais, sur le seuil, elle se retourna et regarda King.

— Doug, as-tu téléphoné à la banque ?

— Non, pas encore.

— Tu ne crois pas...

— Maman ?

Diane leva les yeux vers l'escalier. En pyjama et robe de chambre, Bobby se penchait sur la rampe.

— Oui, mon chéri ?

— Pourquoi il y a un policier devant ma porte ?

— Pour que nous soyons sûrs que tout va bien.

— A cause de ce qui est arrivé à Jeff ?

— Oui, mon chéri.

— Dis, papa, tu vas faire revenir Jeff ?

— Ton papa s'occupe de tout, chéri, dit Diane. Et maintenant, je vais te mettre au lit.

— Je veux que ce soit papa !

L'air soucieux, King monta et prit son fils par la main. Diane soupira lorsqu'ils eurent disparu.

— Pauvre Bobby. Il ne comprend pas encore très bien. Il sait seulement que son ami a disparu et j'ai l'impression qu'il se sent un peu responsable. Comme moi, d'ailleurs.

— Vous n'avez aucune raison de vous sentir responsable, Diane. Quand Doug aura payé la rançon...

— Oui, je sais. Mais je me sens coupable quand même. Il me semble que c'est mon petit garçon qui est là-bas, avec ces hommes affreux... Je vais montrer ce télégramme à Reynolds.

Elle hésita, s'arrêta et se tourna vers Meyer :

— Inspecteur, je me demande si vous ne pourriez pas venir lui parler, lui expliquer un peu tout ce que vous faites, tout ce qu'on a mis en œuvre. Il est dans un tel état !

— Bien sûr. Je vais le faire.

Meyer suivit Diane, mais recommanda à Cameron, avant de sortir :

— Si ce téléphone sonne, appelez-moi. Surtout, ne décrochez pas.

— D'accord.

Une fois seul, Cameron alluma une cigarette, puis il marcha jusqu'à l'escalier et leva les yeux vers le palier. Satisfait, il retraversa la pièce, en jetant un regard prudent vers la cuisine, et décrocha le récepteur. A petits gestes vifs, il forma un numéro, les yeux rivés sur l'escalier, tout en tambourinant nerveusement de l'autre main sur la table.

— Allô ? dit-il enfin. Pourrais-je parler à Mr Benjamin, s'il vous plaît ? De la part de Pete Cameron... Oui, j'attends, mais je suis très pressé.

Il jeta un regard inquiet vers l'escalier, tira nerveusement une bouffée de sa cigarette, se retourna vers la cuisine et il était prêt à raccrocher quand une voix lui répondit enfin au bout du fil :

— Allô ?

— George ? Pete Cameron. Je dois faire vite. Vous me proposez toujours la place de Doug ?

— Je vous l'ai offerte, non ? Vous voulez que je vous signe un papier ?

— J'aimerais bien. Cette affaire de Boston dont je vous ai déjà touché deux mots, c'est un achat massif d'actions. Doug va s'assurer encore dix-neuf pour cent d'actions.

— Quoi ?

— Et il en possède déjà vingt-huit pour cent. Vous l'avez sous-estimé, George.

— Vingt-huit... Mais alors, comment pouvons-nous le contrer ? Comment nous débarrasser de lui ?

— Vous ne le pouvez pas. A moins que vous ne révéliez au Vieux que Doug est en train de mijoter un tour de sa façon derrière son dos. Assurez-vous l'alliance du Vieux, pour le moment. C'est la seule façon.

— A quoi bon ? Si Doug réussit, il détiendra quarante-sept pour cent des actions. La majorité ! Même avec le Vieux dans notre manche, nous ne pourrons jamais le renverser ! C'est lui qui va nous blackbouler !

— S'il réussit ! Vous avez écouté la radio, George ?

— Cette ridicule histoire d'enlèvement ? Quel rapport avec...

— Un rapport énorme.

— Mais il ne s'agit même pas du gosse de Doug !

— Non, mais c'est tout de même à lui qu'on réclame la rançon. S'il paye, son marché de Boston tombe à l'eau.

— Paiera-t-il ?

— La question ne se pose pas. Mais en attendant, j'essaye de savoir avec qui il devait traiter à Boston. Nous pourrions peut-être le coiffer au poteau.

— Dites donc, Pete, vous n'êtes pas sot ! s'écria admirativement Benjamin.

— Je n'en ai jamais douté. Suivez mon conseil, George. Allez voir le Vieux et serrez-le dans vos bras. Même si Doug rate son coup, vous aurez besoin de son appui.

— D'accord. Et, Pete, je n'oublierai pas ce que vous faites pour nous.

— J'y compte bien. Il faut que je raccroche. Au revoir, George.

— Au revoir.

Cameron raccrocha en souriant et alluma une autre cigarette. Il souriait encore lorsqu'on sonna à la porte. Après un dernier regard vers l'escalier, il haussa les épaules et alla ouvrir. Un petit homme en pardessus noir et chapeau melon se tenait sur le seuil, un parapluie accroché à son bras. Il émanait de toute sa personne un air de mystère, et il faisait penser à un policier de Scotland Yard qui aurait enquêté sur Jack l'Eventreur. L'homme devait avoir une soixantaine d'années, peut-être davantage.

— Mr King ?

— Non. Je suis son adjoint.

— Je désirerais voir Mr King. Pour affaires.

— Quelles affaires ?

— C'est personnel. Mais dites-lui que Score est là. Adrian Score.

— Un instant, Mr Score, je vais voir s'il peut vous recevoir. Asseyez-vous donc.

— Merci.

L'homme entra dans le living-room, tenant son parapluie à deux mains, examina les fauteuils comme s'il doutait de leur propreté et finit par s'asseoir sur l'extrême bord d'une chaise. Cameron leva la tête vers la cage de l'escalier et cria :

— Doug !

— Oui ?

— Un Mr Score pour vous. Pour affaires.

— Je ne connais aucun Mr Score, répondit King.

— Dites-lui que c'est personnel, insista Score.

— Il dit que c'est personnel, Doug.

— Bon. Je descends.

— Faites comme chez vous, Mr Score, dit Cameron.

— Merci. Quelle jolie maison !

— Merci.

— Merci à vous, réitéra Score.

King descendit les marches.

— De quoi s'agit-il, Pete ?

Cameron haussa les épaules en signe d'ignorance et murmura :

— Il dit que c'est personnel. Je ferais mieux d'aller préparer du café.

— Le téléphone n'a pas sonné ?

— Non. Bobby s'est endormi ?

— Oui.

— Je serai à la cuisine, dit Cameron en laissant les deux hommes seuls.

— Mr King ?

— Oui.

Score se leva pour lui serrer la main.

— Asseyez-vous, monsieur. De quoi s'agit-il ?

— D'affaires, Mr King.

— Il est un peu tard pour parler affaires, vous ne croyez pas ?

— Mon Dieu, cela dépend. Pour moi, il n'est jamais trop tard.

— De quelles affaires s'agit-il ? répéta King.

— D'enlèvement, Mr King.

Un silence de mort suivit ces paroles.

— Que... Comment...

— Mr King, voulez-vous revoir votre fils ?

— Mon fils n'a pas été enlevé.

— Aha ! s'écria Score en agitant son parapluie. Pas de faux-fuyants entre nous. Jouons cartes sur table. Nous sommes deux hommes d'affaires, n'est-ce pas ? Très bien. Vous pouvez raconter ce que vous voulez à la presse, mais vous traitez à présent avec Adrian Score. De l'honnêteté, de la franchise avant tout. C'est entendu ? Je vous ai posé une question, Mr King.

— Et j'y ai répondu.

— Allons, allons. Je vous comprends. Vous vous dites, qui est ce Score qui vient chez moi et qui me demande si je veux revoir mon fils ? Vous avez mille fois raison de vous méfier. Aussi vais-je vous dire qui est Adrian Score. Mr King, Adrian Score est l'homme qui va vous rendre votre fils.

— Vous savez où se trouve le petit Reynolds ? demanda vivement King.

Score émit un petit rire et posa un doigt le long de son nez.

— A votre aise. Ne jamais discuter avec le client, voilà ma devise. Si vous préférez feindre qu'il s'agit de l'enfant du chauffeur, je veux bien. C'est une ruse avisée, je dois le reconnaître. Mais nous connaissons tous deux la vérité, n'est-ce pas ? De toute façon, vous tenez à retrouver l'enfant ?

— Mais naturellement, voyons !

— Ne vous énervez pas, Mr King. Du calme. Il ne faut jamais s'énerver. N'élevez pas la voix. Voyez-vous, Mr King, je sais qui a enlevé l'enfant.

De nouveau, un grand silence suivit cette déclaration.

— Qui ? souffla King.

— Ah ! Voilà ! Mr King, je suis tout à votre service. Score est là pour vous obliger. Score mettra ses talents au service de...

— Qui a enlevé Jeff ?

— ... de ceux qui peuvent le payer.

— Je m'en doutais. Combien ?

— Voyons, Mr King, un service tel que celui que je vous propose n'a pas de prix !

— Le père de cet enfant est mon chauffeur. Il n'a pas les moyens de...

— Mr King, je vous en prie. Pas de ça entre nous, l'interrompit Score sur un ton laissant entendre qu'il ne pourrait supporter davantage de mensonges.

Il se pencha, les mains étreignant son parapluie. D'un air de confidence, il reprit :

— Je suis prêt à établir le contact avec les ravisseurs, car moi, je connais leur identité, monsieur, et je pourrais vous apporter la preuve que l'enfant est sain et sauf et servir de lien entre les deux parties, négocier les termes de la rançon...

— Bon Dieu, combien ?

— Cinq mille dollars, Mr King.

— En plus de la rançon exorbitante ?

— Ma foi... Je pensais... Evidemment, ce serait très dangereux. Mais je me disais que peut-être je pourrais vous ramener l'enfant dès ce soir, avant que vous ayez à payer la rançon.

— Et comment vous y prendrez-vous ?

— Nous sommes des hommes d'affaires, Mr King. Avez-vous pour habitude de dévoiler vos secrets de fabrication à la concurrence ?

— Qui sont les ravisseurs ?

— Les affaires sont les affaires, Mr King. D'abord, l'argent.

— Et comment puis-je être certain que vous ramènerez l'enfant ?

— Vous devrez vous contenter de ma parole, Mr King.

— Dans les affaires, Mr Score, je ne me contente de la parole de personne.

— Belle formule, assurément. Mais un bon homme d'affaires sait quand il ne peut pas faire autrement et vous sentez certainement que vous pouvez me faire confiance. Vous réalisez que je mets ma vie en danger, n'est-ce pas, monsieur ?

L'attention de King fut distraite une seconde par l'apparition de Meyer Meyer qui venait de s'arrêter sur le seuil, entre la salle à manger et le living-room. Mais Score ne dut pas remarquer le coup d'œil de King, ni l'arrivée de l'inspecteur. Imperturbable, il poursuivit :

— Vous devez reconnaître que je cours un grand danger. Si les êtres abjects que je soupçonne savaient que je me propose de leur enlever le petit, ma vie ne tiendrait qu'à un fil. Ces hommes sont des criminels endurcis, et...

— Quels hommes, Score ? lança Meyer.

— Pardon ?

Score se retourna d'un bloc et cligna des paupières.

— De quels hommes parles-tu, Score ?

Adrian Score examina Meyer et hocha la tête.

— Je ne crois pas avoir eu le plaisir...

— Je me présente, Score, bien que le plaisir ne soit pas pour moi et que nous nous connaissions depuis longtemps. Meyer Meyer, du 87e. Ça ne te dit rien ?

— Enchanté.

— Je vois que ta petite industrie est toujours florissante.

— Je ne comprends pas.

— Mr King, vous avez devant vous une espèce d'escroc particulièrement repoussante. Sa spécialité, ce sont les familles dans le malheur.

— Mr King, c'est un affreux malentendu. Vous n'allez pas croire, vous, un homme d'affaires comme moi, un simple...

— Tu vas me foutre le camp, punaise ? rugit Meyer. Fous le camp avant que je te fasse coffrer comme complice !

— Complice ?

— Parfaitement. Puisque tu prétends connaître les ravisseurs !

— Je... je ne...

— Je t'aurai prévenu !

— Vraiment, Mr King, j'en appelle à votre bon sens. Je suis un honorable...

— Dehors ! tonitrua Meyer Meyer.

Score se dressa d'un bond, et tendit à King un bristol gravé.

— Ma carte, dit-il en s'éloignant à reculons. Si jamais vous avez besoin de mes services. Vous pouvez faire appel à moi quand vous voudrez. Adrian Score.

Meyer avança d'un pas, et Score battit en retraite jusqu'à la porte d'entrée. Une fois sur le seuil, il se retourna encore une fois et lança d'un trait avant de disparaître :

— Je peux vous ramener votre fils !

— L'ignoble personnage, grommela Meyer.

— C'est inouï, murmura King. Il nous a appelés tous deux des hommes d'affaires. Et ce n'est qu'un escroc !

— De la pire espèce. Un busard, un rongeur de cadavres. Effroyable. Mais attendez, Mr King. Score n'est que le premier. Bientôt, nous allons être submergés par les demandes de rançon. Tous les salopards avides de dollars faciles vont monter en marche. On verra des ravisseurs partout. On aura du mal à trier les vrais.

— Comment savons-nous que nous avons eu affaire aux vrais ? demanda King.

— Nous n'en savons rien. Mais moi, je sais au moins une chose, marmonna Meyer en hochant la tête.

— Quoi donc ?

— J'aimerais pas être au bureau en ce moment pour répondre au téléphone, moi, je vous le dis.

— 87e District, inspecteur Willis.

— Allô, l'enlèvement, vous savez, hein ?

— Qui est à l'appareil ?

— Qui vous êtes ? demanda la femme.

— Inspecteur Willis. De quoi s'agit-il, madame ?

— Je m'appelle Abruzzi. Je l'ai vu. Le petit.

— L'enfant qui a été enlevé ?

— Voui, voui. Il était dans mon restaurant avec deux hommes. Deux mal rasés, vous comprenez ? C'est un petit tout blond, hein ?

— Oui, c'est ça. Où l'avez-vous vu, madame ? Quand ?

— Quand vous croyez ?

— Je ne le sais pas. Je vous le demande.

— Ce matin.

— Oui, eh bien ! l'enfant a été enlevé ce soir.

— Ah ! bon, dit Mrs Abruzzi, puis elle poursuivit imperturbablement : Il était assis là, à une table avec deux hommes. Alors tout de suite, je me suis dit, là, le voilà, le petit qui a été enlevé. Alors j'ai fait attention et...

— Oui, Mrs Abruzzi. Merci beaucoup, répondit Willis en raccrochant.

Il se retourna et cria à Arthur Brown :

— Bon Dieu, j'ai jamais vu ça ! C'est à croire qu'il y a une prime pour tous ceux qui appellent Frederick 7-8024.

— Ils veulent tous nous aider. L'ennui, c'est que...

Le téléphone sonna sur le bureau d'Arthur Brown.

— 87e, inspecteur Brown.

— Je voudrais parler au lieutenant, inspecteur.

— Il n'est pas là. De la part de qui ?

— Où est-il ?

— Qui est à l'appareil ?

— Cliff Savage. Je suis journaliste. Le lieutenant me connaît.

— Oui, eh bien ! il n'est pas là. Je peux vous être utile ?

— C'est au sujet de l'enlèvement. Est-il exact que les ravisseurs aient demandé une rançon à King ? Bien qu'ils sachent qu'ils n'ont pas son fils ?

— Je ne suis au courant de rien, monsieur. Je regrette.

— Oui, mais comment puis-je me renseigner ?

— Rappelez plus tard.

— Où est le lieutenant ? Chez les King ?

— Ne téléphonez pas là-bas, Mr Savage. Ils tiennent sans doute à conserver les lignes libres au cas où...

— Le public a le droit de savoir ce qui se passe.

— Vous voulez discuter ?

— Non, mais...

— Bon, alors taisez-vous. Le téléphone n'arrête pas. J'en ai les oreilles enflées et je dois dire que vous ne nous aidez en rien, Mr Savage.

— Vous avez le numéro des King ?

— Non.

— Je peux me le procurer facilement, vous savez.

— Et vous pouvez aussi vous procurer de sérieux ennuis, Mr Savage. A votre place, je laisserais tomber le téléphone.

— Merci, Brown. Un de ces jours, je vous ferai une fleur.

— C'est trop gentil, rétorqua Brown en raccrochant. Le salaud ! Savage ! C'est pas lui qui a fait des siennes quand Reardon, Foster et Bush se sont fait descendre ? Il n'a pas failli attirer des pépins à la femme de Steve ?

— Failli, tu dis ? Mon vieux, répondit Willis, si jamais il met un pied ici, le lieutenant le noiera dans un encrier.

Le téléphone de Willis se mit à sonner. Le policier fronça le sourcil et s'adressa à l'appareil :

— Tu vas la fermer, oui ?

Le téléphone insista.

— Bon, bon. 87e District, Willis. Quoi ? Vous avez vu le petit garçon ?... Oui, il est blond... Huit ans, c'est ça... Oui, il portait un tricot rouge... Ma foi, oui, monsieur, on dirait que c'est lui... Et où l'avez-vous vu ? Ah ! au cinéma. Quel cinéma, monsieur ?... Je vois. Et il assistait au spectacle ?... Non ?... Eh bien !... Aaaah, il était dans le film ? Vous voulez dire qu'il jouait dans le film ?... Vous l'avez vu sur l'écran ? Doux Jésus, monsieur, j'ai assez d'emmerdements comme ça et... Et merde !

Willis raccrocha brutalement et soupira :

— Il me téléphone pour me dire que c'est une coïncidence extraordinaire comme le gosse ressemble à un petit acteur de cinéma. Non, des fois, je me dis...

Le téléphone reprit sa rengaine.

— Moi, je vais faire enregistrer un disque, dit Willis. Il répondra à ma place, vous avez vu le gosse ? Où ça ? Quand ? Merci. Enfin... Oui, allô ! 87e District, inspecteur Willis... Oui, madame, c'est le bureau des inspecteurs... Oui, madame, nous nous occupons de l'affaire Jeff Reynolds... Oui, madame, nous...

Le téléphone de Brown sonna.

— 87e District, inspecteur Brown à l'appareil...

— 87e District, Di Maeo...

— 87e District, inspecteur Willis...

— 87e District, Hernandez...

— Central, lieutenant Vinnick...

— Brigade des Incendies, inspecteur Hopkins...

— Le gamin, dites-vous, monsieur ?

— L'enfant était avec trois hommes, madame ?

— Vous avez vu le petit...

— Quand cela, monsieur ?

— Quelle rue ?

— Où, s'il vous plaît ?

— Où ?

— Où ?

Où ?

Le lieutenant Byrnes entra dans le living-room des King et souffla sur ses doigts.

— Alors, Steve, comment ça marche ?

— Bien, répondit Carella. Mr King, voici le lieutenant Byrnes.

King lui serra la main et demanda tout de suite :

— Qu'en pensez-vous, lieutenant ?

— Ma foi... Est-ce que les Voitures volées ont envoyé cette liste, Steve ?

— Pas encore.

— Et merde ! Mr King, j'apprends qu'on vous réclame la rançon. C'est un coup dur... Mais je crois que nous tenons un indice intéressant.

— Quoi donc, Pete ?

— Nous avons réussi à relever une belle empreinte de pneu et...

— Est-ce que cela peut servir ? demanda King.

— En général, oui. Ce n'est pas difficile de reconnaître la marque d'un pneu d'après l'empreinte. Nous avons un fichier très à jour et une fois l'empreinte relevée, si elle est nette, la moitié du travail est fait. Nous savons par expérience que les usagers sont fidèles à la marque de pneus avec lesquels la voiture a été livrée. Donc la marque du pneu nous aide à établir celle de la voiture. D'autre part, nous avons un autre indice.

— Oui ? Quoi donc ?

— Il y a deux grosses pierres au bord de ce chemin. Le conducteur est visiblement parti sur les chapeaux de roues et il a effleuré un des rochers. Nous avons une très jolie trace de peinture. Kronig est déjà parti au laboratoire avec. Si nous avons de la chance, cette peinture nous donnera à la fois la marque de la voiture et l'année. *Si*... c'est pourquoi j'ai hâte de voir cette liste de voitures volées.

— Je comprends, murmura King.

— Mr Reynolds n'est pas là ? J'aurais aimé le voir et lui expliquer ce que nous faisons. Ce qu'il y a de pire, dans toutes ces affaires d'enlèvement, c'est que les parents s'imaginent toujours que nous ne faisons rien.

— Il est dans la cuisine, Pete, dit Carella. Vous voulez que je vous l'appelle ?

— Non. J'irai tout à l'heure.

Le timbre de la porte d'entrée retentit et Carella alla ouvrir. C'était un agent en uniforme.

— Je désire voir l'inspecteur Carella.

— C'est moi.

— Vous avez appelé les Voitures volées ?

— Oui.

— Ils vous envoient ça. Une liste. La voilà.

Carella referma la porte et Byrnes l'appela :

— Fais voir, Steve.

Il ouvrit la grosse enveloppe jaune et en tira un feuillet dactylographié.

— Pas mal. Deux douzaines de bagnoles, l'un dans l'autre. Espérons que le labo découvrira quelque chose qui colle avec une de celles-là.

— Et cela vous amènera à quoi, lieutenant ?

— Pardon ?

— Supposons que vous sachiez quelle voiture a servi aux ravisseurs ? En quoi est-ce que cela vous aidera à retrouver l'enfant ?

— Nous pourrons au moins chercher quelque chose. Toutes les routes sont barrées, Mr King. Si nous connaissions la marque, l'année et la couleur de la voiture des ravisseurs, cela nous aiderait, ne croyez-vous pas ?

— A condition qu'ils aient utilisé une voiture volée, et qu'ils ne s'en soient pas débarrassés immédiatement.

— Ils peuvent encore en avoir besoin.

— Ils peuvent aussi la repeindre.

— Ils peuvent ne pas en avoir le temps. Et vous savez, Mr King, une voiture peinte par un amateur, ça se voit. Et ces ravisseurs ne tiennent pas à se faire remarquer.

— Sans doute, murmura King.

— Je sais que cela vous paraît futile, Mr King, mais croyez-moi, dans une affaire comme celle-ci, le détail le plus minime peut être important. Une fois la rançon payée, il nous faudra rechercher les billets. Et quand nous aurons retrouvé l'enfant, il pourra peut-être nous donner des renseignements sur ses ravisseurs. A moins que nous ne les arrêtions avant.

— Ou à moins que l'enfant ne soit déjà mort, déclara posément King.

— Oui. En effet. Dans ce cas, ce serait inutile de poursuivre l'enquête, à votre avis ?

— Naturellement !

— Mr King, je voudrais justement vous parler de la rançon. Nous ne pouvons pas marquer les billets, et nous n'aurons sans doute pas le temps de relever les numéros. Ils ont insisté pour que ce soit des coupures usagées ?

— Oui, mais...

— C'est pour nous empêcher de relever les numéros, bien entendu. Mais nous aurons tout de même le temps d'en relever quelques-uns et une liste incomplète vaut mieux que pas de liste du tout. Je crois que vous n'avez pas encore prévenu votre banque, n'est-ce pas ?

— Non. Je ne l'ai pas prévenue.

— Parfait. Si ça ne vous fait rien, je voudrais leur parler moi-même. Je peux mieux leur dire ce qu'il faut faire. Et quand le F.B.I. entrera dans la danse, ils...

— Je regrette, mais je ne pense pas pouvoir vous aider, lieutenant Byrnes, coupa King.

Byrnes le regarda d'un air étonné.

— Je ne comprends pas. Vous ne voulez pas que je parle à votre banque ?

— Non, lieutenant, il ne s'agit pas de cela. Je ne préviendrai pas ma banque, moi non plus.

— Que...

— Je ne compte pas payer la rançon, lieutenant.

— Vous ne...

Byrnes se tut, et dans le silence brusque se tourna vers Carella.

— Ah !... murmura-t-il, évidemment... C'est-à-dire... Oui, cela vous regarde, naturellement. Personne ne peut vous obliger.

— Qu'est-ce que vous racontez, Mr King ? s'écria Carella, le sourcil froncé. Vous... Il faut que vous donniez cette rançon ! L'enfant...

— Laisse tomber, Steve, interrompit Byrnes.

— Mais il faut qu'il paye ! Ce gosse n'a aucune chance, s'il ne...

— Je ne *dois* pas faire quoi que ce soit. Il n'y a pas de *il faut*, coupa sèchement King. Parlons net, messieurs, et comprenons-nous bien. Je vous dis, et je le dirai aux ravisseurs s'ils rappellent, et je le dirai à n'importe qui, que je ne compte pas payer cette rançon. Je ne donnerai pas un sou.

8

Une seule lampe était allumée dans le salon de la ferme de Sand's Spit, un lampadaire dressé à côté du canapé-lit, qui jetait un cercle de lumière sur le plancher nu. Jeff Reynolds dormait sur le canapé. Il se retourna et grogna dans son rêve. La couverture glissa de ses épaules. Kathy Folsom s'approcha et le recouvrit doucement. Eddie Folsom alluma une cigarette.

Dans la salle de bains, Sy Barnard chantait à tue-tête. Sa chemise, sa cravate et son étui à revolver étaient posés sur une des chaises du salon. La radio énorme et compliquée, dans un coin de la pièce, transmettait les messages monotones de la police.

— *... dirigez-vous vers le croisement Cambria-Newbridge. Nous voulons établir un barrage dans ce secteur. La 311 vous soutiendra. Compris, 307 ?*

— *Compris.*

— *Allô, 311, allô, 311, dirigez-vous vers le croisement Cambria-Newbridge pour aider la 307 à former un barrage.*

— *Ici 311, d'accord. Rien de neuf sur la bagnole ?*

— *Rien du tout.*

— *Bien, merci.*

Eddie cria vers la salle de bains :

— T'entends ça, Sy ? Hé, Sy ?

La figure enduite de mousse, Sy sortit de la salle de bains, en tricot de corps. Ses bras et ses épaules étaient couverts de poils.

— Quoi ? Qu'est-ce qu'il y a ?

— Ils forment des barrages partout. Ça pousse comme des champignons. Comment on va faire pour la voiture ?

— Y a pas de quoi s'énerver. Y a des barrages, bon, et après ? On s'en fout.

— Mais tu ne comprends pas ! Ils arrêtent toutes les voitures. Nous aurons besoin de la bagnole dans la matinée. Comment on va...

— Combien de fois faut-il que je te le répète ? C'est moi qui conduirai, vu ? Seul, non ? Dans une vieille Ford tout ce qu'il y a d'anonyme. Mettons qu'ils m'arrêtent. Je suis un brave type qui se rend à son boulot. J'ai mon permis et tout. Alors ? Est-ce qu'ils peuvent savoir que c'est une voiture volée ? Comment veux-tu ? Nous avons changé les plaques, pas vrai ? Personne ne peut me soupçonner. Pourquoi diable te fais-tu du mouron à cause des barrages ?

— Oui, mais une fois qu'on aura touché le fric ? insista Eddie. Comment on va faire pour filer ? Ils seront toujours là à guetter les routes.

— Et nous n'aurons toujours pas besoin de nous inquiéter. Parce que le gosse ne sera plus avec nous. Ce sera un type avec sa femme et son beau-frère, peinards. T'en fais donc pas et laisse-moi me raser. Je me sens crasseux.

Il s'engouffra dans la salle de bains et Kathy attendit qu'il s'y fût enfermé.

— Eddie... Une fois l'argent entre nos mains, qu'arrivera-t-il au petit ?

— Nous le laisserons ici, tout simplement. Nous téléphonerons à King pour lui donner l'adresse.

Kathy hocha la tête.

— Ce serait... C'est un gros risque, tu ne penses pas ?

— Je ne crois pas, non.

— Eddie, allons-nous-en. Partons tout de suite, avant qu'il ne soit trop tard.

— Ah ! ça va, je t'en prie, chérie, ne remets pas ça !

— *Voiture 234, voiture 234, vous êtes toujours à l'entrée du tunnel ?*

— *Ici 234, tout juste, mon coco.*

— *Parfait.*

— Ecoute-les, dit Kathy.

— Sy dit qu'il n'y a pas à s'inquiéter. Il faut lui faire confiance, Kathy. Il sait ce qu'il fait. Depuis que je le connais, Sy ne m'a jamais foutu dedans. C'est un type bien, Kathy.

— Un type remarquable, ironisa-t-elle.

— Ben oui, quoi. Il m'a beaucoup appris. Il n'avait pas besoin de s'embarrasser de quelqu'un comme moi. Sy est un gros ponte.

— Un gros ponte ! C'est un truand !

— Dis pas ça, d'accord ? Dis pas ça. Il a pas eu de chance, c'est tout. Mais il est bien, je t'assure. Ecoute, tu crois que c'était facile d'organiser un coup comme ça ? Il en a, des choses dans la tête.

— Il n'a qu'une chose en tête, Eddie.

— Ah oui ? Quoi donc ?

— Il veut tuer cet enfant.

— Allez, écrase, tu veux ? Tuer l'enfant ! Sy est un type organisé, un homme d'affaires. Il n'a pas l'intention de se faire agrafer pour un assassinat. Tout ce qu'il veut, c'est sa part de magot.

— Et toi ?

— Quoi, moi ?

— Qu'est-ce que tu veux ?

— Pareil. Deux cent cinquante mille dollars.

— Et tu comptes aller loin avec ça ?

— Qu'est-ce que tu racontes, nom de Dieu ?

Eddie se leva, alla prendre le paquet de cigarettes sur la commode, s'aperçut qu'il était vide et le roula en boule.

— Jusqu'où es-tu prêt à aller pour cet argent, Eddie ?

— Très loin. T'as une cigarette ?

Kathy fouilla dans son sac et le referma d'un geste sec.

— Non. Eddie, lorsque nous étions mômes, on jouait à un truc. Ça s'appelait « Suppose que », on avait l'habitude de se demander : « Suppose que quelqu'un t'offre un million de dollars, que ferais-tu pour les obtenir ? Est-ce que tu te couperais un orteil ? Est-ce que tu serais prêt à perdre un œil ? Cracherais-tu sur la croix ? » Tu vois le genre. Les réponses étaient édifiantes : chaque gosse avait une idée différente du prix à payer pour ce million de dollars.

— Où tu veux en venir ? dit Eddie, puis il se tourna vers la salle de bains : Sy ! Hé, Sy !

— Quoi ?

— T'as des cigarettes ?

Sy passa la tête dans l'entrebâillement de la porte.

— Quoi ?

— T'as des clopes ?

— Dans ma veste. Ça te dérange pas que je finisse de me raser ?

Eddie se dirigea vers la veste et fouilla dans les poches.

— Y a rien ! constata-t-il, dépité. Sy, t'as plus de clopes !

— Il y en a une cartouche dans la bagnole ! cria Sy. Tu vas me foutre la paix, oui ?

— Où ça ?

— Dans la boîte à gants. Bon Dieu, y a pas moyen d'être tranquille !

Eddie ouvrit la porte mais Kathy le retint et lui répéta :

— Quel est *ton* prix, Eddie ?

— Je ne vois pas de quoi tu veux parler, Kathy.

— Tu donnerais un bras mais pas un œil ? Tu participerais à un kidnapping mais pas à un meurtre ?

Un silence de plomb s'abattit sur la pièce.

— On n'est plus des mômes, Kathy.

— Sy a l'intention d'assassiner l'enfant.

— T'es cinglée.

— Cela fait partie de son plan, Eddie. Il ne peut pas se permettre de laisser la vie à cet enfant qui risque de donner son signalement, de le reconnaître... Je veux savoir ce que tu comptes faire !

— Moi ?

— Oui, toi. Il faut que je sache.

— Bon, bon. Ecoute, moi, quand j'étais môme, j'avais rien. Moins que rien. Je... je... Tu parlais du Mexique. T'avais envie d'aller au Mexique. Ben, moi aussi. Et je veux y aller du fric plein les poches, que les larbins me saluent bien bas. J'en ai marre d'être un paumé. Voilà.

— Oui, mais...

— Bon, alors ne me demande pas ce que je compte faire. Fous-moi la paix. Je ne veux pas me poser de questions. Je ne veux pas penser à ce que je fais, là.

— Moi si, dit nettement Kathy. Eddie, nous pourrions partir maintenant. Sy est dans la salle de bains. Si nous faisions vite, nous pourrions... Eddie, nous pourrions nous en aller et déposer le gosse quelque part, et nous serions libres. La police ne s'occuperait pas de nous. Une fois le gosse récupéré, ils se ficheraient pas mal de nous. Nous pourrions quand même aller au Mexique. Ensemble, sans avoir à fuir, tout le temps.

— Je... je ne sais pas. J'ai envie de fumer.

— Eddie ! Réponds-moi !

— Fous-moi la paix ! rugit Eddie. Je sors, tiens.

— Où vas-tu ?

— Chercher des cigarettes dans la bagnole et... faire un tour. Prendre l'air.

— Je t'accompagne.

— Non. Je veux être seul !

Il sortit en claquant la porte, coupant net les supplications de Kathy. Elle entendit son pas décroître au-dehors. Avec un soupir, elle alla pousser le verrou, s'adossa à la porte et baissa la tête. Sy se remit à chanter à pleine voix dans la pièce voisine. Kathy souleva un coin du store et regarda dehors. Elle soupira encore, jeta un coup d'œil vers la salle de bains, puis elle se tourna vers l'enfant endormi. Enfin, visiblement, elle prit une décision. La tête haute, les épaules rejetées en arrière, elle s'approcha du canapé, après un dernier regard à la porte de la salle de bains. La main sur l'épaule de Jeff, elle murmura :

— Jeff ! Réveille-toi, Jeff !

L'enfant se redressa presque immédiatement.

— Qu'est-ce qu'il y a ? Quoi ?

— Chhhut. Ne fais pas de bruit et obéis-moi... Je vais te faire sortir d'ici.

— Vous me ramenez à la maison ? s'écria Jeff.

— Chut ! Pour l'amour du ciel, parle plus bas.

Sy chantait toujours. Kathy regarda la porte d'entrée. Aucun bruit ne venait du dehors. Elle chuchota :

— Je ne peux pas te raccompagner jusque chez toi, mais je vais te faire sortir. Je te déposerai quelque part. Tu te débrouilleras pour rentrer. Mais il faut que tu m'aides, que tu ne fasses pas de bruit. Tu as compris ?

Jeff répondit, en chuchotant lui aussi :

— Oui. Est-ce que... Ils veulent me tuer ?

— Je ne sais pas. Mais je préfère prendre des précautions.

— Eddie, c'est votre mari ?

— Oui.

— Il est pas terrible.

— C'est mon...

— Mais il a pas l'air méchant, ajouta vivement Jeff.

Dans la salle de bains, la chanson se tut brusquement. Kathy sursauta. Et puis elle entendit couler de l'eau.

— Où est ton manteau ?

— J'en ai pas. Juste le chandail de Bobby.

— Tu en auras besoin. Il fait très froid.

Kathy alla chercher le vêtement, sur la pointe des pieds, et le glissa par-dessus la tête du petit garçon.

— Nous allons marcher sans bruit jusqu'à la route, expliqua-t-elle à mi-voix, et une fois là, nous nous mettrons à courir. Tu as compris ?

— Je cours vite, moi.

— Bon. Alors viens.

Kathy mit son manteau et prit la main de l'enfant. A pas de loup, ils marchèrent jusqu'à la porte. Kathy tira le verrou, avec toute la prudence d'un forceur de coffre-fort. Elle hésita une seconde, et entrouvrit la porte. Le grincement éclata dans le silence comme une bombe. Elle jeta un coup d'œil dans la cour et se tourna vers Jeff.

— Allons, viens.

— Attendez !

Jeff arracha brusquement sa petite main de la sienne et repartit en courant dans la pièce.

— Qu'est-ce...

— Mon fusil ! dit-il en se précipitant vers la table où se trouvait le fusil de chasse non chargé. Il me l'a donné, pas vrai ?

— Oui, dépêche-toi, chuchota Kathy.

Jeff s'empara de l'arme par le canon et se retourna aussitôt. La crosse glissa sur la table, accrocha le cendrier, le fit tournoyer et l'entraîna. Le lourd cendrier de verre tomba sur le sol et se brisa en mille morceaux avec un bruit atroce qui faillit arracher un cri à Kathy. Elle porta un poing à sa bouche et se mordit les doigts. Jeff s'immobilisa.

— Vous croyez...

— Chut !

En silence, ils attendirent. La porte de la salle de bains resta fermée. Vivement, Kathy ouvrit la porte d'entrée et regarda dehors.

— Viens !

Et la porte de la salle de bains s'ouvrit. Kathy lui tournait le dos. La main tendue derrière elle, elle regardait dehors et attendait Jeff. Elle ne savait pas que Sy se tenait sur le seuil de la pièce voisine, les poings sur les hanches.

— Vite, dépêche-toi, murmura-t-elle à Jeff.

Puis, voyant qu'il ne venait pas, elle se retourna, aperçut Sy et blêmit.

— Eh bien ! eh bien ! dit Sy. Et où allons-nous comme ça ?

— Je... j'emmenais le petit faire une promenade, dit Kathy.

— Ah oui ? Où est Eddie ?

— Il est sorti.

En trois enjambées, Sy gagna la porte et la referma au verrou.

— Est-ce que ce moins-que-rien cherche à me doubler ?

— Non. Il ne sait rien. Il est allé chercher les cigarettes.

— Alors t'as pensé que c'était l'occasion de te faire la malle, hein ? Fiez-vous aux greluches ! Toujours une entourloupe dans la manche ! Ote ton manteau.

Kathy hésita.

— Ote-le ou je te l'arrache, glapit Sy.

Elle enleva son manteau et le jeta sur le lit.

— Déshabille le gosse. Il n'aura pas besoin de son chandail. Pas de balade.

Kathy obéit sans un mot.

— Alors, comme ça, on fait ami-ami ? Vous faites une belle paire, tous les deux.

Sy mit la main à sa poche et en tira lentement un couteau à cran d'arrêt. Il appuya son pouce sur le bouton et la lame jaillit avec un bruit sec. Puis il marcha sur Kathy et l'enfant.

— Ecoute-moi bien, espèce de salope ! Si jamais tu recommences, t'auras salement besoin de chirurgie esthétique. T'as compris ? Eddie chéri n'y pourra rien. Quant à ce petit morveux, je l'étripe ! Alors pas de blagues ! Pigé ?

— Je n'ai pas peur de toi, Sy.

— Ah non ? ricana Sy en levant son couteau. Fais gaffe à me causer poliment, bébé. Si t'es gentille avec moi, je veux bien oublier ce que tu viens de faire. Mais faudra être bougrement gentille !

La pointe du couteau sur la gorge de Kathy, il se mit à la caresser de l'autre main, très lentement. Kathy, terrifiée, cherchait à se dégager quand la poignée de la porte tourna. Du dehors, Eddie cria :

— Hé ! Ouvrez-moi !

Sy fit un signe de tête et rengaina son couteau. Kathy alla ouvrir et fit entrer son mari. Sy lui sourit.

— Tu as trouvé les cigarettes à ce que je vois.

— Oui, répondit Eddie en aspirant une bouffée de son mégot. Dites donc, il fait drôlement beau, dehors. Froid mais sec. Le ciel est clair. C'est plein d'étoiles.

— Ça veut dire qu'il fera beau demain, déclara Sy. Même le temps est avec nous. Rien ne va venir nous mettre des bâtons dans les roues ajouta-t-il en jetant à Kathy un regard significatif.

— Comment ça se fait que le gosse est levé ? demanda Eddie.

— Le morveux ne pouvait pas dormir. Il s'inquiète de ce qui va se passer demain.

— Tu crois que ça marchera, Sy ?

— Ça peut pas rater. T'entends, Kathy ? Ça peut pas louper. Ça va marcher au poil, sans histoires. Nous allons tous être riches. Jamais plus je prendrai ce sacré métro. J'aurai des caleçons en soie. Tu savais que ça existait, les caleçons en soie ? Ben, moi, j'en aurai. Allez, Eddie, explique-lui. Dis-lui comment ça va marcher. Ta femme nous prend pour des gamins.

— Ecoute, on n'a pas besoin d'en parler.

— Je veux qu'elle sache comment ça va se passer. C'est trop beau, ce truc-là. Qu'est-ce que t'as donc ? T'as honte ? C'est un plan formidable !

— Oui, je sais, mais...

— On va téléphoner à King dans la matinée, et lui donner des instructions, et y aura pas un flic de la ville qui pourra nous empêcher de palper le fric, ni même nous trouver ! Hein, Kathy ? Qu'est-ce que tu dis de ça ?

— Ça me paraît très fort, murmura-t-elle d'une voix sans timbre.

— Fort ? C'est sensationnel ! Même King ne saura pas en partant où il doit déposer son magot, alors il sera bien incapable de prévenir les flics, même s'il en a envie. Tout ce qu'il saura, c'est qu'on l'attendra. Mais il ne saura pas où.

Sy lut de l'étonnement dans les yeux de Kathy et se mit à rire.

— Ouais. Et ça marchera. Tout ça, grâce au joli monstre d'Eddie, là, dans le coin. Tu crois pas qu'on s'est décarcassés à dévaliser toutes ces boutiques de radio juste pour permettre à Eddie de faire joujou ?

— Je croyais que vous aviez besoin de la radio pour écouter les messages de la police, dit Kathy, de plus en plus stupéfaite.

— Un matériel pareil ? Un poste comme celui-là pour écouter la police ? Tu sais ce que c'est, ce gros truc-là ? Un émetteur. C'est pas vrai, Eddie ?

— Oui, c'est vrai. Tu comprends, Kathy, ce que nous allons faire, c'est...

— Ce que nous allons faire, ce sera une bonne surprise pour King et les flics, oui, coupa Sy. Une fois King en route, pas une âme au monde ne saura ce qu'il faut faire, sauf lui. Ni les flics, ni personne d'autre. Rien que nous et King. Une fois qu'il aura quitté sa maison avec le fric...

— S'il la quitte, dit Kathy. S'il consent à payer la rançon.

— Je vais te dire un secret, ma jolie, murmura Sy. Il fera bien de payer. Et il paiera.

Sy remit brusquement la main à sa poche et ressortit son couteau. La lame jaillit. Sy regarda Jeff, debout près du canapé, les yeux agrandis d'horreur.

— Il paiera, répéta doucement Sy.

9

Le chef du laboratoire de la police s'appelait Sam Grossman.

Pour l'observateur lambda, le laboratoire ressemblait à une pièce stérile, avec de longues paillasses blanches et d'immenses meubles de rangement verts. Les paillasses étaient éclairées par des lumières fluorescentes et des ultraviolets et les meubles étaient remplis de morceaux de tissus, d'armes, de cartouches, de modèles de traces de pneus, de statistiques, d'échantillons de verre, d'herbe, de boue, enfin tout et n'importe quoi permettant une éventuelle comparaison dans une affaire.

Des objets de toutes sortes passaient entre les mains de Grossman chaque jour, depuis un phare d'auto brisé retrouvé sur une route après un accident causé par un chauffard jusqu'à une main sanglante enveloppée dans la page des petites annonces du *New York Times*. Ce n'était pas toujours agréable de plonger dans les paquets que l'on déposait sur le seuil du labo, comme des nouveau-nés sur les marches enneigées d'une église. Il y avait des moments où le travail prenait des aspects grand-guignolesques et plus d'un homme au cœur sensible aurait demandé à être muté instantanément à la circulation ou même à la morgue. Un cadavre est une chose, mais c'en est une autre que de triturer des débris humains informes, des armes sanguinolentes sur lesquelles des cheveux restent collés, des balles aplaties par l'os qu'elles ont frappé. L'imagination augmente l'horreur et le dégoût. Un long cheveu blond sur le bord tranchant d'une hache est plus horrible que le cadavre de la femme assassinée sur la table de marbre de la morgue. Sam Grossman, un homme sensible de par sa nature et insensible de par sa profession, dirigeait son laboratoire avec toute la rigueur d'un missionnaire. Pour lui, il s'agissait presque d'un apostolat. Il était fermement convaincu que le laboratoire pouvait contribuer à traîner les criminels en justice. Et chaque fois qu'il y réussissait, Sam Grossman se disait que sa vie n'était pas vaine. Parfois, son travail était hérissé de difficultés. D'autres fois, comme ce fut le cas lorsque Kronig lui apporta son empreinte de pneu, il était d'une facilité déconcertante. Grossman n'eut qu'à ouvrir un de ses nombreux classeurs, à en sortir un dossier et il retrouva immédiatement le dessin du pneu sur une fiche.

Le pneu était un *Tirubam*, fabriqué par la Corporation Américaine de Pneus et Gommes, dont le siège social était situé à Isola, 1719, Carter Avenue. Ce type de pneu avait équipé les véhicules de la General Motors en 1948, toutes les Ford en 1949 et 1950, et les Chrysler en 1954. Le champ n'était donc pas franchement restreint.

La taille du pneu, d'après l'empreinte, devait être de 670 × 15 pouces. Il s'agissait donc d'un break, ce qui permettait d'éliminer toutes les voitures fabriquées avant 1949. En effet, les jantes antérieures à cette date mesuraient 16 pouces de diamètre. La taille du pneu permettait également de rayer de la liste toutes les voitures plus grandes produites par Ford et Chrysler durant les années correspondantes. La Mercury de 1949 par exemple avait des pneus mesurant 710 × 15 pouces, la Lincoln 1949, des pneus 820 × 15. Le champ était donc maintenant restreint aux véhicules plus petits produits par l'une ou l'autre de ces firmes durant les années concernées.

Mais les débris de peinture éliminèrent tous les doutes. Une fois que les techniciens de Grossman eurent passé les parcelles au spectroscope, au microscope et qu'elles eurent fait l'objet d'une analyse chimique, on fut fixé. Il ne restait plus qu'à fouiller encore une fois dans les fiches pour savoir que :

1° Cette peinture était utilisée par Ford ;

2° La couleur avait été baptisée gris bouleau par les services publicitaires ;

3° Elle avait été utilisée pour les modèles de 1949 ;

4° On l'avait abandonnée en 1950, au profit d'un gris légèrement plus rosé baptisé tourterelle.

Sam Grossman avait l'œil du professionnel, du scientifique. Son regard avait quelque chose d'innocent derrière les lunettes et l'expression de son visage anguleux le faisait ressembler à un gentleman-farmer. Sam Grossman étudia soigneusement ces divers renseignements, en hochant la tête. La voiture suspecte était donc une Ford de 1949. Il ne lui restait plus qu'à téléphoner chez King pour en faire part à ses collègues. Sam Grossman ôta ses lunettes, ferma les yeux et se les frotta. Puis il remit ses lunettes et forma le numéro de Douglas King.

Meyer Meyer prit la communication dans le living-room. Enfoncé dans un grand fauteuil devant la cheminée, Douglas King regardait fixement les flammes dansantes, tandis que Meyer notait les renseignements du laboratoire. King ne paraissait rien entendre. Le feu illuminait ses traits ciselés et teintait de rouge ses tempes grisonnantes.

— Bon, j'ai tout noté, dit Meyer. Bravo, Sam, ça, c'est du boulot rapide. Comment ?... Ma foi, ça ne va pas fort, mais à présent que nous avons quelque chose de précis... Oui, on s'en occupe tout de suite. Merci, Sam.

Meyer raccrocha et se tourna vers King.

— Une Ford grise de 1949. C'est leur voiture. Je ferais bien d'aller chercher le lieutenant. Il voudra vérifier la liste des bagnoles volées.

King ne répondit pas. Meyer toussota.

— Bon, ben, je vais voir si je trouve le lieutenant. Si le téléphone sonne, appelez-nous, Mr King.

Meyer mit son manteau et sortit. King ne bougea pas en entendant claquer la porte. Il contemplait les flammes comme s'il pouvait lire son avenir dans les ors et les pourpres mouvants. Il ne leva même pas la tête quand Diane King entra dans la pièce. Elle s'approcha de lui et vint se planter devant le foyer.

— Pete m'a tout dit, murmura-t-elle d'une voix presque inaudible. Tu ne parlais pas sérieusement, ce n'est pas possible.

— Je suis très sérieux, Diane.

— Je ne te crois pas.

— Je ne paierai pas. Il faut le croire, Diane. Je refuse de payer.

— Il faut que tu payes.

— Je ne suis pas forcé de payer.

— Mais c'est à toi qu'on a demandé l'argent.

— Oui. Une bande de gangsters me l'a demandé. Pourquoi feraient-ils la loi ? Pourquoi devrais-je leur obéir ? Pourquoi jouerais-je leur jeu ?

— Leur jeu ? Mais c'est la vie d'un petit garçon qui est en jeu !

— Il y a bien autre chose en jeu !

— Rien ne compte que cet enfant ! Si tu ne payes pas, ils le tueront.

— Il est peut-être déjà mort.

— Tu n'as pas le droit d'envisager cette éventualité.

— Pourquoi ? J'ai fichtrement le droit de tout envisager dans cette histoire. On me demande d'allonger cinq cent mille dollars pour un gosse qui ne m'est rien. J'ai bien le droit de peser le pour et le contre. Et de supposer que l'enfant peut être déjà mort.

— Ils t'ont dit qu'il était vivant. Tu le sais bien. Tu n'as pas le droit de chercher une excuse...

— Et on peut également supposer qu'ils le tueront même si je paye. Demande aux policiers. Va. Va leur demander. Tu verras ce qu'ils...

— Mais si tu ne payes pas, ils le tueront certainement.

— Pas nécessairement.

King se leva, quitta la chaleur du feu à regret et alla droit au bar, dans le fond de la pièce.

— Tu veux un cognac ?

— Non, je ne veux pas un cognac.

Diane regarda son mari se verser une généreuse rasade d'alcool ambré dans un verre ballon, reboucher la bouteille et revenir à son fauteuil en faisant doucement tournoyer le liquide dans son verre. Enfin, elle murmura :

— Doug, tu n'as pas le droit de jouer avec la vie de Jeff.

— Non ? A qui a-t-on réclamé de l'argent ? Et que fait Reynolds pour sauver son propre fils ? Il reste assis sur son cul comme il a fait toute sa vie ! Pourquoi devrais-je, moi, payer pour son fils ?

— Doug, je suis en train de faire des efforts pour ne pas hurler. Si tu continues, je vais hurler.

— Eh bien ! hurle, si ça t'amuse ! Mais vraiment, je ne vois pas là de quoi hurler. On n'aurait jamais dû me réclamer cette rançon, et je ne veux pas me laisser faire, un point, c'est tout. En ce qui me concerne, l'incident est clos.

— L'incident ! Mais c'est un enfant, Doug ! Un petit garçon !

— Et après ? Ce n'est pas le mien.

King chercha un argument convaincant et finit par lancer :

— Il ne me plaît même pas, ce gosse ! Et comment puis-je être responsable de sa sécurité, hein, veux-tu me le dire ?

— Ils voulaient enlever Bobby, répondit Diane. C'est pourquoi nous sommes responsa...

— Oui, mais ils ne l'ont pas enlevé, n'est-ce pas ? Ils se sont trompés. Ils ont enlevé Jeff... Ecoute, chérie, pendant la guerre, quand le copain d'à côté se faisait tuer, je ne me sentais pas responsable de sa mort. Je remerciais le ciel que la balle m'ait manqué. Ce n'était pas moi qui avais tiré. Je n'avais pas de sang sur les mains. Et je n'en ai pas davantage à présent.

— Mais ce n'est pas la même chose ! Tu n'es pas bête au point de ne pas voir la différence !

— Je suis loin d'être bête. Mais comment veux-tu que je leur donne tout cet argent ? Tu ne crois pas que je le donnerais volontiers si je l'avais ?

— Mais tu l'as ! Ne me mens pas, Doug. Au moins, ne mens pas !

— J'ai besoin de mon dernier cent pour conclure ce marché. Sept cent cinquante mille dollars. Comment puis-je donner deux tiers de cette somme ? Tu ne comprends donc pas ?

— Si. Je comprends à merveille. La vie d'un enfant d'un côté et un marché commercial de l'autre.

— Non ! La vie d'un enfant, oui, et ma propre vie dans l'autre plateau de la balance !

— Doug, Doug, tu insultes mon intelligence. Ce ne serait pas ta mort. Ne parle pas de ta vie comme si...

— Ma vie ! Je le répète. Ma vie, insista King. Tout mon travail, tout ce que j'ai fait, tout. Cette usine, c'est ma vie, Diane, tu le sais !

— Au diable, l'usine et les affaires ! Je me fiche que tu sois jamais à la tête de Granger. Si Granger était à toi, si tu possédais tout l'or du monde et que tu l'aies acquis au prix de la vie d'un enfant...

— Je te répète qu'il s'agit de ma vie, à moi !

— Ta vie ! Et pour lui, c'est la mort !

King posa brusquement son verre sur une table et se redressa en s'écriant d'un ton furieux :

— Ce serait aussi ma mort ! Que se passera-t-il si je paie la rançon ? Veux-tu que je te le dise ? Benjamin et ses satanés vautours se ligueront avec le Vieux pour me flanquer dehors. Et ils s'arrangeront pour que je ne retrouve pas d'emploi dans ce secteur. Je serai le malheureux type qui a voulu débarquer tout le monde et qui a raté son coup. Tout le monde me tournera le dos. Tu crois qu'une autre firme me ferait confiance après ça ? Tu crois que je remonterais le courant ? Je serais fini, Diane, lessivé.

— Tu pourrais recommencer, tu...

— Où ? Comment ? Et jusqu'où irais-je ? Bon Dieu, même les garçons de bureau me mettraient des peaux de banane sous les pieds ! Je serais enchaîné à un bureau sordide. C'est ça que tu veux ?

— Il y a des centaines d'hommes enchaînés à des bureaux.

— Pas moi ! Jamais ! Et toi, Diane ? As-tu pensé à toi ? Tu apprécies tout ce luxe, cria-t-il avec un grand geste du bras, la maison, les voitures, les bijoux, la table bien garnie !

— Si jamais tu laisses mourir Jeff, je ne pourrai plus jamais avaler une seule bouchée ! lança Diane.

— Qui doit mourir, alors ? Moi ? Nous ? ... Il ne représente rien pour moi.

— Tu dois le faire parce c'est un être humain, il n'y a pas d'autre raison. Avant, tu avais...

— D'accord, c'est un être humain. Et moi aussi. Quel est mon tribut à l'humanité, cette masse anonyme portée aux nues par les grands esprits de notre temps ? Qu'est-ce que l'humanité m'a apporté, à moi ? Rien ! Ce que je possède, je l'ai gagné à la sueur de mon front, ma position, je l'ai bâtie de mes propres mains, j'ai creusé mon trou dans la pierre jusqu'à m'en écorcher les ongles. Qu'est-ce que tu en sais, toi, Diane ? Tu étais dans une école privée pendant que je m'escrimais chez Granger. J'ai donné ma vie pour cette entreprise, tu ne comprends donc pas : ma vie ! Et tout ça parce que je regardais vers l'avenir, le moment où...

— Je ne veux pas en entendre davantage. Si tu évoques ne serait-ce qu'une seule fois Granger, je... je te colle mon poing dans la figure, je le jure devant Dieu.

— D'accord, oublions Granger. Dis-moi juste pourquoi je devrais payer ? Il y a des milliers de gens plus riches que moi. Bon Dieu, je suis pauvre, Diane, pauvre, comparé à certaines personnes. Il m'a fallu des années de travail pour arriver où j'en suis !

— Songe à ces braves gens qui nous offrent mille dollars. Ils sont peut être plus pauvres que toi.

— Mais oui, mille dollars. Cela représente quel pourcentage de leurs économies ? Combien ont-ils de côté ? Est-ce qu'ils possèdent cinq mille dollars ? Cinq cent mille ? Va leur demander de donner tout ce qu'ils ont au monde pour sauver le gosse, et tu verras. Va, va demander à l'humanité tout entière !

— C'est à toi qu'on a demandé l'argent.

— Je sais, et je te dis que ce n'est pas juste. C'est monstrueux !

Diane se laissa tomber sur un tabouret et prit les mains de son mari.

— Ecoute, supplia-t-elle, si... si Jeff se noyait et que tu sois sur la berge, est-ce que tu ne sauterais pas à l'eau pour le sauver, sans même réfléchir ? Tu le ferais. C'est tout ce que je te demande. De le sauver. Sauve-le, Doug. Je t'en supplie, je t'en supplie, je...

— Mais pourquoi moi ? gémit King. Parce que je me suis donné la peine d'apprendre à nager ? Pourquoi Reynolds n'a-t-il pas appris ? Pourquoi vient-il maintenant me dire : « Jetez-vous à l'eau parce que je ne me suis jamais soucié d'apprendre à nager » ?

— Est-ce que tu rends Reynolds responsable ?

— Mais non, ne dis pas de bêtises. Mais j'ai travaillé dur pour...

— Reynolds aussi a travaillé toute sa vie.

— Pas assez ! Sinon, je n'aurais pas besoin de sauver son fichu gosse ! C'est un faible, Diane, un incapable. Et les incapables veulent tout avoir pour rien, sans se donner de mal. Le gros lot ! Eh bien ! le gros lot, ça se gagne, à la sueur de son front et à la force du poignet !

— Assez, Doug ! Tu ne penses pas un mot de ce que tu dis.

— Si. Tu ne crois pas que je me sens fatigué, parfois ? Tu ne penses pas que j'aimerais moi aussi m'asseoir et ne rien faire ?

— Je ne sais pas. J'ai l'impression de ne plus te connaître.

— Je suis un homme qui lutte pour sa vie. C'est tout ce que tu as besoin de savoir.

— Et la vie de Jeff ? demanda-t-elle en se levant brusquement. Tu veux qu'ils tuent cet enfant ?

— Mais bien sûr que non ! hurla-t-il.

— Ne crie pas, Doug ! Ils le tueront. Le pire, c'est que tu le sais parfaitement !

— Ce n'est pas vrai ! Et ce n'est pas mon problème. Ce n'est pas mon enfant, bon sang !

— Il est dans ces sales draps à cause de *notre* enfant ! explosa Diane.

— J'en suis navré mais ce n'était pas ma...

— Tu n'es pas navré ! Tu t'en fiches complètement. Oh, mon Dieu ! tu te fiches de ce qui peut arriver à cet...

— Ce n'est pas vrai, Diane. Tu sais bien que je...

— Qui es-tu devenu, de toute façon, Doug ? Où est le Douglas King que j'ai épousé ?

— Je ne vois pas où...

— Peut-être n'aurais-je pas dû rester aussi passive toutes ces années. Oh que oui, tu as sué corps et âme et je me disais que c'était une grande qualité chez un homme, chez un *vrai* homme. Même lorsque j'ai commencé à comprendre ce que tu faisais aux autres, je t'excusais en me disant que c'était ta façon d'agir. Je me suis convaincue que tu n'étais pas quelqu'un de cruel et...

— En quoi cette histoire me rend-elle cruel ? Se préserver n'est-il pas plus important que...

— Tais-toi et écoute-moi bien ! Pendant toutes ces années, tu devenais *ça* ! Ça ! Je t'ai regardé écraser Di Angelo pour devenir contremaître à sa place, je t'ai vu piétiner tes collègues pour parvenir au sommet, j'ai assisté à la mise à mort de Robinson et j'allais te laisser faire pour Boston sachant que tu allais virer le Vieux et Benjamin et combien d'autres encore ! Enfin, tu les aurais peut-être laissés démissionner, Doug. N'est-ce pas ? Oh mon Dieu !

Elle enfouit son visage dans ses mains et éclata en sanglots, se moquant totalement de paraître faible.

— Ce n'est pas tout à fait pareil !

— Tu te trompes ! C'est exactement la même chose !

— Tu n'as plus aucune pitié ? Tu n'aimes plus personne ? Les gens te sont indifférents, c'est cela ? Tu n'aimes plus que toi.

— Ce n'est pas vrai, Diane, et tu le sais bien. Est-ce que je ne t'ai pas toujours donné tout ce que tu voulais ? Est-ce que je ne suis pas un bon père pour Bobby ? Un bon mari et...

— Qu'est-ce que tu nous as donné ? Un toit ? De quoi manger ? Des jouets ? Est-ce que tu nous as jamais donné une part de toi-même, Doug ? Ose dire que tu me préfères à tes affaires !

— Diane...

— Mais avoue-le ! Tu m'as dit que ton usine, c'était ta vie, et tu étais sincère. Plus rien d'autre ne compte pour toi. Et te voilà tout disposé à assassiner un enfant. Voilà où tu en es ! Tu t'apprêtes à faire mourir un pauvre enfant qui ne t'a rien fait. A l'assassiner !

— Assassiner ! Comme tu y vas !

— Il n'y a pas d'autre mot. Tu peux dire tout ce que tu veux, c'est un assassinat pur et simple. Mais ce crime, je ne serai pas là pour te voir le commettre !

— Comment ? Qu'est-ce que tu veux dire ?

— Je veux dire ceci, Doug. Je veux dire que tu payeras la rançon.

— Non, Diane, il n'en est pas question. Je ne peux pas.

— Tu peux, et tu le feras. Parce qu'il te faudra choisir entre ton affaire et autre chose que la vie de Jeff.

— Quoi ?

— Si tu ne payes pas, Doug, je te quitte.

— Tu me...

— J'emmène Bobby et je te quitte.

— Allons, Diane, tu ne sais plus ce que tu dis. Tu...

— Je sais parfaitement ce que je dis, Doug. Paye la rançon, parce que si tu ne le fais pas, je ne veux plus te voir. Tu me ferais horreur !

— Diane !

— Horreur !

— Chérie, chérie, tu ne...

King s'élança et voulut enlacer sa femme mais elle le repoussa sauvagement.

— Ne me touche pas ! Non, Doug ! Lâche-moi ! Cette fois, il n'y aura pas de réconciliation sur l'oreiller. Je ne veux pas que tu me touches, Doug. Tu commets un crime, et je ne te le pardonnerai jamais !

— Je ne peux pas payer. Tu n'as pas le droit de me demander ça.

— Je ne te le demande pas, Doug, dit-elle sèchement. Je te l'ordonne. Quand ces hommes téléphoneront demain matin, je te conseille d'avoir l'argent sous la main et de leur obéir.

— C'est impossible, Diane. Je ne peux pas payer. Tu ne peux pas me le demander ! cria King.

Mais Diane avait déjà quitté la pièce.

10

Le matin.

La ville sommeille. Il faut bien avouer que le froid glacial n'incite pas à se lever. Il va de pair avec la nuit pour transformer les lits en sanctuaires. Aucun pied nu n'a envie de rencontrer le sol froid des appartements de la ville.

Le réveil sonne alors que l'obscurité est encore totale. Seul signe du jour prochain, les étoiles commencent à pâlir légèrement. Et ces fichus réveils qui claironnent « Bonjour Amérique, c'est l'heure de se lever ».

Au diable ! Une main endormie fait taire l'importun. Une épaule bouge sous les couvertures, peau contre peau, allez, George, c'est l'heure de te lever.

Mmmmh.

George, chéri, lève-toi.

Tous les George de la ville s'extraient péniblement de la moiteur du lit, leurs orteils heurtent le sol glacé. Les George de la ville frissonnent, s'habillent hâtivement et l'eau du robinet (peu importe qu'elle soit froide ou chaude) semble jaillir d'un torrent de montagne. Quel calvaire de se raser ! La lumière de la salle de bains est glauque. Femme et enfants dorment encore et cela a quelque chose de surnaturel à être la seule personne debout dans l'appartement, l'un de ces millions de George effectuant les rituels quotidiens. Il fait toujours froid dans l'appartement mais les radiateurs commencent à se mettre en route et diffuseront bientôt leur douce odeur de chaleur. La cafetière dans la cuisine ronronne et l'arôme du café chatouille les narines. Même l'eau semble un peu plus chaude maintenant. Le plus agréable étant que le soleil se lève enfin.

Il n'a pas de problème de réveil, lui. Fièrement, il observe les vestiges de la nuit en diffusant un halo de lumière orange qui fait basculer sur elle-même la demi-sphère du ciel, intimidant le bleu profond en le repoussant petit à petit aux confins. La lumière effleure d'abord les lignes des gratte-ciel, balaie ensuite la Harb de ses tons mordorés et réchauffe les rues. Pour le soleil, pas de problème, il s'agit de briller. Bonjour Amérique, c'est l'heure de se lever.

Les enseignes de néon clignotent, soudain pâles dans l'éclat du soleil levant. Le long des rues désertes de la ville, les feux de signalisation changent pour rien. Il n'y a pas de voiture ; le rouge et le vert n'ont aucun sens. Aucun piéton ne risque de traverser en dehors des clous. Le globe rougeoyant du soleil se reflète dans les milliers de fenêtres des gratte-ciel.

Sur le fleuve, les premières péniches passent lentement. Une odeur de café et de bacon grillé émane déjà des cuisines de la ville. Le long des quais, des sifflets se répondent. On entend au loin le clairon sonnant le réveil sur un bâtiment de la Marine.

Les réverbères s'éteignent, inutiles.

Un agent termine sa ronde, essaie les clenches des portes, collant son nez aux vitrines pour regarder dans les boutiques. Il regarde sa montre. Cinq heures quarante-cinq. Bientôt, on viendra le relever.

La nuit a été longue et glacée.
Mais c'est enfin le matin.

Elle faisait ses bagages en silence dans la chambre baignée de soleil. Des myriades de poussières évoluaient dans un rayon doré et Diane, nimbée de lumière, pliait méthodiquement ses effets. Liz Bellew l'observait, tout en buvant du café, pelotonnée dans un fauteuil.

— Tout cela me paraît bien puéril, dit-elle.

— Vraiment ?

— Oui, vraiment. A moins que tu ne sois tentée par le suicide. Mais je t'ai toujours considérée comme une fille équilibrée. Et voilà que tu demandes à Doug de se ruiner, en t'entraînant dans sa ruine. Ça ne tient pas debout.

— Vraiment ?

— Et cesse de répondre « Vraiment ? » à tout ce que je te dis !

— Pardon, murmura Diane en pliant une combinaison de soie. Mais imagine qu'il s'agisse d'un de tes enfants, Liz...

— Je me couperais un bras pour le sauver ! répliqua Liz sans hésiter.

— Et... et suppose qu'il s'agisse du mien — de Bobby — et qu'on te réclame la rançon, à toi ?

Liz plongea le nez dans sa tasse de café. Il était encore grand matin et Liz n'était pas du tout maquillée mais cela ne nuisait en rien à sa beauté.

— Chérie, dit-elle en levant son beau regard clair, je t'aime comme une sœur. Tu as toujours été pour moi autre chose qu'une simple camarade de classe. Mais je ne sais pas si j'allongerais volontiers cinq cent mille dollars pour sauver ton fils. Je ne puis le jurer, Diane. Considère que je suis la dernière des garces, mais je t'assure, je ne sais pas si je le ferais.

— Tu m'étonnes.

— Pourquoi ? Parce que je suis une mère ? Je suis seulement la mère des trois petits monstres qui font de ma maison un enfer. Je ne suis pas la mère de l'humanité tout entière, Dieu merci. Trois accouchements, ça me suffit bien.

Diane ne répondit pas. Liz acheva son café en silence tandis que Diane s'occupait de ses valises. Enfin, cette dernière murmura :

— Tu es gentille de m'accueillir chez toi.

— C'était la moindre des choses. Mais si Doug me demande ce que je pense de tout ça, je lui répondrai franchement que je te crois complètement cinglée.

— Ne te fatigue pas. C'est déjà ce qu'il croit.

— Tu es sûre que c'est bien cette histoire d'enlèvement qui te pousse à le quitter ? Il n'y a pas autre chose ? Allons, raconte tout à tata Lizzie sans... Dis donc, il n'est pas devenu subitement impuissant ?

— Mais non, pas le moins du monde.

— Eh bien ! alors, qu'est-ce qui te prend ? Laisse ces valises et va te jeter dans ses bras, voyons !

— Liz, dit calmement Diane, il ne passe jamais que cinq heures par jour au lit.

— Chérie, faut pas être trop gourmande.

— Ne plaisante pas, Liz, je n'en ai pas du tout envie.

— Pardon.

— Il a frappé trois fois à ma porte, cette nuit. La dernière fois, j'ai eu l'impression qu'il pleurait. Tu imagines Doug pleurant ?... J'ai refusé de lui ouvrir. Il faut qu'il comprenne que c'est sérieux. Il faut qu'il se mette bien dans la tête que je le quitterai s'il ne paye pas cette rançon.

— Autant lui demander de se tirer une balle dans la tête.

— Je lui demande seulement d'agir comme n'importe quel être humain agirait dans un cas semblable.

— Tu oublies qu'un magnat de l'industrie n'est pas un être humain. C'est une race à part.

— Alors je ne veux pas entendre parler des magnats. Si tout ce qui importe dans la vie, c'est la puissance et l'argent, je...

— Non, ce n'est pas tout à fait ça. C'est plutôt comme une maladie. Ils sont affligés de ce que nous autres profanes ignares appellerions le feu au cul. Les hommes comme Doug et Harold ne peuvent tenir en place. Ils doivent se remuer, agir, faire quelque chose, réussir. Si tu leur enlèves leur activité, tu les tues à petit feu.

— Et cette activité doit-elle automatiquement détruire toute pitié, toute compassion, tout amour du prochain ? Dis-moi, Liz ?

Un coup à la porte évita à Liz la peine de répondre.

— Oui ? Qui est là ? demanda Diane.

— Moi. Pete.

— Tu peux t'en occuper, Liz ?

Liz Bellew déplia ses longues jambes et alla ouvrir. Pete Cameron, en la voyant, ouvrit des yeux ronds.

— Liz ! Si je m'attendais... Je n'aurais jamais imaginé que vous vous leviez si tôt.

— Je me lève toujours tôt. Et toujours en pleine forme. Comment avez-vous dormi, Mr Cameron ?

— Très bien, Mrs Bellew. Vu les circonstances.

— Alors vous êtes encore loin d'être un magnat. Quand vous le serez, vous passerez vos nuits à tirer des plans sur la comète.

Cameron sourit.

— Je tire mes plans en plein jour, Liz.

— Ouais... Vos nuits sont trop occupées, sans doute. Mais qu'est-ce qui vous amène dans le boudoir des dames ?

— Un problème. J'ai le chèque de Doug dans ma poche, Diane. Que dois-je faire ? Aller à Boston avec ? Ou le déchirer ?

— Il faut demander ça à Doug.

— Je devrais le déchirer. Il va payer la rançon. J'en suis certain.

— D'où vient cette certitude ?

— Il est bien obligé, non ?

— Je ne vois pas pourquoi.

— C'est bien simple. Admettons que j'aille à Boston conclure ce marché. Douglas King devient directeur des Chaussures Granger. Mais les journaux le couvriront de boue ! Douglas King, écriront-ils, l'homme qui s'est assuré la direction de Granger au prix de la vie de l'enfant qu'il a refusé de sauver ! Bon Dieu, ce genre de publicité le ruinera. Vous croyez que les gens voudront acheter des chaussures Granger, après ça ?

— Non, sans doute. Je n'avais pas songé à cet aspect de la question.

— Ben voyons, reprit Cameron. Et vous pouvez parier que Doug est en train de considérer la chose en ce moment. C'est pourquoi je suis certain qu'il paiera.

— Si c'est pour cette seule raison... commença Diane.

— A quelle heure ont-ils dit qu'ils rappelleraient ? interrompit Liz.

— Les ravisseurs ? Ils n'ont pas donné d'heure.

Liz hocha la tête.

— Et quand ils téléphoneront, ils poseront la question.

Une toux sèche se fit entendre à la porte. Tout le monde se retourna. Douglas King se tenait sur le seuil en pyjama et robe de chambre. Il n'était pas rasé et ses yeux étaient rouges et bouffis, mais son regard avait gardé toute son acuité. On aurait dit un spectre. Il ne dit pas un mot.

— Bonjour, Doug, dit Cameron. Bien dormi ?

— Non, je n'ai pas bien dormi, répondit-il.

— Mon Dieu, s'écria Liz, tu as une tête effroyable !

— Rien d'étonnant, n'est-ce pas, puisque je suis un monstre. Je suis un être abject, cruel et sans cœur... Qu'est-ce que tu fais là de si grand matin ?

— C'est moi qui lui ai téléphoné hier soir, Doug, dit Diane. J'emmène Bobby chez elle.

— Je vois qu'on abandonne le navire. Les femmes et les enfants d'abord. Et vous, Pete, quand partez-vous ?

— Quoi ?

— Je vous demande quand vous comptez partir ?

— Mais, je... je ne sais pas.

— Comment, vous ne savez pas ! Quel avion prenez-vous ?

— Je n'ai pas réservé de place.

— Et pourquoi ?

— J'ai pensé...

— Vous n'êtes pas payé pour penser. Je vous avais dit de réserver une place, non ? Je vous ai bien donné un chèque à porter ?

— Oui, mais... Je ne savais pas si vous y teniez toujours.

— Il n'y a rien de changé. Descendez immédiatement téléphoner à l'aéroport.

Cameron inclina la tête et quitta la pièce. Diane poussa un soupir résigné et murmura :

— Je crois que je vais terminer mes bagages, Liz.

King la regarda fixement un instant, puis il tourna les talons et sortit à son tour. Il descendit et trouva Cameron au téléphone.

— Eastern Airlines ? Allô ? Je voudrais retenir une place sur le premier vol possible pour Boston. Ce matin... Oui, ce matin. D'accord, j'attends.

Il mit une main sur le récepteur et se tourna vers King.

— Ils vont voir ce qu'ils ont, Doug.

— Vous auriez dû vous occuper de ça hier soir.

— Vous allez laisser commettre ce crime, Doug ?

King ouvrit la bouche pour répondre, mais Cameron se remettait à parler à l'appareil :

— Allô, oui ? Midi ? Midi juste ? Une seconde... Doug, il n'y a pas une place libre avant l'avion de midi. Tout est complet.

— Retenez-la.

— Bon. Allô ? Voulez-vous m'inscrire, s'il vous plaît ? Mr Peter Cameron. *C* comme Charles. Oui, Cameron. A quelle heure dois-je me présenter à l'aéroport ? Bien, merci.

Il raccrocha et regarda King.

— Et voilà. Nous venons de couper la tête à Jeff Reynolds.

— Ça suffit !

— Mais c'est la vérité, non ?

— J'ai dit : ça suffit !

— Vous êtes en train de tuer un enfant de huit ans, vous le savez parfaitement.

— Oui, oui, j'assassine un enfant de huit ans. Là, vous êtes content ? Je suis un égorgeur de petits enfants et je bois leur sang ! Si ce que je fais ne vous plaît pas, faites votre valise et foutez le camp comme les autres !

— Allons, Doug, une seconde ! Ce n'est pas la peine...

— Je ne suis qu'un vil assassin, je fais horreur à tout le monde et si vous n'aimez pas ça, je vous dis que vous pouvez foutre le camp !

— Ma foi, c'est assez brutal.

— Je suis une brute. Alors ? Décidez-vous !

— Je répète que c'est un meurtre.

— D'accord. Si c'est votre avis, parfait. Je n'ai pas besoin d'hommes autour de moi qui...

— Doug, écoutez-moi. Je vous en prie, si vous avez pour moi la moindre amitié, écoutez ce que j'ai à vous dire. Oubliez votre marché ! Sauvez ce gosse ! C'est un enfant sans défense ! Vous ne pouvez pas...

— Depuis quand vous intéressez-vous aux enfants sans défense ?

— Enfin, Doug... Tout le monde aime les enfants ! Bon Dieu, vous n'êtes pas à ce point...

— Pete Cameron, défenseur de la veuve et de l'orphelin ! Ça vous convient à merveille ! Mais ne savez-vous pas que ce marché de Boston est essentiel pour votre avenir ? Depuis que vous travaillez à mes côtés, vous devez bien comprendre...

— Oui, naturellement.

— Seulement voilà, vous aimez trop les gosses. Vous aimez trop ce petit morveux de Jeff Reynolds, et la carrière de Pete Cameron passe après lui. C'est très intéressant, ça. Très intéressant.

— Je ne dis pas qu'il passe avant ma carrière, Doug. Mais je persiste à dire... euh...

— A dire quoi ? Nom de Dieu ! rugit King.

Il y eut un moment de silence.

— Eh bien !

— Eh bien ?

— Je dis que la vie de cet enfant est importante.

— Plus importante que notre marché, c'est ça ?

— Non, mais...

— Plus importante ou moins importante ? Allons, répondez !

— Ma foi, si vous présentez la chose ainsi, je suppose...

— Si je paye cette rançon, le marché me file entre les doigts. Est-ce cela que vous voulez, Pete ? Enfin, qu'est-ce qui vous prend ? Je ne vous ai jamais vu bégayer et bafouiller de la sorte ! Qu'avez-vous ?

— Rien, mais... euh...

— Répondez-moi carrément. Tenez-vous, oui ou non, à ce marché ?

— Oui, bien sûr.

— Alors pourquoi cet intérêt soudain pour Jeff Reynolds ? Depuis quand la fibre paternelle vibre-t-elle en vous, Pete ? Hein ?

— Non, mais de penser qu'un enfant sans défense...

— Si vous remettez ça avec les enfants sans défense, vous allez me faire dégueuler ! Qu'est-ce qu'il y a, Pete ? Quelle est la véritable raison de cet intérêt ?... Hein ?... Mais dites donc, vous n'auriez pas une petite combine en train, par hasard ?

— Qui ? Moi ? Une... Moi ?

— Tiens, tiens... murmura King en s'approchant de Cameron, un sourire pincé aux lèvres. Tiens ! Aurais-je touché juste ? Par exemple ?

— Doug, ne faites pas l'imbécile.

— Pourquoi avez-vous téléphoné à Benjamin hier ? Et ne me racontez pas encore des histoires de Brocarts de l'Inde ou je ne sais quoi ! Qu'est-ce que vous mijotez tous les deux ?

— Moi ? Mais rien du tout. C'est grotesque, Doug. Je ne mijote rien avec Benjamin. Pas avec lui, tout de même !

— Avec qui, alors ?

— Avec personne, voyons, Doug. Avec personne.

— Vous avez parlé à Benjamin de Boston ?

— De Boston ? Mais non.

— Alors pourquoi lui avez-vous téléphoné ?

— Je vous l'ai dit, au sujet de cette affaire de Brocarts d'Extrême-Orient. Les ventes...

— Votre secrétaire aurait pu s'en occuper ! Pourquoi avez-vous téléphoné personnellement au domicile de Benjamin ?

— Je... je tenais à le prévenir. J'ai pensé qu'il serait vexé si...

— Si ? Oui ? J'écoute.

— Je... je me suis simplement dit que ce serait plus courtois, c'est tout.

King dévisagea longuement Cameron, puis il alla décrocher le téléphone et se mit à former un numéro.

— Qu'est-ce que vous faites, Doug ?

King ne répondit pas. Le combiné à l'oreille, il attendait tout en regardant Cameron.

— Allô ? fit une voix.

— Je désire parler à Mr Benjamin.

— De la part de qui ?

— Douglas King.

— Un instant, je vous prie.

— Pourquoi lui téléphonez-vous, Doug ? Je vous ai dit...

— Allô ?

— George ? dit suavement King. Ici Doug.

— Qu'est-ce qui se passe Doug ?

— George, j'ai longuement réfléchi à votre proposition, dit King, sans cesser d'examiner Cameron assis sur l'extrême bord de sa chaise.

— Vraiment ? dit Benjamin.

— Oui. Et plus j'y songe, plus elle me paraît intéressante.

— Ah oui ? Tiens, tiens, tiens.

— Je me suis dit que je marcherais peut-être avec vous, George.

— Vraiment ? Vous vous êtes dit ça ?

— Oui. Après tout, je ne suis pas seul dans la vie. J'ai de bons collaborateurs et je ne voudrais pas avoir l'air de les laisser tomber.

— Le bon Samaritain.

— Vous savez, j'admets avoir eu tort hier. Et j'ai mûrement réfléchi. Je n'ai pas le droit de repousser votre offre. Ce ne serait pas juste, pour tous ceux qui m'entourent.

— Vous auriez dû y songer plus tôt, Doug, triompha Benjamin. Vous auriez dû réfléchir à tout ça avant que cette histoire d'enlèvement ne vienne foutre en l'air votre petite combine de Boston !

King changea de figure. Son regard se durcit et se posa sur Cameron, tandis que ses lèvres pincées laissaient échapper d'un ton doucereux :

— Ma combine de Boston ?

Cameron sursauta.

— Oui, oui, je suis au courant de tout, répliqua Benjamin, alors ne faites pas l'innocent !

— Ma foi, c'était simplement...

— C'était simplement un joli coup qui a foiré ! Eh bien ! Mr King, je suis navré, mais vous avez joué vos cartes et perdu tous vos atouts. Mon offre ne tient plus. De fait, j'aime autant vous dire que vous pouvez déjà consulter la page des petites annonces et les offres d'emplois. Dès que j'aurai réuni une assemblée générale, vous serez balancé, King.

— Je vois, murmura King.

— Je l'espère.

— Oui. Je vois que j'ai perdu, George. Mais j'espère que vous n'en tiendrez pas rigueur à mes collaborateurs. Je puis vous assurer que Pete ignorait tout de ce projet. Je serais profondément désolé qu'il doive payer mes erreurs. C'est un bon garçon, George, un travailleur consciencieux, intelligent et...

— Ne vous en faites pas pour Pete, s'écria Benjamin en riant. Nous nous occuperons de lui !

— Vous n'allez pas le mettre à la porte, j'espère ?

— Le mettre à la porte, lui ? Vous voulez rire ! Et maintenant, si ça ne vous fait rien, Doug, je suis pressé. On m'attend au golf. Adieu, Doug.

Il y eut un déclic et King raccrocha lentement.

— Espèce de petit salaud, murmura-t-il à Cameron.

— Oui.

— Vous lui avez parlé de Boston.

— Oui.

— Vous lui avez tout raconté.

— Oui.

— Tout. Espèce de fumier.

— Oui, oui ! s'écria Cameron en se dressant brusquement ; il n'avait plus rien à perdre et il explosa : Oui, je lui ai tout révélé ! Et maintenant, vous êtes fini, *fini !*

— C'est vous qui le dites, mon bonhomme !

— Parfaitement, et je sais ce que je dis, mon bonhomme ! Benjamin a le Vieux dans sa manche, maintenant. Et vous, Mr King, vous êtes lessivé, débarqué. Et moi, je vais monter ! Moi ! Regardez-moi bien !

— Je vous regarde, espèce d'ordure !

— Regardez bien ! La prochaine fois que vous me verrez, je serai tout en haut, et vous dans le ruisseau !

— Misérable petit...

— Pas plus misérable que vous ! J'ai été à votre école, mon vieux ! Vous espériez donc que je courberais l'échine toute ma vie ? Vous vous figuriez que Pete Cameron resterait subalterne toute son existence ? Que non ! J'ai appris, j'ai tout appris !

— Je devrais vous étrangler, salaud !

— Pourquoi ? Parce que vous vous reconnaissez ? Vous reconnaissez le Douglas King d'il y a dix ans ?

— Le...

— Regardez-moi bien. Je ne suis pas le King d'il y a dix ans, je suis le King de demain. Voilà où vous allez en être réduit. Demain, vous serez dans le ruisseau. Un rien du tout.

— Pas si mon affaire de Boston marche !

— Vous n'aurez jamais le courage de tuer ce gosse !

— Vous croyez ça ? Vous dites que vous avez été à mon école, et vous êtes un salaud. Alors ? Hein ?

Soudain, King bondit, saisit Cameron par les revers de sa veste et le projeta au bout de la pièce.

— Sortez de chez moi ! rugit-il.

— Avec plaisir, monsieur...

— Dehors ! Sortez !

Cameron alla vivement prendre son manteau, fouilla nerveusement dans sa poche, en tira le chèque, le roula en boule et le jeta sur le tapis.

— Sortez ! Que je ne vous voie plus ! glapit King, hors de lui. Sortez !

11

Le petit garçon avait froid.

Kathy lui avait mis son propre manteau sur les épaules, mais il se plaignait encore du froid, dans cette vieille bâtisse pleine de courants d'air. Il réclamait du cacao bien chaud, mais il n'y avait rien dans la maison. Grelottant, il regardait par la fenêtre le ciel clair, la journée ensoleillée, et retenait ses sanglots.

Les deux hommes avaient fixé deux grands plans près de l'énorme poste de radio, de façon à pouvoir les consulter facilement. Le premier était un plan détaillé d'Isola avec le quartier de Smoke Rise, et la propriété de King, marquée d'un cercle au crayon rouge. Un tracé rouge suivait certaines rues, et traversait la ville en faisant des détours jusqu'au pont de Black Rock et au-delà. De l'autre côté du pont, le tracé rouge suivait les grandes artères et les routes de Sand's Spit, passait un endroit marqué d'une croix bleue et continuait jusqu'à l'extrême pointe de la péninsule. Pour résumer, la ligne rouge décrivait des zigzags apparemment inutiles avant de se diriger tout droit sur le pont, comme une flèche, et puis reprenait son étrange cheminement pour atteindre la croix bleue et filait ensuite directement, en ligne droite, vers l'océan, en s'écartant d'un cercle, simplement marqué sur la carte « Ferme ».

Assise à côté du gamin frissonnant qu'elle serrait contre elle pour le réchauffer, Kathy cherchait à comprendre les plans et la carte, la radio, et les bribes de conversation qu'elle surprenait parfois entre Sy et son mari. Elle savait que l'énorme poste émetteur faisait partie de leur projet, mais elle ne savait pas comment ils comptaient s'en servir. Les plans devaient aussi avoir leur utilité. Son regard allait des hommes au poste avec son émetteur, son micro, ses écouteurs et un cadran qu'elle trouvait étrange et qu'elle n'avait jamais vu sur aucun matériel radiophonique.

Elle savait qu'ils devaient téléphoner encore une fois à King, pour s'assurer qu'il avait bien l'argent et lui donner leurs instructions. Ensuite, Sy devait partir avec la voiture, tandis qu'Eddie resterait à la ferme. Mais c'était tout ce qu'elle savait.

L'enfant eut un frisson et elle resserra son étreinte, en se demandant pour la millième fois peut-être comment l'homme qu'elle aimait pouvait se trouver mêlé à un tel crime. Pour elle, un enlèvement était ce qu'il y avait au monde de plus abominable, de plus horrible, une chose presque inhumaine, et elle ne pouvait comprendre comment Eddie avait été capable de se lancer dans une telle aventure. C'était de sa faute, à elle, elle en était sûre, sûre. Elle se le répétait, avec toute l'intuition d'une Cléopâtre retenant Antoine, d'une Hélène provoquant la guerre de Troie. Les affaires des hommes sont guidées par les femmes. Toutes les femmes le savent, même les plus simples. Et si son Eddie se rendait maintenant coupable d'un crime odieux, elle en était partiellement responsable.

Décemment, elle ne pouvait pas non plus estimer qu'elle avait fourni de gros efforts ces dernières années pour détourner son mari du crime. Dès l'adolescence, Eddie s'était attiré des ennuis ; il avait été en maison de correction où, poussé par des plus voyous que lui, il avait appris le petit banditisme. Il avait vingt-six ans lorsqu'elle fit sa connaissance et, à cette époque, le crime était devenu partie intégrante de la vie d'Eddie. Qu'est-ce qui avait bien pu l'attirer en lui ? Son anticonformisme poussé à l'extrême ? Son apparence antisociale qui faisait passer les beatniks pour des membres d'une équipe de football britannique ? C'était possible mais elle n'en était pas fondamentalement convaincue.

Kathy reconnaissait que son attitude envers le crime en général était assez étrange. Elle avait consenti, par exemple, à l'expédition de la veille, tant qu'elle avait cru qu'il ne s'agissait que d'un hold-up. Et mise en présence d'un enlèvement, elle n'avait pas de mots pour le flétrir.

Lorsqu'un gangster regarde un film de gangsters, s'identifie-t-il à la police ou à Humphrey Bogart ?

Eddie Folsom était un homme. Tout simplement un homme, avec ses qualités et ses défauts. Un homme. H.O.M.M.E. Kathy le considérait comme tel, et l'aimait comme tel, comme un homme qui gagnait son pain quotidien en volant. Mais selon elle, cela ne faisait pas de lui un escroc. C'était la vérité, Kathy connaissait la différence entre le bien et le mal, la loi et l'anarchie, et sa conclusion était que son mari n'était pas un escroc. Etait escroc pour elle le boucher qui en rajoute sur la balance ; était escroc le chauffeur de taxi qui l'avait arnaquée sur sa monnaie, un jour, à Philadelphie ; étaient escrocs les syndicats ; étaient escrocs les tueurs à gages ; étaient escrocs les directeurs de grandes entreprises.

Et, par malchance, étaient escrocs les gens organisant et mettant à exécution des kidnappings.

Voilà pourquoi cette affaire la désespérait tant. En l'espace d'une journée, de quelques heures, Eddie avait cessé d'être un homme qui vole pour gagner sa vie et s'était transformé en bandit. Et si un garçon tendre et doux et gentil comme Eddie en était venu là, est-ce que sa femme n'était pas responsable en partie ? Elle avait pensé, elle lui avait laissé croire que le vol n'est pas un crime. Et voilà quel était le résultat.

Oui, sans doute avait-elle voulu que cela cesse. N'était-ce pas pour cette raison qu'elle rêvait d'aller au Mexique ? Pour qu'Eddie n'ait plus besoin de voler, pour qu'il puisse faire de la radio en paix, vivre en paix, sans fuir, sans plus jamais avoir peur. Un hold-up, une banque cambriolée, le dernier coup qui leur assurerait enfin la sécurité. Et le Mexique, le soleil, le ciel bleu, la tranquillité...

Or, à présent, serrant sur son sein un enfant frissonnant de froid et d'angoisse, Kathy Folsom éprouvait des sentiments nouveaux pour elle. Elle voulait autre chose que la sécurité. Elle rêvait d'écraser le mal, de faire triompher le bien. Ce petit garçon de huit ans éveillait en elle une émotion nouvelle, lui révélait ses torts. Elle comprenait enfin qu'elle n'avait pas rendu service à son mari en acceptant ce qu'il y avait de mauvais en lui. Et les paroles qui montaient de son cœur à ses lèvres, tandis qu'elle écoutait les murmures de Sy et d'Eddie, c'était l'éternelle réplique de tous les bandits dans tous les vieux mélos et tous les films de série B. La réplique du gangster abattu, gisant dans le caniveau, et qui prépare la réponse du policier.

— Donnez-moi une dernière chance ! Pitié !

Et le policier répond, comme un justicier :

— Et toi ? Tu as eu pitié ?

Mais dans la vie, il n'y a pas de dernière réplique.

Et Kathy Folsom savait que ce n'était pas seulement la vie de Jeff Reynolds qui dépendait de la réussite de ce coup.

— Eddie, murmura-t-elle.

— Oui ?

— Le petit a froid.

— Et après, lança Sy. On n'est pas à la maternelle.

— Il faudrait lui faire boire quelque chose de chaud, Eddie, reprit Kathy. Tu ne voudrais pas aller chercher des provisions, quelque chose ?

— Alors là ! s'exclama Sy. Jamais, mais jamais je comprendrai les bonnes femmes ! C'est formidable ! L'épicier le plus proche est bien à quinze kilomètres, et Dieu sait combien de flics patrouillent sur les routes, et elle veut envoyer Eddie chercher quelque chose de chaud ! C'est inouï !

— Eddie, tu veux bien y aller ?

— Ecoute, je ne sais pas. Je veux dire...

— De toute façon, il faut bien que l'un de vous deux aille téléphoner, non ? demanda Kathy.

— Aha ! Elle a écouté ! C'est juste. Il faut que l'un de nous sorte. Mais si c'est moi, je n'ai pas l'intention de courir les épiciers. Et toi non plus, Eddie. C'est trop dangereux.

— Ce sera encore plus dangereux si le gosse tombe malade.

— Une fois qu'on aura le fric, nous ne le reverrons plus jamais, alors...

— Que veux-tu dire, Sy ?

— T'énerve pas. Je veux dire que nous le laisserons ici. Vous allez au Mexique, vous autres, et moi Dieu sait où. Alors, s'il tombe malade, qu'est-ce que ça peut nous foutre ?

— On ne le retrouvera peut-être pas tout de suite, dit Kathy. S'il... Si quelque chose lui arrive...

— Elle n'a pas tout à fait tort, Sy, intervint Eddie. Ça ne sert à rien de nous compliquer les choses. Regarde le môme. Il tremble.

— Parce qu'il a peur.

— J'ai pas peur, pas vrai, dit Jeff d'une toute petite voix.

— Est-ce qu'il ne faut pas que vous alliez chez l'épicier, pour téléphoner ? demanda Kathy.

— Si, mais...

— Eh bien, il me semble que vous vous ferez moins remarquer si vous entrez pour acheter quelque chose, et puis que vous vous servez du téléphone, comme par hasard.

Sy la regarda avec une certaine admiration.

— Dis donc, c'est pas bête, ce qu'elle dit. Qu'est-ce que t'en penses, Eddie ?

— Je crois qu'elle a raison.

— Bon, d'accord. Quand tu iras téléphoner, tu achèteras des trucs pour le gosse.

— C'est moi qui y vais ?

— Pourquoi pas ?

— Non, comme ça. Bon, j'irai.

— Tu sais ce que t'as à faire ? Savoir d'abord s'il a le fric. Et puis tu lui dis de quitter sa maison à... à dix heures pile. Tu lui dis de prendre sa Cadillac, n'oublie surtout pas de lui dire ça, Eddie. Pas question qu'il prenne l'autre bagnole, ça foutrait tout en l'air.

— Oui, oui.

— Bon, tu lui dis d'utiliser la Cad. Qu'il monte immédiatement en voiture et qu'il roule, en s'éloignant de Smoke Rise. Dis-lui que quelqu'un ira à sa rencontre et lui donnera des instructions complémentaires. Tu diras bien qu'on ira à sa rencontre, hein ?

— Qui va le rencontrer ? demanda Kathy. Toi ?

— Personne, répliqua Sy en riant. Dis-lui qu'il sera surveillé à chaque instant et que si la police le suit, nous tuerons le gosse. C'est tout. Et tu reviens au trot. Il n'est que huit heures, tu ne mettras pas plus de quarante minutes pour arriver chez l'épicier, téléphoner et revenir. On a le temps.

— Bon, dit Eddie. Alors, qu'est-ce que tu veux que je rapporte, Kathy ?

— Une boîte de chocolat en poudre et du lait. Des biscuits, aussi, ou un cake. Ce qu'ils auront.

Eddie mit son manteau et se pencha pour embrasser sa femme.

— Je serai bientôt de retour.

— Fais attention.

— Bonne chance, petit, dit Sy.

Eddie ouvrit la porte et se retourna brusquement.

— Le numéro de téléphone de King.

— Juste.

Sy ouvrit son portefeuille et tendit à Eddie une feuille de carnet.

— Tiens. Vas-y maintenant.

Eddie jeta un dernier coup d'œil à Kathy, revint l'embrasser et elle lui répéta :

— Fais attention.

Eddie sortit. Ils entendirent son pas sur le gravier, la portière de la voiture qui claquait et le ronflement du moteur. Sy attendit que la voiture ait fait demi-tour, attendit de ne plus entendre le ronron du moteur. Puis il poussa le verrou et se retourna avec un mauvais sourire :

— Eh bien ! eh bien ! Enfin seuls !

Il y avait des souvenirs que Steve Carella charriait dans sa tête et dans son cœur, comme de lourdes pierres, des choses qu'il n'oublierait jamais, des images d'enquêtes passées qui demeuraient tapies au fond de sa mémoire, attendant de bondir dans ses pensées, douloureuses et trop nettes. Il savait que le tableau de la conversation entre Charles Reynolds et Douglas King deviendrait un de ces souvenirs et, en voyant entrer le chauffeur, il eut envie de fuir, de quitter la pièce avant que la scène ne se fixe en lui pour toujours.

Il n'oublierait jamais, par exemple, les relents d'alcool dans la boutique de spiritueux lorsqu'il avait dû s'occuper du meurtre d'Annie Boone, le cadavre de la jeune femme gisant au milieu des bouteilles cassées, ses longs cheveux roux poissés de liqueur.

Il n'oublierait jamais non plus l'instant de surprise à l'état pur qu'il avait ressenti lorsqu'il s'était retrouvé en face de ce garçon armé, un garçon qui, avait-il estimé, ne tirerait jamais et que, soudain, il avait réalisé que le coup était parti, que la douleur envahissait son torse, que le garçon avait bel et bien tiré, que la réalité s'éloignait à toute vitesse, qu'il sombrait, loin, loin. Non, il n'oublierait jamais cette froide journée dans le parc et pourtant, il avait déjà oublié le nom de son agresseur.

Pas plus qu'il n'oublierait le jour où Teddy, sa femme sourde et muette, s'était trouvée aux prises avec un assassin, sans pouvoir appeler... et qu'il était arrivé juste à temps.

Et maintenant, en face de Charles Reynolds, Steve Carella aurait voulu se boucher les oreilles, fermer les yeux, ne rien voir, ne rien entendre de ce qui se passait, parce qu'il savait que cette scène atroce le hanterait pour le restant de ses jours.

L'homme était entré dans le living-room et avait hésité sur le seuil, venant de la salle à manger, attendant que Douglas King le voie. King allumait une cigarette, d'une main qui tremblait un peu. Assis devant le magnétophone, Carella avait vu Reynolds le premier. Il avait vu ce visage désespéré, cet homme à l'attitude humble, vaincue, la tête rentrée dans les épaules, les bras ballants. Immobile, complètement anéanti, il attendait patiemment que King se retourne, que son patron l'aperçoive.

King s'écarta de la table, rejeta une bouffée de fumée et s'écria :

— Ils ne vont même pas me...

Il s'arrêta court en s'apercevant de la présence de son chauffeur. Un peu gêné, il reprit :

— Vous m'avez fait peur, Reynolds.

— Je regrette, monsieur... Monsieur... Je voudrais vous parler... Mr King, j'aimerais vous parler.

Carella comprit que ce qui suivrait serait affreusement pénible et il eut envie de se lever et de partir.

— Ecoutez, Reynolds, vous ne... commença King, puis il soupira. Bon, qu'est-ce qu'il y a ? Que voulez-vous, Reynolds ?

Reynolds fit un pas dans la pièce, un seul, comme s'il n'avait pas l'intention d'aller plus loin, comme si ce simple pas enfreignait déjà des règles qu'il s'était fixées, et murmura :

— Je viens vous demander de payer la rançon de mon fils.

— Ne me demandez pas ça, répliqua King en lui tournant le dos.

— Si. Je vous le demande, monsieur.

Reynolds avança la main et la laissa retomber. Mais il ne s'approcha pas de son patron. La main tendue, dans une attitude suppliante, il attendit que King fût parvenu à l'extrémité de la pièce et se fût retourné vers lui. Les deux hommes se regardèrent, séparés par douze mètres de luxueuse moquette, séparés par Dieu sait combien de kilomètres, comme deux chevaliers s'affrontant dans un tournoi.

— Il faut bien que je vous le demande, monsieur, dit Reynolds. Vous le comprenez bien.

— Non. Non, je ne le comprends pas. Je vous en prie, Reynolds, je crois vraiment...

— Je n'ai jamais mendié, jamais supplié, mais maintenant je viens vous supplier. Je vous en prie, Mr King. Je vous en conjure, sauvez mon fils.

— Je ne veux pas vous écouter.

— Il faut que vous m'écoutiez, monsieur. Je vous parle d'homme à homme. De père à père. Je vous supplie, de toute mon âme, de sauver mon petit garçon. Pour l'amour de Dieu, pour Dieu, monsieur, sauvez mon fils !

— Vous vous trompez de porte, Reynolds ! Je ne puis vous aider. Je ne puis rien pour Jeff !

— Je n'en crois rien, monsieur.

— C'est la vérité.

— Je... je n'ai aucun droit. Je le sais. Mais vers qui pourrais-je me tourner ? Qui pourrais-je supplier ?

— Mais vous ne vous rendez pas compte de ce que vous me demandez, mon ami ! Vous me priez de me ruiner. C'est ça que je dois faire ? Bon Dieu, Reynolds, je n'oserais jamais vous demander rien de semblable !

— Il faut bien que je vous le demande, moi. Je n'ai pas le choix. Où pourrais-je aller, à qui pourrais-je m'adresser pour obtenir cinq cent mille dollars ? Où ? Dites-le-moi ? J'irai. J'irais au bout du monde. Mais il n'y a personne. Alors, je m'adresse à vous. Je vous supplie... Je vous en supplie.

— Non !

— Que faut-il que je fasse, monsieur ? Dites ce que vous désirez, réclamez-moi n'importe quoi. Je travaillerai pour vous jusqu'à ma mort, je me remets entre vos mains, je...

— Ne dites pas de bêtises ! Que pourriez-vous...

— Vous voulez que je me mette à genoux, monsieur ? Faut-il que je vous supplie à genoux ?

Reynolds tomba à genoux et Carella se détourna. De part et d'autre de l'épaisse moquette, les deux hommes se dévisagèrent, Reynolds à genoux, les mains jointes, et King, la cigarette aux lèvres, les mains dans les poches de sa robe de chambre.

— Levez-vous, bon Dieu ! grommela King.

— Je vous supplie à genoux, monsieur. Les mains jointes, je vous adresse une prière. Monsieur, je vous en supplie, je vous...

— Assez ! Debout !

— ... supplie de sauver mon fils.

— Reynolds ! Je vous en conjure, bredouilla King en se détournant, et Carella vit qu'il fermait les yeux. S'il vous plaît, Reynolds, levez-vous. Je vous en prie. Ne pourriez-vous... ne pourriez-vous me laisser seul ? S'il vous plaît. Laissez-moi !

Reynolds se leva péniblement. Très digne, il épousseta ses genoux et, sans ajouter une parole, il quitta la pièce.

Humilié, effondré, Douglas King baissait la tête.

— Vous vous sentez très fort, Mr King ? demanda Carella.

— Taisez-vous !

— Vous devriez. Parce que, pour avoir cet horrible courage, il faut...

— Assez, Carella ! Je vous ordonne de vous taire !

— Allez vous faire voir, King ! rugit Carella. Allez au diable !

— Steve ? lança Byrnes en faisant irruption dans la pièce. Qu'est-ce qui se passe ? Qu'est-ce qui te prend ?

— Je m'excuse.

— J'étais en haut et je viens de vérifier cette liste de voitures volées. Pas de doute, elle y est bien. Une Ford grise modèle 1949. Le télétype envoie le signalement en ce moment. Mais je ne pense pas que la plaque soit restée la même ; qu'est-ce que tu en penses ?

— Je ne sais pas.

— Allons, Steve, ça suffit comme ça.

— Quoi donc ?

— Tu le sais très bien. Souviens-toi que nous avons du travail à faire ici, et que nous n'y arriverons jamais si nous nous laissons émouvoir par...

Byrnes se tut brusquement. Liz Bellew descendait l'escalier, une valise à la main, tenant Bobby King de l'autre.

— Bonjour tout le monde, s'écria-t-elle. Pas de nouvelles ?

— Non, madame, répondit Byrnes.

— Papa ? dit Bobby.

— Qu'y a-t-il, mon chat ?

— Jeff est revenu ?

— Non, Bobby. Pas encore.

— Je croyais que tu le ferais revenir.

Il y eut un long silence gêné. Carella regardait le père et le fils, en souhaitant ne jamais voir cette expression sur le visage de son propre fils, de son petit Mark. Liz rompit le silence :

— Bobby, tu devrais savoir qu'on ne lance pas de pareilles questions à un magnat de si bonne heure le matin. Je l'emmène, Doug. Tu vas voir, tout va s'arranger.

— Où est Diane ?
— En haut. Elle descend.
— Est-ce que...
— Je lui ai parlé. Rien à faire. Mais il faut lui laisser le temps... Ai-je droit à une escorte de police, lieutenant ?
— Et comment !
— J'aimerais assez que ce soit votre grand rouquin. Celui qui a une mèche blanche.
— L'inspecteur Hawes ?
— C'est son nom ? Oui, celui-là.
— Je vais voir s'il est libre.
— Il est sur le perron, lieutenant, en train de prendre le frais. Je l'ai vu de la fenêtre du palier. Dois-je lui dire que nous avons besoin de ses services ?
— Oui, oui, murmura Byrnes, un peu étonné. C'est ça.
— Entendu. Allons, viens, Bobby. Nous allons faire la connaissance d'un beau policier.
Elle tira le petit garçon vers la porte, mais Bobby se retourna et cria à son père :
— Tu vas le faire revenir, dis, papa ?
Liz l'entraîna brusquement et ouvrit la porte en s'écriant :
— Hou-ou ! Inspecteur Hawes ! Hou-ou !
La porte se referma sur eux. King s'éclaircit la gorge et déclara :
— Je crois que je devrais vous expliquer quelle est ma position, messieurs. Je sais qu'à première vue, mon refus vous paraît...
Le téléphone sonna. King se tut. Byrnes regarda Carella, et Steve se précipita vers le magnétophone.
— Pete, lança-t-il, occupez-vous de la ligne directe !
Byrnes s'élança vers le nouvel appareil et décrocha.
— Allez-y, Mr King, ordonna Carella. Répondez. Si c'est notre homme, gardez-le le plus longtemps possible au bout du fil.
King cria pour se faire entendre par-dessus la sonnerie persistante du téléphone :
— Qu'est-ce... Qu'est-ce que je dois lui dire ?
— Faites-le parler. Dites-lui n'importe quoi. Gardez-le en ligne.
— Mais... Et pour l'argent ?
— Dites-lui que vous l'avez, conseilla Byrnes.
— Pete...
— C'est notre seule chance, Steve. Il faut qu'ils s'imaginent que nous marchons. Allez, répondez vite.
King hésita encore une seconde et décrocha.
— Allô ?
— Mr King ?

La voix n'était pas la même que la fois précédente. King fronça le sourcil.

— Oui. Oui, c'est Mr King. Qui est à l'appareil ?

— Vous le savez bien. Faites pas l'imbécile.

— Excusez-moi, je n'avais pas reconnu votre voix, répondit King en faisant un signe de tête à Byrnes qui prévint immédiatement son correspondant :

— Il est au bout du fil. Allez-y et grouillez-vous.

Les écouteurs aux oreilles, Carella regardait tourner les deux bobines du magnétophone qui enregistrait la conversation. Il osait à peine respirer. La voix reprit au bout du fil :

— Vous avez l'argent, Mr King ?

— Eh bien !...

— Oui ou non ? Vous l'avez ?

— Faites-le parler, chuchota Byrnes.

— Oui, je l'ai. C'est-à-dire, la majeure partie.

— Qu'est-ce que ça signifie, la majeure partie ? On vous a bien dit...

— Eh bien ! j'attends le solde d'un moment à l'autre. Vous aviez bien spécifié des petites coupures, n'est-ce pas ?

— Quel rapport ?

— Et pas de séries qui se suivent. Cinq cent mille dollars, c'est une grosse somme. En petites coupures, ça fait pas mal de billets. Et vous ne nous avez pas donné beaucoup de temps. Ils sont en train de compter le reste à la banque. Je devrais le recevoir d'ici une demi-heure.

— Bon. Parfait. Maintenant, voilà ce que vous devez faire. Vous avez une montre sur vous, Mr King ?

— Oui. J'ai une montre, oui.

— Je veux que vous la mettiez à l'heure de la mienne. Otez-la de votre poignet.

— Bien. Une seconde.

— Faites traîner, murmura Carella. Faites traîner.

— Alors, ça y est, King ?

— Oui, attendez, oui, ça y est.

A la ligne directe, Byrnes s'impatientait :

— Alors, qu'est-ce que vous foutez ? Pour l'amour du ciel, je vous dis qu'il est au bout du fil !

— Alors, King, j'attends ! reprit la voix, irritée à présent.

— Ça y est, je l'ai.

— Bon. J'ai exactement huit heures trente et une à ma montre. Mettez la vôtre à la même heure.

— Bon.

— C'est fait ?

— Oui, j'y suis.

— Parfait. Pour le reste, je vais vous le dire en vitesse et une fois seulement, alors tâchez de saisir du premier coup. Vous devez quitter votre maison à dix heures précises, et transporter la somme dans un carton. Vous vous rendrez tout droit à votre garage et vous prendrez votre Cadillac noire, immatriculée DK-74. Vous devez vous servir de cette voiture. C'est bien compris, Mr King ?

— Oui, oui, la Cadillac.

— Dépêchez-vous donc ! chuchota Byrnes dans son appareil. Vite !

— Vous mettrez en marche et vous vous éloignerez de Smoke Rise. Vous serez surveillé, Mr King, alors n'essayez pas de prendre quelqu'un avec vous dans la voiture, et ne permettez pas aux flics de vous suivre. Si vous êtes suivi, nous tuerons le gosse immédiatement. C'est bien compris ?

— Oui, je comprends. C'est entendu.

— Ils ont quelque chose ? demanda Carella à Byrnes dans un souffle.

— Ces foutus crétins ne...

— Vous continuerez de rouler, Mr King, jusqu'à ce que quelqu'un vienne à votre rencontre avec de nouvelles instructions. C'est tout ce que vous avez besoin de savoir pour le moment. Pour nous résumer, vous quittez la maison, à dix heures pile, avec le fric, et seul. Au revoir, monsieur...

— Attendez !

— Faites-le parler, répéta Byrnes. On a suivi la filière jusqu'à Sand's Spit.

— Qu'est-ce qu'il y a, Mr King ?

— L'enfant. Quand est-ce que nous retrouverons l'enfant ?

— Quand nous aurons l'argent, nous vous rappellerons.

— Comment... Comment pouvons-nous être sûrs qu'il est toujours vivant ?

— Il est vivant, je vous le garantis.

— Pourrais-je lui parler ?

— Non. Au revoir, Mr King.

— Attendez ! Vous...

— Il a raccroché ! s'écria Carella en arrachant ses écouteurs.

— Salaud ! grogna Byrnes, puis il hurla dans son appareil : Il vient juste de raccrocher ! Jusqu'où avez-vous pu... Quoi ? Ah ! bon. Oui, je vois. Merci.

Byrnes raccrocha en soupirant.

— Ça n'a servi à rien. Tout ce que nous avons pu savoir, c'est que c'était le régional de Sand's Spit. Mais le type se servait de l'automatique, et il n'y a rien eu à faire. Qu'est-ce qu'il a dit, Steve ?

— Beaucoup de choses. Je vous repasse la bande ?

— Oui, vas-y. Bravo, Mr King, bien joué.

— Merci, grommela sombrement King.

— Sa voix paraissait différente, observa Carella. Vous n'avez pas trouvé ?

— Si, répondit King.

— Je crois que nous avions là un second client, jugea Steve. Vous ne voulez pas que je repasse d'abord la précédente conversation, Pete ? Pour comparer les voix ?

— Bonne idée.

Carella regarda sa montre.

— Huit heures trente-cinq. Nous avons largement le temps, dit-il en mettant le magnétophone en marche.

Il était huit heures trente-trois quand Eddie Folsom sortit de la cabine téléphonique. Le trajet jusque chez l'épicier avait été plus long que ne l'avait estimé Sy, mais il n'y avait pas encore lieu de s'inquiéter. Jusqu'à dix heures, ils avaient tout leur temps.

Avec beaucoup de naturel, il s'approcha du comptoir.

— Je voudrais une boîte de chocolat en poudre, et un litre de lait. Et des biscuits. Ceux-là, là.

12

Kathy avait commencé à faire les cent pas à huit heures et demie. A présent, à huit heures quarante-cinq, elle allait d'un bout à l'autre de la pièce, s'approchait de la fenêtre, soulevait le store, revenait, allumait une cigarette, et retournait à la fenêtre.

— Mais qu'est-ce qu'il fait ? répétait-elle. Il ne devrait pas être de retour ?

— Il va revenir. Du calme... Et puis il n'avait pas seulement à téléphoner. Fallait aussi qu'il fasse le marché de madame !

— L'enfant...

— L'enfant, l'enfant, toujours l'enfant ! Je commence à en avoir marre ! J'en ai ma claque de ce foutu boulot ! Bon Dieu, j'aurais dû me douter qu'on pouvait pas travailler avec un connard qui fout le camp acheter du lait !

— Il est sorti téléphoner ! lança Kathy. Il fallait bien que quelqu'un y aille !

— Et acheter du lait, et du chocolat en poudre, susurra Sy en imitant la voix de Kathy.

Elle regarda le petit garçon pelotonné sur le canapé dans son manteau, enveloppé d'une couverture, et fit remarquer :

— Tu as de la chance qu'il ne soit pas encore en train de pleurer.

— Vous avez de la chance tous les deux que je ne pleure pas, moi ! Ce fric est si proche que je peux le sentir !

— Sy, quand Eddie reviendra...

— Quelle heure est-il ?

Kathy consulta sa montre.

— Neuf heures moins dix. Quand il sera de retour, qu'est-ce que vous allez faire ?

— Rien. Rien jusqu'à près de dix heures.

— Et ensuite ?

— T'en fais donc pas. Ton garçon laitier va revenir, tout ira comme sur des roulettes et nous serons tous riches à crever. Et tu sais pourquoi ? Parce que Sy Barnard n'est pas un imbécile. S'il fallait faire confiance à un petit truand comme Eddie...

— Ce n'est pas un petit truand !

— Non ? Moi, je veux bien. C'est un gros caïd, d'accord. Comment t'as fait pour tomber un aussi gros caïd, hein ?

— Ah ! fiche-moi la paix.

Les nerfs à vif, Kathy alla prendre son sac, chercha son peigne et entreprit de se coiffer.

— Mais ça m'intéresse, insista Sy. Vraiment.

— On s'est rencontrés. C'est tout.

— Où ça ?

— Je ne m'en souviens pas.

— A la fête annuelle des casseurs de coffres ?

— Ce n'est pas drôle, Sy.

— Mais tu savais que c'était un casseur ?

— Oui, je le savais. Ça n'avait aucune sorte d'importance. Eddie a un bon fond.

— Ouais, c'est un ange.

— Je ne plaisante pas. Oh ! Et puis, je ne vois même pas pourquoi je te parle !

Elle fourra le peigne dans son sac et le referma d'un geste sec. Elle retourna à la fenêtre.

— Quoi ? J'ai pas dit qu'il était un ange ?

— S'il fait ça, c'est parce qu'il ne sait rien faire d'autre, répliqua Kathy. Mais s'il s'en sort et si je lui donne un coup de main, il se rangera. Je sais qu'il se rangera. J'y veillerai.

— Pourquoi tu t'es mariée avec lui ?

— Je l'aime.

— Pour son corps ?

— Quand tu vas me laisser rentrer ? demanda Jeff depuis le canapé.

— La ferme, toi.

— Tu me ramèneras jamais ?

— Je t'ai dit de la fermer.

Kathy souleva un coin du store et scruta l'horizon pour la énième fois. Elle soupira et se détourna de la fenêtre.

— Tu t'inquiètes pour lui ?

— Bien sûr que je m'inquiète.

— Pourquoi ? Il y a plein de poissons dans l'océan. Des poissons plus gros. Et plus intelligents.

— C'est mon mari.

— Baisse le store.

— Il fait jour. Pourquoi...

— Je ne veux pas qu'on vienne nous épier.

— Mais il n'y a pas âme qui vive à des kilomètres à la ronde.

— Baisse-le.

Kathy obtempéra et alla prendre une cigarette dans son sac avec humeur.

— Arrête de te biler. Les maris, c'est pour les imbéciles. De la paperasse et une alliance, rien de plus. Qui prend les maris au sérieux ?

— Moi. J'aime mon mari.

— L'amour, c'est pour les adolescents. Ça n'existe pas dans la réalité !

— Qu'est-ce que t'en sais ? Tu n'y connais rien.

— J'en sais plus que tu ne crois, poupée. Par exemple, je sais que ton chéri est pourri jusqu'à l'os ; tu peux rien pour lui. C'est trop tard maintenant.

— Non, ça n'est pas vrai. Une fois que ça sera terminé...

— Il y aura un autre coup et encore un autre après. Qui tu crois leurrer ? Toi ? J'en ai vu des ratés comme Eddie remplir les prisons de ce pays. Il est pourri ! Foutu !

— J'ai pas envie d'en entendre plus.

— Comme tu veux. Mais quelle connerie !

— Ne parle pas comme ça, Sy. Je ne...

— Pourquoi ? Qu'est-ce que tu comptes faire ?

— Je ferai... Rien. Ne parle pas comme ça, c'est tout.

— Holà, attention ! Tu me fais peur !

Sy ricana et se tut. Il fit quelques pas dans la pièce et s'arrêta devant le matériel de radio.

— Eddie aurait dû mettre son monstre en marche avant de partir. Ça fait un moment qu'on n'est plus au courant de rien.

— Ils ne parlent que de barrages sur les routes.

— Et alors ? Moi, je trouve ça intéressant, les barrages... Dis donc, Kathy, tu veux boire un petit coup ?

— Si tôt ?

— Ben oui, quoi. Pour que tu reprennes du poil de la bête. Allez, laisse-toi faire.

— Non.

— Qu'est-ce que t'as, bébé ? Tu bois pas ?

— Si.

— Alors, viens. Bon Dieu, tu te rends pas compte ? Nous avons une fortune à portée de main ! Tu voudrais qu'on se morfonde comme des croûtons de pain derrière une malle ? Quoi, c'est pas une veillée funèbre ! Allez, viens, détends-toi un peu.

— Bois, si tu en as envie. Personne t'empêche.

— Tu l'as dit. Personne m'empêche de faire ce que je veux.

Il l'examina un moment, puis il lui tourna le dos et alla prendre une bouteille sur le buffet. Il la souleva et, avant de la porter à ses lèvres, lança :

— A la tienne !... Ha ! Pas mauvais. T'es sûre que t'en veux pas ?

— Oui. Où est passé Eddie ?

— Madame s'énerve, hein ? Dis, petit, tu en veux un coup ? dit Sy en tendant la bouteille à Jeff. Ça te réchauffera. Non ? Tant pis pour toi. Kathy, tu te fais trop de mouron. Au lieu de se faire des cheveux, on pourrait rigoler tous les deux, tu sais.

Kathy ne répondit pas et retourna soulever un coin du store pour regarder dehors.

— Tu sais ce que t'as, ma cocotte ? Tu ne sais pas vivre. T'es tout en boule parce que ton coco chéri est en retard. Faut apprendre à se détendre. Regarde-moi. Les flics sont partout. Est-ce que je m'inquiète ? Non, bon Dieu !

— Comment veux-tu que je reste calme en me disant qu'Eddie a peut-être des ennuis ?

— T'as pas besoin de penser tout le temps à Eddie. Allez, viens boire un petit coup.

— Ah, Sy, fous-moi la paix ! Je n'ai pas envie de boire !

— Eh bien ! on ne peut pas dire que je sois dans tes petits papiers. C'est le lardon qui a droit à l'affection de madame. Ou bien cette lavette d'Eddie. Mais le pauvre Sy, des nèfles. Eh bien, tu veux que je te dise ? Tu perds ton temps avec un minable comme Eddie. Ce serait plutôt un coup de chance pour toi s'il se faisait alpaguer.

— Assez ! cria Kathy.

— Je cause pour ton bien. Un beau petit lot comme toi, à la colle avec un petit voyou comme Eddie. On n'a pas besoin de lui. Je peux goupiller cette affaire tout seul. Poupée, tu gaspilles tes talents avec lui. T'as besoin de quelqu'un qui connaisse la musique, quelqu'un qui peut...

— Assez, Sy !

— Dis-moi la vérité. Tu n'espères pas un tout petit peu qu'il se fera pincer, hein ? T'étais contre ce boulot, pas vrai ? Tout ce qui t'intéresse, c'est le morveux. Ben, on lui fera pas de mal, on...

— Assez, tais-toi à la fin !

— Quoi ? Qu'est-ce que t'as ? Envie d'avoir des gosses à toi ? Une petite famille ? C'est ça ?

Il ricana méchamment et porta de nouveau la bouteille à ses lèvres. Kathy alla encore une fois soulever le store. Sy arracha le goulot de sa bouche et rugit :

— Tu vas laisser ce store !

Kathy le regarda et obéit à contrecœur.

— Ah ! dis donc, on peut pas dire qu'on rigole, ici. Vivement que ce soit fini, ce foutu boulot ! Tiens, je bois à la santé de l'innocente victime. A la tienne, morveux... Hein ? Qu'est-ce que tu dis de ça ? J'ai bu à ta santé.

Jeff ne dit rien.

— J'ai bu à ta santé, répéta Sy. Alors ? Tu connais pas les usages ? Ta maman t'a jamais appris à dire merci ? Ou bien t'as perdu ta langue ? Tu sais pas parler ?

— Si, je sais parler, murmura Jeff.

Le petit garçon ne cessait de trembler, de froid et aussi d'une terreur qui allait grandissant depuis qu'Eddie était parti.

— Alors dis quelque chose, nom de Dieu ! Les foutus flics me courent au cul, et mon associé fait le marché, et je suis enfermé avec une garce frigide, et j'ai encore la gentillesse de boire à ta santé, morpion ! C'est rudement chouette de ma part. Tu pourrais quand même dire merci.

— Merci.

— Mais tu ne sais peut-être pas pourquoi je suis enfermé ici avec Mrs Miches-Froides. Tu ne sais pas que c'est à cause de toi ? Tu te figures que ça me fait plaisir ?... Tu sais que c'est à cause de toi que je m'emmerde ?

— Je... Oui.

— Ah ! tu le sais, hein ?

— O-oui, murmura Jeff en resserrant la couverture autour de lui.

— Et alors ? Qu'est-ce que tu comptes faire ?

— Sy, laisse ce gosse tranquille, et surveille ton langage.

— Laisse ce gosse tranquille et surveille ton langage, répéta Sy d'une voix de fausset. Je suis ravi de voir que t'es pas morte, en tout cas. Quant à toi, le môme, je t'ai posé une question, il me semble.

— Je... je ne sais pas.

— Tu ne sais pas ! C'est un monde ! Non ?

— S-si.

— Si, *monsieur.*

— Si, monsieur.

— Oui, un monde.

— Sy, fiche-lui la paix.

— Ouais, et surveille ton langage, je sais. Va te faire foutre, poupée.

— Pourquoi t'en prends-tu à cet enfant ?

— Je ne m'en prends pas à lui. On cause gentiment. Pas vrai ? Alors, petit ? Tu te fiches de ce qui m'arrive ?

— Je... je ne sais pas, monsieur.

— Réponds quand on te pose une question ! Je ne sais pas. C'est pas une réponse, ça, imbécile ! T'as qu'à dire ce que tu penses, bon Dieu !

— O-oui, monsieur.

— Bon. Tu voudrais me voir aller sur la chaise électrique, dis ?

— Je... je ne sais pas.

— *Monsieur !*

— Monsieur. Je ne sais pas, monsieur.

— Si, tu le sais. C'est oui ou non. Réponds-moi par oui ou par non. Tu veux que j'aille sur la chaise électrique ?

— Sy ! Assez !

— Oui ou non ?

— Oui, monsieur, je...

— Quoi ?

— J'aimerais vous voir aller sur...

— Quoi ? Espèce de petit salaud !

— Sy, tu le terrorises ! Tu ne vois pas qu'il meurt de peur ?

— Toi, la morue, écrase !

Brusquement, Jeff rejeta la couverture et se rua vers Kathy. Il lui mit les bras autour de la taille et enfouit son visage dans son chandail. Sy glapit, comme un amant jaloux :

— Bas les pattes ! La touche pas !

Kathy retint le petit garçon et le serra contre elle.

— Ça suffit comme ça, Sy !

— Qu'est-ce qui suffit ? T'as le culot de me donner des ordres ? Non, sans blague ! Avec moi, c'est jamais une pépée qui fera la loi, moi, je te le dis !

Il saisit Jeff par le col de son pull et le fit tournoyer à travers la pièce.

— Là ! Qu'est-ce que tu dis de ça, hein, putain ?

De toutes ses forces, Kathy le gifla. Le souffle coupé, Sy leva lentement une main à sa joue.

— Madame veut s'amuser, siffla-t-il. Hein ? On veut rigoler ? Tu vas voir !

Sa main plongea dans sa poche, le couteau jaillit en un éclair, la lame brandie. Kathy recula et Sy la suivit autour de la salle, en faisant des moulinets, jouant avec sa peur, la repoussant, l'acculant à la porte fermée.

— Sy, ne me...

— Quoi donc, ma jolie ? Tu veux pas que je te marque ? Tu crois que je te piquerais, poupée ?

D'un geste brusque, il lança la main en avant. La pointe du couteau accrocha le bas du chandail, l'écarta du corps de Kathy et le déchira de bas en haut, jusqu'au décolleté.

— Sy !

Aiguë comme un rasoir, la lame dansa encore sous les yeux de Kathy, s'attaqua au tricot, exposa le soutien-gorge. Elle voulut croiser les bras sur ses seins, mais le couteau, manié avec une dextérité d'escrimeur, revint à la charge et elle écarta les bras.

Sy ricana :

— Au soutien-gorge, à présent.

Elle voulut encore se défendre, presque machinalement, mais la terreur lui fit baisser les mains. Sy avança d'un pas en murmurant :

— On va leur donner la liberté, à ces deux-là. Ote tes mains ! Je veux pas te faire mal ! Mais je veux voir ces jolis petits...

Le petit garçon surgit soudain. Comme s'il tombait du ciel, il atterrit sur le dos de Sy avec une férocité de chat sauvage, griffant et mordant, frappant aveuglément de ses petits poings, tirant les cheveux de Sy, en proie à une rage extraordinaire. Surpris, Sy se redressa et tenta de se dégager tandis que Kathy courait vers la porte. Sy finit par réussir à attraper Jeff par le fond de son pantalon et l'envoya rouler sur le plancher. Kathy se battait désespérément avec le loquet. Sy la rejoignit en deux enjambées, lui prit le bras et la tira en arrière, sans lâcher son couteau.

— Doucement, ma belle. Du calme. Tu vas voir comme je sais y faire, tu ne seras pas...

Trois coups ébranlèrent la porte et Kathy et Sy sursautèrent, comme si une grenade explosait à leurs pieds. Kathy murmura, comme une prière :

— Eddie !

Sy recula jusqu'au milieu de la salle et ordonna :

— Mets ton manteau. Vite.

Elle courut au lit, enfila son manteau et le boutonna vivement jusqu'au col.

— Si tu dis un mot de ça à Eddie, le gosse est mort. T'entends ? Aussi sec, le gosse est mort !

Kathy inclina la tête en silence. Sy alla s'asseoir sur le canapé, avec Jeff, et dit :

— Bon, ça va. Tu peux ouvrir.

Kathy retourna à la porte et demanda :

— Eddie ?

— Oui. Alors, quoi ? Qu'est-ce que vous attendez ? Tu m'ouvres ?

Elle tira le battant et Eddie se précipita en disant :

— Tu en as mis du...

Puis il vit à la figure de Kathy qu'il s'était passé quelque chose d'anormal. Sy lança joyeusement :

— Bienvenu, héros. T'as le lolo ?

— Oui, répondit Eddie en posant les provisions sur la table.

Kathy ouvrit le sac en papier, sans dire un mot. Son mari l'examina.

— Hé, dis donc. Qu'est-ce qui se passe ici ?

— Rien, répondit Kathy. Tout va bien, Eddie.

— Kathy et moi, on s'est un peu chamaillés, c'est tout, dit Sy.

— A quel sujet ? demanda Eddie, puis il regarda sa femme. Pourquoi as-tu mis ton manteau ?

— Je... Il ne fait pas bien chaud.

— Pourquoi vous vous êtes chamaillés ?

— Notre coup ne lui plaît pas, déclara Sy en haussant les épaules. Mais j'aurais pas dû me fâcher. Je regrette, Eddie. Tu n'as pas eu d'ennuis ?

— Non. Je n'ai pas vu le moindre flic sur la route... Mais je trouve que c'est pas le moment de s'engueuler, quand même. Enfin, je veux dire, quoi...

— Je te répète que je le regrette, dit Sy.

— Oui. Ben... bon...

— Je vais te faire un bon chocolat bien chaud, annonça Kathy à Jeff.

— Eddie, mets le monstre en marche. Qu'on sache un peu d'où vient le vent.

— Quelle heure est-il ?

Sy consulta sa montre.

— Neuf heures passées. Je ferais bien de partir à neuf heures et demie, pour plus de sûreté.

— Oui, grogna Eddie tout en manipulant ses manettes. Je ne sais toujours pas ce qui vous a fait vous chamailler. Nous touchons au but et vous...

— *... portant peut-être plaque numéro RN-6120. c'est...*

— Dieu du ciel, baisse un peu, tu veux ? glapit Sy dans le vacarme assourdissant de la radio.

Eddie se hâta de tourner un bouton et ils écoutèrent la suite :

— *... Ford grise datant de 1949, conduite intérieure, portant peut-être plaque numéro RN-6120.*

— Qu'est-ce... commença Sy.

— *Je répète pour la côte Ouest. La voiture utilisée pour l'enlèvement de Jeff Reynolds pourrait être une Ford grise modèle 1949, conduite intérieure, portant peut-être le numéro RN-6120...*

— Ils connaissent la bagnole !

— T'énerve pas ! coupa sèchement Sy.

— Et je la conduisais, là, tout de suite ! Même avec le numéro changé, ils auraient pu...

— Du calme, nom de Dieu ! Pas de panique !

— Ils auraient pu m'arrêter ! J'aurais... Hé, dis donc, comment qu'on va... ? Sy, on a besoin de la bagnole ! Comment qu'on va faire à présent ?

— J'en sais rien. Laisse-moi réfléchir. Pas la peine de s'énerver.

— Mais qu'est-ce qu'on va faire ? On ne peut pas laisser tomber tout ce fric !

— Non, alors ! Pas question ! Mais tu dis que t'as pas vu un flic en allant à l'épicerie. Bon, ça veut dire qu'ils n'ont pas barré toutes les routes, hein ? Ils peuvent pas en foutre partout, des barrages, pas vrai ? En attendant, ce poste-là va nous dire où ils sont, leurs barrages. Y a qu'à bien écouter, et cette fois, on prendra des notes.

— Sy, je suis pas tranquille.

— Mais, bon Dieu, qu'est-ce qui t'inquiète ? C'est moi qui conduirai la bagnole !

— Quand même...

Sy regarda l'heure et reprit :

— Ecoute, on a une demi-heure devant nous. Espérons qu'ils nous donneront assez de renseignements pendant ce temps-là. Parce que, quoi qu'ils disent, la bagnole partira d'ici à neuf heures et demie. Et je te conseille de te préparer à faire ton boulot à partir de dix heures.

— Sy, s'ils arrêtent l'un de nous, tout le foutu truc...

— T'en fais donc pas pour ma pomme, je te dis. Je risque rien. C'est pas demain la veille que je me ferai prendre, pas avec cinq cent mille dollars à portée de la main.

— *... au coin d'Agatha et de la 210e...*

— Chut, fit Sy.

— *... pour relayer la voiture 108 au barrage. Compris 112 ?*

— *Ici 112. Vu.*

— Bravo, s'écria Sy. Continuez comme ça, vous êtes parfaits, ne changez rien.

13

A dix heures du matin, la grande porte de la demeure de Douglas King s'ouvrit. King apparut, en pardessus sombre, feutre noir et gants de suède gris. Il portait un carton rempli de vieux journaux. Longeant la maison, il jeta un coup d'œil autour de lui, alla directement au garage, ouvrit la porte à bascule, monta dans la Cadillac noire et mit le moteur en marche. Il laissa chauffer un moment, puis il fit marche arrière et demi-tour sur le terre-plein. La voiture roula sans bruit dans l'allée, passa entre les deux piliers du portail et tourna dans Smoke Rise Road. King chercha dans le rétroviseur mais ne vit rien. Il n'y avait personne, pas une voiture en vue. Si quelqu'un le surveillait, ce quelqu'un était certainement bien caché.

Il se mit à rouler sans but pendant quelques centaines de mètres, quitta Smoke Rise Road pour se diriger vers le centre d'Isola. Aucune voiture de police ne le suivait. Aux yeux d'un observateur, Douglas King obéissait à la lettre aux instructions des ravisseurs. Il avait quitté la maison à dix heures précises, portant un carton contenant l'argent de la rançon. Il était monté seul en voiture et s'était mis en route, attendant les ordres.

Aucun observateur, distrait ou attentif, n'aurait pu se douter que l'inspecteur Steve Carella était entré dans le garage à neuf heures et demie par la porte communiquant avec la maison, qu'il était monté dans la Cadillac et qu'il s'était plus ou moins confortablement installé par terre, à l'arrière.

Couché derrière le siège du conducteur, il demanda :

— Vous ne voyez rien ?

— Comment ça ?

— Pas de voiture qui nous suit ? Un piéton qui nous fait des signes ? Un hélicoptère ?

— Non. Rien.

— Comment diable vont-ils nous contacter ? grommela Carella. Est-ce qu'ils comptent sur le Saint-Esprit pour les faire descendre sur nous ?

A dix heures du matin, Eddie Folsom remit en marche son appareil. Sy était parti à neuf heures et demie, avec une liste de tous les barrages qu'ils connaissaient. Maintenant, tandis que les lampes commençaient à chauffer lentement, et que le bourdonnement des oscillateurs et de l'émetteur emplissait la pièce, Eddie sentait son estomac se serrer. Il consulta ses cadrans, s'assura qu'il était sur la bonne fréquence, et plaça le micro devant lui. Les plans étaient étalés à sa droite, et le cadran bizarre à portée de ses doigts. Il consulta sa montre. Dix heures trois. Encore sept minutes et il appellerait King.

— Toujours rien ? demanda Carella.
— Non.
— Quelle heure est-il ?
— Dix heures cinq.
— Pourquoi avez-vous accepté de venir, Mr King ?
— Ça me regarde.
— Vous n'y étiez pas obligé. Un inspecteur aurait pu jouer votre rôle.
— Je sais.
— De plus, je doute fort que la maison ait été surveillée. A moins que nous n'ayons affaire à une bande considérable, ils ne peuvent avoir assez de...
— Vous êtes marié, Mr Carella ?
— Oui.
— Vous aimez votre femme ?
— Oui.
— J'aime la mienne, moi aussi. Elle m'a quitté ce matin. Après tant d'années de mariage, elle m'a quitté. Vous savez pourquoi ?
— Je devine.
— Oui. Parce que j'ai refusé de payer la rançon du petit Reynolds... Vous trouvez que c'est dégoûtant de ma part, n'est-ce pas ?
— Ma foi, Mr King, on ne vous donnera pas le prix Nobel pour votre beau geste.
— Sans doute. Mais je ne vise pas le prix Nobel. Rien que la direction des Chaussures Granger.
— Alors qu'est-ce que ça peut vous faire que votre femme vous ait quitté ?
— Cela devrait m'être indifférent, en effet. Si tout ce que je désire, c'est la direction de Granger, je devrais me ficher de Diane et de Bobby et de tout le monde, hein ?
— Probable.
— Alors qu'est-ce que je fais là ?

— C'est moi qui ai posé la question le premier, Mr King.

— Je ne sais pas ce que je fiche ici, Mr Carella. Tout ce que je sais, c'est qu'il m'est impossible de payer cette rançon. Je ne veux pas me ruiner. Et je ne crois pas aux contes de fée. Et vous ?

— Moi non plus.

— Je suis ce que je suis, Mr Carella. Je crois que je ne changerai jamais. Les affaires sont ma vie et sans ces affaires, je serais mort. Voilà. Je ne me cherche pas de vaines excuses. Je suis peut-être un salaud. J'ai peut-être écrasé des gens, mais je ne l'ai jamais fait sans une bonne raison. C'est comme ça. Je ne regrette rien. Et j'ai mis bien longtemps à arriver où je suis, Mr Carella.

— Et où êtes-vous, s'il vous plaît ?

King eut un mince sourire.

— Dans ma voiture, aux ordres d'un kidnappeur. Mais vous savez ce que je veux dire. Il m'a fallu des années pour obtenir les choses dont je ne pouvais me passer. Un homme ne change pas, Mr Carella. Diane ne sait pas ce que c'est que la misère, ou même la gêne. Elle a eu de l'argent toute sa vie. Pas moi, Mr Carella. J'étais pauvre. J'ai eu faim. J'ai commencé à travailler aux Chaussures Granger à seize ans. A la manutention. Mais j'ai travaillé plus dur que les autres. Je faisais des heures supplémentaires, je trimbalais plus de godasses que les autres, j'en comptais plus, j'en rangeais plus, et j'étais fier de ce travail obscur, parce que je me disais qu'un jour je serais dans le fauteuil directorial, qu'un jour les Chaussures Granger seraient à moi. Ça vous paraît insensé, n'est-ce pas ?

— L'ambition n'est jamais insensée.

— Peut-être pas. J'ai appris à connaître cette usine de A jusqu'à Z, dans tous les coins, tous les services, toutes les opérations, la fabrication, la vente, la publicité, tout. Quand j'ai fait la connaissance de Diane...

— Où l'avez-vous connue, Mr King ?

— Pendant la guerre. Au cours d'une permission. Si vous avez fait la guerre, vous devez savoir comment on peut se sentir seul, en permission dans sa ville natale ; j'ai rencontré Diane dans un club militaire. Elle était une de ces filles riches qui tenaient à soutenir le moral des petits soldats en organisant des sauteries. Nous avons dansé et nous nous sommes plu. Tout de suite. La riche héritière de Stewart City et le pauvre gars de Kelly Corners... Vous connaissez bien la ville, Mr Carella ?

— Assez bien.

— Alors vous connaissez Stewart City, ce quartier de milliardaires, avec ses immeubles luxueux, les portiers chamarrés, les jardins en terrasses sur les toits, les épais tapis et les ascenseurs rapides. Et vous savez où se trouve Kelly Corners et vous connaissez ses taudis et ses ruelles nauséabondes, où je jouais quand j'étais enfant. Nous nous sommes plu. Un vrai conte de fée. La Princesse et le Mendiant. Nous nous sommes mariés. Après ma démobilisation, je suis retourné chez Granger. La première année de notre mariage, je gagnais soixante dollars par semaine. C'était insuffisant. Pour Diane comme pour moi. Alors je me suis attelé à la tâche, j'ai consolidé ma position et j'ai piétiné tout ce qui se trouvait en travers de ma route. Mon ambition n'avait pas varié. Je tenais à faire ravaler au père de Diane ses paroles méprisantes. Moi aussi, je voulais vivre dans un luxueux appartement avec un portier qui me saluerait bien bas. Je dois vous avouer que cette revanche m'a été refusée. Le beau-père est mort avant que j'aie le pied à l'étrier. Il est mort sans revoir sa fille, et sans lui avoir adressé la parole depuis le jour où nous lui avions annoncé notre mariage. Je n'ai jamais savouré ma revanche.

— La revanche n'est pas douce. Elle est assommante.

— Peut-être, mais ça m'aurait plu. Cinq ans plus tard, j'étais tout prêt à lui cracher dans l'œil, mais il était à six pieds sous terre et, quoi qu'on en dise, on ne va pas cracher sur les tombes. Cinq ans plus tard, j'achetais la maison de Smoke Rise. Je n'avais pas encore les moyens mais je savais que j'avais besoin de cette maison. C'était un atout. C'est vrai, Mr Carella. Vous ne pouvez savoir le nombre de gens qui se laissent impressionner par un décor luxueux, par de l'argenterie, des meubles et des bibelots de prix, de belles voitures — tout l'étalage. Et maintenant... me voilà. J'ai toujours la maison, et assez d'actions pour m'assurer la direction de Granger. Mon fils fréquente un cours privé, j'ai une cuisinière, un chauffeur, un jardinier et une femme de chambre, une voiture de sport pour ma femme, une Cadillac et un portefeuille bien garni. Je peux me payer ce que je veux, Mr Carella. Ce que je veux.

— Alors, que faites-vous là ? Pourquoi êtes-vous au volant de votre voiture, attendant de rencontrer des hommes qui peuvent être plus redoutables que de vulgaires assassins ?

— Je n'en sais rien. Ou plutôt si. Je ne peux pas donner à ces hommes l'argent qu'ils réclament. Ça me tuerait. Je suis un salaud, c'est entendu. Mais je ne peux pas. Je suis ainsi fait et tant pis pour les contes de fée, la sorcière changée en princesse, le crapaud transformé en prince charmant, et l'ignoble salaud touché par la grâce. Des histoires, bonnes tout au plus pour les analphabètes qui bavent devant leur télévision. Je ne changerai jamais. Diane le sait, et elle me reviendra, Mr Carella, parce qu'elle m'aime. Si je suis un salaud, je resterai salaud. Mais si je ne peux pas donner à ces gens l'argent qu'ils me réclament, je puis au moins lutter contre eux de cette façon, en marchant, en faisant quelque chose... Je sais que ce que je vous dis vous paraît fou. Au début de notre mariage, pendant six mois, nous avons vécu dans un logement infesté de cafards. Je ne veux plus jamais revivre cela, Mr Carella. Je tiens à ma demeure de Smoke Rise, à mes domestiques, à ma Cadillac et à mon téléphone dans la voiture, et je tiens à...

Et à cet instant précis, le téléphone accroché au tableau de bord se mit à sonner.

Il avait été très simple d'apprendre sur quelle fréquence marchait le téléphone installé dans les automobiles de la région. Il avait été tout aussi aisé de voler le matériel nécessaire, les oscillateurs de six cents volts et de seize cents volts, l'émetteur, les relais, les condensateurs et les piles. Le cadran que Kathy avait été étonnée de voir sur un poste de radio — parce qu'il n'y était effectivement pas à sa place — avait été un peu plus difficile à se procurer. Ce cadran était un cadran de téléphone branché sur la pile et le relais, si bien que l'on pouvait former le numéro de King, et l'appeler au téléphone dans sa voiture. Une fois que King avait décroché, Eddie pouvait lui parler grâce au microphone.

Eddie avait formé le numéro de King en tremblant. Il attendait, une main sur le micro, le haut-parleur branché, l'émetteur prêt à transmettre ses ordres.

Allez, décroche, songea-t-il.

Décroche !

— Qu'est-ce ?... commença King.

— Que se passe...

— Le téléphone ! C'est le téléphone qui sonne !

— Doux Jésus ! Alors, c'est comme ça que... Répondez ! Vite, répondez !

King décrocha.

— Allô ?

— Mr King ? Eh bien ! nous y sommes, dit Eddie. Ecoutez attentivement, parce que c'est grâce à cet appareil que vous allez recevoir toutes vos instructions, pendant tout le temps qu'il vous faudra pour vous rendre là où nous voulons que vous alliez. C'est bien compris ?

— Oui. Oui, je vous écoute.

— Personne ne peut vous aider maintenant, Mr King, parce qu'il est impossible de déterminer d'où provient cet appel. Je me sers d'un émetteur radio et non d'un téléphone. Alors inutile de nous jouer un tour en vous arrêtant quelque part pour prévenir la police. Nous savons exactement le temps que vous devez mettre pour atteindre le lieu du rendez-vous, alors pas d'histoires. Bon. Où êtes-vous ?

— Je... Je ne sais pas.

— Ça ne fait rien. Gardez le récepteur en main, et surtout ne raccrochez pas. Préparez-vous et au prochain croisement, regardez les plaques et dites-moi où vous vous trouvez.

— Bien.

— Que dit-il ? chuchota Carella à l'oreille de King.

Il s'était mis à genoux sur le plancher de la voiture et se penchait sur le dossier. King hocha la tête et montra d'un geste le téléphone.

— Vous croyez qu'il peut entendre ? souffla Carella.

King fit un signe de tête affirmatif.

— Je vais grimper devant. C'est moi qui vais lui répondre désormais. Ces appareils-là ne sont pas bien fidèles et je ne crois pas qu'il puisse déceler un changement de voix. Que demande-t-il ?

— Le nom de la rue, murmura King entre ses dents tandis que Carella passait devant et prenait l'appareil des mains de King.

Il se pencha sur le tableau de bord et répondit au téléphone :

— Je vais arriver au coin de la 39e Nord et de Culver.

Eddie ne remarqua aucune différence de voix, apparemment. Il reprit du même ton posé :

— Prenez à gauche sur la 40e Nord. Continuez vers le sud jusqu'à Grover Avenue, et tournez encore à gauche. Allez jusqu'au croisement de la 48e, là où il y a une route qui traverse le parc. Traversez le parc. Quand vous serez arrivé à Hall Avenue, prévenez-moi. Vous avez tout compris ?

— Je prends à gauche sur la 40e Nord, répéta Carella. Je roule en direction du sud jusqu'à Grover et je tourne encore à gauche. Puis je file jusqu'à la 48e, et je traverse le parc. C'est bien ça ?

Steve mit sa main sur le diaphragme et chuchota à King :

— Vous y êtes, King ?

— Oui.

— Il nous donne ses instructions par bribes pour que nous ne puissions pas prévenir le premier agent ni dire où nous allons. Ils ne sont pas bêtes, Mr King... Si seulement je savais comment les contrer. Si seulement je voyais un joint...

Dans sa voiture arrêtée, Sy Barnard fumait sa dixième cigarette. Il consulta nerveusement sa montre, puis il regarda la route. La voiture était rangée dans un bois, complètement dissimulée derrière une vieille baraque de cantonnier. A vrai dire, ce paravent était inutile. Depuis une demi-heure, une seule voiture était passée sur la route, et quand il avait repéré le coin avec Eddie, ils n'avaient vu passer que trois automobiles en deux heures et demie. Il y avait des chances minimes d'être surpris par un automobiliste curieux et il n'était guère probable qu'une patrouille de police se fourvoie de ce côté. Sy étudia sa liste de barrages. Le plus proche se situait à l'ouest, à une vingtaine de kilomètres environ, au niveau d'un croisement important. Il n'avait pas eu de difficultés pour l'éviter en venant et il saurait le contourner en regagnant la ferme.

Même si King refusait d'obéir, même si une voiture de police suivait la Cadillac noire, le plan ne présentait aucune faille. King lui-même ne savait pas où il se rendait. Comme il ne recevait ses instructions au fur et à mesure, il ne pouvait prévenir personne. La baraque de cantonnier était située à un virage. Si une voiture de police suivait King, elle devrait se tenir à une certaine distance, pour ne pas se faire trop remarquer. La vie de l'enfant dépendait de sa discrétion et Sy était certain que la police, si elle suivait, se tiendrait assez loin derrière King. En se maintenant en liaison téléphonique avec King, Eddie saurait à quel moment la Cadillac serait à cinq kilomètres du virage. Il dirait à King de ralentir, de rouler bien à droite et d'abaisser sa vitre de droite. Lorsque King serait à huit cents mètres de la cahute, Eddie lui dirait de ralentir encore, de s'arrêter et de jeter le carton plein d'argent dans les buissons, sur la droite de la route. Il devrait ensuite accélérer rapidement et s'éloigner le plus vite possible.

C'était ça le plus beau. Une voiture de police filant la Cadillac, à distance, serait encore loin. Et quand elle passerait à son tour au niveau de la cahute de cantonnier, King aurait disparu. Eddie continuerait à parler à King. Il l'enverrait à l'extrême pointe de Sand's Spit, lui ferait faire demi-tour et le ramènerait en ville par un autre chemin. La voiture de police, s'il y en avait une, suivrait toujours King. Et Eddie parlerait jusqu'à ce que Sy soit rentré sain et sauf à la ferme, avec l'argent. Dès que Sy serait revenu, il couperait la communication et King, avec son escorte, pourrait aller où bon lui semblerait. Il pourrait même ramener les flics à la baraque de cantonnier. Sy l'aurait quittée depuis longtemps.

Le plan était absolument parfait.

Et cependant, Sy était nerveux.

Il ne pouvait se défendre d'une certaine angoisse, ni chasser l'idée que quelque chose pourrait aller de travers.

Quoi ? Il n'en savait rien.

Il faut dire que Sy n'avait jamais lu la Bible. Il ignorait que ceux qui pleurent seront consolés.

Sans cesser d'étudier les plans des rues, Eddie Folsom dit au micro :

— Bon. Vous allez arriver au pont de Black Rock. C'est un pont à péage, Mr King. Il y a un guichet à l'entrée et on vous demandera vingt-cinq cents. Préparez votre monnaie immédiatement. N'essayez pas de donner un billet de cent dollars pour vous faire remarquer. Et ne dites rien à l'employé ni au gardien. Cela n'arrangera rien si la police vous suit. Si nous voyons des flics près de vous au moment où vous devrez remettre le carton, nous filons et nous tuons le gosse. Vous m'entendez, Mr King ?

— Oui, je vous entends, répondit Carella.

— Parfait. Passez le péage et traversez le pont. Prévenez-moi dès que vous arriverez de l'autre côté et je vous dirai dans quelle direction vous devez vous diriger. Je vous répète de ne rien dire au gardien du péage. D'ailleurs, vous ne savez toujours pas où vous allez. Et à la moindre incartade, nous tuons le gosse.

En entendant, son mari, Kathy frémit.

Nous tuons le gosse.

Et c'est mon mari, songea-t-elle.

C'est ma faute.

Dans la voiture, Steve Carella prit son portefeuille et l'ouvrit. Il ôta l'insigne épinglé au cuir et griffonna rapidement quelques mots sur son carnet.

Prévenez Central police. Dites-leur que King est contacté au moyen transmission radio-téléphone dans la voiture. Essayer se mettre à l'écoute. Vite !

Inspecteur Steve Carella

Il épingla son insigne au billet et sortit une pièce de monnaie de sa poche en faisant signe à King d'appuyer à droite.

— Vous êtes arrivé au guichet, King ? demanda Eddie.

— J'y suis presque, dit Carella.

— Vous avez la monnaie toute prête ?

— Oui.

— Bon. Attention, pas de blagues.

La voiture ralentit et stoppa devant le guichet. Carella tendit à l'agent sa pièce, le billet et l'insigne. Il jeta un coup d'œil significatif à l'agent et King se remit en marche et se mêla à la file de voitures qui s'engageaient sur le pont.

— Vous arrivez de l'autre côté du pont, non ? demanda Eddie.
— Oui, répondit Carella.
— Bon, tournez à gauche. Je ne veux pas que vous alliez à Calm's Point. Il doit y avoir un grand poteau indicateur sur lequel on lit autoroute de Mid-Sands. C'est la route que vous devez prendre.

Debout derrière son mari, Kathy commençait à se faire une idée de la signification des indications portées sur les plans. L'endroit marqué d'un cercle rouge devait être la maison de King, et la route au tracé rouge celle sur laquelle il roulait. Le lieu marqué « Ferme », situé à Fairlane Road, à huit cents mètres de Stanberry Road, était naturellement la vieille bâtisse où ils se trouvaient en ce moment.

— Roulez jusqu'à la sortie 17, dit Eddie. Vous m'entendez, King ?
— Oui, oui, je vous entends, répliqua Carella.

Cette croix bleue déroutait Kathy parce que le tracé rouge passait devant et continuait jusqu'à l'extrémité de la péninsule avant de faire demi-tour et de revenir en ville. Si le...

Mais bien sûr !

La croix bleue marquait l'endroit où Sy attendait dans la voiture. Ils allaient demander à King de jeter l'argent et de continuer sa route, afin de brouiller la piste, au cas où il serait suivi. Naturellement. Sy Barnard, donc, attendait à...

Elle se pencha pour lire la carte.

... Tantamount Road, juste après le virage, sur la Nationale 127.

— Eddie, dit-elle.
— Pas maintenant, bon Dieu, cria-t-il en mettant vivement la main sur le micro.
— Eddie, je t'en supplie, laissons tomber ! Allons-nous-en ! Je t'en supplie !
— Non !... Où êtes-vous maintenant, King ? demanda-t-il au micro.
— J'arrive à la sortie 15, dit Carella.
— Prévenez-moi quand vous aurez passé la 16.
— D'accord.

Carella couvrit le combiné de sa paume et se tourna vers King, qui lui demandait :

— Où croyez-vous qu'il nous emmène ?
— Je ne sais pas. Quelque part, sur la péninsule... Si seulement nous le savions, Mr King...

Sy Barnard regarda encore une fois l'heure.

Ça ne sera pas long, se dit-il. Allez, Eddie, fais-le se magner. Qu'il vienne me balancer son fric. Que je puisse mettre la main dessus et filer sans histoires à la ferme.

Allez, grouillez un peu. Bon Dieu...

Sy ne s'en rendait pas compte, mais il priait.

— Hé, dis, Harry, qu'est-ce que tu penses de ce truc-là ? demanda l'agent de garde au péage.

Son collègue posté au guichet d'en face rendit sa monnaie à l'automobiliste et se retourna :

— De quoi donc ?

— Baisse un peu ta radio, tu veux ?

— D'accord... Alors, qu'est-ce que c'est ?

— Un type vient de me passer ça. Qu'est-ce que t'en penses ?

Harry examina l'insigne et le billet.

— Ce que j'en pense ? Bougre de cocu ! Ce type est un flic ! Bondis au téléphone !

— Tu crois pas que c'est une blague ?

— Un insigne comme ça, papa, ça s'achète pas au drugstore.

— Central, inspecteur Snyder.

— Ecoutez, ici l'agent Umberson, matricule 63-457. Je suis de garde au péage du pont de Black Rock.

— Oui, qu'est-ce qu'il y a, Umberson ?

— Une Cadillac noire vient de passer le péage et un type m'a tendu un insigne d'inspecteur et un billet me demandant de vous prévenir.

— Vous avez le matricule de l'insigne ?

— Une seconde... Voilà, numéro 8712.

— Bon. Et alors ?

— Le billet me dit de prévenir le Central que King a été contacté dans sa voiture par radio-téléphone. Il dit d'essayer de se mettre à l'écoute. Vous y comprenez quelque chose ?

— King contacté par... grommela l'inspecteur Snyder. Je viens de prendre mon service. Moi, ça ne me dit rien. Je vais vérifier ce matricule, voir s'il est authentique. Comment dites-vous qu'il s'appelle, déjà, votre gars ?

— King.

— King, hein ? Comme le gars de l'enlèvement de Smoke... Dieu du ciel !

— Laissons tomber, Eddie, supplia Kathy. Finissons-en. Nous emmènerons le petit et...

— Pas question, coupa sèchement Eddie. Il faut aller jusqu'au bout, Kathy ! Il le faut !

— Je t'en prie ! Si tu m'aimes, je te demande de...

— Bon, je viens de passer la sortie 16, dit Carella.

— Parfait. Quittez l'autoroute à la sortie 17 et passez quatre croisements. Là vous reviendrez sur vos pas et vous rejoindrez l'autoroute à la sortie précédente. Vous irez donc dans la direction opposée. Filez jusqu'à la sortie 15. Quand vous y serez, prévenez...

— L'enfant se trouve dans une ferme de Fairlane Road à huit cents mètres de Stanberry ! glapit soudain Kathy dans le micro.

— Bon Dieu... lança Eddie en se tournant vers sa femme.

Mais il était trop tard. Elle avait déjà tout dit.

— Sy Barnard attend dans une voiture...

— Kathy, tais-toi, tu es folle !

— ... à Tantamount Road, après le virage sur la Nationale 127.

— Vous avez entendu ça ? s'écria Carella.

— Oui, j'ai entendu.

Carella raccrocha brutalement l'appareil au tableau de bord.

— A Tantamount Road, en vitesse, Nationale 127, dit-il à King. Tout droit, vous prenez la sortie 22. Vite. Ne vous inquiétez pas des excès de vitesse.

Il décrocha de nouveau le téléphone.

— J'écoute ? fit la standardiste.

— Police, cria Carella. Passez-moi le Commissariat central immédiatement.

— Tout de suite, monsieur !

Assis dans sa voiture, Sy Barnard fumait sa quinzième cigarette quand la Cadillac noire apparut au tournant.

Ça y est, se dit-il. Nous y voilà.

La voiture ralentit et stoppa. La vitre de droite était baissée. Sy regarda, attendit qu'une main apparaisse à la portière, qu'un carton tombe dans les buissons. Mais ce fut la portière qui s'ouvrit et un homme sauta à terre, revolver au poing.

Qu'est-ce que ?... se demanda Sy, et il maudit Eddie de ne pas l'avoir prévenu, d'une façon ou d'une autre. Puis il s'arrêta de jurer en réalisant qu'Eddie n'avait aucun moyen de le prévenir. Il se demanda ce qui n'avait pas marché et tourna machinalement la clef de contact, en se penchant en avant parce que cette espèce d'énergumène se mettait à tirer. Il accéléra et se rua sur l'homme armé. L'autre tirait toujours. Deux balles firent éclater le pare-brise, mais Sy passa outre et vit un autre homme bondir de la Cadillac. La Ford n'avait pas plus tôt regagné le macadam que Sy entendit une fusillade nourrie et sentit la voiture échapper à son contrôle. Un pneu avait été touché. La vitre arrière se brisa et Sy se dit qu'il ferait mieux de continuer à pied. Il laissa rouler la voiture cahotante, sauta avant l'arrêt complet et fonça dans les bois.

L'homme au revolver rechargeait son arme.

L'autre type, un grand gars aux tempes grises, s'élança à la poursuite de Sy.

Sy sortit son revolver, se retourna, et tira deux fois, sans rien atteindre.

Il se jeta dans les buissons.

— Rendez-vous ! lui cria l'homme. Nous savons où se trouve votre complice !

— Des clous ! glapit Sy.

Il se retourna encore et fit feu au jugé, mais son poursuivant ne ralentit pas son allure. Il se rua dans les bois à sa poursuite, et Sy tira, tira encore désespérément, jusqu'à épuisement de son chargeur, avant de jeter son revolver devenu inutile. Fouillant dans sa poche, il en sortit son couteau à cran d'arrêt et s'immobilisa. L'autre apparaissait au détour d'un rocher.

— Bougez pas, dit doucement Sy.

— Bougez pas, mon cul ! rugit l'homme en se ruant en avant.

La lame jeta un éclair et déchira le pardessus de King, de bas en haut. Encore une brève lueur, le couteau lacéra la veste et fit jaillir le sang d'une longue estafilade. Les mains de King se crispèrent sur la gorge de Sy. Serrant, serrant toujours plus fort, il ne cessait de grommeler entre ses dents, la mâchoire crispée.

— Salaud ! Infect salaud ! Fumier, ordure !

Il accula Sy contre un arbre et son étreinte se resserra encore. Le couteau frappait aveuglément, les gestes de Sy n'étaient presque plus coordonnés. Les mains puissantes de l'homme qui avait été ouvrier, qui avait coupé le cuir et manié de lourdes charges, serrées comme un étau autour du cou de Sy, lui frappaient de surcroît la tête contre l'arbre, durement, froidement, silencieusement, jusqu'à ce que le couteau échappât à ses mains inertes.

Epuisé, presque inconscient, Sy Barnard murmura :

— Do-donnez-moi encore une chance ! Pitié...

Douglas King ne connaissait pas la suite du texte. Il ne savait pas quelle réplique on donnait, au cinéma. Il continua donc de serrer la gorge de Sy jusqu'à ce que Carella arrive avec les menottes.

Les policiers qui avaient répondu à l'appel du Central arrivèrent en trombe dans la cour de la ferme et stoppèrent net devant la porte. Ils sautèrent à terre tout en tirant leurs revolvers et se postèrent de chaque côté de l'entrée, l'oreille aux aguets. La maison était parfaitement silencieuse. Le premier agent tourna la poignée avec précaution. La porte s'ouvrit.

Un petit garçon de huit ans était assis sur un canapé-lit, au milieu de la salle commune, une couverture sur les épaules.

— Jeff ? dit l'agent.

— Oui.

— Tu vas bien ?

— Oui.

Le policier examina les lieux.

— Tu es tout seul ici ?

— Oui.

— Où sont-ils tous passés ? demanda l'agent.

Jeff Reynolds hésita longtemps avant de répondre. Finalement, il murmura :

— Qui ça, tous ?

— Les gens qui te retenaient prisonnier, dit le second policier.

— Y avait personne avec moi, répondit Jeff.

— Hein ? reprit le premier agent en consultant son carnet noir. Ecoute...

Il avait plutôt l'air de s'adresser à un adulte un peu dérangé qu'à un enfant.

— Ecoute, y a un inspecteur nommé Carella qui a téléphoné au Central, d'une voiture munie d'un téléphone. Il a dit que tu étais retenu prisonnier dans une ferme de Fairlane, à huit cents mètres de Stanberry. Bon, c'est bien là qu'on te trouve. Il nous a dit aussi qu'une bonne femme appelée Kathy lui avait crié ça au micro, et qu'il y avait un type avec elle. Alors ? Où sont-ils passés, petit ? Ils sont allés où ?

— Je ne sais pas de quoi vous parlez, répondit Jeff. Je suis tout seul ici depuis que Sy est parti.

Les deux agents se regardèrent.

— Ça doit être le choc, dit l'un d'eux.

Jeff ne voulut pas démordre de son récit.

Et, la vie vous réserve de ces surprises, Sy Barnard confirma ses dires. Il ignorait de qui la police voulait parler, dit-il. Il ne connaissait aucune Kathy. Il avait mis sur pied et exécuté son coup tout seul.

— Tu mens, et nous savons que tu mens, lui dit le lieutenant Byrnes. Il devait bien y avoir quelqu'un pour se servir de cet émetteur.

— C'était peut-être un Martien, répliqua Sy.

— Mais qu'est-ce que tu espères gagner par tes mensonges ? demanda Carella. Qui protèges-tu ? Tu ne sais donc pas que c'est la femme qui t'a vendu ?

— Quelle femme ? dit Sy.

— Une dénommée Kathy. L'homme a crié son nom dès qu'elle a vendu la mèche.

— Je ne connais pas de Kathy.

— Mais enfin, qu'est-ce que c'est que ça ? La loi du silence ? L'honneur du milieu ? Nous ne sommes pas des mouchards ? Hein ? Elle nous a dit exactement à quel endroit nous te trouverions, Barnard !

— Je vois pas comment quelqu'un aurait pu vous le dire, vu que j'étais tout seul dans le coup, insista Sy.

— Nous les aurons, Barnard. Avec ou sans ton aide.

— Ah oui ? Je sais pas comment vous pourrez mettre la main sur des gens qui n'existent pas.

— S'il y a une chose qui me fiche mal au cœur, observa Parker, c'est bien les truands qui se piquent d'honneur.

— T'as mal au cœur, dégueule, lui dit Sy, et Parker le frappa brutalement.

— Le nom de famille de la souris ? grommela Parker.

— Je sais pas de qui vous parlez.

Parker le frappa encore.

— Kathy, Kathy, dit-il. Kathy comment ?

— Connais pas.

— Qu'est-ce que c'est que cette entourloupe ? Tu sais très bien que...

— C'est pas une entourloupe.

Parker leva le poing.

— Ça suffit, Andy, dit Carella.

— J'aimerais...

— Je te dis que ça va comme ça. Barnard, ce que tu fais ne sert à rien. Tu ne rends pas service à tes copains non plus. Nous les aurons. Tout ce que tu leur donnes, c'est un peu de temps.

— Le temps, c'est peut-être tout ce qu'il leur faut, murmura Sy, et il y avait de la tristesse dans sa voix. C'est peut-être ce qu'il nous faut à tous. Un peu de temps.

— Emmenez-le, dit Byrnes.

14

Dans la salle des inspecteurs du 87e District, l'inspecteur Steve Carella tapait son dernier rapport sur l'enlèvement de Jeffry Reynolds. Par cette journée glacée de la fin de novembre, la vapeur qui s'élevait de sa tasse de café répandait dans la grande pièce lugubre une odeur de confort sympathique. Un faible soleil automnal filtrait entre les barreaux et découpait sur le plancher des rectangles d'or pâle. Carella déroula les trois copies de son chariot, les sépara des carbones et se tourna vers Meyer Meyer :

— Ouf. C'est fini.

— Rideau, noir, musique. Steve Carella, grande vedette des Productions Policières d'Isola, vient encore une fois de se couvrir de gloire. La justice triomphe. Sy Barnard pourrit sur la paille humide des cachots. La police danse la gigue. Le public se sent protégé et se frotte les mains. Steve Carella allume une cigarette et médite sur le crime et le châtiment, sur la justice et la puissance de la loi. La foule hurle sous les fenêtres. Vive Carella ! L'enthousiasme est à son comble. Vive Carella ! La foule en délire lui lance des fleurs. On réclame Carella au balcon...

— Con toi-même, dit Carella.

— Mais que deviennent ceux de la coulisse, reprit Meyer avec des airs mystérieux. Où est l'énigmatique femme connue sous le nom de Kathy ? Qu'est devenu l'étrange personnage qui cria son nom au micro, dans cette ferme abandonnée au milieu du désert ? Où sont-ils à présent ? Ah ! mes chers spectateurs, vous pouvez bien vous le demander, parce que notre grande vedette elle-même n'en sait foutre rien.

— Je dirais qu'ils ont passé la frontière. Bon vent.

— Bon vent ? Des ravisseurs ? Des voleurs d'enfants ?

— Les enfants sont comme les petits chiens, dit Carella. Si Jeff Reynolds refuse de mordre une main, c'est que cette main lui a été douce. Voilà ce que je pense. Comment veux-tu que nous sachions au juste ce qui s'est passé, Meyer ? Barnard se tait. Il ne dira jamais rien. Il préfère la chaise électrique à une étiquette de mouchard. Son silence fait de lui un héros, à la prison de Castleview. Le truand qui tient tête aux flics. Laisse-lui donc son heure de gloire. Tout le monde doit y avoir droit, à son heure de gloire... Kathy... C'est un joli nom.

— Mais oui. Et ça doit être une gentille fille. Après tout, elle n'a jamais été que complice d'un vol d'enfant.

— Nous ne savons rien. Nous ne connaissons pas les circonstances. Elle méritait peut-être ce que Jeff Reynolds a fait pour elle. Qui sait ?

— Le regard d'acier de Steve Carella s'adoucit. Une larme perle à sa paupière, car sous l'enveloppe rugueuse et le veston bleu bat le cœur d'une vieille blanchisseuse, soupira Meyer. Et maintenant, qui allons-nous blanchir ? Douglas King ?

— Il a ses soucis.

— Il les a bien cherchés. Tu sais ce qui lui a fait le plus de plaisir à ce salaud-là, quand toute l'histoire a été finie ? C'est d'apprendre que son foutu marché a été conclu et qu'il va devenir président de sa sacrée fabrique de godasses. Qu'est-ce que tu dis de ça, Steve ? Hein ? C'est quelqu'un ! C'est pas quelqu'un, tiens, c'est un monde !

— Il y a toujours des gens qui gagnent sur tous les tableaux. Sa femme est revenue au bercail, tu le sais ?

— Bien sûr. Mais pourquoi faut-il que ce soient toujours les salauds qui touchent le gros lot ?

— Parce que les bons meurent jeunes, déclara sentencieusement Carella.

— Je suis pas encore mort, moi.

— King non plus. Finalement, peut-être bien que personne n'a été rançonné, ou peut-être bien tout le monde.

— Hein ? Répète voir un peu, je te suis pas.

— Laisse-lui du temps. Personne ne l'obligeait à risquer sa peau en face d'un couteau à cran d'arrêt.

— Parce qu'un type a le courage de se mesurer à un couteau, ça ne veut pas dire qu'il ait le courage de se regarder en face.

— Des mots, des mots. Laisse-lui un peu de temps. Il prétend qu'on ne se refait pas. Il croit qu'il ne changera jamais. Moi, je dis qu'il faudra bien qu'il change, ou bien il crèvera. Pourquoi crois-tu que sa femme est revenue auprès de lui ? Parce qu'il fait sa B.A. tous les matins ?

— Parce qu'il est plein de fric, tiens.

— Non. Elle tient à Douglas King. Et elle a confiance. Elle m'a fait l'effet d'une femme qui sait vendre ses actions avant la baisse.

— Hé là, doucement, nous allons tomber dans les pages financières, dit Meyer.

— Ouuuuh là là ! s'écria Andy Parker en surgissant dans le bureau, le col du pardessus relevé, et soufflant dans ses doigts. Si ça continue, je pars pour le pôle Sud !

— Qu'est-ce qui se passe dehors ?

— Il fait froid.

— Je veux dire...

— Qu'est-ce que tu veux que je te réponde ? Tu crois que je traque le crime par un temps pareil ? Je cherche des petits recoins bien chauds, voilà ce que je cherche.

— Et tu dis que les gens changent ! s'écria Meyer. Le jour où Parker changera, je serai balayeur de rues.

— Tu l'es déjà. Dis donc, Steve, où tu as eu ce café ?

— C'est Miscolo qui l'a fait.

— Hé, Miscolo ! hurla Parker. Au jus !

— Il faudra bien qu'il paye un jour, murmura Carella d'un ton rêveur.

— Hein ? Qui devra payer quoi ?

— King. Sa propre rançon.

— Les énigmes par grand froid, j'aime pas ça, dit Parker.

— Alors pourquoi es-tu policier ?

— Ma maman m'y a forcé... Miscolo, il vient, ce café ?

— J'arrive, j'arrive, cria Miscolo de la pièce à côté.

— Ça m'ennuie de classer cette affaire, dit Steve en contemplant son rapport.

— Pourquoi ? demanda Meyer.

— J'ai peut-être l'impression qu'elle ne fait que commencer. Pour bien des gens, Meyer, elle n'est pas terminée.

Meyer sourit.

— Tu prends tes rêves pour des réalités.

Miscolo apparut, chancelant sous le poids d'un lourd plateau chargé de tasses et de soucoupes. L'arôme du café emplit le bureau. Les hommes se servirent et se mirent à raconter des histoires grivoises.

Au-dehors, la ville était tapie, attendant la nuit.

LA MAIN DANS LE SAC

Give the Boys a Great Big Hand
1960
Traduction de Louis Saurin
et Jean Charles Provost

Pour Phyllis et Rick.

1

Il pleuvait.

Il pleuvait depuis trois jours, sans arrêt, une sale pluie de mars qui noyait dans la grisaille les espoirs du printemps tout proche. Et la météo annonçait encore de la pluie pour le lendemain. Elle ne se compromettait pas plus avant, d'ailleurs.

Mais l'agent en patrouille Dick Genero n'avait que faire des prévisions de la météo. Il avait l'impression qu'il pleuvait depuis toujours, que cela continuerait jusqu'à la consommation des siècles et qu'il se retrouverait emporté par le flot dans l'un ou l'autre des deux fleuves qui embrassaient la ville et qui se valaient bien. Que ce soit la Harb ou la Dix, elles charriaient tout autant de chiens crevés, de détritus innommables et d'ordures puantes.

Genero aurait pu être dans l'eau jusqu'aux chevilles, au fond d'un canot en train de sombrer. Planté au carrefour, il surveillait les rues désertes. Son ciré noir luisait comme le bitume qui s'étendait à perte de vue. C'était le début de l'après-midi, mais il n'y avait pas âme qui vive. Genero se sentait seul au monde. Il avait l'impression d'être le seul habitant de la ville à ne pas pouvoir s'abriter de la pluie. Je vais finir par me noyer, dans ces maudites rues, se dit-il amèrement. Il se consolait à l'idée que la relève allait arriver à quatre heures moins le quart. Il lui faudrait cinq minutes pour gagner le poste, et dix de plus pour se changer. Une demi-heure de métro pour retourner à Riverhead... Il serait chez lui à quatre heures et demie. Il ne devait pas aller chercher Gilda avant sept heures et demie. Ça lui laissait largement le temps de piquer un roupillon avant le dîner. La simple idée de dormir le fit bâiller.

Une goutte d'eau lui coula dans le cou.

— Ah ! merde ! s'exclama-t-il.

Il jeta un coup d'œil rapide autour de lui pour s'assurer qu'aucun bon citoyen ne l'avait entendu. Rassuré sur la pérennité de son image de représentant de la loi, Genero remonta la rue, ses bottes chuintant dans les flaques d'eau.

Qu'on arrête cette pluie ! se dit-il.

Contre toute attente, la pluie continua.

Bon, ce n'est pas si terrible. Ça vaut mieux que la neige, en tout cas. Il frissonna. A cause de la neige, d'abord. Ensuite parce que la pensée de la neige ou de l'hiver lui ramenait toujours en mémoire le garçon qu'il avait trouvé dans un sous-sol, longtemps auparavant.

Ça suffit comme ça, se dit-il. Il y a bien assez de cette saleté de pluie. Pas besoin de penser à des cadavres.

Le garçon avait le visage violacé, vraiment violacé, il était penché en avant sur le lit de camp. Il avait fallu un bon moment à Genero pour réaliser qu'une corde lui serrait le cou, et que le garçon était mort.

Bon, inutile de penser à ça. Ça me fout des frissons.

Tu es flic, non ? se dit-il. Et à quoi servent les flics, d'après toi ? A fermer les bouches d'incendie ouvertes par les mômes ? A interrompre les parties de base-ball de rue ? Il faut voir les choses en face : normal qu'un flic tombe de temps en temps sur un macchabée.

Ça me fout des frissons.

C'est pour ça qu'on te paie, faut voir les choses en face. Un flic doit faire face à la violence. Et puis ce gamin, c'était il y a belle lurette, de l'eau est passée sous les ponts...

De l'eau. Bon Dieu, mais cette pluie ne cessera donc jamais ?

Je dois me mettre à l'abri. Je vais passer à la boutique du tailleur. Max m'offrira peut-être un coup de muscat, et nous boirons à la santé des Bermudes. Hé, comme j'aimerais être aux Bermudes. Genero descendit la rue et poussa la porte du tailleur. Une sonnette tinta. La boutique sentait la vapeur et la benzine. Tout de suite, Genero se sentit mieux.

— Salut, Max, dit Genero.

Max était un petit homme tout rond, avec une frange de cheveux blancs, comme une auréole autour du front. Sans lever le nez de sa machine à coudre, il grogna :

— Y a pas de fin.

— Hé ! qui parle de vin ? dit Genero avec un sourire un peu confus. Tu ne vas pas me mettre à la porte par un temps pareil ?

— Beau temps ou pas, je ne t'ai chamais mis à la porte, alors ne me la fais pas. Je dis tout simplement qu'il y a pas de fin.

— J'ai pas demandé de vin, moi !

Genero s'approcha du poêle en ôtant ses gants.

— Qu'est-ce que tu fous, Max ?

— Qu'est-ce que tu crois ? Je tire des plans pour la Maison Blanche. Je fais faire sauter tout le foutu bazar. Qu'est-ce que je pourrais faire d'autre avec une machine à coutre ?

— Je veux dire, qu'est-ce que tu es en train de fabriquer là ?

— Un uniforme pour l'Armée du Salut.

— Sans blague ?

— Il reste encore quelques frais tailleurs dans cette fille, fit Max. Et ce n'est pas une simple question de nettoyache et de repassache.

Ça, c'est pour les machines. La confection, c'est pour les hommes. Max Cohen est un frai tailleur, pas une machine à repasser.

— Et un fichu bon tailleur, rétorqua Genero.

Il guetta la réaction de Max.

— N'empêche que j'ai pas de fin. Et comment ça se fait que tu es pas dans les rues à arrêter tous les criminels ?

— Par un temps pareil, personne n'a envie de perpétrer des crimes, dit Genero. Le seul crime qui résiste à la pluie, c'est la prostitution.

Genero observait Max. Il sourit en voyant la satisfaction éclairer le regard du vieux. Le vin n'était pas loin. Max commençait à apprécier ses blagues, et c'était bon signe. Il suffisait maintenant de susciter un peu sa compassion.

— Mon vieux, une pluie comme celle-là, ça vous glace jusqu'à la moelle.

— Ah ! voui ? Et alors ?

— Alors rien. Je disais comme ça que ça vous glace jusqu'à la moelle, c'est tout.

— C'est pas de feine.

— Non. Si encore je pouvais m'en jeter un dans un bar, histoire de me réchauffer, mais penses-tu ! Service, service. Pas question.

— Eh non, bas question.

— Non. Dis, Max, tu travailles rudement bien. Il va être beau, cet uniforme.

— Merci bien.

Genero ne répondit pas. La pluie tambourinait sur la vitrine. Dans le silence, le vrombissement de la machine à coudre reprit.

— Jusqu'à la moelle, murmura Genero.

— J'afais compris. Jusqu'à la moelle.

— Ça vous glace, cette pluie.

— Eh oui, ça fous glace.

— Pas de doute.

— La bouteille est derrière la presse. Ne bois pas tout. Si tu es saoul, on viendra m'arrêter pour corruption d'agent de la force publique.

— Comment, je croyais que tu n'avais pas de vin, Max !

— Ça fa, ça fa. Allez, la bouteille est là derrière. Bois, casse rien et laisses-en un peu.

— Ah ! ça c'est gentil, Max. Mais tu sais, je ne suis pas venu pour ça, j'aurais jamais pensé.

— Allez, allez, afant que je change d'itée.

Genero alla dans l'arrière-boutique, trouva la bouteille derrière la presse et un verre sur le rebord de la fenêtre. Il le rinça et le remplit jusqu'au bord.

Il leva son verre, le vida et s'essuya les lèvres.

— Je t'en sers un, Max ? cria-t-il.

— L'Armée du Salut n'aimerait pas que je boive pendant que je lui fais ses uniformes.

— Il est fameux, Max, le taquina Genero.

— Alors reprends-en un coup et fiche-moi la paix. Tu me fais coutre de trafers.

Genero but un autre verre, reboucha la bouteille et revint dans la boutique en se frottant les mains.

— Maintenant, je suis prêt à tout !

— Ah ! voui ? Tu disais que par un temps pareil, il n'y a rien d'autre que la prostitution.

— Je suis même prêt à m'y attaquer ! Allez, Max. Ferme la boutique, et nous allons nous chercher deux délicieuses petites poules. Qu'est-ce que t'en dis ?

— Ne donne pas des idées à un vieil homme comme moi. Si ma femme me trouve avec une de tes délicieuses petites poules, elle me plante un couteau dans le dos. Ferais mieux d'aller bosser. D'arrêter les autres poivrots et vagabonds. J'ai l'imbression de tenir un tripot, au lieu de ma boutique de tailleur. Tous les flics ivrognes du quartier viennent boire mon fin. Je defrais le mettre en frais généraux et le déduire de mes impôts. Un jour, je verserai du poison dans la bouteille. Peut-être que les flics *fercockteh* du 87e District me laisseront tranquille. Allez, fiche-moi le camp !

— Tu nous as à la bonne, Max.

— Voui, à peu près autant que des blattes.

— Un peu plus que ça, non ?

— C'est juste. Je vous aime autant que j'aime les rats d'eau.

Genero remit ses gants.

— Faut y aller. Tout le monde sur le pont.

— Quel pont ?

— Le pont du navire. Façon de parler, quoi. C'est une blague, Max. Toute cette pluie, de l'eau, les bateaux, vu ?

— Y a bas, la télé a perdu un comique quand tu as décidé de traquer le crime, mon fieux. Dis, un bon conseil... Quand tu seras sur ce pont, hein ? Le pont du navire, voui ?

— Quoi ?

— Saute à la flotte.

Genero éclata de rire et referma la porte derrière lui. Il tombait toujours des hallebardes, mais il se sentait beaucoup mieux. Le vin avait allumé une petite flamme rayonnante dans son estomac et une douce lassitude l'envahissait. L'agent pataugea dans les flaques, presque sans souci, en sifflotant sans bruit.

Un homme — ou une femme, peut-être, c'était difficile à dire — attendait à l'arrêt de l'autobus. Cette grande femme — à moins que ce ne soit un homme, on y voyait si mal — était entièrement vêtue (ou vêtu) de noir. Imperméable noir, pantalon noir, souliers noirs, grand parapluie noir qui cachait la tête. L'autobus dérapa un peu en s'arrêtant et fit jaillir des gerbes d'eau. Les portes s'ouvrirent en claquant. La personne — homme ou femme — sauta dans l'autobus et les portes se replièrent bruyamment. Le lourd véhicule repartit en inondant de nouveau le trottoir. Genero reçut une nappe d'eau sur le pantalon.

— Bougre d'abruti ! hurla Genero en se penchant pour constater les dégâts.

C'est alors qu'il remarqua le petit sac oublié sur le trottoir, à côté de l'arrêt de l'autobus. Il leva vivement la tête, agita le bras, cria, mais le bus était déjà loin.

— Et merde...

L'agent se pencha sous les rafales torrentielles et ramassa le sac. C'était un de ces petits sacs imperméables bleus, à fermeture à glissière et bandoulière, distribués par les compagnies aériennes. Celui-ci portait dans un coin un cercle blanc et, en lettres rouges, la mention CIRCLE AIRLINES, et le slogan : *Nous encerclons le Globe.*

Genero soupesa le sac. Il n'était pas très lourd. Une étiquette de cuir à voyant de mica était fixée à la courroie. Mais le propriétaire du sac avait négligé de remplir la carte. Il n'y avait ni nom ni adresse.

Irrité, l'agent Genero tira sur la fermeture et plongea la main dans le sac.

Il la retira immédiatement, terrifié et pris de nausée. Non ! Ce n'était pas possible ! Il laissa tomber le sac et se cramponna au poteau, tandis que le sol se dérobait sous lui.

2

Au 87e District, dans la salle des inspecteurs, l'atmosphère était chaleureuse et cordiale. Oubliant le crime et les criminels, les gars buvaient du café brûlant en évoquant des souvenirs du temps où ils portaient encore l'uniforme.

On se demandera peut-être s'il est raisonnable de parler de « gars » à propos de ces hommes de vingt-huit à quarante-deux ans, qui se rasent chaque matin et couchent avec toutes sortes de femmes d'âge plus ou moins mûr, qui jurent comme des charretiers et doivent se colleter avec ce que l'humanité a de plus immonde. Le mot évoque une simplicité, une innocence qui ne sont sans doute pas entièrement de mise ici.

Il régnait pourtant dans la salle des inspecteurs, en cette journée pluvieuse de mars, une humeur de camaraderie juvénile. Difficile de croire que les hommes rassemblés dans un groupe fraternel autour du bureau d'Andy Parker, souriants et attentifs, étaient confrontés quotidiennement au crime et aux criminels. On aurait pu se trouver dans le vestiaire de l'équipe de football d'un collège de garçons, un jour de finale. Les hommes buvaient du café dans des gobelets de carton, détendus dans le confort défraîchi de la pièce des inspecteurs. Andy Parker, tel un arrière belliqueux se remémorant les moments difficiles du match contre le collège de la ville voisine, captait l'attention de l'équipe serrée autour de lui. Renversé dans son fauteuil, il secouait la tête d'un air blasé.

— Un jour, j'ai eu l'occasion de me rincer l'œil, je ne vous dis que ça. La fille, je l'avais arrêtée à la sortie de la River Highway. A deux pas du quai 17, vous voyez l'endroit ?

Les gars hochèrent la tête.

— Elle avait grillé le feu au bas de la rampe d'accès, et fait demi-tour sous l'autoroute. A mon coup de sifflet, elle a pilé. Je me suis approché de la voiture. « Ma p'tite dame, j'ai fait, pour conduire comme vous le faites, vous devez être au moins la fille du maire ! »

— C'était le cas ? demanda Steve Carella.

Il était musclé, quoiqu'un peu maigre, et ses yeux légèrement bridés lui donnaient l'air curieusement asiate. Assis sur le bord du bureau, il tenait son gobelet de café dans ses grandes mains et observait Parker avec attention. Il n'avait pas beaucoup d'estime pour son collègue, ni pour ses méthodes de travail. Mais il devait admettre que Parker savait raconter une histoire.

— Bien sûr que non. La fille du maire ? Mais laissez-moi raconter dans l'ordre.

Parker se gratta le menton. Il s'était rasé le matin, mais il avait le poil dru et très noir, et il avait l'air négligé dès le début de l'après-midi. Sans l'insigne agrafé dans son étui, il ressemblait en fait à la plupart des truands qui passaient un jour ou l'autre par la salle des inspecteurs du 87e. Il rappelait tellement le stéréotype du gangster des films hollywoodiens qu'il lui arrivait souvent de se faire arrêter par des agents en quête de suspects. Quand cela arrivait, il déclinait immédiatement son identité de flic et engueulait le bleu trop zélé, ce qui lui procurait (même s'il n'avait jamais voulu se l'avouer) beaucoup de plaisir. En vérité, il n'était pas impossible que Parker traîne délibérément dans des quartiers éloignés, dans l'espoir d'être interpellé par un agent trop naïf sur qui il pourrait déverser sa bile.

— Elle conduisait en tailleur deux-pièces. Un deux-pièces et une paire de bas résille noirs, c'est tout ce qu'elle portait. Son tailleur, c'était une petite culotte noire à paillettes, et un de ces minuscules soutiens-gorge censé dissimuler la plus belle paire de lolos que j'aie vue de ma vie. J'ai inspiré à fond, et je me suis penché dans la voiture. « Vous avez grillé un feu, ma p'tite dame, et vous avez fait demi-tour sur une ligne continue... Et à ce que je vois, j'ai de bonnes raisons de vous poursuivre pour attentat à la pudeur. Qu'est-ce que vous en dites ? »

— Qu'est-ce qu'elle a répondu ? demanda Cotton Hawes.

De tous les inspecteurs agglutinés autour du bureau de Parker, il était le seul à ne pas boire de café. Hawes ne buvait que du thé. Une habitude qui lui venait de son enfance. Pour son père, pasteur protestant, inviter les fidèles à prendre le thé était une habitude quotidienne. Le petit garçon, pour des raisons connues seulement de son géniteur, avait été associé à ces visites paroissiales. L'absorption régulière et en grande quantité de thé fort et chaud n'avait aucunement retardé sa croissance. Hawes était devenu un grand roux d'un bon mètre quatre-vingt-cinq en chaussettes, et pesait pas loin de quatre-vingt-quinze kilos.

— Elle m'a regardé de ses grands yeux bleus, répondit Parker, et elle a battu des cils. « Je suis affreusement pressée, qu'elle m'a dit. Si vous voulez verbaliser, eh bien allez-y, mais vite ! »

— Ouh là ! s'exclama Hawes.

— Je lui ai demandé pourquoi elle était si pressée. Elle m'a expliqué qu'elle devait monter en scène exactement cinq minutes plus tard.

— En scène ? Dans une boîte de strip-tease ?

— Non, non, elle était danseuse dans une comédie musicale. Un gros succès. Il était presque huit heures et demie, et elle risquait sa peau pour ne pas manquer le lever de rideau. Quand j'ai sorti mon stylo et mon carnet, elle a essayé autre chose : « Vous ne préférez pas deux billets pour le plus grand succès de la saison ? » Elle s'est mise à farfouiller dans son sac, et je vous jure que ses lolos étaient prêts à jaillir de ce minuscule soutien-gorge, ce qui aurait bloqué la circulation sur des kilomètres !

— Comment était la pièce ? demanda Carella.

— Je n'ai pas pris les billets.

— Pourquoi ?

— Parce que je me suis offert une représentation pour moi tout seul. J'ai mis vingt minutes pour remplir le P.-V., et pendant tout ce temps-là, elle gigotait et se tortillait sur son siège, et ses superbes nibards étaient à deux doigts de sortir de leur cage. Bon Dieu, quelle expérience !

— Non seulement tu es mesquin, fit Carella, mais tu es obsédé.

— On ne se refait pas, admit Parker en se rengorgeant.

— Je me souviens un jour, dit Steve Carella, j'ai coincé un type sur Lewis Boulevard. Il faisait bien du cent vingt. Il n'avait même pas l'air d'entendre ma sirène. Bref, j'arrive à le faire arrêter et je le vois qui descend de sa bagnole et qui arrive vers moi en courant.

— Un gangster ? demanda Hawes.

— C'est ce que j'ai cru. J'étais persuadé que c'était un type recherché par la police et qu'il allait sortir son pétard.

— Qu'est-ce qu'il a fait ?

— Il s'est mis à sauter d'un pied sur l'autre, et m'a dit qu'il savait bien qu'il allait trop vite mais qu'il était bougrement pressé. Le malheureux, il avait la colique et cherchait une station-service avec des lavabos !

Parker éclata de rire.

— Non ! C'est pas vrai !

— Qu'est-ce que tu as fait ? demanda Hawes. Tu l'as laissé filer ?

— Non, quand même, mais je lui ai donné sa contredanse en vitesse.

— Moi, j'en ai eu un que j'ai laissé filer, dit Hawes. C'était quand j'étais encore en uniforme au 30e District. Le type filait comme un zèbre et quand je l'ai arrêté, il m'a regardé comme ça, tout bête, et il m'a dit : Vous me dressez contravention ? Alors, moi, j'y ai répondu aussi sec : Et comment ! Là-dessus, il a hoché la tête un moment et puis il a dit tout bas : Bon, c'est le bouquet. Manquait plus que ça. Maintenant, je peux me suicider.

— Quoi ? Qu'est-ce qu'il voulait dire ?

— J'en sais rien. C'est ce qu'il a dit, en tout cas. Et puis il hochait la tête, fallait voir. On aurait dit que cette contravention, c'était la goutte d'eau qui fait tout déborder. J'ai eu l'impression que pour lui, c'était un de ces jours où tout va mal, et je vous jure, j'étais sûr et certain que si je lui filais son P.-V., il rentrerait tout droit chez lui ouvrir le gaz ou se pendre ou quelque chose comme ça. J'en étais sûr, je vous dis. Ça se sentait, rien qu'à le voir.

— Alors, tu l'as laissé filer ? Le bon Samaritain !

— Oui, oui, rigolez, tiens, vous auriez dû voir les yeux de ce type-là. C'était pas de la blague.

— Moi, je suis tombé sur une bonne femme, un jour... commença le plus jeune des inspecteurs, Bert Kling.

Au même instant, l'agent de patrouille Dick Genero fit irruption dans le bureau, un petit sac bleu à la main. A voir ses yeux, on sentait que, là non plus, c'était pas de la blague. Il tenait le sac à bout de bras, comme si l'objet pouvait le mordre. Sans un mot, il poussa le portillon de la barrière de bois qui séparait le bureau du couloir et posa le sac sur la table de Parker ; puis il recula d'un pas, comme s'il avait fait son devoir et que ce devoir s'arrêtait là.

— Qu'est-ce que c'est que ça, Dick ? demanda Hawes.

Genero était incapable de répondre. Blême, les yeux écarquillés, il déglutit péniblement, ouvrit la bouche, mais ne put articuler un mot. Il hochait la tête et montrait le sac du doigt. Hawes haussa les épaules et tira sur la fermeture à glissière. Genero se détourna. On l'aurait cru sur le point de vomir.

Hawes regarda dans le sac et s'écria :

— Doux Jésus ! Où t'as trouvé ça ?

— Qu'est-ce que c'est ? demanda Kling.

— Doux Jésus ! répéta Hawes. Quelle saloperie ! Otez-moi ça de là ! Bon sang, enlevez ça d'ici, Jésus ! J'appelle la morgue !

La belle tête dure de Hawes grimaçait de douleur. Il ne pouvait se résoudre à jeter encore un coup d'œil dans le sac.

— Je préviens la morgue, répéta-t-il. Doux Jésus, ôtez ça d'ici. Descendez-le. Enlevez-moi ça !

Carella prit le sac et sortit du bureau.

Il n'avait pas besoin de regarder à l'intérieur. Ce n'était vraiment pas la peine.

Il y avait trop longtemps qu'il était dans la police. Dès qu'il avait vu l'expression de Hawes, Carella avait compris que le sac contenait un morceau de corps humain.

3

C'était parfaitement dégueulasse.

Que ce soit bien clair : la mort est *toujours* dégueulasse, et il n'y a pas trente-six façons de la considérer. Si vous faites partie de ces gens qui aiment les films où, quand on tire un coup de revolver, un petit nuage de poussière explose sur la poitrine de la victime (juste un petit nuage de poussière, surtout pas de sang), alors le travail de la police n'est pas pour vous. Si vous êtes de ceux qui s'imaginent que les cadavres « ont l'air d'être assoupis », vous avez de la chance de n'être pas flic. Car si vous êtes flic, vous savez que la mort n'est jamais belle à voir. C'est ce qui peut arriver de plus atroce et de plus terrifiant à l'être humain.

Si vous êtes flic, vous avez vu la mort dans sa forme la plus hideuse, car ce que vous voyez est la manifestation d'un acte violent.

Il vous est sans doute arrivé plus d'une fois de vomir en découvrant le tableau. Vous avez sans doute tremblé de peur, car la mort a le pouvoir de rappeler au plus fort que sa propre chair peut saigner, que ses os peuvent se briser. Si vous êtes flic, vous ne vous habituerez jamais à la vue d'un cadavre ou d'un fragment de cadavre — en dépit de votre expérience, en dépit de la force et de l'insensibilité que vous avez pu acquérir.

Il n'y a rien de rassurant dans le spectacle d'un homme qui a été massacré à coups de hache. Le crâne, géniale structure osseuse qui ressemble à un melon, les plaies parallèles, les plaies croisées, les horribles plaies sanglantes qui recouvrent la tête, le visage et le cou, la trachée artère apparente, luisante d'une couleur vive, mais seulement parce que la vie s'en est allée, la vie qui s'est enfuie sous la sauvagerie aveugle d'une hache. Il n'y a là rien de rassurant.

Il n'y a rien de beau dans la décomposition d'un corps (homme ou femme, enfant ou adulte), la formation des gaz, la décoloration de la peau et des tissus, la décollation de l'épiderme, les taches de sang, la langue qui sort de la bouche, la graisse décomposée et liquéfiée qui suinte en formant de grandes taches jaunâtres. Il n'y a là rien de beau.

Il n'y a rien de tendre dans les blessures par balle, les chairs tuméfiées, lacérées par un tir à bout touchant, l'explosion de gaz sous l'épiderme, les tissus asséchés et noircis par le feu et la fumée, les grains de poudre incrustés sous la peau, les déchirures ouvertes dans les chairs. Il n'y a là rien de tendre.

Si vous êtes flic, vous savez que la mort est une chose affreuse, effrayante et écœurante. Si vous êtes flic, vous apprenez à affronter ce qui est affreux, effrayant et écœurant, ou bien vous changez de boulot.

L'objet que contenait le petit sac bleu était une main humaine, affreuse, effrayante et passablement écœurante.

L'homme qui en prit réception à la morgue était un assistant du médecin légiste nommé Paul Blaney, un garçon fluet, moustachu, aux yeux violets. Blaney n'aimait pas particulièrement manipuler des restes humains, et il se demandait souvent pourquoi, en qualité de « nouveau », il avait invariablement droit aux macchabées les plus déplaisants, victimes d'accidents d'auto, brûlés vifs ou mangés par les rats. Mais quoi, c'était le boulot, après tout. En l'occurrence, le boulot consistait à déterminer, à partir d'une main coupée à ras du poignet, le sexe, la race, l'âge, la taille et le poids de la personne à qui cette main avait appartenu.

Blaney était là pour ça.

Repoussant toute sentimentalité déplacée, il se mit rapidement au travail.

Heureusement, cette main était encore recouverte de sa peau. La race était donc facile à déterminer. Blaney eut vite fait d'inscrire sur sa fiche *Race : Blanche*.

C'était toujours un point d'acquis. Pour le sexe, c'était un peu plus compliqué. Il n'est pas difficile de déterminer le sexe d'un individu si l'on dispose des restes d'un sein ou d'un organe sexuel. Mais Blaney ne disposait que d'une main. Point final. Généralement, et quelle que soit l'espèce considérée, la femelle a une pilosité moins fournie que le mâle, des extrémités plus délicates, plus de graisse sous-cutanée et moins de muscles. Ses os sont plus petits et plus légers, avec des diaphyses plus fines et des conduits médullaires plus larges. La main qui gisait sur la table d'autopsie était grande et musclée. Elle mesurait vingt-cinq centimètres de l'extrémité du majeur au poignet. A moins qu'il ne s'agisse d'une solide masseuse ou d'une championne de catch, il était peu probable que cette main-là provienne d'une personne de sexe féminin. Mais Blaney était consciencieux et ne voulait rien laisser au hasard. Il mesura donc soigneusement les doigts, l'écartement des doigts et les os du carpe. Il étudia ensuite les épais poils noirs qui frisaient sur les phalanges et jugea qu'il pouvait sans crainte inscrire sur la fiche *Sexe : Masculin*.

Eh bien, se dit-il, nous avançons. Nous savons maintenant que ce triste résidu d'être humain provient d'un homme blanc. Blaney s'épongea le front et se remit au travail.

L'examen microscopique révéla que la peau avait gardé son élasticité. L'homme n'était donc pas vieux. Mais entre l'extrême jeunesse et l'âge mûr, la peau ne présente pas de différences notables. Il fallait donc interroger l'ossature...

La main avait été tranchée un peu au-dessus du poignet, de sorte que des fragments du radius et du cubitus, les os jumeaux reliant le poignet au coude, y étaient encore attachés. Blaney disposait en outre des os de la main proprement dite : le carpe, le métacarpe et les phalanges. Tout en travaillant, il songea qu'un observateur profane pourrait croire que toutes ses activités relevaient d'un méli-mélo scientifique, des vaines contorsions d'un type qui se prend pour un sorcier. Eh bien, se dit-il, que le profane aille se faire voir. Je sais parfaitement que les os gardent des traces des différentes étapes de leur croissance. Je sais donc que leur examen approfondi me permettra d'estimer avec précision l'âge de ce cadavre d'homme blanc. Et je vais m'y employer, quoi qu'en pensent ceux qui n'y connaissent rien.

L'examen approfondi de la main dura près de trois heures. Blaney prenait des notes, au fur et à mesure de ses découvertes, dans un jargon fleuri où l'on trouvait des termes étranges, tels que

« scaphoïde », « semi-lunaire » et « éminence hypothénar ». Traduit en langage clair, sur la fiche, cela donna *Age : 18 à 24 ans.*

Il s'agissait à présent de chercher la taille et le poids approximatifs de la victime. Moralement, Blaney leva les bras au ciel. S'il avait eu un fémur, ou un humérus, ou même un simple radius complet, la formule de Pearson lui aurait permis de calculer la taille. Par exemple, avec un radius, le calcul était simple. Pour un homme, cela donnait 86,455 plus 3,271 fois la longueur du radius et pour une femme 82,189 plus 3,343 fois le radius. Ensuite, pour obtenir la taille du sujet vivant, on soustrayait un centimètre et demi du résultat final pour un homme, et deux centimètres pour une femme. D'une simplicité enfantine.

Hélas, Blaney n'avait pas de radius à sa disposition. Rien qu'une main. Il renonça donc, fit un paquet du débris humain et l'étiqueta soigneusement avant de le faire porter au lieutenant Samuel G. Grossman, au laboratoire de la police. Grossman soumettrait le sang à une iso-réaction afin de déterminer le groupe sanguin. Et Grossman essaierait sans doute de relever les empreintes digitales de la main coupée. Mais Blaney était certain que Grossman échouerait dans cette dernière tentative. Le bout de chaque doigt avait été nettement découpé par le meurtrier inconnu et il aurait fallu un magicien pour relever les empreintes. Grossman n'était pas un magicien.

Blaney expédia donc la main et acheva de recopier ses notes. Les détails qu'il envoya enfin aux policiers du 87e District étaient clairs, concis et dépourvus de tout verbiage. On pouvait lire sur la fiche :

Race : Blanche.

Sexe : Masculin.

Age : 18-24 ans.

Aux gars de se débrouiller.

4

L'inspecteur Steve Carella fut le premier des gars chargés de se débrouiller.

Il s'y mit de bonne heure le lendemain matin. Installé à son bureau près des fenêtres ruisselantes de pluie, il prit son téléphone et appela Blaney.

— Dr Blaney, fit une voix à l'autre bout du fil.

— Blaney ? Carella, du 87e.

— Salut.

— J'ai reçu votre rapport sur la main, mon vieux.

— Oui ? Qu'est-ce que vous lui reprochez ? s'écria Blaney, tout de suite sur la défensive,

— Rien du tout. Au contraire, je le trouve très précieux.

— Ah ! Bon. Je suis bien content de vous l'entendre dire. C'est rare que dans votre foutue boîte quelqu'un veuille bien reconnaître qu'on fait du bon boulot ici.

— Ici au 87e, nous ne sommes pas comme ça. Nous avons toujours compté sur le bureau du médecin légiste, pour toutes nos enquêtes.

— Ça, ça fait plaisir à entendre. C'est vrai, ça. On se décarcasse ici, avec des macchabées toute la journée, et c'est pas marrant, vous savez, de charcuter tout ça.

— Vous faites un boulot splendide, affirma Carella.

— Eh bien, merci.

— Je vous parle très sincèrement. Vous travaillez dans l'ombre, mais je peux vous jurer que nous apprécions ce que vous faites.

— Ça... Merci, mon vieux.

— Non, non, c'est vrai. Le nombre de fois où vous nous avez aidés à mettre la main sur un coupable ! insista Carella, emporté par son élan et presque convaincu lui-même.

— Ben, vrai, merci, alors... Qu'est-ce que je peux faire pour vous, mon vieux ?

— Votre rapport est remarquable, et extrêmement utile pour nous, déclara Carella, mais il y a une chose, tout de même.

— Oui ?

— Je me demande si vous ne pourriez pas me donner un petit aperçu du type qui a fait le coup.

— Qui a fait le coup ?

— Oui. Votre rapport me dit beaucoup de choses sur la victime, c'est lumineux, très explicite, si, si... Mais je n'y trouve rien sur l'auteur du délit.

— Hein ? Du délit ?

— Oui, l'homme ou la femme qui s'est livré à ce petit travail de chirurgien.

— Ha, ha ! oui, bien sûr ! Vous savez, à force d'examiner des cadavres, on en vient à les considérer comme, je ne sais pas, des objets en soi, si vous voyez ce que je veux dire ? On ne pense plus que quelqu'un est responsable de leur état de cadavre.

— Oui, je vois. Mais pour la personne responsable de ce cadavre précis, vous n'avez rien pu déduire du travail lui-même ?

— Ma foi, la main a été sectionnée un peu au-dessus du poignet.

— Pouvez-vous dire quel outil a été utilisé ?

— Un hachoir à viande, peut-être, ou une hachette. Quelque chose comme ça, je dirais.

— C'était un travail soigné ? Net ?

— Assez. Celui qui a fait ça a dû couper dans l'os, mais il n'y a pas d'hésitation, pas d'esquilles, ni d'autres coupures sur la main. La personne devait avoir la main sûre.

— Une main experte ?

— Comment ça, experte ?

— Est-ce qu'il pourrait s'agir d'une personne ayant de bonnes notions d'anatomie ?

— Je ne crois pas. Le plus logique aurait été de trancher dans le poignet même. A l'articulation. C'était plus facile que de s'attaquer à l'os. Non, je ne pense pas qu'il s'agisse de quelqu'un de très fort en anatomie. De fait, je ne comprends pas pourquoi cette main a été sectionnée, et vous ?

— Comment ? Je ne vous suis pas, Blaney.

— Si. Vous avez déjà eu des cas de cadavres coupés en morceaux, Carella. En général, on trouve la tête, et puis le tronc, et puis les quatre membres. Mais si une personne a l'intention de couper le bras, pourquoi couper la main, hein ? Vous voyez ce que je veux dire ? C'est un travail supplémentaire, il me semble, qui ne sert pas à grand-chose.

— Oui, oui, je vois.

— La plupart des cadavres coupés en morceaux le sont parce que le criminel essaye d'éviter l'identification du corps. C'est le cas ici, d'ailleurs, puisque le bout des doigts a été mutilé. Bien sûr. D'autres fois, l'assassin découpe sa victime pour mieux en disposer. Mais pourquoi trancher une main au poignet ? Ça n'a pas de sens. Ça n'avance à rien.

— Je ne sais pas... En tout cas, nous pouvons être sûrs que nous n'avons pas affaire à un médecin ou un chirurgien, n'est-ce pas ?

— Non, sûrement pas.

— Et un boucher ?

— Ma foi... Les os ont été tranchés avec une certaine force. Cela ferait penser à un homme qui a l'habitude de son outil. Et le bout des doigts était très nettement découpé.

— Parfait. Merci mille fois, Blaney.

— A votre service, lança gaiement Blaney et il raccrocha.

Carella réfléchit un moment aux cadavres coupés en morceaux et il eut soudain un goût amer dans la bouche. Il quitta son bureau, alla au secrétariat et demanda à Miscolo de lui faire un grand pot de café.

Dans le bureau du capitaine Frick, au rez-de-chaussée, un agent nommé Richard Genero se trouvait sur la sellette. Frick, qui était le chef du district — mais qui se mêlait rarement des enquêtes de ses inspecteurs —, n'avait pas beaucoup d'imagination et n'était pas, à vrai dire, un homme très intelligent. Il ne détestait pas son métier, non, mais son rêve avait toujours été d'être vedette de cinéma. Les vedettes de cinéma ont l'occasion de rencontrer des femmes sensationnelles. Les capitaines de police ont tout juste l'occasion de passer des savons à des agents.

— Vous me demandez de croire, Genero, que vous ne savez pas si la personne qui a laissé ce sac sur le trottoir était un homme ou une femme ? C'est ça que vous me demandez de croire ?

— Oui, monsieur, dit Genero.

— Vous ne faites pas la différence entre un homme et une femme, Genero ?

— Non, monsieur. Je veux dire, si, monsieur, mais il pleuvait.

— Et alors ?

— Alors cette personne était cachée. Par le parapluie.

— Cette personne portait-elle une jupe ?

— Non, monsieur.

— Une robe ?

— Non, monsieur.

— Une culotte ?

— Vous voulez dire un pantalon, monsieur ?

— Bon Dieu de bon Dieu, naturellement, que je veux dire un pantalon ! rugit le capitaine Frick.

— Eh bien, oui, monsieur. C'est-à-dire, ça ne veut rien dire, n'est-ce pas. Ça pouvait être un pantalon, comme les femmes en portent, monsieur. Ou bien alors un pantalon. Comme les hommes, quoi.

— Et qu'est-ce que vous avez fait quand vous avez vu le sac sur le trottoir ?

— J'ai crié après l'autobus, monsieur.

— Et puis ?

— J'ai ouvert le sac.

— Et quand vous avez vu ce qu'il y avait dedans ?

— Je... je crois que j'ai un peu perdu la tête, monsieur.

— Vous avez couru après l'autobus ?

— Je... N-non, monsieur.

— Est-ce que vous vous rendez compte qu'il y a un autre arrêt d'autobus à deux cents mètres ?

— Non, monsieur.

— Il y en a un, Genero. Est-ce que vous vous rendez compte que vous auriez pu héler la première voiture qui passait, rattraper l'autobus et y monter à l'arrêt suivant, et arrêter immédiatement la personne qui avait laissé ce sac sur le trottoir ? Hein, Genero ? Répondez !

— Oui, monsieur, je veux dire, je le vois bien à présent, mais sur le moment, eh bien, non.

— Et que vous auriez pu nous éviter d'avoir à expédier ce sac au laboratoire, ou de faire galoper un peloton d'inspecteurs jusqu'à l'aéroport international ?

— Oui, monsieur.

— Et que vous auriez pu nous éviter la peine de chercher tous les autres morceaux de cadavre, dans l'espoir que nous pourrons peut-être alors savoir de qui il s'agit ? Dites ? Vous le comprenez ?

— Oui, monsieur.

— Alors, bon Dieu, comment pouvez-vous être aussi bougrement idiot, Genero ?

— Je ne sais pas, monsieur.

— Nous avons interrogé la direction de la Compagnie des Bus, dit Frick. L'autobus qui est passé à ce coin de rue à deux heures et demie — car il était bien quatorze heures trente, Genero ?

— Oui, monsieur.

— ... à deux heures et demie, porte le numéro 8112. Nous avons vu le conducteur. Il ne se rappelle personne. Il n'a vu personne vêtu de noir, homme ou femme, à ce coin-là.

— Il y avait une personne, monsieur. Je l'ai vue, homme ou femme.

— Personne ne met votre parole en doute, Genero. Un conducteur d'autobus ne peut se rappeler tous les voyageurs qu'il transporte dans son sacré véhicule. Mais nous en sommes revenus à notre point de départ. Tout ça parce que vous n'avez pas pensé. Hein, Genero ? Pourquoi n'avez-vous pas pensé ?

— Je ne sais pas, monsieur. J'étais trop choqué, sans doute.

— Bon Dieu, il y a des moments où je regrette de ne pas être acteur de cinéma ou n'importe quoi, je vous jure ! Bon, ça va, ça va, allez, Genero. Remuez-vous, réveillez-vous.

— Oui, monsieur.

— Allons, filez. Vous pouvez disposer.

— Oui, monsieur.

Genero salua et se hâta de sortir du bureau du capitaine, en remerciant le ciel et tous les saints du Paradis de ce que personne n'eût découvert qu'il avait bu deux verres de muscat chez Max le tailleur, juste avant de trouver ce fichu sac.

Frick s'assit à son bureau en soupirant. Puis il appela le lieutenant Byrnes, à l'étage au-dessus, pour lui dire qu'il pouvait expédier le sac au labo quand il voulait. Byrnes lui répondit qu'il lui envoyait quelqu'un sur-le-champ.

La photographie du sac était posée bien à plat sur le bureau de Nelson Piat.

— Oui, pas de doute, c'est bien un de nos sacs, dit-il. Belle photo, d'ailleurs. Très réussie. C'est vous qui l'avez prise ?

— Moi, personnellement, vous voulez dire ? demanda l'inspecteur Meyer Meyer.

— Oui.

— Non. C'est un photographe de la police.

— Oui. Eh bien, comme je vous le disais, c'est bien un de nos sacs, dit Piat en se renversant dangereusement dans son fauteuil à pivot adossé à l'immense vitre qui dominait le terrain d'aviation.

Le bureau était situé au troisième étage des bâtiments administratifs de l'aéroport international. La pluie balayait les pistes, noyait les hangars, ruisselait sur les vitres.

— Foutu temps, dit Piat. Mauvais pour nous.

— Vos avions ne peuvent pas voler quand il pleut ?

— Oh ! si. Nous, nous pouvons voler. Par n'importe quel temps, ça ne nous gêne pas. Mais eux, les gens, les clients, ils ne veulent pas. Ils ont peur. Vous ne pouvez pas savoir, dès qu'il se met à pleuvoir, le nombre de types qui annulent leur voyage. La trouille, quoi. Ils ont peur.

Piat hocha la tête et reprit la photo 18 × 24 sur papier glacé. Le sac avait été pris sur un fond blanc et le cliché était d'une netteté remarquable. Le cercle blanc, le nom de la compagnie et le slogan vous sautaient immédiatement aux yeux.

— Bon. Alors, messieurs ? Ce sac ? Un cambrioleur s'en est-il servi pour trimbaler sa pince-monseigneur ?

Piat rit avec complaisance de son esprit et regarda alternativement Kling et Meyer. Ce fut Kling qui répondit :

— Pas tout à fait, monsieur. Un assassin s'en est servi pour transporter un morceau d'un cadavre.

— Un morceau de... ? Oh ! Ah ! Oui. Hmm ! Evidemment. Moins drôle, moins drôle. Mauvais pour nous. A moins que... ? Voyons, voyons... Est-ce que cette affaire paraîtra dans les journaux ?

— Je ne pense pas. C'est un peu trop sanglant, dit Meyer. Et puis il n'y a ni viol ni filles en bikini. Ce n'est pas très passionnant.

— J'avais pensé, n'est-ce pas... Enfin, vous savez... Une photo de ce sac en première page des journaux à gros tirage, ce ne serait peut-être pas mauvais pour nous. Bon sang, quelle publicité gratuite, pas vrai ? Ce ne serait peut-être pas mauvais du tout pour nous, après tout. Qui sait ?

— En effet, soupira patiemment Meyer.

Meyer Meyer n'était pas un saint, loin de là. Bon époux et bon père, certes, mais de là à être un saint, non. Il y avait cependant une vertu qu'il possédait au plus haut degré. La patience.

On pourrait dire qu'il l'avait reçue en même temps que son nom. Le père de Meyer était un plaisantin. Le genre de type qui déclare à ses invités que le dîner qu'ils sont en train d'engloutir n'est pas cacher. Pour un farceur, c'était un vrai farceur.

Et lorsque ce farceur eut depuis longtemps passé l'âge de changer les couches et d'essuyer le nez des enfants, et que sa femme eut subi ce remarquable phénomène de la physiologie féminine qu'on appelle « retour d'âge », ils tombèrent de haut en découvrant que l'épouse était enceinte.

C'était plus qu'une surprise : la blague suprême que le sort réservait au roi des farceurs. Le père de Meyer y réfléchit longuement. Les plaisanteries se firent plus rares, tandis qu'il préparait sa vengeance contre les caprices de la nature et le contrôle des naissances défaillant. La sage-femme aida à mettre au monde un garçon potelé aux yeux bleus, pesant trois kilos trois cent cinquante. C'est alors que le papa de Meyer conçut le chef-d'œuvre de sa carrière de farceur. Il décréta que le nouveau-né se prénommerait Meyer. En guise de nom, son fils recevait une sorte de bégaiement : Meyer Meyer.

C'était si drôle que le père de Meyer s'étouffa de rire pendant une semaine d'affilée. Meyer, lui, eut beaucoup de mal à rire avec les lèvres fendues. Il faut dire que les Meyer étaient des juifs orthodoxes, dans un quartier où leurs coreligionnaires étaient infiniment minoritaires. Et si les gamins du coin avaient eu besoin d'une raison supplémentaire pour le battre comme plâtre chaque jour que Dieu faisait, son nom la leur donna. « Meyer Meyer, les juifs en enfer ! » chantaient-ils, en le rouant de coups.

Le passage des ans allait lui apprendre qu'il est impossible de se battre contre douze types à la fois, mais que les mots pouvaient les dissuader de lui administrer une correction. Il parlait donc, avec beaucoup de patience. Parfois, cela marchait. Parfois non. Mais la patience devint sa qualité première. Et la patience est une vertu, tout le monde en conviendra. Mais si Meyer Meyer n'avait pas été forcé de sublimer, si on l'avait, même une seule fois, appelé Charlie ou Frank ou Sam, et qu'on lui avait permis d'affronter un autre garçon de son âge (un seul, pas dix ou douze d'un coup) et de lui balancer un direct sur le nez, eh bien peut-être (mais rien n'est sûr) que Meyer Meyer n'aurait pas été complètement chauve à l'âge de trente-sept ans.

Mais il se consolait en pensant que son vieux père avait bien rigolé.

Patiemment, donc, Meyer Meyer reprit l'interrogatoire.

— Comment ces sacs sont-ils distribués, Mr Piat ?

— Distribués ? A vrai dire, n'est-ce pas, ils ne sont pas distribués. Nous les donnons aux personnes qui prennent nos avions. C'est bon pour nous. La publicité, voyez ce que je veux dire ?

— Vous offrez donc un de ces sacs à tous vos passagers ?

— Non, pas précisément. Nous avons plusieurs types de vols, vous comprenez.

— Oui ?

— Oui. Nous avons la classe luxe, avec beaucoup de place pour les jambes — cinquante centimètres, pour être exact —, des apéritifs de marque, un choix de divers repas et la gratuité pour un léger excédent de bagages. Le service est parfait, et...

— Oui ?

— Oui. Nous avons ensuite la première classe, qui présente les mêmes aménagements, les mêmes sièges, mais sans les apéritifs — on peut s'en faire servir, bien entendu, mais ce n'est pas compris. De plus, il n'y a qu'un menu. Du rosbif, en général, ou du jambon.

— Je vois.

— Et puis nous avons notre classe touriste.

— Ah ! la classe touriste, oui. Et ces sacs...

— En classe touriste, il y a moins de place pour les jambes. Trente-deux centimètres seulement. Mais le dîner est le même qu'en première.

— Oui. Donc, le sac...

— Nous avons enfin la classe économique. Autant de place pour les jambes, mais il y a trois sièges au lieu de deux, et le repas ne consiste qu'en sandwichs. Pas de vin, bien entendu.

— Et, de tous ces vols, pour lequel distri...

— Pour terminer, nous avons une classe épargne, qui, je dois vous l'avouer, n'est pas très confortable, mais enfin ce n'est pas trop dur. Il y a moins d'espace pour les jambes et...

— C'est le dernier de vos vols ? coupa Meyer, patiemment.

— Nous étudions en ce moment une classe tirelire qui pourrait être encore moins chère. Vous comprenez, notre but est de mettre l'avion à la portée de toutes les bourses et de chercher à gagner une clientèle qui s'en tient encore aux moyens de transport désuets, le train, le bateau, la voiture. Nous...

— Qui a droit aux sacs ? demanda Kling, impatiemment.

— Comment ? Ah ! les sacs. Nous les offrons gracieusement à tous les passagers de nos classes luxe et première classe.

— Tous les passagers ?

— Tous.

— Depuis quand ?

— Depuis plus de six ans.

— Donc n'importe quelle personne qui a voyagé soit en première, soit en classe luxe au cours des six dernières années peut posséder un de ces sacs. C'est exact ? demanda Meyer.

— Parfaitement exact.

— Et combien de personnes pensez-vous...

— Oh ! des milliers, des milliers et encore des milliers, déclara Piat. Vous devez comprendre, inspecteur Meyer...

— Oui ?

— Nous encerclons le globe !

— Pardon. Excusez-moi. Avec tous ces vols qui tournent dans ma tête, j'avais un peu perdu le nord.

— Croyez-vous qu'il soit possible que cette affaire paraisse dans les journaux ?

— Tout est possible, dit Meyer en se levant.

— Si oui, voudriez-vous me le faire savoir ? Je veux dire, n'est-ce pas, si je suis prévenu à l'avance de l'arrivée des journalistes, nos services de publicité pourront se préparer, n'est-ce pas ?

— C'est promis. Excusez-nous de vous avoir dérangé, Mr Piat.

— Du tout, du tout... Du tout.

En accompagnant les policiers jusqu'à la porte, Mr Piat se retourna un instant vers les immenses baies nappées de pluie et grogna :

— Fichu temps... Mauvais pour nous.

5

Vendredi matin.

Quand il était gosse, il lui arrivait souvent de marcher près d'un kilomètre sous la pluie, le col de sa veste de laine relevé comme l'Abraham Lincoln de la légende. Une fois arrivé à la bibliothèque, il s'installait dans la salle de lecture bien chauffée. Plongé dans ses livres, écoutant le chuchotement de la pluie, à l'extérieur, il avait la curieuse impression d'avoir reçu une récompense.

Parfois, à la plage, une averse éclatait soudain, les nuages se déployant au-dessus de l'océan comme de noirs soldats lancés dans une charge de cavalerie retentissante, les éclairs déchirant le ciel comme autant de coups de sabre furieux. Les filles saisissaient leurs pulls et leurs sacs de plage, quelqu'un se chargeait du tourne-disque portatif et de la pile de 45 tours, et les garçons dépliaient une couverture au-dessus de leurs têtes, le temps de courir vers l'abri que leur offrait le restaurant de la digue. Ils restaient là, et contemplaient la plage battue par la pluie, les pailles tordues et tachées de rouge à lèvres dans les bouteilles de Coca abandonnées. La mélancolie, finalement, n'excluait pas le confort.

En Corée, Bert Kling avait découvert que la pluie pouvait être différente. Il avait connu une pluie cruelle, violente et amère, une pluie qui transforme la terre en une boue poisseuse capable de paralyser les machines et les hommes. Il avait découvert ce que signifiait être trempé et avoir froid en permanence. Depuis la Corée, il n'avait jamais aimé la pluie.

En cette fin de vendredi après-midi, il ne l'aimait pas plus que d'habitude.

Il avait commencé sa journée en rendant visite au Bureau des Personnes disparues, où régnaient les inspecteurs Ambrose et Bartholdi.

— Pour une surprise, c'est une surprise ! s'exclama Bartholdi.

— L'enfant prodige du 87e ! ajouta Ambrose.

— Le génie blond en personne.

— Lui-même, dit Kling.

— Et qu'est-ce qu'il y a pour votre service, inspecteur Kling ?

— Qu'est-ce que vous avez donc perdu, inspecteur Kling ?

— Nous cherchons un individu blanc de sexe masculin, âgé de dix-huit à vingt-quatre ans, répondit Kling.

— T'entends ça, Romeo ? lança Ambrose à Bartholdi.

— J'ai entendu, Mike, répliqua Bartholdi.

— Ça au moins, c'est un signalement ! Pas moyen de s'y tromper. Combien crois-tu qu'on en ait, Romeo, des individus blancs de sexe masculin entre dix-huit et vingt-quatre ans ?

— A vue de nez, comme ça sans compter, je dirais qu'il y en a bien dans les six mille sept cent vingt-trois, Mike.

— Sans compter tous ceux qu'on n'a pas eu le temps de ficher.

— Forcément, avec tous les charmants policiers futés du 87e qui viennent nous tenir la jambe, on n'a pas le temps de s'en occuper, des fiches.

— C'est bien dommage, dit Kling, d'un ton sec.

Il aurait voulu se défaire du sentiment qu'il éprouvait toujours en présence de flics plus âgés que lui. Il savait qu'il débutait, bien sûr, mais il détestait l'idée que son âge et son manque d'expérience le fassent passer pour un flic incompétent. Il n'avait pas l'impression d'être incompétent. En fait, il se considérait comme un assez bon flic, n'en déplaise à Romeo et Mike.

— Dites, je peux les consulter, vos fiches ?

— Ben voyons ! Mais bien sûr, mon coco ! Elles sont là pour ça. Tu sais bien que nous passons nos journées à bien les ranger et à les mettre à jour exprès pour que les petits copains du 87e viennent tout nous foutre en l'air. C'est pas vrai, Mike ?

— Sûr, que c'est vrai. Faut bien qu'on s'occupe. Qu'est-ce qu'on ferait toute la journée si on n'avait pas nos fiches à reclasser, à recopier parce qu'elles sont salopées et tout ? Hein ? On serait tentés de les consulter, à la fin !

— Ou bien le chef nous ferait sortir par un beau temps comme ça. Si ça se trouve, on serait peut-être forcés de se servir de notre artillerie. Et ça, on préfère le laisser aux jeunes costauds dans ton genre.

— Aux héros, ajouta Ambrose.

— Oui, murmura Kling, faute de trouver une meilleure repartie.

— Bon. Mais fais attention à nos fiches, hein ? Tu t'es lavé les mains, ce matin ?

— Oui.

— Parfait. N'oublie pas de lire l'écriteau.

Au-dessus des classeurs métalliques, une pancarte sautait aux yeux : MÉLANGEZ-LES. JONGLEZ AVEC. TRIPOTEZ-LES. AMUSEZ-VOUS, MAIS LAISSEZ LES FICHES COMME VOUS LES AVEZ TROUVÉES !

— T'as bien compris ? demanda Ambrose.

— Je suis déjà venu ici, dit Kling. Vous devriez un peu changer votre écriteau. On le connaît par cœur. Ça devient lassant.

— Il n'est pas là pour divertir le monde, dit Bartholdi.

— Fais gaffe aux fiches, conseilla Ambrose. Si tu t'ennuies, cherche voir une souris appelée Barbara Cesare plus connue sous le nom de Bubbles Caesar. Elle a été portée disparue en février. C'est là-bas, près de la fenêtre. Elle faisait du strip-tease à Kansas City avant de venir ici. Y a des belles photos artistiques dans son dossier.

— C'est un gamin, Mike. Tu ne devrais pas lui donner des idées, tu sais.

— Pardon, Romeo, tu as raison. Ne pense plus à Bubbles Caesar, Kling. Oublie toutes ces belles photos du classeur près de la fenêtre, t'entends ?

— Je n'y penserai pas une seconde.

— Bon. Nous avons du travail, nous autres. Amuse-toi bien.

— Celle qu'il ne faut pas que tu regardes, c'est Caesar. Avec un C.

— Bubbles, ajouta Bartholdi en refermant la porte.

Bien entendu, Kling n'avait pas à consulter six mille sept cent vingt-trois fiches. Ce chiffre était tout à fait exagéré. En réalité, il n'y a guère que deux mille cinq cents personnes portées disparues au cours de l'année, ce qui fait à peu près deux cents par mois. Les mois les plus propices aux disparitions sont mai et septembre, mais, Dieu merci, Kling n'avait que faire de ces mois-là. Il ne s'intéressait qu'à janvier, février et le début de mars. Donc, il n'avait pas tellement de dossiers à consulter.

Cependant le travail était assez ennuyeux et, puisque aussi bien il s'intéressait au mois de février, le jeune inspecteur jeta un coup d'œil curieux au dossier de la danseuse nue. Il put constater que Bubbles Caesar valait le déplacement. Même en noir et blanc, cette jeune personne avait de quoi tirer l'œil. Ses rondeurs suggestives rappelèrent à Kling celles de sa fiancée, Claire Townsend, et il soupira. Puis il alluma une cigarette, referma le dossier, et se remit au travail.

Quand sonna onze heures, il n'avait découvert que deux candidats à l'Oscar des Personnes disparues. Kling prit leurs fiches et alla les faire photocopier par Bartholdi, qui semblait avoir repris son sérieux.

— C'est ceux-là que tu cherchais, petit ? demanda-t-il.

— Ce sont des possibilités. On verra ce que ça donnera.

— C'est quoi, au juste, comme affaire ?

— Un de nos agents a trouvé une main dans un sac.

— Eh ben ! fit Bartholdi, avec une grimace.

— Ouais. En plein dans la rue. Près d'un arrêt d'autobus.

— Eh ben ! répéta Bartholdi.

— Ouais.

— Homme ou femme ? La main, je veux dire.

— Homme.

— Quel genre de sac ? Un cabas ?

— Non, un de ces petits sacs de compagnie aérienne. Tu sais. Ces trucs bleus à fermeture à glissière. Celui-là venait d'une compagnie appelée Circle Airlines.

— Un tueur de haut vol, on dirait, jugea Bartholdi. Bon, voilà tes copies. Bonne chance, petit.

— Merci.

Kling prit l'enveloppe et descendit à la cabine téléphonique du hall. Il forma le numéro du 87e et demanda l'inspecteur Steve Carella.

— Fichu temps, hein ? dit Steve.

— On ne fait pas mieux. Ecoute, j'ai trouvé deux types, là, dans les fiches. On pourrait peut-être voir le premier avant de déjeuner. Tu veux venir ?

— D'accord. Où est-ce qu'on se retrouve ?

— Ma foi, le premier est un marin de la marine marchande. Disparu le 14 février, le jour de la Saint-Valentin. Sa femme a signalé sa disparition. Elle habite Detavoner Avenue. Près de la 11e Rue.

— Tu veux qu'on se rencontre au coin ?

— D'accord. Personne ne m'a téléphoné ?

— Si, Claire.

— Ah ?

— Elle demande que tu rappelles dès que tu pourras.

— Bon. Merci. Dans une demi-heure, alors ?

— Entendu. Te fais pas mouiller.

Debout sous la pluie, au coin de la rue, exposé à tous les vents, Kling essayait de suivre ce conseil. Il se recroquevillait dans son imperméable, les mains dans les poches, le cou rentré comme une tortue, le col relevé, mais rien ne pouvait rebuter la pluie. Kling était trempé, mouillé jusqu'aux os, gelé et furieux. Qu'est-ce qu'il foutait, Carella ?

Je regrette de n'avoir pas pris de chapeau, se dit-il. Je regrette de ne pas être un de ces types qui travaillent dans la publicité, et qui ne sont à l'aise qu'avec un chapeau.

Tête nue, ses cheveux blonds trempés lui collant au crâne, Kling resta planté au carrefour. Il ne perdait pas de vue les quatre coins, occupés respectivement par un parking à ciel ouvert, une tour en construction, un autre parking, entouré de palissades, et le mur blanc d'un entrepôt.

Pas de marquise. Pas de porte cochère. Pas le moindre abri pour se protéger de la pluie. Rien d'autre que l'espace ouvert et la pluie tambourinant comme une armée de Cosaques dans une superproduction italienne. Nom de Dieu, Carella, où es-tu ?

Allons, Steve. Sois gentil, dépêche-toi.

Enfin, une voiture de police banalisée s'arrêta devant un panneau d'interdiction de stationner. Carella coupa le contact et sortit de la voiture.

— Salut. Ça fait longtemps que tu attends ?

— Qu'est-ce que t'as foutu ?

— Grossman a téléphoné au moment où je partais.

— Et alors ?

— Il nous promet un rapport sur le sac et sur la main pour demain.

— Il pourra relever les empreintes ?

— Il en doute. Les extrémités des doigts sont complètement lacérées. Dis donc, tu tiens absolument à discuter sous la flotte ? Je boirais bien un café. Et puis j'aimerais jeter un œil à cette fiche des Personnes disparues, avant d'aller voir cette femme.

— Un café ne me fera pas de mal, dit Kling.

— Elle nous attend ? La femme du mec ?

— Non. Tu crois que j'aurais dû la prévenir ?

— Non, vaut mieux pas. Comme ça, on a peut-être une chance de la trouver avec le cadavre dans une malle et un hachoir à viande à la main.

— Vu. Tiens, y a un bistrot, là-bas. Allons-y et je pourrai téléphoner à Claire pendant que tu regardes la fiche.

— D'accord.

Ils y allèrent à pied, s'installèrent à une table écartée et commandèrent deux cafés. Pendant que Kling téléphonait à sa fiancée, Carella examina le premier rapport.

POLICE D'ISOLA
BUREAU DES PERSONNES DISPARUES
DÉCLARATION DE DISPARITION

District	2
N· Dossier	DD26-1143
N· DOSSIER B.P.D.	34A-1762
Date	16 Février

NOM	PRÉNOM	NAT.	SEXE	AGE	RACE
ANDROVICH	EARL.F.	U.S.A.	M	22	Blanche

ADRESSE 537 Detavoner Avenue	DERNIÈRE PRÉSENCE SIGNALÉE A son domicile	Le 14 Février à 6h30
DESTINATION PRÉSUMÉE Navire SS Farren, quai 6	MOTIF DE L'ABSENCE ?	DISPARITION SIGNALÉE Le 15 Février à 9h00

DESCRIPTION DÉTAILLÉE	VÊTEMENTS Préciser si poss. couleur, style, marques de fabricants, etc.		RENSEIGNEMENTS DIVERS	
Taille 1m94	Coiffure Casquette de matelot (bleu marine)		Profession ou Etablissement scolaire Matelot sur le SS Farren	
Poids 95 kg	Pardessus/Manteau —		Empreintes relevées ? Marine marchande, 4 février 1958	
Corpulence Forte	Costume/Robe —		Marque de blanch. Doublure caban : Detavoner Cleaners, 601 Detavoner Avenue	
Teint Cireux	Veste Caban bleu			
Cheveux Bruns	Chemise/~~Cors.~~ Blanche Cot, Etiq Manhattan	Echarpe/Foul. —	Photo ? Oui	Autre déclaration au B.P.D. Non
Yeux Marron	Cravate —	Gants —	Rendre public ? Oui	
			N· S.S. 119-16-4683	

Lunettes —	Pantalon/~~jupe~~ Salopette bleue, couleur délavée	Enquête prélim. Agent Ralph Cinnetar
Moustache/~~Barbe~~ Marron, soignée	~~Bas~~/Chaussettes classiques noires, dacron-coton	Officiers de perm. Lieutenant R. Neal
Dentit. Pas de dossier connu	Chaussures Noires, bon état	
	Sac —	Bureau télégr. Sergent N. Abrenoff
Cicatrices —	Bagages Sac de marin, toile blanche, marque au pochoir E.F. Androvich	Bureau chargé de l'enquête Insp 1 cl D. Nicholson
Malformations —	Bijoux —	Autres
	Argent 30 dollars	Dépôt du rapport au B.P.D. Lieut Franklin Canavas, 26 Dist
Tatouages MEG dans un coeur biceps gauche	Signes caractéristiques Léger tic à l'oeil gauche. Bégaie quand il s'énerve. Très mauvais caractère	Reçu au B.P.D. Sergent Sean O'Rourke Affect. — Brigade —
Etat général physique Bon mental Bon		Affect. B.P.D. Insp 2 cl Johan Fredericks
Disparition signalée par Margaret Androvich	Adresse 537 Detavoner Avenue	Tél. IS 4-7361 / Lien de parenté Epouse

Remarques Androvich a quitté son domicile le 14 fév au matin pour rejoindre son navire. Censé levé l'ancre le même jour à 8h. Rien ds attitude d'inhabituel. 7h45 un officier du Farren a téléphoné pour s'informer de son absence. Mrs Androvich a déclaré que son mari avait quitté la maison à 6h30.

Inspect. Johan Fredericks

signature de l'inspecteur affecté au dossier

Lt. Samuel Barker

signature de l'officier supérieur

Lorsque Kling revint à la table, il arborait un large sourire.

— Qu'est-ce qui se passe ? demanda Carella.

— Oh ! rien. Mais le père de Claire est parti dans le New Jersey ce matin. Il ne rentre que lundi.

— Si bien que vous avez l'appartement à vous pour le week-end, hein ?

— Ma foi, je n'y avais pas pensé.

— Ah ! non ?

— Non. Mais c'est vrai que ce serait commode.

— Quand est-ce que vous allez vous marier, tous les deux ?

— Elle veut passer sa licence avant.

— Pourquoi ?

— Est-ce que je sais ? Elle manque d'assurance. (Kling haussa les épaules.) Elle est folle. Est-ce que je sais ?

— Et après sa licence ? Un doctorat ?

— Peut-être. A chaque fois que nous nous voyons, je lui demande de m'épouser. Elle veut sa licence. Que veux-tu que je fasse ? Je l'aime. Je ne peux pas lui dire d'aller se faire voir...

— Non, j'imagine...

— Eh bien non, je ne peux pas. Enfin, quoi, si une fille a envie de s'instruire, on ne peut pas l'en empêcher. Qu'est-ce que tu aurais dit à Teddy ?

— Rien, évidemment.

— Alors, tu vois.

— Oui.

— Mais je n'y peux rien, Steve. Ou bien j'attends qu'elle soit prête, ou bien je renonce à elle, d'accord ?

— D'accord, dit Carella.

— Mais je veux l'épouser. Alors je n'ai pas le choix. J'attends. (Il avait l'air pensif.) Bon Dieu, j'espère qu'elle n'est pas du genre à poursuivre des études toute sa vie... De toute façon, je n'y peux rien. Attendre, c'est tout.

— Ça me semble logique.

— Sûr. Le seul problème... Pour être tout à fait franc, Steve, j'ai peur qu'elle finisse par tomber enceinte. Il faudrait se marier tout de suite, tu vois ? Ce n'est pas comme si on se mariait parce qu'on en avait envie. Oh, bon Dieu, je ne sais pas quoi faire.

— T'as qu'à faire attention.

— Oh, je fais attention. Nous faisons attention. Tu veux que je dise quelque chose, Steve ?

— Quoi ?

— Je voudrais être capable de ne pas la toucher. Tu vois, je voudrais que nous ne soyons pas obligés de... Ma proprio me regarde de travers à chaque fois que je fais monter Claire chez moi. Et je dois la raccompagner en quatrième vitesse parce que son père est l'homme le plus strict du monde. Je m'étonne d'ailleurs qu'il la laisse seule ce week-end. Mais ce que je veux dire, c'est que... Bon Dieu, Steve, mais qu'est-ce qu'elle a à foutre de cette licence ? Je voudrais pouvoir lui ficher la paix jusqu'au mariage, mais c'est impossible. Il suffit qu'elle soit là, et j'ai la bouche sèche. Est-ce que c'est comme ça que... Bon, laisse tomber, je ne veux pas t'ennuyer avec ma vie privée.

— Oui, c'est comme ça que ça se passe, répondit Carella.

Kling hocha la tête. Pendant un moment, il eut l'air perdu dans ses pensées.

— Je suis de repos demain, reprit-il. Mais je suis de service dimanche. Tu crois que quelqu'un accepterait de me remplacer ? Changer mon dimanche contre un mardi, par exemple ? J'ai vraiment envie d'avoir mon week-end à moi.

— Qu'est-ce que tu veux faire de tout ton week-end ?

— Ben... Tu sais.

— *Tout* le week-end ?

— Ben, tu sais, quoi...

— A partir de ce soir vendredi ? demanda Steve, ahuri.

— Ben quoi... Tu sais...

— Je te remplacerais bien dimanche, mais j'ai bien peur...

— Oui ? Tu le ferais ?

— J'ai bien peur que tu sois à ramasser à la petite cuillère, lundi. Tout le week-end, hein ?

— Ben quoi ? Et c'est pas si souvent que le vieux s'en va comme ça.

— Ah ! c'est beau la jeunesse ! Bon, d'accord, je te refile mon dimanche si c'est d'accord avec le chef.

— Merci, Steve.

— A moins que Teddy n'ait fait des projets...

— Dis donc ! Tu vas pas changer d'avis !

— Non, non... Dis-moi, ajouta Steve en tapotant la fiche sur la table. Qu'est-ce que tu en penses ?

— Je dois dire qu'il a l'air de faire l'affaire. Il est plutôt grand et costaud, en tout cas. Un mètre quatre-vingt-quatorze, quatre-vingt quinze kilos, c'est pas une lavette.

— Et cette main appartenait à quelqu'un de grand. Bon, allons-y, Casanova. Allons voir Mrs Androvich.

Ils se levèrent.

— Tu sais, Steve, fit Kling... Ce n'est pas que je sois un expert, pour la bagatelle... C'est juste que...

— Oui ?

— C'est simplement que j'adore ça, fit Kling avec un grand sourire.

6

Margaret Androvich était une blonde de dix-neuf ans qu'un romancier inspiré aurait tout de suite qualifiée de « liane ». De fait, elle était maigre comme un clou et aussi souple qu'un câble d'acier. Elle accueillit les inspecteurs avec assurance et les fit asseoir.

Bien que sa silhouette fût celle d'un mannequin de haute couture, Margaret Androvich, telle qu'elle était vêtue, avait peu de chances d'apparaître dans *Vogue*. Elle portait une vieille robe de chambre d'un rose fané et des pantoufles roses éculées qui semblaient déplacées pour une fille aussi grande. Elle avait le visage aussi anguleux que le reste du corps, avec des pommettes hautes et une bouche qui n'avait pas besoin de rouge à lèvres pour lui donner l'air boudeur. De grands yeux bleus dominaient son visage étroit. Elle avait un léger accent du Sud. Elle avait l'air de quelqu'un qui sait qu'il peut recevoir un coup de poing en pleine figure à tout instant, mais qui s'y est résigné.

— C'est au sujet de Karl ? demanda-t-elle doucement.

— Oui, madame, dit Carella.

— Vous avez des nouvelles ? Il va bien ?

— Non, nous n'avons rien de précis.

— Quelque chose, cependant ?

— Non, non. Nous voulions simplement avoir un peu plus de renseignements sur lui, c'est tout.

— Je vois... oui. Alors vous n'avez pas de nouvelles ?

— Non, pas vraiment.

— Je vois, répéta-t-elle en hochant la tête.

— Pouvez-vous nous raconter ce qui s'est passé, le matin de son départ ?

— Il est parti, c'est tout. C'était comme les autres fois, quand il partait. Il était pareil. Seulement, cette fois, il n'a pas pris son bateau... Et je n'ai plus entendu parler de lui... Ça va bientôt faire un mois.

— Depuis combien de temps êtes-vous mariée, madame ?

— Avec Karl ? Depuis six mois.

— Vous aviez déjà été mariée ? Je veux dire, Karl serait votre deuxième mari ?

— Non, non. Pas du tout. C'est mon premier mari. Le premier.

— Où l'avez-vous connu ?

— A Atlanta.

— Il y a six mois ?

— Sept, plus exactement.

— Et vous vous êtes mariés tout de suite, ou quasiment ?

— Oui.

— Vous êtes venus vivre ici, donc. Votre mari est originaire d'où ?

— D'ici. De cette ville... Vous l'aimez ?

— Pardon ?

— Cette ville. Vous l'aimez ?

— Mon Dieu, dit Carella, j'y suis né, j'y ai été élevé. Oui, je l'aime bien.

— Moi pas, déclara carrément Meg.

— Eh bien... Il en faut pour tous les goûts, n'est-ce pas ?

Carella commença à rire et se tut brusquement en voyant l'expression de la jeune femme.

— Oui, dit-elle, il en faut pour tous les goûts. J'ai essayé de dire à Karl que je n'aimais pas rester ici, mais il ne voulait rien entendre. Je voulais retourner à Atlanta. Je suppose que quand on connaît bien... Moi, vous comprenez, je suis perdue, ici. Je ne connais pas les rues, les quartiers, je me perds. Ce n'est pas un petit village, Atlanta, mais à côté d'ici... Vous ne voulez pas du café ?

— Ma foi...

— Si. Je vais en faire. Vous n'êtes pas si pressés ? Il y a bien longtemps que personne n'est venu me voir, vous savez.

— Je crois qu'une tasse de café nous ferait du bien. Merci, madame.

Elle disparut dans la cuisine et Kling se leva. Il prit un cadre sur le poste de télévision et regardait la photo quand Meg reparut.

— C'est Karl, dit-elle. C'est une bonne photo. C'est celle que j'ai donnée au Bureau des Personnes disparues. On m'en a demandé une. Le café sera vite prêt. J'ai fait chauffer des petits pains, aussi. Vous devez être gelés, avec toute cette pluie.

Elle eut un léger sourire, vite effacé.

— Mrs Androvich, pour en revenir au matin de son départ...

— Oui. C'était le jour de la Saint-Valentin. Il y avait une énorme boîte de bonbons sur la table, quand je me suis levée. Et pendant que nous prenions le petit déjeuner, on a apporté des fleurs.

— De la part de Karl ?

— Oui.

— Mais je croyais qu'il était parti à six heures et demie ?

— Oui, c'est vrai.

— Et on vous a livré des fleurs si tôt ?

— Karl avait dû s'arranger avec le fleuriste. C'étaient deux douzaines de roses rouges.

— Je vois, murmura Carella.

— Il ne s'est rien passé d'anormal pendant le petit déjeuner ? demanda Kling.

— Non. Il était gai, de très bonne humeur.

— Mais il n'était pas toujours de bonne humeur, Mrs Androvich. Vous avez dit au policier à qui vous avez signalé la disparition de votre mari qu'il était assez coléreux.

— C'est vrai. Oui. A l'inspecteur Fredericks. Vous le connaissez ?

— De nom, oui.

— Il est très gentil.

— Vous lui avez dit également que votre mari bégayait parfois, c'est exact ? Et qu'il avait un léger tic à l'œil droit ?

— A l'œil gauche.

— Oui, excusez-moi. A l'œil gauche. Il était donc très nerveux de nature, semble-t-il.

— Assez. Tendu, plutôt. Assez tendu.

— Est-ce qu'il était tendu, ce matin-là ?

— Quand il est parti ?

— Oui.

— Non. Pas du tout. Il était très calme.

— Bien. Et qu'avez-vous fait des fleurs, quand elles sont arrivées ?

— Comment ? Les fleurs ? Je les ai mises dans un vase.

— Sur la table ?

— Oui.

— Avec le petit déjeuner ?

— Oui.

— Elles étaient là, sur la table, pendant que vous déjeuniez ?

— Oui.

— Votre mari a bien mangé ?

— Très bien.

— Il avait bon appétit ?

— Oh ! oui. Il avait très faim.

— Et il ne s'est rien passé d'anormal, ni de bizarre ?

— Rien du tout... Excusez-moi, je crois que l'eau bout. Une seconde, messieurs, je reviens.

Elle s'éclipsa. Kling et Carella se regardèrent. La pluie tambourinait aux carreaux.

Margaret Androvich revint avec un plateau. Elle posa sur la table une cafetière, des tasses et des soucoupes et une assiette de petits pains chauds.

— Ah ! le beurre. J'ai oublié le beurre.

Elle repartit et, de la cuisine, elle cria :

— Vous ne voulez pas de la confiture ? Du miel ?

— Non, merci. Tout est parfait.

— Vous voulez servir ? Et la crème ? Est-ce que j'ai apporté la crème ? Et le sucre ?

— Non.

Elle fourgonna dans la cuisine pendant que Carella versait du café dans les trois tasses, et revint avec un sucrier, du beurre et un petit pot de crème.

— Là. Inspecteur... Carella, je crois ? De la crème ?

— Carella, oui. Non, merci, je le prends noir.

— Inspecteur Kling ?

— Un peu de crème et un sucre, s'il vous plaît.

— Prenez des petits pains avant qu'ils refroidissent. Servez-vous.

Les policiers se servirent. Les mains croisées sur les genoux, Mrs Androvich les observait.

— Buvez votre café, Mrs Androvich, dit Carella.

— Oh ? Oui, merci.

Elle jeta trois cuillerées de sucre dans sa tasse, et le remua négligemment.

— Dites, vous croyez que vous allez le retrouver ?

— Nous l'espérons.

— Il ne lui est rien arrivé ?

— C'est difficile à dire, madame.

— Il était si fort ! soupira-t-elle.

— *Etait*, madame ?

— J'ai dit était ? Oui. Je ne sais pas, mais quand je pense à lui, j'ai l'impression qu'il est parti pour de bon.

— Pourquoi ?

— Je vous dis, je ne sais pas.

— On dirait qu'il était très amoureux de vous.

— Oh ! oui. Oui. Très... Vous avez tout ce qu'il vous faut ?

— Oui, merci, tout va bien.

— Je n'ai pas l'habitude, n'est-ce pas... Je ne vois jamais personne.

— Pourquoi pensez-vous que votre mari soit parti comme ça, Mrs Androvich ?

— Je ne sais pas.

— Vous ne vous êtes pas disputés, ce matin-là ? Ni rien ?

— Non, oh ! non. Nous ne nous sommes pas disputés.

— Je ne veux pas parler d'une dispute grave, mais une petite chamaillerie, comme dans tous les ménages.

— Vous êtes marié, inspecteur Carella ?

— Oui.

— Et vous vous chamaillez avec votre femme ?

— Quelquefois.

— Karl et moi, nous ne nous sommes pas chamaillés ce matin-là.

— Mais cela vous arrivait ?

— Oui. C'était toujours au sujet d'Atlanta. Je voulais y retourner. Il ne voulait pas. Il aimait cette ville, vous comprenez. Ici. Il préférait rester ici. Moi pas.

— Je vous comprends aisément. Quand on ne connaît pas... Vous ne vous promenez jamais dans le centre ?

— Dans le centre ? Où ça ?

— Culver Avenue ? Hall Avenue ?

— Là où il y a tous les grands magasins ?

— Non, un peu plus loin. Vers Grover Park.

— Non. Je ne connais pas du tout Grover Park. Je ne sais même pas où c'est.

— Vous n'êtes donc jamais allée dans le centre ?

— Pas si loin, non.

— Vous possédez un imperméable, Mrs Androvich ?

— Quoi ?

— Un imperméable.

— Mais oui. Pourquoi ?

— De quelle couleur, madame ?

— Mon imperméable ?

— Oui.

— Bleu... Pourquoi ?

— Vous n'en avez pas un noir ?

— Non. Pourquoi ?

— Vous portez parfois un pantalon ?

— Presque jamais.

— Mais quelquefois, tout de même ?

— Seulement dans la maison, pour faire le ménage. Jamais dans la rue. Là où j'ai été élevée, à Atlanta, les jeunes filles portent des robes et de jolies fanfreluches.

— Avez-vous un parapluie, madame ?

— Oui, j'en ai un.

— De quelle couleur ?

— Rouge. Je dois dire que je ne comprends pas très bien vos questions, monsieur l'inspecteur.

— Auriez-vous la bonté, Mrs Androvich, de nous montrer votre imperméable et votre parapluie ?

— Pour quoi faire ?

— J'aimerais les voir.

Elle regarda fixement Carella, puis se tourna vers Kling, l'air perplexe et vaguement stupéfaite.

— Bon, murmura-t-elle enfin. Si vous voulez me suivre dans la chambre ?... Je n'ai pas encore fait le lit, vous m'excuserez.

Elle tira vivement le couvre-lit sur les draps froissés et alla ouvrir une penderie.

— Voilà l'imperméable, et voilà le parapluie.

L'imperméable était bleu, le parapluie rouge.

— Merci, madame, dit Carella. Vous faites votre marché vous-même, ou bien vous livre-t-on les provisions ? La viande, par exemple ?

— Quoi ? Que voulez-vous dire ?

— La viande. De chez le boucher. On vous la livre ?

— Oui ! Monsieur l'inspecteur, pourriez-vous me dire ce que signifie tout cela ? Toutes ces questions. On dirait, ma parole, que vous...

— Vous savez, madame, nous faisons une simple enquête. Nous essayons de nous renseigner sur les habitudes de votre mari, c'est tout.

— Je ne vois pas ce que mon imperméable et mon parapluie ont à voir avec les habitudes de Karl !

— Oui... Enfin, vous savez ce que c'est...

— Non. Je ne le sais pas.

— Possédez-vous un hachoir à viande, Mrs Androvich ?

Elle dévisagea longuement Carella avant de répondre.

— Quel rapport avec Karl ? souffla-t-elle.

Carella ne dit rien.

— Karl est mort ? Dites ? C'est ça ?

Carella ne répondit pas.

— On l'a tué avec un hachoir ? C'est ça que vous essayez de me dire ?

— Nous n'en savons rien, madame, je vous assure.

— Et vous me soupçonnez ? Hein ? C'est ça ?

— Nous ignorons tout de votre mari, madame. Nous ne savons pas où il se trouve. Mort ou vivant. Tout ceci n'est qu'une enquête normale, les questions habituelles, la routine.

— La routine, hein ? Que s'est-il passé ? Quelqu'un vêtu d'un imperméable et portant un parapluie a tué mon mari à coups de hachoir à viande ? C'est ça ?

— Non, madame, ce n'est pas ça. Mais vous ne m'avez pas répondu. Possédez-vous un hachoir ?

— Oui, parfaitement. Il est dans la cuisine. Vous voulez le voir ? Vous trouverez peut-être un morceau de crâne de Karl sur le tranchant. C'est ça que vous espérez ?

— Ce n'est qu'une enquête de routine, madame.

— Tous les inspecteurs sont aussi subtils que vous ? demanda-t-elle d'un ton acide.

— Je suis navré de vous avoir bouleversée ainsi, madame. Mais si nous pouvions voir ce hachoir ? Si ça ne vous dérange pas trop ?

— Par ici, dit-elle sèchement.

Elle les précéda dans la cuisine et ouvrit un tiroir. Le hachoir était un simple hachoir de ménage, petit, au tranchant ébréché et mal aiguisé.

— J'aimerais pouvoir l'emporter, madame, si vous me le permettez, dit Carella.

— Pourquoi ?

— Quelle sorte de bonbons votre mari vous a-t-il apportés pour la Saint-Valentin, Mrs Androvich ?

— Des noix fourrées, des fruits confits. Un mélange assorti.

— D'où venait la boîte ? Quelle marque ?

— Je ne m'en souviens plus.

— C'était une grosse boîte ?

— Une livre.

— Mais vous nous avez dit tout à l'heure que c'était une énorme boîte, et qu'elle vous attendait sur la table de la cuisine quand vous vous êtes levée. Une énorme boîte.

— Oui. Elle était en forme de cœur. Avec le ruban et tout, elle m'a paru énorme.

— Mais ce n'était qu'une boîte d'une livre, n'est-ce pas ?

— Oui.

— Et la douzaine de roses rouges est arrivée à quelle heure ?

— Vers six heures.

— Vous les avez mises dans un vase ?

— Oui.

— Vous aviez un vase assez grand pour contenir une douzaine de roses ?

— Oui, naturellement. Karl m'apportait toujours des fleurs. Alors je me suis acheté un grand vase.

— Assez grand pour contenir une douzaine de roses ?

— Oui.

— Des roses rouges, avez-vous dit ?

— Oui.

— Pas blanches ? Rouges ? Une douzaine ?

— Oui, oui, une douzaine de roses rouges. Rouges. Et je les ai mises dans un vase !

— Vous aviez dit deux douzaines, Mrs Androvich. Tout à l'heure, quand vous en avez parlé. Vous avez dit deux douzaines.

— Comment ?

— Deux douzaines.
— Je...
— Il n'y a pas eu de fleurs du tout, n'est-ce pas ?
— Si, si ! Si, il y a eu des fleurs. Je me suis trompée. Ce n'était qu'une douzaine. Pas deux. Une seule ; je devais avoir la tête ailleurs.
— Y avait-il vraiment des bonbons ?
— Oui. Une grosse boîte.
— Bien. Et vous ne vous êtes pas disputés au petit déjeuner. Pourquoi avez-vous attendu le lendemain pour signaler cette disparition, madame ?
— Parce que je croyais...
— Il avait déjà fait des fugues ?
— Non, il...
— Alors cette absence était plutôt anormale, non ?
— Bien sûr, mais...
— Pourquoi donc ne l'avez-vous pas signalée immédiatement ?
— Je croyais qu'il allait revenir.
— Vous pensiez peut-être qu'il avait une raison pour ne pas rentrer ?
— Quelle raison ?
— Si vous me le disiez, Mrs Androvich ?
Le silence dura longtemps.
— Il n'avait aucune raison, souffla-t-elle enfin. Mon mari m'aimait. Il y avait une boîte de bonbons sur la table, ce matin-là. En forme de cœur. Le fleuriste a apporté des roses rouges à six heures, une douzaine. Karl m'a embrassée et il est parti. Je ne l'ai pas revu depuis.
— Bert, donne à Mrs Androvich un reçu, pour son hachoir. Merci, madame, pour le café et les petits pains. Et pardonnez-nous de vous avoir fait perdre votre temps. Vous avez été très aimable.
Au moment où les policiers s'en allaient, elle leur dit :
— Il est mort, n'est-ce pas ?

Claire Townsend était largement aussi grande que Meg Androvich, mais la ressemblance s'arrêtait là. Meg était maigrichonne (ou mince, si l'on préfère). Claire était solidement charpentée et nettement plus enveloppée. Meg n'avait pas de poitrine, à la manière des mannequins. Sans être une de ces créatures aux mamelles démesurées, Claire était légitimement fière de ses seins, qui « emplissaient les mains d'un homme ». Meg était une blonde aux yeux bleus, alors que Claire avait les yeux marron et des cheveux noirs comme le péché. En un mot, Meg donnait l'impression d'avoir vécu toute sa vie dans la lumière blafarde d'une chambre d'hôpital. Claire aurait été à sa place sur une meule de foin éclaboussée de soleil. Et il y avait une autre différence.

Bert Kling était follement amoureux d'elle.

Claire portait ce soir-là un pantalon collant noir et une marinière de percale blanche garnie de broderie anglaise. Elle se jeta au cou de Bert et s'écria :

— Pourquoi es-tu en retard ?

— A cause des fleuristes.

— Tu m'as apporté des fleurs ?

— Non. Une dame que nous avons vue nous a dit que son mari lui avait acheté une douzaine de roses rouges. Nous sommes allés visiter au moins dix fleuristes du quartier et nous avons découvert que personne n'a acheté de roses rouges le jour de la Saint-Valentin. En tout cas, pas pour Mrs Karl Androvich.

— Et alors ?

— Alors ? Steve Carella est devin. Je peux ôter mes chaussures ?

— Fais comme chez toi. J'ai acheté deux steaks. Tu as faim ?

— Tout à l'heure.

— Pourquoi Carella est-il devin ?

— Eh bien, il a asticoté cette malheureuse femme comme s'il avait l'intention de l'écorcher vive. Quand nous sommes sortis, je lui ai dit qu'il n'y était pas allé de main morte. Enfin, je veux dire, je l'ai déjà vu enquêter, mais en général il prend des gants avec les femmes. Avec celle-là, il était déchaîné. Je me demandais pourquoi. Et je lui ai dit qu'il avait tort.

— Et qu'est-ce qu'il a répondu ?

— Il a dit qu'elle mentait, qu'elle n'avait fait que mentir depuis le moment où elle avait ouvert la bouche et il voulait savoir pourquoi.

— Comment l'a-t-il deviné ?

— Je n'en sais rien. Comme ça. C'est ça qui est bizarre. On a donc été voir tous ces satanés fleuristes, et personne n'a jamais livré à six heures du matin. Ils ne sont même pas ouverts avant neuf heures !

— Il a pu commander des fleurs ailleurs, n'importe où. La ville est grande.

— Oui, mais ce n'est guère vraisemblable. Ce n'est pas un type qui travaille dans un bureau du centre. C'est un marin et quand il n'est pas en mer, il est chez lui. Il était logique qu'il commande les fleurs dans son quartier.

— Et alors ?

— Alors rien. J'en ai marre. Je suis fatigué. Steve a envoyé un hachoir au labo... Mais elle ne m'a pas fait l'effet du genre de femme qui assassine les gens à coups de hachoir. Viens là, un peu.

Sans se faire prier, Claire vint se pelotonner sur les genoux de Bert. Il l'embrassa et lui annonça :

— J'ai tout mon week-end. Steve a bien voulu me remplacer dimanche.

— Ah ! oui ? Tiens !

— Tu as quelque chose de bizarre...

— Bizarre ? Comment ça ?

— Je ne sais pas. Comme si tu étais plus douce.

— Je n'ai pas de soutien-gorge.

— Hein ? Et pourquoi donc ?

— J'avais envie d'être à l'aise. Hé, bas les pattes ! s'exclama-t-elle en sautant de ses genoux.

— C'est toi, maintenant, qui me fais l'effet d'une femme capable de tuer quelqu'un à coups de hachoir, dit Kling en la toisant du regard.

— Ah bon ? demanda-t-elle froidement. Quand veux-tu dîner ?

— Plus tard.

— Est-ce qu'on sort, ce soir ?

— Non.

— Ah ?

— Je suis de congé jusqu'à lundi, dit Kling.

— Ah oui ?

— Oui, et je me disais que nous pourrions...

— Oui ?

— Je me disais que nous pourrions nous coucher tout de suite. Et rester au lit tout le week-end. Jusqu'à lundi matin. Qu'est-ce que tu en dis ?

— Ça ne sera pas de tout repos.

— Oui, je sais. Mais j'y tiens.

— Je dois y réfléchir. Je suis plutôt d'humeur à voir un film.

— On aura bien d'autres occasions de voir un film, dit Kling.

— En tout cas, moi, j'ai faim, dit Claire avec un regard en coin. Je vais faire cuire les steaks.

— Moi, j'aime mieux aller au lit.

— Bert, l'homme ne vit pas seulement de lit !

Kling se leva d'un bond. Debout aux deux coins de la pièce, ils s'observaient.

— Et toi, qu'est-ce que tu avais prévu pour ce soir ? demanda-t-il.

— Manger un steak.

— Et puis ?

— Aller au cinéma.

— Et demain ?

Claire haussa les épaules.

— Viens ici, lui dit-il.

— Viens me chercher !

Il traversa la pièce. Elle posa sa tête contre la sienne, puis croisa les bras autour de ses seins.

— Tout le week-end, dit-il.

— Espèce de vantard, murmura-t-elle.

— Et toi, tu es une vraie poupée.

— Ah oui ?

— Une adorable petite poupée.

— Tu m'embrasses ?

— Peut-être.

Ils se tenaient à quelques centimètres l'un de l'autre, sans se toucher, se regardaient et savouraient l'instant, laissant le désir monter entre eux comme une marée d'équinoxe.

Il la prit par la taille. Mais il n'essaya pas de l'embrasser.

Lentement, elle décroisa les bras.

— C'est vrai que tu ne portes pas de soutien-gorge ?

— Veut faire l'amour tout le week-end, chuchota-t-elle. Mais il est même pas fichu de découvrir de lui-même si j'ai un...

Les mains de Kling glissèrent sous le corsage, et il attira Claire à lui.

On ne devait pas revoir Bert Kling avant le lundi matin.

Il pleuvrait encore.

Sam Grossman examina longuement le petit sac bleu sur toutes ses coutures. Puis il ôta ses lunettes et les essuya. Grossman était lieutenant de police, et dirigeait le laboratoire avec un soin et une habileté remarquables. Au cours de sa longue carrière, il avait vu des cadavres entiers ou coupés en morceaux dans des malles, des valises, des sacs de matelot, des cabas, des caisses et même enveloppés de vieux journaux. Il n'avait jamais eu affaire à un sac de compagnie aérienne, mais c'était sans importance. L'intérieur du sac était souillé de sang séché. Grossman n'en avait cure. Il en avait vu d'autres. Après tout, c'était son métier. Il était comme un fermier de la Nouvelle Angleterre découvrant que son champ ferait un excellent pâturage, à condition d'en ôter les pierres et les souches qui l'encombrent. La seule façon de nettoyer le pré, c'était de le nettoyer. Il avait déjà examiné la main coupée et en avait conclu qu'il était impossible de relever des empreintes sur le bout des doigts mutilés. Il s'était contenté d'effectuer une analyse du sang, qui appartenait au groupe O.

Il cherchait à présent des empreintes sur le sac. Il n'y en avait pas. Il ne s'attendait d'ailleurs pas à en trouver. La personne qui avait mutilé cette main n'ignorait pas l'importance des empreintes digitales et devait avoir pris toutes ses précautions en manipulant le sac.

Grossman chercha ensuite des traces microscopiques de poils, de cheveux, de poussières susceptibles de fournir un indice quelconque sur l'identité de l'assassin ou de la victime, son métier ou ses habitudes. Il ne découvrit rien d'intéressant à l'extérieur.

Sam Grossman coupa nettement au bistouri un côté du sac et il examina le fond à la loupe. Dans un coin, il trouva une fine poussière orange qui ressemblait à de la craie. Il en racla quelques grains qu'il mit de côté et s'attaqua aux traces sanglantes.

Le premier profane venu aurait haussé les épaules. A quoi bon, en effet, examiner une trace de sang qui avait été causée sans aucun doute par la main coupée ? Qu'est-ce qu'il voulait donc prouver ? Que la main avait été dans le sac ? Tout le monde le savait déjà !

Mais Grossman cherchait simplement à s'assurer que la tache était réellement du sang humain. Si ce n'en était pas, alors quoi ? Et puis les traces visibles pouvaient en recouvrir d'autres. Grossman ne perdait donc pas son temps. Il faisait consciencieusement son travail.

Le tissu imperméable n'avait pas absorbé le sang, qui formait une espèce de croûte craquelée. Grossman en souleva un petit morceau, qu'il partagea en deux et qu'il étiqueta, avec un manque d'imagination remarquable, *Tache un* et *Tache deux*. Il les trempa dans une solution de sérum physiologique à 0,9 % et les plaça sur deux plaques de verre différentes. Ces plaques devaient rester couvertes pendant quelques heures, aussi se consacra-t-il à la craie orange qu'il avait raclée dans un coin du sac. Il s'aperçut que ce n'était pas du tout de la craie. Les fines parcelles provenaient d'un fond de teint compact, qu'une analyse suivie de recherches parmi les fiches identifia comme une préparation nommée Skinglow. La publicité affirmait que Skinglow apportait au visage fraîcheur et jeunesse, permettait un maquillage nacré et transparent et un parfait dégradé du décolleté. On ne voyait guère un homme s'en servir. Et cependant, la main qui s'était trouvée dans le sac était indiscutablement masculine.

Grossman étudia ensuite les échantillons de sang coagulé. Les réactions lui apprirent qu'il s'agissait de sang humain, appartenant, de plus, au groupe O. Il était donc permis de supposer, en toute logique, que la tache dans le fond du sac avait été causée par le sang coulant de la main coupée, et par rien d'autre.

Grossman soupira et expédia tous ces renseignements aux inspecteurs du 87e.

7

Samedi.

De la pluie.

Un jour, avec deux de ses copains, pour se protéger de la pluie, il avait rampé sous la voiture à bras du marchand de glaces de Colby Avenue. Il pleuvait des cordes, et les trois gamins assis sous la charrette contemplaient les grosses gouttes martelant le pavé, avec un sentiment de sécurité. Steve Carella avait attrapé une pneumonie. Un peu plus tard, toute la famille quittait Isola pour Riverhead. Il avait toujours eu le sentiment que la décision de partir avait été prise à cause de cette pneumonie, contractée sous la voiture à bras du marchand de glaces.

A Riverhead aussi, il pleuvait. Une autre fois, il avait bécoté Grace McCarthy, dans le sous-sol de la maison de la jeune fille. Le tourne-disque passait « Perfidia », « Santa Fe Trail » et « Green Eyes », et la pluie frappait la petite fenêtre en demi-lune. Ils avaient tous les deux quinze ans. Ils avaient dansé, et il l'avait soudain embrassée avec insouciance au milieu de l'averse, puis ils s'étaient pelotonnés sur le canapé et s'étaient furieusement tripotés au son de Glenn Miller, persuadés que la mère de Grace allait faire irruption au sous-sol d'un instant à l'autre.

La pluie, ce n'était pas si mal, finalement.

Pataugeant dans les flaques avec Meyer Meyer, Carella allait se renseigner sur la deuxième possibilité que Kling avait tirée des fiches des Personnes disparues. Carella alluma une cigarette, et jeta l'allumette dans le caniveau transformé en torrent.

— Tu connais cette pub pour les cigarettes ? demanda Meyer.

— Laquelle ?

— Celle avec le Savant. Tu sais bien, le type est un savant nucléaire, mais au début on le voit en train de développer des photos dans une chambre noire. Tu vois ce que je veux dire ?

— Ouais, et alors ?

— J'ai une idée pour leur série.

— Eh bien, raconte, fit Carella.

— On montre d'abord un type occupé devant un coffre-fort, tu vois ? Il est en train de percer un trou dans la porte du coffre. Par terre, à côté de lui, on aperçoit tout un attirail de cambrioleur, deux ou trois bâtons de dynamite, etc.

— Ouais, continue.

— C'est alors qu'on entend la voix de l'annonceur. « Hé,

bonjour ! » Le type lève les yeux et allume une cigarette. L'annonceur poursuit : « J'imagine qu'il faut des années d'entraînement pour devenir un bon perceur de coffres. » L'autre lui fait un sourire poli. « Oh, dit-il, je ne suis pas perceur de coffres. Ce n'est qu'un hobby. Un homme doit avoir plusieurs cordes à son arc. » L'annonceur est épaté, bien entendu. « Vous n'êtes pas perceur de coffres ? Un hobby ? Mais alors, monsieur, puis-je vous demander comment vous gagnez votre vie ? »

— Et que lui répond le type devant le coffre-fort ? demanda Carella.

— Le type devant le coffre souffle un nuage de fumée, toujours avec son sourire poli. « Eh bien, cher monsieur. Je suis maquereau. » (Meyer était hilare.) Qu'en penses-tu, Steve ?

— Elle est bien bonne. Nous sommes arrivés. Ne raconte pas tes blagues devant cette dame, elle est capable de refuser de nous recevoir.

— Qui parle de raconter des blagues ? Je peux parfaitement quitter ce boulot minable, un de ces jours, et entrer dans une agence de publicité.

— Ne fais pas cela, Meyer. Sans toi, on ne s'en sortira jamais.

Ils entrèrent ensemble dans l'immeuble défraîchi où habitait une certaine Martha Livingston, qui avait signalé la disparition de son fils Richard, une semaine plus tôt. Le garçon avait dix-neuf ans, il mesurait un mètre quatre-vingt-cinq et il pesait quatre-vingt-dix-sept kilos. Ces détails, et ces détails seuls, le mettaient sur la liste des candidats à la main coupée.

— C'est quel appartement ? demanda Meyer.

— Le 24. Au deuxième, sur le devant.

Ils montèrent. Sur le palier, un chat miaula et les regarda d'un œil soupçonneux.

— Tu vois, lui non plus, il n'aime pas les flics.

Meyer se pencha pour caresser le chat.

— Minou, minou, viens là, mon chat.

Carella frappa à la porte.

— Qu'est-ce que c'est ? cria une voix de femme surprise.

— Mrs Livingston ? demanda Carella à la porte.

— Oui ? Qu'est-ce que c'est ?

— Police. Voulez-vous ouvrir, s'il vous plaît ?

— Po...

Et puis ce fut le silence.

Un silence familier et tout à fait révélateur, qui sentait la hâte fébrile. Quoi qu'il se passât derrière la porte de ce taudis, Mrs Livingston n'y était pas seule. Le silence durait. La main de

Meyer abandonna le chat et se posa sur l'étui de son .38. Il leva les sourcils et regarda Carella. Steve tenait déjà son arme à la main.

— Mrs Livingston ?

Pas de réponse.

— Mrs Livingston ?

Meyer attendait, adossé au mur en face de la porte.

— Vas-y, dit Carella. Enfonce-la.

Meyer leva la jambe droite, se repoussa du mur d'un coup d'épaule et appliqua violemment son pied sur la serrure. La porte vola en éclats à l'intérieur. Meyer la suivit, revolver au poing :

— On ne bouge pas ! hurla-t-il.

Et le petit homme maigre qui tentait de passer par la fenêtre sur l'escalier de secours extérieur s'immobilisa, indécis, à cheval sur le rebord.

— Vous allez vous faire mouiller, là dehors, papa, dit Meyer.

L'homme hésita encore un instant, puis il ramena sa jambe dans la pièce. Meyer regarda ses pieds. Il n'avait pas de chaussettes et souriait d'un air contrit à la femme qui se tenait près du lit. Elle était en combinaison, sans culotte ni soutien-gorge. C'était une grosse femme molle d'une bonne quarantaine d'années, les cheveux rouges teints au henné, les yeux délavés au regard incertain d'ivrogne.

— Mrs Livingston ? demanda Carella.

— Ouais. Et alors ? Vous en avez du culot d'entrer comme ça chez les gens !

— Votre ami était bien pressé. Pourquoi ?

— Je ne suis pas pressé, dit le petit homme maigre.

— Ah ! non ? Vous partez toujours par la fenêtre ?

— Je voulais voir s'il pleuvait toujours.

— Oui. Il pleut toujours. Amenez-vous un peu par ici

— Qu'est-ce que j'ai fait ? gémit l'homme, mais il obéit vivement.

Meyer le palpa d'une main experte et extirpa de la ceinture du pantalon un revolver qu'il tendit à Carella.

— Vous avez un permis pour ça ? demanda Steve.

— Oui.

— Tant mieux pour vous. Votre nom ?

— Cronin. Leonard Cronin.

— Pourquoi étiez-vous si pressé de partir, Mr Cronin ?

— Ne lui réponds pas, Lennie. T'as pas à lui répondre, lança Mrs Livingston.

— Vous êtes avocate, madame ? demanda Meyer.

— Non, mais...

— Alors ne donnez pas de conseils. On vous a posé une question, Mr Cronin.

— Dis-y rien, Lennie !

— Ecoutez, Lennie, soupira patiemment Meyer, nous avons le temps. Nous, nous ne sommes pas pressés. Vous pouvez parler ici, ou au poste, nous, on s'en fiche. Cherchez ce que vous voulez nous dire, et dites-le. En attendant, mettez vos chaussettes, et vous, Mrs Livingston, je vous conseille de passer un peignoir ou quelque chose, avant que nous n'allions deviner qu'il se passait des choses, dans cette pièce. D'accord ?

— J'ai pas besoin de peignoir. Ce qu'il y a à voir, vous l'avez déjà vu, alors.

— Ouais, mais enfilez tout de même un peignoir. Nous ne voudrions pas que vous vous enrhumiez.

— Vous occupez pas de ça, espèce de salaud !

— Allons, allons, ce n'est pas beau de dire ça.

Assis sur le lit, Cronin mettait ses chaussettes. Il portait un pantalon noir. Un imperméable noir était plié sur le dossier d'une chaise de cuisine dans un coin et, près de la table de nuit, un parapluie noir dégoulinait tristement sur le plancher.

— Vous alliez oublier votre parapluie et votre imperméable, pas vrai, Lennie ? dit Carella.

Cronin leva les yeux.

— On dirait, oui.

— Je crois que vous feriez bien de nous accompagner, tous les deux. Habillez-vous, Mrs Livingston.

— Allez vous faire voir ! glapit-elle.

— Bon. Venez comme vous êtes, alors. Nous pourrons ajouter l'attentat à la pudeur au délit de prostitution, dès que nous serons dans la rue.

— Prosti... De quoi vous parlez, nom de Dieu ? Ben, mon vieux, vous en avez du culot !

— Je sais, dit Carella. Allons, venez.

— Et puis d'abord, qu'est-ce que vous êtes venus foutre ici, hein ? Qu'est-ce que vous me vouliez ?

— Nous sommes simplement venus vous poser des questions au sujet de votre fils qui a disparu, dit Carella. C'est tout.

— Mon fils ? C'est tout ? J'espère qu'il est crevé, ce petit salaud. Et c'est pour ça que vous avez démoli ma porte ? Mince !

— Si vous espérez qu'il est mort, pourquoi avez-vous signalé sa disparition ?

— Pour toucher le secours, tiens, pardi. Il était mon seul soutien. Dès qu'il a eu filé, aussi sec j'ai demandé le secours. Et il a fallu que je le porte disparu pour que ça colle. Voilà pourquoi. Vous croyez que ça m'intéresse, ce qu'il devient, et qu'il soit vivant ou mort ? Tu parles, tiens !

— Vous êtes une charmante personne, chère madame, dit Meyer.

— Oui, parfaitement. On n'a pas le droit, peut-être, de passer l'après-midi avec l'homme qu'on aime ?

— Tout dépend de ce qu'en pense votre mari.

— Mon mari est mort. Et en enfer.

— Vous agissez tous deux comme si vous aviez autre chose sur la conscience, intervint Carella. Allons, Mrs Livingston, habillez-vous. Meyer, fais un tour de la boîte.

— Vous avez un mandat de perquisition ? demanda le petit homme. Vous n'avez pas le droit de fouiller sans mandat !

— Vous avez mille fois raison, Lennie. Nous reviendrons avec un mandat.

— C'est que je connais mes droits, moi !

— Bien sûr.

— Mes droits, je les connais.

— Alors, chère madame ? A poil ou pas, vous allez nous accompagner au poste. Choisissez.

— Va te faire cuire un œuf, dit Lady Livingston.

Tous les agents de service se trouvèrent une raison de faire un tour dans la salle des inspecteurs, pour voir la grosse pouffiasse rousse qui répondait aux questions en combinaison. Andy Parker confia à Miscolo, au secrétariat :

— On pourrait la photographier comme ça pour l'Identité judiciaire, et on revendrait les clichés cinq dollars pièce !

— Notre établissement ne recule devant aucun sacrifice pour amuser le client, dit Miscolo en se remettant à taper sur sa machine.

Parker et Hawes allèrent chercher le mandat de perquisition. En haut, Meyer, Carella et le lieutenant Byrnes interrogeaient les deux suspects. Byrnes, en raison de son âge et parce qu'il était apparemment moins apte à se laisser distraire par cette exhibition mammaire, questionna Martha Livingston dans la petite salle des interrogatoires au bout du couloir. Meyer et Carella s'occupèrent de Leonard Cronin dans un coin du grand bureau, loin des conseils de sa dulcinée provocante.

— Bon, Lennie, allons-y, commença Meyer. Vous avez vraiment un permis pour ce pétard que vous trimbalez, ou c'est un coup de bluff ? Allons, vous pouvez bien nous le dire, entre nous.

— Ouais, j'ai un permis. Vous voudriez pas que je vous raconte des blagues, quand même ?

— Non, ça, je ne le crois certainement pas, loin de moi cette pensée. Et nous n'allons pas vous faire marcher, non plus. Je ne peux pas vous en dire bien long sur cette histoire, mais elle peut être très grave, vous pouvez me croire.

— Comment ça, grave ?

— Mettons qu'il peut y avoir bien d'autres aspects de l'affaire qu'une banale histoire de mœurs.

— Vous voulez dire parce que j'étais en train de sauter Martha quand vous êtes entrés ? C'est ça ?

— Je vous dis qu'il s'agit de bien autre chose. Mettons qu'il s'agisse d'un bon gros crime bien gras et que vous risquiez de vous trouver là en plein milieu. Vu ? Bon. Alors, si vous nous dites tout, on verra peut-être à s'arranger et à ne pas être trop méchants.

— Je ne vois pas de quel gros crime vous voulez parler.

— Non ? Réfléchissez bien.

— Vous voulez dire le flingue ? Bon, bon, j'ai pas de permis. Mais c'est pas bien grave, ça.

— Non. Ce n'est pas bien grave, Lennie. Mais il ne s'agit pas du revolver.

— Quoi, alors ? C'est parce que le mari de Martha n'a pas crevé, et que vous voulez nous accuser d'adultère ?

— Mon Dieu, ça, ce n'est pas tellement grave non plus, Lennie, dit Carella. On peut s'arranger, pour ça.

— Alors quoi ? La came ?

— La came, Lennie ?

— Ouais, dans la piaule.

— De l'héroïne, Lennie ?

— De... Non, non, hé là, bon Dieu, non ! Ouh là, pas ce truc-là, dites un peu ! Non, l'herbe, le thé, quoi. Juste quelques joints, comme ça, pour nous, histoire d'essayer. Mais c'est pas grave, dites, ça ?

— Non, en effet. Mais tout dépend de la quantité de marijuana que nous trouverons dans la chambre, Lennie.

— Oh ! deux ou trois joints, comme ça. Quatre ou cinq, quoi.

— Dans ce cas, ce n'est pas bien méchant. Vous n'aviez pas l'intention d'en vendre, hein ?

— Non, ouh là, non, non. Vous voudriez pas. Non, je vous dis. On fume un ou deux joints avant de se mettre au lit.

— Bon, eh bien, ce n'est pas bien grave, tout ça, Lennie.

— Qu'est-ce que c'est, qui est grave, alors ?

— Le gamin.

— Quel gamin ?

— Le fils de Martha. Richard, je crois, hein ?

— J'en sais rien. Je le connais pas, moi.

— Vous ne le connaissez pas ? Depuis combien de temps connaissez-vous Martha ?

— Je l'ai rencontrée hier soir. Dans un bar. Une boîte qui s'appelle *Le Petit Coup*, vous connaissez ? C'est tenu par deux mecs, ils étaient avant...

— Vous ne la connaissez que depuis hier soir ?

— Eh oui.

— Elle nous a dit que vous étiez l'homme qu'elle aimait, protesta Carella.

— Ben quoi, c'était le coup de foudre.

— Et vous n'avez jamais vu son fils ?

— Jamais.

— Ça vous arrive de voler, Lennie ?

— Quoi ? Planer, vous voulez dire ? Oh, vous n'allez pas revenir à cette histoire de shit !

— Non, voler. En avion.

— Ah ! ça, non, alors. Plutôt crever que de monter dans un de ces trucs-là !

— Depuis combien de temps aimez-vous le noir, Lennie ?

— Le noir ? Quel noir ?

— Vos vêtements. Le pantalon, la cravate, l'imper, le parapluie. Noirs.

— J'ai acheté tout ça pour un enterrement.

— Quel enterrement ?

— Un copain à moi qu'est mort. On avait une maison de jeux.

— Car vous dirigiez aussi une maison de jeux ? Il me semble que vous en avez fait, des choses !

— Oh ! n'allez pas vous faire des idées ; on ne faisait rien de mal. On ne jouait pas de l'argent.

— Et votre ami est mort récemment ?

— Ouais. L'autre jour. Alors je me suis fringué en noir, fallait bien. Question de respect, vous savez. Et puis vous pouvez vérifier. Je peux vous dire où j'ai acheté tout ça.

— Cela nous ferait plaisir, Lennie. Mais vous ne possédiez peut-être pas ces vêtements mercredi ?

— Mercredi ? Voyons voir. Quel jour qu'on est aujourd'hui ?

— Samedi.

— Ouais, c'est ça. Samedi. Non. J'ai acheté les frusques jeudi. Vous pouvez aller voir. Jeudi. Ils doivent bien avoir un registre.

— Vous avez fait de la prison, Lennie ?

— Ma foi, comme ça, un petit peu.

— Combien ?

— Oh ! une fois, j'ai été en tôle. Un hold-up. Mais c'était pas grave.

— Vous risquez d'en faire encore, dit Carella. Mais ne vous en faites pas. Ce sera pas grave.

Dans la petite salle des interrogatoires, le lieutenant Byrnes disait :

— Vous avez votre franc parler, Mrs Livingston, on dirait ?

— J'aime pas qu'on vienne me tirer de chez moi comme ça.

— Cela ne vous a pas gênée d'être traînée dehors en combinaison ?

— Non. Je fais gaffe à mon corps. Je suis bien conservée.

— Est-ce que vous cherchiez à vous cacher, Mr Cronin et vous ? Vous vouliez cacher quelque chose ?

— Non. Moi, j'ai rien à cacher. Nous nous aimons. Je suis prête à le crier sur les toits.

— Pourquoi a-t-il essayé de s'enfuir ?

— Il n'essayait pas de s'enfuir. Il leur a dit ce qu'il faisait. Il voulait voir s'il pleuvait toujours.

— Et c'est pour ça qu'il passait par la fenêtre ?

— Oui.

— Est-ce que vous vous rendez compte que votre fils Richard est peut-être mort à l'heure actuelle, Mrs Livingston ?

— Et après ? Bon débarras. Avec les types qu'il fréquentait, vaut mieux pour lui qu'il soit mort. Mon fils, c'est une cloche.

— Quelle sorte de gens fréquentait-il ?

— Un gang. Une bande de blousons noirs, c'est partout la même chose dans cette foutue ville. On essaye d'élever un gosse convenablement, et qu'est-ce qui arrive ? Ça va, ne me lancez pas là-dessus, s'il vous plaît !

— Votre fils vous a dit qu'il partait ? Qu'il vous quittait ?

— Non. J'ai déjà raconté ça à l'autre inspecteur, quand je suis allée le porter disparu. Je ne sais pas où il est, mon garçon, et je m'en fous, du moment que je reçois mon secours. Et c'est tout.

— Vous avez dit aux policiers qui vous ont arrêtée que votre mari était mort. Est-ce vrai ?

— Il est mort.

— Quand ?

— Il y a trois ans.

— Il est mort ? Ou il vous a quittée ?

— C'est du pareil au même, non ?

— Pas précisément.

— Il m'a quittée.

Il y eut un silence brusque, presque palpable.

— Il y a trois ans ?

— Trois ans. Dickie avait seize ans. Il a fait sa valise et il est parti. Et je vous jure, c'est pas facile d'élever un garçon toute seule. Pas facile du tout. Et maintenant, celui-là aussi, il est parti. Les hommes, c'est de la merde ! La paille au cul et le feu dedans. Tous les mêmes. Ils veulent tous la même chose. Bon, moi je veux bien la leur donner, pas vrai ? Mais pas mon cœur. Pas ce qui compte, dit-elle en se frappant la poitrine. Tous des cochons, tous tant qu'ils sont.

— Vous pensez que votre fils est parti avec ses amis ?

— Je ne sais pas ce qu'il a fait, ce petit salaud, et je m'en balance. Parlez d'ingratitude ! Toute seule, que je l'ai élevé, après que son père s'est fait la malle. Et voilà ce qu'il me fait. Il me laisse tomber. Il laisse tout tomber. Il est comme les autres. Tous des porcs. On ne peut pas faire confiance à un type. J'espère qu'il crève, tiens, là où il est. Le petit salaud, je lui souhaite de...

Et soudain, Mrs Livingston se mit à pleurer.

Immobile, très droite sur sa chaise, elle ne sanglotait pas, ses épaules ne tressautaient pas. Ce n'était plus qu'une pauvre femme agressivement rousse, une femme vieillissante en combinaison rose, aux seins lourds et aux yeux délavés, qui laissait ruisseler les larmes sur ses joues flétries, en silence.

— Je vais vous chercher un manteau, un vêtement quelconque, dit le lieutenant.

— J'en ai pas besoin. Je me fous qu'on me voie, je m'en fous. Tout le monde peut voir ce que je suis. C'est pas difficile. J'ai pas besoin de manteau. C'est pas un manteau qui cachera ce que je suis.

Byrnes la laissa dans la petite pièce, pleurant sans bruit sur sa chaise.

On découvrit exactement neuf cent cinquante-quatre grammes de marijuana dans la chambre de Martha Livingston. De toute évidence, Leonard Cronin ne savait pas très bien compter. Ses ennuis étaient aussi un peu plus graves qu'il ne le pensait. Car si, comme il l'avait prétendu, il n'y avait eu que quelques joints dans l'appartement — une cinquantaine de grammes, par exemple — il n'aurait risqué qu'une peine de prison légère. Mais neuf cent cinquante-quatre grammes, ça fait pas loin d'un kilo, et c'est tout de même autre chose que cinquante grammes. Et la loi prévoit que toute personne détentrice de plus de quatre cents grammes de marijuana doit être considérée comme faisant le commerce de ladite drogue et devient passible d'une peine de prison de dix ans.

Cronin avait encore d'autres sujets d'inquiétude. Si l'on ajoutait l'accusation d'adultère, la détention d'arme prohibée et la direction d'un tripot clandestin, il devenait évident que Leonard Cronin allait être bientôt un monsieur fort occupé.

L'avenir de Martha Livingston n'était guère plus brillant.

Mais quoi qu'on puisse retenir à l'encontre de ces pauvres amants, on ne pourrait les accuser d'assassinat ni de manipulation de cadavre. Une enquête dans le magasin où Cronin affirmait avoir acheté sa garde-robe funèbre avait révélé qu'il avait effectivement fait ces achats le jeudi. Une seconde enquête dans son garni avait prouvé qu'il ne possédait pas d'autres vêtements noirs. Mrs Livingston non plus.

Il y avait quand même un bon Dieu pour eux.

8

Le dimanche matin, Cotton Hawes se rendit au temple avant de prendre son service.

Quand il en sortit, il pleuvait toujours, et il se trouvait dans le même état d'esprit qu'en entrant. Sans savoir pourquoi, il s'attendait à se sentir différent. Il n'avait jamais été contaminé par la ferveur religieuse de son pasteur de père. Cotton Hawes allait pourtant à l'office tous les dimanches, qu'il pleuve ou qu'il vente. Il s'installait dans la nef, écoutait le sermon, chantait les psaumes. Et il attendait. Il ne savait pas exactement quoi. Il se disait qu'il attendait peut-être l'éclair et le coup de tonnerre assourdissant qui lui révéleraient brusquement la face de Dieu. Il se disait que ce qu'il voulait, c'était qu'on lui fasse entrevoir quelque chose qui soit un peu moins *réel* que tout ce qui l'entourait, chaque jour de la semaine.

Car quoi qu'on puisse penser du travail de la police (il y avait d'ailleurs beaucoup à dire, et certains ne s'en privaient pas), personne ne peut nier qu'il vous impose un contact permanent avec la vie réelle. Le travail de la police est en rapport avec l'essentiel, les instincts primitifs et les motivations fondamentales de l'homme, débarrassés de tout le bric-à-brac de la civilisation stérilisée du XXe siècle. Alors qu'il marchait sous la pluie, Hawes songeait qu'il était bizarre que les gens passent la plus grande partie de leur temps à partager les fantasmes de quelqu'un d'autre. Tout citoyen disposait de mille sorties de secours lui permettant de fuir la réalité. Les livres, le cinéma et la télévision, les magazines, le théâtre, les concerts, les ballets, tout et n'importe quoi conçu pour substituer à la réalité un simulacre de vie réelle, un monde de fiction.

Maintenant, peut-être qu'il est mal de penser cela, quand on est flic, se disait Hawes, car le flic est précisément le personnage de fiction mis en scène dans le moyen d'évasion que constitue le roman policier. Le problème, se dit-il, c'est que le flic de fiction est un héros, alors que le flic *réel* n'est qu'un homme comme les autres. Il lui semblait un peu ridicule que les gens les mieux considérés soient précisément ceux qui produisent des fictions, acteurs, metteurs en scène, écrivains, tous les artistes dont la seule fonction est de divertir. C'était comme si un tout petit fragment du monde était vraiment vivant, et que ces gens n'étaient vivants que parce qu'ils produisent des fictions. Le reste de l'humanité se contentait de regarder. Le reste de l'humanité se composait de spectateurs. Ç'aurait été beaucoup moins tragique si ces gens assistaient au spectacle de la vie réelle. Mais ils n'assistaient qu'à une *représentation* de la vie, de sorte qu'ils étaient doublement privés de la vie réelle.

Mêmes les conversations les plus banales semblaient se préoccuper avant tout du monde de la fiction. Tu as vu Jack Paar hier soir ? Tu as lu *Le Docteur Jivago* ? Terrible, le dernier épisode de *Dragnet*, non ? Vous avez lu la critique de *Doux oiseau de la jeunesse* ? Des mots, des mots, des mots. Des mots qui ne renvoient qu'aux apparences. Et aujourd'hui, les émissions de télévision ont franchi une nouvelle étape. De plus en plus de chaînes montrent des gens qui se contentent de *parler* des choses, de sorte que le téléspectateur moyen est désormais déchargé de l'obligation de parler du monde des apparences... Il y a maintenant des gens qui en parlent *à sa place* ! On est désormais triplement dépossédé de la vie réelle.

Et au milieu de cette vie triplement dissimulée, il y avait tout de même la réalité. Une réalité qui, pour un flic, prenait la forme d'une main tranchée au-dessus du poignet. Qu'est-ce qu'ils en feraient, de cette main, dans *Naked City* ou n'importe quel feuilleton du même acabit ? Hawes n'en savait rien. La seule chose qu'il savait, c'est qu'il allait au temple chaque dimanche, dans l'attente de quelque chose.

Ce dimanche-là, il en sortit dans le même état d'esprit qu'en y entrant. Il avança sur le trottoir luisant, le long du parc, en direction du poste. On avait allumé les deux globes verts de l'entrée, sur lesquels se détachait faiblement un gros « 87 ». Il regarda la façade de pierre trempée, et monta les marches du perron.

Dans le hall, Dave Murchison, assis derrière son bureau, lisait un magazine de cinéma. Il y avait le portrait de Debbie Reynolds sur la couverture et cette question angoissante : *Que va faire Debbie ?*

Hawes monta quatre à quatre l'escalier de fer et suivit le long couloir obscur jusqu'à la salle des inspecteurs. Il poussa le portillon de la barrière de bois, accrocha son imperméable et son chapeau et s'installa à son bureau. La salle était curieusement silencieuse. On se serait cru au temple. Frankie Hernandez, un policier portoricain qui était né et avait été élevé dans le quartier, leva les yeux et lui dit bonjour.

— Salut, Frankie. Steve n'est pas encore là ?

— Il a téléphoné il y a dix minutes pour dire qu'il allait d'abord aux docks voir le capitaine du *Farren*.

— Bon. C'est tout ?

— J'ai reçu un rapport de Grossman sur le hachoir.

— Quel ha... Ah ! oui. Oui, la môme Androvich... Et alors ?

— Rien. Rien dessus que le rosbif de la veille.

— Dis donc, où est tout le monde ? C'est drôlement calme, ce matin.

— Y a eu un cambriolage la nuit dernière, chez un épicier de Culver Avenue. Andy et Meyer sont dessus. Le lieutenant a prévenu qu'il serait en retard. Sa femme est malade, il attend le docteur.

— Mais Kling ne devait pas être là ?

— Non. Il a changé avec Carella.

— Mince, c'est drôlement calme, répéta Hawes. Miscolo est là ? Je boirais bien un thé.

— Il était là y a une minute. Je crois qu'il est descendu voir le capitaine.

— Des jours comme ça... Dis, Frankie, t'as pas des fois l'impression que la vie, c'est pas vrai ?

Mais pour Frankie Hernandez, la vie était affreusement vraie. Il s'était donné une mission. Hernandez entendait démontrer au monde en général et aux gens d'Isola en particulier que les Portoricains peuvent être des gens très bien. Il ne savait pas qui avait bien pu servir d'agent de publicité à ses compatriotes avant qu'il décide de s'en mêler, mais il était certain que cette publicité avait été déplorable. Hernandez n'avait jamais de sa vie éprouvé le besoin de s'attaquer à qui que ce soit, ni de fumer de la marijuana, ni de porter un couteau à cran d'arrêt. Il n'avait jamais volé la moindre carte postale à un étalage ni reluqué les filles de la Via de Putas.

Son père avait travaillé dur toute sa vie, et sa mère s'était consacrée à l'éducation de ses quatre enfants avec beaucoup de dévouement. Ils étaient tous de bons catholiques. Et quand le jeune Hernandez avait décidé d'entrer dans la police, ses parents avaient applaudi des deux mains. Il avait vingt-deux ans, à l'époque. Il avait déjà servi quatre ans dans les Marines, et s'était distingué à la bataille d'Iwo Jima. Dans l'épicerie paternelle, une photo de lui en tenue de combat était collée derrière le comptoir, à côté de la publicité pour Coca-Cola. Le père de Frankie ne manquait jamais une occasion d'expliquer aux clients de passage qu'il s'agissait de son fils Frankie, désormais « inspecteur de police ».

L'entrée de Hernandez dans la police d'Isola ne s'était pourtant pas faite sans mal. Pour commencer, il avait découvert certains préjugés racistes au sein même de son travail, en contradiction flagrante avec les règlements égalitaires du service. A cela s'ajoutait une attitude assez gênante de la part de certains habitants du quartier. Ils attendaient de lui (puisqu'il était « l'un d'eux ») qu'il regarde de l'autre côté lorsqu'ils étaient en délicatesse avec la loi. Malheureusement, Frankie Hernandez était incapable de regarder de l'autre côté. Il avait prêté serment, il portait l'uniforme, et il devait accomplir son devoir.

Et puis il y avait La Cause.

Frankie Hernandez voulait prouver au quartier, aux habitants du quartier, à la police, à la ville tout entière et au monde, que les Portoricains étaient des hommes et des femmes comme les autres. Certains de ses collègues, comme Andy Parker, lui rendaient la tâche difficile. Dès ses débuts dans la police, des agents en uniforme lui avaient mis des bâtons dans les roues. Hernandez se disait que même s'il devenait un jour chef des inspecteurs, il devrait affronter des Andy Parker, dont la présence lui rappelait à tout moment que La Cause devait être défendue sans relâche.

Par conséquent, pour l'inspecteur Hernandez, la vie était bien réelle, en vérité.

— Non, répondit-il à Cotton Hawes. Je n'ai jamais eu cette impression.

— Ça doit être la pluie, murmura Cotton en bâillant.

Le S.S. *Farren* avait été ainsi nommé en mémoire d'un vieux gentilhomme de White Plains appelé Jack Farren. Mais alors que le véritable Farren avait été un vieux monsieur sympathique, aimable et charmant, toujours très soigné de sa personne, son homonyme avait l'air dur, sale, rouillé, et morveux.

Le capitaine du navire ne déparait pas son bateau.

C'était un individu trapu avec une barbe de trois jours, qui se curait les dents avec le coin d'une pochette d'allumettes. Tandis que Carella lui parlait, il ne cessait d'explorer une dent creuse avec des bruits de succion du plus répugnant effet. Ils étaient installés tous les deux dans la chambre du capitaine, une cabine de la taille d'un cercueil, aux parois suintantes. La pluie ruisselait sur le hublot. La cabine sentait le moisi, la sueur et le rance.

— Que savez-vous de Karl Androvich ? demanda Carella.

— Qu'est-ce que vous voulez savoir ?

Le capitaine s'appelait Kissovsky. Il avait une voix rocailleuse et toute la grâce et l'élégance d'un tank Sherman.

— Il y avait longtemps qu'il naviguait ?

Kissovsky haussa les épaules.

— Deux, trois ans. Il a des ennuis ? Dans quoi il s'est fourré depuis qu'il a déserté son bord ?

— Rien, que je sache. Il était bon marin ?

— Par les temps qui courent, pas mauvais. C'est difficile de trouver de bons marins, de nos jours. De mon temps, c'était autre chose, dit Kissovsky en suçant sa dent.

— Les bateaux étaient en bois et les marins en fer.

— Quoi ? Ah ! oui... Je ne suis pas si vieux que ça, jeune homme, dit le capitaine avec un rictus qui voulait être un sourire. Mais nous étions de vrais marins, pas des foutus hippies à la recherche de sensations. Des hommes ! Nous étions des hommes.

— Donc, Androvich était un bon matelot ?

— Jusqu'à ce qu'il abandonne son navire. Dès qu'il a déserté, il est devenu un mauvais matelot. J'ai dû faire le voyage avec un homme en moins. Déjà que j'en avais pas mon compte. Je vous jure, un homme en moins, ça n'arrange pas les choses. Un bateau, c'est comme une ville en réduction. Y a les gars qui balayent les rues, et les gars qui tiennent les restaurants et ceux qui font marcher les trains, et qui allument les lumières, et tout. Si on perd le type qui doit allumer, on n'y voit pas clair, et si les types du restaurant disparaissent, personne bouffe. Ou alors, faut les remplacer, et sur un bateau, ça veut dire qu'il faut enlever un gars d'un autre boulot. Je vous dis, tournez ça comme vous voudrez, ça fait du grabuge. Et puis d'ailleurs, c'était un foutu marin.

— Comment ça ?

— Il cherchait à rigoler. La rigolade, y avait que ça de vrai, pour lui. Après moi le déluge. Une femme dans chaque port. Et je te bois, et je te bois, et je te bois. Saoul comme trente-six cochons à chaque escale. Je lui faisais la morale, des fois, je lui parlais de sa petite femme. Il me riait au nez. La rigolade, toujours. Le reste, pfffff !

— Une fille dans chaque port, hein ? dit Carella.

— Ouais, et toujours prêt à boire comme un trou. Je lui disais tout le temps, tu as une gentille petite femme qui t'attend à la maison. Tu veux lui rapporter une maladie de tes virées exotiques, c'est ça que tu cherches ? Il me riait au nez. Une bonne blague. La vie, pour lui, c'était rien qu'une bonne blague. Alors il débarque, et il gâche tout. C'est un marin, non ?

— Il avait une petite amie ici aussi, capitaine ?

— Oh ! dites, laissez tomber le capitaine, vous voulez ? Appelez-moi Artie et je vous appellerai George ou comment c'est votre nom, ce sera plus facile, hein ?

— Steve.

— D'accord, Steve. J'aime bien ce nom-là. J'ai un frangin qui s'appelle Steve. Il est fort comme un bœuf, le gamin. Il soulève une cabine de semi-remorque sans l'aide de personne.

— Artie, est-ce qu'Androvich avait une amie en ville ?

Kissovsky suça sa dent, enfonça la pochette d'allumettes du côté des molaires et se perdit dans ses pensées. Puis il cracha un vague résidu, soupira et grogna :

— J'en sais foutre rien.

— Qui pourrait le savoir ?

— Ses copains de bordée, mais j'en doute. Tout ce qui se passe sur mon rafiot, je suis au courant. Je peux toujours vous dire une chose. Il ne passait pas ses nuits à dire des gentillesses à sa petite femme aimée, sa Lulu Belle ou je ne sais quoi.

— Meg ?

— Ouais. Meg. Celle qu'il a ramassée à Atlanta, et qu'il a fait tatouer son nom sur son bras. J'ai jamais compris comment elle avait réussi à lui passer la corde au cou. Bref, elle est arrivée à se faire épouser, mais ça n'allait pas jusqu'à le faire rester à la maison en pantoufles. Que non. Ce gosse-là, il était pour la rigolade, pas pour les pantoufles. Vous savez ce qu'il faisait ?

— Non. Quoi ?

— On arrivait au port, mettons. Ici, par exemple. Alors il attendait comme ça quinze jours, il traînait partout, avant de se pointer chez lui. Des fois, c'était deux jours avant d'appareiller de nouveau. Je vous jure, cette môme-là, on ne peut pas dire qu'elle avait une vie bien chouette, avec lui. Elle me faisait de la peine, parfois. Une gentille petite, avec ça.

Le capitaine haussa les épaules et cracha par terre.

— Où allait-il ? Que faisait-il ? Quels lieux fréquentait-il ?

— Les lieux où y a de la fesse. N'importe où. Partout. Je vous parie qu'il est avec une fille en ce moment. Dès qu'il sera raide comme un passe-lacet, il se présentera chez Scarlett ou je ne sais comment.

— Il n'avait que trente dollars sur lui quand il a disparu.

— Trente dollars, mon œil ! Qui vous a dit ça ? Depuis Pensacola, y avait une grosse partie de dés en train. Androvich était un gros gagnant. Il a bien empoché dans les sept cents dollars, ce môme-là. C'est pas de la petite bière, Steve, mon vieux. Ajoutez à ça son pécule de janvier et ça fait un joli paquet. Et nous n'étions au port que depuis deux jours. On est arrivés le 12 et on devait appareiller le 14, pour la Saint-Valentin. Il n'a pas pu dépenser tout ça en deux jours !... Non, moi, à mon idée, il est bien parti de chez lui pour monter à bord, mais en chemin il a rencontré un jupon et il joue au pacha avec elle depuis un mois. Quand il n'aura plus un rond, il rentrera chez lui.

— Vous pensez qu'il tire une bordée, alors ?

— Ce serait bien de lui. Tenez, à Nagasaki, ce type-là... oui, enfin, c'est une autre histoire... Dites, vous ne vous inquiétez pas pour lui, si ?

— Ma foi...

— Faut pas. Fouillez les bordels, les maisons meublées, les bars. Vous le retrouverez bien, allez. Seulement, j'ai dans l'idée qu'il n'a pas envie qu'on le retrouve. Et qu'est-ce que vous ferez, quand vous lui aurez mis la main dessus ? Vous ne pouvez pas le forcer à retourner auprès de sa légitime, pas vrai ?

— Non, évidemment.

— Alors qu'est-ce que ça peut vous foutre ?

Kissovsky suça sa dent et cracha sur le pont.

— Vous en faites pas, allez. Il reviendra.

Les poubelles étaient rangées dans l'impasse, entre deux immeubles sordides, et la pluie s'accumulait sur leurs couvercles. La vieille femme était en pantoufles et elle s'engagea dans l'impasse en essayant d'éviter les plus grosses flaques, serrant sur son cœur comme un bébé un paquet de détritus.

Elle souleva le couvercle de la première poubelle, de loin, pour ne pas s'arroser les pieds, et elle allait y jeter ses ordures quand elle vit qu'elle était pleine. La vieille dame, étant irlandaise, laissa échapper un torrent d'injures colorées, replaça le couvercle et s'approcha de la deuxième poubelle. Elle était à présent complètement trempée, furieuse de n'avoir pas apporté de parapluie et, pour comble, le couvercle de la deuxième poubelle résistait. Elle fit un effort, le couvercle céda brusquement et l'eau cascada sur les pantoufles de la vieille. Elle jura encore et se pencha pour jeter son sac d'épluchures.

Elle vit alors le journal. Elle hésita un instant.

Le journal avait enveloppé quelque chose, mais pour une raison ou une autre, le papier s'était déplié. Curieuse, la vieille femme regarda de plus près.

Elle poussa un long hurlement.

9

Le lundi fut une journée agitée.

Pour commencer, Blaney — l'assistant du médecin légiste — examina officiellement le ravissant petit paquet que les agents avaient repêché dans la poubelle, après avoir reçu un appel affolé de la vieille Irlandaise.

Le journal ensanglanté contenait une main humaine.

Après avoir bien étudié cette main, Blaney fut en mesure de téléphoner aux policiers du 87e pour les informer qu'elle appartenait à un individu de race blanche et de sexe masculin, âgé de 18 à 24 ans. Il ajouta qu'à moins qu'il ne se trompe fort, cette main était la sœur de celle qu'il avait examinée la semaine précédente.

Bert Kling reçut l'appel. Il avait à peine la force de soulever le stylo pour noter le renseignement.

Cela, la première chose qui se passa le lundi, eut lieu à neuf heures trente du matin.

La deuxième chose se produisit à onze heures et il sembla bien que ce second événement allait résoudre une fois pour toutes le problème de l'identification de la victime. Il s'agissait d'un cadavre qui venait d'être rejeté sur les berges du fleuve Harb. Le corps n'avait ni bras ni tête. On l'expédia promptement à la morgue où l'on put tout de suite apprendre beaucoup de choses.

D'abord, le cadavre était entièrement vêtu et le portefeuille que l'on trouva dans la poche arrière du pantalon contenait une carte d'identité trempée et un permis de conduire. Le noyé s'appelait George Rice. Un coup de téléphone au numéro porté sur la carte d'identité confirma l'estimation de Blaney qui pensait que le cadavre avait séjourné près de quinze jours dans l'eau. Deux semaines auparavant, Mr Rice n'était pas rentré de son travail. Sa femme avait signalé sa disparition et il devait y avoir une fiche au Bureau des Personnes disparues. On demanda à Mrs Rice de venir reconnaître les restes dès que possible. En attendant, Blaney poursuivit ses travaux.

Et il finit par conclure que, bien que Mr Rice ne fût âgé que de vingt-six ans, bien qu'il lui manquât les bras et la tête, bien qu'il répondît d'aussi près que possible au signalement évasif du propriétaire des deux mains coupées, la mutilation du noyé avait été causée par les hélices d'un bateau. Blaney s'aperçut de plus que si les traces de sang du sac de la compagnie aérienne appartenaient au groupe O, Mr Rice, lui, appartenait au groupe AB. Par-dessus le marché, si les mains supposaient un individu de haute taille, Mr Rice, compte tenu de la tête absente, avait mesuré de son vivant un mètre soixante et onze.

Lorsque Mrs Rice reconnut le cadavre et affirma que c'était bien là son mari — grâce à ses vêtements et à une cicatrice sur l'abdomen —, elle ajouta qu'il travaillait dans l'Etat voisin et se rendait à son travail par ferry-boat. Il était donc logique de supposer qu'il avait sauté, qu'il avait été poussé ou qu'il était tombé de l'arrière du bateau et avait été haché par les hélices. Une perquisition chez les Rice permit de découvrir, dans la même journée, une lettre annonçant le désir de Mr Rice d'en finir avec la vie.

Blaney eut donc le pénible devoir de rappeler les policiers du 87e, et de porter à la connaissance de Kling, toujours aussi épuisé par son week-end, que les mains n'avaient jamais appartenu au cadavre que le fleuve avait rejeté.

Le mystère demeurait tout aussi entier, et le jeune fils de Martha Livingston restait sur les rangs, avec le matelot Karl Androvich.

Mais le lundi était loin d'être terminé, et bien des choses devaient encore se passer.

La troisième eut lieu à quatorze heures.

Deux voyous furent arrêtés dans l'Etat voisin, et tous deux étaient domiciliés à Isola. Le premier possédait un joli casier judiciaire, l'autre était inconnu. Ces estimables jeunes gens avaient tenté d'attaquer une station-service Shell et s'étaient enfuis avec tant de hâte qu'ils n'avaient pas remarqué une voiture de police qui patrouillait le secteur. Ils allèrent à sa rencontre si impétueusement qu'ils emboutirent son aile droite, mettant ainsi rapidement fin à une carrière si mal commencée. Le garçon qui avait brandi le revolver, celui qui possédait un casier, s'appelait Robert Germaine.

L'autre, le mauvais conducteur qui avait embouti la voiture de police, s'appelait Richard Livingston.

On a beau conduire comme un pied, on a tout de même besoin de deux mains pour ça — et Richard Livingston était dans ce cas.

Kling reçut l'information à quinze heures. D'une main lasse et tremblante, il nota le renseignement et se promit de rappeler à Carella qu'il pouvait tracer une croix sur une de ses victimes possibles.

A seize heures dix, le téléphone sonna encore.

— Allô, soupira Kling.

— Qui est à l'appareil ? demanda une voix féminine.

— Inspecteur Kling, du 87e. Qui êtes-vous ?

— Mrs Androvich. Mrs Karl Androvich.

— Ah ! bonjour, madame. Qu'est-ce qui ne va pas ?

— Tout va très bien.

— Je veux dire...

— Mon mari est revenu, déclara Meg Androvich.

— Karl ?

— Oui.

— Il est revenu ?

— Oui.

— Quand ça ?

— Il y a quelques minutes, dit-elle. (Elle se tut longuement ; enfin elle ajouta :) Il m'a apporté des fleurs.

— Je suis très content qu'il soit rentré, soupira Kling. Je préviendrai les Personnes disparues. Merci de nous avoir téléphoné.

— De rien. Dites, vous voulez me rendre un service ?

— Lequel, Mrs Androvich ?

— Est-ce que vous voudriez bien dire à l'autre inspecteur... Carella ? C'est ça ?

— Oui.

— Vous voulez le lui dire ?

— Que votre mari est rentré ? Mais naturellement, madame, je le lui dirai.

— Non, pas ça. Non. Je veux que vous lui disiez bien que Karl m'a apporté des fleurs. Dites-lui ça. Que Karl m'a apporté des fleurs, et elle raccrocha.

Voilà donc tout ce qui se passa le lundi. Tout. Les policiers avaient encore une paire de mains sur les bras, toujours aussi anonyme.

Le mardi, il y eut une bagarre de voyous, un incendie dans le quartier et une femme irascible qui assomma son mari avec une poêle à frire, ce qui fait que tout le monde trouva à s'occuper.

Le mercredi, Steve Carella revint travailler. Il pleuvait toujours. C'était à croire que la pluie ne cesserait jamais. Une semaine entière était passée depuis que l'agent Genero avait trouvé la première main coupée. Et on en était toujours au même point.

10

La vieille Irlandaise qui avait découvert la seconde main reçut Carella et Hawes comme de vieux amis. Elle leur servit du thé, se montra aimable et joyeuse et enchantée de répondre à leurs questions, avec un accent irlandais à couper au couteau.

Une image vient instantanément à l'esprit quand on parle d'une Irlandaise : un quart de fête de la Saint-Patrick, trois quarts de *L'Homme tranquille* de John Ford. Une rousse aux yeux verts court dans la bruyère sous un ciel d'un bleu éclatant parsemé de nuages très blancs. Un large sourire se dessine sur ses lèvres, et chacun comprend qu'elle tapera gentiment sur la main de quiconque ferait mine de la toucher. Elle est irlandaise, sauvage et pure, et jeune. Jeune pour l'éternité.

Tout le portrait de Colleen Brady.

Elle reçut Carella et Hawes comme des soupirants venus en visite avec un bouquet de roses trémières. Elle leur servit du thé et leur raconta des blagues avec un accent aussi épais que du bon café irlandais. Elle avait les yeux verts, très vifs, et une peau aussi douce qu'une fille de dix-sept ans. Ses cheveux étaient blancs, mais il était évident qu'ils avaient été roux, et elle avait encore la taille si étroite qu'un homme pouvait la tenir entre ses deux mains.

— Pas une âme, mes jolis, pas une âme que j'ai vue. C'était un jour à rester chez soi bien au chaud, ça oui. Je n'ai vu personne dans le couloir, ni en bas, ni dans l'escalier, ni dans la cour. Un sale jour et je m'en voulais de ne pas avoir pris mon parapluie. Ah ! quand j'ai vu ce qu'il y avait dans la poubelle, mes tout beaux ! Encore un peu de thé ?

— Non, merci, Mrs Brady. Donc, vous n'avez vu personne ?

— Personne. Et je regrette bien de ne pas pouvoir vous aider, car c'est pas des choses à faire, de couper comme ça les pauvres morts. C'est de la barbarie, oui. Et les voisins ? Vous avez interrogé les voisins ? Ils ont vu peut-être.

— Pas encore. Nous voulions vous parler d'abord, dit Hawes.

— Vous seriez pas irlandais, jeune homme ?

— J'ai un peu de sang irlandais.

La vieille cligna un œil vert et contempla Hawes, ses cheveux roux et sa mèche blanche, avec un intérêt accru.

— Je crois que nous allons vous laisser, madame, dit Carella. Excusez-nous, et merci beaucoup.

— Essayez les voisins. Ils ont peut-être vu. Des fois, quelqu'un a pu voir.

Mais personne n'avait rien vu.

Les deux inspecteurs sonnèrent à toutes les portes de l'immeuble et de la maison voisine. Puis, traînant les pieds dans les flaques, ils regagnèrent sous la pluie leur bureau. Hernandez tendit immédiatement un message à Carella.

— Steve, un type des Personnes disparues a téléphoné il y a une demi-heure. Il a demandé Kling, mais je lui ai dit qu'il était sorti. Alors il a voulu savoir qui était aussi sur l'affaire de la main dans le sac de la compagnie aérienne, et je lui ai dit qu'il y avait toi. Il demande que toi ou Kling vous le rappeliez aussitôt que possible.

— Comment s'appelle-t-il ? demanda Carella.

— C'est marqué là. Barthelemy, quelque chose comme ça.

Carella s'assit à son bureau et prit le bloc.

— Romeo Bartholdi, murmura-t-il en formant le numéro du Bureau des Personnes disparues. Allô ? Ici Carella, du 87e. Nous avons reçu un appel tout à l'heure, de chez vous, d'un nommé Bartholdi qui...

— Bartholdi à l'appareil.

— Bonjour. Que se passe-t-il ?

— Comment c'est votre nom, vous dites ?

— Carella.

— Salut, *paesano*.

— Salut, dit Steve en souriant. Qu'est-ce qu'il y a ?

— Ecoutez, je sais que ça ne me regarde pas. Mais il m'est venu une idée.

— Oui ?

— Un nommé Kling est passé nous voir la semaine dernière et j'ai bavardé un peu avec lui. Il m'a raconté que vous aviez dégotté une main coupée dans un sac de compagnie aérienne. Une main d'homme.

— Oui, c'est exact. Et alors ?

— Ecoutez, mon vieux, c'est pas mes oignons. Seulement Kling cherchait un disparu et il a fouillé les fiches de février, s'pas ?

— Oui ?

— Il disait que le sac venait d'une compagnie appelée Circle Airlines. Je ne me trompe pas ?

— Non.

— Bon, voilà où je veux en venir. C'est tiré par les cheveux, d'accord, mais je vous le donne pour ce que ça vaut. Mon collègue et moi, nous cherchons une bonne femme qui a disparu il y a trois semaines environ. Une strip-teaseuse qui est venue de Kansas City en janvier. Bubbles Caesar. Mais c'est pas son vrai nom. Elle s'appelle Barbara Cesare. Un de ces châssis, mon ami !

— Oui, bon, et alors ? Qu'est-ce qu'elle a fait ?

— Sa disparition a été signalée par son imprésario, un nommé Charles Tudor, le 13 février, la veille de la Saint-Valentin. Qu'est-ce qu'on est aujourd'hui, au fait ?

— Le 11.

— Oui. Alors ça fait presque quatre semaines. Bref, on la cherche partout depuis, on a fouillé son passé et tout. Voilà ce que nous avons découvert. Elle est venue de Kansas City par avion.

— Vraiment ?

— Oui, et le reste se devine. Elle a pris la Circle Airlines. Bien sûr, c'est peut-être une coïncidence. Mais ça peut vouloir dire quelque chose aussi, j'en sais rien. J'ai pensé que ça pourrait peut-être vous intéresser.

— Oui.

— Je vous dis, c'est tiré par les cheveux. Mais on ne sait jamais.

— En quelle classe voyageait-elle ? Luxe, touriste ?

— En première. C'est un autre truc, ça. Ils donnent ces petits sacs aux passagers de première, pas vrai ?

— Oui.

— Oui. Vous savez, c'est chercher un peu loin, mais une supposition que cette bonne femme ait disparu parce qu'elle avait fait son affaire à un type ? Je veux dire, quoi, la main était bien dans un sac de la Circle Airlines... Oui, enfin, c'est bien tiré par les cheveux...

— Tiré par les cheveux ou pas, nous n'avons pas autre chose, dit Carella. Quelle est l'adresse de Tudor ?

L'immeuble Creo s'élevait dans le centre d'Isola, sur le Stem, et servait de lieu de rendez-vous à tous les musiciens, danseurs et chanteurs de la ville. L'immeuble était flanqué d'une cafétéria ouverte toute la nuit et d'un grand cinéma. Le hall de marbre n'aurait pas déparé Saint-Pierre de Rome. Mais passé le hall, on découvrait des locaux beaucoup moins luxueux. Les étages supérieurs abritaient des salles de répétition dépourvues de meubles et des cagibis occupés par des éditeurs de musique, des compositeurs, des imprésarios, et un avocat marron louant trois mètres carrés et un téléphone en guise de cabinet. Les hommes et les femmes qui se rassemblaient devant l'entrée et dans le hall d'accueil formaient un curieux mélange.

Il y avait les jazzmen excités avec leurs étuis à saxophone ou à trombone, négociant des engagements dans divers groupes. Certains faisaient circuler des joints de marijuana, d'autres au contraire n'avaient pas besoin d'autre stimulant que leur dévotion à la musique. Il y avait aussi des musiciens classiques à lavallière et cheveux longs. Le hautbois à la main, ils parlaient de la saison qui s'ouvrait à Boston ou Dallas, ou s'interrogeaient sur l'avenir de Leonard Bernstein au Philharmonic. On voyait des chanteuses, des rossignols dont le sourire était aussi travaillé que la voix et qui franchissaient l'entrée de l'immeuble avec des airs de reines d'Hollywood.

Il y avait aussi les danseuses, classiques ou modernes, en jupe noire courte qui leur permet une plus grande liberté de mouvement, les talons aiguilles cliquetant sur le sol de marbre, avec ce dandinement qui semble l'apanage de toutes les danseuses professionnelles. Les strip-teaseuses, de grandes femmes au teint pâle que la lumière du soleil n'atteint que rarement, lunettes noires et maquillage outrancier. Les attachés de presse, tirant sur leur cigare, vivantes incarnations du capitalisme américain vu par les Russes. Les compositeurs malheureux, le cheveu en broussaille. Les compositeurs modérément prospères, avec leurs disques de démonstration. Et enfin les compositeurs qui ont vraiment réussi. Ils chantent faux, jouent encore plus mal au piano, mais se déplacent avec la tranquille assurance que leur procure l'argent qui se déverse des juke-boxes.

A l'étage, tout le monde répétait. On répétait en petite formation ou en grand orchestre, avec des pianos, des percussions, on répétait des ballets, des symphonies et des *jam sessions* improvisées. La seule chose qui ne fût pas répétée, dans l'immeuble Creo, c'était le brouhaha des conversations dans le hall d'accueil et devant l'entrée.

Il était difficile d'affirmer si Charles Tudor avait répété ou non son discours.

Charles Tudor occupait un petit bureau au dix-huitième étage. Deux jeunes personnes pâles aux formes plantureuses, un carton à chapeau sur les genoux, attendaient dans le petit salon de réception. Une petite jeune fille rose et plate était assise derrière un petit bureau. Carella s'approcha d'elle et lui mit son insigne sous le nez.

— Nous voudrions parler à Mr Tudor, dit-il. Police.

L'employée considéra d'abord Hawes, puis Carella. Les deux reines du strip-tease réussirent à blêmir encore. La plus grande des deux se leva brusquement de son banc et s'en alla très vite. La seconde se plongea dans la lecture de *Variety.*

— Ce serait au sujet de quoi ? demanda la secrétaire.

— Nous le dirons à Mr Tudor. Voudriez-vous le prévenir de notre visite ?

La jeune fille fit une grimace et appuya sur un bouton à la base de son téléphone.

— Mr Tudor, il y a là deux messieurs qui se prétendent de la police... Non, ils disent qu'ils vous le diront à vous... Je ne sais pas, monsieur, je n'ai jamais eu affaire à la police... Oui, il m'a montré un insigne... Oui, monsieur.

Elle raccrocha et se tourna vers Carella.

— Si vous voulez bien attendre une minute. Il a quelqu'un dans son bureau.

— Merci.

Ils restèrent debout près du bureau. La danseuse était figée, derrière son journal, et n'osait même pas tourner les pages. Les murs de la pièce étaient couverts de photos de strip-teaseuses dans toutes les postures, toutes dédicacées et signées de noms comme Flamme, Miss Bali, Lotus Doré ou Rita Rolls-Royce. Les mains dans le dos, Hawes fit le tour des murs en contemplant l'exposition artistique. La jeune personne cachée derrière *Variety* le suivait des yeux.

Enfin, d'une toute petite voix qui surprenait venant d'une fille aussi imposante et bien pourvue, elle murmura :

— C'est moi.

Hawes pivota.

— Hein ?

— Avec les fourrures. La photo que vous êtes en train de regarder. C'est moi.

— Ah ! Oh ! dit Hawes en se tournant vers le cliché. Je ne vous aurais pas reconnue avec vos... avec...

Il se tut et sourit à la fille.

— Marla ? C'est ça ? On ne lit pas bien.

— Oui. Marla. C'est Mary Lou, mon nom, mais mon premier imprésario a trouvé que Marla, ça faisait mieux. Vous ne trouvez pas ? Etrange, non ? Plus exotique.

— Si, si, bien sûr.

— Comment c'est, votre nom ?

— Hawes.

— C'est tout ?

— Eh bien, non. Mon prénom, c'est Cotton. Cotton Hawes.

La fille le dévisagea un instant.

— Vous faites aussi du strip-tease ? dit-elle, puis elle éclata de rire devant son air ahuri. C'est votre nom. Vous avouerez qu'il est un peu étrange, aussi, non ?

— Si, avoua Hawes en souriant.

— Mr Tudor a des ennuis avec vous autres ? demanda Marla.

— Non. Aucun ennui.

— Pourquoi vous voulez le voir ?

— Et vous ?

— Pour lui demander un engagement.

— Bonne chance, dit Hawes.

— Merci. C'est un excellent imprésario. Il a beaucoup de danseuses exotiques sous contrat. Je suis sûre qu'il me trouvera quelque chose.

— Je vous le souhaite.

La fille sourit et se tut. Elle rouvrit son journal, en tourna deux ou trois pages, et le referma.

— Vous ne m'avez toujours pas dit pourquoi vous vouliez voir Mr Tudor, dit-elle.

Au même moment, la porte du bureau s'ouvrit et une magnifique statue brune à talons échasses en sortit, la poitrine en figure de proue. Elle faillit renverser Carella au passage, exhiba une rangée de dents éblouissantes et s'écria à tue-tête :

— Pardon, mon chou... Au revoir, Charlie mon coco, et merci.

Ses talons résonnèrent dans le couloir comme des castagnettes. Sur le bureau de la secrétaire, le téléphone se fit entendre. Elle décrocha, et regarda Carella.

— Oui, monsieur... Mr Tudor va vous recevoir, monsieur.

— Bonne chance, dit Marla à Hawes en le voyant partir.

— Merci. Vous aussi.

— Si jamais j'ai besoin d'un flic, je vous ferai signe.

— N'y manquez pas, dit Hawes et il suivit Carella dans le bureau de l'imprésario.

Les murs étaient recouverts, là aussi, de photos de danseuses plus ou moins déshabillées. Il y en avait tant que Tudor disparaissait presque dans le décor, malgré sa carrure imposante, son costume de shantung marron et sa cravate d'or pâle. Il devait avoir largement dépassé la quarantaine. Ses épais cheveux noirs grisonnaient aux tempes, et il portait une petite moustache noire à la Ernie Kovacs. Du bout de son fume-cigarette d'or et de laque noire, il désigna des sièges et son geste fit étinceler un diamant à son petit doigt.

— J'ai cru comprendre que vous étiez de la police, dit-il. Votre visite se rapporte-t-elle à Barbara ?

— Oui, monsieur, répondit Carella. Je crois que c'est vous qui avez signalé sa disparition ?

— Oui. Pardonnez mon incorrection de tout à l'heure, mais il m'arrive de recevoir la visite de policiers qui ne... enfin, je veux dire, pour des raisons moins graves que la disparition de Barbara.

— Quel genre de visite, Mr Tudor ?

— Ah ! vous savez bien. Il y a une rafle dans une boîte, mettons, où travaille une de mes clientes et la police fait aussitôt des rapprochements. Vous devez bien comprendre que je fais engager des danseuses mais que je ne puis m'occuper de leur façon d'agir.

Tudor haussa les épaules. Sa diction sonnait curieusement faux. Il s'exprimait avec une préciosité britannique, et donnait l'impression de choisir chaque mot avec le plus grand soin avant de le laisser franchir ses lèvres. Mais malgré l'élocution élégante et les voyelles arrondies, il parlait avec l'accent le plus râpeux et le plus criard que Carella ait jamais entendu. Le plus bizarre, c'était que Tudor semblait ne pas se rendre compte de cet accent qui le désignait comme un natif d'Isola ou de Calm's Point. Il détachait ses mots avec délicatesse et précision, persuadé d'être un membre de la Chambre des Lords en train de prononcer devant ses pairs un discours de la première importance.

— Je ne suis d'aucune manière responsable de ce que font mes clientes, disait-il. J'aimerais bien que la police comprenne une chose aussi simple. Pas plus que je ne règle leurs danses. Je ne puis en aucun cas être tenu pour responsable de leurs entrechats. Je ne suis qu'un imprésario, rien de plus... Mais nous nous égarons. Au sujet de Barbara, vous avez des nouvelles ?

— Aucune, monsieur. Nous espérions que vous pourriez nous parler d'elle, avec plus de détails.

— Ah !

Tudor laissa échapper cette unique syllabe, mais sur un ton tel que sa déception était parfaitement évidente.

— Je suis navré de vous avoir donné de faux espoirs, Mr Tudor, dit Carella.

— Ça ne fait rien, mais...

— Vous vous intéressiez beaucoup à cette jeune fille ?

— Oui... Oui, effectivement.

— D'une façon, comment dirais-je, professionnelle ? demanda Hawes.

— Comment ? Non, non, pas du tout. J'ai eu de meilleures danseuses sous contrat, de loin. Cette petite qui vient de partir, tenez. Pavan. Elle arrive de San Francisco et elle va faire un malheur ici. Elle est excellente, excellente, et elle n'a que vingt ans ! C'est à ne pas croire. Oui, elle a un bel avenir devant elle, celle-là. Barbara n'était plus une enfant, vous savez.

— Quel âge a-t-elle ?

— Trente-quatre ans. Bien entendu, vous avez des danseuses qui font encore du strip-tease jusqu'à cinquante ans, et qui ont du succès. Ces filles-là s'entretiennent, elles savent que leur corps représente leur capital. Il y a peut-être aussi un certain narcissisme. Barbara, par exemple, qui avait déjà... Excusez-moi. Il faut que je perde cette habitude de parler d'elle au passé. Mais lorsqu'une personne s'en va, disparaît... la langue vous joue des tours. On en parle machinalement au passé. Excusez-moi.

— Il nous est donc permis de supposer, Mr Tudor, que vos rapports avec Miss Caesar n'étaient pas demeurés sur un plan strictement professionnel ? Il y avait plus ?

— Plus ?

— Oui, est-ce que...

— Je l'aime, dit simplement Tudor.

Il y eut un silence.

— Je vois, murmura enfin Carella.

— Oui... Oui, je l'aime. Je l'aime encore. Il faut que je me rappelle que je l'aime toujours et qu'elle est encore parmi nous. Ici.

— Ici ?

— Oui. Ici. Dans cette ville. Quelque part. Elle est encore ici. Il ne lui est rien arrivé. C'est toujours la même Barbara, rieuse, ravissante... Vous avez vu ses photos, messieurs ?

— Non.

— J'en ai là, je crois. Croyez-vous que cela puisse vous aider ?

— Oui, certainement.

— J'en ai déjà donné au Bureau des Personnes disparues. Vous appartenez à ce service ?

— Non.

— Non, je ne le pensais pas. De quelle manière vous intéressez-vous à Barbara, alors ?

— Euh, nous sommes là en qualité de conseillers, mentit Carella.

— Oui, je vois.

Tudor se leva. Debout, il paraissait plus grand que l'on n'aurait cru. Il se déplaçait sans gestes inutiles, avec une certaine grâce légère.

— Je dois avoir des clichés, là. J'ai l'habitude de faire photographier mes clientes dès que je les ai sous contrat. J'avais fait faire beaucoup de photos de Barbara, quand elle est venue me voir pour la première fois.

— C'était quand ?

Sans lever les yeux de son classeur, Tudor répondit :

— En janvier. Elle arrivait de Kansas City. Une de ses amies me l'avait recommandée. Je suis la première personne qu'elle a vue, ici en ville.

— Elle est venue tout droit chez vous, c'est bien ça ?

— Tout droit de l'aéroport. Je l'ai aidée à s'installer. Et je suis tombé amoureux d'elle dès que je l'ai vue.

— Tout droit de l'aéroport ? demanda Carella.

— Comment ? Oui. Ah ! voilà les photos. Tenez... Voici Barbara, messieurs. Bubbles Caesar. Elle est belle, n'est-ce pas ?

Carella ne regarda pas les grandes photos sur papier glacé.

— Vous dites qu'elle est venue chez vous tout droit de l'aéroport ?

— Oui. La plupart de ces clichés...

— Elle avait des bagages ?

— Des bagages ? Ma foi, oui, je pense. Pourquoi ?

— Quel genre de bagages ?

— Une valise, je crois. Une grande valise.

— Rien d'autre ?

— Je ne me souviens pas.

— Elle ne portait pas un petit sac bleu à fermeture à glissière ?

Tudor réfléchit un moment.

— Oui, il me semble. Peut-être bien. Un de ces sacs distribués par les compagnies aériennes. C'est exact. Oui.

— De la Circle Airlines ?

— Je ne me souviens pas. J'ai l'impression que c'était de la Pan Am.

Carella inclina la tête et prit les photos. Barbara Cesare, dite Bubbles Caesar, ne paraissait certes pas trente-quatre ans. Le cliché représentait une brune souriante aux yeux lumineux, drapée dans une espèce de filet de pêcheur qui ne dissimulait rien de ses formes. Et ces formes étaient abondantes. De plus, l'expression de la jeune personne était provocante et Carella se dit qu'Eve avait dû regarder Adam de cette façon quand elle lui avait offert une pomme pour son petit déjeuner. Carella se troubla et sentit que ses paumes devenaient moites. Faute de mieux il murmura :

— Elle est jolie.

— Les photos ne disent rien, répondit Tudor. Elle a un teint lumineux, un teint de pêche et... et elle possède un je ne sais quoi, une vitalité vibrante qu'aucune photo ne peut rendre.

— Vous dites que vous l'avez aidée à s'installer, Mr Tudor. Comment cela, au juste ?

— Pour commencer, je lui ai trouvé un hôtel. En attendant qu'elle prenne un appartement. Je lui ai avancé de l'argent. Et puis je suis sorti avec elle, régulièrement. Et, bien entendu, je lui ai trouvé du travail.

— Où cela ?

— A *La Dame de Cœur*. Une très bonne boîte, dans le Quartier. Pavan a commencé là aussi. Mais naturellement, Pavan a beaucoup plus de talent, et elle a vite gravi les échelons. Elle est maintenant dans un grand cabaret. *Le Diadème*. Vous connaissez ?

— Le nom me dit quelque chose. A votre avis, Miss Caesar n'avait pas l'étoffe d'une vedette ?

— Non. Elle était bien. Mais pas exceptionnelle.

— Malgré sa — euh — vitalité vibrante ?

— Oui. Elle avait une certaine personnalité, c'est incontestable, mais ça ne passait pas la rampe. C'est une chose assez mystérieuse, impondérable. Si elle avait réussi à faire passer la rampe à ce... ce charme qu'elle a, elle serait devenue une des reines du strip-tease, la plus grande, certainement. Mais non. Gypsy Rose Lee, Margie Hart, Zorita, Lili St. Cyr... Je vous assure qu'elle aurait pu toutes les éclipser. Mais non. (Il secoua la tête.) C'était une strip-teaseuse de second rang. Sur scène, elle n'avait que son corps. Un beau corps, mais ce n'est pas suffisant. Il y manquait l'éclat, les radiations... ah ! je ne sais comment vous expliquer. On sentait cela quand on la connaissait bien, mais pas en la voyant sur scène.

— Elle travaillait à *La Dame de Cœur* quand elle a disparu ?

— Oui. Elle ne s'est pas présentée pour son numéro le 12 février.

Le patron du cabaret m'a prévenu, et j'ai téléphoné chez elle. Elle partageait un appartement avec deux autres filles. Celle qui m'a répondu au téléphone m'a dit qu'elle n'avait pas vu Barbara depuis le matin. Inquiet, je l'ai cherchée partout. La ville est grande, messieurs.

— Oui.

— Le lendemain matin, le 13, j'ai alerté la police.

Tudor s'interrompit et se tourna vers la fenêtre, l'air absent, le regard fixé sur les vitres ruisselantes de pluie et le ciel sombre. Enfin il soupira :

— Je lui avais acheté un collier pour la Saint-Valentin. Je devais le lui donner ce jour-là... Et maintenant, elle a disparu.

— Un collier comment, Mr Tudor ?

— Des rubis. Elle avait des cheveux noirs, vous savez, très noirs, et des yeux d'un brun profond. J'ai pensé que des rubis, le flamboiement des rubis... Mais elle a disparu, n'est-ce pas ?

— Qui est le patron de *La Dame de Cœur*, monsieur ?

— Un nommé Randy Simms. Randolph, je crois, mais tout le monde l'appelle Randy. Son cabaret est très convenable, fort bien tenu. Vous comptez aller le voir ?

— Oui. Il pourra peut-être nous aider.

— Trouvez-la, dites ? Je vous en supplie, pour l'amour du ciel, trouvez-la-moi !

11

La Dame de Cœur était située aux confins du Quartier, plus près des anciens hôtels particuliers divisés en appartements de Hall Avenue que des enseignes au néon, des juke-boxes et des petits théâtres et cinémas de Canopy Avenue.

Le cabaret paraissait beaucoup plus calme que l'on ne s'y serait attendu, et sa façade avait une dignité peu compatible avec le strip-tease. A côté de la porte de chêne, une vitrine en forme de vitrail représentait une dame de cœur. L'effet était curieux. On aurait cru que du soleil filtrait à travers le verre coloré. Il n'y avait aucune affiche, aucune photo aguichante de filles nues empanachées, aucune enseigne. Simplement, sur la porte, une petite plaque de cuivre discrète annonçant le nom du cabaret.

Les deux inspecteurs poussèrent la porte.

La salle avait cet aspect désolé et avachi propre aux boîtes de nuit pendant la journée. Carella ne put s'empêcher de songer à une vieille belle en robe du soir et bijoux, à dix heures du matin, avec son maquillage de la veille. La boîte était parfaitement déserte.

— Ho ho ! cria Carella. Y a quelqu'un ?

Sa voix résonna lugubrement dans la grande salle vide. Tout au fond, une étroite fenêtre laissait pénétrer un jour mouillé et gris et permettait de voir les chaises posées sur les tables.

— Holà ! répéta Carella.

— Y a personne, dit Hawes.

— On dirait. Holà, quelqu'un ? cria-t-il plus fort.

— Qui est-ce ? répondit enfin une voix. Nous n'ouvrons qu'à six heures.

— Où êtes-vous ? lança Carella à l'adresse de la voix.

— Dans la cuisine. C'est fermé.

— Venez là une minute, voulez-vous ?

Un homme se matérialisa soudain dans la pénombre, et s'avança vers les deux inspecteurs tout en s'essuyant les mains avec un torchon.

— C'est fermé, répéta-t-il.

— Nous sommes policiers, dit Carella.

— C'est quand même fermé. Surtout pour les policiers. Si je vous servais à boire pendant les heures de fermeture, je risquerais d'y laisser ma licence.

— Vous êtes Randy Simms ? demanda Hawes.

— C'est moi, oui. Pourquoi ? Qu'est-ce que j'ai fait ?

— Rien. Nous ne pourrions pas nous asseoir pour discuter ?

— Où vous voudrez, dit Simms avec un geste large. Choisissez votre table.

Les trois hommes ôtèrent des chaises d'une table et s'installèrent. Simms était un homme aux cheveux couleur de sable blond, qui devait approcher de la cinquantaine. Il portait une chemise de smoking aux manches retroussées, le col ouvert. Assez bel homme, il avait l'air du monsieur blasé, habitué de Saint-Tropez et Saint-Moritz, fervent de ski sur neige ou sur mer. Carella aurait parié qu'il conduisait une Mercedes et qu'il possédait une collection de jades.

— De quoi s'agit-il ? demanda Simms. Une plainte ? La sécurité ? J'ai fait rajouter les doubles portes. Qu'est-ce qu'il y a encore ?

— Nous ne sommes pas pompiers. Nous sommes policiers, déclara Carella.

— Et alors ? Flics ou pompiers, chaque fois qu'il en vient, j'en suis pour de nouveaux frais. Qu'est-ce que c'est ?

— Vous connaissez une fille nommée Bubbles Caesar ?

— Oui.

— Elle travaille chez vous ?

— Elle y travaillait, oui.

— Vous ne savez pas où elle peut être ?

— Pas la moindre idée. Pourquoi ? Qu'est-ce qu'elle a fait ?

— On dirait qu'elle a disparu.
— C'est défendu ?
— Pas forcément.
— Alors, pourquoi la cherchez-vous ?
— Nous voulons lui parler.
— Vous n'êtes pas les seuls.
— Que voulez-vous dire ?
— Simplement que tous ceux qui mettaient les pieds ici voulaient parler à Barbara, tiens ! Elle est terriblement attirante. Une emmerdeuse, mais attirante.
— Elle vous a causé des ennuis ?
— Oui, mais pas du côté professionnel. Elle arrivait toujours à l'heure et elle faisait bien son numéro. Elle était aimable avec la clientèle. Non, de ce côté, ça allait.
— Alors qu'est-ce qui n'allait pas ?
— Eh bien, il y a eu deux ou trois bagarres.
— A cause d'elle ?
— Oui.
— Qui est-ce qui s'est battu ?
— Ah ! ça, je ne m'en souviens plus. Des clients. C'est marrant, ce qui se passe, avec ces filles. Un homme regarde une femme qui se déshabille et il oublie qu'il est au spectacle et que la fille est une danseuse. Il finit par s'imaginer qu'il est seul avec elle, et qu'elle se déshabille pour lui, pour son bénéfice personnel. Il arrive que ce rêve éveillé persiste quand la lumière se rallume. Et quand deux clients font le même rêve, ça peut devenir embêtant. L'homme qui se figure que la fille se met à poil pour lui tout seul n'aime pas voir un autre type partager la même idée. Et v'lan, les poings s'en mêlent. Alors nous flanquons les types à la porte. Qu'ils se débrouillent sur le trottoir. Ou plutôt, c'est ce que nous faisions. Plus maintenant.
— Maintenant, vous les laissez se bagarrer ? demanda Hawes.
— Non. Nous ne leur donnons plus l'occasion de se faire du cinéma.
— Ah ! oui ? Comment vous y prenez-vous ?
— C'est simple. Plus de strip-tease.
— Ah ? Vous avez changé le genre de la boîte ?
— Oui. Plus de strip, plus d'orchestre, plus de piste. Rien qu'un pianiste de jazz. Un point, c'est tout. De l'alcool, des lumières tamisées, de la musique douce. On vient avec sa souris, on lui tient la main et on pense à elle, pas à une bonne femme qui se trémousse en scène. Depuis quinze jours, nous n'avons pas eu une seule bagarre.
— Qu'est-ce qui vous a décidé à changer de genre, Mr Simms ?
— A vrai dire, Barbara y est pour beaucoup. Elle causait pas mal

d'ennuis. Je crois qu'elle le faisait exprès. Elle choisissait deux des clients les plus costauds de la salle, et adressait ses tortillements à l'un et à l'autre, alternativement. Ensuite, quand elle revenait dans la salle, elle distribuait ses sourires aux deux types et ça ne ratait jamais. V'lan, les poings. Et puis, un soir, elle n'est pas venue et je me suis trouvé avec des filles de troisième ordre sur les bras et pas de vedette. On aurait cru un concours de strip-tease pour amateurs. Et quand je pense à tous les emmerdements avec l'orchestre ! Non, ça ne valait vraiment pas le coup, croyez-moi.

— L'orchestre vous causait aussi des ennuis ? De quel ordre ?

— De toutes sortes. Un des types était drogué, le trombone. Je ne savais jamais s'il viendrait ou si je ne le retrouverais pas en train de crever dans un caniveau. Et puis le batteur a filé sans explications. Il n'est pas venu, un beau soir, comme ça, sans prévenir et j'étais sans batteur. Vous imaginez la soirée !

— Pardon, que je comprenne bien, intervint Carella. Vous voulez dire que le batteur et Barbara ont disparu en même temps ?

— Le même soir, oui.

— C'était quand, au juste ?

— Je ne me rappelle pas la date exacte. Quelques jours avant la Saint-Valentin, je crois.

— Comment s'appelait le batteur ?

— Mike quelque chose. Un nom italien. Un nom impossible. Ça commence par un C... Non, je ne me souviens pas.

— Il était intime avec Barbara ?

— Ils n'en avaient pas l'air, non. Du moins, je n'avais jamais rien remarqué entre eux. Ils se parlaient, sans plus. Ah ! oui ! Vous pensez qu'ils ont pu partir ensemble ?

— Je ne sais pas. C'est à envisager.

— Tout est possible avec les musiciens et les strip-teaseuses, on peut s'attendre à tout. Croyez-moi, je suis bien débarrassé. Mon pianiste, que j'ai maintenant, il joue très bien, du bon jazz. Tout le monde l'écoute dans la pénombre et c'est épatant. Pas de bruit. Pas de bagarres. Le rêve.

— Vous ne pouvez pas nous dire le nom du batteur ?

— Non.

— Essayez.

— Ça commence par un C, c'est tout ce que je sais. Un nom étranger. Italien.

— Comment s'appelait l'orchestre ?

— Ce n'était pas vraiment un orchestre. Quelques musiciens, rassemblés au hasard.

— Il y avait bien un chef d'orchestre ?

— A proprement parler non. C'était juste le type qui avait rassemblé ces musiciens.
— Comment s'appelle-t-il ?
— Elliot. Elliot Chambers.
— Encore un mot, Mr Simms, dit Carella. L'imprésario de Barbara nous a dit qu'au moment de sa disparition, elle habitait avec deux autres filles. Vous ne les connaîtriez pas, par hasard ?
— Je connais l'une d'elles, répondit Simms sans hésitation. Marla Phillips. Elle a travaillé ici, elle aussi.
— Vous avez son adresse ?
— Elle est dans l'annuaire.
Simms regarda les deux inspecteurs, l'un après l'autre.
— C'est tout ?
— C'est tout, dit Carella.

Une fois dans la rue, Hawes demanda :
— Qu'est-ce que tu en penses ?
Carella haussa les épaules.
— J'ai envie de faire un tour au syndicat des musiciens, voir si je ne retrouve pas le nom de ce Mike, le batteur.
— Est-ce que les batteurs ont de grandes mains ?
— Je n'en sais foutre rien. Mais il me semble que c'est une coïncidence, non ? Qu'ils aient mis les voiles le même soir, tous les deux ?
— Oui, plutôt. Et cette Marla Phillips ?
— Tu pourrais peut-être aller lui faire une petite visite.
— Bon, dit Hawes.
— Tu vois comme je suis gentil ? Je m'occupe du syndicat, et je te laisse les pépées.
— Tu es marié.
— Et père de famille.
— Très juste, et père de famille.
— Si tu as besoin d'aide, dit Carella, je serai à la boîte.
— De quelle aide veux-tu que j'aie besoin, hein ?
Marla Phillips habitait le rez-de-chaussée d'une vieille maison bourgeoise, à cinq cents mètres de *La Dame de Cœur*. Sur une des boîtes aux lettres de l'entrée, Hawes vit une carte qui portait le triple nom de Phillips-Caesar-Smith. L'inspecteur sonna, attendit le bourdonnement et le déclic de la porte intérieure et entra dans le hall. L'appartement en question se trouvait au fond du couloir. Il sonna et s'adossa au chambranle. La porte s'ouvrit presque instantanément. Marla Phillips le regarda et s'exclama :

— Hé ben !

Il la reconnut immédiatement, bien sûr, et se demanda où il avait la tête. Quand Simms avait prononcé ce nom, cela ne lui avait rien rappelé.

— Vous n'êtes pas le flic qui était chez Mr Tudor ? demanda Marla.

— Si. C'est moi.

— Bien sûr. Cotton je ne sais comment. Eh bien, entrez, Cotton. En voilà une surprise ! Je viens de rentrer y a pas une minute. Vous avez de la veine de me trouver. Je dois filer dans dix minutes. Entrez, entrez. Vous allez prendre froid dans ce couloir.

Hawes la suivit dans l'appartement.

— Faites pas attention aux dessous qui traînent partout, dit Marla. J'habite avec une autre fille. Taffy Smith. Elle fait du théâtre, du vrai. Vous voulez boire quelque chose ?

— Non merci.

— Trop tôt, hein ? Ecoutez, vous voulez être gentil ?

— Bien sûr, dit Hawes.

— Je dois appeler les abonnés absents pour voir s'il n'y a pas de messages pour moi. Vous ne voulez pas donner à manger au chat ? La pauvre bête doit crever de faim.

— Le chat ?

— Oui, un siamois. Il doit se balader par là, mais il arrivera au galop dès qu'il vous entendra dans la cuisine. Sa nourriture est sous l'évier. Des boîtes. Vous n'avez qu'à en ouvrir une et lui mettre ça dans un bol. Et si vous vouliez bien lui faire chauffer un peu de lait ? Il a horreur du lait froid.

— Volontiers.

— Vous êtes un amour. Allez, allez le faire manger. Je vous rejoins dans une minute.

Elle décrocha son téléphone et Hawes alla dans la cuisine. Tout en ouvrant la boîte de conserve sous les yeux intéressés du siamois qui venait d'apparaître, il tendait l'oreille vers Marla.

— Un monsieur comment ?... Ma foi, je ne connais pas ce nom-là, mais je le rappellerai tout à l'heure. C'est tout ?... Bon, merci.

Elle raccrocha et vint dans la cuisine.

— Le lait est encore sur le feu ? Ça va être trop chaud. Enlevez-le maintenant.

Hawes prit la casserole et versa le lait dans un bol qu'il posa par terre.

— Bon, maintenant, venez avec moi. Il faut que je me change, ça ne vous fait rien ? J'ai une séance de pose dans cinq minutes. Je pose aussi. Des photos troussées, vous voyez ce que je veux dire ? Pour les magazines masculins. Faut que je mette de la lingerie fantaisie. Allez, venez, venez, dépêchez-vous. Par ici.

Il la suivit dans une chambre où se trouvaient deux lits jumeaux, une grande commode, quelques chaises, un nombre incalculable d'assiettes et de gobelets en carton, et des vêtements dans tous les coins.

— Faites pas attention au désordre. Ma copine est une souillon.

Marla ôta la veste de son tailleur et la jeta par terre, tout en enlevant ses chaussures d'une ruade. Elle se mit ensuite en devoir de déboutonner son chemisier et dit :

— Ça ne vous ferait rien de vous retourner ? C'est idiot d'être pudique, mais je le suis.

Hawes se retourna docilement en se demandant pourquoi Marla Phillips trouvait tout à fait normal de se déshabiller dans une boîte de nuit sous les yeux d'une centaine d'hommes mais trouvait indécent de se livrer aux mêmes gestes dans une chambre, sous les yeux d'un seul individu. Les femmes... se dit-il et il haussa moralement les épaules. Derrière lui, il entendait un froissement fébrile de soie et de dentelles.

— J'ai horreur des porte-jarretelles, dit Marla. Je suis trop forte et j'aime bien me sentir tenue. Et d'abord, j'aimerais bien savoir ce qu'un porte-jarretelles peut avoir de particulièrement excitant ! Qu'est-ce que vous aviez à me dire, Cotton ?

— On nous a dit que vous partagiez un appartement avec Bubbles Caesar. C'est vrai ?

— Oui, c'est vrai. Ah ! merde ! Mon bas a filé.

Elle passa dans le champ de vision de Hawes, à moitié nue, plongea dans un tiroir de la commode pour y prendre une paire de bas et redisparut derrière son dos.

— Pardon. Oui, Barbara ?

— Elle habitait avec vous ?

— Oui. Son nom est toujours sur la boîte aux lettres. Là, c'est mieux. Chaque fois que je suis pressée, ça ne rate pas, je file un bas. Je me demande en quoi ils les fabriquent de nos jours. En papier de soie, probable. Il va falloir que j'enlève son nom, je suppose. Quand j'aurai le temps. Mince, si j'avais le temps de faire tout ce que je veux faire ! Et alors, Barbara ?

— Quand a-t-elle déménagé ?

— Ben, vous savez, quand il y a eu toute cette histoire. Quand Mr Tudor a signalé sa disparition et tout.

— Vers la Saint-Valentin ?

— Oui, par là.

— Elle ne vous a pas dit où elle allait ?

— Non.

— Elle a emporté toutes ses affaires ?

— Non.

— Ses vêtements sont toujours ici ?

— Oui.

— Alors on ne peut pas dire qu'elle a déménagé ? Elle est simplement partie et elle n'est pas revenue ?

— Oui, mais elle rappliquera sûrement. Là, vous pouvez vous retourner.

Hawes obéit. Marla portait une simple robe noire, des bas noirs et des escarpins noirs à très hauts talons.

— Mes coutures sont droites ?

— Oui, ça en a l'air.

— Vous aimez mes jambes ? Moi, je les trouve trop maigres à côté du reste.

— Non, je les trouve très bien. Qu'est-ce qui vous fait penser que Barbara reviendra ?

— J'ai dans l'idée qu'elle file le parfait amour avec un type. Elle aime les hommes, Barbara. Elle reviendra. Ça doit être pour ça que je ne me suis pas décidée à enlever son nom de la boîte aux lettres.

— Parmi les hommes qu'elle aimait, demanda Hawes, est-ce qu'il y avait Mike, le batteur ?

— Pas que je sache. Enfin, elle ne m'en a jamais parlé, ni rien. Et il n'est jamais venu ici. Excusez-moi, faut que je me refasse une beauté.

Elle repoussa Hawes et s'assit à la coiffeuse, devant tout un attirail de pots et de flacons. Parmi ceux-ci, Hawes remarqua un petit pot portant l'étiquette Skinglow. Il le prit et le retourna entre ses doigts.

— C'est à vous ?

— Mmmmm ?

Marla se retourna, un pinceau à lèvres à la main.

— Quoi, ça ? Oui. A moi, et à Taffy, et aussi à Barbara. Nous l'employons toutes. C'est un excellent produit et ça ne vire pas à la lumière. Vous savez, sous les projecteurs, on est parfois trop pâle. La peau laiteuse, ça va, mais faut pas avoir l'air cadavérique. Alors nous nous servons de Skinglow. Ça donne bonne mine. Beaucoup de danseuses et de comédiennes l'emploient.

— Vous ne savez pas le nom de famille de Mike ?

— Si. Chirapadano. Un sacré nom, pas vrai ?

— Est-ce qu'il a de grandes mains ?

— Tous les hommes ont de grandes mains.

— Je veux dire exceptionnellement grandes, fortes ?

— Je n'ai pas remarqué. La seule chose que j'ai remarquée dans cet orchestre, c'est que tous les musiciens avaient au moins six mains.

— Mike aussi ?

— Mike aussi... Là. Comment me trouvez-vous ? Quelle heure est-il ?

— Je vous trouve très bien. Il est... Voyons : midi et quart.

— Je suis en retard. J'ai l'air sexy ?

— Très.

— Alors ça va.

— Vous ne connaissez aucun des hommes avec qui Barbara sortait ? Quelqu'un avec qui elle aurait pu partir ?

— Ma foi, il y avait bien un type qui lui téléphonait tout le temps. Ecoutez, je suis désolée de vous bousculer comme ça, mais faut vraiment que je me sauve. Téléphonez-moi donc un de ces soirs. Je vous trouve mignon tout plein. Ou si vous passez dans le coin, un soir, venez nous voir. Ma cinglée de copine sert du café à toute heure.

— Je ne dis pas non. Qui était cet homme qui téléphonait beaucoup à Barbara ?

— Ah ! zut, comment qu'il s'appelait ? On aurait dit un Russe, ou quelque chose comme ça. Attendez voir... Ça va me revenir.

Marla ouvrit un tiroir, en sortit un sac noir et y jeta pêle-mêle du rouge, du rimmel, de la monnaie et un petit portefeuille.

— Voilà, ça y est. J'ai l'adresse ?... Oui... Androvich ! C'est ça. Karl Androvich. Un marin ou quelque chose comme ça. Cotton, vous me téléphonerez ? Vous n'êtes pas marié ni rien, dites ?

— Non. Vous avez bien dit Androvich ?

— Oui, Karl Androvich. Vous me téléphonerez ? On s'amuserait bien, je crois. Je ne suis pas toujours aussi pressée.

— Bien sûr, volontiers, mais...

— Allez, venez, venez, faut que je file. Vous pouvez rester si vous voulez, vous n'avez qu'à claquer la porte en sortant.

— Non, je vous accompagne.

— Vous allez dans le centre ?

— Oui.

— Chouette, on partagera le taxi. Allez, vite, venez vite. Vous voulez venir à la séance de pose ? Non, ne venez pas, ça m'intimiderait. Vite, vite, venez donc. Claquez la porte. Claquez-la, Cotton !

Cotton claqua la porte.

— Tous ces trucs noirs que je porte, c'est censé venir de France. Le soutien-gorge, c'est moins que rien. Ces photos vont être...

— Quand est-ce qu'Androvich lui a téléphoné pour la dernière fois ?

— Quelques jours avant qu'elle foute le camp. Voilà un taxi. Vous savez siffler ?

— Bien sûr, mais...

— Sifflez ! Qu'est-ce que vous attendez ?

Hawes siffla. Ils montèrent ensemble dans le taxi.

— Flûte, où est-ce que j'ai fourré l'adresse, maintenant ? s'écria Marla. Une seconde, chauffeur. Non, allez toujours. C'est du côté de Hall Avenue, je vous donne l'adresse dans une seconde. Vous pensez qu'elle aurait filé avec Androvich ? C'est possible, vous croyez, Cotton ?

— J'en doute. Androvich est chez lui. A moins que...

— Que quoi ?

— Je ne sais pas. Faudra que j'aille un peu bavarder avec Androvich.

— Voilà l'adresse. Chauffeur ! 695 Hall Avenue. Ça ne vous ferait rien d'accélérer ? Je suis affreusement pressée.

— Ma petite dame, répondit le chauffeur, ce véhicule n'a jamais trimbalé de client qui n'était pas affreusement pressé.

12

En entrant dans la salle des inspecteurs, au 87e, Hawes annonça à Carella :

— J'ai trouvé le nom du batteur.

— Moi aussi. Au syndicat, on m'a donné le numéro de Chambers et je l'ai appelé. Le batteur s'appelle Mike Chirapadano. J'ai rappelé le syndicat et obtenu son adresse et son numéro de téléphone.

— Tu l'as appelé ?

— Oui. Personne. J'aimerais y passer cet après-midi. Tu as déjeuné ?

— Non.

— Allons-y.

— D'accord. Nous aurons encore une autre visite à faire.

— Laquelle ?

— Androvich.

— Pourquoi ? Le petit mari est rentré au bercail, non ?

— Eh oui. Mais la camarade de Bubbles m'a dit qu'Androvich avait l'habitude de lui téléphoner souvent.

— A la copine ?

— Non. A Bubbles.

— Androvich ? Androvich téléphonait à Barbara Cesare ?

— Voui.

— Non ! Alors le revoilà dans le coup, celui-là !

— Ça y ressemble. Il lui a téléphoné quelques jours avant qu'elle s'évapore, Steve.

— Hmm... Qu'est-ce que ça peut vouloir dire ?

— Il est le seul à le savoir, il me semble.

— Ouais. D'accord. Mais le déjeuner d'abord, puis Chirapadano — doux Jésus, quel nom ! —, ensuite notre petit copain le matelot de charme. Cotton, mon vieux, il y a des moments où je me sens très, très fatigué.

— T'as jamais fait de la course à pied avec une strip-teaseuse ? demanda Hawes.

Mike Chirapadano habitait une chambre meublée dans la 6e Rue Nord. Il était absent quand les deux inspecteurs se présentèrent, et sa logeuse leur dit qu'elle ne l'avait pas vu depuis un mois.

Ladite logeuse était une vieille oiselle en peignoir à fleurs, qui ne cessait d'épousseter l'entrée tout en répondant aux questions.

— Il me doit presque deux mois, déclara-t-elle. Il a des ennuis ?

— Quand l'avez-vous vu pour la dernière fois, Mrs Marsten ? demanda Hawes.

— En février. Il me doit février, et il me doit aussi mars, s'il habite toujours ici. Mais à mon avis, il n'y habite plus. Qu'est-ce que vous en pensez, vous autres ?

— Ma foi, je ne sais pas. Est-ce que nous pourrions jeter un coup d'œil à sa chambre ?

— Bien sûr. Ça ne me dérange pas. Qu'est-ce qu'il a fait ? C'est un drogué ? Tous ces musiciens se droguent, vous savez.

— Vraiment ? dit Carella en gravissant l'escalier.

— Diable, oui. Ils se piquent, voilà ce qu'ils font. En plein dans les veines.

— Vraiment ?

— Diable, oui. C'est du poison, vous savez. Cette héroïne qu'ils piquent dans leurs veines. Ce truc-là, c'est du poison, ni plus ni moins. Sa chambre, c'est au second. J'étais là-haut à faire le ménage pas plus tard qu'hier.

— Ses affaires sont toujours là-haut ?

— Oui, ses vêtements et aussi ses tambours. Dites, pourquoi est-ce qu'un type s'en irait comme ça en laissant ses affaires ? A mon idée, c'est un de ces drogués. Tenez, c'est là, au fond du couloir. Qu'est-ce que vous dites qu'il a fait ?

— Vous ne pourriez pas nous dire à quelle date exactement il est parti, en février ?

— Je peux vous dire la date exacte, affirma la logeuse, mais elle n'alla pas plus loin.

— Oui ? Et alors, quelle date ? insista Hawes.

— Le 12 février. C'était la veille du vendredi 13, alors pensez si je m'en souviens ! Vendredi 13, dites, c'est pas un jour comme les autres, hein ? Voilà sa chambre. Attendez que je vous ouvre.

Elle prit une clef dans sa poche et la glissa dans la serrure.

— Elle marche mal. Faudra que je la fasse arranger. Ah ! ça y est.

Elle poussa le battant et ils entrèrent tous trois dans la chambre.

— Propre comme un sou neuf ; hier, que j'ai fait le ménage. J'ai même ramassé les chaussettes et le caleçon par terre. S'il y a une chose que je ne peux pas voir, c'est le désordre. Voyez, y a ses tambours, là, près de la fenêtre. Tous ses vêtements sont encore dans la penderie, et ses affaires de toilette dans la salle de bains, comme il les a laissés. Je n'y comprends rien. Qu'est-ce que vous disiez qu'il a fait ?

— Vous l'avez vu partir, Mrs Marsten ?

— Non.

— Quel âge a-t-il ?

— C'est un jeune, et c'est malheureux de voir des jeunes comme ça qui se droguent et qui se piquent, je vous jure !

— Quel âge ?

— Dans les vingt-quatre, vingt-cinq ans, par là.

— Il est grand ?

— Je vous crois. Plus d'un mètre quatre-vingts, sûr.

— De grandes mains ?

— Quoi ?

— Ses mains. Vous n'avez pas remarqué s'il avait de grandes mains ?

— J'ai pas fait attention. Qui est-ce qui va regarder les mains d'un homme ?

— Certaines femmes, murmura Carella.

— Tout ce que je sais, moi, c'est qu'il me doit deux mois, dit Mrs Marsten en écartant les bras.

— Vous ne savez pas s'il sortait avec des filles, s'il avait beaucoup d'amies ? Il n'en a jamais amené ici ?

— Pas chez moi, ça non ! Pas dans ma maison ! Je n'aurais pas permis, vous pensez. Jamais de la vie, non, monsieur ! S'il avait des petites amies, il ne fricotait pas avec elles sous mon toit. Ma maison est une maison convenable. Et mes locataires aussi.

— Je vois, dit Carella. Vous permettez que nous jetions un coup d'œil ?

— Allez-y. Appelez-moi quand vous aurez fini, que je referme à clef. Ne dérangez rien. J'ai fait le ménage hier.

Elle sortit et les deux inspecteurs se regardèrent.

— Tu crois qu'ils auraient pu aller à Kansas City, tous les deux ? demanda Hawes.

— Je n'en sais rien. Je commence à souhaiter qu'ils soient allés en enfer, tous les deux. Enfin, fouillons la carrée. Nous trouverons peut-être un tuyau.

Ils n'en trouvèrent aucun.

Karl Androvich était un géant moustachu qui aurait pu poser pour la publicité des cigarettes Marlboro. Assis en maillot de corps à la table de la cuisine, il croisait des bras musclés couleur de bronze poli. Le tatouage ressortait sur son énorme biceps gauche, MEG, dans un cœur. Ses mains étaient de véritables battoirs. Chaque fois qu'il en levait une pour retrousser sa moustache — dont il paraissait très fier — Carella sursautait comme si l'autre allait le frapper. Meg Androvich allait et venait dans la cuisine, et préparait le dîner sans perdre une syllabe de la conversation.

— Il y a une ou deux choses que nous aimerions savoir, Mr Androvich, commença Carella.

— Ouais, quoi, par exemple ?

— D'abord, où étiez-vous entre le 14 février et lundi dernier, quand vous êtes revenu ici ?

— Ça me regarde. Question suivante.

Carella ne répondit pas tout de suite.

— Est-ce que vous allez répondre à nos questions ici, Androvich, ou voulez-vous que nous vous emmenions au poste où vous vous montrerez certainement plus bavard ?

— Vous allez me passer à tabac ? Ce ne serait pas la première fois. Vous ne me faites pas peur.

— Vous allez nous dire où vous étiez ?

— Je vous répète que ça me regarde.

— Bon, habillez-vous.

— Pourquoi ? Vous êtes malade ! Vous n'avez pas le droit de m'arrêter sans mandat. Vous ne pouvez m'accuser de rien.

— Vous croyez ça ? Refus de donner des renseignements à la police, obstruction à une enquête, complicité de meurtre...

— Quoi ? Qu'est-ce que vous racontez ? Un meurtre ? Vous êtes complètement cinglé !

— Habillez-vous, Androvich. Je n'ai pas le temps de m'amuser.

— Bon, ça va, grogna rageusement le marin. J'étais en bordée.

— Où ?
— Partout. Dans des bars. Je buvais.
— Pourquoi ?
— J'en avais envie.
— Vous saviez que votre femme vous avait porté disparu ?
— Non. Comment voulez-vous que je devine ? Quelle idée, aussi !
— Pourquoi ne lui avez-vous pas téléphoné ?
— Qu'est-ce que ça peut vous foutre ? J'en avais pas envie, c'est tout.
— Il n'avait pas besoin de me téléphoner s'il n'en avait pas envie, lança Meg de son fourneau. Il est rentré, à présent. Pourquoi ne voulez-vous pas lui ficher la paix ?
— Te mêle pas de ça, Meg, conseilla Androvich.
— Dans quels bars avez-vous été ? demanda Hawes.
— Partout, je vous dis. J'ai pas fait attention aux noms des boîtes.
— Vous êtes allé à *La Dame de Cœur* ?
— Non.
— Je croyais que vous n'aviez pas fait attention aux noms des boîtes ?
— C'est vrai.
— Alors comment savez-vous que vous n'y êtes pas allé ?
— Le nom ne me dit rien.
Un léger tic commençait à agiter la paupière gauche d'Androvich.
— Le nom de Bubbles Caesar vous dit quelque chose ?
— Non.
— Et Barbara Cesare ?
— Non, répondit Androvich, la paupière battante.
— Et Marla Phillips ?
— Jamais entendu parler.
— Et ce numéro de téléphone, Androvich ? Sperling 7-0200. Ça vous rappelle quelque chose ?
— Non.
La paupière gauche tressautait fébrilement.
— Mrs Androvich, dit Carella, je crois qu'il vaudrait mieux que vous nous laissiez.
— Pourquoi ?
— Nous allons peut-être découvrir pas mal de secrets. Passez dans la pièce à côté.
— Ma femme peut entendre tout ce que j'ai à dire. Je n'ai pas de secrets pour elle !
— Très bien. Sperling 7-0200 est le numéro d'un appartement que se partagent trois filles. L'une d'elles s'appelle...
— Va-t'en à côté, M-m-meg, dit Androvich.

— Je veux rester ici.

— F-f-fais ce que j-je te dis !

— Pourquoi est-ce qu'il te parle de ce numéro ? Qu'est-ce que t'as à voir avec ces trois...

— Tu vas me f-f-foutre le camp d'ici, oui ? Tu v-v-veux que je te flanque une claque, hein ? File !

Meg Androvich regarda son mari d'un air boudeur, et passa dans la pièce voisine, en claquant la porte.

— Salope sudiste, grommela Androvich à mi-voix.

Le tic était de plus en plus prononcé, le bégaiement aussi. Androvich serra les poings.

— Alors ? dit Carella. Vous voulez bien nous répondre ?

— D'accord. Je la connaissais.

— Bubbles ?

— Bubbles.

— Vous la connaissiez jusqu'à quel point ?

— Jusqu'au bout.

— C'est-à-dire ?

— Vous voulez que je vous fasse un dessin ?

— Peut-être.

— Bon, ça va. On couchait ensemble, compris ?

— Bien. Quand l'avez-vous vue pour la dernière fois ?

— Le 12 février.

— Il me semble que vous vous rappelez bien la date.

— Y a de quoi.

— Qu'est-ce que ça veut dire ?

— Je... Ecoutez, qu'est-ce que ça peut bien vous faire, tout ça ? La dernière fois que je l'ai vue, c'était le 12. Le mois dernier. Je ne l'ai pas revue depuis.

— Vous en êtes sûr ?

— Sûr et certain.

— Vous êtes bien sûr que vous n'étiez pas avec elle pendant tout ce temps ?

— Sûr ! Mon ami, j'aurais bien aimé ! J'étais censé...

Androvich s'interrompit brusquement.

— Vous étiez censé quoi ?

— R-rien.

— Vous lui avez téléphoné le 12, quand votre bateau a accosté, c'est bien ça ?

— Oui.

— Et vous l'avez vue ensuite ?

— Oui, mais juste pour une demi-heure.

— Ce matin-là ?

— Non, l'après-midi.
— Où l'avez-vous vue ?
— Chez... chez elle.
— Y avait-il quelqu'un d'autre ? Une de ses amies ?
— Non. Je n'ai jamais vu ses camarades.
— Mais vous leur avez parlé au téléphone ?
— Oui. A une d'elles.
— Marla Phillips ?
— Je ne sais pas laquelle.
— Vous avez parlé à l'amie, le 12 ?
— Oui, et puis elle a appelé Bubbles au téléphone.
— Et dans l'après-midi, vous vous êtes rendu à l'appartement, c'est ça ?
— Oui. Pour une demi-heure.
— Et ensuite ?
— Je suis parti. Une des amies devait rentrer. Cette fichue piaule, c'est un hall de gare.
— Et vous n'avez plus revu Barbara depuis cet après-midi-là ?
— Non.
— Vous avez essayé de la joindre ?
Androvich hésita.
— Non, dit-il enfin.
— Pourquoi ?
— Comme ça. Je pensais qu'elle était retournée à Kansas City.
— Qu'est-ce qui vous a donné cette idée ?
— Comme ça, répéta Androvich. Elle n'est pas là, pas vrai ?
— Comment le savez-vous ?
— Hein ?
— Si vous n'avez pas tenté de la joindre, comment savez-vous qu'elle n'est pas là ?
— Ben... J'ai peut-être bien essayé de lui téléphoner une ou deux fois.
— Quand ?
— Je ne me rappelle pas. Ces temps-ci.
— Et vous ne l'avez pas trouvée ?
— Non.
— Qui avez-vous eu au bout du fil ?
— Ces sacrés abonnés absents.
— Bien. Maintenant, revenons un peu en arrière, Androvich. Vous dites que vous avez rendu visite à Miss Caesar chez elle, dans l'après-midi du 12. C'est cela ? Bon. Pourquoi ?
— J'avais à lui causer.
— A quel sujet ?

— Des trucs.

— Par exemple ? Allons, Androvich, cessez de tourner autour du pot !

— Qu'est-ce que ça peut bien vous foutre, à vous ?

— Ça nous intéresse. Miss Caesar a disparu. Nous essayons de la retrouver.

— A moi, vous venez dire qu'elle a disparu ! Bon Dieu, je vous crois qu'elle a disparu ! Ben, je sais pas où elle est. Si je le savais...

De nouveau, il s'interrompit au milieu d'une phrase.

— Que feriez-vous, si vous le saviez ?

— Rien.

— De quoi avez-vous parlé cet après-midi du 12 ?

— De rien.

— Vous avez passé une demi-heure sans parler ?

— Oui.

— Vous avez couché avec elle ce jour-là ?

— Non. Je vous dis que sa copine devait rentrer d'un moment à l'autre.

— Alors vous vous êtes contentés de vous regarder dans le blanc des yeux, sans rien dire ?

— Plus ou moins, oui.

— Habillez-vous, Androvich. On va faire un tour.

— Un tour, mon cul ! Bon Dieu, je vous dis que je sais pas où elle est ! Si je le savais, vous croyez que je...

— Quoi ? Oui ou non, allez-vous en finir ? Dites-nous ce que vous alliez dire.

— Vous croyez que je serais là ? Vous vous figurez que ça m'amuserait de jouer au papa et à la maman avec une espèce d'idiote sudiste ? D'écouter ses jérémiades à longueur de journée ? Karl chéri, gna-gna-gna, je veux retourner à Atlanta, gna-gna-gna ! Vous croyez que je supporterais ces conneries si je savais où était Bubbles ?

— Qu'est-ce que vous feriez si vous le saviez, Androvich ?

— Je serais avec elle, bon Dieu ! Qu'est-ce que vous croyez que j'ai fait, ce mois-ci ?

— Qu'est-ce que vous avez donc fait ?

— Je l'ai cherchée. J'ai passé toute la ville au tamis. Je l'ai cherchée partout ; dans tous les coins. Et je ne l'ai pas trouvée. Et si je ne l'ai pas trouvée, c'est qu'elle n'y est pas, croyez-moi. J'ai fouillé partout, dans des endroits que vous connaissez même pas, dont vous n'avez jamais entendu parler. Elle est partie, allez.

— Elle avait donc tant d'importance pour vous ?

— Oui, souffla Androvich.

Il demeura silencieux, tête baissée. Carella l'examina.

— De quoi avez-vous parlé, cet après-midi-là, Karl ? demanda-t-il doucement.

— On a fait des projets.

Androvich parlait maintenant à voix très basse. Le tic avait disparu, soudain, et il ne bégayait plus. Il avait croisé ses mains sur la table, et ses doigts se nouaient et se dénouaient nerveusement. Sans lever les yeux, il poursuivit :

— On voulait partir ensemble.

— Pour où ?

— Miami.

— Pourquoi Miami ?

— Elle savait qu'elle pourrait trouver un boulot, là-bas, dans un cabaret. Et Miami est un grand port. Pas aussi important qu'ici, bien sûr, mais assez grand. Je pensais que je n'aurais pas de mal à me placer, sur un yacht, peut-être. Enfin, Miami, ça nous plaisait.

— Quand deviez-vous partir ?

— Le jour de la Saint-Valentin.

— Pourquoi ?

— Eh bien, mon bateau appareillait le 14, alors nous pensions que ça nous donnerait une bonne avance. On s'était dit que Meg penserait que j'étais à bord, en Amérique du Sud, et que, quand elle s'apercevrait que non, ce serait trop tard, elle ne saurait plus où j'étais. C'est ce qu'on s'était dit.

— Mais le maître d'équipage a téléphoné chez vous ?

— Oui, et Meg m'a porté disparu, m'a signalé, quoi.

— Et pourquoi n'êtes-vous pas allé à Miami, Karl ? Que s'est-il passé ?

— Elle est pas venue.

— Bubbles ?

— Oui, je l'ai attendue à la gare, toute la matinée. Et puis j'ai téléphoné chez elle, et je n'ai eu que le sacré service d'abonnés absents. Toute la journée, j'ai appelé et j'ai toujours eu le service. Je suis allé à *La Dame de Cœur* et le barman m'a dit que ça faisait deux soirs qu'elle venait pas travailler. C'est là que je me suis mis à la chercher partout.

— Vous aviez l'intention de l'épouser, Karl ?

— L'épouser ? Comment voulez-vous ? Je suis déjà marié. La bigamie, c'est défendu.

— Alors, que comptiez-vous faire ?

— Rigoler, quoi. Etre heureux. Je suis jeune. J'ai bien le droit de rigoler, non ? A Miami, on rigole bien.

— Vous ne pensez pas qu'elle aurait pu aller à Miami sans vous ?

— Je ne crois pas. J'ai télégraphié au cabaret dont elle m'avait parlé, mais on m'a dit qu'on ne l'avait pas vue. Et d'abord, pourquoi qu'elle aurait fait ça ?

— Les femmes font parfois de drôles de choses.

— Pas Bubbles.

— Nous ferions peut-être bien de nous mettre en rapport avec les collègues de Miami, Steve, dit Hawes. Et aussi expédier un télétype à Kansas City, hein ?

— Oui...

Carella hocha la tête et considéra Androvich.

— Vous pensez qu'elle n'est plus ici ? Qu'elle a quitté la ville ?

— Oui. J'ai cherché partout. Elle ne peut pas être ici. C'est impossible.

— Elle se cache peut-être. Elle a peut-être fait quelque chose, et ne tient pas à être retrouvée ?

— Bubbles ? Oh ! non. Pas elle !

— Vous n'avez jamais entendu parler d'un nommé Mike Chirapadano ?

— Non. Qui c'est ?

— Un batteur de jazz.

— Jamais entendu parler.

— Bubbles n'a jamais prononcé son nom ?

— Non. Ecoutez, elle n'est pas en ville, ça je peux vous le certifier. Elle n'y est pas. Personne ne peut se cacher aussi bien.

— Possible, murmura Carella. Mais elle est peut-être là tout de même.

— A quoi ça rime, ça ? Si elle n'est pas là, si elle ne se cache pas, qu'est-ce qu'il reste ?

— Le fleuve, dit Carella.

13

Le jeudi, la pluie cessa.

Personne ne sembla y faire attention. Depuis neuf jours, on ne parlait que de la pluie. On faisait des plaisanteries qui remontaient au déluge, on disait que ça devait être bon pour la campagne, et on ne pouvait faire un pas sans que quelqu'un se plaigne du temps.

Le jeudi matin, le soleil se montra, sans tambour ni trompette, et tout le monde prit la chose comme si elle était toute naturelle. Du jour au lendemain, les journaux oublièrent la pluie. Même les policiers du 87e, qui détestaient naturellement enquêter sous la pluie, n'accueillirent pas le retour du soleil avec des transports d'allégresse.

Ils avaient expédié des télétypes à Miami et à Kansas City, et ils avaient reçu des réponses. Barbara Cesare, dite Bubbles, ne travaillait dans aucun cabaret de ces deux villes. Elle y était peut-être, mais elle n'y travaillait pas, tout simplement.

Il était impossible de se renseigner sur tous les voyageurs des trains et des cars, mais une enquête auprès de toutes les compagnies aériennes révéla que ni une demoiselle Bubbles Caesar ni un Mike Chirapadano n'avaient pris l'avion au départ d'Isola au cours du mois écoulé.

Le jeudi après-midi, le F.B.I. fit parvenir au 87ᵉ une copie du dossier militaire de Mike Chirapadano.

Il était né à Riverhead vingt-trois ans plus tôt. Il était de race blanche et visiblement masculin. Taille, un mètre quatre-vingt-huit. Poids, quatre-vingt-treize kilos. Yeux, bleus. Cheveux, bruns. Quand la guerre de Corée éclata, il avait treize ans à peine. Il en avait seize lorsqu'elle se termina, ce qui lui avait évité cet intermède oriental. En juillet 1956, il avait été enrôlé pour deux ans dans la Marine, et avait courageusement servi dans la Musique de la Flotte à Miami. Démobilisé en 1958, il était revenu à Isola, aux frais de la Marine. Ses empreintes figuraient au dossier, mais elles n'apportaient rien aux policiers du 87ᵉ, puisque les deux mains coupées avaient été mutilées au bout des doigts. Mais la Marine signalait que son groupe sanguin était le O.

Carella étudia soigneusement le dossier et rentra chez lui auprès de sa femme.

Teddy Carella était sourde et muette. Les cheveux d'un noir de jais, les yeux sombres, le teint clair, elle avait un corps qui — malgré la naissance de jumeaux — lui valait encore les sifflements admiratifs des passants, que, malheureusement, elle n'entendait pas.

Les jumeaux, Mark et April, étaient nés par un beau dimanche de juin, le 22 pour être précis. Carella n'oublierait jamais ce jour-là car ce n'était pas seulement le jour de la naissance de ses deux enfants, mais aussi celui du mariage de sa sœur Angela, une journée agitée s'il en fut, avec feu d'artifice et assassin éventuel qui s'en prenait au futur. Dieu merci, le jeune marié en était sorti indemne et Angela, moins d'un an après son mariage, était déjà enceinte.

Elever et nourrir des jumeaux n'est pas une sinécure, même pour une mère qui parle et entend normalement. Le problème de l'allaitement est peut-être le plus facile à régler car, Dieu merci, la morphologie et la physiologie féminine prévoient une telle éventualité. Mais n'importe quelle femme ayant un jour affronté l'énergie inépuisable d'un enfant conviendra que l'arrivée de jumeaux est la promesse de devoir faire face à une double dose d'hystérie et de hurlements.

Quand Steve Carella apprit que sa femme était enceinte, il ne fut pas exactement aux anges. Teddy était sourde et muette. Est-ce que ses enfants souffriraient du même défaut ? On lui assura que le handicap de Teddy n'était pas héréditaire, et qu'il était probable qu'une femme en bonne santé donne le jour à un bébé également sain. Avec le recul, il avait eu un peu honte de ses doutes. En vérité, il n'avait jamais pensé que Teddy fût « handicapée » ou affligée d'un « défaut ». Elle était à ses yeux la femme la plus belle et la plus désirable que la terre ait jamais portée. Son regard, son visage, étaient plus éloquents que les langues d'une centaine de nations. Et quand il lui parlait, elle l'entendait, bien mieux qu'avec l'ouïe, elle l'entendait avec son être tout entier. Son sentiment de culpabilité se dissipa peu à peu, alors que l'heure de l'accouchement approchait.

Mais il ne s'attendait pas à des jumeaux. Quand on l'informa qu'il était papa d'un garçon et d'une fille (l'un pesait deux kilos huit cent trente-cinq, l'autre cent dix grammes de moins que son frère), toutes ses vieilles peurs et angoisses revinrent à la surface. Elles s'amplifièrent encore le lendemain matin, quand il arriva à l'hôpital. Le premier-né (Mark) s'était brisé la clavicule en venant au monde, et les médecins avaient décidé de le placer en couveuse jusqu'à ce que la fracture se réduise. L'accouchement n'avait pas été sans problèmes, et Mark avait très galamment préparé le chemin pour sa petite sœur, ce qui lui avait valu cet accident. Il apparut finalement que la fracture n'était qu'une simple fêlure, et Mark se remit très vite. C'est une maman et des jumeaux en pleine forme qu'on libéra de l'hôpital dix jours plus tard. Mais Carella était toujours en proie à ses angoisses.

Comment va-t-on s'en sortir ? se demanda-t-il. Comment Teddy va-t-elle les nourrir et s'occuper d'eux ? Comment vont-ils apprendre à parler ? L'apprentissage de la langue n'est-il pas un processus d'imitation ? Oh, bon Dieu, qu'allons-nous faire ?

Tout d'abord, il fallait déménager. Dès l'arrivée des bébés et de la nounou, ils furent à l'étroit dans l'appartement de Dartmouth Road, à Riverhead. La nounou était un cadeau du père de Teddy : celle-ci avait un mois de répit avant de reprendre la maison en main. C'était une femme merveilleuse d'une cinquantaine d'années, nommée Fanny. Elle avait des cheveux blancs avec des reflets bleus et portait un pince-nez, pesait soixante-quinze kilos et tenait la maison avec la poigne d'un sergent-major. Elle eut le coup de foudre pour Carella et sa femme, et elle avait assez d'affection pour les jumeaux pour leur broder à chacun une taie d'oreiller à son nom (ce qui débordait évidemment de ses attributions).

Les jours de repos de Carella, Teddy et lui se mettaient en quête d'une maison. Son salaire annuel (avant déduction des innombrables charges) s'élevait précisément à 5 555 dollars. Ce qui est peu. Les années précédentes, ils étaient parvenus à épargner le misérable pactole de deux mille dollars. Ils ne tardèrent pas à découvrir que c'était à peine suffisant pour payer une tondeuse à gazon. Pour la première fois de sa vie, Carella eut l'impression de ne pas être à la hauteur. Il avait donné le jour à deux enfants, et il commençait à croire qu'il était peut-être incapable de les abriter du froid et de satisfaire leurs besoins élémentaires.

Soudain, la chance tourna. Ils trouvèrent une maison qu'on pouvait libérer en payant un retard de taxes de dix mille dollars. C'était un monstre architectural plein de coins et de recoins, à Riverhead, tout près de Donnegan's Bluff. Elle avait abrité, en des jours meilleurs, une famille nombreuse et une armée de domestiques. Mais l'époque avait changé, et le prix du chauffage et des domestiques étant ce qu'il était, personne n'avait envie d'entretenir un tel dinosaure. Sauf les Carella.

Ils négocièrent un emprunt auprès d'une banque du quartier (un fonctionnaire est toujours considéré comme un débiteur fiable). Moins d'un mois après la naissance des jumeaux, ils emménageaient dans une demeure qui n'aurait pas déplu à la famille Addams. Puis la chance les aida une nouvelle fois. Fanny, qui les avait aidés à s'installer, était supposée les quitter après un mois de travail. Elle fit une proposition. Après avoir procédé à une analyse approfondie de la situation, elle ne voyait pas comment cette pauvre petite Theodora (ce fut les mots qu'elle employa) allait pouvoir élever seule ses deux nourrissons. Elle ne comprenait pas comment les enfants allaient apprendre à parler sans l'exemple de leur mère, et elle se demandait comme Theodora pourrait entendre ses enfants pleurer — supposons, par exemple, que l'un d'eux avale une épingle de sûreté, que Dieu nous en préserve ?

Cela dit, elle savait que le salaire de Carella dépassait à peine les cinq mille dollars (« Vous êtes inspecteur de seconde classe, n'est-ce pas, Steve ? »), ce qui ne leur permettait pas de s'offrir une nurse à demeure. Mais elle avait la certitude qu'il ne tarderait pas à monter en grade (« Un inspecteur de première classe se fait plus de six mille dollars par an, n'est-ce pas, Steve ? »). En attendant qu'ils aient les moyens de lui donner un salaire décent, elle acceptait donc de travailler pour le gîte et le couvert, et se débrouillerait pour arrondir ses fins de mois avec les tâches d'infirmière de nuit qu'elle pouvait trouver çà et là.

Steve et Teddy Carella ne voulaient pas en entendre parler.

Une infirmière professionnelle ne devait pas perdre son temps à leur service pour un salaire presque nul, alors qu'elle pouvait gagner sa vie correctement en exerçant son métier. En outre, Fanny n'était pas un cheval de trait. Comment pourrait-elle s'occuper des enfants toute la journée et prendre des services de nuit ? Non, il n'en était pas question.

Rien ne put la faire changer d'avis.

— Je suis très forte, leur dit-elle, et je ne ferai rien d'autre, dans la journée, que de m'occuper des enfants sous la houlette de Theodora. C'est leur mère, après tout. Mon anglais n'est pas mauvais. Les enfants pourraient trouver pire comme modèle, pour apprendre à parler. Par ailleurs, j'ai cinquante-trois ans, je n'ai pas de famille, et je vous aime bien. Voilà pourquoi j'ai pensé à rester avec vous. Et il faudrait être plus costaud que vous l'êtes, Steve Carella, pour me jeter dehors. Le problème est réglé.

Et le problème fut réglé, en effet.

Fanny était restée. Les Carella avaient isolé une partie de la maison, et coupé le chauffage pour maintenir leur consommation de mazout dans des limites raisonnables. Lentement mais sûrement, ils remboursaient la banque. Les enfants avaient presque un an, et montraient les meilleures dispositions pour imiter le langage parfois coloré de leur nounou. La chambre de Fanny se trouvait au premier, à quelques pas de celle des petits. Steve et Teddy dormaient au rez-de-chaussée, à côté du salon, de sorte que même leur vie amoureuse ne souffrit aucune interruption, sauf l'horrible délai postnatal de six semaines. Tout allait pour le mieux dans le meilleur des mondes.

Mais il y a des jours où un homme cherche la dispute, et il n'est pas très facile de se disputer avec une femme qui ne parle pas. Certains hommes pourraient trouver cette situation proprement édénique. En tout cas, Carella rentra chez lui, ce jeudi soir de printemps, avec le désir d'en découdre.

Il embrassa brièvement Teddy et fonça dans le couloir. Perplexe, elle le suivit des yeux.

— Où est Fanny ? cria Steve.

Les doigts agiles de Teddy lui apprirent, dans le langage des sourds-muets, que Fanny était sortie.

— Et les enfants ? demanda-t-il.

Elle lut la question sur ses lèvres, et lui fit comprendre qu'ils étaient au lit.

— J'ai faim. On dîne ?

Ils s'installèrent à la cuisine et Teddy lui servit des côtes de porc (son plat favori) qu'il chipota distraitement en silence. Le repas terminé, ils allèrent au salon et regardèrent la télévision. On diffusait une série policière, où le détective privé faisait copain-copain avec un lieutenant de police et avec trois douzaines de femmes bien roulées. Steve éteignit brutalement le téléviseur et hurla en direction de Teddy :

— Si les officiers de police de ce pays dirigeaient leurs équipes comme ce connard, les truands tiendraient le haut du pavé ! On comprend qu'il ait besoin d'un privé pour lui dire comment faire son travail !

Teddy regarda son mari, sans faire un geste.

— J'aimerais bien savoir comment ces deux-là s'en sortiraient avec un affaire réelle. Comment ils s'y prendraient sans la douzaine d'indices que leur offre le scénariste du film !

Teddy vint s'asseoir sur le bras de son fauteuil.

— Je me demande comment ils se débrouilleraient avec deux mains coupées et aucun indice !

Teddy lui caressa les cheveux.

— On en est revenu à Androvich ! glapit Steve.

Il savait très bien qu'il était inutile de crier, puisque Teddy lisait sur ses lèvres, et que les décibels ne pouvaient rien changer. Mais il cria néanmoins :

— On est revenu à Androvich et puis après ? Hein ? Tu veux savoir où nous en sommes ?

Teddy répondit oui de la tête.

— Bien. Nous avons une paire de mains appartenant à un individu de race blanche et de sexe masculin, âgé de dix-huit à vingt-quatre ans. Nous avons un vaurien de matelot qui couche avec toutes les filles et qui prétend avoir eu rendez-vous avec une strip-teaseuse nommée Bubbles Caesar, afin de partir avec elle. Tu m'écoutes ?

Teddy inclina la tête.

— Bon. Ils choisissent le jour de la Saint-Valentin, patron des amoureux, ce qui est sentimental en diable. Toutes les putains du monde sont sentimentales. Seulement cette putain en question n'est pas venue au rendez-vous. Elle a posé un très joli lapin à notre ami Androvich. Qu'est-ce qu'il y a ? demanda Steve en remarquant le froncement de sourcils de sa femme. C'est parce que je la traite de putain ? C'est l'effet qu'elle me fait. Quand elle s'effeuillait dans sa boîte, elle causait des bagarres exprès. Et pendant qu'elle menait cet Androvich par le bout du nez, il semble bien qu'elle sortait aussi avec un batteur de jazz nommé Mike Chirapadano. Bref, elle et le Chirapadano ont disparu le même jour, ce qui sent la complicité. D'autre part, elle avait encore un autre type, son imprésario, Charles Tudor, qui a l'air de se mourir d'amour pour elle. Elle m'a tout l'air d'avoir joué sur pair et impair, rouge et noir et tous les numéros à la fois. Et si ça ne se traduit pas par putain, c'en est pas loin.

Il regarda les doigts de sa femme qui lui répondaient, et il l'interrompit à tue-tête :

— Qu'est-ce que tu veux dire, elle aime peut-être simplement la compagnie ? Nous savons qu'elle couchait avec le marin, et probablement avec le batteur, et sans doute avec l'imprésario aussi. Tous des colosses, de plus. Faut croire qu'elle...

Le batteur et l'imprésario ne sont que des hypothèses, dirent vivement les mains de Teddy. *Le seul dont tu aies la preuve, c'est le marin.*

— Je n'ai pas besoin de preuves ! La moralité de ta Bubbles Caesar saute aux yeux !

Je croyais qu'un policier ne faisait jamais de suppositions gratuites.

— Tu penses à un avocat qui ne pose une question que lorsqu'il est sûr de connaître la réponse. Je ne suis pas avocat. Je suis flic. Je dois poser des questions.

Alors pose-les, mais cesse de présumer que toutes les strip-teaseuses sont des...

Carella poussa un rugissement qui faillit réveiller les enfants.

— Présumer ? Qui est-ce qui présume ?

Il avait enfin déclenché la dispute qu'il cherchait depuis son arrivée. Une dispute bizarre, où les doigts de Teddy dessinaient les mots sans émotion apparente, tandis que Steve hurlait et que les mains silencieuses s'agitaient.

— Jusqu'où une fille doit-elle aller pour que je la traite de putain ? Pour autant que je sache, elle a dézingué ce Chirapadano, et elle ne sera satisfaite que lorsqu'elle aura fini de disperser ses mains, ses pieds, son cœur et ses tripes à travers la ville, dans des sacs en papier ! Je ne serais pas surpris qu'elle lui ait même coupé les...

Steve, tu es dégoûtant !

— Où est-elle, alors ? Hein ? Tu veux me le dire ? Et où est Chirapadano ? Et à qui sont ces foutues mains ? Et où est le reste du cadavre ? Et le mobile ? Il doit bien y avoir un mobile, non ? Les gens ne s'amusent pas à tuer le monde comme ça, histoire de rigoler ! Si ?

Tu devrais le savoir, tu es policier.

— Il y a toujours un mobile, ça, c'est certain. Toujours. Nom de Dieu, si seulement on en savait un peu plus long ! Est-ce que Bubbles a foutu le camp avec son musicien ? Est-ce qu'elle a laissé tomber le marin pour le batteur ? Et si c'est ça, est-ce qu'elle n'a pas pu avoir marre de celui-là aussi, et le descendre ? Mais alors, pourquoi lui couper les mains, et où est le reste du corps ? Et si ce ne sont pas ses mains, à qui sont-elles ? A moins que Bubbles et le musicien n'aient absolument rien à voir dans cette histoire de mains ? Va savoir ! Tiens, j'aurais dû me faire cordonnier !

Tu n'as jamais eu la moindre envie d'être cordonnier, lui dirent les doigts de Teddy.

— Ne viens pas me dire de quoi j'ai envie ! C'est effrayant ce que tu peux aimer discuter ! Allez, viens m'embrasser avant qu'on se batte. Depuis que je suis rentré, tu cherches la bagarre ! Viens là.

Teddy sourit et se jeta dans ses bras.

14

Le lendemain, Carella eut enfin la bagarre qu'il cherchait.

Cette fois, la dispute l'opposa à un de ses collègues.

C'était plutôt étonnant, car Carella était un homme raisonnable, qui savait l'importance de l'esprit d'équipe dans un travail comme le sien. Il avait soigneusement évité les histoires jusqu'alors, ce qui laisse penser que « l'affaire des mains coupées » (comme les hommes l'appelaient désormais) le mettait vraiment hors de lui.

L'altercation eut lieu tôt le matin. C'était une de ces querelles qui semblent éclater sans préavis, comme un orage d'été dont les nuages noirs inondent soudain les rues de la ville sous une pluie battante. Carella appela Taffy Smith, la deuxième colocataire de Bubbles Caesar. Il songea que cette affaire commençait à ressembler à une de ces séries télé, avec ces filles bien roulées à tous les coins de rue. Il n'avait rien contre la beauté féminine. C'était sûrement plus agréable que de mener l'enquête dans une pension pour vieilles dames. Mais toutes ces poules ne faisaient pas avancer les recherches d'un pas. C'est sans doute ce piétinement qui l'ulcérait, et qui provoqua la bagarre.

Hernandez tapait un rapport, assis au bureau à côté de Carella. La lumière du soleil, tamisée par le grillage des fenêtres, dessinait sur le sol un motif compliqué. La porte du bureau du lieutenant Byrnes était ouverte.

— Miss Smith ?

— Oui, qui est à l'appareil ?

— Inspecteur Carella, du 87e District.

— Oh ! doux Jésus ! s'écria Miss Smith.

— Mademoiselle, nous aimerions vous voir au sujet de votre ancienne camarade de chambre, Bubbles Caesar. Est-ce que vous pourriez nous recevoir aujourd'hui ?

— Ah ! ma foi... Ecoutez, je ne sais pas. J'ai une répétition.

— A quelle heure, votre répétition ?

— A onze heures.

— Elle dure combien de temps ?

— Ah ! ma foi, c'est difficile, n'est-ce pas, je n'en sais rien. Tout dépend. Parfois, ça dure toute la journée. Mais aujourd'hui, je ne crois pas que ça dure trop longtemps. Hier, nous avons pas mal travaillé.

— Pourriez-vous me donner une heure approximative ?

— Trois heures, si vous voulez, mais je ne sais pas... Ecoutez, on dit trois heures et vous me passerez un coup de fil avant de quitter votre bureau, hein ? Comme ça, si je suis retenue, ou quelque chose, le service des abonnés absents vous fera la commission. Ça ira comme ça ?

— A merveille.

— A moins que... Si vous voulez, je peux laisser la clef sous le paillasson. Comme ça vous pourrez entrer et vous faire du café. Vous préférez ?

— Non, non. Merci.

— Bon, alors comme ça, hein ? A trois heures ?

— Parfait.

— Mais vous téléphonez avant, n'est-ce pas ? Si je ne peux pas venir, je vous ferai faire la commission. D'accord ?

— C'est d'accord. Merci, mademoiselle. A tout à l'heure.

Andy Parker franchit la barrière de séparation et jeta son chapeau sur son bureau.

— Quelle journée, hein ? On annonce 22°. Incroyable, non ? En mars ! J'ai l'impression que toute cette pluie a fini par éloigner l'hiver pour de bon.

— On le dirait, fit Carella.

Il nota dans son carnet le rendez-vous avec Taffy, et mit un mot pour ne pas oublier de la rappeler à deux heures et demie, avant de quitter le poste.

— Ce temps doit te rappeler ton pays, non, *chico ?* dit Parker à Hernandez.

Frankie Hernandez tapait à la machine. Il n'avait pas bien entendu. Il éteignit sa machine et regarda Parker.

— Hein ? C'est à moi que tu parles, Andy ?

— Ouais. Je disais que ce beau temps doit te rappeler ton pays.

— Mon pays ? Porto Rico, tu veux dire ?

— Sûr. Quoi d'autre ?

— Je suis né aux Etats-Unis.

— Ouais, je sais. Tous les Portoricains qui traînent dans les rues sont nés ici. A les entendre, personne n'est immigré. A les entendre, Porto Rico n'a jamais existé.

— Ce n'est pas vrai, Andy, dit Hernandez d'une voix douce. La plupart des Portoricains sont fiers d'être nés là-bas.

— Mais pas toi, hein ? Tu ne veux pas en entendre parler.

— Je ne viens pas de là-bas.

— Non, c'est vrai. Tu es né ici, c'est ça ?

— C'est ça.

Hernandez ralluma sa machine à écrire.

Ni Hernandez ni Parker n'avaient haussé le ton, et Carella avait à peine écouté leur conversation. Il essayait d'établir la liste des visites que Hawes et lui devaient faire ce jour-là. Il ne leva même pas les yeux quand Parker remit cela.

— Et ça fait de toi un bon Américain, c'est ça, *chico ?*

Cette fois, Hernandez l'entendit, malgré le bruit de sa machine. Cette fois, il réagit immédiatement.

— C'est à moi que tu parles ?

Les mots étaient les mêmes que la première fois, mais il avait durci le ton. Son cœur battait furieusement. Il savait que Parker le provoquait pour qu'il défende une fois de plus La Cause, et il n'avait pas envie de défendre quoi que ce soit par une si belle matinée. Mais il ne pouvait pas ne pas répondre à une telle provocation.

— C'est à moi que tu parles ? répéta-t-il d'un ton excédé.

— Oui, c'est à toi que je parle, *chico*. C'est stupéfiant, la manière dont vous autres, vous n'entendez que ce que vous voulez entendre...

— Laisse tomber, Andy, dit soudain Carella.

Parker se tourna vers lui.

— Qu'est-ce qui te prend, bordel ?

— Laisse tomber, c'est tout. Tu perturbes ma salle de permanence.

— Et depuis quand cette salle est à toi ?

— Je bosse, aujourd'hui. Et j'ai bien l'impression que ton nom ne figure pas sur la feuille de service. Alors je te suggère d'aller chercher des crosses dans la rue, si c'est ça que tu cherches.

— Et depuis quand tu te fais le défenseur de la veuve et de l'orphelin ?

— Depuis un instant.

Carella repoussa sa chaise et se leva. Il fit face à Parker.

— Ah ouais ? fit celui-ci.

— Ouais.

— Eh bien, tu peux te le mettre...

Carella le frappa.

Il n'avait pas eu l'intention de balancer son poing dans la mâchoire de Parker, qui alla valser contre la cloison. Carella savait qu'il n'aurait pas dû faire cela, tout en se disant qu'il ne pouvait pas rester assis là, à l'écouter insulter Hernandez. Mais il n'aurait pas dû le frapper.

Sans un mot, Parker se détacha de la cloison et s'avança vers Carella qui lui lança un direct au foie. Parker se plia en deux et Carella lui donna un coup derrière la nuque. Parker s'effondra sur le bureau.

Il se releva et fit face à Carella, avec un respect et une malveillance renouvelés. Pendant un instant, il avait peut-être oublié que son adversaire était aussi entraîné et costaud que lui. Il avait oublié que Carella avait l'habitude, lui aussi, des situations violentes où tous les moyens sont bons pour survivre.

— Je vais te casser la gueule, Steve, dit Parker.

Il parlait du ton condescendant qu'un père emploie avec un enfant pris en faute.

Il feinta du gauche, et quand Carella tenta d'esquiver le coup, il lui lança un uppercut au nez, qui se mit à pisser le sang. Carella se toucha le nez, vit le sang, et releva sa garde.

— Vous êtes dingues ? s'exclama Hernandez en s'interposant. La porte du lieutenant est ouverte. Vous voulez qu'il vous tombe dessus ?

— Bien sûr. Ce n'est pas ça qui arrête Stevie. Hein, Stevie ? Tu es plutôt copain avec le patron, non ?

Carella desserra les poings.

— On finira ça une autre fois, Andy, dit-il d'une voix irritée.

— Tu parles qu'on n'y manquera pas, fit Parker.

Il sortit en trombe. Carella se tamponna le nez avec son mouchoir.

— Merci, Steve, fit Hernandez.

— N'en parlons plus.

— Tu n'aurais pas dû t'en mêler. J'ai l'habitude des histoires d'Andy.

— Il faut croire que ce n'est pas mon cas.

— En tout cas, je te remercie.

Hawes entra dans la salle des inspecteurs. Il vit le mouchoir ensanglanté de Carella, et jeta un coup d'œil vers la porte du lieutenant.

— Que s'est-il passé ? murmura-t-il.

— J'ai vu rouge, dit Carella.

Hawes montra le mouchoir.

— Eh bien, pour voir rouge, tu es servi !

Taffy Smith n'était ni voluptueuse, ni sexy, ni aguichante. Elle n'était même pas jolie. C'était une toute petite jeune femme aux cheveux cendrés coupés très court, avec un petit visage de moineau, un nez couvert de taches de rousseur et des lunettes en ailes de papillon qui atténuaient l'éclat des yeux les plus bleus et les plus vifs que Hawes et Carella avaient jamais vus.

Freud aurait découvert un tas de choses passionnantes dans le penchant de cette jeune personne pour le café, et dans son besoin d'offrir du café à des inconnus. Enfant, elle avait peut-être vu son père frapper sa mère avec la cafetière. Ou alors, elle s'était brûlée avec du café bouillant et se vengeait ainsi. Ou encore, elle avait été élevée au Brésil par une tante despotique. Toujours est-il qu'elle se précipita à la cuisine et mit de l'eau à bouillir pour le café dès l'arrivée des inspecteurs. Le chat siamois, reconnaissant Hawes, vint se frotter contre ses jambes en ronronnant.

— Un de tes amis ? demanda Carella.

— Je lui ai donné à manger, une fois.

Taffy Smith revint dans le living-room et se laissa tomber dans un fauteuil.

— Ah ! j'en peux plus ! s'écria-t-elle. Nous répétons toute la journée *Histoire de Détective*. Je joue la voleuse du grand magasin. Un rôle épuisant, je vous jure.

— Cela ne vous ennuie pas d'habiter avec des strip-teaseuses ? demanda Hawes.

— Non, alors. Elles sont chouettes. Des chics filles. Je suis restée longtemps sans contrat. Fallait bien que quelqu'un paye le loyer. Elles ont été très chouettes, toutes les deux.

— Toutes les deux ?

— Barbara et Marla. Mais Barbara est partie. Vous devez le savoir. Dites-moi, à quoi ressemble un extrait de casier judiciaire ?

— Quoi ? fit Carella.

— Un extrait de casier. On en a besoin, pour la pièce. Ça se passe dans un commissariat, vous savez.

— Oui, je sais.

— Notre accessoiriste s'arrache les cheveux, parce qu'il n'en a jamais vu. Vous ne pourriez pas m'en faire envoyer un ?

— Nous ne sommes pas censés distribuer des documents officiels, dit Hawes.

— Mon Dieu, je ne savais pas... Nous avons pourtant une vraie paire de menottes. Ça aussi, c'est *officiel*, non ?

— Où les avez-vous trouvées ?

— Un de nos amis, qui a été flic. Il a gardé des contacts.

Elle leur fit un clin d'œil.

— On pourrait peut-être vous envoyer un extrait de casier, dit Carella. Mais ne le dites à personne.

— Oh, ce serait formidable ! dit Taffy.

— A propos de votre colocataire, Barbara, vous dites qu'elle était chouette. Elle ne vous semblait pas un peu excitée, parfois ?

— Excitée ?

— Oui.

— Vous voulez dire, si elle s'énervait, cassait la vaisselle ? C'est ça que vous voulez dire ?

— Non, jc parlais des hommes.

— Barbara ? Elle n'a jamais amené un homme ici depuis que j'y habite !

— Mais elle recevait beaucoup de coups de téléphone de garçons, n'est-ce pas ?

— Ça oui...

— Et il n'en est jamais venu aucun ici ?

— J'en ai jamais vu. Excusez-moi, mon eau bout !

Elle disparut dans la cuisine, revint avec des gobelets de carton, repartit et reparut peu après avec une cafetière.

— Excusez les gobelets, mais nous évitons de faire la vaisselle. Tous les soirs, y a toujours toute une bande qui vient prendre le café, des copains, des artistes. C'est bien, chez nous, vous ne trouvez pas ?

— Si, dit Carella.

— J'adore faire le café, reprit Taffy. C'est depuis mon mariage, vous savez. Je croyais que le mariage, c'était ça. Faire du café et en boire quand on en avait envie... Ça doit être pour ça que j'ai divorcé. Parce que le mariage, c'est quand même autre chose que de faire du café, n'est-ce pas ? Mais j'aime toujours le faire.

Elle versa son café, alla chercher du sucre et un petit pot de crème et revint s'asseoir.

— Pendant ces soirées, ces réunions, demanda Carella, quand vos amis venaient prendre le café, est-ce que Barbara restait avec vous ?

— Bien sûr.

— Elle était aimable, gaie ?

— Oh ! oui.

— Mais elle n'amenait jamais d'hommes ?

— Jamais.

— Elle n'en a jamais reçu ici ?

— Non. Vous comprenez, nous n'avons que trois pièces. La cuisine, le living-room et la chambre. Il y a deux lits dans la chambre et ce canapé se déplie, ce qui nous fait trois lits. Alors, nous nous arrangions. Si une de nous recevait un copain, nous lui laissions le living-room, n'est-ce pas ? Mais ce n'était pas un problème, puisque Barbara ne faisait jamais venir personne. Il n'y avait que Marla et moi.

— Mais Barbara sortait avec des hommes, tout de même ?

— Oh ! oui. Des tas.

— Mais ils ne venaient jamais ici, ni pour la chercher, ni pour la raccompagner ?

— Non. Encore un peu de café ?

— Merci, dit Carella qui n'y avait pas encore goûté. Et où allait-elle donc avec eux ?

— Pardon ?

— Ses amis. Où allait-elle, quand elle sortait avec eux ?

— Partout. Au restaurant, au théâtre, dans des boîtes, je ne sais pas.

— Mais... euh... pour avoir un moment d'intimité, où allait-elle ?

— Chez eux, peut-être, je ne sais pas.

— Elle n'aurait pas pu aller chez Androvich, réfléchit Carella à haute voix.

— Qu'est-ce que vous dites ?

— Il y a des hôtels, Steve, intervint Hawes.

— Oui, sans doute... Miss Smith, Barbara ne vous a-t-elle jamais rien dit qui puisse laisser entendre qu'elle avait un autre appartement ?

— Un autre ? Mais pour quoi faire ? Vous savez combien ça coûte, un appartement ?

— Oui, je le sais. Mais elle ne vous a jamais rien dit de semblable ?

— Non, jamais à moi, en tout cas. Et pourquoi aurait-elle eu besoin d'un autre appartement ?

— Il semble bien, mademoiselle, que Barbara voyait pas mal d'hommes et qu'elle était... euh... assez intime avec eux. Un appartement qu'elle partageait avec deux autres jeunes femmes n'était peut-être... Enfin, cela limitait son champ d'action.

— Ah ! je vois ce que vous voulez dire ! Mais... Vous parlez bien de Barbara ? de Bubbles ?

— Oui.

Taffy haussa les épaules.

— Elle ne m'a jamais fait cet effet-là. Je veux dire, elle n'avait pas tellement l'air de s'intéresser aux hommes.

— Quand elle a disparu, elle était sur le point de s'enfuir avec un matelot. Et il est fort possible qu'elle ait disparu avec un autre garçon.

— Barbara ? Bubbles ? Non !

— Si. Barbara. Bubbles.

Carella réfléchit un instant et demanda la permission de se servir du téléphone.

— Allez-y. Il y a celui-là, ou le poste supplémentaire dans la chambre. Mais faites pas attention au désordre. Ma camarade est une souillon.

Carella choisit celui de la chambre.

— Marla m'a parlé de vous, chuchota vivement Taffy à Hawes.

— Ah ! oui.

— Oui. Dites, vous allez la revoir ?

— Euh... Je ne sais pas. Faut d'abord que nous éclaircissions cette affaire.

— Bien sûr. Elle est chouette, vous savez. Une gentille fille.

— Oui, elle en a l'air, dit Hawes, soudain effroyablement gêné.

— Vous travaillez la nuit ? demanda Taffy.

— Quelquefois, oui.

— Ben, quand vous ne ferez rien le soir, passez prendre le café. Même tard, vous pouvez venir.

— Merci. Volontiers.

— Chic, dit Taffy avec un large sourire.

Carella revint dans la pièce.

— Je viens de téléphoner chez Androvich. Je pensais qu'il pourrait peut-être nous dire si Barbara avait un second appartement.

— Et alors ?

— Alors il a pris la mer ce matin. Pour le Japon.

15

Toutes les grandes villes prennent un air très particulier quand cinq heures du soir annonce la fin du jour. Si vous avez grandi dans une petite ville ou une bourgade, vous ignorez de quoi il s'agit. Si vous avez grandi dans un de ces endroits qui se prennent pour des mégalopoles, mais qui ne sont que des villes moyennes ayant grandi trop vite, vous ne connaissez qu'une pâle imitation de l'air que prend une grande ville à cinq heures.

La cité est une femme. Il ne peut en être autrement. Une petite ville peut être la fille d'à côté, un vieillard dans son fauteuil à bascule, ou un adolescent monté en graine. La cité, elle, est une femme et rien d'autre. Comme une femme, elle suscite autant d'amour que de haine, autant de respect que de mépris, autant de passion que d'indifférence. C'est toujours la même cité, toujours la même femme, mais comme elle peut changer d'aspect ! Comme cette putain arrogante peut être fourbe ! Et si vous êtes né dans un de ses immeubles, si vous connaissez ses rues et ses humeurs, vous en êtes amoureux. Vous l'aimez d'un amour incontrôlable. Car elle vous accompagne depuis votre premier souffle. Depuis la première bolée de son air mêlant le cerisier en fleur et l'oxyde de carbone, son air plein de parfums à bon marché et de la pluie fraîche du mois d'avril. Il y a quelque chose, dans l'air de la cité, qui est intangible, inexprimable, le *sentiment* de l'air de la cité, le sentiment de la vie dont vous emplissez vos poumons et votre corps tout entier. Telle est la cité.

Elle est un dédale de trottoirs sur lesquels vous avez fait vos premiers pas, dédale de béton fissuré, de goudron poisseux et de pavés, dédale de cent mille carrefours où cent millions de surprises vous attendent. Voilà la cité, elle sourit, elle vous fait signe, elle pleure, ses rues sont propres, ou bien elles sont jonchées de vieux journaux qui volent le long des trottoirs au rythme de ses battements de cœur. Vous la regardez, et il y a tant de choses à voir, tant de choses à enregistrer, tant de choses à se rappeler, une myriade de choses à entasser dans le coffre aux trésors de votre mémoire, et vous êtes amoureux de tout ce que vous voyez, la ville ne peut mal se conduire, vous l'aimez passionnément et elle vous appartient. Vous vous rappelez le moindre changement d'humeur qui traverse son visage, vous vous rappelez ses yeux, tour à tour interrogateurs, tendres, humides. Vous vous rappelez sa bouche et son sourire, sa chevelure agitée par le vent, le battement du sang à son cou. Ce n'est pas une banale histoire d'amour. Elle fait partie de vous, comme vos empreintes digitales.

Vous êtes accro.

Vous êtes accro parce qu'elle peut changer de visage, cette femme, et changer de corps, et tout ce qui était chaud et tendre peut devenir en un instant froid et insensible. Et pourtant, vous êtes amoureux. Vous l'aimerez à jamais comme elle est. Peu importe comment elle se vêt, peu importe les changements qu'on lui impose, peu importe qui la fait sienne. C'est la ville que vous avez découverte avec le regard innocent de la jeunesse, et elle vous appartient.

A cinq heures, elle affiche un air différent, et vous aimez cela, aussi. Vous aimez tout ce qui la concerne, ses fureurs, sa sensualité, tout. C'est un amour qui ne se cherche aucune excuse, aucun prétexte. A cinq heures, ses rues désertes s'éveillent soudain à la vie. Elle a traîné toute la journée dans un boudoir poussiéreux, cette femme, cette cité. Mais il est cinq heures, et elle émerge soudain, vous l'attendez, vous attendez le moment de la serrer dans vos bras. Sa démarche insouciante dissimule pourtant une certaine lassitude. Tout cela se combine pour former une image du passé et du présent qui fusionne avec une promesse future. Le crépuscule descend et touche doucement la crête des gratte-ciel. Les étoiles attendent le moment de baigner ses rues de leur lumière argentée. Toutes les lumières de la cité attendent le moment de la couvrir de bijoux, de la noyer sous un million d'ornements criards dont elle n'a pas besoin. Vous écoutez le cliquetis énergique et pressé de ses talons aiguilles. Quelque part dans le lointain, il y a le cri d'un saxophone ténor, très loin parce qu'il n'est que cinq heures et que la musique ne doit commencer que plus tard, le cri est encore au fond de la gorge. Pour le moment, il y a les verres de l'apéritif et le bourdonnement sourd des conversations, les bavardages, les rires légers qui flottent dans l'air comme le son du verre qui se brise. Vous vous asseyez à côté d'elle, vous regardez ses yeux, profonds et éloquents, et vous interrogez chacun de ses mots, vous voulez savoir qui elle est, ce qu'elle est, mais vous ne le saurez jamais. Vous aimerez cette femme jusqu'au jour de votre mort, et vous ne la connaîtrez jamais. Vous ne l'approcherez jamais assez pour la connaître. Votre amour est un sentiment rare, proche de la ferveur patriotique. Car dans cette ville, dans cette femme, dans cette grande dame querelleuse et merveilleuse, étincelante et tendre, insensible, douce et cruelle, il y a la clameur d'une nation. Si vous êtes né ici, votre pays ne peut être que cette métropole géante. Il n'y a pas de bourgs dans la nation qui est la vôtre, pas de champs de blé ondulant sous la brise, pas de montagnes, pas de lacs ni de mers. Pour vous, il n'y a que la cité, et elle vous appartient, et l'amour est aveugle.

Deux hommes amoureux de leur ville, les inspecteurs Hawes et Carella, se mêlèrent à la foule qui envahissait les trottoirs, à cinq heures du soir. Ils ne parlaient pas. Car ils étaient deux rivaux se disputant la même proie, et les hommes d'honneur ne parlent pas de la femme qu'ils aiment de concert. Ils se dirigèrent vers l'immeuble Creo, traversèrent le hall de marbre somptueux, prirent l'ascenseur jusqu'au dix-huitième et longèrent le couloir obscur, désert et sonore. Ils entrèrent sans frapper dans les bureaux de Charles Tudor.

Il n'y avait personne dans le salon de réception.

Tudor était en train de fermer la porte de son bureau à clef. Il se retourna, toujours courbé, sans lâcher sa clef engagée dans la serrure, hocha la tête et acheva de fermer sa porte. Puis il mit son trousseau dans sa poche et s'avança vers les policiers, la main tendue.

— Messieurs. Du nouveau ?

Carella serra la main offerte.

— Hélas non, Mr Tudor. Mais nous aurions encore quelques questions à vous poser.

— Mais certainement, certainement. Cela ne vous fait rien que je vous reçoive ici ? J'ai déjà fermé mon bureau à clef.

— Non, non, c'est très bien.

Ils s'assirent sur la longue banquette, sous les photos des danseuses à poil et à plumes.

— Vous nous avez dit, Mr Tudor, que vous étiez amoureux de Bubbles Caesar, dit Carella. Est-ce que vous saviez qu'elle voyait un autre homme ? Cette fréquentation est avérée. Et qu'elle sortait probablement avec un autre encore ?

— Barbara ?

— Oui. Le saviez-vous ?

— Non. Je l'ignorais.

— Est-ce que vous sortiez très souvent avec elle ? En dehors de vos rapports professionnels, la voyiez-vous souvent ?

— Oui. Très souvent.

— Pourriez-vous être plus précis ?

— Aussi souvent que possible.

— C'est-à-dire ? Deux fois par semaine ? Davantage ?

— Ma foi, je crois que je la voyais en moyenne trois ou quatre fois par semaine.

— Et que faisiez-vous, à ces occasions, Mr Tudor ?

— Oh ! je ne sais pas. Nous sortions. Que fait-on, lorsqu'on sort ? Nous allions au restaurant, au théâtre ou au cinéma, danser dans un cabaret, nous promener à la campagne en voiture. Selon notre humeur. Voilà.

— Est-ce que vous couchiez avec elle, Mr Tudor ?

— Cela me regarde, monsieur l'inspecteur. Cela ne regarde que moi, et Barbara.

— Cela nous regarde peut-être aussi. Je sais que c'est une question délicate, et tout à fait personnelle. Nous n'aimons pas avoir à vous la poser, monsieur. Il y a beaucoup de choses que nous n'aimons pas faire, mais hélas, nous y sommes parfois obligés, que cela nous plaise ou non. Je suis certain que vous le comprenez.

— Non, je regrette. Je ne puis le comprendre, déclara nettement Charles Tudor.

— Très bien. J'en conclus donc que vos rapports étaient de nature intime.

— Vous pouvez en conclure ce que vous voulez.

— Où habitez-vous, Mr Tudor ?

— Blakely Street.

— Dans le centre ? Dans le Quartier ?

— Oui.

— Du côté de chez Barbara ?

— Assez près, oui.

— Vous n'êtes jamais allé la chercher chez elle ?

— Non.

— Vous n'êtes jamais allé chez Barbara ?

— Jamais.

— Mais vous la voyiez souvent ?

— Oui, je viens de vous le dire !

— Et cependant, vous n'avez jamais eu la curiosité d'aller chez elle. Vous ne trouvez pas que c'est étrange ?

— Franchement, non, monsieur l'inspecteur. J'ai horreur de la façon de vivre de ces jeunes personnes. Quand je rends visite à une jeune femme, je ne puis supporter la curiosité de ses camarades de chambre. Aussi, chaque fois qu'une dame de mes amies partage un appartement avec une ou plusieurs personnes, je préfère ne pas mettre les pieds chez elle. Cet arrangement convenait à Barbara.

— Oui, de cela, je ne doute pas une seconde. Ses camarades nous ont dit qu'aucun homme n'est jamais venu la chercher ni la raccompagner. Qu'est-ce que vous en pensez, Mr Tudor ?

L'imprésario haussa les épaules.

— Je ne puis être responsable des manies de Barbara.

— Naturellement. Barbara est-elle jamais venue chez vous ?

— Non.

— Pourquoi ?

— Je vis avec mon père. C'est un très vieux monsieur. Il est pour ainsi dire... Enfin, il n'est pas très bien portant. Je ne suis pas certain qu'il aurait compris Barbara. Il n'aurait peut-être pas été approuvé par elle. J'ai préféré qu'ils ne se rencontrent pas.

— Vous la teniez à l'écart de votre appartement. C'est bien ça, Mr Tudor ?

— Oui. C'est ça.

— Je vois...

Carella réfléchit un moment, puis il se tourna vers Hawes.

— Où est-ce que vous faisiez l'amour, Mr Tudor ? demanda Cotton. Dans votre automobile ?

— Cela ne vous regarde pas !

— Est-ce que vous savez si Barbara avait un autre appartement ? En plus de celui qu'elle partageait avec ses deux camarades ?

— Si elle en avait un, je n'y suis jamais allé.

— Vous n'êtes pas marié, n'est-ce pas ? demanda Carella.

— Non, je suis célibataire.

— C'est-à-dire que vous n'avez jamais été marié ?

— Eh bien... Si.

— Alors vous êtes quoi ? Séparé ? Divorcé ?

— Divorcé. Depuis bien longtemps, monsieur l'inspecteur. Depuis près de quinze ans.

— Quel est le nom de votre ex-femme ?

— Toni Traver. C'est une actrice. Elle a beaucoup de talent, du reste.

— Elle habite ici, dans cette ville ?

— Je n'en sais absolument rien. Nous avons divorcé il y a quinze ans. Je l'ai rencontrée une fois à Philadelphie, tout à fait par hasard, il y a huit ans, et je ne l'ai pas revue depuis. Je n'en avais d'ailleurs pas la moindre envie.

— Vous lui versez une pension alimentaire ?

— Elle n'en a pas voulu. Elle a une fortune personnelle.

— Elle était au courant de votre liaison avec Barbara ?

— Je n'en sais rien, et cela lui serait complètement égal, vous pouvez me croire.

— Hmm. Et vous ignorez tout des deux autres types que Barbara fréquentait ?

— Tout.

— Mais enfin, si elle sortait avec eux, il est certainement arrivé que vous lui fixiez un rendez-vous et qu'elle vous dise qu'elle n'était pas libre ! Vous ne lui avez jamais demandé pourquoi ? Vous ne vouliez pas savoir pourquoi elle n'était pas libre ?

— Je n'ai pas un instinct de propriétaire, Mr Carella.

— Mais vous l'aimiez.

— Oui, je l'aimais. Et je l'aime encore.

— Et maintenant ? Que pensez-vous de tout cela ? Qu'éprouvez-vous ? Maintenant que vous savez qu'elle sortait avec deux autres garçons, qu'elle couchait sans doute avec eux, que ressentez-vous ?

— Je... Evidemment, ce n'est pas très agréable.

— Non, je m'en doute. Vous n'avez jamais rencontré un certain Karl Androvich, Mr Tudor ?

— Non.

— Ou un nommé Mike Chirapadano ?

— Non.

— Vous êtes allé à *La Dame de Cœur* ?

— Bien entendu ! J'allais parfois chercher Barbara au cabaret.

— Mike était le batteur de l'orchestre.

— Ah ! vraiment ?

— Oui... Il semble qu'il ait disparu, Mr Tudor, dit Carella.

— Vraiment ?

— Oui. Le même jour que Barbara. Que dites-vous de ça ?

— Je ne sais vraiment pas que vous dire.

— Vous pensez qu'ils se sont enfuis ensemble ?

— Je vous assure que je n'en sais rien.

— Possédez-vous un imperméable noir et un parapluie noir, Mr Tudor ?

— Non. Un quoi ? Que dites-vous ? Un imperméable noir ?

— Oui, c'est ce que j'ai dit.

— Non, je n'en ai pas.

— Mais vous avez un imperméable ?

— Oui. Un trench-coat. Gris. Ou beige. Neutre, vous savez, comme...

— Et le parapluie ? Vous en avez un ?

— Non. Je déteste les parapluies.

— Vous n'en avez jamais eu ?

— Jamais.

— Et vous ignorez si Barbara avait un autre appartement, c'est bien ça ?

— Oui, oui, je vous l'ai dit.

— Très bien. Il ne nous reste qu'à vous remercier, Mr Tudor. Vous nous avez apporté une aide précieuse, dit Carella en se levant. Merci infiniment.

— De rien, de rien.

Une fois dans le couloir, Carella dit à Hawes :

— C'est pas franc, tout ça, pas du tout. Attends-le en bas et suis-le, tu veux ? Je retourne à la boîte. Je veux me renseigner sur son ex-femme, voir ce que je peux dégotter sur elle. On ne sait jamais.

— Tu penses à quoi ? Jalousie ? Crime passionnel ?

— Qui sait ? Ça s'est déjà vu, des chagrins d'amour qui durent plus de quinze ans. Pourquoi pas elle ?

— A l'entendre, lui, elle...

— Oui, mais il nous a peut-être débité un tissu de mensonges.

— Très juste.

— File-le. Et tiens-moi au courant. J'attendrai ton coup de fil.

— Où est-ce que tu crois qu'il va me conduire ?

— Mon pauvre vieux, je n'en sais foutre rien.

Carella regagna son bureau. Il apprit que Toni Traver était une bonne actrice, spécialisée dans les rôles de composition, et qu'elle jouait pour le moment à Sarasota, en Floride. Carella téléphona à son imprésario qui lui dit que Miss Traver ne recevait aucune pension de son ex-mari, qu'elle l'avait d'ailleurs refusée et que, de plus, Miss Traver et lui-même formaient des projets matrimoniaux. Carella le remercia et raccrocha.

A huit heures du soir, Cotton Hawes téléphona pour annoncer que Tudor l'avait semé à sept heures trente.

— Je suis navré, mon vieux, conclut-il.

— Ouais, grogna Carella.

16

Les vêtements firent leur apparition le lendemain matin.

Ils étaient enveloppés dans un numéro du *New York Times*. Un agent les découvrit dans une corbeille à papier du square de Calm's Point. Son commissariat prévint le Commissariat central et celui-ci alerta immédiatement le 87e, parce qu'il y avait une tache de sang sur l'imperméable noir. Les vêtements furent expédiés au laboratoire, où Grossman les examina avec soin.

En plus de l'imperméable, il y avait un costume de flanelle noire, une paire de chaussettes de fil d'Ecosse noires et un parapluie d'homme.

Une étude approfondie des vêtements aboutit à des conclusions contradictoires, qui furent transmises à Carella, lequel les examina attentivement et finit par se gratter la tête, en proie à la plus grande perplexité.

Pour commencer, la tache de sang sur l'imperméable appartenait au groupe O, ce qui semblait la rattacher aux mains, et aussi à Mike Chirapadano qui, d'après les registres militaires, appartenait également au groupe O. Mais un examen détaillé du costume noir révéla plusieurs autres petites traces de sang sur la manche. Et ce sang-là appartenait au groupe B. Voilà pour la première contradiction.

La seconde paraissait plus étonnante encore. Il s'agissait de deux autres traces graisseuses, au col du costume. L'analyse révéla que la première de ces taches était due à un tonique pour cheveux gras, une lotion destinée à empêcher les sécrétions du cuir chevelu. Mais la seconde tache avait été causée par une autre lotion, appelée Dram, qui devait lutter contre les pellicules et nourrir les cheveux secs. Il semblait étrange qu'un seul et même homme eût à la fois les cheveux secs et le cuir chevelu trop gras. Les deux lotions se contredisaient.

Le veston portait en outre une troisième tache, provenant de ce même fond de teint Skinglow que l'on avait trouvé dans les coutures du petit sac bleu, si bien que l'on en venait à se demander si un homme ou une femme avait porté la fichue veste. Carella en conclut qu'un homme l'avait endossée, mais qu'il avait tenu dans ses bras une femme maquillée au Skinglow. Cela expliquait la tache, mais les traces de lotion du col gardaient tout leur mystère.

Les contradictions ne s'arrêtaient pas là. Il y avait encore les poils ou les cheveux qui adhéraient au tissu. Certains étaient châtains et fins. D'autres noirs, gros et très courts. D'autres encore noirs, fins et très longs. Les longs cheveux devaient venir de la femme maquillée au Skinglow. Cette étreinte avait dû être passionnée ! Mais les poils châtains et fins ? Et les gros poils noirs ? Perplexité et mystère.

Il y avait cependant une chose qui ne prêtait pas à confusion. Un indice net et précis. Il y avait une étiquette sur la doublure de la veste et cette étiquette annonçait clairement : *Sport et Ville-Confection de Luxe*.

Carella chercha le nom dans l'annuaire du téléphone, à tout hasard, toucha le numéro gagnant, boucla son étui sous l'aisselle et quitta son bureau.

Cotton Hawes était quelque part en ville, collé aux talons de Charles Tudor, qu'il avait repris en filature aux premières heures de la matinée.

Sport et Ville-Confection de Luxe était une minuscule boutique serrée en sandwich entre deux grands magasins. On aurait très bien pu passer devant sans la remarquer s'il n'y avait eu dans la vitrine étroite un bel assemblage de couleurs hardies et de costumes voyants. Carella poussa la porte et se trouva dans une espèce de long couloir où deux personnes auraient eu du mal à se croiser, mais qui contenait une bonne douzaine d'hommes qui palpaient des cravates italiennes, essayaient des vestes sport et choisissaient des chemises extravagantes. Carella faillit renoncer, se morigéna et chercha lequel de ces individus pouvait bien être le patron. L'idée lui vint qu'ils étaient treize en tout, avec lui, dans la boutique, et que ce chiffre portait malheur. Il songea encore à partir. Son volumineux paquet de vêtements sous le bras, il tenta tout de même de fendre la foule des clients et se glissa entre deux hommes qui se pâmaient devant une chemise sport orange. Plus loin, il dut écarter d'autres estimables hommes de goût qui fouillaient parmi un lot de cravates de foulard éclatantes et qui les déclaraient « divines », « pourries de chic » et « tout simplement du dernier bien ». Carella se sentit tout simplement du dernier mal.

Il cherchait toujours le propriétaire du magasin quand une voix se fit entendre à ses côtés.

— Monsieur désire ?

Un corps accompagnait la voix. Carella se trouva nez à nez avec un jeune homme mince au menton garni d'une barbiche à la Fu Manchu, sanglé dans un costume marron cintré sur un gilet canari, avec le sourire d'un obsédé sexuel dans un camp de nudistes.

— Bien des choses, dit Carella. Vous êtes le patron ?

— Jerome Jerralds, à votre service, dit le jeune homme en souriant de plus belle.

— Bonjour, Mr Jerralds, dit Carella. Je suis...

— Quelque chose ne va pas ? interrompit l'autre en regardant le paquet. Un de nos vêtements n'est pas à votre convenance ?

— Non, c'est...

— Vous l'aviez acheté vous-même, ou c'était un cadeau ?

— Non, vous...

— Vous ne l'avez pas acheté vous-même ?

— Non, je suis...

— C'est donc un cadeau ?

— Non. Je...

— Alors comment vous l'êtes-vous procuré, monsieur ?

— Le laboratoire de la police m'a donné ces vêtements, put enfin dire Carella.

— La po... ?

Jerralds caressa sa barbiche. A son petit doigt, une pierre énorme brillait de tous ses feux.

— Je suis inspecteur de police.

— Ah !

— Oui. J'ai là des vêtements. J'aimerais que vous les regardiez et que vous me disiez ce que vous en savez.

— Eh bien, je...

— Je sais que vous êtes très occupé, mais ce ne sera pas long.

— C'est-à-dire que...

Carella avait déjà défait son paquet.

— Il y a une étiquette sur le veston. Vous la reconnaissez ? Ça vient bien de chez vous ?

Jerralds déplia le costume.

— Oui, oui. Ça vient de chez nous.

— Et l'imperméable ? L'étiquette a été arrachée, mais c'est bien le genre de truc que vous vendez. Il vient de chez vous ?

— Que voulez-vous dire ? Le genre de truc que nous vendons ?

— Euh, élégant, dit Carella.

— Ah ! bien.

— Pourri de chic.

— Bien, bien.

— Tout simplement du dernier bien, dit Carella.

— Oui, oui, je vois. Oui, ça vient de chez nous.

— Et ce parapluie ?

— Puis-je le voir de près, s'il vous plaît ?

Carella lui tendit l'instrument.

— Non, non, absolument pas de chez nous. Voyez-vous, nous nous efforçons de donner à nos clients des parapluies différents. Nous avons en ce moment ce modèle, par exemple, dont la poignée est faite d'une corne de bélier. Et celui-ci, tellement original, n'est-ce pas ? C'est un ancien chandelier tibétain transformé et...

— Donc, ce parapluie ne vient pas d'ici.

— Non. Vous auriez peut-être désiré...

— Non. Je n'ai pas besoin de parapluie. Il a cessé de pleuvoir, vous savez ?

— Ah ! vraiment ?

— Oui, il y a quelques jours.

— Par exemple ! Il y a tant de monde ici...

— Je comprends. Pour en revenir au costume et à l'imperméable, est-ce que vous pouvez me dire qui les a achetés ?

— Ma foi, ce ne serait pas facile de...

Jerralds s'interrompit. Sa main fine voleta sur la veste, saisit la manche et la porta à ses yeux.

— Oh ! une tache, là, voyez !

— Du sang, dit Carella.

— Du...

— Oui, du sang. Une tache de sang. Vous vendez beaucoup de ces costumes ?

— Du sang, c'est-à-dire que c'est un modèle très... Du sang ? Mon Dieu !

— C'est un modèle très demandé ?

— Oui.

— Dans cette taille ?

— Quelle est donc la taille ?

— Grande.

Le jeune homme tint la veste aux épaules et l'éleva devant lui.

— Ah ! oui. Très grande taille, je dois dire.

— Oui. L'imperméable aussi. Vous ne vous rappelez pas avoir vendu ces vêtements à un homme de très grande taille ? Il y a aussi des chaussettes noires. Voyons... Où sont-elles ? Ah ! voilà. Elles viennent de chez vous ?

— Oui, oh ! oui. Importées d'Italie. Sans couture, voyez, et fabriquées...

— Donc, le costume, l'imperméable et les chaussettes viennent de chez vous. Cela signifie que votre client est un habitué, ou alors que cet homme est passé et a fait tous ces achats en même temps. Vous ne pouvez pas vous rappeler ? Un individu de très grande taille ?

— Puis-je revoir le costume, s'il vous plaît ?

Carella lui rendit la veste.

— Un modèle qui a beaucoup de succès, murmura Jerralds en la retournant. Je ne pourrais pas vous dire combien nous en vendons par semaine. Non, vraiment, je ne vois pas comment nous pourrions savoir qui l'a acheté.

— Il n'y a pas de numéros ? Sur l'étiquette ? Pas de marque spéciale ?

— Non, non, rien de ce genre... Tiens, qu'est-ce que c'est que ça ? Une épaule est rembourrée. Curieux... Les rembourrages ne se font plus du tout, vous savez. Plus de paddings, du naturel, de l'aisance, tout est dans la coupe et...

— Alors que signifie ce rembourrage, à l'épaule droite seulement ?

— Je ne sais pas... Attendez. Attendez... Mais oui. Je parie que c'est celui-là !

— Oui ?

— Ce client est venu, oh ! juste après Noël, je crois. Un homme très grand, très bien bâti. Un très bel homme.

— Oui ?

— Mais il avait un léger défaut. Moins que rien. Imperceptible. Une épaule un peu plus haute que l'autre. Cela ne se voyait pas du tout, mais suffisait à faire faire un mauvais pli à la veste. Tout le monde a un petit défaut et il est bien rare que...

— Oui, mais ce client-là ? Que savez-vous de lui ?

— Rien, sinon, que nous avons dû rembourrer l'épaule droite de la veste, pour compenser.

— Comment s'appelait-il ?

— Je ne sais pas.

— Ce n'était pas un de vos clients habituels ?

— Non. Il est venu comme ça. Je le revois, à présent. Il a acheté le costume, l'imper, plusieurs paires de chaussettes et une cravate de tricot noir. Oui, c'est ça. Oui.

— Mais vous ignorez son nom ?

— Je suis navré.

— Vous n'avez pas de carnets à souches ? Pour votre comptabilité ? Rien ?

— Si, mais...

— Pour lui faire la retouche, le rembourrage, vous avez bien dû prendre son nom ?

— Oui, mais...

— Mais quoi ?

— C'était tout de suite après Noël, au début de janvier.

— Et alors ?

— Eh bien, il faudrait fouiller tous les registres, les dossiers, jusqu'à janvier. C'est vieux.

— Je sais.

— Nous sommes très occupés en ce moment. Comme vous pouvez le voir.

— Je le vois.

— C'est samedi, n'est-ce pas. J'ai bien peur de ne pas avoir le temps de...

— Mr Jerralds, nous enquêtons sur un meurtre, dit Carella.

— Oh !

— Vous ne croyez pas que vous pourriez faire un effort ?

— Eh bien... Ma foi... Bon, si vous voulez passer par ici, s'il vous plaît.

Il écarta un rideau. L'arrière-boutique n'était qu'un cagibi encombré de boîtes et de cartons. Un homme en caleçon essayait un pantalon devant une grande glace.

— Cela sert aussi de salon d'essayage, dit Jerralds. Ce pantalon est fait pour vous, monsieur, lança-t-il à son client au passage. Par ici, mon bureau est là.

Le bureau était une petite table à tiroirs poussée sous une lucarne grillagée.

— Janvier, janvier, voyons, où peut bien être passé janvier ?

— C'est censé être aussi serré ? demanda le client.

— Serré ? Vous n'avez pas l'air serré dans ce pantalon, dit Jerralds.

— Moi, ça me serre. Je suis peut-être pas habitué à ces pantalons sans plis. Qu'est-ce que vous en dites ? demanda-t-il à Carella.

— Il me semble qu'il vous va bien.

— C'est que je suis pas habitué, alors.

— Peut-être.

— Il fait pour vous, s'exclama Jerralds. Cette couleur est merveilleuse. Un faux vert. Chiné vert et noir.

— Tiens, je croyais que c'était gris, marmonna l'homme en regardant son pantalon de plus près.

— Oui, mais c'est aussi vert et noir, c'est ça qui est merveilleux, n'est-ce pas ? Indéfinissable !

— Oui ? Ma foi, la couleur n'est pas mal. Mais ça me serre, y a pas. Moi, j'aime pas me sentir bridé. Je suis chauffeur de taxi, vous comprenez. J'aime bien me sentir à l'aise.

Le client ôta son pantalon, en sautillant sur un pied, et faillit tomber sur Carella.

— Pardon. On n'a pas trop de place, ici.

Jerralds posa un doigt sur sa tempe, leva les yeux au ciel d'un air inspiré et chantonna :

— Janvier... Janvier... Janvier.

Le doigt jaillit brusquement, décrivit deux ou trois cercles et piqua comme un épervier sur un dossier cartonné poussiéreux. Jerralds l'ouvrit et le feuilleta. Le client jeta le pantalon qu'il venait d'essayer sur le bureau et répéta :

— Ça me serre. Moi, j'aime bien mes aises. Pas vous ? demanda-t-il à Carella.

— Si.

— J'aime bien me sentir à l'aise.

— Non, ça c'est février, murmura Jerralds. Où diable ai-je bien pu fourrer janvier ? Attendez voir...

Il remit un doigt sur sa tempe, reprit son air inspiré et recommença sa manœuvre en piqué. Comme un Stuka, le doigt atterrit sur un carton. Jerralds l'ouvrit et en tira une liasse de feuilles de ventes.

— Nous y voilà, s'écria-t-il triomphalement. Doux Jésus, ça va être affreux ! En janvier, c'était les soldes. Alors vous vous rendez compte ! Il y a des milliers de feuilles là-dedans !

Le client avait remis son large pantalon et bouclait sa ceinture.

— Bon, ben, merci quand même, dit-il. Je repasserai un de ces jours. Mais moi, j'aime bien me sentir à l'aise, vous comprenez ?

— Je comprends, dit Jerralds en fouillant dans ses papiers.

— Je suis chauffeur de taxi, vous savez. Alors j'aime bien avoir de la place. Je suis assis toute la journée, vous comprenez ?

— Je comprends... Je crois que c'était dans la deuxième semaine de janvier. Après les soldes. Je vais commencer par là.

— Bon, ben, alors au revoir, dit le chauffeur de taxi. A la prochaine.

— Oui... Trois chemises à quatre quatre-vingts, non, c'est pas ça... Vous ne savez pas ce que vous me demandez ! Si vous n'étiez pas gentil, je ne sais pas si... Un caleçon, non... non... Cravates... Non. Un imperméable noir, un costume anthracite, trois paires de... Là, voilà ! Ça y est ! Je vous l'avais dit. Le 10 janvier ! Oui, un règlement comptant.

— Et le nom du client ?

— Ça devrait être en haut... Le carbone était usé. C'est difficile à lire.

— Vous ne pouvez pas le déchiffrer ?

— Attendez, je ne sais pas. Chi... Chira... Non. Si, on dirait... Chirapadano, c'est un nom, ça ! Michael Chirapadano ?

17

— Comment ? C'est encore vous ? s'exclama la logeuse. Où est votre copain le rouquin ?

— Il travaille sur autre chose, répondit Carella. J'aimerais jeter un autre coup d'œil sur la chambre de Chirapadano. Vous permettez ?

— Pourquoi ? Vous avez un indice ?

— Peut-être.

— Deux mois, qu'il me doit. Venez, je vais vous conduire.

Ils montèrent, et la logeuse en profita pour épousseter la rampe au passage. Elle précéda Carella dans le couloir et sortait la clef de sa poche quand elle s'immobilisa. Carella entendit le bruit, lui aussi. Son revolver sauta dans sa main. Il écarta la propriétaire et reculait jusqu'au mur opposé quand elle chuchota :

— Pour l'amour du ciel, n'enfoncez pas la porte ! Prenez la clef, pour l'amour de Dieu !

Il lui prit la clef des mains, la glissa dans la serrure et la tourna aussi doucement qu'il le put. Puis il saisit la poignée et poussa. La porte ne bougea pas. On entendait à l'intérieur un piétinement frénétique et Carella hurla :

— Nom de Dieu !

D'un coup d'épaule, il enfonça la porte.

Un homme de haute taille se tenait au milieu de la chambre, un des toms entre les mains.

— Bouge pas, Mike ! glapit Carella.

L'homme lui jeta l'instrument à la tête, l'atteignit en pleine poitrine et le coup renversa l'inspecteur sur la logeuse qui s'époumonait :

— Je vous avais dit de pas l'enfoncer ! Pourquoi n'avez-vous pas ouvert avec la clef ?

L'homme se jeta sur Carella, sans un mot, une lueur démentielle dans le regard, sourd aux cris de la logeuse, sans se soucier du revolver de l'inspecteur. Il expédia un crochet du gauche qui frappa Carella à la mâchoire et préparait sa droite quand Carella le gifla brutalement avec le canon de son arme, et lui entailla la joue. L'homme chancela, perdit l'équilibre et tomba assis dans le tom, en crevant la peau. Il se mit alors à pleurer, à sangloter pitoyablement, comme un enfant.

— Vous l'avez cassé ! larmoya-t-il. Vous l'avez cassé !

— Vous êtes Mike Chirapadano ? demanda Carella.

— C'est pas lui, affirma la logeuse. Vous aviez bien besoin d'enfoncer la porte ! Vous êtes tous les mêmes, les flics ! Tous des brutes ! Vous pouviez pas vous servir de la clef, comme je vous l'ai demandé ?

— Je m'en suis servi, de votre fichue clef, gronda Carella avec rage. En fait, j'ai fermé la porte. Elle était déjà ouverte. Vous êtes sûre que ce n'est pas Chirapadano ?

— Bien sûr, voyons ! Comment qu'elle était ouverte, la porte ? Je l'ai fermée moi-même !

— Notre ami a dû se servir d'un passe. C'est ça, oui ?

— Vous l'avez crevé, pleurnicha l'inconnu.

— Qu'est-ce que j'ai crevé ?

— Le tom. Vous avez crevé le tom.

— C'est vous qui l'avez crevé.

— Vous m'avez frappé. Je serais pas tombé, sans ça.

— Qui êtes-vous ? Votre nom ? Comment êtes-vous entré ?

— Cherchez donc, gros malin.

— Pourquoi avez-vous laissé la porte ouverte ?

— Est-ce que je m'attendais à ce que quelqu'un débarque ici ?
— Qu'est-ce que vous fichiez là ? Qui êtes-vous ?
— Je voulais prendre la batterie.
— Pourquoi ?
— Pour la mettre au clou.
— La batterie de Mike ?
— Oui.
— Bon. Maintenant, votre nom ?
— Qu'est-ce que ça peut vous foutre ? Vous avez cassé le gros tom. Maintenant, je peux plus le mettre au clou.
— C'est Mike qui vous a demandé d'emprunter sur sa batterie ?
— Non.
— Vous veniez la voler ?
— Je voulais l'emprunter.
— Mais comment donc ! Votre nom ?
— Un fortiche ! Ça trimbale un pétard et ça se croit fortiche, dit l'homme en portant la main à sa joue. Ça saigne. Vous m'avez blessé.
— Parfaitement. Votre nom ?
— Larry Daniels.
— Comment connaissez-vous Chirapadano ?
— On jouait dans le même orchestre.
— Où ça ?
— A *La Dame de Cœur.*
— Vous êtes un de ses amis ?
Daniels haussa les épaules.
— De quel instrument jouez-vous ?
— Du trombone.
— Savez-vous où est Mike ?
— Non.
— Mais vous saviez qu'il n'était pas chez lui, n'est-ce pas ? Sans ça, vous ne seriez pas venu lui voler sa batterie.
— Je la volais pas. Je voulais l'emprunter. Je lui aurais donné la reconnaissance.
— Pourquoi vouliez-vous mettre sa batterie au clou ?
— Besoin de fric.
— Pourquoi n'avez-vous pas engagé votre trombone ?
— C'est déjà fait.
— C'est vous le drogué dont parlait Randy Simms ?
— Qui ?
— Simms. Randy Simms. Le propriétaire de *La Dame de Cœur.* Il m'a dit que le trombone de l'orchestre se droguait. C'est vous, Daniels ?
— Oui, bon, c'est moi. Et après ? C'est pas un crime. Voyez la loi.

C'est pas un crime. Et j'ai pas de came sur moi, alors vous n'avez rien contre moi !

— Rien, sauf la tentative de vol.

— Vol, mon cul. J'empruntais la batterie.

— Comment saviez-vous que Mike n'était pas là ?

— Je le savais, c'est tout.

— Comment ? Est-ce que vous savez où il est en ce moment ?

— Non, j'en sais rien.

— Mais vous saviez qu'il n'était pas chez lui.

— Je ne sais rien du tout.

— Un drogué, lança la vieille. Je le savais !

— Où est-il, Daniels ?

— Qu'est-ce que vous lui voulez ?

— Nous voulons le voir.

— Pourquoi ?

— Parce qu'il possède un costume qui est mêlé à un crime. Et si vous refusez de nous donner des renseignements, je peux vous arrêter pour complicité de meurtre, qu'est-ce que vous en dites, Daniels ? Hein ? Où est-il ?

— J'en sais rien, je vous le jure.

— Quand l'avez-vous vu pour la dernière fois ?

— Juste avant qu'il se tape la fille.

— Quelle fille ?

— L'effeuilleuse.

— Bubbles Caesar ?

— Oui. C'est son nom.

— C'était quand, Daniels ?

— Je sais pas trop. Vers la Saint-Valentin, par là. Quelques jours avant.

— Le 12 ?

— Peut-être bien. J'en sais plus rien.

— Mike n'est pas venu jouer dans la soirée du 12. C'est le jour où vous l'avez vu ?

— Oui, c'est ça.

— Quand l'avez-vous vu ?

— Dans l'après-midi.

— Et que voulait-il ?

— Il m'a dit qu'il ne viendrait pas à la boîte ce soir-là et il m'a donné la clef de sa carrée.

— Pourquoi ?

— Parce qu'il voulait que je lui amène sa batterie chez lui. Alors, quand on a eu fini, c'est ce que j'ai fait. J'ai ramassé ses instruments et je les ai amenés ici.

— C'est donc comme ça que vous êtes entré aujourd'hui. Vous aviez toujours la clef de Mike ?

— Ouais.

— C'est comme ça que vous saviez qu'il n'était pas là. Parce qu'il ne vous a pas réclamé sa clef, n'est-ce pas ?

— Non... J'étais censé lui téléphoner le lendemain, et on devait se retrouver pour que je lui rende sa clef. Seulement j'ai téléphoné et personne n'a répondu. Toute la journée, j'ai téléphoné, et y avait jamais personne.

— C'était le 13 février ?

— Oui, le lendemain.

— Et il vous avait dit qu'il serait avec Bubbles Caesar ?

— Ben, pas comme ça, non. Mais en me donnant la clef et le numéro de téléphone, il a rigolé, en plaisantant, vous savez, comme ça. Il m'a dit : Larry, tâche voir à ne pas me téléphoner au milieu de la nuit, parce que nous deux, Bubbles et moi, on a le sommeil dur. Comme ça. Alors je me suis dit qu'il devait se la taper ce soir-là. Ecoutez, ça commence à me démanger. Faut que je sorte d'ici.

— Du calme, Daniels. Quel était ce numéro de téléphone ? Celui que Mike vous a donné ?

— Je me souviens pas. Ecoutez, faut que je trouve de la came. Y a pas. Je rigole pas.

— Le numéro de téléphone.

— Bon Dieu, comment voulez-vous que je le sache ? Depuis un mois, bon Dieu ! Ecoutez, non, mais écoutez, dites ; je veux dire, quoi, je rigole pas, faut que je sorte d'ici. Je connais les symptômes et ça va pas être beau à voir si je ne...

— Vous n'avez pas inscrit le numéro ?

— Hein ?

— Le numéro de téléphone. L'avez-vous inscrit ?

— Je sais pas, je sais pas, murmura Daniels, mais il tira quand même son portefeuille de sa poche et se mit à fouiller dedans sans cesser de marmotter : Faut que je trouve de la came, faut que j'en trouve, y a pas, ça va plus, ça va plus, faut que je m'en aille... Ah ! tenez. Voilà, voilà le numéro. Laissez-moi sortir d'ici avant que je dégueule !

Carella prit la carte que Daniels lui tendait d'une main tremblante.

— Vous dégueulerez à votre aise au poste, dit-il.

Le numéro de téléphone était Economy 8-3165.

De son bureau, Carella appela le service des renseignements

téléphoniques, et se fit répondre promptement que ce numéro ne figurait pas à l'annuaire.

— Bon, mais vous pouvez vous renseigner, tout de même ?

— Si ce numéro ne figure pas à l'annuaire, nous n'avons aucune autre liste.

— Ecoutez, c'est la police. Je sais que vous ne devez pas donner les numéros non inscrits, mais...

— Il ne s'agit pas de donner ou de ne pas donner. C'est simplement que nous n'avons pas de liste des numéros non inscrits. Ce que j'essaye de vous faire comprendre, c'est qu'il n'y a pas de liste des numéros ne figurant pas à l'annuaire. Vous avez compris, monsieur ?

— Oui, j'ai compris, soupira Carella. Mais la Compagnie du Téléphone doit bien avoir le nom de l'abonné quelque part ! Il y a bien quelqu'un qui paye les communications, bon Dieu ! Bon, je veux savoir qui reçoit la note tous les mois !

— Je suis désolé, monsieur, mais je ne sais pas...

— Passez-moi votre chef.

Charles Tudor était parti à pied de son domicile dans le Quartier, Cotton Hawes sur ses talons. A une distance respectueuse, bien entendu. Il faisait un temps merveilleux, parfait pour la marche, avec un petit avant-goût de printemps dans l'air. La journée était faite pour la promenade, le lèche-vitrines, l'oisiveté, et pour admirer les jolies femmes qui avaient abandonné leurs lourds manteaux d'hiver et fleurissaient plus vite que les bourgeons.

Tudor ne se promenait pas, et Tudor n'admirait rien. Il marchait vite, tête baissée, les mains dans les poches de son pardessus, droit devant lui, bousculé par les passants qu'il semblait ne pas voir. Hawes avait du mal à le suivre. Les trottoirs, par ce samedi ensoleillé, étaient pleins de jeunes femmes poussant des voitures d'enfant, de jeunes filles se pavanant, la poitrine agressive, de garçons en blue-jeans délavés à la démarche chaloupée de danseurs, de jeunes gens barbus aux pulls tachés de peinture, de filles en justaucorps et bermuda, d'hommes âgés portant des toiles avec des paysages marins, de ménagères italiennes avec des cabas pleins, de jeunes actrices très maquillées se rendant à leurs répétitions dans les multiples petits théâtres des rues adjacentes, ou de petites filles jouant à la marelle.

Hawes se serait bien passé de toute cette figuration pittoresque. S'il voulait ne pas perdre Tudor, il fallait qu'il...

Il s'arrêta net.

Tudor venait d'entrer dans un bureau de tabac au coin d'une rue. Hawes pressa le pas. Il ne savait pas si la boutique n'avait pas une autre sortie. Hawes avait déjà perdu Tudor la veille et ne tenait pas à recommencer. Il passa vite le coin, vit qu'il n'y avait pas d'autre porte et attendit. Tudor ressortit en arrachant la cellophane d'un paquet de cigarettes. Il ne s'arrêta pas pour en allumer une, mais continua du même pas alerte, usant trois allumettes avant de pouvoir tirer une bouffée.

Obstinément, Hawes suivait à quelques pas.

— Monsieur ? Ici la directrice du service des renseignements. Je peux vous aider ?

— Oui, ici l'inspecteur Carella du 87e District d'Isola. Nous avons un numéro de téléphone dont nous voudrions connaître l'abonné et il paraît...

— L'appel provenait-il d'un téléphone automatique, monsieur l'inspecteur ?

— Quel appel ?

— Parce que si c'est l'automatique, il est impossible de savoir d'où il provenait. L'automatique est...

— Oui, oui, je sais. Nous n'essayons pas de chercher l'origine d'un appel, mademoiselle, nous voulons...

— Madame.

— Pardon. Madame. Nous...

— D'autre part, si l'appel provient d'un instrument manœuvré à la main, de l'inter ou d'un standard, il nous est possible...

— Madame ! Je vous en prie ! Je suis inspecteur de police et je sais tout cela ! Il ne s'agit pas d'un appel, vous dis-je ! Je voudrais simplement avoir le nom et l'adresse de l'abonné qui a le numéro de téléphone que je vais vous donner. C'est tout.

— Je vois.

— Bien. Le numéro est Economy 8-3165. Voudriez-vous avoir l'obligeance de chercher dans vos registres ou je ne sais quoi, et de me donner le renseignement que je vous demande ?

— Un instant, monsieur l'inspecteur.

Carella attendit, en tambourinant impatiemment sur son bureau. Au fond de la salle, Bert Kling, entièrement remis de ses excès, tapait furieusement un rapport.

Tudor s'arrêta encore dans un magasin. Hawes surveillait la porte de loin. La boutique était minuscule et il était peu probable qu'elle eût une autre sortie derrière. Hawes alluma une cigarette et attendit patiemment.

Tudor resta au moins un quart d'heure dans la boutique. Quand il reparut, il tenait à la main des gardénias blancs.

Parfait ! se dit Hawes, il va voir une fille !

Il se demanda si cette fille ne serait pas Bubbles Caesar.

— Allô ? Monsieur l'inspecteur ?

— Oui. Alors ? Vous avez mon renseignement ? Qui...

— Vous devez comprendre, monsieur, que lorsqu'un abonné demande à ne pas figurer dans l'annuaire, nous nous interdisons de révéler à n'importe qui...

— Je ne suis pas n'importe qui, je suis la police.

— Oui, j'entends bien, mais je parle de l'abonné, n'est-ce pas ? Quand cette personne demande à ne pas figurer dans l'annuaire, nous lui demandons de bien nous préciser ses intentions. Et nous lui expliquons que personne chez nous ne divulguera son nom ni son adresse, même en cas d'urgence. Vous le comprenez bien, monsieur ?

— Oui, oui, madame, je le comprends ! Mais je suis en train d'enquêter sur un crime, un assassinat, madame, et je vous...

— Oh ! ne vous inquiétez pas, je vais vous donner votre renseignement. Certainement.

— Alors qu'est-ce que...

— Mais je tenais à ce que vous sachiez bien qu'un simple citoyen ne pourrait en aucun cas obtenir ce renseignement, n'est-ce pas. Je désirais dégager toute la responsabilité de la Compagnie du Téléphone.

— Oui, bon, vous êtes dégagée. Maintenant donnez-moi le nom de cet abonné, et l'adresse, s'il vous plaît.

— Le téléphone est installé dans un immeuble de Canopy Street. Au 1611.

— Merci. Et qui est le propriétaire du téléphone ?

— Personne n'est propriétaire de nos téléphones, monsieur. Vous devez savoir que nos appareils font l'objet de contrats de location, et que...

— Et le nom de l'abonné ?

— L'abonnement a été souscrit au nom de Mr Charles Tudor.

— Charles Tudor ? Nom de Dieu, mais...

— Vous dites ?

— Rien. Merci. Merci, madame.

Carella raccrocha et s'écria :

— Bert ! Ton chapeau !

— J'en mets jamais, dit Bert, et il remplaça son chapeau par un revolver.

Charles Tudor était entré au 1611 de Canopy Street, avait ouvert la porte du vestibule avec sa clef, et disparu.

Hawes se tenait à présent dans l'antichambre et il examinait toutes les boîtes aux lettres. Aucune ne portait le nom de Bubbles Caesar, de Charles Tudor, de Mike Chirapadano ou de quiconque mêlé à l'affaire. Hawes relut encore une fois le nom sur les boîtes aux lettres, en se fiant à une des leçons élémentaires de science policière. Pour des raisons connues seulement de Dieu et des psychanalystes, lorsqu'une personne adopte un pseudonyme, le nom d'emprunt commence en général par les mêmes initiales que le nom véritable. Au fond, il n'y a pas de mystère là-dedans. Le fait est tout simplement que beaucoup de gens ont des mouchoirs, des chemises, des bagages ou des porte-documents à leur chiffre. Et si un nommé Benjamin Franklin qui a les initiales B.F. sur tous ses bagages, ses chemises et ses caleçons, et même peut-être tatouées sur son front, signe sa fiche d'hôtel George Washington, un concierge futé peut réfléchir et se demander pourquoi Georgie a des bagages marqués B.F. et se dire qu'il les a peut-être acquis de façon illégale. Or, quand un homme change de nom, c'est en général qu'il souhaite ne pas attirer l'attention. Il choisira donc un faux nom de façon à conserver ses initiales.

Une des boîtes aux lettres portait une carte au nom d'un certain Christopher Talley.

Le nom sonnait faux, les initiales étaient C.T., aussi Hawes prit-il bonne note du numéro de l'appartement 6 B.

Il sonna ensuite au 2 A, attendit le déclic qui annonçait l'ouverture de la porte, la poussa et emprunta l'escalier pour monter sans bruit au sixième. A la porte de l'appartement 6 B, il colla son oreille au battant. A l'intérieur, un homme parlait :

— Barbara, disait-il, je t'ai apporté des fleurs.

Dans la voiture de police, Carella disait à Bert :

— Je n'y comprends rien, mon vieux. Rien du tout.

— Pourquoi ?

— C'est un de ces micmacs ! Nous trouvons une paire de mains, et le groupe sanguin est O. Vu ?

— Vu.

— Bon. Mike Chirapadano appartient à ce groupe. C'est aussi un grand gars costaud, il a disparu le mois dernier, et il serait parfait pour la victime. Ça collerait très bien, oui ?

— Oui.

— Bon. Mais quand nous retrouvons les frusques que portait l'assassin, on découvre qu'elles appartenaient à Mike Chirapadano. Du coup, Mike devient parfait pour jouer le rôle de l'assassin.

— Ah !

— Oui. Ensuite, nous apprenons l'adresse de la retraite de Bubbles Caesar, l'endroit où elle file le parfait amour avec Chirapadano, c'est là que nous allons, d'ailleurs...

— Et alors ?

— Alors le téléphone de cet appartement est au nom de Charles Tudor, l'imprésario de Bubbles. Comment tu comprends ça, toi ?

— Tiens, nous y sommes, voilà le 1611, dit Kling.

Du couloir où il était, Hawes n'entendait qu'une voix d'homme et c'était indiscutablement celle de Tudor. Il se demanda s'il devait faire irruption dans l'appartement. Osant à peine respirer, tendant l'oreille pour entendre les réponses de la fille, il collait désespérément sa joue contre la porte.

— Tu aimes les fleurs, Barbara ? dit Tudor.

Il y eut un silence. Hawes avait beau écouter, il n'entendit pas un mot.

— Je ne sais pas si tu aimes les gardénias, mais nous avons tant d'autres fleurs, ici. Et une jolie femme doit toujours être entourée de fleurs.

Encore un silence.

— Tu les aimes ? dit Tudor. Je suis bien content. Comme tu es belle, aujourd'hui, Barbara ! Je crois bien que je ne t'ai jamais vue si belle. Est-ce que je t'ai parlé de la police ?

Hawes attendit la réponse. Il pensa soudain à la petite voix douce de Marla Phillips et se demanda si toutes les filles grandes et sculpturales étaient dotées de voix imperceptibles. Il n'entendait toujours rien.

— Tu ne veux pas que je te raconte ? Si. Les inspecteurs sont revenus me voir hier. Ils m'ont posé des questions, sur nous deux. Et sur Mike. Ils m'ont demandé si je possédais un parapluie et un imperméable noirs. Je leur ai dit que non. C'est la vérité, n'est-ce pas ? L'imperméable n'était pas à moi et j'ai toujours eu horreur des parapluies. Tu le sais bien, n'est-ce pas ? Peut-être. Oui, il y a beaucoup de choses que tu ignores sur mon compte. Je suis un être compliqué, ma chérie. Mais nous avons le temps. Tu apprendras à me connaître. Tu es si belle ! Cela t'ennuie que je te le dise tout le temps ?

Cette fois, Hawes entendit quelque chose.

Mais le bruit venait du palier, derrière lui.

Il pivota brusquement, revolver en main.

— Range ton outil, Cotton, chuchota Carella.

— Mince, tu m'as fait salement peur !

Hawes regarda Carella et Kling qui arrivait derrière lui.

— Tudor est là ? demanda Carella.

— Oui. Avec la fille.

— Bubbles ?

— Tout juste.

— Parfait. On fonce.

Kling se posta à droite de la porte, Hawes à gauche. Carella prit son élan et rua dans la serrure. La porte s'ouvrit toute grande. Ils bondirent dans la pièce, revolver au poing, et ils aperçurent Tudor, à genoux, au fond. Et puis ils virent ce qui était derrière Tudor et les trois policiers furent pris à la fois de terreur, de surprise et de pitié. Carella comprit qu'ils n'auraient pas besoin de leurs armes.

18

La pièce était emplie de fleurs. Des bouquets de roses rouges, jaunes et blanches, des violettes, des gerbes de glaïeuls, des œillets, des gardénias, des feuillages dans de grands vases. Leurs lourds parfums mêlés flottaient dans l'atmosphère, celui des fleurs fraîches et celui des fleurs fanées, auxquels venait s'ajouter une atroce puanteur.

La fille, Bubbles Caesar, gisait immobile sur une table autour de laquelle s'entassaient les bouquets. Ses longs cheveux noirs traînaient derrière elle, son corps merveilleux n'était vêtu que d'une chemise de nuit et l'on avait croisé ses mains sur sa poitrine. Elle portait un collier de rubis au cou et regardait fixement le plafond, sans rien voir, sans rien entendre, sans rien sentir, car elle était bel et bien morte. Elle l'était depuis plus d'un mois et la malheureuse empestait.

Toujours à genoux, Tudor se retourna.

— Ainsi, vous nous avez retrouvés, dit-il calmement.

— Levez-vous, Tudor.

— Vous nous avez retrouvés... Elle est belle, n'est-ce pas ? Je n'ai jamais vu de femme plus belle.

Dans un placard, les policiers découvrirent le cadavre d'un homme en caleçon, aux deux mains amputées.

C'était Mike Chirapadano.

Il savait parfaitement qu'elle était morte ; il n'ignorait pas qu'il les avait tués tous les deux. Les inspecteurs l'entouraient, dans le grand bureau du 87e, et posaient leurs questions à voix basse, parce que tout était fini et que, assassin ou pas, Charles Tudor était un être humain, un homme qui avait aimé. Ce n'était pas un petit voyou, un pauvre voleur, simplement un assassin qui avait aimé. Oui, il savait qu'elle était morte. Oui, il savait qu'il les avait tués, tous les deux. Il le savait très bien.

Et cependant, quand il parlait, quand il répondait aux questions chuchotées des inspecteurs, il semblait l'ignorer ; on avait l'impression qu'il avait fui la réalité cruelle du crime pour un autre monde, un monde dans lequel Barbara vivait et riait encore. Il passait la frontière de ces deux mondes avec aisance, allait de l'un à l'autre, se perdait un peu et revenait, étranger sur terre, un homme de nulle part.

— Quand on m'a téléphoné du cabaret, dit-il, quand Randy Simms m'a téléphoné, je n'ai su que penser. En général, on pouvait toujours compter sur Barbara. Elle était exacte. J'ai donc téléphoné chez elle, et j'ai eu une de ses camarades au bout du fil, qui m'a dit qu'elle n'avait pas vu Barbara depuis le matin. C'était le 12, le 12 février. Je n'oublierai jamais ce jour, le jour où j'ai tué Barbara.

— Qu'avez-vous fait, après avoir parlé à sa camarade, Mr Tudor ?

— J'ai pensé qu'elle était peut-être allée à l'autre appartement, celui de Canopy Street.

— C'était vous qui aviez loué cet appartement, Mr Tudor ?

— Oui, bien entendu. Oui. Mais c'était notre appartement, vous comprenez. A nous deux. Nous le partagions. Nous partageons beaucoup de choses, Barbara et moi. Nous avons les mêmes goûts. J'ai des billets pour une comédie musicale, pour la semaine prochaine. Elle adore la musique. Nous irons ensemble. Nous faisons beaucoup de choses ensemble.

Silencieux, tendus, les inspecteurs se serraient autour de lui. Carella s'éclaircit la gorge.

— Vous êtes allé à l'autre appartement, Mr Tudor ? A Canopy Street ?

— Oui, j'y suis allé. Je suis arrivé là vers dix heures. Le soir. C'était le soir. Je suis monté tout droit, j'ai ouvert avec ma clef et je... Eh bien, elle était là. Avec ce garçon. L'homme la touchait. Dans notre appartement. Barbara était chez nous, avec un autre... Elle a tort de faire des choses comme ça. Elle sait bien que je l'aime. Je lui ai acheté un collier de rubis pour la Saint-Valentin. Vous l'avez vu ? Il est très beau et elle le porte si bien !

— Qu'avez-vous fait quand vous les avez vus, quand vous les avez surpris, Mr Tudor ?

— Je... j'ai été choqué, bouleversé. Je... j'ai voulu savoir. Elle... elle m'a dit qu'elle ne m'appartenait pas. Qu'elle était libre, qu'elle n'était à personne, ni à moi ni à... à l'autre et ni à Karl. Oui. Ni à Karl. Je ne savais même pas qui était Karl. Elle a dit qu'elle avait promis à Karl de partir avec lui, mais qu'elle ne lui appartenait pas non plus, à personne et...

— Et ? Oui, Mr Tudor ?

— Je ne... je n'arrivais pas à la croire. Je l'aime, vous comprenez. Et elle disait des choses épouvantables et ce Mike, il riait. Il était en caleçon, oui, et elle portait la chemise de nuit que je lui avais achetée. Une chemise que je lui avais donnée, moi. Je... je l'ai frappé, lui. J'ai frappé longtemps, et Barbara riait, elle n'a pas cessé de rire pendant que je le frappais et que je lui cognais la tête contre le plancher et puis elle s'est arrêtée de rire et elle m'a dit : Tu l'as tué. Je... je...

— Oui ?

— Je l'ai prise dans mes bras et je l'ai embrassée et puis... mes mains... Autour de son cou. Elle n'a pas crié. Rien du tout. Elle est devenue toute molle dans mes bras. C'était sa faute à lui. Il n'avait pas à la toucher, il n'aurait jamais dû la toucher, la femme que j'aimais. C'est pour ça que je suis allé à la cuisine... J'ai cherché, je cherchais un couteau, quelque chose. J'ai trouvé le hachoir dans un tiroir et... je lui ai coupé les deux mains. Parce qu'il l'avait touchée. Il n'avait pas le droit. Comme ça, il ne pourrait plus jamais la toucher... Il y a eu beaucoup de sang. Je... j'ai pris les mains et je les ai mises dans le petit sac de Barbara, son sac bleu. Et puis j'ai traîné le corps dans le placard et j'ai nettoyé un peu. Il... il avait beaucoup saigné.

Les policiers apprirent le reste par bribes, péniblement. Tudor parlait de Barbara tantôt au présent, tantôt au passé, et oscillait perpétuellement entre le rêve et la réalité. Ces hommes endurcis l'écoutaient avec gêne et quelques-uns se trouvèrent un travail urgent, dehors, loin de cet homme pitoyable, effondré sur cette chaise dure, qui parlait de la femme qu'il adorait.

Tudor expliqua qu'il avait commencé à se débarrasser du cadavre de Chirapadano la semaine précédente, en commençant par les mains. Mais il avait songé aux empreintes et avait soigneusement coupé le bout des doigts.

— Je me suis coupé, avec le couteau de cuisine. Mais ce n'était rien. J'ai beaucoup saigné, quand même.

— Vous appartenez à quel groupe sanguin, Mr Tudor ?

— Comment ? B, je crois. Oui. B. Pourquoi ?

— Cela explique donc les traces de sang contradictoires sur le costume, Steve, dit Kling.

— Pourquoi ? demanda Tudor. Ah ! oui, le costume. Je ne sais pas pourquoi j'ai fait ça, vraiment. Je ne sais pas. Je ne sais pas ce qui m'a poussé. Je me suis senti... j'étais obligé. Il fallait que je fasse ça. Il le fallait.

— Qu'est-ce qu'il fallait que vous fassiez, Mr Tudor ?

— Que je mette son costume. Les vêtements du mort. J'ai mis le costume, les chaussettes, l'imperméable, j'ai pris son parapluie. Quand je suis sorti pour... pour me débarrasser des mains... Je ne sais vraiment pas pourquoi. Je ne saurais vous l'expliquer... Dès que j'ai compris que vous les aviez remarqués, quand vous m'avez interrogé, je m'en suis débarrassé aussi, tout de suite. Je suis allé jusqu'à Calm's Point et je les ai jetés dans une corbeille à papier du square.

Tudor leva la tête et regarda les visages qui l'entouraient. Puis il demanda brusquement :

— Vous allez me retenir longtemps ?

— Pourquoi cela, Mr Tudor ?

— Parce qu'il faut que je retourne auprès de Barbara.

Ils l'emmenèrent en bas, dans les cellules, et puis ils remontèrent dans la salle des inspecteurs. Ils étaient tous étrangement silencieux.

— Voilà l'explication de tous ces détails contradictoires des vêtements, murmura Kling.

— Ouais.

— Ils les ont portés tous les deux. La victime et l'assassin.

— Ouais.

— Pourquoi tu crois qu'il a mis le costume de sa victime, Steve ? murmura Kling, et il frissonna. Bon Dieu, toute cette foutue affaire...

— Il savait peut-être, dit Carella.

— Il savait quoi ?

— Qu'il était une victime, lui aussi.

Miscolo apparut à la porte du secrétariat. Les inspecteurs se taisaient.

— Hé, personne ne veut de café ? demanda-t-il.

Personne ne voulait de café.

À LA BONNE HEURE

The Heckler
1960
Traduction de Louis Saurin
et Claire Céra

A mon beau-père,
Harry Melnick,
qui a inspiré ce livre.

Ce livre est le douzième roman de la série du 87ᵉ District, et je voudrais ici faire part de ma sincère gratitude envers mon éditeur Herbert Alexander, qui a travaillé avec moi sur ce cycle depuis sa conception même et dont les suggestions n'ont jamais manqué de stimuler mon imagination et de donner plus de champ à l'idée originelle. Merci à toi, Herb.

E.McB.

1

Avril arrivait, cette année-là, comme une jeune fille à son premier bal. Frêle et gracieuse, elle semblait un peu perdue dans le dédale géométrique des rues bordées d'immeubles, parmi tous ces inconnus. Sous son voile de brume argentée, elle ouvrait de grands yeux timides, qui donnaient envie de la prendre dans les bras pour la rassurer. Finies, les rigueurs de mars. Devant tant d'innocence, l'hiver n'était plus qu'un mauvais souvenir.

Et tandis que la belle avançait d'un pas hésitant, la ville entière se parait de verdure pour mieux l'accueillir. Avril, cette année-là, était si tendre, si émouvante, que les citadins se sentaient fondre à son approche, oubliant pour un temps l'austérité de leur décor de béton.

Pour un temps, elle pouvait se promener à loisir dans Grover Park, le long des sentiers feuillus. Elle faisait d'abord le tour du lac, puis allait saluer poliment la statue de Daniel Webster. Les cerisiers, humant le printemps dans son sillage, se mettaient à fleurir tout de go. Et les forsythias lui offraient une haie d'honneur avec leurs corolles jaune vif. Seuls les cognassiers du Japon, méfiants de nature, attendaient de la voir sourire franchement avant d'ouvrir leurs boutons.

Pour l'inspecteur Meyer Meyer, Avril était une goy. Intentez-lui un procès si vous voulez, elle était goy. Et peut-être que, pour Steve Carella, Avril était juive. Au fond, ça revenait au même, car pour l'un comme pour l'autre, elle était une créature étrange et exotique, séduisante et un peu irréelle.

Dans un léger froufrou de taffetas, elle entrait maintenant dans le sévère immeuble de Grover Avenue, et sa seule présence transformait les inspecteurs du 87e District en poètes amoureux.

Steve Carella leva le nez de son dossier et se rappela ses treize ans et son premier baiser. Cela s'était passé par une nuit d'avril, il y avait longtemps.

Meyer Meyer jeta un coup d'œil à travers les barreaux, contempla les jeunes pousses des arbres dans le parc d'en face, et s'efforça d'écouter patiemment l'homme assis devant lui sur une chaise dure. Le printemps gagna la partie et l'inspecteur Meyer soupira en se demandant ce qu'il ferait s'il avait dix-sept ans.

L'homme qui lui faisait face s'appelait Dave Raskin et dirigeait un commerce de confection pour dames. Il était également titulaire de quelque cent cinq kilos de chair massive répartis sur une charpente d'un mètre quatre-vingt-cinq et recouverts ce jour-là d'un costume poids plume bleu pâle. Il n'était pas vilain, dans le genre dur, avec un grand front couronné de cheveux gris, un nez coupant comme un rasoir, une voix d'orateur et un menton qui aurait été tout à fait à sa place sur un balcon de la Piazza Venezia avant guerre. Il fumait un cigare infect et Meyer Meyer agitait la main de temps en temps, pour chasser la fumée nauséabonde qui l'empêchait de goûter Avril et le souvenir de ses dix-sept ans.

— Alors Marcia m'a dit comme ça, il travaille dans ton quartier, pas ? disait Raskin. De quoi tu as peur ? qu'elle m'a dit, Marcia. Tu as connu son père tout petit, c'était un copain à toi, alors pourquoi tu aurais peur d'aller le voir ? Marcia m'a dit. Il est inspecteur, et après ? Ça te fait peur ?... Voilà ce qu'elle m'a dit, Marcia.

— Je vois, murmura Meyer en chassant une volute de fumée.

— Vous voulez un cigare ? proposa Raskin.

— Non. Non, merci.

— Ce sont de bons cigares. Mon gendre me les a envoyés de Nassau. Il est là-bas avec ma fille en voyage de noces. C'est un bon garçon. Odontologiste. Vous savez ce que c'est ?

— Oui, dit Meyer en chassant derechef la fumée de la main.

— Bref, elle a raison, Marcia. J'ai connu votre papa tout gosse. Max. Que Dieu ait son âme. Alors pourquoi j'aurais peur de venir voir son fils Meyer ? J'étais là pour le *briss*, vous vous imaginez ? Quand vous avez été circoncis, j'étais là. Et je devrais avoir peur de venir vous trouver avec un petit problème, alors que votre père et moi, on a grandi côte à côte ? J'aurais peur ? Vous êtes sûr que vous voulez pas un cigare ?

— Absolument sûr.

— Ils sont très bons, mes cigares. Mon gendre me les a envoyés de Nassau.

— Non merci, vraiment, Mr Raskin.

— Dave ! Dave, faut m'appeler Dave.

— Dave. Qu'est-ce qui vous amène ? Je veux dire, ici. Pourquoi êtes-vous venu ici, à la police ?

— J'ai un casse-pieds.

— Un quoi ?

— Un casse-pieds.

— J'avais bien entendu. Que voulez-vous dire ?

— Un emmerdeur.

— Je ne comprends toujours pas.

— Ben voilà. Je reçois des coups de téléphone, expliqua Raskin.

Deux, trois fois par semaine, je décroche et une voix me demande : « C'est Mr Raskin ? » Alors je dis oui, et la voix me gueule : « Si vous n'avez pas quitté ce grenier le 30 avril, je vous tuerai ! » Et puis on raccroche.

— C'est un homme ou une femme ? demanda Meyer.

— Un homme.

— Et c'est tout ce qu'il dit ?

— C'est tout.

— Qu'est-ce que ce grenier a de si sensationnel ?

— Allez savoir ! C'est un sale petit grenier merdeux de Culver Avenue, plein de rats gros comme des crocodiles, faut voir ça ! Je m'en sers comme entrepôt, pour mes robes. Et puis j'ai deux, trois filles, là-dedans, qui me repassent mes robes.

— D'après vous, ce n'est donc pas un site de choix ?

— De choix pour les rats, peut-être. Mais y a vraiment pas de quoi téléphoner à un type pour le menacer !

— Oui. Hmm... Vous ne voyez personne qui désire votre mort ?

— Moi ? Vous plaisantez ! Tout le monde m'aime bien.

— Je le comprends fort bien, mais il y a peut-être parmi vos amis un dingue, un exalté qui aurait pu se dire comme ça que ce serait bien si vous étiez mort ?

— Impossible.

— Oui. Je vois.

— Je suis un homme respecté. Je vais à la synagogue régulièrement. J'ai une bonne épouse et une jolie fille qui vient de se marier avec un odontologiste. Un bon garçon. J'ai deux boutiques en ville, et trois emplacements sur des marchés de campagne de Pennsylvanie, et j'ai un grenier ici dans le quartier, à Culver Avenue. Je suis un homme respecté, Meyer.

— C'est entendu, dit Meyer. Mais, dites-moi, Dave, est-ce qu'un de vos amis ne s'amuserait pas à vous faire une blague, peut-être ?

— Une blague ? Je ne crois pas. Mes amis, passez-moi l'expression, sont en général des pisse-froid. Et à ce propos, je vais vous dire une bonne chose, Meyer. Quand votre cher père est mort, quand mon cher ami est mort, Dieu ait son âme, le monde a perdu un grand comique. Lui, au moins, il savait rigoler. On peut dire que mon cher vieil ami Max Meyer était un vrai boute-en-train.

— Oh ! oui. Ça, c'est vrai, soupira Meyer Meyer.

Il espéra que son manque d'enthousiasme ne se voyait pas trop. C'était ce cher vieux père, ce boute-en-train, qui avait jugé hilarant d'affubler son dernier rejeton d'un prénom qui formait avec son nom ce qu'il est convenu d'appeler une rime riche. Meyer Meyer. Très drôle. De quoi se tordre. Quand Max avait annoncé à tous ses amis, y compris Dave Raskin, trente-sept ans plus tôt, que l'enfant que l'on allait circoncir s'appellerait Meyer, tout le monde, y compris Dave Raskin, avait dû mourir de rire. Seulement, pour le gosse qui avait dû porter ce nom, la pilule avait été amère. Patiemment il souffrit des moqueries de ses petits camarades, souffrit des paroles blessantes de ceux qui avaient décidé que sa figure ne leur revenait pas parce que son nom leur déplaisait. Il portait sa patience comme une armure, il la brandissait comme un étendard. *Omnia Meyer in tres partes divisa est* : Meyer, Meyer et Patience. Additionnez-les et vous vous retrouvez avec un inspecteur de deuxième classe qui travaille au 87e District, un flic tenace qui n'abandonne jamais, qui obstinément et patiemment mène une enquête jusqu'à sa conclusion, qui se sert de sa patience comme certains hommes usent de leur bagou ou de leur charme.

Aussi, en fin de compte, ce nom étrange ne lui avait guère porté préjudice. Ça n'avait pas toujours été facile, c'est entendu, mais il avait survécu et il était maintenant un bon flic et un homme bon. Il était parvenu à l'âge adulte en apparence vierge de toutes cicatrices. A moins que quelqu'un ne s'avise de jouer à l'intellectuel en faisant remarquer que Meyer Meyer était chauve comme un œuf et que cette absence de pilosité crânienne pouvait bien être le résultat de trente-sept années de sublimation. Mais qui pourrait bien vouloir jouer à l'intellectuel dans une équipe d'inspecteurs ?

Patiemment, ayant appris avec les années que détester son père ne changerait pas son nom, ayant en fait ressenti une véritable perte à la mort de son père, la perte que tous les fils ressentent quand ils doivent se résoudre à acheter la taille de chaussures dont ils rêvaient enfants, ayant oublié la méchanceté paternelle, ayant patiemment fait de son père un homme doux et attentionné, sans sous-entendu moqueur aucun, patiemment donc, Meyer écoutait Raskin lui vanter les talents de pitre de son père sans pour autant en croire un mot.

— Non, non, reprit Raskin. Ce n'est pas un type qui rigole. Si c'était ça, vous croyez que je serais venu vous embêter ? J'ai autre chose à faire, moi !

— Alors, qu'est-ce que vous croyez, Dave ? Que cet homme va réellement vous tuer si vous n'abandonnez pas votre grenier ?

— Me tuer ? Hé là, qui a dit ça ? Me tuer ? Moi ?

Meyer eut l'impression que Raskin avait pâli.

— Mais il ne dit pas qu'il va vous tuer ?

— Ben, si, mais...

— Et ne venez-vous pas de me dire que ce n'est pas une blague ?

— Ma foi... Oui, mais...

— Donc, vous croyez qu'il a vraiment l'intention de vous tuer si vous ne quittez pas le grenier. Sinon, vous ne seriez pas ici. Exact ?

— Non ! Pas du tout ! En aucune façon ! Je ne suis pas venu vous trouver parce que je m'imagine qu'un type veut me tuer ! Non, non, pas du tout.

— Alors, pourquoi êtes-vous venu, Dave ?

— Parce que ce casse-pieds, cet emmerdeur, ce salaud qui me téléphone deux, trois fois par semaine, il fait peur aux petites qui travaillent pour moi. J'ai trois Portoricaines qui font du repassage dans mon grenier. Alors chaque fois que ce monstre appelle, si je ne suis pas là, il crie aux petites : « Dites à ce salaud de Raskin que je vais le tuer s'il ne quitte pas ce grenier ! » Dingue, pas vrai ? Mais les petites sont terrifiées, et elles ne fichent plus rien.

— Bon, mais que voulez-vous que je fasse ? demanda Meyer.

— Que vous tâchiez de savoir qui c'est. Que vous l'empêchiez de téléphoner comme ça. Il me menace, enfin quoi !

— Oui, c'est évident. Mais je ne vois pas très bien quel serait le délit. Il n'y a pas d'extorsion, n'est-ce pas ? Je ne peux pas... Ce type n'a pas vraiment cherché à attenter à votre vie, n'est-ce pas ?

— Et alors ? Vous allez attendre qu'il me tue ? Et vous me paierez un bel enterrement ? C'est ça ?

— Mais vous me dites que vous ne le prenez pas au sérieux !

— Je ne crois pas qu'il me tuera, non. Mais supposons, Meyer. Supposons. Ecoutez, des fous... on en voit partout, non ? Hein ?

— Oui, bien sûr.

— Bon. Une supposition que ce fou, ce cinglé me tombe dessus avec un pistolet ou un couteau de boucher ou je ne sais quoi, hein ? Je serai un fait divers de plus, voilà !

— Allons, Dave...

— Il n'y a pas d'allons, Dave ! Je vous ai connu au berceau. Pas d'histoires ! Je viens ici, je vous raconte qu'un type veut me tuer. Qu'il me menace sans arrêt. C'est pas des menaces de mort, ça, enfin quoi ?

— Eh ! oui. Mais ce n'est pas une tentative d'assassinat.

— C'est pas de l'extorsion non plus. Alors ? Qu'est-ce que c'est ?

— Ma foi... Trouble de jouissance... Insultes, injures graves, menaces de mort... Oui, oui, effectivement. Nous avons peut-être bien un délit.

— Ben voyons ! Alors, allez l'arrêter.

— Qui ? demanda Meyer.

— Celui qui me téléphone.

— Mais nous ne savons pas qui c'est, n'est-ce pas ?

— C'est simple, dit Raskin. Y a qu'à mettre une table d'écoute et voir d'où provient l'appel.

— Avec l'automatique, c'est impossible.

— Bon, alors qu'est-ce qu'on fait ?

— Je ne sais pas... Est-ce qu'il téléphone à heures régulières ?

— Jusqu'ici, toujours en fin d'après-midi. Au moment où je ferme. Entre quatre et cinq.

— Le mieux que je puisse faire, c'est d'aller chez vous, cet après-midi, ou demain, pour écouter un de ces appels. S'il y en a. Où est ce grenier ?

— Au 1213, Culver Avenue. Tout en haut, au-dessus de la banque.

Dans les rues, les gamins se poursuivaient, poussaient des cris et faisaient des farces.

— Attention, Frankie ! Y a un tigre sur le rocher ! Poisson d'avril !

— Là-haut, hé, Johnny ! Un aigle... Poisson d'avril !

Ils repartaient en courant, à travers les pelouses de Grover Park, zigzaguaient entre les buissons, s'arrêtaient, repartaient et soudain une voix aiguë que la mue rendait étrange, une voix angoissée, une voix perdue s'éleva dans une allée :

— Frankie ! Y a un type mort, là !

Et cette fois, personne ne cria « poisson d'avril ».

2

L'individu que l'on découvrit à Grover Park était en tenue d'été, de plein été. Il ne portait pour tout vêtement qu'une paire de souliers noirs et des chaussettes blanches, ce qui aurait pu le faire arrêter pour attentat à la pudeur dans n'importe quelle ville du monde. Mais cet estimable personnage se souciait tout aussi peu des rigueurs de la loi que de celles de la température. Ce monsieur était mort.

Sa mort avait été causée, autant que l'on puisse en juger par sa blessure, par une décharge de gros plomb de chasse en pleine poitrine à bout portant. Il était allongé sous un arbre et, dans le petit groupe de policiers qui contemplaient son cadavre, on arborait des expressions diverses, allant du dégoût à la pitié en passant par l'ennui et l'indifférence. Steve Carella se trouvait dans ce groupe. Bien qu'il n'y eût pas de soleil sous les arbres, il clignait des paupières. Son visage était amer et furieux, nettement désapprobateur. Tout en se disant que personne ne devrait mourir au printemps, il enregistrait automatiquement la blessure, ou plutôt les blessures. La principale était un trou béant et elle était entourée par une constellation de petites perforations. Carella en déduisit que le coup avait été tiré d'une distance d'un à trois mètres. A moins d'un mètre, la blessure aurait montré des traces de brûlure. Plus loin, la mitraille se serait davantage dispersée. Pour le moment, on ne pouvait en savoir plus long. Tout en effectuant ce constat, Carella observa le corps avec circonspection. Ce pantin désarticulé, se dit-il, avait été un homme. Mais la vie l'avait quitté, ne laissant qu'un paquet de chair molle à la nudité incongrue, une pauvre dépouille que seule la mort habitait. Machinalement, l'inspecteur s'essuya la bouche d'un revers de main. Pourtant, il ne transpirait même pas.

Il faisait frais sous les arbres. Des flashs crépitèrent autour du mort. On vaporisa de la craie en poudre sur le sol, pour marquer l'emplacement du corps. Les techniciens du laboratoire fouillèrent les buissons et cherchèrent des indices et des empreintes de pas. Les policiers, mal à l'aise, discutaient du dernier match, du championnat du monde de poids lourds et du beau temps de la semaine passée, de tout sauf de la mort qui les fixait. Et puis on hissa le cadavre sur une civière, on le porta le long de l'allée, on le glissa dans une ambulance. L'ambulance l'emporta au Mercy General, où il serait autopsié. Carella songea un instant à la table d'autopsie d'acier inoxydable, creusée de rigoles comme une planche à découper, avec le bassin d'un côté pour recueillir le sang, serra les poings, se répéta que personne ne devrait mourir en avril, et gagna la voiture de police qui attendait dans la rue.

S'étant garé tant bien que mal dans Grover Avenue, Carella traversa les deux rues qui le séparaient encore de l'immeuble vétuste où il exerçait ses fonctions. D'une certaine façon, la pierre grisâtre des murs de l'immeuble semblait se fondre avec avril. Le gris avait pris une tonalité plus douce en côtoyant le ciel d'un bleu vibrant. Les globes verts tenaient captif un soupçon de ce bleu et les numéros 87 peints en blanc sur chaque globe étaient les nuages floconneux qui défilaient paresseusement dans le ciel printanier.

Mais l'impression de douceur se dissipa dès que Carella pénétra à l'intérieur. Dans le hall anonyme aux plafonds immenses, seul Dave Murchison, le sergent de service, trônait derrière son bureau. Le local était à peu près aussi chaleureux qu'un iceberg. Carella, ayant salué le sergent d'un signe de tête, grimpa l'escalier de fer qui menait au premier étage. Ce faisant, il remarqua pour la première fois combien ses pas étaient bruyants sur les marches métalliques.

Il se dirigeait vers la salle des inspecteurs quand Miscolo déboula des W.-C., tout en refermant sa braguette.

— Steve, ça tombe bien, fit Miscolo. Je voulais justement te voir.

— Ah bon ? marmonna Carella.

— Allons, mon vieux, ne fais pas cette tête ! Viens plutôt dans mon bureau, j'ai deux mots à te dire.

Le bureau en question était celui du secrétariat, un minuscule réduit où Miscolo officiait avec le soin jaloux d'un éleveur de pur-sang. Son haras, hélas, n'était constitué que d'une poignée de braves flics assignés à ce service par un hasard facétieux. Miscolo eût-il disposé d'une écurie plus garnie, disons cent hommes, qu'il aurait sûrement purgé la cité de tous ses malfrats en l'espace de deux jours. Il travaillait en collaboration étroite avec le labo et le Bureau de l'Identité judiciaire. Et il tenait ses fichiers avec une telle maniaquerie qu'il aurait pu épingler n'importe quel tueur en un rien de temps, si seulement il avait eu sous ses ordres une équipe à la hauteur de ses talents. Du moins, c'était ce qu'il se plaisait à imaginer.

En attendant, il lui fallait se contenter de ses maigres effectifs, et de son réduit tapissé de meubles à tiroirs. Ce jour-là, en l'honneur du printemps, il avait ouvert l'unique fenêtre crasseuse que comportait la pièce.

— Belle journée, hein ? lança-t-il en opinant du chef.

— Laisse tomber les préliminaires, répliqua Carella. Que me veux-tu ?

— Deux choses, vieux.

— C'est bon, accouche.

— D'abord il y a May, la veuve de Mike Reardon. Mike a bossé ici pendant des années avant de se faire buter. Un chic type, ce Mike. Tout le monde l'appréciait. Toi aussi, pas vrai ?

— Oui, reconnut Carella.

— Et maintenant cette pauvre May se retrouve toute seule avec deux mômes à élever. C'est pas facile. D'accord, elle gagne quelques sous en nous faisant le ménage, mais crois-tu que c'est suffisant pour nourrir ses gamins ? Steve, elle est dans la merde. Tu as une femme et des gosses, toi aussi, tu sais ce que c'est. Dieu veuille qu'aucune tuile de ce genre ne te tombe jamais dessus mais, si c'était le cas, tu n'aimerais pas que ta femme soit obligée de survivre rien qu'en faisant des ménages, n'est-ce pas ?

— Bien sûr que non, répondit Carella. Si tu organises quelque chose, compte sur moi pour y participer.

— J'ai pensé que nous pourrions tous nous cotiser, tant les gradés que les agents. Réunir une petite cagnotte chaque semaine, histoire d'aider May à joindre les deux bouts. Tu veux bien en parler aux autres flics ?

— Ecoute, Miscolo, je ne suis pas doué pour le boniment...

— Pas besoin de boniment pour convaincre tout le monde que cette petite a besoin d'un coup de main. Moi, je me charge des agents. A toi de parler aux gradés. Tu connais May, Steve : une Irlandaise pur jus. Rien que d'y penser, ça me rend tout chose.

— Tiens, pourquoi ?

— Qu'est-ce que j'en sais, moi ? murmura Miscolo, rêveur. Peut-être bien que la première fille que j'ai sautée était une Irlandaise...

Avec son nez énorme, ses sourcils broussailleux et son cou de taureau, Miscolo n'avait rien d'un Adonis. Et pourtant il dégageait un charme certain en évoquant ses amours de jeunesse. Prenant soudain conscience du regard amusé de Carella, il se détourna, tout confus.

— Bon, grogna-t-il, tu veux bien parler à tes collègues, oui ou non ?

— Je leur parlerai, c'est promis. Tu voulais me dire autre chose ?

— Heu... oui, mais j'ai complètement oublié quoi. Peu importe, ça me reviendra plus tard.

— Dans ce cas, tu n'as plus besoin de moi dans l'immédiat ?

— Non, non. Tu es sur une affaire, en ce moment ?

Carella hocha la tête en silence.

— Et ça se présente mal ?

— Pas plus que d'habitude.

Sur quoi Carella, prenant congé de Miscolo, quitta le secrétariat pour se rendre dans la salle des inspecteurs. Ayant poussé le portillon, il jeta son chapeau dans la direction d'une patère, et la manqua.

Il se baissait pour le ramasser quand Bert Kling le devança.

— Merci, dit Carella tout en ôtant sa veste.

— Qu'est-ce que c'était ? demanda Meyer Meyer.

— Assassinat.

— Un homme ou une femme ?

— Un homme.

— Qui ça ?

— Aucune pièce d'identité, répondit Carella. A mon avis, il a été tué à bout portant par un fusil de chasse. Il ne portait que ses souliers et ses chaussettes... Autant faire un rapport tout de suite. Je n'ai vu personne de la Criminelle là-bas. Tu crois qu'ils nous laissent le bébé ?

— Qui sait ? De toute façon, ils ne sont bons qu'à faire du vent. Et ils savent que le macchabée appartient au district qui a eu la chance de le trouver.

— Alors celui-là est à nous, dit Steve en ôtant le couvercle de sa machine.

— On fait une autopsie ? demanda Meyer.

— Ouais.

— Quand penses-tu avoir le rapport ?

— Sais pas. Quel jour on est aujourd'hui ?

Meyer haussa les épaules et cria :

— Bert, quel jour on est aujourd'hui ?

— Le 1er avril. Steve, une femme a téléphoné pour dire...

— Oui, mais quel jour ? coupa Meyer.

— Mercredi. Steve, y a une femme qui a téléphoné y a une heure à peu près, au sujet d'un faux billet et d'une teinturerie. T'es au courant ?

— Oui, je la rappellerai.

— Alors quand crois-tu avoir le rapport d'autopsie ? insista Meyer.

— Demain, sans doute. A moins qu'ils n'aient pléthore de viande froide au labo.

Andy Parker, qui lisait un magazine de cinéma les pieds sur un bureau, lança de son coin :

— Vous savez pas avec qui j'aimerais coucher ?

— N'importe qui, rétorqua Carella en se mettant à taper son rapport.

— Gros malin ! Je regardais ces vedettes de cinéma, ben mon vieux, y en a une à qui je toucherais bien deux mots. Rien qu'une, dans tout le foutu canard. Tu sais qui, Bert ?

Kling, qui lisait un livre en édition de poche, grommela :

— Ta gueule, j'essaye de lire.

— J'aimerais bien qu'il y en ait au moins un qui fasse semblant de travailler, ici, grogna Meyer. Ce bureau devient un vrai salon, ma parole !

— Mais je travaille, moi, protesta Kling.

— Ça se voit.

— Si. Ce sont des histoires sur les méthodes de déduction.

— La quoi ?

— La déduction. T'as jamais entendu parler de Sherlock Holmes ?

— Tout le monde en a entendu parler, lança Parker. Tu veux savoir laquelle de ces pépées...

— Je lis un truc très bien, interrompit Kling. Tu l'as déjà lu, Meyer ?

— Ça s'appelle comment ?

— *La Ligue des Rouquins.*

— Connais pas. D'abord, je ne lis pas de romans policiers. Ils me donnent l'impression que je suis idiot.

Le rapport d'autopsie n'arriva pas avant le vendredi 3 avril au bureau des inspecteurs. Et le coup de téléphone de l'assistant du médecin légiste fut donné, comme par magie, à l'instant précis où l'on déposait devant Steve Carella la grosse enveloppe jaune.

— 87e, inspecteur Carella.

— Steve ? Paul Blaney.

— Salut, Paul.

— Vous avez le rapport de l'autopsie ?

— Une seconde. Un individu qui m'a tout l'air de sortir de l'hôpital vient de m'apporter une enveloppe. Ça pourrait être ça. Vous patientez une seconde ?

— Bien sûr.

Carella ouvrit l'enveloppe et en sortit le rapport puis il reprit l'appareil.

— Oui, c'est bien ça.

— Parfait. Je vous téléphonais pour m'excuser. Mais nous avons été débordés. Le vôtre, c'est le type du fusil de chasse ?

— Oui.

— Ah, j'ai horreur de ces blessures-là. Dégueulasse.

— Un trou de .45 n'est pas beau à voir non plus, dit Carella.

— Non, bien sûr. Mais je sais pas, les fusils, j'aime pas ça. Surtout à bout portant, comme ça. Vous avez vu la taille du trou de votre client ?

— J'ai vu.

— Moche, moche. Mon vieux, j'ai vu des types qui s'étaient collé le canon d'un fusil dans la bouche et qui s'étaient tués comme ça. C'est pas joli-joli, vous pouvez me croire.

— Je vous crois.

— Y a cette saloperie de force explosive, vous voyez, avec les blessures à bout portant.

Blaney fit une pause et Carella visualisa alors les yeux violets de son interlocuteur, des yeux qui semblaient d'une certaine façon adaptés au démembrement dépassionné des corps, des yeux neutres qui accomplissaient des tâches requérant des émotions neutres.

— Bref, celui-ci n'a pas été tué à proprement parler à bout portant, non. Mais d'assez près, quand même. Vous savez comment c'est foutu, une cartouche, hein ? Y a un morceau de feutre qui tient la charge de poudre, à la base de la cartouche.

— Oui, je sais.

— Bon, ben ce foutu bout de feutre est entré avec les plombs, en plein.

— Comment ? Entré où ? Qu'est-ce que vous me racontez ?

— Dans la blessure. Au fond, avec les plombs. Dans la poitrine du mec. Le bout de feutre.

— Oh ! Ah !

— Oui, alors vous vous rendez compte de la force du coup ! Forcément, l'assassin était tout près de sa victime.

— Aucune idée quant au calibre du fusil ?

— Faudra demander au labo. Je leur ai expédié tout ce que j'ai retiré du gars, et aussi les chaussures et les chaussettes. Je m'excuse encore d'avoir tardé, pour ce rapport, Steve.

— Pas grave. Merci, Paul.

— On dirait qu'il va faire beau, hein ?

— Oui.

— Bon, je vous laisse, Steve. A un de ces jours.

— A un de ces jours.

Steve raccrocha et se plongea dans la lecture du rapport d'autopsie. Ce n'était pas particulièrement engageant, comme distraction.

3

Trois des joueurs de poker commençaient à en avoir marre. Ce n'était pas tant parce qu'ils perdaient — façon de parler, d'ailleurs —, mais ce qui les vexait surtout c'était d'être devinés et battus à tous les coups par le quatrième, celui qui portait un appareil acoustique. Et puis son sourire confiant, satisfait, sûr de soi avait quelque chose de parfaitement exaspérant.

Chuck, le plus gros des quatre, considéra amèrement ses cartes et jeta un regard furtif au sourd. Le sourd portait un pantalon de flanelle grise et un blazer bleu marine sur une chemise blanche à col ouvert. On aurait dit qu'il débarquait d'un yacht. On aurait dit qu'il attendait que son valet de chambre lui apporte un foutu martini. On aurait dit surtout un type qui a un carré servi.

Les deux autres joueurs avaient posé leurs cartes, laissant Chuck et le sourd achever ce coup.

— Plus cent, dit le sourd.

Chuck examina ses trois as, son huit et sa dame de cœur. Il n'avait pris qu'une carte. L'autre s'était déclaré servi. Qu'est-ce qu'il pouvait bien avoir ? Un carré de rois ? Une suite ? Un flush ?

— Plus cent, dit-il à son tour.

— Encore cent, dit le sourd.

Chuck s'agita sur sa chaise. C'était peut-être bien du bluff, après tout. Ses trois as battaient deux paires. Il pouvait bien n'avoir que deux paires, après tout. Seulement il n'avait pas pris de carte. Une couleur, alors ?

— Tu te décides, Chuck ?

— Allez, cent de mieux, dit Chuck.

— Plus cent, dit le sourd.

La figure de Chuck s'allongea. Bluff ou pas, c'était difficile d'aller plus loin.

— Ça va, grommela-t-il. Cent pour voir.

Le sourd étala ses cartes. Une suite à la couleur.

— Voilà qui bat tes trois as, j'imagine, dit le sourd en riant.

Chuck regarda son adversaire ramasser le pot et grogna :

— Comment vous saviez que j'avais trois as ?

— Simple déduction, mon ami, simple déduction. Et si je te l'expliquais tu n'y comprendrais rien. Le poker est une science, tu n'as pas l'air de t'en douter.

— Allez ! C'est de la chance, voilà tout.

— Si tu veux. Mais je gagne, non ?

— Parce que vous avez de la chance. Si vous aviez perdu, vous n'iriez pas raconter qu'avec votre science, vous avez fait des erreurs. Vous diriez que vous n'avez pas eu de chance, tiens.

— Je ne fais jamais d'erreurs, Chuck. Ce mot n'existe même pas dans mon vocabulaire. Le mot chance non plus, d'ailleurs.

— N'empêche !

— Passons. Tu donnes, Rafe ?

Le grand homme maigre assis à la gauche de Chuck prit le jeu et le battit.

— Blague dans le coin, ça va être un sacré coup, observa-t-il. Tu coupes, Chuck ?

— A quoi bon, grogna Chuck. Vas-y.

Le joueur assis en face de Rafe demanda :

— C'est quoi, au juste, comme coup ?

Il posait sa question d'un ton hésitant, car il était nouveau dans le groupe, et il ne savait pas encore très bien ce qu'il y faisait. Pas plus qu'il ne savait ce qu'avait représenté son prédécesseur ni pourquoi il avait quitté le quatuor. Cet homme ne possédait qu'une qualité qui pourrait être de quelque utilité à la bande. Il s'y entendait à fabriquer des bombes. Des bombes, oui. Enfin, vous savez, des bombes, quoi. Le petit vieux assis à la table de jeu avec les trois autres avait été un expert connu pour ses engins explosifs. Il avait une fois prêté ses talents à une puissance étrangère et avait passé bon nombre d'années en prison à regretter ce péché de jeunesse, mais ses affiliations politiques de jadis n'avaient pas paru inquiéter le sourd, lorsqu'il l'avait embauché. Le sourd était satisfait de savoir qu'il était encore capable de bricoler une bombe le cas échéant. Ce qui l'intéressait surtout, c'était que le vieux sache confectionner aussi bien la bombe incendiaire que le modèle courant artisanal. Cet éclectisme enchantait le sourd. Pop s'en moquait un peu. Tout ce qu'il savait, c'était qu'on l'avait embauché pour effectuer un travail — et que ses seules qualifications, pour ledit travail, étaient son adresse et son art de faire des bombes.

Il ignorait qu'une autre de ses qualifications était son âge. Pop avait soixante-trois ans, et c'était parfait. Ni trop jeune, ni trop vieux. Parfait.

Rafe distribua les cartes et annonça :

— Ouverture aux rois.

— Vingt-cinq, murmura le vieil homme d'un ton sceptique.

— Carte, dit Chuck.

Le sourd examina ses cartes, jeta un bref coup d'œil autour de la table et rassembla vivement son jeu.

— Je passe, dit-il.

Il resta un moment assis, puis il se leva soudain. C'était un homme de haute taille frisant la quarantaine, un bel homme qui se déplaçait avec l'aisance et la grâce d'un athlète accompli. Ses cheveux blonds étaient coupés ras. Il avait des yeux bleu foncé qui, pour le moment, regardaient la rue à travers la vitrine de la boutique sur laquelle on pouvait lire à l'envers :

SODAS CHELSEA

La rue était calme et tranquille. Une vieille femme passa, un cabas au bras. Derrière la boutique, en revanche, ce n'était que chaos et fracas. Des bulldozers, des excavatrices, des terrassiers et des maçons grouillaient sur un immense terrain nivelé.

— Finissez ce tour et on s'arrête, dit le sourd. Nous avons du boulot.

Rafe acquiesça. Chuck ajouta de l'argent au tapis et le vieux renonça.

— Vous voulez venir une minute ? lui demanda le sourd.

— D'accord.

Il repoussa sa chaise et suivit le sourd dans la cave. Il y faisait frais et humide. Ça sentait la terre retournée. Le sourd s'approcha d'une longue table et ouvrit un carton qui s'y trouvait. Il en déplia un costume gris en disant :

— Ce soir, vous mettrez ça, Pop. Pendant que nous travaillerons. Vous voulez l'essayer ?

Pop prit le costume et tâta le tissu comme s'il achetait quelque chose chez un tailleur. Ses doigts s'immobilisèrent soudain et ses yeux s'écarquillèrent.

— Je peux pas mettre ça, déclara-t-il.

— Pourquoi donc ? demanda le sourd.

— Je le mettrai pas. Ça non. Pas moi.

— Mais pourquoi ?

— Y a du sang dessus, dit Pop.

Pendant un instant, un très bref instant, dans la fraîcheur odorante et moite de la cave, on put croire que le sourd allait perdre son flegme, qu'il se laisserait aller à un accès de rage contre le vieil homme rebelle. Et puis il sourit brusquement, franchement.

— Très bien. Je vous en procurerai un autre.

Il prit le costume gris, le replia et le remit dans le carton.

4

Une photo du cadavre inconnu parut dans trois journaux du soir, le jeudi 9 avril. Les journaux furent mis en vente à midi, l'un d'eux étalant le cliché à la une, les deux autres l'ayant relégué à la quatrième page, mais pour les trois, la légende en caractères gras était la même : CONNAISSEZ-VOUS CET HOMME ? L'homme en question avait les yeux fermés, et un artiste de la police avait dessiné un slip de bain pour sauvegarder la pudeur publique. La présence de ce slip rendait plus incongrues encore les chaussettes et les chaussures.

CONNAISSEZ-VOUS CET HOMME ? lisait le lecteur, et il contemplait la photo d'un zèbre qui avait dû être prise sur une plage publique, un de ces vieux bonshommes aux plantes de pied fragiles qui gardent leurs godasses pour marcher sur le sable chaud, encore un truc de publicité sans doute, et puis le lecteur lisait l'article qui accompagnait le cliché, un article qui informait tout un chacun que ce vieux zèbre ne dormait pas, qu'il était plus froid qu'un merlan mort et que le pâté noir sur sa poitrine n'était pas un défaut d'impression mais une bonne blessure bien sanglante laissée là par un individu à la détente nerveuse.

A midi et quart exactement, un homme tiré à quatre épingles et coiffé d'un panama se présenta au 87ᵉ District. Jetant la photo du cadavre de Grover Park sur le bureau du sergent Murchison, il annonça fièrement :

— Cliff Savage, reporter. Pourriez-vous me dire qui s'occupe de cette affaire ?

— Hmm ! fit Murchison en jetant un coup d'œil à la photo. Vous bossez pour quel journal, au juste ?

Avec un soupir d'impatience, le reporter brandit sa carte de presse sous le nez du sergent, qui se racla consciencieusement la gorge avant de lâcher :

— C'est l'inspecteur Carella qui enquête sur ce meurtre. Et maintenant que j'y pense, l'ami, votre nom me dit quelque chose.

— Allez savoir pourquoi, fit Savage. Carella est-il dans son bureau ? J'ai besoin de le voir.

— O.K., je vais l'appeler.

— Inutile, je monte directement.

— Hé, minute, papillon ! Même avec une carte de presse, on n'entre pas dans le bureau des inspecteurs comme dans un moulin.

Murchison brancha une ligne sur son standard.

— Steve ? grogna-t-il dans le combiné. Ici Dave. Il y a un type qui demande à te voir. Un certain Cliff Savage, reporter... Hein ? Bon, d'accord.

— Eh bien ? demanda Savage.

— L'inspecteur dit que vous pouvez aller vous faire foutre, répondit le sergent en débranchant la ligne.

— Il a vraiment dit ça ?

— Oui, texto.

— Merde, alors ! s'indigna Savage.

— A mon avis, l'ami, vous n'êtes pas dans ses petits papiers.

— Voyons, laissez-moi au moins lui parler !

— Si je fais ça, l'inspecteur ne sera pas content.

— Alors passez-moi le lieutenant Byrnes.

— Il n'est pas là aujourd'hui.

— Et qui le remplace ?

— L'inspecteur Carella.

Excédé, Savage rempocha sa carte et quitta les lieux sans un mot de plus. Une fois dehors, il se dirigea illico vers la cabine téléphonique la plus proche. Là, il feuilleta rapidement son carnet d'adresses, puis glissa une pièce dans la fente du téléphone.

— 87e, bonjour, répondit la voix de Murchison.

— C'est à propos du meurtre signalé dans le journal de ce midi, déclara Savage avec aplomb. Il m'a semblé reconnaître la victime. Pouvez-vous me passer l'inspecteur chargé de l'enquête ?

— Ne quittez pas, fit Murchison en toute innocence.

Quelques instants plus tard, Savage reconnut la voix de Carella.

— Ici l'inspecteur Carella. Qui est à l'appareil ?

— Dites, c'est vous le flic qui a envoyé la photo du type assassiné à la presse ? demanda Savage.

— Oui, c'est moi. Mais qui êtes-vous ?

— Carella, comment se fait-il que mon journal n'ait pas reçu cette photo ?

Il y eut un long silence, puis Carella explosa :

— Savage, espèce d'enfoiré ! Encore vous ? Le sergent Murchison ne vous a pas transmis mon message ?

— Si, si, mais je ne suis pas d'humeur à aller me faire foutre.

— Et moi, j'ai mieux à faire que bavarder avec des salauds dans votre genre ! Quand je pense que ma femme a failli se faire tuer par votre faute... Ne remettez jamais les pieds ici, Savage, ou je vous flanque par la fenêtre. Est-ce bien clair ?

— Doucement, Carella. Le Directeur de la police aura sûrement envie de savoir pourquoi tous les journaux de la ville sauf le mien ont reçu...

— Le Directeur de la police peut aller au diable, et vous avec ! Au revoir, Savage.

Là-dessus l'inspecteur raccrocha et Savage, furieux, quitta la cabine en claquant la porte.

Trois jeunes Portoricaines travaillaient dans le grenier de Mr Raskin, mais la principale, leur chef incontesté, était Margarita. Tous les matins, après avoir pris leur seconde tasse de café, échangé leurs jupes et leurs chandails contre une blouse et refait leur maquillage, elles se mettaient à repasser toutes les trois, en bavardant et en plaisantant. Mr Raskin demandait souvent conseil à Margarita pour le prix qu'il convenait de mettre aux robes qu'il achetait en solde et qui, une fois bien repassées et bien présentées, faisaient encore bon effet. Le soir, Mr Raskin emportait les robes dûment étiquetées à ses boutiques ou aux marchés des environs, selon le cas. L'affaire marchait très bien. Margarita était très heureuse de travailler pour Mr Raskin. Il ne criait jamais et ne cherchait jamais à lui pincer les fesses. Parfois, en discutant des prix, il cherchait à voir dans son corsage, parce qu'il savait qu'elle ne portait pas de soutien-gorge, mais Margarita ne lui en voulait pas, car il ne se serait pas permis d'avancer la main. Mr Raskin était un monsieur. De l'avis de Margarita, il était même le monsieur le plus sympathique de la terre.

C'était justement pourquoi elle ne pouvait comprendre ces appels téléphoniques menaçants.

Qui pourrait donc en vouloir à Mr Raskin ? Et surtout pour une histoire ridicule, au sujet d'un sale vieux grenier ! Non, Margarita n'y comprenait rien et, à chaque nouvel appel, elle avait peur pour son patron et murmurait une prière en espagnol.

Dans l'après-midi du jeudi 9 avril, elle n'eut pas peur lorsque le livreur pénétra dans le grenier.

— Y a personne ? appela l'homme à la porte.

— Une seconde ! cria Margarita.

Elle posa son fer à vapeur et courut à la porte, traversant ainsi tout le grenier, oubliant qu'elle ne portait rien sous sa blouse, et très étonnée des yeux exorbités du livreur.

L'homme tira un mouchoir de sa poche et s'épongea le front.

— Vous savez pas ? haleta-t-il.

Margarita sourit.

— Quoi ?

— Vous devriez faire du strip, poupée, du strip !

— Qu'est-ce que c'est ça, strip ? demanda innocemment Margarita qui n'avait débarqué que depuis six mois de son île natale.

— Ah, poupée ! Ah là là ! soupira le livreur en levant les yeux au ciel. Ecoutez, où est-ce que je pose ces cartons ? J'ai quatorze grands cartons en bas, alors dites-moi où je dois les foutre.

— Oh ! je sais pas ! Le patron, il est pas là.

— Mais où vous voulez que je les mette ?

— Qu'est-ce que c'est d'abord ?

— J'en sais rien, poupée. Moi, je suis livreur, c'est tout. Allez, choisissez un coin. Si vous couriez encore jusqu'au fond et que vous reveniez comme ça, en cherchant un coin, hein ?

Margarita pouffa dans sa main.

— Pourquoi courir ? demanda-t-elle en sachant très bien ce qu'il voulait dire. Vous mettez tout ça là, dans le coin de la porte, oui, ça va ?

— D'accord.

Le livreur cligna de l'œil, siffla longuement, agita les sourcils et leva les yeux au ciel. Puis il descendit et remonta bientôt avec un second livreur qui l'aidait à porter un énorme carton pesant. A eux deux, ils allèrent le poser dans le coin. Le premier fit un signe de tête au second, en lui montrant Margarita qui se penchait pour ramasser un cintre. Le second faillit se laisser écraser les doigts par le carton. Il leur fallut une heure et demie, avec toutes les distractions offertes par Margarita, pour hisser au grenier treize des immenses cartons. Ils montaient le quatorzième et dernier lorsque Mr Raskin arriva.

— Qu'est-ce que c'est que ça ? demanda-t-il.

— Qui êtes-vous ? rétorqua le livreur. Mr Minsky ?

Il cligna de l'œil et Dave Raskin ne lui rendit pas son sourire. Il n'appréciait pas la plaisanterie. Il faut dire qu'il ne l'avait pas comprise. Margarita était retournée à ses fers et repassait avec une ardeur lascive. Le second livreur était adossé à la pile de cartons et contemplait le spectacle en regrettant de ne pas avoir un siège et un cornet de caramels.

— Qui est ce Mr Minsky ? demanda Raskin. Et d'abord, qui êtes-vous ? Et qu'est-ce que c'est que toutes ces boîtes ?

— Vous êtes bien David Raskin ?

— Lui-même.

— Confections Darask et Cie ?

— Oui ?

— Alors c'est à vous, tout ça, monsieur.

— Qu'est-ce qui est à moi, bon Dieu ?

— Allez savoir. Nous, on est livreurs, pas ? Qu'est-ce qu'il y a marqué sur les cartons ?

Raskin examina les grandes lettres noires qui décoraient le côté des boîtes.

— Y a marqué Papiers Sandhurst S.A., à New Bedford, Massachusetts. Je ne connais pas de Papiers Sandhurst à New Bedford, Massachusetts ! s'écria Raskin en se grattant la tête. Qu'est-ce que ça veut dire ?

Les livreurs n'étaient pas du tout pressés de partir. Margarita repassait à corps perdu, un bien joli corps il faut le dire.

— Pourquoi n'ouvrez-vous pas un des cartons ? suggéra le premier livreur.

Le second approuva distraitement.

— Oui, y a qu'à, pas vrai ?

— Vous croyez que je peux ? demanda Raskin.

— Ben voyons. Ça vous est adressé, alors vous n'avez qu'à ouvrir, hein ?

— Ben oui, quoi, renchérit le second.

Raskin se mit à lutter avec les agrafes qui fermaient un des cartons. Les deux livreurs s'installèrent commodément sur le bord du bureau pour admirer Margarita. Enfin, Raskin réussit à arracher le dessus du carton, y plongea la main et découvrit une multitude de boîtes en carton, comme des boîtes à chaussures. Il en sortit une avec difficulté, la plaça sur le bureau et souleva le couvercle.

La boîte était pleine d'enveloppes.

— Des enveloppes ? murmura Raskin.

— On dirait, hein ? dit le premier livreur.

— C'en sont, dit le second, pas de doute.

— Des enveloppes ? Mais qui a commandé... ?

Raskin se tut brusquement. Il avait sorti une enveloppe de la boîte et la contemplait avec stupéfaction. Elle portait la raison sociale suivante :

DAVID RASKIN
Le Grenier Vidé, S.A.
30 Avril Avenue.
ISOLA

— C'est une nouvelle boutique que vous ouvrez ? voulut savoir le premier livreur.

— Remportez-moi tout ça, gronda Raskin. Je n'ai rien commandé.

— Hé là, on peut pas faire ça, m'sieur ! Vous avez déjà ouvert...

— Remportez-les !

Raskin fit glisser le téléphone vers lui.

— A qui vous téléphonez ? demanda le second livreur. Au fabricant ?

— Non, répliqua Raskin. A la police.

Ce soir-là, en rentrant chez lui, Steve Carella planta un baiser distrait sur la joue de Teddy, son épouse. Un peu plus tard, ils étaient ensemble dans la cuisine quand il remarqua enfin certains détails inhabituels. D'abord, chose rare, il n'y avait aucun bruit dans la maison. Ensuite, Teddy était déjà en peignoir — son beau peignoir de soie, rien de moins — avec des mules à talons hauts. Fleurant bon le parfum, les yeux soigneusement maquillés, elle n'avait pourtant pas de rouge à lèvres, comme si elle n'attendait que d'être embrassée.

— Où sont les enfants ? demanda-t-il, l'air de rien.

Les mains de Teddy s'agitèrent pour lui répondre.

Au lit, fit-elle.

— Et Fanny ?

De nouveau, les mains remuèrent.

C'est son jour de congé.

— Mais oui, suis-je bête !

Soudain, tout s'expliquait : les mules, le peignoir, le parfum, les yeux maquillés qui jetaient des lueurs de braise. Et les lèvres nues, et la bouteille de mousseux dans le frigo. Mais il s'abstint de tout commentaire.

Songeur, il monta se laver et se changer. Lorsqu'il redescendit, sa femme était déjà installée dans le jardin, le peignoir entrouvert sur des jambes interminables. Un petit vent frais murmurait dans les feuillages.

— Devine qui m'a contacté aujourd'hui, fit Carella.

Mais Teddy lui tournait le dos sans réagir. Alors il alla se placer devant elle et répéta sa phrase en articulant soigneusement.

Relevant aussitôt la tête, Teddy le sonda du regard. Sourde-muette de naissance, elle « écoutait » en lisant sur les lèvres et s'exprimait par signes. Dans l'intimité, elle savait aussi se faire comprendre d'une simple œillade, d'une moue, d'une mimique expressive. Et Carella, dans ces moments-là, l'aimait plus que jamais.

Il la trouvait superbe avec son visage à l'ovale parfait, sa crinière de boucles noires, ses grands yeux foncés, ses lèvres pleines et sensuelles. Et la silhouette de Teddy était à l'avenant, seins hauts et fermes, taille menue, hanches épanouies, longues jambes fines. Elle avait le physique d'une amazone et le dévouement d'une tendre esclave. Que demander de plus à une femme ?

— Tu te rappelles Cliff Savage, le journaliste ? fit Carella. Ne me dis pas que tu as oublié...

Teddy observait attentivement le mouvement de ses lèvres. Perplexe, elle commença par secouer la tête. Puis, brusquement, elle se souvint. Ses mains composèrent des signes à toute vitesse.

Qu'est-ce qu'il voulait ? Quand je pense à ce qui a failli m'arriver à cause de lui ! Cette histoire, ça fait des années. Avant notre mariage. Nous étions si jeunes !

— Pas si vite, chérie, laisse-moi le temps de finir. Savage m'a téléphoné ce midi parce que je venais de lui jouer un bon tour : figure-toi que j'ai envoyé la photo d'un type qui s'est fait buter dans Grover Park à tous les journaux sauf le sien. Une petite vengeance, en somme. Evidemment, il était furieux !

Le forfait de Savage, ç'avait été de commettre certaines indiscrétions à une époque où Carella enquêtait sur un tueur en série. Dans un papier funeste, il avait insinué que Carella confiait régulièrement les détails de l'enquête à sa fiancée. Mieux, Savage s'était permis de faire imprimer noir sur blanc les nom et adresse de Teddy. De fait, ces précisions avaient bel et bien permis de débusquer l'assassin. Mais Teddy avait manqué de laisser la peau dans l'histoire.

Elle arborait maintenant une expression de total désarroi et Carella se répéta les mots qu'elle venait de former avec les mains : *Nous étions si jeunes !* N'y tenant plus, il la prit dans ses bras.

Elle se blottit contre lui avec ferveur, comme si elle avait attendu ce moment toute la journée. Puis elle fondit en larmes.

— Voyons, qu'est-ce qu'il y a ? lui demanda Carella.

La tête enfouie au creux de son épaule, elle faisait semblant de ne rien « entendre ». Mais il l'obligea à le regarder en face.

— Qu'est-ce qui ne va pas ? insista-t-il. Tu t'ennuies à la maison ? Tu en as marre du train-train quotidien ?

Pas de réponse.

— Laisse-moi deviner : tu aimerais que je t'emmène bronzer sous les tropiques, en amoureux. Allons, chérie, arrête de pleurer. Tu vas ruiner ton maquillage.

A ces mots, elle se raidit. Ses mains se mirent à danser d'indignation.

Tu as remarqué !

— Ben oui...

Tu as tout remarqué : mon maquillage, ma tenue et tout ! Et tu ne m'as même pas fait de compliment !

— Teddy, ne te fâche pas.

Laisse-moi gros mufle !

Mais il refusait de la lâcher. Elle eut beau se débattre, il glissa sa main libre sous le peignoir, caressant doucement la peau satinée. Finalement, de guerre lasse, Teddy se laissa faire.

— Il y a des jours, lui dit-il, où tu te comportes comme n'importe quelle ménagère. Tu t'habilles en jean cradingue, tu cours après les gosses pour leur moucher le nez ou les empêcher de chiper des mégots dans les cendriers, tu te demandes à quelle heure ton baroudeur de mari va rentrer au bercail. Et puis il y a des jours où tu regrettes nos fiançailles, le bon vieux temps où mes yeux se transformaient en becs de gaz rien qu'à te voir en petite tenue, où chaque étreinte semblait encore plus magique que la précédente, où notre couple était encore tout beau, tout neuf...

Elle le contempla, incrédule. Ce rustre impénitent, qui adorait raconter des blagues cochonnes aux collègues, était aussi l'homme de sa vie, son unique réconfort dans un monde de silence, son Steve bien-aimé. Lui seul savait la comprendre et partager avec elle ces sentiments qu'il exprimait si bien.

— Mon chou, poursuivit-il, moi aussi je regrette la passion des premiers temps, mais nous sommes devenus adultes. Aujourd'hui Fanny est en congé, tu en as profité pour envoyer les gamins au lit et te faire une beauté rien que pour moi. J'apprécie, c'est vrai — je n'ai même rêvé que de ça toute la journée. Mais tu peux bien t'habiller en toile de jute si ça te chante, pour moi ça ne change strictement rien. Je t'aime comme tu es, habillée ou nue, en train de lire, de prendre une douche, d'éplucher des légumes ou de pleurer à fendre l'âme. Je t'ai aimée comme un fou quand je t'ai vue dans la salle d'accouchement. Je t'aime de plus en plus et je suis heureux avec toi, Teddy. Alors, pas la peine de me sortir le grand jeu. Essuie plutôt tes larmes et embrasse-moi.

Quand ce fut fait, il la souleva dans ses bras pour l'emmener au fond du jardin et lui enlever ce foutu peignoir. Puis il la couvrit de baisers, embrassa ses seins blancs et fermes, la sentit frémir sous ses caresses.

Plus tard, allongé dans l'herbe avec elle, il n'eut pas besoin de lui demander si la terre avait tremblé. Lui-même s'était senti décoller carrément de la planète. Et Teddy, à en croire son sourire ravi, avait dû éprouver exactement la même chose.

5

Ce vendredi 10 avril, la salle des inspecteurs affichait complet. Il y a des jours comme ça. Parfois, le type qui se trouve là s'ennuie tout seul comme un rat mort. Tous les copains sont dehors, très affairés à empêcher des crimes ou à toucher des pots-de-vin ou n'importe quoi. Mais en ce vendredi 10 avril, le vieux bureau ressemblait à un hall de gare aux heures de pointe. Des inspecteurs, des agents, le lieutenant, le capitaine, des porteurs de messages, des citoyens qui portaient plainte ; la terre entière s'y était donné rendez-vous ce matin-là. Les téléphones sonnaient, les machines à écrire crépitaient et le poste de police avait l'air d'une entreprise en plein boom.

Devant une des fenêtres garnies de barreaux, à son bureau, Meyer Meyer répondait au téléphone à Dave Murchison, le sergent de permanence.

— C'est ça, Dave. Les Papiers Sandhurst à New Bedford. Dans le Massachusetts. Quoi ? Comment diable veux-tu que je sache où ça perche ? Entre Old Bedford et Middle Bedford, je suppose. C'est comme ça que ça marche d'habitude, non ?... D'accord, sonne-moi quand tu les auras.

— Il y a aussi East Bedford et West Bedford, dit Parker.

— Tu oublies Bedford Center, ajouta Kling.

— Dites donc, les gars, vous n'avez rien de mieux à faire que traîner dans le coin ? Allons, un petit effort, faites comme si vous étiez occupés. Et si le chef des inspecteurs venait faire un tour par ici, hein ?

— Impossible, dit Parker. Il est au Défilé. Il ne se donnerait pas le mal de visiter une salle des inspecteurs pas très propre comme la nôtre. Tous les matins, au Central, il dispose d'un micro et d'une bande de flics qui se gondolent à chacune de ses plaisanteries.

— Tous les matins excepté le vendredi, le samedi et le dimanche, dit Kling, et aujourd'hui, on est vendredi.

— Exact, dit Meyer. *Ergo*, il pourrait bien se pointer et vous trouver en train de vous tourner les pouces.

— Le fait est, dit Parker, que je ne fais que passer. Tu ne l'as peut-être pas remarqué, mais je suis déguisé pour une planque et dans (il s'interrompit pour regarder sa montre), dans exactement quarante-cinq minutes, je vous tire mon chapeau pour aller occuper mon poste au drugstore.

— Tu es censé être...

— Alors, je te prie de ne pas faire de plaisanteries d'un goût douteux sur mon travail. Je serai de service à dix heures et demie, et voilà.

— Oui, mais t'es censé être habillé en quoi ?

Meyer ne plaisantait pas. Il cherchait simplement à se renseigner. Car si Andy Parker était persuadé d'être déguisé, le fait est qu'il était parfaitement égal à lui-même. C'est-à-dire qu'il avait l'air d'un clochard. Il y a des gens comme ça. C'est inné. Mettez-leur sur le dos un complet sur mesure ou un smoking à trois cents dollars, dix minutes plus tard, ils auront l'air d'avoir dormi avec. Ils ont beau cirer leurs chaussures, pas plus tôt dans la rue, les chaussures sont boueuses. Il n'y a rien à faire. Andy Parker était comme ça. Mais ce n'était pas parce qu'il avait tout d'un clochard qu'Andy Parker était un mauvais policier. Non. Ça aussi, c'était inné. Andy Parker était un souillon et un mauvais policier, mais les deux phénomènes n'avaient aucun rapport.

Bref, le lieutenant Byrnes avait donné une planque à Andy Parker, dans un drugstore de la 11e Nord, afin d'y débusquer les trafiquants qui paraissaient avoir choisi ce magasin comme siège social pour y vendre leur drogue. Andy Parker, dans son idée, était donc vêtu en drogué. Encore que l'on puisse se demander s'il existe un uniforme de drogué. Et Meyer Meyer avait beau l'examiner attentivement, il ne devinait pas ce qu'il croyait représenter.

— Tais-toi, ne me dis rien... Attends... Tu es habillé en chef de rayon de grand magasin ?

— Penses-tu, lança Kling. Il aurait un œillet à la boutonnière.

— Allez, quoi, fichez-moi la paix, dit sérieusement Parker.

— En quoi il est, alors ? murmura Meyer. J'y suis ! En garçon d'honneur pour un grand mariage ?

— Ça va, écrase, grogna Parker au moment où le lieutenant Byrnes poussait le portillon et entrait dans le bureau.

— Une chose est certaine, dit-il d'emblée. Nous allons nous retrouver avec des problèmes de circulation terribles quand ces travaux seront terminés. Je viens d'y passer, et rien qu'avec les voitures des ouvriers, il y a déjà des embouteillages ! Alors, rendez-vous compte, quand le centre commercial sera ouvert !

Le lieutenant hocha tristement la tête et aperçut Parker.

— Je te croyais sur une planque.

— A dix heures et demie.

— Ça ne fait jamais de mal d'arriver en avance.

— J'ai déjà fait savoir que je me levais tard.

— Nous le savions depuis longtemps, dit Byrnes. Je vous le dis, moi, ajouta-t-il sans plus faire attention à Parker, il va falloir doubler nos effectifs, c'est pas possible. Vous avez vu le grand écriteau avec la liste des magasins ? Il y aura une boulangerie-pâtisserie, un cinéma, un supermarché, et une banque, et un delicatessen, et un magasin de nouveautés et...

— C'est pour ça qu'il a du galon, lança Meyer. Il est tellement observateur.

— Ça va, toi, dit Byrnes en riant. Steve est là ?

— Pas encore.

— Qui est de permanence ?

— Moi, dit Kling.

— Qu'on me prévienne dès que Steve arrivera, dit-il en disparaissant dans son bureau.

Le téléphone sonna sur le bureau de Meyer.

— 87e, inspecteur Meyer. Ah, c'est toi, Dave. Parfait, passe-le-moi.

Meyer posa sa main sur le combiné et dit à Kling :

— Mon type de New Bedford...

A l'autre bout du fil, une voix demanda :

— Inspecteur Meyer ?

— Oui.

— Ne quittez pas, vous avez la communication.

Meyer attendit.

— Parlez, Isola, dit la téléphoniste.

— Allô ? dit Meyer.

Une voix métallique siffla dans un bruit de parasites :

— Papiers Sandhurst, bonjour.

— Bonjour. Ici l'inspecteur Meyer du 87e District...

— Bonjour, inspecteur Meyer.

— Bonjour. Voilà, j'essaye de retrouver la trace d'une commande qui...

— Ne quittez pas, je vous prie. Je vous passe le service des commandes.

Meyer attendit. Et comme promis, une voix d'homme à l'autre bout du fil dit :

— Service des commandes, bonjour.

— Bonjour. Excusez-moi de vous déranger mais un nommé David Raskin, ici à Isola, a reçu une livraison de plusieurs cartons d'enveloppes et de papier à lettres de votre société, bien qu'il n'ait jamais passé cette commande. Je me demande si vous pourriez me dire qui l'a passée ?

— Quel est le nom, s'il vous plaît ?
— David Raskin.
— Et l'adresse ?
— Confections Darask, 1213, Culver Avenue. Ici, à Isola.
— Et la livraison a été effectuée quand, s'il vous plaît ?
— Hier.
— Ne quittez pas.

Meyer attendit. Steve Carella entra dans le bureau et Meyer couvrit le combiné pour lui dire :

— Steve, le patron veut te voir.
— J'y vais. Le labo a téléphoné ?
— Non.
— Rien sur la photo, jusqu'ici ?
— Rien de rien. Faut le temps ; c'est seulement... Oui, allô ?
— Inspecteur Meyer ?
— Oui ?
— La commande a bien été faite par Mr Raskin.
— A quelle date, s'il vous plaît ?
— Il y a dix jours. Nous demandons en général une semaine au moins pour...
— Ce serait le 1er avril, alors ?
— Le 31 mars, pour être exact, monsieur l'inspecteur.
— La commande a été faite par lettre ?
— Non, monsieur. Mr Raskin a téléphoné lui-même.
— Il a téléphoné, et il a commandé tout ce papier à lettres à en-tête ?
— C'est cela. Oui.
— Il parlait comment ?
— Plaît-il ?
— Sa voix, comment était-elle ?
— C'était une voix agréable, distinguée, je crois. Je ne me rappelle plus très bien.
— Rien ne vous a frappé ?
— Ma foi, nous recevons énormément de coups de téléphone, de commandes, et il est difficile...
— Je comprends. Eh bien, excusez-moi et je vous...
— Attendez, un détail, tout de même. Il m'a demandé de parler un peu plus fort. Au cours de la conversation, il m'a dit : « Excusez-moi, mais ne pourriez-vous pas parler un peu plus fort ? Je suis un peu dur d'oreille. » Voilà ce qu'il m'a dit.

Meyer haussa les épaules.

— Je vois. Eh bien, je vous remercie.

Le téléphone sonna sur le bureau voisin. Andy Parker, qui n'avait rien de mieux à faire, répondit.

— 87e District, inspecteur Parker.

— Carella est là ? demanda l'interlocuteur.

— Une seconde, oui. De la part de qui ?

— Pete Kronig, du labo.

— Quitte pas, Kronig... Steve ! rugit Parker. Pour toi.

Il regarda autour de lui.

— Où est passé Carella ? Il était là il y a une minute.

— Le patron le demandait, dit Kling.

Parker reprit l'appareil.

— Kronig ? Steve est avec le lieutenant. Tu veux le rappeler ou je lui fais la commission ?

— C'est juste un rapport sur les chaussures et les chaussettes que j'ai reçues de la morgue. T'as un crayon ?

— Une seconde, grogna Parker.

Furieux d'être obligé de travailler, Parker se jura de ne jamais décrocher un téléphone qui sonnait s'il n'y était pas contraint et forcé. Il s'assit sur le bord du bureau, prit un crayon et attira vers lui un bloc sténo.

— Vas-y, Kronig, j'écoute.

— Les chaussettes peuvent venir de n'importe où, dit Kronig. Le textile est un mélange de soixante pour cent de dacron et quarante pour cent de coton. Nous avons rétréci le champ à quatre ou cinq manufactures, mais ça ne mène pas à grand-chose. On peut acheter ces foutues chaussettes partout.

— Bien, murmura Parker. C'est tout ?

Il coinça le combiné entre son oreille et son épaule et se pencha pour inscrire sur le bloc : Chaussettes, zéro.

— Y a encore les chaussures, dit Kronig. Là, on a eu un coup de chance. Enfin, je crois. Mais je ne vois pas très bien comment ça peut coller avec le signalement du cadavre de la morgue.

— Cause toujours.

— Les chaussures sont de simples souliers noirs, sans perforations ni fantaisies, à l'empeigne d'une pièce. Nous avons découvert qu'elles sont fabriquées par l'American T.H. Shoe Company de Pittsburgh. C'est une usine importante, Parker. Ils fabriquent des chaussures de tous les jours, ordinaires, pour hommes et femmes.

— Ouais, dit Parker sans rien noter. Et alors ?

— Et alors, cette usine est également fournisseur de la Marine. Elle ne leur fournit qu'un modèle unique. Un soulier noir uni.

— Oui ?

— Oui. Tu vois, hein ?

— Je vois. C'est cette chaussure-là ?

— Tout juste. Alors comment est-ce que ça peut coller avec le signalement de la morgue ?

— Je ne comprends pas.

— Eh bien, ils disent que leur gars avait soixante-cinq ans ! Tu connais des matelots de soixante-cinq ans !

Parker réfléchit un instant.

— Il doit bien y avoir des amiraux de soixante-cinq ans. C'est des marins, non ?

— J'y avais pas pensé. Enfin, voilà le topo. La chaussure est fabriquée pour la Marine et ne peut être achetée que dans les magasins de la Marine. Huit dollars quatre-vingt-quinze la paire. T'imagines un amiral qui se chausse à si bon marché ?

— Je ne fréquente pas d'amiraux. Et puis d'abord, c'est la migraine à Carella, ce truc-là, moi je ne suis pas dans le coup. Je vais lui passer la consigne. Merci.

— Pas de quoi, dit Kronig, et il raccrocha.

— Est-ce que les amiraux portent des chaussures qui ne coûtent que huit dollars quatre-vingt-quinze ? demanda Parker à personne en particulier.

— S'il est écossais, ton amiral, pourquoi pas ? dit Kling.

— Moi, mes pompes me reviennent bien plus cher que ça, observa Meyer, et je ne suis qu'un flic.

— Paraît que le président Hoover, il aime pas qu'on appelle les flics des flics, fit Kling.

— En voilà une drôle d'idée ! s'étonna Parker. Si on n'est pas des flics, alors on est quoi ?

Le capitaine Frick choisit ce moment pour faire irruption dans la pièce.

— Où est Frankie Hernandez ? demanda-t-il.

— Aux chiottes, l'informa Meyer.

Frick en parut consterné. D'ailleurs il promenait toujours une tête d'enterrement, comme si une catastrophe majeure venait de le frapper. Il avait beau être responsable de tout le district, ce n'était pas quelqu'un de très intelligent et il devait s'en douter. Le travail effectif, il préférait le déléguer à plus compétent que lui, quitte à s'en attribuer le mérite ensuite. Ce qu'il se réservait invariablement, c'était le privilège de se ronger les sangs pendant qu'un autre, le lieutenant Byrnes par exemple, bûchait à sa place.

Comme Hernandez s'attardait aux toilettes, Frick se rongea les sangs de plus belle. Il faillit même aller le retrouver puis se ravisa, songeant qu'on ne pouvait décemment discuter avec un subalterne dans les W.-C.

Hernandez finit tout de même par revenir et Frick se précipita vers lui d'un air affolé.

— Frankie, j'ai un problème, lui dit-il. C'est à propos d'un gosse, un petit Portoricain qui fait du vol à l'étalage. Jusqu'à présent il n'a chapardé que des fruits, des bricoles, mais il est sur la mauvaise pente. Sa mère est passée me voir hier après-midi. C'est une brave femme, elle travaille dur et mérite mieux que de voir son fils atterrir en correctionnelle. Pourriez-vous parler à ce môme ? Il s'appelle Juan Boridoz, il n'a que douze ans. Je suis sûr qu'il est encore temps de le remettre dans le droit chemin.

— Je vais m'en occuper, acquiesça Hernandez.

— Vous le connaissez peut-être ?

— Non, répondit Hernandez en réprimant un sourire. Mais je saurai le trouver.

Au 87e, on partait du principe que Frank Hernandez devait connaître tous les Hispanos de la ville. Il en connaissait bon nombre, c'est vrai, étant lui-même issu du quartier portoricain. Mieux, il servait d'intermédiaire entre les habitants de cette zone et la police, écoutant les griefs des uns et des autres, prodiguant des conseils avisés. Pourtant, il n'avait pas que des amis. Certains de ses collègues le détestaient par pur racisme. Et quelques-uns de ses anciens voisins lui reprochaient d'être trop intègre. Pas question pour lui, en effet, de faire sauter une contredanse par simple solidarité ethnique : Hernandez ne mangeait pas de ce pain-là.

Dans l'ensemble on le tenait en haute estime et ce n'était que justice. Il avait su échapper à la misère et à la délinquance de son milieu pour se distinguer dans les marines pendant la guerre, puis dans la police où, ironie du sort, on l'avait affecté à la surveillance de son quartier d'origine. Oui, il avait lutté pendant des années pour devenir ce qu'il était aujourd'hui, à savoir inspecteur de troisième classe. Mais la lutte n'était pas finie car Hernandez s'était fixé une mission : prouver au monde entier que le héros, le « bon » de l'histoire, pouvait être portoricain.

— Alors je peux compter sur vous ? insista Frick.

— Bien sûr, promit Hernandez. J'irai voir ce gosse dans le courant de l'après-midi.

— Merci, Frankie !

Sur quoi, l'ayant gratifié d'un sourire reconnaissant et d'une claque sur l'épaule, Frick partit réintégrer son bureau du rez-de-chaussée.

Hernandez, lui, alla faire un saut au secrétariat.

— Il n'y a plus d'essuie-mains dans les toilettes, lança-t-il à Miscolo.

Celui-ci, sans même lever le nez de sa machine à écrire, lui rétorqua :

— Merci du renseignement !

Puis, se souvenant brusquement de quelque chose, il ajouta :

— Dis donc, Frankie, est-ce que Steve t'a mis au courant pour May ?

— Ouais.

— Tu es des nôtres ?

— Evidemment.

— Bien, bien. Ne t'inquiète pas pour l'essuie-mains, j'irai le remplacer tout à l'heure.

De retour dans la salle des inspecteurs, Hernandez allait se remettre au travail quand le téléphone sonna. Avec un soupir de lassitude, il décrocha le combiné.

Derrière la porte marquée LT. PETER BYRNES, Steve Carella était en entretien avec son supérieur hiérarchique. Byrnes, à en croire son air tendu et son regard navré, semblait regretter sincèrement de devoir lui faire des reproches.

— Ecoute, Steve, je déteste ce salopard autant que toi.

— Je le sais, Pete. Croyez bien que je ferai tout ce qui est nécessaire...

— Tu t'imagines que ça m'a fait plaisir de recevoir un appel du Bureau des Relations publiques à ton sujet ? C'est le lieutenant Abernathy en personne qui m'a signalé qu'un dénommé Steve Carella, travaillant sous mes ordres, avait envoyé un cliché du labo à tous les journaux de la ville sauf un. Il m'a rappelé que nous devons traiter la presse équitablement si nous souhaitons qu'elle coopère avec nous, et m'a chargé de t'administrer un blâme. En outre, il exige que ce cliché soit envoyé dans les plus brefs délais au journal de Cliff Savage, accompagné d'une lettre d'excuses signée de ta main. Lettre dont il attend d'ailleurs copie.

— Très bien, Pete. Tout ça est ma faute : j'aurais dû envoyer la photo à ce fumier. Mais j'ai voulu faire le malin et voilà où ça nous mène.

— J'en suis le premier désolé, Steve. J'espère au moins que tu ne m'en veux pas.

— Seigneur, quelle idée ! La semonce est venue d'en haut, vous n'y êtes pour rien.

Mécontent, Byrnes secoua la tête.

— Steve, pas la peine d'écrire toute une tartine : un simple mot d'excuses suffira. Ce n'est pas demain la veille que nous allons lécher le cul à Savage !

— O.K., Pete. Ce sera tout ?

— Oui, ce sera tout. Tu peux disposer.

Carella, ayant pris congé de Byrnes, retourna dans la salle des inspecteurs.

— Il y a eu un appel pendant que tu étais chez le patron, lui signala Hernandez. C'était pour toi.

— Quoi donc ?

— Un type qui a vu la photo du macchabée dans le journal. Il dit qu'il le reconnaît.

6

L'homme qui avait téléphoné au 87e District pour déclarer qu'il avait reconnu la photo du mort s'appelait Christopher Random. Il avait une soixantaine d'années, quatre dents seulement, deux en haut, deux en bas, et avait informé l'inspecteur Hernandez qu'on pouvait le trouver dans un bar nommé *La Fin du jour*. Ce fut là, en effet, que Carella et Hernandez le trouvèrent ce matin-là, à onze heures et demie.

A en juger par l'allure des clients, *La Fin du jour* méritait bien son nom. Ils portaient tous des costumes gris fripés et sales, et des casquettes. Ils avaient tous dépassé la cinquantaine, et leurs nez couperosés révélaient leur alcoolisme.

Christopher Random avait un nez comme une fraise, des yeux chassieux et, avec sa mâchoire édentée, il avait bien l'air d'un spécimen conservé dans l'alcool. Après avoir demandé au barman de lui désigner Random, Carella s'approcha du vieux, suivi de Hernandez, et lui montra son insigne. Random cligna des paupières, hocha la tête et avala d'un trait ce qui restait de whisky dans son verre.

— Mr Random ? demanda Carella.

— C'est moi, répondit le vieux en soufflant une haleine empuantie capable d'abattre les mouches à dix pas. Christopher Random, terreur de l'Orient.

— Qu'est-ce qui vous fait dire ça ? demanda Carella.

— Pardon ? Qu'est-ce qui me fait dire quoi ?

— Terreur de l'Orient.

— Oh ! Ah... Ma foi... Rien. C'est juste une façon de parler.

— Vous avez téléphoné au poste, pour dire que vous reconnaissiez le cadavre, n'est-ce pas ?

— Oui, c'est ça. Et comment vous vous appelez, si je peux me permettre ?

— Carella. Et voici l'inspecteur Hernandez.

— Enchanté de vous connaître. Accepterez-vous un léger remontant, ou bien vous est-il interdit de vous rafraîchir sous votre glorieux uniforme ?... C'est une façon de parler.

— Nous ne buvons pas en service, dit Carella.

— Ah, que c'est dommage ! Que c'est triste ! Garçon, je prendrai un autre whisky. Alors, messieurs, cette photo ?

— Oui. Vous l'avez reconnu ? Qui est-ce ?

— Je ne sais pas.

— Mais je croyais...

— C'est-à-dire que je connais pas son nom. Ou, pour être plus précis, je ne connais pas son nom en entier. Mais je sais quel était son prénom.

— Qu'est-ce que c'était ? demanda Hernandez.

— Johnny.

— Mais Johnny comment, vous ne le savez pas ?

— Tout juste, cher monsieur. Johnny comment, ça je ne le sais pas. Aaaah ! Mon whisky. A votre santé, mes amis. L'alcool réjouit le cœur et met un baume sur les blessures ! A la vôtre... Mmmmmm, parfait... Où en étions-nous ?

— Johnny.

— Oui, messieurs. Johnny.

— Alors ? Comment le connaissiez-vous ?

— Je l'ai rencontré dans un bar, messieurs.

— Où ?

— Sur le Stem, je crois bien.

— Oui, mais où au juste ?

— Au coin de la 18e Nord ?

— C'est là, ou bien vous nous le demandez ?

— Ma foi, je ne me rappelle plus très bien la rue, mais je peux vous dire le nom du bar. *Aux Deux Cerceaux,* ça s'appelle. Ça vous dit quelque chose ?

— Peut-être, dit Carella. A quelle époque cette rencontre a-t-elle eu lieu ?

— Attendez voir, murmura Random.

Il fronça le sourcil, suçota ses quatre dents avec un gargouillis horrible et annonça enfin :

— J'ai toujours meilleure mémoire avec un petit verre devant moi.

— Garçon, un whisky, commanda Carella.

— Ah, monsieur, merci. Ça, c'est gentil. Vous êtes trop bon. Je crois bien que j'ai fait sa connaissance quelques soirs avant la fin du mois. Vers le 29 ou le 30 mars, peut-être bien. C'était un samedi soir, ça je m'en souviens.

Carella ouvrit son carnet et en tira un petit calendrier de celluloïd.

— Samedi, c'était le 28 mars. C'est ça ?

— Si c'est le dernier samedi de mars, oui, c'est ça.

— Il n'y a pas eu d'autres samedis en mars, après celui-là, dit Carella en souriant.

— Dans ce cas, mon cher monsieur, c'est bien la date. Ah, voici mon whisky. A votre santé, messieurs, l'alcool réjouit le cœur et met un baume sur les blessures. Aaaah ! Voyons, où en étions-nous ?

— Johnny, dit Hernandez. Vous l'avez rencontré dans un bar appelé *Aux Deux Cerceaux,* le samedi 28 mars. Ensuite ?

— Vous avez noté tout ça ?

— Certainement.

— Admirable !

— Quel âge avait cet homme, ce Johnny, d'après vous ? demanda Carella.

— Une soixantaine d'années, je pense.

— En bonne santé ?

Random écarta les mains.

— Je l'ignore. Je ne suis pas médecin, vous savez.

— Je sais. Mais est-ce qu'il toussait ? Est-ce qu'il était pâle ? Fatigué ? Il n'avait pas de tics nerveux ? De gestes compulsifs, de...

— Autant que je puisse en juger, il m'a paru jouir d'une parfaite santé. N'étant pas médecin, l'idée ne m'est pas venue de lui demander de se déshabiller pour une auscultation, mais à vue de nez, comme ça, je dirais que ce bonhomme se portait comme un charme. C'est une façon de parler.

— Bien, dit Carella. Il vous a dit qu'il se prénommait Johnny. Il ne vous a pas donné son nom de famille ?

— Non, mon cher monsieur, il ne me l'a pas donné. Euh... Sauf tout le respect que je dois à notre belle police, toute conversation prolongée me donne terriblement soif, et j'aimerais beaucoup...

— Garçon, encore un whisky, commanda Hernandez. Il ne vous a pas donné d'autre nom. Exact ?

— Exact.

— Que vous a-t-il raconté ?

— Il m'a dit qu'il allait travailler.

— Travailler ? Quel genre de travail ?

— Il ne l'a pas dit.

— Mais c'était la nuit, n'est-ce pas ?

— Très juste, monsieur. C'était samedi soir. Tard.

— Et il allait à son travail ?

— C'est ce qu'il m'a dit.

— Sans préciser la nature de ce travail ?

— Non. Mais, bien entendu, il était en uniforme.

— En uniforme ? dit Carella.

— En uniforme ? répéta Hernandez.

— En uniforme de marin, Mr Random ? Est-ce qu'il était habillé en matelot ?

— Aaaaah ! Voici mon whisky. A votre santé, messieurs, l'alcool réjouit le cœur et met un baume sur les blessures. Aaaaah !... Où en étions-nous ?

— L'uniforme. C'était un habit de matelot ?

— De matelot ? Sur un homme qui avait passé la soixantaine ? Allons, messieurs, allons, c'est complètement idiot, sauf votre respect.

— Alors, quel genre d'uniforme ?

— Gris.

— Oui ? Continuez.

— Ç'aurait pu être un uniforme de facteur, dit Random.

— Est-ce que c'en était un ?

— Je ne sais pas. Ou de conducteur d'autobus ?

— Allons, lequel ? Un facteur ou un conducteur d'autobus ?

— Je n'en sais rien. A vrai dire, ce soir-là je n'étais pas dans mon assiette, si vous voyez ce que je veux dire. Je n'y voyais pas très clair, vous comprenez. Tout ce que je peux me rappeler, c'est l'uniforme gris, avec une casquette d'uniforme et tout.

— Ce n'était pas un uniforme de chauffeur ?

— Non, non, mon cher monsieur. J'ai dit gris. Gris, pas noir... Mais il travaillait pour quelqu'un. Ça, je m'en souviens. Alors ce ne serait pas un facteur, s'pas ? A moins qu'il n'ait voulu parler de son supérieur direct, après tout.

— Il a prononcé le nom de son employeur ?

— Ma foi non. Pas exactement. Indirectement, oui.

— Qu'est-ce qu'il a dit ?

— Il a dit qu'il fallait qu'il se dépêche sinon le sourdingue serait furieux. Voilà ce qu'il a dit.

— Le quoi ? le dingue ? demanda Carella.

— Non, non, le sourdingue. Sourd, vous savez. Dur de la feuille. Sourd. Bien entendu, c'était peut-être une façon de parler.

— Vous êtes certain de ses paroles ?

— Oui, monsieur.

— Et il n'a rien ajouté au sujet de ce sourd ?

— Non, monsieur. Rien. Pas un mot.

— Vous nous avez dit que vous n'étiez pas dans votre assiette, n'est-ce pas. Vous êtes sûr de votre mémoire ?

— Mais naturellement !

— Vous voulez dire que vous aviez un peu trop bu, c'est bien ça ? demanda Hernandez.

— Mon Dieu, monsieur...

— Bref, vous aviez du vent dans les voiles, hein ?

— Ce n'est qu'une façon de parler, intervint vivement Carella. Mais entre nous, aviez-vous trop bu, Mr Random ?

— Ma foi, ça se pourrait bien, dit Random avec philosophie.

— Mais, malgré cela, vous êtes sûr de votre mémoire ?

— Mais certainement, monsieur, affirma Random.

— Qu'est-ce que tu en penses ? demanda Hernandez à Carella.

— Je le crois, répondit Carella.

L'homme portait un uniforme de chauffeur. Il contempla un moment la vitrine du chapelier, les chapeaux mous, les taupés, les casquettes, puis il ôta son propre couvre-chef et entra dans le magasin. Un des vendeurs l'aperçut et s'approcha de lui.

— Oui, monsieur. Vous désirez ?

— Mr Lombardo, s'il vous plaît ?

— Un instant. Il est dans l'arrière-boutique. Je vais le chercher.

Le vendeur disparut et revint peu après, suivi de Mr Lombardo, le propriétaire du magasin. Mr Lombardo portait un costume gris foncé, une chemise blanche immaculée et une superbe cravate de foulard gris. Une opale scintillait doucement à son petit doigt.

— Oui, mon ami, dit-il au chauffeur. Que puis-je pour vous ?

— Mr Lombardo ?

— C'est moi.

Mr Lombardo fronça le sourcil. Peut-être se doutait-il déjà de ce qui allait suivre.

— La voiture vous attend, monsieur.

— Pas possible !

— Oui, monsieur.

— Et quelle voiture, s'il vous plaît ?

— La voiture que vous avez commandée, monsieur, répondit le chauffeur perplexe. Je suis de Carey Cadillac, monsieur, ajouta-t-il comme si cela expliquait tout.

— Carey Cadillac ? Vraiment ? La voiture ? Elle est dehors ? Elle m'attend ?

Le chauffeur faisait oui de la tête comme un magot chinois. Enfin, après un dernier hochement, il regarda la figure de Lombardo, hésita et se lança :

— Vous avez bien dit midi juste, monsieur, il est midi. Alors je suis là, et je vous attends.

Il esquissa un sourire qui s'effaça devant la mine encore assombrie du chapelier. Finalement, complètement désorienté, il revint à sa première déclaration et répéta :

— La voiture vous attend, monsieur.

— Je n'ai commandé aucune voiture, affirma Lombardo avec un calme menaçant.

— Mais si, monsieur ! James Lombardo, Chapeaux Lombardo, 837...

— Je n'ai pas commandé de voiture, coupa Lombardo en élevant la voix.

— C'est encore ce fou, Mr Lombardo, intervint le vendeur.

— Je le sais bien !

— Prévenez la police, Mr Lombardo, conseilla le vendeur. Ce coup-ci, il va trop loin. Toutes ces menaces au téléphone et tout...

— Vous avez raison. Cela va trop loin, déclara Mr Lombardo en se dirigeant posément vers le téléphone.

— Et alors ? s'écria le chauffeur. Et la bagnole ?

— Je ne l'ai pas commandée, dit Lombardo tout en formant un numéro. Il y a un fou en liberté qui essaye de me faire abandonner ma boutique. C'est encore une de ses manigances.

— Oui, mais tout de même...

— Je n'ai pas commandé de voiture ! hurla Mr Lombardo. Allô, mademoiselle ? Donnez-moi la police !

Le chauffeur haussa les épaules, regarda un moment Lombardo, remit sa casquette et sortit. La grande Cadillac noire stationnait devant le magasin. Mais le chauffeur ne reprit pas son volant tout de suite. Il fit quelques pas sur le trottoir et se perdit dans la contemplation des diamants, des émeraudes, des rubis et des saphirs qui jetaient leurs feux sur le velours noir, dans la vitrine de la bijouterie voisine.

Enfin, avec un soupir, il monta dans la Cadillac et démarra.

7

Depuis près d'une demi-heure, Rafe et le sourd étaient assis dans la salle d'attente du ferry-boat et regardaient les gens qui allaient et venaient, en notant particulièrement le nombre des agents de police qui patrouillaient sur le quai, qui montaient sur le ferry-boat ou en descendaient. Il y avait une énorme horloge sur le mur de la vaste salle vert d'eau. Le sourd levait parfois les yeux pour regarder l'heure, puis il se reportait à l'horaire qu'il tenait à la main.

Cet horaire se présentait comme suit :

ISOLA-MAJESTA			MAJESTA-ISOLA	
Pour les horaires précédés d'une lettre prière de consulter la colonne « NOTES »		NOTES	Pour les horaires précédés d'une lettre prière de consulter la colonne « NOTES »	
Départ	*Arrivée*		*Départ*	*Arrivée*
0:15	0:45		1:00	1:30
A 0:45	1:15	A — samedi uniquement	A 1:45	2:15
1:45	2:15		2:30	3:00
A 2:15	2:45		A 3:15	3:45
2:45	3:15	B — dimanche uniquement	B 4:45	5:15
B 3:45	4:15		C 5:00	5:30
C 4:15	4:45	C — samedi et dimanche uniquement	6:45	7:15
6:05	6:35		8:15	8:45
D 7:30	8:00		D 8:30	9:00
D 8:00	8:30	D — du lundi au vendredi uniquement	D 8:45	9:15
9:05	9:35		10:00	10:30
11:00	11:30		11:45	12:15
12:30	13:00	E — les 30 mai, 4 juillet et 7 septembre uniquement	13:30	14:00
14:15	14:45		15:00	15:30
16:05	16:35		17:00	17:30
17:45	18:15	*Distribué par la Société de Transport Fluvial, qui se réserve le droit de modifier ces horaires à tout moment. Un supplément de 10 cents sera demandé pour tout billet acheté à bord.*	D 17:30	18:00
18:05	18:35		18:30	19:00
E 19:15	19:45		20:00	20:30
20:45	21:15		21:30	22:00
21:15	21:45		22:00	22:30
21:45	22:15		22:20	22:50
23:00	23:30		23:35	0:05

Le sourd consulta une dernière fois son horaire, le replia, se leva et se dirigea vers un guichet.

— Bonjour, dit-il d'une voix douce, en souriant.

— Bonjour, fit l'employé sans lever le nez.

L'employé devait être en train d'additionner des chiffres, comme tous les employés de tous les guichets du monde chaque fois que l'on a besoin d'un renseignement. S'ils n'additionnent pas des chiffres, ils comptent des tickets, ou de l'argent, ou des timbres, ou leurs doigts de pied, mais il est inévitable qu'ils comptent quelque chose et sont bien trop occupés à compter pour s'intéresser à vous et à vos problèmes. Celui-ci faisait honneur à la corporation internationale. Le sourd s'adressait à lui de sa voix la plus charmante, en souriant le plus aimablement du monde, mais pas une seule fois l'employé ne leva les yeux pour le regarder.

— Est-ce que votre ferry-boat transborde des camions ? demanda le sourd.

— Ça dépend de leur poids.

— Je ne veux pas parler d'un camion-remorque, dit gentiment le sourd, toujours souriant.

— Non, alors quoi ?
— Un camion de glacier.
— De glacier ? Comme les camions de livraison des Petits Esquimaux ?
— C'est ça. Ce n'est pas Les Petits Esquimaux, mais c'est la même chose. Ce genre de camion.
— Nous les transbordons.
— Pardon ? Excusez-moi, je suis un peu dur d'oreille.
— Je dis, nous les transbordons. Les camions de glaces.
— Faut-il prendre le ticket à l'avance, ou bien paye-t-on à bord du ferry ?
— Vous payez à bord.
— Voudriez-vous avoir l'obligeance de regarder cet horaire, s'il vous plaît ? dit le sourd en glissant la brochure sous la grille.
L'employé la prit, mais ne regarda pas le sourd.
— Il est précisé que cet horaire entre en vigueur le 13 avril. C'est lundi prochain. Mais on ne dit pas jusqu'à quand.
— Oh ! un bon bout de temps, ne vous en faites pas ! Cet horaire est en tout cas valable jusqu'au prochain, qui paraîtra en juin. Mais les heures ne changeront pas, vous savez. Seulement ça rassure les gens de voir que l'horaire est à jour.
— Donc, cet horaire sera valable en mai ?
— Absolument, au moins jusqu'en septembre, où nous prendrons l'horaire d'hiver.
— Je vois. Merci. Et dites-moi, est-ce que je dois me présenter longtemps à l'avance avec mon camion, ou bien y a-t-il toujours de la place ?
— Nous pouvons prendre vingt-cinq voitures. En général, il n'y en a jamais plus d'une douzaine. Vous aurez de la place, allez. Y a pas beaucoup de gens qui vont à Majesta. C'est pourtant bien calme et bien tranquille, là-bas.
— Oui. Eh bien, je vous remercie. Une dernière question. A quelle heure part le prochain bac ?
L'employé ne s'arrêta pas de compter, ne consulta ni l'horaire, ni l'horloge, ni sa montre et répondit sans lever le nez :
— Onze heures.
— Merci, murmura le sourd.
Il regagna sa place, en souriant aimablement au passage à un agent en uniforme, et s'assit à côté de Rafe.
— Je vais à Majesta, dit-il. Tu as quelques coups de téléphone à donner, je crois ?
— Ouais, grogna Rafe.
La vue de l'agent en uniforme lui causait une certaine anxiété. Il

n'aimait pas les policiers. A cause des policiers, il avait passé cinq ans en prison.

— Je viens de vérifier l'horaire, reprit le sourd. Le soir du coup, nous tâcherons de prendre le ferry-boat de dix-sept heures quarante-cinq. Le suivant est à dix-huit heures cinq. Cela nous donnera un battement de vingt minutes, au cas où quelque chose clocherait.

— Vous croyez qu'il y aura un pépin ? demanda Rafe.

Rafe était grand et mince, avec un air débonnaire qui venait de ses lunettes à monture dorée et de ses cheveux blonds.

— Non, assura le sourd avec confiance. Tout ira bien.

— Comment pouvez-vous en être certain ?

— J'en suis sûr parce que j'ai étudié les probabilités. Et je sais exactement quel sera notre adversaire.

— Qui donc ?

— Des forces de police désuètes.

— Elles n'étaient pas si désuètes que ça quand elles m'ont expédié en taule, grommela Rafe.

— Réfléchis, dit le sourd. Il y a à peu près trente mille policiers dans cette immense métropole. Et ce chiffre comprend les inspecteurs, les agents de la circulation, le personnel des bureaux et des laboratoires, les femmes, tout le monde.

— Et alors ?

— Alors, la population de cette ville est de dix millions d'âmes. Et ces trente mille policiers doivent veiller à ce que ces dix millions d'individus ne commettent pas de crimes ni de délits à l'encontre les uns des autres. Si nous divisons le nombre de délinquants éventuels par le nombre de policiers, nous pouvons dire, en gros, qu'un seul flic est responsable de la conduite d'environ trois cent trente-trois personnes. C'est bien ça, n'est-ce pas ?

Rafe se livra à un calcul mental laborieux.

— Oui, c'est à peu près ça.

— Bien. Il est évident qu'un flic — même armé de l'arme la plus moderne — ne peut en aucune façon surveiller étroitement trois cent trente-trois personnes qui auraient décidé de commettre trois cent trente-trois délits ou crimes divers dans trois cent trente-trois endroits différents. Les policiers n'ont pas le don d'ubiquité. Ils le savent bien et n'espèrent pas se trouver partout en même temps. La police se fie donc à la loi des pourcentages. Elle se dit par exemple qu'un certain nombre de criminels échappent au châtiment, pour un temps. Cependant, à la longue, ils finissent par se faire prendre. Inévitablement, un jour ou l'autre, la police se trouve au bon endroit au bon moment. Il n'y a qu'à attendre.

— Je crois que je vais donner mes coups de fil, dit Rafe qui ne comprenait pas grand-chose à ces raisonnements. Et puis votre ferry va arriver.

— Une seconde, Rafe. Rappelle-toi ces mots : « à la longue ». Un exemple. Imagine que tu fasses sauter une pièce cinq fois, et que, cinq fois de suite, elle retombe côté pile. Si tu cesses le jeu à cet instant-là, tu es tenté de penser qu'une pièce retombe côté pile cent fois sur cent. Erreur, bien entendu. En réalité, si tu persévères le plus longtemps possible, tu touches de plus en plus à la vérité qui est qu'une pièce retombera autant de fois côté pile que côté face. A la longue. C'est le raisonnement que tiennent les flics. La loi des pourcentages joue pour eux. Surtout parce que la majorité des citoyens respectent les lois. Donc, ils arrivent vaille que vaille à maintenir l'ordre. Mais permets-moi de te faire remarquer une chose, Rafe.

— Quoi donc ?

— Qu'arrive-t-il si quelqu'un vient foutre en l'air les pourcentages ? Que se passe-t-il si la police se trouve obligée de faire face à des événements qu'elle n'a jamais connus, ni même imaginés ? Que se passe-t-il si elle est prise de court, et ne peut plus jouer « à la longue » ? Hein ? Veux-tu me le dire ?

— J'en sais rien, moi. Qu'est-ce qui se passe ?

— Nous partons tranquillement avec deux millions et demi de dollars, dit le sourd. Voilà ce qui se passe.

L'agent immobilier de Majesta trouvait son visiteur charmant. L'homme était grand et distingué, et parlait d'une voix douce et courtoise. De plus, il savait exactement ce qu'il voulait et lui ne faisait pas perdre son temps.

— Il me faut une petite maison avec un garage, dit le sourd. Inutile qu'elle soit très proche du ferry-boat. Je n'en aurai besoin que pendant quelques semaines. Le garage doit être assez grand pour deux voitures : une limousine et une camionnette.

— Je vois. Et la maison ? Combien de pièces désirez-vous ?

— Nous serons quatre adultes. Mes collègues et moi travaillons au scénario d'un film qui doit être tourné cet été dans les rues de la ville. Nous avons besoin de deux semaines de calme, sans téléphone, sans visites, sans dérangements. Voilà pourquoi nous avons songé à Majesta.

— Je vois, dit l'agent. Ainsi, vous êtes scénariste, oui ?

— Oui.

— Je l'aurais parié. J'ai bien vu que vous n'aviez pas le genre de tout le monde, allez.

— Vous êtes très perspicace.

— Ça se voit tout de suite quand on est quelqu'un.

— Merci, murmura le sourd en s'inclinant légèrement.

— De rien. Et je crois que j'ai juste ce qu'il vous faut. Dites, pour quelle firme travaillez-vous ?

— Une compagnie indépendante. La nouvelle vague, dit vivement le sourd.

— Aaah ! Et vous ne faites que des scénarios ?

— Oh non ! J'écris beaucoup. Des choses diverses.

— Je connais votre nom ?

— Peut-être.

— Comment c'est ? Faudra bien que vous me le donniez, d'ailleurs, pour le contrat de location.

— Thomas Wolfe, dit le sourd.

— Oh, bien sûr ! s'exclama l'agent en souriant. Bien sûr. Je crois même avoir lu un ou deux de vos livres. Oui.

Dans la cabine téléphonique, Rafe cocha le dixième nom de sa liste. Il avait encore quinze numéros à appeler, tous situés dans le sud de la ville, plus exactement dans la zone sud du 87e District. Le numéro de David Raskin figurait sur cette liste, ainsi que celui de James Lombardo. Dave Raskin vendait des robes de confection. Lombardo était chapelier. Les deux hommes n'avaient rien en commun. A moins que l'on ne prenne en considération le fait que le grenier de Raskin se trouvait au-dessus d'une banque et le magasin de Lombardo à côté d'une bijouterie. A part ça, il n'y avait pas la moindre similitude entre eux.

Des vingt-cinq numéros de la liste, six appartenaient à des magasins de confection, huit à des restaurants, trois à des marchands de journaux et de tabac, un à Lombardo, un à Raskin, deux à des maroquiniers, un à une agence de voyages, deux à des marchands de chaussures, le dernier à un marchand de cravates.

Pas grand-chose d'intéressant.

Mais le grenier de Dave Ruskin était au-dessus d'une banque. Et la boutique de chapeaux de Jim Lombardo à côté d'une bijouterie. Treize autres des boutiques sur la liste se trouvaient situées à côté d'une banque, six voisines de joailleries de luxe, une à côté d'un prêteur, une autre voisine d'un orfèvre. Le vingt-quatrième numéro était celui d'un restaurant chinois situé au premier étage, au-dessus d'une boutique dont la vitrine contenait quelque cinq cent mille dollars de jades précieux. Et le vingt-cinquième appartenait à une boutique mitoyenne avec un changeur dont le coffre regorgeait de devises étrangères.

Rafe forma le onzième numéro de sa liste et attendit son correspondant. Quand on décrocha, il demanda :

— Mr Carmichael ?

— Oui.

— Abandonnez votre boutique, Mr Carmichael ! hurla Rafe. Foutez le camp avant le 30, ou je vous tue !

8

— Voiture vingt-trois, voiture vingt-trois, signal treize, signal treize.

— Ici vingt-trois.

— Signal treize au sept trois cinq, Gramercy Street, je répète, sept trois cinq, Gramercy Street, plaignant Sergueï Rosnakoff, boules puantes dans l'incinérateur, signal treize. Voiture trente-six, voiture trente-six, signal onze, signal...

— Ici trente-six, je vous écoute.

— Ici vingt-trois, vous pouvez me répéter l'adresse ?

— Un instant, trente-six. Bon sang, vingt-trois, je vous ai donné l'adresse deux fois de suite, qu'est-ce qui ne...

— Ici trente-six, ici trente-six. Vous me recevez ?

— L'adresse est le sept trois cinq, Gramercy Street. Enregistré, vingt-trois ?

— Sept trois cinq, Gramercy. Reçu et compris !

— Voiture trente-six, voiture trente-six, à vous...

ENREGISTREMENT DES APPELS - CENTRAL

HEURE	DATE	QUARTIER	DISTRICT
9 h 12	13 Avr	BETHTOWN	CENTRAL

REÇUE PAR: Agent JACOBS

OFFICIER DE SERVICE: Sergent EDWARDS

ADRESSE: 735 GRAMERCY STREET

ÉTAGE: R.d.C

NOM DU TÉMOIN: Serguei' ROSNAKOFF

CRIME SIGNALÉ: NUISANCE (?)

DÉTAILS: Boules Puantes dans incinérateur. Gardien immeuble a senti odeur étrange. Dit que quelqu'un a jeté boules puantes dans incinérateur. Transmis voiture patr. Bethtown

OPÉRATEUR N°: 12

HEURE: 9 h 15

C.P.D. 16
2000L-60486 (53)********112

POLICE D'ISOLA

Rapport

Destinataire : Cap. Charles Hendricks

CLASSIFICATION Enquête sur plainte
Chargé de l'enquête Agt Ralph Alfonz Matricule 35-416
Adresse 735, Gramercy Street
Date 13 avril Heure 9 h
Date du rapport 13 avril Heure du rapport 9 h 12

RÉSUMÉ DES FAITS
Le concierge de l'immeuble a affirmé que quelqu'un avait jeté des boules puantes dans l'incinérateur à ordures. Après recherche sur les lieux, découvert l'objet ayant provoqué l'odeur mais il ne s'agissait pas de boules puantes. Retiré l'objet en question de l'incinérateur

---

TÉMOINS (Nom, adresse, qualité)

Serguei Kosnakoff
735 Gramercy Street
Gardien de l'immeuble, plaignant

PIÈCES À CONVICTION (Nombre, nature, lien avec les faits)

Vêtement brûlé et blague à tabac

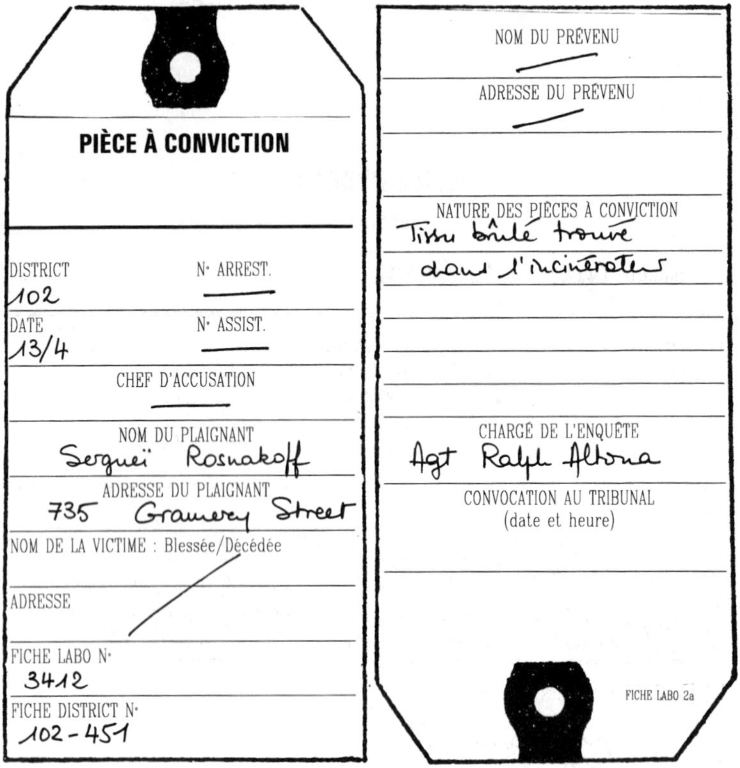

PIÈCE À CONVICTION

DISTRICT 102 — N° ARREST. —

DATE 13/4 — N° ASSIST. —

CHEF D'ACCUSATION —

NOM DU PLAIGNANT
Sergueï Rosnakoff

ADRESSE DU PLAIGNANT
735 Gramercy Street

NOM DE LA VICTIME : Blessée/Décédée

ADRESSE

FICHE LABO N° 3412

FICHE DISTRICT N° 102-451

NOM DU PRÉVENU —

ADRESSE DU PRÉVENU —

NATURE DES PIÈCES À CONVICTION
Tissu brûlé trouvé dans l'incinérateur

CHARGÉ DE L'ENQUÊTE
Agt Ralph Altona

CONVOCATION AU TRIBUNAL
(date et heure)

FICHE LABO 2a

SI LIVRAISON URGENTE RÉCEPTIONNER & GARDER CONTACT DISTRICT RIVERHEAD (*(*(* 98E DIST 98E XXXXXXX XXXXXXXXXXX
SUR ORDRE DIRECTION CENTRAL DEMANDE INFORMATION TOUS DISTRICTS RÉPÈTE DEMANDE INFORMATION TOUS DISTRICTS XXXXXXXX TROUVÉ UNIFORME MASCULIN BRÛLÉ COULEUR GRISE BOUTONS DE CUIVRE DANS INCINÉRATEUR IMMEUBLE BETHTOWN XXX BRÛLURES DE BALLES PROBABLES DANS TISSU XXXX INFOS OU ASSISTANCE CONCERNANT MEURTRES PAR BALLES NON ÉLUCIDÉS CONTACTER CENTRAL XXX DIRECTION CENTRAL LT DOUGHERTY RÉPÈTE DOUGHERTY
XXXXXXXX

X XXXXX XXXX XXX

13 AVRIL ALERTE GÉNÉRALE TOUS DISTRICTS RECHERCHER FEMME BLONDE 24 ANS 1M60 55KG EXTRÊMEMENT SÉDUISANTE VÊTUE BLEU

PAR COURSIER

POLICE D'ISOLA
COMMISSARIAT CENTRAL
89 HIGH STREET, ISOLA

PAR COURSIER

Destinataire :

Inspecteur Stephen Louis Carella
87e Brigade
87e District
711 Grover Avenue
Isola

Conformément à votre demande qui nous est parvenue ce jour à 15h07, veuillez trouver ci-joint le rapport du laboratoire concernant l'uniforme brûlé découvert dans l'incinérateur d'un immeuble de Bethtown.
Pour ce qui est de la boîte d'allumettes trouvée dans la poche du vêtement, nous ne pouvons vous fournir dans l'immédiat que des informations préliminaires. Toutefois, les résultats complets des analyses devraient être disponibles demain mardi 14 avril. Nous vous invitons donc à contacter le lieutenant Samuel Grossman dès demain si vous souhaitez de plus amples informations à ce sujet.

Sincèrement,

Albert N. Dougherty

Lieut. Albert N. Dougherty
Commissariat Central

AD/rl
Copie à : lieut. Samuel Grossman

POLICE D'ISOLA

LABORATOIRE CENTRAL

89 High Street, Isola

RAPPORT D'ANALYSE

FICHE LABO N° 3412 FICHE DISTRICT N° 102 - 451

RAPPORT D'ANALYSE N° I - 9034 NOM DU TECHNICIEN Peter Kronig

DATE DE RÉCEPTION 13/4 DATE DU RAPPORT 13/4

NATURE DES PIÈCES À CONVICTION :

Vêtement brûlé et blague à tabac trouvés dans incinérateur d'immeuble.

CONCLUSIONS :

1) Tissu 60 % nylon et 40 % laine, vêtement coupe masculine, couleur grise, avec boutons de cuivre. Aucune étiquette ni marque permettant d'identifier fabricant du tissu ou celui des boutons. Selon toute apparence, ce vêtement est un type d'uniforme.

2) Tissu presque entièrement carbonisé, mais avons cru déceler traces de balles et restes de poudre sur poche poitrine. Dans cette même poche, présence cendre et agrafe métallique, provenant sans doute pochette d'allumettes. Analyses en cours.

RAPPORT PRELIMINAIRE

3) Trouvés dans cendre restes d'une blague à tabac en cuir et caoutchouc. C'est l'odeur de ce dernier, due à la combustion qui a suscité la plainte. Dans portion intacte de blague, vestiges de tabac de pipe Boralco. Cette marque, produite par les Tabacs Boralco, Caroline du Nord, est distribuée dans tout le pays, en paquets mous ainsi qu'en boîtes de fer-blanc.

4) Sur revers veston, présence traces graisseuses, peut-être gomina mais avons pas encore déterminé la marque ni la composition exacte.

NOTES :

Si l'agrafe provient effectivement d'une pochette d'allumettes, un autre rapport suivra.

9

Le lieutenant Sam Grossman appartenait à cette catégorie d'individus en voie de disparition qui aiment leur travail et en sont fiers. Il portait l'amour de son métier à un point qui dépassait largement la simple conscience professionnelle. Toute la journée du lundi, il s'était penché sur les restes calcinés de la pochette d'allumettes retrouvés dans l'uniforme à demi brûlé retiré de l'incinérateur. On l'avait prévenu que Steve Carella s'y intéressait. Mais même si Steve n'avait pas été un ami, même s'il s'était agi du plus obscur policier de banlieue, l'attitude de Sam Grossman eût été la même. Il possédait à présent des renseignements qui pourraient se révéler précieux pour le policier chargé de l'enquête et n'entendait pas attendre que ledit policier vienne les lui réclamer.

D'ailleurs, Grossman n'avait pas obtenu ces renseignements par simple chance, et encore moins en se contentant d'effectuer les tests de routine. Car il y a test et test. Celui qui permet de reconstituer du carton brûlé est loin d'être le plus facile.

Pour commencer, personne n'aurait même soupçonné la présence d'une pochette d'allumettes dans le veston, si l'œil perspicace d'un assistant de Grossman n'avait décelé un infime éclat métallique parmi les cendres. Et une fois l'agrafe repérée, le plus dur restait à faire.

Grossman et ses acolytes débattirent longuement de la méthode à choisir pour reconstituer le carton. Il en existait en effet quatre ou cinq. Toutes requéraient la patience de Job, le flegme inébranlable de Sherlock Holmes et l'acharnement du sénateur McCarthy.

On opta finalement pour un bain de gélatine chaude. Les cendres de la pochette, étalées sur une lamelle de verre, furent glissées dans la solution avec d'infinies précautions. Une fois humectées, restait à les aplanir sans les endommager, ce que fit Grossman en appuyant délicatement une seconde lamelle contre la première. Puis on photographia l'objet présumé sur un fond orthochromatique avant de l'imprimer sur du papier de compression.

Un jeu d'enfant, direz-vous.

Qui n'en demanda pas moins cinq heures d'un labeur minutieux.

Après quoi, chacun rentra chez soi.

Le mardi matin à la première heure, Grossman appela Carella.

— Steve ? Désolé de vous déranger, mais j'ai un rapport sur cette pochette d'allumettes et j'ai pensé que ça vous intéresserait. Vous ne m'en voulez pas ?

— Pensez-vous. Ça va ?

— Très bien. Je suis navré qu'on n'ait rien tiré de l'uniforme mais il était en fichu état. Je comprends qu'on s'en foute que le tissu ait été du nylon, de la laine ou de la merde. Ce que vous auriez voulu savoir c'est si c'était un uniforme de facteur ou de chauffeur de car ou je ne sais quoi, hein ?

— Bien sûr, Sam, mais on ne peut pas...

— Oui. On fait ce qu'on peut. Par exemple, la pochette d'allumettes, ça peut donner quelque chose.

— Vous en avez tiré des renseignements ? C'est bon ?

— Si vous voyiez avec quoi on est parti, c'est ahurissant.

— Qu'est-ce que ça donne, Sam ?

— Voilà. Pour commencer, votre suspect a vingt-trois ans et il fait des études supérieures.

— Hein ?

— Au cours de l'année dernière, il a fumé une cigarette de marijuana et il a couché avec une blonde qui peut avoir entre dix-neuf et vingt-deux ans.

— Quoi ? s'exclama Steve, ahuri.

— Oui. De plus, d'après les cendres de cette pochette d'allumettes, nous avons pu déduire que notre suspect a servi dans un régiment d'artillerie lourde au cours de la guerre de Corée. J'ajouterai...

— Vous avez déduit tout ça d'une pochette d'allumettes ?

Sam Grossman éclata de rire. Carella retomba brusquement sur terre et se mit à sourire.

— Imbécile ! Vous m'avez eu. J'ai marché à fond, bougre d'âne ! Non, blague à part, qu'est-ce que vous en avez déduit ?

— Le nom d'un hôtel.

— Ici ? En ville ?

— Vouais.

— Allez-y.

— L'hôtel *Albion.* C'est au coin de Jefferson et de la 3e Sud.

— Merci, Sam.

— Ne me remerciez pas encore. On doit pouvoir se procurer ces allumettes dans n'importe quel tabac.

— Peut-être pas, Sam. C'est peut-être un truc distribué par l'hôtel seulement. L'*Albion*, l'*Albion*... Ce n'est pas un palace, hein ?

— Non. C'est un petit hôtel tranquille.

— Oui, c'est bien ce que je pensais. Ce serait un coup de pot, alors. Enfin, je vais toujours voir. Encore merci, Sam.

— De rien. Comment va Teddy ?
— A merveille.
— Et les jumeaux ?
— Ça pousse.
— Bon. A un de ces jours.

Sam raccrocha et Carella contempla le nom de l'hôtel qu'il venait de noter.

— Hmm ! fit-il.

Décrochant de nouveau le combiné, il composa le numéro de son domicile de Riverhead.

— Allô ? répondit une voix enjouée.
— Fanny, ici Steve. Teddy est encore là ?
— Oui, elle prend un bain. Et moi je nourris les jumeaux.
— Ecoutez, Fanny, j'avais prévu de retrouver Teddy à quinze heures devant *Bannerman's,* mais ça ne va pas être possible. Vous voulez bien lui dire de m'attendre plutôt au *Green Door* pour dix-huit heures ?
— Entendu, Steve. Au fait, je voulais vous signaler que... Bonté divine ! Sainte Mère de Dieu !
— Que se passe-t-il ?
— Il se passe que votre fiston bien-aimé vient de lancer sa cuillère à la figure de sa sœur. Franchement, quelle maison de fous ! Je me demande bien pourquoi je reste !
— Parce que vous nous adorez, vieille branche ! plaisanta Carella.
— Vieille branche, c'est le cas de le dire ! Au train où vont les choses, je serai même complètement décatie avant la fin de l'année. Quand je pense qu'il y a peu de temps encore, les hommes me sifflaient dans la rue...
— Dites-moi, mon p'tit sucre, fit Steve, imitant le parler irlandais de Fanny, vous n'oublierez pas de transmettre mon message à Teddy ?
— Je n'oublierai pas, mais il n'y a pas de p'tit sucre qui tienne. Parce que moi aussi j'ai un message pour vous.
— Ah bon ?
— Dorénavant, vous vous abstiendrez d'appeler à midi. C'est l'heure du repas des jumeaux et je suis débordée. Avec deux Carella sur les bras, je n'ai pas forcément envie d'en avoir un troisième au téléphone. D'accord, mon p'tit sucre ?
— D'accord.
— Et ne vous inquiétez pas pour votre femme, je lui ferai la commission. La pauvre, elle ne va pas être contente. Elle n'a pas arrêté de courir toute la matinée et maintenant...
— Au revoir, vieille branche, coupa Carella en souriant. Et surtout, enlevez cette cuillère à Mark avant qu'il n'éborgne sa sœur !

Quand il eut raccroché, il se demanda ce que sa femme et lui deviendraient sans Fanny, qui avait débarqué chez eux en même temps que les jumeaux pour aider Teddy après l'accouchement. A l'origine, elle ne devait rester que deux semaines. Mais elle avait su se rendre indispensable et ils l'avaient gardée.

En dehors de son travail, Carella s'interrogeait rarement sur ce qui motivait les gens. Il était enchanté de Fanny mais ignorait pourquoi elle se contentait d'un salaire dérisoire en échange de ses loyaux services. Peut-être avait-elle fini par considérer les Carella comme sa propre famille.

Le seul ennui, c'était que les jumeaux commençaient à parler comme des petits Irlandais. Tout récemment, Mark avait même lancé à son père abasourdi :

— Mon p'tit sucre, j'ai pas envie d'aller au lit.

Mais au regard des soins affectueux que prodiguait Fanny, c'était somme toute un inconvénient mineur. Puis il se leva, ouvrit le premier tiroir de son bureau, en sortit son revolver et accrocha l'étui à sa ceinture. Il enfila sa veste, arracha la feuille de son bloc et la fourra dans sa poche.

— Je ne reviendrai sans doute pas de la journée, dit-il à Parker.

— Où tu vas ? Au cinoche ?

— Non, au strip-tease. Les femmes à poil, j'aime ça.

— Ha ! dit Parker.

Nom de Dieu ! pensa Meyer en passant devant le chantier du futur centre commercial de Grover Avenue. Ils sont en train de tout foutre en l'air.

Ce qui n'était pas tout à fait exact car l'entreprise de travaux publics Uhrbinger, loin de démolir le quartier, s'employait au contraire à y bâtir du neuf. Ainsi que l'avait finement observé le lieutenant Byrnes, ce complexe pourvu d'un parking et d'un assortiment de locaux vacants offrirait bientôt aux mères de famille d'Isola un large éventail de biens et de services. Certes, l'édifice ultra-moderne détonnait complètement avec les taudis environnants. Mais au moins le chaland pourrait-il y respirer à l'aise en achetant son paquet de corn flakes ou en changeant des billets à la banque.

En attendant, on était encore à plusieurs semaines de la date d'ouverture et le chantier fourmillait d'ouvriers qui transpiraient abondamment dans leur maillot. A les voir se démener avec des tuyaux et des poutres, on aurait pu se dire à l'instar de Meyer qu'ils étaient bel et bien en train de tout foutre en l'air.

Quand on travaille chaque jour dans un quartier donné, on y fait rarement attention jusqu'au moment où ce quartier commence à changer. Alors seulement on remarque les vieux immeubles, les rues si familières où l'on avait ses habitudes. On se prend soudain à regretter le passé, et à considérer toute nouveauté comme un affront personnel. Tel était ce jour-là le sentiment de Meyer.

Qu'est-cc qui te prend ? se reprocha-t-il. Tu aimes les taudis, maintenant ?

Ben oui, je les aime.

Du reste le 87e District n'est pas un bidonville. Enfin si, en partie. Mais les immeubles de Silvermine Road n'étaient pas des taudis, que je sache ! Pourquoi les avoir rasés ? Le long du Stem, il y avait quelques boutiques plutôt huppées. Et les résidences anciennes de Smoke Rise, au bord du fleuve, étaient carrément élégantes. Bon, d'accord, j'en rajoute un peu. Dans l'ensemble ce quartier est probablement le plus déglingué de la ville. Il détient le record de la criminalité. Les pauvres flics sont tout le temps sur la brèche, quant aux pompiers n'en parlons pas. Allez savoir pourquoi je me plais ici. J'aurais pu demander à être muté dans un autre district, Dieu sait que j'avais de bonnes raisons de le faire, mais je n'ai jamais voulu. Donc je me plais ici. CQFD.

C'est vrai que j'aime les taudis.

C'est vrai aussi que je hais ce quartier parce que c'est un bouillon de culture pour le crime, la violence et la saleté. Mais je l'aime parce qu'il est vivant.

Il était midi et Meyer, tout en se faisant ces réflexions, s'éloigna du chantier en direction de la 13e Rue. Le quartier qu'il affectionnait tant était un véritable festival de couleurs. Celles des habitants d'abord, depuis le Blanc le plus blanc jusqu'au Noir à la peau chocolat foncé, en passant par toutes les nuances de crème, de café au lait et de bronze. Il y avait les couleurs printanières des robes des passantes. Celles aussi des vitrines où chatoyaient des hectares de soie bleue et de taffetas rose. Celles des étals ensoleillés croulant sous les pommes écarlates, les bananes jaunes, les grappes de raisin violacé.

Il y avait même de la couleur dans le langage des rues, émaillé de jurons exotiques. Ici, on parlait l'anglais du pauvre ou l'espagnol de l'immigré. Là, un camelot juif déployait son boniment avec un fort accent yiddish. Plus loin, une femme hululait des cantiques à la face du ciel indifférent.

Ce quartier, songea Meyer, bouillonnait littéralement de vie, une vie rude et primitive où les rituels fastidieux du XXe siècle n'avaient pas leur place. La vraie vie, en somme. Personne ici ne se demandait jamais avec quelle fourchette manger à table, ni comment saluer une duchesse. Personne ne connaissait les raffinements qui distinguent l'homme civilisé du barbare tout en lui volant son humanité. De la vie, ce quartier n'avait conservé que l'essentiel, la sève.

C'est pourquoi Meyer s'y promenait sans peur aucune, malgré le risque toujours présent de la violence. Il arpentait les rues d'un pas alerte, respirant l'air tiède qui embaumait le printemps malgré les gaz d'échappement. En cette journée magnifique, il se sentait heureux de vivre.

Le grenier de Dave Raskin était situé au-dessus d'une banque appelée la Mutuelle Commerciale. Le nom figurait sur deux plaques de bronze, de part et d'autre de la grande porte. Sur un des battants grands ouverts, une pancarte avisait ceux que cela pouvait intéresser que la banque déménagerait le 30 avril et rouvrirait dans ses nouveaux locaux le 1er mai.

Les oreilles encore bourdonnantes du fracas des marteaux piqueurs, des excavatrices et des grues du vaste quadrilatère en construction qu'il venait de traverser, Meyer Meyer passa devant la porte de la banque et s'engagea dans un étroit passage au fond duquel s'élevait l'escalier sombre conduisant au grenier de Raskin. Au sommet de cet escalier, un écriteau maculé collé sur la porte de secours prévenait le visiteur qu'il découvrait enfin les *Confections Darask. Pour la Femme Elégante.*

Meyer entra sans frapper, prit le temps d'admirer le décolleté de Margarita, demanda Dave Raskin et fut conduit dans le fond de la pièce, où Raskin, en manches de chemise, suant et soufflant, repassait des robes avec les jeunes filles. Raskin paraissait d'excellente humeur.

— Salut, salut, Meyer, mon gars ! Quelle belle journée ! Une belle journée de printemps, hein ? Il fait beau dehors, Meyer ?

— Très beau.

— Le mois d'avril, il n'y a que ça ! Vive le printemps, mon vieux Meyer !

— Vous m'avez l'air bien gai, dit Meyer.

— Oui, oui, je suis gai comme un pinson. Vous savez pourquoi ? Je vais vous le dire. D'abord, mon dingue n'a pas téléphoné depuis vendredi. Et nous sommes mardi. Depuis vendredi, rien, pas de papier à lettres, pas de coups de téléphone. Alors je suis heureux. Mes petites n'ont plus peur. Tout va bien. Et les affaires aussi.

— Parfait, dit Meyer. Il a peut-être renoncé à son petit jeu, hein ? Ça ne l'amuse peut-être plus. En tout cas, je suis bien content, Dave. Et je suis aussi heureux d'apprendre que les affaires vont bien.

— Ça ne pourrait pas aller mieux. Hier, j'ai acheté six douzaines de robes d'été pour — vous savez combien, Meyer ?

— Non, combien ?

— Un dollar ! Un dollar pour chacune de ces petites merveilles. Sans manches, bien décolletées, la jupe moulante, mais on va se battre pour les acheter ! Je vais les vendre comme des petits pains. Je peux les revendre quatre dollars, pas un cent de moins. Je vous le dis, Meyer, c'est la fortune ! Vous avez vu la banque, en bas ?

— Oui, dit Meyer en riant.

— Oui. Eh bien, là-dessous, juste au-dessous de nos pieds, il y a la salle des coffres. Et dans ces coffres, Meyer, je m'en vais placer des milliers et des milliers de dollars !

— Vous feriez bien de vous dépêcher, parce que la banque déménage à la fin du mois.

— Peu importe ! Je vais être le roi de la confection, le prince de l'élégance, le sultan de la robe du soir, le magnat du tailleur pour dames ! Moi, Dave Raskin ! Mon vieux Meyer, si je continue à acheter des robes à un dollar pour les revendre quatre fois plus, mais je pourrai me construire ma propre banque ! Je serai millionnaire, milliardaire, Meyer ! Vous me voyez ? Au volant de...

Le téléphone sonna et Raskin alla décrocher sans s'arrêter de parler.

— ... de ma Cadillac décapotable, en costume de shantung sur mesure, à Miami Beach, une blonde... oui, allô ? une blonde à mes...

— Allô, bougre de salaud ! glapit la voix au bout du fil. Foutez le camp de ce grenier avant le 30 ou je vous tue !

10

Un portier galonné en uniforme vert se tenait devant la porte à tambour de l'hôtel *Albion.* Les mains derrière le dos, il regardait passer les jeunes filles en robes légères mais dès que Carella s'approcha, il rectifia la position et se précipita pour lui ouvrir la porte.

A peine entré, Carella eut l'impression d'avoir laissé la ville bien loin derrière lui. Le hall de l'hôtel était petit et silencieux. Un épais tapis persan étouffait les pas. Les fauteuils de bois sombre étaient capitonnés de velours frappé rouge et vert et un immense lustre de cristal pendait au plafond. Carella, qui n'avait jamais mis les pieds en Italie, se crut transporté à Venise. Pour lui, Venise, c'était ça, ce silence, ce luxe discret et feutré, cet air pelucheux et désuet... Il ôta son chapeau et s'avança. Le bureau de la réception était désert. L'hôtel semblait abandonné comme si une alerte atomique avait expédié tout le monde dans des caves profondes. Il y avait une sonnette sur le comptoir. Steve sonna. Le son grêle retentit dans le petit hall, assourdi par les portières de velours, les lourds rideaux et les tapis.

Carella entendit un frôlement de savates et leva les yeux. Un petit homme maigre descendait du premier. Voûté sous le poids d'une soixantaine d'années, il portait une visière verte et un bon gros chandail marron tricoté pour lui par sa tante du New Hampshire. Il ressemblait à ce type qui joue les concierges d'hôtel de petite ville, au cinéma, ou les receveurs des Postes de village, ou le bonhomme à qui le héros demande son chemin. Carella eut brusquement l'impression qu'il vivait un film, qu'il allait prononcer une phrase imaginée par un génie de Hollywood et qu'on lui répondrait par une autre ligne de texte.

— Bonjour, jeune homme, dit le petit vieux figurant. Que puis-je pour vous ?

— Je suis de la police, répondit Carella en montrant l'insigne épinglé à son portefeuille.

— Hmm, oui. Et qu'est-ce que je peux faire pour vous ?

— Je... Mais comment vous appelez-vous, monsieur ?

— Pitt. Roger Pitt.

— Mr Pitt, je suis l'inspecteur Carella et je...

— Carella ?

— Oui.

— Comment allez-vous, Mr Carella ?

— Très bien, merci. Nous avons découvert dans un incinérateur les restes à demi calcinés d'un uniforme, Mr Pitt, et, dans une des poches, il y avait une pochette d'allumettes de cet hôtel, l'hôtel *Albion*. Il est possible que cet uniforme ait un rapport avec une affaire sur laquelle nous enquêtons, et je...

— Vous vous occupez de cette affaire ?

— Oui.

— Vous êtes inspecteur ?

— Je vous l'ai dit. Inspecteur Carella.

— Bon. Que voulez-vous savoir ?

— Pour commencer, connaissez-vous un homme appelé Johnny ?

— Johnny comment ?

— Nous ne le savons pas. Mais il se peut qu'il ait porté cet uniforme.

— Johnny, hein ?

— Oui. Johnny.

— Bien sûr.

Un silence tomba dans le hall.

— Vous le connaissez ? demanda Carella.

— Bien sûr.

— Quel est son nom de famille ?
— J'en sais rien.
— Mais...
— C'est le copain de Lotte.
— Lotte ?
— Lotte Constantine. Elle habite là-haut. Il venait souvent la voir, Johnny.
— Je vois. Et cette Lotte Constantine est son amie ? Sa petite amie ?
— Eh oui.
— A votre avis, quel âge avait ce Johnny ?
— Avait ? murmura le vieux en plissant les paupières. Dans la soixantaine, j'imagine.
Carella mit la main à sa poche et en sortit une photo qu'il plaça sur le comptoir. C'était un cliché du mort qui avait paru dans les journaux.
— C'est celui-ci ?
Pitt examina la photo.
— Bien sûr, je ne l'ai jamais vu en maillot de bain. Ni en train de dormir.
— Mais c'est lui ?
— C'est bien possible. La photo n'est pas très bonne, hein ?
— Non, sans doute.
— Je veux dire, c'est lui et c'est pas lui. On dirait qu'il manque quelque chose.
— En effet.
— Quoi donc ?
— La vie. L'homme dont voici la photo est mort.
— Ah.
Soudain, Pitt parut se laver les mains de toute l'affaire.
— Ecoutez, vaudrait peut-être mieux demander à Lotte. Je veux dire, elle saura mieux vous répondre que moi.
— Où puis-je la trouver ?
— Elle est là-haut. Je vais la prévenir, elle descendra.
— Non, inutile. Je vais monter. Je ne voudrais pas...
— Y en a pour une seconde.
Pitt s'installa au standard et enfonça une fiche. Il prit l'écouteur, attendit un instant et dit :
— Lotte ? C'est Roger, en bas. Y a là un type qui pose des questions sur Johnny. Oui, c'est ça, votre Johnny. J'ai pensé que ça ne vous ferait rien de lui parler. Je dois vous dire qu'il est de la police, Lotte. Allons, allons, Lotte, faut pas vous mettre dans cet état. Non, il a l'air bien gentil. Bon, je vais y dire.
Pitt posa ses écouteurs, retira la fiche et se tourna vers Carella.

— Elle va descendre. Elle a été un peu bouleversée quand je lui ai dit que vous étiez de la police.

— Ça bouleverse tout le monde, reconnut Carella en souriant.

Il s'adossa au comptoir et attendit l'arrivée de Miss Lotte Constantine. S'il y avait une chose que Carella détestait, c'était interroger les personnes âgées, et surtout les femmes âgées. Il n'avait aucune idée de ce qui lui faisait détester les vieilles femmes, sinon le fait qu'elles n'étaient plus jeunes. Quoi qu'il en soit, cela ne lui souriait pas du tout de rencontrer Miss Constantine, l'amie d'un homme qui avait passé la soixantaine.

En attendant, il se rafraîchit l'œil en regardant descendre une rousse pulpeuse. Elle était obligée de relever délicatement le bord de sa jupe tant elle était serrée, et de pencher la tête pour regarder les marches. Une mèche flamboyante lui tombait sur l'œil.

— La voici, dit Pitt.

Carella se retourna pour regarder dans le hall, ne vit personne, leva les yeux vers l'escalier derrière la belle rousse, ne vit rien non plus et puis la fille s'approcha en roulant des hanches, tendit une longue main aux griffes écarlates et annonça d'une voix rauque, la voix la plus sexy depuis Mae West :

— Bonjour, je suis Lotte Constantine.

Carella déglutit avec peine et répondit :

— Vous... êtes... Lotte Constantine ?

La fille sourit. Ses lèvres s'écartèrent et deux fossettes creusèrent ses joues. Ses yeux verts étincelèrent.

— Oui, et vous êtes... ?

— Inspecteur Carella, dit Steve en s'efforçant de reprendre son sang-froid.

Il s'attendait à voir paraître une femme approchant la soixantaine et quand il avait posé les yeux sur une créature splendide qui, de loin, en paraissait trente, il avait été abasourdi, c'est le moins qu'on puisse dire. De près, cependant, il s'aperçut qu'elle ne devait pas avoir plus de vingt-cinq ans, qu'elle éclatait de jeunesse et de vitalité et que ses appas menaçaient de faire sauter les coutures de sa robe. Il toussota et bredouilla :

— Est-ce que nous pourrions nous asseoir pour parler, Miss Constantine ?

— Mais oui, murmura-t-elle avec une certaine timidité, en battant des paupières, comme si elle n'avait pas l'habitude de bavarder avec des inconnus. Là-bas, si vous voulez.

Carella la suivit. Marié ou pas, il ne pouvait s'empêcher d'admirer le plus charmant petit derrière qu'il avait vu depuis bien longtemps.

Il fut tenté de le pincer, mais se retint en se disant qu'il était trop jeune pour elle. Cela le fit sourire.

— Pourquoi souriez-vous ? demanda la fille en s'asseyant.

— Je pensais seulement que vous étiez beaucoup plus jeune que je ne l'aurais cru.

— Qu'aviez-vous pensé ?

— Que vous auriez dans les soixante ans.

— Pourquoi ?

— Eh bien...

Carella haussa les épaules et lui montra la photo.

— Vous connaissez cet homme ?

Elle jeta un coup d'œil au cliché et inclina la tête.

— Oui. Que lui est-il arrivé ?

— Il est mort, répondit Carella.

Elle ne pâlit pas, ne poussa pas de petit cri, ne fit aucune grimace. Elle hocha la tête, sans rien dire. Puis elle eut un petit mouvement d'épaule, et hocha encore une fois la tête.

— Qui était-il ? demanda Steve.

— Johnny.

— Johnny comment ?

— Smith.

Carella ouvrit des yeux ronds.

— Oui. Smith, dit-elle, John Smith.

— Vraiment ?

— Il m'a dit qu'il s'appelait John Smith. Pourquoi ne l'aurais-je pas cru ?

— Pourquoi pas, en effet ? Depuis combien de temps le connaissiez-vous, Miss Constantine ?

— Depuis le mois de janvier.

— Quand l'avez-vous vu pour la dernière fois ?

— Le mois dernier, je ne sais pas trop.

— Vous avez oublié la date ?

— C'était vers la fin du mois.

— Vous étiez — euh — très intime avec lui ?

— Oui... Oui. Très intime.

Elle soupira, parut se perdre dans des souvenirs, puis elle se redressa, écarta une mèche de son front et regarda Steve Carella en face.

— Nous étions amants.

— Bien. Vous ne savez pas du tout qui aurait pu vouloir sa mort ?

— Non... Comment... comment est-il mort ?

— Je me demandais quand vous me poseriez cette question.

— Qu'est-ce que ça signifie ? s'écria Lotte Constantine.

Carella ne dit rien.

— Est-ce que je suis obligée de vouloir savoir comment il est mort ? Est-ce que ça ne me suffit pas d'apprendre qu'il est mort ?

— La plupart des gens seraient curieux.

— Je ne suis pas la plupart des gens ! Je suis moi. Lotte Constantine ! Vous vous croyez fort, hein ? Une vraie petite machine I.B.M. Tac-tac-tac, on met une carte dans la fente et la machine vous donne la réponse. Vous venez ici m'annoncer la mort de Johnny et puis vous me posez un tas de questions idiotes et vous me dites quelle serait la réaction de la plupart des gens, eh bien, allez au diable, monsieur l'inspecteur Je-ne-sais-pas-comment ! La plupart des filles de vingt-deux ans ne tombent pas amoureuses d'hommes de soixante-six ans, parfaitement soixante-six ans, et n'ayez pas l'air aussi surpris, c'était l'âge de Johnny, alors ne venez pas me raconter ce que feraient la plupart des gens. La plupart des gens peuvent crever, si vous voulez mon avis !

— Il a été tué d'un coup de fusil de chasse à bout portant, déclara Steve en l'examinant attentivement.

Elle ne broncha pas. Pas un muscle de son visage ne tressaillit. Rien.

— Bien. Il a été tué d'un coup de fusil de chasse à bout portant. Par qui ?

— Nous ne le savons pas.

— Pas par moi.

— Personne ne vous accuse.

— Alors qu'est-ce que vous venez fiche ici ?

— Nous cherchons seulement à identifier le mort, mademoiselle.

— C'est fait. Votre mort s'appelait John Smith.

— Vous trouvez que ça nous aide beaucoup ?

— Mais enfin, qu'est-ce que vous voulez de plus ? C'était son nom, à lui, pas à moi !

— Et il ne vous a jamais dit son véritable nom ?

— Il m'a dit qu'il s'appelait John Smith.

— Et vous l'avez cru ?

— Oui.

— Et s'il vous avait dit qu'il s'appelait John Chose ?

— Monsieur, s'il m'avait dit qu'il s'appelait Joseph Staline, je l'aurais cru. Qu'est-ce que vous dites de ça ?

— C'était à ce point, hein ?

— Oui, c'était à ce point.

— Comment gagnait-il sa vie ? demanda Carella.

— Il était retraité. Il touchait la sécurité sociale.

— Et l'uniforme ?

— Quel uniforme ? demanda Lotte Constantine en ouvrant de grands yeux.

— L'uniforme. Celui qu'on lui a ôté et qu'on a essayé de brûler dans un incinérateur.

— Je ne sais pas de quoi vous parlez.

— Vous ne l'avez jamais vu en uniforme ?

— Jamais.

— Il ne travaillait pas ? Il n'avait que sa retraite ? Il n'était pas liftier, quelque chose comme ça ?

— Non. Je lui donnais...

Elle se tut brusquement.

— Vous lui donniez quoi ?... De l'argent ?

— Oui.

— Où habitait-il, Miss Constantine ?

— Je... je ne sais pas.

— Comment, vous...

— Je ne sais pas où il habitait. Il... il venait souvent ici.

— Pour rester ?

— Parfois.

— Il restait longtemps ?

— Le... le plus longtemps qu'il est resté, c'est quinze jours, une fois.

— Pitt est au courant ?

Lotte haussa les épaules.

— J'en sais rien. Ça n'a pas d'importance. Je suis une bonne cliente. J'habite ici depuis que je suis arrivée en ville il y a quatre ans. Qu'est-ce que ça pouvait faire qu'un vieux monsieur...

Elle se mordit la lèvre, regarda Carella et s'écria :

— Ne me regardez pas comme si j'étais une Lolita ou je ne sais quoi ! Je l'aimais !

— Et il ne vous a jamais parlé d'un uniforme ? D'un travail quelconque ?

— Il m'a parlé d'un coup.

— D'un coup ? Quel genre de coup ? demanda Carella en se penchant en avant.

— Il ne me l'a pas dit.

— Un coup. Quand vous en a-t-il parlé ?

— La dernière fois que je l'ai vu.

— Que vous a-t-il dit au juste ?

— Simplement qu'il était sur une affaire avec le sourd.

Le petit hall pelucheux devint soudain silencieux comme une tombe.

— Le sourd ?

— Oui.

Carella respira un grand coup.

— Qui est le sourd ?

— Je ne sais pas.

— Mais Johnny vous a dit qu'il avait une affaire en train avec le sourd.

— Oui. Et il a ajouté qu'il serait bientôt riche. Qu'il... Que nous pourrions nous marier.

— Le sourd, murmura Carella en soupirant. Le sourd... Où puis-je vous joindre si j'ai besoin de vous, Miss Constantine ?

— Ici, ou au *Harem*.

— Au *Harem* ?

— Oui. C'est un cabaret. Je vends des cigarettes, là. C'est comme ça que j'ai rencontré Johnny. Il m'a acheté du tabac pour sa pipe.

— Voici ma carte, mademoiselle. Téléphonez-moi si vous avez autre chose à me dire, s'il vous plaît.

— Quoi donc, par exemple ?

— Ma foi, si vous vous rappelez autre chose sur ce sourd.

— Je n'en sais pas davantage.

— Ou quelque chose que Johnny vous aurait dit au sujet de cette affaire, ou...

— Je vous ai tout dit. Je vous rends votre carte ?

Ce soir-là, le sourd avait décidé de prendre du bon temps.

Tel un vaillant général fêtant ses victoires passées et à venir, il s'offrait une pause en compagnie d'une brune de dix-neuf printemps dont les atouts majeurs n'avaient rien d'intellectuel.

Car le sourd, voyez-vous, avait le sens de l'économie. Il aimait aller droit au but. Ce soir, il n'avait pas envie de discuter mathématiques, ni d'écouter les projets d'avenir de son élue du moment. Ce dont il avait envie, c'était faire l'amour avec elle, point à la ligne.

Pendant deux semaines, il l'avait observée avec l'attention méticuleuse qui était la sienne lorsqu'il préparait un nouveau coup. Elle était belle, bien faite, et son uniforme de serveuse la sanglait avantageusement. Mais cela ne garantissait pas qu'elle ferait une partenaire agréable au lit. D'autres qualités étaient nécessaires.

Bien entendu, le sourd ne voulait pas d'une nymphomane dont les exigences démesurées lui auraient fait gaspiller une énergie précieuse. Il ne voulait pas non plus d'une novice effarouchée qui se serait donnée à lui dans le sang et les larmes.

Entre ces deux extrêmes il existait un juste milieu, une sensualité de bon aloi qu'il avait cru déceler dans le regard étincelant de la brune, dans la moue aguicheuse de ses lèvres, dans son déhanchement suggestif. Elle avait une poitrine magnifique qu'elle arborait fièrement, des jambes dont le galbe parfait était mis en valeur par le port d'escarpins à talons bobine, à la fois confortables et seyants. Ce détail acheva de convaincre le sourd, car une femme bien chaussée en vaut deux.

Pressentant que cette brune affriolante avait déjà goûté à l'amour au moins une fois, et qu'elle ne demandait qu'à remettre ça, il avait cherché à faire connaissance. Ainsi qu'il s'en doutait, elle n'avait pas du tout le profil d'une diplômée de Harvard.

— On est gourmand, pas vrai ? lui avait-elle susurré d'un air idiot en lui apportant un éclair au chocolat.

Après ce début prometteur, d'autres rencontres suivirent, jusqu'au soir où le sourd se décida à inviter la belle à dîner. On était le 14 avril et elle accepta aussitôt.

Pendant tout le repas, il l'éblouit par sa conversation brillante. Elle était complètement sous le charme et buvait littéralement ses paroles. Puis ils se promenèrent main dans la main au clair de lune. Quand il proposa d'aller prendre un dernier verre chez lui, elle hésita un peu avant de dire oui. Ce semblant de résistance ne fit qu'aiguiser l'appétit du sourd.

Une fois dans l'appartement de Franklin Street, ils burent du cognac dans de grands verres ballon. La fille papillonnait des cils comme une star de Hollywood. Le sourd, lui, savourait d'avance tout ce qu'il allait lui faire, tous les plaisirs raffinés et cruels qu'il allait lui infliger. Surtout, se dit-il, se maîtriser, garder le contrôle.

Quand minuit sonna, la fille ne savait plus du tout où elle en était.

A demi dévêtue, palpitante, elle se laissa porter jusqu'au lit. Il lui avait déjà enlevé les bas, il avait même réussi à lui retirer le soutien-gorge sans toucher au chemisier. Lorsqu'elle fut entièrement nue, il s'étendit sur elle et soudain elle eut très peur, rien qu'un instant. Puis elle s'abandonna.

Et bientôt elle n'eut plus rien à elle, pas le moindre repli de chair, pas le plus petit carré de peau. Son corps tout entier était la proie de cet homme dont les assauts lui donnaient le vertige. Tour à tour caressée, profanée, choyée, violentée puis portée aux nues, elle se sentait ivre, elle n'était plus elle-même, elle n'existait plus. Un soleil immense pulsait entre ses reins.

Sa vie durant, elle se souviendrait de cette nuit prodigieuse où elle s'était livrée à un parfait inconnu, avec une impudeur dont elle ne se serait jamais crue capable. Elle s'en souviendrait avec un plaisir honteux, coupable, mais sans le moindre remords.

A trois heures un quart, il lui fit un cadeau. Il se leva, et elle était trop épuisée pour le suivre des yeux. Soudain, il était de nouveau auprès d'elle et posait un carton sur le lit. Il ôta le couvercle, écarta le papier de soie et déplia une chemise de nuit de soie noire transparente.

— Mets-la, dit-il.

Elle obéit. Elle aurait obéi à n'importe quoi, à n'importe quel ordre de cet homme.

— Mets tes chaussures.

Encore une fois, elle obéit. La tête lui tournait et elle avait hâte qu'il la reprenne dans ses bras. La chemise courte s'arrêtait en haut des cuisses. Elle sentit la brûlure du regard avide de l'homme sur ses longues jambes, sur la courbe du mollet accentuée par les talons très hauts.

— Viens ici, dit-il soudain.

Elle se jeta dans ses bras.

11

Malgré son soleil, son ciel bleu et son air engageant, le mois d'avril apportait à Meyer Meyer une migraine tenace. Meyer avait fini par être officiellement chargé du Casse-Pieds. L'affaire du Casse-Pieds prenait des proportions inquiétantes. On était loin des coups de téléphone à Dave Raskin. Lentement, peu à peu, les plaintes affluaient et la liste des commerçants ou restaurateurs persécutés par le fou s'allongeait de jour en jour. On en était à vingt-deux. Certains plaignants étaient réellement terrifiés par les menaces, d'autres se montraient simplement irrités. Meyer Meyer, qui recevait toutes les plaintes, était persuadé qu'il s'agissait d'un seul coupable, ou d'une seule bande. La façon d'opérer était partout la même.

Mais ce qu'il n'arrivait pas à comprendre, c'était ce que le 30 avril pouvait bien avoir de si important.

Pas plus qu'il ne comprenait quel choix avait guidé le Casse-Pieds. Un chapelier, un restaurateur chinois, un marchand de cravates, un maroquinier, un bureau de tabac-journaux... En quoi leurs magasins pouvaient-ils intéresser quelqu'un ?

Meyer se cassait la tête et n'y comprenait rien.

De son côté, Steve Carella n'était pas mieux loti avec son cadavre d'homme nu. Pourquoi, se demandait-il, avait-on désiré la mort de John Smith ? Et d'abord, pourquoi le mort avait-il adopté ce pseudonyme ridicule ? John Smith ! Pouvait-on imaginer plus grotesque ! Et qui était le sourd ? Et pourquoi une fille de vingt-deux ans, jolie comme l'était Lotte Constantine, avait-elle pu consacrer du temps et de l'argent à un homme de soixante-six ans ? Pourquoi, pourquoi, pourquoi ? Steve n'en sortait pas.

Le 15 avril, une journée de printemps comme on en voit peu, marqua le début d'une nouvelle phase de l'opération Casse-Pieds. Cette fois, l'offensive paraissait concentrée sur Dave Raskin, comme si toutes les armées se rassemblaient soudain sur les frontières du malheureux Raskin à seule fin de le harceler et de le rendre fou, lui et la police. Cependant, si l'on considérait la chose sous un autre angle, on était en droit de penser qu'il s'agissait d'un avertissement, d'un signe, comme si le coupable cherchait à prévenir la police de ses intentions, quelles qu'elles fussent.

Toujours est-il qu'à dix heures du matin, le 15 avril, quatre cent trente chaises pliantes furent livrées à Dave Raskin.

Elles s'entassèrent par terre, dans les coins, contre les murs, sur les tables, sur le palier, dans l'escalier et jusque sur le trottoir. David Raskin avait beau jurer et tempêter qu'il n'avait jamais commandé de chaises pliantes, le camionneur faisait preuve d'un bel entêtement et clamait que son honneur professionnel était en jeu. On l'avait payé pour livrer des chaises, et il les livrait. Si Raskin avait une réclamation à formuler, il n'avait qu'à s'adresser au fabricant. Raskin s'adressa à la fois au fabricant et au 87e District, puis il arpenta nerveusement son grenier, en attendant que le fabricant vienne reprendre ses chaises, et que Meyer Meyer fasse quelque chose. Naturellement, Meyer ne pouvait rien faire sinon téléphoner au fabricant qui affirma que Mr David Raskin avait bel et bien commandé quatre cent trente chaises pliantes pour le 15 avril, ce que, bien entendu, Raskin n'avait pas fait.

Meyer Meyer passa donc sa main sur son crâne poli et jura en javanais, ce qu'il faisait depuis l'enfance, à l'époque où sa mère lui interdisait formellement de jurer à la maison. Et David Raskin arpenta son grenier en jurant bien haut sans complexes, usant d'un langage qu'heureusement ses petites Portoricaines ne comprenaient pas.

A midi et demi, exactement, le traiteur se présenta.

Le personnel du traiteur apportait de quoi nourrir la Russie et un ou deux satellites, ou du moins on en avait l'impression. De fait, ils livraient de quoi nourrir et abreuver les quatre cent trente invités qui devaient en principe s'asseoir sur les quatre cent trente chaises. Ils apportèrent des apéritifs variés, des amuse-gueule et des canapés, de la soupe à l'oignon et du rosbif, de la dinde rôtie et des pointes d'asperges, des salades et des pâtisseries, du café et des liqueurs et David Raskin faillit avoir une crise cardiaque. Le traiteur jura ses grands dieux que Dave avait commandé ce repas pantagruélique et Raskin jura ses grands dieux qu'il ne connaissait pas quatre cent trente personnes à qui il aurait envie d'offrir à déjeuner et le traiteur rétorqua qu'il avait commandé le festin, que les plats avaient été cuisinés et qu'est-ce qu'on allait faire de tout ça ? Ce n'était pas un lot de chaises que l'on pouvait renvoyer, c'était de la nourriture, de la nourriture, de la NOURRITURE, bon Dieu, finement préparée et cuisinée pour l'occasion et qui allait payer la note, hein ?

— Celui qui a commandé cette boustifaille ! hurla Raskin.

— C'est vous qui l'avez commandée ! glapit le traiteur.

— Je n'ai rien commandé ! Enlevez-moi tout ça ! Remportez-le ! Que je ne voie plus cette mangeaille ! Dehors ! Dehors !

Sur ces entrefaites, l'orchestre arriva.

Il y avait quatorze musiciens, portant chacun son instrument, qui un saxophone, qui une trompette bouchée, ou une contrebasse, ou une batterie, avec un ou deux cornets à piston et un violon pour faire bon poids. Ils portaient également des pupitres et des partitions et voulurent savoir où ils devaient s'installer et Raskin répondit au chef d'orchestre — un petit bonhomme avec une moustache à la Hitler — qu'il pouvait aller s'installer au fond de la Dix, mais qu'en aucun cas il ne voulait le voir dans son grenier, et qu'il n'avait commandé aucun orchestre, bon Dieu de bon Dieu ! A quoi le petit moustachu répliqua posément :

— Vous êtes venu vous-même au syndicat et vous avez laissé vingt dollars d'arrhes en embauchant l'orchestre !

— Moi ! s'étrangla Raskin. Moi ? Je suis allé à votre sacré foutu syndicat de mes fesses ? Je ne sais même pas où il perche, votre syndicat ! Moi, je suis venu ? Allez, allez, fichez-moi le camp d'ici avec vos tambours et vos trompettes !

Et c'est à ce moment que des ouvriers arrivèrent pour remporter les chaises. Pour se débarrasser de tout le monde, Raskin lança encore un S.O.S. à Meyer, qui se précipita à la rescousse, pour tenter d'arranger les choses.

Cela se passait donc le mercredi 15, un joyeux mercredi s'il en fût.

Le lundi 20, on ne livra que quatre objets, manifestement par erreur. Il s'agissait de deux pioches et de deux pelles. Dave Raskin épongea son front fiévreux et murmura :

— Je n'ai pas commandé ça.

Le jeune livreur consulta sa feuille.

— Deux pioches, deux pelles. C'est marqué là, dit-il.

Patiemment, Raskin insista :

— Je ne les ai pas commandées, il y a un fou, voyez-vous, qui...

— Deux pioches, deux pelles, répéta fermement le livreur. A livrer au grenier du 1213 Culver Avenue. Voyez vous-même, c'est écrit en toutes lettres. Là. Voyez ? C'est marqué. Vous savez lire ?

— Je sais lire, mais je n'ai pas commandé...

— A livrer au grenier du 1213 Culver Avenue, après que les Confections Darask auront quitté les lieux. Ah... Ah, murmura le livreur. Oui. Prévenir par téléphone Frederick 7-3458 avant livraison. Ah...

— Je vais vous en apprendre une bien bonne, dit Raskin. Ça, c'est mon numéro de téléphone, mais je n'ai pas du tout l'intention de quitter les lieux. Alors vous pouvez oublier votre livraison.

— C'est payé d'avance, dit le livreur.

Soudain, Dave Raskin eut une illumination, ce qu'il considéra comme un éclair de génie. Soudain, Dave Raskin sentit qu'il tenait la clef du mystère, qu'il allait éclaircir cette affaire en un clin d'œil, que la chance lui était donnée de faire une action d'éclat, d'être un héros.

— Dites-moi, mon ami, demanda-t-il d'un ton calme mais le cœur battant, dites-moi, qui donc a commandé et payé ces pioches et ces pelles ?

Le livreur consulta derechef sa feuille.

— C'est marqué là. Il a signé le bon de commande.

— Oui ? Comment s'appelle-t-il ? s'écria Raskin haletant.

— L. Sordo, répondit le petit livreur.

Si Meyer Meyer avouait volontiers n'avoir jamais lu les œuvres de Sir Arthur Conan Doyle, et particulièrement *La Ligue des Rouquins,* il avait lu celles de Mr Ernest Hemingway, en particulier *Pour qui sonne le glas,* qui raconte les amours et les aventures d'une belle résistante de la guerre d'Espagne. Il y a dans ce livre un personnage mémorable appelé El Sordo et, le premier imbécile venu vous le dira, *el sordo* veut dire, en espagnol, le sourd.

Il parut évident, à ce moment-là, qu'un individu dur d'oreille serait responsable des menaces reçues par tous ces gens. Meyer se souvint que l'employé des Papiers Sandhurst lui avait dit que la personne qui avait commandé les enveloppes et le papier à en-tête s'était plainte d'être un peu dure d'oreille.

Et voilà qu'un homme avait commandé deux pioches et deux pelles en recommandant de ne les livrer qu'après le départ des Confections Darask — mais par suite d'une erreur, on les avait livrées avant — et cet homme avait signé le bon de commande L. Sordo. Donc, il était non seulement fort probable que c'était le même individu qui avait passé la commande d'enveloppes aux Papiers Sandhurst, mais encore — Meyer en avait la certitude — qu'il tenait à être connu, qu'il voulait s'assurer que son œuvre soit portée à son crédit, qu'il tenait à signer sa création. L. Sordo, le Sourd.

Et, à deux pas de Meyer Meyer, assis à son bureau, l'inspecteur Steve Carella se disait que l'individu qui s'était fait appeler John Smith avait mijoté un coup avec un sourd, et que, si seulement il tenait un quelconque renseignement sur ce sourd, son affaire ne serait pas loin d'être résolue.

L'ennui, c'était que Meyer Meyer s'occupait d'une histoire de menaces et de harcèlement par un mauvais plaisant, et que Carella s'intéressait à un meurtre. Et ni l'un ni l'autre ne songea à parler de sa propre affaire avec son collègue. En ce mois d'avril-là, il en allait ainsi. Alors que d'habitude tout le monde parlait de tout avec tous les autres, qu'il s'agisse de travail, d'enquêtes, de courses de chevaux, de sport ou de femmes, ce mois-là les inspecteurs se montraient singulièrement peu bavards. Même Bert Kling, qui avait réussi à terminer son Sherlock Holmes entre les coups de téléphone de sa fiancée, ne discuta pas des intrigues du romancier avec Meyer. C'était comme ça.

Bref, le mardi de la semaine suivante, l'annonce parut dans deux quotidiens du matin dont les pages de petites annonces étaient extrêmement suivies. En encadré, et en caractères gras, on pouvait lire :

URGENT !
on demande
DES ROUSSES ! DES ROUSSES !
DES ROUSSES !
Elégante boutique Culver Avenue recherche
Mannequins haute couture cheveux roux.
Même déb. et ss réf. se présenter midi
Confections Darask, 1213 Culver Avenue.
DES ROUSSES ! DES ROUSSES !
DES ROUSSES !

Des rousses, il en poussa de partout ! Jamais on n'aurait imaginé que la ville recelait tant de femmes rousses. A midi sonnant, le 28 avril, des rousses par dizaines, par centaines, par milliers, de toutes tailles, de tous gabarits, de toutes teintes et de tous âges se ruèrent à l'assaut des Confections Darask. La file s'allongeait sur le trottoir, passait devant la banque, atteignait le coin de la rue et continuait le long du trottoir perpendiculaire. Il y en avait des grasses et des maigres, des grandes et des petites, des fortes de poitrine et des planches à pain, des belles et des laides, des auburn et des carotte, des orange et des châtain brûlé, des au henné et des naturelles, des écarlates et des violines qui, toutes, voulaient voir Mr David Raskin et faire parader ses robes de haute couture dans la boutique élégante précisée par l'annonce. Elles se massaient dans l'escalier, se pressaient sur le palier et Dave Raskin, les mains sur les oreilles, glapissait qu'il n'avait pas demandé de mannequins, qu'il ne voulait pas de mannequins, qu'il n'avait que faire d'un mannequin roux, blond, brun ou tondu.

Et, tout à coup, la lumière fut.

Tout à coup, Meyer Meyer comprit.

Ce qu'on voulait qu'il comprenne.

12

Meyer raccrocha brutalement et s'écria :

— Encore Raskin ! Le dingue lui a expédié des centaines de rouquines ! Moi, je te le dis, Bert, c'est moi qui deviens dingue ! Brusquement, ce type s'en prend au pauvre Dave. Mais qu'est-ce qu'il lui veut ? Qu'est-ce qu'il cherche, hein ?

Kling, qui travaillait assidûment à son bureau, leva la tête et dit :

— Sert à marcher en cinq lettres ?

— Hein ?

— Les mots croisés, expliqua Bert.

— C'est tout ce que tu as à faire ?

— Un mot de cinq lettres...

— Il n'y a pas de mots de cinq lettres dans mon vocabulaire.

— Allez. Ça sert à marcher. En cinq lettres.

— Canne. Mais qu'est-ce qu'il peut bien vouloir à Raskin, ce fou furieux ? Pourquoi veut-il lui faire quitter son grenier ?

— Tu crois que c'est ça ?

— Quoi ? Qu'est-ce que tu me racontes ?

— Canne.

— J'en sais rien. Fiche-moi la paix. Pourquoi a-t-il cessé d'embêter les autres ? Vingt-trois boutiques, au dernier recensement, et soudain, le silence, sauf pour Raskin. Qu'est-ce qu'il veut ? Son fric ? Mais qui est-ce qui va garder son fric dans un grenier ? On met son argent à la...

Meyer s'interrompit. La révélation l'éblouit. Il ouvrit tout grands les yeux et la bouche. Le mot se coinçait dans sa gorge et refusait de sortir.

— Un mot de six lettres qui veut dire comptoir ? demanda Kling.

— Banque, souffla Meyer.

— Oui, c'est ça. Une banque c'est bien un...

— A la banque, répéta Meyer d'un ton médusé.

— J'ai entendu, je...

— La banque ! La banque sous le grenier ! La banque, Bert ! La foutue banque !

— Hein ? Quoi ? Qu'est-ce qui te prend ?

— C'est pour ça qu'il veut virer Raskin. Il veut percer le plancher, le plafond, je ne sais pas, et pénétrer par là dans la salle des coffres. C'est pour ça, les pelles et les pioches ! Mais on les a livrées trop tôt par erreur ! Il va cambrioler cette banque mais il doit le faire avant le 30 avril, parce que la banque déménage le 30. Voilà pourquoi il s'en prend à Raskin ! Doux Jésus, comment est-ce que je n'ai pas...

— Oui, c'était une bonne histoire, dit Kling sans lever le nez de son journal.

— Quoi ? Qu'est-ce qui était une bonne histoire ? demanda Meyer, sans comprendre.

— *La Ligue des Rouquins.*

Meyer haussa les épaules. Il bondit et saisit le poignet de Bert.

— Allez, viens. Je veux voir le patron.

Traînant Kling après lui, il se précipita vers le bureau de Byrnes et faillit oublier de frapper.

La salle des inspecteurs était déserte lorsque Carella y entra cinq minutes plus tard. Il regarda autour de lui et cria :

— Y a personne ?

Il s'installa à son bureau et cria derechef :

— Hé, y a personne là-dedans ?

La porte du bureau de Byrnes s'entrouvrit et le crâne chauve de Meyer apparut.

— On est ici, Steve, dit-il en refermant immédiatement.

Carella ôta sa veste, retroussa ses manches et fronça le sourcil. Depuis quelque temps, il fronçait beaucoup le sourcil. Il ne savait pas trop pourquoi.

Depuis qu'il avait appris le nom d'emprunt du mort — ce grotesque « John Smith » —, il parcourait inlassablement les fiches de tous les criminels et malfaiteurs connus, à la recherche de son véritable nom. Il n'avait trouvé personne qui ressemblât de près ou de loin au type assassiné. On était maintenant le 28 avril, et Carella n'était pas plus près de la solution que le jour où l'on avait découvert le cadavre nu dans le parc. Il supposa qu'il battait un record d'incapacité, mais il avait beau se démener, il ne trouvait rien. Il avait envisagé la culpabilité éventuelle de la belle Lotte Constantine et avait fait surveiller la jeune personne par Bert Kling, tout en menant sa propre enquête de son côté. Mais elle paraissait parfaitement innocente. Elle était venue d'une petite ville de l'Indiana quatre ans auparavant, et avait occupé divers emplois avant de vendre des cigarettes au *Harem.* Elle y était depuis deux ans et n'avait jamais eu affaire à la police. Son patron parlait d'elle comme d'une « petite, charmante et tranquille ». Son affection pour feu « John Smith » semblait avoir été sincère. Ses collègues du cabaret assurèrent à Kling que depuis qu'elle avait fait la connaissance de ce Johnny, elle n'était sortie avec personne d'autre, bien que les invitations et les propositions ne lui eussent jamais manqué. Bert Kling, dans son rapport, déclara qu'elle se levait en général assez tard, qu'elle allait à un cours de danse le lundi, le mercredi et le vendredi et à un cours d'art dramatique le mardi et le jeudi, qu'elle arrivait ponctuellement au cabaret à vingt heures, qu'elle revêtait son costume et ses bas résille noirs pour ne les quitter qu'à trois heures du matin et qu'elle rentrait directement chez elle. Kling effectuait cette filature depuis le 18 avril. Cela faisait dix jours. Dans un de ses rapports, Kling écrivit : *Cette fille a un bien joli petit derrière, et ce n'est pas désagréable de la suivre. Mais, Steve, je crois que je perds mon temps, franchement.*

Steve était un peu de cet avis, mais il décida de maintenir la surveillance pendant encore quelques jours.

Cependant, devant l'innocence apparente de la fille, et en considérant que « John Smith » avait peut-être réellement été l'élu de son cœur, il lui vint l'idée que le vieux, après tout, pouvait bien ne pas avoir menti. Au fond, Carella n'avait aucune raison valable de soupçonner la parole du vieux. En y réfléchissant, il s'aperçut qu'il était tombé dans ce piège qui consiste à prendre pour argent comptant ce qui *paraît* vrai, sans chercher à étayer cette vérité par des preuves solides. Dans ce cas précis, la vérité vraie était bien plus à portée de sa main que la vérité apparente.

John Smith était un nom d'emprunt. Cela, c'était l'apparence de la vérité.

Lotte Constantine avait dit à Carella que John Smith vivait de sa retraite de la sécurité sociale. Carella prit l'annuaire du téléphone et chercha le numéro du centre de sécurité sociale le plus proche du 87e District. Puis il demanda une ligne à Murchison qui tenait le standard et forma lui-même son numéro. Quand il obtint sa communication, il se nomma et déclina la nature du renseignement qu'il demandait. La standardiste le pria de ne pas quitter, et lui passa une certaine Mary Goodery, qui avait une voix douce et se révéla tout à fait aimable. Après avoir consulté ses fiches, elle répondit à Carella :

— Oui, en effet, nous avons un dossier John Smith.

— Vraiment ?

Carella était stupéfait. C'était trop facile !

— Oui.

— Ce John Smith a quel âge, s'il vous plaît ?

— Un instant... Voilà. Il a eu soixante-six ans en mars, monsieur. Il y a plus d'un an qu'il touche sa retraite de la sécurité sociale.

— Est-ce que vous savez s'il travaille aussi ? Je veux dire s'il a un emploi, à mi-temps, peut-être ?

— Je ne saurais vous dire, monsieur. Vous devez savoir que si l'on a un revenu ou un salaire supérieur à cent dollars par mois, on n'a pas droit à la sécurité sociale.

— Je l'ignorais.

— Oui, dit Miss Goodery.

— Je vois. Mais vous ne savez pas s'il occupait un emploi qui lui aurait rapporté moins de cent dollars ?

— Je regrette. Non, cela ne figure pas au dossier.

— Je vous remercie, mademoiselle. Excusez-moi.

— De rien, je vous en prie. A votre service, dit-elle et elle raccrocha.

Carella repoussa le téléphone, se carra dans son fauteuil et regarda par la fenêtre ouverte, tout en réfléchissant. Soudain, il sursauta et reprit fébrilement l'appareil en s'écriant :

— Bon Dieu de bois !

Nerveusement, il reforma le même numéro.

— Sécurité sociale ?

— Voulez-vous me passer Miss Goodery, s'il vous plaît ? demanda Carella.

— Ne quittez pas.

Carella attendit, en se demandant par quel miracle il était inspecteur, comment un imbécile comme lui pouvait être chargé d'une enquête, pourquoi diable...

— Allô ?

— Miss Goodery ? C'est encore moi, inspecteur Carella. J'ai oublié de vous demander quelque chose.

— Oui ?

— Avez-vous... Est-ce que dans votre dossier il y a l'adresse de John Smith ? demanda Steve en se maudissant pour sa stupidité.

— L'adresse ? Mais certainement. Ne quittez pas, je vais reprendre ce dossier. Une seconde.

— Merci.

Carella attendit et, quelques instants plus tard, Miss Goodery lui donna l'adresse d'un immeuble de Franklin Street.

C'est en dégustant une omelette aux oignons en compagnie de Teddy que Fanny eut une idée géniale.

Dans la cuisine, l'odeur des oignons frits le disputait à l'arôme du café. Les deux femmes, ce jour-là, avaient mis des pantalons identiques. Teddy, avec ses jolies formes, était avantagée par cette tenue. Fanny, replète et quinquagénaire, l'était nettement moins, mais cela n'entamait nullement son brio.

— Pourquoi diable avoir jeté cet uniforme dans l'incinérateur ? lança-t-elle de but en blanc.

Teddy lui jeta un regard éberlué.

— Je veux parler du type dont Steve recherche actuellement l'assassin, précisa Fanny. On lui a laissé ses chaussettes, et même ses chaussures de marin, mais on a détruit son uniforme. Pourquoi ? Eh bien, je vais vous le dire. Il doit y avoir des indices compromettants sur ce vêtement. Quelque chose qui permettrait d'identifier la victime, ou même d'élucider le mobile du crime.

Teddy se contenta de hausser les épaules.

— C'est peut-être l'uniforme en soi qui constitue l'indice. Vous avez déjà vu beaucoup de facteurs ou de conducteurs d'autobus de plus de soixante ans, vous ? Non, bien sûr. Par contre il n'est pas rare qu'un retraité travaille comme vigile ou comme gardien de nuit. Teddy, je suis prête à parier que ce John Smith était gardien de nuit. C'est pour ça qu'on a brûlé son uniforme — pour que personne ne sache où il travaillait. Il suffisait d'y penser !

Cette fois Teddy approuva énergiquement du chef.

— Si vous n'y voyez pas d'inconvénient, ajouta Fanny, je vais de ce pas téléphoner à Steve.

Et, joignant le geste à la parole, elle alla composer le Federick 7-8024.

— 87e, ici le sergent Murchison.

— Fanny Knowles à l'appareil.

— Fanny *qui* ? demanda Murchison.

— Voyons, Fanny Knowles, la gouvernante des Carella ! Vous et moi, on s'est vus des dizaines de fois au poste. Ces Irlandais, je vous jure... Tous les mêmes !

— C'est bon, Fanny, je vous remets. Et qu'y a-t-il pour votre service ?

— J'aimerais parler à Steve.

— Et puis quoi encore ? D'ailleurs Steve n'est pas là, il est parti explorer un appartement dans Franklin Street. Je crois qu'il en a pour un moment.

— Dommage, soupira Fanny. J'avais justement une hypothèse à lui soumettre à propos de son enquête.

— Désolé, mon p'tit sucre, répondit Murchison en forçant sur l'accent irlandais. Ce pauvre Steve va devoir se débrouiller sans votre aide. A moins que vous ne vouliez confier votre hypothèse à un autre flic ? Nous en avons un plein bureau au premier étage.

— Sergent, allez vous faire voir ! pesta Fanny avant de lui raccrocher au nez.

La salle des inspecteurs était complètement abandonnée. Carella s'était rendu à l'adresse que lui avait donnée Mary Goodery. Parker était toujours sur sa planque, Hernandez interrogeait la victime d'un cambriolage, et Meyer et Kling se trouvaient dans le bureau du lieutenant. La salle était déserte et silencieuse comme une tombe. N'importe qui aurait pu y entrer et voler les machines à écrire et les ventilateurs.

Dans le bureau de Byrnes, Meyer, les yeux pétillants, exposait son trait de génie. Derrière sa table, les doigts joints, Byrnes l'écoutait, tandis que Kling adossé au mur affichait un air sceptique.

— Ce qu'il essaye de manigancer saute aux yeux, dit Meyer. Je m'étonne de ne pas l'avoir compris plus tôt.

— Ça saute beaucoup trop aux yeux, intervint Kling.

— Qu'est-ce que tu veux dire par là ? s'écria Meyer, agacé. Ne viens pas me raconter...

— Laisse-le parler, Meyer, dit Byrnes.

— Ce que je veux dire, c'est qu'un type qui a l'intention de cambrioler une banque ne va pas le crier sur les toits. Il ne va surtout pas venir nous avertir. C'est pour ça que je trouve que ça saute beaucoup trop aux yeux.

— Alors pourquoi qu'il a fait envoyer des pelles et des pioches au grenier ?

— Pour nous faire *croire* qu'il va s'attaquer à cette banque, dit Kling. Il me semble que tu oublies quelque chose. Il a menacé tout un tas d'autres commerçants !

— Des restaurateurs, des marchands de fringues, un maroqui...

— Et alors ? Qu'est-ce que c'est, le grenier de Raskin ? Un musée ? coupa Kling. Raskin vend des robes en solde. La belle affaire. Ce n'est pas le commerce de Raskin sur lequel il cherche à attirer notre attention, c'est sur la banque du rez-de-chaussée. Bon. Combien des autres boutiquiers menacés sont à côté ou au-dessus d'une banque ?

— J'avais pas pensé à ça, murmura Meyer. Où est cette liste de magasins ?

— Sur ton bureau.

Meyer sortit en courant, et Kling secoua la tête.

— A mon avis, c'est un écran de fumée. Je peux me tromper, mais je trouve que toute cette histoire sent le fabriqué à une lieue. Ce type n'est pas stupide, tout de même, ni mégalomane à ce point. Il insiste pour nous montrer le grenier de Raskin, au-dessus d'une banque, et il est même allé jusqu'à y faire apporter des pioches et des pelles, censément par erreur. Et les rouquines aujourd'hui. Non, c'est beaucoup trop évident.

— Qu'est-ce qu'il y a avec les rouquines ? demanda Meyer en reparaissant, sa liste à la main.

Il décrocha immédiatement le téléphone et se mit à tourner le cadran.

— Cette nouvelle de Conan Doyle, reprit Kling. *La Ligue des Rouquins.*

— Lâche-moi la grappe avec tes romans policiers ! Nous essayons de... Allô ? Mr Lombardo ? Ici l'inspecteur Meyer du 87e. Mr Lombardo, pourriez-vous nous dire ce qu'il y a comme magasin, à côté du vôtre ? Pardon ? Une boutique de lingerie ? Ah. Je vous re... Quoi ? Vous dites ? Qu'est-ce qu'il y a de l'autre côté ? Je vois. Merci, Mr Lombardo. Non, rien encore. Je vous remercie. Au revoir, monsieur.

— Eh bien ? demanda Byrnes quand Meyer eut raccroché.

— Une boutique de lingerie d'un côté et une bijouterie de l'autre.

— Une bijouterie, dit Kling.

— Ouais... grommela Meyer en consultant sa liste. Attends que j'en essaye un autre.

— Bien sûr, dit Kling. *La Ligue des Rouquins.* Et cet enfant de salaud nous renvoie à la source !

— Qu'est-ce que tu veux dire, Bert ? demanda Byrnes pendant que Meyer se remettait au téléphone.

— Vous connaissez la nouvelle, non ? C'est une bande de types qui font passer une petite annonce dans un journal de Londres, demandant un rouquin pour occuper un emploi, faire un remplacement, à la ligue. La ligue offre à ce type je ne sais plus combien de livres sterling par semaine pour copier des définitions dans une encyclopédie, mais le travail doit être effectué au siège de la ligue. Bref, ce rouquin se présente, il est agréé et tous les jours il se rend au bureau et recopie des mots.

— Ça me paraît invraisemblable, dit Meyer en attendant son correspondant. Allô, oui ? Je voudrais parler à Mr Chen, s'il vous plaît.

— Ça n'a rien d'invraisemblable, dit Kling, mais comme Meyer parlait au téléphone, il se tourna vers Byrnes. Vous comprenez, ce qu'ils cherchaient, c'était à attirer le rouquin hors de sa boutique, parce qu'ils creusaient un tunnel pour atteindre la banque d'en face.

Finalement, quand ils sont prêts à cambrioler la banque, le rouquin perd son emploi. Il va voir Holmes, pour qu'il cherche pourquoi il a été renvoyé, et naturellement Sherlock devine tout de suite ce qui s'est passé.

— Comment est-ce qu'il devine ? s'écria Meyer en raccrochant. Ça, c'était le restaurant chinois. Il est au premier, au-dessus d'un magasin d'antiquités plein de jades rares. Je m'en vais voir encore un coup.

— Alors, que se passe-t-il ici ? demanda Kling à Byrnes. Ce type téléphone à je ne sais pas combien de commerçants qui sont à côté de banques, de bijouteries, de...

— On ne le sait pas encore pour tous, coupa Meyer qui attendait que son correspondant décroche.

— Ça ne fait pas un pli, assura Kling. Il téléphone à tous ces types, et il espère qu'il y en aura au moins un qui se plaindra à la police, sinon tous. Il veut qu'ils préviennent la police. Pourquoi ? Parce que jusqu'ici, il y a vingt-trois boutiques ; et nous ne savons pas combien encore, qui auraient négligé de nous prévenir. Ensuite, il attire notre attention sur le grenier de Raskin parce qu'il veut nous faire croire qu'il va s'attaquer à cette banque-là. Et aujourd'hui, il expédie un lot de rouquines, pour que nous pensions bien à la nouvelle de Conan Doyle. Il insiste, il nous met un truc de la banque sous le nez. Bon. Mais pourquoi ?

Au téléphone, Meyer répondait :

— Je vous remercie, Mr Goldfarb. Trop aimable... (Il raccrocha.) C'est l'agence de voyages. A côté d'une banque.

— Naturellement. Vous savez pourquoi il fait ça ?

— Pourquoi ? demanda Byrnes.

— Parce qu'il ne va pas du tout s'attaquer à la banque au-dessous de chez Raskin. Il va cambrioler une banque ou une bijouterie, parmi les vingt-deux autres. Le reste, c'est l'écran de fumée.

— Auquel va-t-il s'attaquer ? demanda Meyer.

Kling haussa les épaules.

— Ça c'est la grosse question, mon vieux.

— Qu'est-ce qu'on fait, Pete ?

— Quel jour sommes-nous ?

— Le 28.

— Et sa date limite, c'est le 30 ?

— Oui.

— Ça nous donne deux jours. Je suppose que nous pouvons organiser des surveillances.

— Comment ça ?

— Nous allons surveiller tous ces magasins. Je vais demander du renfort aux autres districts. Un homme par boutique. Il y en a vingt-trois ?

— Jusqu'ici.

— Ça fait pas mal de types immobilisés, grogna Byrnes en hochant la tête. Je ferais bien de prendre conseil auprès du patron. Nous n'aurons jamais assez d'inspecteurs.

— On ne peut pas mettre des agents ?

— Impossible. Il verrait les uniformes.

— On n'a qu'à les mettre en service spécial. En civil. Ça fait jamais que deux jours.

— Bonne idée, approuva Byrnes. Je vais en parler au capitaine Frick... Mais il y a tout de même une chose qui m'intrigue.

— Quoi donc ?

— Si aucun de ces commerçants ne cède à la menace, si pas un seul ne déménage avant le 30, comment diable va-t-il exécuter son coup ?

Les trois hommes se regardèrent.

La dernière question du quitte ou double venait d'être posée. La question qui emportait le magot.

Et personne ne connaissait la réponse.

13

Les quatre hommes étaient assis sur un petit tertre surplombant la fabrique d'esquimaux glacés. Un grillage élevé entourait l'établissement et dans l'enclos il y avait au moins trente camions blancs, sur trois rangées. Deux hautes cheminées s'élevaient dans le ciel bleu d'avril et un immense panneau s'étalait entre ces cheminées :

PICK-PACK
LE ROI DES ESQUIMAUX GLACÉS

Les quatre hommes avaient l'air de quatre amis qui reviennent d'une promenade paisible et qui, en voyant ce tertre herbu surplombant la fabrique, ont décidé de s'y reposer un instant en devisant aimablement. Ils n'avaient certainement rien de sinistre. S'ils s'étaient présentés à la Régie Générale pour solliciter des emplois de figurants dans un film policier catégorie B, on n'aurait engagé aucun des quatre. Et cependant, sur les quatre, trois avaient des casiers judiciaires chargés, et deux étaient, en ce moment même, armés de revolvers. Et, bien que leur conversation se poursuivît à voix basse, et fût accompagnée de sourires et de mimiques affables, ces hommes discutaient d'un délit qu'ils allaient commettre.

Le sourd était le plus grand et le plus avenant des quatre. Un brin d'herbe entre les dents, il contemplait les rangées de camions blancs.

— C'est là que nous le prendrons, dit-il.

A côté de lui, Chuck chercha une cigarette dans sa poche, en tira une sans sortir le paquet et l'alluma d'une seule main, en repliant l'allumette de carton sans l'arracher de la pochette.

— Y en a, des camions, dit-il en soufflant un mince nuage de fumée.

— Nous n'en avons besoin que d'un seul, Chuck, dit le sourd.

— Sûr. Quand est-ce qu'on le prendra ?

— Demain.

— Le jour d'avant, hein ?

— La nuit d'avant, précisa le sourd.

— A quelle heure ?

— Je pensais vers minuit. Depuis huit jours, Rafe surveille la fabrique. Rafe, tu veux nous mettre au courant ?

Rafe essuya ses lunettes à monture dorée, les replaça sur son nez, soupira et passa une main dans ses cheveux blonds comme de la paille. Il paraissait réticent. On aurait dit que le fait de parler lui causait une souffrance physique. D'une voix basse, comme s'il avait appris très jeune que l'on écoute en général ceux qui parlent à mi-voix, il dit lentement :

— Il y a un simple cadenas à la grille. Je peux l'ouvrir avec une épingle à cheveux.

— Il parle au figuré, dit le sourd en souriant. N'est-ce pas, Rafe ?

— Bien sûr. Pas avec une épingle à cheveux, mais sans difficulté, croyez-moi. Et puis il n'y a pas de gardien dans la cour. Une fois qu'on y est, on y est.

— Est-ce que les clefs de contact sont sur les camions ?

— Non. Faudra goupiller les fils.

— Impossible de faire faire des clefs ? demanda Chuck.

— Je ne vois pas comment.

— Ça mériterait qu'on y songe, dit Chuck en se tournant vers le sourd. Je veux dire, quoi, on peut pas laisser tourner le moteur tout le temps, s'pas ? Et si un flic se montre, faudrait tout de même pas qu'il nous surprenne en train de traficoter des fils sous le tableau de bord, ça la foutrait mal.

— Une fois qu'on aura emmené le camion, je pourrai bricoler un truc qui marche sans clef, assura Rafe. T'en fais pas pour ça.

— Je m'en fais pas. Je cogite. C'est qu'on ne vise pas des haricots, mon vieux.

— Personne ne te dit le contraire.

— Bon. Y a pas de système d'alarme à la grille ?

— Non.
— Tu es sûr ?
— Certain. Faut croire qu'ils ne s'en font pas beaucoup pour leurs camions. Il y a une sonnette d'alarme pour la fabrique, et aussi un gardien qui...
— Aïe !
— Non, non, il n'y a pas à s'inquiéter, Chuck, affirma le sourd. Il ne sort jamais dans la cour et nous ne tenterons le coup qu'une fois qu'il sera au dernier étage.
— Comment saurons-nous où il est ? demanda Chuck.
— Il est au dernier étage à onze heures, dit Rafe. C'est l'heure à laquelle il commence ses rondes. Il prend l'ascenseur jusqu'au sixième et il redescend à pied. Nous commencerons à attaquer la grille à onze heures. Et nous prendrons le camion quand il sera en haut.
— Oui, mais je te demande comment on saura qu'il est là-haut ?
— On peut voir sa torche électrique qui se déplace. Il illumine tout l'étage !
— Ça va, alors. Bon. On prend le camion et on fout le camp avant qu'il ait eu le temps de descendre, exact ?
— Exact.
— Et ensuite ?
— On emmène le camion au magasin.
— Vous croyez que c'est pas dangereux ?
— Pourquoi ? Y a marqué Sodas Chelsea sur notre boutique, pas vrai ?
— D'accord, mais y a marqué Pick-Pack, le Roi des esquimaux, sur le camion.
— Le camion sera derrière, dans la cour. Personne n'ira voir. Et puis Pop sera là, pour écarter les visiteurs pendant qu'on travaille dessus.
Pop, qui jusque-là n'avait pas ouvert la bouche, s'éclaircit la gorge et dit :
— Bien sûr, je serai là. C'est Rafe et Chuck qui prendront le camion, hein ?
— Mais oui, Pop, dit le sourd.
— Et ils l'amèneront au magasin où nous deux nous les attendrons ?
— C'est ça.
— Je serai habillé, en costume ?
— Bien sûr, répondit le sourd. Votre travail consiste à éloigner les visiteurs indésirables.
— Bon.

Le vieux mit une main en visière au-dessus de ses yeux et cligna des paupières pour mieux voir les camions.

— On n'aura pas de mal à mettre les panneaux sur ces trucs-là ?

— Je ne pense pas. Nous avons une chignole électrique et des mèches capables de percer un blindage !

— Bon, bon, ça va.

— Et les plaques d'immatriculation ? lança Chuck.

— Quoi, les plaques ?

— On va voler le camion la nuit avant le coup, pas vrai ?

Chuck était réellement très laid, trapu comme un gorille, avec des bras interminables, des mains massives, des épaules puissantes, mais sa voix était étonnamment douce, presque suave.

— Oui, la nuit précédant le coup, dit le sourd.

— Bon, mais ils vont le chercher, leur camion, non ? Je veux dire, le gardien va prévenir les flics dès qu'il entendra démarrer le camion, ou dès qu'il s'apercevra qu'il lui en manque un. Vous savez comment la police s'y prend. Y aura le signalement du véhicule partout, avec le numéro et tout. Alors, qu'est-ce qu'on va faire, nous autres ? C'est pour ça que je demande ce qu'on fait pour les plaques.

— Nous les changerons, naturellement.

— Oui mais quand ? Ça fait une trotte d'ici à la boutique. Si le gardien est valable, le numéro sera sur les ondes en cinq minutes. Et moi, je serai au volant du machin, vous savez !

— Alors, que proposes-tu ?

— Moi, je dis qu'il faut changer les plaques tout de suite. Là, dans l'enclos, avant de démarrer. Voilà ce que je propose.

— D'accord. C'est très faisable.

— Alors, nous prenons le camion demain soir ? dit le vieux ; il ajouta d'un ton un peu hésitant : Je ne voudrais pas poser trop de questions, mais je suis entré dans cette histoire avec un peu de retard, et je...

— Mais non, mais non, ça ne fait rien. Oui, nous prenons le camion demain soir.

— Et le gros coup ?...

— Le lendemain. Le 30 avril.

Le vieux hocha la tête.

— Qui est-ce qui conduira, le jour du coup ? demanda encore Pop.

— Rafe.

— Qui est-ce qui l'accompagnera ?

— Moi, dit le sourd.

— Vous avez des uniformes ?

— Je les ai commandés et je dois aller les chercher demain.

— Et Chuck et moi, où on sera ?

— Après avoir livré vos paquets ? dit le sourd en souriant.

— Oui.

— Vous irez immédiatement à la maison de Majesta. Vous devez avoir terminé vos livraisons vers une heure. Je compte que vous pourrez attraper le ferry-boat de deux heures un quart. Ou, en mettant les choses au pire, celui de quatre heures cinq.

— Et vous et Rafe ? Vous serez sur quel bac, avec le camion ?

— Nous essayerons de prendre celui de cinq heures quarante-cinq. Sinon, il y en a un à six heures cinq.

— Et ensuite ?

— C'est le sept heures quinze, dit Rafe.

— Nous n'avons pas à nous soucier des bacs, après six heures cinq, dit le sourd. Nous nous mettons au boulot à cinq heures et il ne nous faudra guère plus de cinq minutes pour achever le travail. Encore dix minutes pour charger les cartons, et dix de plus pour arriver au débarcadère du ferry-boat.

— Avec le magot ? dit Pop.

— Je l'espère bien ! s'écria le sourd en riant.

— Et quand est-ce que nous quitterons Majesta ?

— Dès que ça commencera à se tasser. Nous verrons à ce moment-là, sur place. Il faudra partir l'un après l'autre. Le dernier prendra la voiture. Le camion du glacier restera dans le garage.

— Vous pensez à tout, hein ? grogna Chuck avec une nuance d'amertume.

— J'essaye, déclara nettement le sourd. Je trouve qu'il est aussi facile de penser à tout que de ne penser à rien. Et c'est bougrement plus sûr.

— Je l'espère, que vous avez pensé à tout, dit Chuck.

— Ne t'inquiète pas... Allons, nous ferions bien de rentrer au magasin, dit le sourd en consultant sa montre. Je voudrais qu'on s'y remette. Nous avons encore beaucoup à faire avant jeudi.

— Ecoutez, ça m'embête d'avoir l'air trop prudent, dit Pop.

— Qu'est-ce qu'il y a ?

— J'aimerais bien jeter encore un coup d'œil à ces plans que vous avez dessinés. Je veux dire, faut que je sache exactement où je vais poser mes trucs.

— Mais certainement, dit le sourd en mettant la main à sa poche. Tiens... Je croyais les avoir sur moi... J'ai dû les laisser dans l'appartement de Franklin Street. Je vais passer les prendre.

— Vous croyez que c'est raisonnable ? demanda Chuck, une expression inquiète sur ses traits simiesques. C'est pas dangereux de retourner à cet appartement ?

— Mais non. De fait, j'y étais hier soir, avec une charmante personne, lança le sourd en regardant fixement Chuck, comme pour le narguer. Je vous rejoindrai tous à la boutique. Dès qu'il fera nuit, vous pourrez vous remettre au boulot. Pop, vous monterez la garde comme d'habitude. N'oubliez pas que tout doit être terminé pour jeudi.

L'immeuble de Franklin Street était une demeure élégante qui avait été tout à fait aristocratique une vingtaine d'années plus tôt. Les temps avaient changé, cependant. La mode et les caprices du goût commandaient à présent que l'on habitât le sud de la ville et Franklin Street n'était plus considérée comme une adresse de choix. Ses immeubles étaient loin d'être tombés dans la déchéance totale. Il y avait encore des portiers en livrée et des marquises de toile devant les portes, des liftiers et un bureau de réception. Aucun graffiti ne souillait les murs des grands halls. Les loyers de ces immeubles passés de mode étaient encore très élégamment élevés.

Ce qui poussa Carella à se demander comment un homme tel que John Smith, qui vivait de sa retraite de la sécurité sociale, avait pu se permettre d'habiter une maison comme celle du 457 Franklin Street. Carella s'arrêta sous la marquise de toile verte qui allait jusqu'au bord du trottoir et considéra l'immense porte vitrée derrière laquelle se profilait la silhouette d'un portier aussi majestueux que galonné. Le portier examina Carella un moment puis il ouvrit la porte et vint à sa rencontre.

— Vous cherchez quelqu'un ?

— Oui. Un de vos locataires, un certain John Smith.

— En effet, monsieur, il habite ici. Mais il n'est pas là pour l'instant. De fait, il y a un moment que je ne l'ai pas vu.

— Depuis quand ?

— Oh, bien depuis le mois dernier.

— Hmmm. Savez-vous depuis quand il habite l'immeuble ?

— Quelques mois, monsieur.

— A quelle date a-t-il emménagé, le savez-vous ?

Le portier examina Carella.

— Vous êtes un de ses amis ? dit-il enfin.

— Non. Je suis de la police.

Carella brandit son insigne.

— Ah.

— Oui. Pouvez-vous me dire quand il a emménagé ?

— Vers la fin février, je crois.

— Et vous l'avez vu pour la dernière fois au mois de mars. C'est bien ça ?

— Oui.
— Il vivait seul ?
— Je ne sais pas. Il était souvent là.
— Seul ?
— Comment ?
— Il était seul ? Il habitait seul ?
— Mon Dieu, monsieur...
— Il recevait des visiteurs ?
— Oui.
— Qui habitaient chez Smith ?
— Peut-être. Vous comprenez, nous n'attachons pas grande importance à cela, n'est-ce pas. Du moment qu'un locataire ne dérange personne, ne fait pas de tapage, ne commet aucun... (Les sourcils du portier se levèrent brusquement.) La police ? Est-ce que par hasard Mr Smith aurait des ennuis ?
— A votre place, je ne m'en ferais pas pour lui. J'aimerais jeter un coup d'œil à son appartement. Vous ne pourriez pas m'y faire entrer ?
— Il faudrait que je demande au gérant. Et il ne sera là que ce soir.
— Téléphonez-lui.
— Ma foi, je...
— C'est très important, insista Carella, et il sourit. Téléphonez, voulez-vous ?
Le portier parut sceptique. Enfin il rendit son sourire à Carella et ouvrit la porte.
— D'accord, je lui téléphone.
Carella le suivit dans le hall. Les murs venaient d'être repeints et le mobilier avait l'air tout neuf. Le portier disparut dans un petit bureau et revint au bout d'un moment, toujours souriant.
— Il y aura toujours des miracles, dit-il. Le vieux singe a dit d'accord. Seulement nous n'avons aucun passe. Alors le gérant a dit d'accord, mais il a ajouté « s'il peut y entrer ». Parce qu'il ne veut pas d'ennuis avec la police, mais comme les locataires mettent leurs verrous eux-mêmes et qu'ils ont leurs clefs, n'est-ce pas...
— Bon, bon. Conduisez-moi à l'appartement et je me débrouillerai.
— Ha, vous avez des rossignols, sans doute ! s'écria le portier avec un sourire entendu.
Pour toute réponse, Carella cligna de l'œil. Ils prirent l'ascenseur jusqu'au sixième, et le portier s'arrêta devant l'appartement 6 C.
— Voilà, dit-il. Un bel appartement. Sept pièces. Très confortable. Très chic. Il faut descendre deux marches pour entrer dans le salon.
Carella tira un trousseau de clefs de sa poche.

— Des rossignols, voyez-vous ça, dit le portier avec admiration.

Et il regarda Carella essayer ses clefs. En plus des clefs de sa maison, il avait cinq ou six passe-partout. Il les essaya toutes. Pas une n'ouvrit la porte.

— Pas de pot ? dit le portier.

— Non, grommela Carella. Il y a combien d'étages à cet immeuble ?

— Neuf.

— Avec des escaliers d'incendie extérieurs ?

— Naturellement.

— Vous pouvez me faire monter sur le toit ?

— Vous allez passer par l'escalier de secours ?

— Je vais essayer. Smith a peut-être laissé une fenêtre ouverte.

— Ça, on peut dire que vous vous donnez du mal pour gagner votre beurre, vous autres ! observa le portier.

Carella cligna de l'œil derechef et entra dans l'ascenseur. Il en sortit au neuvième étage et gravit à pied l'escalier menant au toit plat. La ville s'étendait à ses pieds au soleil d'avril, avec ses deux fleuves et ses gratte-ciel, ses rues droites et ses jardins.

Il alla se pencher au bord du toit, regarda du haut des neuf étages la cour dallée, puis il saisit les rampes de fer de l'échelle de secours et enjamba le parapet. Il descendit posément, jusqu'au sixième. Là, il regarda par la fenêtre. L'appartement paraissait désert. Il essaya d'ouvrir.

La fenêtre était solidement fermée.

Carella jura à mi-voix et s'approcha de la seconde fenêtre. Il commençait à éprouver les angoisses d'un cambrioleur et regrettait de ne pas avoir de diamant pour faire un trou dans la vitre et y passer le bras. Il se faisait l'effet d'un cambrioleur novice quand, miracle, sur une simple poussée, la deuxième fenêtre céda. Carella hésita un instant, ouvrit, tendit l'oreille et entra.

L'appartement était parfaitement silencieux.

Il se laissa tomber sur la moquette épaisse et jeta un coup d'œil circulaire sur la pièce élégamment meublée en style moderne. Son regard se posa sur un secrétaire de bois clair, dans un coin du living-room. Il se hâta d'aller abaisser l'abattant, espérant y découvrir des lettres, un carnet d'adresses, quelque chose qui puisse lui donner une indication sur les amis et relations de Smith, et surtout sur Smith lui-même. Mais il ne trouva rien. Il referma le secrétaire, s'orienta, se disant que la salle à manger devait être par là, avec la cuisine, les chambres par ici, avec la salle de bains. Il traversa le living-room, le bruit de ses pas étouffé par la moquette, et poussa la première porte, dans un couloir tout blanc.

Un vague parfum traînait dans la chambre.

Le lit était fait, une chemise de nuit noire pliée sur le couvre-pieds. Carella prit la chemise et chercha une griffe. Elle venait d'un des magasins les plus luxueux de la ville. Il la renifla. C'était le même parfum qui flottait dans l'air. Il la laissa retomber sur le lit en se demandant si elle appartenait à Lotte Constantine et en se demandant aussi si elle lui avait menti en prétendant ne pas savoir où John Smith habitait. Il haussa les épaules, alluma une des lampes de chevet et ouvrit le tiroir de la table.

La première chose qu'il vit, ce fut une série de dessins, de croquis, plutôt, des plans ou des cartes, qui ne portaient aucune indication. Mais tous ces croquis avaient plusieurs choses en commun. Pour commencer, chacun de ces plans, des plans de ville ou d'appartements, on ne pouvait trop dire, portait des X éparpillés un peu partout. Rien ne permettait de deviner ce que ces X représentaient. Il y avait encore autre chose. Chaque dessin portait un nom griffonné dans l'angle supérieur droit. Il y en avait six.

Trois des plans étaient marqués CHUCK.

Les trois autres avaient d'abord été marqués JOHNNY, mais le nom avait été biffé et remplacé par celui de POP.

Johnny, se dit Carella. John Smith ?

Sous les croquis, il y avait encore autre chose dans le tiroir. Un bleu d'architecte, très net, très précis, très professionnel, et sur lequel les indications ne manquaient pas. C'était le plan de la salle des coffres de la Mutuelle Commerciale.

Carella l'examina en hochant la tête, une fois revenu de son étonnement. Il était en train de replier le bleu quand la sonnerie du téléphone le fit sursauter. Il hésita un instant, se demanda s'il devait répondre, posa le plan sur la table de chevet, s'épongea le front et finit par se décider à décrocher.

— Allô ?

— C'est Joey !

— Oui ?

— Joey. Le portier. Le type qui vous a fait monter.

— Ah oui.

— Je vois que vous avez réussi à entrer.

— Oui.

— Dites, je savais pas quoi faire. Alors j'ai pensé qu'il valait mieux vous téléphoner et vous prévenir.

— Me prévenir de quoi ?

— Mr Smith. Mr John Smith, vous savez bien ?

— Oui. Et alors ?

— Ben, il monte, annonça le portier.

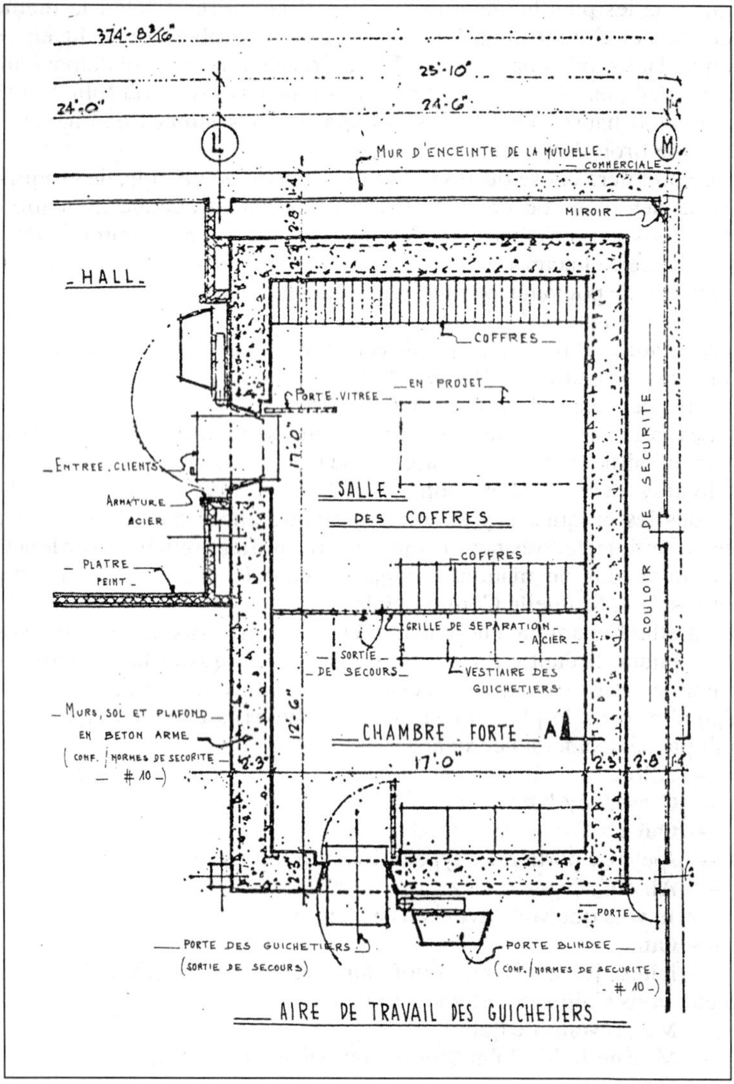

374'-8 3/16"
25'-10"
24'-0"
24'-6"
L
M
MUR D'ENCEINTE DE LA MUTUELLE
COMMERCIALE
MIROIR
HALL
COFFRES
EN PROJET
PORTE VITREE
ENTREE CLIENTS
17'-0"
SALLE
DES COFFRES
ARMATURE
ACIER
PLATRE
PEINT
COFFRES
GRILLE DE SEPARATION
ACIER
SORTIE
DE SECOURS
VESTIAIRE DES
GUICHETIERS
COULOIR DE SECURITE
MURS, SOL ET PLAFOND
EN BETON ARME
(CONF. / NORMES DE SECURITE
10)
12'-6"
CHAMBRE FORTE
A
2'-3"
17'-0"
2'-3"
2'-8"
PORTE
PORTE DES GUICHETIERS
(SORTIE DE SECOURS)
PORTE BLINDEE
(CONF. / NORMES DE SECURITE
10)
AIRE DE TRAVAIL DES GUICHETIERS

— Quoi !

Au même instant, Carella entendit le bruit d'une clef dans la serrure, à la porte d'entrée.

14

Carella était figé dans la chambre, le téléphone à la main, le bleu d'architecte devant lui sur la table, le bruit de la serrure cliquetant dans sa tête. Il raccrocha immédiatement, éteignit et fut d'un bond à droite de la porte, la main sur son revolver. Il s'aplatit contre le mur, l'arme dans la main droite, et attendit. Il entendit la porte d'entrée s'ouvrir, et se refermer.

Il y eut d'abord un silence. Puis il perçut le bruit étouffé d'un pas sur le tapis.

Est-ce que j'ai laissé la fenêtre ouverte ? se demanda le policier.

Les pas hésitèrent, et s'arrêtèrent.

Est-ce que j'ai refermé le secrétaire ?

Les pas reprirent, une latte craqua, et puis une autre porte s'ouvrit. Carella transpirait, sa chemise lui collait au corps et sa main droite moite se crispait sur le revolver. Il entendait son propre cœur battre comme un tam-tam. La porte se referma. Un placard, sans doute. Et puis on se remit à marcher. Est-ce qu'il sait que je suis là ? Le sait-il ? Le sait-il ? Carella perçut un petit cliquetis métallique, un bruit inconnu et cependant familier, et les pas reprirent. Une autre latte craqua. Les pas hésitèrent et s'arrêtèrent sur le seuil du living-room.

Carella attendait.

Les pas s'éloignèrent.

Il entendit un autre déclic. Il y eut vingt secondes de silence total et puis la musique éclata dans l'appartement, tonitruante. Carella comprit instantanément que l'homme qui se trouvait dans l'appartement était armé et s'apprêtait à tirer, espérant que la musique couvrirait les détonations. Il n'avait pas du tout l'intention de laisser à l'inconnu l'avantage d'être le premier à commencer le feu d'artifice. Carella aspira un grand coup, leva son revolver et avança sur le seuil du living-room.

L'homme se retourna.

En un éclair, Carella vit l'appareil acoustique dans l'oreille droite de l'homme, puis le fusil qu'il braquait et soudain, c'était trop tard, soudain le fusil explosa.

Carella pivota. Les plombs sifflaient à ses oreilles et brusquement des milliers de guêpes furieuses se ruèrent sur son épaule droite et il tira au jugé sur l'homme qui se précipitait vers lui. Son épaule s'engourdissait. Il voulut lever la main droite mais son bras était paralysé. Sa main gauche prit le revolver dans la main droite inutilisable et il tira encore une fois, maladroitement. La balle alla se perdre au plafond et le sourd se pencha sur lui, la crosse du fusil levée. Carella eut le temps de voir que l'arme n'avait qu'un canon, de se dire que l'homme n'avait pas le temps de recharger, et puis la crosse s'abattit sur sa tempe, une fois, deux fois, avec une gerbe d'étincelles, de chandelles romaines, de soleils tourbillonnants, de souffrance aiguë et... — mon Dieu ! mon Dieu ! mon Dieu ! ça y est ! ça y est ! Dieu !...

Lorsqu'on l'emporta à l'hôpital, vers la fin de l'après-midi, les médecins savaient qu'il était encore en vie, mais aucun n'aurait voulu se risquer à dire combien de temps cela durerait. Il avait perdu énormément de sang sur le tapis de cet appartement. On ne l'avait découvert, inconscient, que trois heures après l'attaque dont il avait été victime. C'était le portier de l'immeuble, Joey, qui l'avait trouvé là, vers six heures du soir. Le lieutenant Byrnes, qui interrogea le portier en présence d'un sténographe de la police, obtint les renseignements suivants :

Byrnes. — Mais qu'est-ce qui vous a fait monter là-haut, finalement ?

Joey. — Ma foi, comme je vous l'ai dit, ça faisait un bon bout de temps qu'il était monté. Et j'avais déjà vu Mr Smith redescendre. Alors, je...

Byrnes. — Pouvez-vous nous donner le signalement de ce Mr Smith ?

Joey. — Bien sûr. Il est grand comme moi, à peu près, dans les un mètre quatre-vingts, et il doit peser dans les quatre-vingt-dix kilos, par là. Il est blond, avec des yeux bleus, et il porte un appareil acoustique dans l'oreille droite. Il est un peu dur de la feuille. Quand il est descendu, il portait un paquet, un truc enveloppé dans un journal.

Byrnes. — Qu'est-ce que c'était ?

Joey. — Je sais pas. Un truc assez long. Peut-être une canne à pêche ou un truc dans le genre.

Byrnes. — Un fusil ?

Joey. — J'en sais rien. C'était dans un journal.

Byrnes. — A quelle heure est-il descendu ?

Joey. — Vers les trois heures, trois heures et demie, par là.

Byrnes. — Et à quel moment vous êtes-vous rappelé que l'inspecteur Carella était toujours dans l'appartement ?

Joey. — Ça, c'est plus difficile. J'étais allé au drugstore, où il y a une petite blonde, qui sert au comptoir. J'ai discuté le coup avec elle un moment, en mangeant une glace, et puis je suis revenu et je me suis demandé si l'inspecteur... Comment vous l'appelez, déjà ?

Byrnes. — Carella.

Joey. — Il est italien ?

Byrnes. — D'origine, oui.

Joey. — Sans blague ? Je suis italien, moi aussi. Ça alors. Un pays !

Byrnes. — Extraordinaire.

Joey. — Non, mais c'est vrai. Bref, je me suis demandé s'il était encore là-haut, alors j'ai sonné l'appartement. Pas de réponse. Là-dessus, je sais pas, j'étais curieux, quoi. Mr Smith était descendu, et tout. Alors j'ai pris l'ascenseur, je suis monté au sixième et j'ai frappé. Pas de réponse. La porte était fermée à clef.

Byrnes. — Qu'avez-vous fait ?

Joey. — Je me suis souvenu que... comment c'est, son nom ?

Byrnes. — Carella. Carella !

Joey. — Oui. Carella. Je me suis souvenu qu'il était monté sur le toit, pour redescendre par l'escalier de secours. Alors j'ai fait pareil. Là, j'ai regardé par la fenêtre, et c'est là que je l'ai vu, couché par terre dans le salon. Alors j'ai ouvert la fenêtre et je suis entré. Bon Dieu, j'avais jamais vu autant de sang ! Y en avait partout. J'ai cru qu'il était mort. Je me suis dit comme ça que le pauvre couil... Hé, dites, vous marquez tout ce que je raconte ?

Sténo. — Comment ?

Joey. — Vous notez tout ce que je dis ?

Byrnes. — Oui, il note tout ce que vous dites.

Joey. — Alors biffez ça, hein ? Couillon. Je veux dire, ça fait pas bien, non ?

Byrnes. — Qu'avez-vous fait, en découvrant Carella ?

(Pas de réponse.)

Byrnes. — Allons, qu'avez-vous fait ?

Joey. — Je suis tombé dans les pommes.

Non seulement Joey était tombé dans les pommes en découvrant Carella, mais en reprenant ses esprits, il avait vomi sur l'épais tapis et c'est seulement ensuite qu'il avait trouvé la force de se traîner jusqu'au téléphone pour appeler la police, qui était arrivée dix minutes plus tard. A ce moment, le tapis avait bu une bonne part du sang de Carella, qui avait l'air tout ce qu'il y a de mort. Blême, inerte, il avait l'air d'un cadavre. Le premier agent faillit se désintéresser de lui. Le second eut l'idée de tâter le pouls, découvrit un faible battement et fit instantanément venir l'ambulance. L'interne qui inscrivit Carella à son arrivée aux urgences de l'hôpital Rhodes estima qu'il en avait peut-être pour une heure. Les médecins refusèrent de se compromettre en cette époque des miracles de la science. Ils se hâtèrent de lui faire des perfusions. Quelqu'un songea à prévenir sa femme, Teddy. Elle arriva avec la brave Fanny qui s'occupait des enfants, une demi-heure plus tard. Le lieutenant Byrnes y était déjà. A une heure du matin, le 29 avril, Byrnes renvoya Teddy chez elle. Steve Carella était toujours entre la vie et la mort. A huit heures du matin, Byrnes téléphona à Frankie Hernandez.

— Frankie, je te réveille ?

— Hein ? Quoi ? Qui... Qu'est-ce que c'est ?

— C'est moi, Pete.

— Pete qui ? Ah, bonjour, lieutenant. Oui. Qu'est-ce qu'il y a ?

— Tu es réveillé ?

— Il est mort ?

— Quoi ?

— Steve. Comment il va ?

— Il est toujours dans le coma. Ils ne peuvent encore rien dire.

— Oh, Seigneur, j'étais en train de rêver, dit Hernandez. Je rêvais qu'il était mort. Je rêvais qu'il gisait face contre terre sur le trottoir dans une mare de sang, et que je m'approchais de lui, en pleurant, et que je disais Steve, Steve, Steve, encore et encore, et puis, je le retournais sur le dos et alors, Pete, ce n'était pas le visage de Steve qui me regardait, c'était le mien. Ça m'a flanqué une de ces pétoches ! J'espère qu'il va s'en tirer.

— Oui.

Les deux hommes gardèrent le silence quelques secondes, puis Byrnes dit :

— Tu es réveillé ?

— Ouais.

— Frankie... C'est ton jour de repos, et je sais que tu as passé la nuit dernière debout, mais...

— Oui ? Quoi donc, Pete ?

— Eh bien, j'aimerais que tu ailles jeter un coup d'œil à l'appartement où Steve a été blessé. Ça m'ennuie de te demander ça, mais je suis débordé. J'ai déjà fait revenir deux de mes hommes qui étaient en vacances, je fais surveiller toutes ces boutiques qui ont reçu des menaces, Steve est à l'hôpital et je me sens devenir fou. Frankie, ce garçon est comme un fils pour moi. Je suis mortellement inquiet. Je m'occuperais bien de cet appartement moi-même, mais il faut que j'aille à la mairie tout à l'heure à cause de ce foutu match de base-ball de demain, et je ne sais pas comment m'en sortir, Frankie.

Il y eut un silence et puis le lieutenant reprit :

— Il a la figure complètement en compote, Frankie. Tu l'as vu ?

— Je n'ai pas eu le temps d'y aller, Pete. J'avais...

— En compote. Il n'est pas beau à voir. Enfin... Alors, je te demande de me rendre ce service, Frankie. Les types du labo ont déjà visité l'appartement, mais je voudrais qu'un de mes hommes y aille et le passe au peigne fin. Ça ne t'ennuie pas ?

— Mais non. Quelle est l'adresse ?

— 457, Franklin Street.

— Le temps de m'habiller et d'avaler un café, j'y vais.

— Merci. Tu me téléphoneras plus tard ?

— Oui, je vous tiens au courant.

— Merci, Frankie. Merci.

— De rien, Pete.

— Bon. A plus tard, alors.

— C'est ça.

Frankie Hernandez n'était pas du tout fâché d'avoir à travailler pendant son jour de repos. Il savait qu'un policier est de service vingt-quatre heures sur vingt-quatre, tous les jours que Dieu fait. Le lieutenant aurait très bien pu lui dire : « Hernandez, j'ai besoin de toi. » Mais il y avait mis des formes, il s'était excusé, et Frankie Hernandez savait apprécier cette délicatesse. Il sauta du lit et alla prendre une douche froide.

Le portier Joey comprit immédiatement qu'il était de la police.

— Vous venez pour mon pays, pas vrai ?

— Qui est votre pays ? demanda Hernandez.

— Carella. Celui qui s'est fait amocher là-haut.

— Oui, c'est à son sujet que je viens.

— Vous n'êtes pas italien, vous ?

— Non.

— Qu'est-ce que vous êtes, alors ? Espagnol, peut-être ?

— Portoricain, répondit Hernandez d'un ton crispé, en se tenant sur ses gardes.

Il examina attentivement le portier, guettant le ricanement. Mais non. Il n'y aurait pas d'insulte.

— Vous voulez monter là-haut ? Dites, comment c'est, votre nom ?

— Hernandez.

— Ah, c'est bien espagnol, ça. J'ai appris l'espagnol, à l'école, vous savez. Tenez : *Habla usted espanol ?* Hein ?

— Bravo.

— Et je connais des proverbes espagnols. Vous en connaissez, vous ?

— Quelques-uns, répondit Hernandez en marchant vers l'ascenseur.

— *No hay rosas sin espinas.* En voilà un. Y a pas de roses sans épines, ça veut dire.

— Vous avez une très bonne prononciation.

— Oh ! j'ai oublié, depuis le temps ! Tenez, montez. Alors comme ça, le type qui disait qu'il était John Smith, c'était pas John Smith ?

— Non.

— Au fond, on sait pas lequel des deux est John Smith, pas vrai ? Le blond sourdingue ? Ou bien le type âgé qui venait quelquefois, dont votre lieutenant m'a montré la photo ? Allez savoir, hein ?

— Le type âgé était le vrai John Smith, répondit Hernandez. Quant au blond, quel que soit son nom, il est recherché pour attaque à main armée.

— Ou meurtre, si mon pays y passe, non ?

Hernandez ne répondit pas.

— Dieu le garde ! s'écria vivement Joey. Venez, je vais vous faire entrer. La porte est ouverte. Toute la nuit, y a des types qui ont pris des photos, qui ont tout saupoudré. En partant, ils ont laissé la porte ouverte. Vous croyez que Carella va s'en sortir, dites ?

— Je l'espère.

— Moi aussi, soupira Joey.

— Le vieux est venu combien de fois, à votre avis ? demanda Hernandez.

— Sais pas trop. On le voyait de temps en temps, comme ça.

— Il était solide ?

— En bonne santé, vous voulez dire ?

— Oui.

— Ma foi, il m'a paru bien. Voilà le sixième.

Ils sortirent de l'ascenseur.

— Mais l'appartement a été loué par le blond ? Par le sourd ? C'était lui qui se faisait appeler John Smith ?

— Oui, c'est ça.

— Pourquoi diable est-ce qu'il a pris le nom de l'autre ? Il devait se cacher. Et même...

Hernandez hocha la tête et s'arrêta devant l'appartement 6 C.

— Vous aurez besoin de moi ? demanda Joey.

— Non, vous pouvez redescendre.

— Parce que notre liftier est malade, vous comprenez. Je suis obligé de m'occuper de l'ascenseur, et de garder la porte. Alors, si ça ne vous fait rien...

— Non, non, allez.

Hernandez entra dans l'appartement et fut immédiatement ébloui par le luxe discret du mobilier moderne et impressionné par le silence feutré, cette absence de bruit propre aux logements déserts. Il traversa le hall et pénétra dans le living-room. Près de la porte du petit couloir blanc, le tapis était sombre. Le sang de Steve. Hernandez soupira et fouilla rapidement le living-room, ouvrit le secrétaire, examina la bibliothèque, la cave à liqueurs, l'électrophone stéréophonique.

Il ne trouva rien. Avant d'aller visiter les autres pièces, il ôta sa veste et la jeta sur un fauteuil. Puis il dénoua sa cravate et retroussa ses manches. Comme il allait sortir, il aperçut quelque chose, sur le tapis, qui avait dû tomber de sa poche. Il se baissa et ramassa la photo du mort, du type que l'on savait être John Smith. Il la regarda, reprit sa veste et allait remettre la photo en place quand la porte d'entrée s'ouvrit brusquement.

Hernandez leva les yeux.

Là, sur le seuil, se tenait l'homme dont il venait de regarder la photo, le mort nommé John Smith.

15

— Qui êtes-vous ? dit l'inconnu. Qu'est-ce que vous faites là ?

Il portait un uniforme de marin et fit un pas en avant tandis que Hernandez remettait la photo dans sa poche et saisissait son .38. Le matelot ouvrit de grands yeux.

— Quoi ? s'écria-t-il et il voulut faire demi-tour.

— Ne bougez pas !

Le matelot s'immobilisa.

— Que... Pourquoi avez-vous un revolver ? demanda-t-il.

— Qui êtes-vous ?

— John Smith.

Hernandez s'approcha. La voix était jeune, et le garçon, bien sanglé dans son uniforme bleu, n'avait rien d'une personne âgée. Hernandez cligna des paupières et comprit qu'il ne se trouvait pas en présence du fantôme du cadavre de Grover Park, mais de son portrait craché, avec quarante ans de moins.

— Où est mon père ? demanda Smith.

— Vous êtes le fils de John Smith ?

— Oui. Où est-il ?

Hernandez n'avait pas envie de répondre à cette question, du moins pas encore.

— Qu'est-ce qui vous faisait penser que vous le trouveriez ici ? demanda-t-il.

— C'est l'adresse qu'il m'a donnée, répondit le jeune John Smith. Mais qui êtes-vous ?

— Quand est-ce qu'il vous a donné cette adresse ?

— On s'écrit. J'étais du côté de la baie de Guantanamo. Dites donc... Vous seriez pas de la police ?

— Si.

— Je l'aurais parié. Je les sens, les flics. Le vieux a des ennuis ?

— Quand avez-vous reçu de ses nouvelles pour la dernière fois ?

— Je ne sais pas. Au début du mois, je crois. Qu'est-ce qu'il a fait ?

— Il n'a rien fait.

— Alors qu'est-ce que vous fichez ici ?

— Votre père est mort, annonça sèchement Hernandez.

Smith recula contre le mur, comme si Hernandez l'avait frappé. Il se colla contre le mur, le regard fixe, sans voir Hernandez, sans rien voir, et murmura simplement :

— Comment ?

— Assassiné.

— Par qui ?

— Nous ne le savons pas.

Le silence tomba. Smith demanda au silence :

— Qui aurait voulu le tuer ?

— Vous pourrez peut-être nous le dire. De quoi parlait-il dans sa dernière lettre ?

— Je ne sais pas. Je ne me souviens plus.

Smith paraissait complètement sonné. Adossé au mur, la tête renversée contre le plâtre blanc, il contemplait le plafond.

— Essayez, dit doucement Hernandez.

Il rengaina son .38 et alla ouvrir la cave à liqueurs. Il versa une solide rasade de cognac dans un verre ballon et l'apporta à Smith.

— Tenez. Buvez ça.

— Je ne bois jamais.

— Buvez.

Smith prit le verre, le renifla et voulut le rendre. Hernandez le força à boire. Le matelot cracha, s'étrangla et finit par avaler quelques gorgées. Puis il repoussa la main de Hernandez.

— Ça va.

— Asseyez-vous.

— Ça va, je vous dis.

— Asseyez-vous !

Smith obéit, et alla se laisser tomber dans un des profonds fauteuils.

Il étendit ses longues jambes, sans lever la tête, sans regarder Hernandez. Il examinait attentivement ses souliers noirs bien cirés.

— La lettre, dit Hernandez. Que disait-elle ?

— Je ne sais pas. Il y a longtemps.

— Est-ce qu'il vous parlait d'une fille nommée Lotte Constantine ?

— Non. Qui est-ce ?

— Il n'a pas mentionné quelqu'un qu'il aurait appelé le sourd ?

— Non... (Smith leva la tête.) Le quoi ?

— Peu importe. Que vous racontait-il dans sa lettre ?

— J'en sais rien. Je crois qu'il commençait en me remerciant pour les chaussures. Oui. C'est ça.

— Quelles chaussures ?

— Je lui avais procuré une paire de chaussures. Je suis sur un destroyer et le mois dernier nous avons fait escale à Boston. Alors mon père m'avait envoyé sa pointure et je lui avais acheté une paire de chaussures au magasin de la Marine. Ce sont de bonnes chaussures et elles ne coûtent que neuf dollars, pour nous. Il n'aurait jamais rien trouvé à ce prix-là dans le commerce... C'était pas malhonnête.

— Personne ne vous dit le contraire.

— C'est pas défendu, insista Smith. Je les ai payées. C'est pas comme si j'avais resquillé. Et d'abord, avant qu'il trouve ce boulot, il n'avait que sa retraite. Il...

— Quel boulot ? demanda vivement Hernandez.

— Hein ? Oh ! je sais pas ! Dans sa dernière lettre, il me racontait qu'il avait trouvé un truc, un boulot.

— De quel ordre ?

— Veilleur de nuit, je crois.

Hernandez se pencha vers Smith.

— Où ? Chez qui ?

— Je ne sais pas. Mon père avait la folie des grandeurs. Il avait toujours des idées... Ça ne lui a jamais rien rapporté.

— Il ne vous a rien dit d'autre, au sujet de ce travail ?

— Non.

— Il a bien dû vous dire où il était veilleur de nuit !

— Non, je vous dis ! Il m'a simplement dit qu'il devait être veilleur de nuit jusqu'au 1er mai et qu'ensuite il aurait de quoi vivre de ses rentes. Des idées.

— Vivre de ses rentes ? Avec un salaire de veilleur de nuit ?

— Non, il venait juste de trouver ce boulot. Ça devait être autre chose. Encore une de ses idées, je vous dis.

— Et il ne vous a pas donné le nom de la société pour laquelle il travaillait ? Il vous a simplement dit qu'il travaillerait jusqu'au 1er mai ?

— Oui. C'est tout... Mais pourquoi est-ce qu'on l'a tué ? Pourquoi ? Il n'avait jamais fait de mal à personne ! A personne !

Soudain, le matelot se mit à pleurer.

Le loueur de costumes tenait boutique sur Detavoner Avenue, dans le centre d'Isola. Il y avait trois mannequins dans la vitrine poussiéreuse, le premier habillé en clown, le second en pirate, le troisième en aviateur de la guerre de 1914. Les costumes étaient fripés et mangés aux mites. La boutique exiguë était sombre, poussiéreuse et mitée, elle aussi. Le patron était un petit homme rond et jovial, nommé Douglas McDouglas, qui avait rêvé d'être acteur et qui s'était résigné à louer des costumes pour se rapprocher le plus possible du théâtre. Il ne regrettait pas ses ambitions perdues et s'estimait très heureux.

Le sourd pénétra dans la boutique. Douglas McDouglas le reconnut aussitôt.

— Ah, bonjour, Mr Smith. Comment ça va ?

— Très bien, très bien. Et vous ?

— Ça ne pourrait pas aller mieux, s'écria Douglas en éclatant d'un rire contagieux qui faisait tressauter son ventre rebondi. Vous venez pour les costumes ?

— C'est cela.

— Ils sont prêts. Ils vous attendent. Le teinturier me les a livrés avant-hier. C'est pour quel genre de pièce, cette fois, Mr Smith ?

— Ce n'est pas pour une pièce. C'est un film.

— Ah. Un film avec des marchands de glaces ?

— Eh oui.

— Et des veilleurs de nuit ?

— Comment ?

— Ben oui. Les deux uniformes de vigiles ! Celui de l'autre fois, et celui que vous êtes venu chercher au début du mois. C'est pas pour le même film ?

— Si, si. Sans doute.

— Vous me les rapporterez tous ensemble ?

— Oui, affirma le sourd qui n'avait pas la moindre intention de restituer les costumes.

— Ça s'appelle comment, votre film, Mr Smith ?

Le sourd eut un léger sourire.

— *Et que ça saute !* répondit-il.

Le gros costumier éclata de rire.

— C'est une comédie ?

— Un drame, plutôt.

— Et vous tournez ça ici, à Isola ?

— Oui.

— Quand ça ?

— Nous commençons demain.

— Ah, dites donc. Ça doit en faire, du boulot.

— Oui. Je ne voudrais pas vous presser, mais est-ce que je ne pourrais pas avoir les costumes ? J'ai tellement de choses à...

— Tout de suite, Mr Smith, tout de suite, s'écria McDouglas en disparaissant dans son arrière-boutique.

Et que ça saute, se dit le sourd. Pas mal, ça. Je me demande ce que tu dirais, gros lard, si tu savais. Et quand tu apprendras la nouvelle à la radio, hein ? Est-ce que tu courras à la police donner le signalement de John Smith ? Mais John Smith est mort, pas vrai ? Et vous ne le savez pas, Mr McDouglas. Vous ne savez pas qu'il a été tué dans un de vos beaux uniformes de location, hein ? John Smith, le vieux à la langue trop bien pendue, qui parlait un peu trop de ce qui va se passer demain. Un homme dangereux, ce John Smith, qui continuait de bavarder malgré les avertissements. Il a bien fallu se débarrasser de lui. La parole est d'argent, mais le silence est d'or. *PAN !*

Le sourd hocha la tête en riant tout bas.

Naturellement, il a bien fallu aussi se débarrasser du costume. Cher Mr McDouglas, vous êtes un homme organisé et vos travestis portent tous votre marque, imprimée sur toutes les doublures. Nous ne voulions pas que la police vienne vous poser des questions gênantes. Il a brûlé, votre bel uniforme, Mr McDouglas. Bien brûlé dans un incinérateur. Il se peut que la police vous retrouve tout de même un jour, Mr McDouglas. On ne sait jamais. Et vous leur donnerez mon signalement, bien sûr.

Mais suis-je vraiment blond ? Ne me suis-je pas fait décolorer pour la circonstance ? Et suis-je réellement sourd ? Est-ce que ce petit sonotone ne serait pas un accessoire supplémentaire et astucieux ? La police aura bien des questions à se poser et bien des mystères à résoudre, même si vous parlez, Mr McDouglas...

—Voilà, dit le costumier en revenant dans la boutique. Comment les trouvez-vous ?

Le sourd examina les uniformes blancs.

— Parfaits, Mr McDouglas. Parfaits. Combien vous dois-je ?

— Vous me paierez en les rapportant.

Le sourd s'inclina en souriant.

— Merci, trop aimable.

— Ça fait vingt-cinq ans que je suis dans le métier, Mr Smith, et on ne m'a jamais fait tort d'un sou. Jamais. Je n'ai jamais demandé de caution, jamais de dépôt, jamais d'arrhes et on ne m'a jamais fait tort d'un sou. Je n'ai jamais été volé.

— Ma foi, dit le sourd, il y a un commencement à tout.

Le gros costumier éclata de rire, et le sourd l'imita. Enfin, McDouglas s'essuya les yeux et reprit son sérieux.

— Et qui est-ce qui fait la mise en scène de votre film ?

— C'est moi.

— Ah, dites donc. Ça doit être difficile, quand même.

— Pas si l'on prévoit tout à l'avance, dit le sourd.

Cette nuit-là, ils mirent à exécution la première partie de leur plan.

A onze heures une minute, juste après que le gardien de nuit de la Compagnie Pick-Pack eut pris l'ascenseur pour le dernier étage de l'usine, Rafe passa une main osseuse dans ses cheveux de paille, ajusta ses lunettes à monture dorée sur son nez et, sans le moindre bruit, crocheta le cadenas de la grille. Chuck, trapu et simiesque, poussa le vantail, juste de quoi leur permettre de se glisser dans l'enclos, puis il le referma et ils se dirigèrent tous deux vers le camion le plus proche. Chuck s'attaqua à la plaque minéralogique avant et Rafe à celle de derrière.

A onze heures trois, ils levèrent les yeux vers le dernier étage de la bâtisse et virent la torche électrique du veilleur de nuit qui passait devant les fenêtres obscures.

A onze heures cinq, les plaques avaient été changées. Chuck souleva le capot du camion et alla se mettre au volant. Rafe chercha les fils de contact et les croisa. Puis il alla ouvrir la grille en grand. Chuck sortit en marche arrière. Rafe sauta sur le siège à côté de lui. Ils négligèrent de refermer la grille. Il était exactement onze heures sept.

Il leur fallut un quart d'heure pour atteindre la petite boutique qu'ils avaient louée à côté du quadrilatère nouvellement construit. Pop et le sourd attendaient dans la cour de derrière. Le sourd portait un pantalon de flanelle gris foncé et une veste sport grise. Ses mocassins noirs brillaient, malgré la lueur diffuse de l'unique réverbère.

Pop portait son uniforme de veilleur de nuit, le second de ceux que le sourd avait loués chez McDouglas.

Il était à présent onze heures vingt-trois.

— Tout a bien marché ? demanda le sourd.

— Au poil, répondit Chuck.

— Bon. Nous allons maintenant changer les panonceaux. Pop, vous pouvez aller vous mettre en faction, maintenant.

Le vieux alla se poster sur le trottoir, devant la boutique, tandis que les autres y entraient et en ressortaient avec une chignole électrique, une lampe baladeuse, une boîte d'écrous et deux grandes pancartes métalliques sur lesquelles on lisait SODAS CHELSEA, Glaces, Esquimaux, Jus de Fruits. Chuck se mit à percer des trous dans la carrosserie du camion.

Il était onze heures quarante et une.

A onze heures quarante-cinq, l'agent apparut. Il s'appelait Dick Genero et il arpentait nonchalamment le trottoir, sans penser à rien. Il voyait de la lumière dans la cour de la boutique que cette société glacière avait louée, mais le camion était dissimulé par l'immeuble. Sur le trottoir, il aperçut un homme en uniforme, qu'il prit d'abord pour un collègue. Puis il reconnut un vigile, ou un veilleur de nuit.

— Salut, lui dit-il.

— Salut, répondit Pop.

— Belle nuit, hein ? dit Genero.

— Ça oui.

Genero jeta un coup d'œil à la cour éclairée.

— Ils travaillent, à cette heure ?

— Eh oui. C'est les glaciers.

— C'est ce que je pensais. Ça pouvait pas être les ouvriers du bâtiment. C'est fini, cette construction, hein ?

— Eh oui.

— Vous êtes nouveau ? demanda l'agent.

Pop hésita.

— Comment ça ?

— Y avait un autre gars, avant. Quand ils ont commencé les travaux.

— Ah oui ?

— Comment il s'appelait, déjà ?

Pop eut soudain l'impression qu'on lui tendait un piège. Il ignorait le nom de son prédécesseur et se demandait si l'agent le connaissait, s'il le mettait à l'épreuve ou s'il posait simplement la question histoire de bavarder.

— Freddie, je crois, non ? dit-il.

— Je sais plus, dit Genero. C'est formidable, quand même, ce qu'ils construisent vite.

— Ça oui, dit Pop avec soulagement.

— Le supermarché a ouvert hier. Le drugstore aussi. La banque emménage demain après-midi et elle sera ouverte après-demain. C'est fantastique, ce qu'on arrive à faire avec le progrès.

— Vous pouvez le dire.

— J'avais bien besoin d'une banque dans mon secteur. Encore un souci de plus, moi, je vous le dis... Vous allez rester ici ? Régulièrement ?

— Non. C'est provisoire, dit Pop.

— Oui, jusqu'à ce que toutes les boutiques soient installées, hein ?

— C'est ça.

— Dommage, dit Genero en riant. Vous m'auriez aidé.

Derrière la boutique du glacier, la lumière s'éteignit brusquement. Genero se tourna vers la cour.

— Tiens, ils ont l'air d'avoir fini.

— Ils ont bien de la veine, dit Pop. Moi, je suis bon pour la nuit.

— Alors, soyez gentil, gardez un œil sur ma banque hein ? Allez, salut.

L'agent donna une claque sur l'épaule de Pop et partit en sifflotant. Il passa devant la boutique, tourna au coin de la rue et disparut.

Il était minuit.

Le camion qui se trouvait dans l'arrière-cour appartenait à présent aux Sodas Chelsea.

Les trois hommes, qui avaient fixé les nouvelles pancartes, rentrèrent dans le magasin, descendirent au sous-sol et passèrent de là dans le souterrain qu'ils avaient creusé sous la cour.

Le souterrain n'était pas un simple boyau, un travail d'amateur. Il y avait très longtemps qu'ils y travaillaient. Le tunnel était vaste, large et soutenu par de véritables poteaux de mine. Le soutènement solide était rendu indispensable par le nombre d'ouvriers et de camions qui passaient au-dessus, pendant les travaux. Le sourd avait fait creuser sa galerie le plus profondément possible, pour éviter les effondrements, mais il avait tout de même veillé à la solidité des parois.

— Je ne tiens pas à ce qu'on nous tombe dessus, avait-il dit en faisant exprès un mauvais calembour, et en riant avec les autres.

Les travaux de démolition et de construction du nouveau centre commercial couvraient à la perfection le bruit qu'ils faisaient en creusant dans la journée. La nuit, ils devaient se montrer plus prudents, mais ils étaient protégés par la présence de leur faux gardien de nuit.

Le sourd pensait que ce qu'il y avait de bien, dans leurs travaux, c'était qu'ils avaient progressé à la même allure que les constructeurs de la banque. Les travaux qui s'effectuaient à la surface se faisaient à la vue de tous. Le sourd avait attentivement observé, mêlé aux badauds, la construction de la salle des coffres, et la pose de la boîte contenant les fusibles et l'enchevêtrement des fils du système d'alarme, et regardé noyer la boîte dans le ciment, et contemplé les maçons qui recouvraient le tout d'un mètre de béton. Il savait que le système d'alarme serait des plus modernes et des plus perfectionnés. Mais il savait aussi qu'aucun système d'alarme au monde ne résistait aux doigts experts de Rafe, pourvu qu'il ait accès à la boîte aux fusibles.

Les trois hommes avaient manœuvré pour atteindre cette boîte. Tandis que la charpente de la banque et ses murs s'élevaient autour de la chambre forte inexpugnable, le tunnel avançait inexorablement sous la cour, vers les fondations de la banque, vers la chambre forte, et puis remontait dans le béton lui-même, jusqu'à ce que le dessous du sol de la salle des coffres soit exposé. Un filet d'acier, un réseau serré de câbles étaient noyés dans le béton. Ces câbles étaient en acier laminé, inattaquable à la simple scie à métaux, et les mailles serrées ne se commandaient pas. Il fallait scier chaque câble séparément. Au-delà de ce rempart d'acier, la boîte aux fusibles, le cerveau, le centre nerveux du signal d'alarme, était noyée dans la deuxième couche de béton. Assurément, la chambre forte était réellement inexpugnable.

Presque. Pas tout à fait.

Les trois hommes eurent à effectuer un travail harassant. Ils attaquèrent les câbles d'acier à l'acide, goutte à goutte, grignotant chaque maille séparément, jour après jour, lentement mais sûrement, calquant leur allure sur celle des ouvriers de la surface, surveillant l'élévation des murs, et, le 26 avril, ils avaient découpé dans le filet un trou d'un mètre de diamètre. Ils avaient ensuite foré le béton, grattant et creusant jusqu'à ce qu'ils eussent atteint la boîte électrique. Rafe avait dévissé le fond de la boîte et il avait soigneusement étudié le système. Comme il le soupçonnait déjà, le système était le dernier-né des systèmes d'alarme, une combinaison des deux systèmes en vigueur, le circuit ouvert et le circuit fermé.

Dans un système à circuit ouvert, le plus courant et le moins cher, l'alarme retentit quand le courant est mis. Dans l'autre système, plus perfectionné, un courant à faible voltage passe continuellement dans les fils et l'alarme est donnée quand le courant est coupé.

Le nouveau système marche des deux façons. La sirène d'alarme résonne quand le courant est coupé, et aussi quand le courant est mis.

Le premier venu, avec une pince coupante, peut neutraliser le premier système. Il n'y a qu'à couper les fils. Le second système est déjà plus difficile à réduire au silence. Il faut connaître des rudiments d'électricité pour établir une dérivation. Rafe savait neutraliser les deux systèmes, et aussi le système combiné. Mais pour cela, il fallait attendre la soirée du 30. Le sourd pensait que le système d'alarme serait essayé quand l'argent serait déposé dans la nouvelle chambre forte. Et il tenait à ce que cet essai fût aussi retentissant que réussi. On revissa donc le couvercle de la boîte — sans toucher aux fils — et les hommes l'oublièrent et s'occupèrent de raboter le béton jusqu'à ce qu'il ne reste que huit ou neuf centimètres entre eux et la chambre forte. Le sourd se disait que huit centimètres de béton suffiraient à soutenir le poids d'un homme, ou de plusieurs. Mais d'un autre côté, huit centimètres de béton ne résisteraient pas plus de dix minutes à une foreuse électrique.

Le ventre de la banque était ouvert.

Quand le système d'alarme serait essayé, le jour de l'ouverture de la banque, personne au monde ne pourrait se douter que, pratiquement, l'effraction était déjà commise. Le ventre de la banque était ouvert.

Sa gueule aussi. Sa mâchoire grande ouverte attendait plus de deux millions de dollars, qui allaient être transférés de la Mutuelle Commerciale située sous le grenier de Dave Raskin à la nouvelle banque, à trois heures de l'après-midi.

Le soir, tout en grattant avec les autres le béton du sol de la chambre forte, le sourd souriait avec confiance. Pop était dehors, pour écarter les curieux et les indiscrets. Qui se ressemble s'assemble, et les gardiens de nuit, aux yeux de la police, sont presque des membres honoraires de la police.

— Tout à l'heure, on fera un petit poker, dit le sourd, d'un ton presque joyeux.

Il était tranquille. Pas une âme au monde ne se doutait qu'ils se trouvaient à six pieds sous terre, en train de contempler les entrailles violées d'une chambre forte. Pas une âme au monde ne peut deviner où nous sommes, se dit-il, et il donna une grande claque sur l'épaule de Chuck.

Le sourd se trompait.

Il y avait une âme au monde qui aurait pu deviner assez exactement où ils se trouvaient.

Mais cette âme-là flottait, hésitait entre la vie et la mort.

Cette âme appartenait à Steve Carella.

16

C'était jeudi, le dernier jour d'avril.

Pas un des policiers du 87e ne se leva gaiement ce matin-là. Pas un seul d'entre eux ne serait plus joyeux à la nuit tombée.

D'abord, pas un policier n'aime qu'un de ses collègues serve de cible. Ça sent la poisse. Le porte-malheur. C'est un peu comme de passer sous une échelle, ou d'allumer trois cigarettes avec la même allumette, ou d'être treize à table. Personne n'aime ça. Ils sont superstitieux, soit. Mais, par-dessus tout, ils sont humains. Ils ont beau se remonter le moral pendant leur travail, en se disant qu'ils ont la chance d'exercer un métier fascinant, qui les met en contact avec un tas de gens passionnants, avec de belles blondes et des brunes incendiaires, ils ont beau se répéter que les énigmes qu'ils doivent résoudre stimulent l'intellect et que les planques interminables leur font respirer le bon air, et que les filatures leur donnent la joie de parcourir les rues de la plus belle ville du monde, ils ont beau se gonfler d'orgueil à la pensée qu'ils appartiennent à une merveilleuse équipe dévouée au bien public, resserrée par les liens de la plus chaude camaraderie, ils ont beau se nourrir de ce ramassis de bonnes blagues, il vient tout de même un moment où ils reconnaissent que ce métier excitant, fascinant, passionnant et glorieux peut très facilement tuer son homme, pour peu qu'il ne fasse pas attention.

En ce dernier jeudi d'avril, la salle des inspecteurs du 87ᵉ était singulièrement silencieuse.

Parce que, au chagrin de savoir Steve Carella dans le coma, sur un lit d'hôpital, s'ajoutait cet inévitable soulagement du soldat de première ligne qui voit son copain tomber à ses côtés. Les hommes du 87ᵉ étaient navrés que Steve Carella soit blessé. Mais ils étaient également heureux que ce soit lui, et pas eux. Le silence de la salle était fait de chagrin et de culpabilité.

A l'hôpital aussi le silence régnait.

Il bruinait depuis le matin et les rues, dehors, étaient comme huilées.

Assise sur un banc dans la salle d'attente, Teddy contempla tristement les fenêtres barbouillées de pluie. L'eau grise jetait des reflets pommelés sur le lino désinfecté de l'hôpital. Ils ressemblaient à des amibes, songea la jeune femme. De grandes amibes porteuses de mort.

Soudain elle craignit de les voir s'allonger démesurément, se répandre dans les couloirs jusqu'à la chambre de son mari, défoncer la porte avec leur masse gélatineuse, puis ramper jusqu'au lit pour engloutir Steve dans les ténèbres...

Avec un frisson, elle chassa aussitôt cette idée morbide.

Il vit dans le ciel blanc un oiseau minuscule. L'oiseau était immobile, comme suspendu. Il n'y avait pas le moindre bruit, ni le moindre souffle d'air. Juste un oiseau accroché à un ciel vide.

Et puis brusquement le vent se déchaîna à l'horizon, un vent puissant qui balaya le ciel et la plaine aride, soulevant des tourbillons de poussière, et le vent commença à mugir, à mugir de plus en plus fort, et l'oiseau se mit à piquer du nez, et le ciel vira au gris puis au noir tandis que le vent hurlait et que l'oiseau continuait sa descente vertigineuse.

Steve était debout dans la plaine et le vent lui fouettait les cheveux, lui arrachait les vêtements, et l'oiseau avec son bec jaune et ses yeux féroces fondit sur lui, et il essaya de hurler mais le vent lui rabattit ses cris au visage, et il brandit désespérément les poings pour se défendre mais l'oiseau lui laboura l'épaule avec ses serres, et la douleur lui transperça le corps, et telle une flamme elle le consuma, et toujours il hurlait dans la bourrasque, hurlait, hurlait, hurlait...

— Ecoute, fit le lieutenant Byrnes. Il essaie de nous parler.

— Uh... uhb, bégaya Carella en remuant la tête sur l'oreiller.

— Je crois qu'il délire, murmura Hernandez.

— Non, insista Byrnes. Je suis sûr qu'il essaie de nous dire quelque chose.

— Uhbain, articula Carella.

Puis il se remit à hurler, mais aucun son ne sortit de sa bouche.

Chuck et Pop s'étaient mis au travail à midi juste. Ils avaient synchronisé leurs montres en quittant le magasin et étaient convenus de se retrouver à l'embarcadère du ferry-boat à quatre heures quatre. Une nouvelle estimation du temps qu'il leur faudrait pour mener à bien leur entreprise leur avait fait comprendre qu'ils ne pourraient espérer attraper le ferry de deux heures et quart. Ce serait donc celui de quatre heures cinq. Et si jamais l'un d'eux n'était pas au rendez-vous, l'autre ne devait pas l'attendre, mais se rendre à Majesta sans lui.

Leur travail ne présentait pas de difficultés, mais il demandait du temps. Ils portaient tous deux une grande valise et chacune contenait douze bombes, six explosives, six incendiaires. Pop les avait toutes fabriquées, et il était assez satisfait de son travail, pour ne pas dire très fier. Il y avait bien longtemps qu'il n'avait exercé son art et il était très heureux de constater qu'il n'avait pas perdu la main. Ses bombes étaient d'une extrême simplicité et garantissaient un résultat sensationnel. Bien entendu, ni Chuck ni Pop n'avaient envie de se trouver dans le secteur quand les bombes exploseraient, ce qui fait qu'elles étaient toutes à retardement. Les bombes explosives étaient équipées de simples réveils, de batteries et d'un système de fils qui feraient éclater plusieurs bâtons de dynamite. Les bombes incendiaires étaient un peu plus compliquées, et Pop les avait préparées avec une mèche chimique.

Le sourd avait spécifié qu'il désirait que les explosions et les incendies commencent entre quatre heures et quatre heures et demie.

Il exigeait qu'aussi bien les explosions que les incendies soient violents et il avait expliqué à Pop que les incendies ne devaient pas pouvoir être éteints avant cinq heures quarante-cinq. Pop avait réglé ses bombes explosives pour quatre heures et quart. Pour les bombes incendiaires, tant de précision était pratiquement impossible sans un grand nombre d'essais. Pop en avait fait beaucoup et il était content du résultat. Il estimait que les incendies commenceraient vers quatre heures, à quelques minutes près, et qu'ils feraient rage instantanément.

Donc, à midi, les bombes bien rangées dans les valises, Chuck et Pop se mirent en route pour semer la terreur et transformer une ville en enfer.

A une heure et demie, quand le grand match de base-ball commença, Chuck avait déjà placé trois bombes incendiaires et une bombe explosive dans l'immense stade au bord de la Harb. Il avait placé deux des bombes incendiaires dans la tribune d'honneur et la troisième aux vestiaires. L'explosive avait été jetée dans une corbeille à papier, à l'entrée principale, près du portillon. Le sourd pensait que la partie se terminerait vers quatre heures et demie. La bombe devait sauter à quatre heures et quart et il espérait que l'explosion jetterait le désarroi dans la foule qui s'apprêtait à quitter le stade, d'autant plus que trois incendies auraient déjà éclaté. Pour être certain qu'ils ne seraient pas maîtrisés avant l'explosion de la dernière bombe, il avait enjoint Chuck de couper les tuyaux du dispositif d'incendie et de détruire tous les extincteurs qu'il verrait. Chuck l'avait fait et il avait hâte, à présent, de partir avant d'être surpris.

Il lui restait huit bombes. Il consulta les deux plans qu'il avait encore, marqués à son nom, et se dirigea rapidement vers ses autres destinations. La première était un grand cinéma du Stem. Il prit un billet au guichet, monta au balcon et se référa encore une fois à son plan. Deux X désignaient les endroits où il devait placer ses bombes, juste au-dessus des colonnes supportant le balcon et assez près de la cabine de projection pour qu'avec un peu de chance le film prenne feu. L'objectif principal, naturellement, était la chute du balcon, mais le sourd n'était pas homme à négliger les possibilités les plus accessoires. Dans le couloir, Chuck regarda autour de lui et arracha les extincteurs. Puis il quitta le cinéma. Un coup d'œil à sa montre lui apprit qu'il était deux heures et quart. Il se dit qu'il devrait se dépêcher s'il voulait attraper le bac de quatre heures cinq.

Il restait à présent six bombes dans sa valise.

Le sourd voulait qu'il en mette trois à la gare d'Union Station : une incendiaire à la consigne, une explosive sur la voie du Chicago Express qui entrait en gare à quatre heures dix et une autre au grand guichet des renseignements, au milieu de la salle des pas perdus.

Les trois dernières étaient laissées à la discrétion de Chuck, à condition, bien entendu, qu'il les place toutes dans les quartiers sud de la ville. Le sourd avait suggéré qu'il en laisse une dans le métro, une incendiaire de préférence, et une explosive au grand marché de Chamont Avenue, mais il laissait Chuck libre de son choix. Tout dépendait du temps et des circonstances.

— Et si j'en mets là où y aura pas de gens ? dit Chuck.

— Ce serait stupide, répondit le sourd.

— Je veux dire, enfin quoi, c'est censé être simplement un casse de banque, s'pas ?

— Oui. Et alors ?

— Alors, on a peut-être pas besoin de mettre ces trucs-là là où des tas de gens peuvent être blessés.

— Où voudrais-tu les mettre ? Dans des terrains vagues ?

— Ben, non, mais...

— Ça ne servirait à rien, n'est-ce pas ?

— Non. Mais... Merde, et si on se fait prendre ? Vous êtes en train de... Bon Dieu, c'est de l'assassinat, ça ! Des crimes !

— Oui ? Alors ?

— Alors, je veux bien qu'il y ait des gars qui étrangleraient leur grand-mère pour deux thunes, mais...

— Je ne suis pas de ceux-là, répliqua le sourd. Il s'agit de deux millions et demi de dollars. Tu veux laisser tomber, Chuck ?

Chuck ne voulait pas laisser tomber. Et maintenant, comme il se dirigeait vers la gare, la valise était heureusement plus légère à son bras. Il avait hâte d'en finir. Il ne tenait pas du tout à se trouver dans les quartiers sud après quatre heures. Si tout marchait selon les prévisions du sourd, tout ce district allait devenir un enfer, un capharnaüm, un chaos sans nom, et Chuck ne voulait surtout pas se trouver au milieu d'un chaos.

La raffinerie de pétrole était située sur la berge de la Dix, à l'extrémité sud de l'île d'Isola. Pop se présenta à la grille et chercha dans sa poche l'insigne que le sourd lui avait remis. Il le mit vivement sous le nez du planton de garde, qui inclina la tête et le laissa passer. Pop se dirigea tout droit vers une resserre à outils adossée aux bâtiments administratifs. Dans ce petit hangar, en plus des balais, des marteaux, des pièces détachées diverses, il y avait plusieurs dizaines de pots de peinture, de vernis et de térébenthine. Pop ouvrit la porte de la resserre et plaça une bombe explosive dans un carton de vieux papiers. Puis il referma soigneusement la porte et se dirigea vers la cabane où s'effectuait la paye, juste à côté de la première des immenses citernes.

A une heure quarante-cinq, il avait placé quatre bombes un peu partout dans la raffinerie. Il sortit, en saluant le garde de la main au passage, prit un taxi et se fit conduire le long du fleuve à une vaste usine dont les hautes cheminées vomissaient de la fumée vingt-quatre heures sur vingt-quatre. Sur le toit de tôle de l'usine, on pouvait lire en lettres gigantesques : EASTERN ELECTRIC.

La compagnie d'électricité fournissait le courant à soixante-dix pour cent des immeubles et des usines du sud du 87e District.

A trois heures, on ferma pour la dernière fois les portes de la vieille Mutuelle Commerciale.

Mr Wesley Gannley, le directeur de la banque, regarda, avec une légère nostalgie, le départ des employés pour la nouvelle banque située dans le centre commercial achevé. Puis il retourna dans la chambre forte, où les gardes emportaient l'actif de la banque — deux millions trois cent cinquante-trois mille quatre cent vingt dollars en devises américaines — et déposaient les sacs plombés dans le camion blindé qui attendait dehors.

Mr Gannley trouvait très bien que l'on emportât autant d'argent dans la nouvelle banque. En général, sa succursale n'avait guère que huit cent mille dollars environ en espèces, un peu plus le vendredi, jour de paye. Il y avait cependant quelques grandes entreprises qui payaient leur personnel au mois. Ce qui fait que ce jour-là, comme le lendemain était à la fois le 1er mai et un vendredi, la banque contenait, en plus de ses dépôts normaux, de très grosses sommes pour la paye. Mr Gannley en était extrêmement satisfait. Il trouvait parfait qu'une banque toute neuve ouvrît ses portes avec un actif important.

A trois heures et demie, les deux millions trois cent cinquante-trois mille quatre cent vingt dollars étaient bien gentiment rangés dans la chambre forte toute neuve de la nouvelle banque. Les employés de Mr Gannley faisaient connaissance avec leurs nouveaux locaux et tout allait pour le mieux dans le meilleur des mondes.

A quatre heures, le sourd commença à donner ses coups de téléphone.

Le sourd était installé dans sa boutique de glacier, derrière la nouvelle banque. Rafe attendait dans le drugstore situé en face de la banque, et guettait la porte de l'établissement bancaire. Il devait prévenir le sourd dès que la dernière personne aurait quitté la banque. En attendant, le sourd avait un autre travail à faire.

La liste dactylographiée posée devant lui sur le bureau comportait une centaine de noms, ceux de magasins, de bureaux, de cinémas, de restaurants, d'administrations et même de particuliers qui se trouvaient tous dans le secteur sud du 87e District. Le sourd espérait avoir le temps de passer au moins cinquante coups de fil avant cinq heures, en comptant une minute par communication et en tenant compte du pourcentage de numéros pas libres ou sans réponse. Avec de la chance, *tous* ses correspondants préviendraient la police. Probablement, seule la moitié le ferait. Si l'on voulait être pessimiste, il y en aurait dix. En mettant les choses au pire, cinq personnes sur les cinquante avertiraient la police.

Même ces cinq-là suffiraient à ajouter à la confusion générale et à faciliter le trajet jusqu'au ferry.

Sur les cent noms de cette liste, quatre se trouvaient réellement en difficulté. Ils l'étaient parce que Chuck et Pop avaient déposé des bombes explosives ou incendiaires chez eux. Ces quatre établissements appelleraient certainement la police, sinon après réception du coup de téléphone du sourd, au moins sans la moindre hésitation après l'explosion. L'idée du sourd était de fournir à la police un certain nombre d'indices, dont quatre seraient valables. Mais la police ne saurait pas lesquels étaient vrais, lesquels étaient faux. Et dès que les premiers rapports afflueraient sur les dégâts, les policiers n'oseraient pas négliger le moindre avertissement.

Le sourd prit son téléphone et forma le premier numéro de sa liste. Une voix de femme lui répondit :

— Allô, le cinéma Culver ? dit aimablement le sourd. Il y a une bombe dans une boîte à chaussures à l'orchestre de votre cinéma.

Et il raccrocha.

A quatre heures cinq, Chuck et Pop montèrent à bord du bac de Majesta, et s'entretinrent à voix basse comme des collégiens qui viennent de faire une farce.

A quatre heures quinze, la première des bombes explosa.

— 87e District, inspecteur Hernandez. Quoi ? Qu'est-ce que vous dites ? s'écria Hernandez en griffonnant fébrilement sur son bloc. Oui, monsieur. Et votre adresse, s'il vous plaît ?... Merci. Oui, tout de suite, sans faute. A quelle heure avez-vous reçu ce coup de téléphone ?... Certainement, monsieur. Tout de suite. Merci.

Hernandez raccrocha brutalement et hurla :

— Pete ! Encore une ! Qu'est-ce qu'on fait ?

Au premier cri, Byrnes était sorti de son bureau.

— Une bombe ?

— Oui.

— Une vraie, ou une menace ?

— Une menace. Mais, Pete, le dernier cinéma...

— Oui, oui, je sais.

— Ça aussi, c'était une menace. Mais deux bombes ont bel et bien explosé au balcon ! Qu'est-ce qu'on fait ?

— Préviens la Brigade du Déminage.

— Je l'ai fait pour les trois dernières.

— Appelle-les encore ! Et préviens Murchison. Dis-lui que toutes ces menaces de bombes doivent être directement transmises au Déminage. Dis-lui...

— Pete, si nous en recevons encore beaucoup, de ces appels, le Déminage sera débordé, et il nous renverra le tout sur les bras.

— Nous n'en recevrons peut-être plus. Peut-être...

Le téléphone sonna. Hernandez décrocha immédiatement :

— 87e District, Hernandez. Qui ? Où ça ? Doux J... *Quoi !* Qu'est-ce que vous dites ? Non. Avez-vous... ? Oui, oui, je vois. Avez-vous... Je vous en prie, monsieur, calmez-vous. Avez-vous appelé les pompiers ? Très bien, monsieur, oui, nous arrivons.

Il raccrocha et regarda Byrnes.

— Le stade, Pete. Des incendies ont éclaté dans les tribunes et au vestiaire. Les extincteurs sont hors d'usage. Les tuyaux de secours d'incendie ont été coupés. Les gens se ruent vers les portes. C'est la panique, Pete. Il va y avoir une émeute ! Je le sens !

Et, au même instant, juste à l'entrée principale, alors que les spectateurs pris de panique se ruaient pour échapper aux incendies qui ravageaient le stade, une bombe explosa.

Les habitants des quartiers sud ne comprenaient pas ce qui se passait. Ils crurent d'abord qu'il s'agissait de l'invasion russe et que les incendies et les explosions n'étaient que des actes de sabotage précédant l'offensive générale. Certains, plus imaginatifs, penchaient pour une attaque des Martiens et d'autres, les scientifiques, affirmaient qu'il s'agissait d'une réaction en chaîne consécutive à un essai de bombe H. Mais tous étaient terrifiés. Quant à la police, elle ne savait plus où donner de la tête.

Il y avait cent quatre-vingt-six agents, vingt-deux sergents et seize inspecteurs au 87e District. Un tiers de cette force n'était pas en service lors de l'explosion de la première bombe. Dix minutes plus tard, tous ceux que l'on avait pu toucher par téléphone avaient été rappelés d'urgence. De plus, les districts voisins, le 88e et le 89e, dépêchèrent le plus d'hommes possible, depuis les agents de la circulation jusqu'aux inspecteurs. Le centre névralgique du chaos était le stade, où cent mille spectateurs affolés se mêlaient aux forces de police, aux pompiers, à la police montée et aux journalistes pour former un magma sans nom.

La Brigade du Déminage et les pompiers vivaient des instants de folie pure. Toutes les casernes étaient alertées et les voitures écarlates fonçaient par les rues, d'un incendie à l'autre, tandis que les sonneries d'alarme ne cessaient de retentir, croisaient les voitures de Police-Secours et les ambulances, toutes sirènes hurlantes, qui arrivaient en trombe de tous les secteurs de la ville.

Et le secteur nord du district, la partie comprise entre le nouveau centre commercial où était le siège de la Mutuelle Commerciale et l'embarcadère du ferry-boat Isola-Majesta, se trouva soudain complètement privé d'agents de police.

Meyer Meyer et Bert Kling, qui patrouillaient dans une voiture de police banalisée de l'une à l'autre des boutiques menacées par le fou du téléphone, furent rappelés d'urgence et promptement expédiés à la station de métro de Grady Road, afin d'enquêter sur une menace de bombe.

A quatre heures et demie, six unités de la Défense civile furent jetées dans la mêlée et le Directeur de la police réclama au maire la convocation de la Garde Nationale. Mais les rouages de la bureaucratie tournent très lentement et la Garde Nationale ne devait être mobilisée qu'à cinq heures quarante, heure à laquelle les coffres de la Mutuelle Commerciale auraient été vidés de leur contenu ; les bruits d'invasion ennemie causeraient une panique sans précédent dans l'histoire, la rive sud du fleuve ne serait plus qu'un mur de flammes et tous ceux qui se trouvaient dans ce secteur croiraient vivre la fin du monde.

En attendant, il n'était encore que quatre heures et demie, et le sourd avait donné vingt-deux coups de téléphone. Souriant au bruit des sirènes, il forma son vingt-troisième numéro.

Mr Wesley Gannley, directeur de la Mutuelle Commerciale, arpentait le sol de marbre de sa nouvelle banque en observant l'activité de ses employés et souriait avec satisfaction. Les machines I.B.M. crépitaient, des haut-parleurs dissimulés diffusaient une musique douce, les portes de la salle des coffres étaient ouvertes et Gannley pouvait voir les rangées de coffres d'acier poli, et les grilles de la chambre forte. Il se sentait heureux et confiant.

Mr Gannley tira de sa poche une montre en or extra-plate et regarda l'heure. Quatre heures trente-cinq. Dans vingt-cinq minutes, ils fermeraient les portes.

Tout allait bien. Mr Gannley passa devant le guichet de Miss Finchley, apprécia son corsage en connaisseur et lui demanda :

— Alors, mademoiselle ? Comment vous trouvez-vous dans nos nouveaux locaux ?

— C'est merveilleux, monsieur. C'est un plaisir de travailler ici.

— Oui, n'est-ce pas ?

Mr Gannley hésita, se demanda s'il pouvait se permettre de l'inviter à prendre un cocktail après la fermeture, et décida que ce serait peut-être un peu osé.

Les caissiers commençaient déjà à rouler leurs caisses mobiles dans la chambre forte. Ce rite avait lieu tous les jours à cinq heures moins le quart. Ils plaçaient d'abord les cassettes de pièces sur les caisses roulantes, puis les liasses dans les tiroirs inférieurs. Aujourd'hui, ils n'avaient pas grand-chose à y mettre, puisque la nouvelle banque n'était pas encore ouverte au public et que les fonds avaient été directement déposés dans la chambre forte. Mais l'usage voulait que l'on roule les caisses mobiles dans le coffre, vides ou non.

Mr Gannley consulta une fois encore sa montre, alla dans son bureau et y prit la clef qui correspondait aux trois cadrans de la porte blindée de la chambre forte. Ces cadrans étaient minuscules et portaient des chiffres comme une montre. Mr Gannley inséra sa clef dans le premier cadran et le mit sur quinze heures. Il fit de même pour les deux autres cadrans. Il comptait arriver le lendemain à sept heures trente et ouvrir la chambre forte à sept heures quarante-cinq. Il était à présent quatre heures quarante-cinq — ce serait donc dans quinze heures. S'il voulait ouvrir la porte avant cette heure-là, ce serait impossible, même s'il formait la combinaison des deux autres serrures de l'énorme porte.

Mr Gannley mit la clef dans sa poche et poussa de l'épaule la lourde porte. Il eut beaucoup de mal à la refermer, parce que la moquette neuve était épaisse et retenait le battant. Mais il finit par refermer la porte. Puis il brouilla les combinaisons. Il savait que le système d'alarme se mettait automatiquement en marche dès que la porte était fermée et sonnerait dans le bureau du poste de police le plus proche si jamais quelqu'un cherchait à toucher aux serrures. Il savait aussi que personne au monde ne pourrait ouvrir si le mécanisme horaire n'était pas réglé. Il était également convenu avec la police que si jamais l'alarme retentissait accidentellement, il devait immédiatement téléphoner au poste pour prévenir qu'il s'agissait d'un accident et non d'un cambriolage. Pour plus de sûreté, il devrait répéter cet avertissement deux minutes plus tard. Ainsi, si jamais un cambrioleur forçait Mr Gannley à téléphoner à la police pour dire que l'alarme avait retenti par erreur, ledit malfaiteur ne sachant pas que l'appel devait être réitéré, la police comprendrait que quelque chose ne tournait pas rond. Mr Gannley se frottait les mains. On avait bien pensé à tout et sa banque ne risquait rien. Cependant, il avait une dernière chose à faire avant de partir. Wesley Gannley alla dans son bureau et décrocha le téléphone pour demander Frederick 7-8024.

— 87e, sergent Murchison.

— Ici Mr Gannley, de la Mutuelle Commerciale.

— Qu'est-ce qui se passe, Mr Gannley ? On vous a téléphoné au sujet d'une bombe, chez vous aussi ?

— Pardon ?

— Rien, rien. De quoi s'agit-il ?

— Je voulais vous prévenir que je vais faire un essai de mon système d'alarme.

— Très bien. Quand ça ?

— Dès que j'aurai raccroché.

— Parfait. Et vous me rappelez ensuite ?

— Bien entendu.

— Bon, à tout de suite.

Mr Gannley raccrocha, pénétra dans une des cages et posa fortement le pied sur le bouton avertisseur du sol. Un tintamarre effroyable éclata dans l'établissement. Mr Gannley ôta vivement son pied et se frotta les mains. Puis il rappela la police pour dire que tout marchait bien. En passant devant la porte blindée de la chambre forte, il la caressa amoureusement. Les sonneries d'alarme étaient bien en ordre, comme un chien fidèle, et veillaient sur ce trésor avec vigilance.

Il ne savait pas qu'elles venaient d'entonner leur chant du cygne.

Il était cinq heures cinq.

Dans le drugstore tout neuf, en face de la banque, Rafe était assis sur un tabouret et surveillait la porte. Douze personnes étaient sorties de la banque, et chaque fois le garde avait ouvert et refermé à clef. Il restait trois personnes dans l'établissement, en comptant le garde. Rafe s'impatientait.

Au-dessus du comptoir, l'horloge marquait cinq heures six.

Rafe but une gorgée de Coca-Cola et regarda du côté de la banque.

Cinq heures sept.

Allez, grouillez-vous, songeait Rafe. Faut qu'on prenne le bac de six heures cinq, quoi. On n'a même pas une heure devant nous. L'autre pense qu'il pourra crever ce qui reste de béton en dix minutes, mais moi je dis qu'il faudra bien un quart d'heure, au moins. Et puis encore dix minutes pour embarquer le fric et dix de plus — à condition qu'il n'y ait pas d'embouteillages — pour arriver à l'embarcadère. Ça fait trente-cinq minutes, si tout va bien, s'il n'y a pas de retard ni de pépin.

Rafe ôta ses lunettes, s'essuya l'arête du nez et les remit.

La dernière limite, se dit-il, c'est cinq heures quarante-cinq. On aurait vingt minutes pour arriver au bac. Ça devrait aller. Si tout marche bien.

La sueur ternissait les verres de Rafe. Il ôta encore une fois ses lunettes pour les essuyer et faillit manquer l'ouverture de la porte de la banque. Une jeune femme en chemisier blanc sortit et s'arrêta, surprise par la pluie fine. Un type en costume croisé sombre sortit à son tour, ouvrit un parapluie noir et se tourna vers la jeune femme. Elle lui prit le bras et ils coururent sous l'averse.

Plus qu'un, se dit Rafe.

Il transpirait encore mais ne voulait plus ôter ses lunettes.

De l'autre côté de la rue, les lumières de la banque s'éteignirent. Le cœur de Rafe fit un bond.

Une par une, les grandes baies s'obscurcissaient. Rafe attendait. Il glissait de son tabouret quand il vit le garde sortir et refermer la porte derrière lui. Le garde secoua la porte, qui ne bougea pas. De l'autre côté de la rue, Rafe le vit hocher la tête avec satisfaction avant de s'éloigner sous la pluie.

L'horloge du drugstore annonçait cinq heures quinze.

Rafe se dirigea vers la sortie.

— Hé là !

Il s'arrêta net. Une main de glace lui serra la nuque.

— Vous ne payez pas votre Coca-Cola ? lança le barman.

Le sourd attendait tout au fond du souterrain, sous la banque, lorsqu'il entendit Rafe à l'autre extrémité. L'humidité suintait aux parois de la galerie et le sourd était moite et trempé de sueur. Il n'aimait pas cette odeur de terre. C'était un relent fétide, suffocant, qui l'empêchait de respirer. Rafe approchait.

— Alors ? demanda-t-il.

— Ils sont tous sortis, annonça Rafe.

— Vas-y.

Le sourd braqua sa torche électrique sur la boîte contenant le système d'alarme. Rafe se faufila dans le trou du filet de mailles d'acier et tendit les mains vers la boîte.

Carella avait beau être cloué sur un lit d'hôpital, son cerveau fonctionnait parfaitement. Jamais il ne s'était senti aussi lucide.

Lui et ses collègues du 87e s'étaient complètement fait avoir, pensa-t-il avec amertume. C'en était humiliant.

Car à présent il prenait toute la mesure de l'homme qui avait si bien brouillé les pistes, leur faisant perdre un temps précieux.

Cet homme, c'était le sourd, celui qui l'avait agressé sauvagement dans l'appartement de Franklin Street. L'assassin probable de John Smith. L'habile stratège qui avait dessiné le plan de la salle des coffres de la Mutuelle Commerciale. En vue de la dévaliser, naturellement.

Et Carella avait l'intime conviction qu'il existait un rapport entre tout cela et l'affaire du Casse-Pieds. Sans en avoir jamais discuté ouvertement avec Meyer, il avait saisi des bribes de conversations téléphoniques, jeté un coup d'œil aux notes qui traînaient sur le bureau de son collègue. Son inconscient avait fait le reste.

Intuition ou raisonnement, Carella était sûr de son fait et cela l'effrayait. Leur homme, loin de défier la police d'une manière insensée, la manipulait au contraire avec une précision diabolique pour mieux servir ses fins. Depuis quand au juste tirait-il les ficelles ?

Carella savait que, contrairement à ce que nous font croire les romans policiers, le criminel moyen est un homme d'intelligence moyenne. Voire pire. Le plus souvent, ce sont des troubles psychiques qui l'incitent au crime. S'il tue, c'est par impulsion, par vengeance ou par fatalité. S'il vole, c'est rarement après mûre réflexion. Un hold-up courant ne demande qu'une préparation sommaire et s'exécute en une demi-heure.

Les exceptions existent, bien sûr — cambrioleurs prévoyants, assassins machiavéliques. Il y a aussi les escrocs ordinaires, ceux dont le crime est pour ainsi dire le gagne-pain. Ceux-là ne sont pourtant que des amateurs, leurs méthodes éculées ne donnent pas beaucoup de fil à retordre aux flics.

Le sourd, lui, était d'une autre trempe. Il travaillait en virtuose et la police, à moins de se mettre rapidement au diapason, avait toutes les chances de faire un bide retentissant.

Tout en se livrant à ces réflexions, Carella en venait à douter de lui-même et des principes qui l'avaient toujours guidé. En tant que flic, son travail était de prévenir le crime ; et à défaut, d'arrêter les criminels. Mais si un jour il réussissait totalement dans cette tâche, il n'y aurait plus de crime donc plus de boulot. Sans crime, raisonnait-il, le flic devenait superfétatoire.

Ce qui l'amena à un constat terrifiant : sans crime, la société n'aurait plus aucune raison d'être. Car elle reposait sur la loi, et la loi n'avait de sens que dans la mesure où il y avait quelqu'un pour l'enfreindre.

Donc la société était solidaire du crime. CQFD.

Mais non, je délire ! se dit-il. Tout ça n'est pas logique.

Puis, du fond de sa souffrance, il comprit obscurément que la logique ordinaire ne lui permettrait jamais de résoudre cette affaire. Le sourd était un adversaire hors pair, un matheux à l'intelligence redoutable.

Et Carella, pour être à la hauteur, se devait de changer. De devenir un autre homme. Définitivement.

En un éclair, il sut qu'il allait vivre.

Il devina également, malgré son coma, que quelqu'un se trouvait à ses côtés dans la pièce. Qu'il fallait lui parler de la Mutuelle Commerciale, de l'entreprise de travaux publics Uhrbinger, du plan qu'il avait trouvé dans l'appartement de Franklin Street.

Parler, avant qu'il ne soit trop tard.

— Mu... mutu... elle, marmonna-t-il.

Pourquoi sa voix ne lui obéissait-elle pas, alors que son esprit était si clair ?

Allons, encore un effort.

— Uh... Uhr... bin... Uhrbinger, articula-t-il avant de sombrer de nouveau dans l'inconscience.

Assise au chevet de son mari, Teddy déchiffra sur ses lèvres le mot « Uhrbinger ». Mais elle était sourde-muette et, pour elle, ce mot n'avait aucune signification. Steve devait délirer, se dit-elle.

Lui prenant la main avec tendresse, elle la porta à sa joue.

Soudain, les lumières de l'hôpital s'éteignirent.

Le feu d'artifice de Pop venait de commencer.

En bon praticien, Rafe avait tout vérifié soigneusement avant de passer à l'étape décisive.

— Regardez, dit-il au sourd. Voilà les fils de courant. Je vais provoquer un court-jus et ensuite, tout marchera comme sur des roulettes.

— Alors vas-y !

Rafe provoqua le court-circuit avec dextérité.

— Passez-moi la pince, fit-il.

— Tiens, voilà. Qu'est-ce que tu vas faire, maintenant ?

— Couper les autres fils.

— Tu es sûr de ton fait ? demanda le sourd avec un soupçon d'inquiétude. Tu ne vas pas déclencher l'alarme, au moins ?

— Je ne pense pas.

— Personne ne te demande de penser ! aboya le sourd. Contente-toi de me répondre oui ou non.

— Non, promit Rafe, je ne vais pas déclencher l'alarme.

— Bon, tu peux y aller.

Prenant une profonde inspiration, Rafe tendit la pince vers les fils en question. Puis, d'un coup sec, il les sectionna.

Silence.

Comme il l'avait prévu, l'alarme n'avait pas retenti.

Dans la maison de Majesta, Chuck arpentait nerveusement le plancher. Pop avait les yeux fixés sur un réveil posé sur la commode.

— Quelle heure est-il ? demanda Chuck.

— Cinq heures et demie.

— Ils doivent avoir quitté la banque, maintenant ; ils sont en route.

— A moins d'un pépin, dit Pop.

— Ouais... Mets donc la radio, tiens.

Pop obéit.

« ... font rage sur une superficie de près d'un kilomètre carré. Toutes les casernes de pompiers de la ville sont en état d'alerte et toutes les voitures se ruent sur le lieu de la catastrophe pour tenter de maîtriser les sinistres. La pluie rend les opérations de sauvetage plus difficiles, et les routes glissantes retardent l'arrivée des secours. La police et les pompiers opèrent avec des éclairages de fortune, à la lueur des phares de leurs voitures, car une explosion à l'Eastern Electric a privé de courant la majeure partie du secteur dévasté. Heureusement, il y a toujours du courant à Union Station, où une bombe a explosé sur la voie de l'express de Chicago et une autre dans la salle des pas perdus. L'incendie qui avait éclaté à la consigne a été maîtrisé, mais le feu continue de couver. »

Le speaker s'interrompit pour reprendre haleine.

« Le maire et les autorités de la police sont en ce moment en conférence pour discuter des mesures à prendre, mais la grosse question demeure sans réponse : Que se passe-t-il ? Qui est responsable de ce désastre ? Et pourquoi ? Ces questions viennent à l'esprit de tous, tandis que la ville entière lutte pour sa vie. Notre prochain bulletin d'information à... »

Pop tourna le bouton. Il ne pouvait s'empêcher d'éprouver un certain orgueil.

Ils quittèrent la chambre forte à cinq heures quarante, et durent faire trois voyages de la banque à la boutique, par le souterrain. Puis ils portèrent les grands cartons pleins de billets dans le camion, dans la cabine frigorifique. Le sourd claqua la porte du frigo et Rafe se mit au volant.

— Attends, lui dit le sourd. Regarde par là.

Rafe suivit la direction du doigt tendu. Le ciel rutilait. Vers le sud, les immeubles étaient obscurs mais les nuages incandescents n'étaient qu'un vaste tourbillon de rouge et d'or. Les flammes montaient à l'assaut du ciel et repoussaient la nuit. Les sirènes des voitures de la police et des pompiers lançaient leurs appels lugubres, ponctués par de nouvelles explosions, accompagnés par le clapotis de la pluie sur les pavés.

Le sourd esquissa un sourire et Rafe mit son moteur en marche.

— Quelle heure est-il ? demanda-t-il.

— Cinq heures cinquante, répondit le sourd.

— On a raté le bac de moins le quart, alors.

— Oui, et nous avons un quart d'heure pour attraper celui de six heures cinq. Je crois que ça va aller.

— J'espère, grogna Rafe.

— Tu sais combien nous avons dans la glacière ? demanda le sourd en riant.

— Combien ?

— Plus de deux millions de dollars... Ça fait un sacré paquet. N'est-ce pas, Rafe ?

— Vouais, grommela Rafe, préoccupé.

Il guettait les feux rouges. Ils avaient déjà parcouru plus d'un kilomètre et il n'avait pas vu l'ombre d'un agent. Les rues paraissaient étranges, comme des rues de cauchemar. Les agents font partie du paysage, en général, mais ils devaient tous être dans le secteur sud. Rafe devait reconnaître que le sourd savait y faire. Cependant, il ne tenait pas à griller de feux rouges, ni à faire d'excès de vitesse. Et puis la chaussée était glissante. Rafe n'avait nulle envie de s'écraser contre un réverbère avec tout cet argent dans la glacière !

— Quelle heure qu'il est ? demanda-t-il.

— Cinquante-six.

Rafe appuyait posément sur l'accélérateur. Il mettait son clignotant chaque fois qu'il tournait. Il sursauta de terreur, à un moment donné, en entendant une sirène. Mais la voiture de police le croisa en trombe, sans se soucier de lui. Le sourd éclata de rire.

— On dirait qu'ils sont pressés !

— Ouais.

Le cœur de Rafe battait à se rompre. Il n'aurait jamais osé l'avouer, mais il était terrifié. Tout cet argent. Et si quelque chose foirait ? Tant de fric !

— Quelle heure ? demanda-t-il en virant dans le parking de l'embarcadère.

— Six heures une.

— Où est le bac ?

— Il va venir, assura le sourd.

Il se sentait admirablement bien. En tirant ses plans, il avait envisagé la possibilité de rencontrer la police, entre la banque et le ferry-boat. Mais la seule voiture de police qu'ils avaient vue était passée sans leur accorder un regard, pressée d'arriver sur les lieux des sinistres. Les bombes incendiaires avaient admirablement exécuté leur travail. Peut-être pourrait-on accorder une prime à Pop. Peut-être...

— Où il est, ce foutu bac ? s'impatienta Rafe.

— Attends un peu. Il va arriver.

— Vous êtes sûr qu'il y en a un à six heures cinq ?

— Mais oui.

— Faites voir l'horaire.

Le sourd lui tendit la brochure et Rafe la feuilleta fébrilement.

— Nom de Dieu ! s'écria-t-il.

— Qu'est-ce qu'il y a ?

— Il y a qu'il marche pas. Y a un E, à côté, et ça veut dire qu'il marche que le 30 mai, le 4 juillet et...

— Mais non, dit calmement le sourd. Le E est devant le bac de sept heures quinze. Tu te trompes. Ne t'en fais donc pas. Je connais cet horaire par cœur.

Rafe consulta attentivement l'horaire, puis il murmura un faible « Ah oui », et se tourna de nouveau vers la rivière.

— Ben alors, où il est, ce foutu bac ?

— Je te dis qu'il va arriver.

— Quelle heure qu'il est ?

— Six heures quatre.

Dans la maison de Majesta, Chuck alluma une cigarette et remit la radio en marche. Il écouta un moment, tête basse, puis il se redressa.

— Toujours rien. Ils se demandent ce qui se passe... Je suppose qu'ils ont réussi.

— Et s'ils ont raté leur coup ? observa Pop.

— Comment ça ?

— Qu'est-ce qu'on fera ? S'ils se font arrêter ?
— On le saura par la radio. Tout le monde cherche une explication. Dès qu'ils sauront, il y aura un flash. Et nous, on se fera la malle.
— Et s'ils disent aux flics où nous sommes ?
— Ils se feront pas prendre, assura Chuck.
— Oui, mais une supposition ? Et s'ils parlent ?
— Ils ne feraient pas ça, enfin !
— Non ?
— Ah, la ferme !
Chuck se tut un moment, puis il murmura :
— Non, allez. Ils ne diront rien.

L'agent sortit de la salle d'attente, regarda distraitement le camion du glacier, se tourna vers le fleuve et respira profondément la fraîcheur humide du crépuscule d'avril. Il contempla le ciel rouge, du côté du sud, sans comprendre qu'il était l'instrument du destin. C'était un de ces agents qui avaient été laissés à leur poste, soit par oubli, soit volontairement. Il savait qu'il y avait un incendie gigantesque le long de la Dix, mais son service consistait à surveiller les quais de la Harb. Il n'avait aucune idée de l'étendue du désastre, là-bas vers le sud, et s'en moquait un peu. Son service avait commencé à trois heures quarante-cinq, et se terminait à onze heures quarante-cinq. L'agent n'attendait pas d'ennuis dans ce secteur calme et n'imaginait pas qu'il puisse arriver quelque chose sur cet embarcadère du bac qui reliait Isola à la petite ville endormie de Majesta. Il resta un moment les poings sur les hanches, à contempler le ciel. Puis il se dirigea nonchalamment vers le camion du glacier.
— Du calme, siffla le sourd entre ses dents.
— Il vient par ici !
— Du calme, je te dis !
— Salut, dit l'agent.
— Bonsoir, répondit aimablement le sourd.
— Je mangerais bien un esquimau, dit l'agent.

On avait réussi à maîtriser l'incendie du stade, et le lieutenant Byrnes, avec l'aide de trois brigades affectées à la circulation, avait enfin décongestionné les rues et dégagé le passage pour les ambulances qui emportaient les victimes brûlées ou piétinées par la machination du sourd. Parallèlement, Byrnes avait essayé de se tenir au courant de ce qui se passait dans tout son district. Au début, les rapports étaient assez espacés, et puis le rythme s'accéléra brusquement. Une bombe incendiaire chez un fabricant de peintures et vernis, qui avait communiqué le feu aux immeubles voisins. Une bombe explosive laissée dans un autobus qui avait éclaté au moment où le véhicule se trouvait à une intersection, paralysant ainsi le trafic dans quatre directions, sur des kilomètres. Des coups de téléphone angoissés, des crises de panique, des appels légitimes et, dans toute cette confusion, une foutue bataille rangée entre bandes rivales de blousons noirs. Il ne manquait plus que ça ! Ces petits salauds pouvaient s'entretuer, le lieutenant s'en moquait éperdument.

A présent, couvert de sueur, de suie et de poussière, Byrnes enjambait les tuyaux des lances à incendie qui serpentaient sur la chaussée, les oreilles pleines de cris, de sirènes et de klaxons d'ambulances, sous le ciel écarlate qui se reflétait sur les trottoirs mouillés et teintait de sang le fleuve, pour se diriger vers une cabine téléphonique. Il avait un coup de téléphone à donner, indispensable. Il fallait qu'il sache...

Hernandez le suivit en silence, et attendit à la porte de la cabine.

— Hôpital Rhodes, dit une voix impersonnelle.

— Ici le lieutenant Byrnes. Comment va Carella ?

— Carella ?

— L'inspecteur Carella. Le policier qui a été admis à la suite d'une blessure de...

— Ah oui. Excusez-moi, monsieur. Mais nous sommes sens dessus dessous. Les blessés affluent — les incendies, vous savez. Une seconde. Je vais me renseigner. Ne quittez pas.

Byrnes ne quitta pas.

— Allô ? reprit la voix féminine.

— Oui, alors ?

— Il semble sorti du coma, monsieur. Sa température a énormément baissé, et il dort paisiblement. Je vous prie de m'excuser, monsieur, mais on m'appelle sur d'autres lignes et...

— Oui, oui, allez. Merci.

Byrnes raccrocha et se tourna vers Hernandez.

— Il va s'en tirer, murmura-t-il en hochant la tête. Oui, il va s'en sortir.

— J'avais senti l'ombre, dit soudain Hernandez.

Mais il n'expliqua pas ce qu'il voulait dire.

— Donnez-m'en un aux amandes et au chocolat, dit l'agent.

— Désolé, nous n'en avons plus, répondit le sourd.

Il n'avait pas peur mais il était irrité. Il voyait à présent le bac approcher lentement de l'embarcadère et le capitaine qui se penchait sur sa passerelle pour lancer des ordres et veiller à la manœuvre.

— Y en a plus aux amandes ? reprit l'agent. Dommage. Je les aime bien.

— Dommage, mais il n'y en a plus, répondit le sourd sans le regarder.

Le bac accostait. Sa poupe heurta les piles de la jetée. Un homme sauta du ferry sur le quai et se mit à actionner le treuil pour faire descendre la rampe au niveau du pont.

— Tant pis, dit l'agent. Donnez-m'en un au chocolat.

— Il n'y en a plus non plus.

— Qu'est-ce qu'il vous reste, alors ?

— Plus rien. Nous rentrons à l'usine.

— A Majesta ?

— Oui, dit le sourd.

— Ah, murmura l'agent. Tant pis, ce sera pour une autre fois.

Il s'éloigna du camion et s'approcha du bac. Les voitures commençaient à descendre à terre. Comme l'agent passait derrière le camion blanc, il baissa machinalement les yeux sur la plaque et vit que le numéro était IS 6341. IS, c'était Isola. Les voitures de Majesta étaient immatriculées MA. Il calcula quelles pouvaient être les probabilités — n'étant qu'un simple flic et non un statisticien, le mot « probabilités » ne lui vint pas à l'esprit —, il se demanda donc simplement comment une usine située à Majesta pouvait avoir des camions immatriculés à Isola et se dit qu'après tout, c'était possible.

Puis une autre probabilité le frappa et il se demanda s'il lui était déjà arrivé de voir un camion de glacier avec *deux* livreurs en uniforme. Ma foi, se dit-il, ils rentrent peut-être tous les deux à l'usine et le premier emmène son copain. Mais alors, qu'est-ce que le second avait fait de son camion ?

Parfaitement ignorant du calcul des probabilités, l'agent comprit cependant que quelque chose n'allait pas. Cette histoire n'était pas normale. Cela le fit penser aux camions de glaciers en général et il lui sembla se rappeler qu'avant de prendre son service il avait vu une circulaire au poste, au sujet d'un camion volé...

Il fit demi-tour et se dirigea de nouveau vers la cabine du camion. Rafe redémarrait et s'apprêtait à engager le camion sur la rampe du bac.

— Hé ! dit l'agent.

Rafe et le sourd échangèrent un bref regard.

— Ça ne vous ferait rien de me montrer votre carte grise ? dit l'agent.

— Elle est dans la boîte à gants, une seconde, dit le sourd.

Il y avait deux millions de dollars à l'arrière de ce camion, et ce n'était pas le moment de céder à la panique. Le sourd voyait la terreur se refléter sur les traits de Rafe. L'un d'eux au moins devait rester calme. Il fouilla dans la boîte à gants du tableau de bord en grommelant :

— Où diable est-ce que je l'ai fourrée ? Ça, par exemple ! Mais, au fait, qu'est-ce qu'il y a donc, monsieur l'agent ?

— La carte grise.

— C'est que nous devons prendre ce bac.

— Le bac attendra. Vous, dit l'agent en regardant Rafe. Votre permis.

Rafe hésita et le sourd comprenait ce qui se passait dans sa tête. Rafe se disait que son permis n'était pas valable pour les poids lourds et que, s'il le montrait, l'agent poserait beaucoup de questions. Cependant, il fallait montrer ce permis. Si Rafe refusait, le Special Police aurait vite fait de sauter dans la main de cet agent curieux. Il n'y avait rien d'autre à faire qu'obéir, qu'essayer de parlementer en espérant qu'ils se tireraient de ce mauvais pas avant le départ du bac. Le prochain n'était qu'à neuf heures moins le quart et ils ne pouvaient pas attendre jusque-là. Il n'y avait qu'à bluffer. C'était un coup de poker, pour un enjeu trop important !

— Montre-lui ton permis, Rafe, conseilla le sourd.

Rafe hésitait toujours.

— Eh bien, qu'est-ce que tu attends ?

D'une main tremblante, Rafe sortit son portefeuille de sa poche. Le sourd regarda du côté du bac. Deux voitures venaient d'y monter, et quelques piétons. Sur la passerelle, le capitaine consultait sa montre. Il leva la main vers la chaîne de la sirène. Le hurlement de la corne de brume s'éleva dans l'air humide. Le premier signal.

— Dépêche-toi, dit le sourd.

Rafe tendit son permis à l'agent, qui l'examina à la lueur de sa torche électrique.

— C'est un permis touriste, dit-il. Vous conduisez un poids lourd, mon petit vieux.

— Monsieur l'agent, intervint le sourd, nous devons prendre ce bac.

— Ah oui, sans blague ? Eh bien, c'est dommage, ricana l'agent en redevenant le parfait tyran en uniforme, sûr de son bon droit et de sa puissance. Il me vient l'envie de jeter un coup d'œil dans votre frigo, tiens. Comment ça se fait que vous n'avez pas d'esqui...

— Vas-y Rafe !

Rafe écrasa l'accélérateur au moment où la sirène lançait son second avertissement. Le sourd vit la grille se refermer derrière le bac, et le bateau s'éloigner du quai. L'agent hurla derrière eux, et puis une détonation déchira l'air. Le sourd comprit que les pourcentages se retournaient contre lui. Un second coup de feu éclata. Rafe poussa un cri perçant et s'écroula sur son volant. Le camion fit une folle embardée et le sourd sauta de la cabine.

Mille possibilités s'entrecroisaient dans sa tête. Sauter sur le bac ? Non, parce que je ne suis pas armé et le capitaine me remettrait à la police. Courir vers la rue ? Non, parce que l'agent m'abattra avant que j'aie traversé le quai. Tout cet argent... Tout ce bel argent, tout ce travail, mon Dieu, c'est pas possible. Pour un esquimau, un foutu esquimau, bon Dieu. Reste le fleuve !

Le sourd se mit à courir vers le parapet.

— Halte ! rugit l'agent. Halte, ou je tire !

Le sourd courait toujours, en se demandant combien de temps il pourrait rester sous l'eau, jusqu'où il pourrait nager...

L'agent tira deux coups de semonce, puis il visa les jambes du sourd au moment où le fugitif escaladait le parapet.

Il resta un moment figé, indécis, puis il sauta, le plus loin possible, et l'agent tira. Le sourd parut demeurer un instant suspendu en l'air, puis il tomba dans le fleuve comme une pierre. L'agent courut au bord du quai.

Cinq coups, pensa le sourd, il faut qu'il recharge. Il remonta à la surface, s'emplit les poumons d'air et replongea.

Tout cet argent, songeait-il. Enfin... Ce sera pour la prochaine fois.

L'agent appuya sur la détente et un déclic lui apprit que son chargeur était vide. Il se hâta de recharger son arme et tira une rafale de coups de feu dans l'eau.

Le sourd ne reparut pas à la surface.

Il n'y avait plus qu'une série de cercles allant s'élargissant pour montrer qu'il avait existé.

17

Il est étonnant de voir à quel point un voleur devient raisonnable quand il a une balle dans l'épaule et qu'il sait que son coup a raté. Avant même d'arriver à l'hôpital, Rafe avait donné les noms de ses complices et l'adresse de la maison de Majesta. Cinq minutes plus tard, les policiers de Majesta arrêtaient Chuck et Pop.

La logique des malfaiteurs est tout aussi étonnante. C'était très joli d'être inculpé pour un hold-up ou un cambriolage. Mais ce n'était pas du tout intéressant de se voir accusé d'assassinats en masse, d'incendie volontaire et de fomentation de troubles graves, sans compter — ça, c'était le bouquet ! — de haute trahison. Un jeune homme éveillé du bureau du *district attorney* avait feuilleté son Code pénal et avait déclaré que ces oiseaux-là avaient commis le crime de haute trahison à l'encontre de l'Etat en se livrant à des actes de guerre contre la population de cet Etat. La *guerre* ! Dieu du ciel !

Les trois malfaiteurs nommés Rafe, Chuck et Pop se trouvaient plongés dans un pétrin sur lequel ils n'avaient pas compté. Ils voulaient bien passer le restant de leurs jours à la prison de Castleview, mais il y avait dans ladite prison un certain fauteuil électrifié sur lequel ils ne tenaient pas du tout à s'asseoir. Aussi, avec un ensemble admirable, ils comprirent qu'ils avaient sous la main le modèle des boucs émissaires. Peut-être pas sous la main, mais quelque part dans le fleuve.

Et, avec ensemble, ils répétèrent que l'homme qui avait sauté dans le fleuve était responsable de tout cet enfer et de toutes ces morts, que c'était lui, et lui seul, qui avait tué John Smith et placé toutes ces bombes, que c'était lui qui avait déclaré la guerre et qu'eux, pauvres agneaux, s'étaient simplement contentés de cambrioler la banque. Est-ce qu'ils avaient l'air de gens qui font bon marché de la personne humaine ? Est-ce qu'on pouvait les prendre pour des types capables de faire dérailler des trains et de mettre le feu à des stades pour une misérable somme d'argent ? Non, non, c'était l'autre qui avait tout fait.

Comment s'appelle l'autre ?

Avec le même ensemble admirable, ils affirmèrent qu'ils l'appelaient « le sourd ». Ils ne purent ou ne voulurent rien ajouter à cela.

On les écouta, on les inculpa et on les mit à l'ombre avec le même ensemble admirable, en faisant fi de leurs dénégations et la police se frotta les mains en se disant que les probabilités étaient qu'ils grilleraient à Castleview ou qu'ils y passeraient au moins le restant de leurs jours derrière des barreaux.

Le 21 mai, Dave Raskin se présenta au bureau des inspecteurs. Il alla tout droit au bureau de Meyer Meyer.

— Vous ne savez pas quoi, Meyer ?

— Non, je ne sais pas. Quoi ?

— Je quitte mon grenier.

— Quoi !

— Eh oui. J'en ai marre de ce grenier. Tenez, je vais vous dire. Avant, quand il y avait la banque, y avait du mouvement. Je regardais par la fenêtre, je voyais passer du monde. Maintenant, plus rien, plus personne. C'est trop triste.

— Ma foi, dit Meyer, et il haussa les épaules.
— Comment va le flic qu'a été blessé ?
— Carella ? Il sortira de l'hôpital dans quelques semaines.
— Bien, bien. Tant mieux. Je suis bien content. Dites, si votre femme a besoin d'une jolie robe, dites-lui de passer me voir, hein ? Je lui en choisirai une ou deux, avec les compliments de Dave Raskin. Un cadeau.
— Merci.

Puis Raskin retourna dans son atelier de Culver Avenue où la pulpeuse Margarita, remuant des fesses avec un regain d'ardeur, préparait l'inventaire des stocks en vue du déménagement imminent. Raskin s'accordait le temps d'admirer le spectacle quand le téléphone sonna. Les yeux toujours rivés au postérieur de la Portoricaine, Raskin décrocha.

— Allô ? fit-il.
— Raskin ? demanda une voix étouffée.
— Lui-même. Qui est à l'appareil ?
— Espèce de salaud ! hurla la voix. Foutez le camp de ce grenier ou je vous tue !

Sur quoi la voix se mit à rire.

— Qui êtes-vous ? fit Raskin en blêmissant.
— Meyer Meyer.

Raskin éclata d'un grand rire jovial.

— Sacré Meyer ! s'exclama-t-il. Vous m'avez bien eu ! Vous au moins, vous êtes un vrai comique, un farceur comme votre vieux...

Oui, comme mon vieux, songea amèrement Meyer à l'autre bout du fil. Ayant salué Raskin, il raccrocha.

— Eh bien, Meyer, t'en fais une tête ! fit Miscolo en déboulant du secrétariat. Qu'est-ce qui ne va pas ?
— Je me sens pas bien, grogna Meyer.
— A mon avis, c'est parce qu'un agent de rien du tout a résolu l'affaire sur laquelle tu séchais. Tu es vexé, voilà tout.
— Ça se pourrait, reconnut Meyer.
— Allons, remets-toi. Tu veux du café ?
— Comme mon vieux, murmura Meyer avec tristesse. J'ai trimé pendant des années, tout ça pour devenir comme mon vieux...
— C'est quoi ce baratin ? s'enquit Miscolo.
— Oh ! rien...
— Alors je te l'apporte, ce café, oui ou non ?
— Ah ! Tu ne vas pas me casser les pieds, toi aussi ! s'écria Meyer.
— Qui est-ce qui te casse les pieds ? protesta Miscolo en s'éloignant.

Assis derrière son bureau, Bert Kling dit :

— C'est bientôt l'été.

— Et après ?

— Après ? Y aura encore plus de gosses dans les rues, davantage de guerres des gangs, encore des blousons noirs excités, et de l'énervement et...

— Sois pas pessimiste.

— Qui est-ce qui est pessimiste ? Ça va être un été superbe. Je le sens.

— Je suis impatient de voir ça, répondit Meyer.

Il attira près du téléphone une liste tapée à la machine, les noms de témoins d'un hold-up, et composa le premier numéro.

Dehors, derrière les fenêtres de la salle des inspecteurs, Mai piaffait d'impatience en attendant la chaleur torride de Juillet.

MOURIR POUR MOURIR

See Them Die
1960
Traduction de Louis Saurin
et Georges Monny

Pour Rita et Bud.

1

Juillet.

Juillet torride.

Pour les habitants de cette ville, ce sont des synonymes qui vont de pair et renvoient à une seule et même réalité. Dans ce 87e District, les deux putains jumelles battent inlassablement le pavé, le cheveu blond décoloré, le rouge à lèvres écarlate comme une plaie à vif. Drapées dans des soieries couleur safran, elles se déhanchent en frimant sur leurs mules éblouissantes de strass. « Juillet » et « torride », le couple de jumelles venues ici-bas pour nous compliquer l'existence.

L'air est épais, palpable, moite et visqueux. Sur la chaussée, l'asphalte fond et colle aux talons. Le soleil implacable éclabousse les trottoirs et lave le ciel de toute couleur. Mais il n'y a pas beaucoup de ciel, dans ce quartier. Ce n'est qu'une mince bande bleuâtre, pâle comme des blue-jeans délavés, coincée entre les toits des immeubles sordides.

Dans le ciel, il ne reste plus qu'une traînée de bleu, décolorée par le soleil implacable dont le miroitement se réverbère encore çà et là, reflets chatoyants d'une chaleur qui d'un instant à l'autre explosera sous forme de pluie.

Quant aux immeubles, ils tiennent tête à la canicule avec la solennité de juifs orthodoxes engoncés dans leurs longues redingotes noires. Ils sont accoutumés à la chaleur. Nombre d'entre eux y ont survécu depuis près d'un siècle, et leur souffrance sait rester muette ; ils résistent à la chaleur avec le jusqu'au-boutisme intransigeant des stoïciens.

Sur le trottoir, un illuminé a écrit à la craie blanche :

« JESÚS VIENE
PREPÁRENSE POR
NUESTRA REDENCIÓN ! »

En attendant, les immeubles continuent à vomir des foules sur les trottoirs sans leur indiquer ni la voie de la rédemption ni celle qui mène vers la perdition.

De toute évidence, le ciel semble indifférent au sort qui attend cette rue.

Il y a pourtant de par le monde des coins où il s'étire interminablement d'un bout à l'autre de l'horizon, telle une immense tente bleu dur, mais ce n'est pas le cas ici. Dans cette rue, il s'est cherché une place entre les ombres irrégulières des bâtiments, mais n'ayant pu naturellement y suffire, il a alors été maintenu de force par des poings irascibles, à coups redoublés, jusqu'à ce qu'il finisse par recouvrir la rue de sa chape de fournaise.

La rue est silencieuse. Il n'est que neuf heures moins vingt, et c'est dimanche matin.

Nulle brise ne soulève les papiers gras qui traînent dans le caniveau, avec quelques boîtes de conserve et des planches arrachées à des cageots d'oranges.

Dans le lotissement inoccupé au coin de la rue s'entassent de jour en jour des restes carbonisés de feux de joie et de matelas pour bébés, sales et éventrés, jonchés de capotes usagées en forme de longs serpents blancs. Sur les escaliers de secours s'amoncellent les petits riens de la vie quotidienne : draps, oreillers, casiers de bière, plantes en pots, et même des guitares. Un homme est endormi là-haut. Il bouge mollement une main qui, l'espace d'un instant, dépasse des barreaux de fer, puis se balance bizarrement avant de s'immobiliser.

C'est le seul mouvement perceptible dans la rue.

Le silence de l'air sent le brûlé et la chaleur se retient d'exploser, poids mort et inerte, fâcheusement enclin à paralyser tout ce qui tombe en son pouvoir. Déjà les façades en brique des immeubles d'habitation, le goudron, les trottoirs, et même la voûte du ciel ont été atteints.

Des cloches sonnent, au loin, car c'est dimanche. Mais la lourdeur de l'atmosphère ne porte pas leur son, qui reste plat et sans joie. Un métro aérien passe en grondant. Les cloches se taisent. La rue est rendue au silence accablant.

Deux personnes vont mourir dans cette rue, aujourd'hui.

Le gamin s'appelait Zip.

Il avait dix-sept ans. Comme une grenade, il jaillit de la porte du taudis et bondit sur le trottoir, léger comme une balle. Grand et mince, il était beau dans le genre débraillé, avec un teint clair et des cheveux noirs dressés en houppe sur le front, tirés sur les tempes et trop longs dans le cou. Il portait un pantalon noir collant, une veste de soie violette avec un nom brodé en jaune sur la poitrine, et de courtes bottes pointues.

Il consulta sa montre. Puis il hocha la tête et regarda vers le haut de la rue, d'un air impatient. Il alluma une cigarette, en tira quelques bouffées et la jeta, l'écrasant du pied d'un geste irrité. Son regard fouilla la rue déserte, et il regarda encore une fois l'heure. Enfin il se dirigea vers un snack-bar, au coin de la rue. Une grande enseigne blanche le surmontait, avec de grandes lettres rouges qui annonçaient aux passants : CHEZ LUIS. Quand les deux portes du snack étaient ouvertes, l'établissement devenait un prolongement des trottoirs de l'avenue et de la rue. Mais les portes étaient fermées. Les lourds rideaux de fer baissés en faisaient une forteresse massive, imprenable. Le garçon frappa à la porte du côté de la rue, enragea de la trouver fermée et se mit à donner des coups de pied furieux dans le rideau de fer ondulé.

— Qu'est-ce que tu fais là ? cria une voix. Va-t'en !

L'homme qui remontait la rue s'exprimait avec un léger accent espagnol, d'une voix douce qui convenait à son aspect. C'était un homme déjà voûté, paraissant plus que ses cinquante ans, avec une petite moustache noire.

— Alors, quoi, tu l'ouvres, ta boîte ? lui lança Zip.

Luis Amandez tira une clef de sa poche en grognant :

— Tu veux tout démolir, hein ? C'est ça que tu veux ?

— Allez, allez, grouille-toi. Ouvre-moi ça !

Luis se pencha sur le rideau qui s'éleva dans un roulement de tonnerre.

— Je suis chez moi. J'ouvre quand je veux. Vous n'êtes tous que des morveux qui...

— Allez, écrase. Je te dis que je suis pressé, vieux machin !

Mais un sourire éblouissant démentait la dureté des paroles et la voix du garçon avait soudain pris une inflexion plus chaude.

— Ecrase, écrase. C'est toi que j'écraserais bien, vaurien, grommela Luis.

Zip éclata de rire.

— Visez-moi le vieux ! Il fait de l'esprit !

Il se précipita par la porte enfin ouverte et alla droit à la cabine téléphonique à côté du juke-box. Luis passa du côté de l'avenue, ouvrit le cadenas et souleva le second rideau de fer. Le soleil viola la salle obscure. Zip avait décroché le téléphone et fouillait dans sa poche. Mais sa plus petite pièce était un quart de dollar. Il raccrocha brutalement et alla rejoindre Luis à la porte.

— Tiens, casse-moi ma pièce. Je veux de la monnaie.

— Pour quoi faire ? Pour le juke-box ?

— Pourquoi, pourquoi, toujours pourquoi. Je te demande de la monnaie. Tu verras bien pour quoi faire !

— C'est trop tôt pour le juke-box, répéta calmement Luis. Il y a encore des gens qui dorment.

Il passa derrière son comptoir et mit un grand tablier blanc.

— D'abord, je m'en fous, qu'ils dorment. Il est temps de se lever. Et ensuite, c'est pas pour le juke-box. Faut que je téléphone. Et troisièmement, si tu ne me fais pas de monnaie, un de ces quatre, je te démolis ta baraque.

— Tu me menaces ? Je suis un ami de la police. Je leur dirai...

— Allez, allez, interrompit Zip avec un nouveau sourire charmeur. Me raconte pas ta vie. La monnaie, tu veux ?

Luis hocha la tête, prit la pièce et la glissa dans sa poche. Zip ramassa la monnaie et se rua vers le téléphone. Luis alla ouvrir sa caisse et s'apprêtait à déplier un rouleau de petites pièces quand un hurlement de Zip le fit sursauter.

— Hé ! Hé ! Cooch ! Par ici !

Luis se retourna. C'était un autre gamin du quartier, qui portait également une veste de soie violette, mais qui était plus jeune. Luis l'examina de loin, et, du haut de son âge, se demanda s'il avait porté lui aussi une aussi ridicule petite moustache, à seize ans. Il pensa que non. Le gosse était petit et trapu, avec de grosses mains puissantes et un teint basané. Il aperçut Zip et courut vers le snack. Luis soupira et rangea sa monnaie dans sa caisse.

— Qu'est-ce que tu foutais ? glapit Zip. J'allais téléphoner chez toi. Qu'est-ce que tu fous ?

— Ah, mec, la famille, m'en parle pas, dit Cooch.

Comme Zip, il parlait sans le moindre accent. Ils étaient tous deux des produits de la ville, et du quartier, aussi étrangers à Porto Rico qu'à la Mongolie. En les observant, Luis se sentit soudain très vieux, et étranger. Il haussa les épaules, se retourna et se mit à préparer le café.

— Qu'est-ce que tu veux que ça me fasse, ta famille ? Je t'avais dit neuf heures moins le quart et il est...

— Je te jure, mon vieux, c'est le cave intégral. Il fait venir les oncles, les tantes, les cousins de Porto Rico et tout ça vient s'entasser à la maison, je te dis, c'est pas quelqu'un, c'est un monde. Complètement dingue. Chaque fois qu'il en arrive un nouveau chargement, et je te fête ça, et je te bois le coup. A quatre heures du mat' qu'on s'est pieutés hier soir. Je te jure, je tiens pas sur mes cannes !

Cooch se tut, regarda autour de lui et demanda :

— Où est Papá ? Qu'est-ce qu'il fabrique ?

— C'est ce que je me demande ! Vous avez tous l'air de croire qu'on rigole, ici !

— Qui, moi ? s'écria Cooch, vexé. Moi ? Je crois qu'on rigole ?

— Bon, bon, toi pas, peut-être. Les autres.

— Moi ? insista Cooch de plus en plus peiné. Qui est-ce qui t'a un peu affranchi quand t'es arrivé dans le coin ?

— Ah, ça va. J'ai dit pas toi, écrase.

— D'où tu sortais, hein ? Qui tu connaissais, par ici ? Qui est-ce qui t'a un peu rencardé sur le quartier ?

— Toi, oui, bon. Toi.

— Oui. Alors t'as pas besoin de me bouffer pour quelques minutes de retard, et tu...

— Dix minutes, dit Zip.

— Parce que monsieur a un chrono. Tu me fais mal, tiens. Je te jure, y a des fois je te comprends pas. Venir me dire qu'on rigole. Mince, si jamais un type...

— J'ai dit pas toi ! glapit Zip. Laisse tomber, d'accord ? Je parlais des autres mecs. Dis donc, t'es passé prendre Sixto ?

— Vouais. C'est aussi pour ça que je suis en retard. Tu m'as donné toutes ces...

— Alors où il est, Sixto ?

— Il a fallu qu'il donne un coup de main à sa vieille.

— Pour quoi faire ?

— Soigner le bébé. Ecoute, tu crois que c'est marrant, un lardon dans une maison ? J'ai jamais vu une pisseuse comme la sœur de Sixto.

— Il lui change ses couches ? s'exclama Zip, estomaqué.

— Quand je l'ai quitté, il lui poudrait les fesses.

— Oui, ben je m'en vais te les poudrer, ses fesses, quand il arrivera. Tu vois, c'est bien ce que je te disais. Pas étonnant qu'on arrive pas à se faire un nom. Y a pas un homme qui soit une lame, dans ce club. Ils ne foutent rien. C'est toujours moi.

— On a un nom, Zip, murmura Cooch.

— On a de la merde ! On croirait que le club, c'est un foutu patronage ! Des mômes, pas autre chose. Des mômes foireux. Tu crois que c'est pas des hommes, les Royal Guardians ? Tu crois qu'ils ont les foies ?

— Non, mais ils sont deux cent cinquante dans leur club.

— Et tu crois qu'ils ont récolté tant de types en arrivant en retard, hein ? Tu crois qu'on leur permet de traîner quand y a une descente au programme ?

— Hé, dis donc, s'écria brusquement Cooch.

— Qu'est-ce que t'as ?

— Chut.

Une femme remontait la rue, et la rapidité de son allure faisait tressauter sa poitrine. Ses cheveux noirs étaient tirés en chignon sur la nuque. Elle marchait d'un pas décidé, sans regarder ni à droite ni à gauche, passant devant les deux garçons sans les voir, puis elle tourna au coin et disparut dans l'avenue.

— Tu as vu qui c'était ? chuchota Cooch.
— La bonne femme ?
— Vouais. La mère d'Alfie.
— Quoi !
Zip sauta sur le trottoir et regarda dans l'avenue mais la femme était hors de vue.
— La mère d'Alfredo Gomez, répéta Cooch. Mince, elle était drôlement pressée. Zip, tu crois qu'il lui a dit ?
— Qu'est-ce que ça peut me foutre, s'il lui a dit ou pas ?
— Je veux dire, quoi, c'est sa vieille, s'il lui a dit, quoi, si...
— Il lui a dit, et après ? A quoi ça va lui servir ?
— Tu sais comment sont les souris. Elle a peut-être peur. Elle va peut-être...
— Fais pas dans ton froc, tu veux ? Qu'est-ce que t'as dans le ventre ? Pas de tripes ! Pas de cœur.
— Pas de cœur ! Dis donc...
— Y a plus de moralité, malheur. Tu vois la vieille d'Alfie qui se balade et tout de suite, monsieur a les jetons. Tu sais ce que tu seras quand tu seras grand ?
— Non. Quoi ?
— Un cireur de bottes.
— J'ai jamais ciré de godasses de ma vie ! protesta hautement Cooch. Même pas les miennes !
— Ça leur ferait pas de mal. C'est pour ça que t'as tout du péquenaud, dit Zip en se détournant brusquement.
Il recula dans le snack. Quelqu'un approchait.

2

Un matelot venait de tourner au coin de la rue. Il était grand et blond, à peine sorti de l'adolescence. Sa démarche chaloupée était encore accentuée par son degré d'ivresse. Il portait son calot blanc sur la nuque, et son uniforme blanc immaculé était presque insoutenable au regard sous le soleil éclatant. Il s'arrêta au coin de la rue, examina l'enseigne du snack, marmonna quelques paroles indistinctes, hocha vigoureusement la tête et reprit sa route zigzagante.
Zip étouffa un éclat de rire et donna un coup de coude à Cooch.
— Mince, qu'est-ce qu'il tient ! Dix thunes que je sais ce qu'il cherche, dit Cooch.
— On s'en fout, répliqua Zip. Va chercher Sixto et Papá. Dis-leur que j'attends et que j'aime pas ça. Grouille.
— T'énerve pas, grogna Cooch.

Mais il s'éloigna tout de même assez rapidement, et croisa dans la rue le matelot qui revenait vers le snack. Le marin était dans cet état un peu vague où la moindre décision à prendre semble réclamer de longs efforts de concentration. Il s'arrêtait devant chaque immeuble, levait la tête en clignant des yeux pour voir le numéro, oscillait un peu sur place, et repartait gravement. Il finit par se retrouver devant le snack, examina encore une fois l'enseigne, se répéta le nom à mi-voix et s'apprêtait à faire demi-tour, quand Zip l'interpella :

— Hé, la Marine, tu cherches quelque chose ?

— Hein ? dit le matelot.

— T'as l'air perdu.

Zip souriait de toutes ses dents et le matelot répondit à ce sourire, comme un naufragé qui accueille ses sauveteurs. D'une voix pâteuse, il expliqua :

— Hé, dites... Où c'est *La... La Galli...* Non, dites, c'est un gars avec qui j'ai causé, tout à l'heure. Vu ? Alors comme ça, on causait. On causait de...

Il se tut, cligna des paupières et regarda Zip.

— Hé, dit-il, quel âge que t'as ?

— Dix-sept ans.

— Ah.

Le matelot retourna ce renseignement dans sa tête et réfléchit profondément.

— C'est que je voudrais pas... Détournement de mineurs, hein ? Mais ça fait rien. Que je te dise. Ce mec, il... Non, on causait, comme ça, et je lui ai dit comme ça que ça me dirait assez de... Ben, quoi, de pas dormir tout seul. Hein ? Vu ? Une fille, hein ? Tu sais ?

— Alors, il t'a envoyé par ici ?

— Vouais. Non. Vouais, si. C'est ça. Il a dit comme ça que ça s'appelait *La Gallina*. C'est ça ?

— Bien sûr. *La Gallina*. Ça veut dire, la Poule.

— Aaaah ! Il a dit que là, je trouverais. C'est vrai ?

— Oui.

— Alors me v'là. Où c'est ?

— Là tout de suite, dans la rue.

— Merci. Merci mille fois, petit.

Le matelot repartit en s'efforçant de marcher droit et Zip rentra dans le snack.

— Donne-moi un café, Luis.

Le matelot retraçait son chemin, en examinant chaque porte au passage. Enfin, il vit le nom, sur la vitrine d'un bar, et s'exclama :

— *La Gallina*. Mince, le petit mec avait raison. Mince.

Il alla droit à la porte, s'étonna de la trouver fermée et se mit à la secouer. Puis il recula d'un pas et glapit :

— Hé ! Hé là-dedans ! Debout, là-dedans ! Me v'là ! Hé ! C'est moi !

— Qu'est-ce que c'est que ce raffut ? s'écria Luis.

— Un matelot saoul, là dehors, répondit Zip.

Luis fit le tour de son comptoir et sortit sur le trottoir. Un peu plus haut, le matelot hurlait toujours à pleins poumons.

— Vous, là-bas, cria Luis. Silence ! Du calme !

Le matelot se retourna.

— C'est à moi que vous parlez, matelot ?

— *Sí, sí*, c'est à vous que je parle, matelot. Faut pas faire tout ce boucan. C'est dimanche. Les gens dorment, pas vrai ? Vous allez les réveiller.

— Ben quoi, mince, c'est bien ce que je cherche. A les réveiller, là-dedans.

— Pourquoi ?

— Pour me coucher, tiens donc.

Luis hocha la tête.

— Logique, murmura-t-il. Vous avez trop bu ?

— Moi ? Qui ? Moi ?

— Oui.

— Non, tiens pardi, non.

— J'aurais cru.

Le matelot s'approcha de Luis d'un pas chancelant et mit les poings sur les hanches.

— Ben, tout compte fait, c'est bien possible. Et alors ? Ça vous est jamais arrivé, d'avoir un peu bu ?

— Oui. Un peu et même beaucoup. Venez, je vais vous faire un bon café.

— Pour quoi faire ?

— Pourquoi ? Ma foi, peut-être parce que j'aime bien la Marine. J'ai servi dans la Marine, moi.

Luis tourna les talons et le marin le suivit.

— Tu as trouvé, mec ? lança Zip en les voyant entrer.

— Vouais. C'était fermé.

— Je le savais, dit Zip.

— Pourquoi tu l'as pas dit, hé ?

— Parce que tu me l'as pas demandé.

— Ah, t'es un de ceux-là ?

— Qu'est-ce que ça veut dire, un de ceux-là ? s'écria Zip en se redressant, tout de suite sur la défensive.

— Un de ceux à qui il faut demander.

— Parfaitement. Et après ?

Luis s'interposa vivement, peut-être parce qu'il sentait que Zip devenait belliqueux, peut-être parce qu'il préférait ramener la conversation sur lui-même.

— Eh oui, j'étais dans la Marine. De 1923 à 1927. Oui.

— Sur un bateau ? demanda le matelot.

S'il avait décelé un ton de défi dans la voix de Zip, il ne semblait guère y accorder de l'importance. Peut-être était-il trop saoul pour se rendre compte de quoi que ce soit.

— Qui oserait se prétendre matelot sans avoir jamais embarqué, hein ? dit Luis en se tournant vers les glouglous qui montaient de la cafetière. Le café va être prêt.

— Sur quel bateau ? demanda le matelot.

— Une marie-salope, lança Zip en riant.

— Faites pas attention au gosse. J'étais sur un dragueur de mines.

— Quel grade vous aviez ? demanda le marin d'un air soupçonneux.

— Comment, vous n'avez jamais entendu parler du contre-amiral Luis Amandez ? s'écria Zip avec une mimique d'étonnement.

— J'étais gabier, déclara Luis avec beaucoup de dignité. Toi, vaurien, tais-toi.

— Comment qu'il dit que c'est, votre nom ? Louise ?

— Tout juste, dit Zip. C'est la bonne tante Louise.

— Louise ? C'est vrai ?

— Non. Luis. Luis.

— Ah. Vous êtes mexicain, Louise ? dit le marin.

— Non, portoricain.

— C'est pareil, non ?

— Eh bien... murmura Luis, puis il réfléchit et haussa les épaules. Oui, reprit-il. C'est la même chose.

— De quel coin du Mexique vous êtes ?

— Des îles, répondit Luis sans trop se troubler.

— Oui, mais d'où ? De quel patelin ?

— Cabo Rojo. Vous connaissez ?

— Moi ? J'ai jamais été au Mexique.

Luis posa une tasse de café devant le marin.

— Ben, et moi ? cria Zip.

— Ça vient, ça vient. J'ai que deux mains. Et vous, matelot, d'où vous êtes ?

— De Fletcher. C'est dans le Colorado.

— Jamais entendu parler.

— Ça existe, pourtant.

Ils se turent tous les trois.

Zip et le matelot sirotaient leur café. Luis repassa de l'autre côté du comptoir. De toute évidence, ils n'avaient plus rien à se dire tous les trois. Au fond, ils avaient peu de choses en commun. L'un était à la recherche d'un bar dans les parages, une sorte de bordel. Le deuxième lui avait poliment indiqué le chemin. Quant au dernier, qui approchait la cinquantaine, il leur avait servi un café ; les deux autres avaient respectivement vingt-deux ans environ et dix-sept. L'un était né à Porto Rico, un autre à Fletcher, dans le Colorado, et le troisième était un môme du quartier. Aussi dissemblables qu'ils l'étaient à la fois par le temps, l'espace et les prédispositions naturelles, ils n'avaient pour l'instant rien à se dire, et observaient donc le silence.

Pourtant, par-delà le silence, leurs pensées poursuivaient paradoxalement le même cours. En effet, si l'un d'eux avait osé dire à haute voix ce qu'il pensait tout bas, les deux autres l'auraient non seulement compris sans effort, mais ils lui auraient également donné raison.

Luis par exemple avait d'abord commencé à se demander pourquoi il était venu sur le continent, pour quelle raison il avait quitté son île natale. Aux questions du matelot, il aurait répondu qu'il était venu chercher du travail, bien qu'il sût pertinemment que l'argument ne résistait pas à l'examen. Le véritable problème n'était pas tant de trouver un travail que de prendre un nouveau départ. Des années durant, il avait vécu paisiblement dans son île, aux côtés d'une femme et de trois gosses, et si fort que fût l'amour qu'il lui portait, cette île le renvoyait d'abord et surtout à une douleur : la faim. Une faim harassante, qui se prolongeait tout au long de la saison de récolte de canne à sucre parce qu'on évitait de dilapider trop tôt ses économies ; il fallait mettre de côté en prévision des jours maigres. Malheureusement, comme on ne gagnait pas grand-chose, il n'y avait guère à épargner. Alors on allait pêcher du poisson à la morte-saison et, de temps à autre, on tombait sur de bonnes prises. Néanmoins, le reste du temps, on crevait de faim. Et lorsqu'on avait faim, on avait beau savoir que tout le monde était logé à la même enseigne, on n'en avait pas moins le sentiment de ne pas exister. Certes, il regretterait à jamais certaines choses sur l'île : la fierté naturelle, la politesse et l'hospitalité des gens, ce genre de respect que les êtres humains accordaient naturellement à leurs semblables, une déférence descendant en droite ligne de la conjonction du soleil avec la luxuriance de la végétation tropicale, une humanité où la méchanceté semblait d'emblée totalement déplacée. L'île avait tendance à rapprocher les hommes et à renforcer leurs liens en tant qu'êtres humains. Seulement, de manière tout à fait contradictoire, il y avait des impératifs économiques qu'on ne pouvait oublier, si bien que Luis se sentait tout à la fois comme un personnage important, entouré d'amitié et d'amour, et comme une bête sauvage qui crevait la faim.

Aussi décida-t-il de quitter l'île. Pour prendre un nouveau départ. Il avait travaillé dur pour ouvrir le snack. Bien que celui-ci appartienne encore pour la plus grande part à la banque, Luis était au moins sûr que, jamais plus, il ne crèverait de faim. Et quand bien même il aurait en échange perdu autre chose, quelque chose d'irremplaçable, il lui restait un sujet de satisfaction, qui se mesurait à l'aune de son estomac et de ses boyaux car, au fond, c'était peut-être le seul moyen dont disposait tout homme pour en être sûr.

Pendant ce temps, le matelot sirotait son café en pensant à sa bonne ville de Fletcher, dans le Colorado.

Chaque fois qu'il s'en souvenait, il ne pouvait s'empêcher de déprimer. C'est pourquoi il s'était juré de ne plus y songer. Certes, il était né à Fletcher et, en conséquence, il avait vite compris le sens du mot « patelin ». Lorsqu'une ville porte le nom de patelin, cela n'a en général rien à voir avec la taille de l'agglomération. En fait, une gigantesque métropole pouvait parfaitement passer pour un patelin, et beaucoup de villes importantes n'étaient en réalité que des *patelins,* dans tous les sens de ce terme. Fletcher, dans le Colorado, ressemblait à s'y méprendre à n'importe quel patelin des Etats-Unis d'Amérique. Même décor : une école, une église, une rue commerçante ; des panneaux partout — ROULEZ AU PAS : ATTENTION, SORTIE D'ÉCOLE, VITESSE STRICTEMENT LIMITÉE, sans oublier les inévitables ados en train de zoner en bandes devant le drugstore, les scouts en excursion, le championnat de football américain, la chorale et la distribution du *Saturday Evening Post* puis, au printemps, les forsythias flamboyant de tous leurs pétales jaunes le long de l'autoroute, puis l'éclat violet des cerises mûres, et à l'automne commencera la chasse au daim dans les bois resplendissant de couleurs, aux côtés de son père et de son grand frère. L'hiver venu, il neigeait sans cesse et les gens partaient skier dans les montagnes surplombant la ville. Dans cette ville, tout le monde se connaissait.

Il avait rencontré Corrine à un pique-nique organisé par la paroisse. Il n'avait que six ans. Ils avaient à peine onze ans tous les deux que toute la ville avait déjà décidé de les marier un jour. Lorsqu'il décrocha une médaille à un tournoi universitaire de natation — il était alors en deuxième année de fac —, il l'offrit à Corrine. Ils étaient inséparables : il était toujours accompagné de Corrine, elle ne le lâchait pas d'une semelle et, au bout d'un moment, il lui parut évident que Corrine était une fille bien dans sa peau, parfaitement heureuse d'être née dans un patelin comme Fletcher, d'y avoir grandi, et qu'elle serait tout aussi heureuse de s'y marier, d'y élever ses mômes et, le moment venu, d'y mourir aussi. Seulement, vint le jour où il se demanda si c'était là le destin dont il rêvait.

Bien entendu, il était amoureux de Corrine, cela ne faisait pas l'ombre d'un doute. Du moins, il le supposait. Elle avait des longs cheveux roux, bien raides, qu'elle laissait tomber sur ses épaules, et des yeux d'un bleu très vif, un nez au bout légèrement tordu : l'image même de la jeune fille de patelin comme on en découvrait parfois en couverture du *Saturday Evening Post*, du moins à l'époque où il bossait comme livreur de journaux. En outre, il adorait la bécoter. Il adorait aussi la peloter, les rares fois qu'elle lui en laissait l'occasion — eh oui — mais il n'arrivait jamais à se faire une idée précise du moment où elle le voulait et de celui où elle ne le voulait pas ; non, il supposait tout bêtement qu'il l'adorait parce qu'elle ne badinait pas avec le respect.

Et puis, du jour au lendemain, il décida de s'enrôler dans la Marine. Ses parents lui demandèrent pourquoi. Corrine lui demanda pourquoi. Il leur répondit qu'en tout état de cause il allait bientôt être mobilisé, et qu'il ferait tout aussi bien de s'engager dans la Marine, où les mecs n'étaient pas obligés de ramper dans la gadoue ou de se taper d'interminables randonnées à pied. Il finit par donner la même explication à tout le monde. En réalité, il s'était enrôlé dans la Marine pour se tirer de Fletcher, parce que ce patelin était en train de l'asphyxier, doucement mais sûrement. Il en avait conscience, comme il sentait chaque jour les montagnes environnantes se resserrer autour de son corps jusqu'à ce qu'il prenne peur qu'un jour vienne où il ne pourrait plus du tout respirer, où il serait impitoyablement broyé par ce qui se passait dans ce patelin. Une fois parti, il s'était juré de ne plus jamais y remettre les pieds. C'est pourquoi il déprimait toutes les fois qu'il repensait à Fletcher.

En sirotant son café, Zip contemplait son reflet dans le miroir derrière le comptoir : lui n'avait aucune raison de se faire du mauvais sang. Zip était vachement en forme. Zip sentait enfin que les choses commençaient à se dessiner. Elles n'avaient jamais vraiment marché pour lui dans ce quartier pourri du centre-ville. Il n'avait jamais rien réussi, à part morfler des coups de pied des mômes plus âgés. Charlie Gros-Cul, c'est ainsi qu'ils l'appelaient. Charlie Gros-Cul, et tout de suite après, vlan ! un bon coup de pied administré en plein cul, dans ses grosses fesses. Ce sobriquet l'avait persécuté sans relâche jusqu'à l'adolescence, lorsque sa silhouette commença à s'affiner. C'est ensuite que sa famille avait déménagé.

Son gros cul disparut du jour au lendemain, suivi par son prénom : Charlie. Il adopta alors le surnom de Zip, et se mit à fantasmer sur toutes les perspectives nouvelles qu'offrait le quartier : l'occasion pour lui de devenir enfin ce personnage tant rêvé, et non celui que tout le monde l'obligeait à jouer. Il avait fait la connaissance de Cooch, et Cooch lui avait appris toutes les ficelles, lui suggérant de s'enrôler sans tarder dans le gang le plus puissant du quartier, les Royal Guardians.

Seulement, Zip avait sa propre idée en tête. Pourquoi jouer les débiles et se contenter d'un rôle de porte-flingue auprès des aînés alors qu'il pouvait parfaitement monter sa propre bande ? C'est ainsi que naquit l'idée des Latin Purples. Il commencerait, s'était-il dit, modestement d'abord, à six ou sept gars. Pour l'heure en effet, ils n'étaient que quatre. Alors la belle-sœur de Cooch leur avait cousu les blousons violets. C'est lui qui en tirait le plus de fierté, car il revêtait une importance particulière à ses yeux : ce blouson lui rappelait le chemin qu'il lui restait à parcourir sur la voie de la réussite.

Si quelqu'un lui avait demandé de quel chemin il s'agissait, il n'aurait pas su donner de réponse précise.

Une chose demeurait sûre et certaine, il n'en était pas loin, et il avait choisi ce jour pour frapper un grand coup, le grand jour, le révélateur, celui où il trouverait définitivement sa place au soleil, dans la cour des grands.

Chacun dans son coin, tous les trois poursuivaient donc ainsi leurs pensées, des pensées paradoxalement voisines, et quand le matelot reprit abruptement la parole, Luis et Zip comprirent d'emblée, tous les deux, où il voulait en venir.

Le matelot déclara :

— A Fletcher, on se paume facilement. On peut se paumer dans ce patelin sans aucun espoir de retour, continua-t-il en secouant la tête. C'est la raison pour laquelle je me suis tiré. J'avais envie de me retrouver, moi.

— Et vous y êtes arrivé ? demanda Luis.

— Mais laisse-le donc finir, intervint Zip. Tu crois qu'on peut y arriver en un seul jour ?

— J'y arriverai, Louise, dit le matelot.

— Comment allez-vous vous y prendre ? Avec l'aide des filles de *La Gallina* ?

— Hein ?

— Ecoutez, matelot, suivez mon conseil. Ne traînez pas dans ce quartier. Retournez à votre bateau. Ici, c'est pas toujours plaisant.

— Fous-lui la paix, dit Zip. Il veut une fille. Je lui en dégoterai une, pas vrai, matelot ?

Il cligna de l'œil et se mit à rire.

— C'est dimanche, dit Luis. C'est calme, mais c'est pas toujours comme ça. Hier soir, il y avait du bruit, des chants, des guitares. Ce matin, ils dorment. Mais des fois... Non, allez, suivez mon conseil. Retournez à votre bord.

— J'ai envie de rester encore un peu.

— Alors faites bien attention. Vous n'êtes pas d'ici, pas vrai ? Attention. Y en a des bons et des mauvais, *entiende ?* Vous me comprenez ? Attention.

Le matelot pivota sur son tabouret. Il s'adossa au comptoir, y posa ses coudes et dodelina de la tête, en contemplant la rue déserte sous le soleil.

— Ça me paraît bien tranquille, pourtant.

— Est-ce que vous pouvez voir à travers les murs, matelot ? demanda Luis. Est-ce que vous savez ce qui se passe sous la peau des maisons ?

3

La peau de la maison qui abritait les inspecteurs et les agents n'était ni jeune ni éclatante, n'avait pas gardé son teint de jeune fille et, de fait, n'avait pas été lavée depuis plusieurs lustres. La bâtisse tournait vers les arbres du parc une façade grise, mangée d'eczéma, noircie par la suie et la crasse des ans, éclaircie seulement par la double tache verte des globes suspendus de chaque côté de la porte, dont les chiffres blancs annonçaient à la face du monde que là se tenait le 87e District. Les quelques marches du perron conduisaient le visiteur dans un hall vitré dont les portes grandes ouvertes invitaient la brise légère à entrer. Malheureusement, le peu d'air qui agitait faiblement les feuilles des arbres s'arrêtait sur le seuil. Il ne venait en aucune façon rafraîchir le sergent de permanence, Dave Murchison, transpirant derrière son bureau, à côté du standard qui, Dieu merci, se tenait tranquille ce matin-là. Murchison essuya la sueur de son front, tira sur son caleçon et se demanda si, au premier, il faisait frais chez les inspecteurs.

Dans la grande salle du premier, une batterie de ventilateurs électriques brassaient un air chaud et luttaient vaillamment pour produire un peu de fraîcheur. Mais le soleil, implacable et doré, dessinait avec la collaboration des barreaux des fenêtres de grands carreaux d'or sur le plancher poussiéreux. Les inspecteurs travaillaient en manches de chemise et transpiraient.

Le seul avantage que présente parfois le métier d'inspecteur, c'est que l'on n'exige pas de costume sombre, de col sans défaut ni de cravate bien nouée. L'inspecteur Carella était peut-être le seul, en ce dimanche de juillet, à ressembler à une gravure de mode masculine. Mais Steve Carella avait une indiscutable élégance naturelle, même en vieux blouson de cuir, blue-jean et mocassins. Ce matin-là, il portait un costume de popeline bleu pâle, dont la veste était soigneusement posée sur le dossier de sa chaise, et une chemise blanche.

Les autres policiers étaient nettement moins élégants. Andy Parker, qui aurait eu l'air d'un clochard dans l'habit le mieux coupé, portait un pantalon de nylon havane fripé et une chemise sport qui avait dû être imprimée en l'honneur de l'accession de Hawaï au grade d'Etat de l'Union. Des danseuses de hula ondulaient autour de son torse de barrique, des palmiers, des colliers de fleurs et des pirogues à balancier se promenaient un peu partout avec une débauche de couleurs à faire mal. Parker, le menton bleu bien qu'il se fût rasé deux heures plus tôt, assenait une correction à sa machine à écrire, qui résistait de son mieux à l'attaque implacable de ses gros doigts carrés. Parker frappait comme un sourd, jurait chaque fois que les leviers se coinçaient et renvoyait le chariot comme s'il lançait une fusée dans la lune.

— Pas d'arrestation, mais faut que je tape ce foutu rapport quand même, grogna-t-il.

— T'as de la veine d'être encore en vie, lui dit Carella sans lever le nez de ses papiers.

— C'est pas un malfrat comme Pepe Miranda qui m'aura, mon vieux, répliqua Parker en continuant de taper rageusement.

— Je te dis que tu as de la chance, insista Carella. Il devait être dans ses bons jours. Il avait ton revolver, et tous les outils des collègues, et vous pouvez vous estimer bougrement heureux qu'il ne vous ait pas tous tués.

— Il avait les foies, grommela Parker. Moi, à sa place, j'aurais descendu tous les flics en vue, et quelques passants pour faire le poids, histoire de rigoler. Mais Miranda a eu les foies. Il sait qu'il est foutu, alors il a dû se dire qu'il valait mieux ne rien ajouter à sa liste d'exploits.

— Peut-être bien que ta gueule lui revenait, dit Carella. Il s'est peut-être dit que t'étais trop mignon pour faire une viande froide.

— Tu parles, gronda Parker en arrachant son rapport de la machine.

Parker n'aimait pas Carella. Au mois de mars, ils avaient failli en venir aux mains, parce que Parker avait lancé une remarque désobligeante à Frankie Hernandez et que Carella avait pris la défense de l'inspecteur portoricain. Carella avait peut-être oublié l'incident — et encore n'était-ce pas certain — mais Parker se le rappelait toujours et se disait qu'un jour ou l'autre il aurait le dernier mot.

Frankie Hernandez, cause involontaire de cette haine tenace, se trouvait également ce matin dans la salle des inspecteurs. C'était un homme grand et fort, au teint sombre, aux cheveux plats d'un noir de jais. Ses yeux noirs avaient perpétuellement une expression inquiète, presque traquée. Ce n'était pas commode d'être policier et portoricain, dans un quartier portoricain où l'on est né, où l'on a grandi et où l'on connaît tout le monde. Frankie Hernandez n'était pas un homme heureux. Peu d'hommes le sont, qui sont dévoués à une cause unique. La sienne était de démontrer que les Portoricains sont des gens comme les autres, ni meilleurs ni pires, que les garçons ne jouent pas tous du couteau et que les filles ne sont pas toutes des putains. Ce n'était pas toujours commode.

— Qu'est-ce que tu penses de ton copain ? demanda Parker en allant tirer un gobelet au distributeur d'eau fraîche.

— Quel copain ? dit Hernandez.

— Miranda.

— Ce n'est pas mon copain.

— J'ai bien cru qu'on le tenait, hier. A cinq, qu'on est entrés dans ce logement et ce salaud tire un pétard de sa manche et nous braque. Le fumier. De quoi avions-nous l'air, je te le demande ? T'as vu les journaux de ce matin ? « Miranda tient tête victorieusement à la police. » Un petit truand qui fait la une. Je te jure !

— Ce n'est quand même pas mon copain, dit Hernandez.

— Ouais, grogna Parker. (Il allait ajouter quelque chose, mais il se ravisa et demanda :) Qui c'était, la bonne femme de tout à l'heure ?

— Elle s'appelle Gomez, répondit Hernandez.

— Qu'est-ce qu'elle voulait ?

— Elle pense que son fils est embarqué dans une sale histoire. Elle veut que j'aille lui parler.

— Elle te prend pour quoi ? Un curé ?

Hernandez haussa vaguement les épaules.

— Tu vas y aller ? insista Parker.

— Dès que j'aurai fini ce que je suis en train de faire.

— T'es peut-être un curé, après tout.

— Peut-être.

Parker alla décrocher un panama bleu marine au portemanteau et annonça :

— Je sors voir si je peux pas apprendre quelque chose.

— Sur quoi ? demanda Carella.

— Sur ce fumier de Miranda. Il ne s'est tout de même pas évaporé, hein ? A sa place, où tu irais te cacher, toi ?

— En Russie.

— Oui, ben moi, je dis qu'il est là, dans le quartier, quelque part tout à côté. Il a sûrement pas cherché à se planquer à Riverhead, où nous avons failli l'alpaguer. Où, alors ? Chez lui, dans son quartier, bien sûr. Dans ce cher vieux 87e. Et s'il est par ici, je te parie tout ce que tu voudras que tout le monde sait où il est. Andy Parker va donc laisser traîner ses oreilles.

Il passa devant son bureau, ouvrit le tiroir du haut, en sortit son revolver dans son étui et l'accrocha sur sa hanche droite.

— Travaillez pas trop, lança-t-il en poussant le portillon ménagé dans la barrière de bois. Mais vous n'avez pas besoin du conseil.

Ses pas résonnèrent dans le long couloir. Hernandez le suivit des yeux un instant. Quand il se retourna, il vit que Carella s'était interrompu, lui aussi, pour regarder partir Parker. Les deux hommes échangèrent un regard. Ils ne se dirent rien. Chacun se remit à son travail en silence.

Azucena Gomez était une de ces femmes que la nature a créées belles et qui le demeurent, en dépit de tous les mauvais tours que la vie peut leur jouer.

En espagnol, son nom signifiait « le lis blanc ». Elle paraissait du reste le mériter puisqu'elle avait la peau claire et lisse et son visage, comme son corps, semblait avoir réuni dans sa seule personne toute la délicate beauté et la magnificence de cette fleur. La douceur de son visage ovale était rehaussée par des yeux bruns qui ajoutaient une note exotique à ses traits, par ailleurs sereins. Elle avait le nez droit et fin, et sa bouche évoquait constamment des larmes refoulées. Elle s'était arrangée, sans pour autant observer un régime, pour conserver une silhouette susceptible de déchaîner des sifflements à tous les carrefours de Porto Rico, son île natale. Elle avait quarante-deux ans, était parfaitement consciente de sa condition de femme — une femme en pleine possession de ses moyens —, comme elle connaissait les hauts et les bas de toute mère. Ce n'était pas une femme de grande taille, sans doute le seul défaut qui compromettait sa beauté sinon parfaite, mais en ce moment même, debout à côté du lit de son fils, elle semblait exceptionnellement grande.

Elle se pencha sur le lit où son fils était étendu à plat ventre, le visage enfoui dans l'oreiller.

— Alfredo ?

Il ne répondit pas.

— Alfredo ? insista sa mère.

— Laisse-moi, mama, je t'en prie, marmonna le garçon dans son oreiller.

— Il faut que tu m'écoutes. Je t'assure. C'est important.

— Ce que tu dis n'a pas d'importance, mama. Je sais déjà ce que j'ai à faire.

— Il faut que tu ailles à la messe ? C'est ça que tu dois faire ?

— *Sí.*

— Et ils te feront du mal.

Il se redressa soudain. Alfredo avait seize ans, le teint clair et les grands yeux de sa mère. Ses joues gardaient encore le léger duvet de l'adolescence.

— Je vais à la messe tous les dimanches, dit-il simplement. J'irai aujourd'hui. Ils ne peuvent pas m'en empêcher.

— Non, mais ils peuvent te faire du mal. Ce n'est pas ce qu'ils ont dit ?

— *Sí.*

— Qui ça ?

— Les garçons.

— Quels garçons ?

— Mama, ça ne te regarde pas, soupira Alfredo. C'est une chose...

— Mais pourquoi ? Pourquoi veulent-ils te faire du mal ?

Alfredo refusait de répondre. Il regarda sa mère, silencieux et buté.

— Pourquoi, Alfredo ?

Les larmes jaillirent brusquement. Il les sentit sourdre sous ses paupières et se détourna vivement, pour qu'elle ne le voie pas pleurer. Il se rejeta sur le lit, la tête dans l'oreiller, secoué de sanglots. Sa mère posa une main sur son épaule.

— Pleure, murmura-t-elle.

— Mama, j'ai honte de...

— C'est bon de pleurer. Ça fait du bien. Ton père a pleuré, parfois. Ce n'est pas une honte, pour un homme.

— Mama, mama, je t'en prie, tu ne comprends pas...

— Je comprends que tu es mon fils. Je comprends que tu es un bon petit et que ceux qui te veulent du mal sont mauvais. Ce n'est pas aux mauvais garnements de faire la loi. Tu dis que tu dois aller à la messe de onze heures, comme d'habitude. Tu dis qu'il faut que tu y ailles, malgré leur promesse de te faire du mal. C'est ça que je ne comprends pas.

Il se redressa de nouveau et les mots jaillirent de ses lèvres, comme un cri de détresse.

— Je ne peux pas me dégonfler !

— Te... quoi ? Te... dégonfler ? demanda-t-elle, perplexe.

— Je ne peux pas leur montrer que j'ai peur, mama. Je n'ai pas le droit d'avoir peur. Tu ne comprends pas. Tu ne peux pas. Je t'en supplie. Laisse-moi faire ce que je dois faire.

Sa mère se tenait près du lit, raide, et contemplait son fils comme s'il lui était soudain étranger, comme si l'enfant qu'elle avait serré sur son sein était devenu un inconnu. Son allure, son langage, même son regard étaient étranges, lointains. Différents. Elle examina son fils, comme si elle cherchait à retrouver un lien dénoué, comme si la seule puissance de son regard le rattacherait à elle. Enfin, elle murmura :

— Je suis allée à la police.

— Quoi ! hurla Alfredo.

— *Sí.*

— Pourquoi as-tu fait ça ? Tu crois que la police s'intéresse à moi ? A Alfredo Gomez ? La police ne vaut rien. Tu ne connais pas la police de ce quartier ?

— Il y a de bons policiers et de mauvais policiers. Je suis allée voir Frankie Hernandez.

— Il est comme les autres, mama. Pareil. Pourquoi as-tu fait ça ? Pourquoi te mêles-tu de cette histoire ?

— Frankie t'aidera. Il est du *barrio.*

— Mais c'est un flic, à présent. Un inspecteur. Il...

— Il a grandi ici, dans ces rues. Il est latino et il aide ses semblables. Il t'aidera.

— Tu n'aurais pas dû, mama, tu n'aurais pas dû, soupira Alfredo en secouant la tête.

— Je n'étais jamais entrée dans un poste de police, murmura-t-elle. C'était la première fois. Mon fils est en danger, alors je vais chercher du secours... Il a dit qu'il viendrait. Je lui ai donné l'adresse. Il a dit qu'il viendrait te parler.

— Je ne lui dirai rien, affirma Alfredo.

— Tu lui diras tout ce qu'il a besoin de savoir.

— Quelle heure est-il ? demanda-t-il soudain.

— Tu as le temps.

— Il faut que je m'habille pour aller à la messe.

— Pas avant d'avoir vu Frankie Hernandez. Il saura ce que tu dois faire.

— Bien sûr qu'il le saura, s'écria Alfredo d'un ton affreusement amer. Bien sûr.

— Oui. Il saura ce qu'il faut faire, répéta Mrs Gomez avec confiance.

4

Le matelot s'appelait Jeff Talbot. Les effets réchauffants de l'alcool commençaient à s'atténuer et, en contemplant la rue depuis son tabouret de snack, il se demandait comment il avait pu trouver ce quartier agréable. Le soleil lui-même n'arrivait pas à dorer la pilule, bien au contraire. Le gigantesque projecteur révélait les taudis et la saleté. Le matelot cligna des yeux et annonça brusquement :

— Je ne suis plus saoul.

— Bien, dit Luis. Comment se présente le monde ?

— C'est abominable, grogna le matelot en pivotant vers le comptoir. J'ai mal à la tête. C'est un sale quartier, hein ?

— Ça dépend, dit Zip. Moi, je l'aime bien.

— C'est vrai ?

— C'est mon quartier. Pour moi, les trottoirs chantent.

— Qu'est-ce qu'ils chantent ? demanda Jeff.

Un marteau frappait à ses tempes. Il se demanda pourquoi il discutait avec un inconnu, pourquoi il avait tant bu la veille au soir.

— Pour lui, intervint Luis, ils chantent le rock and roll.

Zip ne répondit pas et se raidit soudain, les yeux fixés sur la rue.

— Qu'est-ce qu'il y a ? demanda le matelot.

— La loi, murmura Zip.

La loi était personnifiée par l'inspecteur Andy Parker qui s'approchait d'un pas traînant, une cigarette aux lèvres, la chemise hawaïenne fripée et maculée de taches de café.

— La seule loi qui m'inquiète, c'est la patrouille de la Marine, dit Jeff en poussant sa tasse vide sur le comptoir. Je peux avoir encore un café ? (Il sourit et fit une grimace douloureuse.) Mince, ça fait mal même de sourire.

Parker s'arrêta sur le seuil du snack-bar et fit un signe à Luis.

— *Qué pasa, maricón ?*

— Bonjour, Andy. Vous voulez du café ?

— Une tasse de jus ne me ferait pas de mal. Ça tape.

L'inspecteur entra dans le snack et prit le tabouret voisin de celui de Jeff. Il examina longuement Zip et demanda :

— Depuis quand tu sers les voyous, Luis ?

— Je bois un café, rétorqua Zip. Je fais rien de mal, lieutenant.

— Je ne suis pas lieutenant et fais pas le malin.

— Depuis le temps, je vous aurais bien cru capitaine. Avec tous les poivrots que vous avez alpagués à Grover Park.

— Ecoute, petit...

— Je te présente l'inspecteur Andy Parker, matelot, reprit Zip. C'est ce qu'on appelle un vrai dur. Pour deux ronds, il arrêterait sa grand-mère.

Il sourit brusquement, et Jeff eut l'impression qu'on avait expliqué à ce gamin que son sourire le mènerait loin, un sourire si éblouissant, si chaleureux que Parker lui-même ne pouvait s'empêcher d'y répondre.

— Pour deux ronds, je te botterais le cul, petit fumier, grommela Parker, mais son rire démentait la menace.

— Qu'est-ce que je disais ? reprit Zip, toujours souriant. Je vous parie qu'il est capable de casser la gueule à tous les mômes de quinze ans du quartier.

— Allez, vas-y, continue, tu m'intéresses, dit Parker sans grande conviction, puis il tourna le dos à Zip pour regarder attentivement le marin. Qu'est-ce que vous faites par ici, matelot ?

— La même chose que le gosse. Je prends un café.

— Je vois. On va remettre ça, hein ? Qu'est-ce que vous faites par ici, matelot ?

— J'avais bien entendu au premier coup.

— Alors répondez !

— C'est un quartier interdit ?

— Non, pas exactement, mais c'est un foutu...

— Alors, foutez-moi la paix.

Parker l'examina longuement, puis grommela :

— Forte tête, on dirait ?

— Et après ?

— Andy, intervint Luis, il a bu. Vous savez, soyez...

— Te mêle pas de ça, Luis, coupa sèchement Parker.

— Je me sens bien à présent, Louise. Merci, dit Jeff.

— Je t'ai posé une question, matelot.

— Ah merde ! Je suis venu veiller ma grand-mère malade !

Zip éclata de rire et se tut aussitôt en voyant le regard glacé que lui lançait Parker. Il haussa les épaules et l'inspecteur se tourna de nouveau vers le marin.

— Comment s'appelle ta grand-mère ? demanda-t-il d'un ton glacé.

— Ça, monsieur l'inspecteur, j'en sais foutre rien. Je l'appelle toujours mémé.

— T'appartiens à quel navire ?

— Pourquoi ?

— Parce que je veux le savoir.

— Qu'est-ce qui me dit que vous n'êtes pas un espion russe ?

— Ça t'amuse, hein, de venir saloper mon district ?

— Qui est-ce qui vient saloper votre foutu district ? Je prends un café, c'est tout.

— Tenez, Andy, dit Luis d'un ton apaisant. Tenez, votre café. Buvez pendant que c'est chaud.

Parker prit la tasse.

— Tu sais combien de marins se font entôler par ici ? insista-t-il.

— Combien ? demanda Jeff.

— Celui-là se fera pas entôler, inspecteur, dit Zip. Je le prends sous ma protection.

— On t'a pas sonné. Qu'est-ce que tu viens chercher par ici, matelot ?

— Je vous l'ai dit. Mémé.

— Des filles ?

— Pourquoi ? Vous en avez à me proposer ?

— Petit, je te conseille...

— Vous ne voulez tout de même pas me dire que je pourrais trouver des filles dans ce merveilleux quartier si convenable que vous avez peur de me voir saloper, dites ?

— Je te cause en ami, petit. Fous le camp d'ici. Luis, c'est pas un bon conseil que je lui donne ?

Luis haussa les épaules.

— Je lui ai déjà donné le même.

— Bien sûr. Ecoute, matelot, Luis habite ici. Il connaît le coin comme sa poche. C'est pas vrai, Luis ? Tu lui as dit comment c'était ?

— Mais oui, je lui ai dit.

— Tu lui as dit ce qu'on rencontre ? Des mecs comme Pepe Miranda ?

— *Sí*, ah là là, celui-là !

— Qu'est-ce qu'il a, Pepe ? s'écria Zip. Il vous a drôlement couillonnés hier, oui. Il vous a bien eus. Combien vous étiez ? Cinq ? Six ? Ah, vous me faites mal, tiens.

Zip se tourna vers Jeff et lui expliqua :

— Ils sont entrés dans cette piaule et au bout de dix secondes, il les avait tous désarmés et il a filé bien tranquillement. Ils ont eu de la veine qu'il les liquide pas tous, histoire de rigoler.

— Un héros, à ton avis ? grogna Parker.

— Héros ou pas, il me semble que vous auriez pu le retrouver, puisque vous êtes si forts, non ?

— On le retrouvera, n'aie crainte. Surtout s'il est revenu dans le quartier.

— Il est revenu ? s'écria Zip en se penchant en avant.

— Peut-être, dit Parker.

— Sans blague !

— Tu ne saurais pas où il est, par hasard ?

— Qui ? Moi ? Je vous le dirais tout de suite si je le savais, lieutenant ! Malheureusement, je ne suis pas dans les secrets de ces messieurs des bas-fonds.

— Luis ? lança soudain Parker en se tournant comme s'il espérait surprendre Luis.

— Je n'en ai pas entendu parler, Andy. Pourquoi est-ce qu'il est revenu ? Il n'a pas fait assez de mal ici ?

— Qui est Pepe Miranda ? demanda Jeff.

— Pepe Miranda est un petit voyou de trente-cinq ans. Un petit fumier, un blouson noir attardé. C'est pas vrai, Luis ?

— Si, si, c'est vrai. Pepe Miranda est pourri. Complètement pourri. Il ne vaut rien.

— Luis et moi, on s'entend bien, expliqua Parker. On se comprend. Il vit ici depuis pas mal de temps, comme moi, et il n'a jamais fait de mal à une mouche. Il sait pertinemment que je le traînerais au commissariat s'il essayait, hein, Luis ? demanda-t-il en souriant.

— Ah ça, c'est sûr et certain, approuva Luis, en entrant dans le jeu.

— Pourquoi est-ce que vous traînez pas Miranda au commissariat, lieutenant ? suggéra Zip d'un ton doucereux.

— Tu sais, je pourrais te prendre au mot ! T'as intérêt à arrêter tes salades et surtout, ne m'appelle plus lieutenant ! Il y a longtemps déjà que ce type court à sa perte. Tu te rends compte, un môme fiché comme J.D. avant l'âge de quatorze ans...

— Un quoi ? demanda Jeff.

— J.D. Jeune délinquant. Quatorze ans. Comme s'il restait encore un espoir. Vous croyez qu'il a changé depuis ses histoires de gang il y a des années ? Les Golden Spaniards. Tu t'en souviens, Luis ? C'était bien avant que les gangs deviennent monnaie courante dans ces rues.

— Il était seulement en avance sur son époque, insinua Zip, toujours tout sourire.

— En avance sur son époque, mon cul.

— Je n'aime pas ça, dit Luis en esquissant une grimace. Je m'en souviens. Une bande de petits morveux. C'est comme aujourd'hui. Du pareil au même.

— L'ennui c'est que nous vivons à l'ère atomique désormais, dit Parker, et ils trimballent des rasoirs à la place de flingues. Miranda avait dix-sept ans quand il a tué un matelot. Il lui a tranché la gorge d'une oreille à l'autre. Il a eu de la chance de s'en tirer grâce à un bon avocat.

— On aurait dû le condamner à mort et l'exécuter, dit Luis. On aurait dû.

— La prison l'a empêché de faire la guerre et quand il en est sorti, il s'est mis à vendre de la drogue, de l'héroïne. Et à des mômes, en plus.

— Les gens se droguent parce qu'ils le veulent bien, dit Zip. C'est pas la faute à Miranda.

— Et tous ceux qu'il a tués ?

— Il a jamais tué personne !

— C'est ce que tu crois. Il y a une vieille dame en train de mourir à l'hôpital en ce moment, et elle a reconnu Miranda parmi tout un tas de photos. C'est lui qui l'a presque frappée à mort pour lui voler son sac.

— Miranda, voler un sac ? Oh, dites, lieutenant, faut pas me la faire !

— Miranda, voler un sac, parfaitement. C'est plus un caïd, hein ? Mais t'en fais pas, quand on le tiendra, on le flanquera à l'ombre et on jettera la clef.

— C'est ça... Quand vous le tiendrez.

— On l'aura. Il traîne dans les parages, c'est certain. Et quand on l'aura repéré, adieu Miranda. Un héros de moins sur le trottoir du quartier.

Parker but son café jusqu'à la dernière goutte et reposa la tasse sur la soucoupe.

— Un sacré bon café, Luis. Le meilleur café de la ville. Même si je ne t'aimais pas, Luis, je viendrais boire ton café. C'est la vérité vraie.

— C'est bien d'avoir la police comme cliente. Ça éloigne les tracas.

— Et ce sont pas les tracas qui manquent par ici.

— Faut dire qu'on ne risque pas de mourir d'ennui, ici ! reconnut Luis, en riant.

— Rien à voir avec ce qui se passe dans ta bonne vieille île, hein ?

— Ah ça, pour sûr.

— J'y suis allé une fois, c'était pour alpaguer un voyou qui s'était volatilisé après avoir cambriolé une bijouterie sur la 4e Sud. Après tout, c'est la vie. Il passait ses journées peinard, à lézarder au soleil, sucer des cannes à sucre et pêcher. Ensuite, le soir... (il adressa un clin d'œil à Luis) dis-moi, il n'y a vraiment aucune méthode efficace pour calmer les Portoricains la nuit, hein, Luis ?

— Andy, pour un vrai mâle... les nuits sont pareilles partout, non ?

— Hé, dites donc, vous entendez ce petit salaud ? s'écria Parker en éclatant de rire. Il se coltine déjà trois gosses, et je vous parie que le quatrième est déjà en route.

— A mon âge ? protesta Luis en rigolant à son tour. Il faudrait un miracle.

— Ou un sous-locataire, rectifia Parker. Tiens-le à l'œil, ton sous-locataire, Luis. Dans ce quartier, il y a beaucoup trop de sous-locataires. On ne peut plus les contrôler, continua-t-il en posant une main familière sur l'épaule de Jeff. Il existe même des zones entièrement gérées par des marchands de sommeil, où les mecs te louent des appartements sur la base des trois-huit, trois tours de sommeil. T'as déjà vu ça, toi ?

— J'ai pas de sous-locataire, répondit Luis dans un autre éclat de rire. Teresa ne risque rien.

Parker rit avec Luis, puis il soupira, s'épongea le front et glissa de son tabouret.

— A ta place, matelot, je laisserais tomber ma vieille grand-mère. Ne traîne pas trop dans le coin, c'est pas sain.

— Je suis vacciné.

— J'espère que tu as tes papiers. Qu'on sache à qui expédier le cadavre.

— Hé, expédiez-le à sa grand-mère. Elle l'attend, lança Zip en ricanant.

— Toi, le morveux, t'as de la veine que je sois de bonne humeur aujourd'hui. Hé, *pinga* ? ajouta Parker à l'adresse de Luis.

— *Sí, cabrón !* rétorqua le Portoricain en riant.

Les deux hommes se sourirent, comme si l'emploi des insultes obscènes et familières les unissait davantage.

— Si tu entends quelque chose, au sujet de Miranda, préviens-moi, hein ?

— C'est promis.

— Parfait. *Adios*.

Parker quitta le snack et sortit, clignant des yeux au soleil éblouissant. Il se demandait comment il pouvait être en si bons termes avec Luis Amandez et s'entendre si mal avec Frankie Hernandez. Les deux hommes n'étaient-ils pas des Portoricains ? Mais Luis n'était pas pareil. Luis reconnaissait certains faits, certaines caractéristiques de ses compatriotes, alors que Frankie Hernandez, cet enfant de salaud, démentait tout en bloc, fermait les yeux et les oreilles. Comment discuter raisonnablement avec un type buté ? Il n'y avait aucune possibilité d'échange avec un mec pareil. Tandis qu'avec Luis, Parker s'entendait ; ils se comprenaient. C'était simple. On pouvait rigoler. Avec Hernandez, pas moyen.

Parker poussa un gros soupir.

Faut de tout pour faire un monde, se dit-il. Faut de tout.

5

Zip conserva son sourire jusqu'à ce que Parker ait disparu au coin de la rue, et puis les coins de ses lèvres s'abaissèrent.

— Tu balancerais Pepe à ce flic pourri ? demanda-t-il à Luis.

— Pepe Miranda n'est pas un frère à moi, ça non.

— Un mouton est un mouton.

Zip glissa nonchalamment de son tabouret et se dirigea vers le juke-box. Il étudia un moment les titres des disques, en choisit un, mit une pièce dans la fente et appuya sur un bouton. Puis il passa derrière l'appareil et tourna le bouton du volume. Un mambo tonitrua instantanément dans le petit snack.

— Baisse ça, tu veux ! cria Luis. Baisse ça !

— Ta gueule, papa, j'entends pas la musique.

— Je te dis de baisser ça ! hurla Luis en s'élançant vers le juke-box.

Zip lui barra le passage, en dansant d'un pied sur l'autre, riant méchamment. La musique glapissait à tous les échos de la rue. Jeff se prit la tête à deux mains et se retourna pour voir Luis aux prises avec Zip, qui dansait toujours et feintait comme un boxeur. Le gamin riait durement. Enfin, Luis réussit à faire le tour du juke-box et à baisser le volume. Zip bondit dans la rue en criant :

— Pas trop bas, papa. Y a encore mon fric là-dedans !

Luis appuya rageusement sur la touche neutre de sa caisse enregistreuse, prit une pièce dans le tiroir et la lança sur le comptoir.

— Tiens, cria-t-il. Prends ton argent et va-t'en !

Zip rejeta la tête en arrière. Il éclata d'un rire hargneux et sans joie, un rire ironique et méchant.

— Garde tes sous, papa. T'en as besoin.

— Vaurien, grommela Luis. Ça vous perce les tympans. Petit vaurien... Et un dimanche matin, encore !

Mais la musique semblait avoir réveillé le quartier. La rue, qui avait été aussi déserte et silencieuse qu'un chemin de campagne quelques instants plus tôt, se mit soudain à grouiller. Au loin, les cloches de l'église reprenaient et, répondant à leurs appels, tout un peuple surgissait des taudis, sans se presser, parce que ce n'était que le premier appel de la messe. Ils avaient encore le temps. Le disque s'acheva, mais les cloches persistèrent. La rue était à présent vivante, pleine de couleurs et de bruit. Deux jeunes filles vêtues de rose vif, bras dessus bras dessous, sortirent d'un immeuble et se dirigèrent vers l'église. Un vieil homme les suivit, en costume de soie havane avec une cravate vert cru. Une femme passa, sous une ombrelle d'un rouge éclatant, traînant par la main un petit garçon en culotte courte. Les passants se rencontraient, se saluaient en souriant, s'arrêtaient pour échanger quelques mots. C'était dimanche. Le jour de repos. Le jour du Seigneur.

A l'autre extrémité de la rue, luttant contre le courant qui se dirigeait vers l'église, Cooch apparut avec deux autres gamins. Zip courut à leur rencontre.

— Vous en avez mis du temps !

— Il a fallu qu'on attende Sixto, expliqua Cooch.

— Qu'est-ce que t'es, Sixto ? Un homme ou une nourrice sèche ?

Sixto faillit rougir. C'était un grand garçon de seize ans, au regard doux, qui parlait l'anglais avec un accent espagnol marqué.

— Il fallait que j'aide ma mère, dit-il à Zip.

Le troisième garnement avait seize ans, lui aussi, mais il mesurait bien un mètre quatre-vingts et sa figure était si sombre qu'on ne pouvait deviner son expression. Ses traits avaient quelque chose de négroïde et toute sa personne donnait une impression de lenteur, de vide, de vieillesse même, qui lui avait valu son surnom de Papá. Il s'exprimait dans un jargon tel que l'on avait parfois du mal à le comprendre. Par moments, il revenait même à sa langue natale, comme les vieux qui ne peuvent s'habituer au nouveau pays.

— Moi, dit-il, quand mon père s'en va, il me dit de m'occuper de ma mère. De l'aider.

— C'est pas la même chose, dit Zip. Quand il est parti, tu es le chef de famille. Faut bien que tu remplaces ton père.

— Mon père, s'exclama fièrement Papá, il est dans la marine marchande.

— T'es malade ? Ton père, il est loufiat !

— Sur un bateau. Il est dans la marine marchande.

— Il est loufiat, c'est tout. Ecoutez, on a assez perdu de temps comme ça. Faut se manier le cul si on veut attraper la messe de onze heures.

Zip se tourna brusquement vers Sixto qui regardait distraitement la rue.

— Tu marches avec nous, Sixto ?

— Hein ? Ah, oui... Oui, bien sûr. Je marche.

— T'as l'air d'être dans la lune.

— Je pensais comme ça... Enfin, tu sais. Alfredo, c'est pas un mauvais gosse.

— On le liquide et c'est marre. Pas d'histoires. Inutile de revenir là-dessus. Putain, mais on dirait que t'as vu quelque chose de louche ! Ça t'embêterait de me le dire ?

— Le joueur d'orgue de Barbarie, répondit Sixto.

Le joueur d'orgue venait de tourner le coin de la rue. Il était debout devant le snack. Les plumes de son perroquet brillaient d'un vert criard. L'oiseau se tenait perché sur son instrument, attrapant avec son bec les pièces qu'on lui tendait avant de les passer à son maître ; ensuite, il se baissait, sélectionnait une carte parmi la pile entassée sur l'orgue de Barbarie. Une foule de gens se réunit aussitôt autour du joueur d'orgue et son oiseau dressé, des habitués de l'office dominical, dans leurs habits du dimanche aux couleurs d'été voyantes. Les filles poussaient des cris en découvrant les prédictions sur leur avenir. Quant aux vieux et aux vieilles, ils se contentaient de sourire d'un air entendu. Jeff sortit du snack et tendit une pièce au perroquet. Le perroquet plongea son bec dans la pile, et pic ! un bout de papier blanc apparut dans son bec. Jeff s'empara du feuillet et entreprit de le déchiffrer. Les filles se mirent à glousser de plaisir. Il y avait comme une auréole de sainteté autour du joueur d'orgue, car sa musique mécanique était contrebalancée par le talent de l'oiseau et la foi de la foule assemblée sur les lieux. En effet, on était dimanche matin, et le temps était propice pour croire à la chance et espérer en des lendemains meilleurs. Alors ils s'agglutinaient tous autour de l'homme et de son oiseau, se pressaient autour du matelot qui lisait son destin sur sa carte et souriaient tandis que le perroquet replongeait son bec pour tirer une autre carte. Il y avait comme un air d'innocence bon enfant qui frémissait dans l'été, pur comme la vérité.

A deux pas à peine du joueur d'orgue et de la foule gaiement endimanchée, Zip tenait conciliabule, entouré de trois autres garçons vêtus de blousons de soie violets. Au dos de chaque blouson étaient inscrits les mots : LATIN PURPLES. Les lettres avaient été découpées dans du feutre jaune avant d'être collées à même la soie violette. Les Latin Purples, les Latin Purples, les Latin Purples, les Latin Purples, quatre dos voyants pour quatre ados qui se serraient les uns contre les autres en chuchotant pendant que le joueur d'orgue de Barbarie emplissait l'air de sa mélopée d'innocence et de vérité.

— D'accord, mais je me disais comme ça, quoi... On pourrait peut-être l'avertir, tu sais, l'avertir, quoi.

— Pour avoir fricoté avec une de nos julies ? s'écria Cooch, stupéfait.

— Ben quoi, il a rien fait, Cooch. Il lui a tout juste dit bonjour. C'est pas un crime.

— Il lui a envoyé la louche, affirma Cooch.

— C'est pas ce qu'elle raconte. Elle dit qu'il lui a juste dit bonjour. J'y ai demandé.

— De quoi tu te mêles ? cria Zip. Qui t'a permis d'aller lui poser des questions ? C'est ta nana ou la mienne ? Hé ?

Sixto ne répondit pas.

— Alors ? Hein ?

— Zip... Ecoute, Zip, reprit Sixto après mûre réflexion, tu sais, je crois bien... Je ne sais pas si elle le sait. Enfin, je veux dire, je crois qu'elle ne sait pas qu'elle est ta souris, enfin que c'est entendu. Je veux dire, quoi.

— J'ai pas besoin de m'entendre avec une souris. Je te dis que c'est ma nana, et ça suffit. C'est marre.

— Mais elle, elle n'est pas de ton avis !

— Je me fous de son avis.

— N'empêche, insista Sixto, que si Alfie ne lui a rien fait, pourquoi qu'on va lui tirer dessus ?

Les garçons se turent, quatre gamins en vestes identiques, en vestes violettes avec le nom de leur club écrit en jaune, dans le dos : LATIN PURPLES. Ils se taisaient comme si la traduction de leurs intentions en paroles, comme si le mot « tirer », évocateur de ce qu'ils allaient faire, leur avait coupé le souffle. Enfin, dans un murmure, Zip demanda :

— Tu te dégonfles, Sixto ?

Sixto ne dit rien.

— Je te prenais pour un homme, pour une lame, Sixto. Je croyais que tu avais la mentalité.

— Je l'ai, la mentalité.

— Il l'a, Zip, lança Papá pour défendre Sixto.

— Alors pourquoi qu'il discute ? Qu'est-ce que tu dirais s'il s'agissait de ta môme, Sixto ? Hein ? Qu'est-ce que tu ferais si Alfie avait tripoté ta môme ?

— Mais il ne l'a pas tripotée ! Il a juste dit bonjour. Qu'est-ce qu'il y a de mal à ça !

— Tu fais partie du club, Sixto ?

— Ben oui.

— Pourquoi ?

— Parce que... Je sais pas... Faut bien faire partie... murmura Sixto, puis il haussa les épaules. Je sais pas.

— Si tu fais partie du club, si tu portes la veste violette, faut faire ce que je dis et c'est marre. Bon. Moi je dis que nous effaçons Alfredo Gomez à la sortie de la messe de onze heures. Tu veux te dégonfler, vas-y... Tout ce que je sais, c'est qu'Alfie est allé casser les pieds à China. China est ma môme, qu'elle le sache ou non, tu piges ? China est à moi et personne n'y touche. Je veux qu'on liquide Alfie. Tu peux te dégonfler, Sixto. Seulement je te préviens. Si tu ne marches pas avec nous, tu pourras faire gaffe, moi je te le dis.

— Je pensais seulement... Je pensais qu'on aurait peut-être pu lui parler, le prévenir, quoi.

— Ah, ça va !

— On peut pas lui dire de la laisser tranquille ? C'est pas possible ? Faut vraiment le... le tuer ?

Il y eut un nouveau silence, un silence prolongé, car un autre mot venait d'être prononcé, un mot plus précis, plus dur. Ce n'était plus un euphémisme. Il n'était plus question de liquider, d'effacer, mais de tuer. De tuer.

— Mais faut vraiment le tuer ? répéta Sixto.

— On va pas se laisser faire, non ? Tu voudrais peut-être que je lui tienne la main, à Alfie ? Que je lui dise comme ça : « Paraît que tu marches avec China et comment qu'elle te plaît ? » C'est ça que je devrais faire ?

— Non, mais...

— Tu veux qu'on soit des lavettes ? T'as donc pas d'amour-propre ?

— Si, mais...

— Faudrait peut-être lui amener nos mômes sur un plateau, à Alfie ? Pour qu'il en prenne à son aise ?

— Mais il n'a rien fait à China !

— Ça va, je te dis. Je me laisse pas faire et c'est marre. Si nous réussissons ce coup, tout le monde devra désormais compter avec nous, pigé ? Il suffit d'effacer ce connard, et personne dans ce quartier ne s'amusera plus avec le nom des Latin Purples. Jamais. Ils comprendront tous qu'on n'aime pas les gens qui nous foutent des bâtons dans les roues. *Terminé !* Tu verras, tous les mômes du secteur viendront faire la queue pour qu'on les accepte chez les Latin Purples. On sera les *rois*, les *vrais rois* !

Il reprit son souffle. Il avait les yeux qui brillaient.

— J'ai pas raison, Cooch ?

— Bien sûr.

— Bon. Alors, c'est dit. La messe se termine vers midi moins vingt, moins le quart. Je veux qu'on le descende à la sortie, sur les marches.

— Sur les... !

— Sur les marches de l'église, parfaitement. Tous les quatre, on tire ensemble et on s'arrête pas avant qu'il soit descendu. Et tâchez de bien viser, parce qu'il y aura du peuple.

— Zip, sur les marches de l'église ? s'écria Sixto, la figure convulsée. *Ave Maria*, on pourrait pas...

— Je dis sur les marches ! Là où tout le monde pourra le voir crever. On a quatre revolvers. Moi, je prendrai le .45 parce que je veux lui faire sauter la tête, à ce fumier. Y a un Luger et deux .38. Prenez ce que vous voulez, vous autres.

Le joueur d'orgue de Barbarie arrêta sa musique. On aurait pu entendre voler une mouche.

— Moi, je prends le Luger, dit Cooch.

— D'accord. Sixto et Papá auront les .38. L'armement est dans ma piaule. On ira chercher les outils et puis on dégotera des gosses pour se charger des armes. Réflexion faite, tu ferais bien de rester ici, Sixto. Surveille la maison d'Alfie. C'est là, au coin.

— D'accord, murmura Sixto d'un ton navré.

— Fais gaffe qu'il file pas. S'il fout le camp, suis-le. Si tu n'es pas là quand on reviendra, on te cherchera.

— Bon.

— Tu dis ?

— J'ai dit bon.

— Bon, répéta Zip entraînant Cooch, Papá sur leurs talons. T'es pas trop énervé, Cooch ?

— Hein ? Enervé ? Ma foi, un petit peu.

— Et moi donc, mec. Je me sens plus, moi. Quand je pense qu'aujourd'hui c'est enfin le grand jour pour nous, tu te rends compte ? Tu comprends ce que je veux dire ? Les choses bougent, mec !

— Ouais, t'as vachement raison, approuva Cooch.

— Il y a de ces dimanches où tu restes à glander sur le porche de ton immeuble jusqu'à devenir barge. Surtout en été, tu vois, comme aujourd'hui. Sauf que, aujourd'hui, c'est différent. Aujourd'hui, t'as des milliers de trucs à faire, tu vois un peu ? Ce que j'essaie de te faire comprendre, Cooch, c'est que je me sens vraiment bien pour une fois. L'action, mec. C'est ça, l'action, ça fait que j'me sens bien.

Cooch sourit et les trois garçons s'engouffrèrent dans l'immeuble.

— Sauf que Alfie, lui, y va sûrement pas se sentir bien, trancha-t-il.

Sixto s'adossa à la muraille, au coin du snack-bar, les yeux fixés sur la porte de l'immeuble d'Alfredo ; il mordillait nerveusement sa lèvre inférieure.

Dans le petit bar de Luis, Jeff demanda :

— Ça ouvre à quelle heure, *La Gallina* ?

— J'espérais que vous n'y pensiez plus.

— Ma foi, puisque je suis là... A quelle heure ça ouvre ?

— C'est dimanche. *La Gallina* est un bar — entre autres choses. Ça ouvre qu'à midi.

— Alors j'ai le temps.

— Si vous vouliez suivre mon conseil, vous...

— Hé là, toi, là ! glapit la voix, et les deux hommes se tournèrent vers la rue.

Andy Parker venait de surgir devant Sixto qui cherchait à s'éloigner furtivement.

— Moi ? murmura-t-il, effrayé. Moi ?

— Oui, toi. Qu'est-ce que tu fous là ?

— Moi ? Rien.

— Sans blague !

Parker saisit le gamin par le devant de sa veste et le colla contre le mur.

— Mais j'ai rien fait ! gémit Sixto. J'ai rien...

— Tourne-toi contre le mur ! Vite !

— Mais...

— Allez ! Penche-toi en avant.

Sixto regardait le policier sans comprendre. Parker perdit patience, le secoua rudement et le plia en deux, de force.

— Les mains à plat contre le mur. Allez ! Fais ce que je te dis !

Les mains tremblantes, ahuri et terrifié, Sixto s'appuya contre le mur. Parker le fouilla d'une main experte. Il y mettait tant de cœur qu'il ne vit pas Frankie Hernandez remonter la rue et s'arrêter devant le snack.

— Retourne-toi, glapit Parker. Et maintenant, vide tes poches. Tout sur le trottoir. Tout !

Hernandez fit deux pas en avant.

— Fiche-lui la paix, Andy. Toi, petit, fiche le camp.

Sixto hésita, son regard craintif allant de l'un à l'autre des deux policiers.

— Fiche le camp, je te dis ! Allez, ouste ! File !

Sixto regarda Hernandez puis il fit demi-tour et prit ses jambes à son cou dans l'avenue.

— Merci, Frankie, ironisa Parker.

— Ce gosse ne faisait rien de mal.

— Non ? Et s'il avait eu les poches pleines de hash ?

— Tu sais très bien que non. Il appartient à une famille de braves gens.

— Ah oui ? Et après ? Y a peut-être jamais eu de drogués dans les bonnes familles ?

— Il me semble que vous feriez mieux de courir après les malfrats ! cria Jeff du comptoir.

— C'est ce que nous faisons, matelot, répliqua Parker. Jour et nuit. Ce gosse appartient à une bande de vauriens. Tu as vu sa veste ? Tu crois que je vais permettre à tous les petits voyous du quartier de me faire marcher ?

— C'est pas en les bousculant que tu vas nous faire respecter, intervint Hernandez.

— Bon, bon, ça va, je ne lui ai pas fait de bobo, à ce môme... Où tu allais, par là ?

— Voir cette Mrs Gomez.

— Un beau petit lot, la Gomez. Pas jeune, mais encore fraîche, y a pas. T'es sûr que tu y vas pour le boulot, Frankie ?

— Sûr.

— Si t'as ta conscience pour toi... Pas de nouvelles de Miranda, à la boîte ?

— Non, rien.

— Vous savez, dit soudain Luis d'un ton rêveur, je crois bien que Frankie a raison. Je veux pas vous donner de conseils, Andy, mais ce gosse... Chez nous... Enfin, je veux dire, chez nous, on traite pas les gens comme ça.

— Dans l'île, il n'y a pas de problèmes de bandes de jeunes. Y a pas de blousons noirs.

— Non, bien sûr. C'est pas ça que je voulais dire. Mais chez nous, y a... Je ne sais pas. Y a plus de respect.

— Et pourquoi donc ? Pour la sieste ? demanda Parker en partant d'un gros éclat de rire.

— Et voilà, vous prenez ça, à la rigolade, rétorqua Luis d'un ton embarrassé.

— Qui, moi ? Et pourquoi j'irais me moquer de ton pays ?

— C'est parce que... vous savez... on était si pauvres et si affamés. Mais il y avait toujours, dans le centre-ville, une grand-place avec une église peinte en rose, entourée de manguiers et de poinsettias. Et on pouvait faire un tour sur la grand-place pour tailler la bavette avec ses amis. Nous sommes pauvres, oui, mais on nous respecte. On a des amis. On connaît notre nom. On sait qui on est. C'est important, Andy.

— Et toi, tu étais quoi ? Le gouverneur ? dit Parker en gloussant.

— Ah, il tourne ça à la plaisanterie, dit Luis, bon enfant. Mais vous, Frankie, vous comprenez ce que je veux dire, hein ?

— Oui, Luis. Je comprends.

— Des fois, ici, on se sent perdu. Sans identité, sans rien. Perdu.

— Moi, dit Jeff, je vous comprends très bien, Louise. Par chez moi, à Fletcher, c'est pareil. On se connaît tous. On est quelqu'un.

— *Sí, sí*. Dans l'île, on respecte les gens et la vie... On respecte la mort aussi. Ici, la vie vaut pas cher et la mort encore moins. Dans l'île... (Il se tut un instant, comme pour permettre aux souvenirs de s'épanouir dans son cœur.) Dans l'île, quand il y a un enterrement, les hommes qui portent la bière descendent la rue principale, suivis du cortège funèbre.

— Je connais ça, dit Hernandez d'une voix douce, mon père nous en parlait souvent.

— Et il vous parlait aussi des petites filles vêtues de blanc, des fleurs dans les bras sous le soleil ? dit Luis. La ville toute poussiéreuse et calme et paisible.

— Oui, dit Hernandez. Il nous parlait de tout ça.

— Et les commerçants se tiennent sur le seuil de leur boutique et quand passe le cercueil, ils ferment leur porte. Ils montrent leur respect pour le mort. Ils disent : « Je ne ferai pas d'affaires pendant que tu t'en vas, mon ami. »

— C'est de la merde, dit Andy Parker. C'est pas du respect. Ils ont peur de la mort et c'est tout. Je vais te dire une bonne chose, Luis. Dans l'île, je ne sais pas, mais ici les gens ne respectent que les vivants, les durs comme Pepe Miranda.

Luis secoua vigoureusement la tête.

— Non !

— Mais si, crois-moi.

— Je m'en vais, dit Hernandez. Disputez-vous tous les deux.

— On se dispute pas, s'écria Parker, on cause.

— Bon, causez.

Hernandez sortit du snack et tourna au coin de la rue.

Jeff pivota sur son tabouret et regarda dehors. Il entendait derrière lui Luis et l'inspecteur qui discutaient — qui causaient — mais cela ne l'intéressait pas. Il contemplait fixement la porte fermée de *La Gallina*. Ce n'était pas qu'il mourait d'envie de passer la journée au lit avec une fille, mais il ne voyait pas autre chose à faire. Il était venu jusque-là, autant en profiter. Il regardait donc la porte fermée, comme si, à force de le souhaiter, la porte allait s'ouvrir. Et — miraculeusement — elle s'ouvrit.

6

La fille qui sortait du bar n'avait pas plus de dix-neuf ans. Elle était svelte mais un corps de femme gonflait le chemisier et la jupe droite. Ses cheveux étaient aussi sombres que ses yeux. Jeff bondit de son tabouret et courut dans la rue. La jeune fille était penchée pour refermer la porte à clef.

— Hé ! cria-t-il.

Elle se retourna d'un bloc, surprise, les yeux écarquillés. Jeff n'en avait jamais vu d'aussi noirs. Elle entrouvrit les lèvres et l'examina, curieuse, attendant qu'il parle.

— Je vous ai attendue toute la matinée, dit Jeff. Vous étiez là tout le temps ?

— Oui ? murmura-t-elle.

C'était une question. Elle attendait une explication, une suite. Saisi, Jeff la contemplait et s'apercevait soudain qu'elle était ravissante, que c'était peut-être la plus belle fille qu'il eût jamais vue de sa vie. Sa beauté lui coupait le souffle. La fille attendait, et Jeff demeurait muet. Elle mit enfin sa clef dans son sac, eut un mouvement d'épaules insouciant et voulut s'éloigner. Jeff s'interposa vivement et se planta devant elle.

— Hé, où vous allez ?

— Je rentre à la maison.

— Pourquoi ? Je viens de vous trouver.

— Il faut que je rentre me changer.

— Moi, je vous trouve bien comme ça, murmura-t-il en laissant son regard errer sur le chandail bleu ciel collant et la jupe noire courte et serrée.

— Si. Il faut que je rentre, répéta-t-elle, un peu surprise et gênée, et perplexe aussi.

— Ça peut bien attendre, non ?

— Attendre quoi ?

— Ben... euh... Vous savez bien, non ?

— Non ?

Encore une fois, c'était plus une question qu'une réponse.

— Enfin, je veux dire, hier soir, je causais avec un mec, un type, quoi. Cette nuit, plutôt. Dans un bar.

— Oui ?

— Et il m'a dit que je devrais venir ici.

— Pour quoi faire ?

— Il m'a dit que je vous trouverais ici.

Jeff la regarda. Ce n'était pas tout à fait vrai. Le type n'avait pas dit qu'il la trouverait, elle. Jeff n'aurait jamais osé espérer trouver une fille aussi belle, aussi parfaite. Une fille comme on n'en rencontre qu'une fois dans sa vie.

— Il n'a pas dit ça, affirma-t-elle.

— Si. Si, il me l'a dit.

— Comment s'appelle-t-il ? Celui qui vous a parlé de moi ?

— Je me souviens pas. J'avais bu.

— Et maintenant ?

— Non, maintenant, je ne suis plus saoul. Plus du tout.

— Mais ce type vous a parlé de moi ? Il vous a dit que vous me trouveriez ici, *moi* ?

— Ma foi, pas exactement. Je veux dire, enfin... Je ne m'attendais pas à quelqu'un d'aussi... d'aussi joli. Mais il a bien dit...

— Quoi ?

— Il a dit que je devrais venir ici, dans ce quartier.

— Oui ?

— Et qu'il y avait une... un... un endroit appelé *La Gallina.*

— *La Gal...* Oh ! Ah, oui. Je vois. Je comprends.

— Bon. Faut avouer que vous êtes... enfin, on s'attend pas, n'est-ce pas ? Je ne veux pas critiquer ce que vous faites, ni rien, bien sûr, mais enfin... On s'attend pas, c'est tout. A en trouver d'aussi jolies que vous.

— Merci, murmura la fille en souriant. Mais je crois que vous vous trompez.

— Mais c'est bien *La Gallina* ? demanda Jeff en se retournant pour vérifier le nom sur la porte.

— Oh oui, c'est bien *La Gallina.*

— Et je vous ai vue sortir de là, non ?

— Oui, j'en sors, c'est vrai.

Les grands yeux noirs pétillaient bizarrement. Jeff la regarda attentivement et la soupçonna soudain d'étouffer un fou rire.

— Mais vous travaillez là ? insista-t-il. Non ?

— Si.

— Alors, qu'est-ce qu'il y a de drôle ?

Jeff commençait à s'irriter un peu. La fille maîtrisa son rire.

— Mais rien, je vous assure.

— Bon, ben alors... Bon.

— Oui.

Ils se regardaient tous les deux, un peu gênés, Jeff cherchant ce qu'il avait de drôle, la fille essayant de contenir son fou rire.

— Alors ? dit-il enfin.

— Alors quoi ?

— Ben quoi, on va pas se coucher ?

— Vous et moi ?

— Bien sûr, quoi. Qu'est-ce que vous croyez ?

La fille secoua lentement la tête.

— Non. Je ne crois pas.

— Non ? Pourquoi ?

— Mais parce que... (Elle serra les lèvres sur son rire, hésita un instant.) Je n'aime pas beaucoup les marins.

— En voilà une idée, s'écria Jeff en riant. Mes meilleurs amis sont marins.

— Non... Non, je regrette. Pas de matelots.

Elle vit la figure de Jeff s'assombrir, comprit sa déception et ajouta vivement :

— Et puis je suis beaucoup trop chère.

— Chère ?

— Oui. Le prix. Mon... euh... mon cachet ?

A l'entendre, on pouvait croire qu'elle cherchait quel était le terme consacré.

— C'est combien ? demanda Jeff, prêt à marchander.

— Très cher.

— Oui, mais combien ? Vous ne voulez pas me le dire ? On pourrait peut-être s'arranger ? Je trouve que vous vous conduisez drôlement, pour une...

— Je vous dis, c'est affreusement cher. Vous... Combien avez-vous... Quel est le prix le plus fort que vous ayez jamais payé ?

— Vingt dollars. Mais c'était sur la Côte. Là-bas...

— Je suis beaucoup plus chère que ça, dit-elle avec soulagement.

— Quarante ?

— Davantage.

— Cent dollars ? s'exclama-t-il, ahuri.

— Mon Dieu, minauda-t-elle, et ses yeux pétillèrent de malice, est-ce que j'ai l'air d'une vulgaire fille de trottoir ?

— Oh non, pas du tout ! Mais cent dollars ! Bon Dieu...

— Je n'ai pas dit cent dollars. C'est plus cher.

— Plus... ? Ma foi, je n'ai même pas vingt dollars. Vous comprenez, on a fait un poker et... Hé, ne partez pas ! Dites, on peut pas s'arranger ?

— Pourquoi ?

— Parce que... Je vous trouve jolie.

— Merci.

— C'est vrai. Je disais pas ça comme ça. Je le pense.

Elle fit deux pas, se retourna et considéra Jeff avec une telle gentillesse qu'il eut envie de l'embrasser. Il savait bien qu'on n'embrasse pas ces filles-là, mais tout de même...

— Pourquoi ne rentrez-vous pas chez vous, matelot ?

— Chez moi ? Mais j'habite le Colorado !

— Ecoutez, matelot...

— Jeff.

— Bon. Jeff. Ecoutez, Jeff, je ne suis pas ce que vous pensez. Je ne suis pas ce que votre type vous a envoyé chercher.

— Hein ?

— Non. Je fais la cuisine pour *La Gallina* et d'autres bars. Ils servent à manger. Je fais la cuisine.

— Vous... Oh ! Ah... Alors vous étiez là...

— Je préparais le repas, avant l'ouverture.
— Oh... Et toute cette histoire de prix ?
— Je me moquais de vous.
— Ah. Je... je regrette. Je m'excuse.
— Ça ne fait rien. Je m'excuse de vous avoir fait marcher.
— Ça m'est égal... Vous êtes quand même très jolie. Dites... Il faut absolument que vous rentriez ?
— Oui. Je dois m'habiller pour aller à la messe.
— J'y vais avec vous !
— Vous êtes catholique ?
— Presbytérien. Mais ça ne fait rien. Dans la Marine, je vais à tous les services religieux. C'est un truc pour éviter les corvées. Par exemple, je suis de corvée et on dit : « Tous les Juifs peuvent se rendre à leur service religieux », je deviens juif du coup. L'ennui, c'est qu'il n'y a pas tellement de religions.
La jeune fille secoua la tête.
— Non. Ça me ferait drôle.
— Je ne vous ferai pas honte. J'ai déjà été à la messe. C'est joli. C'est bien.
— Non, ce ne serait pas convenable.
Elle hésita un instant et fit mine de s'éloigner.
— Ne partez pas !
— Pourquoi ?
— Je ne sais pas.
— *La Gallina* va bientôt ouvrir.
— Oui... Vous savez, je m'en fiche. Dites, vous ne voulez pas qu'on se retrouve après la messe ?
— Vous y tenez beaucoup ?
— Oui. Oui, je vous en prie. A quelle heure ça finit ?
— Je...
— Vous n'êtes pas fiancée ? Vous n'avez pas d'ami ?
— Non.
— Alors, dites oui.
— ... Oui.
— Chouette ! Où est-ce qu'on se retrouve ?
— Je ne voudrais pas qu'on reste dans le quartier.
— Je ne connais pas trop la ville, je ne sais pas.
— Oui, mais on ne va pas rester dans le quartier, n'est-ce pas ?
— D'accord. Vous savez, si on était dans le Colorado, je vous aurais amenée faire un tour dans les montagnes. Nous aurions emporté un pique-nique puis nous serions partis nous promener là-haut. Dans ma bagnole. Vous savez, j'ai une Ford de 37.
— Elle est de quelle couleur ?

— Jaune. Je l'ai repeinte moi-même.

— J'étais sûre qu'elle était jaune, dit-elle.

— Ah bon ? Mais comment l'avez-vous deviné ?

— Jaune. Ou bien rouge. C'est les seules couleurs auxquelles j'ai pensé.

— Hé, vous savez, j'avais d'abord pensé à la repeindre en rouge mais Jenken — c'est la quincaillerie du patelin — était en rupture de stock. Alors je me suis rabattu sur le jaune.

— Vous venez d'un patelin ? Un vrai patelin ?

— Vous voulez dire Fletcher ? Oh non, ce n'est pas vraiment un patelin, vous savez.

— Il y a des immeubles ?

— Non, non.

— Pourquoi êtes-vous parti ?

— Je voulais découvrir le monde, expliqua-t-il d'un air désinvolte, bien qu'il comprît sur-le-champ qu'avec cette fille, il valait mieux éviter toute désinvolture.

Avec cette fille, il valait mieux jouer franc jeu ou, mieux encore, ne pas jouer du tout.

— J'étais sur le point d'être mobilisé, ajouta-t-il précipitamment, alors je me suis dit qu'il valait mieux que je m'enrôle d'office dans la Marine. Alors j'y suis allé.

Il eut un haussement d'épaules.

— Et le monde ? Vous avez fini par le voir ?

— Oui, juste un petit bout.

— Vous êtes passé par Porto Rico ?

— Non. Et vous ?

— Non, jamais. C'est très beau, à ce qu'il paraît. Moi je suis née ici. Je n'ai jamais eu l'occasion de quitter la ville. (Après quelques instants de silence, elle ajouta :) Ah si, je m'en souviens, je suis allée en Pennsylvanie une fois, pour un mariage.

— Vous adoreriez mon patelin, dit-il. Je vous assure.

— Oui, je n'en doute pas.

Ils se turent un moment. Elle leva les yeux vers lui et, soudain, il se sentit terriblement intimidé. Il avait perdu toute assurance, et était redevenu un petit garçon. D'une petite voix incertaine, il se jeta à l'eau :

— Venez me retrouver après la messe. S'il vous plaît.

— Nous pourrions aller dans le parc, peut-être. Il y a des arbres. On pourrait emporter un pique-nique.

— Chic. Dites... Je n'ai que quelques dollars. On ne pourra pas faire grand-chose. Ça ne vous fait rien ?

Elle l'éblouit de son sourire.

— Non.
— Ah, dites, c'est... c'est formidable. Je vous retrouve ici ? Oui ? Je ne bouge pas.
— Non, pas ici. Quand *La Gallina* ouvre, toutes les filles attendent là, sur le trottoir. Ailleurs.
— Où, alors ? Au snack, là au coin ?
— *Chez Luis ?* Oui.
— A quelle heure ?
— Vers midi ? Je vais préparer les sandwichs avant la messe et...
— C'est pas la peine, vous savez.
— Si, ça me fait plaisir. Midi, alors ?
— Oui. Dites, je m'excuse, pour tout à l'heure, de vous avoir prise pour une...
— Ça ne fait rien. A midi ?
— Midi.
— A tout à l'heure... Attendez-moi.

Elle regarda Jeff un instant, puis elle tourna les talons et partit vivement, sans se retourner. Il la suivit des yeux, médusé, sans bouger. Soudain, comme s'il se réveillait d'un songe, il sursauta et lui cria :

— Hé ! Hé là !

Elle se retourna immédiatement, comme si elle avait attendu cet appel.

— Oui.
— Votre nom ? Comment vous vous appelez ?
— Comment ?
— Je ne connais même pas votre nom !

Elle pouffa de rire, sans raison, joyeusement.

— Alors ? Comment c'est ?
— China ! lui cria-t-elle.

Et elle partit en courant.

7

La chaleur est un phénomène curieux.

Comme l'amour, elle incite les gens à adopter des attitudes extrêmes. De même, comme l'amour, elle représente un formidable aiguillon, tenace, persistant, impossible à extraire jusqu'au jour où, sans autre forme de procès, elle explose dans une passion sauvage. « Je l'ai attaqué à la machette. Il faisait trop chaud. » Une explication comme une autre, une raison, peut-être même une excuse. Il faisait trop chaud. Ces quatre mots résument tout. Il faisait trop chaud, alors on ne devrait pas me tenir grief pour mes actions, car tout ce dont je me souviens c'est qu'il faisait trop chaud, toute la journée on suffoquait dans l'air torride, je pouvais à peine respirer, on manquait quasiment d'oxygène, et il faisait trop chaud, aussi, lorsqu'il m'a dit : « Ce café est trop fort », je l'ai attaqué avec ma machette, vous comprenez ? Il faisait trop chaud.

Suit un haussement d'épaules.

Il faut me comprendre. Il faisait trop chaud.

Et, comme l'amour, la chaleur donne un autre sens aux choses et favorise un sentiment que l'on pourrait décrire — si les journaux à sensation n'avaient pas galvaudé le terme — comme une sorte de conscience, celle d'appartenir à une communauté, la certitude que, en ce jour de canicule, tous les êtres humains ont au moins une chose à partager : la chaleur devient alors un lien aussi solide que du béton armé. Dites, vous n'aimez pas la couleur de ma peau ? Vous avez probablement raison mais putain, il fait une de ces chaleurs ! Pourquoi rester là tous les deux à transpirer sur place ? Ou bien : Tiens donc, j'ai l'impression que vous êtes en train de loucher vers ma femme ! Attention, je ne vous pardonnerai jamais ça ! Mais bon, allons d'abord boire une bière, histoire d'échapper un moment à cette chaleur, on réglera ce problème ensuite.

La chaleur, comme l'amour, vous détruit aussi longtemps que vous n'en parlez pas. L'amant adultère est toujours à la recherche d'un confident, le tombeur passe son temps à raconter ses conquêtes au bord de la piscine, et la majorette s'éternise au téléphone après le baiser du champion de football américain — tout le monde a besoin de parler de ses amours.

Aussi, quand le lieutenant Peter Byrnes sortit de son bureau, il brûlait d'envie de parler de la chaleur. C'était un homme trapu avec des cheveux grisonnants et des yeux bleu métallique. Byrnes se plaisait à croire qu'il avait plus de propension à transpirer que les hommes moins enveloppés que lui. Comme il se plaisait à croire que la chaleur avait été spécialement créée en enfer à sa seule intention, et qu'elle avait ensuite été envoyée ici-bas pour lui rendre la vie impossible. Il n'avait jamais vraiment compris pourquoi le sort l'avait désigné pour subir un tel martyre, mais une chose était certaine : lorsqu'il faisait chaud, les souffrances qu'il endurait dépassaient largement les limites du supportable.

La salle des inspecteurs était silencieuse. Steve Carella, en manches de chemise, lisait un rapport. Le lieutenant Byrnes alla jusqu'à la fenêtre, regarda la rue éblouissante, maudissant la chaleur et cuisant dans son jus. Le silence, la torpeur, la chaleur, la chaleur... Byrnes soupira.

— Fait chaud.

— Mmm, grogna Carella.
— Où est tout le monde ?
— Parker drague, Hernandez est allé voir une bonne femme, Kling est sur une planque. C'est bien ça, non ?
— L'affaire du drugstore ?
— Ouais, je crois.
— Ah ouais, dit Byrnes, qui s'en souvenait soudain. Le type qui refilait des ordonnances de coke bidon. Il ne reviendra pas de sitôt, conclut-il en secouant la tête. Pas par cette chaleur.
— J'en ai l'impression, dit Carella.
— J'ai toujours choisi le mauvais moment pour prendre mes vacances, continua Byrnes. Pourtant, Harriet et moi nous nous y prenons souvent des mois à l'avance. En plus, je suis l'officier le plus gradé ici, je devrais donc en profiter pour choisir les meilleures dates. Et devine comment je m'arrange ? Tu parles ! Tous les ans, je trouve le moyen de partir après la belle saison. Non seulement il fait plus chaud qu'on ne peut même l'imaginer, mais quand sonne l'heure de partir, il pleut tout à coup des cordes ou bien le temps vire au gris ou, pire encore, une tempête de neige nous descend du Canada. Ça ne rate jamais. Et chaque année c'est pareil. (Il se tut un moment.) Enfin, tous les ans, à une seule exception près : une fois, nous sommes allés à Vineyard. Il a fait beau.
— De toute façon, c'est dur, les vacances, commenta Carella.
— Ah bon ? Comment ça, dur ?
— Je ne sais pas, moi. Moi par exemple il me faut en général deux semaines au moins pour décompresser mais, juste au moment où je commence à me détendre, il est déjà temps de rentrer au boulot.
— Tu vas partir cette année ?
— Non, je ne crois pas. Les mômes sont encore trop petits.
— Au fait, ils ont quel âge ? demanda Byrnes.
— Ils ont eu un an au mois de juin.
— Mince, ça passe vite, s'exclama Byrnes, puis il se tut.

Il se mit à méditer sur le temps qui passait et sur son propre fils en se disant qu'au fond Carella lui-même était pour lui comme un fils, et toute l'équipe des inspecteurs comme une famille, une affaire de famille comme une confiserie ou une épicerie, et combien c'était chouette d'avoir Carella avec lui derrière le comptoir.

Le silence retomba, épais, lourd.
— Fait vraiment chaud, répéta Byrnes à mi-voix.
— Un de ces jours, ils finiront bien par inventer... dit Carella et la sonnerie du téléphone l'interrompit.

Il décrocha.
— 87e District, inspecteur Carella.

A l'autre bout du fil, une voix dit :
— Je sais où est Pepe Miranda.

Sixto sortait du drugstore quand Zip et Papá revinrent. Sixto avait les yeux rouges, comme s'il avait pleuré, et une allure bizarre.
— Qu'est-ce que tu foutais là ? s'écria Zip.
— Je buvais un Coca-Cola. J'avais soif.
— Je t'avais dit d'avoir l'œil sur la piaule à Alfie.
— Je voyais la porte, d'où j'étais.
— On a les pétards, s'écria fièrement Papá.
— Allez, venez. Cooch racole des mômes. On doit le retrouver devant chez Luis.
Ils descendirent l'avenue, Zip entre Papá et Sixto. Zip marchait la tête droite, les épaules rejetées en arrière, et se faisait l'effet d'un caïd entre deux lieutenants, d'un roi entre ses gardes du corps. Il était heureux et se sentait très proche des deux garçons, ce qui était étrange, car il ne les aimait pas particulièrement. Sixto était un « fifils à sa mère » et Papá un demeuré. Il y avait un lien, entre eux, qui se resserrerait encore, Zip le savait, quand Alfredo Gomez serait liquidé. Liquidé, se dit-il, et puis le mot fut remplacé par un autre, plus fort. Tué. Zip ne recula pas, ne frémit pas. Tuer. Oui, il allait tuer Alfie Gomez. Le tuer.
Zip se répéta le mot, et lorsqu'il arriva devant le snack, le mot avait perdu de sa violence. Cooch les attendait, avec deux petits garçons. Parker, le flic, avait disparu, mais le matelot était toujours assis au comptoir, attendant sans doute l'ouverture de *La Gallina*. Zip éprouva d'abord un certain sentiment de fierté, à l'idée que ce marin cherchait une fille espagnole, et puis l'orgueil se changea en amertume. Il lui en voulut d'être là, dans un quartier où il n'avait que faire. Il fronça le sourcil et puis il se tourna vivement vers Cooch et les deux gamins.
Le premier portait un vieux blue-jean et un maillot de corps blanc défraîchi. Il ne cessait d'essuyer son nez morveux du dos de la main. Il avait huit ans. Le second en avait neuf. Vêtu d'un short kaki et d'une chemisette bleue, il remuait sans cesse les pieds, comme s'il tentait d'effacer de la craie sur le trottoir.
— C'est les mômes ? demanda Zip.
— Ouais.
Zip les examina et demanda au morveux :
— Comment tu t'appelles ?
— Chico.
— Et toi ?
— Esteban.

— Cooch vous a expliqué le topo ?

— *Sí*, dit Chico.

— Bon. Esteban et toi, vous vous placez sur les marches de l'église et vous gardez les outils sous votre chemise, en nous attendant. Dès qu'on arrive, vous nous les donnez et vous vous écartez pendant qu'on envoie la fumée. On vous les rend, et vous vous faites la paire. Vu ?

— *Sí, yo comprendo.*

— *Sí, sí.*

— Bon, dit Zip, et il consulta sa montre. Les cloches vont bientôt sonner pour la messe de onze heures. Vous allez vous placer tout de suite. Nous, on rappliquera en douce à onze heures et demie. Vous nous guettez, hein ? Vous serez prêts ?

— Zip, quand on sera grands, Esteban et moi, tu nous prendras avec toi, dis ?

— Bien sûr, quand tu seras grand, dit Zip en ébouriffant les cheveux du gosse.

— Je sais tirer, tu sais. Je tire rudement bien.

— T'as bien le temps, petit. T'as tout ton temps avant...

Les cloches se mirent brusquement à carillonner avant de s'arrêter net. Le type qui tirait sur les cordes avait dû manquer son premier essai. Soit la corde lui avait glissé entre les doigts, soit il avait été pris de crampes. L'énorme *baaaaaang* solennel du métal, suivi par son écho, s'était éteint. Les garçons restaient debout dans le silence, l'oreille tendue vers le carillon de la cloche. Puis les cloches reprirent leur vacarme, résonnant dans l'air tranquille de l'été et dans le ciel écrasé de soleil, pour appeler les fidèles, pour appeler le peuple à la messe, pour appeler Alfredo Gomez vers son destin qui l'attendait sur les marches de l'église.

— Ça y est, siffla Zip entre ses dents.

Il plongea la main dans son blouson et, un par un, il en sortit les armes qu'il avait glissées dans sa ceinture. Jeff, qui s'était retourné au son des cloches, en souriant au souvenir de China, vit la première passer des mains de Zip dans celles de Chico, et son sourire s'éteignit. Il cligna des yeux et observa la scène, regarda les petits glisser les pistolets, quatre en tout, sous leurs chemises, et partir en courant. Jeff fronça le sourcil. Zip et Cooch entrèrent dans le snack et s'installèrent près du juke-box, les mains dans les poches. Ils regardaient la rue, de temps en temps, en clignant des yeux à cause de la réverbération. Un vieil homme sortit en se hâtant d'un des immeubles décrépis, s'arrêta un instant pour enfiler sa veste et repartit vers l'église. Les cloches s'étaient tues.

— Un beau dimanche, observa Luis en souriant.

Jeff répondit d'un signe de tête. Sixto et Papá vinrent rejoindre Zip et Cooch. Les quatre garçons en blousons violets s'étaient rapprochés du juke-box. Le silence était retombé sur la rue. A vue d'œil, cette rue pouvait contenir toutes sortes d'humeurs, les tempéraments les plus divers, et se transformer, l'espace d'un instant, comme un artiste de variétés qui en un tournemain enfile une perruque pour se déguiser en clown et, l'instant d'après, se débarrasse de celle-ci pour mettre une moustache de sosie d'Adolf Hitler. A présent, baignée de soleil, elle évoquait plutôt un couloir doré ouvert en direction des hautes arcades de la bâtisse dressée deux pâtés de maisons plus loin avec, en arrière-plan, le ciel d'un jaune blanchâtre saisissant. Sereine, brûlante de lumière, elle demeurait silencieuse et attendait. Les garçons étaient alignés le long du juke-box, les mains dans les poches. De temps en temps, ils jetaient un coup d'œil du côté de l'église, plissant les yeux sous les rayons aveuglants du soleil.

La fille tourna le coin de l'avenue et s'engagea dans la rue comme un petit train de fête foraine. Elle portait un blouson rouge écarlate, un corsage en soie jaune vif et des chaussures à talons aiguilles violettes ornées de lanières aux chevilles. Elle ployait sous une masse de cheveux noir de jais, hirsutes, qui pointaient de sa tête comme une coiffure barbare. Cet attirail était complété d'un fourre-tout bleu clair qu'elle trimballait avec un déhanchement suggestif tandis que sa jupe jaune et étroite soulignait le dessin de ses fesses rebondies, qui tressautaient à chaque pas, et ses énormes seins qui menaçaient de jaillir de son décolleté. De toute évidence, elle ne portait rien sous ses vêtements, et se moquait éperdument des conséquences que cela risquait de provoquer. Ses fesses contenaient à grand-peine leur impatience à se laisser tripoter par le premier venu et ses seins, sous le corsage et la veste rouge, dressaient leurs tétons pointus comme les aiguilles d'une boussole orientée vers le nord. Quant à sa démarche, elle s'attachait surtout à ne rien cacher de sa beauté. C'était sa richesse, et si elle avait décidé de l'exhiber, ça ne regardait qu'elle, et elle seule.

Toutefois, malgré son déhanchement suggestif, sa poitrine opulente et ses fesses qui se balançaient l'une contre l'autre, en dépit de son maintien décontracté, elle paraissait terrorisée et quelque peu intimidée. Elle leva les yeux vers les bâtiments, perdue dans la ville, accablée par le gigantisme, un peu perplexe et sans doute désorientée.

Zip et Cooch laissèrent échapper des sifflements qui n'arrangèrent en rien sa situation. Tout à coup, elle tira sur les revers de son petit blouson rouge, dans un effort dérisoire pour couvrir ses seins pigeonnants. Les garçons se remirent à la siffler, et c'est à ce moment-là que Jeff se retourna pour regarder la fille, hypnotisé par les formes arrondies sous la jupe tendue à craquer et la cambrure de son fessier. La fille hâta le pas, toujours aussi désorientée et perplexe, suivie de leurs sifflements jusqu'en haut de la rue où on la perdit enfin de vue.

Zip éclata de rire.

Mais son rire stoppa net lorsqu'il se rendit compte que le matelot se marrait à son tour.

— Vous avez vu cette créature ? demanda Jeff.

— C'est une tigresse des mers, expliqua Luis.

— Une quoi ?

— Une fille de chez nous. Fraîchement débarquée de l'île. C'est probablement son premier jour ici. On leur a donné ce surnom en souvenir du premier bateau qui convoyait les émigrés portoricains vers le continent, le *Marine Tiger*.

— Merde, c'était un beau morceau, ça, dit Jeff.

— Vous avez pas vu ces cheveux ? s'écria Luis en plaçant les mains autour de sa tête. Dire qu'elle va prendre le métro et les gens vont s'imaginer que toutes les Portoricaines sont comme ça.

Secouant la tête, il soupira :

— Bon, c'est pas le tout.

— Moi j'aurais pas dit non si on me proposait de la culbuter, pas vrai, matelot ? demanda Zip.

— Disons que ce n'est pas tout à fait mon genre, répondit Jeff.

Il se retourna vers le comptoir. Il n'aimait pas adresser la parole à ce garçon, et n'avait aucune intention d'encourager une amitié qui, maintenant qu'il était de nouveau sobre et qu'il avait rencontré China, n'avait plus grand intérêt pour lui.

— Ah ouais ? Pas tout à fait ton genre ? répliqua Zip. Mais quel est donc ton problème ? Dis-moi, tu n'aimes pas les filles latino ou quoi ?

— Je n'ai pas dit ça.

Luis disparut dans sa cuisine. Jeff buvait son café, en pensant à China.

Soudain, Zip alluma une cigarette et souffla un long jet de fumée en direction de Jeff. Il ne savait pourquoi, mais la présence du matelot commençait à l'agacer sérieusement. Il cherchait ce qu'il pourrait lui dire de désagréable, d'irritant.

— Hé, matelot, *La Gallina* va bientôt ouvrir, lança-t-il.

— Ah oui ?

— Ça t'intéresse ?

— Pas tellement.

— Pourquoi ? Les Portoricaines ne sont pas assez bonnes pour toi, hein ?

— C'est pas ça. Mais je n'y pense plus, c'est tout.

— T'es bien venu ici chercher de la fesse, hein ?

— Peut-être.

Cette réponse enragea Zip.

— Alors, tu n'en veux plus ?

— Pas pour le moment.

— Qu'est-ce que tu fous ici, alors ?

— Ça me regarde.

— Si nos filles ne t'intéressent plus, t'as qu'à foutre le camp. Pourquoi tu restes dans le quartier ?

— Tu poses beaucoup de questions, dit Jeff.

— Oui, et après ?

— Si tu répondais à une question, pour changer ?

— J'ai pas à...

— Pourquoi as-tu passé ces pétards aux mômes ? demanda Jeff.

Zip ouvrit de grands yeux.

— Quoi ?

— Tu as passé tout un arsenal à ces deux gamins. Après qui tu pars en guerre ?

Zip s'approcha du comptoir, les poings crispés, les paupières mi-closes, la bouche serrée. Les autres, à l'exception de Sixto, quittèrent leur poste et suivirent lentement leur chef.

— T'as de bien grands yeux, grand-mère, ricana Zip.

Son poing jaillit brusquement et frappa Jeff en pleine figure. Le marin, surpris par l'attaque inattendue, chercha désespérément à conserver son équilibre sur son haut tabouret. Il comprenait confusément que ce serait une erreur de tomber, qu'il ne devait pas s'écrouler sur le sol. Il essaya de se retenir au comptoir, mais sa main glissa sur le formica et, comme il partait à la renverse, son pied se prit dans un des barreaux du tabouret. Il tomba lourdement, le dos à plat sur le carrelage, la tête levée pour éviter de se briser le crâne. Il cherchait à dégager son pied du tabouret quand la première ruade l'atteignit à la tempe.

Jeff leva instinctivement les mains pour se protéger, tout en secouant sa jambe pour se débarrasser du tabouret, pour se libérer, et le second coup de pied explosa contre ses côtes. Et puis ce fut un feu roulant de coups, dans les côtes, dans la tête, partout. Jeff était toujours prisonnier de son tabouret, dans une posture grotesque. La pointe aiguë d'une botte l'atteignit à l'œil droit et il sentit un sang chaud couler sur sa figure. La douleur était atroce. Il crut qu'il allait mourir là, sous ces coups implacables, quand il perçut vaguement, comme dans un brouillard, la voix de Luis qui arrivait en courant :

— Sales gosses ! Petits salauds ! Vous êtes fous ?

Et puis, brochant sur le tout, sur les coups, et les cris, et la douleur, une sirène de police se mit à hurler, un gémissement allant crescendo, lugubre et pénétrant.

8

Hernandez connaissait bien ce logement ; il y avait vécu. Peut-être pas dans celui-ci, mais dans un autre qui lui ressemblait comme un frère. Il y en avait des milliers de semblables, dans le quartier.

On entrait directement dans la cuisine, pauvrement éclairée par une lucarne. Le sol était recouvert d'un linoléum usé montrant sa toile par endroits, devant le fourneau, sous la table, près de la porte. Il n'était pas ciré mais scrupuleusement propre. Un chromo représentant Jésus en prière était accroché au mur verdâtre écaillé. Hernandez croyait se retrouver chez lui, quand il était petit.

Quand il était petit, il passait l'hiver près de la cuisinière, à jouer avec ses soldats de plomb à même le linoléum usé. C'est par miracle que sa mère finissait la préparation du repas car il restait constamment pendu à ses jupons. Le fumet de l'*arroz con pollo* emplissait alors l'air, et le coin de la cuisinière était si chaud et douillet que ses soldats de plomb revêtaient alors des personnalités nouvelles avec des identités tout à fait autres. Partout dans la cuisine des Hernandez régnait une douce chaleur qui irradiait de la cuisinière, relevait les senteurs des mets accompagnés par la tendre voix de sa mère qui s'appliquait et les monologues que le petit Frankie improvisait à l'adresse des soldats de plomb disposés en cercle autour de lui.

Il faisait atrocement chaud et lourd dans la cuisine. On entendait au-dehors la sirène. Mrs Gomez alla fermer la fenêtre.

— Toujours des incendies, murmura-t-elle. Pas un jour sans incendie. En hiver, c'est encore pire.

— Où est votre fils ? demanda Hernandez.

— Dans la chambre. Frankie, je vous en prie, ne soyez pas dur avec lui. Allez-y doucement. Cette histoire, ce qui le tracasse, je sais que c'est grave. Mais... c'est difficile de lui parler, de le connaître.

— Je ne le brusquerai pas, promit Hernandez.

Elle lui fit traverser la salle, avec son mobilier de série, son poste de télévision, son lampadaire et son lustre aux ampoules de couleur, et alla ouvrir la porte de la chambre.

C'est dans la salle qu'il faisait ses devoirs quand il était môme, étendu à même le parquet. A l'époque, ils n'avaient pas de télé. En ce temps-là, l'arrivée du cow-boy solitaire était annoncée par l'ouverture de *Guillaume Tell*. Ses feuilletons favoris étaient alors Omar le Magicien, la Sorcière, Renfrew et, bien entendu — mais les dimanches seulement —, l'Ombre. Même devenu grand, il restait persuadé que Lamont Cranston était le nom le plus glorieux qu'un homme puisse porter. Aujourd'hui, il ne pouvait s'empêcher de se marrer toutes les fois qu'on y faisait allusion. Mais il avait beau s'en dédire, ce nom réveillait encore dans son cœur un vieux fond de jalousie et de terreur. Lamont Cranston, l'Ombre, les réminiscences d'un petit garçon — c'était tous les après-midi à trois heures, ou bien trois heures un quart ? —, le lait sur la table de la cuisine et les céréales enrobées de chocolat. Souvenirs d'enfance. Et le voilà aujourd'hui, dans la même pièce rebaptisée salle comme à Porto Rico, sous le même lustre aux ampoules de couleur, la même peinture écaillée, le même long couloir dans cet appartement en forme de wagon de chemin de fer, un adulte violant l'intimité d'une chambre qui aurait pu être la sienne adolescent, un homme venant à la rencontre d'un enfant de seize ans pour découvrir dans son visage la douleur et le désarroi, désarroi qui marquait ses yeux et sa bouche. A cet instant, Hernandez l'homme commença à se demander où était passé Hernandez l'enfant. En même temps qu'il se demandait ce qu'il avait bien pu oublier sur le chemin.

— Voilà Frankie Hernandez, annonça Mrs Gomez.

Le garçon considéra le policier sans hostilité. Mais son regard demeurait fixe, buté. Hernandez connaissait cette expression. Il l'avait vue chez des malfaiteurs endurcis et chez de braves ménagères. C'était un regard qui signifiait : « Vous représentez la loi. Vous êtes l'ennemi. »

— Bonjour, Alfredo.

— Bonjour.

— Votre mère s'inquiète à votre sujet.

— Elle a bien tort.

— C'est pas son avis. Elle est venue jusqu'au poste de police pour me faire part de ses inquiétudes. Que se passe-t-il, Alfredo ?

Alfredo poussa un profond soupir.

— Je vais aller à la messe, Mr Hernandez. Je n'ai rien à vous dire.

— Votre mère pense que vous avez beaucoup de choses à me raconter.

— Ma mère ne sait pas. Elle ne connaît pas ce quartier.

— Mais moi, je le connais, Alfredo. Allons, de quoi s'agit-il ?

Alfredo examina Hernandez, cherchant à faire la part du policier, la part de l'enfant des rues qu'il avait été. Il se décida soudain. Sa décision ne changea rien. Pour lui, Hernandez était la loi. Hernandez ne pouvait l'aider. Il n'avait rien à lui dire.

— Ce n'est rien, affirma-t-il.

— Votre mère me dit qu'on veut vous tuer. Est-ce que c'est vrai ?

Alfredo ne répondit pas.

— Répondez !

Hernandez saisit l'enfant par l'épaule, le força à se retourner, à le regarder en face.

— Réponds-moi !

Alfredo se taisait. Enfin il hocha brièvement la tête.

— Qui ? demanda Hernandez.

— Un... Les garçons.

— Pourquoi ?

— Pour rien.

— Il y a une fille, mêlée à cette histoire ?

— *Sí.*

Hernandez relâcha son étreinte et soupira. C'était toujours la même histoire. Il la connaissait par cœur et elle le lassait.

— Qu'est-ce que tu as fait à cette petite ?

— Rien.

— Allons !

— Rien, je vous dis.

Le silence. Hernandez regardait le gamin. Patiemment, il reprit :

— Alors pourquoi veulent-ils te tuer ?

— Pour montrer qu'ils sont des durs, c'est tout. Qu'ils sont forts. Ils s'imaginent que c'est fort, de tuer.

Alfredo parlait plus librement et paraissait se détendre, mais on sentait qu'il ne savait pas encore s'il pouvait se confier à Hernandez, un policier. D'une voix très lasse, il chuchota :

— C'est même pas sa petite amie. China, elle est à personne.

— Tu as bien dû faire quelque chose à cette fille ! s'écria Hernandez avec colère.

— Rien ! Je le jure ! J'y ai rien fait ! Je vous le jure sur la tête de ma mère. J'y ai juste dit bonjour. C'est une fille bien. Elle est souriante, elle sourit à tout le monde, elle est gentille. J'y ai dit bonjour. Y a pas de mal à ça, dites ? Juste bonjour. Chez nous, dans l'île, c'est permis de dire bonjour, personne vous embête pour ça. Je viens ici, et je peux plus dire bonjour !

— Il y a combien de temps que tu habites ici ?

Le garçon haussa les épaules et se tourna vers sa mère.

— Mama ?

— Ça fait un an, maintenant, dit-elle. Nous avons d'abord amené la fille. Sa sœur. Alfredo est resté avec sa grand-mère à San Juan. L'année dernière, nous avons eu les moyens de le faire venir à son tour.

— Où est la fille en ce moment ? Votre fille ?

— Elle est éclaireuse. Elles sont allées en pique-nique, aujourd'hui.

— Je vois... Alfredo, tu te plais, ici en ville ?

— Bien sûr. Avant, j'habitais La Perla. La perle, y a de quoi rigoler. C'est rien que des taudis, des baraques. Un bidonville, voilà ce que c'est.

— Je sais. Je connais La Perla.

— Ici, c'est mieux... C'est mieux. Mais qu'est-ce qu'on peut y faire ?

— On peut faire beaucoup de choses.

— Oui ? On sort du quartier, et les gens se moquent de vous. Ils vous traitent de métèque. C'est ma faute à moi, si je parle pas bien anglais ? Comment j'apprendrais ? A l'école, tout le monde parle espagnol, même les maîtres !

— D'autres ont appris, Alfredo.

— Oui, je sais. J'essaye. Je me donne du mal. Je me débrouille, non ?

— Très bien, Alfredo.

— N'empêche...

— N'empêche quoi ?

— Est-ce que je suis obligé de faire partie d'un... d'une bande ?

— Tu ne fais partie d'aucun gang, Alfredo ?

— Non. A Porto Rico, ça n'existe pas, ces imbécillités, ces histoires de bandes. On est libre de faire ce qu'on veut. Personne vous dit rien, et personne ne prend de drogue. Ici, les gosses se droguent. Moi, je ne veux pas, et je ne veux pas faire partie d'un gang. Je veux seulement qu'on me fiche la paix.

— Alors comment t'es-tu fourré dans cette sale histoire ? demanda Hernandez.

— J'ai juste dit bonjour ! Je vous jure, sur la Croix je vous le jure ! Bonjour, c'est tout. Et alors Zip, il...

Alfredo se tut brusquement, les lèvres serrées.

— Qui ça ? demanda vivement Hernandez.

Alfredo réfléchit en silence, hésita et puis, comme s'il se jetait à l'eau, il déclara :

— Bon. Zip. Il m'a vu et il a prétendu que j'embêtais son amie. Il dit que je dois pas aller à la messe sinon ils me liquideront.

— Tu avais déjà eu des ennuis avec ce Zip ?

— Une ou deux fois. A l'école, par exemple, quand il voulait me battre, comme ça. On va à la même école.

— Qu'est-ce que tu as fait, alors ? Quand il voulait te battre ?

— Il voulait que je lui donne l'argent de mon déjeuner. Je lui ai donné, pour avoir la paix. Ça faisait jamais que vingt-cinq cents. Je ne voulais pas d'histoires, moi.

— Et ça s'est arrêté là ? Tu n'as plus eu d'ennuis avec lui jusqu'à présent ?

— Jamais. Il est nouveau dans le quartier, d'abord. Ça fait pas plus de cinq, six mois qu'il est ici. Moi, je lui fiche la paix et je veux qu'on me laisse tranquille. J'aime pas ces... Vous savez, ils s'amusent à démolir des autos, des boutiques, à tabasser les passants. Pourquoi faire ? Moi, j'aime pas ça. J'ai rien à voir avec des voyous comme Zip. Il trouve que c'est formidable, de tuer.

Alfredo se tut, examina Hernandez et reprit d'un ton grave :

— Ce qui est formidable, c'est de vivre, non ?

— Si, Alfredo.

— Moi, je ne veux pas faire partie de leurs bandes. Alors, qui va me protéger, hein ?

— Moi. Nous sommes là pour te protéger, Alfredo.

— Vous ? Qu'est-ce que vous pouvez faire ? Vous croyez qu'ils ont peur de la police ? Si je ne sors pas tout à l'heure, ils vont dire que je me dégonfle, que j'ai peur. Et tout le monde se moquera de moi.

— Ce n'est pas ridicule d'avoir envie de vivre, Alfredo. Tout le monde veut vivre.

— Vous savez pas ? Je suis fatigué. J'en ai marre. J'en ai assez d'être seul. Quand on est seul, on vous tombe dessus. Mais qu'est-ce qu'il faut que je fasse ? Que je tue des gens ? Pourquoi est-ce que j'irais faire du mal ?

— Ne sors pas de chez toi aujourd'hui, Alfredo, dit Hernandez. Ici, tu ne risqueras rien. J'y veillerai.

— Et demain ? Hein ? Demain ?

— Nous verrons bien. Ce sera peut-être tassé, d'ici demain.

— Ça ira mieux demain ? Je serai toujours là, dans ce quartier. Demain et toujours... Toujours.

Soudain, Alfredo se mit à pleurer, silencieusement.

Lorsque Hernandez redescendit, il y avait quatre voitures de police dans la rue, qui formaient une sorte de cordon bloquant la rue devant le bar *La Gallina*. Il se demanda s'il s'agissait d'une rafle des Mœurs. Des badauds se pressaient autour des voitures, par petits groupes curieux. Hernandez fendit la foule et aperçut Parker qui parlait au lieutenant Byrnes et à Steve Carella. Sa première idée fut : Mais qui est-ce qui tient la boutique ? Et puis il comprit qu'il ne s'agissait pas d'une rafle banale. Il devait se passer quelque chose d'important. Hernandez s'approcha vivement de ses collègues.

— Quand est-ce qu'on commence, lieutenant ? demanda Parker.

— Nous plaçons des voitures dans tout le secteur, répondit Byrnes, et nous établissons un contact radio. Nous commencerons dès qu'ils seront prêts. Ça ne va pas être de la tarte. Il a dit que nous ne le prendrions pas vivant.

— Nous sommes sûrs que c'est lui ? voulut savoir Parker.

— Va savoir. Nous avons reçu un coup de téléphone anonyme. Si c'est vraiment lui, nous ne pouvons pas laisser tomber.

Une femme surgit de l'immeuble, à gauche de *La Gallina*. Elle portait un bébé sur un bras et une cage dans laquelle un perroquet bleu battait des ailes à la main. La femme avança sur le trottoir, en regardant par-dessus son épaule les fenêtres de *La Gallina*. Puis elle se tourna vers la foule, comme une actrice vers son public, et cria :

— Pepe Miranda ! Il est là-haut ! Pepe Miranda !

Immobile au milieu de la rue, elle leva le bras qui tenait la cage et l'oiseau s'égosilla en battant de ses ailes les barreaux de cuivre.

— Allons, madame, lui dit un agent. Venez par ici. Venez, avant de recevoir une balle.

La femme courut se perdre dans la foule murmurante. Le chuchotement passait de bouche à oreille, accompagné de hochements de tête : « Pepe Miranda... Pepe Miranda... Pepe Miranda... »

— Il est là ? demanda Hernandez à Byrnes.

— Il paraît, Frankie.

— Qui a donné le tuyau ?

— Sais pas, répondit Carella. Il a donné le renseignement et puis il a raccroché.

— Je vais voir ce qu'elles fabriquent, ces autres bagnoles, dit Byrnes en contournant la voiture de police.

Il s'assit de biais sur le siège, les jambes pendantes, et décrocha le microphone.

— Ici le lieutenant Byrnes. Nous sommes prêts. Et vous ?

— On l'a finalement coincé, ton pays, s'écria Parker en riant. Et on va le bousiller. Je vais m'en occuper personnellement.

— Ce n'est pas mon pays, dit Hernandez.

— Non, c'est façon de parler. Vous êtes tous les deux de Porto Rico, quoi.

— Oui.

— Tu me connais, voyons. Tu sais que je m'en fous, que Miranda soit portoricain ou chinois.

— Bien sûr.

Parker regarda soudain autour de lui.

— Mince, regarde un peu ces mômes ! Ils s'imaginent que Miranda est un type épatant. C'est leur dieu.

Les enfants se faufilaient dans la foule et certains essayaient d'escalader les voitures. Les agents les repoussaient brutalement. Aucun des enfants ne paraissait savoir quelle attitude on attendait d'eux. Il y en avait qui riaient, d'autres qui contemplaient gravement les fenêtres du premier étage de l'immeuble. D'autres semblaient au bord des larmes. Il y avait des tout petits et des adolescents, mais tous avaient des yeux trop profonds, trop sombres, des yeux qui en avaient déjà trop vu. Ils connaissaient la peur, mais ils la chassaient avec des rires. Ou des larmes. C'était pareil, pour eux.

— En tout cas, reprit Parker, ce sera un dieu mort d'ici pas longtemps. On va lui faire payer tous les emmerdements qu'il a causés à la ville !

— La ville n'a peut-être pas été tendre avec lui, murmura Carella en regardant les enfants.

— Oui, je veux bien. C'est le quartier. Les mômes qui poussent dans ce coin-là, dans ces ruisseaux, qu'est-ce que tu veux qu'ils deviennent ? Miranda attaquait les gens avant de savoir marcher.

— Personne ne lui a appris à marcher, peut-être, dit Hernandez.

— Eh ben, dis donc ! s'écria Parker, les yeux ronds. Je croyais que c'était pas ton pays !

— Non. C'est un immonde voyou. Il mérite la mort. Il va mourir. Ça ne veut pas dire qu'il est entièrement responsable.

— Evidemment, je me mets à ta place. Les liens du sang...

— Il n'y a pas de liens du sang entre Miranda et moi !

— Enfin, je veux dire, vous êtes latinos tous les deux ! Vous êtes frères, en quelque sorte, si tu vois ce que je veux dire.

— Non, je ne vois pas. Qu'est-ce que tu veux dire ?

— Ah, ça va, laisse tomber. Bon Dieu, ce que tu peux être susceptible ! Mince, c'est vrai, Frankie. Tu devrais faire attention, mon vieux, tu te fais du tort.

Parker posa son bras sur les épaules de Frankie Hernandez et ajouta en riant :

— Tout ce que je sais, c'est que je m'en vais le transformer en passoire, ton frangin.

Hernandez se dégagea rageusement.

— Tu veux que je dise une chose, Andy ?

— Quoi donc, mon vieux ?

— Miranda est plus ton frère que le mien.

Quelques agents commençaient à ériger des barrières en travers de la rue. La foule se massait contre les barricades et des enfants les escaladaient, retombaient de l'autre côté, dans l'espace libre où le lieutenant Byrnes et ses hommes attendaient le signal des autres voitures stationnées dans les rues adjacentes. Byrnes les aperçut et hurla :

— Reculez ! Que tout le monde recule ! Restez derrière la barricade !

Il s'approcha de Hernandez, en s'épongeant le front.

— Frankie, mon vieux, sois chic. Dis-leur ça en espagnol. Ces gens risquent de prendre une balle perdue. Ça va chauffer, tout à l'heure. Fais-les reculer à l'abri.

Hernandez avança devant les barrières protectrices et cria :

— *Bueno ! Todos retroceder ! Detrás de la barricada ! Todos retroceder !*

La foule recula, pas à pas, derrière les barrières. Au bord du trottoir, Zip saisit le bras de Cooch.

— Hé, dis donc, t'as entendu le flic ? Ça va chauffer ! Va y avoir du pétard !

— Avec Miranda, pas étonnant, jugea Cooch.

— Qui c'est, Miranda ? demanda Papá.

— T'es malade ? Tu sais pas qui est Miranda ? Miranda est ce qui est arrivé de plus grand dans ce quartier ! déclara Cooch avec emphase. Hé, Zip, tu te rends compte ? Ce con-là qui demande qui est Miranda !

Zip hocha la tête sans répondre. Il guettait les fenêtres du premier étage. On ne voyait rien.

— Quand il habitait par ici, expliqua Cooch à Papá, ça bardait ferme, moi je te le dis.

— Même par chez moi, dit Zip, on entendait parler de lui. Un type formidable. Je l'ai vu une fois. Il conduisait une Cadillac jaune, mon vieux, avec une blonde comme ça !

— Une Cadillac ? Mince, c'est ce qu'il me faut ! Passe-moi le volant, pardon, faites excuse !

— Et tu devrais le voir marcher, tiens, s'écria Zip en s'écartant un peu pour faire une imitation. Comme ça, tu vois, souple, la tête haute, et je t'emmerde la terre entière. Un mec, ça. Il n'a peur de rien ni de personne, celui-là.

— T'as vu comment qu'il est sorti de sa planque de Riverhead ? Une dizaine de flics, et ils ont pas pu lui mettre la main dessus !

— Personne peut lui mettre la main dessus, assura Zip.

— Putain, quand il habitait encore dans le quartier, Zip, fallait voir, ma parole. Un mec super. Tu sais, tu te serais dit qu'il se prend pour un caïd et tout, comme si nous autres gosses on était que de la merde. Mais non. Il a toujours été sympa avec nous, je t'assure. Il nous refilait des pièces de temps à autre, comme ça. Et puis alors les histoires, putain, les histoires qu'il nous racontait. De vrais trucs de durs, mec, pas le genre de conneries que t'entends partout.

— J'te suis, mec, dit Zip. La prochaine fois que mon vieux viendra me rabâcher ses salades sur le bon vieux temps au pays, je vais exploser. Merde, quoi, qui s'intéresse même à leurs conneries de traditions, hein ? Qu'est-ce que ça peut bien nous foutre, leur hospitalité, leur soleil de merde et les gens qui fermaient respectueusement leur porte quand ils voyaient passer un macchabée, hein ? Mais c'est ici que ça se passe, putain ! La vraie vie c'est ici, et pas ailleurs !

— Tu l'as dit... Hé ! Regarde un peu ! Hé, regardez ça !

— Qui ? Quoi ? Où ça ?

— Là-bas !

Deux agents pénétraient dans l'immeuble, prudemment, revolver au poing.

— Ça va commencer, s'écria Zip en se haussant sur la pointe des pieds pour mieux voir. Allez, Cooch, faut se dégoter un escabeau, un truc pour monter dessus. Sans quoi, on verra peau de balle.

— Et notre autre truc ? demanda Cooch.

Zip jeta un regard par-dessus son épaule, vers le snack où Jeff était installé au comptoir.

— Le matelot ? Laisse tomber. On lui a flanqué la trouille.

— Je pensais à Alfie, chuchota Cooch.

Zip semblait avoir oublié ce qui l'empêchait de dormir depuis deux jours, ce qui n'avait pas quitté sa pensée, ce qui hurlait dans sa tête depuis son réveil. En entendant prononcer le nom d'Alfie, il fronça le sourcil, perplexe. Et puis, comme un enfant que l'on arrache à un jeu passionnant pour lui faire faire ses devoirs, il soupira :

— Quoi, Alfie ?

— On a rendez-vous, non ? T'as pas oublié ?

— Bien sûr que non ! rétorqua Zip furieux. Mais comment tu veux qu'on aille devant l'église ? La rue est barrée. Et les mômes qui ont nos outils sont de l'autre côté.

— C'est mieux comme ça, Zip, dit Sixto. On le laissera...

— Ah, ta gueule, toi, tu veux ! Mais qu'est-ce qu'on fout avec ce loquedu ? Je me le demande !

Papá éclata de rire.

— T'es un loquedu, Sixto !

Cooch réfléchit un moment, puis il déclara :

— Zip, je peux passer par l'avenue, faire le tour et retrouver les mômes. Je rapporterai nos outils.

Comme un homme d'affaires important qui ne peut se laisser distraire par de menus détails administratifs, Zip répondit :

— C'est ça. Vas-y. Rapporte-les. Ici... Mince, je me demande comment qu'il est armé, Miranda, lui !

— Ils disent qu'il a pris tous les revolvers de ces flics, là-bas à...

— Ah dis donc, ça va être une corrida comme jamais ! Qu'est-ce qu'il va les assaisonner ! Allez, Cooch, vas-y. Magne-toi. Va chercher nos outils. Viens, Sixto.

— Où ça ?

— On va chercher un truc pour grimper dessus. Y a toujours des caisses vides dans le terrain vague, y a qu'à...

La fusillade éclata dans l'immeuble, brutale comme un coup de tonnerre. La foule se tut instantanément. Le silence plana dans la rue, et puis il fut violemment déchiré par les hurlements d'une femme. Un chœur lui répondit, montant des trottoirs, remplissant la rue. Une fumée légère sortit de la porte de l'immeuble et monta dans l'air lourd, imposant silence à la foule. Ils étaient tous là, massés, les yeux écarquillés fixés sur cette porte, comme les fidèles sur la place Saint-Pierre attendent la fumée qui annonce l'élection du nouveau pape. Ils avaient vu la fumée, mais ils ne savaient pas encore qui était le pape, et ils attendaient, en silence.

De l'intérieur de l'immeuble, une voix jaillit soudain :

— Lieutenant ! Lieutenant !

9

Les policiers sur les toits et les escaliers de secours, pendus aux fenêtres ouvertes, perchés derrière les cheminées, ressemblaient à une bande de singes qui auraient escaladé les rochers de leur zoo et ne sauraient plus que faire pour plaire aux badauds. Pepe Miranda n'était pas simplement encerclé. Il soutenait un véritable siège. Les assaillants brandissaient des fusils à viseur télescopique, des mitraillettes, des grenades à main, des pistolets à gaz lacrymogène, des masques à gaz et même un ou deux lance-flammes pour faire bon poids.

La police ne s'était pas contentée d'investir les deux immeubles qui faisaient face à *La Gallina*. Elle avait également envahi les maisons de la rue parallèle, et dominait toutes les fenêtres de l'appartement dans lequel Pepe Miranda était pris au piège. Des figures d'agents apparaissaient aux croisées, sous le linge étendu, entre un soutien-gorge et un jupon blanc, et se penchaient au bord des toits, prêts à descendre par les gouttières.

Les terrasses et les toits avoisinants étaient couverts de curieux, comme un gâteau de mouches. Ils étaient venus là pour voir le lion manger le dompteur, ou le contraire. De toute façon, c'était un spectacle de choix. Mais, pour tous ces gens, Miranda était le rebelle, l'opprimé, le hors-la-loi, le héros. Consciemment ou non, ils étaient pour lui. Ils rêvaient de le voir tenir tête à cette formidable armée bleue, de le voir traverser la fusillade sans encombre, donner un coup de chapeau, envoyer un baiser aux dames et s'enfuir au galop dans le coucher du soleil. Ils savaient sans doute tous comment cela finirait. Ils n'ignoraient certainement pas qu'un homme seul n'avait aucune chance de vaincre cette force dressée contre lui. Mais ils nourrissaient le secret espoir que, pour une fois, le rebelle gagnerait la partie, pour une fois peut-être, le révolutionnaire vaincrait la tyrannie, l'anarchiste lancerait sa bombe et s'échapperait.

Pour beaucoup de spectateurs, Miranda était un criminel, indiscutablement. Ils ne l'auraient jamais reçu chez eux. C'était un bandit, un voleur, un assassin. Mais il était latino. Et, comme ils étaient fiers de Picasso, ils étaient fiers de Miranda. D'autres n'étaient là que par curiosité. Un homme était enfermé dans un appartement, traqué par la police. C'était un jeu. Le jeu consistait pour lui à sortir de là. Il n'y avait pas de bons ni de méchants. Seulement deux équipes qui, chacune, essayaient de gagner.

Pour le moment, Miranda semblait avoir marqué le premier but. Le cri de : « Lieutenant ! Lieutenant » fut immédiatement suivi par l'apparition de celui qui avait crié, un sergent qui soutenait un de ses hommes blessé. Il le porta dans la rue, sur ses épaules, et le coucha près d'une voiture de police. Les spectateurs pouvaient voir la tache de sang s'élargir sur le devant de sa chemise bleue. Dans la voiture, l'agent prit le microphone et réclama une ambulance. La foule regardait cela, avec intérêt certes, mais tout en sachant que ce n'était qu'un détail de la pièce. Miranda avait blessé un des policiers. C'était intéressant. Mais le feu d'artifice n'était pas encore commencé. Ce n'était qu'un lever de rideau. La foule attendait la suite.

Penché sur l'agent blessé, suant à grosses gouttes, le lieutenant Byrnes demanda :

— C'est grave, à votre avis, sergent ?

— C'est l'épaule, répondit le sergent en reprenant péniblement son souffle.

C'était un type baraqué, tout en muscles, avec des cheveux grisonnants. Son uniforme était un peu trop juste, mais il ne voulait pas le remplacer puisqu'il comptait prendre sa retraite l'année suivante. Quand un homme est obligé de payer de sa poche ses vêtements de travail, il lui faut réfléchir à deux fois avant de s'engager dans des frais pareils.

— ... Mais... Ah, dites, vous auriez dû entendre Miranda ! Nous, on cherchait à s'assurer que les locataires avaient bien vidé les lieux. Miranda s'est mis à jurer en espagnol, et puis il a tiré à travers la porte. Tout un chargeur y est passé. Cassidy a pris deux balles.

Byrnes examina le blessé, puis il hocha la tête.

— L'ambulance va venir. Restez auprès de lui, sergent, voulez-vous ? Ça ne va pas être long.

— Pardon... Je vous demande pardon...

Un homme se penchait sur la barricade. Il était grand, maigre, avec des yeux bleus perçants, vêtu d'un costume léger havane et d'un panama bleu.

— J'ai entendu le sergent dire que...

— Qui diable êtes-vous ? grommela Byrnes.

— Je suis journaliste. Est-ce que le sergent n'a pas dit que...

— Je suis occupé, mon vieux, coupa Byrnes en s'éloignant.

Parker se tourna vers Hernandez.

— Un chic type, ton pays. Deux centimètres plus bas, et Cassidy y passait.

— Ce n'est pas moi qui ai tiré. C'est Miranda.

— Qui te dit le contraire ? Ecoute, y a des salauds partout, dans toutes les races.

— Ça suffit, Parker.

— J'ai pas dit que tous les Portoricains étaient des fumiers comme Miranda. Toi, par exemple. T'es né dans ce quartier, et regarde-toi à présent. Inspecteur. Mon vieux, ça n'a pas dû être commode d'arriver là pour toi. Quand je pense au nombre de tes compatriotes qu'il t'a fallu alpaguer !

— Je fais mon boulot, Parker.

— Pas de doute. T'es un bon policier. Faut dire que t'as un sacré avantage de parler espagnol dans un district comme celui-ci. Tu nous bats à tous les coups. Un de ces jours, tu passeras chef. Et ton papa pourra accrocher un autre tableau dans sa boutique.

— Pourquoi tu m'asticotes, Andy ?

— Moi ? Je t'asticote ?

— Oui. Pourquoi ?

— J'asticote personne, affirma Parker d'un air innocent. Je suis comme toi, je fais mon boulot.

— Et quel est ton boulot ?

— C'est de garder les rues propres. Je suis un balayeur de rues armé d'un revolver. C'est le boulot d'un policier, pas vrai ?

— Il n'y a pas que ça.

— Non ? Faudrait peut-être qu'on leur tienne la main et qu'on aille les border ? J'étais comme toi, dans le temps, tiens. Mais ça m'a passé, je te jure. J'ai compris, fais-moi confiance.

— Qu'est-ce que tu as compris ?

— Ah, laisse tomber.

Et il détourna les yeux.

Il avait passé pas mal d'années de sa vie à détourner les yeux, quatorze longues années, pour être plus précis. Il les détournait pour ne pas voir sa condition de flic, les détournait de ses devoirs d'homme tout en se pardonnant pour ses manquements. Jadis, il était convaincu de compter parmi ces flics qui s'apitoyaient sur les gens mais, depuis lors, il en avait tiré des leçons. Il y avait comme une incohérence dans son raisonnement. Andy Parker n'était pas du genre à s'apitoyer sur qui que ce soit. Il n'était pas de nature à exprimer de la sympathie pour le genre humain. Ce qu'il voulait probablement dire par là, c'est qu'il y eut un temps où il s'identifiait complètement aux habitants du district.

Et, pour être honnête, il faut admettre qu'à l'époque Parker considérait la tâche obscure de gardien de l'ordre et de la loi sous un angle radicalement différent. Il patrouillait encore, et bien qu'il ne se fût jamais gêné pour coller un P.-V. sur une bagnole, il avait tendance à se montrer clément envers les petits délinquants, les laissant filer après un simple avertissement. Selon lui, il y avait assez de crimes graves dans ce district pour ne pas perdre son temps à persécuter les braves gens. En effet, il avait découvert que la loi se prêtait à diverses interprétations bien avant que la justice ne s'en mêle. Au niveau le plus bas des représentants de cette loi, il y avait dans la ville un homme à l'écoute du citoyen : c'était l'agent de police de base, le flic chargé de patrouiller dans la rue. Lui, avait au moins une douzaine de décisions importantes à prendre chaque jour, et elles suffisaient à accorder quelque répit aux demi-sel. Cependant, d'un autre côté, se sentant couvert, il pouvait se montrer dur et sans concessions vis-à-vis des gros poissons. Un bon flic.

Un bon flic, jusqu'au jour où le patron d'un magasin de tissus fit appel à Andy Parker au cours d'une ronde. L'homme retenait par le poignet un gosse qui, à l'en croire, avait dérobé quelques mètres de soie à l'étalage sur le trottoir. Parker posa des questions au propriétaire puis au môme et, après avoir endossé en pensée sa robe de juge, il prononça la sentence : « C'est pas grave, n'est-ce pas ? » Seulement, le propriétaire du magasin ne l'entendait pas de cette oreille. Selon lui, le gamin avait refilé le tissu à un complice, qui s'était volatilisé avec la marchandise. Néanmoins, Parker persista dans sa voie, réglant le problème à sa façon et, en fin de compte, tout le monde s'accorda pour faire comme si de rien n'était.

Ce soir-là, après avoir retiré son uniforme, Parker s'en alla donc boire une bière dans un bar des environs. Après une première tournée de bière qui lui fit énormément de bien, il s'en envoya une deuxième, qui le remonta également, de sorte qu'il commençait à se sentir pousser des ailes quand il quitta le bar et, à vrai dire, c'était la dernière fois de toute son existence qu'il tenait une forme pareille.

Il ne parvint jamais à la station de métro. Trois hommes lui tendirent une embuscade et, sans lui laisser même le temps de sortir son revolver, ils le coincèrent et le battirent à mort. Parker resta un long moment étendu sur le trottoir, baignant dans une mare de sang. Quand il reprit connaissance, il se demanda d'abord *pourquoi* on l'avait tabassé et *qui* avait fait ça. Il tira les conséquences qui s'imposaient. Seuls des potes du propriétaire avaient pu monter ce coup sous prétexte qu'il avait laissé filer le voleur à l'étalage.

Jamais il ne retrouva les mecs qui l'avaient passé à tabac par cette triste nuit d'automne.

Oui, c'étaient probablement des amis du marchand de tissus. En réalité, ç'aurait pu être n'importe qui, parmi les centaines et les centaines de gens qui gardaient une dent contre Parker malgré sa bienveillante renommée. Au reste, il n'avait aucun intérêt à traquer les coupables.

Néanmoins, il avait compris pas mal de choses.

Premièrement, ce n'était pas drôle de se faire tabasser. Dans les films, les passages à tabac étaient précédés par une bonne bagarre. En général, la victime était une sorte d'enragé qui se débattait comme un beau diable pour envoyer au tapis une bonne douzaine d'agresseurs avant de s'écrouler pour le compte. Peu après, le type se levait, s'ébrouait pour sortir de sa torpeur, essuyait des traces de sang sur ses lèvres, avant d'épousseter ses vêtements tout en étrécissant les yeux, laissant les spectateurs se demander ce que signifie cet étrécissement des yeux. Seulement, dans la vie courante, on administrait rarement une raclée à poings nus. Les types qui avaient travaillé Parker en cette nuit d'automne étaient tous aussi costauds que lui et étaient armés de manches à balai sciés. Ils l'avaient salement dérouillé. Ils s'étaient même acharnés sur lui longtemps après qu'il fut tombé dans les pommes, tabassé jusqu'à ce que mort s'ensuive. C'était le cas de le dire, puisqu'ils le laissèrent quasiment pour mort et, ce jour-là en vérité, c'est par miracle qu'il ne quitta pas le monde des vivants. Parker n'avait pas apprécié. Aussi se jura-t-il que jamais, plus jamais de toute sa chienne de vie, il ne se retrouverait du mauvais côté du manche. Non, plus jamais. Il apprit donc la leçon par cœur, comme un jeune garçon révise son catéchisme. Plus jamais je ne me ferai tabasser. Plus jamais je ne me ferai tabasser.

Seulement, il n'existait qu'un moyen sûr pour ne pas se faire tabasser : cogner le premier, et poser les questions ensuite. Par les temps qui courent, il y avait un avantage confortable à porter un insigne de flic, il est plus facile de présenter des excuses aux innocents. Après.

Parker avait appris par ailleurs une deuxième leçon : il s'était planté complètement, naïf et crédule qu'il était, dans sa conception du rôle de flic. Dès lors, il se mit à coller des contraventions à tout va, même aux pauvres gens qui avaient pris le risque de cracher sur le trottoir. Pour être tout à fait honnête, à partir de ce jour, Parker se mit à coffrer plus de poltrons, de vagabonds et de petits voyous que n'importe quel autre flic du district. Lui-même se doutait bien qu'il avait cessé à tout jamais d'être un type sympa. Il était devenu un vrai fils de pute, une ordure sans foi ni loi, et il en était conscient. D'ailleurs, quiconque ne le blairait pas avait intérêt à garer ses fesses. Car Parker devait continuer son chemin, et il voulait le faire comme il l'entendait.

Plus jamais je ne me ferai tabasser, se disait-il.

Plus jamais je ne me ferai tabasser.

Dans le snack de Luis, Jeff Talbot tamponnait sa figure ensanglantée avec un mouchoir mouillé. Le sang avait coulé sur son col et il pensait au mal qu'il aurait à faire partir la tache. Derrière son comptoir, Luis s'inquiétait plus de l'état du matelot que du bruit et de la rumeur de la rue. Il le considérait anxieusement, comme un père.

— Ça va, à présent ?

— Ça va aller. Qu'est-ce que c'est que ce gosse ?

— Zip ?

— C'est son nom ? Ouais. Lui.

— Je ne sais pas.

— Je veux dire, quoi, je ne lui ai rien fait. Je ne lui disais rien ! Je me mêlais de mes affaires, bien tranquille.

— Lui, il se mêle des affaires des autres. Il finira mal. Comme ce Miranda, là-bas.

— Je veux bien. Mais qu'est-ce qui lui a pris ?

— Je ne sais pas, répéta Luis.

— C'est parce qu'il est latino ? On dit qu'ils ont le sang chaud, les latinos.

— Ils sont comme tout le monde, murmura Luis avec un mouvement de l'épaule.

— Je dois dire... Enfin, vous, vous avez l'air bien, quoi.

Luis ne répondit pas. Jeff déplia son mouchoir ensanglanté, le replia et l'appliqua de nouveau sur sa joue.

— Ce Miranda, il est latino aussi ?

— Oui.

Jeff hocha la tête et se plongea dans ses réflexions moroses.

— Je crois que vous faites une grossière erreur, matelot, dit soudain Luis.

— Comment ça ?

— Vous le savez bien. C'est facile de généraliser.

— C'est que j'aimerais savoir, Louise. Il faut que je sache. C'est... c'est important, pour moi.

— Pourquoi ? Qu'est-ce qui est important ?

— Parce que...

Jeff s'interrompit, leva les yeux vers la pendule au-dessus du bar et se demanda si China viendrait au rendez-vous. Et puis il se demanda s'il avait vraiment envie de la revoir. Il fronça le sourcil et murmura :

— C'est important pour moi. Comme ça... C'est tout.

10

Tout le monde semblait prêt à toute éventualité.

Les policiers, dans les rues, aux fenêtres et sur les toits étaient prêts. Les spectateurs aussi. Zip et Sixto s'étaient procuré un grand cageot dans le terrain vague et l'avaient installé derrière la barricade. Ils étaient fin prêts. Même le lieutenant Byrnes l'était. Ses forces étaient déployées comme il l'entendait. Un énorme mégaphone à la main, il avança devant les voitures de police, porta l'instrument à ses lèvres, souffla dedans pour juger du volume du son et cria :

— Miranda ? Pepe Miranda ? Vous m'entendez ?

Sa voix résonna dans la rue silencieuse, assourdissante et métallique. La foule attendait la réponse de Miranda. Rien ne vint.

— Vous m'entendez ? répéta Byrnes dans le mégaphone.

Le silence lui répondit. La foule retenait sa respiration.

— Je sais que vous m'entendez, reprit Byrnes, alors écoutez-moi bien ! Cette rue et les rues avoisinantes sont bloquées. Il y a des policiers armés à toutes les fenêtres et sur tous les toits. Vous êtes cerné, Miranda. Vous entendez ?

Zip et Sixto, juchés sur leur cageot, se tordaient le cou pour voir par-dessus les têtes.

— Ce truc est à nous, hein ? dit Zip. Rien que pour nous autres. Je ne veux voir personne d'autre là-dessus.

— Alors, Miranda ? vociféra Byrnes. Vous sortez, ou bien on va vous chercher ?

— Pourquoi qu'il répond pas ? s'impatienta Zip.

Il se tourna vers les fenêtres du premier étage, mit ses mains en porte-voix et glapit :

— Réponds-lui, Pepe !

— Si une fusillade se déclenche, continua Byrnes, il peut y avoir des blessés innocents. Alors, Miranda ? Vous sortez ?

Le silence s'éternisa. Byrnes attendait.

— Très bien, cria-t-il enfin. Si vous...

La voix jaillit soudain d'une fenêtre du premier. On ne voyait personne. Il n'y avait que la voix tonnante, qui coupa la parole au lieutenant.

— Qui est-ce que j'ai blessé ?

— C'est Pepe ! rugit Zip et le cri se répercuta à travers la foule, comme un torrent bondissant : « C'est Pepe, Pepe ! Pepe, Pepe ! C'est Pepe ! »

— Vous avez tiré sur un de nos hommes, répondit Byrnes.

— Je l'ai tué ? demanda Miranda, toujours invisible.

— Non !

— Vous mentez ! Je l'ai tué !

— Vous l'avez atteint à l'épaule. Vous allez sortir ?

— Je l'ai tué ? Il est mort ?

— Dis-leur de venir te chercher, Pepe ! glapit Zip.

— Miranda, nous ne sommes pas là pour nous amuser. Si vous devez sortir...

Un nouveau bruit s'éleva, noyant les dernières paroles du lieutenant, emplissant l'air de son gémissement familier.

— Qu'est-ce que c'est que ça ? cria Miranda.

— Une ambulance. Alors, Miranda ?

— Il n'aurait pas dû venir, lança Miranda. J'aurais pu le tuer.

— Mais vous ne l'avez pas tué. Alors, c'est oui ou c'est non ? Vous sortez ?

— Non ! rugit soudain Miranda d'un ton rageur. Vous me prenez pour un tocard ? Je suis Pepe Miranda ! Vous entendez ? Venez-y donc, me chercher !

— Bravo, Pepe ! cria Zip en bourrant les côtes de Sixto de coups de coude.

Brusquement, une gigantesque ovation, des cris d'encouragement montèrent de la rue.

— Bravo, Pepe !

— Vas-y, Pepe !

— Ollé, Pepe !

— Silence ! tonna Byrnes. Silence tout le monde !

Quelques agents foncèrent dans la foule et les badauds se turent. Mais des cris partaient encore des toits et des terrasses, des applaudissements, des hourras pour le bandit cerné. Byrnes attendit que le vacarme se calme et remit son mégaphone à ses lèvres.

— Parfait, Miranda ! Inutile de discuter. Nous montons !

— Venez-y donc, bande de lâches ! glapit Miranda.

Brusquement, le store d'une des fenêtres se releva et Miranda apparut, court et trapu, en tricot de corps, les lèvres retroussées, les joues salies par une barbe de trois jours, un revolver dans chaque main. Il rejeta la tête en arrière et, d'un geste saccadé du cou, la ramena en avant pour cracher dans la rue. Puis il se mit à tirer au hasard, des deux mains, comme un bandit dans un mauvais western.

Byrnes fit un signe vers les toits et la fusillade éclata de tous côtés, brisant le silence dominical comme une pierre du cristal. Le lieutenant courut s'abriter derrière une des voitures. Dans la foule, des femmes hurlaient, les hommes cherchaient à se cacher les uns derrière les autres. Byrnes agita encore la main. La fusillade cessa. Miranda avait quitté la fenêtre.

Le lieutenant rassembla Carella, Parker et Hernandez.

— Bon, leur dit-il, on va y aller. Cette fois, Miranda a eu les yeux plus grands que le ventre. Steve, le capitaine Frick est arrivé ?

— Oui, je l'ai aperçu.

— Faut le retrouver. Je veux que tout soit régulier.

Frederick Block rentrait tranquillement à la maison lorsqu'il se retrouva coincé dans un embouteillage. Il détestait les embouteillages, surtout en week-end. Il était retourné au bureau dans le centre-ville pour récupérer un carton d'œillets dont la livraison était attendue le jour même dans une usine à Riverhead. Il s'en était personnellement occupé — « chez Block Industries, le service est gratuit ». C'est ce qu'il avait déclaré au client avant de reprendre aussitôt la route. En revenant de Riverhead, le plus court chemin passait par le pont de Calm's Point, mais son trajet l'avait déporté à travers le centre d'Isola, et c'est ainsi qu'il était retrouvé en plein cœur du 87e District. A présent, Block était coincé au beau milieu d'un embouteillage et suait sang et eau au volant de sa voiture alors qu'il aurait dû être à la plage. Quel dimanche ! Block était un gros. Non pas de ces gros qui se consolaient en jouant sur des euphémismes comme « corpulent » ou « enveloppé » pour éluder leur obésité. Lui, était gros. G-R-O-S. Et comme les gros ça sue pas mal — il avait coutume de prétendre le contraire —, il enrageait d'être pris au piège en une journée pareille en plein cœur d'Isola.

Jusqu'à l'épuisement, il avait résisté à la canicule, luttant de toutes ses forces pour contenir sa rancœur. Ensuite, il était descendu de sa voiture pour aller se rendre compte lui-même. Qu'est-ce qui pouvait au juste causer cette saloperie d'embouteillage ? Selon toute apparence, il n'y avait eu aucun accident. Block avait horreur de tomber sur les accidents. Premièrement, parce que les conducteurs sérieux ne faisaient jamais des accidents. Deuxièmement — ce qui était encore plus important —, même si la voiture accidentée ne bloquait pas le passage, la circulation avançait toujours à l'allure d'un escargot, pour la bonne raison que tous les propriétaires de véhicules avaient tendance à vouloir s'assurer de l'étendue des dégâts.

Seulement, aujourd'hui, il ne s'agissait pas d'un accident. Pourtant, la circulation était bouchée dans les deux sens sur l'avenue. Mais pourquoi ? se demandait Block. Avec l'instinct d'un chien de chasse, il emboîta le pas à la foule. Les gens semblaient tous se presser vers la même direction, et il se dit que l'objet de leur curiosité devait par conséquent se trouver par là. Il se traîna à leur suite en se dandinant, s'épongeant le front à l'aide d'un gigantesque mouchoir blanc et jurant entre ses dents. C'est ainsi qu'il parvint jusqu'en haut de l'avenue et atterrit dans le snack à l'angle de la rue. Un matelot était assis au comptoir. Block s'installa à côté de lui et l'interpella :

— Hé, mon lieutenant, qu'est-ce qui se passe ici ?

Il n'avait jamais été dans la Marine, mais c'était un commercial de génie, et il savait toujours adapter son langage à n'importe quelle situation.

— On n'arrive pas à circuler en voiture dans le quartier. Mais que se passe-t-il donc ?

Le matelot ignora sa question. Il ne cessait de se tamponner le visage avec un mouchoir roulé en boule. Block ne voyait pas le sang sur le mouchoir, aussi se dit-il que le matelot devait avoir terriblement chaud et qu'il essuyait simplement sa sueur. Il compatit à sa douleur et se retourna vers le type qui trônait derrière le comptoir.

— Vous pouvez me dire, vous, ce qui se passe ?

— C'est un énorme bouchon, répondit Luis.

— Ah bon ? C'est tout ce que vous trouvez à me dire ? s'écria Block en partant d'un éclat de rire qui secoua ses couches de graisse. Dites, vous croyez que c'est une réponse, ça ? Mais c'est bouché partout, il n'y a pas un coin où on peut circuler dans cette ville. Il y a un truc dans l'air ou quoi ? Un défilé, peut-être ?

— Non, il y a un tireur embusqué dans un appartement là-haut, expliqua soudain le matelot.

— Un quoi ? demanda Block en s'épongeant le front. Un tireur, vous dites ?

— Oui, Pepe Miranda, répondit Luis en hochant la tête.

— Je n'ai jamais entendu parler de ce type. Qu'est-ce qu'il a fait ? Il a dévalisé une banque ?

Block repartit dans ses éclats de rire tandis que sa graisse se trémoussait. Le spectacle était loin d'être réjouissant.

— Vous êtes d'ici ? s'enquit Luis.

— Bien sûr. J'habite ici, mais pas dans les parages. Je vis à Calm's Point. Et c'est qui, ce Miranda ? Une vedette du quartier ?

— C'est un tueur, expliqua paisiblement le matelot.

— Ah bon ? sursauta Block en écarquillant les yeux. Ça par exemple ! Un tueur ?

— Je viens de vous le dire, insista Jeff.

— Alors ils vont monter le cueillir là-haut ?

— On dirait. Je pense qu'il vaudrait mieux rentrer vous mettre à couvert dans votre bagnole, monsieur. Dans quelques instants ça va se mettre à chauffer par ici.

— Ah non, pas question, s'exclama Block, qui paraissait à présent très intéressé. Il faut absolument que je voie ça. Je dois assister à sa mise à mort.

Il s'en fut se frayer un chemin dans la foule, en se servant de son imposante bedaine comme bélier.

— Louise, demanda Jeff, quelle heure est-il ?

— Je ne sais pas. Dans les onze heures et demie, par là. Pourquoi ?

— Je... J'ai rendez-vous avec une fille, ici. A midi.

— Pourquoi vous ne suivez pas mon conseil, matelot ? Partez d'ici avant d'avoir encore des histoires. Allez vous promener dans le parc. Quand la petite viendra, je lui dirai où vous êtes. Comment qu'elle s'appelle ?

— China. C'est un drôle de nom, hein ?

— C'est espagnol, dit Luis. Allez, allez vous promener. Allez au parc. Je lui dirai où vous êtes. Elle ira vous rejoindre.

— Je l'ai prise pour une putain, d'abord, vous savez, Louise. C'est pas un bon début, pas vrai ? C'est plutôt moche, hein ?

— Ma foi, je connais beaucoup d'hommes qui ont épousé des prostituées. Elles font de bonnes épouses.

— Oh, mais elle ne l'est pas ! s'écria Jeff en bredouillant tant il se pressait pour la défendre. Je ne voulais pas vous donner cette impression. Je veux dire, quand on la connaît, ça se voit tout de suite. Elle a... elle a une figure douce, comme une petite fille, vous voyez ?

— Oui. Je vois.

— Douce, gentille. Mais elle n'est pas bâtie comme une petite fille, non. Elle a tout ce qu'il faut. Tout, quoi.

— Je n'ai jamais vu de planches à pain parmi les Portoricaines, assura Luis.

— Hein ?

Luis leva les mains et dessina en l'air des courbes suggestives.

— Ah ! Oh, oui ! Bien sûr. Mais elle n'est pas grosse, c'est pas, comment dire, enfin y en a pas trop, non.

Les deux hommes hochèrent gravement la tête et tombèrent d'accord sur les proportions idéales de la femme.

— Et puis elle cause bien, reprit Jeff. Elle a une jolie voix et... et elle vous regarde bien en face, franchement. Elle écoute. Elle vous donne l'impression qu'on est quelqu'un, je ne sais pas, quelqu'un d'important.

— Oui. Un homme a besoin de se sentir important.

— Je la connais à peine, mais c'est pas une fille comme les autres. D'abord, elle est plus jolie.

— Des jolies filles, on en trouve partout, matelot. Le monde est plein de jolies filles. Mais pour chaque homme, il y en a toujours une qui est plus jolie que les autres.

— Eh oui. Oui. Mais elle est vraiment bien. Belle. Dites, Louise, vous croyez qu'elle va venir ?

— Je ne sais pas. Peut-être.

— Je l'espère. Mince, Louise. Je l'espère.

De sa position élevée sur son cageot, Zip vit la fille qui se faufilait dans la foule. Il leva les bras, agita la main et cria :

— Elena ! Viens par ici ! Elena ! Hé, Sixto, c'est Elena !

— Je croyais que c'était China ton amie, murmura Sixto.

— Et après ? J'aime bien le changement. Elena ! Amène-toi !

La fille l'aperçut et lui sourit. Elle avait seize ans, des yeux noirs et des cheveux de jais. Une autre fille l'accompagnait, plus petite, moins jolie, vêtue d'un pantalon collant et d'une chemise de garçon.

— Zip ! cria Elena. C'est Zip et les copains, Juana.

— Il est affreux, déclara nettement Juana.

— Allez, viens, il est pas si mal.

Elles s'approchèrent et Zip hissa Elena à ses côtés. Papá copia son geste et offrit galamment la main à Juana. Elle la prit avec toute la morgue d'une duchesse qui se laisse guider par un valet de pied.

— T'as jamais rien vu de pareil, Elena, s'écria Zip au comble de l'excitation. Il en a blessé un !

— Qui ça ?

— Pepe Miranda !

— Qui c'est ?

— Pepe Miranda, quoi ! Il a tout un arsenal avec lui. Les flics savent pas comment le faire sortir. T'aurais dû le voir tout à l'heure ! Il s'est montré à la fenêtre et il leur a craché dessus, aussi sec !

— Qui c'est, ce type-là ? demanda Juana.

Papá, répétant la leçon qu'il avait apprise de Cooch, expliqua :

— C'est un type formidable. Le plus grand qu'on ait jamais vu dans le quartier.

— Jamais entendu parler de lui.

— C'est donc ça, dit Elena. On se promenait par là et on a vu les gens qui couraient tous par ici.

— Tu es passée par l'autre rue, là-bas ?

— Oui, pourquoi ?

— Pour rien... C'est le territoire des Royal Guardians.

— Et alors ?

— Rien.

— Royal Guardians ou pas, moi, je me balade où je veux.

— On est bien libres, ajouta Juana.

— C'est parce que vous êtes des filles. Pour les hommes, c'est pas si facile.

— Pourquoi ? demanda Juana.

— Parce que. On n'a pas le droit d'aller draguer sur le territoire d'un autre club.

— C'est ridicule. Vous n'avez rien de mieux à faire que jouer à la guerre ? C'est bon pour les gosses.

— C'est pas vrai. Tu peux pas comprendre.

— Je comprends très bien. Vous jouez comme des gosses, voilà tout. Vous n'avez rien à faire.

— On a beaucoup de choses à faire, au contraire. Pas vrai, Sixto ?

— Je te crois, lança Elena. Faut que tu coures après China.

— Tu n'es qu'un retardé, déclara Juana. Un névrosé introverti.

— Un *quoi* ?

— Un névrosé introverti.

— Mince. Où t'as appris ça ?

— J'ai lu un article dans un journal, voilà, dit fièrement Juana.

Zip pouffa de rire et se tourna vers Elena.

— Alors, on s'embrasse pas ?

— Va chercher ta China !

— Allez, dis, allez !

Elena leva le menton et lui tourna le dos. Elle sourit à Sixto, comme elle avait vu Jane Russell sourire au cinéma.

— Et qui est ton charmant copain ?

— Hein ? grogna Zip.

— Vous vous appelez comment ? murmura-t-elle en s'approchant de Sixto. Vous ne dites rien ?

— D'après l'article, tu es un instable, dit Juana à Zip.

— Fiche-moi la paix avec ces conneries de journaux ! s'écria Zip que l'attitude d'Elena enrageait. Je crois rien de ce que je lis, moi !

— Probable que tu sais pas lire !

Il se passait sur ce cageot une chose étrange. Car, en dépit des opinions qu'elle exprimait — que Zip était un affreux, un névrosé introverti, un instable qui de plus ne savait pas lire —, Juana ne s'occupait que de lui. Et, bien que sa conversation prît un tour agressif, il était évident qu'elle cherchait à retenir l'attention de Zip, et de personne d'autre. Elena, de son côté, tout en feignant de s'adresser à Sixto, poursuivait le même but. Ces escarmouches n'avaient rien de bien subtil mais Zip, soit par indifférence, soit par stupidité, ne s'en rendait absolument pas compte.

— Comment se fait-il que vous ne disiez rien ? dit Elena à Sixto. Vous n'encouragez pas votre ami Pepe Miranda ?

— C'est pas mon ami ! s'écria brusquement Sixto. Pepe ne vaut pas un clou.

Papá sursauta, fronça le sourcil et rétorqua :

— Qu'est-ce que tu veux dire, il vaut pas un clou ? Hé, Zip, il a dit que Pepe vaut pas un clou !

Zip se retourna.

— Quoi ? Tu as dit ça ?

— J'ai rien dit, bredouilla Sixto.

Elena, ravie de cette occasion de se gagner les faveurs de Zip, rapporta.

— Si, si, il a dit qu'il valait pas un clou !

— Ah oui ? T'as dit ça ? rugit Zip en donnant une bourrade à Sixto. Tu as dit ça ? C'est ça que tu penses ? Hein ?

A chaque mot, il donnait un coup, et Sixto finit par tomber de son perchoir dans le caniveau. Zip éclata de rire, imité par Papá et Elena. Juana hésita, puis elle pouffa aussi. Zip enlaça Elena et la serra contre lui.

— Qu'est-ce que t'as, Elena ?

— Rien.

— T'es froide.

— Qu'est-ce qu'il y a avec China ?

— Jalouse ?

— Paraît que tu cherches Alfie.

— Il l'a pas volé, ce fumier-là.

— A cause de China ?

— Elle te tracasse, China, hein ?

— Qu'est-ce que tu vas lui faire, à Alfie ?

— Rien. T'en fais donc pas pour lui.

— Je me fous de ce que tu fais à Alfie, mais je veux savoir si China et toi vous êtes ensemble.

— Qu'est-ce que ça peut te faire ? Tu me plais bien, mais si tu me casses les pieds, je te fous un marron, moi, tu sais.

— Un vrai dur ! lança Juana. Il tape sur les filles !

— Ah, toi, de l'air... Allez, Elena, sois gentille avec moi.

— Zip, assez ! On nous regarde !

— Et après ? On s'en fout... Ah, dis donc, t'as la peau douce.

Il retira le bras qu'il avait passé autour de la taille d'Elena et, au hasard, pointa un doigt dans la foule :

— Hé, vous ! Oui, le gros lard !

Frederick Block, qui était parvenu jusqu'aux barrières de sécurité, leva les yeux vers Zip.

— Dis, gros lard, t'étais en train de nous mater, toi.

Block détourna son regard avec mépris. Zip éclata de rire.

— T'as vu, ma puce ? dit-il. Personne ne nous surveille.

Il l'attira encore plus près de lui.

— Je ne devrais pas te laisser me tripoter comme ça, s'insurgea Elena. Surtout après cette histoire avec China.

— Ecoute, il faut bien que quelqu'un protège la petite China, non ?

Ses mains se firent plus entreprenantes. Il lui toucha un sein, mais elle se dégagea brusquement, toute honteuse. Néanmoins, il réussit à l'attirer de nouveau tout contre lui.

Elena résista un peu, puis elle se nicha dans le creux de l'épaule de Zip. Juana les regarda et demanda :

— Qu'est-ce que tu vas faire à Alfie Gomez ?

— Crève.

— Un dur. Tous des durs, dans ce quartier. Des instables, voilà ce que vous êtes.

— Tu vas la fermer, non ? J'en ai marre de tes salades. Tu veux que je te dise une bonne chose ? Je suis un dur, parfaitement. Les Latin Purples n'ont peur de personne.

— Suffirait qu'un des Royal Guardians se ramène et tu ferais dans ton froc.

— Ils me font pas peur, je te dis ! Personne. Tiens, figure-toi qu'en ce moment, j'ai un de mes hommes qu'est en train de me ramener des flingues. Ça te la coupe, hein ?

— Si jamais y en a un qui part tout seul, tu fous le camp au galop.

— Elena, dis à ta copine de la boucler, tu veux ?

— Fiche-lui la paix, Juana.

— Une arme est un symbole psychologique, déclara sentencieusement Juana. Ça veut dire tout simplement que tu as peur.

— J'aurais pas peur de te casser la gueule !

— Un vrai dur, grommela Juana, mais elle se tut.

Zip regarda par-dessus la foule.

— Les v'là qui reviennent ! cria-t-il. Les flics rappliquent !

11

Le plan était très simple car, au cours de sa longue carrière, le lieutenant Byrnes avait appris que les plans les plus efficaces étaient toujours les plus simples.

Très simplement, donc, le plan consistait en une feinte. On supposait que Miranda s'attendait à une attaque en force. Il fallait donc lui donner l'impression que la police se ruait dans l'escalier pour enfoncer sa porte. Miranda se tiendrait prêt à repousser cet assaut. En réalité, la véritable attaque viendrait d'ailleurs.

— Vous avez bien compris ? demanda Byrnes à ses hommes.

— Je veux l'escalier de secours, dit Parker.

— Nous verrons ça.

— Je veux l'avoir. Je tiens à le descendre, à le mettre en pièces !

— Parfois, Parker, murmura Byrnes, tu me dégoûtes.

— Pourquoi ?

— Pour rien.

— Enfin, pourquoi avez-vous dit ça ?

— Laisse. Vous avez bien compris le plan ?

— Ouais, grogna Parker.

— Frankie ?

— J'ai compris.

— Steve.

— Répétez-le encore un coup, Pete, pour plus de sûreté.

— Bon. Voilà le topo. Je vais prévenir Miranda que nous montons le chercher. Dès que la fusillade commencera, nous nous précipiterons vers le perron. Miranda — du moins je l'espère — pensera que nous allons forcer sa porte. Mais l'un de nous se détachera du groupe et s'aplatira contre le mur de l'immeuble.

— Moi, dit Parker.

— Peu importe qui. Bref, celui-là fera basculer l'échelle de l'escalier d'incendie et grimpera au premier. Il apercevra peut-être Miranda par la fenêtre. Sinon, il lui faudra pénétrer dans le logement. Je sais que c'est risqué, mais j'aime mieux exposer un homme que douze.

— Allons-y, dit Parker.

— Un instant. Il me faut un volontaire pour l'escalier de secours.

— Vous en avez déjà un, lieutenant, s'écria Parker.

— Vous en avez deux, dit Hernandez.

— Fous-moi la paix, Frankie. Je veux avoir ce mec.

— Pourquoi ?

— Parce que je veux l'avoir, c'est tout.

— C'est moi qui déciderai... commença Byrnes.

— Lieutenant, ce serait de la folie d'envoyer un type qui...

Parker s'interrompit brusquement.

— Qui quoi ? demanda Hernandez.

— Tu veux le savoir ? D'accord ! Un type qui est personnellement impliqué dans cette histoire, là !

— Comment ! Qu'est-ce que tu veux dire ?

— Tu as grandi avec Pepe Miranda !

— Qu'est-ce que ça peut faire ? Qu'est-ce que ça change ? Nous voulons le faire sortir de là, non ?

— Nous voulons le voir mort ! cria Parker. C'est un salaud. Il y a longtemps que nous aurions dû le tuer !

— Je tiens tout autant que toi à mettre fin à la carrière de ce voyou ! Et tous les habitants de ce quartier aussi !

— Quelle blague ! Ils l'encouragent ! Ils veulent le voir gagner la partie et faire la loi ! Ils veulent le voir tenir tête à la ville entière ! glapit Parker. Et tu le sais bien !

— Ils veulent simplement voir gagner un Portoricain, pour une fois. Bon, si j'y vais, un Portoricain sera vainqueur.

— Si j'y vais...

— Si tu y vas, tu exerces une basse vengeance. Tu cherches à te guérir de ta peur. Parce que tu as peur, Parker !

— Tu radotes !

— Si tu montes là-haut, tu n'accompliras rien. Ni pour toi, ni pour la ville. Tu feras de Miranda un héros. Je te le dis tout net. Tu le tues, et le quartier en fait un martyr. Les gosses joueront à Pepe Miranda contre les flics pendant trois mois !

— Je me fous des gosses. Tout ce que je veux...

— Qu'est-ce que tu veux, Parker ? Voir des dizaines de Pepe Miranda d'ici quelques années ?

— Et toi ? Qu'est-ce que tu feras, gros malin ?

— Si je le tue, déclara Hernandez, le quartier n'aura rien qu'un voyou mort.

— Vas-y, Frankie, il est à toi, dit Byrnes.

— Merci.

— Parker, prends le micro et dis aux copains de l'autre rue d'ouvrir le feu. Je veux l'éloigner de ces fenêtres.

— Vous envoyez Hernandez là-haut ?

— Oui.

— Bon Dieu, mais...

— Ça suffit, Parker.

Byrnes lui tourna le dos. Parker le regarda partir, puis il cracha dans le caniveau. Derrière le barrage, un journaliste se pencha et saisit la manche de Hernandez.

— Dites, c'est vous qui dirigez ce truc-là ?

— Non.

— Qui est-ce, alors ? On ne peut pas amener des photographes ?

— Les photographes de la police sont là. On vous fera parvenir des clichés.

Hernandez se dégagea, repoussa le journaliste et se dirigea vers le snack.

— Regardez-moi ça, dit-il à Luis. Regardez ces gosses, qui font l'apprentissage de la violence, si c'est pas malheureux !... Et Miranda attend la mort, là-haut, Luis. Il attend que nous venions le tuer !

Luis hocha la tête.

— Vous voulez savoir ce que je pense, Luis ? Je crois qu'il veut mourir. Je crois qu'il a envie d'en finir, une bonne fois pour toutes.

Les deux filles qui venaient de tourner le coin de l'avenue s'arrêtèrent au début l'entrée de la rue. Selon toute vraisemblance, elles semblaient prêtes à monter un coup. Toutes les deux étaient brunes et grandes. L'une portait une robe de soie rouge écarlate qui mettait en valeur ses formes. L'autre arborait la même, mais en jaune. Ces robes avaient été conçues pour exhiber et dévoiler. Elles étaient incapables de garder quoi que ce soit secret. Chaque nuance de la peau sous le tissu ajusté, le plus infime jeu de muscles, le moindre repli de chair, le plus petit sillon, le plus léger des creux, criait son existence à la face du passant, fût-il absolument inattentif. Les filles n'étaient pas du genre timide. Leurs mouvements étaient fluides et leurs seins, leurs hanches, leurs cuisses comme leurs jambes contribuaient à cette apparente impudeur. Au fond, elles collaient tant à l'image que le cinéma hollywoodien véhiculait de la pute que, de prime abord, on les aurait crues bidon. Car s'il y avait bien une qualité que toutes les putains du 87e District partageaient, c'était leur habileté à ressembler à tout sauf à des michetonneuses. D'ailleurs, la plupart du temps, c'étaient les femmes les mieux fringuées de la rue.

Cela dit, ces deux-là étaient trop novices dans le métier ou bien elles avaient dû annuler ce jour-là des séances de photos au magazine *Vogue*. Quoi qu'il en soit, elles mirent le cap droit sur les barrières de sécurité et s'arrêtèrent là. La robe rouge effleura du doigt le bras d'un agent de police. Ce dernier se retourna, prêt à ruer dans les brancards, mais il adopta aussitôt la mine de celui qui voit soudain débarquer dans sa chambre à coucher une star de cinéma.

— Excusez-moi, monsieur l'agent, lui dit-elle de sa voix toute douce, mais on ne pourrait pas traverser par ici ? On travaille juste en face, nous.

— Où ça ? demanda l'agent.

— A *La Gallina.*

— Merde. Et vous faites quoi *là-dedans* ?

La robe rouge fut un instant désarçonnée par la question. Cherchant ses mots, elle se retourna vers sa copine, laquelle adressa un sourire mielleux à l'agent de police avant de déclarer :

— Nous sommes dans... les... euh... relations publiques.

— Ecoutez, les filles, je suis vraiment navré, dit l'agent. Les ordres sont formels : je ne dois laisser personne franchir les barrières de sécurité, à moins qu'il ne soit flic ou pompier. Si je comprends bien, vous autres les filles, vous n'êtes ni flics ni pompiers, pas vrai ?

Puis il leur sourit poliment en se félicitant pour son efficacité et anticipant avec délectation le moment où, dans les vestiaires, il rapporterait sa repartie cinglante à ses collègues.

— C'est vrai, vous avez raison, reconnut la robe rouge.

Elles s'éloignèrent du cordon de sécurité.

— Et maintenant, qu'est-ce qu'on va faire, Marge ? demanda la robe jaune.

Marge eut un haussement d'épaules.

— On va jeter un coup d'œil dans les parages. Cette foule m'a l'air plutôt dégourdie. On ne sait jamais, des fois qu'il y aurait un plan pour nous, Marie.

Marie semblait réserver son avis. D'un pas coordonné, la démarche toujours soutenue par ce balancement cadencé des hanches rehaussé par leurs bas résilles affriolants et le buste avantageux, la cuisse dure et les jambes orgueilleuses, elles se mirent à prospecter d'un regard connaisseur les clients potentiels parmi la foule de badauds. Soudain, Marie leva un sourcil entendu vers Marge, et Marge regarda dans la direction indiquée par sa copine.

Toutes les deux, elles avaient le regard braqué sur le dos d'un type : Frederick Block, le gros lard.

12

Il y a des moments où l'on regrette de ne pas disposer d'une caméra cinemascope dotée d'un son stéréo. Il y a également des moments où l'on aurait aimé disposer d'un écran géant, large d'un bout à l'autre de l'horizon, sur lequel l'on pourrait suivre en même temps mille images incrustées à chaque coin, l'œil embrassant le tout du même coup tel un filet de pêche la surface de l'océan. Car il ne suffit pas de dire que ceci s'est passé ici, et cela s'est passé là-bas. La rue d'une ville ne ressemble pas à un minuscule tableau, non. La rue n'est pas une simple page de livre. C'est un spectacle tumultueux, trépidant de vie, et il est impossible de rendre la vivacité de la vie en une seule phrase ou en un coup de pinceau. Un certain nombre de choses se passaient dans cette rue en ce jour particulier du mois de juillet, des événements presque concomitants, quoique séparés et différents les uns des autres. Ils se passaient au même moment, de sorte que l'on avait le sentiment d'être en perpétuel mouvement, de vivre des événements qui se télescopaient et se submergeaient tour à tour. Autant l'écran géant débordait les limites du quartier, autant la vie dans cette rue débordait celles du temps.

Cooch se tenait sur le perron de l'immeuble voisin de l'église.

China descendit en courant une volée de marches et surgit en plein soleil.

Un marchand de glaces apparut au coin de la rue.

Marge et Marie, les deux putes, s'avancèrent dans le dos de Frederick Block.

Jeff Talbot jeta un œil sur l'horloge et sortit du snack.

Deux garçons en blousons dorés débarquèrent dans la rue.

Les flics du 87e s'engouffrèrent dans l'entrée à gauche de *La Gallina*.

Voilà ce qui se passait minute après minute, au fur et à mesure que le temps perdu se dissolvait dans un autre temps renouvelé par l'œil inépuisable de l'espace. Voilà ce qui se passait...

Cooch se tenait sur le perron de l'immeuble voisin de l'église. Il était là depuis dix minutes et regardait les fidèles quitter la pénombre de l'église et cligner des yeux au soleil éclatant. Il ne restait plus grand monde dans le sanctuaire. Cooch consulta sa montre et releva les yeux pour observer les retardataires. Il était sûr qu'Alfredo Gomez n'était pas sorti de chez lui, ce matin, pour se rendre à la messe. Mais il attendait tout de même, pour en être tout à fait certain.

Contre son ventre, l'acier des flingues qu'il avait repris à Chico et Esteban était froid et dur. Les armes lui insufflaient une sorte de puissance. Et puis Cooch était fier d'avoir pris une initiative, d'être venu s'assurer qu'Alfie n'était pas à la messe. Il rapporterait à Zip les armes, et un rapport sur Alfie. Zip le féliciterait.

Ce ne serait peut-être pas aussi spectaculaire d'abattre Alfie chez lui, mais l'essentiel était de liquider le petit salaud. Cooch y pensait depuis huit jours, depuis que Zip lui en avait parlé. Il avait imaginé

Alfie tombant sous les balles, devant l'église, et dégringolant les marches du parvis. Il s'était demandé quel effet cela lui ferait de tuer un être humain. Mais il avait réussi à se persuader qu'Alfie méritait la mort. Il avait touché à China, et c'était impardonnable. Cooch avait passé des nuits sans sommeil, à imaginer la scène... Alfie caressant les seins de China. Les deux mains d'Alfie sous la jupe de China... Alfie... Il se retournait fébrilement dans son lit et se disait : L'enfant de salaud doit crever !

Cooch en était sûr. Alfredo Gomez devait mourir.

Du perron de l'immeuble sordide, Cooch regardait passer les derniers retardataires. Il pensa encore une fois à China et Alfie, se mordit la lèvre et se répéta qu'il serait drôlement heureux d'abattre ce fumier.

China descendit en courant une volée de marches et surgit en plein soleil, éblouie, presque aveuglée. Elle avait cinq minutes devant elle, avant son rendez-vous, et ne voulait pas arriver en avance, mais elle avait du mal à contenir son impatience. Jeff. Il s'appelait Jeff. Elle serra contre son cœur son sac en papier qui contenait du poulet froid, des œufs durs et un thermos de café glacé, et des fruits. Elle regarda dans le sac, s'assura qu'elle n'avait pas oublié le sel, ni le pain, et...

— Salut, China !

Elle sursauta, cligna des yeux et leva la main pour se protéger du soleil.

— Ah, c'est toi, Cooch ? Bonjour.

Elle lui sourit et voulut passer, mais il lui barra la route.

— Je pensais à toi, dit Cooch.

— Ah ? Ecoute, Cooch, je n'ai pas le temps de bavarder. Il faut que je...

— A ce que nous allons faire pour toi aujourd'hui, acheva Cooch.

— Quoi ? Je ne comprends...

— Alfie, dit Cooch en souriant.

— Alfie ? Alfie ? Tu veux dire Alfredo ? Alfredo Gomez ?

— Vouais.

— Et alors ?

China regarda l'heure. Elle n'était plus tellement en avance. Et avec ces rues barrées, elle devrait faire le tour et se dépêcher si elle voulait...

— On va le descendre, annonça Cooch. A cause de ce qu'il t'a fait.

— Alfie ?

— Ben oui.

— Oui, mais qu'est-ce... Qu'est-ce que tu as dit ?

Elle avait bien entendu les paroles, mais les mots n'avaient aucun sens. Elle ne comprenait pas.

— A cause de ce qu'il t'a fait, répéta Cooch.

— Ce qu'il m'a fait ? Qu'est-ce qu'il m'a fait ?

— Tu le sais bien.

— Mais non, je t'assure.

Il avait avancé d'un pas et China reculait. Il se rapprochait d'elle, avec un sourire bizarre.

— Tu sais bien ce qu'il a fait, China.

Elle l'examina. Il paraissait tout à fait étrange. Elle l'avait toujours trouvé ridicule, trop jeune avec sa moustache grotesque, mais à présent... Il lui faisait un peu peur.

— J'ai un flingue, déclara-t-il soudain.

— Un...

— Un flingue.

— Mais, je... Mais...

Il l'obligeait à reculer encore, à rentrer dans le vestibule obscur de son immeuble. Elle eut un instant envie de remonter l'escalier en courant, d'aller s'enfermer chez elle. Et puis ce fut trop tard. La retraite était coupée. Cooch s'était placé entre elle et l'escalier, et il la poussait contre le mur. Elle buta contre les poubelles.

— Cooch, il faut que je te quitte... Je suis pressée. Je ne comprends rien à ce que tu me racontes. Alfie ne m'a rien fait. Si tu es fâché après lui parce que tu t'imagines qu'il...

— *Voilà* ce qu'il a fait, China, s'écria Cooch.

Il tendit la main. Elle sentit ses doigts se crisper sur son sein, s'accrocher au décolleté de son corsage. Elle crut que le tissu allait se déchirer. Sans regarder, affolée, elle le frappa en hurlant, le repoussa et sortit en courant, criant toujours, pour se perdre dans la foule.

Un marchand de glaces apparut au coin de la rue.

— *Pidaguas ! Pidaguas !* cria-t-il. Qui veut des *pidaguas* ?

Zip se retourna et vit l'homme qui poussait sa petite voiture le long du trottoir.

— Hé, Elena, tu veux une glace ?

— T'as du fric ?

— Et comment ! Qu'est-ce que tu aimes ?

— Citron.

— Moi aussi, dit Juana.

— Tiens, je ne suis plus un pauvre type, quand je paye des glaces, on dirait. D'accord, allez, je paye des glaces à tout le monde.

— A moi aussi, Zip ? cria Papá.

— A tout le monde, je te dis. Hé, *pidaguas !* T'en va pas !

Zip sauta de son cageot pour aller chercher les cornets de glace. Il ne regarda même pas les inspecteurs qui se trouvaient à deux mètres de lui.

— Où sont tes hommes, Andy ? demanda Byrnes.

— Ils arrivent. Ils sont allés mettre leurs gilets pare-balles.

Byrnes se tourna vers Hernandez qui levait les yeux vers le premier étage de la pauvre maison.

— Tu as peur, Frankie ?

— Un peu.

— Je te comprends... Quelle saloperie, n'est-ce pas ? Je me souviens de la dernière fois. C'était en 1931, un mec du nom de Nelson O'Brien. On l'avait repéré dans un appartement au nord de la ville. A l'époque, j'étais encore de patrouille. Le type a tenu tête à cent cinquante flics pendant deux heures ce jour-là. On est allés jusqu'à pratiquer des brèches dans le toit pour lui balancer des gaz lacrymogènes, mais ce fils de pute ne craquait toujours pas. On l'a même touché à trois reprises, le mec a trouvé le moyen de tenir debout jusqu'au moment où on a défoncé la porte de l'appartement pour l'alpaguer. Ouais, il était debout là, en train de jurer et tout. Il avait planqué ses deux flingues dans ses chaussettes dans l'espoir qu'il s'en servirait plus tard pour s'évader. Un sacré numéro, je te dis.

Byrnes observa un moment de silence puis il fixa Hernandez dans les yeux :

— Tu sais, Frankie, je n'étais pas fier de moi ce jour-là.

— Mais pourquoi ?

— Le type qu'on traquait s'appelait Nelson O'Brien, confia-t-il en soupirant de nouveau. Je suis irlandais, moi.

— A qui le dites-vous, répliqua Hernandez.

— Et je vais te dire quelque chose, Frankie. Les gars de l'espèce de Nelson O'Brien ont beau faire, je participerai toujours la tête haute au défilé de la Saint-Patrick. Sans faute, chaque année. Tu vois où je veux en venir ?

— Je vois, dit Hernandez.

— Parfait. (Byrnes hésita un instant.) Enfin... Fais attention. Je ne veux pas perdre un bon policier.

— Je ferai attention.

— Bonne chance, Frankie.

— Merci.

Byrnes lui tourna le dos et se dirigea vers la voiture de police. Hernandez le suivit des yeux, puis il cria :

— Pete !

— Oui ?

— Merci, répéta Hernandez.

Marge et Marie, les deux putes, s'avancèrent dans le dos de Frederick Block. Block tirait un mouchoir de sa poche arrière pour se nettoyer le visage lorsque son coude se heurta soudain à quelque chose de délicieusement doux. Mine de rien, il se retourna prudemment. Un tissu de soie rouge voilait l'objet de ses attentions.

— Salut, dit Marge.

— Salut, répondit Block. Quelle histoire, hein ?

— Parce que tu aimes ce genre de salades, toi ? demanda Marie.

— Disons que c'est plutôt... excitant, non ? reconnut Block, qui se mit à examiner de plus près le décolleté profond de la robe de Marie.

Nom de Dieu, cette nana avait un de ces...

— Mais il y a de par le monde bien des choses plus excitantes que l'exécution d'un petit malfrat, suggéra Marie.

— Comme quoi, par exemple ? s'étonna Block, qui commençait à se demander si la fille avait pris la peine de mettre un soutien-gorge.

— Essaie de deviner, juste pour voir, lui dit Marie.

— Euh... t'as raison, je connais un ou deux trucs, avoua Block.

— Tu vois, il suffisait d'y penser, c'est tout. N'importe quoi. On trouvera toujours le moyen de s'arranger, proposa Marie.

Block étudia un peu plus longuement les deux filles. Il se tamponna la face. Ensuite, l'œil aux aguets, d'un air de conspirateur, il chuchota :

— Combien ?

— Pour une seule ou toutes les deux ? demanda Marie.

— Toutes les deux ? Enfin, disons que je n'ai pas tout à fait...

— Prends ton temps.

— C'est ce que je fais.

— Mais t'as intérêt à te magner, dit Marge.

— Nous, on aime bosser ensemble, susurra Marie.

— Les Jumelles fatales, renchérit Marge.

— On connaît plein de trucs qu'elles font même pas à Paris, ajouta Marie.

— Et même des trucs qu'on n'a même pas encore inventés, poursuivit Marge.

— Combien ? répéta Block.

— Cinquante pour tout l'après-midi, les brancardiers compris.

— Les quoi ?

— Les brancardiers. Pour te transporter quand on en aura fini avec toi.

Block lâcha un petit rire.

— Et sans les brancardiers ?

— Vingt-cinq en solo. Je m'appelle Marie. C'est une affaire à ne pas rater, je t'assure.

— Laisse-moi réfléchir, dit Block.

— Vas-y, décide-toi, insista Marie.

— Mais ça ne peut pas attendre une minute ?

— L'amour n'attend jamais, mon petit monsieur, dit Marie.

— Surtout pas en juillet, ah non, ajouta Marge.

— Vingt-cinq sacs c'est quand même cher, déclara Block.

— O.K., mec, disons vingt, ça te va ? Deux gentils biftons, hein, qu'est-ce que t'en dis ?

— C'est bon !

— On peut permuter aussi, remarqua sèchement Marie avant de se tourner vers sa copine. Allons-y, je suis prête. Bon Dieu, Marge, qu'est-ce que tu vas bien pouvoir faire de cet amour qui brûle d'exploser au fond de toi, hein ?

Jeff Talbot regarda la pendule au-dessus du comptoir et sortit du snack. Il était midi et quart.

Elle ne viendrait pas. Il avait été idiot de croire qu'elle viendrait au rendez-vous. Il sortit dans le soleil éclatant, furieux contre lui-même, furieux contre le monde entier. Pourquoi n'était-elle pas venue ? Pourquoi ? Il avait envie de battre quelqu'un, n'importe qui. Une fille comme ça, on en rencontre une tous les... Et puis merde. La figure sombre, il retourna dans le snack.

— Je m'en vais, Louise.

— Comment ? dit Luis.

— Elle n'est pas venue. Je fous le camp.

— Bien. Vaut mieux que vous quittiez ce quartier. Il y a d'autres filles, matelot.

— Ouais. Pas de doute.

Il ressortit en soupirant. C'était dommage, tout de même. Elle était bien, cette fille. Pour un peu, il aurait cru que c'était arrivé. Elle avait des yeux... Sans rien se dire, comme ça, il y avait eu comme... Et puis merde, là.

Il sortit du snack. Les premières personnes qu'il aperçut furent Frederick Block et les deux prostituées.

Marge lui adressa un clin d'œil.

Jeff redressa sa calotte et s'avança droit sur le trio.

— Eh bien, ça alors ! dit-il.

— T'es partant pour une petite sauterie, matelot ? demanda Marge.

Il ne perdit guère de temps à hésiter. Ses yeux surveillaient la rue de haut en bas. Puis il accepta :

— Et comment, que je suis partant, et plutôt deux fois qu'une, bordel de merde !

Il saisit Marge par le coude et tous les quatre tournèrent le coin pour remonter l'avenue.

Deux garçons en blousons dorés débarquèrent dans la rue.

Les mains aux hanches, ils s'arrêtèrent un instant. Ils avaient tous deux des lunettes noires, et des cheveux noirs gominés, dressés en houppe sur le front. Le plus grand des deux, un garçon de vingt ans, portait une chaîne d'argent au poignet. Il s'appelait Tommy. L'autre avait dix-neuf ans et se faisait appeler le Tueur. Son vrai nom était Phil et il n'avait jamais tué personne, mais il se donnait l'allure d'un gars qui ne craint pas d'assassiner son voisin pour un cornet de glace. Tommy regarda Phil, hocha la tête et se dirigea posément vers le cageot où se tenaient Papá et les deux filles.

— Hé, le môme, dit Tommy.

Papá se retourna.

— Qui ? Moi ?

— Descends de là.

— Hein ? Quoi ?

— Je te dis de descendre. Ote-toi de là que je m'y mette, t'as compris ?

Papá regarda autour de lui et vit Sixto, au bord du trottoir.

— Sixto, va prévenir...

Mais Phil repoussa violemment Sixto en grognant :

— Bouge pas, bébé.

— Lui fais pas de bobo, Tueur, lança Tommy. Casse-lui une patte et c'est marre.

— Qu'est-ce que vous voulez nous faire, des ennuis ? cria Elena en cherchant Zip du regard.

— Des ennuis, poupée ? susurra Tommy. Le Tueur et moi on demande bien gentiment une petite place. On est pas méchants.

— Pas méchants du tout, renchérit Phil.

Au même instant, le lieutenant Byrnes agita le bras et la police ouvrit le feu. La fusillade était précise, méthodiquement dirigée vers les fenêtres de devant, pour en écarter Miranda. Simultanément, les agents qui se tenaient dans la cour de derrière se mirent à tirer. Comme le triangle dans un grand orchestre, un cliquetis de vitres brisées accompagna les détonations. Miranda fit une brève apparition à une des fenêtres sur la rue, vit ce qu'on voulait lui montrer et disparut dans le logement.

Les flics du 87e s'engouffrèrent dans l'entrée à gauche de *La Gallina*.

Miranda les aperçut juste avant de se rejeter à l'abri. Le lieutenant Byrnes conduisait la charge et tirait vers les fenêtres tout en courant. Steve Carella et Andy Parker le suivaient, ainsi qu'une demi-douzaine d'agents, tous armés. Frankie Hernandez formait l'arrière-garde. Un par un, les policiers entrèrent dans l'immeuble. Hernandez feignit d'entrer à leur suite mais, au dernier moment, il bifurqua sur la droite et s'aplatit contre le mur de la maison.

Au même instant, le capitaine Frick, qui commandait les agents en uniforme, s'empara du mégaphone et hurla :

— Nous entrons, Miranda ! Nous allons enfoncer la porte !

Nulle réponse ne parvint de l'appartement.

— Nous arrivons, Miranda ! Nous sommes dans l'escalier ! rugit Frick, en espérant que Miranda le croirait.

Dans le vestibule, Byrnes, Carella et Parker se tassaient sur les premières marches. Ils entendaient la fusillade au-dehors, les cris des policiers, les hurlements de la foule, le fracas du verre brisé et du bois fendu, les sifflements des balles.

Au-dehors, Frankie Hernandez rasait le mur, passait devant les vitres de *La Gallina*, et s'approchait de l'échelle d'incendie.

Soudain, la foule se tut.

On n'entendait plus que les détonations rageuses.

Elle tourna le coin de la rue en courant.

Ses joues ruisselaient de larmes. Son chemisier était sorti de sa jupe. Elle sentait encore sur elle la moiteur gluante des mains de Cooch. Il était midi vingt, et elle espérait, contre tout espoir, que Jeff l'avait attendue, qu'il avait compris... Compris quoi ? Aveuglée par les larmes, elle se précipita dans le snack.

Jeff n'était pas là.

Elle regarda la salle vide, les tabourets, et se tourna vers Luis.

— Luis, il y avait un marin...

Luis inclina la tête.

— Il est parti.

— Je... J'ai été retenue. Et puis cette foule...

— Il est parti, répéta Luis.

Elle se détourna vivement, fit demi-tour et ressortit. Elle entendait la fusillade, le tonnerre sous le soleil.

— China ! Hé, China !

Elle rêvait d'un orage, d'une pluie diluvienne qui balayerait...

— Hé ! China !

... qui balayerait tout, qui laverait les trottoirs, qui débarrasserait la ville de...

— China ! Je te cause !

Elle se redressa soudain.

— Quoi ? Ah... C'est toi.

Zip était devant elle, près du marchand de glaces.

— Comment ça va, China ?

— Très bien, merci. Très bien.

— Tu veux une glace ?

— Non. Non, merci, Zip.

Il l'examina de près.

— Qu'est-ce que t'as ?

— Rien.

— On dirait que t'as pleuré. On t'embêtait ?

Elle secoua la tête.

— Non. Je n'ai rien.

— Si quelqu'un t'embête, faut me le dire. Je m'en occuperai. Comme pour Alfie.

— Fiche la paix à Alfie ! s'écria-t-elle soudain, les yeux étincelants.

— Hein ?

— Pourquoi veux-tu lui faire du mal ? Tu n'as pas le droit !

— Ben quoi, j'ai pas peur de lui !

— Personne n'a dit que tu avais peur.

— C'est simplement... Il l'a pas volé, quoi.

— Tu sais très bien qu'il n'a rien fait, Zip. Tu le sais !

— Il en a assez fait ! Je m'en vais le descendre, je te dis, et ce sera...

China, brusquement, éclata en sanglots convulsifs.

— Pourquoi est-ce que tu parles comme ça ? Pourquoi tu joues les durs ? Ça t'arrive d'être toi-même ? Tu ne peux pas être toi-même ?

Surpris par cette violence inattendue, Zip la regarda bouche bée.

— Qu'est-ce que tu essayes de prouver ? reprit-elle. Qu'est-ce que tu cherches ? Tu trouves qu'on n'a pas assez d'ennuis comme ça ? Qu'est-ce qui ne va pas avec toi ? Mais bon Dieu qu'est-ce qui cloche ?

Eberlué, troublé, Zip tendit la main vers China. Il ne savait pas, il ne pouvait comprendre que les larmes l'étouffaient depuis sa rencontre avec Cooch, qu'elle avait eu du mal à retenir ses sanglots en courant vers le snack, espérant follement y retrouver son matelot... Il ne comprenait pas. Un tel désespoir le stupéfiait. Zip recula, hésita et murmura :

— Pleure pas, voyons. Pourquoi tu pleures ?

— Promets-moi de ne rien faire à Alfie ! Promets-le !

— Ecoute... Y a pas de quoi pleurer.

— Promets. Jure-le-moi.

— China... Tout le monde m'a entendu annoncer ce que je vais faire. Et puis j'ai dit aussi... J'ai dit que tu étais ma môme.

— Tu n'aurais pas dû raconter ça.

— Je sais. Je veux dire, je sais bien que tu n'es pas ma petite amie. Mais... Ecoute, pleure plus, tu veux ? Tiens, prends mon mouchoir.

— Non, sanglota China, je ne pleure pas.

— Tiens, prends-le. Je m'en suis presque pas servi.

China prit le mouchoir et se moucha.

— Tu veux une glace ? offrit timidement Zip.

— Non. Zip, tu ne lui feras pas de mal, dis ? Je t'assure qu'il ne m'a rien fait. C'est un gentil garçon.

Zip ne répondit pas.

— Ce serait affreux, si tu lui faisais du mal, tu sais.

— T'es pas fâchée, dis ? souffla Zip. Parce que j'ai dit que t'étais ma môme ?

— Non, je ne suis pas fâchée.

— Je ne le dirai plus. Je sais pas pourquoi je suis allé raconter ça, au fond... C'est peut-être parce que tu es si bien.

— Merci, murmura-t-elle avec un pauvre sourire. Tiens, ton mouchoir. Je te l'ai tout mouillé.

— Ça fait rien, ça fait rien. Tu te sens mieux ?

— Oui. Un peu.

— Tu devrais pas pleurer comme ça, tu sais. Faut quelque chose de grave, pour pleurer. Comme quand on a perdu quelqu'un.

— J'ai perdu quelqu'un, Zip, dit-elle gravement.

Son regard se voila un instant, puis elle secoua la tête et regarda Zip en face.

— Tu m'as promis ? Pour Alfredo ?

— Ben, j'ai pas précisément...

— Je ne voudrais pas que tu aies des histoires.

Il la contempla, comme si elle lui avait parlé en chinois. Son front se plissa. Il ne comprenait pas. Qu'est-ce qu'elle voulait dire ? Elle n'avait pas de béguin pour lui. Qu'est-ce que ça pouvait lui faire, qu'il ait des histoires ? Cependant, il sentait confusément qu'elle était sincère. Il voyait bien qu'elle s'inquiétait autant pour lui que pour Alfie.

— Faut que je réfléchisse, dit-il.

— Oui. Réfléchis. Je t'en prie.

Elle lui toucha la main, d'un geste presque furtif, et s'éloigna vivement. Il la suivit des yeux, perplexe.

— *Pidaguas !* cria le marchand de glaces.

Zip se retourna. L'homme lui tendit cinq cornets que Zip prit entre ses deux mains. Son air grave disparut et c'est en souriant qu'il se tourna vers son cageot.

Frankie Hernandez avait atteint l'échelle dépliante de l'escalier d'incendie. Faites gaffe avec vos pruneaux, espèce de salopards, pensa-t-il. Si vous baissez d'un cran votre ligne de mire, c'est moi que vous allez descendre, et fini la rigolade !

Il rengaina son revolver et sauta en l'air, les bras levés, pour attraper le premier échelon. Il manqua son coup et retomba silencieusement sur le trottoir. Collé au mur, il leva les yeux. La fusillade partant des toits empêchait effectivement Miranda de paraître à la fenêtre. Hernandez sauta encore une fois, réussit à saisir l'échelle et son poids la fit basculer. Son autre main attrapa le second échelon et il se hissa plus haut, tandis que l'échelle s'abaissait en grinçant, le bruit des gonds rouillés noyé par les détonations. Hernandez mit les pieds sur les derniers échelons et atteignit le palier. Il tira son revolver.

Dans la rue, la foule l'observait en silence.

Zip souriait toujours quand il arriva près du cageot. Il pensait à China, à ce qu'elle lui avait dit, et se sentait étrangement soulagé, comme si on lui avait ôté un poids du cœur, comme si... Et puis il entendit la voix nasillarde :

— Sans blague ! Ça, c'est gentil. Il nous apporte des glaces !

Zip leva la tête et reconnut immédiatement le blouson doré des Royal Guardians. La peur lui serra le ventre.

— S-salut, Tommy, bredouilla-t-il.

— Salut, Zip. Tu arrives à point. Dis à ton copain de descendre de là.

— De... de descendre ? Mais... mais, c'est mon cageot. Je suis allé le chercher dans...

— Il est à celui qui monte dessus. Et nous y sommes, nous.

— Ah, écoute, Tommy, pas la peine de se bagarrer. On peut bien...

Tommy saisit brusquement Papá par la ceinture et le jeta sur le trottoir. Zip, les mains pleines de cornets de glace, la tête bourdonnante des nouvelles idées que China y avait plantées, hésitait et ne savait trop que faire.

— Doucement, lui dit Phil.

— Allez, Phil, on peut bien...

— Tueur, si tu veux bien, rectifia Phil.

— Ecoute, y a pas de quoi...

— Doucement !

Phil poussa brusquement Zip, et Tommy, entraîné à la manœuvre, tendit la jambe. Zip trébucha et tomba à la renverse, les bras écartés. Les cornets de glace s'écrasèrent autour de lui. Il se releva instantanément et sa main chercha sa poche. Il avait oublié China et ne pensait qu'à se défendre. Ses doigts se refermèrent sur le couteau à cran d'arrêt.

— Laisse la lame, Zip, conseilla Tommy à mi-voix.

Zip le regarda et vit qu'il avait lui aussi la main à la poche. Phil le menaçait de l'autre côté. Indécis, Zip leur faisait face. Sur le cageot, Elena éclata d'un rire nerveux. Tommy sourit, et se mit à rire aussi, imité par Phil. En entendant ces rires triomphants et moqueurs, Zip se mit à trembler. Il voulait les battre, les démolir, les déchirer à grands coups de couteau, leur montrer ce qu'il valait, leur faire voir... Mais la peur le tenait au ventre et sa main moite lâcha le couteau. Des larmes de rage lui brûlèrent les paupières. Furieux, impuissant, il se détourna brusquement et donna un coup de pied dans un des cornets de glace.

Et puis il aperçut Hernandez sur l'échelle de secours.

Collé au mur, le policier passait silencieusement devant la première fenêtre brisée, devant la deuxième, revolver en main. Il hésita un instant et s'accroupit à côté de la troisième fenêtre.

Il leva son arme.

En un éclair, Zip comprit.

Brûlant de honte et de fureur, fou de rage, il avait envie de détruire, de hurler, de montrer qu'il était un homme, qu'il était Zip ! Qu'il était quelqu'un ! Brusquement, presque involontairement, il mit ses mains en porte-voix, leva la tête vers les fenêtres de derrière et hurla à pleins poumons :

— Pepe ! L'escalier de secours !

13

Quand Hernandez entendit le cri, il crut que ses oreilles lui jouaient un tour. Sa première réaction fut de regarder vers la rue. Et puis il se rendit compte que Miranda, à l'intérieur de l'appartement, avait entendu aussi et pivotait sur lui-même. Il vit le visage du voyou, reconnut le regard de ses yeux noirs et son index se crispa sur la détente de son .38. Au même instant, il entendit les explosions à l'intérieur et fut projeté en arrière. La plate-forme de fer n'était qu'à un mètre, mais il lui sembla qu'il tombait de haut, d'affreusement haut, et qu'il s'écrasait avec la force d'un météore.

Il avait deux balles dans la poitrine.

Hernandez n'avait jamais été blessé, même pas pendant son service dans les marines, pendant la bataille d'Iwo Jima. Une blessure, pour lui, gardait une auréole de gloire, demeurait une abstraction comme dans les jeux de son enfance, les indiens et les cow-boys, les gendarmes et les voleurs. *Pan !* je t'ai eu, *Pan !* t'es mort. Il semblait toujours y avoir quelque chose de noble, d'exaltant à être blessé.

Il se demandait maintenant comment il avait pu conserver des idées aussi ridicules. Une balle dans le corps n'avait rien de glorieux. Il avait déjà reçu des coups par le passé, des coups portés violemment par des poings impitoyables qui lui avaient vidé l'air des poumons, et il savait encaisser. Une fois, un gardien d'immeuble complètement givré l'avait agressé, lui broyant l'épaule à coups de marteau. Il avait senti percer la douleur fulgurante du métal entamant sa chair. Mais jamais il n'avait été touché par balle et, à présent, il comprenait ce que l'on endurait. On ne portait pas les mains à son cœur en faisant « Aaaah ! », comme au cinéma. On ne tombait pas avec grâce, les bras en croix. On s'écrasait lourdement et la balle qui vous frappait, qui vous déchirait les chairs, avait toute la puissance d'une locomotive. La blessure devenait un feu dévorant, on étouffait, on...

Au début, il ressentit uniquement le choc de l'impact, mais vint ensuite la sensation glaçante de basculer dans les airs, sans volonté, incapable de contrôler le moindre mouvement ni d'enrayer sa chute, sa propre chute, jusqu'au moment où il allait s'écraser sur le métal sans pouvoir étendre une main pour l'amortir.

Alors le feu embrasa son corps.

L'incendie se mit à le dévorer. Il commença par les deux ouvertures béantes qu'avaient creusées les balles en ressortant de son dos, avant de transpercer son corps de part en part comme des tunnels de flammes jusqu'aux orifices par lesquels elles avaient pénétré, puis il éclata soudain dans sa poitrine, s'attaquant aux épaules, à la gorge et enfin au visage dans un énorme grondement. Il avait de la peine à respirer et s'efforçait d'aspirer l'air par petites goulées à travers ses lèvres entrouvertes, et c'est à ce moment-là qu'il réalisa vaguement que l'une des balles avait dû perforer le poumon et que le sang remontait en mousse dans sa bouche. Il l'avait bêtement pris pour de la salive, jusqu'à ce qu'il distingue les éclaboussures rouge écarlate sur la manche de sa chemise. La panique s'empara alors de lui.

Il tenta de respirer, en vain. Il avait le corps en feu et la douleur l'irradiait. La panique, s'étendant dans son esprit, s'attaqua aux globes des yeux comme deux doigts décidés à les arracher de leurs cavités. Entre-temps, le sang ne cessait pas ses glouglous dans sa bouche.

C'est dans cet état de semi-inconscience qu'il se demanda tout à coup s'il n'allait pas mourir.

Les deux énormes pouces renforçaient leur pression derrière ses globes oculaires, propageant progressivement l'obscurité qui descendait par marées successives. Il perçut au loin les hurlements qui montaient de la foule. Il se demanda s'ils avaient au moins cravaté le fumier qui avait donné l'alerte.

Puis il fut pris de nausée.

Il la sentit monter du fond de ses tripes, le goût du vomi au fond de sa gorge. C'est alors que la plate-forme se mit à tourbillonner, s'enleva dans les airs, plana et se balança un moment et puis elle retomba dans un abîme de ténèbres hurlantes.

Les gamins étaient partis en courant de tous les côtés. Zip n'eut pas plus tôt jeté son avertissement qu'il prit ses jambes à son cou, droit devant lui, à travers la foule. Papá et Sixto le suivirent. Ils avaient disparu avant que Byrnes, Carella et Parker jaillissent de l'entrée de l'immeuble.

Byrnes leva la tête vers l'escalier de secours.

— Frankie ! Frankie !

Le silence lui répondit.

— Qu'est-ce qui s'est passé ? haleta Parker. Il est mort ?

— Je ne sais pas. Il est étendu, là-haut. Il faut le descendre de là.

Soudain, Byrnes regarda le trottoir, sous l'échelle d'incendie.

— Qu'est-ce que... Jésus ! Bon Dieu ! C'est du sang ! Du sang !

Pétrifiés, les trois hommes regardaient les gouttes de sang tomber une à une sur le pavé, droites comme des flèches, de plus en plus pressées, et la flaque rouge qui s'élargissait à leurs pieds.

— Il faut le descendre de là, répéta Byrnes.

— C'est un gosse qui a crié pour avertir Miranda, révéla un agent.

— Les gosses ! murmura Byrnes en secouant la tête. Ces sales gosses nous donnent plus de mal que tous les professionnels du crime réunis !

— C'est pas eux, grinça Parker. C'est les parents. Ils s'amènent ici sans parler un mot de la langue. Qu'est-ce qu'on peut espérer ?

— Je ne vois pas le rapport, grogna le lieutenant.

— Qu'est-ce que vous avez dit, lieutenant ? lança un journaliste appuyé à la barricade. Au sujet des gosses ?

— Rien de publiable.

— Vous pensez que les gosses d'aujourd'hui deviendront des Pepe Miranda ?

— Non. Ce n'est pas ce que je pense.

— Qu'est-ce que vous pensez ?

— Je pense qu'un de mes hommes est en train de se vider de son sang sur cette échelle d'incendie et que je voudrais le descendre tant qu'on a encore une chance de le sauver, et je pense que j'aimerais que vous me foutiez la paix, sinon je fais interdire le secteur à tous les journalistes.

— Vous énervez pas, lieutenant, faut bien que je trouve une accroche pour mon papier !

— Une accroche ? Nom de Dieu, qu'est-ce que vous croyez ? Qu'on est au cirque ? Accrochez votre article à Miranda, à Frankie Hernandez qui est peut-être mort, pour ce que j'en sais !

— Pour ce qu'elle vaut, la vie !

— Accrochez-vous-le au cul, votre papier ! Et foutez-moi la paix, encore une fois ! rétorqua Byrnes, furieux.

— Mince, dit le reporter en levant les sourcils. Il est pas commode, votre patron.

— Il y a des années qu'il dirige ce district, lui répondit Parker. Ce n'est pas une sinécure, vous savez.

— Moi, je voulais simplement des trucs sur Miranda. Faut que je fasse mon boulot aussi. C'est facile pour personne.

— Vous voulez des trucs sur Miranda ? Regardez autour de vous. Vous verrez Miranda à tous les stades de développement. Les Miranda, ça pullule !

Tommy et le Tueur aperçurent Cooch juste au moment où ce dernier tournait le coin de la rue.

— Hé, Tommy, dit Phil. En voilà un qui s'amène.

— Un quoi ?

— Un des Latin Purples, mon pote. Putain, si les flics repèrent ce blouson...

— Va le chercher, ordonna Tommy.

— Pour quoi faire ?
— Pour l'avertir. Tu veux qu'il se fasse serrer par les flics ?
— Mais on n'en a rien à foutre qu'il se fasse serrer. C'est qu'un trouduc.
— Trouduc ou pas, j'aime pas quand les flics se mettent à marquer des points. Alors va le chercher.
Phil haussa les épaules.
— Hé ho, petit ! Hé, toi là-bas !
Cooch, qui fouillait des yeux la foule à la recherche de Zip et les autres, stoppa net en reconnaissant les blousons dorés. Aucun doute possible. Il attendit.
— Amène-toi par ici, dit Phil.
Cooch s'approcha du casier d'un air indolent.
— C'est à moi que vous causez ?
— Ouais. Hé, c'est quoi, ton nom ?
— Moi ?
— Bien sûr, qu'est-ce que tu crois ? Il se trouve que j'ai oublié ton nom. Comment tu t'appelles ?
— Cooch.
— Parfait, Cooch, c'est très bien, dit Phil en hochant la tête. Ecoute, Cooch, je te présente Tommy Ordiz, le seigneur de la guerre chez les Royal Guardians. Tommy a peut-être un tuyau pour toi.
— Quel genre de tuyau ? demanda Cooch d'un ton soupçonneux.
— Un cheval, dans la quatrième, répondit Phil en éclatant de rire.
— Arrête tes conneries, gronda Tommy. Alors, ça te dit ce tuyau, Cooch ?
— Mais qui déconne ? moi ? s'écria Phil.
— Ferme-la !
— Je voulais seulement...
— Ferme-la, je t'ai dit !
Phil la boucla. Les mains dans les poches, il dardait un regard meurtrier sur Tommy.
— Alors, tu veux ce tuyau, Cooch ? reprit Tommy.
— Je ne sais pas, ça dépend.
— C'est un excellent tuyau. Tu sais, c'est une fleur que je te fais là. Débarrasse-toi de ce blouson violet, lui souffla-t-il.
Cooch observa quelques minutes de silence avant de demander :
— Qui a décidé ça ?
— Je ne fais que te donner un bon conseil. Balance ce blouson à la poubelle.
— Mais pourquoi ? persista Cooch avec entêtement. Pour que t'ailles raconter partout que tu as pu retourner un Latin Purple ?
— Quoi ?

— T'as entendu ce que j'ai dit.

— Ecoute, mec, sois pas plus taré que t'en as l'air, lui dit Tommy. J'ai d'autres chats à fouetter et je ne peux pas perdre mon temps à...

— Qu'il aille se faire foutre ! intervint Phil. Il arrivera bien à trouver tout seul !

— Non, tu ne m'auras pas comme ça, mon pote, décida Cooch.

— Tu sais, expliqua patiemment Tommy, si tu continues à te balader avec ce blouson sur le dos...

— Mais je veux pas laisser tomber ce blouson ! C'est tout de même pas les Royal Guardians qui vont décider ce que je dois me mettre, non ?

— T'as compris à présent ? demanda Phil. Je te l'avais bien dit. Laisse donc cette lopette chercher pourquoi...

— Minute, Phil, coupa Tommy.

Un je-ne-sais-quoi de cruel et de froid s'était infiltré dans sa voix et jusque dans son regard. Il étudia Cooch une bonne minute et menaça :

— Petit, tu devrais faire attention à ce que tu dis.

— T'as pas à me dire à quoi je dois faire attention, rétorqua Cooch.

Cooch ne savait pas s'il aurait dû avoir la trouille ou pas. A vrai dire, il n'avait pas la trouille. Non, pas avec les quatre flingues glissés dans la ceinture de son pantalon. Mais en même temps, il sentait qu'une force étrange le poussait à défier deux membres du gang le plus dangereux du quartier. Il avait parfaitement conscience que cette force, c'était la peur. Et pourtant, il n'aurait su dire s'il avait peur.

Tommy descendit du cageot.

— Petit, y a pas à dire, t'as vraiment une grande gueule. Tu devrais surveiller tout ce qui sort de là...

— T'as qu'à surveiller la tienne, répondit Cooch.

— J'ai l'impression que t'es en train de me chercher, je me trompe, petit ? Tant qu'on ne t'aura pas cassé un bras, tu rentreras pas chez toi aujourd'hui, hein ?

— Et toi, tu vas arrêter ton cinéma, d'accord ? glapit Cooch. Je suis pressé, moi.

Tommy lui coupa la route.

— Tu bouges pas d'ici, petit.

— Tommy, supplia Phil, il y a des millions de poulets dans le coin...

— La ferme ! gueula sèchement Tommy sans une seule fois quitter Cooch du regard. Moi je me fais tout gentil et poli, je t'offre la chance de ta vie en te conseillant de balancer ce blouson, Cooch. Et c'est pour ton bien que je te le demande, Cooch. Tu te rends compte ? Parfait. Maintenant, tu vas me faire le plaisir de retirer ce blouson parce que c'est moi, Tommy, qui te le *demande*. Qu'est-ce que t'attends, hein ?

— De quoi tu parles ? demanda Cooch.

— Retire-le, putain de merde, sinon je t'aide à le faire, et avec un rasoir !

— Ah bon ? Essaie donc voir.

— J'adore les mecs dans ton genre, murmura Tommy en esquissant un pas en avant, la main déjà dans la poche. T'es vraiment le genre de petits connards de fils de putes que je...

— Pas un geste ! grommela Cooch. Et tu restes surtout là, mec. J'ai quatre flingues sous mon blouson, et je te jure, je vous descends tous les deux. Sans remords.

Tommy s'arrêta net, les yeux fixés sur Cooch, se demandant si ce dernier n'était pas en train de les mener en bateau. Mais ce n'était pas du chiqué, car les yeux de Cooch semblaient déterminés et ses lèvres, serrées.

— Alors vas-y, si t'es courageux, le provoqua Tommy d'un air à peine intimidé.

— Fous-lui la paix, intervint Phil d'une voix préoccupée, le regard tourné vers les flics qui grouillaient dans la rue.

Tommy continua à observer Cooch un long moment avant de battre en retraite.

— Voilà un homme, Phil, un vrai, et il a de l'artillerie, conclut-il. N'est-ce pas, Cooch ? Tu prends ton pied quand tu trimballes un flingue, hein ? Alors écoute bien le conseil que je vais te donner. Un bon conseil d'ami. Ne t'avise plus, jamais de la vie, de te balader sans flingue, et j'espère que tu m'as bien compris. Parce que dorénavant tu vas en avoir vachement besoin, mon pote. Tu vas sérieusement en avoir besoin.

— Merci, sale petit trouillard, lui répliqua Cooch en souriant.

Puis il se retourna et partit en courant vers le coin de la rue.

— Il s'appelle Cooch, c'est ça ? fulmina Tommy avant de secouer la tête. D'accord, Cooch, on va s'occuper de ton cas, Cooch.

— Quelle tête-de-nœud ! pesta Phil en secouant la tête à son tour. On fait tout pour le tirer d'un guêpier et il nous envoie chier. Voilà à quoi ça sert de vouloir rendre service à n'importe qui.

Tommy poussa Elena du coude.

— Hé, vous allez rester toute la journée sur ce cageot ?

— T'as autre chose à nous proposer ?

— Allons chez moi, proposa Phil. Les vieux sont sortis. On roulera le tapis du salon et on dansera.

— Je ne sais pas, dit Elena. Juana ?

— Je sais pas. Qu'est-ce que t'en dis ?

— Il fait trop chaud pour danser.

— On fera monter de la bière, dit Phil en riant. Quoi, ça rime à rien de rester là. On sait bien ce qui va se passer.

— Qu'est-ce qui va se passer ? demanda Elena.

— Ils vont finir par descendre Pepe, ça fait pas un pli. Qu'est-ce que tu te figures ? Qu'il va s'en tirer ?

— Ça se pourrait.

— Tu parles !

— Pourquoi pas ?

— Parce qu'il faut que ça reste moral, tiens. Le méchant ne gagne jamais. Le crime ne paie pas. Sans ça, la censure laisse pas sortir le film.

Phil éclata de rire.

— Hé, Tommy ? T'entends ? La censure laisse pas sortir le film !

— Ouais, ouais, j'ai entendu. Alors, les frangines, on y va ?

— Juana ?

— Ma foi.

— Bon, on y va, dit Elena.

— Chouette, s'écria Phil. Je vous jure, il ne se passera rien. Pepe va se faire effacer et c'est marre.

Si la police avait été aussi sûre du dénouement que Phil, elle ne se serait sans doute pas donné la peine de faire donner les gaz lacrymogènes à ce moment. Car, quoi que pensât Phil de l'inévitable conclusion des films policiers de Hollywood, il était indiscutable que Pepe Miranda avait échappé au coup de filet de la police la veille, et qu'il avait blessé un agent et un inspecteur. Il risquait fort de mettre à mal encore un ou deux inspecteurs — sans parler de quelques agents — avant la fin des festivités. Et il restait aussi la possibilité qu'il réussisse à s'échapper, faisant ainsi la nique à la police, à la Warner Bros et à la censure.

Les policiers, donc, ne tenaient pas à courir de risques inutiles. Un de leurs agents était parti en ambulance, un inspecteur perdait son sang goutte à goutte sur l'escalier de secours et ils estimaient que cela suffisait comme ça.

Ils se déployèrent devant l'immeuble, comme les soldats de Wellington devant la garde impériale, épaulèrent leurs fusils lance-gaz et attendirent l'ordre qui déclencherait une fusillade nourrie et forcerait ainsi Miranda à s'écarter de la fenêtre afin que les policiers puissent envoyer leurs cartouches de gaz lacrymogène dans la pièce.

Le lieutenant Byrnes leva le bras et la fusillade commença. Il n'y avait plus de vitres à briser. Les balles ricochaient sur la brique et de gros moellons se détachaient des murailles. Byrnes, sur le trottoir, était couvert de poussière rouge, ainsi que Hernandez, immobile sur le palier de fer.

— Ça va, cria Byrnes aux policiers armés de fusils à gaz. Allez-y. Visez les fenêtres !

Les hommes tirèrent. Les balles traçantes montèrent en sifflant et en tournoyant vers la fenêtre. On entendit le rugissement de Miranda, puis un sifflement aigu suivi d'une explosion sourde. Un nuage de fumée jaillit de la fenêtre ouverte. Les capsules de gaz couraient sur le plancher comme des rats affolés, tournoyaient et sautaient partout. Une odeur de fleurs de pommier s'exhala dans la rue. Miranda jurait et rugissait. Il se montra un instant à la fenêtre mais une rafale de Thompson le repoussa au fond de la pièce.

Et puis soudain, dans la rue, il y eut un claquement et un sifflement et l'odeur de fleurs de pommier devint subitement intolérable. Andy Parker fit un bond en arrière et hurla à l'adresse d'un des agents :

— Imbécile ! Bougre de con !

14

Les accidents arrivent. Ce n'est la faute de personne, bien souvent. Un coup qui rate, une balle perdue, une cartouche de gaz qui explose par terre au lieu de s'envoler vers le but, ce sont les risques du métier, et on ne peut pas en vouloir au tireur. Parker aurait peut-être dû se tenir à l'écart. Mais le mal était fait. Il se trouvait juste à côté du tireur quand la cartouche s'était jetée en sifflant follement dans la foule et il reçut en plein visage la bouffée de gaz lacrymogène. Ses yeux le brûlèrent. Aveuglé, il chercha son mouchoir dans sa poche, en jurant contre l'agent, et aggrava son mal en frottant le produit chimique dans ses yeux.

Pleurant comme un enfant, il tituba vers le snack, le mouchoir sur la figure. Derrière lui, il entendait les hurlements de la foule. La cartouche de gaz poursuivait son chemin zigzaguant entre les jambes des badauds. Les gens toussaient et criaient. Byrnes glapissait des ordres. Parker ne s'occupait que de ses yeux en feu.

— Luis ! rugit-il. Luis !

Personne ne lui répondit. Parker ôta le mouchoir de sa figure, tâtonna jusqu'au comptoir et chercha à voir à travers les larmes cuisantes. Mais il n'y avait que des silhouettes confuses et déformées, des éclats lumineux, des ombres dansantes.

— Luis ! De l'eau ! Vite ! Vite... Luis ! Luis ! Où es-tu ? De l'eau !

Luis accourut de sa cuisine, le regard inquiet.

— *Qué pasa ? Qué pasa ?*

Et Parker lui jeta :

— Où es-tu, sale espingouin ?

Les mots stoppèrent Luis dans son élan, comme une gifle. Il demeura pétrifié, les bras ballants, la bouche ouverte, et regarda Parker.

— Luis ?

— *Sí.*

— Bon Dieu, apporte-moi de l'eau. Je t'en supplie. De l'eau, vite !

— *Sí.*

Comme un somnambule, il passa derrière le comptoir.

— Grouille !

Dans la rue, le tir avait cessé. De grands tourbillons de gaz surgissaient des fenêtres brisées et planaient mollement dans l'air lourd. Des hommes et des femmes pleuraient dans leurs mouchoirs et maudissaient la police. Luis posa un bol d'eau sur le comptoir. Parker le chercha à tâtons, toucha le rebord du bol et y trempa son mouchoir. Silencieux, immobile, Luis le regardait faire. Parker se lava la figure, en soupirant, et recommença à plusieurs reprises. Enfin, il s'essuya avec son mouchoir et se redressa. Luis le contemplait toujours.

— *Qué pasa, maricón ?* demanda Parker en riant.

— Rien, soupira Luis. Rien.

— Qu'est-ce que t'as ? Hein ? Qu'est-ce que tu as, *cabrón* ?

Les injures obscènes et familières n'éveillèrent pas un sourire chez Luis.

— *Nada*. Je n'ai rien.

— Tu m'en veux ? Parce que je t'ai engueulé ? C'est ça ? Mon vieux, tu peux pas savoir ce que j'avais mal. J'avais du feu dans les yeux, je te jure. Tu m'as sauvé la vie.

— Oui.

Parker se sentit soudain gêné.

— Allons, dit-il. Entre copains, une petite engueulade, c'est pas grave.

Après un long silence, Luis répondit :

— Non. Entre copains, ce n'est pas grave.

Au-dehors, Byrnes levait le mégaphone à ses lèvres.

— Miranda ? Vous m'entendez ?

— Qu'est-ce que vous me voulez, bande de salauds ? répliqua Miranda entre deux quintes de toux.

— C'est fini, Miranda ! Vous êtes prêt ? Vous sortez ou on monte vous abattre sur place ?

Il y eut un silence interminable. Parker sortit rapidement du snack. Luis le suivit des yeux, sans un mot.

— Qu'est-ce qu'il fout ? demanda Parker à Carella. Qu'est-ce qu'on attend pour monter le chercher ? Je parie qu'il n'y voit rien.

— Pete ne veut pas d'une nouvelle fusillade à moins que ce ne soit absolument nécessaire, dit Carella.

— Pourquoi laisser du répit à ce tueur ? Il suffit de deux secondes pour enfoncer la porte et lui régler son compte !

— Et s'il se remet à tirer dans le tas ?

— Et alors ?

— Mais il pourrait blesser quelqu'un !

— Je veux Miranda, un point, c'est tout.

— Et après que tu auras eu Miranda, que vas-tu faire ? demanda Carella.

— Qu'est-ce que tu veux dire ?

— Quand te décideras-tu à arrêter ta petite guerre privée ?

— Nom de Dieu, où tu veux en venir avec...

— Quand finiras-tu par oublier la dérouillée qu'on t'a filée, Parker ?

— Quelle dérouillée ? De quoi tu veux...

— Tu sais parfaitement de quoi je parle !

— Bon, d'accord. Tu as raison, je ne suis pas près de l'oublier, gueula Parker. Tu m'as bien entendu ? Jamais de la vie. Elle m'a appris quelque chose de très important, mon pote, et à moins de passer pour un couillon, on ne peut pas...

— Cela t'a appris quoi au juste, Parker ?

— Qu'on ne peut faire confiance à personne dans ce district pourri, voilà ce que j'ai...

— Cela t'a aussi appris une chose, l'interrompit Carella, c'est la trouille.

— Comment ?

— Tu m'as bien entendu. La trouille.

— Ecoute, tu as intérêt à cesser de jouer au malin, et tout de suite, pigé ? Après tout, il n'y a pas si longtemps que tu...

— Au fait, Parker, tu pourrais me dire quand tu vas te décider pour une fois à procéder à une véritable arrestation au lieu de perdre ton temps à coffrer tous les clodos et les camés du quartier. Quand vas-tu enfin nous ramener les vrais fouteurs de merde, hein ?

— Je ne fais que mon boulot ! glapit Parker. Il faut bien quelqu'un pour nettoyer ces rues, merde !

— Ah bon ? En ramassant les fausses ordures ?

— Mais il n'y a que des ordures ici !

— C'est justement ce qui te fout la trouille ! Tu as peur de te faire dérouiller de nouveau.

— Fils de pute, je t'avais prévenu...

— J'attends, Miranda ! rugit Byrnes. Alors ? Rendez-vous, Miranda ! Vous ne pouvez pas tenir ! Vous n'avez aucune chance.

— Et si je sors, quelle chance est-ce qu'il me reste ? La vieille est morte, pas vrai ?

— Quelle vieille ?

— Celle que j'ai assommée, dit Miranda.

Une quinte de toux l'interrompit, qui dura longtemps. Enfin sa voix résonna de nouveau dans le logement :

— Dites-moi la vérité !

— Cette femme n'est pas morte, Miranda !

— J'aurais pas dû, dit Miranda et sa voix parut s'éloigner. (Puis il reprit, plus fort :) J'avais besoin de fric. Fallait que... Dites, elle est morte, hein ?

— Non, je vous dis que non !

— Vous mentez. Vous me ferez jamais sortir d'ici ! Qu'est-ce que je risque ? Ça ou la chaise !

— Cette femme est vivante ! Si nous montons vous chercher vous n'avez aucune chance !

— J'en ai pas de toute façon !

— Allons, Miranda, ça suffit ! Vous sortez, les mains en l'air, ou bien nous montons ?

— Gagnez votre salaire, flic !

— Très bien, vous l'aurez voulu ! Nous montons !

— Hé... Attendez... Hé !

— Qu'est-ce que c'est ?

— Ecoutez... Je... je voudrais un prêtre.

— Un quoi ?

— Un prêtre. Un curé. Je veux parler à un curé.

— Si je vais vous en chercher un, vous sortirez ?

— Envoyez-le toujours, j'ai à lui causer.

— Pourquoi ? Vous êtes blessé ?

— Non, je ne suis pas blessé, bon Dieu. Je demande un prêtre, c'est mon droit, non ? Vous pouvez pas me refuser ça !

— Une seconde, Miranda !

Byrnes abaissa le mégaphone et se tourna vers Carella :

— Qu'en penses-tu, Steve ?

— C'est une feinte.

— Ben voyons, s'exclama Parker. Il se fout d'un curé. Il veut un otage !

— Je sais, murmura Byrnes.

Carella regarda fixement le lieutenant.

— Vous avez la même idée que moi, Pete ?

— Oui, dit Byrnes en levant de nouveau son porte-voix. Miranda !

— Ouais ?

— Je vais vous chercher un prêtre !

Zip avait changé. Sixto le regardait attentivement et cherchait en quoi il pouvait être différent. Zip avait l'air d'être sur le point de pleurer. La figure rouge, les lèvres serrées, il clignait trop souvent des paupières, comme pour refouler des larmes. Mais, en même temps, il se tenait plus droit, il paraissait plus fort, plus sûr de lui, plus impatient.

Les garçons se tenaient sur le trottoir de l'avenue, devant la maison d'Alfredo. Ils ne portaient pas leurs blousons violets. Et, sans ces vestes, ils avaient l'air de gamins qui discutent filles, cinéma ou football. Mais c'était d'un meurtre qu'ils discutaient.

— Qu'est-ce que tu crois, Cooch ? Il est là-haut ou pas ?

— Sais pas. En tout cas, il est pas allé à la messe.

— Pourquoi on a enlevé les blousons ? demanda Papá. Moi, je les aime bien, les blousons.

— C'est dangereux, grogna impatiemment Zip. T'occupe. On a autre chose à faire.

— Mais j'aime bien mon blouson. Je vois pas pourquoi...

— Tu crois que c'est le moment, Zip ? demanda Cooch. Les rues grouillent de flics.

— Justement. Ils ont Pepe sur les bras. Nous pouvons monter chez Alfie et l'effacer sans qu'ils s'en rendent compte.

— A quoi ça sert, d'avoir un blouson du club, si on peut pas le mettre ? insista Papá.

Zip se tourna vers Papá avec rage. Il sembla, un instant, sur le point de le frapper.

— Tu veux finir à Bailey Island ? hurla-t-il.

— Où c'est, ça ?

— Au milieu de la Dix ! C'est une prison. Si tu portes le blouson, c'est là que tu te retrouveras !

— Mais qu'est-ce que j'ai fait ? demanda Papá. Pourquoi on me mettrait en prison si je mets le blouson ?

— Bon Dieu, allez essayer d'expliquer quelque chose à ce branque ! Mais qu'est-ce que tu fous ici, sauvage ? Retourne à Porto Rico, tiens, fais-moi plaisir !

Sans se troubler, Papá insista :

— Tu m'as dit qu'il fallait mettre le blouson, pour être quelqu'un. Tu m'as dit ça, Zip. Alors, maintenant, je dois plus le mettre. Pourquoi ?

— Ecoute, Papá, ne cherche pas à comprendre et fous-moi la paix avec ton blouson. On a autre chose à faire. Pour le moment, il s'agit de s'occuper d'Alfie.

— On ne pourrait pas attendre, Zip ? intervint Sixto. C'est pas si pressé. Demain, peut-être...

Les yeux de Zip lancèrent des éclairs. Son menton tremblait comme s'il allait pleurer et cependant il paraissait plus déterminé que jamais.

— Aujourd'hui ! cria-t-il. J'en ai marre d'attendre. Demain, toujours demain ! Je veux être quelqu'un *aujourd'hui* !

— Tu n'as pas besoin de tuer Alfie pour être quelqu'un, déclara Sixto.

— Discute pas. C'est décidé.

— Qui a décidé ?

— Moi.

— Alors pourquoi ne vas-tu pas le tuer toi-même, tout seul ?

Les paroles avaient échappé à Sixto, presque sans qu'il le veuille. Elles produisirent un silence total. Zip serra les poings et les rouvrit.

— Qu'est-ce que tu as à dire, Sixto ? demanda-t-il posément.

Sixto respira un grand coup.

— Je dis que nous n'avons pas besoin de le tuer.

— Tu dis ça, hein ?

— Oui.

— Eh bien, moi, je dis qu'il le faut. Et c'est marre.

— C'est ce que...

— C'est ce que quoi ? Allez, dis-le. Vas-y, continue !

— C'est ce que ferait Pepe Miranda, lança Sixto d'un trait. Ce n'est pas ce que ferait mon père.

— Et il est quoi, ton père ? Un type important ? Tu parles ! Un ouvrier d'usine !

— Et alors ? Qu'est-ce qu'il y a de mal à travailler en usine ?

— Si c'est ça que tu veux faire plus tard, vas-y, ne te gêne pas. Moi, ça ne m'intéresse pas, l'usine.

— Qu'est-ce qui t'intéresse, Zip ? demanda Sixto, et, de nouveau, ce fut le silence. T'as envie de tuer des gens ? C'est ça que tu veux faire plus tard ? Tuer tout le monde ?

— Ecoute...

— Tu trouves ça malin, de tuer les gens ? Chez nous, on n'a jamais tué personne. Je vois pas ce qu'il y a de...

— Sixto, tu cherches les ennuis, dit Zip.

— Tu te figures que parce qu'on casse la gueule à quelqu'un, on est...

— Tais-toi !

— ... des durs ?

De toutes ses forces, Zip gifla Sixto. Le garçon en resta pétrifié. Le coup lui avait fait très mal. Mais il dévisagea froidement Zip et passa la main sur sa bouche.

— Compris ? grinça Zip.

Sixto ne répondit pas. Cooch l'observait, un sourire railleur aux lèvres. Papá ne comprenait pas très bien. Il hésitait entre le rire et le froncement de sourcils.

— Compris ? répéta Zip. Tu ne dis rien ? Bon. Passons à notre truc.

Cooch riait, content que l'ordre fût restauré, heureux de se remettre au projet exaltant.

— Comment on s'y prend, Zip ?

— D'abord, faudrait savoir si Alfie est chez lui. Papá et Sixto peuvent s'occuper de ça. Montez et collez l'oreille à sa porte. S'il est là, vous l'entendrez. Et vous viendrez me prévenir.

— Comment qu'on le fera sortir, Zip ? demanda Cooch.

— Suffit qu'il sorte dans le couloir.

— Oui, mais comment ?

— Sais pas... Il a pas de copains ? Papá pourrait l'appeler, dire comme ça qu'il est un copain ?

Cooch secoua la tête.

— Alfie, il est toujours seul.

— Il doit bien y avoir quelqu'un avec qui il est copain, en qui il a confiance, qu'il sortirait voir dans le... Hé ! Ah, dis donc !

Zip claqua des doigts. Il revivait. Si tout à l'heure il avait l'air d'avoir envie de pleurer, c'était bien fini, maintenant.

— Mais oui ! C'est ça ! Quelqu'un qui lui dirait qu'on veut faire la paix, hein ? Qu'on regrette et tout ? C'est ce qu'on dira. Et l'intermédiaire le croit et va répéter ça à Alfie. Et quand Alfie sort dans le couloir, pan !

— Oui, mais qui, Zip ? Qui est-ce qui fera la commission ? Qui on connaît qu'Alfie croira ?

Le sourire de Zip allait d'une oreille à l'autre.

— China, répondit-il.

15

Dans le vestibule de l'immeuble où habitait Alfredo Gomez, Sixto comprit brusquement ce qu'il devait faire. Peut-être l'avait-il toujours su, peut-être le savait-il déjà quand il était entré dans le drugstore, sans oser se l'avouer. Mais il savait à présent, avec certitude, que l'on a parfois besoin de s'engager. Il comprenait aussi que la présence des forces de police dans la rue ne suffirait pas à empêcher le meurtre imbécile d'Alfredo Gomez. Il se rendait compte que l'heure du choix était venue, qu'il devait choisir son camp, tout de suite, et qu'une fois ce choix fait, il devrait s'y tenir. Sixto était bien jeune pour se trouver à un tel carrefour. Trop jeune, peut-être, pour chercher à entraîner une autre existence sur la route qu'il choisirait. Mais le carrefour était là, il fallait avancer, d'un côté ou de l'autre. Il prit le bras de Papá et lui chuchota :

— Attends.

— Qu'est-ce que t'as ?

— Assieds-toi. Je veux te parler.

Les gamins s'assirent sur les marches de l'escalier. Le vestibule était obscur et silencieux. La plupart des locataires étaient dans la rue et contemplaient le siège. Mais, bien qu'il sût que l'on ne pouvait l'entendre, Sixto chuchotait. Et, comme le chuchotement est contagieux, Papá lui répondait à voix basse. Côte à côte, dans le hall sombre, les deux adolescents parlèrent.

— Qu'est-ce que t'as ? demanda Papá.

— Papá, tout ça... Ça va pas.

— Qu'est-ce qui va pas ?

— Ce qu'on va faire. A Alfie.

— Zip a dit...

— Papá, je t'en supplie. Ecoute-moi. S'il te plaît.

— J'écoute, Sixto.

— C'est mal de tuer Alfie, Papá.

— Mal ? Mais Zip a dit...

— C'est mal ! Ecoute, Papá... Tu aimes bien être ici ? Cette ville, elle te plaît ?

— *Sí.*

— Nous sommes venus ici... C'est bien, ici. C'est mieux, hein ? Nous ne voulons pas devenir comme ce Pepe Miranda, là-haut.

Papá réfléchit un moment, troublé, désorienté. Puis il affirma :

— Pepe Miranda, c'est le plus formidable du quartier !

— Non, Papá. Il nous apporte la honte. La honte sur le quartier.

Papá secoua la tête. Doucement, comme un père qui explique un problème à un enfant préféré, il caressa la main de Sixto.

— Non, non, Sixto. Toi, tu te trompes. Pepe Miranda, il est formidable. Ce qui est arrivé de mieux au quartier.

— Mais il tue ! C'est un bandit !

— *Sí*, il est brave !

— Papá, ce n'est pas...

— Un homme courageux, un brave. Il tient tête à tous les flics, et il...

— Il n'est pas brave ! Il ne vaut rien ! C'est un... Il est mauvais, pourri, il nous fait honte, à tous !

— Non, Sixto. *No es verdad. De ningún modo...*

— Ne parle pas espagnol ! Nous vivons ici, maintenant ! Papá, tu comprends tout ce que je te dis ?

— *Sí, sí.*

— Papá, écoute-moi bien. Nous n'allons pas tuer Alfie.

— Mais si.

— Non, non, non ! C'est mal de tuer. Il ne faut pas. Nous serions mauvais, comme Zip, comme Pepe !

— Zip m'a payé des glaces, Sixto.

— Il est mauvais, Papá, pourri.

— Zip ? Mauvais ?

— Oui, oui.

— Et Pepe ?

— Oui, lui aussi.

— Non, affirma Papá, très sérieusement. Zip dit qu'il est formidable, et brave.

Sixto en tremblait. Il ne voulait pas encore jouer son atout, mais il voyait bien qu'il n'avait pas convaincu Papá, qu'il fallait autre chose.

— Papá, tu trouves que je suis quelqu'un de bien ?

— *Sí.*

— Est-ce que je ferais quelque chose de mal, Papá ?

— Non. Je crois pas.

— Papá...

Sixto hésita, et soupira.

— Papá... Celui qui a prévenu la police, celui qui leur a dit où était Pepe, c'est... c'est moi. Je leur ai téléphoné du drugstore.

Le vestibule était silencieux. Sixto se dit qu'il venait de faire une grave erreur, qu'il avait révélé une chose trop secrète. Papá le dévisageait, ahuri.

— Toi ? Tu as dénoncé Pepe ?

— Oui.

— Comment tu savais où il était ?

— Je l'avais vu hier. J'ai reconnu sa figure, d'après la photo dans le journal. Toute la journée, j'y ai pensé. Et puis je me suis dit... J'ai pensé qu'il valait mieux le dénoncer.

— Mais... mais c'est... Tu as fait le mouchard, Sixto !

— Je ne suis pas un mouchard.

— Mais tu as dénoncé Pepe !

— Oui. Parce qu'il est mauvais.

Les sourcils froncés, la réflexion laborieuse, Papá se tut. Enfin, il se gratta la tête et dit :

— Si Pepe est mauvais, comme ça, pourquoi Zip il dit...

— Zip veut se faire remarquer. Il croit qu'il est intéressant en jouant au dur. Mais c'est pas vrai. Ce qui est intéressant, c'est de laisser les gens vivre comme ils veulent. Papá, écoute-moi. Je t'en supplie. Ecoute-moi. Papá...

La gorge serrée, Sixto se cramponna au bras de Papá.

— Papá, si nous commençons comme ça, nous ne pourrons plus jamais nous arrêter. Tu entends ?

— *Sí*, j'entends.

— Si on prend ce chemin, on devient comme Zip et puis comme Pepe Miranda. On apporte la honte chez nous. Et nous nous ferons du mal.

— *Sí, sí*. Mais... Zip, il est mauvais ?

— Très mauvais.

Aux prises avec cette nouvelle idée, Papá murmura :

— Il m'a payé des glaces... Sixto, c'est toi tout seul qui penses comme ça ? Ou bien c'est tout le monde ?

— Tout le monde, Papá. Tout le monde.

— Ah... Sixto, moi, je veux être comme tout le monde. Je ne veux pas être mauvais, moi. Mais Zip, il dit que...

— Papá, on est fort seulement quand on se conduit bien.

Papá réfléchit encore longuement, puis il leva les yeux.

— Sixto, je veux être un type bien.

— Tu marches avec moi, Papá ?

— *Sí*. Je marche avec toi. Sixto ?

— Oui ?

— On sera des types bien ?

— Oui. Je te le promets.

Deux autres types bien remontaient la rue.

Le premier était un lieutenant de police nommé Peter Byrnes. Le second était un curé nommé Steve Carella.

Carella se sentait ridicule. Il s'était déjà senti grotesque à la sacristie, pendant qu'ils discutaient avec l'abbé Donovan qui soutenait, peut-être à juste titre, qu'ils allaient tourner en dérision la foi d'un homme en Dieu.

— Cet homme n'a pas de foi, monsieur le curé, protestait Byrnes. Il a demandé un prêtre pour une raison, une seule. Il veut s'en servir comme d'un otage pour quitter l'immeuble.

— Comment le savez-vous ?

— Je le sais. Croyez-moi, monsieur le curé. La dernière fois que Pepe Miranda a mis les pieds à l'église, c'est le jour de son baptême.

— Il désire peut-être faire la paix avec Dieu.

— Monsieur le curé, je respecte infiniment votre attitude. Mais vous vous trompez. Je vous assure que je connais cette question mieux que vous. Alors, ou vous nous prêtez une soutane, ou bien nous nous en procurons une autre ailleurs. Cela nous prendra du temps, et Miranda peut tuer quelqu'un. Alors, c'est à vous de décider.

— Et s'il désire réellement se confesser ? demanda l'abbé Donovan.

— Dans ce cas, je reviens ici vous rendre votre soutane, et vous monterez le voir. Vous êtes d'accord ?

— Ma foi...

Le père Donovan examina Byrnes et souleva une autre objection.

— Ma soutane ne vous ira jamais, lieutenant.

— Mais si, je m'arrangerai.

— Non, c'est impossible. Vous pesez bien quinze kilos de plus que moi et elle m'est déjà trop étroite.

— Monsieur le curé, nous sommes affreusement pressés, et je...

— Pete, de toute façon, vous ne pouvez pas y aller vous-même, intervint Carella.

— Pourquoi donc ?

— Jusqu'ici, vous avez été notre porte-parole. Si un autre se sert du mégaphone, Miranda aura des soupçons. Il faut que vous restiez dans la rue et que vous lui parliez.

— Non, pas question. J'y vais. Je ne voudrais pas risquer un de mes hommes pour...

— La soutane ne vous ira pas...

— Nom de Dieu... Pardon, monsieur le curé.

— Et Miranda se doutera du coup.

— Je me fiche qu'il...

— Non, il vaut mieux que j'y aille. Monsieur le curé et moi, nous sommes à peu près de la même taille.

— Steve...

— Non.

— Steve... C'est un tueur...

— Je sais.

— Et c'était mon idée de...

— La nôtre. Nous l'avons eue en même temps, Pete.

— Si jamais tu te fais blesser, imbécile. Je...

— Ce ne serait pas la première fois, dit Steve.

Les deux hommes se regardèrent. Enfin Byrnes soupira et haussa les épaules.

— Très bien. Où est la soutane, monsieur le curé ?

Et maintenant, la longue soutane battant ses jambes, Steve se sentait parfaitement ridicule. Il sentait contre son ventre la bosse dure de son .38 et tripotait un chapelet en essayant de prendre un air dévot. Il suait à grosses gouttes.

— Qu'est-ce qu'on fait, au juste ? demanda-t-il.

— Je vais annoncer à Miranda que nous lui avons amené son curé. Il vérifiera sans doute de la fenêtre. Et tu montes.

— Et puis ?

— S'il veut se confesser, ou un truc comme ça, laisse-le faire. Ecoute-le. Tu guettes une occasion et tu l'assommes dès qu'il a le dos tourné.

— Mais vous avez dit au curé...

— Oui. J'ai menti dans une église, avoua Byrnes. Mais Miranda ne va pas du tout se confesser, nous le savons, Steve. Il va te sauter dessus dès que tu auras mis le pied dans son taudis et se servir de toi comme bouclier pour sortir.

— Qu'est-ce que je fais, alors ? J'attends l'occasion et puis...

— Tu ne fais rien. Laisse-toi conduire. J'aurai des hommes postés de chaque côté de la porte, collés au mur. Dès qu'il mettra le pied dans la rue, tu te jettes à plat ventre.

Byrnes soupira et ajouta :

— Je serais bougrement plus tranquille si j'y allais moi-même, Steve. Enfin...

— Pourquoi ? demanda Carella avec un sourire. Parce que je pourrais me faire descendre ? Seigneur, en voilà un sujet d'inquiétude !

— Parce que ça ne t'inquiète pas, hein ?

— Vous n'avez pas entendu ce journaliste, Pete ?

— Qu'est-ce que tu veux dire ?

— Pour ce qu'elle vaut, la vie, répondit Carella.

Ils arrivaient devant les voitures de police. Byrnes prit le mégaphone.

— Prêt, Steve ?

— Archi-prêt.

— Alors on y va.

— Pete... S'il veut prier un petit coup ?

— T'as un chapelet, tu t'en sers. C'est tout.

— Bon, allons-y avant que je me dégonfle, dit Steve.

Byrnes porta le mégaphone à ses lèvres et souffla dedans.

— Miranda ?

Pas de réponse.

— Miranda !

Toujours rien.

— Il s'est peut-être tranché la gorge, chuchota Steve.

— Miranda, c'est le lieutenant Byrnes qui vous parle ! Vous m'entendez ?

— Ouais, j'entends. Qu'est-ce qu'il y a ?

— Nous vous avons amené un prêtre !

— Où est-il ? Faites-le avancer au milieu de la rue, que je puisse le voir.

Carella fit un signe de tête à Byrnes et avança lentement.

— Miranda, vous ne pourrez pas le voir si vous ne regardez pas !

Il y eut un long silence. Et puis soudain, la tête de Miranda apparut à la fenêtre. Elle n'y resta pas plus de cinq secondes et disparut. Mais même en ce court laps de temps, on put voir que Miranda avait les yeux bouffis et la figure maculée.

— Ça va, cria Miranda. Qu'il monte.

— Hé là, pas si vite, Miranda, répliqua Byrnes.

Le lieutenant s'était dit soudain qu'il fallait faire vrai. Le bandit devait bien se douter que la police ne lui enverrait pas un prêtre s'il ne faisait pas quelque concession.

— Quoi encore ? cria Miranda.

— Nous vous envoyons un homme de Dieu et nous ne voulons pas que vous vous en serviez comme d'un otage !

— Vous me prenez pour un salaud ?

La foule pouffa de rire.

— Vous tenez à ce que je vous réponde ? rétorqua Byrnes.

Les rires augmentèrent. Ça, ça devenait franchement bien. C'était encore mieux que la télévision. Le drame faisait place à la comédie. Les spectateurs étaient tout près d'applaudir.

— Bon. Ça va, reprit Miranda. Qu'est-ce que vous voulez ?

— Nous vous envoyons un homme sans armes, qui insiste pour vous voir seul. Un représentant de Dieu. Je veux que vous le respectiez, Miranda.

Et que Dieu me pardonne, pensa Byrnes.

— Bon, bon, et après ?

— Je veux que vous lui parliez sincèrement et que vous vous arrangiez avec lui pour sortir de là. Je ne sais pas ce que vous avez à lui raconter, mais je veux que vous me promettiez de vous entretenir avec lui de votre reddition.

— C'est tout ?

— J'ai votre parole ?

— Vous y croyez, à ma parole ?

— C'est un homme de Dieu, Miranda. Un religieux.

— D'accord, je promets.

— Vous avez entendu, monsieur le curé ?

— Oui, répondit Carella.

— Vous pouvez monter.

Carella inclina la tête, respira profondément et pénétra dans le vestibule obscur.

Byrnes posa le mégaphone, consulta sa montre et dit au capitaine Frick qu'il voulait quatre des meilleurs tireurs d'élite du district. Puis il se mit à prier.

16

Mets-toi à la place de Dieu, pour voir. Il faudrait que tu t'occupes de plein de petites choses. Certainement pas de veiller à ce que le soleil se lève ou que les étoiles s'allument, non. Ni de garder un œil sur les saisons pour qu'elles arrivent en temps et en heure. Il ne s'agit pas de ce genre de choses. Ce sont des choses primordiales et par définition les choses primordiales n'ont pas besoin d'un coup de pouce. Il s'agit des petites choses qui peuvent vous ruiner la vie. Naturellement, tu pourrais avoir recours aux grands moyens, les mystères, les miracles. Cela signifie que tu peux laisser de côté quelques détails, et personne ne mettra tes choix en doute, parce que après tout, tu es Dieu. Peut-être as-tu en tête de grands desseins qui ne nous paraîtront clairs, à nous pauvres rustauds, que des dizaines d'années plus tard. Ou des siècles plus tard. Alors qui sommes-nous pour mettre tes choix en doute ? Etant Dieu, tu as parfaitement le droit de bâcler ton boulot de temps en temps.

Ou peut-être même que toutes ces choses ne dépendent pas de toi, qui sait. Peut-être que tous les matins, ton seul travail consiste à remettre l'univers à jour, un peu comme on remonte un réveil pour ensuite le laisser marcher tout seul, au rythme qui lui convient, rapide ou lent, mais surtout sans y toucher de nouveau jusqu'au moment où il n'est plus à l'heure et il faut alors le remonter une fois de plus. C'est peut-être comme ça que ça marche, et personne n'y viendra voir non plus, car et tu peux me croire sur parole, c'est ça les prérogatives de Dieu.

Seulement, sans vouloir te vexer, il faudra bien que tu règles certains problèmes, que tu interviennes, car les choses ne peuvent pas se passer comme ça, tu vois ce que je veux dire ? Tiens, la fille portoricaine avec ce matelot, par exemple : à la place de Dieu, tu aurais vite trouvé une solution à cette affaire, pas vrai ? Tu te serais sans doute arrangé pour que Zip et Cooch la retrouvent, tu vois ? Ensuite, Zip l'aurait traînée jusqu'à l'autre bout de la rue pour aller débusquer Alfie, mais tout à coup, *vlan !* on verrait arriver qui ? Mais le matelot, pardi ! Alors, c'est pas beau, ça ? Eh oui, en fait, il ne s'était pas tiré avec Marge, la pute. Bien sûr, il avait été tenté d'y aller, mais il avait changé d'avis. Et là, le voilà de retour dans la même rue, pour se retrouver nez à nez avec China. Il la dévisage pendant qu'elle le regarde à son tour, les yeux dans les yeux et, au ralenti, ils traversent la rue pour se jeter dans les bras l'un de l'autre tandis que le regard du matelot rayonne d'indulgence et de pardon : *Je t'aime, China*, une phrase accompagnée d'un imperceptible désir, somme toute légitime, puis : *Je t'aime, Jeff*, et alors ils s'enlacent et les lumières s'éteignent sur Zip qui conclut, avec un haussement d'épaules : « Bon, et alors, qu'est-ce que j'en ai à cirer, moi ? Une de perdue, dix de retrouvées. »

Alors Dieu, qu'est-ce que t'en dis ?

Génial.

Hélas, les choses ne se sont pas passées comme ça.

La rue devenait impossible. La foule s'impatientait, trépignait, s'énervait. Elle attendait le dénouement, quel qu'il fût, et se moquait bien, à présent, que Miranda exécute le curé, le lieutenant de police, le Directeur de la police, le maire et le gouverneur, et même le président. Un agent zélé pouvait bien abattre Miranda d'une balle entre les deux yeux, il ne recevrait ni huées ni bravos. La foule avait hâte qu'on en finisse, d'une façon ou d'une autre. La foule s'agitait, elle avait chaud, elle commençait à s'ennuyer. Le jeu s'éternisait. Chaque équipe marquait un but à tour de rôle, et il n'y avait ni mi-temps ni gong. C'est amusant de voir un match, mais enfin ça ne peut pas durer toujours. La vie est là, qui attend, au-delà des portes du stade.

La foule résistait donc aux bourrades de Zip et de Cooch, repoussait les deux gamins et rendait de plus en plus pénible la chasse à China. Au bout d'un quart d'heure, Zip et Cooch renoncèrent.

Ils firent aussi bien, car China n'était plus dans le quartier. China était allée au parc. Elle s'était assise dans l'herbe, au bord du lac, et elle avait regardé les gens qui faisaient du canot et les cygnes. Voilà où était China. Elle avait un peu pleuré, oui. Sous les arbres du parc.

Et Jeff, le matelot ?

Jeff se laissa entraîner par une prostituée nommée Marge, qui connaissait son métier et fit les délices du matelot. Il lui donna quinze dollars, ce qui était tout ce qui lui restait. Puis il alla prendre le métro, regagna le port et son navire où il se changea et dormit jusqu'à ce que les haut-parleurs annoncent la soupe. Il dîna de bon appétit, vit un film sur le pont des embarcations, se coucha à onze heures et, le lendemain, le bateau leva l'ancre pour San Diego. Il ne revit jamais une petite Portoricaine nommée China. Sans doute, par la suite, retourna-t-il dans son patelin. Peut-être revenait-elle parfois dans ses pensées, mettons une fois tous les douze ans. Peut-être s'en souvenait-il vaguement et se demandait-il ce qu'elle était devenue. Peut-être que, marié à Corrine et travaillant dans les assurances, il pensait à China sporadiquement, en l'idéalisant. La plus belle fille du monde, la plus exotique, rencontrée ce jour-là, dans cette ville étrange, il y a bien longtemps. Je me demande ce qu'elle a bien pu devenir, oui, je me le demande.

Elle était assise au bord du lac, elle pleurait un peu, et elle regardait les gens qui faisaient du canot.

Tu es Dieu et tu peux faire tourner le monde comme tu l'entends. Tu peux les faire se marier avant que le bateau ne parte, par exemple. Tu peux faire ce que tu veux. Toutes les possibilités te sont offertes. Tu es Dieu et personne ne viendra te taper sur les doigts, quel que soit ton choix.

Mais Seigneur, les choses se sont passées comme ça.

Steve Carella frappa à la porte. Le battant était déchiqueté, percé de trous, et Carella se rappela que Miranda avait tiré sur un agent à travers cette porte. Il mourait d'envie d'avoir son .38 bien en main.

Allons, se dit-il, du calme. Doucement. Pas de panique. Pas question de laisser Miranda s'énerver et tirer sur la foule, là dehors. Du calme, mon vieux. Ta main tremble, peut-être, et ça te démange de sortir ce bon vieux .38 qui serait plus utile que ce chapelet quand cette porte s'ouvrira, mais, mon vieux Steve, du calme et du sang-froid...

La porte s'entrouvrit.

La première chose que vit Carella, ce fut le canon d'un .45. Sa gorge se serra.

— Je... je suis l'abbé Donovan, dit-il à l'automatique.

Le battant tourna sur ses gonds. Les yeux de Carella remontèrent le long du canon de l'automatique, du poignet, du bras velu, se posèrent sur les épaules étroites, enregistrèrent le tricot de corps maculé de sueur, la touffe de poils noirs dans l'échancrure, le cou maigre, les pommettes saillantes, les yeux sombres aux paupières bouffies, un crâne chauve, et une expression désespérée. Un homme au bout du rouleau.

— Entrez, dit Miranda.

Carella pénétra dans le logement. La pièce n'était que chaos. Les meubles, les planchers, les murs portaient les stigmates de la bataille. Il était inconcevable qu'un homme ait pu se trouver dans cette pièce criblée de balles, et réussir à passer au travers.

— On dirait qu'une bombe atomique est tombée ici, pas vrai ? dit Miranda.

— Oui.

— Vous avez peur, dites ? Ils tireront pas tant que vous êtes là, vous en faites pas.

Carella hocha la tête. Il n'avait pas peur, mais... Il se sentait tout drôle. Il n'avait plus l'impression d'être un policier. Miranda ne le traitait pas comme un policier. Miranda se conduisait comme s'il était réellement en présence d'un prêtre, un homme à qui il pouvait parler, un homme dont on ne peut avoir peur. Carella avait envie de crier : « Je ne suis pas ce que vous croyez ! Ne me faites pas confiance, Miranda ! »

Mais les paroles restaient dans sa gorge.

— C'était une drôle de corrida, vous savez, reprit Miranda. Ecoutez, je ne vous ai pas fait venir pour me confesser ni rien. Autant que vous le sachiez tout de suite.

— Alors pourquoi m'avez-vous réclamé ?

— Ma foi...

Miranda haussa les épaules. En cet instant, il avait l'air d'un petit garçon, d'un gosse qui se prépare à avouer à l'abbé de son patronage qu'il a arraché la culotte d'une petite fille dans un terrain vague. Carella le regardait fixement. Miranda tenait mollement son arme, d'un air gêné.

— Je vais tout vous dire, monsieur le curé, dit-il enfin. Faut que je sorte d'ici.

— Oui ?

— Alors... alors vous allez me faire sortir.

— Moi ?

— C'est moche, d'accord. Mais faut que j'en sorte.

— Et où irez-vous, Pepe ?

— J'en sais foutre rien. Vous savez, monsieur le curé, il vient un moment où... où on sait plus où aller. Il ne reste pas grand-chose, comme coins.

Miranda se mit à rire, nerveusement, en hochant la tête.

— Où j'irais ? J'en sais rien.

— Il y a beaucoup de policiers dans la rue, Pepe.

— Ouais, soupira Miranda. Je sais. Bon Dieu, cette histoire... Vous savez quoi ? Ce genre ennemi public n° 1, j'aime pas ça. C'est comme si... Je sais pas... Comme s'ils attendaient quelque chose de moi, comme si je devais me conduire comme le Traître, le mauvais gars. Je ne sais pas si vous me comprenez, monsieur le curé.

— Pas très bien, murmura Carella, perplexe.

— Ben, c'est comme qui dirait deux camps. Y a les bons et les mauvais. Je suis dans les mauvais. J'ai toujours été dans les mauvais, depuis que je suis tout môme. Alors faut que je continue. On s'y attend. Les gens, je veux dire. Ah mince, j'ai pas l'habitude... C'est dur à expliquer. Mais... On dirait des fois que je ne sais plus qui est le vrai Pepe Miranda et qui est celui... l'image, vous voyez ? Les portraits ?

— Je ne comprends pas ce que vous voulez dire.

— Les portraits, répéta Miranda. Les flics, par exemple, ils ont un portrait de moi. Un chouette portrait, avec un numéro sur la poitrine. Et les gens, là dans la rue, ils en ont un autre. Les gosses, encore un autre. Et vous. Vous vous faites une autre idée. Mais tout ça, c'est des images différentes, et tous ces portraits, c'est pas moi. Y en a un qui ressemble au vrai Pepe Miranda.

— Comment est-il ?

— J'en sais rien.

— Vous avez commis des crimes, Miranda.

— Ouais. Je sais.

Et Miranda haussa les épaules. Mais ce n'était pas un geste d'indifférence ni de bravade, cela ne signifiait pas : « Oui, et après ? » Si cela avait été ainsi, le policier se serait immédiatement réveillé en Carella. Seulement, ce n'était pas ça du tout. Ce haussement d'épaules avait l'air de vouloir dire : « Oui, je sais que j'ai commis des crimes, et je ne sais pas pourquoi. » Ce qui fait que Carella continua de penser qu'il était monté là pour s'entretenir avec cet homme, et non pour lui faire du mal.

— Enfin, tout ça, c'est rien, dit Miranda. Ce qui faut, c'est que je sorte d'ici.

— Parce que les spectateurs s'y attendent ?

— Non. Non, je ne crois pas que...

— Alors quoi ?

— Ma foi... soupira Miranda. Je n'ai aucune chance, monsieur le curé, ajouta-t-il simplement.

— Rendez-vous, dans ce cas.

— Pour quoi faire ? Pour aller en taule ? Etre condamné à mort si la vieille y passe ? Vous ne comprenez donc pas que je n'ai rien à perdre ?

Intérieurement, Carella devait reconnaître que Miranda avait raison. Mieux encore, s'il avait été à sa place, dans cet appartement, cerné par la police, ayant le choix entre un emprisonnement à vie ou la chaise électrique, il aurait réagi exactement de la même façon. Il chercherait à fuir cet endroit, par n'importe quel moyen, loyal ou non. Il essayerait d'échapper à son destin.

— Mon Dieu... murmura-t-il seulement.

Les deux hommes se faisaient face.

— Vous me comprenez, monsieur le curé ?

— Mon Dieu, répéta Carella.

Miranda eut un geste fataliste. L'appartement était parfaitement silencieux.

— Alors... alors va falloir que vous me serviez de bouclier, monsieur le curé. Ils n'oseront pas tirer si vous sortez avec moi, devant moi.

— Et s'ils refusent de prendre en considération...

— Oh non. N'ayez pas peur. Ils ne tireront pas. Je leur dirai que s'ils essayent un truc, moi je vous descends.

— Et s'ils s'entêtent, Pepe ? Vous me tuerez ?

Pepe Miranda fronça le sourcil.

— Vous me tuerez ?

Le silence s'éternisa, et puis Pepe murmura :

— Il faut que je sorte d'ici, monsieur le curé. Il le faut !

De chaque côté du perron, il y avait deux agents. Le capitaine Frick les avait choisis, quatre de ses meilleurs tireurs, et le lieutenant Byrnes leur avait donné des instructions précises, mais simples. Tirer pour tuer.

Ils attendaient donc, de part et d'autre de la porte d'entrée, quatre tireurs d'élite armes braquées, prêts à tout.

D'une fenêtre du premier étage, la voix de Miranda parvint jusqu'à Byrnes.

— Lieutenant !

— Oui ?

— J'ai le curé ! Je descends.

— Qu'est-ce que ça veut dire, Miranda ? Vous vous rendez ?

— Mon cul, que je me rends ! Le curé va venir avec moi. Si vous avez des flics dans le hall, tirez-les de là en vitesse ! Vous m'entendez ?

— Ça va marcher, chuchota Parker.

— Il n'y a pas de policiers dans le hall ! cria Byrnes.

— Je l'espère. Je veux trouver le chemin libre quand je sortirai. Le curé ne me quittera pas. Et si jamais quelqu'un vient tout foirer, je descends le curé !

— J'avais votre parole, Miranda !

— Me faites pas rigoler ! Je descends !

Byrnes posa son mégaphone et tira vivement son revolver de son étui. Il se tourna légèrement, pour cacher l'arme qu'il tenait contre sa cuisse. Parker s'arma aussi, et chercha une position de tir. Derrière la voiture ? Non. Là. Un poste idéal. Un cageot abandonné ! Parker se fraya un passage dans la foule et grimpa sur le cageot. Il vérifia son chargeur, s'essuya la bouche et guetta la porte de l'immeuble. La foule se taisait. Un grand silence planait sur la rue. Là-haut, dans la maison, une porte claqua.

— Pas de flics dans le hall ? cria Miranda. Y a personne ?

On ne lui répondit pas. Byrnes, face à la porte, regardait les quatre agents postés contre le mur et songeait : Il n'aura qu'à tourner la tête. Il verra les agents et il tirera dans le dos de Steve... Byrnes retint sa respiration.

Miranda était à présent dans le hall. Avant de sortir, il lança encore :

— J'ai le curé ! Pas de blagues ou je le descends !

La porte était un rectangle noir dans le mur éblouissant de soleil. On ne voyait que ce rectangle noir.

— Si la route n'est pas dégagée, je tire dans la foule ! glapit Miranda. Je tire dans le tas, je m'en fous !

La foule apercevait maintenant deux silhouettes confuses dans les ténèbres du hall. Le prêtre, avec sa soutane noire, était presque invisible mais on distinguait nettement la tache claire du tricot de corps de Miranda. Les deux hommes hésitèrent, et puis Miranda passa la tête et regarda dans la rue.

Zip et Cooch bousculaient les badauds pour s'approcher. La rue était tellement silencieuse qu'ils voulaient savoir ce qui se passait. Zip était furieux de n'avoir pu trouver China, furieux parce qu'il voulait en finir sur l'heure avec Alfredo Gomez, furieux parce que tout allait de travers. Mais, en dépit de sa colère, il était curieux. Ce silence subit l'intriguait. Il arriva devant la barricade au moment où Carella et Miranda apparaissaient sur la première marche du perron.

Les yeux de Miranda balayèrent la rue. Il était à demi protégé par le curé, si bien qu'on ne pouvait pas lui tirer dessus de front. Il ne restait donc...

Et Miranda se tourna vers la gauche.

Carella était prêt. Il attendait ce moment depuis qu'ils avaient quitté l'appartement. Il s'était demandé ce qu'il ferait à la place de Miranda, où il porterait ses regards et, sachant qu'on ne pouvait tirer d'en face, il s'était dit que le piège serait préparé sur ce trottoir-ci, et que le tir devrait venir de derrière.

Carella savait donc que Miranda s'en doutait, et il s'attendait à ce que Miranda tourne la tête. Il n'ignorait pas non plus que Miranda tirerait dès qu'il aurait aperçu les agents.

Zip vit les policiers postés de part et d'autre de la porte au même instant que Miranda. Il était trop tard pour lancer un avertissement.

Carella sentit plus qu'il ne vit Miranda tourner la tête à gauche.

Vas-y ! se dit-il.

Il y alla.

Personne n'ouvrit la bouche. Miranda se retourna vers Carella à l'instant où le policier se jetait la tête la première au bas des marches.

Et la fusillade éclata.

17

— Pepe ! Pepe ! hurla Zip.

Mais il était trop tard. Le tir croisé était réellement croisé. Miranda pivota vers la gauche et les balles le frappèrent violemment et le renvoyèrent vers la droite. Il s'adossa à la balustrade et tira sur l'agent le plus proche, mais on tirait à droite, et encore à gauche. Miranda, pris entre deux feux, bondit sur les marches, vers Carella qui était couché sur le trottoir. D'en face, Byrnes se mit à tirer, et puis Parker, du haut de son cageot, et finalement on eut l'impression que tous les policiers réunis dans ce coin n'attendaient que cet instant, car les murs renvoyèrent à tous les échos un vacarme de tonnerre.

Miranda perdait son sang de vingt blessures.

En un instant, le tricot de corps blanc se teignit en rouge. Son revolver tressautait dans sa main, mais il était aveuglé par le sang et la sueur et tirait au hasard, en trébuchant vers la foule comme vers un havre.

Parker sauta de son cageot, ses doigts tremblants crispés sur la crosse de son revolver. Les policiers massés sur les toits s'arrêtèrent de tirer subitement, ainsi que ceux qui se trouvaient derrière Miranda, qui avançait vers Parker, en chancelant. On aurait dit qu'un aimant attirait les deux hommes l'un vers l'autre. Parker avançait inexorablement.

Le percuteur de l'arme de Miranda claqua sur un chargeur vide. Il leva des yeux suppliants vers Parker, des yeux exorbités dans un visage ensanglanté ; il écarta les mains et pencha la tête de côté comme un Christ en croix.

— Laissez-moi une chance, murmura-t-il.

Parker tira.

La balle traversa la gorge de Miranda et un nouveau flot de sang jaillit. Miranda avançait toujours et une voix étrange sortit de ce gosier troué, une voix désincarnée, à peine audible, destinée au seul Parker.

— Dites... Vous... pouvez pas me donner... une chance ?

Et, encore une fois, Parker tira. Il tira et garda son doigt pressé sur la détente, les phalanges blêmes, la main crispée, tandis que les balles déchiraient les chairs de Miranda. Parker le regarda rouler dans le caniveau, sans vie, et il alla se pencher sur lui, l'enjamba et tira encore, vidant son revolver, s'emparant de celui d'un agent debout à ses côtés, pour tirer encore, et tuer un mort.

— Ça suffit ! hurla Carella.

Zip escalada la barricade et se jeta contre Parker qui l'envoya bouler au loin, comme on chasse une mouche.

— Assez ! cria Zip. Laissez-le ! Laissez-le !

Mais Parker n'entendait rien. Il visa la tête de Miranda avec l'arme de l'agent, tira et s'apprêtait à recommencer quand Steve accourut, le prit à bras-le-corps et l'entraîna loin du cadavre.

— Qu'on monte auprès de Frankie ! s'écria Byrnes. Vite !

Deux agents se ruèrent dans l'immeuble. Byrnes s'approcha de Miranda et le regarda.

— Il est mort ? lança un journaliste, de l'autre côté de la barrière.

— Ils l'ont tué, gémit Zip à Cooch. Ils l'ont tué, ces salauds-là ! Où est Sixto ? Et Papá ? Hé, t'entends, Cooch ? Faut y aller, à présent ! T'entends ? Ils ont tué Pepe !

Les yeux de Zip avaient une expression hagarde, presque folle. Sa figure luisait de sueur.

— Et China ? demanda Cooch. T'avais dit qu'on avait besoin d'elle pour...

— Fous-moi la paix avec China ! On s'en fout. Alfie va payer, t'entends ?

Un agent apparut sur la plate-forme de l'escalier de secours. La foule leva les yeux et se tut. L'agent se pencha sur Hernandez, s'agenouilla et se releva. Byrnes attendait.

— Lieutenant ?

— Oui ?

— Frankie... Il est mort, lieutenant.

Byrnes hocha la tête. Il semblait ne pouvoir s'arrêter. L'agent attendait des ordres. Sans cesser de remuer la tête, Byrnes lui cria :

— Descendez-le. Otez-le de là. Descendez-le... Oui... Je vous... Voulez-vous le descendre, s'il vous plaît ?

Les journalistes avaient enfoncé les barrages et se pressaient autour du cadavre de Miranda. Les photographes se bousculaient.

— Où sont Sixto et Papá ? demanda Zip. Je leur avais pas dit de nous retrouver ici ?

— Ecoute, Zip, calme-toi un peu. Essaye de...

— Fous-moi la paix ! grinça Zip en bredouillant de rage. Je sais ce que je...

Il se tut brusquement.

Sixto et Papá venaient de tourner le coin de la rue, mais ce n'étaient pas eux qui faisaient ouvrir à Zip des yeux stupéfaits. Il regarda les deux garçons, et puis leur compagnon. Il serra les poings, car ce compagnon n'était autre qu'Alfredo Gomez.

— Qu'est-ce... ? commença-t-il.

A ce moment, deux agents surgirent de l'immeuble, transportant le corps de Frankie Hernandez sur un brancard. Des mouchoirs apparurent dans la foule, et les femmes se mirent à pleurer. Un murmure courait, répétant le nom de Frankie. Les hommes se découvrirent et baissèrent la tête, tenant leurs chapeaux sur la poitrine.

— C'est Frankie, s'écria Luis. Fermez les portes ! Du respect ! Du respect !

Le respect !

Il tendit le bras vers la poignée de son rideau de fer et l'abaissa. Du côté de l'avenue, un passant ferma l'autre rideau. Le brancard de Frankie Hernandez passa devant la boutique aux yeux clos.

— On peut prendre encore quelques clichés de Miranda ? demanda un photographe de presse.

— Allez-y. Tant que vous voudrez. Il n'est pas pressé, maintenant, répondit Byrnes.

Luis rouvrit son snack.

— Qu'est-ce qui se passe, maintenant ? demanda un journaliste.

Byrnes poussa un profond soupir.

— Nous embarquons son cadavre, nous l'emmenons à la morgue. Je renvoie mes hommes. Je commence à rétablir la circulation. Et puis nous faisons peut-être la quête, pour la couronne d'un bon policier. Je ne sais pas. Qu'est-ce qu'on fait, Steve ? Qui est-ce qui va prévenir le père de Frankie ? Qui est-ce qui aura le courage d'entrer dans cette boutique où le portrait de Frankie est accroché au-dessus de la caisse, pour dire qu'il est mort ?

— Vous voulez que j'y aille, Pete ?

— Non. Non, c'est mon boulot.

— On l'a bien eu, hein ? s'écria Parker en s'approchant du lieutenant. On l'a eu, ce salaud de...

— La ferme, Parker, grogna Byrnes.

— Quoi, qu'est-ce que... ?

— Je t'ai demandé de fermer ta grande gueule !

— Mince, qu'est-ce que j'ai encore fait ? geignit Parker d'un air profondément vexé.

Sixto, Papá et Alfredo arrivaient devant le snack. Zip courut vers eux.

— Qu'est-ce que ça veut dire, Sixto ?

— Qu'est-ce que tu crois ?

— J'aime pas les devinettes ! Qu'est-ce que ça signifie ?

— Je vais te le dire, Zip, répondit simplement Sixto. Si tu veux tuer Alfredo, faudra nous tuer tous les trois.

— Qu'est-ce que tu racontes, pauvre pomme ?

— C'est pas compliqué. Tu m'as compris.

— Tu sais qu'on est armés, moi et Cooch, hein ? Tu sais que si je veux, on vous étale tous les trois sur le pavé ? Hein ?

— Nous le savons. Vas-y donc. Qu'est-ce que tu attends ?

— Qu'est-ce que... ? cria Zip. (Et puis son regard croisa celui de Sixto et il acheva, en bafouillant :) Qu'est-ce que tu veux dire ?

— Fais gaffe, Zip, intervint vivement Cooch. Ils mijotent quelque chose, je le sens. Ils sont... Ils ont l'air trop sûrs d'eux.

— Sixto les a embobinés, jeta Zip. Papá, toi, Papá, tu te ranges du mauvais côté. Si tu marches avec Sixto, c'est comme si tu marchais avec ceux qui ont tué Pepe. Tu...

— Pepe n'a apporté que de la honte au *barrio*, déclara Papá.

Un peu plus loin, Byrnes criait :

— Ça suffit comme ça ! Assez de photos ! Enlevons ça !

Deux agents se penchèrent et firent rouler le corps de Miranda sur un brancard. Un autre lui jeta une couverture dessus. Ils enjambèrent la mare de sang et marchèrent vers le snack.

— Les portes ! glapit Zip. Fermez les portes pour lui !

Mais personne ne bougea, personne ne fit un geste pour fermer les portes. Au contraire. Les badauds silencieux regardaient passer le cadavre et, un par un, ils tournaient le dos, si bien que le brancard passait entre deux haies de dos désapprobateurs.

— Les portes ! répéta Zip. Faut les fermer pour lui !

On ne l'écoutait pas. Les habitants du quartier refusaient de reconnaître Miranda pour un des leurs. Lentement, la foule commença de s'écouler, en silence. Alors que dix minutes plus tôt, le carrefour était envahi d'une meute hurlante et gesticulante, il n'y avait plus que des petits groupes taciturnes, quelques passants aux mines graves. On enleva les barricades. Les voitures de police vrombirent et disparurent. La rue retrouvait peu à peu son calme dominical, la paix du dimanche. On aurait pu croire qu'il ne s'était rien passé là.

Devant les portes ouvertes, Zip regarda les agents glisser sans ménagement le brancard de Miranda dans l'ambulance, puis il se tourna vers Sixto et hurla :

— Tu crois que vous allez vous en tirer comme ça ?

— Pousse-toi, Zip, dit calmement Sixto. On veut passer.

— Tu n'oseras plus te montrer dans la rue ! Vous ne pourrez plus sortir dans le quartier ! Tu te figures...

— Nous verrons bien, dit Sixto.

Les trois garçons descendirent du trottoir et passèrent devant Zip et Cooch, qui ne firent rien pour les arrêter.

— Vous vous gourez ! leur lança Zip. Vous vous gourez salement !

Mais il ne leur courut pas après, il ne les retint pas. Rageur, il se tourna soudain vers Cooch :

— Pourquoi tu m'as pas aidé, Cooch ? Bon Dieu, on les a laissés filer, merde !

— Ils étaient... ils sont trop forts, Zip, murmura Cooch.

— C'est nous qu'on a les pétards ! protesta Zip.

— Ouais... Mais... Ils sont trop forts.

— Aaah...

Zip eut un geste de la main, un petit geste qui ne voulait rien dire. Les rues reprenaient leur aspect quotidien. Le gros des forces de police était parti. Quelques agents demeuraient cependant, mais ils ne tarderaient pas à s'en aller. La rue s'étendait sous le soleil implacable. Le goudron luisait. Dans l'avenue, la circulation était rétablie. Les yeux navrés, Zip regarda Cooch.

— Mince... Quelle sale journée, quand même...

— Oui, souffla Cooch.

Zip examina la rue, soupira et demanda :

— Ma foi... Dis, Cooch, qu'est-ce qu'on va foutre, à présent ? Ce tantôt ?

— J'en sais rien.

— Tu... T'as pas une idée ?

— On pourrait aller au cinoche, peut-être ?

— Ouais.

— Ou jouer au billard électrique ?

— Ouais.

— Ou bien on pourrait peut-être aller à la piscine ?

— Ouais. Peut-être. On pourrait faire ça.

Zip se détourna brusquement, rageusement. Il ne voulait pas montrer à Cooch les larmes qui lui montaient aux yeux. Il ne savait d'ailleurs pas du tout pourquoi il avait envie de pleurer. Mais simplement, tout à coup, dans le cœur d'une des plus vastes métropoles du monde, il s'était senti affreusement seul, seul dans l'immensité de la ville, seul et — oui — terrifié.

— On trouvera bien quelque chose à faire, dit-il en fourrant les mains dans ses poches.

Les deux garçons s'éloignèrent, tête basse sous le soleil.

Andy Parker les croisa, en se rendant au snack. Il se retourna sur eux, haussa les épaules et entra dire bonjour à son ami Luis.

— Tu m'en veux toujours, Luis ? demanda-t-il comme s'il s'en inquiétait, comme s'il lui était indispensable de savoir si Luis lui en voulait ou non.

— Non, Andy, dit Luis.

— Je sais pas ce qu'ils ont, tous. Tout le monde m'en veut !... Je sais pas. Je me demande pourquoi. Je fais mon boulot, c'est tout... Luis, je regrette de t'avoir crié après, tu sais.

— Ça ne fait rien.

— Enfin je regrette, je m'excuse.

Andy regardait Luis. Et comme Luis était humain, et qu'il savait que les excuses ne sont jamais sincères avant d'avoir été mises à l'épreuve, avant que l'on réponde, que l'on jette à la face du repentant la réplique impardonnable : « Je m'en fous, de tes excuses ! Crève » et que l'on obtienne soit : « Possible, mais je te fais tout de même mes excuses », soit : « Si c'est comme ça, crève toi-même ! », ce qui permet d'éprouver la qualité du repentir, sachant cela, donc, Luis, qui n'était qu'un homme, répliqua en guettant l'expression de Parker :

— Vous auriez dû réfléchir avant de parler !

Parker inclina le front.

— Oui. Je le regrette bien. Je te demande pardon.

Les deux hommes se regardèrent. Il n'y avait plus rien à dire. Peut-être n'auraient-ils jamais plus rien à se dire.

— Bon, ben... Je crois qu'il faut que je retourne à la boîte, murmura Parker.

— *Sí.*

Parker agita vaguement la main, parut gêné de son geste, ne l'acheva pas et sortit lentement, en traînant les pieds.

Un journaliste entra et se jucha sur un tabouret.

— Eh bien, le calme est revenu, on dirait. Donnez-moi un café.

— *Sí*, tout est calme.

— C'est comme dans votre île, pas vrai ?

Piqué, Luis répliqua instantanément :

— Non, pas du tout !

Et puis il réfléchit, regarda le journaliste et sourit.

— Mais c'est peut-être pas si moche, après tout. Pas si mauvais, non.

Dans le ciel écrasant, les cloches se remirent à sonner.

LE DÉMENT À LUNETTES

Lady, Lady, I Dit It !
1961
Traduction de Louis Saurin
et Jean Charles Provost

Pour Henry Morrison.

1

Formes.

La forme tracée par la lumière du soleil d'octobre qui filtre à travers les fenêtres protégées par des grilles et des barreaux, et se pose en une flaque ambrée sur le plancher de bois balafré. Des ombres se fondent dans la flaque de lumière. Des hommes de haute taille en manches de chemise. On est en octobre, mais il fait chaud dans la salle des inspecteurs. L'été indien n'en finit pas.

Un téléphone sonne.

Derrière ces fenêtres, c'est toute une ville qui bruit. Le cri perçant, à l'unisson, d'un groupe d'enfants qui sortent de l'école. Le marchand ambulant poussant sa charrette (« Hot dogs, jus d'orange ! »). Le grondement sonore des bus et des voitures. Le claquement sec des talons hauts. Le fracas métallique de patins à roulettes usés sur les trottoirs. Parfois, le silence s'abat soudain sur la ville. On entendrait presque un battement de cœur. Mais ce silence fait partie des bruits de la ville, il fait partie de la forme. Dans ce calme profond, il arrive qu'un couple d'amoureux se promène sous les fenêtres de la salle des inspecteurs, et leurs paroles montent vers eux, dans un chuchotement. Un flic lève les yeux de sa machine à écrire. Dehors, la vie de la cité s'écoule.

Formes.

Un inspecteur se tient près du distributeur d'eau fraîche. Il attend que son gobelet en carton se remplisse, puis il boit en renversant la tête en arrière. Un revolver d'ordonnance, un .38, repose dans l'étui fixé à sa ceinture, à gauche. D'un bureau à l'autre, le bruit des machines à écrire circule à travers la pièce, hésitant, maladroit. Mais les rapports doivent être dactylographiés, en triple exemplaire. Les flics n'ont pas de secrétaires.

Une autre sonnerie de téléphone.

— 87e District. Carella.

Dans cette salle, le temps semble s'être arrêté. Il y a des formes chevauchant d'autres formes, qui se combinent pour constituer le modèle classique du travail de la police. D'un jour à l'autre, le modèle ne varie que très peu. Il y a une routine administrative, une routine pour le travail sur le terrain, et il est très rare qu'une affaire surgisse, qui brise la forme classique. Le travail de la police, c'est un peu comme la corrida. Il y a toujours une arène et un taureau, il y a toujours un matador, des picadors et des *chulos*. Il y a aussi l'air traditionnel de l'arène, l'ouverture jouée à la trompette (*La Virgen de la Macarena*), la musique rituelle annonçant les étapes d'un tournoi qui n'en est pas vraiment un. D'habitude, le taureau meurt. Parfois, mais seulement lorsqu'il est exceptionnellement courageux, il est épargné. Mais la plupart du temps, il meurt. Ici, il n'y a pas place pour le sport. La conclusion est assurée avant même le début du prétendu combat. Le taureau mourra. Il y a parfois des surprises, bien entendu, dans le cadre de la cérémonie sacrificielle. Un matador se fera encorner, ou un taureau sautera la *barrera*. Mais la forme reste inchangée. C'est le rituel classique du sang.

Il en est de même avec le travail de la police.

Il y a des formes dessinées, dans cette salle. Le temps semble s'être arrêté pour ces hommes qui font, en ce lieu, le travail qui est le leur.

Ils sont tous profondément engagés dans le rituel classique du sang.

— 87e District, inspecteur Kling.

Bert Kling, le benjamin de la brigade, coinça le combiné entre son oreille et son épaule, se pencha sur sa machine à écrire, et corrigea une faute d'orthographe. Il n'avait mis qu'un *p* à appréhender.

— Qui ça ? grommela-t-il dans l'appareil. Ah ! oui. Bien sûr, Dave, passe-la-moi.

Il attendit que Dave Murchison, de service au standard en bas, lui passât la communication.

Meyer Meyer, debout près du distributeur d'eau fraîche, remplit son gobelet de carton et observa :

— Faut toujours qu'il ait une fille au bout du fil. Les filles d'ici, quand elles n'ont rien de mieux à faire, elles téléphonent à l'inspecteur Kling et lui demandent comment le crime paie. Je vous jure !

Il secoua la tête. Bert Kling le fit taire d'un geste et murmura dans l'appareil :

— Oui, chérie ?

— Ah, c'est elle, fit Meyer d'un air entendu.

Steve Carella, qui venait de raccrocher, leva la tête.

— C'est qui ?

— Qui tu crois ? Kim Novak, tiens, pardi. Tous les jours, elle téléphone. Elle veut savoir si elle ne devrait pas acheter des actions de la Columbia.

— Vous allez pas la boucler, non ? grogna Kling. (Et la bouche sur l'ébonite, il ajouta :) Oh ! toujours pareil. Faut qu'ils fassent les clowns, c'est plus fort qu'eux.

A l'autre bout du fil, Claire Townsend lui répondit :

— Dis-leur de nous ficher la paix. Dis-leur qu'on s'aime.

— Ils le savent bien, dit Kling. Ecoute, c'est d'accord pour ce soir, hein ?

— Oui, mais je vais être un peu en retard.

— Pourquoi ?

— J'ai une course à faire après les cours.

— Quel genre de course ?

— J'ai des bouquins à aller chercher. Et fiche-moi la paix avec tes soupçons.

— Tu n'en as pas assez de jouer à l'étudiante ? Tu ferais mieux de m'épouser.

— Quand ?

— Demain.

— Demain, c'est impossible. J'ai beaucoup de choses à faire. Et d'ailleurs, le monde a besoin d'assistantes sociales.

— Le monde, je m'en fous. Moi, j'ai besoin d'une femme à la maison. J'ai des trous à mes chaussettes.

— Je te les repriserai ce soir, promit Claire.

— Bon, mais... chuchota Bert, c'est à autre chose que je pensais.

— Il chuchote, dit Meyer à Carella.

— Ferme ça, lança Kling.

— Chaque fois que ça va être intéressant, il chuchote, dit Meyer, et Carella éclata de rire.

— Vous êtes pas marrants, vous savez, soupira Kling. (Puis, au téléphone :) Claire, alors on se voit à six heures et demie, ça te va ?

— Plutôt sept heures. Ah, au fait, je te préviens que je suis déguisée. Comme ça, ta logeuse ne me reconnaîtra pas quand elle biglera dans le couloir.

— Qu'est-ce que tu racontes ? Quelle sorte de déguisement ?

— Tu verras.

— Non, allez. Qu'est-ce que tu vas mettre ?

— Eh bien... Un corsage blanc, décolleté, tu sais, avec un rang de perles. Et une jupe noire, du genre moulant, avec une très large ceinture noire, celle qui a la boucle d'argent...

Tandis qu'elle parlait, Kling souriait inconsciemment en l'imaginant dans la cabine téléphonique de la fac. Il la devinait penchée tout près de l'appareil. Elle mesurait un mètre soixante-huit et la cabine devait lui paraître trop petite. Ses cheveux, noirs comme le péché, devaient dégager son front lisse. Il imaginait ses grands yeux marron lumineux, et le léger sourire que trahissait sa voix. Il voyait le chemisier blanc et la taille fine, la jupe noire sur les hanches généreuses, les longues jambes...

— Et pas de bas parce qu'il fait vraiment trop chaud, dit Claire, et pour finir des escarpins noirs à hauts talons. Voilà.

— Et alors ? Où est le déguisement ?

— Je me suis acheté un de ces soutiens-gorge... chuchota Claire.

— Ah ?

— Tu devrais voir ça, Bert ! Dis... Tu m'aimes ?

— Tu le sais bien.

— Elle vient de lui demander s'il l'aime, dit Meyer, et Kling lui fit une grimace.

— Dis-le-moi, murmura Claire.

— Je ne peux pas maintenant.

— Tu me le diras tout à l'heure ?

— Mmmm, fit Kling en jetant un coup d'œil inquiet vers Meyer.

— Attends un peu de me voir avec ce soutien-gorge.

— Oui, j'ai hâte, répondit Kling, en observant Meyer et en choisissant ses mots.

— Ça n'a pas l'air de beaucoup t'intéresser, dit Claire.

— Mais si. Seulement, ce n'est pas commode, c'est tout.

— Il s'appelle « Abondance », dit Claire.

— Quoi donc ?

— Le soutien-gorge.

— C'est bien, dit Kling.

— Qu'est-ce qu'ils font donc ? Ils sont sur ton dos à te souffler dans le cou ?

— Eh bien, pas tout à fait, mais je crois qu'il vaut mieux que je raccroche. A six heures et demie, chérie, hein ?

— Sept heures, rectifia Claire.

— D'accord. A tout à l'heure. Au revoir, mon ange.

— Abondance, souffla-t-elle.

Elle raccrocha et Kling en fit autant.

— J'ai compris, dit-il. Je vais appeler la Compagnie du Téléphone et demander qu'on installe une cabine téléphonique.

— Tu n'as pas le droit de te servir du téléphone pour des conversations privées pendant le service, dit Carella en clignant de l'œil à Meyer.

— Je ne m'en servais pas, on m'a appelé. De plus, un homme a tout de même le droit d'avoir une vie privée, même s'il travaille avec une bande de farceurs. Je ne comprends pas pourquoi je ne pourrais pas m'entretenir avec ma fiancée sans que...

— Il est fâché, dit Meyer. Il l'appelle sa fiancée au lieu de sa petite amie. Parle-lui, va. Rappelle-la et dis-lui que tu as fichu tous les gorilles à la porte et que maintenant tu peux parler. Vas-y.

— Va te faire voir, grommela Kling.

Il se tourna rageusement vers sa machine et se mit à taper, en oubliant qu'il avait été interrompu en pleine rectification. Il s'aperçut soudain qu'il tapait sur ce qu'il avait déjà écrit. Furieux, il arracha le rapport presque terminé du chariot.

— Tu vois ce que tu me fais faire ? cria-t-il. Faut que je recommence tout, à présent !

Il secoua la tête, soupira, prit un imprimé blanc, un jaune et un bleu, intercala le papier carbone et enroula le tout sur le chariot de la machine. Il se remit à marteler frénétiquement son clavier.

Steve Carella s'approcha de la fenêtre et regarda dans la rue. C'était un homme de haute taille, d'une minceur élégante et trompeuse, qui ne laissait pas deviner la force herculéenne de ses bras et de son torse. De profil, il avait un air vaguement oriental, ses pommettes saillantes ourlées par le soleil de l'été indien, ses yeux curieusement bridés.

— A cette heure-ci, murmura-t-il, j'ai toujours envie de dormir.

Meyer regarda sa montre.

— C'est parce qu'on va bientôt venir nous relayer.

Au fond de la pièce, Kling enfonçait les touches en tapant comme un sourd.

Ils étaient seize policiers, sans compter le lieutenant Byrnes, attachés au 87e District. Sur ces seize inspecteurs, quatre se trouvaient généralement en mission à droite ou à gauche, ce qui laissait une équipe de douze hommes, divisée en quatre sections de trois hommes. A l'encontre des agents en uniforme, les inspecteurs décidaient eux-mêmes de leurs horaires et le tableau de service, bien qu'arbitraire, était méthodique et régulier. Il y avait deux équipes, de jour et de nuit, c'est-à-dire de huit heures du matin à six heures du soir, et de six heures du soir à huit heures du matin. Le service de nuit était plus long et aucun des inspecteurs ne l'appréciait beaucoup mais, qu'ils le veuillent ou non, ils étaient de nuit un soir sur quatre. Ils avaient également « congé » un jour sur quatre mais c'était tout à fait théorique car un policier est de service à toute heure du jour ou de la nuit sept jours par semaine, d'un bout de l'année à l'autre. Il n'était pas toujours commode de s'en tenir à l'horaire et au tableau de service, parce que certains inspecteurs suivaient des affaires, d'autres étaient envoyés pour assister au Défilé, parce que... bref, ce n'était pas régulier. Il y avait parfois huit hommes au lieu de trois dans la salle des inspecteurs, ou bien ils s'arrangeaient entre eux, passaient de la nuit au jour, s'accommodaient comme ils pouvaient. Bref, le tableau de service était affiché toutes les semaines, mais pas toujours suivi à la lettre.

Quoi qu'il en soit, un détail ne variait jamais. Obéissant à on ne sait quel règlement tacite, les inspecteurs de la relève arrivaient toujours un quart d'heure à l'avance, sans doute en souvenir du temps passé sous l'uniforme. L'équipe du soir qui prenait son service à six heures arrivait donc généralement entre cinq heures et demie et six heures moins le quart.

Il était cinq heures et quart quand le téléphone sonna.

Meyer Meyer décrocha, grommela : « Inspecteur Meyer, 87e District », et prit un bloc-notes.

— Ouais, j'écoute, dit-il en commençant à écrire. Ouais. (Il griffonna une adresse.) Ouais... D'accord, tout de suite.

Il raccrocha et cria :

— Steve, Bert, vous voulez vous occuper de ça ?

— Qu'est-ce que c'est ? demanda Carella.

— Un dingue vient d'arroser une librairie de Culver Avenue. Trois macchabs sur le carreau.

La foule se pressait déjà autour de la librairie. Une enseigne, en façade, annonçait : « BONS LIVRES, BONNE LECTURE ». Il y avait deux agents en uniforme sur le trottoir et une voiture de patrouille rangée en double file. Les badauds reculèrent machinalement en entendant la sirène de la voiture des inspecteurs. Carella descendit le premier, en claquant la portière derrière lui. Il attendit que Kling eût fait le tour de la voiture et tous deux se dirigèrent vers le magasin. Sur le seuil, l'agent leur annonça :

— Y a des tas de morts là-dedans, inspecteur.

— Quand êtes-vous arrivés ?

— Y a quelques minutes. Nous étions en patrouille quand nous avons pris le flash à la radio. Dès que nous avons vu de quoi il s'agissait, nous vous avons prévenus.

— Vous êtes capable de prendre des notes ?

— Oui, inspecteur.

— Eh bien, suivez-nous et montrez-nous ce que vous savez faire.

Ils entrèrent dans la librairie. A moins d'un mètre de la porte, ils trouvèrent le premier corps. L'homme était à demi affaissé contre un des étalages de livres. Il portait un costume d'été bleu et tenait encore un livre dans la main. Le sang ruisselait sur son bras, souillait la manche et coulait sur le livre. Kling le regarda et comprit tout de suite que l'affaire allait être grave. A quel point ? Il l'ignorait encore.

— En voilà un autre, dit Carella.

Le deuxième corps se trouvait à trois mètres du premier, un autre homme, en manches de chemise, la tête tordue et coincée dans l'angle formé par le pied de l'étalage et le plancher. Comme les policiers s'approchaient, le blessé remua légèrement la tête, en essayant de la relever. Un nouveau flot de sang jaillit sur le col de sa chemise. La tête retomba. L'agent, la gorge nouée, s'exclama d'une voix blanche :

— Il vit encore !

Carella se pencha. Le cou de l'homme avait été déchiré par la balle qui l'avait frappé. Carella regarda les chairs à vif et ferma les yeux un instant pour les rouvrir aussitôt. Sa figure devint un masque crispé.

— Vous avez appelé une ambulance ? demanda-t-il.

— Dès qu'on est arrivés, oui.

— Bien.

— Il y en a deux autres, fit une voix.

Kling se détourna du mort en costume bleu. Celui qui venait de parler était un petit bonhomme chauve, fluet comme un oiseau. Il se cramponnait à une vitrine, une main sur la bouche. Il portait un vieux chandail marron sur une chemise blanche. Une terreur abjecte se reflétait dans ses yeux et sur sa figure. Il était secoué de sanglots muets qui accompagnaient les larmes ruisselant sur ses joues et se rejoignant comiquement au bout de son nez. En s'avançant vers lui, Kling pensait : Deux autres. Meyer avait dit trois. Mais ça fait quatre.

— Vous êtes le libraire ? demanda-t-il.

— Oui. Je vous en prie, s'il vous plaît, allez voir les autres. Dans le fond. Est-ce que l'ambulance va venir ? Un fou, un fou furieux. Allez voir les autres, je vous en supplie. Ils vivent peut-être encore. Il y a une femme. Je vous en supplie, allez les voir.

Kling hocha la tête et se dirigea vers le fond de la boutique. Il découvrit le troisième homme plié en deux sur un des comptoirs, un livre ouvert à côté de lui ; il devait être en train de le feuilleter quand la fusillade avait éclaté. L'homme était mort, la bouche ouverte, les yeux fixes. Machinalement, Kling posa lentement la main sur les paupières du mort. Il les ferma, avec douceur.

La femme gisait par terre à côté de lui.

Elle portait un corsage rouge.

Elle devait être en train de charrier une brassée de livres quand les balles l'avaient atteinte. Elle était tombée par terre, et les livres s'étaient répandus autour d'elle. Il y en avait un sous sa main droite étendue. Un autre, ouvert comme une tente de camping, recouvrait sa figure et ses cheveux noirs. Un troisième s'était appuyé contre sa hanche. Le corsage rouge était sorti de la jupe noire quand la femme était tombée. La jupe se relevait sur ses longues cuisses. Une jambe était repliée, l'autre étendue, raide. Un escarpin noir à haut talon traînait à plusieurs centimètres d'un pied nu. La femme ne portait pas de bas.

Kling s'agenouilla près d'elle. Bizarrement, les titres des livres s'enregistrèrent dans sa mémoire : *Méthodes de culture, Pour une société saine* et *Enquête sociale : principes et méthodes*. Il s'aperçut soudain que le chemisier n'était pas rouge du tout. Le coin qui sortait de la jupe était blanc. Il y avait deux trous énormes dans le flanc de la jeune femme et le sang qui en avait jailli avait teint le corsage en rouge. Un petit rang de perles s'était brisé dans la chute et les perles étaient éparpillées, petits points nacrés dans le sang coagulé. En la regardant, Kling eut mal. Il tendit la main vers le livre qui dissimulait le visage. Il le souleva et sa douleur devint brusquement quelque chose de personnel, d'unique.

— Non ! Oh, mon Dieu, non ! s'écria-t-il.

Quelque chose, dans sa voix, fit sursauter Carella, qui se précipita au fond de la boutique. Et il entendit alors le cri de Bert Kling, un seul cri atroce, inhumain, qui déchira l'air poussiéreux et saturé de cordite de la boutique :

— *Claire !*

Kling serrait la jeune morte dans ses bras quand Steve le rejoignit. Ses mains et sa figure étaient couverts du sang de Claire Townsend, et il embrassait les yeux sans vie, le nez, la gorge, en répétant inlassablement : Claire, Claire, Claire... Et Steve Carella se dit qu'il se rappellerait ce nom, et le son de la voix de Kling, aussi longtemps qu'il vivrait.

2

Le lieutenant Peter Byrnes dînait avec sa femme et son fils lorsque Carella lui téléphona. Harriet, qui avait été femme de policier toute sa vie ou presque, comprit immédiatement, à la sonnerie, que c'était un homme de la brigade. Ils téléphonaient toujours quand la famille était à table. Non, rectifia-t-elle, pas toujours. Parfois, c'était au milieu de la nuit, quand tout le monde dormait.

— J'y vais, dit-elle en se levant de table.

Elle alla décrocher le téléphone, sur la table du vestibule. En entendant la voix de Carella, elle sourit. Elle se souvenait, ce n'était pas si vieux, du jour où Carella s'était engagé personnellement dans une affaire qui menaçait toute la famille Byrnes. Au cours de son enquête, il avait été blessé à Grover Park par un trafiquant de drogue qui lui avait tiré dessus. Harriet se rappelait cette longue nuit, juste avant Noël, durant laquelle ils l'avaient veillé. Tout le monde était persuadé qu'il allait mourir. Mais il avait survécu. Maintenant, quand elle entendait sa voix, elle souriait machinalement, comme pour exprimer sa surprise et son bonheur de le savoir encore vivant.

— Harriet, je peux parler à Pete, s'il vous plaît ?

Sa voix était tendue, et Harriet retint les quelques mots de bavardage qu'elle allait prononcer.

— Tout de suite. Je vous le passe.

Elle reposa immédiatement l'appareil et alla annoncer à son mari :

— C'est Steve.

Byrnes repoussa sa chaise. C'était un homme trapu, avare de ses mouvements, duquel émanait une énergie contenue. La chaise glissa sur le plancher, la serviette s'abattit à côté de l'assiette ; en quelques pas rapides, le lieutenant alla dans le vestibule et prit le téléphone.

— Steve ?

— Pete, je... je...

— Qu'est-ce qui se passe ?

— Pete...

— Qu'est-ce qu'il y a, Steve ?

Un silence à l'autre bout du fil. Un instant, Byrnes eut l'impression que Carella pleurait. Il colla le téléphone à son oreille, écouta, attendit. Un léger tic agita soudain son œil gauche.

— Pete... Je suis dans une librairie de Culver Avenue, et... et...

Il y eut une pause. Byrnes attendait. Il entendit Carella demander l'adresse exacte de la librairie, et puis un murmure étouffé qui lui donnait les indications.

— Au coin de la 49e Rue Nord, reprit Carella. Ça s'appelle Le Biblio... Le Bibliophile. C'est le nom de la librairie, Pete.

— Oui, Steve ?

Byrnes attendit encore.

— Pete... Vous feriez bien de venir ici.

— Très bien, Steve, dit Byrnes, et il attendit.

— Pete, je... je ne peux pas me débrouiller seul, je... Kling est... Pete, c'est affreux !

— Que s'est-il passé ? demanda Byrnes avec douceur.

— Quelqu'un est entré et... et a... a tiré dans la boutique. Kl... Kl... Kl... Kl...

Le mot ne sortait pas. Le bégaiement emplissait l'écouteur comme un crépitement assourdi de mitraillette. Clic, clic, clic, clic... Byrnes attendait toujours. Le silence.

D'une traite, Carella lança :

— La petite amie de Kling était là. Elle est morte.

Byrnes eut un haut-le-corps, laissa échapper un soupir bref.

— J'arrive, dit-il, et il raccrocha rapidement.

Pendant une seconde, il n'éprouva qu'un intense soulagement. Il s'attendait à pire. Il avait cru qu'il s'agissait d'un accident arrivé à la femme de Carella, à ses enfants. Mais le soulagement fut de courte durée, et tout de suite suivi d'une légère honte. La petite amie de Kling, pensa-t-il, en essayant d'évoquer sa personne ; mais il ne l'avait jamais vue. Et cependant, elle lui semblait bien réelle, parce qu'il avait entendu les plaisanteries fuser dans la salle des inspecteurs, au sujet de l'histoire d'amour entre Kling et la jeune assistante sociale, des plaisanteries pas toujours de très bon goût... Elle était morte... Kling...

Voilà.

Son premier souci avait été pour Carella, parce qu'il le considérait un peu comme son fils aîné. Mais maintenant, il pensait à Kling, jeune, blond, les yeux candides, exerçant un métier où l'on n'a pas le droit de flancher.

Byrnes se secoua. Il ne fallait pas se laisser aller. Je suis un flic, se dit-il, je suis le chef, le patron, le capitaine du bateau, le vieux, ils m'appellent le vieux. Je ne peux pas, je ne peux pas, je ne peux pas faire du sentiment avec mes hommes, je ne suis pas leur père, bon Dieu de nom de Dieu !

Mais il boucla son étui à revolver, et il mit son chapeau, il embrassa Harriet et il serra l'épaule de son fils Larry. Il avait une expression inquiète et soucieuse sur la figure quand il sortit de chez lui, parce que ces hommes étaient bel et bien *ses* hommes, qu'il y avait longtemps qu'ils travaillaient ensemble, et que s'il faisait du sentiment il n'en était peut-être pas meilleur policier pour ça, mais certainement meilleur homme.

Il y avait six inspecteurs du 87e sur le trottoir devant la librairie quand Byrnes arriva. Meyer Meyer avait été relayé et avait amené deux hommes du service de nuit avec lui, Brown et Willis. Cotton Hawes et Andy Parker n'étaient pas de service ce jour-là, mais le sergent de garde de nuit leur avait téléphoné chez eux pour leur dire ce qui était arrivé et ils s'étaient précipités à la librairie. Bob O'Brien se trouvait sur une planque chez un coiffeur à huit cents mètres de là quand un agent de ronde lui avait apporté la nouvelle. Il avait couru tout le long du chemin.

Les hommes se tenaient devant la boutique, mal à leur aise, quand Byrnes descendit de sa voiture. Deux d'entre eux avaient le droit d'être là, puisqu'ils étaient de service. Le reste se trouvait là volontairement, et ils prenaient instinctivement les attitudes un peu idiotes de tous les volontaires du monde, bras ballants, ne sachant trop ce qu'ils faisaient là, attendant qu'on leur donne un ordre. Deux inspecteurs de la Brigade Criminelle étaient avec eux, fumant, bavardant avec le photographe de la police. Une ambulance stationnait au bord du trottoir et quatre voitures de patrouille barraient la rue. Une douzaine d'agents, sur le trottoir, s'efforçaient de refouler les curieux. Quelques journalistes, qui traînaient dans la salle de presse au Commissariat central, avaient pris le flash auprès de l'opérateur radio de la police et ils étaient venus voir de quoi il retournait.

Meyer s'écarta du petit groupe dès qu'il aperçut le lieutenant.

— Où est Steve ? demanda Byrnes.

— A l'intérieur.

— Et Bert ?

— Je l'ai renvoyé chez lui.

— Comment va-t-il ?

— Comment iriez-vous à sa place ? demanda Meyer, et Byrnes hocha la tête. J'ai dû l'obliger à partir. Je l'ai fait accompagner par deux agents. La gosse... ah ! Pete, c'est dégueulasse.

Ils s'effacèrent pour laisser passer deux infirmiers portant une civière.

— C'est le dernier, expliqua Meyer. L'un d'eux était encore en vie quand nous sommes arrivés. Sais pas s'il va s'en sortir. Le médecin légiste croit qu'il a la colonne vertébrale brisée en plusieurs morceaux.

— Combien en tout ?

— Quatre. Trois morts.

— Est-ce que... L'amie de Kling ?...

— Ouais. Morte à notre arrivée.

Byrnes secoua la tête. Avant d'entrer dans la librairie, il dit encore :

— Dis à O'Brien qu'il est censé être chez ce coiffeur. Dis aux autres de rentrer chez eux ; nous leur ferons signe si nécessaire. Ça regarde qui, cette histoire ?

— L'appel est arrivé une demi-heure avant la relève. Vous voulez qu'on s'en occupe ?

— Qui vous a relayés ?

— Di Maeo, Brown et Willis.

— Où est Di Maeo ?

— A la boîte, au téléphone.

— Dis à Willis et à Brown d'attendre un peu. Tu avais quelque chose de prévu, pour ce soir ?

— Non. Mais j'aimerais tout de même prévenir Sarah.

— Tu peux rester un moment dans le coin ?

— Naturellement.

— Merci, dit Byrnes, et il entra dans la librairie.

Les cadavres avaient été enlevés. Il ne restait sur le plancher et les comptoirs que leurs silhouettes tracées à la craie. Deux techniciens du laboratoire de la police saupoudraient toute la boutique, pour chercher des empreintes. Byrnes chercha Carella des yeux, puis il pensa à une chose. Il revint vivement vers la porte du magasin.

— Willis ! appela-t-il.

Willis quitta le petit groupe du trottoir. C'était un homme de petite taille, qui mesurait tout juste la hauteur exigée pour entrer dans la police, un mètre soixante-dix. Ce garçon faiblement charpenté avait consacré presque toute sa vie à l'étude et à la pratique du judo, et il restait toujours conscient du poids et de l'équilibre. Cela se voyait quand il marchait, ou quand il bougeait. Il s'approcha du lieutenant.

— Oui, Pete ?

— Je voudrais que tu ailles à l'hôpital. Emmène Brown. Voyez si vous ne pouvez pas tirer quelque chose du type qui est encore en vie.

— D'accord.

— Il est en piteux état, ajouta Byrnes. Une déposition sur le lit de mort est valable devant un tribunal, ne l'oubliez pas.

— Ouais. Quel hôpital ?

— Meyer le sait. Demande-lui.

— C'est tout ?

— Pour le moment, oui. S'ils ne veulent pas vous laisser le voir, faites du raffut, insistez. Appelez-moi au poste si vous avez quelque chose. Je serai à mon bureau.

— D'accord.

Byrnes retourna dans la librairie. Steve Carella était assis sur un haut tabouret, dans un coin. Ses mains jointes pendaient entre ses genoux. Il regardait fixement le plancher quand Byrnes s'approcha de lui.

— Steve ?

Carella inclina la tête.

— Ça va ?

Steve fit signe que oui.

— Allons.

— Quoi ?

— Allons, remets-toi, mon vieux.

Carella redressa la tête. Il avait les yeux morts. Il regarda Byrnes, il regarda à travers Byrnes.

— C'est un foutu métier, dit-il.

— Bon, d'accord, c'est...

— Je n'en veux pas. Je n'en veux pas ! dit Carella en parlant de plus en plus haut. Je veux rentrer à la maison et pouvoir toucher mes gosses sans avoir du sang sur les mains.

— Bon, mais...

— Ça pue ! J'en ai marre ! hurla Carella.

— Tout le monde en a marre. Ça suffit, Steve.

— Qu'est-ce qui suffit ? Ça suffit de voir cette pauvre gosse toute tordue et brisée et saignant de partout ? De voir Bert la bercer dans ses bras, couvert de sang ? La bercer, il la berçait, il la... Nom de Dieu de merde !

— Personne ne t'a obligé à être flic, dit Byrnes.

— Vous avez foutrement raison, personne ne m'y a obligé ! D'accord, d'accord, on ne m'a pas forcé...

Ses yeux s'étaient emplis de larmes. Il était assis sur son tabouret, les mains crispées, serrées l'une contre l'autre comme s'il se cramponnait à sa lucidité.

— Bert... Bert répétait son nom, il n'arrêtait pas de répéter son nom et de la bercer. Et je lui ai touché le bras et j'ai essayé de... de lui faire comprendre que j'étais là. Là, près de lui, simplement, vous voyez ? Et il s'est tourné vers moi, mais il ne savait pas qui j'étais. Il s'est juste tourné vers moi et il a demandé « Claire ? », comme s'il voulait que je nie, que je lui dise que ce n'était pas... que cette chose morte n'était pas sa fiancée, vous comprenez, Pete ? Pete, vous comprenez ? sanglota Carella. Ah, le salaud, le fumier, l'infect fumier !

— Allons.

— Fichez-moi la paix.

— Allons, viens, Steve. J'ai besoin de toi.

Carella poussa un profond soupir. Il tira un mouchoir de sa poche et se moucha. Il rangea son mouchoir, son regard évitant celui de Byrnes, et puis il hocha la tête et glissa de son tabouret, et il soupira encore.

— Comment... comment va Bert ? demanda-t-il.

— Meyer l'a renvoyé chez lui.

Carella approuva.

— Tu as interrogé quelqu'un ? s'enquit Byrnes.

Carella fit signe que non.

— Je crois qu'il serait temps, dit Byrnes.

3

Byrnes relut le rapport qu'il venait de taper lui-même :

RAPPORT DIVISION DES INSPECTEURS PDCN 360 REV.25M	BRIGADE	DISTRICT	N° DU RAPPORT District	N° DU RAPPORT Division des inspecteurs
	87	87	32-41	D.I. 74R-11

NOM ET ADRESSE DU SUJET DU RAPPORT	DATE DU RAPPORT
Fennerman Martin	13 octobre

Nom Prénom

Librairie Le Bibliophile, 2680 Culver Avenue, Isola

Adresse

DÉTAILS

Martin Fennerman est le propriétaire de la librairie Le Bibliophile, située au 2680 Culver Avenue. Adresse personnelle : 375, Harris Street, Riverhead. Fennerman a quarante-sept ans, il est divorcé : deux enfants vivant avec sa femme remariée, Olga (Mrs Ira) Trent, à Bethtown. Fennerman est propriétaire de ladite librairie depuis douze ans et s'en occupe lui-même. La librairie a été attaquée en 1954 ; auteur du hold-up appréhendé ; voir Rapport 41 F-38 ; a purgé sa peine à Castleview ; relâché pour bonne conduite janvier 1956 ; retourné chez lui à Denver, y occupe un emploi honnête.

Mr Fennerman déclare ce qui suit :

La librairie est ouverte tous les jours sauf le dimanche. Il ouvre sa boutique à neuf heures du matin et la ferme à six heures sauf le samedi, où il reste ouvert jusqu'à huit heures. A part le hold-up de 1954, il n'a jamais eu le moindre ennui bien que le quartier ne soit pas idéal pour une librairie. Il y avait sept personnes dans la boutique ce soir-là quand le tueur est entré. Mr Fennerman compte les personnes qui entrent. Il se tient derrière un comptoir assez haut, près de la porte, et vérifie les achats des clients à leur sortie. Il y a une caisse enregistreuse sur ce comptoir, du papier et des sacs en papier pour envelopper les achats en dessous. Fennerman déclare qu'il a pris l'habitude de compter les acheteurs éventuels afin d'éviter les larcins. Quoi qu'il en soit, il y avait sept personnes dans le magasin quand le tueur est entré. Fennerman dit qu'il était alors dix-sept heures dix. Une balle perdue a brisé la pendule sur le mur du fond et l'a arrêtée à dix-sept heures sept. Selon Fennerman, le tueur a commencé à tirer dès le seuil de la boutique, donc l'heure du crime peut se situer à dix-sept heures sept ou six.

L'homme était grand, au moins un mètre quatre-vingts, peut-être plus. Il portait un pardessus de tweed, un chapeau mou gris, des lunettes noires, des gants noirs. Fennerman se rappelle particulièrement les gants noirs. Il pense que le pardessus pouvait être bleu, mais il n'en est pas certain. Le tueur est entré les mains dans les poches, s'est arrêté juste devant la caisse, a sorti les mains de ses poches et s'est mis à tirer. Il avait deux revolvers. Il a continué de tirer dans la travée du magasin jusqu'à ce que les chargeurs soient vides, dit Fennerman, puis il a tourné les talons et s'est enfui en courant. Il n'a rien dit à Fennerman, ni à aucun autre client. Les trois autres personnes qui se trouvaient dans la librairie étaient dans l'autre travée, à gauche de l'entrée. Fennerman déclare que personne n'a compris ce qui se passait avant que tout soit fini. Une des femmes s'est évanouie au moment où le tueur s'enfuyait. Les noms des personnes présentes suivent :

Claire Townsend	Décédée à notre arrivée.
Anthony La Scala	Id.
Herbert Land	Id.
Joseph Wechsler	Hôp. Blessure gorge.
Myra Klein	Hôp. Commotion.
Barbara Deering	Regagné domicile.
James Woody	Id.

DATE DU RAPPORT

13 octobre

GRADE	NOM	PRÉNOM	N° DE PLAQUE	AFFECTATION
Lieutenant	Byrnes	P.A.	681	87ème District

SIGNATURE

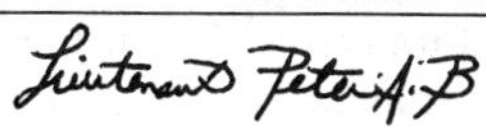

Byrnes était en train de signer son rapport quand le téléphone sonna. Il décrocha :

— 87e District, lieutenant Byrnes.

— Pete, c'est Hal. Je suis toujours à l'hôpital.

— Du neuf ?

— Le type vient de mourir.

— Il a dit quelque chose ?

— Un seul mot, Pete. Il l'a répété plusieurs fois.

— Quel mot ?

— Karachi. Il l'a répété, quatre, cinq fois, avant de mourir. Karachi.

— C'est tout ce qu'il a dit ?

— C'est tout.

— Bon, dit Byrnes. Vois donc s'ils veulent bien te laisser parler à la femme qu'ils ont hospitalisée. Myra Klein, elle s'appelle. C'est celle qui s'était évanouie dans la boutique. Ils la soignent pour commotion nerveuse.

— D'accord, dit Willis, et il raccrocha.

Byrnes acheva de signer son rapport.

Myra Klein était revêtue d'une chemise d'hôpital blanche et se plaignait amèrement du personnel hospitalier, de la police et des fonctionnaires en général quand Willis entra dans sa chambre. Apparemment, la police avait expédié Miss Klein à l'hôpital contre son gré, et on l'y gardait de même contre son gré. Elle injuria l'infirmière qui essayait de lui administrer un sédatif, se tourna vers la porte qui s'ouvrait et glapit à l'adresse de Willis :

— Qu'est-ce que vous voulez encore ?

— Je voudrais...

— Vous êtes docteur ?

— Non, madame...

— Comment est-ce qu'on sort de cette maison de fous ? hurla Miss Klein. Qui êtes-vous ?

— Inspecteur Harold Wil...

— Un inspecteur ? rugit Miss Klein. Un inspecteur ? Foutez-moi le camp d'ici ! Faites-le sortir, cria-t-elle à l'infirmière. C'est vous qui m'avez fait enfermer !

— Voyons, madame, je...

— C'est un crime de tourner de l'œil ?

— Non, mais...

— Je leur ai dit que j'allais très bien. Je le leur ai dit !

— Ma foi, madame, je...

— Mais non, ils m'ont fourrée dans l'ambulance. Inconsciente, alors que je ne pouvais pas me défendre !

— Mais, madame, si vous étiez sans connaissance, comment avez-vous pu...

— Ne venez pas me dire ce que j'étais, glapit Miss Klein. Je suis assez grande pour savoir comment je vais. Je leur ai dit que j'allais bien. Ils n'avaient pas le droit de me fourrer dans une sale ambulance, sans connaissance.

— A qui l'avez-vous dit, madame ?

— Mademoiselle, jeune homme. Et qu'est-ce que ça peut vous faire à qui je l'ai dit ?

— Eh bien, mademoiselle, le fait est...

— Faites-le sortir d'ici. Je ne veux parler à aucun flic.

— ... que si vous étiez sans connaissance...

— Je vous ai dit de foutre le camp !

— ... comment diable avez-vous pu dire à quelqu'un que vous alliez bien ?

Myra Klein regarda fixement Willis, dans un silence total, pendant au moins deux minutes. Puis elle dit :

— Qu'est-ce que c'est ? Un de ces petits futés de flics ?

— Eh bien...

— Je suis là, prostrée, souffrant d'une commotion, et ils m'envoient Sherlock Holmes.

— Vous ne voulez pas prendre ce comprimé, Miss Klein ? intervint l'infirmière.

— Fichez-moi le camp d'ici, pauvre fille, sinon je...

— Ça vous calmerait, insista l'infirmière.

— Me calmer ? Me calmer ? Moi ? Qu'est-ce qui vous fait croire que j'ai besoin d'être calmée, hein ?

— Laissez le comprimé, dit doucement Willis à la jeune infirmière. Miss Klein aura peut-être envie de le prendre un peu plus tard.

— C'est ça, laissez votre poison et filez, et emmenez Mr Holmes avec vous ! glapit Miss Klein.

— Non, moi je reste, murmura Willis.

— Qui vous a sonné ? Qui a besoin de vous ?

— Je voudrais vous poser quelques questions, mademoiselle.

— Je ne veux répondre à aucune question. Je suis malade. J'ai été commotionnée. Maintenant, tirez-vous.

— Miss Klein, dit Willis d'un ton posé, quatre personnes ont été tuées.

Myra Klein ouvrit de grands yeux. Puis elle hocha la tête.

— Laissez le comprimé, mademoiselle, murmura-t-elle. Je vais répondre à Mr... Comment vous appelez-vous ?

— Willis.

— Oui, laissez-moi le calmant.

Elle attendit que l'infirmière eût refermé la porte sur elle et reprit :

— Je ne pouvais penser qu'au dîner de mon frère. Il rentre de son travail à sept heures, et il est sept heures bien passées maintenant, et il tient énormément à trouver son dîner sur la table en arrivant. Et me voilà couchée à l'hôpital. Je n'arrivais pas à penser à autre chose... Et puis vous venez me dire : « Quatre personnes ont été tuées », et brusquement je suis parmi les veinards... Qu'est-ce que vous voulez savoir, Mr Willis ?

— Pouvez-vous me raconter ce qui s'est passé dans cette librairie, mademoiselle ?

— Bien sûr. J'ai mis le rôti vers quatre heures et demie, c'est un peu dommage de faire un rôti pour moi et mon frère seulement, on gâche c'est forcé, mais il aime bien le rosbif, alors je lui en fais de temps en temps. Donc, je l'ai mis à quatre heures et demie — j'ai un thermostat automatique, vous savez, moderne et tout qu'on branche et qui s'arrête tout seul quand c'est cuit. J'avais préparé les pommes sautées aussi, et les haricots verts que je n'avais plus qu'à passer dans le jus. Il y avait un livre que je voulais. Ils ont une bibliothèque de prêt à cette librairie, vous comprenez, c'est sur la gauche, là où j'étais quand l'homme a commencé à tirer.

— C'était bien un homme, mademoiselle ?

— Oui. Je crois. Je l'ai à peine vu. J'étais debout, là où Mr Fennerman a installé le rayon Bibliothèque quand tout à coup j'ai entendu un grand bruit. Alors je me suis retournée, et j'ai vu cet homme, un revolver dans chaque main, qui tirait. D'abord, je n'ai pas su ce que c'était, je ne sais pas ce que j'ai cru — un machin de cinéma, probable —, je ne sais pas. Et puis j'ai vu un jeune homme très bien, il portait un costume léger bleu clair, il s'est brusquement effrondré sur l'étalage, tout couvert de sang, et là j'ai bien vu que c'était pas du cinéma, ça pouvait pas.

— Et ensuite, que s'est-il passé ?

— Je suppose que je suis tombée dans les pommes. Je n'ai jamais pu supporter la vue du sang.

— Mais vous avez vu l'homme tirer avant de vous évanouir ?

— Ça, oui.

— Pouvez-vous me donner son signalement ?

— Ma foi, je crois... Par où voulez-vous que je commence ?

— Eh bien, sa taille, par exemple. Grand ? Petit ? Moyen ?

— Moyen, je crois... Qu'est-ce que vous appelez moyen, d'abord ?

— Un mètre soixante-quinze, soixante-seize.

— Oui, c'est à peu près ça.

— Il n'était pas ce qu'on appelle grand ?

— Non. Je veux dire, il n'était pas aussi petit que...

Elle se tut brusquement. Willis lui sourit.

— Pas aussi petit que moi ?

— Non. Il était plus grand que vous.

— Mais pas vraiment grand. Bien, mademoiselle. Que portait-il ?
— Un imperméable.
— De quelle couleur ?
— Noir.
— Avec une ceinture ?
— Je n'ai pas fait attention.
— Un chapeau ?
— Oui. Non, une casquette.
— De quelle couleur ?
— Noire, comme l'imperméable.
— Des gants ?
— Non.
— Vous n'avez rien remarqué d'autre ?
— Si. Il portait des lunettes noires.
— De l'endroit où vous étiez, vous n'avez pas pu voir des cicatrices, des marques distinctives ?
— Non.
— Une difformité quelconque ?
— Non.
— C'était un Blanc ou un homme de couleur ?
— Un Blanc.
— Vous connaissez un peu les armes à feu ?
— Pas du tout.
— Alors vous ne pouvez pas me dire quelle sorte d'arme il brandissait ?
— Quelle sorte ?
— Oui, le calibre, ou bien si c'étaient des pistolets ou des revolvers ou... Enfin... ils étaient gros ?
— Ils m'ont paru énormes.
— Savez-vous à quoi ressemble un .45 ?
— Non, je regrette.
— Ça ne fait rien, mademoiselle. Vous m'avez été très utile. Pourriez-vous me dire approximativement l'âge de cet homme maintenant ?
— Dans les trente-huit ans.
— Quel âge me donnez-vous, mademoiselle ?
— Trente-six ans. Je brûle ?
— J'aurai trente-quatre ans le mois prochain.
— Ma foi, je ne suis pas tombée loin.
— Oui, vous êtes très observatrice. Si vous le permettez, je vais résumer ce que vous m'avez dit. Vous déclarez avoir vu un homme blanc d'environ trente-huit ans, de taille moyenne, vêtu d'un imperméable noir, coiffé d'une casquette noire, avec des lunettes de soleil.

Il n'avait pas de gants, il tenait un gros pistolet dans chaque main, et vous n'avez remarqué ni cicatrices ni signes particuliers. C'est bien ça ?

— C'est ça, exactement, affirma Miss Klein.

Mais, apparemment, l'« exactement » de Miss Klein et l'« exactement » de Mr Fennerman ne s'entendaient pas pour former l'image même de l'exactitude. Willis n'avait pas encore pris connaissance du rapport tapé par le lieutenant Byrnes et ne pouvait donc pas savoir que les signalements du même homme — tout en concordant sur certains points — divergeaient dans l'ensemble. Par exemple, Mr Fennerman disait que le tueur était très grand, plus d'un mètre quatre-vingts. Miss Klein, de son côté, déclarait que le tueur était de taille moyenne, un mètre soixante-quinze ou seize. Fennerman disait que le tueur portait un pardessus de tweed, peut-être bleu. Miss Klein avait vu un imperméable noir. Fennerman : chapeau mou gris. Klein : casquette noire. Fennerman : gants noirs. Klein : pas de gants.

Willis ne savait encore rien de ces divergences, mais les aurait-il connues qu'il n'en eût pas été autrement étonné. Il y avait déjà longtemps qu'il interrogeait des témoins oculaires et il avait découvert assez rapidement que la plupart des témoins ne savent absolument pas ce qu'ils ont vu. Quelle qu'en soit la raison — l'énervement du moment, la rapidité de l'action, la théorie que la participation à un événement supprime l'objectivité —, le récit d'un témoin oculaire a une curieuse tendance à errer dans le domaine de la fantaisie pure. Au cours de sa carrière, Willis avait entendu les contradictions les plus incroyables. Il avait entendu des épouses décrire en se trompant du tout au tout les vêtements que leur mari portait le matin même. Il avait entendu décrire des pistolets comme des fusils à deux coups, des lames de rasoir qualifiées de coutelas, des blondes décrites comme des brunes, des grands comme des petits, des gros comme des maigres, et, dans une affaire au moins, on lui avait donné comme signalement d'une pulpeuse rouquine de dix-huit ans celui d'un homme très brun de vingt-cinq ans.

Willis continuait de poser des questions parce que c'est la règle du jeu. Le jeu est un peu comme les charades : les policiers écoutent patiemment tous les récits fantastiques et essayent ensuite de faire concorder ces fables pour former un tableau réel. Il est parfois impossible d'obtenir le tableau en partant de tant de fragments disparates. Même lorsque le criminel finit par être arrêté, son récit à lui devient tout aussi fantastique et fantaisiste. Tout cela ne facilite pas la besogne. Et un policier endurci comme Hal Willis en vient parfois à douter de la réalité d'un cadavre criblé de balles sur le plancher d'une librairie

Il remercia Miss Klein de son amabilité et prit congé d'elle. Il la laissa prendre son comprimé et s'inquiéter du dîner de son frère.

A la fin de ce vendredi 13 octobre, les quatre survivants du massacre avaient tous été interrogés sur l'événement et l'apparence du tueur. Dans le silence inhabituel de la salle des inspecteurs, Steve Carella contemplait les quatre rapports dactylographiés étalés sur son bureau et s'efforçait de les coordonner. Il prenait des notes au crayon au dos d'une feuille de rapport, inscrivant d'abord les noms des témoins et ensuite le signalement qu'ils donnaient de l'assassin. Quand il eut terminé sa liste, il la considéra aigrement, se gratta la tête et la relut.

FENNERMAN	KLEIN	DEERING	WOODY
Homme	Homme	Homme	Homme
Blanc	Blanc	Blanc	Blanc
20·25	38	30	45
Grand	Moyen	Moyen	Grand
Pardessus	Imperméable	Pardessus	Pardessus
tweed bleu	noir	tweed brun	tweed brun
Chapeau mou gris	Casquette noire	Chapeau mou gris	Chapeau mou gris
Lunettes de soleil	Lunettes de soleil	Lunettes de soleil	Lunettes de soleil
Gants noirs	Pas de gants	Pas remarqué	Gants, pas sûr couleur
Pas de commentaire	Pas de cicatrice, etc.	Cicatrice joue droite	Pas de cicatrice
2 pistolets	2 gros pistolets	1 pistolet	2 pistolets, cal. 22

Les témoins ne s'accordaient tous que sur trois points : le tueur était un homme, blanc, et il portait des lunettes de soleil. Au vu des estimations si variées de son âge, Carella jugea impossible de se faire une idée. Deux des témoins croyaient que l'homme était grand, deux autres qu'il était moyen, donc Carella pouvait au moins en déduire qu'il n'était pas petit. Un seul des témoins, Miss Klein, pensait qu'il était vêtu d'un imperméable alors que les trois autres penchaient pour le pardessus. Ils ne s'entendaient pas sur la couleur, mais deux d'entre eux affirmaient que le manteau était brun. On pouvait toujours supposer que le vêtement était sombre. Carella était tout prêt à accepter le chapeau mou gris, puisque trois témoins assuraient que c'était ce qu'ils avaient vu. Pour les gants, c'était à pile ou face. La cicatrice semblait avoir été inventée par Miss Deering ; deux autres témoins disaient qu'il n'y avait pas de cicatrice et Mr Fennerman n'avait rien remarqué, ce qui serait extraordinaire s'il y avait bien eu une cicatrice. Non, Carella écartait la possibilité de la cicatrice. Quant au nombre d'armes qu'il brandissait, là encore Miss Deering s'était laissé emporter par son imagination, pour une sous-estimation, cette fois. Miss Klein déclarait que les pistolets étaient très gros, et Mr Woody — qui possédait lui-même un .22 pour lequel il avait un permis — affirmait que les deux revolvers étaient des .22.

Carella glissa une feuille blanche dans sa machine à écrire et se mit à taper d'après ses notes :

```
SUSPECT


Homme
Blanc
Pas petit
Lunettes noires
Manteau sombre
Chapeau mou gris
Gants (?)
Pas de cicatrices, de marques
ou de difformités
Deux armes à feu
```

Avec ça, ils étaient servis.

Bien servis.

4

Il se rappelait le jour de leur rencontre...

Il attendait dans le couloir, après avoir sonné à la porte de l'appartement 47. La porte s'ouvrit brusquement. Il sursauta, car il n'avait pas entendu de bruits de pas. Machinalement, il regarda les pieds de la fille. Elle marchait pieds nus.

— Je m'appelle Bert Kling, dit-il. Je suis de la police.

— On dirait le générique d'un feuilleton télévisé, fit-elle.

Elle le dévisagea, d'égal à égal. Elle était grande. Même pieds nus, elle lui arrivait à l'épaule. Avec des talons hauts, elle aurait pu inquiéter n'importe quel mâle américain moyen. Elle avait des cheveux noirs. Pas châtain foncé. Non. C'étaient des cheveux noirs, d'un noir absolu. Le noir d'une nuit sans étoiles et sans lune. Ses yeux d'un brun profond étaient surmontés par des sourcils noirs. Elle avait le nez droit et les pommettes hautes, mais pas une trace de maquillage, pas un soupçon de rouge sur ses lèvres épanouies. Elle portait un corsage blanc et un pantalon de toréador qui tombait en fuseau sur ses chevilles et ses pieds nus. Elle avait les ongles des orteils teints en rouge vif.

Elle le dévisageait toujours.

— Que voulez-vous ? lui demanda-t-elle enfin.

— Je crois savoir que vous connaissiez Jeannie Paige.

Ce fut la naissance de Claire Townsend. Plus précisément, l'entrée de Claire Townsend dans la vie de Kling. A l'époque, il n'était encore qu'un simple agent en tenue. Mais il était venu chez elle en civil, sur son temps libre, pour l'interroger sur une fille qui était morte, une certaine Jeannie Paige, la belle-sœur d'un de ses amis à lui. Elle lui répondit de bonne grâce. Quand il eut posé toutes ses questions, il se leva.

— Bon... eh bien, je crois que je vais m'en aller. Est-ce que c'est votre dîner qui sent si bon ?

— Mon père va arriver d'un moment à l'autre. Maman est morte. Je lui prépare quelque chose en vitesse, après mes cours.

— Tous les soirs ? demanda Kling.

— Pardon... ?

Il ne savait pas s'il devait insister. Elle ne l'avait pas entendu, et il aurait facilement pu écarter sa remarque d'un haussement d'épaules. Il décida de n'en rien faire.

— J'ai dit : « Tous les soirs ? »

— Tous les soirs, quoi ?

Il était évident qu'elle ne lui simplifiait pas les choses.

— Vous préparez le souper tous les soirs ? Ou bien avez-vous de temps en temps une soirée à vous ?

— Oh... Oui, j'ai des soirées libres.

— Peut-être aimeriez-vous sortir dîner, un jour ?

— Vous voulez dire : avec vous ?

— Eh bien... oui. Oui, c'est à ça que je pensais.

Claire Townsend le regarda longuement, intensément.

— Non, je ne crois pas, dit-elle enfin. Je suis désolée. Merci, en tout cas. Mais c'est impossible.

— Eh bien... euh... (Tout à coup, Kling se sentit parfaitement ridicule.) Je... euh... eh bien, je vous laisse. Merci pour le cognac. C'était très aimable.

— Oui, bien sûr, dit-elle.

Il se rappelait l'avoir entendue parler de gens qui étaient présents et absents à la fois, et il savait exactement ce qu'elle voulait dire. Parce qu'elle, elle était tout à fait absente. Elle était quelque part, très loin, et il aurait voulu savoir où. Avec un vif sentiment de désespoir, il regretta de ne pas savoir où elle était. Curieusement, il aurait voulu y être avec elle.

— Au revoir, dit-il.

Elle lui sourit en retour et referma la porte derrière lui...

Oui, il se rappelait.

Il était seul dans la petite chambre meublée qui était son foyer. Les fenêtres étaient ouvertes. Octobre flottait là dehors, tout bourdonnant des bruits de la ville dans la nuit. Kling était assis sur une chaise de bois, et regardait au-delà des rideaux, qu'une brise trop tiède pour octobre agitait doucement. Il regardait par-delà les rideaux, par la fenêtre, dans le lointain de la ville, dans le cœur de la ville, avec toutes ses fenêtres allumées, et le phare tournant qui trouait le ciel, et l'avion qui clignotait de ses feux rouges et verts, toutes les lumières des réverbères, et des grands immeubles, et toute la ville vivante. Vivante...

Il se rappelait l'enseigne SPRY...

Leur première sortie n'était pas très réussie. Ils avaient passé l'après-midi ensemble. Ils se trouvaient maintenant dans le restaurant situé au dernier étage d'un des hôtels les plus célèbres de la ville, et ils regardaient par les grandes fenêtres qui donnaient sur le fleuve. De l'autre côté, il y avait une enseigne.

Elle disait : SPRY.

Puis : SPRY POUR LA FRITURE.

Puis : SPRY POUR LA PÂTISSERIE.

Et enfin : SPRY.

— Que voulez-vous boire ? demanda Kling.

— Un whisky sour, je pense.

— Pas de cognac ?

— Tout à l'heure, peut-être.

Le serveur s'approcha de leur table.

— Que puis-je vous servir, monsieur ?

— Un whisky sour et un martini.

— Avec un zeste de citron, monsieur ?

— Une olive, dit Kling.

— Bien, monsieur. Voulez-vous consulter le menu maintenant ?

— Lorsque nous aurons bu notre verre. D'accord, Claire ?

— Oui, parfait, dit-elle.

Ils attendirent en silence. Kling regarda par la fenêtre.

SPRY POUR LA FRITURE.

— Claire ?

— Oui ?

SPRY POUR LA PÂTISSERIE.

— C'est un vrai fiasco, hein ?

— Bert, je vous en prie...

— La pluie... et ce film idiot. Ce n'est pas ce que je voulais. J'aurais voulu...

— Je savais que ça se passerait ainsi, Bert. J'ai essayé de vous le dire, non ? Est-ce que je ne vous ai pas mis en garde ? Est-ce que je ne vous ai pas prévenu que j'étais la fille la plus ennuyeuse du monde ? Pourquoi avoir insisté, Bert ? Maintenant, vous me donnez l'impression que... que je suis une...

— Je ne veux vous donner aucune impression. Je voulais simplement suggérer que nous... Que nous repartions de zéro. Ici, maintenant. Que nous oubliions tout ce qui... tout ce qui s'est passé.

— Est-ce que ça en vaut la peine ?

— Claire, qu'est-ce qui vous arrive, bon Dieu ?

— Rien.

— Où allez-vous donc quand vous vous retirez du monde ?

— Comment ?

— Où allez-vous...

— Je ne pensais pas que ça se voyait. Je suis désolée.

— Ça se voit, dit Kling. Qui était-ce ?

Claire lui jeta un regard aigu.

— Vous êtes meilleur flic que je ne le croyais.

— Ce n'est pas très difficile. (Il parlait d'une voix un peu triste, comme si cette confirmation de ses soupçons le désarmait tout à fait.) Ça ne me dérange pas que vous en pinciez encore pour quelqu'un d'autre. Des tas de filles...

— Ce n'est pas cela, le coupa-t-elle.

— Ça arrive à des tas de filles. Un type les laisse tomber, ou bien ça tourne court, comme parfois les histoires d'amour...

— Ce n'est pas cela ! s'exclama-t-elle.

Elle avait les larmes aux yeux.

— Hé, Claire, écoutez, je...

— Je vous en prie, Bert, je ne voulais pas...

— Mais il s'agit d'un autre homme, non ? Vous m'avez dit...

— Très bien, répondit-elle. Très bien, Bert. (Elle se mordillait la lèvre.) Très bien. Oui, il y a eu un homme. Et j'étais amoureuse de lui. J'avais dix-sept ans — comme Jeannie Paige —, il en avait dix-neuf. Nous nous sommes tout de suite bien entendus... Vous savez comment ces choses-là arrivent, Bert ? Eh bien, ça nous est arrivé...

Nous avons fait des projets. De grands projets. Nous étions jeunes, nous étions forts... Et nous nous aimions.

— Je... je ne comprends pas.

— Il a été tué en Corée.

De l'autre côté du fleuve, l'enseigne beuglait toujours : SPRY POUR LA FRITURE.

Les larmes. Les larmes amères, rares tout d'abord, puis se frayant un passage entre les paupières serrées, coulant en silence sur ses joues. Claire était assise, aussi immobile qu'un rocher, les mains serrées sur ses genoux, les épaules bientôt secouées de sanglots silencieux. Kling n'avait jamais vu une telle détresse. Il tourna la tête. Il ne voulait pas la regarder. Elle sanglota sans interruption pendant un long moment, puis les larmes cessèrent aussi brusquement qu'elles étaient apparues, laissant son visage aussi propre qu'une rue de la ville après un soudain orage d'été.

— Pardonnez-moi, dit-elle.

— Je vous en prie.

— Il y a longtemps que j'aurais dû pleurer.

— Oui.

On leur servit leurs boissons. Kling leva son verre.

— A un nouveau départ, dit-il.

Claire le contempla. Il lui fallut une éternité pour tendre la main vers son verre. Enfin, ses doigts se refermèrent dessus.

— A un nouveau départ, dit-elle.

Elle avala son whisky d'une traite.

Elle regarda Kling comme si elle le voyait pour la première fois. Les larmes avaient mis une lueur dans ses yeux.

— Ça... Ce sera peut-être long, Bert.

Sa voix semblait venir de très loin.

— J'ai tout le temps qu'il faut, dit-il. (Il ajouta, presque honteux à l'idée qu'elle puisse se moquer de lui :) Jusqu'à ce jour, Claire, je n'ai fait que tuer le temps... En attendant de vous rencontrer.

Elle semblait à deux doigts d'éclater à nouveau en sanglots. Il tendit le bras au-dessus de la table et posa la main sur la sienne.

— Vous êtes... vous êtes très bon, Bert, dit-elle d'une voix fluette — la voix de quelqu'un qui va se mettre à pleurer. Vous êtes bon, et gentil, et vous êtes beau, on vous l'a déjà dit ? Je... je vous trouve très beau.

— Et encore, vous ne m'avez jamais vu quand je suis peigné, sourit-il en lui étreignant la main.

— Je ne plaisante pas. Vous avez toujours l'air de croire que je plaisante. Vous ne devriez pas, parce que... je suis une fille sérieuse.

— Je le sais.

— Bert... Bert.

Elle posa à son tour la main sur la sienne, de sorte que leurs trois mains empilées formaient sur la table comme une pyramide. Elle avait l'air tout à coup très sérieuse.

— Merci, Bert. Merci beaucoup, je vous assure.

Il ne savait que dire. Il était embarrassé. Il se sentait idiot, heureux, et très grand. Il avait l'impression de mesurer vingt-cinq mètres de haut.

Soudain, elle se pencha vers lui et l'embrassa. Un baiser très rapide, qui lui frôla les lèvres. Puis elle recula. Elle se rassit, l'air incertain, comme une petite fille apeurée à sa première surprise-partie.

— Vous... Il va falloir être très patient.

— Je serai patient, promit-il.

Le serveur réapparut soudain, tout sourire. Il toussa discrètement.

— Je me demandais, fit-il doucement, si... Voulez-vous une petite bougie sur la table, monsieur ? Madame sera encore plus belle à la lueur de la bougie.

— Madame n'a pas besoin de ça pour être belle, dit Kling.

Le serveur avait l'air déçu.

— Mais...

— Mais d'accord pour la bougie. Bien sûr ! Oui, certainement, une bougie.

Le serveur rayonnait.

— Oui, monsieur. Bien, monsieur. Et puis nous passerons commande, n'est-ce pas ? J'aurai le plaisir de vous faire quelques suggestions, monsieur... Dès que vous serez prêts. (Il marqua une pause. Un sourire illuminait son visage.) Quelle belle nuit, n'est-ce pas, monsieur...

— Une nuit merveilleuse... répondit Claire.

Seul dans la nuit, seul dans le silence plein de lumières clignotantes de sa chambre meublée, il essaya de se persuader qu'elle n'était pas morte. Il lui avait parlé au téléphone, cet après-midi. Elle s'était acheté un nouveau soutien-gorge. Elle n'était pas morte. Elle était toujours vivante, vibrante. Elle était toujours Claire Townsend.

Elle était morte.

Il regardait fixement par la fenêtre.

Il était engourdi, il avait froid. Il ne sentait plus ses mains. Il savait que s'il voulait bouger ses doigts, ils n'obéiraient pas. Lourdement assis, il frissonnait dans la brise d'octobre, en contemplant les myriades de lumières de la ville, et le léger balancement des rideaux en voile, et il n'éprouvait rien qu'un grand froid vide, quelque chose de dur et de glacé et de terrifiant au creux de l'estomac, il ne pouvait pas bouger, il ne pouvait pas pleurer, il ne pouvait pas sentir.

Elle était morte.

Non, se dit-il, et il permit à un léger sourire d'étirer les coins de sa bouche. Non, ne fais pas l'imbécile. Claire ? Morte ? Allons donc. Je lui ai parlé cet après-midi. Elle m'a téléphoné au poste, comme d'habitude. Meyer plaisantait. Carella était là — il te le dira. Il se souviendra. Elle m'a téléphoné, et ils étaient là tous les deux, alors je sais bien que je n'ai pas rêvé et si elle m'a téléphoné, elle ne peut pas être morte, n'est-ce pas ? C'est une simple déduction logique. Carella y était. Demande-lui. Il te le dira. Il te dira que Claire n'est pas morte.

Il se rappelait une conversation avec Carella, il n'y avait pas si longtemps. Ils dînaient. La pluie frappait la baie vitrée. Il y avait une ambiance douillette dans cette pièce protégée de la pluie. Ils avaient discuté de l'affaire sur laquelle ils travaillaient, et levaient leurs tasses de café fumantes. Et dans l'intimité et le confort du moment, Carella lui avait demandé :

— Quand vas-tu épouser cette fille ?

— Elle ne veut pas se marier avant d'avoir sa licence.

— Pourquoi ?

— Est-ce que je sais ? Elle manque d'assurance. Elle est folle. Est-ce que je sais ?

— Et après sa licence ? Un doctorat ?

— Peut-être. (Kling avait haussé les épaules.) A chaque fois que nous nous voyons, je lui demande de m'épouser. Elle veut sa licence. Que veux-tu que je fasse ? Je l'aime. Je ne peux pas lui dire d'aller se faire voir...

— Non, j'imagine...

— Eh bien, non, je ne peux pas. (Kling avait marqué une pause.) Tu veux que je te dise quelque chose, Steve ?

— Quoi ?

— Je voudrais être capable de ne pas la toucher. Tu vois, je voudrais que nous ne soyons pas obligés de... Ma proprio me regarde de travers à chaque fois que je fais monter Claire chez moi. Et je dois la raccompagner en quatrième vitesse parce que son père est l'homme le plus strict du monde... Mais ce que je veux dire, c'est que... Bon Dieu, Steve, mais qu'est-ce qu'elle a à foutre de cette licence ? Je voudrais pouvoir lui ficher la paix jusqu'au mariage, mais c'est impossible. Il suffit qu'elle soit là, et j'ai la bouche sèche. Est-ce que c'est comme ça que... Bon, laisse tomber, je ne veux pas t'ennuyer avec ma vie privée.

— Oui, c'est comme ça que ça se passe, avait répondu Carella.

Elle est vivante, raisonna Kling.

Bien sûr, voyons, elle est vivante. Elle veut passer sa licence. Elle est déjà assistante sociale, elle a commencé à visiter des familles.

Voyons, aujourd'hui encore, au téléphone, elle m'a dit qu'elle devait passer chercher des textes, qu'elle serait un peu en retard.

Enquête sociale : principes et méthodes, pensa-t-il. *Méthodes de culture... Pour une société saine...*

Elle est morte, pensa-t-il.

— NON !

Il hurla le mot dans le silence de sa chambre. Le cri le fit littéralement jaillir de sa chaise, comme si la force de son expulsion l'avait soulevé.

— Non, répéta-t-il, très bas cette fois.

Et il alla à la fenêtre, il posa sa joue contre le rideau, il regarda en bas, dans la rue, guettant Claire. Elle devrait être là. Il était au moins... quelle heure ? Quelle heure était-il ? Il connaissait sa démarche. Il la reconnaîtrait dès qu'elle tournerait le coin — un corsage blanc, elle avait dit, et une jupe noire —, oui, il la reconnaîtrait tout de suite. Il se demanda soudain comment était ce fameux soutien-gorge et il sourit, le rideau doux et rassurant contre sa joue, les lumières du restaurant d'en face illuminant sa figure tantôt de rouge tantôt de vert.

Je me demande ce qu'elle fabrique, pensa-t-il.

Qu'est-ce que tu veux, elle est morte, se dit-il.

Il se détourna de la fenêtre. Il alla jusqu'au lit, le regarda sans le voir, puis il marcha jusqu'à la coiffeuse, contempla les objets de toilette en désordre, ramassa la brosse à cheveux et vit un de ses cheveux noirs pris entre les soies. Il posa la brosse, regarda sa montre et ne vit pas l'heure.

Il était presque minuit.

Il retourna à la fenêtre et se pencha encore dans la rue, guettant Claire.

A six heures du matin, il comprit qu'elle ne viendrait pas.

Il comprit qu'il ne la reverrait plus jamais.

5

Un poste de police est une petite communauté au sein d'une plus grande. Il y avait cent quatre-vingt-six agents attachés au district et seize inspecteurs. Tous ces hommes se connaissaient, comme on se connaît dans un village : il y avait des amitiés intimes, de vagues connaissances, de petites inimitiés, et des relations d'affaires. Mais tous les hommes qui utilisaient comme bureau le poste de police se connaissaient de vue, et généralement de nom, même s'ils n'avaient jamais travaillé ensemble sur une affaire.

Le lendemain matin, dès huit heures moins le quart, quand un tiers des agents eut été relevé sur place, quand les trois inspecteurs d'en haut eurent été officiellement relevés, il n'y avait pas un seul homme dans tout le district — en uniforme ou en civil — qui ne sût pas que la fiancée de Bert Kling avait été tuée dans une librairie de Culver Avenue.

La plupart des agents ignoraient son nom. Pour eux, elle n'était qu'une vague image, réelle cependant, une personne un peu comme leur propre femme ou petite amie, une jeune fille qui acquérait une personnalité, qui devenait de chair et de sang uniquement par son association avec un des leurs. Elle était la fiancée de Bert Kling, et elle était morte.

— Kling ? disaient certains agents. C'est lequel ?

— La fiancée de Kling ? demandaient certains inspecteurs. C'est pas vrai ! Non, c'est vrai ?

— Mince alors, ça c'est moche, dirent certains autres.

Un poste de police est une petite communauté au sein d'une plus grande.

Les flics du 87e District, en uniforme ou en civil, savaient que Kling était l'un d'eux.

Parmi les agents de ronde, il y en avait qui ne le connaissaient que comme le flic blond qui avait enquêté sur une affaire dans leur secteur. S'ils l'avaient rencontré dans un contexte officiel, ils lui auraient donné du « monsieur ». Il y en avait d'autres qui avaient connu Kling à ses débuts, quand il portait comme eux l'uniforme, et faisait ses rondes comme eux. Ils n'avaient jamais eu de promotion et, jaloux de son avancement, disaient qu'il avait eu du pot, c'est tout. Il y avait des inspecteurs qui pensaient que Kling aurait fait un meilleur vendeur de chaussures qu'un policier. Il y en avait qui estimaient que Kling était indispensable et réussissait grâce à son sourire de gosse à soutirer des renseignements aux témoins les plus rétifs. Il y avait les indics qui pensaient que Kling ne les lâchait pas facilement. Il y avait les prostituées de la Via de Putas qui regardaient Kling en coulisse et s'avouaient entre elles que celui-là n'aurait pas besoin de faire de petit cadeau. Il y avait les commerçants qui jugeaient qu'il était trop service-service pour ce qui était des étalages sur le trottoir. Il y avait les gosses qui savaient que Kling faisait semblant de regarder de l'autre côté quand ils ouvraient les bouches d'eau en pleine canicule, et les autres gosses qui savaient qu'il leur briserait les reins s'il les surprenait à toucher des stupéfiants, même quelque chose d'aussi inoffensif que de la colle blanche. Il y avait les agents de la circulation qui l'appelaient « Bébé blond » derrière son dos. Il y avait un inspecteur dans la brigade qui avait horreur des rapports de Kling parce qu'il tapait mal et faisait des fautes d'orthographe. Miscolo, du secrétariat, soupçonnait Kling de ne pas aimer le café qu'il faisait.

Mais tous les hommes du 87e, et de nombreux habitants du quartier, comprenaient que Kling était l'un d'eux.

Oh, il n'y avait rien qui ressemblât à l'habituelle « compréhension » de la douleur d'autrui, rien du style minable « je compatis à ton chagrin ». En fait, la perte de Kling ne les concernait pas, et ils le savaient. Pour la plupart d'entre eux, Claire Townsend n'était qu'un nom, et pour quelques-uns, elle n'était même pas cela. Mais Kling était policier. Chaque policier du district savait qu'il appartenait à la famille. Et il n'est pas question de laisser faire du mal aux membres de la famille et à ceux qu'ils aiment.

Aussi, bien qu'aucun d'eux n'en eût parlé, bien qu'ils eussent tous évoqué le massacre mais sans qu'aucun d'eux eût dit ce qu'il comptait faire personnellement, sans qu'aucun d'eux se fût concerté, il se passa une chose bizarre le 14 octobre. Ce jour-là, tous les policiers du district cessèrent d'être des flics. Non, ils ne rendirent pas leur insigne et leur revolver d'ordonnance, bien sûr. Mais appartenir au 87e District, ça voulait dire que vous étiez beaucoup de choses. Et que vous deviez l'être *à tout moment*. Le 14 octobre, les agents et les inspecteurs du 87e District allèrent à leurs affaires, se mêlèrent de leurs affaires, qui sont justement la lutte contre le crime, et travaillèrent comme à l'ordinaire. Mais il y avait une différence.

Ils arrêtèrent des cambrioleurs, des trafiquants, des escrocs, des sadiques, des ivrognes, des camés, des proxénètes et des prostituées. Ils firent circuler des voitures et dressèrent des contraventions, ils découragèrent le vagabondage, les paris clandestins, les manifestations sur la voie publique et les guerres de gangs. Ils sauvèrent des chats, des bébés et des femmes dont les talons étaient pris dans les grilles. Ils aidèrent des écoliers à traverser la rue après la classe. Ils firent ce qu'ils faisaient toujours. Mais il y avait une différence.

La différence était la suivante : leur travail quotidien, leurs corvées, ce qu'ils faisaient tous les jours, leur métier, quoi, devint une vocation. Un sacerdoce. Ce que vous voudrez. Ils le faisaient bien, comme il se doit, mais tout en s'occupant des menues infractions qui agacent les flics dans tous les pays du monde, ils travaillaient tous, en réalité, à l'Affaire Kling. Ils ne l'appelaient pas l'Affaire de la Librairie, ou l'Affaire Claire Townsend, ou l'Affaire du Massacre, non, rien de tel. C'était l'Affaire Kling. Depuis les premières heures de la journée jusqu'à la nuit tombée, ils y travaillèrent, l'œil et l'oreille aux aguets. Officiellement, quatre hommes seulement avaient été désignés pour cette affaire, mais le tueur qui avait commis le massacre de la librairie avait à ses trousses deux cent deux policiers.

Steve Carella était de ceux-là.

La veille, il était rentré chez lui à minuit. A deux heures, incapable de dormir, il avait téléphoné à Kling.

— Bert ? Comment te sens-tu ?

— Ça va, avait répondu Bert.

— Je t'ai réveillé ?

— Non. Je ne suis pas couché.

— Qu'est-ce que tu fais, petit ?

— Je guette. Je guette la rue.

Ils avaient échangé quelques mots, et puis Carella avait dit bonsoir et raccroché. Il ne s'était pas endormi avant quatre heures. La vision de Kling dans sa chambre, tout seul, guettant la rue, l'avait hanté dans ses rêves. A huit heures, il s'était réveillé, s'était habillé et s'était rendu au poste de police.

Meyer Meyer s'y trouvait déjà.

— Je voudrais essayer quelque chose sur toi, Steve, dit Meyer.

— Vas-y.

— Ce mec-là, tu le vois comme un fanatique ?

— Non, répliqua nettement Carella.

— Moi non plus. Je suis resté éveillé toute la nuit, à penser à ce qui s'est passé dans cette librairie. Je n'ai pas fermé l'œil.

— Je n'ai pas très bien dormi non plus.

— Je me suis dit comme ça, si le gars est un fanatique, un dingue, il va recommencer demain, non ? Il va entrer dans un supermarché et descendre encore quatre pékins au hasard, je me trompe ?

— Non, c'est assez ça.

— Seulement si c'est un dingue. Ça en a tout l'air, hein ? Le mec entre dans la boutique et tire dans le tas. Un dingue, y a pas. Bon. Mais moi, j'y crois pas.

— Pourquoi ?

— L'instinct ? L'intuition ? Je ne sais pas. Je suis simplement certain que le type n'est pas un fou. Je crois qu'il voulait tuer quelqu'un qui était dans cette librairie. Je suis persuadé qu'il savait que sa victime serait dans cette boutique, et je crois qu'il est entré et qu'il a tiré en se foutant pas mal de tous les types qu'il descendait pourvu qu'il assaisonne son gars. Voilà mon idée.

— C'est aussi la mienne, dit Carella.

— Bien. Donc, en supposant qu'il a eu celui qu'il visait, il me semble que nous devrions...

— Et s'il ne l'a pas eu, Meyer ?

— Pas eu quoi ?

— Le type qu'il visait.

— J'y ai pensé aussi, Steve, mais j'ai barré ça. Ça m'est venu brusquement au milieu de la nuit : Seigneur, et s'il était après un des survivants ? Nous devrions les faire protéger immédiatement. Mais j'ai écarté cette idée.

— Oui, moi aussi.

— Comment as-tu fait ?

— Il y avait trois secteurs dans cette boutique. Les deux travées et le comptoir où était Fennerman. Si notre tueur en avait eu après lui, il lui aurait tiré dessus, là, à la caisse. S'il avait voulu tuer quelqu'un qui se trouvait dans l'autre travée, où se tenaient les trois survivants, il aurait tiré dans cette direction. Mais il est entré dans le magasin et il a immédiatement commencé à arroser la travée centrale. A mon avis, sa victime est morte, Meyer. Il a eu celui qu'il cherchait.

— Il y a d'autres choses à considérer, Steve, murmura Meyer.

— Quoi donc ?

— Nous ne savons pas qui il visait, alors il va nous falloir poser des tas de questions. Mais n'oublie pas, Steve...

— Je sais.

— Quoi ?

— Claire Townsend a été tuée.

Meyer hocha la tête.

— Il y a cette possibilité : c'était Claire que le tueur cherchait.

L'homme au costume d'été bleu s'appelait Herbert Land. Il enseignait la philosophie à l'université qui se trouvait en bordure du territoire du district. Il allait souvent à la librairie de Culver Avenue parce qu'elle n'était pas très éloignée de l'université et qu'il pouvait y trouver des Platon ou des Descartes d'occasion à des prix raisonnables. L'homme au complet d'été était mort parce qu'il se tenait dans la travée, tout près de la porte, quand le tueur avait ouvert le feu.

`Herbert Land                Décédé à notre arrivée.`

Land habitait une maison dans un lotissement de la banlieue voisine, à Sand's Spit. Il y vivait avec sa femme et ses deux enfants. L'aîné des enfants avait six ans. Le plus jeune trois ans. La veuve de Herbert Land, Veronica, avait vingt-huit ans. Dès que Meyer et Carella l'aperçurent, sur le seuil de sa petite maison, ils virent qu'elle était enceinte. C'était une jeune femme aux yeux bleus et aux cheveux châtains, pas très jolie, mais elle se tenait sur son seuil avec une calme dignité qui contrastait avec ses joues mouillées de larmes et ses paupières rougies. Elle leur demanda qui ils étaient, voulut voir leur carte. Elle se tenait comme toutes les femmes enceintes, le ventre en avant, une main soutenant son dos, légèrement penchée en arrière, la tête un peu de côté. Ils lui montrèrent leur insigne et leur carte et elle hocha brièvement la tête. Elle les fit entrer chez elle.

La maison était tout à fait silencieuse. Veronica Land expliqua que sa mère était venue chercher les enfants pour quelques jours. Ils ne savaient pas encore que leur papa était mort. Elle savait qu'il faudrait le leur apprendre, mais elle voulait d'abord retrouver son sang-froid, et elle ne s'était pas encore faite à son drame. Elle parlait d'une voix basse, posée, mais les larmes étaient là, au bord des paupières, prêtes à ruisseler, et les deux inspecteurs s'exprimaient prudemment, avec délicatesse, cherchant à ne pas libérer le torrent. Elle était assise toute droite sur une chaise, son enfant à venir comme un gros ballon sur ses genoux. Elle ne quittait pas les policiers des yeux. Carella avait l'impression qu'elle faisait un effort surhumain pour se concentrer sur ce qu'ils disaient. Il imaginait qu'elle se cramponnait à la conversation comme à un soutien, et que si elle en perdait le fil elle éclaterait en sanglots irrépressibles.

— Quel âge avait votre mari, madame ? demanda Meyer.

— Trente et un ans.

— Il était professeur à l'université, n'est-ce pas ?

— Oui. Il était assistant.

— Il se rendait en ville tous les jours ?

— Oui.

— A quelle heure quittait-il la maison ?

— Il prenait le train de huit heures dix-sept tous les matins.

— Vous avez une voiture ?

— Oui.

— Mais votre mari prenait le train ?

— Oui. Nous n'avons qu'une voiture et je... eh bien, vous pouvez le voir, j'attends un enfant. Herbie... Herbie préférait me laisser la voiture. Au cas où je...

— Le bébé doit arriver quand, Mrs Land ? demanda Carella.

— Ce mois-ci, en principe. Il doit arriver ce mois-ci.

Carella hocha la tête. Le silence retomba.

Meyer s'éclaircit la gorge.

— A quelle heure le train de huit heures dix-sept arrive-t-il en ville, le savez-vous, madame ?

— A neuf heures, je crois. Je sais que son premier cours était à neuf heures et demie, et qu'il prenait le métro à la gare. Je crois bien que le train arrive à neuf heures, oui.

— Il enseignait la philosophie ?

— Il était assistant au département de philosophie, oui. Il enseignait l'éthique, la logique et l'esthétique.

— Je vois. Mrs Land... est-ce que... euh... votre mari vous a-t-il paru soucieux ? A-t-il fait allusion à quelque chose qui aurait pu...

— Soucieux ? Qu'entendez-vous par soucieux ? interrompit Veronica Land. Il se faisait du souci à cause de son traitement, qui était de six mille dollars par an, de l'hypothèque sur la maison et des échéances, et de notre vieille voiture qui commence à tomber en morceaux. Que voulez-vous dire, soucieux ? Je ne vois pas ce que vous entendez par soucieux.

Meyer jeta un coup d'œil à Carella. Pendant quelques secondes, l'atmosphère, déjà tendue, fut presque intolérable. Veronica Land luttait pour se maîtriser, serrait ses mains l'une contre l'autre, sous son ventre. Elle poussa un soupir. D'une voix basse, elle murmura :

— Excusez-moi, mais je ne comprends pas ce que vous entendez par soucieux. Je regrette...

Elle se détendait un peu. La crise de nerfs paraissait évitée.

— Je veux dire... Lui connaissiez-vous des ennemis ?

— Aucun.

— D'autres professeurs de l'université avec qui il aurait eu... je ne sais pas, un différend... ou bien... Je ne sais pas. Des difficultés avec la direction de l'université ?

— Non.

— Avait-il été l'objet de menaces ?

— Non.

— Ses élèves, peut-être ? Avait-il eu des difficultés avec ses élèves ? Avait-il fait échouer quelqu'un qui...

— Non.

— ... qui aurait pu lui en vouloir ?

— Attendez... Si !

— Comment ? s'écria Carella.

— Oui, il a recalé un garçon. Mais c'était au semestre dernier.

— Qui ? demanda Carella.

— Un élève de sa classe de logique.

— Vous savez son nom ?

— Oui. Barney... quelque chose. Attendez. Il faisait partie de l'équipe de base-ball et quand Herbie l'a fait échouer à son examen, il n'a plus eu le droit de... Robinson, voilà. Barney Robinson.

— Barney Robinson, répéta Carella. Et vous dites qu'il faisait partie de l'équipe de base-ball ?

— Oui. Ils jouent pendant le semestre de printemps, vous savez. C'est là que Herbie l'a fait échouer. Au dernier semestre.

— Je vois. Savez-vous pourquoi il lui a donné de mauvaises notes, Mrs Land ?

— Mais oui. Il... il ne travaillait pas bien. Pourquoi voudriez-vous que Herbie lui donne de mauvaises notes ?

— Et comme il a échoué à son examen, il n'a plus eu le droit de jouer avec son équipe, c'est ça ?

— Oui.

— Est-ce que votre mari semblait penser que Robinson lui en gardait rancune ?

— Je ne sais pas. Vous m'avez demandé si je pouvais penser à quelqu'un et le nom de Robinson m'est revenu parce... Herbie n'avait aucun ennemi, Mr... ? Quel est votre nom, déjà ?

— Carella.

— Mr Carella, Herbie n'avait pas d'ennemis. Vous ne connaissiez pas mon mari, alors vous ne pouvez pas... vous ne pouvez pas savoir quel... quel genre d'homme il était...

Elle semblait sur le point de s'effondrer à nouveau. Carella reprit vivement :

— Avez-vous rencontré ce Robinson ?

— Non.

— Alors vous ne pourriez pas nous dire s'il est grand ou petit ou...

— Non.

— Je vois. Et votre mari en a discuté avec vous, c'est bien ça ?

— Il m'a simplement dit qu'il avait été obligé de recaler Barney Robinson à son examen et qu'à cause de cela ce garçon ne pourrait pas... lancer la balle ? Oui, c'est ça.

— Il était lanceur, donc ?

— Oui... Je crois. Oui. Lanceur.

— C'est un joueur important dans une équipe, Mrs Land, le lanceur.

— Ah oui ?

— Oui. Donc il y a aussi la possibilité qu'en plus de Robinson lui-même, un certain nombre d'étudiants aient pu en vouloir à votre mari, n'est-ce pas ?

— Je ne sais pas. Il ne m'en a jamais parlé, que cette fois-là.

— Est-ce que ses collègues ont rappelé le fait ?

— Pas que je sache.

— Est-ce que vous fréquentez certains de ses collègues ?

— Oui, naturellement.

— Mais ils n'ont jamais évoqué Barney Robinson, ni le fait que votre mari l'ait recalé ?

— Jamais.

— Même pas en plaisantant ?

— Pas du tout.
— Votre mari a-t-il jamais reçu des lettres de menaces ?
— Non.
— Des coups de téléphone menaçants ?
— Non.
— Et cependant, vous avez tout de suite pensé à ce Robinson quand nous vous avons demandé si quelqu'un pouvait en vouloir à votre mari.
— Oui. Je crois que cela tracassait Herbie. D'avoir été obligé de le recaler, je veux dire.
— Vous a-t-il *dit* qu'il en était ennuyé ?
— Non. Mais je connais bien mon mari. Il ne m'en aurait pas parlé du tout si cela ne l'avait pas troublé.
— Mais il vous en a parlé *après* l'examen ?
— Oui.
— Quel âge a ce Robinson, le savez-vous ?
— Non, je ne sais pas.
— Vous ne savez pas en quelle année il était ?
— En quelle année ?
— Oui, est-ce qu'il aurait terminé ses études, ou bien est-il toujours à l'université ?
— Je ne sais pas.
— Donc, tout ce que vous savez, c'est que votre mari a recalé à son examen un garçon nommé Barney Robinson, un joueur de baseball de sa classe de logique.
— Oui, c'est tout ce que je sais, répondit Veronica Land.
— Nous vous remercions, Mrs Land. Nous apprécions...
— Et je sais que mon mari est mort, dit Veronica d'une voix sans timbre. Cela aussi, je le sais.

Les bâtiments de l'université se dressaient dans toute leur splendeur intellectuelle au milieu d'un quartier sordide, comme le souvenir d'une ère révolue. Quand l'université avait été projetée et construite, bien des années plus tôt, le quartier était un des plus résidentiels et des plus élégants de la ville, parsemé de petits parcs, avec des rues bordées d'hôtels particuliers et d'immeubles de luxe à portiers galonnés. Un faubourg populeux se développe parce qu'il faut bien qu'il s'étende quelque part. Dans ce cas précis, il se développa vers l'université, autour des facultés, l'entourant de misère et d'hostilité. L'université demeura comme un îlot de culture et d'érudition protégé par ses pelouses vertes comme par des douves et des ponts-levis. Etudiants et professeurs arrivaient chaque matin par le métro, et traversaient, les bras chargés de livres, un quartier où *Le Fil du rasoir* n'était pas un roman de Somerset Maugham mais tout simplement la vie quotidienne. Il est curieux de constater qu'il y avait peu d'incidents entre les gens du quartier et ceux de l'université. Une fois, un étudiant avait été assommé en allant prendre le métro, une autre fois une étudiante avait failli être violée, mais en général il régnait là une sorte de trêve tacite, une attitude de « laisser-faire » qui permettait aux habitants et aux universitaires de vivre leurs existences parallèles avec le minimum d'interférences.

L'un de ces étudiants était Barney Robinson.

Ils le trouvèrent sur un banc du parc, en train de bavarder avec une petite brune qui semblait sortir tout droit d'un roman de Kerouac. Ils déclinèrent leurs noms et qualités et la jeune fille s'excusa. Robinson ne paraissait pas particulièrement heureux de l'intrusion, ni de la brusque disparition de la jeune fille.

— Qu'est-ce que c'est que cette histoire ? demanda-t-il.

Il avait des yeux bleus et un vissage carré, et il portait un sweat-shirt avec le nom de l'université. Il était assis à califourchon sur le banc et clignait des yeux au soleil, la tête levée vers Meyer et Carella.

— Nous ne pensions pas vous trouver aujourd'hui, dit Carella. Vous avez toujours cours le samedi ?

— Quoi ? Ah... Non, c'est à cause de l'entraînement.

— Quel entraînement ?

— Le basket.

— Nous pensions que vous faisiez partie de l'équipe de base-ball ?

— Oui. Mais je fais aussi du bas... (Robinson s'interrompit.) Comment le savez-vous ? Qu'est-ce qui se passe ?

— Enfin, nous sommes heureux d'avoir pu vous mettre le grappin dessus, observa Carella.

— Le grappin ?

— C'est simplement une façon de parler.

— Ouais. J'espère bien, grommela Robinson.

— Vous mesurez combien, Mr Robinson ? demanda Meyer.

— Un mètre quatre-vingt-cinq.

— Quel âge avez-vous ?

— Vingt-cinq ans.

— Mr Robinson, avez-vous suivi le cours du professeur Land ?

— Ouais.

Robinson clignait toujours des yeux, et regardait les policiers en essayant de deviner où ils voulaient en venir. Il parlait prudemment, mais sans trop de méfiance. Il semblait surtout extrêmement intrigué et surpris.

— A quel moment ?

— Au dernier semestre.
— Quel était son cours ?
— La logique.
— Comment ça a marché ?
— J'ai été recalé.
— Pourquoi ?

Robinson haussa les épaules.

— Vous estimez que vous méritiez d'être recalé ?

Les épaules de Robinson se soulevèrent derechef.

— Eh bien, qu'en dites-vous ? insista Meyer.
— Sais pas. J'ai été recalé, c'est tout.
— Vous aviez travaillé en classe ?
— Oui, bien sûr que je travaillais.
— Vous compreniez ce que vous faisiez ?
— Ouais, je le croyais.
— Mais vous avez tout de même été recalé.
— Ouais.
— Alors, quel effet ça vous a fait ? demanda Meyer. Vous aviez travaillé, et vous dites que vous compreniez, mais on vous a recalé. Qu'est-ce que vous en pensez ? Quel effet ça vous a fait ?
— Un sale effet, qu'est-ce que vous croyez ? Dites, ça ne vous ferait rien de me dire de quoi il retourne ? Depuis quand des inspecteurs...
— Ce n'est qu'une enquête de routine, dit Carella.
— Sur quoi ?
— Quel effet vous a fait votre échec ?
— Je vous l'ai dit. Moche. Une enquête à quel sujet ?
— Peu importe, Mr Robinson. La seule...
— Qu'est-ce que c'est ? Une combine sportive, ou quoi ?
— Une combine ?
— Ouais. L'équipe, c'est ça ? Y a quelqu'un qui cherche à truquer une partie ?
— Pourquoi ? On vous a fait des propositions ?
— Bon Dieu, non. S'il y a un micmac, je ne suis pas au courant.
— Etes-vous un bon joueur de basket, Mr Robinson ?
— Moyen. Moi, c'est surtout le base-ball.
— Vous lancez, c'est bien ça ?
— Ouais, c'est ça. Dites, vous en savez long sur mon compte, on dirait. Pour une enquête de routine...
— Vous êtes un bon lanceur ?
— Oui, répondit Robinson sans la moindre hésitation.
— Que s'est-il passé quand Land vous a recalé ?
— J'ai été viré.
— Pour combien de temps ?

— Pour le reste de la saison.
— En quoi cela a-t-il affecté l'équipe ?
Robinson remua les épaules.
— Je ne voudrais pas m'envoyer des fleurs...
— Allez-y, envoyez-vous une gerbe, dit Meyer.
— Nous avons perdu huit parties sur douze.
— Vous pensez que vous auriez gagné ces parties si vous aviez joué ?
— Disons que je crois que nous en aurions gagné davantage.
— Mais vous avez perdu.
— Ouais.
— Qu'est-ce que l'équipe en a pensé ?
— Ils ont trouvé ça moche, tiens. Nous espérions remporter le championnat universitaire. Jusqu'à ce que je sois exclu, nous n'avions jamais été battus. Et puis nous avons perdu ces huit parties et nous nous sommes retrouvés deuxièmes.
— Eh bien, ce n'est pas si mal, dit Carella.
— Ça vaut pas premiers, répliqua Robinson.
— Est-ce que l'équipe pensait que le professeur Land avait été injuste ?
— Je ne sais pas ce qu'ils pensaient, les copains.
— Et vous ?
— Ah, écoutez, c'est le sport, quoi.
— Oui, mais qu'avez-vous pensé ?
— Je croyais que je m'étais bien débrouillé à l'examen.
— Alors pourquoi vous a-t-il recalé ?
— Pourquoi n'allez-vous pas le lui demander ? lança Robinson.
C'était le moment de répondre : « Parce qu'il est mort », mais ni Meyer ni Carella ne prononcèrent les mots. Ils examinaient Robinson qui levait la tête et clignait des yeux au soleil. Carella reprit :
— Où étiez-vous hier soir à cinq heures, Mr Robinson ?
— Pourquoi ?
— Nous aimerions le savoir.
— Je crois que ça ne vous regarde pas, rétorqua Robinson.
— Vous nous permettrez de juger nous-mêmes de ce qui nous regarde ou pas.
— Alors vous feriez peut-être bien de revenir avec un mandat d'arrêt. Si c'est si grave que ça...
— Personne n'a dit que c'était grave, Mr Robinson.
— Ah non ?
— Non... (Meyer se tut un instant.) Vous voulez que nous allions chercher ce mandat d'arrêt ?
— Je ne vois pas ce qui m'oblige à vous raconter...

— Cela nous aiderait à y voir clair dans certaines choses, Mr Robinson.

— Quelles choses ?

— Où étiez-vous hier après-midi à cinq heures ?

— J'étais... C'est personnel.

— Comment ça ?

— Ecoutez, y a pas de raison que...

— Que faisiez-vous ?

— J'étais avec une fille, soupira Robinson.

— De quelle heure à quelle heure ?

— De quatre heures environ... un peu avant quatre heures, mon dernier cours a fini à quatre heures moins le quart...

— Bien, depuis quatre heures moins le quart jusqu'à... ?

— Jusque vers huit heures.

— Où étiez-vous ?

— Chez elle.

— Où ?

— Dans le centre.

— Où au juste dans le centre ?

— Enfin, bon Dieu...

— Où ?

— Tremayne Avenue. C'est dans le Quartier, près de Canopy.

— Vous étiez dans l'appartement à quatre heures ?

— Non, on a dû y arriver vers les quatre heures et quart, quatre heures et demie.

— Mais vous y étiez à cinq heures ?

— Oui.

— Que faisiez-vous ?

— Allez, dites, vous savez...

— Dites-le-nous.

— Je n'ai pas à vous le dire, bon Dieu ! Faites-vous une idée vous-même, quoi, merde !

— Passons. Le nom de la fille ?

— Olga.

— Olga comment ?

— Olga Wittensen.

— C'est la jeune fille qui était ici avec vous tout à l'heure ?

— Ouais. Qu'est-ce que vous allez faire ? L'interroger aussi ? Vous allez tout foutre en l'air ?

— Nous voulons simplement vérifier votre récit, Mr Robinson. Quant au reste, c'est votre affaire.

— C'est une fille très nerveuse. Elle risque de prendre peur. Et d'abord, je ne comprends pas ce que tout ça signifie. Pourquoi avez-vous besoin de vérifier ce que je vous dis ? Qu'est-ce que je suis censé avoir fait ?

— Vous êtes censé vous être trouvé dans un appartement de Tremayne Avenue hier après-midi de quatre heures et demie à huit heures du soir. Si vous faisiez bien ce que vous êtes censé avoir fait, vous n'entendrez plus jamais parler de nous de votre vie, Mr Robinson.

— Enfin, peut-être pas aussi longtemps que ça, rectifia Meyer.

— Ce qui veut dire que vous vous radinerez encore lundi matin, grommela Robinson.

— Pourquoi ? Vous n'étiez pas dans cet appartement ?

— J'y étais, bon Dieu, j'y étais. Allez-y donc voir. Vérifiez. Mais la dernière fois qu'on a eu une magouille pendant le championnat de basket, pendant des semaines le terrain a grouillé d'inspecteurs, de juges d'instruction et d'enquêteurs spéciaux. Si c'est le même tabac...

— Ce n'est pas le même tabac, Mr Robinson.

— Je l'espère. Moi, je suis blanc. Je joue un jeu franc. Je n'ai jamais accepté un rond, et je n'accepterai jamais. Ne l'oubliez pas.

— Nous vous le promettons.

— Et quand vous verrez Olga, tâchez de ne pas tout foutre en l'air, vous voulez ? Vous voulez faire ça pour moi ? Elle est très sensible, impressionnable et tout.

Les inspecteurs trouvèrent Olga Wittensen au snack-bar de l'université, en train de boire du café noir. Elle leur dit « mince », jamais elle avait vu des flics de si près. Elle leur dit « ouais », elle créchait à Tremayne, au Quartier. Elle leur dit qu'elle avait eu un rencart avec Barney la veille et qu'ils s'étaient radinés à sa piaule et qu'ils y étaient arrivés vers les quatre plombes fifty, comme ça. Elle leur dit qu'ils y avaient passé l'aprème, comme qui dirait jusque vers les huit plombes, et qu'ensuite ils s'étaient taillés pour aller se rincer la dalle et casser comme qui dirait une petite graine. Et comme ça, de quoi qu'il retournait ?

Comme ça, il retournait d'un crime.

6

Bert Kling entra dans la salle des inspecteurs à deux heures, le samedi après-midi, à temps pour prendre connaissance du rapport que la Balistique venait d'envoyer. Il n'était pas rasé et portait le même costume et la même chemise que la veille, mais il avait ôté sa cravate et avait l'air d'avoir couché tout habillé. Il reçut quelques condoléances, dans le couloir, refusa le café que lui offrit Miscolo et alla directement au bureau du lieutenant. Il resta une demi-heure avec Byrnes. Quand il retourna dans la grande salle, Meyer et Carella étaient revenus de l'université, où une piste prometteuse s'était dissipée en fumée. Il s'approcha du bureau de Carella.

— Steve, dit-il, je travaille sur l'affaire.

Carella le regarda et hocha la tête.

— Tu crois que c'est une bonne idée ?

— Je viens de parler au lieutenant, dit Kling d'une voix curieusement éteinte. Il pense que ça ira.

— Je pensais...

— Je veux travailler dessus, Steve.

— Bon.

— A vrai dire, j'étais là... j'étais ici quand on l'a annoncé, alors... alors officiellement je...

— Ça ne me dérange pas du tout, Bert. C'était à toi que je pensais.

— Ça ira mieux quand on l'aura trouvé, dit Kling.

Carella et Meyer échangèrent un coup d'œil.

— Eh bien... ma foi, d'accord, d'accord. Tu... tu veux voir le rapport balistique ?

Kling prit la grosse enveloppe en silence, et l'ouvrit sans un mot. Il y avait deux rapports dans l'enveloppe. Le premier mentionnait un automatique de calibre .45. Le second un .22. Kling les étudia tous deux séparément.

Ce n'est pas bien sorcier de déterminer la marque d'une arme à feu inconnue quand on possède une balle tirée par cette arme. Kling, en qualité de policier, le savait. Mais tout de même, il trouvait le processus un peu compliqué et s'efforçait de ne pas trop y penser.

Il savait qu'il y avait à la Balistique d'innombrables fiches concernant les revolvers, les pistolets et les balles, classées d'après le calibre, le nombre de rayures et leur sens. Il savait que toutes les armes d'usage courant ont des canons rayés qui impriment un mouvement de rotation à la balle qui passe dedans. Ces rayures laissent des marques sur les balles.

Quand une balle tirée était récupérée et envoyée à la Balistique, elle était comparée aux spécimens fichés. Si la balle présentait des similitudes avec l'un d'eux, elle était placée sous un microscope avec une balle d'essai et minutieusement examinée. C'était là, quand on entrait un peu trop dans les détails techniques, que Kling perdait le fil.

C'était pourquoi il ne se posait pas trop de questions. Il savait simplement que la même marque de revolver ou de pistolet tire toujours des balles portant le même nombre de rayures, de la même largeur, avec la même indication du sens de la rotation. Il accepta donc le rapport de la Balistique les yeux fermés.

— Ainsi, il avait deux pétards différents ? dit Kling.

— Oui, répondit Carella. Ce qui explique les contradictions des témoins. Tu n'as pas vu les dépositions, Bert. Elles sont au fichier.

— A quoi ?

— A... à K... Pour Kling.

Bert acquiesça de la tête. Il était difficile de deviner ce qu'il pensait.

— Nous pensons qu'il visait une des quatre personnes qu'il a tuées, dit Meyer.

Il s'exprimait lentement, en choisissant ses mots avec soin. L'une des quatre était Claire Townsend.

Kling hocha la tête.

— Nous ne savons pas laquelle, dit Carella.

— Nous avons interrogé Mrs Land ce matin, et elle nous a donné ce qui nous a paru une bonne piste, mais ça a foiré. Nous voulons attaquer les autres aujourd'hui et demain.

— J'en prendrai un, déclara Kling, et il ajouta après un bref silence : Je préfère ne pas interroger le père de Claire, mais n'importe quel autre...

— Naturellement, murmura Carella.

Les hommes se turent. Meyer et Carella savaient tous deux qu'il fallait que quelque chose fût dit, et sans attendre. Meyer était l'aîné — en âge et en ancienneté — mais il supplia Carella du regard et Steve le comprit. Il s'éclaircit la gorge.

— Bert, je crois... je crois qu'il faut mettre quelque chose au point tout de suite.

Kling le regarda.

— Nous tenons à mettre la main sur ce type. Nous le voulons de toutes nos forces.

— Je sais.

— Nous n'avons presque pas d'indices, et ça ne facilite pas la besogne. Ce serait encore plus dur si...

— Si quoi ?

— Si nous ne travaillions pas parfaitement en équipe.

— Nous travaillons en équipe, dit Kling.

— Bert, tu es bien sûr de vouloir enquêter sur cette affaire ?

— Tout à fait sûr.

— Tu es sûr de pouvoir interroger quelqu'un, d'écouter des détails sur la mort de Claire et de pouvoir réfléchir à...

— Je peux le faire, coupa Kling.

— Ne m'interromps pas, Bert. Je suis en train de parler d'un quadruple meurtre dans une librairie, et l'une des victimes était...

— Je te dis que je peux le faire.

— ... une des victimes était Claire Townsend. Alors, le pourras-tu ?

— Sois pas salaud, Steve. Je peux le faire, je le veux, et...

— Je ne le crois pas.

— Eh bien, moi, je le crois, cria Kling en s'échauffant.

— Tu ne veux même pas que je prononce son nom ici chez nous, bon Dieu ! Qu'est-ce que tu feras lorsque quelqu'un d'autre racontera comment elle a été assassinée ?

— Je sais qu'elle a été assassinée, murmura Kling.

— Bert...

— Je sais qu'elle est morte.

— Ecoute, sois chic. Ne te mêle pas de...

— Vendredi 13, murmura Kling. Ma mère disait que ça portait malheur. Je sais qu'elle est morte, Steve. Je serais capable de... de... Je m'arrangerai pour... Je... T'en fais pas, Steve... Je travaillerai avec vous et je... je garderai toute ma lucidité, t'en fais pas. Tu sais à quel point je tiens à mettre la main sur ce fumier. Non, tu ne peux pas savoir ! Je ne serai bon à rien, tant qu'on ne l'aura pas agrafé, crois-moi. Je ne serai bon à rien du tout.

— Il est possible, dit Carella d'un ton posé, que le tueur ait voulu viser Claire.

— Je sais.

— Il est possible que nous apprenions certaines choses au sujet de Claire que tu préférerais peut-être ne pas savoir.

— Je ne peux rien apprendre de nouveau sur Claire.

— Un crime ouvre un tas de placards, Bert.

— Où veux-tu que j'aille ? Qu'est-ce que tu veux que je fasse ?

Carella et Meyer échangèrent un autre regard.

— Très bien, soupira enfin Carella. Rentre chez toi, rase-toi, change-toi et va voir Mrs Joseph Wechsler. Voici son adresse. Nous cherchons à savoir si l'une des victimes avait reçu des avertissements ou des menaces... Nous cherchons à savoir qui, exactement, il visait, Bert.

— Bon.

Kling prit le papier, le plia en deux et le glissa dans sa poche. Il allait sortir quand Carella lui dit encore :

— Bert ?

Kling se retourna.

— Oui ?

— Tu... tu comprends ce que nous ressentons, n'est-ce pas ?

Kling fit un signe de tête.

— Je crois.

— D'accord.

Les deux hommes se regardèrent en silence, et puis Kling tourna vivement les talons et sortit de la salle.

La ville est une entité un peu folle, composée d'éléments qui ne s'ajustent pas du tout. On pourrait croire que tous les morceaux devraient s'emboîter les uns dans les autres, comme les pièces d'un puzzle. Mais on ne sait trop pourquoi, les fleuves et les ruisseaux, les ponts et les tunnels séparent et relient des quartiers qui, par leur caractère et leur nature géographique, pourraient être des pays étrangers situés à des kilomètres de distance, non des éléments de la même métropole tentaculaire.

Isola était le noyau de la ville, bien sûr. Et le 87e District se trouvait juste au centre du noyau, comme une roue tournant à l'intérieur d'une roue plus grande. Isola était une île. Elle devait son nom à un explorateur italien sans imagination qui était tombé par hasard sur l'Amérique, bien après que son célèbre compatriote l'eut découverte et revendiquée au nom de la reine Isabelle. Mais Colomb ou pas Colomb, ce moderne aventurier avait échoué sur cette île exquise, et il était resté sans voix devant sa beauté. Un mot, un seul, avait pu franchir ses lèvres. « Isola. » Non pas « *Isola Bella* », ni « *Isola Bellissima* », ni « *Isola la più bella d'Italia* ». Simplement « Isola ».

L'Ile.

Cet homme, qui était né et avait grandi dans la petite ville italienne de San Luigi, prononça « Isola » dans un italien parfait. Le nom, sinon l'endroit, s'était corrompu au cours des siècles, au point qu'on le prononçait maintenant « Ice-a-lah », voire « Ice-lah ». Cette prononciation abâtardie aurait peut-être contrarié le parrain de l'île s'il avait pu faire un saut au XXe siècle. Mais il est fort probable qu'il n'aurait même pas reconnu Isola. Elle foisonnait de gratte-ciel au-dessus du sol, et de tunnels au-dessous. Elle rugissait au rythme tumultueux de son économie florissante. Ses ports débordaient de marchandises qu'on lui expédiait du monde entier. Tout au long de ses rives s'entrelaçaient les innombrables ponts qui la reliaient au reste de la ville, moins frénétique. On était bien loin de San Luigi.

Majesta et Bethtown témoignent de l'influence anglaise sur le Nouveau Monde (pour autant que leurs noms aient jamais honoré la royauté britannique. Bethtown avait été baptisé ainsi en l'honneur de la Reine Vierge, dans un accès de familiarité. En fait, les ministres de la souveraine avaient décidé de l'appeler « Besstown ». Mais le messager chargé d'en informer les colons avait un cheveu sur la langue depuis la petite enfance. Il déclara donc au gouverneur que la volonté royale était d'appeler l'endroit « Bethtown ». C'est ainsi que le mot prit place dans les registres officiels. Lorsque Bess découvrit cette bévue monumentale, le mot était déjà entré dans le langage courant, et elle sut qu'elle aurait du mal à changer les habitudes des habitants. Alors elle laissa faire. En revanche, elle fit couper la tête du messager zozotant... Mais ça, c'était pour le spectacle.

Majesta tenait son nom du roi George III, dont les conseillers pensèrent tout d'abord que Georgetown conviendrait mieux. Puis ils décidèrent qu'il y avait déjà bien assez de Georgetown de par le monde. Ils trouvèrent dans leurs classiques latins le mot *majestas*, qui signifie *grandeur*, *majesté*. Ça semblait un hommage convenable à leur monarque. Certes, George aurait par la suite quelques ennuis avec des buveurs de thé de Boston, sa majesté ayant quelque peu baissé. Mais le nom resta, en souvenir des jours meilleurs.

Calm's Point ne devait son nom à personne en particulier. Pendant très longtemps, en effet, cette petite île située en face d'Isola, de l'autre côté de la Harb, était restée déserte. A l'époque, des fauves fourrageaient dans les bois et se livraient des combats sanglants. Cela n'empêcha pas le reste de la ville de baptiser l'endroit Calm's Point. Quelques hardis aventuriers nettoyèrent les bois des bêtes fauves, dressèrent quelques tentes et commencèrent à se multiplier. C'est ainsi que naissent les banlieues. Au bout d'un certain temps, quand la tribu se développe, il est légitime d'adresser des pétitions à la ville et d'exiger la mise en service d'un bac. Dans le cas d'une véritable explosion démographique, on peut même espérer la construction d'un pont qui fera la jonction avec le continent.

Bert Kling se dirigeait vers Riverhead, où vivait Mrs Joseph Wechsler. En dépit de son nom, aucune rivière n'avait sa source dans ce quartier. A l'époque des vieux colons hollandais, toute la partie de la ville située au-dessus d'Isola appartenait à un propriétaire nommé Ryerhert. Ryerhert's Farms se composait de bonne terre parsemée de roche éruptive métamorphique. Quand la ville se développa, Ryerhert vendit une partie de ses terres et distribua le reste, jusqu'au jour où tout appartint à la ville. Mais son nom était difficile à prononcer. Bien avant 1917 (date à laquelle tous les noms à consonance teutonne étaient devenus suspects), Ryerhert s'était transformé en Riverhead. Il y avait un cours d'eau, bien sûr. Mais c'était plutôt un ruisseau, qui ne portait même pas le nom de ruisseau. On l'appelait Five Mile Pond. L'Etang des Cinq Milles. Il n'avait pas cinq milles de large, ni cinq milles de long, il ne se trouvait pas à cinq milles d'un quelconque point de repère. C'était simplement un ruisseau baptisé Five Mile Pond, dans un quartier appelé Riverhead, où il n'y avait ni source ni rivière.

La ville était un peu folle, parfois.

Mrs Wechsler habitait Riverhead, dans un immeuble dont la grande entrée était flanquée de deux énormes jarres en grès sans fleurs dedans. Kling passa entre les jarres, traversa l'entrée et s'arrêta devant la porte du vestibule intérieur. Il trouva une plaque au nom de Joseph Wechsler, appartement 3A, et appuya sur le bouton de l'interphone. Il y eut un bourdonnement et la porte s'entrouvrit avec un déclic. Il la poussa et monta à pied au troisième.

Il inspira profondément, sur le palier devant la porte des Wechsler. Puis il frappa.

Une femme vint lui ouvrir. Elle regarda curieusement Kling.

— Oui.

— Mrs Wechsler ?

— Non... Vous êtes le nouveau rabbin ?

— Quoi ?

— Le nouveau...

— Non. Je suis de la police.

— Ah... Ah ! Vous vouliez voir Ruth ?

— C'est Mrs Wechsler ?

— Oui.

— Oui, c'est elle que je voudrais voir.

La femme parut indécise.

— Nous... Elle... Vous comprenez, nous observons *shiva*, c'est... Vous n'êtes pas juif ?

— Non.

— Nous sommes en deuil. C'est la veillée des morts. Pour Joseph. Je suis sa sœur. Je crois qu'il vaudrait mieux que vous reveniez une autre...

— Madame, j'aimerais beaucoup m'entretenir avec Mrs Wechsler maintenant. Je... je vous comprends... mais...

Il eut soudain envie de partir. Il n'avait pas envie de déranger une veillée des morts. Et puis il se dit : Tu pars, et le tueur prend de l'avance.

— Pourrais-je la voir tout de suite ? demanda-t-il. Voulez-vous aller le lui demander ?

— Je vais voir, murmura la femme, et elle referma la porte.

Kling attendit sur le palier. Il entendait les bruits de l'immeuble autour de lui, les bruits de la vie. Et, derrière la porte fermée de l'appartement 3A, le silence de la mort.

Un jeune homme monta l'escalier, un livre sous le bras. Il salua Kling de la tête, d'un air solennel, s'arrêta et demanda :

— Wechsler, c'est ici ?

— Oui.

— Merci.

Il frappa. En attendant qu'on lui ouvre la porte, il toucha la *mezuza* fixée au chambranle. Ils attendirent tous les deux en silence, sur le palier. A l'étage au-dessus, une femme cria à son fils par la fenêtre :

— Martin ! Monte mettre un lainage !

Dans l'appartement, c'était le silence. Le jeune homme refrappa. Ils entendirent des pas derrière la porte. La sœur de Joseph Wechsler ouvrit, regarda d'abord Kling puis le nouveau venu.

— Vous êtes le rabbin ? demanda-t-elle.

— Oui.

— Voulez-vous entrer, *rov* ? Monsieur, Ruth accepte de vous recevoir. Elle... elle vient de perdre son mari... Si vous pouviez... Pourriez-vous être...

— Je comprends, dit Kling.

— Entrez, alors. Je vous en prie.

Ils étaient assis au salon. Il y avait une corbeille de fruits sur une table basse. Les tableaux, les glaces étaient recouverts de crêpe noir. La famille était assise sur des caisses de bois. Les hommes portaient des *yarmulkas* noires, les femmes des châles. Le jeune rabbin commençait à réciter les prières des morts. Ruth Wechsler se leva et vint au-devant de Kling.

— Comment allez-vous ? dit-elle. Je suis enchantée de vous connaître.

Elle parlait avec un effroyable accent yiddish, qui surprit Kling au début, parce qu'elle paraissait si jeune et que cet accent seyait mal à la jeunesse, semblait-il. Et puis, en la regardant de plus près dans la pénombre du salon, il s'aperçut qu'elle avait largement dépassé la quarantaine, qu'elle avait peut-être même plus de cinquante ans et qu'elle avait un de ces rares types sémites qui ne vieillissent pas vraiment, avec des cheveux d'un noir de jais et de grands yeux bruns lumineux, plus lumineux encore car ils brillaient de larmes. Elle lui tendit la main et il la serra maladroitement, sans savoir que dire, sa propre douleur soudain effacée, noyée dans les yeux de cette belle femme blême sans âge.

— Voulez-vous me suivre, s'il vous plaît ?

Son accent était véritablement atroce, un accent de vaudeville, d'histoires de Moïse et Levy, dénué de tout comique à cause de l'incommensurable tristesse de la malheureuse. Kling ajusta automatiquement son ouïe, rejeta l'épais dialecte, traduisit mentalement, pour n'entendre que la signification des mots derrière l'accent et la mauvaise construction des phrases.

Elle le conduisit dans une petite pièce derrière le salon. Il y avait un divan et un poste de télévision. L'écran était noir. Deux fenêtres donnaient sur la rue, et les bruits de la ville montaient vers eux. Du salon leur parvenait la voix du rabbin psalmodiant les antiques prières hébraïques des morts. Dans la petite pièce, Kling s'assit à côté de

Ruth et se sentit solidaire de cette femme. Il avait envie de lui prendre les mains. Il avait envie de pleurer avec elle.

— Mrs Wechsler, je sais que c'est difficile...

— Non, je veux vous parler.

Elle prononçait : « fous barhler ». Elle hocha la tête et reprit :

— Je veux aider la police. Nous ne pourrons pas attraper l'assassin si je n'aide pas la police.

Kling plongea son regard dans les yeux bruns lumineux et entendit les mots exactement de cette façon, bien qu'elle ait articulé : « Che feu haiter la bolize. Dous bourrons bas adraber l'azzazzin zi che n'aite bas la bolize. »

— C'est... c'est très aimable à vous, Mrs Wechsler. Et je vais essayer de ne pas trop vous poser de questions. Je serai aussi bref que possible.

— Prenez tout le temps qu'il faudra.

— Mrs Wechsler, est-ce que vous sauriez par hasard ce que votre mari faisait à Isola dans cette librairie-là ?

— Tout près, il a une boutique.

— A quel endroit, Mrs Wechsler ?

— Sur le Stem, au coin de la 47e Rue Nord.

— Quel genre de commerce ?

— Une quincaillerie.

— Je vois, et son magasin est près de la librairie. Allait-il souvent à cette librairie ?

— Oui. Il lisait beaucoup, mon Joseph. Il ne parle pas très bien, Joseph. Comme moi, un accent épouvantable. Mais il aimait la lecture, beaucoup. Il disait que ça l'aidait à apprendre les mots, en lisant à haute voix. Il me faisait la lecture, au lit. Je crois... je crois qu'il y est allé pour y chercher un livre dont je lui ai parlé la semaine dernière... Je lui avais dit qu'il faudrait le lire.

— Quel livre était-ce, Mrs Wechsler ?

— Un livre de Herman Wouk, un bon écrivain, très bien. Joseph m'avait lu à haute voix *Ouragan sur le Caine*, et *Voilà mon Dieu*, et je lui ai dit que nous devrions acheter ce livre, *Marjorie Morningstar*, parce que quand il est paru il y a eu des histoires, certains Juifs ont été offensés. J'ai dit à Joseph, comment un monsieur si bien, un grand monsieur comme Herman Wouk pourrait écrire un livre contre les Juifs ? J'ai dit à Joseph qu'il devait y avoir une erreur. Il doit y avoir trop de gens qui sont trop susceptibles. J'ai dit qu'il se pourrait que ce soit Mr Wouk l'offensé, que cet homme avait été mal compris, que son amour était pris pour autre chose. Il y avait un malentendu. Alors j'ai dit à Joseph qu'il fallait acheter le livre et le lire, pour nous faire une opinion.

— Je vois. Et vous pensez qu'il est allé chercher ce livre ?
— Oui.
— Il en avait l'habitude ? D'acheter ses livres dans cette librairie-là ?
— Il en achetait, et il avait aussi un abonnement de lecture.
— Oui. Mais toujours à cette librairie ? Jamais dans une librairie de votre quartier, ici, par exemple ?
— Non. Joseph passait beaucoup de temps à son magasin, vous comprenez, et alors il faisait de petites courses pendant l'heure du déjeuner, ou avant de rentrer, mais toujours dans le quartier de son magasin.
— Quel genre de courses, Mrs Wechsler ?
— Oh, de petites courses. Attendez... Tenez, par exemple, il y a quelques semaines, le transistor que nous avons, il avait besoin d'être réparé. Alors Joseph l'a emporté à son magasin et l'a fait réparer là-bas dans son quartier.
— Je vois.
— Ou bien sa voiture, il y avait une éraflure sur l'aile. Garée dans la rue, simplement, et quelqu'un l'a cognée et a abîmé l'aile... il n'y a rien qu'on puisse faire ?
— Ma foi... Vous avez prévenu votre compagnie d'assurances ?
— Oui, mais il y a une franchise de cinquante dollars. Vous savez ?
— Oui.
— Et ce n'est qu'une petite note, pour la peinture, vingt-cinq, trente dollars, j'ai oublié. Il faut que je paye. Le garagiste m'a envoyé sa facture la semaine dernière.
— Je vois. En un mot, votre mari avait l'habitude de s'adresser aux commerçants du quartier où il a son magasin. Et quelqu'un aurait pu savoir qu'il allait souvent dans cette librairie ?
— Oui. Quelqu'un aurait pu le savoir.
— Y a-t-il... voyez-vous quelqu'un qui... qui pouvait avoir des raisons d'en vouloir à votre mari au point de le tuer, Mrs Wechsler ?
Soudain, Ruth Wechsler s'écria :
— Vous savez, je n'arrive pas à me faire à l'idée qu'il est mort.
Elle avait parlé d'un ton étonné, comme on fait une remarque sur une bizarrerie du temps de la saison. Kling se tut et l'écouta.
— Je n'arrive pas à croire qu'il ne me fera plus la lecture à haute voix. Au lit... Non, je n'arrive pas à m'y habituer.
La pièce était silencieuse. Dans le salon, les litanies des morts s'élevaient, monotones et lugubres.
— Est-ce que... Avait-il des ennemis, Mrs Wechsler ? demanda Kling avec douceur.
Ruth Wechsler secoua la tête.

— Avait-il reçu des lettres ou des coups de téléphone menaçants ?

— Non.

— S'était-il disputé avec quelqu'un ? Avait-il eu des mots ? Quelque chose comme ça ?

— Je ne sais pas. Je ne pense pas.

— Mrs Wechsler... quand votre mari est mort... à l'hôpital, l'inspecteur qui se trouvait auprès de lui l'a entendu prononcer un mot : Karachi. Est-ce que c'est un nom ? Quelqu'un que vous connaissez ?

— Non. Karachi ? Non. Non, nous ne connaissons personne de ce nom.

— Alors... la ville. Vous y êtes allés ?

— Où ?

— A Karachi. Au Pakistan.

— Pakistan ? Non, non.

— C'est aux Indes. Vous avez de la famille aux Indes ?

— Non, pas du tout.

— Vous ne connaissez personne qui vienne de là-bas ? Qui ait de la famille, des amis là-bas ?

— Non.

— Dans le commerce de votre mari, peut-être ?

— Non. Les Indes ? Non, pas du tout.

— Vous ne voyez pas ce qu'il a pu vouloir dire, Mrs Wechsler ? Il a répété ce mot plusieurs fois. Nous pensions que cela pouvait avoir une signification particulière.

— Non, je ne vois pas.

— Est-ce que vous avez des papiers de votre mari, des lettres, des factures ? Peut-être en correspondant avec quelqu'un, en faisant des affaires... peut-être a-t-il fait une affaire avec un Indien ?

— Je partageais tout avec mon mari, tout. Personne ne s'appelle Karachi. Pas d'Indiens, pas d'affaires avec le Pakistan. Rien. Je regrette.

— Mais est-ce que vous ne pourriez pas nous confier ses lettres et ses factures, quand même ? Je vous les rendrai en bon état.

— Oui, mais ne gardez pas les factures trop longtemps. J'aime bien payer mes notes tout de suite.

Elle poussa un profond soupir et ajouta :

— Il faut que je le lise maintenant.

— Pardon, je ne... ?

— Le livre. Le livre de Mr Wouk... Mon pauvre mari. Mon pauvre chéri...

Et bien qu'elle prononçât « Bon bauff jéri », ce n'était pas comique du tout.

Sur le palier, en sortant de l'appartement, Kling s'appuya contre le mur et ferma les yeux, fort. Il poussa un soupir et respira bruyamment deux ou trois fois, puis il se secoua, quitta le mur et descendit lentement dans la rue.

C'était samedi, et les enfants étaient revenus de l'école. Sur la chaussée, une bande de petits garçons jouaient à la balle au prisonnier, en simples chemisettes par cette soirée d'octobre inhabituellement tiède. Des petites filles sautaient à la corde sur le trottoir. Deux petits garçons jouaient aux billes dans le caniveau en se disputant. Un peu plus loin, Kling surprit trois conspirateurs en culottes courtes qui se haussaient sur la pointe des pieds pour tirer des sonnettes et s'enfuyaient en courant. Comme il passait devant la porte, Kling vit une grosse ménagère ouvrir et regarder de tous côtés.

Réfugiés sous une porte cochère, les trois garnements criaient :

— Bisque, bisque rage, mange du fromage.

Le bruit de leurs voix aiguës le suivit longtemps.

7

Teddy Carella parlait à son mari.

— Oui ? fit Carella.

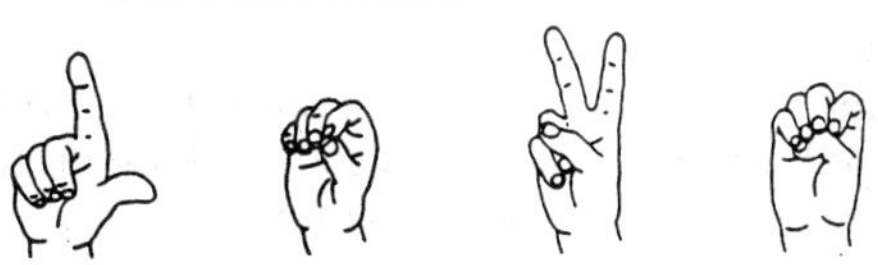

— Je vois ce que tu veux dire.

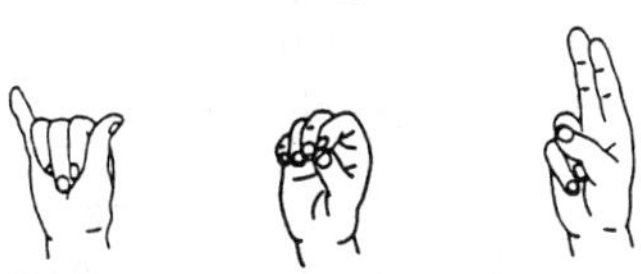

— Tu n'as rien de mieux ? fit-il. Ce n'est pas très original. Tu m'aimes, c'est ça ?

Teddy répéta les trois mots, les mains formant les signes à toute allure. Il la prit dans ses bras et lui baisa l'arête du nez. Puis leurs lèvres se joignirent et il l'embrassa pour de bon, longuement. Il la tint serrée contre lui, la tête de sa femme appuyée contre sa joue. Il la lâcha enfin. Il ôta son veston et sortit son arme de sa poche arrière droite, dégrafant l'étui et posant le revolver sur la table basse. Teddy fronça les sourcils, et ses mains déversèrent un torrent de mots.

— D'accord, d'accord, dit Carella. Je ne vais pas le laisser à la portée des enfants. Où sont-ils, au fait ?

Dans la cour, firent les mains. *Qu'as-tu fait, aujourd'hui ? Est-ce que tu as parlé...*

Mais Carella avait pris son revolver, il était passé dans la chambre à coucher, et il ne voyait plus les mains de sa femme. Elle le rattrapa, lui fit face et acheva sa phrase.

... à Kling ? Comment va-t-il ?

Carella déboutonna sa chemise et la jeta sur une chaise. Teddy la prit et la posa dans le panier à linge sale. Carella entendait les jumeaux se courir après, derrière la maison, à grand renfort de hurlements dans leur charabia enfantin.

— Oui, je lui ai parlé. Il travaille avec nous sur l'affaire.

Teddy fronça les sourcils, puis haussa les épaules.

— J'étais de ton avis, chérie, répondit Carella.

Il ôta son tee-shirt, s'en servit pour essuyer la transpiration sur son torse et sous ses bras, puis en fit une boule qu'il jeta vers le panier. Il manqua son coup. Teddy lui jeta un regard sinistre et ramassa le tee-shirt.

— Mais il y tient, et il serait difficile de le lui refuser.

Etourdiment, en route vers la salle de bains, il lui tournait encore le dos. Il s'immobilisa, fit demi-tour et répéta sa phrase pour qu'elle puisse lire sur ses lèvres.

— Il serait difficile de le lui refuser.

Teddy hocha la tête. Mais elle n'avait pas l'air convaincu. Elle suivit Carella dans la salle de bains. Pendant qu'il se lavait, elle resta assise sur le bord de la baignoire. A demi camouflé par l'eau savonneuse, Carella reprit :

— Nous pensons que l'assassin visait l'une de ses quatre victimes, Teddy. C'est peut-être une erreur, mais c'est ce que nous pensons... (Ses mains cachaient sa bouche. Il répéta la fin de la phrase.) ... ce que nous pensons.

Teddy acquiesça. Il s'essuya. Elle était suspendue à ses lèvres.

— Nous avons interrogé les proches des victimes. Ce matin, Meyer et moi avons parlé à Mrs Land à Sand's Spit. Bert est allé voir Mrs Wechsler cet après-midi. Jusqu'ici, ça ne nous mène nulle part. Il y a le père de Claire, bien sûr. Meyer et moi, nous devons lui rendre visite demain...

Teddy fit la grimace.

— Qu'y a-t-il ?

Demain, les parents viennent.

— A quelle heure ?

En début d'après-midi. Une ou deux heures. Pour déjeuner.

— Alors, Meyer et moi... Eh bien, nous pouvons y aller tôt le matin. Nous devons lui parler, Teddy.

Elle hocha la tête.

— Nous n'avons rien trouvé sur le troisième homme de la librairie. Anthony La Scala. Sur son permis de conduire, il y a une adresse à Isola. Mais nous avons vérifié, Meyer et moi, et le concierge nous a dit qu'il a déménagé il y a un mois. Le bureau de poste n'a pas d'adresse de réexpédition à son nom.

C'est peut-être une piste.

— Peut-être. Je jetterai un coup d'œil sur l'annuaire, tout à l'heure.

Teddy secoua la tête.

— Non ?

Il a déménagé il y a un mois. L'annuaire...

— Tu as raison, fit Carella. C'est trop tôt. Sa nouvelle adresse n'y figure pas encore. Tu es devenue drôlement futée ! (Il tendit les bras et la serra contre lui.) Si on demandait à Fanny de s'occuper du repas des enfants et de les mettre au lit ? Nous pourrions dîner en ville et aller au cinéma.

Teddy agita ses sourcils, l'air coquin.

— Oui, ça aussi, dit-il. Mais je me disais que ça pourrait attendre un peu.

Elle se passa la langue sur les lèvres, puis s'écarta de lui. Il tenta de la rattraper, mais il la manqua. Il lui donna une claque sur les fesses tandis qu'elle sortait de la salle de bains avec un rire silencieux. Quand il entra dans la chambre, elle était en train de se déshabiller.

— Que fais-tu ? demanda-t-il, intrigué. Les enfants ne sont pas encore au lit !

Teddy laissa pendiller ses mains, puis agita les doigts.

— Oh, tu vas prendre une douche ! (Elle acquiesça.) Je croyais que tu étais encore en train de me taquiner.

Teddy haussa les épaules d'un air mystérieux et passa devant lui, à moitié nue. Elle entra dans la salle de bains et ferma la porte. Il l'entendit pousser le verrou. Mais elle rouvrit la porte. Elle passa la tête dans l'entrebâillement, lui fit un sourire malicieux et leva la main droite. Ses doigts firent quelques mouvements rapides.

Et si tu allais voir tes enfants ?

Elle agita les doigts en signe d'au revoir, sa tête et sa main disparurent, la porte se referma et le verrou claqua. Un instant plus tard, Carella entendit couler l'eau de la douche. Un sourire aux lèvres, il enfila un tee-shirt propre et descendit retrouver Fanny et les jumeaux.

Fanny était assise sur un banc sous le seul arbre qui se dressait, majestueux, dans la cour des Carella. C'était une Irlandaise un peu forte, d'une cinquantaine d'années. Elle vit Carella sortir de la maison.

— Eh bien, le voilà, en personne !

— Papa ! brailla Mark, le poing en position pour frapper sa sœur en plein dans l'œil.

Il traversa la cour à toutes jambes et sauta dans les bras de Carella. April, un peu plus lente à réagir (d'autant qu'une seconde plus tôt elle s'attendait à encaisser un coup de poing), leva les yeux. Puis elle se précipita à travers la pelouse comme si elle avait été propulsée par une fusée. Les jumeaux avaient presque deux ans et demi, et combinaient les traits les plus marquants de leurs parents. Ils avaient tous deux les pommettes hautes et les yeux légèrement obliques de Carella. Et ils avaient tous deux les cheveux noirs et la bouche généreuse de Teddy. Pour le moment, Mark serrait le cou de son père assez fort pour l'étrangler. April escaladait ses jambes, faisant de son mieux pour aller s'asseoir autour de sa taille.

— En personne ! fit la petite en singeant Fanny, la seule personne qu'elle entendait, pendant la journée, parler un langage articulé.

— Oui, en personne, dit Carella. Pourquoi donc n'êtes-vous pas venus m'accueillir à la porte ?

— Qui sait à quelle heure vous autres, laquais de l'ordre établi, vous rentrez à la maison ? demanda Fanny en souriant.

— Oui, dit April, qui sait quelle heure les laqués.

— Alors, papa, dit Mark, l'air sérieux. Comment va le travail aujourd'hui ?

— Bien. Très bien.

— T'as accrapé un bandit ? fit la petite.

— Non, pas encore.

— Tu vas craper... (Elle marqua une pause, puis reprit :) Tu vas accraper... (Apparemment, la phrase lui donnait du mal.) Tu vas accraper... Tu vas en accraper un demain ?

— Oh oui, peut-être, s'il fait beau, dit Carella.

— Bien, papa, très bien, dit Mark.

— S'il fait beau, il a dit, ajouta April.

— Si tu en attrapes un, tu l'amènes à la maison ? dit Mark.

— Ces deux-là sont de vrais petits G-men, dit Fanny.

Elle se tenait sous la lumière rousse du feuillage automnal, et encourageait ses petits protégés d'un sourire. C'était une infirmière professionnelle, qui arrondissait le maigre salaire que lui offrait

Carella en assurant des services de nuit. Elle s'occupait des jumeaux depuis le jour de leur naissance.

— Les bandits, ça ressemble à quoi, papa ? demanda Mark.

— Eh bien, parfois ils ressemblent à Fanny.

— C'est ça, dit Fanny, apprenez-leur.

— Y a des dames bandits ? demanda April.

— Oui, dit Carella, il y a des hommes et des femmes bandits.

— Mais pas de nenfants, fit Mark.

Il avait toujours du mal à prononcer le mot.

— D'enfants, corrigea Fanny, comme à chaque fois.

— Nenfants, répéta Mark en hochant la tête d'un air entendu.

— Non, il n'y a pas d'enfants bandits, dit Carella. Les enfants sont trop malins pour devenir des bandits. (Il reposa les jumeaux au sol.) Fanny, je vous ai apporté quelque chose.

— Quoi ?

— Une boîte à gros mots.

— Fichtre, qu'est-ce que c'est que ça ?

— Elle est à votre disposition dans la cuisine. Vous devrez y déposer une amende à chaque fois que vous prononcerez un gros mot.

— Que je sois damnée si...

— Sois damnée si... répéta April.

— Vous voyez ce que je veux dire ? fit Carella.

— Je ne sais pas où ils vont chercher tout ça, dit Fanny en secouant la tête avec un étonnement simulé.

— Vous accepteriez de nous donner notre soirée ? demanda Carella.

— C'est samedi, non ? Il est normal que les jeunes gens sortent le samedi soir.

— Chouette ! fit Mark.

— Hein ? demanda Carella.

— Nous, on est jeunes.

— Oui, mais Fanny va vous donner à manger et vous mettre au lit, pendant que papa et maman iront voir un film.

— Lequel ?

— Je ne sais pas encore.

— Va voir un fimm de monstres, dit Mark.

— Un quoi ?

— Un fimm de monstres.

— Un film, tu veux dire ?

— Ouais.

— Où serait l'intérêt ? Il y a déjà deux monstres, ici, à la maison.

— Dis pas ça, papa, fit April. Tu vas nous faire peur.

Il leur tint compagnie, tandis que Teddy se douchait et que le crépuscule prenait possession de la ville. Il leur lut *Winnie l'ourson* jusqu'à l'heure de leur dîner. Puis il monta se changer. Teddy et lui mangèrent dans un bon restaurant, et ils allèrent voir un bon film. De retour dans la vieille maison de Riverhead, ils firent l'amour. Après quoi Carella s'adossa à son oreiller et fuma une cigarette dans le noir.

Et sans qu'il sache trop pourquoi, la perte subie par Kling lui sembla infinie.

8

Le 728 Peterson Avenue était situé au cœur de Riverhead, dans un bon quartier bourgeois de petits immeubles et de maisons de bois. Ralph Townsend habitait l'appartement 47. Le dimanche 15 octobre, à neuf heures du matin, les inspecteurs Meyer Meyer et Steve Carella sonnèrent à la porte et attendirent. La veille, Kling leur avait dit que le père de Claire était veilleur de nuit, et leur avait conseillé d'aller le voir vers neuf heures, quand il rentrerait de son travail, avant qu'il se couche. Ils surprirent Townsend en plein petit déjeuner. Il les fit entrer et leur offrit du café. Ils s'assirent dans la petite cuisine inondée de soleil, devant la table couverte d'une toile cirée. Townsend avait environ cinquante-cinq ans et avait conservé tous ses cheveux, aussi noirs que ceux de sa fille. Il avait un torse puissant et des bras musclés. Il portait une chemise blanche, aux manches relevées sur les biceps. Il portait aussi des bretelles vert vif, et une cravate noire.

— Je ne dormirai pas aujourd'hui, dit-il. Il faut que j'aille aux pompes funèbres.

— Vous avez travaillé cette nuit, Mr Townsend ? demanda Meyer.

— Il le faut bien, répondit Townsend avec simplicité. Je veux dire... vous ne connaissiez pas Claire, mais... dans notre famille, voyez-vous, nous estimons... Quand sa mère est morte, alors qu'elle était toute petite, nous... enfin, entre nous, nous avons pensé que nous devions à Mary... c'était le nom de la mère de Claire... nous avons pensé que nous devions à Mary, à sa mémoire, de vivre... vous comprenez. De continuer. De vivre. Alors il me semble que je dois faire la même chose pour Claire. Je le lui dois... Naturellement, elle me manque affreusement, mais je dois vivre. Et le travail, c'est la vie.

Il se tut un moment, puis il poursuivit :

— Alors je suis allé à mon travail hier soir... Oui, je suis allé travailler cette nuit et aujourd'hui je vais aller aux pompes funèbres, où ma petite fille est allongée morte...

Il but une gorgée de café. C'était un homme fort, et son expression de douleur était forte, comme il convenait à son caractère. Ses yeux étaient secs, mais le chagrin l'accablait visiblement, comme un fardeau trop lourd.

— Mr Townsend, dit Carella, nous sommes obligés de vous poser certaines questions. Je sais que vous nous comprendrez...

— Je comprends, mais d'abord j'aimerais vous poser moi-même une question, si je le puis.

— Bien sûr.

— Je voudrais savoir... est-ce que ceci à un rapport quelconque avec Bert ?

— Que voulez-vous dire ?

— J'aime bien Bert, dit Townsend. Il m'a plu tout de suite, le jour où Claire l'a amené chez nous. Il lui a fait énormément de bien, vous savez. Elle avait perdu son fiancé en Corée et pendant un moment, elle... elle oubliait de vivre, si vous voyez ce que je veux dire. Elle se laissait aller, elle glissait, elle... Et puis Bert est arrivé et elle a changé. Elle est redevenue elle-même. Elle s'est remise à vivre. Maintenant...

— Oui ?

— Maintenant, je... je me pose des questions. Je veux dire, Bert est policier et je l'aime bien. Il me plaît. Mais est-ce que... est-ce que Claire a été tuée parce qu'elle fréquentait un policier ? C'est ça que je voudrais savoir.

— Nous ne le pensons pas, Mr Townsend.

— Alors pourquoi ? Pourquoi l'a-t-on tuée ? Cent fois, je me suis posé la question. Et j'ai pensé... quelqu'un en voulait peut-être à Bert et s'est vengé sur Claire. Il a tué Claire pour atteindre Bert. Parce que Bert est policier. Ça ne vous paraît pas vraisemblable ? Si quelque chose peut paraître vraisemblable dans cette incroyable affaire, il me semble que ce serait bien ça, non ?

— Nous n'avons pas écarté cette possibilité, Mr Townsend, dit Meyer. Nous avons consulté tous nos dossiers, toutes nos fiches, pour chercher les arrestations importantes dont Bert a été responsable. Nous avons éliminé les menus délits parce qu'ils ne semblent pas avoir pu causer une telle vengeance. Nous avons aussi éliminé les hommes et les femmes qui sont toujours en prison, puisque naturellement...

— Oui, je comprends.

— ... et aussi ceux qui ont été libérés depuis plus d'un an. Nous pensons qu'un crime de vengeance ne pourrait être commis que tout de suite après...

— Oui, je vois, je vois...

— Nous avons donc appréhendé les détenus récemment libérés, du moins ceux dont nous connaissions le domicile. Nous sommes encore en train d'en interroger. Mais, tout à fait entre nous, il ne nous semble pas qu'il s'agisse d'un crime de ce genre.

— Comment le savez-vous ?

— Les affaires criminelles présentent certains aspects, Mr Townsend. Quand on en a suffisamment suivi, on finit par acquérir une sorte d'intuition. Nous ne pensons pas que le meurtre de Claire puisse avoir un rapport avec le fait que Bert était de la police. Nous pouvons nous tromper, mais jusqu'ici, nous dirigeons notre enquête d'un autre côté.

— De quel côté donc ?

— Eh bien, nous pensons que le criminel visait une certaine personne précise dans cette librairie, et qu'il l'a abattue.

— Pourquoi ne serait-ce pas Claire ? Et pourquoi ne...

— Il se peut que ce soit Claire, monsieur.

— Alors cela peut aussi avoir un rapport avec Bert.

— Oui, mais alors pourquoi le tueur ne s'en est-il pas pris directement à Bert ? Pourquoi a-t-il tué Claire ?

— Je ne sais pas. De toute façon, il faut être fou pour tuer quatre personnes d'un coup. Est-ce que vous cherchez la logique dans cette affaire ? Quelle logique peut-il y avoir ? Vous venez de me dire qu'il visait une personne précise, bon Dieu, et il en a tué quatre !

Meyer soupira :

— Mr Townsend, nous n'avons pas tout à fait écarté la possibilité qu'un individu désireux de se venger de Bert ait pu le faire en tuant votre fille. La chose est arrivée, c'est indiscutable, et nous n'écartons pas cette hypothèse. J'essaye simplement de vous faire comprendre que cette théorie ne nous paraît pas la plus intéressante. C'est tout. Mais naturellement, nous continuerons à l'envisager jusqu'à ce que cette piste se révèle tout à fait fausse.

— J'aimerais pouvoir croire que Bert n'a rien à voir là-dedans, murmura Mr Townsend.

— Croyez-le, je vous en prie, dit Carella.

— J'aimerais bien.

Un silence tomba. Meyer le rompit :

— En tout cas, Claire est une des quatre victimes. Nous devons donc...

— Vous vous demandez si Claire n'était pas justement la personne visée ?

— Oui. Voilà ce que nous nous demandons.

— Comment le saurais-je ?

— Eh bien, monsieur, dit Carella, nous pensions que Claire aurait peut-être pu vous faire part de quelque chose qui l'inquiétait, qui l'ennuyait. Ou...

— Elle ne paraissait avoir aucun souci.

— Avait-elle reçu des coups de téléphone de menaces ? Des lettres ? Le sauriez-vous ?

— Je travaille la nuit. Quand Claire suit ses cours ou fait ses visites, je dors. En général, nous dînons ensemble, mais je ne me rappelle pas l'avoir entendue parler de menaces. Non, rien de tel.

Inconsciemment, il parlait de sa fille au présent, comme s'il avait oublié qu'elle était morte.

— Quel genre de familles visitait-elle ? demanda Carella.

— Elle travaille à l'hôpital Buenavista.

— Quel genre de travail ?

— Eh bien... Vous savez qu'elle est assistante sociale, n'est-ce pas ?

— Oui, mais...

— Elle... Vous savez ce qu'est une assistante sociale médicale, certainement ?

— Pas très bien, monsieur.

— Eh bien, Claire suit...

Il s'interrompit soudain, en s'apercevant qu'il faisait une erreur de temps. Il poussa un profond soupir.

— Claire suivait...

Il hésita encore, comme s'il écoutait ce verbe au passé, comme s'il se persuadait enfin que sa fille était morte.

— Claire suivait les malades de l'hôpital, à leur sortie. Les médecins les soignent, vous savez, mais bien souvent il faut autre chose que des médicaments et des soins pour guérir un malade. Claire apportait ce petit quelque chose de plus. Elle remontait le moral des malades, les poussait à bien prendre leurs remèdes, les aidait à *vouloir* guérir.

— Je vois... Est-ce que Claire vous a jamais parlé d'un malade en particulier ?

— Oui, elle m'en parlait souvent.

— De quelle façon ?

— Eh bien, elle s'intéressait personnellement à tous les gens qu'elle visitait. Au fond, on pourrait dire que c'était cela, son travail, cet intérêt qu'elle prenait, cette attention particulière qu'elle accordait aux problèmes de ses malades.

— Et quand elle rentrait, elle vous en parlait ?

— Oui. Elle me racontait des anecdotes, des incidents drôles, vous savez.

— Y avait-il parfois des incidents moins drôles, monsieur ?

— Oh, il lui arrivait bien de se plaindre. Elle était surmenée et certaines familles étaient hostiles. Il lui arrivait d'avoir les nerfs à vif.

— Vous a-t-elle fait part de certains ennuis précis ?

— Des ennuis ?

— Qu'elle aurait eus avec des malades ou leur famille ? Avec les médecins ? Ou des collègues de l'hôpital ?

— Non, rien de particulier.

— Rien du tout ? Une petite discussion ? Une rivalité ? Vous ne vous rappelez rien ?

— Je regrette, non. Claire s'entendait bien avec tout le monde, vous savez. C'est sans doute pour ça qu'elle était une excellente assistante sociale. On l'aimait bien. Elle traitait tout le monde comme... comme des êtres intéressants. C'est un don assez rare, inspecteur Carella.

— Sans aucun doute. Mr Townsend, nous vous remercions. Vous nous avez été très utile.

— Est-ce... Y a-t-il quelque chose que je puisse dire à Bert ?

— Pardon ?

— Bert. Il sera aux pompes funèbres, sûrement.

Dans l'escalier, en descendant, Meyer demanda :

— Qu'est-ce que t'en penses ?

— J'aimerais faire un saut à l'hôpital. Quelle heure as-tu ?

— Dix heures et demie.

— Tu m'accompagnes ?

— Sarah a seulement demandé que je sois là pour le déjeuner.

Meyer haussa les épaules.

— Bon, allons-y, alors. Ça nous donnera peut-être quelque chose à suivre demain.

— J'aime pas les hôpitaux, dit Meyer. Ma mère est morte à l'hôpital.

— Si tu veux que j'y aille seul...

— Non, non, je vais avec toi. C'est seulement que j'aime pas les hôpitaux, c'est tout.

Ils allèrent reprendre la voiture de police et Carella prit le volant. Il mit en marche et s'engagea dans la faible circulation du dimanche matin.

— On va faire une petite mise au point pendant le trajet, dit-il. D'accord ?

— D'accord.

— Que fait l'autre équipe ?

— Di Maeo se renseigne sur le hold-up de 1954 à la librairie. D'après nos fiches, le coupable a été libéré de Castleview en 1956 et il est retourné à Denver. Mais Di Maeo veut s'assurer que le type n'est pas revenu par ici. Il enquête aussi sur les copains qu'il peut avoir, pour voir si aucun d'eux ne peut être mêlé au massacre de vendredi.

— Et quoi encore ?

— Il examine toutes les arrestations que Bert a effectuées, il les classe, et il délivre des mandats d'amener au nom de tous ceux qui paraissent présenter des possibilités. Il a pas mal de boulot, Steve.

— Bien. Et Willis et Brown ?

— Willis cherche de la famille ou des amis de la quatrième victime. Comment c'est, son nom, déjà ?

— La Scala.

— C'est ça. Anthony La Scala.

— Comment se fait-il que les Italiens se fassent toujours descendre ? demanda Carella.

— Ils ne se font pas toujours descendre.

— Dans *Les Incorruptibles*, à la télé, ça leur arrive tout le temps.

— Tu sais, ce feuilleton est statique, dit Meyer. (Il ajouta, avec un sourire malin :) T'as saisi ?

— Ouais, j'ai saisi.

— Statique. Robert Stack, statique...

— J'ai saisi, répéta Carella. Est-ce que Willis a trouvé le domicile de ce fameux La Scala ?

— Pas encore.

— Bizarre, non ?

— Très bizarre.

— Ça lui donne un petit air douteux.

— Tous tes congénères sont douteux. Tu ne regardes pas *Les Incorruptibles* ?

— Bien sûr que si. En tout cas, j'ai remarqué une chose.

— Quoi donc ?

— Robert Stack ne sourit jamais.

— Je l'ai vu sourire une fois, dit Meyer.

— Quand cela ?

— Je ne sais plus. Il était en train de tuer un malfrat. Mais je suis sûr de l'avoir vu sourire.

— Moi, je ne l'ai jamais vu sourire, dit Carella avec le plus grand sérieux.

— La vie de flic n'est pas marrante tous les jours, dit Meyer. Tu sais ce que j'ai remarqué ?

— Quoi ?

— Frank Nitti porte toujours le même costume croisé à rayures.

— C'est la preuve que le crime ne paie pas, dit Carella.

— J'aime bien le type qui joue le rôle de Nitti.

— Ouais, moi aussi, fit Carella en hochant la tête. Tu sais quoi ? Je crois bien que lui non plus, je ne l'ai jamais vu sourire.

— On dirait que t'es obsédé par cette histoire de sourire.

— Je ne sais pas. J'aime bien voir les gens sourire de temps en temps.

— C'est facile. Voilà un beau sourire, dit Meyer en souriant d'une oreille à l'autre.

— Voilà l'hôpital, dit Carella. Garde tes sourires pour les jolies infirmières.

Les jolies infirmières furent charmées par l'éblouissante dentition de Meyer, et lui indiquèrent immédiatement la salle où avait travaillé Claire Townsend. L'interne de service fut beaucoup moins ébloui par le sourire de Meyer. Il était surmené et mal payé, et il n'avait que faire d'une paire de duettistes comiques dans sa bonne petite salle tranquille par ce bon petit dimanche matin tranquille. Il était tout prêt à se débarrasser sans ménagement de ces pieds-plats, mais il ignorait qu'il avait devant lui l'inspecteur Meyer Meyer, terreur des bas-fonds et de la profession médicale, l'homme et le policier le plus patient de la ville, sinon des Etats-Unis.

— Nous sommes absolument navrés de venir vous faire perdre un temps précieux, Dr McElroy, dit Meyer, mais...

McElroy, qui n'avait pas la langue dans sa poche, prit la balle au bond :

— Je suis heureux que vous le compreniez, messieurs. Aussi si vous voulez bien partir, nous pourrons tous...

— Oui, nous comprenons, lança Meyer. Vous avez naturellement des malades à examiner, des sédatifs à administrer...

— Vous simplifiez la tâche d'un interne !

— Oui, bien sûr, et je m'en excuse, parce que je sais que vous avez énormément de travail, docteur. Mais nous enquêtons sur un crime ici...

— Ici, je m'occupe de mes malades.

— Et votre tâche consiste à les empêcher de mourir. Mais la nôtre est de découvrir qui a tué ceux qui sont déjà morts. Tout ce que vous pourrez nous dire sur...

— J'ai reçu des ordres exprès du médecin-chef, dit McElroy et je dois les suivre en son absence. Un hôpital marche au chronomètre, inspecteur... Meyer, je crois ?

— Oui, et nous comprenons que...

— ... et je n'ai pas le temps de répondre à un tas de questions oiseuses — pas ce matin, en tout cas. Attendez donc l'arrivée du médecin-chef et vous pourrez lui demander...

— Mais vous travailliez avec Claire Townsend, n'est-ce pas ?

— Claire travaillait avec moi et avec tous les autres médecins de cette section, ainsi qu'avec le patron. Ecoutez, inspecteur Meyer...

— Vous vous entendiez bien avec elle ?

— Je n'ai pas l'intention de vous répondre, inspecteur.

— Il ne devait pas s'entendre avec elle, Steve, dit Meyer.

— Mais si, voyons ! Je m'entendais très bien avec elle. Comme tout le monde ! Claire était... Ecoutez, inspecteur, vous n'allez pas réussir à m'engager dans une longue discussion sur Claire. Vraiment ! J'ai du travail. J'ai mes patients...

— Et moi j'ai de la patience, dit Meyer avec un sourire angélique. Au sujet de Claire, vous disiez ?

McElroy examina Meyer en silence.

— Je suppose qu'on peut l'embarquer, observa Carella.

— M'embarquer ? Mais, bon Dieu... Ecoutez, soupira McElroy. Je dois faire ma tournée à onze heures. Ensuite, il faut que je rédige les ordonnances. Et après, j'ai deux...

— Oui, nous savons que vous êtes très occupé, dit Meyer.

— J'ai deux prélèvements et quelques intraveineuses, sans parler des nouvelles admissions et des fiches de maladie et de...

— Allons chercher un mandat, dit Carella.

Les épaules de McElroy s'affaissèrent.

— Pourquoi diable est-ce que j'ai voulu être médecin ? demanda-t-il à la cantonade.

— Depuis combien de temps connaissiez-vous Claire ?

— Environ six mois, répondit McElroy avec lassitude.

— Vous aimiez travailler avec elle ?

— Tout le monde aimait travailler avec elle. Les assistantes sociales médicales nous sont très précieuses, et Claire était une fille extraordinairement consciencieuse et dévouée. J'ai été navré de... d'apprendre ce qui s'est passé. Claire était une fille tellement charmante. Et une excellente assistante.

— A-t-elle jamais eu des ennuis avec quelqu'un d'ici ?

— Non.

— Des différends avec des médecins ? Des infirmières ? Des malades ?

— Non.

— Allons, allons, docteur, dit Meyer. Cette fille n'était pas une sainte.

— Peut-être pas, mais elle était bougrement bien et c'était une excellente assistante sociale. Et les bonnes assistantes sociales n'ont pas de querelles mesquines.

— Parce qu'il y a des querelles mesquines ici ?

— Il y en a partout.

— Mais Claire n'y était jamais mêlée ?

— Pas que je sache.

— Et ses patients ? Vous n'allez pas nous dire qu'ils étaient tous des êtres bien équilibrés, parfaits, qui...

— Non, il y en avait beaucoup de détraqués.

— Alors, ils n'étaient certainement pas tous prêts à accepter ce qu'elle essayait de...

— C'est vrai. Ils ne l'acceptaient pas toujours au premier abord.

— Il y avait donc des problèmes.

— Au début. Mais Claire savait admirablement prendre les gens, et elle gagnait presque toujours l'entière confiance de ses patients.

— Presque toujours ?

— Oui.

— Quand échouait-elle ? demanda Carella.

— Quoi ?

— Vous avez dit presque, docteur. Il y en avait donc qui lui refusaient leur confiance. A-t-elle eu des ennuis avec un patient ?

— Rien de grave. Rien qu'elle ne puisse aplanir seule. Je m'efforce de vous faire comprendre que Claire était une personne exceptionnellement dévouée qui avait un don merveilleux et savait se faire aimer de ses patients. Je dois vous avouer que certaines assistantes sociales sont de vrais casse-pieds. Mais pas Claire. Claire était douce, patiente, bonne, compréhensive et... Elle était bonne, un point, c'est tout. Elle connaissait bien son métier, et elle l'adorait. Elle le faisait bien. Voilà tout ce que je peux vous dire. Elle allait même jusqu'à... elle travaillait en dehors de son service ici. Elle s'intéressait personnellement aux familles des patients. Elle allait les voir, elle aidait les parents à s'occuper des convalescents. Une fille exceptionnelle, je vous le répète.

— Quelles familles visitait-elle ?

— Comment ?

— Quelles familles...

— Ah ! Je ne sais trop. Plusieurs. Je ne me souviens pas.

— Essayez.

— Vraiment...

— Essayez de vous souvenir.

— Eh bien, voyons... Il y a eu un homme, il y a plusieurs mois, qui s'était cassé la jambe. Accident du travail. Claire s'est intéressée à sa famille, elle est allée chez eux, elle s'est occupée des enfants. Ou le mois dernier, tenez. Nous avions une femme, une appendicite aiguë. Une sale histoire, croyez-moi. Péritonite, abcès, tout le bazar. Elle est restée assez longtemps. Elle n'est partie que la semaine dernière. Claire s'est liée d'amitié avec sa fille, une petite de seize ans. Elle a même continué à s'intéresser à elle après le départ de cette malade.

— Que voulez-vous dire ?

— Elle lui téléphonait.

— A la jeune fille ? Elle lui téléphonait d'ici ? De ce service ?

— Oui.

— De quoi lui parlait-elle ?

— Je ne saurais vous dire. Je n'ai pas l'habitude d'écouter aux...

— Combien de fois lui a-t-elle téléphoné ?

— Eh bien... très fréquemment, la semaine dernière, murmura McElroy. De fait, la jeune fille l'a appelée une fois. Ici.

— Ah ! oui ? Comment s'appelle cette jeune fille ?

— Je ne sais pas. Je pourrais vous donner le nom de la mère. Il se trouve dans nos fiches.

— C'est cela, s'il vous plaît, dit Carella.

— C'est un peu inhabituel, n'est-ce pas ? observa Meyer, de garder le contact avec la fille d'une malade après que celle-ci est repartie chez elle ?

— Non, ce n'est pas tellement inhabituel. La plupart des assistantes sociales suivent les malades. Et, comme je vous l'ai dit, Claire était particulièrement...

— Mais pensez-vous qu'elle ait éprouvé un intérêt plus personnel pour cette jeune fille ?

— Tout ce que Claire...

— Je vous en prie, docteur. Je crois que vous me comprenez. Est-ce que l'intérêt que Claire Townsend portait à cette jeune fille dépassait l'intérêt qu'elle portait généralement à ses autres malades ou aux membres de leur famille ?

McElroy réfléchit un instant, puis il répondit :

— Oui, je le crois.

— Je vous remercie. Et maintenant, pourrions-nous jeter un coup d'œil sur vos fiches, s'il vous plaît ?

Dans la salle des inspecteurs, Hal Willis examinait le rapport de l'autopsie exécutée sur le cadavre d'Anthony La Scala. Le rapport déclarait que la mort avait été causée par trois balles de calibre .45 dans les poumons et le cœur, et que la mort avait dû être instantanée. Mais le rapport mentionnait aussi le fait que les bras de La Scala portaient des cicatrices à l'intérieur de l'avant-bras et à la saignée du coude le long des veines superficielles. Ces cicatrices se présentaient comme des boursouflures du derme d'un à deux centimètres de long sur trois ou quatre millimètres de large. L'opinion du médecin légiste, corroborée par la grande quantité d'héroïne trouvée dans le sang de la victime, était que ces cicatrices avaient été causées par des piqûres intraveineuses de stupéfiants, et que La Scala devait être intoxiqué depuis très longtemps, à en juger par le nombre de cicatrices et les petits points disposés en série sur les surfaces boursouflées.

Willis rangea le rapport dans le dossier Kling, et dit à Brown qui était assis au bureau voisin :

— Manquait plus que ça. Un foutu camé ! Comment veux-tu savoir où ça crèche, un camé ? A Grover Park, probable, sous un banc ! Et comment retrouve-t-on les parents et amis d'un foutu camé, hein ?

Brown considéra cela un moment, d'un air songeur.

— C'est peut-être une piste, murmura-t-il enfin. Le coup de pot, Hal. C'est peut-être celui-là que le type visait. Les camés sont toujours mêlés à des tas de trucs pas francs.

Il hocha la tête vigoureusement et ajouta :

— C'est peut-être la bonne piste.

Peut-être bien...

9

Lundi matin arriva.

Il arrive toujours.

Le lundi matin, on se réveille, on examine l'existence telle qu'elle se présente, et on trouve qu'elle se présente mal. Le lundi est comme ça, c'est la nature de la bête. Le lundi devrait être un commencement, quelque chose comme un nouvel an à la petite semaine. Mais pas du tout. Le lundi est invariablement un sale jour. On devrait interdire le lundi.

Arthur Brown était comme tout le monde, il n'aimait pas le lundi. Il était policier, accessoirement noir, et il vivait dans un ghetto non loin du poste de police. Il avait une femme nommée Caroline, une fille nommée Connie, et habitait un appartement de quatre pièces dans un vieil immeuble fatigué. Heureusement, lorsque Brown se leva, ce lundi 16 octobre, le plancher n'était pas froid. A cette époque de l'année, le plancher était généralement glacé, en dépit de l'ordonnance municipale qui enjoignait aux propriétaires d'allumer le chauffage central le 15 octobre. Cette année, avec l'été indien qui s'attardait et dispensait sa chaleur, les propriétaires bénéficiaient d'un sursis, et les locataires n'avaient pas besoin de taper sur les radiateurs. Brown était heureux de poser les pieds sur un plancher tiède.

Il se leva sans bruit, pour ne pas réveiller Caroline. C'était un grand homme massif, avec des cheveux noirs ras, des yeux bruns et un teint marron foncé. Il avait été docker avant d'entrer dans la police et en avait gardé des muscles puissants. Torse nu, en pantalon de pyjama, il laissa Caroline pelotonnée dans la veste de pyjama trop grande pour elle, et alla à la cuisine, où il mit une bouilloire d'eau à chauffer. Il brancha la radio en sourdine pour écouter les informations tout en se rasant. Des émeutes raciales au Congo. Des manifestations anti-ségrégationnistes dans le Sud. L'apartheid en Afrique du Sud.

Il se demanda pourquoi il était noir.

Il se le demandait souvent, distraitement, et sans avoir vraiment conscience d'être noir. C'était ça le plus étrange. Quand Arthur Brown se regardait dans la glace, il se voyait lui. Il savait qu'il était noir, bien sûr. Mais il était aussi démocrate, inspecteur, mari, père, lecteur du *New York Times* — il était un tas de choses. Alors il se demandait pourquoi il était noir. Il se demandait aussi pourquoi — vu qu'il était un tas de choses différentes — les gens voyaient en lui Arthur Brown, Noir, et pas Arthur Brown, inspecteur, ou Arthur Brown, mari, ou n'importe lequel des autres Arthur Brown, qui n'avaient aucun rapport avec le fait qu'il fût de couleur noire. Ce n'était pas un concept simple, et Brown ne le résumait pas en ces termes simples à la Shylock que le monde avait largement dépassés.

Quand Brown se regardait dans la glace, il voyait un individu.

C'était le monde qui avait décidé que cet individu était un Noir. Il n'était pas commode d'être cet individu, parce que cela l'obligeait à vivre la vie que le monde lui imposait, et que lui — Arthur Brown — n'aurait sans doute pas choisie. Lui, Arthur, Brown, ne voyait pas un Noir, ou un Blanc, ou un Jaune, ou un Vert quand il se regardait dans la glace.

Il voyait Arthur Brown.

Il se voyait, lui et personne d'autre.

Mais le concept homme blanc-homme noir venait en surimpression sur cette image, un concept qui existait et qu'il était bien obligé d'accepter. Il devenait un individu forcé de jouer un rôle compliqué. Il se regardait et voyait Arthur Brown, homme. Il ne voulait pas être autre chose. Il ne désirait aucunement être blanc. De fait, sa belle peau sombre et chaude lui plaisait bien. Il ne désirait en aucune façon coucher avec une blonde à la peau laiteuse. Il avait entendu affirmer par des amis de couleur que les Blancs ont des sexes plus volumineux que les Noirs, mais il ne le croyait pas et ne les enviait pas. Il avait souffert des préjugés, plus ou moins, depuis qu'il était en âge de comprendre ce qu'on disait, mais l'intolérance ne l'avait jamais mis en rage — il était simplement perplexe.

Vous voyez, se dit-il, c'est moi, Arthur Brown. Maintenant, qu'est-ce que c'est que cette connerie d'histoire de Blancs et de Noirs ? Je ne comprends pas ce que vous voulez de moi. Vous, vous me dites que je suis noir. Mais je ne sais pas ce que ça signifie, je ne vois pas l'utilité de toute cette discussion. Que voulez-vous de moi, exactement ? Si je vous dis, eh bien oui, je suis un Noir, que se passe-t-il ? Merde, où voulez-vous en venir ? Voilà ce que je voudrais savoir.

Arthur Brown acheva de se raser et se rinça le visage. Il se regarda dans la glace.

Comme d'habitude, il ne voyait que lui-même.

Il s'habilla sans bruit, but un jus d'orange et du café, embrassa sa fille endormie dans son berceau, éveilla Caroline pour lui dire qu'il partait travailler, et se rendit dans le quartier où Joseph Wechsler avait eu sa quincaillerie.

C'est par pur hasard que Meyer Meyer alla voir Mrs Rudy Glennon seul, ce lundi matin. Le hasard avait voulu que Steve Carella soit de corvée au Défilé. Les choses se seraient sans doute passées autrement si Carella l'avait accompagné, mais le grand manitou de la police estimait indispensable que ses poulets fissent la connaissance des délinquants divers tous les matins du lundi au jeudi inclus, et Carella, étant poulet de son état, exécuta sa corvée comme un grand et envoya Meyer seul chez Mrs Glennon.

Mrs Glennon était la malade dont le Dr McElroy leur avait donné le nom à l'hôpital Buenavista, cette femme à la famille de qui Claire Townsend s'était intéressée. Elle habitait un des plus sordides faubourgs d'Isola, à quelque neuf cents mètres du poste. Meyer s'y rendit à pied, trouva l'adresse, et grimpa au deuxième étage. Il frappa à la porte de l'appartement et attendit.

— Qui est là ? cria une voix.

— Police, dit Meyer.

— Qu'est-ce que vous voulez ? Je suis au lit.

— Je voudrais vous parler, Mrs Glennon.

— Revenez la semaine prochaine. Je suis malade. Je suis couchée.

— Je voudrais vous parler tout de suite, Mrs Glennon.

— A quel sujet ?

— Mrs Glennon, voulez-vous ouvrir la porte, s'il vous plaît ?

— Oh ! pour l'amour du ciel, c'est ouvert, cria-t-elle. Entrez, entrez.

Meyer tourna la poignée et entra. Les stores étaient baissés et la pièce où il se trouva était plongée dans la pénombre. Il regarda autour de lui.

— Je suis ici, dit Mrs Glennon. Dans la chambre.

Il suivit le son de la voix dans l'autre pièce. La femme était assise au milieu d'un grand lit, soutenue par des oreillers, menue et terne dans une robe de chambre rose fanée par-dessus sa chemise de nuit. Elle regarda Meyer comme si ce simple coup d'œil l'exténuait. Elle avait des cheveux raides, striés de gris, des joues creuses.

— Je vous ai dit que j'étais malade, dit-elle. Qu'est-ce que vous voulez ?

— Je suis navré de vous déranger, madame. L'hôpital nous a dit que vous étiez rentrée chez vous. J'ai pensé...

— Je suis en convalescence, interrompit-elle avec fierté, comme si elle s'était donné beaucoup de mal pour apprendre ce mot.

— Je suis désolé et je m'excuse. Mais si vous pouviez répondre à quelques questions, je vous en serais très reconnaissant, madame.

— Puisque vous êtes là, maintenant. Qu'est-ce que vous voulez savoir ?

— Vous avez une fille, Mrs Glennon ?

— Et un fils. Pourquoi ?

— Quel âge ont vos enfants ?

— Eileen a seize ans et Terry dix-huit. Pourquoi ?

— Où sont-ils en ce moment, Mrs Glennon ?

— Qu'est-ce que ça peut vous faire ? Ils n'ont rien fait de mal.

— Je n'ai pas dit cela, Mrs Glennon. Je demande simplement...

— Alors pourquoi voulez-vous savoir où ils sont ?

— A vrai dire, nous cherchons à...

— Je suis là, m'man, fit une voix derrière Meyer.

La voix était brusque, et fit sursauter l'inspecteur. Sa main se porta machinalement vers le revolver à sa ceinture, devant la hanche gauche, et s'arrêta. Il se retourna lentement. Le garçon qui se tenait derrière lui était manifestement Terry Glennon, un grand gamin dégingandé de dix-huit ans, qui avait les yeux perçants et la figure émaciée de sa mère.

— Qu'est-ce que vous voulez, mec ? demanda-t-il.

— Je suis de la police, dit Meyer avant que le gosse ait le temps de se faire des idées dangereuses. Je voulais poser quelques questions à ta mère.

— Ma mère sort de l'hôpital. Elle ne peut pas répondre à des questions.

— Ça ne me fait rien, mon petit, dit Mrs Glennon.

— Laisse-moi m'occuper de ça, m'man. Je vous conseille de partir, monsieur.

— Eh bien, j'aurais voulu savoir...

— Je vous conseille de partir, répéta Terry.

— Désolé, fiston, fit Meyer, mais il se trouve que j'enquête sur un assassinat et que je préfère rester.

— Un assa... (Terry Glennon digéra l'information en silence.) Qui a été assassiné ?

— Pourquoi ? Qui crois-tu que c'est ?

— Je ne sais pas.

— Alors pourquoi as-tu demandé ?

— Je ne sais pas. Vous avez parlé d'assassinat alors, naturellement, j'ai demandé...

— Hmm, fit Meyer. Tu connais une Claire Townsend ?

— Non.

— Je la connais, moi, dit Mrs Glennon. C'est elle qui vous envoie ?

— Ecoutez, monsieur, lança Terry qui semblait avoir pris une résolution une fois pour toutes, je vous ai dit que ma mère était malade. Je me fous de votre enquête, je ne veux pas qu'elle...

— Terry, ça suffit, t'entends ? lui dit sa mère. Tu as rapporté le lait comme je te l'avais demandé ?

— Ouais.

— Où l'as-tu mis ?

— Sur la table.

— A quoi veux-tu qu'il me serve, sur la table, où je ne peux pas aller le chercher, hein ? Mets-le dans une casserole et fais-le chauffer. Et puis tu pourras partir.

— Comment ça, partir ?

— En bas. Avec tes amis.

— Comment ça, mes amis ? Pourquoi tu dis toujours ça comme ça ?

— Terry, fais ce que je te dis.

— Tu vas laisser ce type t'énerver ?

— Je ne suis pas énervée.

— T'es malade, bon Dieu ! hurla Terry. Tu viens d'avoir une opération, bon Dieu de bon Dieu !

— Terry, je te défends de jurer ! Va faire chauffer le lait, descends et fais ce que tu veux.

— Mince, je te comprends pas, grogna Terry.

Il jeta à sa mère un regard mauvais qui déborda sur Meyer, et il sortit de la chambre d'un air furieux. On l'entendit fourgonner dans la cuisine, remuer bruyamment des casseroles et sortir en claquant la porte.

— Il a son caractère, observa Mrs Glennon.

— Hmm, fit Meyer.

— Est-ce que c'est Claire qui vous envoie ?

— Non, madame. Claire Townsend est morte.

— Quoi ? Qu'est-ce que vous dites ?

— Oui, madame.

— Tss, fit Mrs Glennon, la tête légèrement penchée de côté. Tss...

— Vous étiez très amie avec elle, Mrs Glennon ?

— Oui.

Le regard de la femme s'était voilé. Elle paraissait penser à quelque chose, mais Meyer ne devinait pas à quoi. Il avait souvent observé cet air-là, quand une question ou une nouvelle déclenche un souvenir ou une association d'idées, et que la personne interrogée s'évade dans un monde à elle.

— Oui, Claire était une bonne petite, dit Mrs Glennon.

Mais son esprit était manifestement ailleurs, et Meyer aurait donné cher pour savoir où.

— Elle s'occupait de vous à l'hôpital, n'est-ce pas ?

— Oui.

— Et de votre fille aussi ?

— Comment ?

— Votre fille. J'ai cru comprendre que Claire était assez liée avec elle.

— Qui vous a dit ça ?

— L'interne de Buenavista.

— Ah... Oui, elles étaient amies.

— Très amies ?

— Oui. Oui, je le suppose.

— Qu'y a-t-il, Mrs Glennon ?

— Pardon ?

— A quoi pensez-vous ?

— A rien. Je réponds à vos questions. Quand... quand est-ce que... que Claire a été tuée ?

— Vendredi soir.

— Ah ! Alors elle...

Mrs Glennon se tut brusquement, les lèvres serrées.

— Alors elle... quoi ?

— Alors elle... a été tuée vendredi soir, dit Mrs Glennon.

— Oui, murmura Meyer en l'observant attentivement. Quand l'avez-vous vue pour la dernière fois, Mrs Glennon ?

— A l'hôpital.

— Et votre fille ?

— Eileen ? Je... je ne sais pas quand elle a vu Claire.

— Où est-elle en ce moment, madame ? A l'école ?

— Non. Non, elle... elle passe quelques jours... euh... chez ma sœur. A Bethtown.

— Elle ne va plus à l'école ?

— Si. Si, bien sûr. Mais j'ai eu l'appendicite, vous savez, et elle... euh... elle est restée chez ma sœur pendant que j'étais à l'hôpital et... euh... j'ai pensé qu'il valait mieux qu'elle ne revienne pas tout de suite, tant que je ne suis pas sur pied. Vous comprenez ?

— Oui. Comment s'appelle votre sœur, Mrs Glennon ?

— Iris.

— Oui. Iris comment ?

— Iris... Pourquoi voulez-vous le savoir ?

— Oh ! simple formalité, dit Meyer.

— Je ne veux pas que vous alliez l'embêter, monsieur. Elle a bien assez d'ennuis comme ça dans sa vie. Elle ne connaît même pas Claire. J'aimerais bien que vous la laissiez tranquille.

— Je ne l'ennuierai pas, Mrs Glennon.

Mrs Glennon fronça les sourcils.

— Elle s'appelle Iris Mulhare.

Meyer inscrivit le nom sur son carnet.

— Et l'adresse ?

— Ecoutez, vous me dites...

— Simple formalité, Mrs Glennon.

— 1131, 56e Rue.

— A Bethtown ?

— Oui.

— Merci. Et vous me dites que votre fille Eileen est chez elle ?

— Oui.

— Quand y est-elle allée ?

— Samedi. Samedi matin.

— Et elle y a passé quelques jours avant cela ? Pendant que vous étiez à l'hôpital ?

— Oui.

— Où a-t-elle fait la connaissance de Claire, Mrs Glennon ?

— A l'hôpital. Elle est venue me voir un jour que Claire était là. C'est là qu'elles se sont connues.

— Hmm... Et Claire est allée la voir chez votre sœur ? A Bethtown ?

— Comment ?

— Je dis, je suppose que Claire est allée voir votre fille chez votre sœur.

— Oui, je... sans doute.

— Hmm... Très intéressant. Je vous remercie, Mrs Glennon. Dites-moi, avez-vous lu les journaux ?

— Non, aucun.

— Alors vous ne saviez pas que Claire était morte, avant que je vous l'annonce ?

— Non.
— Croyez-vous qu'Eileen le sache ?
— Je... je ne sais pas.
— Enfin, elle ne vous en a pas parlé samedi matin ? Avant de partir ?
— Non.
— Vous écoutiez la radio ?
— Non.
— Parce qu'on l'a aussi annoncé à la radio. Samedi matin.
— Nous n'écoutions pas la radio.
— Je vois. Et votre fille n'a pas lu de journal avant de quitter la maison ?
— Non.
— Mais bien entendu, elle doit être au courant maintenant. Elle ne vous en a pas parlé du tout ?
— Non.
— Parce que vous lui avez parlé, n'est-ce pas ? Je veux dire, elle vous téléphone ? De chez votre sœur ?
— Oui, je... je lui ai parlé.
— Quand lui avez-vous parlé pour la dernière fois, Mrs Glennon ?
— Je... je me sens très fatiguée, monsieur. Je voudrais me reposer.
— Certainement. Quand lui avez-vous parlé pour la dernière fois ?
— Hier, dit Mrs Glennon en poussant un profond soupir.
— Je vois. Merci, madame, vous m'avez été très utile. Voulez-vous que je vous serve le lait ? Il doit être assez chaud à présent.
— Vous voulez bien ?

Meyer alla dans la cuisine. Le fourneau était coincé entre un placard et un mur. Un petit tableau pense-bête en liège était fixé au mur. Il y avait un téléphone sur le placard du bas. Meyer prit la casserole de lait au moment où il allait déborder. Il en versa dans un bol et cria :
— Vous voulez un bon morceau de beurre dedans ?
— Oui, s'il vous plaît.

Il ouvrit le réfrigérateur, sortit le beurrier, chercha un couteau dans un tiroir et s'apprêtait à en couper un morceau quand son regard tomba sur une note manuscrite épinglée au tableau de liège. Il lut :

CLAIRE
SAMEDI
271 PREMIERE RUE SUD

Il hocha la tête, brièvement, recopia l'adresse sans bruit dans son carnet, puis il porta le lait à Mrs Glennon. Elle le remercia de sa gentillesse, lui demanda encore de ne pas aller embêter sa sœur et se mit à boire à petites gorgées.

Meyer quitta l'appartement, en se demandant pourquoi Mrs Glennon lui avait menti. Il se posait encore la question quand il arriva sur le palier du premier.

L'attaque fut rapide et silencieuse.

Il fut pris totalement par surprise. Le poing jaillit des ténèbres au moment où il abordait le tournant de la rampe. Le coup l'atteignit à l'arête du nez. Il pivota pour faire face à son assaillant, tout en portant la main à la crosse de son revolver et soudain il fut assommé par-derrière, par quelque chose de plus dur qu'un poing, quelque chose qui entra en collision avec sa nuque et fit tomber un rideau noir devant ses yeux. Il parvint à sortir son revolver, vivement, mais quelque chose d'autre le frappa — ils étaient au moins deux —, il reçut encore un coup, puis entendit une détonation émanant de son revolver, mais sans avoir conscience d'avoir tiré. Quelque chose tomba par terre avec un fracas métallique — ils se servaient de tuyaux de plomb —, il sentit du sang couler dans ses yeux, un tuyau jaillit de l'ombre, lui fendit la bouche. Il sentit son revolver glisser de sa main, puis il tomba à genoux sous le martèlement silencieux des tuyaux de plomb implacables.

Il entendit un bruit de pas, des milliers de pas, qui couraient sur lui, autour de lui, sur les marches de l'escalier, comme le tonnerre. Il ne perdit pas connaissance. La figure aplatie sur le plancher rugueux, le goût de son propre sang dans la bouche, il se demanda distraitement pourquoi les détectives privés tombaient toujours interminablement dans des abîmes de ténèbres, se demanda distraitement pourquoi Mrs Glennon lui avait menti, se demanda pourquoi il avait été attaqué, se demanda où se trouvait son revolver et tâtonna à l'aveuglette, les doigts poissés de sang. Il rampa vers les marches.

Il trouva la dernière marche et dégringola la tête la première dans l'escalier. Roulant et rebondissant contre la rampe, arrachant la peau de son crâne chauve sur l'arête vive d'une des marches, les bras et les jambes grotesquement tordus, il roula ainsi jusqu'au rez-de-chaussée. Il pouvait voir un rectangle de lumière, là où la porte du vestibule était ouverte sur la rue. Il cracha du sang, rampa dans le vestibule obscur, sur le perron, laissant derrière lui une traînée sanglante, le sang dans les yeux, saignant du nez, crachant du sang.

Il se traîna péniblement au bas du petit perron, et s'affala sur le trottoir. Il essaya de se redresser sur un coude, tenta d'appeler à l'aide.

Personne ne s'arrêta pour lui porter secours.

C'était un quartier où l'on ne survivait qu'en se mêlant de ses propres affaires.

Dix minutes plus tard, un agent de ronde le trouva sur le trottoir, où il était tombé, interminablement, dans un abîme de ténèbres.

Un grand panneau devant le garage annonçait : RÉPARATIONS, CARROSSERIE, PEINTURE, RETOUCHES.

Le propriétaire du garage était un nommé Fred Batista et il sortit donner de l'essence à Brown qui avait arrêté sa voiture banalisée devant les pompes, pour apprendre que Brown était un inspecteur de police venu poser des questions.

Cette idée parut le séduire infiniment. Il demanda à Brown de garer sa voiture près de la pompe à air, et l'invita à entrer dans le petit bureau. Batista avait besoin de se raser et il portait une salopette pleine de cambouis, mais son œil pétillait tandis qu'il répondait aux questions préliminaires de Brown. Peut-être n'avait-il jamais vu un policier d'aussi près. Ou alors les affaires étaient calmes et il était heureux de cette distraction. Quoi qu'il en soit, il répondit à Brown avec une verve enthousiaste.

— Joe Wechsler ? dit-il. Mais bien sûr que je le connaissais. Il avait une petite quincaillerie là, dans la rue. On allait souvent chez lui acheter des outils. Un type épatant, Joe. C'est affreux ce qui lui est arrivé, hein ? Sale histoire. Je connais Martin Fennerman aussi, le type de la librairie. Il y a eu un hold-up chez lui, une fois, vous le saviez ? Il vous l'a dit ?

— Oui, il nous l'a dit.

— Je vous crois, je me rappelle, ça devait être y a dans les sept, huit ans, environ. Eh oui. Vous voulez un cigare ?

— Non, merci, Mr Batista.

— Vous ne fumez pas le cigare ? dit Batista, vexé.

— Si, certainement, mais jamais le matin.

— Tiens, pourquoi ? Le matin, l'après-midi, c'est pareil.

— Eh bien, j'en fume généralement un après le déjeuner, et un autre après dîner.

— Ça vous ennuie pas que j'en fume un ?

— Je vous en prie.

Batista hocha la tête, et cracha le bout de son cigare dans un fût plein de chiffons sales, près de son bureau bancal. Il alluma le cigare, souffla un grand nuage de fumée, fit « Aaaaah » et se renversa dans son antique fauteuil pivotant.

— Il paraît que Mr Wechsler vous a confié un petit travail, avant le drame. C'est bien cela, n'est-ce pas ?

— C'est ça. La vérité pure.

— Quel genre de travail ?

— Une retouche de peinture.

— C'est vous qui l'avez effectuée ?

— Non, non. C'est mon carrossier. C'était pas grand-chose. Un dingue avait esquinté la bagnole de Joe qui était garée dans la rue devant sa boutique. Alors il m'a amené la bagnole et...

— La voiture a été emboutie ?

— Oui, mais c'était trois fois rien. Vous savez, une longue éraflure sur l'aile, un truc comme ça. Buddy a fait le boulot.

— Buddy ?

— Ouais, mon carrossier.

— Qui a payé le travail ? Mr Wechsler, ou l'homme qui l'avait embouti ?

— Ben, pour tout vous dire, personne ne m'a encore payé. J'ai envoyé la facture à Joe seulement la semaine dernière. Bien sûr, je savais pas que Joe allait se faire tuer. Ecoutez, mon fric peut attendre, je suis pas pressé. Sa pauvre femme a assez de chagrin comme ça.

— Mais c'est à Mr Wechsler que vous avez envoyé la facture ?

— Ouais. Joe savait pas qui l'avait embouti. C'était comme ça, vous savez, un jour il rentre de déjeuner et y a son aile tout éraflée. Alors il m'a amené la bagnole, et on l'a réparée. Buddy travaille bien. Y a qu'un mois et quelques que je l'ai, mais il est bien mieux que l'autre que j'avais avant.

— Pourrais-je lui parler ?

— Bien sûr, allez-y. Vous le trouverez dans le fond, il travaille sur une Ford.

— Quel est son nom de famille ?

— Manners. Buddy Manners.

— Merci.

Brown s'excusa et passa dans le fond du garage.

Un grand garçon musclé en bleu de travail couvert de peinture peignait au pistolet les flancs d'une Ford décapotable bleue. Il leva la tête vers Brown en l'entendant venir, s'aperçut que ce n'était pas quelqu'un qu'il connaissait et reprit son travail.

— Mr Manners ? demanda Brown.

Manners arrêta le pistolet automatique et se retourna.

— Ouais ?

— J'appartiens à la police. Pourriez-vous répondre à quelques questions, s'il vous plaît ?

— La police ? fit l'autre en haussant les épaules. Bien sûr, allez-y.

— Vous avez effectué un travail pour Joseph Wechsler, n'est-ce pas ?

— Pour qui ?

— Joseph Wechsler.

— Wechsler, Wechsler... Ah oui, une Chevrolet, c'est ça. Retouche de peinture à l'aile avant gauche. Juste. Je me les rappelle seulement par les voitures, expliqua-t-il en souriant.

— Vous ne devez pas savoir ce qui est arrivé à Mr Wechsler, alors ?

— Je sais seulement ce qui est arrivé à sa voiture.

— Eh bien, il a été tué vendredi soir.

— Ah ! mince, c'est pas de veine, dit Manners, et son expression devint grave. Je suis navré de l'apprendre... Un accident d'auto ?

— Non, il a été assassiné. Vous ne lisez pas les journaux, Mr Manners ?

— Ma foi, j'ai été assez occupé, ce week-end. Je suis allé à Boston — c'est mon pays — pour aller voir une jeune fille que je fréquente. Alors j'ai pas pu voir les journaux d'ici.

— Vous connaissiez assez bien Wechsler ?

Manners haussa les épaules.

— Je crois que je l'ai vu deux fois. D'abord quand il a amené sa bagnole, et puis il est revenu une fois pendant que j'étais dessus. Il a dit que la couleur, c'était pas tout à fait ça. Alors j'ai fait un nouveau mélange, et j'ai repassé une nouvelle couche. C'est tout.

— Vous ne l'avez pas revu ?

— Jamais. Et il est mort, hein ? C'est moche. Il avait l'air d'un brave type, pour un youpin.

Brown regarda fixement Manners, puis il demanda :

— Pourquoi dites-vous ça ?

— Ben quoi, il avait l'air d'un brave type.

— Je veux dire, pourquoi le traitez-vous de youpin ?

— Ah ! Ben quoi, c'est ce qu'il était, non ? Je veux dire, vous l'avez jamais entendu parler ? De quoi se tordre. Il avait l'air de débarquer de la veille.

— Cette retouche que vous avez faite sur sa voiture... est-ce que vous vous êtes disputés au sujet de la couleur ?

— Disputés ? Non, il a simplement dit que c'était pas tout à fait ça, et j'ai dit d'accord, ça se peut, et pas plus. C'est difficile d'obtenir exactement la même couleur, vous savez. Alors j'ai fait de mon mieux, dit Manners, et il haussa encore les épaules. Je suppose qu'il a été content, après. Il n'a rien dit en venant chercher la bagnole.

— Ah ! alors vous l'avez revu ?

— Non, seulement ces deux fois. Mais s'il avait eu à se plaindre du boulot, le patron m'en aurait touché deux mots. Alors je suppose qu'il était satisfait.

— Quand êtes-vous allé à Boston, Mr Manners ?

— Vendredi après-midi.
— A quelle heure ?
— Ma foi, j'ai quitté le boulot vers trois heures. J'ai pris le train de seize heures dix à l'Union Station.
— Vous avez voyagé seul ?
— Oui. Seul.
— Comment s'appelle la jeune fille ? Celle de Boston.
— Pourquoi ?
— Simple curiosité.
— Mary Nelson. Elle habite West Newton. Si vous croyez que je mens, au sujet de Boston...
— Je ne crois pas que vous mentez.
— Enfin, vous pouvez toujours vérifier.
— Peut-être le ferai-je.
— Si vous voulez... Comment qu'il a été tué ? Le youpin ?
— A coups de revolver.
— C'est malheureux, dit Manners en secouant la tête. Il avait l'air d'un brave type.
— Oui. Je vous remercie, Mr Manners. Je m'excuse d'avoir interrompu votre travail.
— Ça ne fait rien. A votre service.
Brown retraversa le garage. Il trouva Batista en train de donner de l'essence à un client. Il attendit qu'il ait fini pour lui demander :
— A quelle heure Manners est-il parti vendredi après-midi ?
— Vers les deux heures et demie-trois heures, quelque chose comme ça.
— Cette retouche qu'il a faite pour Wechsler. Est-ce que Wechsler s'en est plaint ?
— Oh ! seulement pour la première couche que Buddy avait mise. Ça ne collait pas bien comme couleur. Mais on lui a vite arrangé ça.
— Il a fait des histoires ?
— Pas à ma connaissance. Je n'étais pas là le jour où Joe est venu dire ça à Buddy. Mais Buddy a bon caractère. Il a fait un nouveau mélange, et c'est tout.
Brown hocha la tête.
— Je vous remercie beaucoup, Mr Batista.
— De rien, de rien. Vous êtes sûr de ne pas vouloir un cigare ? Allez, prenez-en un. Pour après déjeuner.

Carella était en ville, au Commissariat central, et regardait le défilé des délinquants qui observaient le rite de la confrontation.
Willis parcourait les environs, en interrogeant les drogués connus,

cherchant une piste, un renseignement quelconque sur le drogué nommé Anthony La Scala.

Di Maeo débusquait deux autres criminels notoires qui avaient été arrêtés par Bert Kling, condamnés et libérés de prison dans l'année.

Kling était aux pompes funèbres avec Ralph Townsend, en train de prendre les dernières dispositions pour l'enterrement de Claire, qui aurait lieu le lendemain.

Bob O'Brien était seul dans la salle des inspecteurs quand le téléphone sonna. Il décrocha distraitement, colla l'écouteur à son oreille et marmonna :

— 87e District, O'Brien.

Il était en train de taper le rapport sur sa planque chez le coiffeur. Son esprit était encore tout occupé par ce qu'il écrivait quand la voix du sergent Dave Murchison l'en arracha brutalement.

— Bob, c'est Dave. Je viens de recevoir un appel de l'agent Oliver du secteur Sud.

— Ouais ?

— Il a trouvé Meyer assommé sur le trottoir, là-bas.

— Qui ça ?

— Meyer.

— Notre Meyer ?

— Ouais, notre Meyer.

— Bon Dieu, mais qu'est-ce qui se passe ? La chasse aux flics est ouverte, ou quoi ? Où tu dis qu'il est ?

— J'ai déjà envoyé l'ambulance. Il doit être en route pour l'hosto.

— Qui a fait le coup, Dave ?

— Sais pas. L'agent dit qu'il l'a simplement trouvé là dans une mare de sang.

— Je ferais bien de filer à l'hôpital. Tu veux prévenir le lieutenant, Dave ? Et trouve quelqu'un pour prendre ma relève ici, je suis tout seul.

— Faut que je convoque quelqu'un ?

— Débrouille-toi. Il faut qu'il y ait un inspecteur ici. Demande au patron. J'aime pas emmerder les copains qui ne sont pas de service.

— Bon, je vais demander au lieutenant. Miscolo pourrait peut-être assurer la permanence en attendant qu'un de vous autres rentre ?

— Vois ça avec le patron. Quel hôpital, tu dis ?

— Le General.

— J'y file. Merci, vieux.

— De rien.

O'Brien raccrocha, ouvrit le tiroir de son bureau, prit son .38 Special Police, accrocha l'étui à gauche à sa ceinture, enfila sa veste, mit son chapeau, eut un geste d'impuissance accablée à l'adresse de la salle déserte, poussa le portillon de la barrière, dévala l'escalier de fer, passa devant le bureau en faisant un geste à Murchison et sortit dans le soleil d'octobre.

La semaine débutait bien, pas de doute.

La semaine se présentait admirablement bien.

10

Ils arrêtèrent Terry Glennon à quatre heures. A ce moment, un sérieux contingent de policiers coriaces étaient revenus au poste du 87e District, et ils entouraient Glennon d'un air faussement détaché. Le garçon était assis sur une chaise et demandait pourquoi il avait été traîné dans un poste de police.

Bob O'Brien, un flic obligeant, se fit un plaisir de lui répondre :

— Nous t'avons traîné dans un poste de police parce que nous pensons que toi et des potes à toi vous avez flanqué une foutue avoine à un flic et que vous l'avez laissé sur le carreau. Ça répond à ta question, ça ?

— Je ne sais pas de quoi vous parlez, dit Glennon.

— Le policier s'appelle Meyer Meyer, reprit O'Brien avec obligeance. Il est en ce moment à l'hôpital où on le soigne pour des coups et blessures, un choc nerveux et peut-être une commotion cérébrale. C'est un peu plus clair ?

— Je sais toujours pas de quoi vous parlez.

— Ça va, petit, joue-nous ça vachement décontracté, dit O'Brien. Nous avons tout notre temps. Je suis allé à l'hôpital vers midi et Meyer m'a dit qu'il avait fait une petite visite à la résidence Glennon, où un jeune homme nommé Terry Glennon a très mal pris que Meyer veuille parler à sa maman. La maman, d'après Meyer, a fait une réflexion désobligeante sur les amis dudit jeune homme. Ça ne te rappelle rien, Glennon ?

— Si, je me rappelle ça.

— Et si tu te rappelais un peu comment tu t'es évaporé dans la nature après avoir cassé la gueule à Meyer avec tes petits copains ?

— Je me suis évaporé nulle part. J'étais là dans le coin. Et j'ai jamais cassé la gueule à personne, non plus.

— Tu n'étais pas dans le coin, Glennon. Nous t'avons cherché partout depuis midi.

— Bon, je me suis baladé, grommela Glennon. Et après ?

— Après, rien, dit Carella. On a le droit de faire une balade. Y a pas de loi contre... Où es-tu allé en sortant de chez toi, Glennon ? demanda Steve en souriant.

— En bas.
— Où, en bas ? dit Willis.
— Au drugstore.
— Lequel ? demanda Brown.
— Celui du coin.
— Combien de temps es-tu resté ? voulut savoir Di Maeo.
— Sais pas. Une heure, deux heures, on s'en fout.
— Vaudrait mieux pas s'en foutre, commenta O'Brien. Pourquoi as-tu assommé Meyer ?
— Je l'ai pas assommé.
— Qui a fait ça ? demanda Carella.
— Sais pas.
— Jamais entendu parler de Claire Townsend ?
— Si.
— Comment ?
— Ma mère en parlait. Et le flic a demandé après elle.
— Tu l'as rencontrée ?
— Non.
— Tu connais un nommé Joe Wechsler ?
— Non.
— Anthony La Scala ?
— Non.
— Herbert Land ?
— Non.
— Pourquoi as-tu cassé la gueule à Meyer ?
— Je lui ai pas cassé la gueule.
— Pourquoi ta mère n'aime-t-elle pas tes amis ?
— Comment voulez-vous que je le sache ? Allez lui demander.
— Nous irons. Pour le moment, c'est à toi que nous le demandons.
— Je sais pas pourquoi elle les aime pas.
— Tu fais partie d'une bande, Glennon ?
— Non.
— Un club, alors ? Comment tu appelles ça, Glennon, hein ? Un cercle sportif et mondain ?
— Je fais partie de peau de balle. J'appelle ça rien du tout parce que je fais partie de rien.
— C'est ta bande qui t'a aidé à casser la gueule à Meyer ?
— J'ai pas de bande.
— Vous étiez combien à l'attaquer ?
— Je ne sais pas de quoi vous parlez. Je suis descendu et...
— Et qu'est-ce que tu as fait ? Tu as guetté Meyer dans le vestibule ? Sur le palier ?
— ... et je suis allé au drugstore pour...

— Tu lui as sauté dessus quand il a quitté ta mère ?
— ... pour une heure ou deux et puis je me suis baladé.
— Où as-tu déjeuné ?
— Quoi ?
— Où as-tu déjeuné ?
— J'ai mangé un hot-dog dans Barker Street.
— Fais voir tes mains.
— Pour quoi faire ?
— Montre-lui tes mains ! lança sèchement Carella.
O'Brien prit les mains de Glennon et les retourna.
— On n'a pas besoin d'autre chose, dit-il. Ces égratignures sur ses phalanges nous suffisent.
Glennon ne mordit pas à l'hameçon. Il resta silencieux. S'il avait été un de ceux qui avaient assommé Meyer à coups de tuyau de plomb, il se garda de le révéler spontanément.
— On va te mettre un peu à l'ombre, déclara Willis. Tu verras nos cellules, elles sont très bien.
— Vous avez pas le droit, dit Glennon.
— Non, sans blague, vous l'entendez ? s'écria Willis. Steve, je crois qu'on ferait bien de remettre ça avec la vieille dame, pour avoir les noms des copains de son fiston.
— Foutez la paix à ma mère ! glapit Glennon.
— Pourquoi ? Tu veux nous casser la gueule à nous aussi ?
— Laissez-la tranquille, vous entendez ? Je suis le chef de famille. Quand mon père est mort, c'est moi qui suis devenu le chef de famille ! Je vous défends de l'embêter !
— Ouais, un joli chef de famille, grogna Brown. Qui attend dans le noir avec une douzaine de petits malfrats pour casser la gueule à...
— J'ai attendu nulle part ! Fichez la paix à ma mère !
— Qu'on le boucle, dit O'Brien.
— Et vous avez pas le droit de me boucler, non plus. Faut que vous ayez un motif.
— Nous en avons un.
— Ah oui ? Lequel ?
— Suspicion, annonça Willis en se référant au bon vieux motif-à-tout-faire.
— Suspicion de quoi ?
— Suspicion d'être un petit merdeux, ça te va ? Allez, qu'on nous débarrasse de ça.
Le « on » fut Di Maeo. Il arracha le gosse à sa chaise, tira sur les menottes, le poussa par le portillon puis dans l'escalier et le conduisit aux cellules.

— Tu ferais bien de demander aussi des explications à la vieille au sujet de ça, dit O'Brien à Carella. Meyer me l'a donné à l'hôpital.

— Qu'est-ce que c'est ?

O'Brien lui tendit la feuille arrachée au carnet de Meyer, Carella lut :

Claire
Samedi
271 1° rue Sud

— Où est-ce que Meyer a dégoté ça ?

— Epinglé au tableau dans la cuisine des Glennon.

— Bon, on lui posera la question. Quelqu'un va voir à cette adresse ?

— J'y vais moi-même, tout de suite, proposa O'Brien.

— Parfait. Nous serons chez Mrs Glennon. Si tu trouves quelque chose, tu nous téléphones là-bas.

— D'accord.

— Est-ce que Meyer sait qui a écrit le mot ?

— Il pense que c'est la petite. Eileen Glennon.

— Pourquoi ne l'a-t-on pas amenée ici pour le lui demander ?

— Eh bien, là, y a encore autre chose, Steve. Mrs Glennon a dit qu'elle a une sœur à Bethtown, Iris Mulhare.

— Oui ? Et alors ?

— Elle prétend qu'Eileen est allée là-bas samedi matin. Elle a aussi dit à Meyer que la petite est restée chez Mrs Mulhare tout le temps que sa mère était à l'hôpital.

— Alors ?

— Alors, dès que je suis rentré ici, j'ai téléphoné à Mrs Mulhare. Elle m'a dit qu'en effet la gosse était chez elle. Alors j'ai demandé à parler à la petite. Là-dessus, la bonne femme a fait des euh, des ah, des hmm et a fini par dire que la petite était sortie faire une course. Alors je lui ai demandé où. Mrs Mulhare a dit qu'elle n'en savait rien. Je lui ai donc demandé si elle était bien sûre qu'Eileen était chez elle. Elle a affirmé que oui. J'ai encore demandé à parler à la petite. Et elle m'a répondu : « Je viens de vous dire qu'elle était sortie. » Alors je lui ai dit que j'allais téléphoner au poste du coin qu'on envoie un agent pour aider à la retrouver. C'est là que Mrs Mulhare s'est déballonnée et que tout le linge sale est sorti.

— Qu'est-ce que ça donne ?

— Ça donne qu'Eileen Glennon n'est pas chez sa tante. La mère Mulhare ne l'a pas vue depuis six mois.

— Six mois, hein ?

— Ouais. Eileen n'y est pas, pas plus qu'elle n'y était quand sa mère était à l'hôpital. J'ai demandé à Mrs Mulhare pourquoi elle m'avait menti et elle m'a révélé que sa sœur lui avait téléphoné ce matin — ça doit être juste après le départ de Meyer — pour lui demander de répondre, si jamais on le lui demandait, qu'Eileen était chez elle.

— Mais pourquoi Mrs Glennon voulait-elle que sa sœur dise ça ?

— Sais pas. Mais il semblerait bien que Claire Townsend se soit mêlée des affaires d'un tas de drôles de colis.

Le drôle de colis nommé Mrs Glennon était levé quand Carella et Willis arrivèrent. Elle était assise dans sa cuisine et buvait un second bol de lait chaud beurré, qu'elle avait certainement préparé elle-même. La rumeur publique lui avait déjà appris l'arrestation de son fils et elle accueillit les inspecteurs avec une hostilité marquée. Comme pour mieux souligner sa colère, elle avala bruyamment son lait entre deux questions.

— Nous voulons savoir les noms des amis de votre fils, Mrs Glennon, dit Carella.

— Je ne connais pas leurs noms. Terry est un bon petit. Vous n'avez pas le droit de l'arrêter.

— Nous pensons que lui et ses amis ont attaqué un inspecteur de police, dit Willis.

— Je me fiche de ce que vous pensez. C'est un bon petit, répéta-t-elle, et elle aspira bruyamment du lait.

— Votre fils fait partie d'une bande des rues, Mrs Glennon ?

— Non.

— Vous en êtes sûre ?

— J'en suis sûre.

— Comment s'appellent ses amis ?

— J'en sais rien.

— Ils ne montent jamais chez vous ?

— Jamais. Je ne vais pas laisser mon salon à une bande de petits... Elle s'interrompit net.

— Une bande de petits quoi, Mrs Glennon ?

— Rien.

— De petits voyous, Mrs Glennon ?

— Non. Mon fils est un bon petit.

— Mais il a assommé un policier.

— C'est pas vrai. Vous n'en savez rien.

— Où est votre fille, Mrs Glennon ?

— Vous croyez qu'elle a aussi assommé un flic ?

— Non, Mrs Glennon, mais nous pensons qu'elle avait rendez-vous avec Claire Townsend samedi, à cette adresse.

Carella posa la feuille de carnet sur la table de cuisine, à côté du bol de lait. Mrs Glennon le regarda et ne dit rien.

— Vous connaissez cette adresse, Mrs Glennon ?

— Non.

— Elle avait rendez-vous avec Claire samedi ?

— Non. Je ne sais pas.

— Où est-elle à présent ?

— Chez ma sœur. A Bethtown.

— Elle n'y est pas, Mrs Glennon.

— Si, c'est là qu'elle est.

— Non. Nous avons parlé à votre sœur. Votre fille n'y est pas, et n'y est jamais allée.

— Elle y est.

— Non. Où est-elle, Mrs Glennon ?

— Si elle n'est pas là-bas, je ne sais pas où elle est. Elle m'a dit qu'elle allait chez sa tante. Elle ne m'a jamais menti, et je n'avais aucune raison de ne pas croire que...

— Mrs Glennon, vous savez très bien qu'elle n'est pas allée chez votre sœur. Vous avez téléphoné à votre sœur ce matin, tout de suite après le départ de l'inspecteur Meyer. Vous lui avez demandé de mentir pour vous rendre service. Où est votre fille, Mrs Glennon ?

— Je ne sais pas. Laissez-moi tranquille à la fin ! J'ai assez d'ennuis comme ça ! Vous croyez que c'est commode ? Vous croyez que c'est facile d'élever deux enfants sans un homme à la maison ? Vous croyez que ça me fait plaisir de voir mon garçon fréquenter cette bande de petits voyous ? Et puis Eileen, à présent ? Vous croyez que je... ? Laissez-moi tranquille ! Je suis malade. Je suis malade...

Sa voix se brisa et elle reprit, tout bas :

— Je vous en supplie. Laissez-moi tranquille. S'il vous plaît... Je suis malade. Je vous en prie. Je viens de sortir de l'hôpital. Je vous en prie... laissez-moi tranquille.

— Pourquoi « Eileen à présent », Mrs Glennon ?

— Rien, rien, rien, rien, répéta-t-elle, les yeux fermés, les mains crispées sur les genoux.

— Mrs Glennon, insista Carella avec une grande douceur, nous aimerions savoir où se trouve votre fille.

— Je ne le sais pas ! Je vous le jure devant Dieu. Je ne le sais pas, c'est la vérité du bon Dieu. Je ne sais pas où est Eileen !

L'inspecteur Bob O'Brien, debout sur le trottoir, regardait la façade du 271, Première Rue Sud.

L'immeuble était un vieil hôtel particulier de cinq étages transformé en chambres meublées à la journée et à la semaine, ainsi qu'en attestait un écriteau à une fenêtre du rez-de-chaussée. O'Brien gravit les marches du perron et sonna le concierge. Il attendit un bon moment, et sonna de nouveau.

— Allô ? fit une voix à l'intérieur.

— Hello, répondit O'Brien.

— Allô ?

— Hello !

O'Brien commençait à se faire l'effet d'un écho quand la porte s'ouvrit. Un petit vieux en maillot de corps et pantalon kaki le considéra. Il avait de gros sourcils gris broussailleux qui retombaient un peu sur ses yeux bleus et qui lui donnaient l'air d'épier par en dessous.

— Hello, dit-il. Vous avez sonné ?

— Oui. Je suis l'inspecteur O'...

— Oh oh ! dit le vieillard.

O'Brien sourit.

— Vous n'avez rien à craindre. Je veux simplement vous poser quelques questions. Je m'appelle O'Brien, 87e District.

— Comment allez-vous ? Je m'appelle O'Loughlin, Première Rue Sud, rétorqua le vieux en riant.

— Vivent les rebelles ! dit O'Brien.

— Vivent les rebelles ! répliqua O'Loughlin, et ils éclatèrent de rire tous les deux. Entrez donc, fiston. J'allais justement boire un petit coup pour saluer la fin du jour. On va trinquer.

— C'est-à-dire, nous n'avons pas le droit de boire en service, Mr O'Loughlin.

— C'est bien normal, mais qui est-ce qui va le leur raconter, hein ? Allez, entrez donc, dit O'Loughlin.

Ils traversèrent le vestibule et entrèrent chez O'Loughlin, au fond du couloir. Ils s'assirent dans le salon décoré de rideaux de velours et d'un lustre de verre de couleur. Le mobilier était vieux, patiné, profond et confortable. O'Loughlin alla ouvrir un vieux buffet sculpté et en sortit un flacon.

— Whisky irlandais, annonça-t-il.

— Naturellement, dit O'Brien.

Le vieillard rit sous cape et versa deux solides rasades. Il porta un verre à O'Brien qui s'était installé sur le divan et s'assit en face de lui dans un grand fauteuil à bascule capitonné.

— Vive l'Irlande, dit-il.

— Vive l'Irlande, approuva O'Brien, et les deux hommes burent solennellement.

— Qu'est-ce que vous vouliez donc savoir, O'Brien ? demanda le vieillard.

— Il est un peu raide, votre tord-boyaux, observa O'Brien en regardant son verre, les yeux pleins de larmes.

— C'est doux comme le lait de votre maman, répliqua O'Loughlin. Allons, buvez.

O'Brien porta prudemment son verre à ses lèvres. Il prit une petite gorgée méfiante.

— Mr O'Loughlin, nous cherchons une jeune fille nommée Eileen Glennon. Nous avons trouvé une adresse...

— Vous avez frappé à la bonne porte, mon gars !

— Vous la connaissez ?

— A vrai dire, je ne la connais pas. C'est-à-dire, pas personnellement. Mais elle m'a loué une chambre, ça oui.

O'Brien soupira.

— Bon. Quelle chambre ?

— En haut. La meilleure de la maison. Ça donne sur le parc. Elle disait qu'elle voulait une chambre tranquille avec du soleil. Alors je lui ai donné celle-là.

— Elle est ici, en ce moment ?

— Non, fit O'Loughlin en secouant la tête.

— Vous ne savez pas quand elle doit rentrer ?

— Faut vous dire qu'elle n'est pas encore entrée du tout.

— Comment ça ? Vous venez de dire...

— J'ai dit qu'elle m'avait loué une chambre. Voilà ce que j'ai dit. C'était la semaine dernière. Jeudi, si j'ai bonne mémoire. Mais elle a dit qu'elle avait besoin de la chambre à partir de samedi. Samedi est arrivé, mais pas la jeune personne.

— Alors, elle n'est pas venue ici depuis le jour où elle a loué la chambre ?

— Non, monsieur. Elle n'est pas venue. Qu'est-ce qui se passe ? La pauvre petite a des ennuis ?

— Eh bien... pas précisément. Mais nous... bredouilla O'Brien, et puis il soupira et but une gorgée de whisky. Elle vous louait la chambre à la journée ? Elle la voulait seulement pour samedi ?

— Pas du tout. Elle la voulait pour une semaine. Et elle m'a payé sa semaine d'avance. En espèces.

— Vous n'avez pas trouvé bizarre... Je veux dire, euh... est-ce que vous avez l'habitude de louer des chambres à d'aussi jeunes filles ?

O'Loughlin haussa ses sourcils broussailleux et regarda O'Brien par en dessous.

— Elle n'était pas si jeune que ça, vous savez.

— Seize ans, c'est relativement jeune, Mr O'Loughlin.

— Seize ans ? s'écria O'Loughlin en éclatant de rire. Oh, allez donc ! La jeune personne vous a mené en bateau, à ce qu'on dirait. Elle avait vingt-cinq ans bien sonnés, mon gars.

O'Brien considéra son verre de whisky, puis il regarda le bonhomme.

— Quel âge dites-vous ?

— Vingt-cinq, vingt-six, peut-être même plus. Mais pas seize ans. Ça non. Non, monsieur, sûrement pas. Et il s'en faut.

— Eileen Glennon ? Nous parlons de la même personne ?

— Eileen Glennon, c'est son nom. Elle est venue jeudi, elle m'a donné huit jours de loyer d'avance, elle a dit qu'elle viendrait prendre sa clef samedi. Eileen Glennon.

— Est-ce que... Pourriez-vous me la décrire, Mr O'Loughlin ?

— Facile. Elle était grande. Dans les un mètre soixante-dix. Je me rappelle que je devais lever la tête pour lui parler. Et elle avait des cheveux noirs, noir de jais, et de grands yeux bruns et...

— Claire, dit O'Brien à haute voix.

— Hein ?

— Dites-moi, monsieur, a-t-elle parlé d'une autre jeune fille ?

— Non.

— Elle n'a pas dit qu'une autre jeune fille viendrait la rejoindre ?

— Non. D'ailleurs, ça ne me regarderait pas. On me loue une chambre, on est chez soi.

— Vous le lui avez dit ?

— Ma foi, je le lui ai fait comprendre. Elle a dit qu'elle voulait une chambre tranquille au soleil. J'ai cru comprendre que le soleil était facultatif. Mais quand quelqu'un s'amène et me demande une chambre tranquille, je comprends qu'on ne veut pas être dérangé, alors à elle, je lui ai fait comprendre qu'elle ne le serait pas, dérangée. Pas par moi, en tout cas... Je vous parle d'homme à homme, O'Brien.

— Je vous en suis reconnaissant.

— Je ne tiens pas un bordel ici, ni une maison de rendez-vous, mais je ne casse pas les pieds à mes clients non plus. C'est dur, de nos jours, d'avoir une vie privée. A mon avis, tout le monde a le droit d'avoir une porte qu'il peut claquer au nez du monde.

— Et vous avez eu l'impression qu'Eileen Glennon avait envie de claquer cette porte ?

— Ouais, mon gars, c'est l'impression que j'ai eue.

— Mais elle ne vous a parlé de personne d'autre ?

— De qui voulez-vous qu'elle m'ait parlé ?

— Elle a signé une fiche ?

— Chez moi, c'est pas l'usage. Elle m'a payé sa semaine d'avance et je lui ai donné un reçu. Ça suffisait. Harry O'Loughlin est un honnête homme qui respecte un marché.

— Mais elle n'est jamais revenue ?

— Non.

— Réfléchissez bien, Mr O'Loughlin. Le samedi, le jour où Eileen Glennon devait prendre possession de la chambre, est-ce... Personne n'est venu la demander ?

— Non.

— Je vous en prie, tâchez de vous souvenir. Une jeune fille de seize ans n'est pas venue la demander ?

— Non.

— Vous n'avez pas vu de jeune fille de seize ans dans la rue, dans le voisinage, qui aurait eu l'air d'attendre ?

— Non.

— Comme si elle attendait quelqu'un ?

— Non.

O'Brien soupira.

— Je ne comprends pas, dit O'Loughlin.

— Je crois que vous avez loué votre chambre à une jeune fille nommée Claire Townsend, expliqua O'Brien. Je ne sais pas pourquoi elle a utilisé le nom d'Eileen Glennon, mais je la soupçonne d'avoir loué la chambre pour cette jeune fille. Pourquoi, ça je n'en sais rien.

— Voyons, si elle louait la chambre pour quelqu'un d'autre... Attendez, que je comprenne. Vous dites que la personne qui est venue louer la chambre s'appelait Claire Townsend ?

— Je le crois, oui.

— Et vous dites qu'elle m'a donné ce nom d'Eileen Glennon et qu'en réalité la chambre était pour elle ?

— Je le crois. Ça m'en a tout l'air.

— Alors pourquoi votre Eileen Glennon n'est pas venue ici samedi ? Je veux dire, si la chambre était pour elle...

— Je crois qu'elle est bien venue, Mr O'Loughlin. Elle est venue, elle a attendu que Claire entre prendre la clef et la fasse entrer à son tour. Seulement Claire n'est pas venue.

— Pourquoi ? Après s'être donné tout ce mal pour...

— Parce que Claire Townsend a été tuée vendredi soir.

— Ah...

O'Loughlin vida son verre, se versa une autre rasade et poussa la bouteille vers O'Brien en disant :

— Servez-vous.

O'Brien mit sa main sur son verre.

— Non. Non, merci.

— Y a un truc que je pige pas, dit O'Loughlin.
— Quoi donc ?
— Pourquoi cette Claire Townsend m'a-t-elle donné le nom de l'autre jeune fille ?
— Je ne sais pas.
— Elle avait quelque chose à cacher ?
— Je ne sais pas.
— Je veux dire, elle avait des ennuis avec la police ?
— Non.
— Elle faisait quelque chose d'illégal ?
— Je ne sais pas.
— Et où est passée l'autre fille ? Si on avait loué la chambre pour elle... ?
— Je ne sais pas, murmura O'Brien.
Il s'interrompit, considéra son verre vide et ajouta :
— Toute réflexion faite, je boirais bien encore un petit coup.

L'agent de Majesta avait commencé sa ronde à cinq heures moins le quart et il n'était maintenant pas loin de six heures. C'était l'été indien, certes, mais le calendrier n'a rien à voir avec la température ambiante et le crépuscule tombait de bonne heure, en respectant la saison d'automne. L'agent traversait un parc en diagonale, suivant un sentier qui faisait partie de sa ronde, quand il aperçut une tache jaune sous des arbres. Il cligna des yeux dans la pénombre du crépuscule. Le truc jaune avait l'air d'être la manche et le pan d'un manteau, caché en partie par un gros rocher et un tronc d'arbre. L'agent escalada le petit tertre gazonné et s'approcha. Oui, c'était bien ça. Un manteau de femme, jaune.

Il fit le tour du rocher pour le ramasser.

Le manteau était négligemment jeté par terre derrière la grosse pierre. Une jeune fille gisait sur le dos à moins d'un mètre du manteau, regardant vers le ciel assombri. Ses yeux et sa bouche étaient ouverts. Elle portait une jupe grise, trempée de sang. Du sang séché souillait ses jambes et ses cuisses dénudées. Elle ne devait pas avoir plus de seize ou dix-sept ans.

L'agent, qui avait déjà eu l'occasion de faire connaissance avec la mort, comprit qu'il regardait un cadavre.

Mais il ne pouvait pas savoir que ce cadavre s'appelait Eileen Glennon.

11

Un cadavre n'a aucun droit.

Si vous êtes un cadavre, on peut vous photographier sous les angles les moins flatteurs tandis que vous gardez les yeux grands ouverts aux éclairs des flashs, on peut prendre des clichés de vos cuisses sanglantes, des dernières mouches de l'été grouillant sur vos lèvres. On peut enfin appuyer les pouces sur vos yeux pour baisser vos paupières, rabaisser votre jupe sur vos genoux et marquer à la craie la position de votre corps sur le rocher où vous étiez. On peut vous rouler sans ménagement sur une civière et vous trimbaler dans l'ambulance, sans douceur. On peut flanquer brutalement la civière sur le plancher de l'ambulance et jeter un drap sur votre corps, sur votre taille menue, vos jeunes seins, votre gorge, votre visage. Vous n'avez pas le droit de vous plaindre.

Si vous êtes un cadavre, on peut vous enlever vos vêtements, les fourrer dans un sac en plastique, y coller une étiquette et expédier le tout au laboratoire de la police. On peut étendre votre corps nu et glacé sur une table en acier inoxydable, et vous disséquer pour chercher la cause de votre mort. Vous n'avez rien à dire. Vous êtes un cadavre, une viande froide, un macchab, une source d'indices, peut-être, mais plus une personne ; la mort vous a volé tous vos droits.

Si vous êtes un camé, vous avez plus de droits qu'un cadavre — mais guère.

Vous pouvez encore marcher, respirer, dormir, rire ou pleurer — et c'est toujours ça. Ça fait partie de la vie — ce sont des choses qui ne sont pas à dédaigner — et vous pouvez encore faire tout ça. Mais si vous êtes un camé, vous êtes inextricablement entortillé dans votre propre petite mort lente, et au fond, vous ne valez guère mieux qu'un bon cadavre authentique. Votre mort est continue, permanente. Elle commence le matin au réveil quand vous vous faites la première piqûre, et elle se poursuit toute la journée, avec la chasse à l'héroïne, ponctuée par d'autres piqûres de vie ou de mort, jusque dans la nuit, jusqu'au matin suivant, tout pareil, et ça recommence ; vous êtes un vieux phono qui joue inlassablement le même disque usé et l'aiguille est coincée dans votre bras. Vous savez que vous êtes mort, et tous les autres le savent aussi.

Surtout les flics.

Alors que le cadavre nommé Eileen Glennon était dénudé et disséqué, un drogué nommé Michael Pine était interrogé dans la salle des inspecteurs du 87e District. Celui qui l'interrogeait était un policier nommé Hal Willis qui estimait que les camés, il pouvait les prendre ou les laisser, mais il préférait les laisser. Il y a beaucoup à dire sur la psychologie du drogué, mais Hal Willis n'était pas psychologue, il n'était que policier. C'était un policier discipliné qui avait fait du judo parce qu'il ne mesurait qu'un mètre soixante-dix, et parce qu'il avait appris très jeune que les grands types aiment bien bousculer les petits gars, à moins que les petits gars n'apprennent à répliquer aussi sec. Le judo est une science exacte, une discipline. Aux yeux de Willis, le goût de la drogue était le comble du manque de discipline. Il n'aimait pas les drogués, mais seulement parce qu'il lui semblait que rien ne les obligeait à se rendre esclaves de la drogue. Il savait pertinemment que si jamais il se laissait aller à s'intoxiquer à l'héroïne, il pourrait s'en guérir en huit jours. Il s'enfermerait dans une chambre, rendrait tripes et boyaux, mais se débarrasserait de l'habitude. Question de discipline. Il ne haïssait pas les drogués, il n'en avait pas pitié : il jugeait simplement qu'ils manquaient de maîtrise de soi et ça, c'était la chose impardonnable.

— Tu connaissais La Scala, hein ? dit-il à Pine.

— Ouais.

Pine répondit nettement, sèchement, sans ironie déplacée, sans enthousiasme non plus. Un « ouais » sec.

— Depuis longtemps ?

— Ouais.

— Combien de temps ?

— Deux ans.

— Il se droguait déjà ?

— Ouais.

— Tu sais qu'il est mort ?

— Ouais.

— Tu sais comment il est mort ?

— Ouais.

— Qu'est-ce que t'en penses ?

Pine haussa les épaules. Il avait vingt-trois ans, des cheveux blonds et des yeux bleus écarquillés au regard fixe, un peu parce qu'il s'était fait une piqûre juste avant d'être appréhendé et que les pupilles dilatées altéraient son regard, un peu parce que ses yeux étaient cernés de sombre, ce qui accentuait encore le bleu vif de l'iris.

— Quelqu'un le cherchait ? demanda Willis.

— Non.

— Tu en es sûr ?

— Ouais.

— Tu connais son fournisseur ?

Pine ne répondit pas.

— Je t'ai posé une question. Tu connais le fournisseur de La Scala ?

— Non.

— Tu mens. C'est probablement le tien.

Pine ne dit toujours rien.

— C'est ça, protège ce salaud. C'est malin. Tu racles tes fonds de poches. Vas-y donc. Engraisse le trafiquant. Et puis protège-le, comme ça il pourra continuer à te sucer le sang. Bougre de con, qui est le fournisseur ?

Pine ne répondit pas.

— A ton aise. La Scala lui devait de l'argent ?

— Non.

— Tu en es sûr ?

— Vous êtes flic, grogna Pine. Vous savez bien que les trafiquants s'engraissent, pas vrai ? Vous devez aussi savoir qu'ils se font payer cash, rubis sur l'ongle. Non, Tony ne devait pas de fric à son contact.

— Tu as une idée de qui a pu le tuer ?

— Je n'ai pas d'idées, dit Pine.

— T'es en plein trip maintenant ?

— Un peu engourdi, c'est tout, dit Pine.

— Quand est-ce que tu as pris ton dernier shoot ?

— Y a une heure environ.

— Qui est ton contact, Pine ?

— Allez, ça va, vieux. Vous croyez qu'il va se mouiller pour descendre un mec comme Tony ? Vous êtes malade. Ce serait une connerie. Vous connaissez des commerçants qui descendent leur clientèle, vous ?

— A quel point Tony était-il intoxiqué ?

— Jusqu'à l'os.

— Combien dépensait-il par jour ?

— Vingt-cinq dollars, des fois trente, des fois plus, je sais pas trop. En tout cas, son contact allait pas perdre un client qui raque comme ça en l'assaisonnant bêtement. Et d'abord, pour quelle raison ? Les fournisseurs *aiment* les camés, vous saviez pas ça ?

Pine eut un mince sourire. Willis renifla.

— Ouais, ils les aiment. Bon. Dis-moi tout ce que tu sais de La Scala. Quel âge avait-il ?

— Mon âge. Dans les vingt-trois, vingt-quatre ans.

— Marié ? Célibataire ?

— Célibataire.

— Des parents ?

— Je crois. Mais pas ici.

— Où ?

— Sur la Côte, je crois. Je crois que son vieux est dans le cinéma.

— Qu'est-ce que tu veux dire ? Le père de La Scala est vedette de cinéma ?

— Ouais, tout comme mon vieux est vedette. C'est Cary Grant, mon vieux, vous saviez pas ?

— Fais pas le mariole, dit Willis. Que fait le père de La Scala ?

— Oh, je sais pas ; dans la technique, probable. A moins qu'il soit figurant, j'en sais rien. Il est dans le bain, quoi.

— Est-ce qu'il sait que son fils est mort ?

— M'étonnerait. A Los Angeles, personne ne lit les journaux.

— Comment le sais-tu ?

— J'ai été dans l'Ouest.

— Pour aller au Mexique chercher de la came ?

— Qu'est-ce que ça peut vous foutre ? J'ai été dans l'Ouest, et à L.A. personne ne lit les journaux. A L.A. tout ce qu'ils font c'est se plaindre du smog et garder les yeux ouverts au cas où Lana Turner s'arrêterait au feu rouge. C'est tout ce qu'ils font là-bas.

— T'es le premier camé que je connaisse qui est aussi un commentateur social, observa Willis.

— Faut de tout pour faire un monde.

— Donc La Scala vivait seul ?

— Ouais, dit Pine.

— Petite amie ?

— Non.

— Il n'avait pas d'autre famille à part ses parents ?

— Une sœur, ouais. Mais elle habite sur la Côte aussi, à Frisco.

— Tu crois qu'on lit les journaux là-bas, Pine ?

— Ça se peut. Tout ce que je sais, c'est qu'à Frisco, les dames mettent des chapeaux.

— Tu crois que sa sœur sait qu'il est mort ?

— Sais pas. Passez-lui un coup de bigo et vous verrez bien. Vous avez tout l'argent des contribuables. Téléphonez-lui.

— T'as l'air de te requinquer, Pine. Tu deviens vif, comme ça tout d'un coup.

— Ouais. Ma foi, on ne peut pas vivre tout le temps au même niveau, pas vrai ? Vous voyez le topo.

— Je ne vois pas le topo. En un mot, Pine, La Scala était seul ici en ville, hein ? Tu vois pas qui aurait pu vouloir sa mort ?

— Non. Pourquoi ça ? Il gênait personne.

— Et toute sa famille est en Californie, juste ?

— Juste.

— Donc, personne ne s'apercevra de sa disparition.

— J'ai une nouvelle pour vous, mec, répondit Pine. Même s'ils étaient tous ici, ils ne s'en seraient pas aperçus.

Paul Blaney était médecin légiste adjoint ; c'était un petit homme nanti d'une moustache en broussaille et d'yeux violets. Il était intimement persuadé qu'en qualité de benjamin du corps médical de la police, on lui refilait les cadavres les moins ragoûtants, aussi fut-il assez étonné de recevoir celui d'Eileen Glennon. La jeune fille semblait être d'un seul tenant, et ne portait pas de marques de violences caractérisées, pas de blessures au couteau ou à l'arme à feu, pas de crâne défoncé. Blaney était certain que ses collègues s'étaient trompés en lui délivrant ce cadavre-là, mais il n'était pas homme à regarder les dents d'un cheval qu'on lui aurait donné. Il se mit au contraire au travail avec diligence, en craignant un peu qu'ils se rendent compte de leur erreur et lui apportent un autre macchabée avant qu'il ait fini.

Il téléphona au bureau des inspecteurs à une heure et demie, le mardi après-midi, tout prêt à donner le rapport d'autopsie complet à quiconque s'occupait de l'affaire. Steve Carella reçut la communication. Blaney s'était souvent entretenu avec Carella et il fut heureux d'avoir affaire à lui encore cette fois. Carella était un homme qui comprenait les problèmes d'une autopsie. Carella était un homme à qui on pouvait parler.

Les deux hommes échangèrent d'abord les politesses et les plaisanteries d'usage, et puis Blaney annonça :

— Je vous téléphone au sujet de cette fille qu'on m'a apportée. D'après ce que je comprends, le corps a été trouvé à Majesta, mais il paraît qu'il se rapporte à une affaire que vous suivez, et on m'a demandé de vous téléphoner mon rapport. Je vous enverrai une copie dactylographiée, mais j'ai pensé que vous aimeriez connaître au plus tôt ce que j'ai découvert.

— Je vous suis reconnaissant d'avoir appelé, dit Carella.

— Elle s'appelle Eileen Glennon. C'est bien ça ?

— C'est ça.

— Je voulais être certain que nous parlions de la même personne avant de me lancer.

— D'accord.

— C'est un cas intéressant, dit Blaney. Pas de marques de violence. Beaucoup de sang, mais pas de blessures apparentes. A mon avis, elle est morte depuis plusieurs jours, probablement depuis dimanche. Où a-t-elle été trouvée au juste ?

— Dans un parc.

— Cachée ?

— Non, pas précisément. Mais c'est un petit parc où il ne passe pas beaucoup de monde.

— Ça explique tout. En tout cas, j'estime qu'elle gisait là où on l'a trouvée depuis dimanche soir, si ça peut vous être utile.

— Ça se pourrait, dit Carella. De quoi est-elle morte ?

— Eh bien, voyez, c'est là que c'est intéressant. Elle habite Majesta ?

— Non. Elle vit chez sa mère, à Isola.

— Oui, oui, bien sûr, c'est logique. Encore que je ne comprenne pas très bien pourquoi elle n'a pas essayé au moins de rentrer chez elle. Naturellement, d'après ce que j'ai découvert, elle a pu avoir toute une série de symptômes qui l'ont déroutée. Surtout après ce à travers quoi elle était passée.

— Quel genre de symptômes, Blaney ?

— Des frissons, une température élevée, peut-être des vomissements, une syncope ; de la faiblesse, éventuellement du délire.

— Je vois, dit Carella.

— L'autopsie révèle une légère distension de la vulve, une altération de la muqueuse utérine, et des marques d'érignes.

— Je vois, répéta Carella, qui ne voyait rien du tout.

— Une septicémie, dit Blaney avec simplicité. Au début, j'ai cru que c'était la cause de la mort. Mais pas du tout. Bien que cela ait un rapport certain avec ce qui l'a tuée, naturellement.

— Ah ! Et qu'est-ce qui l'a tuée ? demanda patiemment Carella.

— L'hémorragie, bien sûr.

— Mais vous m'avez dit qu'elle ne portait pas de blessures.

— Pas de blessures apparentes. Mais les marques offraient un indice. C'étaient des marques d'érignes.

— De quoi ?

— L'érigne est un instrument chirurgical qui sert à maintenir écartées les parois d'une incision. Nous nous en servons aussi pour prélever des tissus. D'un cadavre, bien entendu. Au cours d'une dissection.

Carella se rappela soudain qu'il n'aimait pas beaucoup la conversation de Paul Blaney. Il essaya de le presser, de lui faire dire l'essentiel, sans détails.

— Bon, où étaient ces marques d'érignes ?

— Sur les lèvres vaginales. La jeune fille avait eu une grave hémorragie du canal utérin. J'ai aussi trouvé des traces de...

— De quoi est-elle morte, Blaney ? coupa impatiemment Carella.

— J'y viens. J'allais vous dire que j'ai trouvé des traces de pla...

— De quoi est-elle morte, bon Dieu ?

— D'une hémorragie utérine, naturellement. La septicémie n'a été qu'une complication.

— Je ne comprends pas. Qu'est-ce qui a causé l'hémorragie ?

— Mais j'étais en train de vous expliquer, Carella, que j'ai aussi trouvé des traces de placenta le long de...

— Placenta... ?

— A mon avis, le travail a été effectué soit samedi, soit dimanche matin. La jeune fille devait se promener quand...

— Quel travail ? Qu'est-ce que vous me racontez, Blaney ?

— L'avortement, dit nettement Blaney. Cette petite s'est fait avorter pendant le week-end. Vous vouliez savoir de quoi elle était morte ? Eh bien, c'est de ça qu'elle est morte !

Il aurait fallu en parler à Kling. Il aurait fallu lui dire, mais Kling assistait à un enterrement. Alors, au lieu de l'assommer de questions, au lieu de noyer sous les hypothèses un garçon qui portait la douleur dans son cœur, au lieu de lui dire que l'un des placards dont ils avaient parlé au début de l'enquête venait de s'ouvrir sur du vilain, au lieu de lui mettre sous les yeux quelque chose qu'il aurait certainement refusé de croire, les inspecteurs décidèrent d'en savoir d'abord un peu plus sur la question. Carella et Meyer retournèrent voir la mère de la jeune fille, Mrs Glennon, laissant Kling à ses obsèques et à son deuil.

L'été indien était déplacé, dans ce cimetière.

Oh, il n'était pas dénué de charme, le fichu salopard. Le long de l'allée menant à la tombe, les arbres avaient revêtu des costumes d'un éclat tapageur, des rouges et des oranges, des jaunes brûlés et des bruns, autant de nuances inimaginables dignes de la palette d'un peintre de la Renaissance. Ils s'agitaient avec force dans les hauteurs, murmurant leurs secrets à la brise parfumée d'octobre, tandis que le cortège funèbre marchait sous leurs branches, derrière le cercueil noir, tête baissée, traînant les pieds dans les feuilles jonchant le sol, murmurant, murmurant.

La fosse creusée dans le sol était comme une plaie ouverte.

L'herbe s'arrêtait brusquement pour laisser place à la terre fraîchement retournée, au fond d'une obscurité humide, et dont le vent emportait l'arôme neuf. La tombe était longue et profonde. Le cercueil était suspendu en hauteur, soutenu par des bandes de toile fixées au mécanisme qui, tout à l'heure, le descendrait lentement en terre.

Le ciel était si bleu...

Ils se tenaient, comme des ombres inquiètes, devant l'immensité du ciel et l'exhibitionnisme tapageur des arbres aux couleurs d'automne. Ils se tenaient là, tête baissée. Le cercueil était en équilibre, prêt à disparaître.

Il regarda la caisse noire et luisante. Il regarda au-delà, là où un homme attendait le signal pour libérer le mécanisme. Tout sembla miroiter en cet instant, car ses yeux s'étaient remplis de larmes. Quelqu'un lui toucha le bras. Il se retourna. A travers ses larmes, il aperçut le père de Claire. Les doigts de Ralph Townsend se crispèrent sur son bras. Kling hocha la tête et s'efforça d'entendre les paroles du pasteur.

— ... et par-dessus tout, elle retourne à Dieu comme il l'a mise au monde. Le cœur pur, innocente, sincère et sans crainte de son infinie miséricorde. Puisses-tu, Claire Townsend, trouver le repos éternel.

— Amen, répondirent-ils.

12

Mrs Glennon en avait assez. Elle en avait jusque-là. Elle ne voulait plus voir un flic de sa vie. Elle avait reconnu sa fille à la morgue, avant l'autopsie, et puis elle était rentrée chez elle pour y revêtir ses vêtements de deuil, les mêmes vêtements noirs qu'elle avait portés autrefois, à la mort de son mari. Et voilà que la police revenait, Steve Carella et Meyer Meyer. Meyer, conformément à la tradition des détectives privés de roman, était remonté à la surface de son abîme de ténèbres, avait été soigné et pansé et arborait à présent un air grave et une bonne quantité de sparadrap. Mrs Glennon leur faisait face dans un silence revêche, tandis qu'ils la bombardaient de questions. Elle refusait de répondre, croisait les mains sur ses genoux et restait immobile et raide sur sa chaise de cuisine.

— Votre fille s'est fait avorter, Mrs Glennon. Le saviez-vous ?

Silence.

— Qui a fait ça, Mrs Glennon ?

Silence.

— La personne qui a fait ça l'a tuée, le savez-vous ?

Silence.

— Pourquoi n'est-elle pas revenue ici ?

— Pourquoi a-t-elle préféré errer dans les rues ?

— Est-ce que l'avorteur habitait Majesta ? C'est pour ça qu'elle était dans ce quartier ?

— Est-ce que vous l'avez mise à la porte en apprenant qu'elle était enceinte ?

Silence.

— Très bien, Mrs Glennon, reprenons au commencement. Saviez-vous qu'elle était enceinte ?

Silence.

— Depuis combien de temps était-elle enceinte ?

Silence.

— Mais enfin, bon Dieu, votre fille est *morte* ! Le savez-vous ?

— Je le sais, murmura Mrs Glennon.

— Saviez-vous où elle se rendait samedi, en partant d'ici ?

Silence.

— Saviez-vous qu'elle allait se faire avorter ?

Silence.

— Mrs Glennon, dit Carella, nous allons partir du principe que vous étiez au courant. Nous allons partir du principe que vous saviez que votre fille avait l'intention de provoquer une fausse couche, et nous allons vous arrêter comme complice. Prenez votre manteau et votre chapeau.

— Elle ne pouvait pas avoir cet enfant, dit Mrs Glennon.

— Pourquoi ?

Silence.

— Très bien, allez chercher vos affaires. Nous allons au poste.

— Je ne suis pas une criminelle.

— Peut-être, répliqua Carella. Mais l'avortement est un crime. Savez-vous combien de jeunes filles meurent des suites d'un avortement, tous les ans, dans cette ville ? Cette année, votre fille est l'une de ces malheureuses.

— Je ne suis pas une criminelle.

— Les avorteurs sont passibles de peines allant d'un à quatre ans d'emprisonnement, Mrs Glennon. La femme qui se confie à un avorteur est passible de la même peine. A moins qu'elle ne meure. Le crime d'avortement devient alors un homicide au premier degré. Et tout parent ou ami qui aurait indiqué un avorteur à la jeune femme est considéré comme coupable de complicité de meurtre, si l'on peut démontrer que le but de la visite lui était connu. En d'autres termes, un complice est considéré comme aussi coupable que les principaux responsables. Alors, qu'est-ce que vous pensez de ça, Mrs Glennon ?

— Je ne l'ai menée nulle part. J'étais ici, au lit, toute la journée de samedi.

— Qui l'a emmenée alors, Mrs Glennon ?

Silence.

— Claire Townsend ?

— Non. Eileen y est allée toute seule. Claire n'a rien à voir là-dedans.

— Ce n'est pas vrai, Mrs Glennon. Claire a loué une chambre

dans la Première Rue Sud, au nom d'Eileen Glennon. Nous pensons que cette chambre était destinée à accueillir Eileen pendant sa convalescence. N'est-ce pas, Mrs Glennon ?

— Je ne suis pas au courant.

— Nous avons trouvé l'adresse ici ! Et le billet indiquait clairement qu'Eileen devait retrouver Claire le samedi. A quelle heure avaient-elles rendez-vous, Mrs Glennon ?

— Je ne suis pas au courant.

— Pourquoi Eileen a-t-elle été obligée de prendre une chambre meublée ? Pourquoi ne pouvait-elle revenir ici ? Pourquoi ne pouvait-elle rentrer chez elle ?

— Je ne suis pas au courant.

— C'est Claire qui s'est entendue avec l'avorteur ?

Silence.

— Mrs Glennon, votre fille est morte. Claire aussi. Vous ne risquez plus de lui faire du tort.

— C'était une brave fille, murmura Mrs Glennon.

— Vous parlez de Claire ou de votre fille ?

Silence.

— Mrs Glennon, dit Carella avec douceur, vous croyez que ça me fait plaisir de parler d'avortement ?

Mrs Glennon le regarda mais ne dit rien.

— Croyez-vous que j'aime parler de grossesse ? Croyez-vous que cela me fasse plaisir de violer les secrets de votre fille, la dignité de votre fille ?... Un homme l'a assassinée, Mrs Glennon. Un homme l'a saignée comme un porc. Vous ne voulez pas nous aider à le retrouver ?

— Et vous, vous voulez encore des meurtres ? demanda soudain Mrs Glennon.

— Quoi ?

— Vous voulez que d'autres gens soient tués ?

— Que voulez-vous dire ?

— Vous avez vu mon fils...

Elle secoua la tête et se cantonna à nouveau dans son silence.

— Qu'est-ce que votre fils vient faire là-dedans ?

— Vous avez vu ce qu'il a fait à ce type-là, hein ? Et tout ça, uniquement parce qu'il me posait des questions. Qu'est-ce que vous croyez qu'il fera s'il apprend qu'Eileen était... était...

— Pour qui avez-vous peur, Mrs Glennon ?

— Mon fils. Il le tuera.

— Qui tuera-t-il ?

— Le... le père du bébé.

— Qui ? Qui est-ce ?

— Non.

Elle secoua la tête. Meyer s'échauffa et cria :

— Mrs Glennon, nous sommes policiers. Nous n'allons pas nous amuser à raconter à votre fils...

— Je connais ce quartier, soupira Mrs Glennon d'un air entendu. C'est comme un village. Si la police est au courant, tout le monde sera au courant. Et quand mon fils l'apprendra, il tuera cet homme. Non... Fourrez-moi en prison si vous voulez. Gardez-moi à vue, comme vous dites, inculpez-moi de complicité... Faites ce que vous voulez. Dites que j'ai assassiné ma propre fille parce que je voulais l'aider. Allez-y. Mais je ne veux plus de sang sur mes mains. Non.

— Claire savait tout cela ?

— Je ne sais pas ce que Claire savait.

— Mais est-ce que c'est elle qui s'est arrangée pour...

— Je ne sais pas ce qu'elle a fait.

— Ce type ne voulait pas épouser votre fille, Mrs Glennon ? demanda Meyer.

Silence.

— Je voudrais vous poser une dernière question, dit Carella. J'espère que vous nous répondrez. Je tiens à ce que vous sachiez, Mrs Glennon, que tout cela me gêne affreusement. Je n'aime pas en parler. Je n'aime pas y penser. Mais je sais que vous connaissez la réponse à ma question, et je tiens à l'obtenir.

Silence.

— Qui a procédé à l'avortement ?

Silence.

— Qui ?

Silence.

Et puis, brusquement, déchirant le silence :

— Le Dr Madison. A Majesta.

— Merci, Mrs Glennon, soupira Carella.

Dans la voiture qui les emmenait vers le faubourg de Majesta, durant le long trajet au-delà de l'interminable pont de Majesta qui reliait deux quartiers de la ville, Meyer et Carella échafaudaient des hypothèses et cherchaient ce que tout cela voulait dire.

— Ce que je n'arrive pas à comprendre, dit Carella, c'est que Claire se soit mêlée de ça.

— Moi non plus. Ça ne lui ressemble pas, Steve.

— Mais y a pas de doute qu'elle a loué cette chambre.

— Oui.

— Et qu'elle a donné rendez-vous à Eileen. Par conséquent, elle devait savoir que la petite allait se faire avorter.

— Forcément, murmura Meyer. Mais c'est ça qui paraît si contradictoire. Elle est assistante sociale... et une bonne assistante sociale. Elle sait que l'avortement est un crime puni par la loi. Elle sait que si elle trempe là-dedans, elle peut être inculpée comme complice. Même si elle ne le savait pas en qualité d'assistante sociale, elle le savait en tant qu'amie d'un policier... Je me demande si elle en a jamais parlé à Bert ?

— Sais pas. Je crois qu'il faudra bien finir par le lui demander, tôt ou tard.

— Je ne m'en réjouis pas à l'avance.

— Enfin quoi, bon Dieu ! explosa Carella, la plupart des assistantes sociales encouragent les mères célibataires à avoir leurs enfants, et s'occupent de les faire adopter. Pourquoi est-ce que Claire... ?

— Le fils, lui rappela Meyer. Un sale petit merdeux, une forte tête, qui serait allé rechercher le père du môme.

— Le fiancé de Claire est un policier, dit nettement Carella. Elle aurait pu nous préparer à cette éventualité. Nous aurions facilement pu flanquer une sainte trouille au jeune Glennon, lui conseiller de se tenir tranquille. Non, je ne comprends pas.

— Ou alors, murmura Meyer, pourquoi Claire n'est-elle pas allée voir le père, pour essayer d'arranger un mariage ? Je ne pige pas. Je n'arrive pas à croire qu'elle a trempé dans une histoire pareille. Non, je n'arrive pas à y croire.

— Notre ami le docteur pourra peut-être jeter un peu de lumière là-dessus, dit Carella. Qu'est-ce qu'il y avait dans l'annuaire ?

— A. J. Madison, docteur en médecine, 1163, 37e Rue, Majesta.

— Ce n'est pas près du parc où on a découvert la petite, ça ?

— Tout près.

— Tu crois qu'elle sortait du cabinet du médecin ?

— Sais pas.

— Ça ne paraît guère probable. Elle devait retrouver Claire à Isola. Elle ne serait pas restée à Majesta. Et je ne pense pas qu'elle ait été prise de douleurs si vite. Bon Dieu, Meyer, je n'y comprends rien !

— Tu n'es qu'un foutu flic à la manque, voilà tout.

— Je sais. Mais n'empêche que je suis en plein cirage.

La 37e était une rue résidentielle bordée d'hôtels particuliers à perrons de pierre blanche, séparés du trottoir par des grilles basses en fer forgé. Le quartier donnait une impression de dignité sereine. On se serait cru à Boston ou à Philadelphie, dans une rue abritée des ravages du temps et du bruit du XXe siècle. Ce n'était pas le cas. C'était la rue où habitait le Dr A. J. Madison, avorteur.

Le 1163 était une maison semblable à ses voisines, avec la même petite grille de fer noir, le même perron blanc, la même porte peinte en vert doux. Une plaque de cuivre poli était fixée au-dessus de la sonnette. On y lisait : *A. J. Madison, docteur en médecine*. Carella appuya sur le bouton. C'était le cabinet d'un médecin, et on n'avait pas besoin de lui dire que la porte était ouverte. Il tourna la poignée de cuivre et Meyer le suivit dans une vaste salle d'attente. Il y avait un bureau dans un coin, devant un mur tapissé de livres. Les deux autres murs étaient recouverts d'un luxueux papier peint. Il y avait une reproduction de Picasso et deux gravures de Braque. Sur une table basse, on voyait les derniers numéros de *Life*, de *Look* et de *Ellery Queen's Mystery Magazine*.

— On dirait qu'il n'y a personne, observa Carella.

— L'infirmière doit être dans le fond avec lui, dit Meyer.

Ils attendirent. Au bout d'un moment, ils entendirent des pas étouffés et une blonde souriante entra. Elle portait une blouse blanche et des chaussures blanches. Ses cheveux étaient tirés en arrière en un gros chignon. Elle avait des traits fins, avec des pommettes hautes et une mâchoire décidée, et des yeux bleus pénétrants. Elle devait avoir une quarantaine d'années, mais conservait une allure de jeune femme avec son sourire engageant, ses yeux vifs.

— Messieurs ? dit-elle aimablement.

— Mademoiselle. Nous voudrions voir le Dr Madison, s'il vous plaît.

— Oui ?

— Il est là ? demanda Carella.

La jeune femme sourit.

— Vous n'avez pas rendez-vous, n'est-ce pas ?

— Non, dit Meyer. Le docteur est là ?

La jeune femme sourit encore.

— Oui, le docteur est là.

— Eh bien, voulez-vous lui dire que nous sommes là ?

— C'est à quel sujet ?

— Police, dit carrément Meyer.

Les sourcils de la jeune femme se haussèrent imperceptiblement.

— Ah ?... Je vois... Euh... à quel sujet au juste ?

— C'est une question personnelle dont nous désirons discuter avec le docteur lui-même, si cela ne vous fait rien.

— Je vous avoue que vous êtes en train de parler au docteur lui-même, répondit la jeune femme.

— Quoi ?

— Je suis le Dr Madison.

— Comment ?

— Oui. Que désirez-vous, messieurs ?

— Je crois que nous serions plus à l'aise dans votre cabinet, docteur.

— Pourquoi ? Mon assistante est partie déjeuner et je n'ai pas de rendez-vous avant deux heures. Nous serons tout aussi bien ici. Je suppose que ce ne sera pas long, n'est-ce pas ?

— Eh bien, tout dépend...

— De quoi s'agit-il ? Une blessure par balle non signalée ?

— C'est un peu plus grave, docteur.

— Ah ?

— Oui, dit Carella, et il prit une profonde inspiration. Dr Madison, vous êtes-vous livrée à des manœuvres abortives criminelles sur la personne d'une jeune fille nommée Eileen Glennon, samedi dernier ?

Le Dr Madison parut à peine surprise. Ses sourcils se relevèrent encore un peu et son sourire reparut.

— Je vous demande pardon ? dit-elle.

— Docteur, je vous demandais si vous vous étiez livrée à des manœuvres abortives criminelles sur...

— Mais certainement, rétorqua le Dr Madison. Je pratique l'avortement criminel tous les samedis et je fais des prix spéciaux pour les curetages du week-end. Je vous salue, messieurs.

Elle tournait les talons quand Carella lança :

— Restez là, docteur !

— Pourquoi ? Je n'ai pas à me laisser insulter ainsi ! Si c'est l'idée que vous vous faites de...

— Ouais, eh bien, les insultes ne font que commencer, dit Meyer. Eileen Glennon est morte.

— Je suis navrée de l'apprendre, mais comme j'ignore tout de cette personne et que je ne vois pas pourquoi vous vous permettez de...

— Sa mère nous a donné votre nom et votre adresse, docteur. Elle n'a tout de même pas lancé ce nom au hasard, n'est-ce pas ?

— Je ne puis savoir où elle l'a trouvé, ni pourquoi elle vous l'a donné. Je ne connais personne du nom d'Eileen Glennon, et je n'ai certes jamais pratiqué un avortement de ma vie. J'ai une clientèle respectable et je ne mettrais pas ma carrière en danger pour...

— Quelle est votre spécialité, docteur ?

— Je suis généraliste.

— Ça doit être assez dur, hein, pour une doctoresse, de gagner sa vie ?

— Je la gagne très bien, merci. Votre sollicitude est superflue. Et maintenant, si vous avez fini, j'ai autre chose à...

— Doucement, docteur. Pas la peine d'essayer de ficher le camp. Ça ne va pas être si facile que ça.

— Que voulez-vous de moi ? demanda le Dr Madison.

— Nous voulons que vous nous racontiez ce qui s'est passé ici samedi matin.

— Rien. Je n'étais même pas ici samedi matin. La consultation commence à deux heures.

— A quelle heure Eileen Glennon est-elle arrivée ?

— Je ne sais absolument pas qui est Eileen Glennon.

— C'est la jeune fille que vous avez fait avorter samedi, répondit Meyer. C'est la jeune fille qui est morte d'une hémorragie utérine dans un parc à cinq cents mètres d'ici. Voilà qui elle est, docteur.

— Je n'ai pratiqué aucune opération samedi.

— A quelle heure est-elle arrivée ?

— Tout ceci est absurde. Vous perdez votre temps. Puisqu'elle n'est pas venue, je ne vais pas vous raconter qu'elle était ici !

— Saviez-vous qu'elle était morte ?

— Je ne savais même pas qu'elle existait ! Je suis sûre que c'était une charmante petite fille mais...

— Pourquoi dites-vous que c'était une petite fille, Dr Madison ?

— Comment ?

— Vous venez de dire qu'elle était une charmante petite fille. Pourquoi ?

— Mais je n'en sais rien ! Elle n'était donc pas une charmante petite fille ?

— Si, mais comment le saviez-vous ?

— Comment est-ce que je savais quoi ? s'écria le Dr Madison avec colère.

— Qu'elle n'avait que seize ans.

— Je ne le savais pas, je n'en sais rien. Je n'ai jamais entendu parler d'Eileen Glennon avant que vous ne citiez son nom.

— Vous n'avez pas lu les journaux d'hier ?

— Non. J'ai rarement le temps de lire les journaux, à part les revues médicales.

— Quand avez-vous lu un journal pour la dernière fois, docteur ?

— Je ne me rappelle pas. Mercredi, jeudi, je ne sais pas. Je viens de vous dire...

— Alors, vous ignoriez qu'elle était morte.

— Oui, je vous le répète. Avez-vous fini, maintenant ?

— A quelle heure l'avez-vous opérée, docteur ?

— Je ne l'ai pas opérée. Et je ne vois pas comment vous pourrez prouver que je l'ai fait. Vous venez de me dire que la jeune fille était morte. Comme elle ne peut pas témoigner que je l'ai opérée, je...

— Ah, elle est venue seule, alors ?

— Elle n'est pas venue du tout. Elle est morte, et voilà tout. Je ne l'ai jamais vue, je ne la connais pas, je n'en ai jamais tant entendu parler.

— Vous avez entendu parler de Claire Townsend ? lança sèchement Carella.

— Quoi ?

Il décida de tenter sa chance. Elle venait de leur dire qu'elle n'avait pas vu un journal depuis le milieu de la semaine précédente, avant la mort de Claire. Aussi, tout à trac, sachant que c'était un coup de dés, il déclara :

— Claire Townsend n'est pas morte, elle. Elle nous a dit qu'elle s'était entremise pour faire avorter Eileen Glennon. Qu'elle s'était entendue avec vous, docteur. Alors, qu'est-ce que vous dites de ça ?

Un profond silence plana dans la pièce.

— Je pense qu'il vaudrait mieux que vous nous suiviez et que nous discutions de tout cela avec Claire, hein ?

— Je n'aurais pas cru...

— Vous n'auriez pas cru que Claire nous l'avouerait ? Eh bien, elle a tout dit. Alors ?

— Je n'ai rien à voir avec la mort de cette petite, déclara le Dr Madison.

— Non. Alors, qui a pratiqué l'avortement ?

— Je n'ai rien à voir avec sa mort !

— Où l'avez-vous opérée ?

— Ici.

— Samedi matin ?

— Oui.

— A quelle heure ?

— Elle est arrivée à dix heures.

— Et quand avez-vous opéré ?

— Vers dix heures et quart.

— Qui vous a assistée ?

— Je n'ai pas à vous répondre. Il y avait une infirmière et une anesthésiste. Je n'ai pas à vous donner leurs noms.

— Une anesthésiste ? C'est assez inhabituel, non ?

— Je ne suis pas un boucher ! cria le docteur avec rage. J'ai pratiqué unc opération comme elle aurait pu en avoir une dans un hôpital, entre les mains d'un gynécologue. J'ai observé toutes les règles d'asepsie et de technique chirurgicales.

— Ouais, c'est très intéressant, dit Carella, si l'on songe que la petite a souffert d'une infection généralisée en plus de sa foutue hémorragie ! Avec quoi l'avez-vous charcutée ? Une épingle à chapeau rouillée ?

— Comment osez-vous ! glapit le Dr Madison.

Elle se rua sur Carella, le poing levé, les yeux fulgurants, une attaque féminine dérisoire. Il lui saisit le poignet au vol et la maintint à bout de bras, tremblante de rage.

— Du calme, dit-il.

— Lâchez-moi !

— Du calme.

Elle arracha son poignet à l'étreinte de Carella et se frotta le bras de la main gauche, en foudroyant le policier du regard.

— La petite a été bien soignée. Elle était sous anesthésie pendant la dilatation et le curetage.

— Mais elle est morte, dit Carella.

— Ce n'est pas ma faute ! Je lui ai dit de rentrer directement chez elle et de se coucher tout de suite. Au lieu de ça, elle...

— Oui ? Quoi ?

— Elle est revenue !

— Ici ?

— Oui, ici !

— Quand ça ?

— Samedi soir. Elle m'a dit que Miss Townsend n'était pas venue au rendez-vous. Elle m'a dit qu'elle ne pouvait pas rentrer chez elle, et elle m'a suppliée de la garder la nuit. Je ne pouvais pas, c'était impossible, dit le Dr Madison en secouant la tête. Je lui ai conseillé d'aller à l'hôpital. On l'aurait soignée.

— Elle n'est pas allée à l'hôpital, docteur. Elle devait avoir trop peur... Elle était très mal quand elle est revenue samedi soir ?

— Elle n'en avait pas l'air. Elle paraissait simplement déconcertée.

— Avait-elle une hémorragie ?

— Jamais de la vie ! Croyez-vous que je l'aurais laissée partir si... Je suis médecin !

— Ouais, en effet. Un médecin qui pratique des avortements à ses moments perdus.

— Avez-vous jamais porté un enfant dont vous ne vouliez pas ? demanda le Dr Madison d'un ton posé. Moi oui.

— Et ça arrange tout, ça excuse tout, hein ?

— Je voulais aider cette pauvre gosse. Je lui offrais une évasion d'une situation qu'elle n'avait pas voulue.

— Pour une évasion, c'en est une, observa durement Meyer.

— Combien avez-vous demandé pour son assassinat ? demanda Carella.

— Je ne l'ai pas assassinée !

— Combien ?

— Cinq... cinq cents dollars.

— Où Eileen Glennon a-t-elle pu se procurer cinq cents dollars ?

— Je... je ne sais pas. C'est Miss Townsend qui m'a payée.
— Quand avez-vous arrangé ça, Claire et vous ?
— Il y a... il y a quinze jours.
— Comment a-t-elle eu votre nom ?
— Une amie le lui a donné. Pourquoi ne le lui demandez-vous pas ? Elle ne vous a donc pas tout raconté ?
Carella éluda la question.
— Eileen était enceinte de combien ?
— Elle en était à son deuxième mois.
— Voyons... depuis le début de septembre, à votre avis ?
— Oui, à peu près.
— Très bien, docteur. Allez chercher votre manteau. Vous nous accompagnez.
Le Dr Madison parut soudain troublée et perplexe.
— Mes... mes patients...
— Vous pouvez oublier vos patients maintenant, lui dit Meyer.
— Pourquoi ? Qu'est-ce que j'ai fait de mal ? Essayer de sauver une petite fille d'un malheur injuste ? C'est donc vraiment un crime ?
— L'avortement est un crime, oui. Puni par la loi. Vous le saviez, docteur.
— C'est injuste ! Cela ne devrait pas être !
— C'est ainsi. Ce n'est pas nous qui votons les lois, ma petite dame.
— Je lui rendais service ! Je voulais seulement...
— Vous l'avez tuée, déclara Meyer.
Mais sa voix manquait de conviction et il lui passa les menottes sans ajouter un mot.

PREMIER CHEF D'ACCUSATION

Par le présent réquisitoire, le Grand Jury de Majesta charge l'accusée, Alice Jean Madison, du crime d'avortement, en violation des Sections 2 et 80 du Code pénal de cet Etat, et commis dans les circonstances suivantes :

Le ou aux environs du 14 octobre, au 1163 37e Rue, Majesta, en violation de la loi et dans une intention criminelle, l'accusée a fait usage et emploi de certain instrument sur Eileen Glennon avec l'intention de provoquer une interruption de grossesse de la susdite Eileen Glennon, sans que l'acte incriminé soit commis pour préserver la vie de la susdite Eileen Glennon ou de l'enfant que cette dernière portait en son sein.

DEUXIÈME CHEF D'ACCUSATION

Par le présent réquisitoire, le Grand Jury de Majesta charge l'accusée du crime d'homicide au premier degré, en ce que l'accusée, en violation de la loi, et dans une intention criminelle, a fait usage et emploi de certain instrument sur Eileen Glennon avec l'intention de provoquer l'interruption de grossesse de la susdite Eileen Glennon, sans que l'acte incriminé soit commis pour préserver la vie de la susdite Eileen Glennon ou de l'enfant que cette dernière portait en son sein,

Et en ce que l'acte incriminé a entraîné la mort de la susdite, le 15 octobre.

Arthur Parkinson,
procureur général.

13

Mercredi 18 octobre.

L'été indien abandonne la ville. On frissonne dans la salle des inspecteurs bien que le thermostat soit monté et que les radiateurs commencent à cliqueter.

L'automne est arrivé brusquement, à l'improviste. Les inspecteurs se réchauffent les mains sur les gros bols de café brûlant.

On frissonne dans la salle.

— Bert, on a des questions à te poser.

— Quel genre de questions ?

— Au sujet de Claire.

Le téléphone sonne.

— 87e, inspecteur Carella... Ah, parfaitement, monsieur. Non, je regrette, nous n'avons encore rien trouvé. Nous enquêtons chez tous les prêteurs à gages, Mr Mendel. Nous vous préviendrons dès que nous aurons quelque chose, monsieur... Certainement, monsieur... De rien, je vous en prie... Au revoir, monsieur.

La scène avait quelque chose de grotesque. Bert Kling était assis sur une chaise devant le bureau. Carella raccrocha, puis il fit le tour du meuble et se planta devant Kling. Meyer était perché sur un coin du bureau, penché en avant, un coude sur le genou. Kling avait la figure creuse et les traits tirés. Il avait l'air d'un suspect harassé, en train de se faire cuisiner par deux flics endurcis.

— Qu'est-ce que vous voulez savoir ? demanda-t-il.

— Est-ce qu'elle t'a jamais parlé d'Eileen Glennon ?

— Non.

— Bert, fais un effort, tâche de te souvenir, tu veux ? Ça se passait probablement en septembre, quand Mrs Glennon était à l'hôpital. Est-ce que Claire t'a dit qu'elle avait fait la connaissance de la fille de Mrs Glennon ?

— Non. Je me le serais rappelé dès que les Glennon sont apparus dans l'affaire. Non, Steve. Elle n'a jamais fait allusion à cette petite.

— Elle n'a pas fait allusion à une petite, sans préciser laquelle ? Je veux dire, elle ne t'a jamais semblé se faire du souci pour une de ses patientes ?

— Non, dit Kling en secouant la tête. Non, je ne me souviens pas, Steve.

— De quoi parliez-vous ? demanda Meyer.

— Qu'est-ce que tu veux dire ?

— Quand vous étiez ensemble.

Kling savait exactement ce que faisait Meyer. Il était policier, et il avait employé lui-même cette technique assez souvent. Meyer essayait simplement de déclencher une association d'idées, de le faire parler dans l'espoir qu'un mot ou un autre éveillerait un souvenir. Bert le savait, mais tout en le comprenant, il en souffrait. Il ne voulait pas parler de Claire. Il ne voulait pas répéter à haute voix toutes ces choses qu'ils s'étaient murmurées à l'oreille, dans l'intimité.

— Nous... nous bavardions d'un tas de choses.

— De quoi, par exemple ?

— Eh bien... elle avait mal aux dents. Ça devait être... oui au début de septembre.

— Oui ? Continue, Bert, dit Carella.

— Et elle... elle devait aller chez le dentiste. Je me souviens qu'elle... elle était furieuse. Un soir, elle est arrivée au rendez-vous, elle avait la mâchoire en bois. A cause de la novocaïne. Elle m'a demandé de la frapper. Elle... elle me disait : « Vas-y, grande brute ! Je te parie que tu ne peux pas me faire mal ! » En plaisantant, quoi. Parce que... nous plaisantions souvent, comme ça. Vous savez... parce que je suis flic.

— Est-ce qu'elle parlait de ses cours, Bert ?

— Oui, bien sûr. Elle avait de petites difficultés avec un de ses professeurs. Oh ! rien de grave, non. Le professeur avait certaines idées arrêtées, et Claire n'était pas toujours d'accord.

— Quelles idées, Bert ?

— Je ne me rappelle pas. Vous savez ce que c'est dans un cours... chacun a ses idées.

— Mais Claire travaillait assidûment ?

— Oui. Presque tous ceux de sa classe aussi. Elle préparait sa licence, vous savez. Elle y tenait beaucoup.

— Elle en parlait ?

— Assez, oui. C'était très important pour elle. Elle... Son travail lui tenait à cœur. La seule raison... Je veux dire, si nous n'étions pas encore mariés, c'est que... qu'elle voulait d'abord avoir sa licence. Elle voulait terminer ses études avant.

— Où alliez-vous quand vous sortiez ensemble, Bert ? Un endroit en particulier ?

— Non, on sortait, comme ça. Au cinéma, parfois au théâtre. Ou on allait danser. Elle aimait bien danser. Elle dansait très bien.

Le silence de la salle parut soudain intolérable.

— Elle était... fit Kling, et sa voix se brisa.

Le silence persista.

— Bert, tu ne te rappelles aucune de ses idées, de ses opinions concernant son travail ? Est-ce qu'elle en discutait avec toi ?

— Ma foi, pas vraiment. Je veux dire, sauf quand ça pouvait se rapporter au travail de la police, vous voyez ?

— Non.

— Eh bien, par exemple, quand elle ne comprenait pas une loi ou un décret. Ou quand elle pensait que nous nous y prenions mal. Comme avec les gangs de rues, par exemple. Elle trouvait que nous ne savions pas les prendre.

— Comment ça, Bert ?

— Eh bien, nous nous intéressons davantage au crime, n'est-ce pas. Un gosse assomme quelqu'un, tire sur quelqu'un, nous nous fichons un peu que son père soit alcoolique. C'est là que le travail social intervient. Mais elle pensait que la police et les assistantes sociales auraient dû travailler plus étroitement en commun. Nous avions un tas de plaisanteries à ce sujet aussi... Je lui disais que nous avions des assistantes de police qui s'occupaient de la jeunesse délinquante, mais elle aurait aimé qu'on travaille en plus étroite collaboration.

— Elle avait eu à s'occuper de la jeunesse ?

— Seulement quand ça se rapportait à ses propres patients. Elle en visitait beaucoup qui avaient des enfants, forcément. Alors elle s'occupait un peu des gosses.

— Elle ne t'a jamais parlé d'une chambre meublée dans la Première Rue Sud ?

— Non, dit Kling, et il hésita, puis demanda : Une chambre meublée ? Qu'est-ce que c'est que cette histoire ?

— Nous pensons qu'elle en a loué une, Bert. De fait, nous savons qu'elle en a loué une.

— Pourquoi ?

— Pour y emmener Eileen Glennon.

— Pourquoi ?

— Parce qu'Eileen Glennon s'était fait avorter.

— Qu'est-ce que Claire peut avoir...

— Claire a tout arrangé.

— Non, dit instantanément Kling. Non, vous vous trompez.

— Nous avons vérifié, Bert.

— C'est impossible. Claire ne... non, c'est impossible. Elle connaissait trop bien la loi. Non. Elle était tout le temps en train de me poser des questions sur le droit. Vous vous trompez. Jamais elle n'aurait trempé dans une chose pareille.

— Quand elle te posait des questions de droit... est-ce qu'elle t'a jamais parlé d'avortement ?

— Non. Pourquoi aurait-elle demandé...

Bert Kling se tut brusquement. Une expression étonnée se peignit sur sa figure. Il secoua la tête, une fois, avec force, comme s'il refusait l'évidence.

— Qu'est-ce qu'il y a, Bert ?

Il secoua encore la tête.

— Elle t'a posé des questions sur l'avortement ?

Kling acquiesça en silence.

— Quand ça ?

— Le mois dernier. Au début, j'ai cru... je croyais qu'elle était...

— Vas-y, Bert.

— J'ai cru... ma foi, j'ai cru que c'était pour elle, vous savez. Mais... mais ce qu'elle voulait, c'était tout savoir de l'avortement légal.

— Elle t'a demandé ça ? Elle t'a demandé dans quelles conditions un avortement est légal ?

— Oui. Je lui ai répondu que c'est seulement si la vie de la mère ou de l'enfant est en danger. Vous savez bien, l'article 80, « sauf si ladite intervention est indispensable pour préserver la vie de la femme ou... »

— Oui, continue !

— C'est tout.

— Tu es sûr ?

— Non, attendez... Elle m'a posé une question précise. Attendez voir...

Ils attendirent. Le front de Kling se plissa. Il passa une main sur sa figure.

— Ouais, murmura-t-il.

— Qu'est-ce que c'était ?

— Elle m'a demandé si la victime d'un viol... une fille enceinte à la suite d'un viol... elle m'a demandé si dans ce cas l'avortement ne serait pas toléré ou admis.

— C'est ça ! s'écria Meyer. Voilà la raison de tout ce mystère !

Mais bien sûr ! Ça explique la chambre meublée, et pourquoi Eileen ne pouvait pas rentrer chez elle ! Si jamais le frangin découvrait qu'elle avait été violée...

— Hé là, doucement, doucement, coupa Kling. Qu'est-ce que tu veux dire ?

— Qu'est-ce que tu as répondu à Claire ?

— Eh bien, je lui ai dit que je ne savais pas trop. Je lui ai dit que, moralement, ça devait être toléré, un avortement dans ces circonstances-là. Je n'en savais trop rien.

— Et qu'est-ce qu'elle t'a dit ?

— Elle m'a demandé de me renseigner. Elle m'a dit qu'elle voulait savoir.

— Tu l'as fait ?

— J'ai téléphoné au bureau du procureur le lendemain. Préserver la vie de la mère ou de l'enfant, qu'ils m'ont répondu. Un point, c'est tout. Tout autre avortement est criminel et formellement interdit par la loi.

— Tu as répété ça à Claire ?

— Oui.

— Et qu'est-ce qu'elle a dit ?

— Elle a piqué une crise ! Elle a crié que la loi devait être faite pour protéger les innocents, et pas pour causer encore plus de malheurs. J'ai essayé de la calmer, vous savez — après tout, quoi, c'est pas moi qui fais les lois ! Elle avait l'air de me rendre responsable de toute cette connerie ! Je lui ai demandé pourquoi elle faisait tout ce foin, et elle m'a dit je ne sais quoi, que la morale puritaine était la plus immorale du monde, un truc comme ça. Elle a dit que la vie d'une jeune fille pouvait être complètement démolie parce qu'elle était à la fois la victime d'un crime et celle de la loi par-dessus le marché.

— Elle t'en a reparlé par la suite ?

— Non, jamais.

— Elle ne t'a jamais demandé si tu connaissais un avorteur ?

— Non... D'après ce que je comprends... Vous croyez qu'Eileen Glennon a été violée, hein ?

— C'est ce que nous supposons, dit Meyer. Et probablement pendant le séjour de sa mère à l'hôpital.

— Et vous croyez que Claire le savait, savait qu'elle était enceinte et... et a arrangé cet avortement pour elle ?

— Oui. De cela, nous sommes sûrs, Bert, dit Carella. Elle a même payé le médecin.

Kling hocha la tête.

— Je suppose... on pourrait sans doute vérifier son compte en banque ?

— Nous l'avons fait hier. Elle a retiré cinq cents dollars le 1er octobre.

— Je vois. Alors... eh bien, je... alors, ça doit être comme vous dites.

Carella soupira.

— Je suis navré, Bert.

— Si elle a fait ça, vous savez... *Si* elle l'a fait, c'est uniquement parce que la petite avait été violée. Je veux dire, Claire n'aurait jamais... n'aurait jamais transgressé la loi autrement. Vous le savez, dites ?

Carella sourit.

— J'aurais pu en faire autant, murmura-t-il.

Il ne savait pas trop s'il croyait ce qu'il disait, mais il prononça tout de même la phrase.

— Elle voulait simplement protéger cette petite, reprit Kling. Si tu... Si on considère ça sous cet angle, elle... elle préservait vraiment la vie de la mère, comme l'exige le Code pénal.

— Oui, et en attendant, dit Meyer, elle protégeait aussi le gars qui a violé Eileen. Pourquoi est-ce qu'il s'en sort tout blanc, celui-là, Steve ? Pourquoi ce fumier...

— Peut-être pas, murmura Carella. Il s'est peut-être livré à un petit travail de prospection de son côté. Et il a peut-être commencé par s'occuper d'une des personnes qui étaient au courant du viol mais qui n'y était pas mêlée personnellement.

— Qu'est-ce que tu racontes ?

— Je raconte qu'Eileen et sa mère n'auraient jamais rien osé dire de peur de ce que le jeune Glennon pourrait faire. Mais il n'était peut-être pas aussi sûr du silence de Claire Townsend. Alors peut-être bien qu'il l'a suivie dans cette librairie et...

— La mère sait qui c'est ? demanda Kling.

— Oui, nous le pensons.

Kling secoua la tête, brièvement. Ses yeux étaient morts, sa voix terne quand il parla enfin.

— Elle me le dira, affirma-t-il.

C'était une promesse.

L'homme habitait l'immeuble des Glennon, à l'étage au-dessus. Kling quitta l'appartement des Glennon et se mit à monter. Mrs Glennon, restée sur le pas de sa porte, le suivait des yeux, une main sur la bouche. Il était impossible de deviner ce qu'elle pensait en regardant ainsi monter Kling. Elle se demandait peut-être pourquoi ce sont toujours les mêmes qui n'ont pas de chance.

Kling frappa à la porte de l'appartement 4 A et attendit.

De l'intérieur, une voix cria :

— Une seconde !

Kling attendit.

La porte s'entrouvrit, retenue par une chaîne de sûreté. Un homme montra le bout de son nez.

— Oui ?

— Police, dit sèchement Kling.

Il tendit son portefeuille, montrant son insigne.

— Qu'est-ce que c'est ?

— Vous êtes bien Arnold Halsted ?

— Oui ?

— Ouvrez la porte, Mr Halsted.

— Quoi ? Qu'est-ce que c'est ? Pourquoi... ?

— Ouvrez la porte ou je l'enfonce, rugit Kling.

— Bon, bon, ça va, une minute.

Halsted referma, tripota la chaîne. Dès qu'elle fut décrochée, Kling repoussa violemment la porte et entra dans l'appartement.

— Vous êtes seul, Mr Halsted ?

— Oui.

— Il paraît que vous avez une femme et trois enfants, Mr Halsted. C'est vrai, Mr Halsted ?

Il y avait quelque chose de terrifiant dans la voix de Kling. Halsted, un petit homme maigre en pantalon noir et maillot de corps blanc, recula instinctivement.

— Ou... oui... c'est vrai.

— Où sont-ils ?

— Les enfants... ils sont à l'école.

— Et votre femme ?

— Elle travaille.

— Et vous, Mr Halsted ? Vous ne travaillez pas ?

— Je suis... je suis momentanément au chômage.

— Depuis combien de temps êtes-vous « momentanément » au chômage ?

Kling parlait d'un ton coupant. Les mots tombaient de ses lèvres comme des lames de rasoir.

— Depuis... depuis l'été dernier.

— Quand ?

— Le mois d'août.

— Qu'avez-vous fait en septembre, Mr Halsted ?

— Je...

— A part violer Eileen Glennon ?

— Quoi... quoi ?

La voix de Halsted s'étrangla. Il devint blanc comme un linge. Il recula d'un pas, mais Kling avança.

— Mettez une chemise. Vous allez m'accompagner.

— Je... je... j'ai rien fait. Vous faites erreur.

— Vous n'avez rien fait, hein ? rugit Kling. Bougre de fumier, vous n'avez rien fait ? Vous êtes descendu et vous avez violé une enfant de seize ans ! Vous n'avez rien fait ? *Vous n'avez rien fait ?*

— Chut, chut... les voisins, bredouilla Halsted.

— Les voisins ? hurla Kling. Vous avez le culot de...

Halsted recula jusque dans la cuisine, les mains tremblantes. Kling le suivit.

— Je... je... je. C'est elle. C'est elle qui a voulu. Je... je ne voulais pas... C'était...

— Ordure ! Vous mentez, fumier !

De toutes ses forces, Kling le gifla. Halsted gémit, se couvrit la figure avec les mains et bafouilla :

— Ne... ne me frappez pas.

— L'avez-vous violée ?

Halsted fit oui de la tête, les mains toujours sur la figure.

— Pourquoi ?

— Je... je ne sais pas. Sa... sa mère était à l'hôpital, vous comprenez. Mrs Glennon. Elle... C'est une grande amie de ma femme. Elles vont à l'église ensemble, elles appartiennent au même... elles font les neuvaines ensemble, elles...

Kling attendait, les poings crispés. Il attendait de poser *la* question. Ensuite, il frapperait Halsted, il l'écraserait sur le sol de sa cuisine, il en ferait de la charpie.

— Quand... quand elle est allée à l'hôpital, ma femme... ma femme préparait les repas des enfants. Pour Terry et Eileen. Et...

— Je vous écoute...

— Je les leur descendais, quand ma femme était à son travail.

Lentement, les mains de Halsted retombèrent. Il ne leva pas les yeux vers Kling. Il contemplait fixement le linoléum usé et maculé. Il tremblait toujours, un petit homme malingre en tricot de corps, qui contemplait fixement le plancher, et ce qu'il avait fait.

— C'était un samedi, souffla-t-il. J'avais vu Terry quitter la maison. De ma fenêtre, je l'avais vu. Ma femme était allée travailler. Elle est brodeuse en perles ; elle est très adroite. C'était un samedi. Je me rappelle qu'il faisait très chaud ici, à l'intérieur. Vous vous rappelez comme il a fait chaud en septembre ?

Kling ne répondit rien, mais Halsted n'attendait pas de réponse. Il semblait avoir oublié la présence de Kling. Il était en communion totale avec son vieux lino. Il ne leva pas les yeux un instant.

— Je me souviens. Il faisait très chaud. Ma femme avait laissé des sandwichs pour que je les descende aux deux enfants, mais je savais que Terry était parti, voyez-vous. J'aurais quand même descendu les sandwichs, mais je savais que Terry était sorti. Je ne peux pas dire que je ne le savais pas.

Il contempla longuement le sol, en silence.

— J'ai frappé à la porte d'en bas. On n'a pas répondu. Je... j'ai essayé la porte ; elle était ouverte, alors je... je suis entré. Elle... Eileen était encore au lit, elle dormait. Il était midi, mais elle dormait. La couverture, le drap... le drap avait glissé et... et je la voyais. Elle dormait, et je la voyais. Ensuite, je ne sais pas ce que j'ai fait. Je crois que j'ai posé le plateau de sandwichs et que je me suis mis au lit avec elle, et quand elle a voulu crier, j'ai mis ma main sur sa bouche et... et voilà.

Il laissa retomber sa figure dans ses mains.

— Voilà... Je l'ai fait... Je l'ai fait...

— Vous êtes un joli monsieur, siffla Kling entre ses dents.

— C'est... c'est un accident.

— Comme le bébé était un accident.

— Quoi ? Le bébé ?

— Vous ne saviez peut-être pas qu'Eileen était enceinte ?

— Enc... Qu'est-ce que vous dites ? Qui ? Qu'est-ce que vous... ? Eileen ? Personne ne m'a jamais... Pourquoi ne m'a-t-on jamais... ?

— Vous ne saviez pas qu'elle était enceinte ?

— Non. Je le jure ! Je n'en savais rien !

— Comment croyez-vous qu'elle est morte, Mr Halsted ?

— Sa mère nous a dit... Mrs Glennon a dit que c'était un accident ! Elle l'a même dit à ma femme, sa meilleure amie ! Elle n'aurait pas menti à ma femme.

— Ah non ?

— Un accident d'auto ! A Majesta. Elle... elle était chez sa tante. C'est ce que Mrs Glennon nous a dit.

— C'est peut-être ce qu'elle a dit à votre femme. C'est la fable que vous avez inventée tous les deux pour sauver votre misérable peau...

— Non ! Je le jure !

Des larmes montaient aux yeux de Halsted. Il tendait avidement les mains, à présent, des mains suppliantes qui s'accrochaient au bras de Kling, qui se cramponnaient.

— Que voulez-vous dire ? sanglota-t-il. Qu'est-ce que vous voulez dire ? Je vous en prie... Dieu, non ! Mon Dieu !

— Elle est morte en essayant de se débarrasser de votre enfant, dit Kling en martelant les mots.

— Je ne savais pas. Je ne savais pas. Oh ! mon Dieu, je jure que je ne...

— Vous êtes un menteur, un lâche, une ordure !

— Demandez à Mrs Glennon ! Je jure devant Dieu que je ne savais absolument rien de...

— Vous le saviez, et vous vous êtes attaqué à quelqu'un d'autre qui le savait !

— Quoi ?

— Vous avez suivi Claire Townsend jusqu'à...

— Qui ? Je ne connais pas de...

— ... à la librairie et vous l'avez *tuée*, fumier, ordure ! Où sont les revolvers ? Hein ? Qu'est-ce que vous en avez fait ? Dites-le-moi avant que je...

— Je vous jure, je vous jure...

— Où étiez-vous vendredi soir à partir de cinq heures ?

— Dans l'immeuble ! Ici ! Je le jure ! Nous sommes montés chez les Lesser ! Au cinquième ! Nous avons dîné chez eux et puis nous avons joué aux cartes. Je le jure !

Kling l'examina en silence.

— Vous ne saviez pas qu'Eileen était enceinte ? demanda-t-il enfin.

— Non.

— Vous ne saviez pas qu'elle allait se faire avorter ?

— Non.

Kling le regardait fixement. Puis il murmura :

— Deux arrêts, Mr Halsted. D'abord chez Mrs Glennon, et puis chez les Lesser au cinquième. Il se peut que vous soyez un foutu veinard.

Arnold Halsted était un foutu veinard.

Il était « momentanément » au chômage depuis le début d'août, mais il avait une femme qui était une brodeuse en perles très adroite et qui consentait à entretenir toute la famille pendant qu'il restait en tricot de corps à regarder par la fenêtre. Il avait violé une enfant de seize ans, mais ni Eileen ni sa mère n'avaient rapporté l'incident à la police, premièrement parce que Louise Halsted était une amie intime et ensuite — ce qui était encore plus important — parce que les Glennon savaient que Terry tuerait Arnold s'il apprenait le viol.

Mr Halsted était un foutu veinard.

Ce quartier était un quartier où fleurissent les ennuis, les malheurs, et les emmerdements. Mrs Glennon y était née, et elle savait qu'elle y finirait ses jours ; elle savait que les emmerdements l'accompagneraient toujours. Elle ne voyait aucune raison de causer d'autres emmerdements à son amie Louise Halsted, sa seule amie, peut-être, dans un monde si hostile. A présent, sa fille morte et son fils inculpé pour coups et blessures, elle écouta Bert Kling et, au lieu d'incriminer Halsted, elle dit la vérité.

Elle assura qu'il ignorait tout de la grossesse et de l'avortement d'Eileen.

Arnold Halsted était un foutu veinard.

Mrs Lesser, au cinquième étage, déclara que Louise et Arnold étaient montés à cinq heures moins le quart le vendredi après-midi. Ils étaient restés dîner et faire une partie de cartes. Halsted ne pouvait en aucune façon s'être trouvé dans le voisinage de la librairie au moment du massacre.

Arnold Halsted était un foutu veinard.

Tout ce qu'il risquait, c'était une inculpation pour viol — et éventuellement de passer vingt ans de sa vie derrière les barreaux.

14

L'affaire était tout aussi enterrée que les victimes.

L'affaire était morte, raide et froide comme novembre qui était arrivé brusquement sans crier gare, avec les gelées et le verglas, glaçant la ville et ses habitants.

Dans la salle des inspecteurs, les hommes ne parvenaient pas à se débarrasser du froid, ni de l'affaire. Ils portaient l'affaire avec eux toute la journée, et le soir ils la ramenaient chez eux. L'affaire était morte, et ils le savaient.

Mais Claire Townsend était morte aussi.

— Il faut que ça ait un rapport avec elle ! dit Meyer Meyer à sa femme. Qu'est-ce qu'il peut y avoir d'autre ?

— Des tas de choses, des centaines de choses ! s'écria Sarah en perdant patience. Vous êtes tous aveugles dans cette affaire. C'était la petite amie de Bert, alors vous ne voyez rien d'autre !

Meyer s'emportait rarement contre Sarah, mais l'affaire l'irritait et, de plus, les haricots verts étaient trop cuits. Il lui cria au nez :

— Qui es-tu ? Sherlock Holmes ?

— Ne crie pas après maman, dit Alan, son fils aîné.

— Tais-toi et mange tes haricots ! glapit Meyer, et il se tourna vers Sarah. Il y a trop de choses qui s'en mêlent ! Cette gosse enceinte, le...

Sarah jeta un coup d'œil aux enfants et un regard de mise en garde à son mari.

— Bon, bon, ça va, grogna-t-il. S'ils ne savent pas encore d'où viennent les bébés, il est grand temps qu'ils l'apprennent.

— D'où ils viennent, les bébés ? demanda Susie.

— Tais-toi et mange tes haricots, lui répondit Meyer.

— Vas-y, explique-lui d'où viennent les bébés ! cria Sarah.

— D'où ça, papa ?

— Les femmes sont des créatures merveilleuses, compréhensives, fécondes et magnifiques que le bon Dieu a mises sur terre pour les hommes, tu comprends. Et le bon Dieu a aussi rendu ces merveilleuses, intelligentes, belles et charmantes créatures capables de faire des enfants afin que l'homme puisse être entouré de chères têtes blondes quand il rentre fatigué de son travail.

— Oui, mais d'où ils viennent, les bébés ? insista Susie.

— Demande à ta mère.

— Je peux avoir un bébé ? voulut savoir Susie.

— Pas encore, chérie, lui dit Sarah. Un jour.

— Pourquoi pas tout de suite ?

— Ah, ferme ça, Susie, grommela le petit Jeff qui avait deux ans de moins qu'elle. Tu connais rien à rien, alors ?

— C'est toi qui connais rien à rien, rétorqua Susie. D'abord, on dit pas « tu connais rien à rien ». On dit « tu *ne* connais rien », là.

— Ah ! tais-toi, tu me fais mal, dit Jeff.

— Ne parle pas à ta sœur sur ce ton, gronda Meyer. Tu ne peux pas avoir de bébé parce que tu es trop jeune, Susie. Il faut être une femme. Comme ta mère. Laquelle comprend les soucis d'un homme et...

— Je disais simplement que pas un de vous ne voit cette affaire avec lucidité. Vous êtes tous obnubilés par une stupide idée de vengeance, vous cherchez par tous les moyens les plus imbéciles à rattacher cette histoire à Claire, et vous fermez les yeux à toute autre possibilité.

— Quelle autre possibilité reste-t-il, veux-tu me le dire ? Nous avons tout essayé, nous avons suivi toutes les pistes, nous avons enquêté sur toutes les victimes. Pas seulement sur Claire. Sur tous les autres. Toutes les victimes, et leurs familles, et leurs amis et relations. Il ne reste rien, Sarah. Alors on en revient forcément à Claire, aux Glennon, au Dr Madison et...

— Je sais tout ça par cœur, dit Sarah.

— Ecoute-le encore une fois ; tu n'en mourras pas.

— Je peux sortir de table ? demanda Alan.
— Tu ne veux pas de dessert ?
— Je veux voir *Malibu Run*.
— *Malibu Run* attendra.
— Mais m'man, ça commence à...
— Ça attendra. Tu mangeras ton dessert.
— Laisse-le, s'il tient à voir son feuilleton, intervint Meyer.
— Ecoute, inspecteur Meyer, s'emporta Sarah, tu es peut-être un grand policier qui a l'habitude de passer les suspects à tabac, mais ici c'est ma maison, ma table, et j'ai passé trois heures à préparer le dîner et je ne veux pas que la famille galope...
— Oui, et tu as trouvé moyen de brûler les haricots verts, grogna Meyer.
— Les haricots verts ne sont pas brûlés !
— Ils sont trop cuits.
— Mais pas brûlés. Reste là, Alan. Tu mangeras ton dessert même si ça doit t'étouffer !

La famille acheva le repas en silence. Les enfants quittèrent la table et des bruits de bagarres sous-marines parvinrent du living-room.
— Je te demande pardon, dit Meyer.
— Moi aussi. Je n'avais pas à te donner de conseils sur ton enquête.
— Nous sommes peut-être aveugles, au fond. Il est peut-être là, sous notre nez, soupira Meyer. Mais je suis fatigué... Epuisé.

KARACHI

Steve Carella écrivit le mot en caractères d'imprimerie sur une feuille de papier. En dessous, il inscrivit :

PAKISTAN
INDES
MAHARADJAH
SARI

Il soupira et se tourna vers sa jeune femme, Teddy, qui le regardait intensément de ses grands yeux noirs lumineux. En articulant bien, pour qu'elle puisse lire sur ses lèvres, il lui dit :
— Tu vois autre chose qui rappelle les Indes ?

Teddy sourit, hocha vigoureusement la tête et tendit sa main fine vers le papier. Elle prit le stylo et écrivit :

Car ?

Car à qui ?

Caracas ?

Carella lut et fit la grimace.
— Tu cherches trop loin.
Il rejeta la feuille de papier et Teddy vint s'asseoir sur ses genoux.
— Je parie que ça n'a rien à voir avec l'affaire, ajouta Steve.
Teddy, qui guettait le mouvement de ses lèvres, secoua ses boucles brunes.
— Tu crois que c'est important.
Elle fit signe que oui.
— Oui, c'est logique, bien sûr. Pourquoi un homme prononcerait-il ce mot dans son dernier souffle si ça n'avait pas de rapport ? Mais... Il y a tant d'autres aspects, Teddy. Toute cette histoire de Claire. Ça, oui, ça paraît plus...
Teddy lui mit brusquement une main sur les yeux.
— Quoi ?
Elle se mit les deux mains sur les yeux.
— Ah ! nous sommes aveugles ? Oui... peut-être bien, dit Carella, et il reprit le papier. Toi, tu verrais un calembour dans ce fichu mot ? Mais pourquoi un type irait-il faire un calembour au moment de mourir ? Il me semble au contraire que, dans un moment pareil, il dirait exactement sa pensée, non ? Seigneur, je ne sais plus, je ne sais pas ! On va toujours essayer de disséquer ça...
Il prit une autre feuille de papier et un crayon pour Teddy et, à eux deux, ils essayèrent toutes les combinaisons possibles :

Karachi, Chicarat, Racachi, Chacarie... Chaque a ri...?

— Je suis coincé, avoua Carella.
Teddy examina longuement le mot, puis elle compta les lettres.
— Ça fait combien ? demanda Steve.
Teddy leva les doigts. Sept.
— Sept ? Tu crois que ça donne quelque chose ?
Teddy écarta les bras.

— Hmm... Et si on l'essayait à l'envers ?

Avec le plus grand sérieux, Carella écrivit :

IHCARAK

— Ça te dit quelque chose ?

Teddy examina le mot, en fronçant les sourcils, puis elle secoua la tête.

— Non, bien sûr. Mieux vaut reprendre à l'endroit. Kar... Car... Un car ? A Chi ? A Chicago ? Mais pourquoi un car ? Tu crois qu'il voulait nous faire comprendre qu'un type qui venait de Chicago par le car avait tiré sur lui ?

Les mains de Teddy s'agitèrent. Carella lut ce qu'elle disait avec les doigts.

Willis a peut-être mal entendu. Il disait peut-être tout autre chose ?

— Oui, mais quoi ? dit Carella.

Teddy écarta les bras. Elle ne savait pas.

— Viens, va, laissons tomber, dit Steve.

Il repoussa le papier et Teddy se pelotonna sur ses genoux.

Ni l'un ni l'autre ne savait à quel point ils étaient arrivés près de la vérité.

Novembre.

Les arbres avaient perdu toutes leurs feuilles.

Il arpentait les rues, tout seul, sans chapeau, ses cheveux blonds agités par le vent furieux. Il y avait quatre-vingt-dix mille habitants dans le district, et huit millions d'habitants dans la ville, et l'un d'eux avait tué Claire.

Qui ? se demandait-il.

Il se surprit à scruter les visages. Chaque passant devenait un assassin éventuel, et il les examinait, cherchant inconsciemment un homme au regard meurtrier, cherchant consciemment un homme blanc, pas petit, sans cicatrice, sans signe particulier, sans difformité, en pardessus foncé, chapeau gris et lunettes noires.

En novembre ?

Qui ?

Bisque bisque rage...

Qui ?

Il entendait son pas résonner sur le pavé. Tout autour de lui, c'était le chaos de la ville, le néon, le bruit, les rires, mais il n'entendait que le son de ses pas, la cadence de ses talons et, dans tout cela, la voix de Claire, chaude, tendre, qui murmurait :

— Je me suis acheté un nouveau soutien-gorge.

Ah ?

— Tu verras... Tu m'aimes, Bert ?

Tu le sais bien.

— Dis-le-moi...

Je ne peux pas maintenant.

— Tu me le diras plus tard ?

Des larmes jaillirent soudain sous ses paupières. Il sentit tout à coup qu'il l'avait perdue, qu'il avait tout perdu, et il eut envie de mourir, là, sur le trottoir. Il passa une main rageuse sur ses yeux.

Il ne lui avait pas dit qu'il l'aimait, et maintenant, il ne pourrait plus jamais le lui dire...

Ce fut une chance que Steve Carella réponde au téléphone à Mrs Joseph Wechsler. Ce fut une chance parce que Bert Kling partageait trop le deuil de cette femme et qu'il avait machinalement conditionné son oreille à son accent. Ce fut une chance, parce que Meyer Meyer avait trop l'habitude de cet accent-là, et n'aurait sans doute pas remarqué l'indice capital qu'elle fournit involontairement. Ce fut une chance parce que Carella s'était tellement cassé la tête sur le mot *Karachi* qu'il était prêt à sauter sur n'importe quel son qui pourrait le lui rappeler. Le téléphone l'aida. L'instrument formait une barrière entre les interlocuteurs. Carella n'avait jamais vu cette femme. Il n'entendit qu'une voix au bout du fil, et il dut faire un effort pour la comprendre.

— Hallo, z'est Mrs Vaxler, dit la voix.

— Oui, madame ?

— Gué le bari z'est Yoseph Vaxler, dit-elle.

— Ah, Mrs Wechsler, parfaitement. Comment allez-vous ? Ici l'inspecteur Carella.

— Allô, foui, mizter Garell, gué za m'ennuie fous téranger comme za. Gué fous êtes oggupé.

— Ne vous excusez pas, madame. Je vous en prie. De quoi s'agit-il, Mrs Wechsler ?

— Fotre inzbecteur, il est fenu jez moi, n'est-ze bas. Ché lui ai tonné un das de vactures, n'est-ze bas, qu'il foulait foir. Ch'en ai pésoin, à brésent, foui ?

— Oh, je suis navré, madame. On aurait dû vous les renvoyer depuis longtemps.

— Za ne vait rien. Ché foulais bas fous empêter, bais auchourd'hui, ch'ai rezu une audre vacture du karache, du ponhomme qui a beint la foiture, gué ch'ai bas engore bayé, foui ?

— Je vais immédiatement donner des ordres pour qu'on vous les renvoie, dit Carella. Je suis désolé. On a dû oublier.

— Merzi. Ché feux bayer le karache, n'est-ze bas, et...

— Le quoi ? s'écria soudain Carella.

— Bardon ?

— Le quoi ? Qui voulez-vous payer ?

— Le ponhomme qui a beint la foiture. Le karachiste. Ch'ai rezu une audre vacture, n'est-ze bas. Et...

— Mrs Wechsler, est-ce que votre mari parlait comme vous ?

— Quoi ?

— Votre mari. Avait-il... euh... un accent comme le vôtre ?

— Ach so le bauvre. Beut-dêtre, il barlait bas pien, mais il était bon, fous zavez, drès bon...

— Bert ! rugit Carella.

Kling leva la tête à son bureau.

— Amène-toi ! Mrs Wechsler, je vous remercie. Je vous rappellerai... C'est ça... Au revoir, madame.

Il raccrocha violemment.

Kling bouclait déjà son étui à revolver.

— Qu'est-ce que c'est ? demanda-t-il.

— Je crois qu'on le tient !

15

Ils partirent à trois pour procéder à l'arrestation, mais un seul policier aurait suffi.

Brown, Carella et Kling s'entretinrent avec Batista, le propriétaire du garage. Ils parlèrent à voix basse, dans le bureau au mobilier bancal. Batista les écouta, les yeux ronds, le cigare pendant au coin de sa bouche. De temps en temps, il hochait la tête. Ses yeux s'agrandirent encore quand il vit les trois inspecteurs sortir leurs revolvers. Il leur dit où se trouvait Buddy Manners, et ils lui demandèrent de rester là dans son bureau, jusqu'à ce que ce soit fini, et il approuva de la tête, en ôtant le cigare de sa bouche. Il resta là dans son fauteuil pivotant, la mine défaite, parce que brusquement la télévision et le cinéma venaient de faire irruption dans sa vie et que cela le laissait sans voix.

Manners repeignait une carrosserie dans le fond du garage. Il avait un pistolet à peinture dans la main droite, et il portait des lunettes noires. La peinture giclait du pistolet et le flanc de la voiture noircissait à vue d'œil. Les inspecteurs s'approchèrent, l'arme au poing, et Manners leur jeta un coup d'œil, hésita un instant, et continua de peindre. Il allait jouer ça très décontracté. Il allait faire semblant d'avoir l'habitude de voir surgir trois types armés dans le garage pendant qu'il repeignait des bagnoles. Rien d'extraordinaire.

Brown fut le premier à parler. Il avait déjà fait la connaissance de Manners.

— Bonjour, Mr Manners, vous allez bien ? demanda-t-il sur le ton de la conversation.

Manners coupa le jet de peinture, repoussa les lunettes noires sur son front et regarda les trois hommes.

— Ah, bonjour. Je ne vous remettais pas, dit-il.

Il ne fit aucune réflexion sur la quincaillerie, qui était bien visible.

— Vous portez toujours des lunettes noires quand vous travaillez ? demanda aimablement Brown.

— Des fois. Pas toujours.

— Expliquez-moi.

— Ben, vous savez. Des fois, la peinture gicle un peu partout. Quand j'ai juste une petite retouche à faire, je m'en moque. Mais quand y a une grande surface, je préfère protéger mes yeux, dit Manners en souriant.

— Hmm, fit Carella. Vous portez aussi vos lunettes noires en ville ?

— Ça m'arrive, bien sûr.

— Est-ce que vous les portiez le vendredi 13 octobre, Mr Manners ? demanda Carella sans élever la voix.

— Mince, j'en sais rien. C'était quand ?

— Au milieu du mois dernier.

— Ça se peut bien, j'en sais rien. Il faisait du soleil, pas vrai ? Oui, ça se pourrait bien que je les avais... Pourquoi ?

— Pourquoi pensez-vous que nous sommes ici, Mr Manners ?

Manners haussa les épaules.

— Sais pas. Bagnole volée, peut-être ? C'est ça ?

— Non, cherchez encore, Mr Manners, dit Brown.

— Mince, j'en sais rien.

— Nous pensons que vous êtes un assassin, Mr Manners, dit Carella.

— Hein ?

— Nous pensons que vous êtes entré dans une librairie de Culver Avenue dans la soirée du...

Et Kling se rua soudain sur le carrossier. Il fonça entre Carella et Brown, coupant la parole à Steve, il saisit Manners par le devant de son bleu de travail, il le repoussa contre l'aile de la voiture, de toutes ses forces.

— Allez, on t'écoute ! grinça-t-il.

— Qu'est-ce que c'est ? Qu'est-ce que vous...

Kling le frappa. Ce n'était pas une gifle, même pas un aller-retour. Il le frappa violemment avec la crosse de son .38. L'arme atteignit Manners au front, juste au-dessus de l'œil droit. Le sang jaillit immédiatement. Manners s'attendait à tout, mais pas à ça. Il devint blême. Il secoua la tête pour s'éclaircir les idées et regarda Kling, qui le toisait d'un air menaçant, le revolver dans la main droite, prêt à frapper encore.

— On t'écoute, répéta Kling.

— Je... je ne sais pas ce que vous...

Kling frappa encore. Il leva le bras et l'arme s'abattit une seconde fois, au même endroit, avec une précision professionnelle, puis il serra le devant du bleu dans sa main gauche, avança la mâchoire et gronda :

— Tu vas causer...

— Espèce de... salaud, gémit Manners.

Kling frappa sur l'arête du nez et les os se brisèrent, en entamant la peau.

— Cause...

Manners rugissait de douleur. Il voulut porter les mains à son nez cassé, mais Kling les repoussa brutalement. Il se tenait comme un robot devant cet homme, la main serrée sur le bleu, les yeux mi-clos, glacés, l'arme levée.

— Cause...

— Je... je...

— Pourquoi as-tu fait ça ? demanda Kling.

— Il... il... Jésus, mon nez ! Jésus, bon Dieu... Bon Dieu...

La douleur était atroce. Manners haletait. Il s'efforçait de se protéger avec les mains et Kling les écartait comme des mouches. Des larmes jaillirent des yeux de Manners, ruisselèrent sur ses joues, en se mêlant au sang. Kling leva une quatrième fois son revolver.

— Non ! hurla Manners. Non ! Pas ça !

Et puis les mots se bousculèrent sur ses lèvres, un torrent de mots, une cascade de mots, une avalanche de mots dégringolant les uns par-dessus les autres, sans interruption, sans ponctuation, comme la longue plainte rageuse d'un fauve blessé :

— Il est venu ici, le sale juif, le sale youpin, et il m'a dit que la couleur allait pas ; le sale youtre, je l'aurais tué sur-le-champ et il a fallu que je recommence tout le boulot, le sale youpin, le fumier avait pas le droit de me faire ça, de me faire recommencer tout, le sale résidu de ghetto, le fumier de sale youpin, j'y ai dit que ça se passerait pas comme ça, pas foutu de parler comme tout le monde le sale juif, le fumier, je l'ai suivi et je l'ai tué, je l'ai tué, je l'ai tué, le salaud !

Le revolver s'abattit.

L'arme frappa Manners sur la bouche et lui cassa les dents. Il s'écroula contre la voiture et Kling se jeta sur lui.

Carella et Brown durent se mettre à deux pour arracher Kling à Manners, et il leur fallut cinq minutes d'efforts. Quand ils eurent enfin tiré Kling en arrière, Manners était à moitié mort. Carella tapait déjà dans sa tête le faux rapport, le rapport qui expliquerait que Manners avait cherché à fuir...

Formes.

Acte d'accusation pour Meurtre au premier degré
par arme à feu

PREMIER CHEF D'ACCUSATION

Par le présent réquisitoire, le Grand Jury d'Isola charge l'accusé du crime de meurtre au premier degré, commis dans les circonstances suivantes :

Le ou aux environs du 13 octobre, à Isola, l'accusé a délibérément et dans une intention criminelle fait usage de son revolver sur Herbert Land et subséquemment infligé diverses blessures au susdit Herbert Land, et, le ou aux environs du 13 octobre, le susdit Herbert Land a succombé à ses blessures.

DEUXIÈME CHEF D'ACCUSATION

... a délibérément et dans une intention criminelle fait usage de son revolver sur Anthony La Scala et subséquemment infligé diverses blessures...

TROISIÈME CHEF D'ACCUSATION

.... au susdit Joseph Wechsler, et subséquemment, le ou aux environs du 13 octobre...

QUATRIÈME CHEF D'ACCUSATION

... la susdite Claire Townsend a succombé à ses blessures.

Formes.

La forme tracée par la lumière du soleil de décembre qui filtre à travers les fenêtres protégées par des grilles et des barreaux, et se pose en une traînée d'un blanc terne sur le plancher de bois balafré. Des ombres se fondent dans la traînée de lumière. Des hommes de haute taille en manches de chemise. Décembre va être froid, cette année.

Un téléphone sonne.

Derrière ces fenêtres, c'est toute une ville qui bruit.

— 87e District. Carella.

Il y a des formes dessinées, dans cette salle. Le temps semble s'être arrêté pour ces hommes qui font, en ce lieu, le travail qui est le leur.

Ils sont tous profondément engagés dans le rituel classique du sang.

Bibliographie

ANNEXES

Dans les parties 1, 4 et 5, on trouvera :
— en **romain**, les titres originaux des romans
— en ***italique***, les titres originaux des nouvelles.
Chaque titre est suivi du nom d'auteur sous lequel il a été publié, la plupart du temps sous une forme abrégée. On trouvera ainsi [Ed McB.] pour Ed McBain, [E.H.] pour Evan Hunter, [C.C.] pour Curt Cannon, [H.C.] pour Hunt Collins et [R.M.] pour Richard Marsten.

1. Policier — Romans et nouvelles

1952 The Evil Sleep ! [E.H.]

1952 The Big Fix [E.H.] (réédité sous le titre **So Nude, So Dead** en 1956 [R.M.])

1953 ***Die Hard*** [E.H.] (Manhunt Detective Story Monthly, vol. 1, n° 1, janvier ; Bloodhound Detective Story Magazine, vol. 1, n° 1, mai 1961) — *Dur à mourir* (Suspense, n° 12, mars 1957 ; dans « Dur à mourir » [Ed McB.], NéO)

1953 ***Attack*** [H.C.] (Manhunt Detective Story Monthly, vol. 1, n° 2, février ; Bloodhound Detective Story Magazine, vol. 1, n° 5, septembre 1961)

1953 ***Carrera's Woman*** [R.M.] (Manhunt Detective Story Monthly, vol. 1, n° 2, février)

1953 ***Dead Men Don't Dream*** [E.H.] (Manhunt Detective Story Monthly, vol. 1, n° 3, mars ; Bloodhound Detective Story Magazine, vol. 1, n° 2, juin 1961) — *Les morts ne font pas de rêves* (Suspense, n° 13, avril 1957)

1953 ***Against the Middle*** [R.M.] (Manhunt Detective Story Monthly, vol. 1, n° 3, mars ; Bloodhound Detective Story Magazine, vol. 1, n° 3, juillet 1961) — *L'union fait la force* (Suspense, n° 6, septembre 1956 ; dans « Dur à mourir » [Ed McB.], NéO)

1953 ***Murder Comes Easy*** [E.H.] (Real, mars ; dans « The Orion Book of Murder », anthologie de Peter Haining, 1996)

1953 ***Now Die in It*** [E.H.] (Manhunt, vol. 1, n° 5, mai ; Bloodhound Detective Story Magazine, vol. 1, n° 3, juillet 1961 ; Ed McBain 87th Precinct Mystery Magazine, vol. 1, n° 5, mai 1975 [Ed McB.]) — *Eh bien, mourez maintenant* (Suspense, n° 15, juin 1957 ; coll. Futuropolice 6/2, Futuropolis, 1986 [Ed McB.], sous le titre *Pourvu que tu en crèves*)

1953 ***Small Homicide*** [E.H.] (Manhunt, vol. 1, n° 6, juin ; Bloodhound Detective Story Magazine, vol. 1, n° 9, janvier 1962 ; dans « The Oxford Book of American Detective Stories », anthologie de

Tony Hillerman et Rosemary Herbert, 1996) — *Meurtre d'un bébé* (Suspense, n° 10, janvier 1957 ; dans « Dur à mourir » [Ed McB.], NéO ; « 22 », deuxième série, sous le titre *L'Infanticide* ; dans « Mômes sweet mômes », Le livre noir du crime, Presses Pocket, 1989, sous le titre *Un tout petit crime*)

1953 ***One Down*** [H.C.] (Manhunt, vol. 1, n° 6, juin ; Bloodhound Detective Story Magazine, vol. 1, n° 9, janvier 1962 ; « 101 Mystery Stories », anthologie de Bill Pronzini et Martin H.Greenberg, 1986) — *A refaire* (Suspense, n° 13, avril 1957 ; dans « Si Ed McBain m'était conté », Série noire, n° 1958, 1984, sous le titre *Une de moins*)

1953 ***Kid Kill*** [E.H.] (Manhunt, vol. 1, n° 7, juillet ; Bloodhound Detective Story Magazine, vol. 1, n° 5, septembre 1961) — *Le Tueur enfant* (dans « Si Ed McBain m'était conté », Série noire, n° 1958, 1984)

1953 ***The Follower*** [H.C.] (Manhunt, vol. 1, n° 7, juillet : Bloodhound Detective Story Magazine, vol. 1, n° 10, février 1962) — *Le Suiveur* (Suspense, n° 12, mars 1957 ; dans « Dur à mourir » [Ed McB.), NéO)

1953 ***The Smell of Blood*** [H.C.] (Private Eye, vol. 1, n° 1, juillet)

1953 ***Still Life*** [E.H.] (Manhunt, vol. 1, n° 8, août ; Bloodhound Detective Story Magazine, vol. 1, n° 10, février 1962 ; dans « Homicide Department », anthologie d'Ed McBain, 1968) — *Nature morte* (Suspense, n° 4, juillet 1956 ; dans « Le Sang sur le trottoir » [Ed McB.], NéO)

1953 ***The Death of Me*** [E.H.] (Manhunt, vol. 1, n° 9, septembre ; Bloodhound Detective Story Magazine, vol. 1, n° 6, octobre 1961) — *A l'annonce de ma mort* (dans « Anthologie du suspense » Hitchcock Magazine, n° 50 bis, été 1965)

1953 ***Vicious Circle*** [E.H.] (Verdict, vol. 1, n° 4, septembre)

1953 ***The Molested*** [H.C.] (Manhunt, vol. 1, n° 9, septembre) — *Jeux de mains* (Suspense, n° 19, octobre 1957)

1953 ***Accident Report*** [R.M.] (Manhunt, vol. 1, n° 9, septembre : Bloodhound Detective Story Magazine, vol. 1, n° 6, octobre 1961 ; dans « Pulp Frictions », anthologie de Peter Haining, 1996) — *Le Flic écrasé* (Hitchcock magazine, n° 140, janvier 1973 ; dans « Le Sang sur le trottoir » [Ed McB.], NéO ; dans « Pulp frictions », Peter Haining, coll. Pulp Série, Librairie des Champs-Elysées, 1998, sous le titre *Rapport d'accident*)

1953 ***I Killed Jenny*** [E.H.] (Pursuit Detective Story Magazine, n° 2, novembre)

1953 ***The Right Hand of Garth*** [E.H.] (Manhunt, vol. 1, n° 11, novembre) — *Le Bras droit* (Suspense, n° 23, février 1958 ; dans « Dur à mourir » [Ed McB.], NéO ; dans « Anthologie de la littérature policière » par Jacques Sadoul, Ramsay)

1953 ***Classification : Dead*** [R.M.] (Manhunt, vol. 1, n° 11, novembre ; dans « Dames, Danger and Death », anthologie de Leo Margulies, 1960)

1953 ***The Wife of Riley*** [E.H.] (Manhunt, vol. 1, n° 12, décembre) —*Une brune pour une rousse* (dans « Anthologie du suspense », Hitchcock magazine, n° 39 bis, été 1964 : dans « Le Sang sur le trottoir » [Ed McB.], NéO)

1953 ***Detour*** [H.C.] (Private Eye, vol. 1, n° 2, décembre)

1953 ***Sucker*** [H.C.] (Manhunt, vol. 1, n° 12, décembre ; Bloodhound Detective Story Magazine, vol. 1, n° 11, mai 1962) — *Le Pauvre Crétin* (Suspense, n° 16, juillet 1957)

1953 ***Switch Ending*** [R.M.] (Manhunt, vol. 1, n° 12, décembre ; Bloodhound Detective Story Magazine, vol. 1, n° 12, avril 1962) — *A toutes pompes* (Suspense, n° 11, février 1957 ; dans « Le Sang sur le trottoir » [Ed McB.], NéO)

1953 ***The Blackboard Jungle*** [E.H.] (Discovery n° 2, Pocket ; dans « Crime Movies », anthologie de Peter Haining, 1996, sous le titre ***To Break the Wall***)

1953 **Don't Crowd Me** [E.H.] (réédité sous le titre **The Paradise Party** en 1968) — *Alerte aux baigneurs* (Inter Police jet, n° 3, 1959)

1954 ***Runaway*** [R.M.] (Manhunt, vol. 2, n° 2, janvier)

1954 ***Deadlier than the Mail*** [E.H.] (Manhunt, vol. 2, n° 2, février)

1954 ***Fatal Attraction*** [E.H.] (Pursuit Detective Story Magazine, n° 3, mars ; Myke Shayne Mystery Magazine, vol. 1, n° 5, septembre 1957 [édition anglaise])

1954 ***The Seven-Year Witch*** [E.H.] (Malcolm's, vol. 1, n° 2, mars)

1954 ***...Or Leave It Alone*** [E.H.] (Manhunt, vol. 2, n° 3, mai) — *Jusqu'à la moelle* (Suspense, n° 7, octobre 1956 ; dans « Le Sang sur le trottoir » [Ed McB.], NéO)

1954 ***Return*** [E.H.] (Manhunt, vol. 2, n° 5, juillet ; Bloodhound Detective Story Magazine, vol. 1, n° 12, avril 1952) — *Une surprise pour toi, mon amour* (Choc suspense, n° 1, avril-juin 1967)

1954 ***Association Test*** [H.C.] (Manhunt, vol. 2, n° 5, juillet ; Bloodhound Detective Story Magazine, vol. 2, n° 13, mai 1962) — *Association d'idées* (Suspense, n° 14, mai 1957 ; dans « Le Sang sur le trottoir » [Ed McB.], NéO)

1954 ***Chinese Puzzle*** [R.M.] (Manhunt, vol. 2, nº 5, juillet ; Bloodhound Detective Story Magazine, vol. 2, nº 13, mai 1962 ; dans Crime Squad », anthologie d'Ed McBain, 1968) — *Une énigme chinoise* (« 22 », quatrième série ; dans « Si Ed McBain m'était conté », Série noire nº 1958, 1984, sous le titre *Casse-tête chinois*)

1954 ***Bedbug*** [E.H.] (Manhunt, vol. 2, nº 7, septembre)

1954 ***Every Morning*** [R.M.] (Manhunt, vol. 2, nº 7, septembre) — *Jour après jour* (Suspense nº 5, août 1956 ; dans « Dur à mourir » [Ed McB.], Néo)

1954 ***The Helping Hand*** [R.M.] (Pursuit Detective Story Magazine, nº 5, septembre)

1954 ***The Innocent One*** [R.M.] (Manhunt, vol. 1, nº 8, septembre) — *Un coup pour rien* (Suspense, nº 8, novembre 1956)

1954 ***The Beating*** [E.H.] (Manhunt, vol. 2, nº 8, octobre) — *Le Jeu de casse-clochards* (Choc suspense, nº 4, janvier-mars 1968)

1954 ***Lady Killer*** [R.M.] (Manhunt, vol. 2, nº 8, octobre) — *Plein feu* (Suspense, nº 7, octobre 1956 ; dans « Dur à mourir » [Ed McB.], NéO)

1954 ***A Bull of Kill*** [R.M.] (Manhunt, vol. 2, nº 9, novembre) — *Toréador, prends garde !* (Choc suspense, nº 1, avril-juin 1967 ; dans « Dur à mourir » [Ed McB.], NéO)

1954 ***Lilacs*** [R.M.] (Hunted Detective Story Magazine, nº 1, décembre)

1954 ***Ticket to Death*** [E.H.] (Argosy ; « The Best Detective Stories of the Year 1955 », par David C. Cooke ; dans « Ticket to Death », anthologie d'Ed McBain, 1969 ; dans « The McBain Brief », 1982, sous le titre ***Death Flight*** ; dans « Modern Treasury of Great Detective and Murder Mysteries », anthologie d'Ed Gorman, 1994) — *Un billet pour l'au-delà* (« 22 », troisième série ; dans « Si Ed McBain m'était conté », Série noire, nº 1958, 1984, sous le titre *Les Ailes de la mort*)

1954 **Cut Me In** [H.C.] (réédité en 1955 sous le titre **The Proposition**) — *Bon à tirer* (Série noire, nº 264, 1955)

1954 **Runaway Black** [R.M.] — *Le pavé brûle* (Série noire, nº 261, 1955 ; Carré noir, nº 15)

1955 ***Death-Ray Gun*** [E.H.] (Manhunt, vol. 1, nº 3, janvier) — *Le Rayon mortel* (Suspense, nº 25, avril 1958 ; dans « Dur à mourir » [Ed McB.], NéO)

1955 ***Panama Panic*** [E.H.] (Menace, vol. 1, nº 2, janvier) — *Panique à Panama* (Hitchcock magazine, nº 143, avril 1973 ; dans « Le Sang sur le trottoir [Ed McB.], NéO)

1955 ***Joker*** [H.C.] (Pursuit Detective Story Magazine, nº 7, janvier)

1955 ***Kiss Me, Dudley*** [H.C.] (Manhunt, vol. 3, nº 1, janvier) — *En cinquième vitesse* (Choc suspense, nº 3, octobre-décembre 1967 ; dans « Le Sang sur le trottoir » [Ed McB.], NéO)

1955 ***Hot*** [E.H.] (Manhunt, vol. 3, nº 2, février ; Shell Scott Mystery Magazine, vol. 1, nº 4, mai 1966) — *Chaleur de plomb* (Hitchcock magazine, nº 139, décembre 1972 ; dans « Si Ed McBain m'était conté », Série noire, nº 1958, 1984, sous le titre *Ça chauffe*)

1955 ***See Him Die*** [E.H.] (Manhunt, vol. 3, nº 7, juillet) — *Rideau* (Suspense, nº 11, février 1957)

1955 ***The Big Day*** [R.M.] (Manhunt, vol. 3, nº 9, septembre ; dans « New Crimes 2 », anthologie de Maxim Jakubowski, 1990) — *Le Grand Jour* (Suspense, nº 14, mai 1957 ; dans « Le Sang sur le trottoir »[Ed McB.], NéO)

1955 ***Time to Kill*** [R.M.] (Manhunt, vol. 3, nº 11, novembre) — *Le Déserteur* (Suspense, nº 22, janvier 1958 ; dans « Dur à mourir » [Ed McB.], NéO)

1955 ***First Offense*** [E.H.] (Manhunt, vol. 3, nº 12, décembre) — *Son premier coup* (Suspense, nº 1, avril 1956 ; dans « Le Sang sur le trottoir » [Ed McB.], NéO ; « 22 », sixième série, sous le titre *Première inculpation*)

1955 ***The Scarlet King*** [E.H.] (Manhunt ; dans « Boris Karloff's Favorite Horror Stories », anthologie de Boris Karloff, 1965 ; dans « The Arbor House Treasury of Horror and the Supernatural », anthologie de Bill Pronzini, Martin H. Greenberg et Barry N. Malzberg, 1981 ; dans « Great Tales of Horror and the Supernatural », anthologie de Bill Pronzini, Martin H. Greenberg et Barry N. Malzberg, 1985) — *Le Roi de cœur* (Suspense, nº 3, juin 1956 ; dans « Nouvelles Histoires d'outre-monde », anthologie de Jacques Papy, 1967 ; dans « Le Sang sur le trottoir » [Ed McB.], Néo)

1955 **Murder in the Navy** [R.M.] (réédité sous le titre **Death of a Nurse** en 1968 [Ed McB]) — *Panique à bord* (Série noire, nº 325, 1956 ; Carré noir, nº 476 [Ed McB.])

1956 ***Beach Party*** [R.M.] (Accused Detective Story Magazine, vol. 1, nº 1, janvier)

1956 ***Clean Break*** [R.M.] (Accused Detective Story Magazine, vol. 1, nº 2, mars)

1956 ***Get out of Town*** [E.H.] (Verdict Magazine, vol. 1, nº 1, août)

1956 ***Eye-Witness*** [H.C.] (Verdict Crime Detection Magazine, vol. 1, n° 1, août) — *Témoin oculaire* (dans « Si Ed McBain m'était conté », Série noire, n° 1958, 1984)

1956 ***The Last Spin*** [E.H.] (Manhunt, vol. 4, n° 9, septembre ; dans « The Edgar Award Book », anthologie de Martin H. Greenberg, 1996 ; dans « The 50 Greatest Mysteries of All Time », anthologie d'Otto Penzler, 1998) — *Les Ennemis* (Suspense, n° 14, mai 1957 ; « 22 », cinquième série, sous le titre *Le Dernier Tour* ; dans « Le Sang sur le trottoir » [Ed McB.], sous le titre *Les Ennemis*, NéO)

1956 **Cop Hater** [Ed McB.] — *Du balai !* (Série noire, n° 341, 1956 ; Carré noir, n° 360)

1956 **The Mugger** [Ed McB.] — *Le Sonneur* (Série noire, n° 370, 1957 ; Poche noire, n° 116 ; Carré noir, n° 320, Folio, n° 2484)

1956 **The Pusher** [Ed McB.] — *Le Fourgue* (Série noire, n° 383, 1957 ; Poche noire, n° 164 ; Carré noir, n° 376)

1956 **The Spiked Heel** [R.M.] — *Le Talon du Diable* (France Empire, 1961)

1957 ***The « H » Killer*** [Ed McB.] (Manhunt, vol. 5, n° 2, février)

1957 ***Circumstancial Evidence*** [H.C.] (Manhunt, vol. 15, n° 2, avril-mai)

1957 ***Good and Dead*** [E.H.] (Manhunt, vol. 1, n° 7, juillet ; Bloodhound Detective Story Magazine, vol. 1, n° 8, décembre 1961) — *On meurt toujours seul* (Suspense, n° 16, juillet 1957)

1957 ***On the Sidewalk Bleeding*** [E.H.] (Manhunt, vol. 5, n° 7, juillet ; dans « Dark Crimes », anthologie d'Ed Gorman, 1991 ; dans « The Young Oxford Book of Nasty Endings », anthologie de Dennis Peper, 1997) — *Le Sang sur le trottoir* (Suspense, n° 21, décembre 1957 ; dans « Le Sang sur le trottoir » [Ed McB.], NéO)

1957 ***The Merry, Merry Christmas*** [E.H.] (Manhunt, vol. 5, n° 11, décembre ; Bloodhound Detective Story Magazine, vol. 1, n° 5, septembre 1961 ; dans « Hard-boiled », anthologie de Bill Pronzini et Jack Adrian, 1995) — *Un très joyeux Noël* (dans « Si Ed McBain m'était conté », Série noire, n° 1958, 1984 ; dans « Noëls rouges », anthologie de Jean-Pierre Croquet, Julliard)

1957 ***Pretty Eyes*** [E.H.] (rééditée dans « Love Kills », anthologie d'Ed Gorman et Martin H. Greenberg, 1997)

1957 **The Con Man** [Ed McB.] — *Faites-moi confiance* (Un mystère, n° 382, 1957 ; Classiques du roman policier, n° 3, 1980 ; 10/18, n° 2132 ; Omnibus)

1957 Killer's Choice [Ed McB.] — *Victime au choix* (Un mystère, n° 424, 1958 ; 10/18, n° 2236 ; Omnibus)

1957 Vanishing Ladies [R.M.] — *Envolée la gazelle* (Inter Police jet, n° 27, 1960 ; Presses Pocket noir, n° 3908, 1991 [Ed McB.], sous le titre *Escamotage*)

1958 *The Reluctant Hostess* [E.H.] (Myke Shayne Mystery Magazine, vol. 1, n° 9, janvier [édition anglaise])

1958 *Just for Kicks* [R.M.] (Alfred Hitchcock's Mystery Magazine, vol. 3, n° 6, juin)

1958 *Not a Laughing Matter* [E.H.] (Alfred Hitchock's Mystery Magazine, vol. 3, n° 8, août) — *Rôle de composition* (Hitchcock magazine, n° 5, septembre 1961 ; dans « Le Sang sur le trottoir » [Ed McB.], NéO)

1958 I'm Cannon for Hire [C.C.] — *Faites sonner le canon* (Série noire, n° 524, 1959)

1958 April Robin Murders [Ed McB.] (roman inachevé de Craig Rice, achevé par Ed McBain) — *Cinéma et Duplicité* (Un mystère, n° 472, 1959 ; Un mystère, troisième série, n° 153)

1958 Killer's Payoff [Ed McB.] — *Crédit illimité* (Un mystère, n° 450, 1959 ; Un mystère, troisième série, n° 141 ; 10/18, n° 2234 ; Omnibus)

1958 Lady Killer [Ed McB.] — *Souffler n'est pas tuer* (Un mystère, n° 461, 1959 ; Un mystère, troisième série, n° 136 ; 10/18, n° 2200 ; Omnibus)

1958 Even the Wicked [R.M.] (réédité en 1979 [Ed McB.]) — *Une tête dans l'eau* (Inter Police jet, n° 21, 1960) ; Série noire, n° 1723 (Ed McB.], sous le titre *Le Dernier Plongeon*)

1959 *Killer's Wedge* [Ed McB.] (Manhunt, vol.7, n° 1, février)

1959 *The Intruders* [E.H.] (Best Seller Mystery Magazine, vol. 1, n° 5, mars)

1959 *The Mongol Murders* [E.H.] (Mystery Tales, vol. 1, n° 4, juin)

1959 *A Very Small Homicide* [E.H.] (The Saint Detective Magazine, vol. 12, n° 1, juillet)

1959 Killer's Wedge [Ed McB.] — *Soupe aux poulets* (Un mystère, n° 501, 1959 ; Presses Pocket, n° 690 ; 10/18, n° 2271 ; Omnibus)

1959 'Til Death [Ed McB.] — *Pas d'avenir pour le futur* (Un mystère, n° 521, 1960 ; 10/18, n° 2230 ; Omnibus)

1959 **King's Ransom** [Ed McB.] — *Rançon sur un thème mineur* (Un mystère, n° 514, 1960 ; 10/18, n° 2235 ; Omnibus)

1959 **A Matter of Conviction** [E.H.] (réédité sous le titre **The Young Savages** en 1966) — *Le Temps du châtiment* (Presses de la Cité, 1960 ; Presses Pocket, n° 240 ; coll. Le Cabinet noir, n° 6, Les Belles Lettres, 1998)

1959 **Big Man** [R.M.] (réédité en 1978 [Ed McB.]) — *Le Big Papa* (Série noire, n° 1628, 1973)

1960 ***Easy Money*** [E.H.] (Ellery Queen's Mystery Magazine, vol. 36, n° 9, septembre ; dans « American Pulp », anthologie d'Ed Gorman, Bill Pronzini et Martin H. Greenberg, 1997) — *Argent facile* (Mystère magazine, n° 161, juin 1961)

1960 ***Empty Hours*** [Ed McB.] (Ed McBain Mystery Book, n° 1, 1960 ; dans « Empty Hours », 1962 ; Ellery Queen's Mystery Magazine, vol. 49, n° 5, mai 1967) — *Les Heures creuses* (dans « Les Heures creuses », Série noire, n° 907 ; Carré noir, n° 440)

1960 **Give the Boys a Great Big Hand** [Ed McB.] — *Dans le sac* (Un mystère, n° 537, 1960 ; Un mystère, troisième série, n° 128, sous le titre *La Main dans le sac* ; 10/18, n° 2199 sous le titre *Dans le sac* ; Omnibus, sous le titre *La Main dans le sac*)

1960 **The Heckler** [Ed McB.] — *A la bonne heure* (Un mystère, n° 551, 1961 ; 10/18, n° 2424 ; Omnibus)

1960 **See Them Die** [Ed McB.] — *Mourir pour mourir* (Un mystère, n° 560, 1961 ; 10/18, n° 2131)

1961 **Lady, Lady, I Did It** [Ed McB.] — *Le Dément à lunettes* (Un mystère, n° 644, 1962 ; Classiques du roman policier, n° 19, 10/18, n° 2130)

1962 **Like Love** [Ed McB.] — *On suicide* (Série noire, n° 822, 1964 ; Carré noir, n° 388)

1962 ***J*** [Ed McB.] (dans « Empty Hours » ; dans « Great Tales of Mystery and Suspense », anthologie de Bill Pronzini, Martin H. Greenberg et Barry N. Malzberg, 1985) — *J* (dans « Les Heures creuses », Série noire, n° 907 ; Carré noir, n° 440)

1962 ***Storm*** [Ed McB.] (dans « Empty Hours » ; dans « Crimes of Passion », anthologie de Martin H. Greenberg, 1993) — *Tempête* (dans « Les Heures creuses », Série noire, n° 907, réédition de 1996)

1963 **Ten Plus One** [Ed McB.] — *Dix plus un* (Série noire, n° 904, 1964 ; Carré noir, n° 413)

1964 ***The Dead and the Dying*** [E.H.] (Manhunt, vol. 12, n° 3, mai)

1964 Ax [Ed McB.] — *La Hache* (Série noire, n° 954, 1965 ; Carré noir, n° 362)

1965 The Sentries [Ed McB.] — *Les Sentinelles* (Gallimard, 1966 ; Folio, n° 1635)

1965 He Who Hesitates [Ed McB.] — *Entre deux chaises* (Série noire, n° 994, 1965 ; Carré noir, n° 453)

1965 Doll [Ed McB.] — *Cause toujours, ma poupée* (Série noire, n° 1062, 1966 ; Carré noir, n° 132)

1966 ***Eighty Million Eyes*** [Ed McB.] (Ellery Queen's Mystery Magazine, vol. 47, n° 5, mai)

1966 Eighty Million Eyes [Ed McB.] — *80 millions de voyeurs* (Série noire, n° 1108, 1967 ; Carré noir, n° 433)

1967 ***The Fifty Grand Strech*** [R.M.] (Manhunt, vol. 15, n° 1, février-mars)

1967 A Horse's Head [E.H.] — *Le Paumé* (Série noire, n° 1185, 1968)

1968 Fuzz [Ed McB.] — *La Rousse* (Série noire, n° 1295, 1969 ; Carré noir, n° 516)

1969 ***Downpour*** [Ed McB.] (dans « Downpour », anthologie d'Ed McBain, 1969)

1969 Shotgun [Ed McB.] — *Mort d'un tatoué* (Série noire, n° 1350, 1970 ; Carré noir, n° 323)

1970 ***Nightshade*** [Ed McB.] (Ellery Queen's Mystery Magazine, vol. 56, n° 2, août ; dans « Great Modern Police Stories », anthologie de Bill Pronzini et Martin H. Greenberg, 1986) — *Les Ombres de la nuit* (Mystère magazine, n° 294, août 1972)

1970 Jigsaw [Ed McB.] — *En pièces détachées* (Série noire, n° 1396,1971 ; Carré noir, n° 508)

1971 ***Someone at the Door*** [E.H.] (Ellery Queen's Mystery Magazine, vol. 58, n° 4, octobre) — *Quelqu'un derrière la porte* (Mystère magazine, n° 292, juin 1972)

1971 Hail, Hail, the Gang's All Here ! [Ed McB.] — *Tout le monde sont là* (Série noire, n° 1478, 1972 ; Carré noir, n° 421)

1971 Nobody Knew They Were There [E.H.]

1972 Sadie When She Died [Ed McB.] — *Après le trépas* (Série noire, n° 1599, 1973 ; Carré noir, n° 310)

1972 Every Little Crook and Nanny [E.H.] — *En petites coupures* (Série noire, n° 1451, 1971, Carré noir, n° 329)

1973 ***Sadie, When She Died*** [Ed McB.] (Alfred Hitchcock's Mystery Magazine, vol. 18, n° 1, janvier ; dans « Crime Classics », anthologie de Rex Burns et Mary Rose Sullivan, 1990 ; dans « More Great Tales of Crime and Detection », anthologie de Peter Haining, 1994 ; dans « The Television Crimebusters Omnibus », anthologie de Peter Haining, 1995) — *Quand Sadie mourut* (Hitchcock magazine, n° 148, septembre 1973 ; dans « Histoires percutantes », Presses Pocket, n° 2114, sous le titre *Sadie, quand elle mourut* ; dans « 97 histoires extraordinaires », Omnibus)

1973 **Let's Hear It for the Deaf Man** [Ed McB.] — *Le Sourdingue* (Série noire, n° 1639 ; Carré noir, n° 286)

1973 **Hail to the Chief** [Ed McB.] — *Branle-bas au 87*ᵉ (Super noire, n° 6, 1974 ; Carré noir, n° 447 ; Folio, n° 2128)

1974 ***The Jesus Case*** [Ed McB.] (Alfred Hitchcock's Mystery Magazine, vol. 19, n° 4, avril) — *Le Crucifié* (Hitchcock magazine, n° 160, septembre 1974)

1974 **Bread** [Ed McB.] — *Flouze* (Super noire, n° 25, 1975 ; Carré noir, n° 546)

1975 ***Roundelay*** [Ed McB.] (Ed McBain 87th Precinct Mystery Magazine, vol. 1, n° 4, avril)

1975 ***Good and Dead*** [Ed McB.] (Ed McBain 87th Precinct Mystery Magazine, vol. 1, n° 6, juin)

1975 ***The Death of Me*** [Ed McB.] (Ed McBain 87th Precinct Mystery Magazine, vol. 1, n° 7, août)

1975 **Where there's Smoke** [Ed McB.] — *Envoyez la fumée* (Super noire, n° 14, 1975)

1975 **Blood Relatives** [Ed McB.] — *Adieu cousine* (Super noire, n° 47, 1976)

1975 **Doors** [Ezra Hannon]

1976 ***Consolation*** [Ed McB.] (Mystery Monthly, vol. 1, n° 1, juin)

1976 ***What Happened to Annie Barnes ?*** [E.H.] (Ellery Queen's Mystery Magazine, vol. 67, n° 2, juin ; dans « Tales of Obsession », anthologie de Cynthia Manson, 1994, sous le titre ***Catalyst***)

1976 **So Long as You Both Shall Live** [Ed McB.] — *N'épousez pas un flic* (Série noire, n° 1716, 1977 ; Carré noir, n° 467 ; Folio, n° 1956)

1976 **Guns** [Ed McB.] — *L'Enervé de la gâchette* (Super noire, n° 80, 1977)

1977 Long Time no See [Ed McB.] — *Ça fait une paye* (Super noire, n° 112, 1978)

1978 Godlilocks [Ed McB.] — *J'ai tout gâché* (Super noire, n° 129, 1979)

1979 Calypso [Ed McB.] — *Calypso* (Série noire, n° 1777, 1980)

1980 ***The Confession*** [E.H.] — *Les Aveux* (Polar, n° 9, février)

1980 Ghosts [Ed McB.] — *Un poulet chez les spectres* (Série noire, n° 1832, 1981)

1981 Rumpelstiltskin [Ed McB.] — *Fausses notes* (Série noire, n° 1872, 1982)

1981 Heat [Ed McB.] — *Coup de chaleur* (Série noire, n° 1886, 1982)

1982 ***Hot Cars*** [Ed McB.] (dans « The McBain Brief » ; dans « Suspicious Characters », anthologie de Bill Pronzini et Martin H. Greenberg, 1987) — *Voitures volées* (dans « Si Ed McBain m'était conté », Série noire n° 1958, 1984)

1982 Beauty and the Beast [Ed McB.] — *Piège pour King Kong* (Série noire, n° 1918, 1983)

1983 Ice [Ed McB.] — *Nid de poulets* (Série noire, n° 1941, 1983)

1984 Jack and the Beanstalk [Ed McB.] — *Pour des haricots* (J'ai lu policier, n° 1875, 1985)

1984 Lightning [Ed McB.] — *Lightning* (Presses de la Cité, 1985 ; J'ai lu, n° 2177)

1984 Lizzie [E.H.]

1985 Snow Rose and Rose Red [Ed McB.] — *Blanche-Neige et Rose-rouge* (J'ai lu policier, n° 2072, 1986)

1985 Another Part of the City [Ed McB.] — *Manhattan Blues* (Presses de la Cité, 1987)

1985 Eight Black Horses [Ed McB.] — *Huit chevaux noirs* (Presses de la Cité, 1986 ; J'ai lu, n° 2419)

1986 ***Honesty*** [Ed McB.] (The New Black Mask Quarterly, n° 7)

1986 Cindirella [Ed McB.] — *Cendrillon* (J'ai lu policier, n° 2353, 1988)

1987 Poison [Ed McB.] — *Poison* (Presses de la Cité, 1987 ; Presses Pocket noir, n° 3662)

1987 Tricks [Ed McB.] — *Quatre petits monstres* (Presses de la Cité, 1989 ; Presses Pocket, n° 3136)

1987 Puss in Boots [Ed McB.] — *Le Chat botté* (J'ai lu policier, n° 2891, 1990)

1988 The House that Jack Built [Ed McB.] — *La Maison de Jacques* (coll. Suspense et Cie, Lattès, 1995)

1989 Downtown [Ed McB.] — *Downtown* (Presses de la Cité, 1990 ; Presses Pocket noir, n° 4042)

1989 Lullaby [Ed McB.] — *Isola Blues* (Presses de la Cité, 1991)

1990 Vespers [Ed McB.] — *Vêpres rouges* (Presses de la Cité, 1992)

1990 Three Blind Mice [Ed McB.] — *Trois souris aveugles* (coll. Nuit blanche, Ramsay, 1995)

1991 Widows [Ed McB.] — *Les Veuves* (Presses de la Cité, 1993)

1992 Mary, Mary [Ed McB.] — *Mary, Mary* (coll. Suspense et Cie, Lattès, 1994)

1992 Kiss [Ed McB.] — *Kiss* (Presses de la Cité, 1994)

1993 Mischief [Ed McB.] — *Poissons d'avril* (Presses de la Cité, 1995)

1994 *And All Through the House* [Ed McB.] — *Veille de Noël au 87e District* (Presses de la Cité, 2000)

1994 *Monsters* [Ed McB.] (dans « Murder for Halloween », anthologie de Michele Slung et Roland Hartman, 1994)

1994 There Was a Little Girl [Ed McB.] — *Blanche comme une petite fille* (coll. Nuit blanche, Ramsay, 1995)

1994 Criminal Conversation [E.H.] — *Conversations criminelles* (coll. Suspense et Cie, Lattès, 1994)

1994 Privileged Conversations [E.H.] — *Conversations privilégiées* (coll. Nuit blanche, Ramsay, 1996)

1995 Romance [Ed McB.] — *Romance* (Presses de la Cité, 1996)

1996 *Running from Legs* [Ed McB.] (dans « Murder for Love », anthologie d'Otto Penzler ; dans « The Year's Finest Crime and Mystery Stories, Sixth Annual Edition », 1997) — *Legs aux trousses* (dans « Meurtres et passions », Otto Penzler, Albin Michel, 1996)

1996 Gladly the Cross-Eyed Bear [Ed McB.] — *La Nuit des nounours* (coll. Nuit blanche, Ramsay, 1997)

1997 Nocturne [Ed McB.] — *Nocturne* (Presses de la Cité, 1997)

1997 *Reruns* [Ed McB.] (TV Guide du 17 novembre 1997)

1998 *Where or When* [Ed McB.] (dans « The Best of the Best », anthologie d'Elaine Koster et Joseph Pittman)

1998 The Last Best Hope [Ed McB.] — *Le Paradis des ratés* (Coll. Thriller, Le Rocher, 2002)

1999 *Barking at Butterflies* [Ed McB.] (dans « Murder and Obsession », anthologie, 1999)

1999 Driving Lessons [Ed McB.] (novella) — *Leçons de conduite* (Coll. Rivages-Noir, n° 413, 2001)

1999 The Big Bad City [Ed McB.] — *La Cité sans sommeil* (Presses de la Cité, 1999)

2000 The Last Dance [Ed McB.] — *La Dernière Danse* (Presses de la Cité, 2000)

2001 Candyland [E.H. et Ed McB.] — *Obsessions* (Presses de la Cité, 2001)

2001 Money, Money, Money [Ed McB.] — *Cash Cash* (Presses de la Cité, 2001)

2002 Fat Ollie's Book [Ed McB.] — *Roman noir* (Presses de la Cité, 2002)

2. Recueils de nouvelles

1956 The Jungle Kids [E.H.]

1958 I Like 'em tough [C.C.] — *Un clochard trop curieux* (coll. Inter police, n° 26, Presses internationales, 1960)

1960 The Last Spin and Other Stories [E.H.]

1962 The Empty Hours [Ed McB.]

Contient : *Empty Hours*, *J* et *Storm* — *Les Heures creuses* (Série noire, n° 907, 1965 [contient : *Les Heures creuses* et *J*] ; Carré noir, n° 440)

1963 Happy New Year, Herbie and Other Stories [E.H.]

1971 The Beheading and Other Stories [E.H.]

1972 The Easter Man (a play) and Other Stories [E.H.]

1982 The McBain Brief — *Si Ed McBain m'était conté* (Série noire, n° 1958, 1984)

Contient : *Ciné porno* (Skin Flick), *La Prisonnière* (The Prisoner), *Une de moins* (One Down, 1953), *Casse-tête chinois* (Chinese Puzzle, 1954), *L'Interview* (The Interview) ; *Voitures volées* (Hot Cars, 1982), *Témoin oculaire* (Eye Witness, 1956), *Craie* (Chalk), *Un très joyeux Noël* (The Merry, Merry Christmas, 1957), *Ça chauffe* ! (Hot, 1955), *Le Tueur enfant* (Kid Kill, 1953), *Les Ailes de la mort* (Ticket to Death, 1954)

1988 McBain's Ladies : The Women of the 87th Precinct (extraits de romans)

1989 McBain's Ladies Too (extraits de romans)

Contient : The Pregnant Hooker (extrait de Ice, 1983), The Girl (Doll, 1965), Chloe Chadderton (Calypso, 1979), Hillary Scott (Ghosts, 1980), Naomi Schneider (Eight Black Horses, 1985), Oona Blake ('Til Death, 1959), Virginia Dodge (Killer's Wedge, 1959), The Fat Lady (Ice, 1983)

2001 Running from Legs and Other Stories [Ed McB, aka E.H.]

Contient : The Interview, The Fallen Angel, The Prisoner, Terminal Misunderstanding, The Sharers, The Couple Next Door, The Victim,

But You Know us, Running From Legs, Happy New Year, Herbie, The Last Spin

A cela il faut ajouter deux recueils français parus sous la signature d'Ed McBain, composés de nouvelles signées originellement Richard Marsten, Evan Hunter ou Hunt Collins :

1981 Le Sang sur le trottoir (coll. Suspense insolite mystère, nº 24, NéO ; coll. Le Cabinet noir, nº 22, Les Belles Lettres, 1998 [1])

Contient : *Une surprise pour toi, mon amour* (Return, 1954), *Les Ennemis* (The Last Spin, 1956), *Son premier coup* (First Offense, 1955), *Le Sang sur le trottoir* (On the Sidewalk Bleeding, 1957), *Panique à Panama* (Panama Panic, 1955), *Rôle de composition* (Not a Laughing Matter, 1958), *Une brune pour une rousse* (The Wife of Riley, 1953), *Nature morte* (Still Life, 1953), *Le Roi de cœur* (The Scarlet King, 1955), *Jusqu'à la moelle* (...Or Leave It Alone, 1954), *En cinquième vitesse* (Kiss me, Dudley, 1955), *Association d'idées* (Association Test, 1954), *A toutes pompes* (Switch Ending, 1953), *Le Grand Jour* (The Big Day, 1955), *Le Flic écrasé* (Accident Report, 1953).

1984 Dur à mourir (coll. Suspense insolite mystère, nº 77, NéO)

Contient : *Dur à mourir* (Die Hard, 1953), *Meurtre d'un bébé* (Small Homicide, 1953), *Le Rayon mortel* (The Death-Ray Gun, 1955), *Le Bras droit* (The Right Hand of Garth, 1953), *Plein feu* (Lady Killer, 1954), *L'union fait la force* (Against the Middle, 1953), *Jour après jour* (Every Morning, 1954), *Toréador, prends garde !* (A Bull to Kill, 1954), *Le Déserteur* (Time to Kill, 1955), *Le Suiveur* (The Follower, 1953).

1. La réédition aux Belles Lettres ne comprend pas *Panique à Panama* et *En cinquième vitesse*.

3. Autres romans (sauf science-fiction)

1954 The Blackboard Jungle [E.H.] — *Graine de violence* (France Empire, 1955 ; Presses Pocket, nº 492)

1956 Second Ending [E.H.] (réédité sous le titre **Quartet in H**, 1957) — *Trop tard pour mourir* (France Empire, 1960)

1958 Strangers When We Meet [E.H.] — *Femme d'autrui ne convoitera* (Presses de la Cité, 1959 ; Presses Pocket, nº 95, sous le titre *Liaisons secrètes*)

1961 Mothers and Daughters [E.H.] — *Mères et filles* (France Empire, 1961)

1961 The Remarkable Harry [E.H.] (roman pour la jeunesse)

1961 The Wonderful Button [E.H.] (roman pour la jeunesse)

1964 Buddwing [E.H.] — *Mister Buddwing* (France Empire, 1964 ; coll. Le Cabinet noir, nº 4, Les Belles Lettres, 1997)

1966 The Paper Dragon [E.H.]

1968 The Last Summer [E.H.]

1969 Sons [E.H.]

1973 Come Winter [E.H.]

1974 Streets of Gold [E.H.]

1976 Me and Mr. Stenner [E.H.] (roman pour la jeunesse)

1976 The Chisholms : a Novel of the Journey West [E.H.]

1979 Walk Proud [E.H.]

1981 Love, Dad [E.H.]

1983 Far from the Sea [E.H.]

4. Science-fiction — Romans et nouvelles

1951 ***Reaching for the moon*** [S.A.L.] (Science Fiction Quarterly, novembre ; American Science Fiction, nº 12, 1953)

1952 ***The Tinkerer*** [S.A.L.] (Future Science Fiction, mars ; Future Science Fiction [édition anglaise], 1952)

1952 ***Welcome Martians*** [S.A.L.] (Worlds of Science Fiction, mai)

1952 ***Silent Partner*** [S.A.L.] (Science Fiction Quarterly, août)

1952 ***Small Fry*** [H.C.] (Future Science Fiction, septembre)

1952 **Find the Feathered Serpent** [E.H.] (juvenile)

1953 ***Robert*** [E.H.] (Thrilling Wonder Stories, avril ; Wonder Stories, vol. 45, nº 6, 1956)

1953 ***Forest of the Night*** [D.A. Addams] (Amazing, mai)

1953 ***Woman's World*** [Ted Taine] (Fantastic Adventures, mai)

1953 ***The Guinea Pig*** [S.A.L.] (Worlds of If Science Fiction, juillet)

1953 ***What Price Venus ?*** [E.H.] (Fantastic Universe, août-septembre)

1953 ***Outside in the Sand*** [E.H.] (Cosmos Science Fiction and Fantasy, novembre ; Science Fiction Monthly, nº 6, 1956)

1953 ***Million Dollar Maybe*** [E.H.] (Amazing Stories, décembre)

1953 ***First Captive*** [E.H.] (Imagination, décembre)

1953 ***Dealers's Choice*** [S.A.L.] (Vortex Science Fiction, nº 1)

1953 **Rocket to Luna** [R.M.] — *Rocket vers la lune* (coll. Science-fiction suspense, nº 8, Daniber, 1960)

1953 **Danger : Dinosaurs !** [R.M.] — *Danger... Dinosaures !* (coll. Science-fiction suspense, nº 9, Daniber, 1960)

1954 ***Malice in Wonderland*** [E.H.] (World of If Science Fiction, janvier ; dans « Science Fiction Origins », anthologie de William F. Nolan et Martin Greenberg, 1980)

1954 ***The Plagiarist from Rigel IV*** [E.H.] (Imagination, mars)

1954 ***Moon Mad*** [E.H.] (Fantastic Universe, mai)

1954 ***Under Observation*** [E.H.] (Fantastic Universe, juillet)

1954 ***End as a Robot*** [R.M.] (Thrilling Wonder Stories, été)

1954 ***Terwilliger and the War Machine*** [E.H.] (Universe, septembre)

1954 ***Dream Damsel*** [E.H.] (Fantastic Universe, octobre)

1954 ***The Miracle of Dan O'Shaughessy*** [E.H.] (Imagination, décembre)

1955 ***Inferiority Complex*** [E.H.] (Fantastic Universe, mai)

1956 ***The Big Noise*** [E.H.] (Others Worlds, février)

1956 ***A Planet named Joe*** [S.A.L.] (Planet Stories, novembre ; Science Fiction Monthly, n° 15, 1956)

1956 **Tomorrow's World** [H.C.], version développée de ***Malice in Wonderland*** (réédité sous le titre **Tomorrow and Tomorrow** en 1956)

5. Autres textes

1959 Appointment at Eleven — scénario d'après une nouvelle de Robert Turner, pour la série « Alfred Hitchcock Presents », 11 octobre 1959 ; réalisation : Robert Stevens.

1960 Strangers When We Meet — scénario d'après son roman. Film réalisé par Richard Quine, avec Kirk Douglas, Kim Novak, Ernie Kovacs, Walter Matthau et Barbara Rush (distribué en France sous le titre *Liaisons secrètes*).

1963 The Birds — scénario d'après la nouvelle de Daphné du Maurier. Film réalisé par Alfred Hitchcock, avec Tippi Hedren, Rod Taylor, Jessica Tandy et Suzanne Pleshette (distribué en France sous le titre *Les Oiseaux*).

1964 The Easter Man — théâtre. Produite à New York en 1965, sous le titre *A Race of Hairy Men.*

1969 The Conjuror — théâtre.

1972 Fuzz — scénario d'après son roman. Film réalisé par Richard A. Colla, avec Burt Reynolds, Raquel Welsh, Yul Brynner, Tom Skerrit et Jack Weston (distribué en France sous le titre *Les Poulets*).

1978 The Chisholms — scénario d'après son roman. Série pour la télévision réalisée par Mel Stuart, avec Robert Preston, Rosemary Harris, Ben Murphy, Anthony Zebe, Jimmy Van Patten, Brian Kerwin, Susan Swift et Stacey Nelkin (diffusée en 1979-1980).

1979 Walk Proud — scénario d'après son roman. Film réalisé par Robert Collins, avec Robbie Benson, Sarah Holcomb, Henry Darrow et Pepe Serna.

1982 The Legend of Walks Farm Woman — scénario d'après le roman de Colin Stuart. Téléfilm réalisé par Mel Damski, avec Raquel Welsh, Bradford Dillman, Nick Mancuso, George Clutesi, Hortensia Colorado et Nick Ramos.

1997 Hitch and Me — souvenirs de sa collaboration avec Alfred Hitchcock (Faber & Faber).

Annexes

A — LES ROMANS DU 87e DISTRICT

1956 **Cop Hater** — *Du balai !* (tome 1)

1956 **The Mugger** — *Le Sonneur* (tome 1)

1956 **The Pusher** — *Le Fourgue* (tome 1)

1957 **The Con Man** — *Faites-moi confiance* (tome 1)

1957 **Killer's Choice** — *Victime au choix* (tome 1)

1958 **Killer's Payoff** — *Crédit illimité* (tome 1)

1958 **Lady Killer** — *Souffler n'est pas tuer* (tome 1)

1959 **Killer's Wedge** — *Soupe aux poulets* (tome 2)

1959 **'Til Death** — *Pas d'avenir pour le futur* (tome 2)

1959 **King's Ransom** — *Rançon sur un thème mineur* (tome 2)

1960 **Give the Boys a Great Big Hand** — *La Main dans le sac* (tome 2)

1960 **The Heckler** — *A la bonne heure* (tome 2)

1960 **See Them Die** — *Mourir pour mourir* (tome 2)

1961 **Lady, Lady, I Did It** — *Le Dément à lunettes* (tome 2)

1962 **Like Love** — *On suicide* (tome 3)

1962 ***Empty Hours*** — *Les Heures creuses* (tome 3)

1962 ***J*** — *J* (tome 3)

1962 ***Storm*** — *Tempête* (tome 3)

1963 **Ten Plus One** — *Dix plus un* (tome 3)

1964 **Ax** — *La Hache* (tome 3)

1965 **He Who Hesitates** — *Entre deux chaises* (tome 3)

1965 **Doll** — *Cause toujours, ma poupée* (tome 3)

1966 **Eighty Million Eyes** — *80 millions de voyeurs* (tome 3)

1968 **Fuzz** — *La Rousse* (tome 4)

1969 Shotgun — *Mort d'un tatoué* (tome 4)

1970 Jigsaw — *En pièces détachées* (tome 4)

1971 Hail, Hail, the Gang's All Here ! — *Tout le monde sont là* (tome 4)

1972 Sadie When She Died — *Après le trépas* (tome 4)

1973 Let's Hear It for the Deaf Man — *Le Sourdingue* (tome 4)

1973 Hail to the Chief — *Branle-bas au 87*e (tome 4)

1974 Bread — *Flouze* (tome 5)

1975 Blood Relatives — *Adieu cousine* (tome 5)

1976 So Long as You Both Shall Live — *N'épousez pas un flic* (tome 5)

1977 Long Time no See — *Ça fait une paye* (tome 5)

1979 Calypso — *Calypso* (tome 5)

1980 Ghosts — *Un poulet chez les spectres* (tome 5)

1981 Heat — *Coup de chaleur* (tome 5)

1983 Ice — *Nid de poulets* (tome 5)

1984 Lightning — *Lightning* (tome 6)

1985 Eight Black Horses — *Huit chevaux noirs* (tome 6)

1987 Poison — *Poison* (tome 6)

1987 Tricks — *Quatre petits monstres* (tome 6)

1989 Lullaby — *Isola Blues* (tome 6)

1990 Vespers — *Vêpres rouges* (tome 7)

1991 Widows — *Les Veuves* (tome 7)

1992 Kiss — *Kiss* (tome 7)

1993 Mischief — *Poissons d'avril* (tome 7)

1994 *And All Through the House* — *Veille de Noël au 87*e *District* (Presses de la Cité, 2000)

1995 Romance — *Romance* (tome 8)

1997 Nocturne — *Nocturne* (tome 8)

1999 The Big Bad City — *La Cité sans sommeil* (tome 8)

2000 The Last Dance — *La Dernière Danse* (tome 8)

2001 Money, Money, Money — *Cash Cash* (tome 8)

2002 Fat Ollie's Book — *Roman noir*

B — LES ROMANS DE MATTHEW HOPE

1978 **Godlilocks** — *J'ai tout gâché*

1981 **Rumpelstiltskin** — *Fausses notes*

1982 **Beauty and the Beast** — *Piège pour King Kong*

1984 **Jack and the Beanstalk** — *Pour des haricots*

1985 **Snow Rose and Rose Red** — *Blanche-Neige et Rose-rouge*

1986 **Cindirella** — *Cendrillon*

1987 **Puss in Boots** — *Le Chat botté*

1988 **The House that Jack Built** — *La Maison de Jacques*

1990 **Three Blind Mice** — *Trois souris aveugles*

1992 **Mary, Mary** — *Mary, Mary*

1994 **There Was a Little Girl** — *Blanche comme une petite fille*

1996 **Gladly the Cross-Eyed Bear** — *La Nuit des nounours*

1998 **The Last Best Hope** — *Le Paradis des ratés*

C — ED MCBAIN ANTHOLOGISTE

En 1968 et 1969, Ed McBain a composé quatre anthologies pour l'éditeur londonien NEL. En voici les sommaires

1968 Crime Squad

Contient : Chinese Puzzle (Ed McBain), Film Strip (Richard S. Prather), Drum Beat (Stephen Marlowe), And Start with a Blonde (Jack Webb), Hard Sell (Craig Rice), The Big Roll (Michael Brett), Death in Bed (Henry Kane), Slay Ride to Eternity (Tedd Thomey), Assassin (Fletcher Flora).

1968 Homicide Department

Contient : Still Life (Ed McBain), The Sleeper Caper (Richard S. Prather), Driver's Seat (Ellery Queen), The Doubles (Richard Deming), Confession (Helen Nielsen), Hobo (Robert Bloch), Vanishing Act (W. R. Burnett), Silent Butler (Harold Q. Masur), A Word for Murder (Fletcher Flora), The Seeds of Destruction (Michael Brett), Drink to Death (John Keefauver).

1969 Ticket to Death

Contient : Ticket to Death (Ed McBain), Crime of Passion (Richard S. Prather), A Lump of Sugar (Ellery Queen), The Tulip Bulb (André Maurois), Granny's Birthday (Fredric Brown), Comfort for the Grave (Richard Deming).

1969 Downpour

Contient : Downpour (Ed McBain), Diamonds in Paradise (Ellery Queen), Beholden (Jonathan Craig), The Double Take (Richard S. Prather), Of Time and Eustace Weaver (Fredric Brown), Blonde at the Wheel (Stephen Marlowe)

D — LISTE ALPHABÉTIQUE DES TITRES

Les titres qui figurent en gras sont répertoriés dans la partie (1) de la bibliographie (Policier — Romans et nouvelles).

Les autres titres sont répertoriés dans la partie indiquée entre parenthèses après la date de publication :

(2) Recueils de nouvelles
(3) Autres romans (sauf science-fiction)
(4) Science-fiction — Romans et nouvelles
(5) Autres textes

A Bull of Kill, 1954
A Horse's Head, 1967
A la bonne heure — Heckler (the), 1960
A l'annonce de ma mort — Death of Me (the), 1953
A Matter of Conviction, 1959
A Planet named Joe, 1956 (4)
A Race of Hairy Men — Easter Man (the), 1964 (5)
A refaire — One Down, 1953
A toutes pompes — Switch Ending, 1953
A Very Small Homicide, 1959
Accident Report, 1953
Adieu cousine — Blood Relatives, 1975
Against the Middle, 1953
Ailes de la mort (les) — Ticket to Death, 1954
Alerte aux baigneurs — Don't Crowd Me, 1953
And All Through the House, 1994
Another Part of the City, 1985
Après le trépas — Sadie When She Died, 1972
Appointment at Eleven, 1959 (5)
April Robin Murders, 1958
Argent facile — Easy Money, 1960
Association d'idées — Association Test, 1954
Association Test, 1954
Attack, 1953
Aveux (les) — Confession (the), 1980
Ax, 1964
Barking at Butterflies, 1999

Graine de violence — Blackboard Jungle (the), 1954 (3)
Grand Jour (le) — Big Day (the), 1955
Guinea Pig (the) 1953 (4)
Guns, 1976
"H" Killer (the), 1957
Hache (la) — Ax, 1964
Hail to the Chief, 1973
Hail, Hail, the Gang's All Here !, 1971
Happy New Year, Herbie and Other Stories, 1963 (2)
He Who Hesitates, 1965
Heat, 1981
Heckler (the), 1960
Helping Hand (the), 1954
Heures creuses (les) — Empty Hours, 1962
Hitch and me, 1997 (5)
Honesty, 1986
Hot, 1955
Hot Cars, 1982
House that Jack Built (the), 1988
Huit chevaux noirs — Eight Black Horses, 1985
I Killed Jenny, 1953
I Like 'em tough, 1958 (2)
Ice, 1983
I'm Cannon for Hire, 1958
Infanticide (l') — Small Homicide, 1953
Inferiority Complex, 1955 (4)
Innocent One (the), 1954
Intruders (the), 1959
Isola Blues — Lullaby, 1989
J, 1962
Jack and the Beanstalk, 1984
J'ai tout gâché — Godlilocks, 1977
Jesus Case (the), 1974
Jeu de casse-clochards (le) — Beating (the), 1954
Jeux de mains — Molested (the), 1953
Jigsaw, 1970
Joker, 1955
Jour après jour — Every Morning, 1954
Jungle Kids (the), 1956 (2)
Jusqu'à la moelle —...Or Leave It Alone, 1954
Just for Kicks, 1958
Kid, 1953
Killer's Choice, 1957
Killer's Payoff, 1958

Mort d'un tatoué — Shotgun, 1969
Morts ne font pas de rêves (les) — Dead Men Don't Dream, 1953
Mothers and Daughters, 1961 (3)
Mourir pour mourir — See Them Die, 1960
Mugger (the), 1956
Murder Comes Easy, 1953
Murder in the Navy, 1955
Nature morte — Still Life, 1953
N'épousez pas un flic — So Long as You Both Shall Live, 1976
Nid de poulets — Ice, 1983
Nightshade, 1970
Nobody Knew They Were There, 1971
Nocturne, 1997
Not a Laughing Matter, 1958
Now Die in It, 1953
Nuit des nounours (la) — Gladly the Cross-Eyed Bear, 1996
Obsessions — Candyland, 2001
Ombres de la nuit (les) — Nightshade, 1970
On meurt toujours seul — Good and Dead, 1957
On suicide — Like Love, 1962
On the Sidewalk Bleeding, 1957
One Down, 1953
...Or Leave It Alone, 1954
Outside in the Sand, 1953 (4)
Panama Panic, 1955
Panique à bord — Murder in the Navy, 1955
Panique à Panama — Panama Panic, 1955
Paper Dragon (the), 1966 (3)
Paradis des ratés (le) — The Last Best Hope, 1998
Paradise Party (the) — Don't Crowd Me, 1953
Pas d'avenir pour le futur — 'Til Death, 1959
Paumé (le) — A Horse's Head, 1967.
Pauvre Crétin (le) — Sucker, 1953
Pavé brûle (le) — Runaway Black, 1954
Piège pour King Kong — Beauty and the Beast, 1982
Plagiarist from Rigel IV (the),1954 (4)
Plein feu — Lady Killer, 1954
Poison, 1987
Poissons d'avril — Mischief, 1993
Pour des haricots — Jack and the Beanstalk, 1984
Pourvu que tu en crèves — Now Die in It, 1953
Première inculpation — First Offense, 1955
Pretty Eyes, 1957
Privileged Conversations, 1994

Filmographie — Téléfilmographie

par Jean-Jacques Schléret

CINÉMA

BLACKBOARD JUNGLE (*Graine de violence*)
USA 1955 MGM
Réalisation : Richard Brooks. Scénario : Richard Brooks d'après *Blackboard Jungle* d'Evan Hunter (*Graine de violence*). Photographie : Russel Harlan (noir et blanc). Montage : Ferris Webster. Musique : Bill Haley, Stan Kenton, Bix Beiderbecke.
Avec : Glenn Ford (Richard Dadier), Anne Francis (Anne Dadier), Sidney Poitier (Gregory W. Miller), Vic Morrow (Artie West), Louis Calhern (Jim Murdock), Margaret Hayes (Lois Hammond), John Hoyt (Mr Warneke), Richard Kiley (Joshua Y. Edwards), Emile Meyer (Mr Halloran), Warner Anderson (Dr Bradley), Paul Mazursky (Emmanuel Stoker).

COP HATER (inédit en France)
USA 1958
Réalisation : William Berke. Scénario : Henry Kane d'après *Cop Hater* d'Ed McBain (*Du balai !*). Photographie : J. Burgi Contner (noir et blanc). Montage : Everett Sutherland. Musique : Albert Glasser.
Avec : Robert Loggia (Steve Carella), Gerald O'Loughlin (MacGuire), Ellen Parker (Teddy Carella), Shirley Ballard (Alice), Russell Hardie (Peter Byrnes), Hal Riddle (Mercer), William Neff (Bert Kling), Miriam Goldina (Mama Lucy), Lincoln Kilpatrick (Foster), Vince Gardenia (Danny le Boiteux), Gene Miller (Hank Miller), Alan Bergnan (Bill Reardon).

THE MUGGER (inédit en France)
USA 1958
Réalisation : William Berke. Scénario : Henry Kane d'après *The Mugger* d'Ed McBain (*Le Sonneur*).
Photographie : J. Burgi Contner (noir et blanc). Montage : Everett Sutherland. Musique : Albert Glasser.
Avec : Ken Smith (Dr Pete Graham), Nan Martin (Claire Townsend), James Franciscus (Eddie Baxter), George Maharis (Nicholas Grecco), Michael Conrad (Guy Throwing Craps), Dick O'Neil (Cassidy), Leonard Stone (Jim Kelly), Arthur Storch, Connie Vaness, Sandra Church.

THE PUSHER (inédit en France)
USA 1960
Réalisation : Gene Milford
Scénario : Harold Robbins d'après *The Pusher* d'Ed McBain (*Le Fourgue*).
Avec : Robert Lansing (Steve Carella), Kathy Carlyle, Felice Orlandi, Douglas Rodgers, Sloan Simpson.

STRANGERS WHEN WE MEET (*Liaisons secrètes*)
USA 1960
Réalisation : Richard Quine. Scénario : Evan Hunter d'après *Strangers When We Meet* d'Evan Hunter (*Femme d'autrui ne convoiteras*). Photographie : Charles Lang (Cinemascope, Eastmancolor). Montage : Charles Nelson. Musique : George Duning.
Avec : Kirk Douglas (Larry Coe), Kim Novak, (Maggie Gault), Ernie Kovacs (Roger Altar), Barbara Rush (Eve Coe), Walter Matthau (Felix Anders), Virginia Bruce (Mrs Wagner), Kent Smith (Stanley Baxter), John Bryant (Ken Gault), Nancy Kovack (Marcia), Helen Gallagher (Betty Anders).

THE YOUNG SAVAGES (*Le Temps du châtiment*)
USA 1961
Réalisation : John Frankenheimer. Scénario : Edward Anhalt et J.P. Miller d'après *A Matter of Conviction* d'Evan Hunter (*Le Temps du châtiment*). Photographie : Lionel Lindon (noir et blanc). Montage : Eda Warren. Musique : David Amram.
Avec : Burt Lancaster (Hank Bell), Dina Merrill (Karin Bell), Shelley Winters (Mary di Pace), Edward Andrews (Dan Cole), Vivian Nathan (Mrs Escalante), Pilar Seurat (Louisa Escalante), Jody Fair (Angella Rugiello), John Davis Chandler (Arthur Reardon), Louis Arroyo (Zorro), Stanley Kristien (Danny di Pace).

THE BIRDS (*Les Oiseaux*)
USA 1963
Réalisation : Alfred Hitchcock. Scénario : Evan Hunter d'après la nouvelle homonyme de Daphné Du Maurier. Photographie : Robert Burks. Montage : George Tomasini. Musique : Remi Gassman, Oskar Sala, Bernard Herrmann.
Avec : Rod Taylor (Mitch Brenner), Tippi Hedren (Melanie Daniels), Jessica Tandy (Lydia Brenner), Suzanne Pleshette (Annie Hayworth), Veronica Cartwright (Cathy Brenner), Ethel Griffies (Mrs Bundy), Charles McGraw (Sebastian Sholes), Ruth McDevitt (Mrs MacGruder), Lonny Chapman (Deke Carter).

SOUPE AUX POULETS
France 1963
Réalisation : Philippe Agostini. Scénario : Michel Subiéla, René Wheeler et Philippe Agostini d'après *Killer's Wedge* d'Ed McBain (*Soupe aux poulets*). Photographie : Henri Raichi (noir et blanc). Montage : Victoria Mercanton. Musique : Marcel Stern.
Avec : Françoise Spira (Maria Paoli), Jean Servais (commissaire Beronnet), Claude Brasseur (inspecteur Girel), Paul Mercey (inspecteur Rimbert), Maurice Biraud (inspecteur Morel), Gérard Blain (Claudio, adjoint de Morel), Guy Bedos (Hardouin), Anne-Marie Coffinet (Corinne), Roger Dutoit (Cazenave).

TENGOKU TO JIGOKU (*Entre le ciel et l'enfer*)
Japon 1963
Réalisation : Akira Kurosawa. Scénario : Akira Kurosawa, Hideo Okuni, Ryuzo Kikushima et Eijiro Hisaita d'après *King's Ransom* d'Ed McBain (*Rançon sur un thème mineur*). Photographie : Choichi Nakai et Takao Saito (Tohoscope, noir et blanc).
Avec : Toshiro Mifune (Kingo Gondo), Tatsuya Nakadai (inspecteur Tokura), Kyoko Kagawa (Reiko, la femme de Gondo), Tatsuya Mihashi (Kawanishi), Yutaka Sada (Aoki), Kenjiro Ishiyama (inspecteur Taguchi), Tsutomu Yamazaki (Ginji Takeuchi, le kidnappeur), Ko Kimura (inspecteur Arai), Takeshi Kato (inspecteur Nakao), Yoshio Tsuchiya (inspecteur Marata).

MARNIE (*Pas de printemps pour Marnie*)
USA 1964
Réalisation : Alfred Hitchcock. Scénario : Evan Hunter a écrit une adaptation du roman homonyme de Winston Graham, mais a été remplacé par Jay Presson Allen.

MISTER BUDDWING (inédit en France)
USA 1966.
Réalisation : Delbert Mann. Scénario : Dale Wasserman d'après *Buddwing* d'Evan Hunter (*Mister Buddwing*). Photographie : Ellsworth Fredricks. Montage : Fredric Steinkamp. Musique : Kenyan Hopkins.
Avec : James Garner (Mister Buddwing), Jean Simmons (la blonde), Suzanne Pleshette (Fiddle), Katharine Ross (Janet), Angela Lansbury (Gloria), Jack Gilford (Mr Schwartz), Joe Mantell (chauffeur de taxi), Raymond St. Jacques (Hank), Ken Lynch (Dan), George Voskovec (le vieil homme).

LAST SUMMER (*Dernier été*)
USA 1969
Réalisation : Frank Perry. Scénario : Eleanor Perry d'après *Last Summer* d'Evan Hunter (*Dernier été*). Photographie : Gerald Hirschfeld (Eastmancolor). Montage : Sidney Katz. Musique : John Simon.
Avec : Barbara Hershey (Sandy), Richard Thomas (Peter), Bruce Davison (Dan), Cathy Burns (Rhoda), Ernesto Gonzalez (Anibal), Peter Turgeon (Mr Candell), Ralph Waite (le père de Peter), Conrad Baine (le père de Dan), Eileen Letchworth (la mère de Dan), Ed Stevlingson (Sidney).

LE CRI DU CORMORAN LE SOIR AU-DESSUS DES JONQUES
France 1970
Réalisation : Michel Audiard. Scénario : Jean-Marie Poiré d'après *A Horse's Head* d'Evan Hunter (*Le Paumé*). Dialogue : Michel Audiard. Photographie : Pierre Petit (Eastmancolor). Musique : Eddie Vartan.
Avec : Michel Serrault (Alfred), Bernard Blier (Monsieur K.), Paul Meurisse (Kruger), Marion Game (Mirabelle), Françoise Giret (Irène), Sylvie Bréal (Martine), Maurice Biraud (le chauffeur de taxi), Romain Bouteille, (Loulou) Michel Modo (Marcel), Gérard Depardieu (Henri), Dominique Zardi (le Bovin).

SANS MOBILE APPARENT
France 1971
Réalisation : Philippe Labro. Scénario : Philippe Labro et Jacques Lanzmann d'après *Ten Plus One* d'Ed McBain (*Dix plus un*). Photographie : Jean Penzer (Scope, Eastmancolor). Musique : Ennio Morricone.
Avec : Jean-Louis Trintignant (inspecteur Stéphane Carella), Dominique Sanda (Sandra), Sacha Distel (Julien Sabirnou), Carla Gravina (Jocelyne), Paul Crauchet (Palombo), Laura Antonelli (Juliette), Gilles Segal (Di Bozzo), Jean-Pierre Marielle (Perry), Stéphane Audran (Hélène), Erich Segal (Kleinberg, le mage).

FUZZ (*Les Poulets*)
USA 1972
Réalisation : Richard A. Colla. Scénario : Evan Hunter d'après *Fuzz* (*La Rousse*). Photographie : Jacques Marquette (Panavision, DeLuxe color). Montage : Robert Kimble. Musique : Dave Grusin.
Avec : Burt Reynolds (Steve Carella), Jack Weston (Meyer Meyer), Tom Skerritt (Bert Kling), Raquel Welch (Eileen McHenry), Neile Adams (Teddy Carella), Yul Brynner (le sourdingue), James McEachin (Arthur Brown), Steve Ihnat (Andy Parker), Stewart Moss (Hal Willis), Dan Frazer (Peter Byrnes), Bert Remsen (Dave Murchison).

EVERY LITTLE CROOK AND NANNY (inédit en France)
USA 1972
Réalisation : Cy Howard. Scénario : Cy Howard, Jonathan Axelrod et Robert Klane d'après *Every Little Crook and Nanny* d'Ed McBain (*En petites coupures*). Photographie : Philip Lathrop (Metrocolor). Montage : Henry Berman. Musique : Fred Karlin.
Avec : Lynn Redgrave (Nanny), Victor Mature (Ganucci), Paul Sand (Benny Napkins), Maggie Blye (Stella Ganucci), Austin Pendleton (Luther), John Astin et Dom De Luise (les avocats de Ganucci), Louise Sorel (Marie), Philip Graves (le fils de Ganucci), Mina Kolb (la femme de Luther).

LES LIENS DE SANG
France/Canada 1977
Réalisation : Claude Chabrol. Scénario : Sydney Banks et Claude Chabrol d'après *Blood Relatives* d'Ed McBain (*Adieu cousine...*). Photographie : Jean Rabier (Panavision, Eastmancolor). Montage : Yves Langlois. Musique : Pierre Jansen.
Avec : Donald Sutherland (Steve Carella), Stephane Audran (Mme Lowery), Aude Landry (Patricia), Lisa Langlois (Muriel), Laurent Malet (Andrew), David Hemmings (Armstrong), Donald Pleasence (Doniac), Micheline Lanctot (Mme Carella), Ian Ireland (Klinger), Tommy Tucker (Jean Hanley).

WALK PROUD (inédit en France)
USA 1979
Réalisation : Robert E. Collins. Scénario : Evan Hunter d'après son roman homonyme. Photographie : Bobby Byrne (Panavision, Technicolor). Montage : Douglas Stewart. Musique : Robby Benson, Don Peake.
Avec : Robby Benson (Emilio Mendez), Sarah Holcomb (Sarah Lassiter), Henry Darrow (Mike Serrano), Pepe Serna (Cesar), Trinidad Silva (Dagger), Ji-Tu Cumbuka (Gannett), Lawrence Pressman (Henry Lassiter), Domingo Ambriz (Cowboy), Brad Sullivan (Jerry Kelsey), Irene DeBari (Mrs Mendez), Eloy Casados (Hugo), Daniel Faraldo (El Tigre), Tony Alvarenga (Paco).

KOFUKU (inédit en France)
Japon 1982
Réalisation : Kon Ichikawa. Scénario : Masaya Hidaka, Ikoku Oya, Kon Ichikawa d'après *Lady, Lady, I Did It* d'Ed McBain (*Le Dément à lunettes*). Photographie : Kiyoshi Hasegawa. Montage : Teruko Tsuchiya. Musique : Takahiro Ishikawa, Toru Akada.
Avec : Yutaka Mizutani (Murakami), Toshiuky Nagashima (Kita), Rie Nakahara (Niwako), Eri Nagai (Shin), Rui Kuroda (Ben), Kei Tani (Noror), Etsuko Ishihara (Rui).

TÉLÉVISION

NUMBER TWENTY-TWO (*Première inculpation*)
USA 1957 Episode de la série « Alfred Hitchcock Presents ».
Réalisation : Robert Stevens. Scénario : Joel Murcott d'après la nouvelle d'Ed McBain.
Avec : Rip Torn (Steve Morgan), Russell Colins (Skinner), Ray Teal (chef des inspecteurs), James Nolan (Kelly), Paul Picemi (Assissi).

ANGEL'S RANSOM (inédit en France)
USA 1956 Episode de la série « The Kaiser Aluminium Hour ».
Scénario : Evan Hunter d'après le roman *Angel's Ransom* de David Dodge (*La Rançon de l'ange*).
Avec : Hume Cronyn, Robert Sterling, Geraldine Brooks, Paul Langton.

VICIOUS CIRCLE (*Cercle vicieux*)
USA 1957 Episode de la série « Alfred Hitchcock Presents ».
Réalisation : Paul Henreid. Scénario : Bernard C. Schoenfeld d'après la nouvelle d'Ed McBain.
Avec : George MacReady (Mr Williams), Dick York (Manny Coe), Kathleen McGuire (Betty), Russell Johnson (Turk), Paul Lambert (Gallagher), George Brehlin (Georgie).

KILLER'S CHOICE (inédit en France)
USA 1958 Episode de la série « Kraft Mystery Theatre ».
Scénario : Alvin Boretz d'après *Killer's Choice* d'Ed McBain (*Victime au choix*).
Avec : Michael Higgins, Staat Cotsworth, Joanne Linville, Martin Rudy, Joan Copeland.

THE EIGHTY SEVENTH PRECINCT (inédit en France)
USA 1958 Episode de la série « Kraft Mystery Theatre ».
Scénario : Larry Cohen.
Avec : Robert Bray, Martin Rudy.
(Cet épisode servit de pilote pour la série « The 87th Precinct »).

APPOINTMENT AT ELEVEN (inédit en France)
USA 1959 Episode de la série « Alfred Hitchcock Presents ».
Réalisation : Robert Stevens. Scénario : Evan Hunter d'après la nouvelle de Robert Turner.
Avec : Clint Cimbrough (Davy), Amy Douglass (la mère de Davy), Norma Crane (la blonde), Michael J. Pollard, Clu Culagher, Sean McClory.

87th PRECINCT (*87e Brigade criminelle*)
USA Chaîne NBC 1961-1962 Episodes de 52 minutes.
Producteur exécutif : Hubell Robinson. Musique : Morton Stevens.
Avec : Robert Lansing (Steve Carella), Gena Rowlands (Teddy Carella), Ron Harper (Bert Kling), Norman Fell (Meyer Meyer), Gregory Walcott (Roger Havilland).
Certains de ces épisodes ont été présentés en 1970 sur RTL et TSR (suisse romande) sous le titre *87e Brigade criminelle*

1. *The Floater* avec Robert Culp, Natalie Norwick.
2. *Lady in Waiting* (*La Dame de compagnie*) avec Constance Ford, Margarita Cordova.
3. *Lady Killer* (*Je tuerai la dame*) avec Peter Leeds, Marion Collier, Patricia Donahue.
4. *The Modus Man* avec John Anderson, Jena Engstrom.
5. *Line of Duty* (*Devoir*) avec Richard Le Pore, Anita Sands, Vivi Janiss, Walter Burke.
6. *Occupation : Citizen* avec Ross Martin, Caren Lenay, John Dennis.
7. *Killer's Payoff* (*Les Gages du tueur*) avec Beverly Garland, Jeanne Cooper, Paul Richards, Jack Albertson, William Fawcett.
8. *The Guilt* avec Mike Kellin, Norma Crane.
9. *Empty Hours* avec Patricia Crowley, Tom Fadden, William Schallert.
10. *My Friend, My Enemy* (*Mon ami, mon ennemi*) avec Dennis Hopper, Carol Rossen, Jocelyn Brando, Ann Whitfield, Gary Clarke.
11. *The Very Hard Sell* avec Leonard Nimoy, Peter Helm, Alice Frost.
12. *'Til Death* (*Jusqu'à la mort*) avec Johnny Seven, Darryl Hickman, Judi Meredith.
13. *The Heckler* avec Robert Vaughn, Mary La Roche, Joe Perry.
14. *Run, Rabbit, Run* (*Sauve-toi, lapin*) avec Alfred Ryder, Barbara Stuart.
15. *Main Event* (*Le Clou de la soirée*) avec Myron McCormick, Robert Carricart, Arch Johnson, Maggie Pierce.
16. *Man in a Jam* (*Un homme dans le pétrin*) avec Lin McCarthy, Joey Walsh.
17. *The Missing Person* avec Michael Forrest, Roxanne Arlen, Barry Atwater, Asa Maynor.
18. *Out of Order* avec Charles Robinson, Paul E. Bums, Dawn Wells.
19. *The Pigeon* (*Le Mouchard*) avec Peter Falk, Roxane Berard, Arthur Batanides, Morgan Woodward.

20. *Bullet for Katie* avec Ed Nelson, Roger Mobley.
21. *King's Ransom* (*La Rançon du roi*) avec Charles McGraw, Charles Aidman, Dan Tobin, Nancy Davis.
22. *Feel of the Trigger* avec Neil Nephew, Bernie Hamilton, Ted De Corsia, Ellen Corby.
23. *Killer's Choice* (*Le Choix de l'assassin*) avec Gloria Talbott, R.G. Armstrong, Rosemary DeCamp, Katherine Warren.
24. *Square Cop* (*Pas dans le vent*) avec Lee Tracy, Jack Hogan.
25. *Step Forward* (*Avancez !*) avec Ruth Storey, Philip Bourneuf.
26. *Idol in the Dust (Idole dans la poussière)* avec Michael Dante, Jeanette Nolan.
27. *Ramon* avec Danny Bravo, Edward Colmans.
28. *New Man in the Precinct* (*Un nouveau au commissariat*) avec Ray Montgomery, Robert Colbert, Fred Beir.
29. *Dawns an Evil Day* (*Le Dernier Pas*) avec Victor Jory, Paul George, Lyle Talbot.
30. *The Lover* avec Janis Paige, Russell Collins.

PLUS RIEN A PERDRE
France 1968 1re ch. ORTF.
Réalisation : Jean-Roger Cadet. Scénario : Yannick Boisyvon d'après *Killer's Wedge* d'Ed McBain (*Soupe aux poulets*).
Avec : Malka Ribowska (Virginie), Jean-Louis Broust (Steve Carella), Pierre Rousseau (Peter Byrnes), Jacques Dublin (Bert Kling), Jacques Fr. Zeller (Meyer Meyer), Bernard Klein (Dave Murchinson), Pierre Plessis (Frick), Henri Lambert (Hal Willis), Laurence Bourdil (Angelica).

THE CHISHOLMS (*Les Chisholms*)
USA 1979 Minisérie en quatre parties.
Réalisation : Mel Stuart. Scénario : Evan Hunter d'après son roman homonyme. Photographie : Jacques R. Marquette. Montage : Corky Ehlers, Art Stafford. Musique : Elmer Bernstein.
Avec : Robert Preston (Hadley Chisholm), Rosemary Harris (Minerva Chisholm), Ben Murphy (Will Chisholm), Brian Kervin (Gideon Chisholm), Jimmy Van Patten (Beau Chisholm), Stacey Nelkin (Bonnie Sue Chisholm), Glynnis O'Connor (Elizabeth Chisholm), Charles Franck (Lester Hackett), Brian Keith (Andrew Blake), Anthony Zerbe (Jimmy Jackson).

THE LEGEND OF WALKS FAR WOMAN (*La Loi des hautes plaines*)
USA 1982 NBC.
Réalisation : Mel Damski. Scénario : Evan Hunter d'après le roman homonyme de Colin Stuart. Photographie : Gayne Rescher. Montage : David Finfer. Musique : Paul Chihara.

Avec : Raquel Welch (Walks Far Woman), Bradford Dillman (Singer), Nick Mancuso (Horses Ghost), Nick Ramos (Left Hand Bull), George Clutesi (Old Grandfather), Eloy Phil Casados (Feather Earrings), Frank Sotonoma Salsedo (Many Scalps), Hortensia Colorado (Red Hoop Woman), Alex Hubik (Elk Hollering).

DREAM WEST (*Le Rêve californien*)
USA 1986 Minisérie en trois parties.
Réalisation : Dick Lowry. Scénario : Evan Hunter d'après le roman homonyme de David Nevin. Photographie : Jack Wallner, Bob Baldwin. Montage : Byron Buzz Brandt. Musique : Fred Karlin.
Avec : Richard Chamberlain (John Charles Fremont), Alice Krige (Jessie Benton Fremont), F. Murray Abraham (Abraham Lincoln), René Enriquez (général Castro), Ben Johnson (Jim Bridger), Jerry Orbach (John Sutter), Rip Torn (Kit Carson), Fritz Weaver (sénateur Thomas Hart Benton), Anthony Zerbe (Bill Williams), Claude Akins (Tom Fitzpatrick), John Anderson (général Brooke).

COLUMBO : NO TIME TO DIE (*A chacun son heure*)
USA 1992
Réalisation : Alan Levi. Scénario : Robert Van Scoyk d'après *So Long As You Both Shall Live* d'Ed McBain (*N'épousez pas un flic*). Photographie : George Koblasa. Montage : Bill Parker. Musique : Dick de Benedictis.
Avec : Peter Falk (Columbo), Joanna Going (Melissa Hays), Thomas Calabro (Andy Parma), Doug Savant (Dennis Mulrooney), Dan Butler (Robert Goodman), Daniel Davis (Alex Varick), Donald Moffat (Sheldon Hays), Lance LeGault (Derek), Daniel McDonald (Rudy Strassa), Juliet Mills (Elaine Hacker), David Byrd (Bill Bailey), Don Swayze (Albert Wagner), Patricia Huston (Louise Hays).

COLUMBO : UNDERCOVER (*Columbo change de peau*)
USA 1994
Réalisation : Vincent McEveety. Scénario : Gerry Day d'après *Jigsaw* d'Ed McBain (*En pièces détachées*). Photographie : George Koblasa. Montage : Bill Parker. Musique : Dick de Benedictis.
Avec : Peter Falk (Columbo), Ed Begley jr. (Erwin Crutchen), Shera Danese (Mrs Geraldine Ferguson), Tyna Daly (Dorothea McNally), Harrison Page (Brown), Edward Hobbert (Bramley Kahn), Albie Selznick (McKittrick), Joe Chrest (Mercer), Robert Donner (Zeke), Hank Garrett (Landau), Penny Santon (Lucia), Maria Adams (Sheila Byrnes).

FALLEN ANGELS : LOVE AND BLOOD (*L'amour qui cogne*)
USA 1995 Episode diffusé dans le cadre de la série anthologique « Fallen Angels ».
Réalisation : Kiefer Sutherland. Scénario : Frank Pugliese d'après la nouvelle *Return* d'Evan Hunter (*Une surprise pour toi, mon amour*). Musique : Peter Bernstein.
Avec : Kiefer Sutherland (Matt Cordell), Mädchen Amick (Trina), Edward Bunker (Sailor), Jonathan Schaech (Garth Cary), Bernard Hocke (manager).

ED MCBAIN'S 87TH PRECINCT : LIGHTNING (*L'Inconnu du parc*)
USA 1995
Réalisation : Bruce Paltrow. Scénario : Mike Krohn, Dan Levine d'après *Lightning* d'Ed McBain. Photographie : Kenneth D. Zunder. Montage : David A. Simmons. Musique : Peter Bernstein.
Avec : Randy Quaid (Steve Carella), Alex McArthur (Bert Kling), Ving Rhames (Arthur Brown), Eddie Jones (Jones), Alan Blumenfeld (Ollie Weeks), Ron Perkins (Meyer Meyer), Steven Flynn (Henry « Lightning » Lytell).

ED MCBAIN'S 87TH PRECINCT : ICE (inédit en France)
USA 1996
Réalisation : Bradford May. Scénario : Larry Cohen d'après *Ice* d'Ed McBain (*Nid de poulets*). Montage : Bud Hayes. Musique : Joseph Conlan.
Avec : Dale Midkiff (Steve Carella), Joe Pantoliano (Meyer Meyer), Paul Johansson (Bert Kling), Andrea Parker (Eileen Burke), Andrea Ferrell (Teddy Carella), Michael Gross (Peter Byrnes), Lenore Zann (Angie), Philip Akin (Arthur Brown), Tim Koetting (Howard), Hugh Thompson (Cotton Hawes), Judah Katz (Andy Parker).

ED MCBAIN'S 87TH PRECINCT : HEATWAVE (inédit en France)
USA 1997
Réalisation : Douglas Barr. Scénario original de Larry Cohen d'après les personnages créés par Ed McBain. Photographie : Malcolm Cross. Montage : Raul Davalos. Musique : Patrick Williams.
Avec : Dale Midkiff (Steve Carella), Erika Eleniak (Eileen Burke), Paul Johansson (Bert Kling), Paul Ben Victor (Meyer Meyer), Andrea Ferrell (Teddy Carella), Michael Gross (Peter Byrnes), Louise Vallance (Margaret Grayson), Annie Kidder (Marian Piper), Ian D. Clark (Jerry Piper), Lynne Cormack (Karen Jenson).

DOCUMENTS

PORTRAIT : ED McBAIN. Qui êtes-vous, monsieur Carella ?
Emission de Gérard Jourd'hui diffusée sur TF1 le 8 octobre 1979 après la projection du film *Les Poulets*.
Ed McBain a participé à l'émission littéraire de Georges Suffert LA RAGE DE LIRE : TOUCHEZ PAS AU ROMAN POLICIER diffusée sur TF1 le 29 octobre 1980.

Composé par Nord Compo, Villeneuve-d'Ascq, Nord
Imprimé par Normandie Roto Impression s.a.s., 61250 Lonrai
en mai 2003 - N° d'impression : 03-1128
pour Omnibus, 12, avenue d'italie, 75013 Paris

Imprimé en France